Julia Kathrin Knoll

Die KINDER LILITHS

Julia Kathrin Knoll
stammt aus dem Großraum München, hat Germanistik studiert und schreibt gerade an ihrer Abschlussarbeit über Elfenmythen, von denen auch einige in den vorliegenden Roman eingeflossen sind. Julia verbrachte einen Teil ihrer Kindheit im Bayerischen Wald, dessen geheimnisvolle und mystische Atmosphäre ihr als Inspirationsquelle dient. Als Vorlage für den Roman diente ihr die Stadt Viechtach, die im Volksmund auch als „Deckel zur Hölle" bezeichnet wird. Derzeit lebt die Autorin in Regensburg und arbeitet freiberuflich als Gästeführerin und Lektorin.

Der Elfenstern

Das Symbol des Elfensterns ist auch in der menschlichen Welt bekannt. Eigentlich heißt es Heptagramm (von griech. hepta = sieben) oder einfach Siebenstern.
Es steht für Liebe und Harmonie und wird gerne als Amulett verwendet, da die magische Zahl 7 Schutz vor versteckten Gefahren bieten soll.

In der Elfenwelt symbolisieren die Spitzen des Sterns – wie Alahrian uns erläutert – die sieben verschiedenen Völker der alfar.

Die vier unteren Spitzen stehen für Elfenwesen, die jeweils eines der vier Elemente beherrschen: Feuer (Boccanach oder Feuerelfen), Wasser (Nixen, Wassermänner, Meerjungfrauen), Erde (Zwerge), Luft (Pixies – kleine geflügelte Elfenwesen).

Die beiden Spitzen darüber symbolisieren lios- und döckalfar (Licht- und Dunkelelfen). Die Spitzen befinden sich auf einer Ebene, das bedeutet, dass keines dieser beiden Völker die Vormachtstellung hat, sie sind einander ebenbürtig. Eine Tatsache, die ihre Vertreter allerdings gerne mal übersehen ...

Die oberste Spitze schließlich ist die geheimnisvollste. Sie steht für das mystische Oberhaupt der Elfen, den Grauen, aber auch für Harmonie und Ausgleich, für das friedliche Zusammenleben aller Völker, das – wie wir in der Geschichte erfahren – leider nicht immer so gut funktioniert wie geplant.

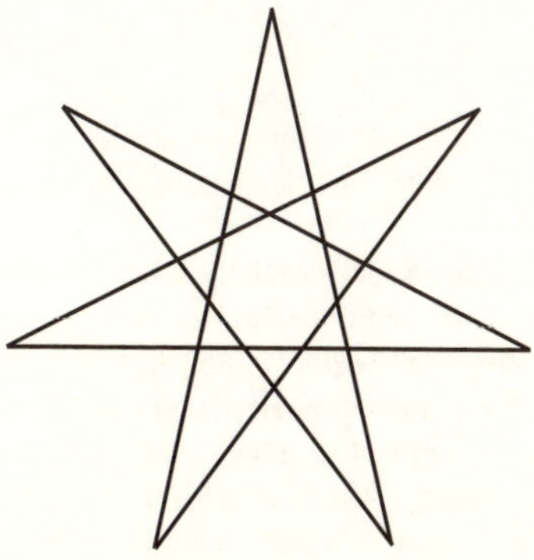

Personen und Handlung sind frei erfunden.
Ähnlichkeiten mit lebenden oder toten Personen
sind rein zufällig und nicht beabsichtigt.

EDITION GOLBET
Riedlhütter Schleif 14, 94566 Riedlhütte
Telefon: 08553/1044
info@edition-golbet.de

Mai 2012
Layout: Alexander Frimberger, Lothar Wandtner
Titelfoto und -illustration: Klaus Döhler
Titelgestaltung: Alexander Frimberger, Lothar Wandtner
Druck: Printed in Germany
ISBN: 978-3-9811254-7-4

www.edition-golbet.de

Buch 1

Der Engel

Prolog: Eine Legende ...

Der Junge kam anno 1649 ins Dorf, kurz nach Ende des großen Krieges, der dreißig Jahre lang das ganze Land verwüstet hatte. Zuerst schenkte ihm niemand Beachtung, es gab viele herumstreifende Waisenkinder dieser Tage, viele entwurzelte Seelen, die weder Heim noch Familie mehr hatten.

Doch der Junge war keines dieser Kinder. Er war anders, sehr schnell bemerkten das die Dorfbewohner. Die Wälder schienen sein Zuhause, beständig streifte er in freier Natur umher, schien keines Daches über dem Kopf zu bedürfen, keiner Nahrung, keines Schutzes. Tiere reagierten seltsam in seiner Gegenwart, selbst die scheuesten, wildesten Bestien vermochte er zu zähmen, und manche Bauern behaupteten, ihre Felder trügen mehr und schönere Früchte, nachdem er sie betreten hatte. Viele Menschen holten sich Rat bei dem Jungen, denn er wusste Bescheid über die seltsamsten Dinge, vermochte Streit zu schlichten und Recht zu sprechen. Er kannte eine Menge Heilkräuter, half so manchem Kranken, den der Medikus schon aufgegeben hatte und konnte Schmerzen lindern und Wunden versorgen.

Einige Dorfbewohner hielten ihn für eine Art Engel, sie glaubten, ihn umgeben von Licht erblickt zu haben und sie hielten dieses Licht für einen Funken des göttlichen Feuers. Wieder andere jedoch waren überzeugt, er sei ein Dämon, eine Ausgeburt der Hölle, sie behaupteten, ihn des Nachts mit dem Teufel tanzen gesehen zu haben, auf der Lichtung, wo früher eine heidnische Kultstätte gestanden hatte, jener Lichtung, die er beinahe jeden Tag aufsuchte.

Dann kam die Pest ins Dorf, und viele Menschen starben, doch einige heilte der Junge, und unter ihnen war auch die Tochter des Bürgermeisters. Aber die war danach nicht mehr dieselbe, besessen sei sie, sagte ihr Vater, er habe sie verhext und in Bann geschlagen. Von diesem Tag an kam der Junge nicht mehr ins Dorf, er zog sich in die Wälder zurück und lebte dort in einem Haus, das er selbst gebaut hatte, auf der Lichtung, auf der einst der heidnische Tempel gestanden hatte. Die Dorfbewohner aber sahen das als Beweis seiner Schuld und wussten nun, er war tatsächlich mit Teufeln und Dämonen im Bunde.

Nur wenige Monde später kam der Inquisitor ins Dorf, der Bürgermeister denunzierte den Jungen, und die Dorfbewohner stürmten sein Haus und sperrten ihn in den Kerker unter dem Rathaus. Unter der Folter gestand er seine Verbrechen, da wurde er verurteilt und man zerrte ihn auf den Scheiterhaufen, damit das Feuer ihn von seinen Sünden reinigen möge. Das ganze Dorf sah zu, wie die Flammen den Jungen einhüllten, und mit seinem letzten Atemzug verfluchte er sie, und ein tiefer Schatten fiel über das Dorf. Der Junge aber brannte, doch man sagt, er starb nicht, der Dämon, den er gerufen hatte, rettete ihn aus den Flammen.

An der Stelle aber, wo der Scheiterhaufen gestanden hatte, da fanden die Dorfbewohner am nächsten Morgen die Figur eines steinernen Engels vor, und der Fluch, der über dem Dorf lag, konnte erst gebannt werden, als man eine Kapelle errichtete, direkt neben der Figur. Die Kapelle gibt es bis heute, und auch den Engel, und man sagt, von Zeit zu Zeit sähe man Tränen über dessen steinernes Antlitz rinnen ...

Aber das – ist nichts als eine Legende ...

Das Städtchen

Lilly fühlte einen kalten Schauder über ihren Rücken rinnen. Fast angewidert legte sie die Broschüre beiseite und stopfte sie ins Handschuhfach des gemieteten Umzugsvans. Das bunt bedruckte Faltblatt pries offenbar nicht nur die spärlichen Touristenattraktionen des kleinen Städtchens an – gute Luft und einzigartige Wanderwege – sondern auch die eine oder andere Gruselgeschichte, vermutlich um sich selbst einen etwas mystischeren Anstrich zu geben.

„Nun, Schneewittchen", bemerkte ihr Vater neben ihr und warf ihr, die Augen kurz von der Straße nehmend, einen hoffnungsvollen Blick zu, „so etwas müsste dir doch eigentlich gefallen ..."

„Was?", gab Lilly übellaunig zurück. „Dass wir an einen Ort ziehen, auf dem ein Fluch liegt?"

Sie bereute ihre Worte sofort wieder. Während der letzten Wochen hatten sie lange und ausführlich genug über den Umzug gestritten, im Grunde hatte sie keine Lust auf eine Fortsetzung. Es war ohnehin zu spät. Die Wohnung in Hamburg stand längst leer, und was noch nicht in ihrem neuen Zuhause angelangt war, das stapelte sich, in Kartons verpackt, hinten im Wagen.

Ihr Vater seufzte, entnervt und – wie es schien – ein wenig enttäuscht. „Der neue Job ist viel besser als der alte", begann er, die alten Argumente erneut aufzuzählen. „Und ich dachte, du magst Lena."

„Ich mag sie ja auch", beeilte sich Lilly zu entgegnen und blickte schnell aus dem Fenster, um die aufkeimende Diskussion zu beenden.

Lena war seit wenigen Wochen Lillys Stiefmutter. Und es war nicht gelogen: Sie war wirklich nett, Lilly hätte es schlimmer treffen können. Lena arbeitete als Krankenschwester in einem kleinen Krankenhaus mitten im Bayerischen Wald und war ihrem Vater, der selbst Herzchirurg war, auf irgendeiner medizinischen Messe über den Weg gelaufen. Vergangenes Frühjahr hatten sie geheiratet, dann kam das Jobangebot von Lenas Krankenhaus, alles passte perfekt zusammen, und die beiden konnten endlich ihre Fernbeziehung in ein echtes Zusammenleben umwandeln. Mit Haus und Garten und einem gemeinsamen Arbeitsplatz, der es ihnen erlaubte, einander trotz der vielen Nachtschichten und Überstunden regelmäßig zu sehen.

Lilly gönnte es ihnen, aufrichtig. Ihre Eltern hatten sich schon kurz nach ihrer Geburt scheiden lassen, Lilly war bei ihrem Vater aufgewachsen, und der hatte seit ihrer Mutter nie wieder eine ernsthafte Verbindung gehabt. Das neue Patchwork-Familienglück war okay, der einzige Haken war: Musste es unbedingt in Sibirien stattfinden? In der Wüste Gobi? Auf einem Einödhof irgendwo im Himalaja?

Jedenfalls kam es Lilly so vor. Ihr neuer Wohnort lag mitten im Wald, mitten in Bayern, und das in einem Städtchen, das in keiner halbwegs vernünftigen Karte auch nur verzeichnet war. Ach ja, und auf dem ein geheimnisvoller, nicht näher definierter Fluch lag, wie sie soeben erfahren hatte ... Nicht, dass Lilly wirklich an so etwas glauben würde...

Dabei würde sie Hamburg vermutlich noch nicht einmal vermissen. Die enge Wohnung mitten in der Innenstadt, die schmutzige Großstadtatmosphäre und die tristen, grauen Straßenzüge, immer ein wenig zu laut, immer ein wenig verstopft ...

Der Himalaja hingegen zeigte sich von seiner absoluten Schokoladenseite. Obwohl die Sommerferien fast vorbei waren, herrschte flimmernde Hitze, das strahlende Blau des Himmels wurde nur von einigen wattigen, weißen Schäfchenwölkchen unterbrochen, und neben der kurvigen Landstraße schimmerte sattes, glänzendes Grün in allen Schattierungen. Auf den Weiden grasten sogar dicke, braun-weiß gefleckte Kühe. Ein Postkartenausblick, wie er im Buche stand, und trotzdem ...

Im Himalaja gab es keinen alten, verschrobenen Professor, der ihr für wenig Geld Klavierstunden erteilte, es gab keine Konzerthäuser, wo man mit günstigen Schülertickets Bach, Mozart und Schumann hören konnte, ja, in der neuen Schule gab es noch nicht einmal ein schnödes Schulorchester.

Lillys großer Traum schien damit in weite Ferne zu rücken. Sie wollte Musik studieren und Pianistin werden, wie ihre Mutter, ihre Mutter, die ständig unterwegs war, von Auftritt zu Auftritt hetzte, in verschiedensten Städten. Ein solches Leben war nichts für ein Kind, und so hatte Lilly zeitlebens bei ihrem Vater gewohnt. Sie wusste, auf einer gewissen Ebene ihres Bewusstseins, die Musik hatte ihre Familie kaputt gemacht, und doch ... das Klavierspiel war auch Lillys große Leidenschaft, die Musik ein Bedürfnis, ein weit entferntes Ziel.

Ein Ziel, das, so glaubte sie, in Hamburg zurückgeblieben war. So wie ihr geliebter Flügel.

„Er ist wohl noch nicht angekommen?“, fragte sie unwillkürlich, aus ihren Gedanken erwachend, hoffnungsvoll. „Der Flügel?“

Ihr Vater schüttelte den Kopf. „Noch nicht.“ Er bemerkte Lillys Gesichtsausdruck und lächelte aufmunternd. „Aber ich werde gleich morgen nochmal bei der Speditionsfirma anrufen, versprochen.“

Lilly nickte seufzend und starrte wieder aus dem Fenster. Hinter den Hügeln war schon der Wald zu erkennen, es konnte nicht mehr weit sein. Eigentlich hätte sie schon immer gern am Waldrand wohnen wollen, unter schattigen Bäumen, morgens von Vögeln geweckt, mitten im Grünen. Aber ohne den Flügel? Ohne Musikunterricht? Ohne Klang, Ton und Melodie?

Genauso gut hätte sie sich die Hand brechen oder schwerhörig werden können. Schwerhörig wie Beethoven.

Lilly seufzte wieder, lehnte sich auf dem Beifahrersitz zurück und schaltete demonstrativ den MP3-Player ein.

Das Haus passte zu der Postkartenlandschaft drum herum. Es war groß und weiß, mit grün gestrichenen Fensterläden und einem hölzernen Balkon, von dem üppige, rote Geranien hingen. Früher einmal war es ein Bauernhof gewesen, der Lenas Eltern gehört hatte, heute stand nur noch der Wohnbereich, Scheunen und Ställe waren abgerissen worden. An deren Stelle befand sich jetzt der Garten, der hinter dem Zaun direkt in den Wald überging.

„Wenigstens haben wir keine direkten Nachbarn“, bemerkte ihr Vater, in dem Versuch, Lilly das Ganze schmackhafter zu machen. „Das heißt, niemand wird sich beschweren, wenn du den ganzen Tag Klavier übst.“

„Oh, Nachbarn haben wir schon“, erklärte Lena, die das Auto heranfahren gehört und nun die Einfahrt überquert hatte, um Lillys Vater zu umarmen. „Auf einer Lichtung im Wald gibt es noch eine alte Jugendstilvilla. Zwei Brüder wohnen dort. Der jüngere von beiden müsste in deine Klasse gehen, Lilly. Er ist ein sehr netter Junge.“

Nun, Lena musste es ja wissen, sie war in diesem Kaff aufgewachsen. Lilly zwang sich zu einem höflichen, wenngleich nicht gerade begeisterten Lächeln. Netter Junge, alles klar ...

Rasch drehte sie sich um, lief zum Umzugswagen zurück und begann, einige der Kartons hervorzuzerren. Wenigstens hatte sie noch ihre Bücher, wenn schon der Flügel verschollen war!

Sie kannte das Haus bereits, wusste also, wo ihr Zimmer lag und schleppte die Kiste selbständig nach oben, ohne sich weiter um Lena und ihren Vater zu kümmern. Die beiden konnten ein bisschen Privatsphäre sicher gebrauchen.

Als sie den dritten Karton in ihr neues Zuhause verfrachtet hatte und über den Hof lief, um Nachschub zu holen, bemerkte sie zwei Mädchen auf der anderen Seite der Einfahrt. Die eine war jünger als Lilly, ziemlich unscheinbar, mit langen, geflochtenen Heidi-Zöpfen, die andere das genaue Gegenteil.

Verblüfft hielt Lilly inne. Vor ihr stand Barbie in Fleisch und Blut, wahrhaftig! Rosa lackierte Zehennägel guckten aus glitzernden Riemchensandalen mit halsbrecherischen Absätzen, darüber erstreckten sich bewundernswert lange, gebräunte Beine, die von einem knappen Jeansrock nur unzureichend bedeckt wurden. Auch das pinkfarbene Top, auf dem in Schnörkelschrift tatsächlich Girl Power stand, enthüllte mehr als es verbarg, und zu allem Überfluss war das offene, weit über die Schultern fallende Haar so blendend blond, dass Lilly beinahe blinzeln musste.

Wow ... Lilly hatte sich für einen weitestgehend vorurteilsfreien Menschen gehalten, aber in diesem Fall ... Dieser Fall war eine echte Herausforderung!

Lillys zugegebenermaßen nicht sehr höfliches Starren bemerkend, lächelte das Barbie-Mädchen und stakste elegant auf sie zu. „Hallo“, rief sie über den Hof hinweg. „Ich bin Anna-Maria und das hier ist meine Schwester Kathy.“ Sie deutete mit einer manikürten Hand auf das schüchterne Mädchen, das noch immer am Zaun stand. „Du musst die Neue sein. Lillian, nicht?“

Lilly nickte zaghaft. In Hamburg wäre so ein Umzug niemandem aufgefallen. Hier schien sich das Ganze reichlich schnell herumgesprochen zu haben. „Lilly“, verbesserte sie, mit einiger Verspätung. „Die meisten nennen mich Lilly.“

„Ah, okay.“ Anna-Maria wirkte ein wenig irritiert. „Mein Vater ist Bürgermeister hier in der Stadt“, erklärte sie dann, wieder an Selbstbewusstsein gewinnend. „Herzlich willkommen bei uns!“

Etwas in Lilly befürchtete, nun eine Art Präsentkorb mit rosa Schleifchen überreicht zu bekommen, doch diese Befürchtung erfüllte sich nicht. Stattdessen bemerkte Anna-Maria mit einer überraschend aufrichtigen Begeisterung: „Wenn du magst, kann ich dir die Stadt zeigen! Wir könnten Eis essen gehen oder so ...“

„Hm ...“ Lilly zögerte einen Moment, in dem sie verstohlen an sich herabblickte: schwarze Sneakers, schwarze Jeans, schwarze Bluse ... Neben Anna-Maria würde sie aussehen wie Draculas Tochter persönlich! Andererseits: Das Barbie-Mädchen wirkte netter als erwartet, und ein kühles Himbeereis mit Schokosoße war bei dem Wetter allemal eine bessere Aussicht als Kistenschleppen.

„Okay“, meinte sie schließlich, wenngleich mit eher gedämpftem Enthusiasmus. „Ich geh nur schnell meinen Vater fragen, ja?“

Auf einer gewissen Ebene hoffte sie trotz allem, ihr Vater würde es nicht erlauben, der allerdings war gerade dabei, mit Lena die Wandfarbe für sein neues Arbeitszimmer zu diskutierten und nickte nur zerstreut, ohne Lilly weiter zu beachten. Na schön. Rasch mit den Fingern ihre zerzausten Haare glättend und den Blick in den Spiegel bewusst meidend, sprang Lilly die Treppe hinunter.

Wenige Minuten später fand sie sich an Anna-Marias Seite im Stadtzentrum wieder und blickte sich neugierig um. Es war nicht ganz so schlimm, wie sie es sich vorgestellt hatte, das Städtchen war größer als gedacht. Es gab eine kleine Bücherei, einige Geschäfte und sogar ein winziges Kino, das jedoch Filme anpries, die mindestens seit einigen Monaten nicht mehr aktuell waren. Beherrscht wurde das alles von der beeindruckenden, mittelalterlichen Fassade des alten Rathauses, das mehr wie eine Festung wirkte denn ein Ort der Bürokratie, von Anna-Maria aber mit besonderem Stolz betrachtet wurde, schließlich war dies die Domäne ihres Vaters, des Bürgermeisters.

Auf diese Weise zeigte Anna-Maria Lilly alles und redete dabei unaufhaltsam und mit nur wenigen Unterbrechungen. Innerhalb kürzester Zeit erfuhr Lilly so den neuesten Dorfklatsch, die wichtigsten Fakten über die

Schule, die Lehrer – und natürlich die Jungs an der Schule. Jungs waren immer noch das Thema, als sie sich in der Eisdiele niederließen, der einzigen in der Stadt. Aus der Ferne hatte sie schick ausgesehen, im angesagten Retrostil der fünfziger Jahre, aus der Nähe betrachtet mutmaßte Lilly jedoch, die Einrichtung stamme tatsächlich noch aus den Fünfzigern. Was allerdings auch seinen Charme hatte, wie sie zugeben musste ...

Anna-Maria hörte sie mittlerweile nur noch mit halbem Ohr zu. Eigentlich wollte sie hier ohnehin nicht lange bleiben, welchen Wert hatte es da, sich einzugewöhnen? Sobald sie achtzehn wurde, würde sie von hier verschwinden, so viel stand fest. Das war dann in zwei Jahren ... Eine lange Zeit, wenn man es genau betrachtete ...

Lilly hob den Blick von ihrem Getränk und zwang sich, sich genauer auf Anna-Marias Worte zu konzentrieren.

In diesem Moment sah sie den Engel.

Ein Engel in Bluejeans

Er stand an eine Litfasssäule gelehnt in der Sonne, die Gestalt hochgewachsen und schlank, von Licht eingehüllt wie in einen Mantel aus funkelndem Glas. Seine Haut war weiß wie frisch gefallener Schnee und sie leuchtete, als flössen Ströme von winzigen, bläulich glühenden Flammen durch seine Adern statt Blut. Sein Gesicht war das einer griechischen Statue, fein geschnitten und ebenmäßig, das Haar schimmerte wie hauchfeine, von Samt überzogene Fäden aus Gold, und die Augen ... Die Augen ließen Lilly den Atem anhalten. Groß und mandelförmig und sonderbar kristallin, so als bestünden sie aus hundertfach geschliffenem Diamant, und dabei leuchteten sie in sämtlichen Blautönen, die Lilly je gesehen hatte, von dunklem Saphir bis zu strahlendem Azur. In diese Augen zu blicken fühlte sich an, als ertränke man in allen Ozeanen zugleich, oder als stürze man kopfüber durch den Himmel. Lilly spürte, wie ihr schwindelig wurde, gleichzeitig hatte sie sich noch nie so wohl gefühlt.

Dann drehte der Engel den Kopf, trat aus dem Licht heraus, und die sonderbare Illusion verschwand. Die Gestalt war plötzlich nichts weiter als ein ganz normaler Junge. Ein Junge, der stirnrunzelnd zu ihr hinüberblickte, weil sie ihn derart penetrant anstarrte. Eigentlich, so dachte sie flüchtig, wirkte er sogar regelrecht entsetzt. Hastig senkte Lilly den Blick und fühlte, wie sie errötete.

Anna-Maria kicherte leise. Lillys Gesicht glühte vor Scham, dennoch konnte sie nicht anders, als behutsam einen weiteren Blick in die Richtung des Jungen zu werfen. Er war ein Mensch, zweifellos. Ein ungewöhnlich gutaussehender Mensch, das musste man ihm lassen, doch nichts weiter. Er trug ein schlichtes, weißes T-Shirt und Bluejeans, vollkommen durchschnittliche Kleidung, die an ihm jedoch nahezu absurd elegant wirkte.

Wer hätte allerdings jemals von einem Engel in Bluejeans gehört? Und was hatte sie auch erwartet? Dieses dämliche Kaff machte sie noch ganz irre! Oder vielleicht war es auch einfach nur die Hitze ...

„Er ist süß, was?“, bemerkte Anna-Maria spöttisch, was Lilly zum dritten Mal erröten ließ. „Ich an deiner Stelle würde allerdings lieber die Finger von ihm lassen. Er ist ein Freak, wirklich.“

Lilly fuhr ein wenig zusammen. „Du kennst ihn?“, fragte sie, beinahe erschrocken.

„Sicher.“ Anna-Maria zuckte mit den Schultern. „Er geht in meine Klasse. Und jetzt auch in deine.“ Sie grinste maliziös. „Alahrian!“, rief sie laut und winkte den Jungen, ihrer geringschätzigen Bemerkung von eben zum Trotz, in einer einladenden Geste zu ihnen an den Tisch.

Lilly schluckte hart und fühlte, wie ihr Herz zu rasen begann. Auch der Junge – Alahrian – wirkte keineswegs begeistert, setzte sich aber dennoch gehorsam in Bewegung und trat mit wiegenden, bemerkenswert geschmeidigen Schritten auf sie zu. Etwas seltsam Misstrauisches, Scheues, Abschätzendes glänzte in seinem Blick, sein Gesichtsausdruck jedoch blieb davon unberührt.

„Hallo“, begrüßte er die beiden Mädchen freundlich. Seine Stimme klang wie silberne Glöckchen, angeschlagen von einem milden, warmen Sommerwind.

„Hi, Alahrian“, antwortete Anna-Maria lässig. „Das ist Lillian“, stellte sie ihre neue Freundin vor, die nichts als ein verkrampftes Lächeln zustande brachte. „Sie ist eben erst hierher gezogen. Sie wird in unsere Klasse gehen.“

Alahrian schenkte ihr ein Lächeln, geeignet sämtliche Zahnpastamodels dieser Welt vor Neid erblassen zu lassen. „Willkommen“, meinte er augenzwinkernd.

„Danke.“ Es kostete Lilly Mühe, das Wort hervorzubringen, vor allem, da nun Alahrian seinerseits sie durchdringend anstarrte. Ihr Herz klopfte mittlerweile so heftig, dass es zu zerspringen drohte, doch sie konnte auch den Blick nicht abwenden.

Eine peinliche Gesprächspause entstand. Keiner von beiden wusste etwas zu sagen, und sogar die selbstbewusste Anna-Maria schwieg.

„Also dann“, bemerkte Alahrian endlich. „Man sieht sich ...“

Rasch wandte er sich ab und verschwand wenige Meter weiter in dem winzigen Buchladen, der auch Lilly bereits aufgefallen war. Er beschleunigte seine Schritte nicht, und doch sah es beinahe so aus, als flüchtete er in das Geschäft.

„Was war denn das?“, kommentierte Anna-Maria spöttisch. Und, fast wie eine Entschuldigung, fügte sie hinzu: „Normalerweise ist er nicht so schüchtern. Aber ich hab’s dir ja gesagt: Er ist ein Freak.“

Damit schien das Thema für sie erledigt. Unbekümmert sog sie an ihrem Strohhalm und rührte damit in dem quietschig bunten Milchshake. Lilly zog es vor, nicht zu antworten.

„Was hältst du davon, wenn ich für dich eine Party gebe?“, schlug Anna-Maria plötzlich vor. „Um deine Ankunft zu feiern. Dann kannst du gleich die anderen kennen lernen!“

Lilly hatte eigentlich nicht vor, hier irgendjemanden kennen zu lernen, aber sie nickte trotzdem.

„Das wird super!“ Anna-Maria schien sich an ihrer Schweigsamkeit nicht im Geringsten zu stören. „Wir könnten es am Samstag machen, in unserem Garten! Ein Grillfest!“

Lilly nahm einen Schluck von ihrem Kirschsaft und sagte dann: „Ich bin Vegetarierin.“ Das war alles, was ihr dazu einfiel.

„Oh!“ Anna-Maria schaute sie einen Moment lang an, als habe Lilly da ein arges Unglück getroffen, doch sofort hellte sich ihre Miene wieder auf. „Dann machen wir dir eben einen Gemüsespieß oder so was! Das wird ganz toll, du wirst sehen ...“

Lilly war wenig begeistert, zwang sich aber dennoch zu einem Lächeln. Sie wollte schließlich nicht zu unhöflich sein.

„Ich könnte ihn auch einladen", meinte Anna-Maria großzügig und warf einen vielsagenden Blick in die Richtung, in die Alahrian verschwunden war.

Und tatsächlich wartete sie so lange, bis Alahrian wieder aus dem Buchladen hervorkam, was ziemlich lange dauerte, lange genug, um der Vermutung Nahrung zu geben, er hätte sich darin verstecken wollen.

„Ich gebe ein Grillfest, am Samstag", sprach sie ihn an, ohne sich die Mühe zu machen, sich mit einer Einleitung aufzuhalten. „Du bist eingeladen! Um acht bei mir, okay?"

Alahrian blinzelte, offenbar überrascht. Er schien sich bewusst zu sein, was Anna-Maria von ihm hielt und anscheinend fragte er sich, was dieser plötzliche Sinneswandel zu bedeuten hatte. „Okay ...", antwortete er gedehnt, und sein Blick huschte auf Lilly, wie um dort eine Erklärung zu finden.

Lilly biss sich auf die Lippen und deutete ein Schulterzucken an.

„Und bring deinen Bruder mit!", fügte Anna-Maria hinzu.

„Ich werde ihn fragen." Irrte Lilly sich, oder war sein Tonfall plötzlich um mehrere Grade frostiger?

„Danke für die Einladung", meinte er steif. „Bis bald!"

Er wollte sich abwenden, nun eindeutig fluchtartig, Anna-Maria jedoch hielt ihn zurück. „Und ... Alahrian?"

„Ja?"

„Versuch, einigermaßen pünktlich zu sein, ja?"

Diesmal schoss eine sanfte Röte in Alahrians Gesicht empor, umso auffälliger, da sein Teint von elfenbeinerner Blässe war. Seine Haut war heller als Lillians, und das mochte schon etwas heißen. Was bei ihr jedoch so enervierend peinlich aussah, das wirkte bei ihm nahezu atemberaubend charmant.

„Ich werde es versuchen", versprach er, und Lilly fragte sich noch, weshalb Anna-Maria so grob mit ihm sprach, als Alahrian längst um die nächste Ecke verschwunden war.

„Sein Bruder ist echt cool", wisperte ihr Anna-Maria ins Ohr. „Er hat eine eigene Band und er legt manchmal im Club auf."

„Aha." Lilly hörte nicht richtig zu, während Anna-Maria weiter von Alahrians coolem Bruder Morgan schwärmte. Sie starrte weiter Alahrian hinterher, obwohl der längst nicht mehr zu sehen war ...

Alahrian mied auf dem Heimweg die Straße und rannte stattdessen durch den Wald, auch wenn das einen Umweg von mehreren Kilometern bedeutete. Doch auf diese Weise stellte er wenigstens sicher, nicht noch mehr Sterblichen über den Weg laufen zu müssen.

Er beruhigte sich erst, als er den Park der Villa erreichte und mit dem

Gartentor nicht nur die sichtbare Grenze des Grundstücks, sondern auch die unsichtbare passierte. Die Sterblichen kamen niemals hierher. Es war ihnen nicht direkt verboten und es war auch nicht wirklich gefährlich. Es war auch nicht so, dass sie die verwunschene Jugendstilvilla, jenes Geisterschlösschen mitten im Wald, nicht fasziniert hätte. Doch wann immer ein verwegener Wanderer oder ein neugieriges Kind dem Haus zu nahe kamen, dann verloren sie urplötzlich das Interesse, überlegten es sich doch anders und kehrten um, ohne recht zu wissen, weshalb.

Der Schutzzauber funktionierte gut. Und Alahrian war dankbar dafür. Langsam entspannte er sich, während er über die Wiese schritt, an den üppig blühenden Sträuchern und Bäumen vorbei. Mit einem Seufzer der Erleichterung warf er den Zauber ab, die Maske, die er beständig trug, wenn er sich unter den Sterblichen bewegte und die sie glauben ließ, er sei einer der ihren. Leise zischend sank die Magie zu Boden, ein funkelnder, glitzernder Film, der rasch in der Erde versank und Sekunden später schon verpufft war.

Alahrian schüttelte sich, fing mit den Händen ein paar Sonnenstrahlen auf und genoss das warme, prickelnde Gefühl, als das Licht in seine Haut eindrang, sein Blut belebte und seinen Geist erfrischte. Wie elektrisiert strahlte sein Körper jetzt, ein mattes Glühen schimmerte unter der Oberfläche, und er ließ es geschehen. Hier würde ihn niemand sehen. Er war allein, geschützt ... sicher.

Einige Vögel flogen heran, um ihn mit ihrem Gesang zu begrüßen, ein Schmetterling ließ sich auf seinem Arm nieder, die Wärme genießend, die er verströmte.

Tief sog Alahrian den Duft der Blüten ein, lächelte über ihre Schönheit und erfreute sich an ihrem Bemühen, als einige längst verwelkte Kelche sich noch einmal öffneten, bloß um ihm zu gefallen.

Während er den Park durchquerte und die Maske hinter sich ließ, streifte er wie selbstverständlich auch seine Turnschuhe ab und ließ sie achtlos hinter sich im Gras liegen. Was für eine Erleichterung! Die Kleidung der Sterblichen war ja ganz in Ordnung, wie jemand seine Füße in so etwas Abstruses wie Schuhe stecken konnte, das würde er jedoch niemals begreifen. Sie waren wie kleine Gefängnisse, und selbst nach all den Jahren hatte er das Gefühl, das Gleichgewicht verlieren zu müssen, weil er den Boden unter den Sohlen nicht spüren konnte. Jetzt aber fühlte er das weiche Gras zwischen den Zehen, die Erde unter der Haut, warm und fett und voller Leben. So federleicht tanzte er über die Wiese, dass kein einziger Grashalm umknickte. Seinesgleichen fügte den Pflanzen niemals Schmerzen zu, anders als die Menschen, die sie achtlos niedertrampelten.

Über die gläserne Verandatür schlüpfte er ins Haus, durchquerte schnell die marmorne Eingangshalle und blieb am Treppenabsatz zum Keller stehen.

Morgan?, rief er in Gedanken seinen Bruder und lauschte, doch es kam nur eine diffuse Art von Unaufmerksamkeit als Antwort, was bedeutete, Morgan musste gerade mit irgendetwas beschäftigt sein. Die lautlose Kommunikation funktionierte nicht, wenn der andere nicht hinhörte, selbst zwischen ihnen beiden nicht. Natürlich war der döckalfar nicht wirklich Alahrians Bruder, im Grunde waren sie sogar von ganz anderer Art. Doch sie waren schon so lange Gefährten, dass es sich beinahe so anfühlte, als wären sie tatsächlich vom selben Blut. Was nicht bedeutete, dass der döckalfar nicht zuweilen ein echtes Ärgernis darstellte ... Morgan, dachte Alahrian verstimmt, war einer der schlechtesten Wächter aller Zeiten. Er hätte hier oben um sein Leben kämpfen können, und Morgan hätte es überhaupt nicht bemerkt.

Seufzend begann Alahrian, die Treppe hinunterzusteigen. Dort unten, im Keller, lag Morgans Reich. Die Treppe endete nach einigen Absätzen in einem matt beleuchteten Vorraum, und dahinter erstreckte sich das, was Alahrian Morgans Höhle zu nennen pflegte. Eine Höhle jedoch war es nur auf den ersten Blick. Zwar bestanden die Wände aus schwarzem, nur grob behauenem Stein, doch die Ausstattung des Raumes war alles andere als primitiv.

Unzählige, verschiedenfarbige Lampen verbreiteten ein nahezu taghelles Licht – kaltes Licht, künstlich, unnatürlich. Alahrian schauderte unwillkürlich davor zurück. Teure Designermöbel erweckten den Anschein, sich in einem besonders spleenigen Nachtclub zu befinden, und dazu passte auch die überdimensionale Stereoanlage, nebst all dem anderen technischen Schnickschnack, den Morgan nahezu leidenschaftlich sammelte. Die döckalfar mochten sich an dunklen, schattigen Orten am wohlsten fühlen, auf Komfort verzichten wollten sie dabei jedoch keineswegs.

Von jeglichem Hightech ausgenommen war allein das Bett, das die hinterste Ecke der Höhle zierte. Es machte einen höchst archaischen Eindruck, und der täuschte auch nicht. Fünfzehntes Jahrhundert, Eichenholz, da war sich Alahrian ziemlich sicher. Ein Baldachin aus rotem Brokat überspannte Kissen aus schwarzer, chinesischer Seide, mit kunstvollen Mustern bestickt. Und hier hingen tatsächlich Fackeln an der Wand, um einiges passender als die hochmodernen LED-Lampen, die Morgan sonst bevorzugte.

Alahrian atmete auf. Wenigstens war das Bett leer. Nichts war peinlicher, als Morgan mit einer seiner zahlreichen Gespielinnen zu überraschen ...

Der Herr der Höhle selbst saß indes auf einer cremeweißen Ledercouch vor seinem Flachbildschirm, eine Spielkonsole in der Hand, den Blick konzentriert auf die flimmernden Bilder vor sich gerichtet.

Alahrian verdrehte die Augen, während auch er für zwei Sekunden dem Videospiel folgte. Ein stark behaarter Felsentroll wurde dort gerade von einer vollbusigen Dame mit langen, spitz zulaufenden Ohren vermöbelt, die ganz offensichtlich eine Elfe darstellen sollte.

Alahrian runzelte die Stirn. „Findest du das witzig?", knurrte er missbilligend.

Morgan blickte nicht einmal auf. „Ja", lautete die knappe Antwort.

Alahrian setzte sich neben ihn und versuchte, das Gefühl des Unbehagens abzuschütteln, das ihn stets befiel, wenn er hierher kam. Er war durchaus in der Lage, einige Minuten, wenn nötig sogar Stunden, ohne Sonnenlicht auszukommen, an einem Ort jedoch, wo es niemals Tag wurde, wo niemals Sonnenstrahlen die kalten Wände berührten, fühlte er sich schlicht und ergreifend nicht wohl. Ganz anders als Morgan.

„Morgan?", versuchte er erneut, die Aufmerksamkeit des anderen auf sich zu lenken, um das Gespräch möglichst schnell hinter sich zu bringen. „Ich habe heute ein Mädchen getroffen."

Morgan grinste, ohne den Blick von dem Spiel zu nehmen. „Freut mich für dich", bemerkte er anzüglich. „Das wurde aber auch Zeit!"

Alahrian ignorierte die Worte, auch wenn es ihn einiges an Selbstbeherrschung kostete. „Sie hat mich gesehen", fuhr er fort, leise und behutsam, fast eingeschüchtert, als könne er die Blicke des Mädchens noch immer auf sich ruhen fühlen.

„Oh, mein Gott!" Morgan verzog spöttisch das Gesicht. „Das muss ein Schock für sie gewesen sein! Bei der Frisur!"

Alahrian schnaubte und ärgerte sich über sich selbst, weil er sich unwillkürlich in die Haare griff. Die Haare waren ein gefährliches Problem, und Morgan wusste das sehr wohl. Sie hätten ihn sofort verraten, mehr noch als alles andere. Und dabei waren sie schwieriger zu verbergen. In diesem Augenblick leuchteten sie wie flüssiges Gold, obwohl es hier unten so dunkel war, auffällig wie eine rot blinkende Warnlampe. Aber das spielte jetzt keine Rolle.

„Ich meine, sie hat mich gesehen, wie ich wirklich bin!", erläuterte Alahrian mit Nachdruck. „Sie hat durch den Zauber einfach hindurchgesehen!"

„Was?" Morgan ließ die Spielkonsole sinken. Eine steile Falte erschien auf seiner Stirn. „Warst du unaufmerksam?"

„Nein." Alahrian schüttelte heftig den Kopf.

„Komm schon, du musst einen Fehler gemacht haben!"

Alahrian biss sich auf die Lippen. „Nein. Ich bin ganz sicher."

Morgan überlegte. Auf dem Bildschirm machte sich inzwischen der Felsentroll über die Elfe her. „Woher weißt du, dass sie dich gesehen hat?", erkundigte er sich. „Hat sie etwas gesagt?"

Alahrian verneinte. „Ich konnte es an ihrem Blick erkennen. Sie hat mich angestarrt wie ... wie ..." Er suchte nach Worten.

Morgan grinste wieder. „Nun, das könnte auch an der Frisur ..."

„Bitte, Morgan!", unterbrach Alahrian ihn wütend. „Sei ernst!"

„Nicht so empfindlich, liosch." Morgans Stimme klang noch immer neckend, doch er legte Alahrian beruhigend die Hand auf den Arm. „Ich glaube, du machst dir zu viele Sorgen", meinte er sanft. „Das Mädchen kann nichts als einen flüchtigen Schatten gesehen haben. Wahrscheinlich hat sie es längst vergessen. Und wenn nicht – wer sollte ihr schon glauben?" Er zuckte gleichmütig mit den Schultern.

Alahrian aber war nicht bereit, das Thema so leicht abzutun. „Du unterschätzt die Sterblichen. Sie sind gefährlich, das weißt du." Flüchtig wollte eine Erinnerung in ihm aufblitzen, an Eisen und Schmerzen, an gequälte Schreie, die ungehört im Dunkeln verhallten. Seine eigenen Schreie. Mit Macht drängte er die Erinnerung zurück und auch die Furcht, die sie begleitete.

Morgans dunkler, lichtschluckender Blick fing den seinen auf und hielt ihn fest. „Es ist mehr als dreihundert Jahre her", meinte er ernst. „Sie haben sich verändert seitdem. Du müsstest das eigentlich besser wissen als ich! Wer hängt denn ständig mit ihnen rum?"

„Du weißt, warum ich das tue." Alahrian wich seinem Blick aus. „Es ist einfacher, sich ein wenig anzupassen. Sich unter sie zu mischen. Nicht aufzufallen." Einfacher ... und sicherer. Aber das war nur die halbe Wahrheit. Die Gesellschaft der Sterblichen, so gefährlich sie auch sein mochte, war besser als die Einsamkeit. Besser als Jahrhundert für Jahrhundert allein zu sein. Aber das wusste Morgan genauso wie er. Es war kein Zufall, dass er jede Nacht ein anderes Mädchen mit nach Hause brachte, wie groß das Risiko auch sein mochte ...

Morgan seufzte. „Dann vergiss die Kleine einfach! Geh ihr aus dem Weg!"

Alahrian blickte verlegen zu Boden. „Das wird nicht so einfach sein", gestand er kleinlaut. „Ich bin auf eine Party eingeladen. Und ich habe zugesagt. Sie wird gewiss auch da sein."

Morgan verdrehte die Augen. „Eine Party? Das ist wirklich albern, Alahrian, selbst für dich!" Aber ein liosalfalar brach sein Wort nicht, niemals, selbst wenn es sich um eine Albernheit handelte, und auch das wusste Morgan ebenso wie Alahrian selbst.

„Es ist ein Grillfest", erklärte er, als mache das die Sache besser, und wider Willen fühlte er fast so etwas wie aufgeregte Nervosität in sich.

„Perfekt!" Morgan grinste spöttisch. „Wo du doch so gerne gebratenes Fleisch isst, nicht wahr?"

Alahrian musste sich beherrschen, um nicht angeekelt das Gesicht zu verziehen. Dennoch ... Er konnte nicht aus seiner Haut, und etwas in ihm freute sich auf das Fest. Alle alfar liebten Feste, egal welcher Art. Und er würde die Gelegenheit nutzen können, diese Lillian genauer zu beobachten.

„Sie hat den Vorfall längst vergessen, glaub mir", prophezeite Morgan selbstsicher. „Die Sterblichen sind erstaunlich flatterhaft!"

Lillian dachte tatsächlich kaum mehr an den Vorfall, Alahrian hingegen ging ihr nicht mehr aus dem Kopf. Dabei hatte sie reichlich zu tun, um sich abzulenken. Das halbe Wochenende lang schleppte sie Umzugskisten, räumte in Zeitungspapier verpackte Kleinigkeiten aus und leere Regale ein und versuchte, ihre Lieblingsbücher so anzuordnen, dass sie ihr auch in dem fremden Zimmer ein vertrautes Gefühl von Zuhause gaben. Das Wichtigste allerdings fehlte noch immer: der Flügel. Ihr Vater hatte schon zweimal bei der Speditionsfirma angerufen, doch der Flügel war noch immer nicht angekommen. Insgeheim vermutete Lilly sogar, es stecke eine böse Absicht dahinter. Ihr Vater wollte nicht, dass sie Konzertpianistin wurde wie ihre Mutter. Er war strikt gegen das Musikstudium am Konservatorium, hätte es lieber gesehen, wenn Lilly etwas „Richtiges" gelernt hätte. Als ob es eine Schande wäre, seinem größten Traum zu folgen! Ein bisschen jedoch konnte Lilly es sogar verstehen. Die Ehe ihrer Eltern war an der Karriere ihrer Mutter zerbrochen. Aber das bedeutete schließlich nicht, dass Lilly ein ähnliches Schicksal treffen musste!

Jedenfalls: Die verspätete Ankunft des Flügels – oder sein Verlust – hätte ihrem Vater nur Recht sein können. Aber sie wollte ihm ja nichts unterstellen ...

Seufzend hängte sie ihre Kleider in den neuen Schrank und überlegte dabei angelegentlich, was sie zu der Party am Samstag wohl anziehen sollte. Was trug man wohl in bayerischen Dörfern zu solchen Anlässen? Dirndl und Lederhosen? Frustriert verdrehte Lilly die Augen. Eigentlich hatte sie überhaupt keine Lust, zu diesem Fest zu gehen. Sie mochte keine Partys, und schon gar keine Grillpartys, wo man in Soße getränkte, tote Tiere aß. Widerlich. Sie schüttelte sich. Bestimmt würde Anna-Maria ihre ganze neue Klasse einladen. Nun ja, ein bisschen neugierig war Lilly schon, die gesamte Stadtjugend kennen zu lernen. Oder vielleicht doch nur einen von ihnen? Einen mit blonden Haaren und traumhaft blauen Augen?

Hastig schüttelte sie den Gedanken ab. Als der Samstag Abend jedoch heranrückte, ertappte sie sich selbst dabei, unnötig lange vor dem Spiegel und um noch einiges länger vor dem Kleiderschrank zu stehen. Endlich wählte sie ihre Lieblingsbluse, die violette mit den langen, samtenen Trompetenärmeln, und dazu einen kurzen, schwarzen Rock. Kritisch musterte sie ihr eigenes Abbild im Spiegel. Eigentlich war sie nicht wirklich ein Gothic-Mädchen, keine von denen, die umgedrehte Kreuze oder Drudenfüße am Hals trugen.

Doch sie konnte nichts dagegen machen, wie eines auszusehen. Ihr Haar war pechschwarz, jeder Versuch, zumindest ein paar hellere Strähnen hineinzufärben, versagte kläglich. Letzten Sommer hatte sie es abgeschnitten, weil sie hoffte, mit den kurzen Haaren älter auszusehen, doch es wirkte nur frecher, nicht älter.

Sie war sechzehn, wurde aber beständig für jünger gehalten. Dass sie klein und viel zu schlank war, half da auch nicht besonders weiter. Lilly hatte nie verstanden, warum es in aller Welt als Ideal galt, dünn zu sein. Sie war dünn, und sie fand es keineswegs schön. Schön fand sie auch ihre blasse Haut nicht. Sie stand in eigentümlich unnatürlichem Kontrast zu den schwarzen Haaren und widerstand sowohl Sonnenstrahlen als auch Bräunungscreme. Ihr Spitzname Schneewittchen rührte von diesem Gegensatz. Dunkles Haar, weiße Haut ... Selbst wenn sie Pink getragen hätte, so wie Anna-Maria, hätte sie wie ein Gruftie ausgesehen.

Also hatte sie schon vor Jahren beschlossen, aus der Not eine Tugend zu machen und lief absichtlich in dunklen, verspielten, ein wenig spleenigen Gothic-Klamotten herum.

Heute allerdings verzichtete sie darauf, ihre eigene Eigentümlichkeit noch zu betonen, legte nur ein leichtes Augen-Make-up auf und benutzte einen unauffälligen, roséfarbenen Lipgloss. Mit dem Ergebnis halbwegs zufrieden, stopfte sie ihr Geschenk, mit dem sie sich bei Anna-Maria für die Party bedanken wollte, in die Tasche, lief die Treppe hinunter und verabschiedete sich schnell bei ihrem Vater, bevor sie das Haus verließ.

Obwohl sie noch immer keine Lust auf die Grillparty hatte, musste sie Anna-Maria zugestehen, dass sie sich wirklich sehr viel Mühe gegeben hatte. Ihr Vater war Bürgermeister, das Haus entsprechend riesig, der Garten umso mehr. Anna-Maria hatte unzählige bunte Lampions in den Bäumen aufgehängt, brennende Fackeln wiesen den Gästen den Weg, und auf der Terrasse stand auch schon der Grill bereit.

Lilly war nicht die erste. Im Garten tummelten sich schon einige Gäste, die nun, da sie um die Ecke bog, neugierig zu ihr hinstarrten. Alahrian war nicht unter ihnen.

Anna-Maria begrüßte sie mit einer Umarmung und einem angedeuteten Kuss auf beide Wangen. „Wie schön, dass du da bist! Komm, ich stelle dich den anderen vor!“

Es folgte ein peinliches Hallo, das Lilly unangenehm war, weil sie nicht gern derart im Mittelpunkt stand. Sie bemühte sich allerdings, netter zu sein als sie sich fühlte und das war auch nicht allzu schwer, denn die anderen nahmen sie wirklich sehr freundlich auf und schlossen sie sogleich in alle Gespräche mit ein.

„Hast du dich schon eingelebt bei uns?“, fragte ein hübsches, blondes Mädchen, Eva, wenn sie sich richtig erinnerte.

„Es geht“, gestand Lilly. „Mein Zimmer ist noch nicht ganz fertig.“

„Wir helfen dir gerne“, bot einer der Jungs an und wurde daraufhin sofort von einem seiner Freunde in die Seite geboxt.

„Ja, das glaube ich, dass du ihr gerne helfen willst!“

Alle lachten, Lilly wurde rot, und Anna-Maria legte ihr den Arm um die Schultern. „Jungs!“, schnaubte sie verächtlich. „Komm mit!“

Sie setzten sich in die Hollywoodschaukel, zu Anna-Marias kleiner Schwester, einem schüchternen Mädchen mit rot-blonden Zöpfen und freundlichen, rehbraunen Augen. „Holst du uns zwei Cola, Kathy?“, fragte Anna-Maria und schickte die Jüngere damit fort.

Lilly warf einen unauffälligen Blick in Richtung der Jungs, die als kleine

Gruppe etwas abseits standen und sich lachend unterhielten. Nein, Alahrian war wirklich nirgends zu sehen.

Anna-Maria musste die Enttäuschung in ihrem Blick bemerkt haben, denn sie grinste plötzlich und flüsterte ihr ins Ohr: „Er ist noch nicht da. Aber er wird schon noch kommen, versprochen."

Lilly konnte sich nicht beherrschen zu fragen: „Wieso bist du so sicher?"

Anna-Maria zuckte mit den Schultern. „Er kommt auf jede Party, wenn man ihn einlädt. Aber er kommt nie pünktlich. Keine Ahnung, warum, vielleicht braucht er den großen Auftritt, eine Art Ego-Problem oder so was."

Sie schüttelte verächtlich den Kopf. „Er ist überhaupt immer zu spät, sogar in der Schule. Die Lehrer lassen es ihm nur durchgehen, weil er der Beste in der Klasse ist. Ein richtiger Streber, wenn du mich fragst." Sie schnaubte und sprang auf, um die Getränke entgegenzunehmen, die Kathy gebracht hatte. Mit einem Lächeln entschuldigte sie sich, um eine Gruppe von Mädchen zu begrüßen, die soeben den Garten betraten.

Lilly wandte sich an Kathy, die einen Teil der abschätzigen Rede ihrer Schwester mit angehört hatte. „Gibt es einen besonderen Grund, warum sie Alahrian nicht ausstehen kann?", erkundigte sie sich neugierig. Sie hätte vielleicht besser die Klappe halten sollen. Andererseits: Dafür war es eindeutig zu spät.

Kathy setzte sich neben sie in die Hollywoodschaukel. „Das ist eine lange Geschichte", antwortete sie ausweichend. „Besser, du fragst sie selbst." Sie schwieg einen Moment lang und meinte dann, ehrlich besorgt, nicht gehässig wie Anna-Maria: „Und besser, du lässt die Finger von Alahrian. Er ist wirklich süß, ich weiß, aber er ... er ist auch echt merkwürdig, verstehst du?"

Lilly verstand nicht ganz. „Warum?", fragte sie offen. „Was ist so Besonderes an ihm?"

„Nun, er ist eben ... anders. Seine Eltern sind gestorben, bei einem Autounfall oder so. Eine Zeitlang haben er und sein Bruder bei ihrer Großmutter gelebt, doch die ist schon alt und krank. Sie wohnen jetzt ganz allein in der alten Villa, mitten im Wald."

Lilly war überrascht. „Sie wohnen allein? Echt?"

Kathy nickte. „Morgan ist schon Mitte zwanzig. Er hat das Sorgerecht oder so über Alahrian."

Lilly schwieg betroffen. Was für eine traurige Geschichte! Konnte es sein, dass dieses Kuhnest in der Tat so rückständig war, zwei Menschen zu verurteilen, nur weil sie einiges durchgemacht hatten? Plötzlich tat Alahrian ihr leid. Es musste entsetzlich sein, seine Eltern zu verlieren, doch ganz allein auf sich selbst gestellt sein, allein mit einem Bruder, der selbst kaum erwachsen war ... Lilly hätte ihre eigenen Eltern oft genug auf den Mond schießen können, aber das? Sie schauderte.

Während sie noch ihren Gedanken nachhing, knuffte Kathy sie plötzlich in die Seite. Das Objekt ihres Interesses kam gerade um die Ecke geschlendert!

Lilly hielt den Atem an, denn Alahrian, wie er so durch den Garten schritt, sah so gar nicht aus wie die arme, bemitleidenswerte Waise, von der sie gerade noch gesprochen hatten.

Er trug schwarze, enganliegende Jeans und ein hellblaues Hemd, Kleidung, die ihn in keiner Weise von den anderen Jungs abhob, und doch überstrahlte er sie alle, allein durch die geschmeidige Eleganz seiner Bewegungen, durch die Art und Weise, wie er den Kopf hielt, das üppig blonde Haar zurückwarf und lächelte, um Anna-Maria zu begrüßen, die ihm trotz ihrer offenkundigen Abneigung sogleich entgegenlief.

Kathy stupste Lillian in den Rücken, sprang von der Schaukel und bedeutete Lilly mit einem Blick, ihr zu folgen. Langsam gingen die beiden Mädchen Alahrian ebenfalls entgegen.

„Du bist zu spät", bemerkte Anna-Maria bissig, kaum dass Alahrian in Hörweite war.

Der warf einen bestürzten Blick auf eine bemerkenswert teuer aussehende Armbanduhr und wirkte ehrlich zerknirscht. „Aber doch nur eine Stunde", meinte er entschuldigend.

Das war sein Ernst. In seinen beunruhigend blauen Augen war nicht der geringste Schalk zu lesen. Er machte einen aufrichtig schuldbewussten Eindruck, als Anna-Maria die Augen verdrehte. „Wo ist dein Bruder?", fragte sie unfreundlich.

„Arbeiten. Im Club."

„Schade." Sie wandte sich zum Büffet um und fischte eine Bierflasche aus einem der Kästen. „Willst du?"

Er schüttelte den Kopf. „Nein, danke."

„Er trinkt nie Alkohol", wisperte Kathy Lillian zu, die einige Schritte von den beiden entfernt stehen geblieben war. „Nur Wasser. Und essen tut er auch nie etwas."

Das hörte sich aus ihrem Mund an, als sei es ein Verbrechen. Lilly antwortete nicht.

„Nun gut, wie du möchtest. Bedien dich, wenn du deine Meinung änderst." Schnippisch wandte sich Anna-Maria ab und ließ Alahrian einfach stehen.

Und Lilly erschrak bis ins Mark, als ihr klar wurde, dass auch Kathy sich klammheimlich weggeschlichen hatte. Sie war allein mit dem umwerfend gutaussehenden Jungen, der sie jetzt obendrein auch noch freundlich anlächelte.

Lilly schluckte hart. Anna-Marias Benehmen war ihr peinlich, obwohl sie alle beide zu wenig kannte, um es wirklich beurteilen zu können. Aber dies hier war schließlich auch ihre Party, oder nicht? Ihre Willkommensfeier.

„Ist sie immer so zu dir?", erkundigte sie sich bei Alahrian mit einem

Blick in Anna-Marias Richtung, wie um das Verhalten ihrer neuen Freundin damit zu entschuldigen.

„Nein." Alahrian grinste. Seine dunkelblauen Augen blitzten, und Lilly hatte das seltsame Gefühl, als hellten sie sich dabei auf, von Saphir zu einem offenen, weiten Ozeanblau. „Heute war sie netter als sonst." Gleichmütig zuckte er mit den Schultern.

Lilly senkte verlegen den Blick, fragte sich, was sie zu ihm sagen sollte, wie sie ein Gespräch mit ihm beginnen sollte, ohne in seinem Lächeln zu ertrinken.

„Und? Gefällt dir deine Party?", fragte er höflich.

„Sicher ..."

Er erkannte sofort den zögerlichen Unterton in ihrer Stimme. „Das hört sich nicht besonders begeistert an."

Lilly wurde rot. „Eigentlich", gestand sie, „stehe ich nicht besonders auf Partys."

„Wirklich?" Die ungewöhnliche Eröffnung schien ein neues Interesse in ihm zu wecken. „Und was magst du dann?"

Diese harmlose Frage provozierte eine peinliche Wendung des Gesprächs, und doch konnte Lillian nicht anders als ehrlich zu antworten: „Ich mag eher klassische Musik", erklärte sie, obwohl es wohl klüger gewesen wäre, das nicht so offen zuzugeben. Wenn sie nicht besser aufpasste, dann war bald sie der Freak, nicht Alahrian.

Der allerdings schien überhaupt nichts Ungewöhnliches zu finden an einem Teenager, der sich für Musik interessierte von Künstlern, die seit mindestens hundert Jahren tot und daher in keinster Form up to date waren.

„Zum Beispiel?", fragte er, vollkommen ungerührt.

„Klavier. Ich ... ich möchte Pianistin werden."

„Wirklich?" Seine Augen schienen sie zu bannen, während er ganz harmlos mit ihr plauderte. „Ich spiele auch. Ein bisschen zumindest ..."

„Tatsächlich?" Lilly spürte ihr Herz klopfen. „Hast du einen Lieblingskomponisten?"

„Ja. Chopin ... Seine Musik ist ... voller Wehmut, aber auch Süße ... wie ein goldener, sonnenbekränzter Herbstmorgen ..." Sein Blick schweifte ins Leere, und Lilly war zu sehr damit beschäftigt, sein ebenmäßiges, marmorblasses Gesicht zu studieren, um sich über seine merkwürdige Ausdrucksweise zu wundern. Sonnenbekränzt?

Bevor sie etwas sagen konnte, legte Anna-Maria ihr von hinten den Arm um die Hüften. „Hey, Lilly, komm, wir werfen den Grill an!"

Sie zerrte sie fort, noch bevor sie sich von ihrem Gesprächspartner verabschieden konnte.

„Ich hab dir doch gesagt, er ist ein Freak", zischte sie. „Lass ihn lieber in Ruhe!"

Lilly warf einen Blick zu Alahrian zurück. Der hatte sich inzwischen zu den anderen Jungs gesellt und plauderte locker in deren Mitte. Ein himmelblauer Blick und ein elfenbeinernes Lächeln glitten in ihre Richtung, und Lilly sah hastig weg.

Trotzdem ... Die anderen schienen ihn nicht so freakig zu finden wie Anna-Maria. Ganz im Gegenteil. Wenn er redete, dann lauschten alle, nie unterbrach ihn jemand, in jedes Gespräch wurde er sofort eingebunden, jedes Grüppchen nahm ihn auf, alle schienen ihn sofort mit einzuschließen, als wäre seine Anwesenheit eine besondere Ehre. Er war wie der Quarterback in amerikanischen Highshool-Filmen, jeder schien in einer gewissen Art und Weise zu ihm aufzublicken, ihn zu bewundern. Dennoch blieb er die ganze Zeit über seltsam distanziert, als wäre er nie vollständig anwesend. Er lachte, scherzte und plauderte wie die anderen, und obwohl er beständig in ihrer Mitte stand, schien er nicht richtig dazuzugehören, wirkte seltsam fremd ... anders. Keiner kam ihm zu nahe, keiner berührte ihn, und von den oft deftigen Witzen, die die Jungs bisweilen miteinander trieben, blieb er ausgeschlossen. Er war wie in einen Kokon aus klarem Kristall gehüllt, unberührbar, rein und fern.

Lilly bekam während des Abends genug Gelegenheit, ihn zu beobachten, aber nicht mit ihm zu sprechen. Doch sie fühlte seine Blicke auf sich ruhen, und sie selbst musste sich beherrschen, um ihn nicht beständig anzustarren. Nachdenklich stand sie am Grill und knabberte an einem Stück gerösteten Brotes herum, während die anderen ihr Fleisch brieten. Da stand er plötzlich neben ihr, ein Hauch von Wärme streifte sie, die nicht vom Feuer kam, ein Lächeln, weiß wie Schnee.

Irgendjemand kippte den Inhalt einer Wodkaflasche über den Grill, um die Glut anzuheizen, eine Stichflamme schoss empor, verkohlte das Essen am Rost und hüllte sie alle in eine Wolke aus beißendem, grauem Rauch.

„Spinnst du?“, zischte jemand, und im Nu war eine kleine, keifende Streiterei im Gange.

Lilly drehte sich zu Alahrian um. Sie war sicher, ihn nur eine Sekunde lang aus den Augen gelassen zu haben, doch er war verschwunden, und als sie sich umwandte, da erblickte sie ihn ganz am Ende des Gartens, an den Zaun gelehnt, so weit weg von allen anderen wie nur irgend möglich.

Sein Gesicht schimmerte weiß in der Dunkelheit. Zögernd trat sie auf ihn zu. Er schien sehr blass, blasser als sonst, in den Augen blitzte eine Art Erschrecken, der Abglanz von Schmerz, und während sie ihn ansah, da glaubte sie, die Flammen des Grills in seinen Pupillen tanzen zu sehen.

Feuer und Schmerz und Schreie ... Beißender Rauch und unerträgliche Hitze ... Flammen, die nach weißer Haut leckten, die unter ihrer tödlichen Berührung verbrannte ...

All das schien in seinen Augen zu stehen, und einen verrückten Moment lang konnte sie es so deutlich erkennen, wie sie ihn selbst sehen konnte, als wären seine Erinnerungen plötzlich die ihren, oder als könnte sie durch seine Augen direkt in seine Seele blicken.

Seine Erinnerungen? Seine Seele?

Sie war ja selbst schon ganz wirr im Kopf! Besorgt sah sie ihn an, denn er stand noch immer reglos, als bemerke er sie gar nicht, das Antlitz verschlossen und leichenblass.

„Alles in Ordnung?“, fragte sie behutsam.

Ruckartig wandte er den Kopf, und ein Lächeln glitt über seine Lippen, erhellte sein Gesicht und wirkte dennoch wie eine Maske. „Ja, natürlich ...“ Er räusperte sich. „Entschuldige bitte. Mir war nur ... Dieser Geruch von verbranntem Fleisch und heißem Metall ... Das war mir einen Moment lang ein bisschen zu viel.“

„Ja, eklig, was?“ Sie lehnte sich neben ihn an den Zaun. „Bist du Vegetarier?“, erkundigte sie sich, froh unter all diesen Fleischessern jemanden gefunden zu haben, der diese widerliche Grillerei ebenso abstoßend fand wie sie.

Die Frage schien ihn zu amüsieren. „So was Ähnliches, ja.“ Er lachte leise.

Zwei Sekunden lang starrten sie beide schweigend in die Dunkelheit.

„Was hat dich eigentlich in unsere Stadt verschlagen?”

„Mein Vater“, erzählte Lillian. „Er hat wieder geheiratet. Lena. Du kennst sie vielleicht ...“

„Die Krankenschwester?“ Alahrian nickte. „Ja, ich glaube, ich habe schon davon gehört. In diesem Kaff hier bleibt nichts lange verborgen, weißt du?“ Er verzog das Gesicht.

„Du bist wohl auch nicht von hier?“ Niemand hatte es ihr gesagt, doch es war überdeutlich. Seine reine, klare Sprache, ohne die Spur von Dialekt. Und dann der Name ... „Alahrian ist kein bayerischer Name, oder?“ Sie zwinkerte.

„Isländisch“, erklärte er ruhig. „Meine Familie stammt aus Island.“

„Wow!“ Nun war Lilly wirklich verblüfft. „Von Island nach Bayern zu ziehen muss noch schlimmer sein als von Hamburg“, bemerkte sie.

„Ich war noch sehr klein damals“, antwortete er schulterzuckend. „Es ist mindestens vierhundert Jahre her ...“

„Vierhundert?“ Lilly verschluckte sich – und kam sich eine halbe Sekunde später unglaublich dämlich vor. Das war natürlich ein Scherz! Sie lächelte verlegen.

„Lilly!“, rief da aus der Ferne Anna-Maria. „Wo steckst du denn bloß?“

Lillian seufzte leise. Anna-Maria schien es wirklich ernst zu meinen, sie von Alahrian fernhalten zu wollen. Andererseits ... Die kleine Störung kam gerade zur rechten Zeit!

„Entschuldige mich, ja?“ Verlegen verschwand sie in den Tiefen des lampionbeleuchteten Gartens.

Alahrian folgte ihr nicht. Seinen Blick jedoch konnte sie noch lange auf sich ruhen fühlen.

Alahrian lief durch den Wald, schlüpfte lautlos durch das Gartentor und kickte ganz automatisch seine Schuhe in die Dunkelheit hinein.

„Wenn du so weitermachst, dann wird irgendwann in unserem Garten ein Turnschuhbaum wachsen", kommentierte eine spöttische Stimme direkt neben ihm.

Alahrian drehte sich um. Er hatte Morgan nicht kommen hören. Der döckalfar musste auf ihn gewartet haben. Alahrian unterdrückte ein Lächeln. So viel Fürsorglichkeit war er von seinem Bruder ja gar nicht gewöhnt. Die meiste Zeit über entpuppte sich Morgan als ausgesprochene Plage. Das Mädchen musste ihm mehr Sorgen bereitet haben als er zugeben wollte.

Und tatsächlich fragte er sogleich: „Wie ist es gelaufen?"

Alahrian schloss das Gartentor hinter sich und schlenderte ein Stück durch den Park. Morgan folgte ihm wie ein Schatten. „Normal", berichtete er. „Sie hat nichts gemerkt, glaube ich."

Morgan musterte ihn durchdringend. „Dann bist du jetzt entspannter?"

„Ja." Zum Beweis deutete Alahrian auf eine Ansammlung winziger Glühwürmchen, die ganz in seiner Nähe um eine Blüte tanzten, die sich trotz der späten Stunde noch einmal geöffnet hatte. Die Natur dieser Welt reagierte in ganz eigentümlicher Weise auf die Stimmungen der liosalfar, wie ein Spiegel, der jede noch so kleine Laune sofort wiedergab. Alahrian konnte nichts dagegen tun, außer seine Gefühle beständig unter Kontrolle zu halten. Aber nicht hier, nicht jetzt. Hier war es gleichgültig. Er musste sich nicht verstellen. Und er fühlte sich tatsächlich sonderbar ruhig und entspannt, heiter, ja, beinahe glücklich. Es war aber auch schwer, in einer Nacht wie dieser nicht glücklich zu sein. Kaum eine Wolke verdunkelte den Himmel, Mond und Sterne glitzerten über ihnen um die Wette, die milde Nachtluft war erfüllt von den verschiedensten Spätsommerdüften, und die Geräusche von Grillen, Faltern und allerlei Nachtschwärmern bildeten im Hintergrund eine süße, fröhliche Melodie.

Alahrian war plötzlich schwindelig, er taumelte ein bisschen, hatte sich aber gleich wieder in der Gewalt. Die Glühwürmchen hörten sofort auf zu tanzen.

„Was ist?", fragte Morgan alarmiert. „Was hast du?"

„Nichts." Alahrian schüttelte den Kopf. „Nur ein bisschen zu wenig Licht, das ist alles."

Morgan blickte stirnrunzelnd in den Himmel. „Die Nacht ist sternenklar."

„Ich habe mich nicht getraut, vor ihren Augen Licht zu trinken", erklärte Alahrian. „Das letzte Mal hat sie es sehen können." Er streckte die Hände aus, sog schimmerndes Mondlicht in sich auf, fühlte, wie es durch seine Adern strömte und ihm neue Kraft gab. Eine milde, sanft bläuliche Helligkeit erfüllte den Garten wie schwach leuchtender Nebel, eine Helligkeit, die von Alahrians Körper ausging. Einen Moment lang genoss er das Gefühl knisternder Energie, das ihn durchtränkte, dann ließ er das Licht unter seiner Haut verschwinden und kappte die Verbindung.

„Du solltest nicht so mit deinen Kräften spielen“, tadelte Morgan. „Drei Stunden Dunkelheit. Du darfst dich nicht so schwächen.“

Alahrian grinste unbekümmert. „Ich weiß schon, was ich mir zumuten kann“, bemerkte er leichthin.

Morgan schüttelte seufzend den Kopf. „Was war sonst noch auf dem Fest? Irgendetwas Besonderes?“

Alahrian zögerte. „Eigentlich nicht ...“, meinte er ausweichend, entschied sich dann aber doch, es Morgan zu erzählen. „Obwohl ... etwas war schon komisch“, gab er zu. „Das Mädchen ... Lillian ... Ich bin sicher, sie ahnt nichts, aber ...“ Er stockte, suchte nach Worten. Es war ihm peinlich, darüber zu reden, wurde ihm plötzlich klar, doch es war zu spät. „Sie hat mich die ganze Zeit so merkwürdig angesehen“, fuhr er fort. „Aber wenn ich sie auch angeschaut habe, dann hat sich gleich den Blick gesenkt und mit ihren Haaren gespielt, und die anderen Mädchen haben gekichert, und ... Es ist doch nichts Komisches daran, sich anzusehen, oder?! Und als ich mit ihr geredet habe, da hat ihr Herz ganz schnell geschlagen, ich konnte es genau hören, viel schneller als das der anderen. Und ...“

Morgan lachte lauthals und unterbrach damit seinen nervösen Redefluss. „Die Kleine steht wohl auf dich, was?“

Alahrian fuhr heftig zusammen. „Was? Unsinn!“, erklärte er entschieden. „Sie ist einfach ein wenig sensibler als die anderen. Sie spürt, was ich bin.“

Morgan warf ihm einen beinahe mitleidigen Blick zu. „Alahrian, das ist nicht sooo ungewöhnlich. Wir sind alfar. Die meisten Sterblichen fühlen sich von uns angezogen.“

Alahrian schnaubte. Von Morgan fühlten sie sich angezogen, das war offensichtlich, er musste es jede Nacht mit anhören. Morgan war der Coole, seine dunkle Aura, sein Rockstaroutfit, die selbstbewusste Erscheinung, die den Krieger in ihm verriet, all das wirkte unwiderstehlich auf die Sterblichen. Alahrian war einfach nur sonderbar. Er konnte kein Eisen anfassen, keine Dunkelheit ertragen, nichts essen, außer Zucker und Wasser. Für Morgan war es so viel leichter, sich anzupassen. Er war ein döckalfar und ein Wechselbalg. Er war unter Sterblichen aufgewachsen.

„Merkst du das wirklich nicht?“ Morgan lachte wieder. „Die Schwester von dieser Barbie-Puppe, die steht auch auf dich. Und diese kleine Blonde, Eva, schluchzt ständig in ihr Tagebuch, weil du sie keines Blickes würdigst.“

Alahrian funkelte ihn böse an und fragte sich, weshalb Morgan über die Tagebücher seiner Klassenkameradinnen so gut Bescheid wissen wollte. Vermutlich machte er sich nur lustig.

Morgan feixte. „Du bist ein Herzensbrecher, liosch“, spottete er.

Alahrian warf ihm ärgerlich eine Lichtkugel entgegen, die Morgan jedoch mühelos auffing. „Ist sie wenigstens hübsch, deine Lillian?“

Alahrian hatte keine Lust mehr, sich zur Zielscheibe von Morgans lästigem Humor zu machen. Würdevoll straffte er die Schultern und schritt davon, in Richtung des Hauses. Ja, sagte er dennoch, direkt in Morgans Gedanken hinein und ohne sich noch einmal zu dem döckalfar umzudrehen. Ja, sie ist sehr hübsch ...

Er verschwand im Haus und durchquerte die Eingangshalle. Manchmal beneidete er Morgan um seinen Umgang mit den Sterblichen. Alahrian lebte unter ihnen, doch er war stets nur ein Fremder, ein Eindringling. Niemals ging er enge Beziehungen zu ihnen ein, stets blieb er reserviert und zurückhaltend. Bisweilen jedoch stellte er sich vor, wie es wohl wäre, mit einer Sterblichen zusammen zu sein, und manchmal sehnte er sich sogar danach. Aber sie waren so zerbrechlich, die Menschen, so kurzlebig. Er würde sie verlieren, ehe er sie noch wirklich kennen lernen konnte, und der Schmerz über den Verlust würde größer sein als das Glück über das kurze Beisammensein. Vielleicht würde er ihn nicht ertragen, den Schmerz, ja, vielleicht nicht einmal das Glück. Er würde seine Gefühle nicht mehr kontrollieren können, würde einen Tornado auslösen, eine Springflut oder eine noch schlimmere Naturkatastrophe.

Nein, sich näher auf die Sterblichen einzulassen, war keine gute Idee. Er konnte sie beobachten, sich unter sie mischen, aber er durfte sich nicht an sie binden.

Seufzend ging er in die Küche, nahm sich eine Handvoll Kandiszucker aus seinem Vorrat und lutschte ihn, während er die Treppe in sein Schlafzimmer emporstieg. Das Schlafzimmer war sein liebster Raum im ganzen Haus, hier fühlte er sich am wohlsten. Statt einer Decke aus Stein wurde es von einer riesigen, efeuumrankten Glaskuppel gekrönt. Die Kuppel war in sich geschliffen und wirkte wie ein Prisma, das selbst die schwächsten Strahlen von Sonnen- und Mondlicht noch bündelte, so dass es im Zimmer fast nie richtig dunkel wurde. Außer in den bewölkten Neumondnächten, die er hasste und die ihn jedes Mal fast krank machten. Heute aber fiel mildes, schimmerndes Licht hinein, direkt auf sein Bett, tränkte die seidenen Laken und das helle, kunstvoll geschnitzte Eschenholz. Der Efeu über der Kuppel zog sich raschelnd zurück, als er eintrat, um noch mehr Licht einzulassen, einige seiner Rosen, die den Raum in einen blühenden Wintergarten verwandelten, ließen duftende Blütenblätter auf das Bett fallen, damit er darin ruhen konnte.

Alahrian fischte im Dunkeln nach der Fernbedienung für die Stereoanlage und legte seine Lieblings-CD ein. Chopin. Klavierkonzerte.

Er versuchte, nicht an Lillian zu denken und genoss stattdessen die Musik, während er ins Bett kroch, unter die Seidendecke, dünn genug, um auch während der Nacht ein Minimum an Licht an seine Haut zu lassen. Die Melodien begleiteten ihn noch, als er die Augen schloss und auf den Schlaf wartete.

Niemals würde er eine Beziehung zu einer Sterblichen eingehen, und von dieser Lillian würde er sich besonders fernhalten. Kurz bevor er einschlief jedoch, stellte er sich vor, wie es wohl sein würde, mit ihr durch den Mondschein zu tanzen, betörenden Klängen folgend, sie dabei in den Armen zu halten ... Und gegen seinen Willen schlich sich ein Lächeln auf sein Gesicht.

Der erste Schultag

Nach der Party am Samstag kam der Montag – und damit der erste Morgen an der neuen Schule – viel zu früh, und Lilly musste widerwillig feststellen, dass sie ein klein wenig nervös war. Das war albern, denn eigentlich hatte sie keinen Grund dazu. Die meisten ihrer Klassenkameraden kannte sie schon, bisher waren alle nett zu ihr gewesen, und die Lehrer konnten schließlich auch nicht schlimmer sein als in Hamburg. Lehrer waren überall gleich.

Aber trotzdem ... einen Grund gab es vielleicht doch. Einen Grund, der sie zweimal das Outfit wechseln ließ, bevor sie endlich halbwegs zufrieden vor dem Spiegel stand, einen Fleckenteppich von achtlos auf den Boden geworfenen, weil verschmähten Klamotten um sich herum scharend. Sorgfältiger als sonst trug sie ihre Schminke auf, länger als üblich bemühte sie sich um ihr Haar und redete sich nahezu überzeugend ein, es wäre nichts anderes als dem Anlass angemessen, sich ein wenig herauszuputzen. Ein leichtes Herzklopfen konnte sie jedoch nicht leugnen, während sie die Treppe hinunter lief und dabei ganz unfreiwillig an ein Paar beunruhigend blauer Augen denken musste.

Hastig verdrängte sie das Bild aus ihrem Kopf und schlenderte stattdessen in die Küche, nicht ohne vorher rasch die Uhr zu checken. 7.35 Uhr. Sie hatte noch Zeit für ein schnelles Frühstück. Das war einer der Vorteile, wenn man auf dem Land lebte. Von einem Ort zum anderen war es nie besonders weit, und sie hatte keinen langen Schulweg.

Lena saß noch am Küchentisch, eine Tasse Kaffee, die Tageszeitung und einen Brötchenkorb vor sich. Lillys Vater war bereits zur Arbeit.

„Morgen“, murmelte Lilly, die so früh nie besonders gesprächig war und nahm sich ein Brötchen aus dem Korb – eine Semmel, wie man es hier nannte, doch daran würde sie sich erst gewöhnen müssen.

Lena ließ die Zeitung sinken und blinzelte sie an. „Was machst du denn noch hier?“, fragte sie verblüfft.

Lilly hob den Blick zur Wanduhr. „Die Schule beginnt um acht“, entgegnete sie verwundert. „Ich habe noch ein paar Minuten.“

„Die Schule beginnt um acht“, antwortete Lena betont. „Und der Gottesdienst?“

Lilly starrte beunruhigt. Gottesdienst? Niemand hatte irgendetwas von einem Gottesdienst erwähnt!

„Zum Ende der Ferien“, erklärte Lena ungeduldig.

„Oh ...“ Lilly verschwendete einige wertvolle Sekunden, in denen sie Lena nur blöde anglotzte, bis diese schließlich rief: „Nun mach schon, beeil dich! Es fängt um halb acht an!“

Das bedeutete, sie würde auf jeden Fall zu spät kommen, aber besser zu spät als gar nicht, das würde gewiss einen noch schlimmeren Eindruck machen, zumal am allerersten Tag.

Lilly kam also endlich auf die Idee, sich eilig umzudrehen und flitze so schnell sie konnte in ihr Zimmer hinauf, um ihre Tasche zu holen, die sie zum Glück schon am Vorabend gepackt hatte. Sie war die halbe Treppe bereits wieder herunter gelaufen, als ihr noch etwas einfiel. Gehetzt kehrte sie um und rannte ins Bad zurück, um ihre Kette vom Waschbeckenrand zu pflücken. Sie hatte sie zum Duschen abgenommen, aber sie ging niemals ohne den Anhänger aus dem Haus. Ihre Mutter hatte ihr die Kette geschenkt, es war ein Familienerbstück und eine Art Talisman für Lilly.

Außer Atem lief sie zur Tür und wollte schon hinaus, hielt aber noch einmal inne. „Wo ist der Gottesdienst?“, schrie sie zu Lena in die Küche hinein. „In der Kirche?“

„Nein!“ Es klang ein wenig entnervt, als müsse man hier über eine Selbstverständlichkeit auch noch diskutieren. „In der Aula der Schule! Los, beeil dich! Und viel Glück!“

„Danke!“

Lilly warf die Tür hinter sich ins Schloss und sprintete los. Halb acht! Das konnte ja heiter werden! In der Schule in Hamburg hatte es keine Gottesdienste zu solch unmenschlichen Uhrzeiten gegeben, aber das war sicher nur eine schwache Ausrede ... So ein Mist! Dabei hatte sie sich solche Mühe gegeben, einen guten Eindruck zu machen. Andererseits ... Der eine, dessen Meinung ihr auf solch unerklärliche Weise plötzlich so wichtig geworden war, würde gewiss Verständnis für ihre Unpünktlichkeit aufbringen. Hatte nicht Anna-Maria erzählt, er sei grundsätzlich zu spät dran?

Und tatsächlich: Als hätten ihre Gedanken ihn herbeigerufen, lief sie Alahrian auf dem Schulhof beinahe in die Arme. Na wunderbar! Verschwitzt, außer Atem und sehr wahrscheinlich reichlich zerrupft – das war nun nicht gerade der Zustand, in dem sie ihn hatte wiedersehen wollen. Hastig hielt sie inne, fuhr sich mit den gespreizten Fingern durchs Haar und lief nun langsamer, um einen Rest von Würde ringend.

Er hingegen lehnte in bemerkenswert lässiger Haltung an einer Betonsäule und sah eigentlich ganz und gar nicht aus wie jemand, der gerade dabei war, hoffnungslos zu spät zu kommen.

„Hi“, begrüßte Lilly ihn vorsichtig und sehr darum bemüht, nicht allzu hektisch zu klingen.

„Morgen ...“ Seine Augen schienen im Sonnenlicht zu funkeln wie zwei frisch geschliffene Aquamarine.

„Der Gottesdienst hat wohl schon angefangen?“, erkundigte sich Lilly töricht, denn ein einziger Blick auf die Uhr hätte ihr das ebenso gut sagen können.

„Ja ...“ Sein blasses Gesicht war leer und sonderbar abwesend, er hielt es der Sonne entgegen und sah sie nicht an, während er sprach. „Ich glaube sogar, sie sind bald fertig.“

Sie? „Du gehst wohl nicht hin?“, fragte Lilly neugierig.

„Nein“, lautete die schlichte Antwort.

Das klang wie Nein, niemals und nicht wie Nein, ich habe verschlafen oder Nein, ich schwänze heute lieber. Seltsam. „Bist du vielleicht Atheist?“, platzte es aus Lilly heraus, bevor sie sich beherrschen konnte. Sie sollte ihn wirklich nicht so löchern! Noch auffälliger ging’s ja wohl kaum mehr!

„Nein“, kam prompt die nicht über die Maßen gesprächige Antwort.

Lilly biss sich auf die Lippen. Nervte sie ihn etwa? Auf der Party war er nicht so einsilbig gewesen!

Nun jedoch blickte er sie endlich an, mit freundlichen, in allen Blautönen schimmernden Augen, und er lächelte sogar, als er hinzufügte: „Nicht direkt.“

Das war nicht wirklich eine Auskunft, doch Lilly traute sich nicht, weiter nachzuhaken. Seine religiösen Überzeugungen gingen sie auch schließlich wirklich nichts an. Hatte Anna-Maria nicht gesagt, er sei aus Island? Aber war man dort nicht auch katholisch? Oder war er etwa Anhänger einer dieser seltsamen Naturreligionen, die momentan wieder in Mode kamen? Nein ... Sie schüttelte in Gedanken den Kopf. Er sah nicht aus wie einer von diesen Spinnern, die mit Bäumen redeten und solche Sachen ...

„Du kannst ruhig schon mal reingehen“, bemerkte Alahrian zögerlich.

Lilly entfernte sich einen halben Schritt weit, dann drehte sie sich um. „Und du?“ Wenn sie so weitermachte, konnte sie sich ihr Interesse an Alahrian auch gleich auf die Stirn tätowieren lassen! Aber sie mochte ihn auch nicht einfach so stehen lassen.

„Ich warte hier“, erklärte er mit gesenktem Blick. „Ich ...“ Er zögerte. „Ich kann nicht hineingehen, so lange der Priester noch drin ist.“

„Was?!“ Das klang nun wirklich merkwürdig!

Alahrian zuckte zusammen, schuldbewusst, als habe er aus Versehen zu viel verraten. „Eine Art ... Familienfehde ...“, meinte er ausweichend und wirkte mit einem Mal sehr nervös.

Eine Familienfehde? Lilly unterdrückte nur mit Mühe ein Stirnrunzeln. Mit dem Pfarrer im Ort? Was sollte das nun wieder bedeuten ... und was war das überhaupt für ein komisches Wort: eine Fehde ... Davon abgesehen: Hatte Anna-Maria nicht gesagt, Alahrian hätte überhaupt gar keine Familie mehr?

Alahrian starrte betreten zu Boden und beobachtete eingehend seine Schuhspitzen, Lilly begann für eine Sekunde lang zu begreifen, warum Anna-Maria ihn so freakig fand und war dennoch außer Stande sich von ihm abzuwenden, bis er schließlich sagte: „Vielleicht solltest du auch draußen warten. Wenn du jetzt so einfach hineinplatzt, wird jeder merken, dass du zu spät bist. Nachher kannst du dich vielleicht einfach reinschleichen.“

Das war ein sehr vernünftiger und plötzlich gar nicht mehr freakiger

Rat. Lilly nickte zerstreut, nestelte an ihrer Tasche herum und blickte unsicher zu ihm auf, unschlüssig, was sie nun als nächstes anstellen sollte.

Da grinste er plötzlich. „Soll ich dir die Schule zeigen?“, fragte er munter.

Lilly kannte die Schule schon, sie hatte sie sich bei der Anmeldung angesehen, aber sie nahm das Angebot trotzdem dankbar an, froh, dass das Gespräch wieder eine normale Wendung genommen hatte. Und so blieb es auch während der nächsten fünfzehn Minuten. Alahrian erzählte ihr so einiges über ihre neuen Lehrer und Klassenkameraden, Lilly plauderte über die alte Schule in Hamburg und über den Umzug und hatte seine rätselhaften Worte von vorhin völlig vergessen, als er plötzlich mitten im Schritt innehielt.

„Was hast du?“, wollte Lilly wissen und blieb ebenfalls stehen. Sie waren über den Schulhof geschlendert, hatten das Gebäude einmal umrundet und waren nun an einem Seiteneingang angelangt.

„Er kommt ...“ Alahrian hielt den Kopf schräg gelegt, als würde er angestrengt lauschen. Sein Gesicht war sehr blass, blasser noch als sonst.

„Wer?“

„Der Priester ...“

Bevor Lilly etwas erwidern – oder auch nur das Geringste hören konnte –, öffnete sich tatsächlich die verglaste Seitentür und der Pfarrer trat heraus.

Alahrian wich mehrere Schritte zurück, senkte den Blick und schlug die Augen nieder, und für einen winzigen Moment hatte Lilly plötzlich den Eindruck, sie seien nicht mehr blau, sondern rot – als spiegelten sich Flammen darin.

Der Priester schaute ihn nur ganz kurz an, ignorierte Lilly und lief dann mit sehr schnellen, geradezu hastigen Schritten an ihnen vorbei.

Alahrian blickte ihm nach, mit starrem Gesicht und fest aufeinandergepressten Lippen. Lilly schauderte und konnte sich des merkwürdigen Gefühls nicht erwehren, es sei mit einem Mal um mehrere Grade kälter geworden. Eingeschüchtert und verwirrt sah sie zu Alahrian auf und fragte sich, was wohl zwischen den beiden vorgefallen sein konnte, dass sie einander so hassten. Als sie in Alahrians Gesicht blickte jedoch, da las sie dort weder Zorn noch Abneigung, sondern ... Angst. Panik, Furcht ... Eine Furcht, die Lilly das Herz verkrampfte und jede Form von Misstrauen oder Irritation ihm gegenüber hinwegfegte und durch etwas Anderes, Schmerzhafteres ersetzte: Mitgefühl.

Sie verstand nicht, wie jemand Angst vor einem Pfarrer haben konnte, aber Alahrian wirkte so zerbrechlich, so verletzlich in diesem Moment, dass ihr die Gründe egal waren.

Ein Windstoß kam auf, und ihr schien, als brächte er den Geruch nach Feuer und Rauch mit sich, und für einen Augenblick glaubte sie, den beißenden Gestank von verbranntem Fleisch wahrzunehmen. Dann zuckte

Alahrian zusammen, fuhr sich mit der Hand durchs Haar, lächelte fahrig und fand schnell in sein altes Selbst zurück, als sei weiter nichts geschehen.

„Der Unterricht fängt gleich an", meinte er, ein wenig gezwungen. „Gehen wir?"

Lilly folgte ihm ins Innere des Schulgebäudes, und bevor sie noch weiter über den Vorfall nachdenken konnte, kam ihr Anna-Maria entgegengestürmt. „Wo steckst du denn?", rief sie tadelnd. Und mit einem Stirnrunzeln wisperte sie Lilly ins Ohr: „Du hast dich doch wohl nicht schon vor der Schule mit dem da getroffen ..."

Lilly warf einen entschuldigenden Blick in Richtung Alahrians, der betroffen dreinsah und ein wenig verärgert, als habe er Anna-Marias Worte sehr wohl verstanden, obwohl sie sie bloß geflüstert hatte.

„Wir haben uns nur zufällig getroffen", erklärte sie und war wütend auf sich selbst, weil sie es sagte, als müsse sie sich dafür entschuldigen, mit Alahrian gesprochen zu haben.

Dessen Miene wirkte denn auch deutlich enttäuscht, als er sich wortlos umdrehte und an den beiden Mädchen vorbeirauschte, um mit schnellen Schritten in einem der Korridore zu verschwinden. Lilly unterdrückte ein Seufzen und den Impuls, nun ihrerseits Anna-Maria anzugiften, die das alles auch gar nicht mitzubekommen schien, sondern stattdessen, noch immer vorwurfsvoll, bemerkte: „Wieso warst du nicht beim Gottesdienst? Heute ist dein erster Tag!"

„Ich wusste nichts von einem Gottesdienst!", verteidigte sich Lilly.

„Aber ich hab dir extra noch ne SMS geschrieben!" Anna-Maria verdrehte die Augen.

Lilly wühlte automatisch ihr Handy aus der Tasche – der Akku war leer, das Display schwarz ... typisch. Sie steckte das Telefon wieder ein, und Anna-Maria legte ihr versöhnlich den Arm um die Schultern. „Na, macht nichts. Komm, der Unterricht fängt gleich an."

Ein bisschen unwillig ließ sich Lilly ins Klassenzimmer führen und setzte sich neben Anna-Maria in die letzte Reihe, nicht der schlechteste Platz, denn Alahrian saß schräg vor ihnen direkt am Fenster, und so hatte Lilly Gelegenheit, ihn noch ein wenig zu beobachten. Aber es war wie auf der Party: Alle begrüßten ihn, einige Jungs umringten ihn, viele sprachen mit ihm – doch auf eine seltsame Art und Weise schien er dennoch nicht zu ihnen zu gehören.

Während die meisten Schüler einander zum Wiedersehen umarmten, sich auf die Schulter schlugen oder dergleichen, hielt er einen deutlichen körperlichen Abstand zu allen, er berührte niemanden und wurde von niemandem berührt, als trennte ihn eine unsichtbare Glaswand von seiner Umgebung.

Oder als stünde er ein ganz kleines bisschen über allen anderen. Ja, stellte Lilly verblüfft fest, genau das war es. Aus einem unerklärlichen Grund behandelten ihn alle mit einer besonderen Art von Respekt – alle, außer Anna-Maria natürlich.

Der weitere Verlauf der Stunde bestätigte das. Herr Kramer, Lillys neuer Klassenlehrer, begann den Unterricht mit den üblichen organisatorischen Fragen, die Stundenpläne wurden verkündet, Pausendienste eingeteilt, und natürlich musste Lilly – die Neue – sich den anderen vorstellen, was nicht ganz so schlimm war wie erwartet, denn die meisten kannte sie ja schon von der Party. Und es wurden Klassensprecher gewählt.

Alahrian wurde beinahe als erstes vorgeschlagen, was Lillys Beobachtung untermauerte. Offensichtlich war er durchaus beliebt, trotz seiner merkwürdigen Art. Er gewann die Wahl nicht, Anna-Maria, die Tochter des Bürgermeisters, siegte mit zwei Stimmen Vorsprung, doch einige Jungs maulten, als das Ergebnis verkündet wurde. Anna-Maria hingegen strahlte und selbstverständlich nutzte sie die Gelegenheit, Alahrian einen giftsprühenden Blick zuzuwerfen.

Lilly seufzte leise. Irgendwann einmal musste sie herausfinden, was um alles in der Welt zwischen den beiden schiefgelaufen war. Fast benahmen sie sich wie ein inzwischen grässlich verfeindetes Ex-Pärchen, und dieser Gedanke, der Gedanke, Anna-Maria und Alahrian könnten jemals etwas anderes als Feinde gewesen sein, versetzte Lilly einen überraschend unangenehmen Stich.

Hastig konzentrierte sie sich auf Herrn Kramer, und so vergingen die ersten beiden Stunden.

In der dritten – Englisch – passierte es dann, das, was Lilly längst vorhergesehen und die ganze Zeit über heimlich gefürchtet hatte: Als der Lehrer die Anwesenheit prüfte und alle Schüler einzeln aufrief, da las er nicht nur Lillys Ruf- sondern auch noch ihren zweiten, beständig verschwiegenen und wie ein peinliches Geheimnis gehüteten Vornamen vor:

„Lillian Rhiannon?"

Alle lachten, Lilly wurde rot, hob schüchtern die Hand und meinte leise: „Einfach nur Lilly, bitte ..."

Das provozierte einen neuen, halblauten Anfall von Heiterkeit in der Klasse, einer jedoch trieb es auf die Spitze und drehte sich sogar mit erstaunt aufgerissenen Augen zu ihr um: „Rhiannon?", wiederholte Alahrian betont. „Dein zweiter Vorname ist Rhiannon?"

Lilly errötete noch tiefer und für den Bruchteil einer Sekunde hasste sie ihn sogar. Okay, Rhiannon war ein bescheuerter Name, keine Ahnung, was ihre Eltern sich dabei gedacht hatten, sie war es auch gewohnt, damit aufgezogen zu werden, aber das hier? Musste er sie derart offensiv darauf ansprechen?

„Halt die Klappe!", fauchte Anna-Maria ihn an, immer bereit, für jemand anderen in die Bresche zu springen, sobald es gegen Alahrian ging. „Alahrian ist ja wohl auch nicht gerade ein Allerweltsname!"

Wieder gab es Gelächter, Alahrian erbleichte und blickte Lilly deutlich verwirrt und ein wenig erschrocken an, diese jedoch schlug demonstrativ die Augen nieder. Wie konnte er nur so gemein sein!

„Would you stop talking, please?“, unterbrach die energische Stimme des Lehrers die peinliche Auseinandersetzung. Der urplötzliche Wechsel ins Englische machte überdeutlich, dass die Showeinlage vorbei war.

Anna-Maria wechselte noch einen bösen Blick mit Alahrian, und der drehte sich endlich um, nicht ohne halblaut zu murmeln: „Rhiannon ... ein Elfenname.“

Lilly hatte keine Ahnung, was das bedeuten sollte, es war ihr auch egal, und sie war froh, als es endlich zur Pause klingelte, ihre Wangen noch immer heiß von Verlegenheit.

Zur Vierten, Latein, kam sie zu spät, weil sie in der Pause noch etwas im Sekretariat abgeben musste, und da Alahrian – wie üblich – ebenfalls zu spät war, blieb ihr nichts anderes übrig, als sich neben ihm in die letzte noch freie Bank zu setzen, zu allem Überfluss auch noch in die erste Reihe. Da er vorhin so doof zu ihr gewesen war, ignorierte sie ihn geflissentlich, wich seinem Blick aus, sprach kein Wort mit ihm und kritzelte die ganze Zeit über konzentriert in ihr Heft, jede Silbe des Lehrers notierend, als könne sie es gar nicht erwarten, mehr über den Ablativus absolutus zu erfahren. Das war nicht der Fall, in Wahrheit war Lilly nicht gerade eine Leuchte in Latein, eigentlich fand sie dieses Fach sogar ziemlich öde. Ihre Aufmerksamkeit war zudem nur gespielt, denn genau genommen fiel es ihr sehr schwer, den Ausführungen des Lehrers zu folgen. Seine Anwesenheit war berückender als sie zugeben wollte. Natürlich kam sie nicht zum ersten Mal in den Genuss seiner Gesellschaft, aber die Bank war schmal, und sie war ihm nie zuvor so nahe gewesen. Wenn sie sich ein wenig zur Seite neigte, dann konnte sie sogar seinen Geruch wahrnehmen, und er roch nach sonnedurchfluteten Wäldern an einem Frühjahrsmorgen, nach Strand und Meer, nach kandierten Mandeln auf einem aufregenden, bunt wirbelnden Jahrmarkt, nach ...

Lilly gestatte sich nicht, diese abstrusen Gedanken zu Ende zu denken, und doch verspürte sie das Bedürfnis, tief einzuatmen, wenn immer sein Parfum sie streifte. Verlegen rückte sie ein kleines bisschen weiter von ihm weg, senkte den Blick tief in ihr Buch und konnte dort doch nichts entdekken, was auch nur annähernd spannend genug gewesen wäre, um sie abzulenken.

Er wirkte ebenfalls leicht gelangweilt, als er jedoch zum Übersetzen aufgerufen wurde, da hatte er die Lösung sofort parat, las den Satz nahezu herunter, sehr schnell und fehlerfrei.

Das war bemerkenswert, stellte Lilly widerwillig und nicht ganz ohne Neid fest. Erleichtert schlug sie ihr Heft zu, als es endlich klingelte.

In der nächsten Stunde, Geschichte, saß sie dann wieder neben Anna-Maria, der dieses Fach nur ein müdes Gähnen entlockte. Lilly jedoch freute sich. Geschichte gehörte zu ihren Lieblingsfächern, und sie wurde auch nicht enttäuscht. Zur Einführung begannen sie mit einem Filmausschnitt über die französische Königin Marie Antoinette, der dann anschließend diskutiert wurde – oder werden sollte, denn auf die Aufforderung der Lehrerin, Meinungen und Kommentare zu äußern, meldete sich erst mal niemand, auch Lilly nicht. Sie war keine schlechte Schülerin, aber eine übereifrige Streberin nun auch nicht gerade.

„Sie hatte coole Klamotten", bemerkte Anna-Maria, und einige lachten.

Die Lehrerin lächelte ebenfalls und ließ einen Blick über die trägen Schüler schweifen. „Und sonst gibt es nichts über Marie Antoinette zu sagen?", seufzte sie. „Alahrian? Wie hat dir der Film gefallen?"

Lilly beobachtete verblüfft, wie sich nun aller Aufmerksamkeit in ganz unangebrachtem Maße auf Alahrian richtete, als wäre seine Antwort von ganz besonderem Interesse oder als müsse jetzt, da er aufgerufen worden war, irgendetwas eigentümlich Spannendes geschehen. „In Geschichte weiß er ständig alles besser", raunte Anna-Maria ihr zu. „Legt sich mit den Lehrern an und so ..."

Lilly konnte sich das nur schwer vorstellen, doch tatsächlich antwortete Alahrian mit abschätzendem Blick und unterkühlt neutralem Tonfall, als spräche er über ein Thema, das er selbst nur allzu oft hatte erläutern müssen: „Sie hat nie gesagt, das Volk solle Kuchen essen statt Brot." Es klang gelangweilt, widerwillig.

Verblüfft runzelte Lilly die Stirn.

„Siehst du", wisperte Anna-Maria, „voll der Klugscheißer ..."

„Dann hat der Film also Unrecht?", erkundigte sich die Lehrerin, in eigentümlich provozierendem Tonfall.

Alahrian schien nicht im Geringsten beeindruckt. „Ja", entgegnete er knapp. An Selbstbewusstsein schien es ihm in dieser Hinsicht zumindest nicht zu mangeln.

„Und das Lehrbuch auch?"

„Ja." Alahrian zuckte nicht einmal mit der Wimper. Einige Schüler kicherten verhalten, er aber fügte sogar noch hinzu: „Sie war weder dumm noch grausam, sondern eine großzügige, warmherzige Frau. Es war nicht rechtens, was man ihr angetan hat – und es ist nicht rechtens, sie derart zu verleumden, selbst heute nicht!" Nun sprach er hitzig, leidenschaftlich, nicht wie wenn man eine historische Tatsache rechtfertigt, sondern als müsse er jemanden verteidigen, den er tatsächlich kannte.

„Und das weißt du so genau, weil du dabei warst, ja?", fragte denn auch einer der anderen spöttisch.

Alle lachten. Alahrian schoss einen scharfen, saphirfarben funkelnden Blick in Richtung des Sprechers, und sofort verstummte das Lachen. Alahrian aber war über den Scherz sehr blass geworden, mit zusammengepressten Lippen saß er da, starrte stumm vor sich hin und sagte den ganzen Rest der Stunde über kein Wort mehr, auch dann nicht, als er erneut aufgerufen wurde.

Mit dem ersten Klingeln der Glocke sprang er auf und war hinausgestürmt, noch bevor einer der anderen Schüler auch nur seine Sachen vom Tisch abgeräumt hatte.

„So etwas macht er ständig", kommentierte Anna-Maria entnervt.

Verwundert blickte Lilly hinter ihm her. „Warum?"

„Keine Ahnung." Anna-Maria zuckte theatralisch mit den Schultern. „Ich sagte dir doch: Er ist ein Freak ..."

Mit dieser lakonischen Feststellung trennten sich die beiden Mädchen, denn Lilly hatte in der Sechsten Musik, ihr bestes und liebstes Fach, Anna-Maria hingegen hatte Kunst gewählt. Lilly beeilte sich, da sie nicht sicher war, den Musiksaal allein und auf Anhieb zu finden, was zur Folge hatte, dass sie als Erste dort ankam. Der Raum war alt und heruntergekommen, wie in den meisten Schulen wurde auch hier an den künstlerischen Fächern gespart. Das alles aber bemerkte Lilly kaum, denn in der Ecke stand ein Klavier, und sie hatte allzu lange nicht mehr gespielt, hatte ihren eigenen Flügel viel zu lange vermisst. Natürlich war dies hier nicht dasselbe, doch sie konnte nicht widerstehen, stellte ihre Tasche ab und sah sich hastig um. Es war noch niemand hier, sie war ganz allein mit dem Instrument, also gab sie der Versuchung nach, setzte sich ans Klavier und begann zu spielen, die Mondscheinsonate, ein Stück, das sie auswendig kannte.

„Oh je, das klingt ja schauderhaft ..."

Die Stimme ließ sie zusammenzucken, mitten im Akkord hielt sie inne, nahm die Finger von den Tasten und blinzelte Alahrian zuerst erschrocken, dann wütend an. Warum nur war er plötzlich so unausstehlich? Erst die Sache mit dem Namen, und jetzt das? Er hatte kein Recht, sie so anzugiften, er war ...

„Wenn dir mein Spiel nicht passt, dann geh doch einfach!", fauchte sie, aggressiver als üblich, um nicht zu zeigen, wie tief sie sein Kommentar getroffen hatte. Etwas in ihr wollte am liebsten in Tränen ausbrechen, ein anderer Teil jedoch funkelte ihn böse an.

Alahrian senkte den Blick, verwirrt, wie es schien. „Aber ... aber dein Spiel ist wunderschön ...", entgegnete er irritiert. „Dieses Ding hier ist das Problem." Er kam näher und strich mit der Hand angelegentlich über den verschrammten, teils abgeplatzten Lack des Klaviers.

Lilly schwieg, noch nicht bereit, ihm so schnell zu verzeihen.

Da lächelte Alahrian plötzlich, ein Lächeln wie der Sonnenaufgang an einem warmen Sommertag am Strand, hell, schmeichelnd – und nahezu unwiderstehlich. Ihr Ärger verflog, schmolz unter dem Blick unmöglich blauer Augen dahin und ließ sie hilflos starrend zurück.

Alahrian umrundete das Klavier, stellte sich neben sie und spielte ein paar Töne. „Es ist komplett verstimmt", bemerkte er ruhig und versöhnlich, „hörst du das nicht?"

Lilly hörte es, aber was erwartete er schon? Es war nur ein billiges, abgenutztes Schulklavier. Seufzend dachte sie an ihren Flügel, der irgendwo zwischen Hamburg und Bayern fest hing, in den Händen einer Speditionsfirma, die weiß der Himmel was damit angestellt hatte.

Sie nickte stumm und starrte unwillkürlich auf seine Hände herab. Er hatte sehr schöne Hände, lang, schlank und feingliedrig, mit Fingern, die weißer waren als die Tasten, auf denen sie ruhten. Er hatte nicht aufgehört zu spielen, eine kleine, liebliche Melodie, sanft und eingängig, und doch sonderbar fremd, andersartig. Nie zuvor hatte sie Ähnliches gehört, und es berührte sie seltsam tief, als drängten die Töne über ihr Gehör direkt in ihr Herz, rollten wie kleine, kristallene Glöckchen durch ihr Blut. Die Melodie war heiter, aber doch auch melancholisch, süß und rein mit einem Hauch Wehmut wie ein winziger, munter sprudelnder Bach in einem Bett von Amethyst.

Er lächelte sie an, während er spielte, seine Augen strahlten, ganz selbstverständlich ließ er sich neben ihr nieder, ohne in der Bewegung auch nur im Geringsten aus dem Takt zu kommen. Voller Faszination beobachtete sie seine Finger, die mit schier unmöglicher Anmut über die Tasten glitten, sanft und leicht, beinahe zärtlich.

Und dann, fast ohne es bewusst wahrzunehmen, fiel sie in sein Spiel ein, folgte ihm, ließ sich von seinen Klängen leiten, und sei es nur, um die Tasten zu berühren, an eben jenen Stellen, an denen auch seine Finger darüber hinweggetanzt waren. Sie kannte nicht das Stück, das er spielte, und doch schien sie es zu fühlen, als erblühten die Töne direkt in ihrem Inneren, noch bevor sie sich in die Luft ergossen wie Nektar aus einem zarten Rosenkelch.

Schwebend vermischten sich ihre Klänge zu einem einzigen, die Töne tanzten umeinander, lösten sich, bewegten sich zaghaft aufeinander zu. Zwei Stimmen vermengten sich zu einer, alle Gegensätze entschwanden, zitternd lösten sie sich auf. Lilly wurde hinweggetragen, schwamm auf einem Ozean aus Klängen dahin, ließ sich von ihm entführen in eine geheimnisvolle, leise singende Welt, und dann ...

Irgendjemand klatschte. Lilly riss die Augen auf, sie hatte nicht gemerkt, dass sie blind gespielt hatte, eigentlich war das auch überhaupt gar nicht möglich, erschrocken sah sie zu Alahrian auf, begegnete seinem Blick, der mit einem Mal fast silbern schimmerte und fand nur mühsam in die Wirklichkeit zurück.

Eine ganze Anzahl von Schülern hatte sich um sie geschart, Lilly errötete, als sie es bemerkte, starrte verlegen zu Boden, in dem unangenehmen Gefühl, etwas von sich preisgegeben zu haben, das eigentlich niemanden etwas anging.

Alahrian neben ihr erhob sich graziös, ihr war ein wenig schwindelig, als sie ihm folgte und sich benommen einen Platz suchte. Den Blick jedoch konnte sie den ganzen Rest der Stunde über kaum von ihm abwenden, und als sie schließlich nach draußen taumelte, da hörte sie seine flüsternde Stimme dicht neben sich: „Ach übrigens ... Rhiannon ist ein sehr schöner Name ...“

Lilly war noch immer durcheinander, während sie mit Anna-Maria draußen auf dem Schulhof stand, Massen von eilig nach Hause drängenden Schülern um sich herum, die sie kaum wahrnahm.

Anna-Maria jedoch schien ebenfalls ein wenig geistesabwesend, bis sie plötzlich zusammenfuhr und Lilly am Arm packte. „Da ist er!“, wisperte sie, mit einem Mal deutlich nervös.

Lilly blinzelte verwirrt. „Wer?“

„Morgan ...“

Morgan? Einen Moment lang hatte Lilly keine Ahnung, von wem hier die Rede sein sollte, dann jedoch fiel es ihr wieder ein. Alahrians Bruder, richtig, den Anna-Maria so toll fand ...

Neugierig folgte sie dem Blick ihrer Freundin und runzelte unwillkürlich die Stirn. Genau an der Grenze zum Schulgelände, lässig an ein Straßenschild gelehnt, stand eine dunkle Gestalt und zündete sich in eben jenem Moment in einer provozierend langsamen Bewegung direkt unter den missbilligenden Augen einer Gruppe von Lehrern, eine Zigarette an, um demonstrativ genüsslich den bläulichen Rauch zu inhalieren.

Lilly starrte verblüfft. Das sollte Alahrians Bruder sein? Die beiden schienen wenig Ähnlichkeit zu haben, oder vielleicht doch ... auf eine gewisse Art und Weise. Morgan war ebenso schlank und hochgewachsen wie Alahrian und er hatte den selben blassen, porzellanreinen Teint wie sein Bruder, ansonsten jedoch ähnelten sie sich nur insofern als sie in allem das Gegenteil schienen. Während Alahrian grazil und drahtig wirkte, konnte man unter Morgans schwarzem Shirt jede einzelne Muskelgruppe deutlich hervortreten sehen, sein Haar war nicht blond, sondern schwärzer als Lillys, eine wilde, ungebändigte Mähne, die ihm etwas von einem Rockstar verlieh. Sein Outfit passte dazu, schwarz von Kopf bis Fuß, Stiefel, Jeans und Nietengürtel, eine Lederjacke lässig über die durchtrainierten Schultern geworfen.

Und seine Augen waren ... Die Augen waren nachtschwarz, nicht braun oder einfach nur dunkel, sondern lichtschluckend schwarz wie Pech.

Sein Blick huschte zu Lilly hinüber, als er bemerkte, dass sie ihn beobachtete, er zwinkerte ihr frech zu und schob in einer erstaunlich eleganten Bewegung eine dunkel getönte Sonnenbrille über seine beunruhigenden Augen, die seinen Blick vollkommen verbarg.

Anna-Maria neben ihr gab ein schmachtendes Geräusch von sich und flüsterte Lilly ins Ohr: „Er ist süß, was?“

Süß?! Lilly schluckte hart. Zugegeben, Morgan zählte gewiss zu den zehn bestaussehendsten Typen, die ihr je begegnet waren, er war attraktiv, cool .. aber süß? Eigentlich fand sie ihn eher ein klein wenig unheimlich.

Aber natürlich hätte sie das Anna-Maria gegenüber nie zugegeben.

„Komm", meinte sie stattdessen und hakte sich bei der Freundin unter. „Hör auf, ihn anzustarren. Lass uns lieber nach Hause gehen ..."

Alahrian war nicht wenig überrascht, nach dem Unterricht niemand anderen als Morgan auf dem Schulhof vorzufinden. Stirnrunzelnd lief er auf seinen Bruder zu, Ärger erwartend. „Morgan! Was machst du denn hier?"

Der döckalfar grinste gelassen. „Ich hole meinen kleinen Bruder von der Schule ab", entgegnete er schulterzuckend. „Ist das verboten?" Tief inhalierend nahm er einen Zug aus seiner Zigarette und blies Alahrian den Rauch ins Gesicht.

Alahrian räusperte sich vernehmlich und warf einen demonstrativen Blick zum Parkplatz hin. „Wo ist das Auto?", erkundigte er sich misstrauisch.

„In der Garage."

Alahrian blinzelte. „Morgan", seufzte er, „das mit dem Abholen macht keinen Sinn, wenn du nicht mit dem Auto kommst ..."

„Wieso?" Morgan blickte ganz unschuldig. „Du hasst das Auto ..."

Das stimmte. Alahrian traute ihm dennoch nicht über den Weg. „Okay ...", meinte er gedehnt. „Welches Mädchen ist es diesmal?" Unruhig beobachtete er die Schülerinnen, die sich noch auf dem Gelände tummelten. Lillian war nicht mehr zu entdecken.

„Keines ..." Morgan schürzte beleidigt die Lippen. „Ich bin nur nett zu meinem Bruder, ist das so schwer zu verstehen?" Langsam führte er die Zigarette an die Lippen und nahm erneut einen tiefen Zug.

„Ja", erklärte Alahrian ernsthaft. „Und mach endlich dieses Ding aus!" Er schüttelte sich angewidert. „Rauchen ist in der Schule verboten!"

„Wie gut, dass ich nicht zu Schule gehe ..." Morgan schnaubte spöttisch, zertrat aber gehorsam den Glimmstängel unter seinem Stiefel.

„Kannst du dich nicht ein einziges Mal etwas weniger auffällig benehmen?", beschwerte sich Alahrian missmutig.

„Ohooo." Morgan schenkte ihm einen blitzenden Blick. „Du hast ja eine Laune heute! Es ist doch nicht etwa wieder dieses Mädchen, oder?"

„Unsinn!" Alahrian spürte selbst, wie wenig überzeugend er klang. Liosalfar waren miserable Lügner. Verstohlen suchte sein Blick den Schulhof ab, und er war fast schmerzhaft enttäuscht, sie noch immer nirgends ausmachen zu können. „Sie sind so seltsam, diese Sterblichen", stöhnte er, und, einmal hervorgelassen, wollten die Worte nur so aus ihm heraussprudeln. „Es war schön, mit ihr zu sprechen, aber alles, was ich sage, scheint sie irgendwie falsch zu verstehen!"

Morgan grinste. „Ja, das ist so bei den Frauen ..."

„Und ihr zweiter Vorname ist Rhiannon!", fuhr Alahrian fort, von Satz zu Satz erregter. „Rhiannon! Um ein Haar hätten wir uns darüber gestritten, aber dann ... dann ..."

Alahrian seufzte tief, was Morgan zu einem neuerlichen Grinsen veranlasste. Er redete wirres Zeug und er wusste es! Alahrian versuchte, sich zusammenzunehmen. „Wir haben miteinander Klavier gespielt“, erzählte er, ruhiger jetzt. „Sie ist ...“ Er suchte nach Worten. „Es war sehr merkwürdig. Ich habe ihr eine Melodie vorgegeben und sie ist ihr sofort gefolgt, ganz instinktiv, als habe sie jeden einzelnen Ton gespürt, noch bevor ich ihn spielen konnte. Und dann ...“

„Vielleicht kannte sie das Stück“, warf Morgan ein, ehe Alahrian sich in seiner seltsam traumhaften Erinnerung verlieren konnte.

„Das ist es ja!“ Plötzlich war er sehr nervös. „Es war kein Stück, das sie kannte! Und trotzdem hat sie die Melodie irgendwie ... erfühlen können!“

Morgan runzelte die Stirn. „Wie willst du das wissen? Dass sie das Stück nicht kannte?“

Alahrian suchte seinen Blick. „Es war nicht von hier“, erklärte er ernst. „Nicht von dieser Welt. Es war ein Stück von uns, Morgan. Von Zuhause.“

„Was?“ Morgan wurde blass, etwas, das sehr, sehr selten vorkam. „Du spielst ihr Lieder von Zuhause vor? Du wirst leichtsinnig, liosch, wirklich.“

„Ich weiß ja, aber ...“

„Das hat nichts zu bedeuten!“, unterbrach ihn Morgan entschieden. „Viele Künstler hatten in der Vergangenheit Kontakt zu einem von uns, viele Werke wurden von uns inspiriert. Sie kann dein Stück woanders aufgeschnappt haben, irgendwo ...“

Damit schien das Thema für ihn erledigt, nicht aber für Alahrian. Während er mit Lilly gespielt hatte, da hatte er etwas gespürt, das ... nicht in Worte zu fassen war, eine Art Verbundenheit, die über jede Form von körperlicher Nähe hinausging, etwas, als würden ihre Seelen miteinander tanzen, unbeschreiblich und schwindelerregend.

„Interpretier nicht zu viel in dieses Mädchen hinein“, warnte ihn Morgan und legte ihm behutsam die Hand auf die Schulter. „Sie ist nur eine Sterbliche ...“

„Na und?“ Alahrian funkelte ihn an. „Du gibst dich andauernd mit sterblichen Frauen ab, jede Nacht ...“

„Ja.“ Morgans Stimme war eindringlich. „Aber das ist nicht, was du suchst, liosch, und du weißt, welche Konsequenzen es haben wird ...“

Alahrian streifte seine Hand ab. „Misch dich nicht in Dinge, die dich nichts angehen!“, entgegnete er patzig.

Natürlich hatte Morgan vollkommen Recht. Es war ein Fehler gewesen, sich diesem Mädchen zu nähern, ein gefährlicher Fehler. Schon auf die Party hätte er nicht gehen dürfen. Unwillkürlich sah er Flammen vor seinem inneren Auge aufsteigen, spürte beinahe die Hitze, die Schmerzen, roch den scharfen Geruch von brennendem Holz und angesengtem Fleisch.

Ein Schauder lief ihm über den Rücken, etwas, tief in seinem Unterbewusstsein vergraben, regte sich, wie stets wenn die Erinnerung zu intensiv wurde, schwarze Schwingen schienen ihn zu streifen, eine lautlose Stimme rief nach ihm ...

„Alahrian!" Diese Stimme war nicht lautlos, sondern höchst real, scharf und mahnend befahl sie ihn in die Wirklichkeit zurück. Wieder spürte er Morgans Hand auf seiner Schulter, diesmal jedoch war es mehr als nur eine flüchtige Berührung. Alahrian fühlte eine leichte Müdigkeit in sich aufsteigen, als der döckalfar ihm einen winzigen Hauch seiner Lebenskraft entzog, nicht so viel, um ihm zu schaden, sondern gerade genug, um die erstickenden, brodelnden Emotionen, die von finsterem Donnergrollen begleitet, in ihm emporbranden wollten, zu betäuben.

Ruhiger und mit der Benommenheit, die man verspürte, wenn man urplötzlich aus tiefem Schlaf erwacht, blinzelte Alahrian zu seinem Bruder hoch.

„Reiß dich zusammen, ja?", bemerkte Morgan, sein Tonfall sanfter als seine Worte.

„Natürlich ... Entschuldige bitte ..." Betreten sah Alahrian zu Boden, dann in den Himmel hinauf, dunkle Wolken erwartend, die sich über die Sonne geschoben haben mussten, doch da war nichts ... Er musste seine Gefühle wirklich besser unter Kontrolle halten. Aber es war so schwer bisweilen, viel zu schwer. Seltsam, vorhin, als Lilly bei ihm gewesen war, da war es ihm ganz leicht gefallen, er hatte dem Priester direkt ins Gesicht gesehen, aber da war nur ein Hauch von Angst gewesen, kein Feuer, keine Schwingen, kein Gewitter, das sich um seinetwillen über ihren Köpfen zusammenbraute.

„Heute Morgen habe ich den Inquisitor getroffen", erzählte er prompt.

„Ja, so etwas in der Art habe ich mir bereits gedacht." Morgan schenkte ihm einen ungewöhnlich mitfühlenden Blick. „Aber er ist kein Inquisitor mehr, vergiss das nicht. Er bereut, was er getan hat, und er hat dafür bezahlt, das weißt du."

Alahrian starrte ihn an und fühlte schon wieder die Dunkelheit in sich, diesmal jedoch brauchte er Morgans Hilfe nicht, um sie zurückzudrängen. „Auch ich habe bezahlt", sagte er leise und hielt mit Mühe die Angst, den Schmerz und auch den Zorn in seinem Inneren fest.

„Ich weiß." Erst jetzt nahm Morgan die Hand von seiner Schulter. „Aber denkst du nicht, es wäre langsam an der Zeit zu vergeben?"

Alahrian biss sich auf die Lippen, blickte zu Boden und schüttelte endlich den Kopf, die Augen geschlossen. „Ich kann nicht", flüsterte er lautlos, „Es gibt Dinge, die können nicht vergeben werden." Und niedergeschlagen fügte er hinzu: „Lass uns gehen, ja? Ich will nach Hause ..."

Die Kette

Mathematik war eine äußerst merkwürdige Erfindung der Sterblichen, und gewisse Aspekte würde Alahrian wohl niemals begreifen können, selbst wenn er den Rest seines unsterblichen Lebens nur dieser einen Fragestellung widmen würde. Es begann schon bei den Grundlagen: Was um alles in der Welt sollten zum Beispiel negative Zahlen sein? Ein Mensch konnte zwei Obstbäume besitzen oder sieben Rosen pflanzen, aber minus zwei? Oder gar minus zwei Komma fünfundzwanzig? Das war doch absurd! Und was sollten diese dummen Buchstaben in den Gleichungen? Was hatte es für einen Wert, mit einer Unbekannten zu operieren? Was war die schönste Gleichung wert, wenn so etwas Lächerliches wie minus 2 a am Ende dabei herauskam? Also weniger als kein Stück von etwas, das man nicht einmal kannte! Wie um Himmels Willen sollte man den Mangel an etwas feststellen, von dem man gar nicht wusste, was es war?

Meistens döste Alahrian also während des Matheunterrichts mehr oder weniger aufmerksam vor sich hin, kritzelte ab, was der Lehrer an die Tafel schrieb und hoffte wie jeder gewöhnliche, mittelmäßige Schüler, nicht unerwartet aufgerufen zu werden. Heute saß er direkt am Fenster, einige milde Strahlen warmer Morgensonne flimmerten auf seiner Haut, er träumte müßig vor sich hin und fühlte sich inmitten von Sterblichen, umgeben von dicken, mit Stahlträgern gespeisten Betonwänden beinahe wohl.

Was vielleicht auch der Aussicht zu verdanken war. Nicht der jenseits des Fensters, sondern diesseits, ausnahmsweise. In der Mathestunde saß Lilly schräg vor ihm, so dass er nur um eine Winzigkeit den Kopf drehen musste, um sie anzusehen, ein Umstand, der Mathe unwillkürlich zu seinem zweitliebsten Fach mutieren ließ, gleich neben Latein, wo sie direkt neben ihm saß.

Alahrian unterdrückte ein lautloses Seufzen und starrte auf die sich rasch mit Zahlen füllende Tafel, wobei sein Blick ganz automatisch ihre Gestalt berührte. Auch sie schien nicht über die Maßen gebannt von Algebra zu sein. Gedankenverloren glitt ihr silberfarbener Füllfederhalter über ihr Heft, in einer seltsam anmutigen Bewegung, als ließe sie die Tinte über das Papier tanzen. Während einer längeren Erläuterung des Lehrers über irgendwelche wenig spannenden Formeln hielt sie den Blick erhoben, den Kopf leicht schräg gelegt, Konzentration vorspiegelnd, ihre Hand jedoch, die in einer unbewussten Geste mit der Kette um ihren Hals spielte, verriet ihre Geistesabwesenheit.

Die Kette war Alahrian schon gleich an ihr aufgefallen. Sie schien sie jeden Tag zu tragen wie einen kleinen Talisman, und das war eine schöne Gewohnheit, fand er. Nun funkelte der runde Anhänger im Licht der einfallenden Sonne wie ein winziger Stern, ein paar Strahlen brachen sich auf seiner glatten Oberfläche, fielen Alahrian direkt in die Augen und ließen ihn geblendet blinzeln.

Geblendet?

Erschrocken zuckte er zusammen. Er war ein liosalfar! Anders als jeder Mensch konnte er selbst ungeschützt in die Sonne blicken ohne auch nur im Geringsten an Sehkraft zu verlieren. Seine Augen waren geschaffen, um Sonnenlicht in sich einzusaugen, nichts konnte ihn blenden, es sei denn ...

Er sah noch einmal hin, fing die funkelnde Helligkeit auf und absorbierte sie. Und dann sah er es, ganz flüchtig nur, ein aufzuckendes Bild, wie die Vision eines Blitzes, erloschen, noch ehe er es betrachten konnte. Dennoch erkannte er es sofort, jeder alfar hätte es erkannt, in dieser wie auch in der anderen Welt, denn es war ein Symbol, ihm so vertraut wie sein eigenes Gesicht:

Wie elektrisiert riss er die Augen auf, das Bild verschwand, Lilly schob den Anhänger unter ihr Shirt und er hörte, wie aus weiter Ferne, seinen Namen rufen: „Alahrian!“

Erst zwei Sekunden später gelang es ihm, den Blick zu heben und es dauerte weitere unruhige Herzschläge lang, bis er begriff, dass ihm gerade eine Frage gestellt worden war. Eine Frage über Mathematik!

„Verzeihung“, murmelte er mit eben jener schonungslosen Ehrlichkeit, die ihn immer dann befiel, wenn er vergaß, wo er sich gerade befand, „ich habe eben überhaupt nicht zugehört.“

Das war zu ehrlich gewesen, er spürte es, noch ehe der Satz ein kurzes, spöttisches Lachen in der Klasse provozierte. Alahrian wurde rot.

„Nun, vielleicht geht es ja an der Tafel besser?“, erkundigte sich der Lehrer, voll von falscher Freundlichkeit und hielt ihm ein kurzes, abgegriffenes Kreidestück hin.

Alahrian biss sich auf die Lippen. Fünf demütigende Minuten und eine gefühlte Ewigkeit später ließ er sich zerstreut auf seinen Platz zurücksinken, und seine Gedanken purzelten kopfüber zu seinem eigentlichen Problem zurück. Das Symbol! Die Kette! Er musste sich unbedingt die Kette näher ansehen ... Nervös wanderte sein Blick wieder zu Lilly hin, doch der Anhänger war noch immer unter ihrem Gewand verborgen, fern und unerreichbar. Vielleicht hatte er sich das Ganze nur eingebildet? Nein, er war sicher. Diese Kette war kein normales Schmuckstück, und er musste unbedingt herausfinden, was es damit auf sich hatte! Angespannt wartete er, unruhig lauschte er auf das Klingelzeichen, das ihn endlich von dieser elenden Mathematik befreite. Natürlich half ihm auch das Ende der Stunde um keinen Deut weiter! Die Kette! Er musste sich die Kette anschauen, das war das einzige, woran er noch denken konnte.

Dann, mitten in Biologie, kam ihm die rettende Eingebung. Sport! Sie hatten eine Doppelstunde Sport in der fünften und sechsten. Und die Mädchen durften zum Unterricht keinen Schmuck tragen, gewiss würde sie die Kette ablegen, und dann konnte er, musste er ...

Er wagte kaum, den Gedanken zu Ende zu denken.

Der Tag zog sich langsam, mit qualvoller Zähigkeit in die Länge, er musste noch Deutsch und Englisch über sich ergehen lassen, bevor sich die Schüler endlich in Richtung Sporthalle auf den Weg machten. Auch er selbst hätte jetzt eigentlich Unterricht gehabt, aber er schlich sich davon, was nicht über die Maßen schwer war. Letzte Woche hatte er sich beim Volleyballtraining einen Finger verstaucht, natürlich war die Verletzung längst verheilt, aber alle würden sich daran erinnern, und Thommy Niedermeier würde gewiss für ihn lügen, überzeugender als er es selbst gekonnt hätte.

Mit klopfendem Herzen wartete also Alahrian hinter der Halle und beobachtete nur wenig später, wie die Mädchen von dort aus zum Sportplatz marschierten. Es war warm und sonnig, wahrscheinlich nutzten sie das Wetter für ein wenig Leichtathletik im Freien. Das war gut, sehr gut sogar, denn so war die Halle nahezu leer und er war einigermaßen unbeobachtet!

Schneller und lautloser als für einen Menschen normal flitzte er durch die Tür, den langen, immer ein wenig muffigen Gang entlang, bis zur Umkleidekabine der Mädchen. Dort blieb er abrupt stehen, wertvolle Sekunden verschwendend. Und nun? Sollte er einfach dort hineinspazieren? Es war eine Umkleidekabine! Schon bei dem Gedanken daran peinlich berührt, lauschte er angestrengt, aber es befand sich niemand hinter der Tür und auch nicht in der Nähe, und so streckte er zögerlich die Hand aus – und hielt erneut inne. Die Türklinke war aus Stahl, ein wirkungsvolleres Hindernis als alles andere.

Er konnte keinen Stahl berühren, ohne sich zu verbrennen, doch er musste es tun, musste wissen, was sich für ein Geheimnis hinter der Kette verbarg, musste einfach ...

Mit aufeinandergepressten Lippen wappnete sich Alahrian gegen den Schmerz, zog den Ärmel seiner Jeansjacke über die bloße Hand und legte sie auf die Klinke. Ein scharfes Zischen erklang, fast augenblicklich füllte der beißende Geruch von schwelendem Stoff die Luft, Alahrian ignorierte es und drückte mit aller Kraft die Klinke herab, doch vergebens. Verschlossen! Das hätte er sich denken können. Für gewöhnlich wurden die Türen der Umkleidekabinen abgesperrt, um die Sachen der Mädchen vor unerwünschten Eindringlingen zu schützen. Eindringlingen wie ihm.

Beschämt zog Alahrian die Hand zurück. Im Stoff seiner Jacke befand sich bereits ein hässliches Brandloch, die Haut darunter war aber noch unversehrt. Seufzend lehnte er sich gegen die holzvertäfelte Wand. Aber er brauchte diese Kette, nur für einen Moment, unbedingt! Natürlich hätte er das Türschloss mit einem einzigen Lichtblitz einfach aufsprengen können, doch das hätte einen Höllenlärm verursacht – und außerdem war er nicht hier, um etwas zu zerstören. Er war hier, um ... ja, um was eigentlich?

Egal, er musste dort hinein, musste es einfach! Also blieb ihm nur noch eines zu tun: Entschlossen verließ er die Turnhalle, versteckte sich hinter einer Baumgruppe und rief in seinen Gedanken, so laut er konnte: Morgan!!!

Erst beim zweiten Versuch bekam er eine Antwort, eine verschwommene noch dazu, seltsam gedämpft, als habe er den anderen aus dem Schlaf gerissen: Halt die Klappe, liosch. Ich bekomme noch Migräne deinetwegen ...

Alahrian ignorierte die Beschwerde. Es ist wichtig! dachte er in Morgans Kopf hinein. Du musst mir helfen, bitte!

Ich bin beschäftigt ... Morgan projizierte das Bild einer Frau in Alahrians Bewusstsein, das Bild einer recht spärlich bekleideten Frau, um genau zu sein. Alahrian schoss eine sanfte Schamesröte ins Gesicht, und unwillkürlich schlug er die Augen nieder, aber natürlich nutzte das nichts.

Bitte! wiederholte er und versuchte, die Frau irgendwie auszublenden. Du musst hierher kommen! Schnell!

Einige Augenblicke Schweigen, dann, widerwillig, entnervt und leicht gereizt: Na schön ...

Alahrian kappte die Verbindung, lehnte sich gegen einen Baumstamm und wartete ungeduldig, den Blick auf die Armbanduhr an seinem Handgelenk geheftet. Die Mädchen hatten eine Doppelstunde Sport, und seit Beginn des Unterrichts waren erst zwanzig Minuten vergangen. Eigentlich blieb noch genug Zeit – genug, um in die Kabine einzubrechen. Alahrian schauderte allein schon vor dem Gedanken zurück, doch das war es, was er im Begriff war zu tun und er hatte keine andere Wahl, wie es schien.

„Nun, was gibt es denn so Dringendes?", schreckte ihn Morgans wenig freundliche Stimme aus seinen Gedanken auf.

Alahrian zuckte zusammen. Der döckalfar hatte die Fähigkeit, sich vollkommen lautlos zu bewegen, selbst Alahrian, dessen Gehör um ein Vielfaches schärfer war als das eines Menschen, hatte ihn nicht bemerkt. Es war eine oftmals lästige Eigenschaft, andererseits aber auch nicht zu verachten, bedachte man, was er zu tun vorhatte. Hastig erklärte er seinem Bruder, was geschehen war, ohne sich die Mühe zu machen, laut zu sprechen.

Auf diese Art und Weise dauerte es kaum eine Sekunde, bis sie nebeneinander in die Turnhalle zurückhuschten. Alahrian seufzte erleichtert. Morgan mochte die meiste Zeit über ein ziemliches Ärgernis sein, wenn man ihn aber brauchte, dann war er da – schnell und zuverlässig. Alahrian schickte dem anderen eine kurze, golden schimmernde Woge von Dankbarkeit, der aber winkte ab und beschäftigte sich bereits mit dem Schloss, das ihnen den Weg zur Umkleidekabine versperrte.

„Du hast nicht zufällig eine Haarnadel dabei?", erkundigte er sich beiläufig.

Alahrian verzog das Gesicht. Hatte er sich eben zu tieferen Gefühlen Morgan gegenüber hinreißen lassen? Schnaubend schüttelte er den letzten Rest von Dankbarkeit ab und antwortete säuerlich: „Zufällig nicht, nein."

Morgan feixte. In einer provozierend überlegenen Geste fädelte er seinen Gürtel aus den Jeans und riss die metallene Schnalle ab. „Das wird es wohl auch tun ..." Mit einer selbstzufriedenen Miene, die Alahrian die Kiefer aufeinander pressen ließ, begann er das Metall zu verformen, bis es dünn und biegsam wie ein Draht war.

Alahrian schauderte. Anders als er war Morgan keineswegs empfindlich gegen Stahl, ja, er hatte sogar einen gewissen Einfluss auf das Material. Alahrian hingegen konnte kaum dabei zusehen, wie er das Metall zwischen den Fingern drehte.

Unruhig blickte er sich um, während Morgan den Draht ins Schloss steckte. Niemand zu sehen. Sie waren ganz und gar ungestört, trotzdem schlug sein Herz bis in die Kehle hinein und er konnte kaum stillstehen. Was sie taten, war verboten. Mehr noch, es war unrecht, und jede Faser seiner Selbst sträubte sich dagegen, während irgendetwas anderes in ihm unwiderstehlich danach drängte.

Er fuhr zusammen, als das Schloss ein leises Klicken von sich gab, und Morgan keine zwei Sekunden später die Tür aufstieß. „Sesam, öffne dich!" Er grinste spöttisch, während er Alahrian mit einer übertrieben einladenden Geste ins Innere der Umkleidekabine geleitete. Zögerlich trat dieser ein, ließ einen gesenkten Blick durch den engen, dunklen Raum gleiten. Die Kleidungsstücke der Mädchen lagen in unterschiedlich geordneten Stapeln auf mehreren Bänken verteilt, Jacken und Taschen hingen an metallenen Garderobenhaken, einige Sachen auch auf dem Boden verteilt. Der Anblick ließ ihn unwillkürlich zurückzucken.

„Und was jetzt?", fragte er, vor Verlegenheit beinahe heiser. „Ich kann doch nicht einfach ... ich meine ... ich kann unmöglich ..."

„Was?" Morgans Augen blitzten, sich köstlich amüsierend über seine Beklommenheit. „Ihre Sachen durchwühlen? Deswegen bist du hier, oder nicht?"

Alahrian unterdrückte ein Ächzen und biss sich auf die Lippen, immer noch Hitze im Gesicht spürend. Gewiss hätte er Lillys Kleider in all dem Chaos sofort gefunden, selbst wenn er sich nicht mehr hätte erinnern können, was sie an jedem einzelnen Tag, an dem sie sich getroffen hatten, angehabt hatte. Aber er konnte doch nicht ... Er konnte nicht ...

Nein, das war unmöglich. Und vielleicht auch unnötig. Wenn das, was er suchte, war, was er vermutete, dann würde er es finden, so oder so. Alahrian schloss die Augen und konzentrierte sich auf die Kette. Zuerst war da nichts als Dunkelheit hinter seinen Lidern, dann flimmerte Licht auf – und dann sah er sie. Hastig griff er in Gedanken nach der Kette, fühlte das Silber unter seinen Fingern, eine Sekunde, bevor das Schmuckstück in seine ausgestreckte Hand glitt.

Alahrian öffnete sie Augen wieder, hielt die Kette behutsam zwischen Daumen und Zeigefinger und achtete darauf, den Anhänger nicht zu berühren.

„Hübsch“, bemerkte Morgan unbeeindruckt. „Aber vielleicht solltest du dich ein bisschen beeilen!“

Alahrian drehte sich zu ihm um. „Siehst du denn nicht, was das ist?“, fragte er aufgeregt.

„Silber?“, erkundigte sich Morgan und zog langsam eine pechschwarze Braue hoch.

„Ja, und zwar von einer Reinheit, wie sie hier gar nicht vorkommt!“, rief Alahrian und widerstand nur mit Mühe der Versuchung, wie ein nervöses Kind hin und her zu hüpfen. „Die Kette ist aus unserer Welt, Morgan, versteh doch!“

Wie konnte der andere nur so blind sein? Ausgerechnet Morgan, der von Metall viel mehr verstand als er selbst!

Ungeduldig strich Alahrian mit den Fingern über den Anhänger. Es war eine kleine, runde Platte, deren Vorderseite eine Elfe darstellte, so wie die Menschen sie sich vorstellten, als winziges, filigranes Wesen mit zarten Libellenflügeln und niedlichem Gesichtchen. Die Rückseite war vollkommen glatt, doch als Alahrian ein wenig Sonnenlicht darüber gleiten ließ, da flammte sie plötzlich auf und in dem Metall war ein Muster zu erkennen, ein siebenzackiger, in sich gewundener Stern.

Und im selben Moment leuchtete das Symbol auch auf Alahrians Handgelenken auf, dicht unter der Haut, dort wo das Blut warm und klopfend durch seine Adern strömte.

Morgan hinter ihm gab ein scharfes Zischen von sich, und Alahrian musste sich nicht umdrehen, um zu sehen, dass auch auf Morgans Haut das Zeichen sichtbar geworden war, das Symbol, das jeder alfar trug, verborgen meist und nur durch Zauber ans Licht gebracht.

„Elfenstern“, flüsterte Morgan tonlos.

„Ja.“ Alahrian strich noch einmal über den Anhänger, und das Leuchten erlosch. Das Symbol war verschwunden. Aber sie hatten beide genug gesehen.

Trotzdem sagte Morgan plötzlich, in verändertem Tonfall: „Das muss nichts bedeuten, liosch. Sie kann die Kette überall her haben.“

„Überall?“ Alahrians Stimme klang schrill. „Es ist ein Zeichen aus unserer Welt, Morgan!“

Morgan schüttelte den Kopf, sein ernster Blick dämpfte Alahrians Erregung ein wenig. „Viele von uns trieben einst Handel mit den Sterblichen“, meinte er ruhig. „Eine Menge Artefakte aus unserer Welt gelangte auf diese Weise hierher, und das weißt du sehr gut.“

„Und der Stern?“ Alahrian war noch nicht bereit, sich seine wilde, nach keinerlei Erklärungen strebende Hoffnung zerstören zu lassen.

Morgan jedoch zuckte nur mit den Schultern. „Der Stern ist eine geometrische Figur, auf die durchaus die Sterblichen auch bereits gekommen sind.“

Alahrian antwortete nicht, und da legte ihm Morgan besänftigend die

Hand auf den Arm. „ich weiß, woran du denkst, liosch“, sagte er leise. „Aber es ist unmöglich!“

„Wieso?“ Alahrian fühlte, wie seine Augen brannten, und er sah die Funken seines eigenen Blickes unter Morgans Lidern reflektieren. „Wenn dieses Ding da“, er hielt seinem Bruder den Anhänger vors Gesicht, „den Weg hierher gefunden hat, dann können wir vielleicht auch wieder zurück! Dann haben sich die Tore vielleicht geöffnet! Dann können wir endlich nach Hause und ... und ...“

Morgan verstärkte den Druck seiner Hand. Traurig schüttelte er den Kopf. „Es ist unmöglich“, wiederholte er eindringlich. „Davon abgesehen –“ Sein Tonfall veränderte sich, nahm wieder die gewohnte Heiterkeit an, wie um auch Alahrians Stimmung in eine andere Richtung zu zwingen. „Ich verstehe gar nicht, was du gegen diese Welt hast“, meinte er gelassen. „Mir gefällt es hier!“

Alahrian starrte ihn an, und für einen winzigen Moment spürte er eine heiße, brennende Woge von Zorn in sich aufsteigen. „Das verstehst du nicht?“, schrie er, lauter als eigentlich beabsichtigt. „Es gefällt dir, ein Gejagter zu sein, ein Ausgestoßener? Es gefällt dir, jeden zu belügen, den du triffst, beständig eine Maske zu tragen, niemanden an dich heranzulassen, aus Angst, irgendjemand könne herausfinden, was du bist? Das gefällt dir?“ Er schnaubte verächtlich, seine Augen aber wollten sich mit Tränen füllen. „Mir gefällt es nicht!“, erklärte er heftig. „Ich hasse es!“

„Alahrian!“ Scharf rief Morgan ihn zur Ordnung, doch es war zu spät.

Ein heftiger, unnatürlicher Windstoß erfasste den winzigen Raum, mit einem Krachen, laut genug, die ganze Halle zu erschüttern, fiel die eben erst aufgebrochene Tür ins Schloss. Schuldbewusst zuckte Alahrian zusammen, sammelte all seine außer Kontrolle geratenen Gefühle wieder ein und verschloss sie in seinem Inneren.

„Entschuldigung“, murmelte er zerstreut. „Das wollte ich nicht. Ich ...“

„Was soll das denn?!“

Die erzürnte Stimme unterbrach ihn mitten im Satz. Erschrocken drehte Alahrian sich um. „Anna-Maria! Was ... was machst du denn hier?“ Die Worte kamen stammelnd, rau.

Anna-Maria verzog das Gesicht. „Ich sollte einen Medizinball holen“, erklärte sie, von oben herab. „Da habe ich einen Schlag gehört und Stimmen und ...“ Sie unterbrach sich. „Aber das selbe sollte ich dich fragen!“ Ihr Tonfall schraubte sich zu schriller Entrüstung empor. „Was zum Teufel hast du hier zu suchen? Bist du irgend so ein perverser Spanner?“

Sie erblickte die Kette in Alahrians Hand, die der noch immer erhoben hielt und riss die Augen auf, ihre Pupillen geweitert vor Empörung. „Ah, nein, jetzt verstehe ich! Du wolltest uns bestehlen! Ein gemeiner Dieb bist du!“

„Unsinn!“ Morgan, der bisher keinen Laut von sich gegeben hatte, regte sich.

Während Alahrian sie noch halb erstarrt vor Schreck und seiner Sprache ganz und gar beraubt anstarrte, unterbrach Anna-Maria endlich ihren keifenden Redefluss und blickte zu Morgan, der mehr als einen Kopf größer war als sie, auf. Ein nervöses Lächeln huschte über ihr eben noch wutentbranntes Gesicht. „Oh ...", murmelte sie, als habe sie den döckalfar erst jetzt bemerkt. „Hi, Morgan ..." Fahrig strich sie sich eine wasserstoffblonde Haarsträhne zurück und strahlte Alahrians Bruder verlegen an.

Alahrian presste unterdessen die Kiefer aufeinander und fragte sich vergebens, was um alles in der Welt er getan hatte, dass sie ihm alle möglichen Schandtaten zutraute, während sie Morgan – ausgerechnet Morgan! – immer noch blöde angrinste.

„Es ist nicht so, wie es aussieht", versuchte er zu erklären, erntete jedoch nur eine höhnische Grimasse:

„Ja, das würde ich an deiner Stelle jetzt auch sagen ..." Ihr Haar über die Schulter zurückwerfend wandte sie sich ab, um zur Tür hinaus zu spazieren.

„Warte! Wo willst du hin?"

„Ich sag's der Baumeister!" Sie würdigte ihn nicht einmal eines Blickes. „Oder besser noch: Ich rufe gleich die Polizei an!"

„Nein!"

Alahrian hatte nicht einmal besonders laut gesprochen, und trotzdem hielt Anna-Maria so abrupt inne, als sei sie gegen eine unsichtbare Wand geprallt.

„Nein", wiederholte Alahrian. „Das willst du doch gar nicht. Nicht wirklich ..."

Unsicher, zögernd sah sie jetzt zu ihm auf. „Nicht ... wirklich?" Ihre Stimme klang hohl, als spräche sie im Schlaf.

Alahrian schaute ihr direkt in die Augen, tastete tiefer nach der leuchtenden, sonnenhellen Macht in seinem Inneren, ließ kleine, glitzernde Fäden davon empor strömen und hielt damit ihren Willen fest, fing ihr Bewusstsein ein wie in einem hauchzarten, klebrigen Spinnennetz aus winzigen Goldfünkchen.

„Du hast keinen von uns hier gesehen", erklärte er ihr, sehr sanft, in einem weichen, schmeichelnden Tonfall. „Du willst einfach zurückgehen und vergessen, was hier passiert ist."

„Vergessen ..." Sie wiederholte seine Worte, als hinge sie fest an ihnen. Dann blinzelte sie, schüttelte mühsam den Kopf. „Nein ... ich ..."

Sie wehrte sich, sie vertraute ihm nicht. Es war so viel einfacher, wenn sie ihm vertrauten. Alahrian verstärkte den Druck, sprach jetzt direkt in ihren Kopf, lautlos, ohne den Umweg über ihr Gehör zu nehmen.

Geh ... Du hast nichts gesehen ... Geh ...

Da nickte sie und wandte sich ab, zuerst in seltsam abgehackten Bewegungen, dann schneller, flüssiger, in ihr altes Selbst zurückfindend, in eben jenem Moment, da Alahrian sich aus ihrem Kopf zurückzog.

„Das war sehr riskant", bemerkte Morgan tadelnd. „Ich dachte, du wolltest diese deine besondere Fähigkeit bei Sterblichen nicht mehr anwenden."

Alahrian starrte zu Boden. Er hasste es, diese Dinge zu tun, und auch jetzt fühlte er sich elend dabei, schmutzig, beinahe besudelt. Angeekelt von sich selbst schüttelte er sich, laut jedoch sagte er: „Ich hatte keine andere Wahl. Ich werde mich nicht noch einmal von ihnen einsperren lassen, nie wieder!" Heftig schüttelte er den Kopf.

Morgan lächelte besänftigend. „Ich glaube, wegen einer Kleinigkeit wie dieser Kette wird man heute nicht mehr eingesperrt, liosch."

Alahrian schnaubte. „Würdest du es darauf ankommen lassen?"

Morgan verzog das Gesicht. „Nein." Behutsam nahm er Alahrian die Kette aus der Hand und legte sie an ihren Platz zurück, als wäre nichts geschehen. „Und jetzt komm! Lass uns von hier verschwinden!"

Liebeskrank

Alahrian benahm sich merkwürdig. Zwei Wochen nach den Ferien musste selbst Morgan, der an die Verrücktheiten von liosalfar reichlich gewöhnt war, sich das eingestehen. Manchmal war er eigenartig still, dann wieder fegte er wie ein Wirbelwind durch das Haus. An anderen Tagen saß er einfach nur da und starrte aus gläsernen Augen ins Leere. Heute Morgen hatte er sich noch überhaupt gar nicht blicken lassen.

Seufzend stieg Morgan die Treppe hinauf, klopfte an Alahrians Schlafzimmertür und rief unwirsch: „Du kommst zu spät zur Schule, liosch!“

Worauf um alles in der Welt hatte er sich da nur eingelassen? Er benahm sich ja schon wie eine fürsorgliche Glucke! Eine Antwort bekam er auch nicht.

Kurzentschlossen streckte Morgan den Kopf durch die Tür und stellte verwundert fest, dass der liosalfar noch immer im Bett lag, die Decke bis über beide Ohren gezogen, obwohl helles Sonnenlicht durch die Dachkuppel fiel. Verschlafen hatte er gewiss nicht, Morgan hatte das Klingeln dreier Wecker selbst in seiner Höhle noch hören können. „Was ist los mit dir?“, fragte er und trat tiefer in den Raum hinein, vorsichtig über die Rosenranken steigend, die sich über Nacht auf dem Fußboden ausgebreitet hatten.

„Ich gehe nicht mehr zur Schule“, antwortete Alahrian, gedämpft, da er durch eine Lage von Seidenstoff sprach, die sein Gesicht fast ganz verdeckte. „Nie mehr.“

Morgan verdrehte die Augen. Liosalfar! Ihre Launen waren wahrlich unerträglich. „Nicht doch ...“, bemerkte er spöttisch. „Du willst doch Abitur machen, oder nicht?“

Zwei empört funkelnde Saphiraugen tauchten über der Deckenkante auf. „Ich habe Abitur!“, erklärte Alahrian pikiert.

„Ja ... Eines aus dem vorletzten Jahrhundert ...“ Morgan grinste. „Von Kaiser Wilhelm persönlich unterzeichnet ...“

Alahrian schwieg, einige der Rosen ließen die Köpfe hängen, und Morgan setzte sich zu seinem Bruder auf die Bettkante, übergangslos ernster werdend.

Alahrian ignorierte ihn, zog sich wieder die Decke über den Kopf und meinte dann plötzlich: „Ich glaube, ich bin krank.“

Morgan unterdrückte ein Seufzen. Was war denn das nun schon wieder? „Du kannst nicht krank werden, das weißt du doch, oder?“, meinte er behutsam.

„Wie willst du da so sicher sein?“ Alahrian richtete sich im Bett auf, zerzaust und zerrupft, aber nicht im Geringsten krank aussehend.

Morgan zuckte mit den Schultern. „Es ist in über drei Jahrhunderten noch nie passiert", erklärte er ruhig. „Du bist immun gegen sämtliche Erreger, hast Pestepidemien überstanden, Typhus, Malaria ... Was also sollte dir schon schaden?" Er ließ in einer unbestimmten Handbewegung das Thema fallen. Aber auf einer gewissen Ebene hatte Alahrian trotzdem Recht. Sie konnten nicht sicher sein. Sie lebten beide zu lange unter Sterblichen, wer vermochte zu sagen, welche Auswirkungen das auf sie haben würde?

Vorsichtshalber streckte er die Hand aus und legte sie auf Alahrians Stirn. Glühend heiß, wie immer. Er ließ die Hand sinken.

„Es ist dieses Mädchen", seufzte Alahrian unglücklich. „Diese ... diese Lillian. Sie macht mich ... krank."

Morgan runzelte die Stirn, zog es aber vor, nichts zu sagen.

Alahrian fuhr sich mit der Hand durch das lichtdurchflutete Haar, was zur Folge hatte, dass es nun wie elektrisiert nach allen Seiten hin abstand. „Wenn ... wenn ich in ihrer Nähe bin, dann ... dann fühle mich schlechter als überall sonst ...", stieß er aufgeregt hervor. „Der Boden unter meinen Füßen scheint zu schwanken, mein Herz klopft viel zu schnell, ich weiß nicht mehr, was ich sagen soll, als hätte sie alle meine Gedanken hinweggefegt, und ... und ..." Er stockte.

„Wieso gehst du ihr dann nicht einfach aus dem Weg?", erkundigte sich Morgan pragmatisch.

„Aber das ist es ja!" Alahrian machte ein so unglückliches Gesicht, dass Morgan fürchtete, es würde einen Platzregen auslösen. „Wenn sie nicht da ist, dann ... dann ist alles noch viel schlimmer! Ich träume von ihr ... ich kann nicht aufhören, an sie zu denken, ich ..."

Morgan starrte ihn mit aufgerissenen Augen an, nicht sicher, ob er es sich erlauben konnte, zu lachen. „Du bist nicht krank", erklärte er, mühsam beherrscht. „Du bist verliebt, liosch."

„Verliebt?" Alahrians ohnehin schon blasses Gesicht verlor schlagartig jede Spur von Farbe. „So fühlt sich das an?"

„Ja, mein Freund, so fühlt sich das an."

„Aber das ... das ist ja schrecklich!" Alahrian ließ sich wieder im Bett zurücksinken und starrte ausdruckslos die Decke an, seine Augen funkelten, als Sonnenlicht durch die Kuppel hineinfiel und in den Tiefen seines Blickes verschwand. „Ich bin nicht verliebt!", meinte er plötzlich heftig, und ein kleiner Sturmwind bauschte die Pflanzen im Raum. „Ich verliebe mich nicht! Niemals! Und schon gar nicht in eine Sterbliche!"

„Gut ..." Morgan zuckte mit den Schultern. „Dann kannst du ja auch wieder zur Schule gehen. Es war deine Idee, das Leben eines Menschen zu führen, schon vergessen?"

Sportverletzungen

Der Sportunterricht an diesem Vormittag hielt eine unangenehme Überraschung bereit: Die graue Plastiktrennwand, die üblicherweise eine große Halle in zwei kleine teilte und somit zwei separate Unterrichtsräume für Jungen und Mädchen schuf, war defekt und daher hochgefahren, was sonst nur bei Spielen der Schulmannschaften vorkam. Sie würden also mit den Jungs gemeinsam Sport haben, oder zumindest in deren Sichtweite, denn um nach draußen zu gehen regnete es zu stark.

Lilly verdrehte innerlich die Augen. Na super! Einen Moment lang überlegte sie ernsthaft, einen heftigen Anfall von Regelschmerzen vorzutäuschen und einfach zu verschwinden. Aber dafür war es zu spät! Sie war bereits umgezogen. Dabei war sie nicht einmal unsportlich, aber eben auch keine Cherleaderin und die Aussicht, auch nur von irgendeinem männlichen Wesen in labberigen Trainingsklamotten beobachtet zu werden, verschwitzt und zerzaust, löste eine sanfte Form von Paranoia in ihr aus. Oder um ehrlich zu sich selbst zu sein: Sie gab sich nicht jeden Morgen die allergrößte Mühe, um für Alahrian perfekt auszusehen, nur um das alles zunichte zu machen, indem sie nun vor ihm in Schlabbershorts und T-Shirt rumlief! Wer um alles in der Welt konnte in Sportsachen schon gut aussehen?

Nun ja, Anna-Maria konnte es, und tatsächlich stakste sie in ihren Turnschuhen an Lilly vorüber als wären es Designer-Highheels. Prompt erntete sie natürlich bewundernde Blicke von der männlichen Seite der Halle, und da ihre gebräunten Beine in den super knappen rosa Hotpants selbst Barbie vor Neid hätten erblassen lassen, konnte Lilly ihnen das noch nicht einmal übelnehmen. Andererseits: Es gab einen, der sich für Anna-Maria nicht im Geringsten zu interessieren schien. Im Gegenteil: Alahrian lächelte Lilly ganz offen über die ganze Halle hinweg zu, und seine blauen Augen schienen dabei wie von Sternenlicht erfüllt zu strahlen. Scheu erwiderte Lilly sein Lächeln, wurde knallrot und sah hastig weg.

Wenigstens hatten sie heute Jazzdance. Das war nahezu perfekt, Lilly hatte Tanzen schon immer geliebt, und verschlänge nicht die Musik das meiste ihrer Zeit, hätte sie es gern zu einem Hobby gemacht. Besser als die grässlichen Ballsportarten war es auf jeden Fall. Da wich sie dem Ball lieber aus, aus Angst, sich die Finger zu verletzen und dann wochenlang nicht Klavier spielen zu können. Man musste eben Prioritäten setzen. Vor Alahrian hätte sie sich freilich nicht so dämlich anstellen wollen. War er nicht im Volleyballteam? Das hieß, er war gut darin, oder nicht?

Während sie ein paar Spiegel aufstellten, damit sie sich beim Tanzen selbst beobachten konnten, was Lilly Gelegenheit gab, kurz ihre Frisur in

Ordnung zu bringen, und sich in Reihen aufstellten, um der Lehrerin beim Vortanzen zuzusehen, entspannte sie sich ein wenig. Die Schritte waren sehr einfach, der Rhythmus der Musik ging ihr fast sofort ins Blut über, und wäre jemand anderes als Alahrian in der Nähe gewesen, hätte sie die Gefahr des Beobachtetwerdens vielleicht sogar vergessen können. So aber stellte sie sich unwillkürlich vor, sie wären ganz allein in der Halle, und im CD-Player liefe nicht irgendein nichtssagender Popsong, sondern ein klassischer Walzer. Wäre es nicht wunderschön gewesen, mit ihm einen Walzer zu tanzen? Ob er das wohl konnte? Die meisten Jungs fanden Standarttänze blöd, aber die meisten Jungs waren auch keine begnadeten Klavierspieler und interessierten sich nicht für Geschichte oder Kunst.

Seufzend blinzelte sie zu ihm herüber, bis Anna-Maria sie anzischte und sie drohte, aus dem Takt zu kommen.

Missmutig beobachtete Alahrian seine Klassenkameraden, wie sie ganz unverhohlen, ja, geradezu sabbernd, die Mädchen anglotzen und deutlich ihre Freude über die defekte Trennwand zum Ausdruck brachten. Alahrian unterdrückte ein ärgerliches Schnauben über so viel Infantilität und sah demonstrativ weg. Seit wann eigentlich galt es nicht mehr als unhöflich, eine Frau anzustarren? Hatten diese Typen denn gar keine Manieren? Oder hatten sich die Manieren schon wieder geändert? Das ging schnell bei den Sterblichen, wie er sehr wohl wusste, ein Benehmen, das eben noch als Todsünde gegolten hatte, konnte heute schon in Mode sein – und umgekehrt. Wie sollte man da noch durchblicken?

Und eine halbe Sekunde später glotzte er dann selbst. Lilly war in die Halle gekommen. Oh Gott, und in diesen schlabberigen Sportklamotten sah sie sogar noch süßer aus als sonst! Unwillkürlich breitete sich ein verzücktes Lächeln auf seinem Gesicht aus, er hätte es nicht verhindern können, selbst wenn er es gewollt hätte. Sie war so schön ... so unglaublich schön ... Ihr Blick traf den seinen wie ein Tautropfen das Blütenblatt, rasch wandte sie sich wieder ab, aber ... sie hatte zurückgelächelt. Alahrian fühlte, wie sein Herz in der Brust zu tanzen begann, für einen gefährlichen Moment vergaß er ganz, wo er war und beinahe hätte er sogar dem Leuchten unter seiner Haut erlaubt, an die Oberfläche zu treten. Hastig hielt er den Glanz in seinem Inneren fest, drehte sich herum – und spürte, wie all sein Hochgefühl sich schlagartig in Rauch auflöste, als ihm klar wurde, was heute auf dem Stundenplan stand: Geräteturnen! Oh, nein! Vielleicht hätte er heute doch lieber einfach im Bett bleiben sollen ...

Die meisten Menschen waren um einiges langsamer und unkoordinierter in ihren Bewegungen als selbst der untrainierteste alfar, das hatte Alahrian schon ganz zu Anfang bemerkt. Wenn er unter den Sterblichen nicht auffallen wollte, musste er sich also stets ein wenig träge geben, was normalerweise nicht weiter schwer war, hatte man sich erst einmal daran gewöhnt. Außer beim Sport. Deshalb hatte er Volleyball gewählt. Dabei achteten die meisten bloß auf den Ball, nicht so sehr auf den, der ihn schlug, und wenn er ein bisschen höher sprang als die anderen und um eine Winzigkeit schneller reagierte, dann freute sich nur seine Mannschaft und sie hielten ihn einfach nur für gut, nichts weiter.

Aber Geräteturnen war etwas völlig anderes. Wie um alles in der Welt sollte er über einen Kasten hüpfen und dabei gleichzeitig darauf achten, einen möglichst unbeholfenen Eindruck zu machen? Und das, ohne sich dabei zu Tode zu blamieren?

Vermutlich konnte er es trotzdem schaffen, er hatte viel Übung in solchen Dingen, aber all das war ja noch nicht einmal das Schlimmste: Nicht alle Geräte waren aus solch harmlosen Materialien wie Holz oder Leder. Es gab auch welche aus Stahl. Und tatsächlich ließ Herr Schneider so eben das gefürchtete Reck mit seiner widerlichen, metallenen Querstange aufbauen ...

Alahrian schüttelte sich und spielte kurz mit dem Gedanken, sich in letzter Sekunde krank zu melden, dann aber würde er vor Lilly als kompletter Waschlappen dastehen und das wollte er natürlich auf keinen Fall. Thommy Niedermeier neben ihm gab all dem Frust, den er selbst empfand, Ausdruck, indem er laut aufstöhnte. „Oh Mann, da sehen uns einmal die Mädchen zu, und wir müssen so einen schwulen Scheiß machen!"

Alahrian unterdrückte ein Grinsen.

Zunächst aber blieben all seine Befürchtungen unbegründet. Sie wurden in Gruppen aufgeteilt, jede arbeitete abwechselnd an einem anderen Gerät, und immerhin konnte er die anderen ein bisschen beeindrucken, weil er problemlos an einem Seil bis unter die Decke klettern konnte, eine Disziplin, die bei allen anderen äußerst verhasst war. Es hatte eben nicht nur Nachteile zu sein, was er war ...

Ein kleines bisschen selbstzufriedener als zuvor hatte er das eklige Reck schon fast aus seinem Bewusstsein verdrängt, und auch als seine Gruppe dort an der Reihe war, gelang es ihm zunächst, sich erfolgreich zu drükken. Allerdings nur solange, bis Herr Schneider ihn unfreundlich an das gefürchtete Gerät scheuchte, was nun zu allem Überfluss auch noch die Aufmerksamkeit der anderen direkt auf ihn lenkte.

Alahrian seufzte tief. Er konnte sich nicht weigern, nicht ohne noch mehr Wirbel zu verursachen. Demonstrativ langsam, in der Hoffnung, ein barmherziges Klingelzeichen würde ihn erlösen, rieb er seine Hände dick mit Magnesia ein. Vielleicht würde das ja helfen. Eher nicht. Eingeschüchtert biss er sich auf die Lippen, starrte die hässliche Eisenstange an und stellte sich im vorgegebenen Abstand auf.

„Na komm schon, oder brauchst du eine Extraeinladung?", maulte der Lehrer ihn an, der heute wohl nicht in bester Stimmung zu sein schien. Nun, zumindest darüber waren sie sich einig.

Alahrian murmelte eine unverständliche Antwort, spannte jeden einzelnen Muskel an und versuchte, nicht an den Schmerz zu denken, der gleich unweigerlich kommen musste. Mit zusammengepressten Kiefern nahm er Anlauf, so schnell er konnte, schneller als eigentlich möglich, griff nach der Stange, aber nur für den Bruchteil einer Sekunde lang, nur, um sich abzustoßen, dann ließ er sie los und wirbelte trotzdem freihändig zweimal darum herum.

Er hatte zu viel Schwung, viel zu viel, doch er merkte es zu spät. Nachdem er, wie vorgegeben, zweimal hintereinander um die Stange geglitten war, konnte er seine Energie nicht rechtzeitig bremsen und schlug noch einen doppelten Salto in der Luft hinterher. Doch anstatt wie ein außer Rand und Band geratenes Geschoss hinterher einfach auf den Boden zu knallen, landete er dann auch noch leichtfüßig und zielsicher auf der Matte, ohne auch nur im Geringsten aus der Balance zu geraten. Na toll ... Unauffällig sah aber anders aus ...

Er spürte, alle starrten ihn an, und dann applaudierten sie auch noch. Bravo! Das war ja perfekt gelaufen ... Säuerlich das Gesicht verziehend versuchte er, seine Würde zu bewahren und stolzierte mit steinerner Miene von der Matte.

„Mann, Alter!", rief Thommy Niedermeier überschwänglich und schlug ihm auf die Schulter. „Das war ja krass! Warst du früher mal Kunstturner oder so?"

Alahrian ignorierte ihn. Seine Hände brannten mittlerweile erbärmlich, er konnte fühlen, wie die Haut Blasen warf und verschränkte hastig die Finger hinter dem Rücken, damit es niemand sah. Seine Klassenkameraden starrten noch immer. Er aber warf einen kurzen, verstohlenen Blick quer durch die Halle und suchte Lillian. Ob sie es auch gesehen hatte? Ja, tatsächlich, auch sie starrte ihn an, beeindruckt, nahezu bewundernd, wie es schien.

Augenblicklich verrauchte seine Frustration. Hatte ihr das kleine Kunststück etwa gefallen? Dann hatte es sich vielleicht doch gelohnt, sich die Hände zu versengen. Sofort hellte sich seine Stimmung auf, und die Schmerzen kamen ihm erst wieder zu Bewusstsein, als er schon längst auf dem Weg nach Hause war. Nun allerdings mit unvermuteter Heftigkeit. Die Wunden brannten und pochten wie verrückt. Mit zusammengebissenen Zähnen durchquerte er den Garten der Villa – und wäre um ein Haar kopfüber in einen kleinen Teich gefallen, der sich heute Morgen eindeutig noch nicht dort befunden hatte! Und vor einer halben Minute auch noch nicht ...

Eilig zog sich der See ein paar Zentimeter zurück, während Alahrian noch um sein Gleichgewicht kämpfte. Alahrian blinzelte verblüfft. Er hatte sich bereits daran gewöhnt, einen besonderen Einfluss auf Tiere und Pflanzen zu haben, aber ein See? Das war neu ...

Doch die Wasseroberfläche glitzerte einladend im Licht der Sonnenstrahlen, die eben durch die Wolkendecke brachen, und Alahrian konnte nicht widerstehen und kniete dankbar nieder, um seine schmerzenden

Hände tief in das herrlich kühle, betäubende Nass zu tauchen. Fast augenblicklich hörte das Brennen auf, stattdessen prickelte ein angenehm erfrischendes Kältegefühl bis in seine Arme hinauf.

Der See nahm strahlend eine mild goldene Farbe an. Alahrian zog die Hände zurück, lächelte, in dem ungeschickten Versuch, mit einem Teich zu kommunizieren – und lief weiter zum Haus. Er musste sich nicht umdrehen, um zu wissen, dass der See hinter ihm bereits wieder verschwunden war, nun, da er seine Aufgabe erfüllt hatte.

Obwohl die Verletzungen längst nicht mehr weh taten, begann er als erstes, in der Küche nach Verbandszeug zu suchen. Damit war er noch beschäftigt, als Morgan nach Hause kam.

„Was hast du denn angestellt?“, fragte der döckalfar missbilligend, kaum dass ihm die Verbrennungen aufgefallen waren. „Eine Eisenstange umarmt?“

„So ähnlich“, knurrte Alahrian übellaunig. „Das ist eine Sportverletzung, wenn du es genau wissen willst ...“

„Ah ja ...“ Morgans linke Augenbraue rutschte ein Stück weit nach oben, während er in eine Schublade griff, an die Alahrian sich gar nicht mehr erinnern konnte und ihm eine Mullbinde und eine Tube mit Salbe hinhielt. „Spielst du nicht eigentlich bloß Volleyball?“, erkundigte er sich angelegentlich.

„Nein.“ Alahrian hatte keine Lust, darüber zu reden. „Heute war Reck dran.“

„Und warum machst du so einen Blödsinn mit, wo du genau weißt, dass du es nicht aushalten kannst?“

Alahrian seufzte tief. Manchmal, da nahm Morgan die Rolle des großen Bruders wirklich ein wenig zu ernst. Lilly war da ..., erklärte er direkt in den Kopf des anderen hinein.

„Oh ... Und da wolltest du ein wenig angeben, verstehe ...“

„Hmmm ...“ Alahrian mühte sich mit dem Verbandszeug ab, bis Morgan es ihm schlicht wegnahm und sehr schnell, aber nicht über die Maßen sanft seine Hände verarztete.

Das tat mehr weh als zuvor, aber Alahrian hütete sich zu protestieren. Wenn der döckalfar schon einmal eine seiner netteren Phasen hatte, war es klüger, ihm nicht dreinzureden.

„Dieses Mädchen bringt dich noch ins Grab, liosch“, bemerkte Morgan kopfschüttelnd und warf das Verbandszeug achtlos wieder in die Schublade zurück.

„Das wäre ein schöner Tod.“ Alahrian lächelte versonnen.

„Dich hat’s ja richtig erwischt, was?“

Alahrian schwieg beharrlich.

„Bist du sicher, dass du das im Griff hast? Wir können uns keine weitere Naturkatastrophe in dieser Gegend leisten, weißt du?“

Es war unangemessen, aber Alahrian spürte, wie ein Grinsen in ihm emporstieg. „Mach dir keine Sorgen“, versicherte er großspurig. „Es geht mir gut.“

Und das war sogar die Wahrheit.

Der steinerne Engel

Nachdem ihr die Schule neuerdings so viel Herzklopfen bereitete, erschien Lilly die Aussicht auf ein weiteres Wochenende weitaus weniger verlockend als das gewöhnlich der Fall war. Lena und ihr Vater hatten Dienst, sie war ganz allein in dem noch immer ein wenig fremden Haus, ihr geliebter Flügel war noch immer nicht angekommen, und Anna-Maria hatte Hausarrest, weil sie sich zum Schulanfang heimlich ein Bauchnabel-Piercing hatte stechen lassen, das ihre Eltern offensichtlich ein bisschen weniger schick fanden als sie selbst. Da sie zu unruhig war, um zu lesen und nicht der Typ, der den ganzen Tag vor der Glotze hockte, begann Lilly schon bald, sich zu langweilen.

Endlich beschloss sie, ein wenig die Gegend zu erkunden. Diese geheimnisvolle alte Kapelle, um die sich so viele Legenden rankten, zum Beispiel, hatte sie sich noch gar nicht angesehen, und da sie keine Lust hatte, wie ein Idiot ganz allein durch den Wald zu marschieren, entschied sie kurzerhand, dass Wilbur, Lenas fetter Rauhaardackel, auch ein wenig Auslauf gebrauchen konnte. Mit Hundepfeife und Leine bewaffnet verließ sie gutgelaunt das Haus – und stöhnte enttäuscht, als es schon nach zwei Metern zu nieseln begann.

Offenbar war es mit dem erstaunlich sonnigen Spätsommer endgültig vorbei, und der Herbst begann, sich nun auch über dem Städtchen auszubreiten. Aber Lilly war nicht gewillt, so schnell aufzugeben. Wilbur, den die Aussicht, so schnell wieder ins Haus zu kommen, zu ungewohnter Geschwindigkeit anspornte, an der Leine haltend, kehrte sie zurück, streifte sich eine Regenjacke über und setzte zu einem neuen Versuch an. Wilbur ließ die Ohren hängen.

Die Kapelle lag mitten im Wald, auf einer Lichtung, nur wenige Meter entfernt von dem See, wo laut Anna-Maria bei schönem Wetter alle zum Schwimmen hin gingen. Heute war das Ufer menschenleer, und winzige Regentropfen kräuselten die bleigraue Wassermasse. Ein dichter, grauer Dunst lag in der Luft, Lilly zog sich die Kapuze ihrer Jacke über den Kopf und schlug zielsicher einen der schmalen Wanderwege ein, die hier während der Ferien so zahlreiche Touristen anlockten. Angst, sich zu verlaufen, hatte sie nicht. Für ein ausgesprochenes Großstadtkind fand sie sich bisher ganz gut in dieser ländlichen Gegend zurecht. Besser sogar, als sie selbst für möglich gehalten hatte. Trotzdem wäre sie um ein Haar an der Kapelle vorbei gelaufen, denn die lag keineswegs am Wegesrand, sondern ein gutes Stück abseits, im Wald, von Bäumen und Gestrüpp umgeben und beinahe versteckt. Man konnte nur etwas Kerzenlicht durch die bunten Glasfenster schimmern sehen, und Lilly fragte sich unwillkürlich, wer hier wohl jeden Tag hinauf lief, um das Licht zu entzünden. Sie selbst musste sich regelrecht durch das Unterholz kämpfen, und Wilbur, den sie mittlerweile von der Leine gelassen hatte, folgte ihr mit komischen kleinen Sprüngen. Trotzdem dauerte es nicht lange, bis sie die Kapelle erreichten. Lilly strauchelte. Hier, auf der Lichtung, wo die Bäume weniger dicht standen, hatte der Regen den Boden aufgeweicht, und ihre Schuhe versanken fast knöcheltief im Morast. Na wunderbar. Die Dinger waren fast neu, eines ihrer Lieblingspaare.

Seufzend – und sehr viel vorsichtiger als zuvor – lief sie weiter. Die Kapelle allerdings war enttäuschend. Klein und unscheinbar, von außen blätterte bereits der Putz ab, das Innere enthielt nichts als eine karge, hölzerne Bank, ein schmuckloses Kreuz an der Wand und einen schmiedeeisernen Kerzenständer, dessen Licht sie bereits von außen bewundert hatte. Nichts Geheimnisvolles, keine Aura von Rätseln, Mythen und Legenden. Missmutig umrundete sie das winzige Gebäude – und blieb überrascht stehen.

Auf der anderen Seite der Kapelle stand die Figur eines steinernen Engels. Auch davon hatte sie bereits gehört, doch sie hatte etwas völlig anderes erwartet, nicht das, auf keinen Fall das.

Der Engel war keine dieser erhabenen, würdevollen Figuren mit sanftmütigem Gesicht und ordentlich auf dem Rücken gefalteten Flügeln wie man sie oft auf Friedhöfen sah, und auch keine jener niedlichen, fetten Putten, die oftmals barocke Schlösser zierten. Es war eine zutiefst verstörende Gestalt, wie Lilly sie nie zuvor gesehen hatte. Der Engel saß, seltsam zusammengekrümmt, auf seinem Sockel, die reglosen Arme um den Körper geschlungen, eine merkwürdig verletzliche, fragile Haltung für ein solches Geschöpf. Die gewaltigen, marmornen Flügel waren weit gespreizt, und doch hingen sie irgendwie kraftlos herab, sie streiften beinahe den Boden. Das berührendste jedoch war das Gesicht. Lilly hätte es nie für möglich gehalten, in einer Statue etwas Derartiges zu erkennen, doch das Antlitz des Engels zeigte eine solche Qual, eine solch vernichtende, alles umschlingende Trauer, dass es ihr unwillkürlich das Herz verkrampfte.

Lange blieb sie so reglos stehen und starrte die Figur an, so beklommen, als hätte sie einen realen, unglaublich leidenden Menschen vor sich. Dann plötzlich hörte sie Wilbur hinter sich kläffen und drehte sich widerwillig zu dem Hund um, langsam wie aus einem Traum erwachend.

Der Dackel stand in außergewöhnlich angespannter Haltung am Waldrand und knurrte ins Unterholz hinein. Kopfschüttelnd trat Lilly auf ihn zu. „Komm schon, Wilbur!“, rief sie den widerspenstigen Hund zur Ordnung und wollte gerade nach seinem Halsband greifen, als auch sie erblickte, was das Tier längst bemerkt hatte.

Keinen Steinwurf entfernt stand ein Wildschwein mitten im Wald. Lilly erstarrte mitten in der Bewegung und hielt vor Schreck den Atem an. Waren Wildschweine gefährlich? Griffen sie Menschen an? Sie hatte keine Ahnung. So viel zum Stadtkind auf dem Lande ...

Ihr Herz begann zu klopfen, dann zu rasen. Das Wildschwein gab ein tiefes Grollen von sich, irgendetwas zwischen einem Grunzen und einem Knurren. Es hatte höchst unerfreulich wirkende Hauer und kleine, nicht sehr freundlich blickende Augen.

Wilbur jaulte auf und verschwand im Wald – und Lilly setzte gerade dazu an, ihm im Laufschritt zu folgen, als eine scharfe Stimme ganz in ihrer Nähe rief: „Nicht! Nicht bewegen!“

Den Bruchteil einer Sekunde später landete eine hochgewachsene, helle Gestalt direkt neben ihr federleicht auf dem feuchten Waldboden.

„Alahrian!“ Sein urplötzliches Auftauchen erschreckte sie einen Moment lang mehr als das Vieh vor ihr.

„Schsch ...“ Hastig bedeutete er ihr, still zu sein.

Der Keiler wühlte unruhig den Boden auf.

Alahrian trat behutsam und sehr langsam einen Schritt näher. Das Wildschwein hob den Kopf und blickte ihn an. „Ganz ruhig“, flüsterte er, sanft, als rede er auf ein scheuendes Pferd ein und nicht auf ein borstiges, grunzendes Monster. Aber er streckte sogar noch die Hand aus, mit der Handfläche nach oben, so wie wenn man einem Menschen zeigt, dass man nicht bewaffnet ist.

Wäre ihre Kehle nicht wie zugeschnürt gewesen, hätte Lilly vor Entsetzen aufgeschrien, als sich eine gewaltige, von gebogenen Hauern gesäumte Schnauze zu ihm herabsenkte. Doch das Wildschwein biss nicht zu, und es griff auch nicht an. Im Gegenteil: Es neigte seinen gewaltigen Kopf in einer Bewegung, die fast einer Art Unterwerfung glich, scharrte mit den Hufen in der Erde und grunzte wieder.

„Ruhig“, flüsterte Alahrian wieder. „Niemand tut dir etwas. Geh. Geh ...“

Und das Wunder geschah! Statt ihn schlichtweg zu überrennen und ihn zu zerfleischen drehte sich das Wildschwein um und trottete in den Wald hinein, um keine zwei Sekunden später im Unterholz zu verschwinden.

Lilly starrte vollkommen verdattert und leicht zittrig in den Knien Alahrian an. „Wie ... wie hast du das gemacht?“, stammelte sie heiser.

Er schien ein wenig erschrocken, dann aber winkte er ab. „Wildschweine sind im Grunde harmlose Tiere“, erklärte er. „Man muss nur wissen, wie man mit ihnen umzugehen hat.“

Lilly sog scharf die Luft ein. Umgehen? Man konnte mit einem Hund umgehen oder mit einer Katze, aber doch nicht mit einem Wildschwein! Sie schüttelte den Kopf und damit auch ihre Benommenheit ab. Egal ... Er hatte das Vieh vertrieben, es spielte keine Rolle, wie er es angestellt hatte. „Wow ...“, murmelte sie, noch immer ein bisschen durch den Wind. „Ich glaube, du hast mir gerade das Leben gerettet.“

Seine Zähne blitzten wie frisch gefallener Schnee, als er grinste. „So schlimm war es nun auch wieder nicht“, meinte er bescheiden. „Wildschweine fressen normalerweise keine Menschen, weißt du?“ Er zwinkerte.

„Hmmm ..." Lilly starrte ihn bloß weiter an. „Wo bist du überhaupt so schnell her gekommen?", bohrte sie weiter. Genau betrachtet war das alles eigentlich schon ziemlich seltsam!

Alahrian antwortete nicht, sein Blick aber schnellte instinktiv nach oben, zum Wipfel des Baumes. Lilly folgte ihm, suchte automatisch, ob dort vielleicht irgendein Jagdstand war oder etwas in der Art, aber sie sah nichts. „Was hast du da gemacht? In den Bäumen?"

Alahrian wurde ein bisschen rot, dann blass. „Vögel ... beobachtet?", meinte er zögerlich. Das war keine Antwort, nicht einmal eine Ausrede. Es klang mehr wie ein Vorschlag.

Aber Lilly drängte ihn nicht weiter, denn urplötzlich fiel ihr noch etwas ganz anderes ein. „Wilbur!", rief sie erschrocken. Mist! Der Hund war weggelaufen, und sie hatte keine Ahnung, wohin!

Alahrian blinzelte. „Bitte ... was?!"

„Lenas Dackel", erklärte Lilly, an Panik grenzend. „Hast du ihn vielleicht gesehen? Er ist abgehauen, als das Wildschwein kam." Fahrig sah sie sich um. Oh nein, Lena würde sie umbringen, wenn sie ohne den Hund nach Hause kam!

„Nein, ich habe keinen Hund gesehen."

Lilly biss sich auf die Lippen. Verdammt! Wieso hatte sie das Vieh nur von der Leine gelassen? Hastig griff sie nach der Hundepfeife um ihren Hals und blies kräftig hinein.

„Ahhh!" Alahrian fuhr wie von der Tarantel gestochen zusammen und presste die Hände gegen die unter dichtem, blondem Haar verborgenen Ohren. „Großer Gott! Was ist das denn?" Gequält verzog er das Gesicht.

Vollkommen verwirrt glotzte Lilly ihn an, die Pfeife noch in der Hand. Erst nach einer Sekunde begriff sie, wo das Problem lag und sie war irritiert genug, um die Pfeife noch einmal an die Lippen zu setzen.

„Nicht! Lass das, bitte!"

„Du ... du kannst das hören?" Lilly sog erstaunt die Luft ein.

„Ja ... Und es ist scheußlich, wirklich!" Langsam und etwas misstrauisch nahm er die Hände von den Ohren.

Lilly starrte die Pfeife an. „Irre ... Ich dachte immer, Menschen könnten den Ton gar nicht wahrnehmen." Sie selbst hatte rein gar nichts gehört. „Vielleicht ist sie kaputt?"

Aber sie widerstand der Versuchung, noch einmal in das Ding zu blasen. Und das war auch gar nicht nötig, denn Wilbur kam bereits gehorsam durch das Unterholz getrottet. Erleichtert atmete Lilly auf, der Hund jedoch ignorierte sie und sprang stattdessen schwanzwedelnd an Alahrians Beinen hoch.

„Tiere stehen auf dich, was?", spottete Lilly, was Alahrian allerdings erneut erbleichen ließ. Behutsam schob er den Hund von sich.

„Ich ... ich glaube, ich muss jetzt gehen", murmelte er, mit gesenktem Blick.

„Nein, warte doch mal!“ Lilly hatte ihn nicht kränken wollen. „Danke“, flüsterte sie, ein wenig verlegen.

„Schon gut.“ Er blickte an ihr vorbei ins Leere, und dann meinte er, leise, als müsse er sich erst überwinden, das zu sagen: „Du solltest nicht hierher kommen. Das hier ... ist kein guter Ort.“

Das klang merkwürdig, doch er sprach vollkommen ernst. „Warum?“, fragte Lilly neugierig.

„Es sind einige schlimme Dinge hier passiert.“

Da fiel es Lilly wieder ein. Richtig, die Legende! „Diesen Blödsinn glaubst du doch nicht etwa, oder?“, meinte sie verblüfft – und bereute die Worte sofort wieder. Seine Augen hatten sich geweitet, und er war schon wieder um einige Grade blasser geworden.

„Nein“, flüsterte er. „Natürlich nicht ...“ Das war gelogen, eindeutig, aber Lilly kam nicht dazu, nachzuhaken, denn er hatte sich bereits herumgedreht und verschwand im Wald, ebenso schnell, wie er gekommen war.

Lilly blickte ihm nach, zornig auf sich selbst, weil sie ihn vertrieben hatte. Andererseits: Ein klein wenig seltsam war sein Verhalten ja schon gewesen ... Schulterzuckend wandte sie sich ab und streckte die Hand nach Wilburs Halsband aus, um den Hund wieder anzuleinen. Da fiel ihr etwas auf, und das war noch eigenartiger als alles andere:

Der Waldboden auf der Lichtung war feucht und aufgeweicht, sie selbst hatte millimetertiefe Abdrücke im Schlamm verursacht, und das, obwohl sie ganz normal und vorsichtig aufgetreten war. Er aber war aus der Höhe herabgesprungen, und doch hatten seine Füße nicht die geringste Spur hinterlassen ...

Alpträume

Alahrian rannte über die Baumwipfel hinweg nach Hause, ohne darauf zu achten, welches Risiko er damit einging. Hätte ihn nur irgendein verirrter Wanderer dabei beobachtet, so hätte es ausgesehen, als flöge er über die dunklen Baumkronen wie ein Vogel. Dabei konnte er gar nicht fliegen, er nutzte nur die einzelnen Tannenspitzen, um sich abzustoßen. Es war eine Frage der Schnelligkeit und der Balance. Aber das begriffen sie natürlich nicht, die Sterblichen.

Doch es tat gut, so zu laufen, den Wind in seinem Haar zu spüren, die Maske zurückzulassen und dem Leuchten in seinem Inneren nachzugeben. Er fühlte sich seltsam befreit, während er wie ein Eichhörnchen von Baum zu Baum sprang, sich selbst ein bisschen näher, ohne Zwang, ohne Angst. Zum ersten Mal seit langem hatte er heute seine besonderen Fähigkeiten nutzen können, um jemandem zu helfen. Das versöhnte ihn ein wenig mit dem, was er war. Er hatte Lilly die Wahrheit gesagt, das Wildschwein hätte sie gewiss nicht getötet, aber sie war in Gefahr gewesen, sie hatte sich gefürchtet, und er war da gewesen. Das war ein gutes Gefühl. Sie beschützen zu können.

Aber es hatte auch Fragen aufgewirbelt. Er war zu unvorsichtig in ihrer Nähe, zeigte zu viel von sich selbst und verbarg zu wenig. Ob sie bereits ahnte, dass etwas mit ihm nicht stimmte? Dass er anders war? Er glaubte es nicht, die anderen hatten schließlich auch noch nie etwas bemerkt.

Dennoch kam in dieser Nacht der Alptraum zurück. Es waren stets dieselben Bilder, vertraut in ihrem Schrecken, und doch konnte er ihnen nicht entkommen. Er sah das Gesicht des Inquisitors über sich, verzerrt im Licht der züngelnden Flammen, beobachtete, wie sein eigenes Blut zwischen den grob behauenen Steinen des Kerkers versickerte, sah die eisernen Ketten, die sie um seine Hand- und Fußgelenke schmiedeten, bis sich das Metall tief in sein Fleisch brannte. Sanft, fast freundlich, neigte sich der Inquisitor zu ihm herab, und seine Stimme war weich, als er flüsterte: „Ich weiß, was du bist, Dämon ..."

Und dann sah er das Mädchen, anklagend mit dem Finger auf ihn zeigend, das Gesicht hassverzerrt, und auch sie rief „Dämon! Dämon! Dämon!" Aber plötzlich war es nicht mehr die Tochter des Bürgermeisters, die ihn anschrie, es war Lilly, und auch in ihren schönen Augen lag nichts als Hass und Verachtung, Abscheu und Furcht …

Mit einem gellenden Schrei fuhr Alahrian aus dem Schlaf. Hämmernd jagte sein Herz das Blut durch die Adern, in seinem Kopf rauschte es, und er fühlte feinen Schweiß auf seiner Stirn perlen. Ohne es zu merken, hatte er einige der Rosenranken abgerissen, raschelnd zogen sie sich nun zurück, und das Bedauern, das er dabei empfand, holte ihn in die Wirklichkeit zurück. Es war nur ein Traum gewesen, nichts als ein Traum. Lilly war nicht wie sie. Sie würde ihn nicht verraten, bestimmt nicht, niemals.

Trotzdem fand er keinen Schlaf mehr in dieser Nacht. Endlich gab er es auf, glitt behutsam, um die Rosen nicht noch mehr zu verletzen, aus dem Bett und huschte auf nackten Füßen nach draußen, ins Freie. Die Nacht war kühl und klar, die Wolken hatten sich verzogen, aber die Erde war noch feucht, er konnte ihren würzigen, schweren Geruch wahrnehmen. In seinem dünnen Seidenpyjama fröstelte ihn ein wenig, doch das silbrig schimmernde, wenngleich allzu blasse Sternenlicht im Garten beruhigte ihn auch, die frische Luft tat ihm gut und allmählich zogen sich die Klauen des Alptraums zurück. Er war sicher, hier, in diesem Park. Kein Mensch würde jemals hierher kommen. Doch ein wenig bedauerte er das auch, irgendwo, tief in seinem Herzen. Er wollte ja in Lillys Nähe sein, wünschte sich nichts sehnlicher, als ihr vertrauen zu können, doch was würde sie sagen, wenn sie wüsste, was er war? Wie einfach hätte alles sein können, wäre auch er ein Mensch gewesen ... Dann hätte er sie zum Essen einladen können oder ins Kino, all die Dinge, die sie nie zusammen würden tun können, selbst wenn er ihr hätte die Wahrheit sagen können, selbst dann nicht ... Vielleicht war es gut so, wie es war. Hätte er ihr sein Geheimnis verraten, dann hätte er sie nur tiefer in seine Welt verstrickt, hätte sie zu einem Außenseiter gemacht, zu einem Freak. Einem Freak wie ihn selbst. Vielleicht waren seine geheimsten Wünsche einfach nur egoistisch. Aber heute Nachmittag, da hatte er ihr geholfen. Weil er war, was er eben war.

Er musste es ihr nicht sagen. Er konnte sie auch einfach nur aus der Ferne betrachten, ohne ihr jemals nahezukommen, so wie man einen Stern betrachtet oder den Mond. In ewiger Sehnsucht, niemals gestillt, niemals verloren ... Und das war eine romantische Vorstellung, aber auch eine schmerzhafte. Manchmal wünschte er sich, er wäre ihr nie begegnet. Doch auch diese Vorstellung barg ein überraschendes Maß an Schmerz in sich.

Seine Gedanken begannen, sich im Kreis zu drehen. Seufzend lehnte er sich gegen einen Baumstamm, glitt daran herunter und ließ sich im weichen Gras nieder. Müdigkeit brannte hinter seinen Augen, und es war allzu verlockend, ihr nachzugeben. Seine Lider sanken herab, und so wie er war, schutzlos im Gras ausgestreckt, schlief er ein.

Als Alahrian blinzelnd die Augen wieder öffnete, waren die Zweige des Baumes, unter dem er geschlafen hatte und der eben noch in vollem Grün gestanden war, vollkommen kahl. Erschrocken fuhr er empor. Mein Gott, er hatte doch nicht etwa den ganzen Herbst verschlafen? Wieso hatte Morgan ihn nicht geweckt? Entsetzt sah er sich um. Aber nein, all die anderen Pflanzen trugen noch Blätter. Er selbst hingegen war ganz und gar mit buntem, trockenem Laub bedeckt. Es raschelte bei jeder Bewegung. Beunruhigt blickte er in den Baum hinauf, doch schon begannen sich dort bereits wieder die ersten, zarten Knospen zu öffnen. Endlich verstand er. Der Baum hatte seine Blätter über ihm abgeworfen, damit er in der Kühle der

Nacht nicht fror. Tatsächlich schüttelte es ihn jetzt ein wenig, nun, da er seine natürliche Decke abgestreift hatte.

Fröstelnd und mit steifen Gliedern stand er auf, doch bevor er ins Haus zurücklief, legte er noch kurz die Hand auf die raue Rinde des Baumes und ließ ein wenig von dem Licht in seinem Inneren hindurchfließen, um den Blättern beim Nachwachsen zu helfen.

Im Haus war es angenehm warm, Morgan war noch nicht wach, er hatte also – was selten genug vorkam – die ganze Halle für sich und so stapfte er, immer noch frierend, in die Küche, erhitzte ein wenig Quellwasser auf dem Herd, füllte das ganze umständlich in eine Tasse und ließ noch eine Handvoll Kandiszucker hinein fallen. Seine Finger um die köstlich warme Tasse geschlungen, ließ er sich auf dem Sofa nieder, wickelte sich in eine Decke und warf einen prüfenden Blick auf die Uhr. Erst kurz vor halb sechs. Er hatte noch Zeit bis zur Schule. Zeit genug, um sich etwas so Profanem wie den letzten Hausaufgaben zu widmen. Ja, Hausaufgaben waren eine nahezu grandiose Idee! Nicht komplex genug, um ihn in seinem verschlafenen, geistesabwesenden Zustand zu überfordern, aber doch zu anspruchsvoll, um seinen Gedanken zu erlauben, sich mit all den Schrecken der letzten Nacht zu beschäftigen. Suchend sah er sich nach seinen Büchern und dem Schreibzeug um. Sie lagen unter der Garderobe, im Flur, auf der anderen Seite der Halle also. Na toll. Und das, obwohl er es sich gerade auf dem Sofa so schön gemütlich gemacht hatte. Er hatte keine Lust, aufzustehen und so verschwendete er ein enormes Maß an wertvoller Energie, indem er sich fest auf die Sachen konzentrierte, die Augen schloss und sie an einem imaginären Faden aus glitzernden Lichtteilchen zu sich heranzog. Nur den Bruchteil einer Sekunde später landeten sie sanft in seinem Schoß. Das Kunststück hatte ihn weitaus mehr erschöpft als es der kurze Weg in den Flur getan hätte, aber er empfand mit einem Mal eine kindische Freude an derlei Taschenspielertricks, einfach nur, weil er es konnte.

Seufzend machte er sich daran, den zweiten Teil seines Aufsatzes über Schillers Glocke in ein Heft zu kritzeln, was nicht über die Maßen schnell vonstatten ging. Gewiss wäre es ihm leichter gefallen, hätte er nicht all das zurückhalten müssen, was aus seiner persönlichen Bekanntschaft mit dem Dichter herrührte und von dem die Sterblichen unmöglich etwas ahnen konnten. So aber drifteten seine Gedanken schnell ab, und während er noch an seinem Bleistift herumkaute, kehrten sie unwillkürlich zu Lilly zurück.

Damit war er noch beschäftigt, als Morgan lärmend aus dem Keller emporgestiegen kam, eine kichernde, beständig plappernde Dame im Arm. Auch das noch! Blitzschnell zog Alahrian sich die Decke über den Kopf, um nicht von der Fremden im morgendlichen – und vor allem unmaskierten! – Outfit überrascht zu werden. Er konnte nur hoffen, seine Haare glühten nicht stark genug, um durch den Stoff hindurchzuleuchten. Mit angehaltenem Atem wartete er, solange bis Morgans unfreundliche Stimme ihn aufschreckte:

„Was machst du denn hier? Gefällt dir dein Schlafzimmer nicht mehr?"

Alahrian funkelte ihn an, so böse, dass ein paar winzige Fünkchen von seinem Blick herabstäubten und haarfeine Löcher in die Decke brannten. „Die Halle ist neutral", gab er säuerlich zurück. „Sie gehört mir genauso wie dir." Missmutig verzog er das Gesicht. „Was man von deinen Frauen nicht behaupten kann. Ehrlich, Morgan, es wäre besser, du würdest sie nicht mit hierher schleppen. Es ist gefährlich!"

Morgan runzelte die Stirn. „Na, du hast ja vielleicht eine Laune heute", bemerkte er abschätzig, und Alahrian ließ den Kopf sinken.

„Was ist los?" Der döckalfar wirkte alarmiert.

Alahrian war nicht in der Stimmung, darüber zu reden, also projizierte er schlicht die Bilder seines Alptraums in den Kopf des anderen.

Morgan setzte sich zu ihm, ans andere Ende des Sofas, sein Blick wurde weicher, sanfter von Mitgefühl. „Es muss nicht immer so enden", meinte er ruhig. „Und das weißt du auch."

„Aber ich ... ich kann ihr doch nicht einfach sagen ..." Alahrian suchte nach Worten.

Morgan fing seinen Blick ein und hielt ihn fest. „Du konntest es bei der Königin", entgegnete er ernst.

Das war wenig mehr als ein schwacher Versuch, ihn aufzuheitern, vermutlich hatte er nur Angst um seine Einrichtung, überlegte Alahrian zögerlich. Doch das Schlimme war: Es funktionierte. Die Zeit am Hofe Marie Antoinettes war die bisher glücklichste seines Lebens gewesen, das französische Rokoko wie geschaffen für seinesgleichen. Die Königin hatte seine Rosen geliebt, sie war beinahe ebenso besessen gewesen von schönen Dingen wie er selbst, und in Versailles hatten sie fast jede Nacht durchgetanzt, bis die Sonne über den Gärten des Petit Trianon als glühender Feuerball emporstieg. Und die spiegelnden Ballsäle waren von Kerzen stets hell genug erleuchtet gewesen, um selbst ihn durch die finsterste Neumondnacht zu bringen.

Ja, es war schön gewesen, damals in Frankreich, doch natürlich hatte auch diese Geschichte ein hässliches Ende genommen. Allerdings eines, das nichts mit ihm zu tun hatte.

Langsam schüttelte er den Kopf. „Das war etwas anderes", murmelte er unwillig, aus seinen eigenen Erinnerungen auftauchend. „Die Königin und ich, wir waren nur ... Freunde." Tatsächlich waren sie einander erstaunlich ähnlich gewesen, fast hätte man glauben können, die Königin sei eine von ihnen, aber das war natürlich Unsinn. Sie hätte nicht sterben müssen, wäre es so gewesen.

Morgan blickte ihn unverwandt an, und seine Stimme erklang direkt in Alahrians Kopf, als er sagte: Wir können Beziehungen mit Menschen haben, Alahrian.

Alahrian starrte ihn an. Er spürte, diesmal sprach der döckalfar nicht von seinen nächtlichen Eroberungen, nicht von den Frauen, die er am Morgen wieder fortschickte, lange bevor eine von ihnen auch nur annähernd ahnen konnte, was er wirklich war. Er sprach von Sarah ...

Überrascht presste Alahrian die Lippen zusammen. Sie redeten nie über Sarah, niemals, in mehr als dreihundert Jahren hatte keiner von ihnen ihren Namen je erwähnt.

Ich bin nicht wie du ..., antwortete Alahrian tonlos. Ich kann das nicht ...

Laut fügte er hinzu: „Ich muss los, zur Schule." Und damit packte er hastig seine Sachen und ließ Morgan – und die bitter-süße Möglichkeit, die er ihm eröffnete hatte – hinter sich zurück.

Ein Bus und ein Bergwerk

Alahrian ahnte, dies würde nicht der beste seiner Tage werden, schon während er müde und übernächtigt unter einer dichten, sonnenlichtschluckenden Wolkendecke in Richtung Schule marschierte. Seit zwei Tagen ging das nun schon so: Bewölkung und Neumond, eine äußerst ungute Kombination, die seine Laune nicht nur auf einen Tiefpunkt niederdrückte, sondern allmählich auch an seinen körperlichen Kräften zehrte. Nein, dies war nicht sein bester Tag, und seine Vermutung fand eine niederschmetternde Bestätigung, als er sich dem Schulgebäude näherte, einen großen Bogen um den Parkplatz schlug und auf dem Hof unvermittelt einen Bus stehen sah. Nicht den Schulbus, sondern einen von diesen großen, bunten Reisebussen, die man mieten konnte – für Schulausflüge zum Beispiel.

Er erinnerte sich dunkel an eine entfernte Bedrohung, die er aus seinem Bewusstsein verdrängt hatte, als prompt einer seiner Klassenkameraden auf ihn zugesteuert kam und ihm freudestrahlend mitteilte: „Hey, Alahrian ... heute geht's ins Salzbergwerk, cool, was?“

Salzbergwerk ... Mit dem Erdkundekurs ... Ja, jetzt fiel es ihm wieder ein! „Das ... das war heute?“, stammelte er, nicht eben intelligent. Verfluchtes Zeitgefühl! Die Ereignisse, die man nicht haben wollte, schienen einem geradezu mit atemberaubender Geschwindigkeit ins Gesicht zu springen, wenn man nicht auf den Kalender sah. Hätte er das besser getan ... Dann hätte er daran gedacht, rechtzeitig die Schule zu schwänzen. Nun, dafür war es eindeutig zu spät.

„Ja, super, was? Den ganzen Tag kein Unterricht und keine Hausaufgaben!“ Der andere strahlte wie sonst nur ein liosalfar strahlen konnte, zumindest einer, der ein wenig Licht abbekam ... Nicht wie Alahrian ... Der war dazu verdammt, sich an dunklen, widerwärtig finsteren Orten herumzutreiben ... Bergwerke!

Er schauderte, genoss einen Moment lang sein Selbstmitleid und zwang sich dann zu einem Lächeln. „Ja, super ...“ Das klang nicht überzeugend, er hörte es selbst, doch er musste sich nicht weiter rechtfertigen, denn nun erschien auch der Rest der Klasse auf dem Schulhof.

Alahrian überlegte kurz, ob er sich einfach krank stellen und wieder nach Hause gehen sollte, doch wenn er Morgan Glauben schenken wollte, dann war er kein besonders guter Schauspieler und so verwarf er den Plan. Wenn sie länger als eine Stunde oder so in diesem Bergwerk verbringen würden, dann würde er es ohnehin nicht nötig haben, den anderen etwas vorzumachen. Dann würde ihm jeder glauben, dass er krank war ...

Alahrian seufzte ergeben und suchte Lillian in der schnatternden, plappernden Menge der Klasse. Sie sah nicht zu ihm rüber, plauderte stattdessen mit Anna-Maria, doch auch ohne einen direkten Blick mit ihr zu wechseln sah er, dass auch sie sich auf den Ausflug freute. Und warum auch nicht? Ihr würde die Dunkelheit gewiss nichts ausmachen ...

Und der Bus auch nicht. Alahrian hingegen beäugte misstrauisch das metallene Gefährt. Wenn es etwas gab, das beinahe genauso schlimm war für einen liosalfar wie Dunkelheit, dann war es Stahl ... Und dieses Ding da sah aus, als bestünde es aus einer ganzen Menge Stahl ...

Nein, dies war eindeutig nicht sein Tag.

Beinahe wehmütig beobachtete er, wie Lilly mit den anderen in den Bus stieg, und vielleicht war es genau das, was ihn schließlich dazu brachte, dasselbe zu tun. Er würde in ihrer Nähe sein, das war ein schmerzhaft süßer Ausgleich für ein paar kleine Unannehmlichkeiten, oder etwa nicht?

Tapfer zog er die Ärmel seines Pullovers lang und vergrub die Hände in den Taschen seiner Jeans, nur um ganz sicher zu gehen, nicht aus Versehen etwas von der stählernen Hülle des Busses mit bloßer Haut zu streifen. Stahl war wie Gift für seinesgleichen, eine grässliche Erfindung der Sterblichen, grässlich und unnütz, genau wie Bergwerke ... Wann hatten sie angefangen, ihre Städte mit Eisen zuzupflastern und Flüsse, Wiesen und Wälder damit zu zerstören? Er wusste es nicht mehr genau, irgendwann in letzter Zeit war es besonders schlimm geworden, aber die Sterblichen, das hatte er sehr schnell bemerkt, waren schon immer von Metall besessen gewesen.

Missmutig und sehr vorsichtig schlängelte er sich durch die schmale Tür des unheimlichen Gefährts. Eine flüchtige Berührung mit dem widerwärtigen Material würde ihm natürlich keinen ernsthaften Schaden zufügen, doch sie würde hässliche Brandblasen auf seiner Haut hinterlassen, und wie um alles in der Welt hätte er das dann erklären sollen? Dass Stahl ihn verbrannte, selbst wenn er kalt war?

Sehnsüchtig blickte er zu Lillian hin, wünschte sich, er würde mit ihr durch lichte, sonnendurchflutete Wälder wandeln, an plätschernden, leise singenden Quellen vorbei, allein und weit weg von ...

Er unterbrach seine eigenen Gedanken, stapfte, statt sich zu ihr zu setzen mit verlegen gesenktem Blick an ihr vorbei und ließ sich auf einen Sitz im hintersten Teil des Busses sinken. Wenigstens war es hier drinnen besser.

Der Stahl war weitestgehend von Plastikverkleidungen bedeckt, er konnte seinen scharfen, beißenden Geruch zwar noch wahrnehmen, aber zumindest war die Gefahr nicht mehr so groß, irgendwo anzustoßen. Brr... Er schüttelte sich und zog missmutig die Hände aus den Hosentaschen, angewidert, als habe er sie besudelt.

Da flätzte sich plötzlich Thommy Niedermeier aus dem Volleyballteam neben ihn in den Sessel, so selbstverständlich, als befände er sich zu Hause auf seiner eigenen Wohnzimmercouch. Alahrian, an die exquisiten Manieren längst vergangener Jahrhunderte gewöhnt, runzelte die Stirn ob solch grober Unhöflichkeit, war aber dennoch dankbar für die Gesellschaft. Auf einer gewissen Ebene mochte er Thommy Niedermeier sogar. Wäre er selbst ein Mensch gewesen, dann hätte er vielleicht so etwas wie Freundschaft schließen können mit diesem Jungen, aber natürlich hatte ein alfar keine Freunde unter den Sterblichen. Auch keine Freundinnen, für gewöhnlich.

Ganz ohne sein Zutun, wie ein von der Leine gelassenes Tier, wanderte Alahrians Blick wieder zu Lillian hin. Das kleine Abenteuer im Wald schien sie gut überstanden zu haben.

Sie saß mit Anna-Maria einige Reihen vor ihm, er konnte nur ihre Haare erkennen, aber selbst die waren atemberaubend. Von glänzend schwarzer Farbe, wie ein Hauch Sternenlicht am dunklen Mitternachtshimmel, nur halblang geschnitten und vorwitzig nach allen Seiten abstehend, als führten sie ein Eigenleben ... fast wie seine Haare, wenn sie von Sonnenlicht elektrisiert waren, ja, wenn er den Kopf schräg legte und die Augen zusammenkniff, dann konnte er sich beinahe vorstellen, auch in ihrem Haar Flammen tanzen zu sehen ...

„... und, was meinst du?“

Alahrian begriff zu spät, dass Thommys letzter Satz eine Frage gewesen sein musste und blinzelte geistesabwesend. „Mhhhmmhh ...“, machte er auf gut Glück und hoffte darauf, einen möglichst unbestimmten Tonfall hinzubekommen.

„Ja, du hast vollkommen Recht“, stimmte der andere ihm begeistert zu und redete schon weiter, ohne das Geringste zu bemerken. Alahrian atmete auf. Das war einer der Vorteile von Thommy Niedermeier. Er konnte stundenlange Monologe halten, aber er erwartete wenigstens keine allzu große Aufmerksamkeit von seinen Zuhörern. Gewiss war dies eine lästige Angewohnheit, doch eine große Hilfe, wenn man ein Geheimnis hatte. Und Alahrian hatte ein Geheimnis. Ein gefährliches Geheimnis.

Thommy aber war in Ordnung. Er war sicher. Er redete und stellte keine Fragen, suchte nicht nach Antworten.

Alahrian entspannte sich ein wenig, während er mit halbem Ohr den Ausführungen seines Nachbarn lauschte, sich dadurch von dem unguten Gefühl in seinem Inneren abzulenken suchte und angelegentlich einen verstohlenen Blick in Lillians Richtung warf. Das funktionierte so lange, bis Thommy ihn plötzlich in die Seite boxte.

„Sag mal, träumst du?“ Und dann breitete sich plötzlich ein enormes Grinsen auf seinem Gesicht aus. „Du magst wohl die Neue, was?“, bemerkte er mit einem anzüglichen Unterton. „Sie gefällt dir, diese Lilly ...“

Alahrian zuckte heftig zusammen. „Unsinn!“, entgegnete er scharf, viel zu scharf, um überzeugend zu klingen und ärgerte sich über sich selbst. Ganz so blind und unaufmerksam wie er gedacht hatte, war Thommy wohl doch nicht. Und wenn es ihm schon auffiel ...

Er würde sich zusammen nehmen müssen. Ja, und zwar ganz gewaltig!

„Läuft da irgendetwas zwischen dir und ihr?“ Begierig auf eine Klatschgeschichte starrte Thommy ihn an.

Alahrian verzog das Gesicht. „Sie wohnt doch erst seit kurzem hier“, entgegnete er ausweichend. Ganz genau!, pflichtete der Rest von Vernunft, der noch in seinem Kopf wohnte, der Ausrede bei. Er kannte dieses Mädchen überhaupt nicht. Und was viel schlimmer war: Sie kannte ihn nicht. Würde, nein, durfte ihn niemals kennen lernen, selbst wenn sie es gewollt hätte. Niemals durfte sie erfahren, was er war ...

Ein leises Kichern neben ihm schreckte ihn aus seiner aufkeimenden Furcht empor. „Was?“, fragte er unwillig.

„Sie hat sich gerade zu dir rumgedreht ... Mann, Alter, du kapierst aber auch gar nichts, was?“

Alahrian zog es vor, nicht zu antworten, starrte nur demonstrativ finster aus dem Fenster und zwang sich, nicht mehr in Lillys Richtung zu sehen. Er würde sich fern halten von diesem Mädchen. So schwer konnte das ja schließlich nicht sein ...

„Ich wünschte, Anna-Maria hätte auch ein bisschen Interesse an mir“, seufzte Thommy da und Alahrian, froh, ein anderes Thema gefunden zu haben, wandte sich um.

Thommy war in Anna-Maria verliebt, das war kein großes Geheimnis. Allerdings war er nicht sehr erfolgreich, und Alahrian wusste auch sehr gut, warum. Anna-Maria hatte es sich in den Kopf gesetzt, für Morgan zu schwärmen. Ausgerechnet Morgan!

„Du könntest sie ja mal zum Essen einladen oder so“, schlug Alahrian vor, begeistert von der Idee, Thommy und Anna-Maria könnten sich vielleicht doch noch annähern. Denn wenn Anna-Maria mit Thommy ging, dann würde sie Morgan bestimmt vergessen. So waren sie, die Sterblichen. Ihre Gefühle waren so flüchtig wie sie selbst. Selbst ihre Liebe war vergänglich.

Dieser Gedanke gab ihm einen Stich und er widerstand nur mit Mühe der Versuchung, schon wieder zu Lilly hinüberzustarren. Selbst wenn sie ihn lieben könnte, dann wäre es ohnehin nur für den Augenblick. Die Liebe der Menschen dauerte nur selten ihr Leben lang. Ein alfar hingegen liebte mit der ganzen Kraft seines Herzens, seine Glut erlosch niemals, ließ niemals nach, wie eine in Ewigkeit im Erblühen begriffene Rose, niemals verwelkend, niemals vergehend ...

Alahrian zwang sich, sich wieder auf Thommy zu konzentrieren. Der blickte ihn ein wenig zweifelnd an. Hatte er etwas Falsches gesagt? Alahrian überlegte angestrengt. Luden die Menschen heutzutage einander etwa nicht mehr zum Essen ein, wenn sie sich besser kennen lernen wollten? Himmel, die Rituale der Sterblichen waren so kompliziert! Und sie änderten sich beinahe alle zehn Jahre ... Wer sollte da noch durchblicken?

„Ich wollte sie vielleicht fragen, ob sie mit mir zu dieser Halloween-Party im Club geht“, teilte Thommy ihm mit, mit einer Verschwörermiene und flüsternd, obwohl es im Bus so laut war, dass ihn bestimmt niemand hören konnte. „Das ist zwar noch ein bisschen hin, aber ...“

„Ja!“ Alahrian strahlte ihn an. „Mach das!“ Er war ganz gewiss der schlechteste Ratgeber in Beziehungsfragen, den man sich nur aussuchen konnte, Thommy jedoch schien äußerst ermutigt. Den Rest der Fahrt über redete er dann auch von nichts anderem mehr, und Alahrian hörte geduldig zu, versuchte weder an Lilly noch an Bergwerke zu denken und seine bloße Haut von Stahl fern zu halten.

Letzteres gelang ihm, ersteres nicht. Er war erschöpft und ein wenig beunruhigt, als sie endlich ihr Ziel erreichten, und er sehr langsam und sehr vorsichtig aus dem vermaledeiten Bus hinauskletterte. Dies zumindest war überstanden, das schlimmste aber kam erst noch!

Dabei begann es ganz harmlos. Das Salzbergewerk war mittlerweile still gelegt und diente nur noch der Belustigung neugieriger Besucher – und der Folterung verirrter liosalfar, natürlich – so dass sie nicht sofort in einen finsteren Stollen hinabstiegen, sondern zuerst in eine helle, von Glas und Holz umgebene Museumshalle traten.

Hätte die Sonne geschienen, hätte Alahrian sich hier durchaus wohl fühlen können, aber das Licht war immer noch trüb, er sog es angestrengt in sich auf, doch es war, als wolle ein Mensch sich von den Krümeln ernähren, die vom Tisch auf den Boden gefallen waren. Er würde mit der Energie auskommen müssen, die noch durch seine Adern floss, das würde ausreichen, aber nicht lange.

Nicht zum ersten Mal an diesem Tag versuchte Alahrian krampfhaft, sich abzulenken und fokussierte seine Aufmerksamkeit nun ganz auf die künstlich lächelnde, von professioneller Freundlichkeit nur so sprühende Museumsführerin, die sie gleich am Eingang empfing und prompt mit einem von einstudierter Begeisterung gewürzten Vortrag über die Geschichte des Bergwerkes begann.

Während seine Mitschüler langsam zu gähnen begannen, nahm Alahrian hoffnungsvoll jedes Wort in sich auf, studierte ausgiebig das von Salkristallen verzierte Namensschildchen am Revers der jungen Frau und bildete sich bereits ein, alles würde gar nicht so schlimm werden, als der Monolog der Führerin plötzlich versiegte und sie freundlich aufgefordert wurden, ihr zu folgen. Nach unten. Ins Innere des Bergwerkes.

Alahrian presste die Lippen fest aufeinander, lief den anderen hinterher, mit dem Gefühl, sein eigenes Grab zu betreten und machte sich missmutig an den Abstieg.

Der Stollen war nicht wirklich dunkel. Unzählige, elektrische Lampen erleuchteten den Weg, doch es war kaltes Licht, er konnte es nicht aufnehmen, konnte nichts davon trinken.

Unwillkürlich schauderte er. Nie hatte auch nur ein Sonnenstrahl die feuchten, steinernen Wände berührt, er fühlte die Abwesenheit von Licht beinahe schmerzhaft deutlich, es war als schnüre ihm etwas die Kehle ab, als wäre er gezwungen, durch ein Vakuum zu laufen und versuchte dennoch verzweifelt zu atmen.

Fast hilfesuchend wanderte sein Blick zu Lilly, tröstete sich an ihrer Erscheinung, während er zögerlich hinter den anderen hertrottete. Seine Furcht legte sich ein wenig. Es war nicht anders als in Morgans Höhle! Kein Grund, in Panik zu geraten.

Und tatsächlich ging es während der ersten Minuten erstaunlich gut. Er lauschte auf die Ausführungen der Museumsführerin, sah sich demonstrativ um, spürte nichts als ein leichtes Unwohlsein in seinem Inneren, starrte immer wieder verstohlen Lillian an, als sei sie seine Sonne, sein Licht, seine Wärme. Nach einer halben Stunde jedoch fühlte er, wie sein Körper anfing deutlich schwächer zu werden. Nach einer weiteren halben Stunde begannen seine Muskeln unkontrolliert zu zittern, das Herz schlug schmerzhaft heftig gegen die Rippen, in seinem Kopf brauste und toste es, und vor seinen Augen begannen schwarze Pünktchen zu tanzen. Wenn er jetzt nicht sehr bald ein bisschen Sonne abbekam, dann würden sich die Pünktchen immer weiter und weiter ausdehnen, bis er in lichtlose Schwärze abzugleiten drohte, und dann würde er qualvoll langsam das Bewusstsein verlieren. Nach allen Erfahrungen, die er in den letzten vierhundert Jahren gemacht hatte, konnte er in dieser Welt nicht sterben, aber er konnte in eine Art von Koma verfallen, und das schien schlimmer als der Tod, und noch viel schlimmer war: Er wollte unter gar keinen Umständen vor all diesen Leuten einfach in Ohnmacht fallen, nicht vor seinen Mitschülern und schon gar nicht vor Lillian!

Er würde sich also einfach zusammen reißen müssen.

Als sie einen von bunten Lampen angestrahlten, unterirdischen See erreichten jedoch, da fühlte er sich bereits so matt und elend, dass er sich gegen das hölzerne Geländer lehnen musste, um überhaupt noch auf den Füßen bleiben zu können. Die monotone Stimme der Museumsführerin war zu einem schwachen, weit entfernten Summen in seinem Kopf herabgeschwollen, und als die anderen schon weiter gingen, blieb er einfach stehen und starrte wie betäubt auf den Salzsee hinaus.

„Wunderschön, nicht wahr?", bemerkte da plötzlich eine helle, wohlklingende Stimme neben ihm.

Alahrian blinzelte mühsam die Schatten vor seinen Augen fort und drehte in einer enormen Anstrengung den Kopf. Und da stand sie ... Lillian ... und sie sah im regenbogenfarbenen Licht der Lampen gar nicht wie ein Mensch aus, sondern wie eine Elfe, zartgliedrig, blass und mit Augen, die wie Mondlicht schimmerten.

„Ja", flüsterte er matt. „Wunderschön ..." Und er meinte nicht den See.

„Was ist mit dir?", fragte sie, mit einem Mal besorgt, und musterte ihn durchdringend. „Du bist ja kreidebleich!"

Alahrian zwang sich zu einem Lächeln, was ihm trotz seines Elends nicht schwer fiel, da er durch die Schatten vor seinen Augen sie ansah.

„Das ist nur das Licht ...“

Und das war noch nicht einmal gelogen. Es war das Licht, der Mangel an selbigem, um genau zu sein.

Einen Moment lang zogen die Schatten sich zusammen. Der Boden unter seinen Füßen schien zu schwanken, er taumelte, lehnte sich schwer gegen die Felswand in seinem Rücken und presste mit einem unterdrückten Stöhnen die Hand gegen die Stirn.

„Alahrian!“ Ihre Stimme klang erschrocken. „Was hast du? Soll ich den Lehrer holen?“

„Nein!“ Voll Entsetzen richtete er sich auf. „Es ... es geht schon ... Mir ist nur ... ein bisschen schwindelig, das ist alles ...“

In einer Anstrengung, die fast über seine schwindenden Kräfte ging, zwang er sich, sie direkt anzusehen und löste sich behutsam von der Wand. Aber dies hier war keine Frage der Selbstbeherrschung. Sein Körper war wie ein Motor, dem allmählich der Sprit ausging. Er musste hier raus, und zwar schnell!

„Sollen wir ... vielleicht ein wenig an die frische Luft gehen?“, fragte sie fürsorglich, und er spürte ihren besorgten Blick fast so klar wie eine Berührung auf sich ruhen.

Großer Gott! Das hier war geradezu quälend peinlich. Sie musste ihn ja für einen kompletten Schwächling halten!

„Ich sag nur schnell Bescheid, ja?“ Sie wandte sich um, doch die anderen waren bereits weiter gegangen. „Oh ...“, meinte sie bestürzt, blickte wieder ihn an, stellte fest, dass man ihn offensichtlich nicht allein lassen konnte und fragte voller Mitgefühl: „Geht es?“

Alahrian nickte mit zusammengepressten Lippen, aber die Aussicht auf „frische Luft“, darauf, hier wegzukommen, und sei es nur in ein diffuses Wolkenlicht, war zu verlockend.

„Komm, ich bringe dich hier raus.“ Sie sagte es ganz selbstverständlich, als sei es das normalste der Welt für sie, nicht-menschliche Mitschüler vor dem Zusammenbruch im Dunkeln zu bewahren, und doch wünschte sich Alahrian verzweifelt, sie würde einfach weggehen, ihn allein lassen. Er wollte nicht, dass sie ihn so sah, wollte nicht, dass irgendjemand ihn so sah, so schwach, so hilflos, und gleichzeitig war ihre Gegenwart auf fast schmerzhafte Art und Weise tröstlich.

Er hätte den Weg nach draußen vielleicht auch gar nicht gefunden, hätte sie ihn nicht geführt, denn mittlerweile sah er fast nur noch Schatten, alles um ihn herum drehte sich, die Dunkelheit drückte auf seinen Körper wie Blei, brannte auf seiner Haut, zerrte jedes bisschen Kraft aus seinen Adern und riss an seiner Seele, suchte, ihn in einen tiefen, finsteren Abgrund zu stürzen.

Er vermochte später nicht zu sagen, wie er halbwegs heil aus dem verfluchten Stollen hinaus kam, aber er schaffte es, taumelte einfach hinter Lilly her wie ein trunkenes Schiff hinter seinem Leitstern und stürzte endlich, nach Atem ringend, wabernde Schatten vor den Augen und mit zum Zerspringen rasendem Herzen erst in die Museumshalle und dann ins Freie. Einen Moment lang sich selbst vergessend sank er ins Gras, legte die Hände auf die feuchte Erde und drehte den Kopf der hinter Wolken verborgenen Sonne entgegen.

„Soll ich wirklich niemanden holen?“, erkundigte sich Lilly angstvoll. „Du bist immer noch leichenblass.“ Sanft legte sie ihm die Hand auf die Stirn, eine flüchtige Berührung bloß, doch eine, die ihn vor wonnigem Schreck erschaudern ließ, denn sie war warm und zart und so süß, dass sich ihm das Herz in der Brust zusammenkrampfte.

„Und ich glaube, du hast Fieber“, stellte Lilly besorgt fest. „Du glühst jedenfalls.“

Diese Bemerkung ließ ihn lächeln, fast gegen seinen Willen. Fieber! Genau genommen war seine Körpertemperatur sogar um einiges zu gering, mit dem Licht war ihm auch die Wärme entzogen, doch für einen Menschen mochte es fiebrig wirken ... Aufs Äußerste geschwächt, dem Zusammenbruch nahe, da war er beinahe menschlich ... beinahe normal ... Der Gedanke hatte etwas Absurdes an sich.

„Es geht schon, wirklich“, versicherte er ihr hastig. Und tatsächlich: Hier draußen erholte er sich rasch. Die Sonne schien nicht, es war zu trüb, um seine Kräfte wirklich aufzufüllen, doch allein die Abwesenheit von Dunkelheit wirkte belebend, das schwache Licht würde seine Magie, seinen Zauber nicht nähren können, aber es reichte zumindest, um seinen Körper halbwegs zu stärken.

„Bist du sicher, dass ich nicht Bescheid sagen soll?“, fragte Lilly noch einmal.

Er öffnete die Augen in dem plötzlichen Bewusstsein, sie geschlossen zu haben. „Ja“, sagte er fest. „Bitte, Lilly ... sag es niemandem, ja?“

Sein Tonfall war flehentlich genug, um sie nicken zu lassen. „Brauchst du irgendetwas? Ein bisschen Wasser vielleicht?“

Sie bot ihm eine volle Wasserflasche aus ihrem Rucksack an, und er nahm sie, nur weil sie von ihr stammte, und das Wasser schmeckte süßer auf seinen Lippen und reiner als er es je gekostet hatte. Gott, es war so wundervoll, in ihrer Nähe zu sein! Sie anzusehen, ihre Gegenwart zu spüren. Etwas in ihm wünschte sich, sie würde noch einmal die Hand auf seine Stirn legen, aber sie tat es nicht, musterte ihn stattdessen durchdringend prüfend und lächelte plötzlich: „Du siehst schon ein bisschen besser aus, glaube ich“, meinte sie aufmunternd. „Geht's wieder?“

Er nickte verlegen, starrte zu Boden und entdeckte mit jähem Schreck etwas Weißes zwischen seinen Fingern im Gras. Es war eine Lilienblüte. Vor ungefähr fünf Sekunden war sie noch nicht da gewesen, nun aber schob sie sich mit beeindruckender Geschwindigkeit durch die Erde. Um ihn zu erfreuen, vielleicht. Vielleicht, um ihn zu trösten, weil es ihm so schlecht ging. Blumen waren nicht immer so leicht zu durchschauen, selbst für ihn nicht. Vielleicht war es auch einfach nur, weil er an nichts anderes denken konnte als an Lilly. Lilly ... Lilly ... Lilly ... Lilly, die Lilie.

Wie passend ...

Hastig nahm er die Hand vom Gras, und die Blüte ließ enttäuscht den Kopf sinken. Alahrian drehte sich ein bisschen, hoffte, Lillian würde die Blume gar nicht bemerken und sah sich verstohlen um, ob da nicht noch mehr aus dem Boden spross, um den liosalfar zu ehren. Nein, nur die Lilie.

Alahrian atmete auf, und Lilly schaute ihn, schon wieder besorgt, an. „Alles okay?"

„Ja ..." Er versuchte zu lächeln, ohne zu viel von seinen Gefühlen preiszugeben. Wie schön es war, sie anzusehen! Er hatte ganz vergessen, wic sehr er sich seiner eigenen Schwäche schämte, hatte die Dunkelheit vergessen und die Angst. Wenn sie ihn so direkt anblickte, dann wollte er nur noch Rosen in ihr Haar flechten, wollte sie in Sternenlicht betten und Regenbogen für sie tanzen lassen ... nichts weiter ... nichts mehr. Alles andere schien vollkommen unbedeutend. Was war das nur für ein seltsamer Zauber, in den sie ihn stürzte? Flimmernd und schwindelerregend und verwirrender als alle Magie, die er je gekostet hatte. Es machte ihn lachen und weinen zugleich, und doch musste er alles, was er fühlte, für sich behalten. Man konnte nie wissen, was geschah, wenn man den Emotionen erlaubte, die Kontrolle zu übernehmen. Nicht hier.

„Da seid ihr ja endlich, ihr beiden!", zertrümmerte eine mehr als nur ärgerliche Stimme seine selbstvergessene Träumerei.

Lilly und Alahrian zuckten gleichzeitig zusammen, ihre Köpfe flogen erschrocken in Richtung Herrn Kramers, des Klassenlehrers, der da, einer Furie gleich, auf sie zugestapft kam.

„Was habt ihr euch nur dabei gedacht, einfach abzuhauen? Euch hätte sonst was passieren können!"

Da hatte er vollkommen Recht, fand Alahrian. Es wäre tatsächlich um ein Haar sonst was passiert ... Auf einer gewissen Ebene hatte Lilly ihn sogar gerettet. Allerdings ... Er hatte so das dumpfe Gefühl, dass der Lehrer etwas ganz anderes meinte.

Während Alahrian noch starrte, setzte Lilly urplötzlich eine Unschuldsmiene auf, lächelte verlegen und meinte zuckersüß: „Tut mir sehr leid ... Ich habe etwas Platzangst, wissen Sie? Alahrian war so freundlich, mit mir nach draußen zu gehen, bevor es zu schlimm werden konnte."

Alahrian blinzelte verblüfft. Für ein Wesen wie ihn, das an das Lügen von Natur aus nicht gewöhnt war, schien dies eine bemerkenswert glaubwürdig vorgebrachte Ausrede. Immerhin – sie hielt ihr Wort. Denn hatte sie ihm nicht eben noch versprochen, niemandem zu erzählen, was wirklich passiert war? Nur mit Mühe widerstand er der Versuchung, stolz zu lächeln, stolz, als hätte er irgendeinen Anteil an Lillys Loyalität.

Herr Kramer schien nicht ganz so beeindruckt wie er. Misstrauisch runzelte er die Stirn, winkte dann aber ab. „Darüber sprechen wir noch", drohte er und scheuchte die beiden mit einer Handbewegung von ihren Plätzen auf. „Und jetzt los! Der Bus wartet schon!“

Am nächsten Morgen war Alahrian schon sehr früh vor der Schule, früh genug, um sicher zu gehen, Lilly noch vor dem Unterricht abpassen zu können. Genau genommen wartete er seit Sonnenaufgang, das war ein bisschen zu früh, offensichtlich, aber er hatte nicht warten können, ungeduldig wie er war.

Als sie dann endlich um die Ecke bog, da befand sie sich auch noch ausgerechnet in Begleitung Anna-Marias, wie leider nur allzu oft. Dies eine Mal jedoch ließ er sich davon nicht abhalten und steuerte schnurstracks auf die beiden Mädchen zu.

„Hallo“, begrüßte er sie alle beide, sein Lächeln allerdings galt nur Lillian. Auch seine Höflichkeit kannte ihre Grenzen.

„Morgen.“ Ihr Augen strahlten, während Anna-Maria sich mit einem Schulterzucken trollte.

„Ich wollte mich noch bei dir bedanken“, meinte Alahrian, kaum dass sie allein waren. „Es war wirklich sehr ... nett, was du gestern getan hast.“

„Aber das war doch nichts!“ Abwehrend hob sie die Hand. „Geht’s dir denn jetzt besser?“

Das war mehr als nur eine Floskel. Alahrian blickte in den Himmel empor, wo sich vereinzelte goldene Strahlen durch die Wolken kämpften und dachte an das herrlich üppige Morgenrot, das er während des Sonnenaufgangs in sich aufgesogen hatte. Plötzlich wünschte er sich, er könne einmal einen Sonnenaufgang mit Lillian teilen, an ihrer Seite beobachten, wie voll majestätischer Schönheit der glühende Feuerball die samtene Schwärze der Nacht hinwegschmolz. Auch Sterbliche waren empfänglich für diese Art von Schauspiel, und sie gewiss ...

Laut sagte er nur: „Ja, viel besser.“

„Wie schön!“ Munter lief sie an seiner Seite zum Haupteingang des Schulgebäudes, so selbstverständlich, als kämen sie jeden Tag zusammen zum Unterricht. Alahrian wünschte, es wäre so.

„Ich hoffe, du bekommst keinen Ärger“, meinte er, auf Herrn Kramers schlechte Laune von gestern anspielend.

„Bestimmt nicht ...“ Es schien sie nicht groß zu kümmern.

„Weißt du ... wenn ich einmal etwas für dich tun kann ...“ Er wusste nicht so recht, wie er es formulieren sollte.

„Du hast mich vor einem wild gewordenen Wildschwein gerettet!“ Lilly lächelte ihn an. „Ich denke, das ist mehr als genug.“ Einen Moment lang zögerte sie, dann schien ihr etwas einzufallen. „Aber da wäre tatsächlich etwas“, bemerkte sie mit einem schiefen Grinsen.

„Ja?“

Sie legte den Kopf schräg, sah ihn mit großen Augen an und meinte etwas zögerlich: „Hast du die Latein-Übersetzung gemacht?“

„Sicher ..." Das war simpel genug, um ihn ein wenig zu irritieren.

„Kann ich sie haben?"

„Natürlich!" Stolz wühlte Alahrian in seiner Tasche nach dem Heft. Latein war sein bestes Fach. Er war in einer Zeit in diese Welt gekommen, als die Gelehrten an den Universitäten diese Sprache noch als Umgangssprache benutzten, und die Mönche in den Klöstern auf Latein in ihre Bücher schrieben, er hatte also unverhältnismäßig mehr Übung als alle anderen. Aber das, so dachte er versonnen, musste er ihr ja nicht unbedingt erzählen. Zumindest jetzt nicht. Nein, nicht jetzt ... Noch nicht ...

Das Rathaus

Lilly wohnte nun schon einige Wochen in ihrer neuen Heimat und das bedeutete, sie konnte es nicht länger aufschieben: Sie musste zum Rathaus gehen, ihren Personalausweis ändern lassen und ihre neue Adresse offiziell melden. Das war eine unangenehme Pflicht, die sie schon seit ihrem ersten Tag hier hinauszögerte, denn Lilly hasste Behördengänge, selbst so harmlose wie diesen.

Nichtsdestotrotz machte sie sich schließlich gleich nach der Schule auf den Weg. Das Rathaus war überraschend groß für ein derart winziges Kaff wie dieses, beherbergte dafür aber immerhin sämtliche Ämter auf einem einzigen Fleck. Das war praktisch, zugegebenermaßen. Das Gebäude selbst war sehr alt, mittelalterlich, sie musste erst eine gewaltige, überdimensionale Tür beiseite stemmen, bevor sie eintreten konnte, einem Tor ähnlicher als einem modernen Durchgang. Eine Eingangshalle mit holzvertäfelter Decke und einigen verblichenen Wandgemälden empfing sie, gegenüber der Tür führte eine gewundene, ausgetretene Holztreppe in die obersten Stockwerke hinauf. Eine grau-weiße Infotafel, die nicht so recht zu der altertümlichen Erscheinung der restlichen Einrichtung passen wollte, zeigte ihr, dass sie in den zweiten Stock hinauf musste, Einwohnermeldeamt. Außerdem pries die Tafel die nächste Führung durch die noch original erhaltene Folterkammer aus dem fünfzehnten Jahrhundert an, neben der geheimnisvollen alten Kapelle die größte Touristenattraktion des Städtchens. Lilly schauderte. Wie konnte man sich nur freiwillig solch grässliche Dinge ansehen?

Kopfschüttelnd durchquerte sie die Halle und warf dabei einen flüchtigen Blick auf die bunten Architekturmodelle, die dort auf kleinen Tischchen verstreut standen und ebenfalls nicht im Geringsten zum Interieur des Rathauses passen wollten. Neugierig überflog sie eines der Schilder, die an der Wand gegenüber angebracht waren. Die wie Puppenhäuschen aussehenden Modelle waren das Ergebnis eines Architektenwettbewerbs für den besten Entwurf eines neuen Einkaufszentrums hier in der Stadt. Richtig, jetzt erinnerte Lilly sich. Anna-Maria hatte etwas in der Art erwähnt. Das Einkaufszentrum, eine giStädtchen einen trügerischen Anstrich von Urbanität verleihen sollte, war erst vor kurzem vom Stadtrat geplant und von Anna-Marias Vater, dem Bürgermeister, genehmigt worden. Einige Anwohner hatten sich dagegen gewehrt, ein entsprechendes Bürgerbegehren jedoch war abgelehnt worden. Anna-Maria freute sich schon auf den Bau, auf diese Weise konnte sie ganz in der Nähe ohne große Bustouren einem ihrer Lieblingshobbys nachgehen: Klamotten kaufen.

Lilly selbst interessierte sich nicht weiter für neue Einkaufszentren und für Architektur auch nicht, und so ließ sie die winzigen Häuschen schulterzuckend hinter sich und machte sich daran, die halsbrecherisch ausgetretenen Stufen bis in den zweiten Stock hinauf emporzuklimmen. Der entsprechende Sachbearbeiter des Einwohnermeldeamtes hatte natürlich gerade Mittagspause und sie war schon dabei, einfach wieder zu gehen, als sie hinter einer der Türen, einer besonders prachtvollen, kunstvoll geschnitzten, aufgebrachte Stimmen hörte.

„Das Einkaufszentrum darf auf keinen Fall gebaut werden!", erklärte irgendjemand gerade entschieden. Oder nein: nicht irgendjemand ... Die Stimme kam ihr auf fast schon absurde Art und Weise bekannt vor. Aber war das möglich? Was um alles in der Welt sollte Alahrian mit diesem dummen Einkaufszentrum zu tun haben?

„Und was wollt Ihr dagegen tun?", entgegnete spitz eine andere Stimme, die Lilly nicht einordnen konnte. Ein rascher Blick auf das Namensschild neben der Tür jedoch behauptete, es handele sich um das Büro des Bürgermeisters. Konnte das sein? Konnte Alahrian sich hier mit dem Bürgermeister herumstreiten?

„Wollt Ihr uns Greenpeace auf den Hals hetzen, weil wir ein paar Meter Wald abholzen, wo es noch unzählige Hektar in der Gegend gibt?", fuhr der Bürgermeister fort und lachte spöttisch.

„Ihr wisst sehr genau, dass es hier nicht um Naturschutz geht", antwortete in deutlich erzwungener Ruhe Alahrian. Ja, sie hatte sich nicht getäuscht: Es war tatsächlich seine Stimme, unverkennbar, silbrig, glockenklar und melodiös.

„Worum dann: Wollt Ihr mir mit Euren Gespenstern drohen?"

„Gespenster? Es sind keine Gespenster, habt Ihr das schon vergessen? Sie sind real und sie sind gefährlich, sogar Ihr könnt kein so schlechtes Gedächtnis haben, dass Ihr das nicht mehr wisst."

Verwundert trat Lilly näher und konnte sich selbst gerade noch davon abhalten, das Ohr gegen die Tür zu pressen. Gespenster? Was redeten die beiden denn da bloß? Und wieso sprachen sie sich mit Ihr an wie in einem Shakespeare-Stück? Vielleicht war es genau das. Die Probe zu irgendeinem dämlichen Theater, die sie da mit anhörte. Lilly wäre nicht die erste gewesen, die auf solch einen Unsinn hereingefallen wäre. Sie wollte sich schon abwenden, als Alahrian ernst hinzufügte:

„Wenn die Hohlen Hügel bei den Baumaßnahmen zerstört werden, dann kann nicht einmal ich Euch mehr schützen."

„Schützen?" Der Bürgermeister lachte hart. „Ihr seid doch überhaupt erst verantwortlich für diesen Fluch!"

„Das ist nicht wahr!" Alahrian schrie jetzt fast, rötlich schimmerndes Licht flutete unter der Tür hindurch, als wäre dort innen ein Blitz explodiert.

„Halt dich gefälligst im Zaum!", brüllte da der Bürgermeister, unvermittelt in eine normale Anrede wechselnd. Es klang, als wolle er Alahrian gleich am Kragen packen.

Lilly fühlte, wie ihr Körper verkrampfte. Etwas in ihr wollte durch die Tür stürmen und Alahrian verteidigen, obwohl sie nicht im Geringsten verstand, worum es bei dem Streit ging, etwas in ihr wollte den Bürgermeister anschreien, aber natürlich tat sie nichts dergleichen.

„Sonst was?“, gab Alahrian zurück, kaum weniger wütend als Anna-Marias Vater. „Wollt Ihr mich in Eurer Folterkammer einsperren?“

Schweigen folgte dieser absurden Unterstellung, bis Alahrian erneut sprach, ruhiger diesmal und in beinahe flehendem Tonfall: „Bitte ... Ihr dürft dieses Einkaufszentrum nicht bauen. Nicht hier. Es ist zu gefährlich. Ich könntet Kräfte wecken, die ...“

Lilly runzelte die Stirn und verstand immer weniger. Kräfte? Was für Kräfte? Sprach er von irgendwelchen Erdstrahlungen, von Vulkanismus oder dergleichen? War er etwa einer von diesen esoterischen Spinnern? Oder einfach nur Umweltaktivist?

„Wollt Ihr mir drohen?“, fragte lauernd der Bürgermeister hinter der Tür. „Wollt Ihr mir wirklich drohen?“

„Nein.“ Lilly konnte regelrecht hören, wie Alahrian den Kopf schüttelte. „Ich will Euch nur warnen. Das ist alles. Ich ...“

Den Rest des Satzes verstand Lilly nicht, denn eine unverbindlich freundliche Stimme fragte plötzlich hinter ihr: „Kann ich Ihnen helfen?“

Hastig drehte sie sich um, fühlte, wie ihr das Blut ins Gesicht schoss und blickte erschrocken in das Gesicht einer blonden, streng dreinschauenden Sekretärin. Jedenfalls nahm sie an, dass es eine Sekretärin war, denn die Frau trug ihr Haar zu einem akkuraten Knoten zusammengesteckt, hatte eine Brille auf der Nase und ein graues, faltenfreies Kostüm an – ein Paradigma einer Vorzimmerdame, fand Lilly.

„Ich ... äh ...“, verlegen geriet Lilly ins Stottern. „Ich suche das Einwohnermeldeamt“, sagte sie schließlich schnell.

Die Frau lächelte zuckrig süß, ein wenig wölfisch, als wolle sie gleich zubeißen. „Das ist dort drüben“, entgegnete sie knapp.

„Okay ...“ Lilly errötete noch tiefer. „Danke ...“ Hastig wandte sie sich ab und lief den langen, dunklen Gang entlang, die Stimmen jenseits der geschnitzten Tür verstummten hinter ihr.

Lilly war gerade am Ende der Treppe angelangt, als Alahrian von oben die Stufen herabgesprintet kam, schnell wie ein Profiläufer und anmutig wie ein Balletttänzer.

„Lillian!“ Überrascht verharrte er mitten im Schritt, einen Fuß auf der Stufe, den anderen bereits in der Luft. Jeder andere wäre vermutlich kopfüber die Treppe heruntergestürzt, er aber balancierte diese Position so mühelos aus, als könne er sie noch stundenlang halten.

„Hi, Alahrian ...“ Fasziniert starrte sie ihn an, die Versuchung, ihn zu fragen, was er im Rathaus gemacht hatte, war nahezu übermächtig, doch dann hätte sie auch zugeben müssen, sein seltsames Gespräch mit dem

Bürgermeister belauscht zu haben und das konnte sie natürlich auf keinen Fall. Aber sie wollte auch nicht, dass er jetzt einfach an ihr vorbeiging und wieder verschwand. Es war so schön, ihn zu sehen ...

„Sag mal, hast du dir schon was überlegt, für das Englischprojekt?", platzte sie heraus, indem sie einfach das erstbeste Thema anschnitt, das ihr spontan einfiel. Gleich darauf hätte sie die Worte am liebsten wieder zurückgenommen. Englischprojekt! Wie originell! Hatte sie im Ernst vor, ihn in ein Gespräch zu fesseln, indem sie über etwas derart Profanes wie die Schule sprach?

Er aber schenkte ihr einen strahlend aufmerksamen Blick, als hätte sie soeben einen genialen Beitrag zur Lösung des Klimaproblems vorgetragen. „Noch nicht", entgegnete er munter und sprang, so graziös, als folge die Bewegung irgendeiner geheimen Choreographie, die nur er selbst kannte, die letzten Treppenstufen herab, bis er neben ihr stand.

„Vielleicht könnten wie ja ..." Eine sanfte Röte überzog seine blassen Wangen und unwillkürlich senkte er den Blick. „Ich meine, wenn du möchtest, könnten wir ja ... also ... vielleicht könnten wir uns ja zusammen etwas überlegen?"

Zusammen? Lilly spürte, wie ihr Herz einen plötzlichen Hüpfer machte, um dann irgendwo in ihrer Kehle weiterzuschlagen. Hatte er gerade gesagt zusammen?

Er missverstand ihr Zögern. „Also, wenn du nicht magst, dann ..."

„Doch!" Das kam wie aus der Pistole geschossen, viel zu schnell und viel zu heftig, um ihr einen Rest von Würde zu bewahren. „Sehr gern ..." Lilly spürte, wie sie nun ebenfalls errötete, doch ihre Verlegenheit konnte kaum größer sein als seine, er sah aus, als wolle er jeden Moment verschwinden wie ein scheues, erschrecktes Wildtier, und so fügte sie noch hinzu, ganz ohne darüber nachzudenken: „Wir könnten ja zu mir gehen, wenn du ... wenn du möchtest ..."

Unaufhaltsam purzelten diese Worte aus ihr heraus, sie hörte sie mit Schrecken und blieb, entsetzt über ihre eigene Kühnheit, zurück. Oh Gott! Sie hatte ihn nicht wirklich eben spontan zu sich nach Hause eingeladen! Unsicher biss sie sich auf die Lippen und blickte verstohlen zu ihm auf. War das zu aufdringlich gewesen?

Er wirkte überrascht, ein bisschen verwirrt sogar, doch dann lächelte er, und Lilly unterdrückte ein erleichtertes Aufatmen. „Es würde mich freuen." Er nickte höflich, zögerte kurz und meinte dann: „Jetzt gleich?"

Ein neuer Schreck durchfuhr Lilly, irgendwo zwischen schierer Panik und grenzenloser Freude. Jetzt gleich?! Jetzt gleich war gut, jetzt gleich war schnell genug, um nicht länger darüber nachdenken zu müssen, was sie da eigentlich tat, jetzt gleich würde ihr keine Gelegenheit geben, sich zu fragen, wie sie wohl gerade aussah, ob ihre Schminke verwischt war, ihre Haare in Ordnung, ihr ...

Sie gebot ihren Gedanken zu schweigen, versuchte, sich zusammenzunehmen und zuckte in einer betont lässigen Geste mit den Schultern. „Warum nicht?“

„Schön ...“ Seine Augen strahlten, als wären sie mit Sternenlicht gefüllt.

Während des gesamten Weges vom Stadtzentrum bis zu Lillys neuem Zuhause schlug ihr Herz so heftig, dass es ein Gespräch beinahe unmöglich machte, doch auf merkwürdige Weise schien es auch gar nicht nötig, sich zu unterhalten. Es war schön, mit ihm die Straße entlangzuschlendern, ab und an tauschten sie Blicke aus, einmal lächelten sie einander zu, und Alahrian lief dicht neben ihr her und schwieg, doch seine Augen leuchteten, und als sie das Haus erreichten, da hatte Lilly das seltsame Gefühl, tiefer und intensiver mit ihm kommuniziert zu haben als je mit einem Menschen zuvor, und das obwohl sie kaum ein Wort gewechselt hatten. Seine Gegenwart war so stark, seine gesamte Erscheinung so präsent, es genügte, ihn einfach nur anzusehen, seine Blicke zu studieren, die feinen Linien seines Gesichtes, das Spiel von Licht und Schatten auf seinem Haar ...

Lilly fühlte, wie ihr Herzschlag sich allmählich beruhigte. Sie war immer noch aufgeregt, aber auf eine mildere, sanftere Art. Verstohlen warf sie einen Blick auf den Parkplatz. Das Auto ihres Vaters stand nicht an seinem Platz, das hieß, er war noch bei der Arbeit, das war gut, dann waren sie ungestört.

Lilly kramte ihren Schlüssel aus der Tasche, steckte ihn ins Schloss und hatte kaum die Tür geöffnet, als ein dunkelbrauner Schatten aus dem Haus gestürmt kam und kläffend und heftig mit dem Schwanz wedelnd an Alahrians Beinen emporsprang.

„Wilbur!“, rief sie, peinlich berührt und warf Alahrian einen entschuldigenden Blick zu. Der aber grinste nur.

„Schon in Ordnung. Lass ihn ruhig!“

Lilly öffnete vollends die Tür und bat ihn mit einer einladenden Handbewegung hinein.

„Lilly?“, rief da eine Stimme aus der Küche.

Lena! Mist! Lena war schon zu Hause, daran hatte sie nicht gedacht. Und prompt kam ihre Stiefmutter auch schon in den Flur geschlendert, begrüßte Lilly mit einem kurzen „Hallo“ und blickte sofort neugierig Alahrian an. „Ah, du hast Besuch mitgebracht ...“ Sie klang überrascht, aber zumindest nicht missbilligend, wie Lilly erleichtert feststellte.

„Guten Tag“, sagte Alahrian höflich.

„Hallo, Alahrian.“

Lilly wunderte sich einen Moment, warum Lena seinen Namen kannte, aber sie wohnten auf dem Land, natürlich. Jeder kannte hier absolut jeden.

„Ich hoffe, ich störe nicht ...“ Scheu blickte Alahrian Lillys Stiefmutter an.

„Aber nein, kommt nur rein, ihr zwei ... Ich war gerade dabei, Tee zu machen, wollt ihr auch welchen?“

Sie führte die beiden in die Küche, und dafür war Lilly dankbar, denn sie war sich nicht hundertprozentig sicher, was die Ordnung ihres Zimmers betraf. Vielleicht sollte sie das nächste Mal daran denken, vorher aufzuräumen, bevor sie fremde, atemberaubend gutaussehende, geheimnisvolle, betörend charmante Klassenkameraden zu sich einlud ...

Diese Erkenntnis brachte das Bedürfnis in ihr hervor, sich für den Besucher zu rechtfertigen, und so sagte sie schwach: „Wir wollten noch etwas für die Schule machen ..."

„Na klar ..." Lena schien zu begreifen, räumte die Zeitschrift, in der sie offenbar gerade gelesen hatte, vom Küchentisch weg und deutete damit auf den Wasserkocher unter dem Fenster. „Ihr nehmt euch, was ihr braucht, ja?"

Damit zog sie sich diskret zurück, und Lilly nahm sich vor, zu gegebener Zeit einmal dankbar zu sein für eine Stiefmutter, die derart rücksichtsvoll um ihre Privatsphäre bemüht war. Nun war sie also allein mit Alahrian, ungestört ...

Allein! Das verursachte einen neuerlichen Anfall von Herzklopfen, und hastig wandte sich Lilly dem Wasserkocher zu, nur, um ihre Hände zu beschäftigen, von denen sie plötzlich nicht mehr wusste, wohin mit ihnen. Alahrian hatte es da einfacher, er war voll und ganz damit in Anspruch genommen, nicht von Wilbur niedergeschlabbert zu werden. Seltsam ... So ungestüm kannte Lilly den Hund gar nicht. Meistens lag er nur schwerfällig in seiner Ecke und döste vor sich hin.

„Ist es deinen Eltern recht, wenn wir hier so zusammen sind?", fragte Alahrian plötzlich, und Lilly drehte sich hastig zu ihm um. „So ... allein? Nur du ... und ich?"

Lilly unterdrückte ein Lächeln. Ihm war es also auch bewusst! Dann erst begriff sie, wovon er wirklich sprach und nun lächelte sie tatsächlich. „Ohne Aufsicht, meinst du? Aber wir sind doch nicht mehr im neunzehnten Jahrhundert!"

Alahrian seufzte leise. „Ach ja, stimmt ja ..." Er lächelte erst, als Lilly ihn direkt ansah, vorher hatte es ganz ernst geklungen. Manchmal hatte er wirklich einen merkwürdigen Humor! Aber er setzte sogar noch eins drauf und meinte leise: „Obwohl: Das war eine schöne Zeit, das neunzehnte Jahrhundert ..."

Richtig, er war ja so geschichtsbegeistert ... Lilly setzte das Teewasser auf und wandte sich ihm vollends zu. „Setz dich doch." Sie deutete auf den Küchentisch und er ließ sich daran nieder, und wieder fiel ihr seine Anmut auf, selbst in einer so kleinen Bewegung wie dieser.

„Wünschst du dir das oft?", fragte sie unvermittelt. „In einer anderen Zeit zu leben?"

Er blickte auf, überrascht und fast ein wenig erschrocken, als habe sie etwas in seinen Worten gelesen, das er eigentlich gar nicht hatte preisgeben wollen. „Ich weiß nicht ...", meinte er unbestimmt. „An einem anderen Ort vielleicht."

„An was für einem Ort?“

Er lächelte, doch es wirkte wehmütig, und seine Augen waren leer, als er sprach. „An einem warmen, hellen Ort, wo stets die Sonne scheint, und die Sterne jede Nacht leuchten, wo der Strand den Ozean küsst, und milder Wind den Geruch von Frühling und frischem Gras und blühenden Zweigen heranweht ...“

Er ließ die Worte ausklingen, diese befremdlich poetischen Worte, die sich bei jedem anderen lächerlich angehört hätten, aber nicht bei ihm. „Und warst du schon einmal an einem solchen Ort?“, erkundigte sich Lilly fasziniert.

„Nein ...“ In diesem einen Wort lag ein Hauch von Bitterkeit und Sehnsucht.

Lilly versuchte, seinen Blick einzufangen. „Ich glaube, jeder Mensch wünscht sich manchmal einen solchen Platz“, sagte sie leise.

„Wirklich?“ Die Bemerkung war belanglos gewesen, doch sie schien ein gewisses Interesse bei ihm zu wecken. „Ist das so?“

„Ja. Ja, ich denke schon ...“

Das Wasser begann zu kochen. „Möchtest du auch etwas Tee?“, fragte Lilly und stellte automatisch zwei Tassen bereit.

„Danke, nur das Wasser, bitte“, sagte er höflich.

Lilly verharrte, mit dem Wasserkocher in der Hand, mitten in der Bewegung. „Wie? Nur heißes Wasser?“

Er nickte. „Wenn es keine Umstände macht ...“

Nein, das war es gewiss nicht ... Schulterzuckend goss Lilly heißes Wasser in beide Tassen, hängte in ihre eigene einen Teebeutel und reichte ihm die andere.

„Danke.“ Er schmiegte seine langen, weißen Finger um die Tasse, als müsse er sich daran aufwärmen, obwohl es nicht kalt war.

Lilly fischte nach der Zuckerdose, stellte sie auf den Tisch und schob sie ihm hin. „Zucker?“ Automatisch bot sie es ihm an, und tatsächlich nickte er. „Gern.“ Für den Bruchteil einer Sekunde zögerte er, bevor er den Löffel berührte, und als er ihn wieder zurücksteckte, da betrachtete er ihn einen Moment lang versonnen. „Silber“, bemerkte er anerkennend. „Wie hübsch.“

Lilly blinzelte überrascht. Sie selbst hatte nie darauf geachtet, woraus der Löffel war, es musste einer aus Lenas Sammlung sein, aus der Besteckkollektion ihrer Großmutter. „Wie erkennst du das?“, fragte sie verblüfft.

Alahrian lächelte, irgendetwas schien ihn plötzlich sehr zu amüsieren. „Besteck aus Edelstahl“, erklärte er mit blitzenden Augen, „fühlt sich vollkommen anders an.“

„Hmmm ...“ Das konnte Lilly nicht unbedingt bestätigen und so rührte sie schweigend in ihrer eigenen Tasse herum und sah schaudernd zu, wie er tatsächlich heißes Zuckerwasser trank. Ob das wohl schmeckte? Andererseits: Vielleicht hatte sie da ja einen neuen Trend verpasst? Oder war das vielleicht so üblich in Island, wo er herkam? Vielleicht war es ja sogar so etwas wie das isländische Nationalgetränk?

„Wohnst du schon lange hier?", erkundigte sie sich unwillkürlich und wurde sich plötzlich schmerzhaft darüber bewusst, wie wenig sie im Grunde über ihn wusste.

„Lange?" Er dehnte das Wort, als sage es ihm nichts, blickte sie aus großen Augen an und meinte dann behutsam: „Was bedeutet lange für dich?"

„Na ja ..." Lilly durchschnitt in einer unbestimmten Handbewegung die Luft. War das eine dumme Frage gewesen? „Ich dachte nur, von Island in ein bayerisches Dorf zu ziehen, das muss eine enorme Umstellung sein."

„Ach so ..." Er schien ein wenig erleichtert. „Ja, ja, das ist es wohl ..."

„Fühlst du dich nicht manchmal fremd hier?", fragte Lilly leise.

Er hob den Kopf, schaute ihr direkt in die Augen und schien ihren Blick aufzusaugen. „Doch", flüsterte er leise. „Oft sogar ..." Mit einem sanften Lächeln gab er ihren Blick frei und meinte, ungezwungener und leichter als zuvor: „Was ist mit dir? Magst du diesen Ort?"

Lilly starrte in ihre Teetasse. „Ich vermisse die Musikhochschule", gestand sie. „Und Konzertsäle und Plattenläden, in denen es mehr als die üblichen Popsachen gibt. Aber sonst ..." Sie zögerte. Wäre sie nicht in dieses Kaff mitten im Wald gezogen, dann hätte sie ihn nie getroffen. Aber das konnte sie ihm nicht sagen.

Musste sie auch nicht, denn in diesem Moment wurden sie beide vom Geräusch der Haustür aufgeschreckt. Zwei Sekunden später platzte ihr Vater in die Küche – und er war keineswegs so zurückhaltend wie Lena zuvor. Mit mehr als nur unverhohlener Neugierde starrte er Alahrian an, als habe er unvermittelt ein Alien in seinem Haus vorgefunden. Lilly selbst schien er nur am Rande zur Kenntnis zu nehmen.

Lilly konnte es ihm kaum übelnehmen. Auch sie hielt den Blick auf Alahrian gerichtet, der sich unvermittelt erhoben hatte, noch bevor Lilly auch nur blinzeln konnte.

„Guten Tag", begrüßte er ihren Vater höflich, und derart geballte gute Manieren bei einem fremden Teenager schienen sogar ihren Vater einen Moment lang kurz aus dem Konzept zu bringen.

„Das ist Alahrian, Papa", erklärte Lilly hastig. „Wir lernen zusammen für Englisch." Genau genommen hatten sie bisher noch keine einzige Sekunde lang für Englisch gelernt, doch das musste sie ja nicht unbedingt gleich erwähnen.

„Aha." Ihr Vater schien nicht über die Maßen begeistert. Misstrauisch glitt sein Blick über Alahrian hinweg. Lilly biss sich auf die Lippen und versuchte eine Sekunde lang, Alahrian mit den Augen ihres Vaters zu sehen, was zugegebenermaßen schwer genug war. Trotzdem: Er war mehr als nur ordentlich gekleidet, keine Löcher in den Jeans, keine mindestens acht Nummern zu großen Hosen, im Gegenteil, seine gesamte Erscheinung wirkte eher um einen Hauch eleganter als bei der Durchschnittsjugend in dieser Gegend. Sein Haar schien seine natürliche Farbe zu haben, keine blauen oder grünen Strähnen, keine Piercings im Gesicht und zumindest keine erkennbaren Tattoos am Körper.

All dies schien auch ihr Vater im Bruchteil einer Sekunde zu registrieren, denn seine Miene wurde eine Spur freundlicher, wenn auch nicht freundlich. „Hallo", sagte er distanziert und hielt Alahrian die Hand zur Begrüßung hin.

„Sir." Alahrian zögerte einen Herzschlag lang, ehe er die dargebotene Hand akzeptierte.

Lillys Vater runzelte die Stirn, als sie einander berührten. „Du fühlst dich ganz heiß an, Junge", bemerkte er in verändertem Tonfall. „Hast du Fieber?"

Lilly stöhnte. Wenn es eine Sache gab, die noch schlimmer war als die überbesorgter, alleinerziehender und jeden potentiellen Bewerber um seine Tochter genau unter die Lupe nehmender Vater-Nummer, dann war es die Arzt-Nummer.

Alahrian zog blitzschnell seine Hand zurück, dann rettete er sich in ein scheues Lächeln. „Das kommt nur von der heißen Teetasse", erklärte er hastig.

„Hmmm ..." Ihr Vater schien zu überlegen. „Wie war noch mal der Name?", fragte er dann.

„Alahrian, Sir."

Lilly hatte ihn selbst noch nie seinen eigenen Namen aussprechen hören, wenn er es selbst sagte, dann klang es merkwürdig melodiös, mehr wie ein Gedicht denn ein Name, fremdartiger noch als sonst, doch gleichzeitig von einer unbestimmten, zart schwingenden Schönheit. Nebenbei bemerkt: Nannte er ihren Vater tatsächlich Sir? Wo um alles in der Welt war er aufgewachsen? In Oxford?

„Ein eigenartiger Name." Lillys Vater runzelte die Stirn. „Woher stammt er?"

„Meine Familie kommt aus Island." Das war keine direkte Antwort, Lilly bemerkte es wohl. Doch sie hatte auch genug von dem peinlichen Verhör.

„Papa!", rief sie tadelnd, warf ihrem Vater einen flehentlichen Blick zu und fügte betont hinzu: „Wir wollten noch was für die Schule erledigen, weißt du?"

Er ignorierte den Wink mit dem Zaunpfahl und rührte sich keinen Millimeter von der Stelle.

Lilly stand auf. „Komm, Alahrian", meinte sie, in gezwungen beiläufigem Tonfall. „Wir gehen auf mein Zimmer."

Alahrian tauschte einen Blick mit Lillys Vater, als wolle er erst um Erlaubnis fragen, seine Hände bewegten sich unruhig, und Lilly konnte regelrecht spüren, wie unangenehm ihm die ganze Situation war. „Sir", bemerkte er behutsam, als ihr Vater nicht reagierte. „Es hat mich gefreut, Sie kennen zu lernen.“

„Ja, mich auch ...“ Endlich ließ sich Lillys Vater zu einem Lächeln hinreißen. Der bezwingenden Höflichkeit Alahrians schien selbst er nicht ganz gewachsen.

Lilly atmete erleichtert auf, führte Alahrian die Treppe hinauf und registrierte befriedigt, dass ihr Vater zumindest nicht die Nerven hatte, ihnen auch nach oben zu folgen. Ganz so weit ging sein Misstrauen dann wohl doch nicht. Einzig Wilbur trottete ihnen mit hängenden Ohren hinterher.

„Tut mir leid“, wisperte Lilly, peinlich berührt, kaum dass sie außer Hörweite waren. „Ich weiß, er ist unmöglich. Aber ich ... ich bin seine einzige Tochter, verstehst du?“

Zu ihrer Überraschung nickte Alahrian. „Ja. Ja, das verstehe ich.“ Es klang keineswegs spöttisch.

Lilly öffnete die Tür zu ihrem Zimmer, warf einen raschen Blick hinein, kickte mit dem Fuß eilig ihre ausnehmend hässlichen, aber leider auch mollig warmen Plüschpantoffeln tiefer unter das Bett und ließ ihn erst dann eintreten. Wilbur sperrte sie dabei aus, der Dackel begann aber draußen so herzerreißend zu winseln und an die Tür zu kratzen, dass sie ihn keine dreißig Sekunden später ebenfalls hineinscheuchte.

Na wunderbar!, dachte sie seufzend. Nun hatte sie also doch noch einen Anstandswauwau in ihrer Nähe, und das im wahrsten Sinne des Wortes!

„Entschuldige“, ächzte sie, schon wieder in Verlegenheit.

Doch Alahrian lächelte nur, duldete den Hund, der sich schwanzwedelnd neben ihm niederließ, ohne sichtliche Anzeichen von Entnervung und sah sich stattdessen aufmerksam im Zimmer um. „Das also ist dein Zimmer ...“ Er sprach es seltsam ehrfürchtig aus, und sein Blick berührte behutsam seine Umgebung, während seine Hand gedankenverloren über Wilburs Kopf strich. „Es ist schön ... so ... hell ...“

Lilly nickte schulterzuckend. „Das ist einer der Vorteile, wenn man auf dem Land wohnt. In Hamburg hatte ich keinen Balkon.“

Und das Fenster hatte auf die Straße hinausgeführt. Hier hatte sie einen perfekten Ausblick in Lenas Garten, hinter dem gleich der Waldrand begann. Es war beinahe schon zu idyllisch. Unwillkürlich öffnete sie die Balkontür, um ein wenig frische Herbstluft einzulassen. Sein Blick folgte ihren Bewegungen.

„Setz dich doch“, meinte sie mit einer einladenden Handbewegung und räumte hastig ein Buch von ihrem Lesesessel, um ihm ihren Lieblingsplatz anzubieten.

„Shakespeare?“ Er zog die Brauen hoch, als er den Buchrücken sah.

„Ja.“ Lilly wurde ein bisschen rot, ohne zu wissen, weshalb. „Ein Sommernachtstraum.“

„Aber das ... das ist ja ein Stück über Elfen!“ Einen Moment lang wirkte er völlig bestürzt, dann hellte sich seine Miene auf.

„Findest du das albern?“, fragte Lilly besorgt. Es war ihr Lieblingsstück, sie kannte ganze Passagen davon auswendig. Aus irgendeinem Grund hätte es sie enttäuscht, wenn er es nicht gemocht hätte, davon abgesehen: Sie hatte sich heute bereits genug blamiert.

„Nein ... nein, gar nicht!“, erwiderte er hastig. „Es ist nur ...“ Er seufzte leise, suchte nach Worten und schien sie nicht zu finden.

„Ja?“, ermutigte Lilly ihn. Sie hätte gerne gehört, was ihm so schwer fiel zu sagen, stattdessen jedoch hörte sie bloß einen ohrenbetäubenden Krach vom Balkon aus.

Unruhig, aber auch ein wenig ärgerlich stürzte sie zur Balkontür und blickte hinaus. „Papa! Was um alles in der Welt machst du da?“ Fassungslos starrte sie ihren Vater an, der geräuschvoll direkt vor ihrem Fenster den gigantischen, gelben Liegestuhl aufzubauen begann, der die letzten Jahre über verstaubend im Keller ein einsames Dasein gefristet hatte.

„Was denn?“ Ihr Vater blinzelte unschuldig. „Darf man sich jetzt nicht mal mehr ein bisschen nach der Arbeit in die Sonne legen?“

Lilly atmete tief durch, um nicht vollends die Beherrschung zu verlieren, aber nur, weil sie vor Alahrian keine Szene machen wollte, nicht, weil sie noch irgendeinen Funken von Verständnis für dieses unmögliche Benehmen aufbrachte. Alahrian hatte Recht gehabt: Sie waren im neunzehnten Jahrhundert!

„Doch“, entgegnete sie voll zuckersüßer Freundlichkeit. „Selbstverständlich darf man das. Überall ... Aber nicht im Oktober! Und nicht vor meinem Fenster!“ Und damit wandte sie sich ab, warf zornig die Balkontür zu und zog auch noch den Vorhang vor. Wo lebten sie denn? In einem Überwachungsstaat?

„Vorsicht!“ Durch die etwas zu heftige Bewegung in Schwingung versetzt, kippte einer ihrer Blumentöpfe vom Fensterbrett und wäre am Boden zerschellt, wäre Alahrian nicht blitzschnell hinzugetreten und hätte ihn geschickt aufgefangen.

„Oh! Danke!“ Lilly blinzelte zu ihm auf. Plötzlich stand er ganz nahe neben ihr, nahe genug, um seine Körperwärme zu spüren. Sie fühlte, wie ihr Herz zu rasen begann. Hatte sie ihn je aus so großer Nähe betrachtet? Seine Augen schienen noch blauer als sie gedacht hatte, eine Strähne wirren Haares fiel ihm in die blasse Stirn, und fast schien ihr, als tanzten winzige, goldene Flämmchen darin.

„Hier.“ Er reichte ihr den Blumentopf.

Lilly schüttelte den Kopf, warf die merkwürdigen Bilder, die plötzlich in ihr aufsteigen wollten, Bilder von endlosen Sandstränden, von bunten Schmetterlingen auf blassblauen Blütenkelchen, von Sternen, die am Horizont erblühten, warf die Bilder von sich und starrte stattdessen auf die Pflanze, die er für sie gerettet hatte. Es war der Kaktus. Eigentlich hätte er auch kaputtgehen können, denn es war das hässlichste, stacheligste Exemplar von einem Kaktus, das man sich auch nur hätte vorstellen können.

„Den hat mir meine Tante geschenkt", erklärte sie, wie zur Entschuldigung, und setzte das Ding zurück auf die Fensterbank. „Angeblich soll er wunderschöne Blüten tragen, aber er ... nun ja, er hat leider noch nie geblüht."

„Wie schade!"

„Ja, schade ..."

Alahrian trat einen Schritt zurück, Lilly hatte das Gefühl, beinahe ein wenig zu frösteln, nun, da er sich körperlich von ihr entfernt hatte. Das Bedürfnis, seiner Bewegung zu folgen, die Distanz zu überbrücken, war nahezu übermächtig.

Aber sie tat es nicht. Alahrian sah mit plötzlich leerem Blick durch den Vorhang aus dem Fenster, fast so, als lausche er auf etwas, das nur er selbst hören konnte.

„Deinem Vater ist es nicht recht, wenn wir hier alleine sind", bemerkte er, ein wenig verlegen. „Vielleicht sollte ich jetzt gehen."

Nein!, wollte sie rufen, ihn aufhalten, ihn bitten zu bleiben. Sie wollte nicht, dass er ging, es gab so viel, was sie ihn noch fragen wollte, so viel, über das sie reden mochte, und stundenlang, eine Ewigkeit lang, hätte sie ihn ansehen wollen.

Doch nichts davon sagte sie laut, stattdessen meinte sie nur schwach: „Es tut mir leid. Sehen wir uns morgen ... in der Schule?"

„Aber ja!" Es klang wie ein Versprechen. „Ja, natürlich!"

Sie geleitete ihn nach draußen, er tänzelte die Treppe hinab, und Wilbur legte sich winselnd und mit traurigem Hundeblick in sein Körbchen. Lilly hätte es ihm gern gleichgetan.

„Es war schön, dass du da warst", flüsterte sie, fast lautlos vor Verlegenheit, als sie bereits unter der Tür standen.

„Ja, fand ich auch. Bis bald!"

„Bis bald!"

Plötzlich horchte er auf, zögerte noch eine Sekunde, bevor er ging. Ein Lächeln glitt über sein Gesicht. „Ich glaube, du bekommst Besuch", sagte er mit seltsam blitzenden Augen. „Oder besser: Es kehrt jemand zurück, den du schon lange vermisst hast."

Verständnislos starrte Lilly ihn an, doch im selben Moment bog ein Lastwagen um die Straßenecke, mit einer bunten Werbeaufschrift von einer ihr wohlbekannten Speditionsfirma darauf. Verblüfft beobachtete sie, wie der Wagen in die Auffahrt einfuhr. Konnte es sein? Brachten sie endlich ihren Flügel?

Voller Aufregung blickte sie zu Alahrian zurück, doch der war bereits lautlos verschwunden.

Alahrian wusste, es wäre klüger gewesen, einfach zu gehen. Lillys Vater war misstrauisch gewesen, ohne auch nur einen Hehl daraus zu machen, nicht bösartig misstrauisch, das hatte Alahrian gespürt, doch väterlich misstrauisch, was auf eine gewisse Art und Weise noch schlimmer war. Alahrian konnte es ihm noch nicht einmal verdenken.

Hätte er eine Tochter gehabt, er hätte sie auch nicht so einfach mit einem Wildfremden allein gelassen. Er hatte Zeiten kommen und gehen sehen, in denen so etwas grundsätzlich undenkbar gewesen wäre, ein Mädchen, allein mit einem Fremden, ob nun menschlich oder nicht. Das hatte sich geändert inzwischen, aber eben nicht ganz, nicht vollständig und nicht immer. Sie waren nun einmal seltsame Wesen, die Sterblichen, seltsam und faszinierend ...

All das wusste Alahrian und er kannte auch das Risiko, und doch konnte er nicht einfach so gehen. Unbemerkt schlich er sich in den Garten, versteckte sich zwischen den Blumenbeeten, legte sich unter einem Brombeerbusch ins Gras, schloss die Augen und wartete.

Das Bild von Lillys Zimmer schwebte in seiner noch frischen Erinnerung empor, versonnen konzentrierte er sich darauf, betrachtete alles noch einmal, als hätte er in Gedanken eine Fotografie angefertigt. Es hatte so vieles gegeben, was er sich nicht getraut hatte, näher anzusehen. So ein rätselhaft schönes Zimmer. Die meisten Behausungen von Sterblichen waren kalt und abweisend, von Stahl und anderen hässlichen Dingen zugepflastert. Nicht so ihr Zimmer ... In diesem einen Raum hatte er sich beinahe wohl gefühlt, trotz der Beobachtung, trotz aller Verlegenheit. Ein bisschen war es wie zu Hause gewesen. Sie hatte Kristalle an den Fenstern hängen gehabt, gewiss warfen sie blitzende, bunte Lichtreflexe durch den gesamten Raum, wenn die Abendsonne hineindämmerte. An der Wand hatte ein Kalender mit Jugendstil-Motiven gehangen, das bedeutete, ihr gefiel diese Kunstrichtung, nicht wahr? Das war beinahe schon phantastisch, der Jungendstil war eine von alfar extrem beeinflusste Epoche gewesen, beinahe so sehr wie die Gotik. Und dann die ganzen Bücher! Und ihr Lieblingsstück war Ein Sommernachtstraum, das Feenmärchen. Von allen Shakespeare-Dramen ausgerechnet dieses, nicht Macbeth, nicht Hamlet, nicht Romeo und Julia. Sie liebte ein Stück über Elfen! Das erschien ihm nahezu prophetisch. Es machte sein Herz hüpfen und die Lichtfünkchen in seinen Adern singen. Am liebsten wäre er durch den Garten getanzt, aber das hätte die gesamte Vegetation in Aufruhr gebracht und so musste er seine Gefühle für sich behalten.

Still ergötzte er sich daran, sich an weitere Details zu erinnern. Ein paar Schnittblumen hatten in einer blauen Vase auf dem Schreibtisch gestanden. Daneben Lillys Schulbücher und darunter verborgen einige Notenhefte. Es waren Stücke von bekannten Musikern dabei gewesen, aber auch etliche lose Blätter, auf denen handschriftlich Noten gezeichnet waren. Das mussten Stücke sein, die sie selbst geschrieben hatte, kleine, eigene Kompositionen. Er hätte sie so gern spielen hören, sein Herz sehnte sich geradezu danach.

Deshalb hatte er sich im Garten versteckt. Er wusste, sie würde nicht lange widerstehen können, nun, da der Flügel wieder da war. Angestrengt lauschte er, schob sogar die Haare hinter die spitzen Ohren, um besser hören zu können, ohne an die Gefahr zu denken, von jemandem gesehen zu werden. Drinnen rumorten noch die Möbelpacker von der Speditionsfirma. Sie waren gerade dabei, den Flügel durch das Wohnzimmer zu schleppen. Aber lange würde es nicht mehr dauern, nein, nicht mehr lange ...

Unterdessen versuchte er, sich weitere Einzelheiten ihres Zimmers einzuprägen. Das verschlungene Muster, das sie offenbar selbst an die Wand gezeichnet hatte ... die Farbe ihrer Vorhänge ... die Fotos auf dem geschnitzten Regal über ihrem Bett. Die Frau in dem überfüllten Konzertsaal, das musste ihre Mutter sein, die Pianistin.

Er lächelte ein wenig. Es hatte etwas seltsam Verbotenes an sich, sich an all diese Dinge zu erinnern, fast als dränge er in einen Bereich ihrer Persönlichkeit ein, der ihn eigentlich nichts anging. Doch sie hatte ihn eingeladen, nicht wahr? Er sollte gewisse Dinge über sie wissen ...

Und dann drang plötzlich die Musik wie ein zarter Windhauch an sein Ohr. Zuerst klimperte Lilly nur ein wenig herum, dann fanden sich die Töne zusammen, verwoben sich zu einem hauchfeinen Gespinst aus silbrigen Klängen, einem seidig melodiösen Gewebe. Wie ein Band schlängelte sich ihre Musik zu ihm, umfing ihn, berührte ihn, zarte Finger streckten sich nach ihm aus und sangen unter seiner Haut. Er spürte das Echo ihrer Klänge in jeder Faser seines Körpers, und seine Seele erzitterte in wonnigem Schauder.

Zunächst war ihm die Melodie fremd, sie improvisierte, erzählte von Gefühlen, Gedanken und Erlebnissen, die er nicht erahnen konnte. Dann aber zuckte er voll freudigen Schreckens zusammen, als er ihr Lied wiedererkannte. Es war das Stück, das er mit ihr zusammen in der Schule gespielt hatte! Sie hatte es sich gemerkt, es hatte sich in ihrem Herzen eingepflanzt, ein Stück aus seiner Welt, ein Stück von ihm – in ihr.

Das war mehr als er je hätte erwarten können. Ganz unruhig vor Begeisterung setzte er sich auf, vergaß seine Umgebung und die Gefahr, entdeckt zu werden und lauschte begierig, sog jeden einzelnen Ton in sich auf wie ein vom Austrocknen bedrohter Schwamm die Wassertropfen. Fast wünschte er, er hätte die Klänge einfangen können. Niemals würde er mit Lilly zusammen sein können, doch wenn sie spielte, dann schien es fast, als wäre sie bei ihm, und jeder Akkord war ein Geschenk ihrer Seele für ihn.

Alahrian schaffte es erst, fortzugehen, als er spürte, wie sich in der Erde unter ihm etwas regte, wie jedes Samenkorn, jede Zwiebel, jeder Trieb, an die Oberfläche emporzustreben begann, um unter dem Gefühl seiner unbezähmbaren Glückseligkeit zu erblühen. Hastig sprang er auf, es war nun wirklich an der Zeit zu verschwinden, doch trotzdem zögerte er noch einen Moment lang. Die zitternden Regungen der Pflanzen in Lenas Garten erinnerten ihn an etwas – und er konnte einfach nicht widerstehen. Es war albern, kindisch und riskant, doch Alahrian war keineswegs in der Stimmung, vernünftig zu sein.

Aufmerksam sah er sich um. Niemand war in der Nähe. Er lauschte angestrengt, doch diesmal nicht auf Lillys Spiel. Ihr Vater und ihre Stiefmutter unterhielten sich halblaut in der Küche. Sonst war keiner da.

Blitzschnell nahm Alahrian Anlauf, stieß sich vom Boden ab und sprang mit einem einzigen Satz zielsicher auf den Balkon, um lautlos wie eine Schlange am Geländer hinabzugleiten. Seine Erinnerung täuschte ihn nicht. Lilly hatte vorhin die Balkontür zwar zugeschlagen, aber nicht verschlossen, er musste nur das Glas antippen, um die Tür aufzustoßen und geschmeidig hindurchschlüpfen, um in ihrem Zimmer zu stehen.

Er lächelte, als sein Blick sogleich auf das Zielobjekt dieses kleinen Einbruchs fiel. Er stand noch an seinem Platz, der hässliche, mit nadelspitzen Stacheln gespickte Kaktus. Der Kaktus, der nicht blühen wollte. Aus seinem Lächeln wurde ein Grinsen, es war eine der wenigen Gelegenheiten, zu denen er sich voll und ganz daran erfreute, was er war, und mit kindlicher Eitelkeit mit seinen eigenen Talenten spielte. Langsam streckte er die Hand aus, ließ ein wenig von seinem Leuchten unter der Haut emporwallen und streichelte den Kaktus mit mildem, orangefarbenem Licht. Keine zwei Sekunden später wuchs zwischen den abweisenden Stacheln ein winziger Trieb empor, und als Alahrian erneut die Hand ausstreckte, da öffnete sich eine große, weinrote Blüte wie ein junger Stern am Firmament. Zufrieden zog Alahrian die Hand zurück.

Eine Pfote kratzte sanft an seinem Hosenbein, ein leises Winseln erklang. Ein bisschen erschrocken drehte Alahrian sich um, doch es war nur der Hund, der zum Spielen gekommen war. Aus großen, braunen Augen blickte er den Eindringling an.

„Pssst ...“, machte Alahrian und legte den Finger über die Lippen. „Das wird nicht verraten, ja?“ Behutsam streichelte er dem Hund über den Kopf. „Das hier bleibt unser Geheimnis ...“

Lilly konnte kaum abwarten, bis die Möbelpacker den Flügel entladen hatten, es war wie die Begegnung mit einem alten Freund, den man allzu lange nicht gesehen hatte, aufregend, herzklopfend und von einer leisen, kribbelnden Nervosität begleitet. Als sie endlich allein im Wohnzimmer war, allein mit sich und dem Instrument, da fanden ihre Finger die Tasten wie von selbst, nahezu ohne ihr Zutun, als wären sie Bestandteil des eigenen Körpers, ein Teil von ihr. Sie fühlten sich warm an, warm und lebendig, ein bisschen unvertraut nach all der Zeit, und die Töne wollten zunächst nur spröde kommen. Dann dachte sie an Alahrian, wie er direkt neben ihr gestanden hatte, eine seltsame Hitze ausstrahlend. Er hatte nach Wind und Meer und Sonnenschein gerochen, nach Wald und Gras und Erde, ein Duft, den sie nie zuvor derart intensiv wahrgenommen hatte, der nun jedoch eine fast unerklärliche Sehnsucht in ihr weckte, wie etwas, an das sie sich kaum mehr erinnern konnte, das ihr plötzlich aber schmerzlich fehlte. Und instinktiv, einem Zwang gehorchend, den sie nicht begreifen konnte, glitten ihre Töne in weichere, lieblichere Gefilde empor. Eine leise Melodie entspann sich unter ihren Fingern, wogte golden und glänzend durchs Zimmer und riss Lillys Gedanken sanft mit sich fort. Es dauerte einen Moment lang, bis sie die Klänge erkannte, die sich da aus ihrem Inneren lösten: Es war Alahrians Melodie gewesen, das Lied, in das er sie am ersten Schultag entführt hatte.

Fast erschrocken nahm sie die Finger von den Tasten. Sie hatte die Zeit verloren, fast eine halbe Stunde lang hatte sie gespielt, ganz ohne es zu bemerken. Jetzt stand sie auf, ein wenig benommen, doch anstatt in die Küche zu gehen, wie sie es ursprünglich vorgehabt hatte, blieb sie unvermittelt auf dem Flur stehen. Ihr Vater sprach in der Küche halblaut mit Lena, keineswegs ungewöhnlich, ein Wort jedoch ließ Lilly zusammenzucken und sofort aufhorchen: Alahrian!

Sie sprachen über ihn ...

Lilly hielt unwillkürlich den Atem an. Ihr Herz begann zu klopfen, selbst die Erwähnung seines Namens genügte, um sie ein klein wenig außer Fassung zu bringen, töricht wie sie war.

„Was ist das überhaupt für ein Junge?", erkundigte sich ihr Vater gerade. „Kennst du seine Eltern?"

„Seine Eltern sind tot." Lena klang, als wäre ihr das Thema ein wenig unangenehm. Oder als hätte sie Fragen dieser Art bereits mehrmals beantworten müssen ... „Er lebt bei seinem Bruder."

Lilly konnte das Stirnrunzeln ihres Vaters geradezu durch die geschlossene Küchentür sehen. „Hmmm ...", grummelte er unzufrieden. „Schwierig, solche Kinder aus derart tragischen Familienverhältnissen, findest du nicht? Nehmen die nicht irgendwann alle Drogen? Oder werden kriminell?"

Lilly sog scharf die Luft ein. Eine heiße Woge von Zorn brannte ihr plötzlich in der Kehle, aber sie rührte sich nicht.

„Ich kann mir nicht vorstellen, dass er Drogen nimmt", beschwichtigte Lena behutsam. „Er kann doch nichts dafür, dass seine Eltern gestorben sind. Mir tut er leid, der arme Junge."

Der arme Junge ... Lilly hatte genug gehört. Sie hatte also die Wahl zwischen einem drogensüchtigen Kriminellen und einem armen Jungen ... Dabei war Alahrian nichts dergleichen. Er war ... er war ...

Lilly fand keine Worte dafür. Mit einem Mal den Tränen nahe, wandte sie sich ab, lief die Treppe hinauf in ihr Zimmer und knalle unwirsch die Tür hinter sich zu. Wilbur, der vor der Balkontür lag und nach draußen starrte, als wolle er den Mond anheulen, gab ein leises Winseln von sich.

Lilly ließ sich aufs Bett fallen.

In diesem Augenblick bemerkte sie den Kaktus. Er hatte zu blühen begonnen, eine große, prachtvolle Blüte, wie ein Stern, der urplötzlich am

Nachthimmel aufgegangen war. Wow ... Der Sturz schien der hässlichen, alten Pflanze ja gut bekommen zu sein. Oder hatte es irgendwie mit dem Standort zu tun?

Sie hatte keine Ahnung. Doch der Anblick besänftigte ihr Gemüt ein wenig.

Wilbur schlenderte mit hängenden Ohren auf sie zu, hopste mit einiger Anstrengung aufs Bett und ließ sich von ihr den Rücken kraulen. Seine großen Hundeaugen wirkten traurig. Als hätte man ihm den Fressnapf unter der Schnauze weggezogen. Erwartungsvoll starrte er zur Tür, dann zum Balkon.

„Du magst ihn, nicht wahr?", flüsterte Lilly und empfand die Gegenwart des Hundes plötzlich als ausnehmend tröstlich. „Du magst ihn auch ..."

Seufzend ließ sie sich in die Kissen sinken und starrte nachdenklich die Decke an.

Thrilltime

Samhain ... Halloween, wie man es jetzt nannte. Die Nacht, in der Geister, Hexen und dämonische Wesen auf Erden wandelten, um dort ihr Unwesen zu treiben ...

Morgan lächelte geringschätzig, während er sich die Legenden der Sterblichen noch einmal durch den Kopf gehen ließ. Sie wussten so viel, die Sterblichen. Und gleichzeitig so wenig. Lässig lehnte er sich gegen eine Hauswand, zündete sich eine Zigarette an und beobachtete das erstaunlich bunte Treiben auf der dunklen, zugigen Straße. Eine Gruppe von Vampiren mit Plastikzähnen streifte ein paar Meter entfernt vorbei, dahinter ein unter einem Bettlaken verhülltes Gespenst, neben einer Laterne stand Frankensteins Monster mit Gummimaske. Und direkt über seinem Kopf blinzelte ein beleuchteter Kürbis grinsend in die Dunkelheit hinein.

Morgan warf dem Kürbis einen verächtlichen Blick zu, während er einer Gruppe bunt geschminkter Kinder auswich. Manchmal waren die Menschen schon merkwürdig. Wie sie da feierten und sich verkleideten und sich vor Zombies und Untoten aus irgendwelchen lächerlichen Horrorfilmen gruselten. Von den wahren Monstern hatten sie keinen blassen Schimmer. Keiner dieser Sterblichen ahnte auch nur im Geringsten in welch grässlicher, welch tödlicher Gefahr er schwebte.

Die alten Mythen und Legenden waren längst vergessen.

Samhain. Halloween. Der Tag, an dem die Tore zwischen den Welten sich zu öffnen drohten, an dem die dunklen Schatten, ewig verdammt, eingesperrt in die finsteren Kerker der Hohlen Hügel, hervorbrechen wollten, um sich zu rächen an den Menschen und ihrer Welt ... Jedes Jahr das selbe Spiel, sogar zweimal im Jahr.

Unwillkürlich schnippte Morgan seine Zigarette in einen Gully, schloss die Augen und tastete in Gedanken nach der Energie, die heute Abend über dem gesamten Städtchen lag wie ein unsichtbares, lautlos pulsierendes Spinnennetz. Das Zentrum dieses Netzes lag über der Villa, ein glühendes, wogendes Knäuel, das winzige, hauchfeine Fäden in alle Himmelsrichtungen aussandte. Keiner dieser Fäden war beschädigt. Das Netz war dicht und stark und leuchtend. Alahrian hatte alles im Griff. Seine Magie würde die Tore verschlossen halten, auch in dieser Nacht würden die Schatten nicht entkommen.

Natürlich entschlüpften jedes Mal einige ihrer Dienerwesen, doch Morgan hatte sich bereits darum gekümmert. Vor einer Stunde etwa hatte er im Wald zwei kleine Fenririm erledigt, einen größeren in der Nähe der Kapelle. Seine Schulter brannte noch ein bisschen, wo die Klaue des Untiers ihn gestreift hatte, die Platzwunde auf der Stirn jedoch war bereits verschorft. Er hatte sich nicht die Mühe gemacht, sich das Blut aus dem Gesicht zu wischen. Es war schließlich Halloween, nicht wahr? Eine bessere Verkleidung konnte er sich gar nicht wünschen ...

Morgan zog seine Gedanken von den unsichtbaren Lichtfäden zurück, um den Bruder in seiner Konzentration nicht zu stören. Alles war in Ordnung. Die Straße lag ruhig und friedlich vor ihm, die Menschen gingen ungerührt ihren Beschäftigungen nach. Seufzend zündete er sich eine weitere Zigarette an. Beinahe ermüdete ihn das Ganze. Gegen einen richtigen, ordentlichen Kampf hätte er durchaus nichts einzuwenden gehabt, süße kleine Abwechslung gegen den öden Alltag. Wäre Alahrian nicht gewesen, er wäre längst von hier verschwunden. Vielleicht wäre er wieder zur Armee gegangen. Andererseits: Die Kriege, die die Sterblichen heutzutage führten, waren auch nicht mehr das, was sie einst waren. Um Ehre, um Ruhm, um Freiheit oder Gerechtigkeit ging es überhaupt gar nicht mehr. Nein, vielleicht doch nicht die Armee ... Doch solche Überlegungen waren ohnehin müßig. Er konnte Alahrian mit den Toren nicht allein lassen. Das hätte bedeutet, einen Freund im Stich zu lassen, und wenn es etwas gab, was ein döckalfar niemals tun würde, dann war es, einen Freund im Stich zu lassen. Natürlich hätte sich Morgan eher die Zunge abgebissen als es zuzugeben, doch der kleine Leuchtkäfer war ihm im Laufe der Jahrhunderte sonderbar ans Herz gewachsen. Nein, er konnte hier nicht weg.

So beobachtete er gelangweilt die maskierten und unmaskierten Gestalten auf der Straße, zählte die vereinzelten Regentropfen auf dem asphaltierten Pflaster und rauchte eine Zigarette nach der anderen, während er darauf wartete, dass irgendetwas geschah. Seine Gedanken schweiften ab, gerade überlegte er, ob er sich zur Abwechslung in der Kneipe ein wenig aufwärmen sollte und beinahe war er schon dabei, sich in Bewegung zu setzten, dann aber ... Dann hörte er den Schrei.

„Du solltest heute Abend besser nicht nach Dunkelwerden allein nach draußen gehen“, hatte Alahrian sie in der Schule gewarnt. „An Halloween treiben sich die merkwürdigsten Gestalten in der Stadt herum.“

Lilly hatte das für einen Scherz gehalten, für einen halbherzigen Versuch, ihr ein wenig Angst einzujagen. Es hatte nicht funktioniert. Lilly hielt nicht besonders viel von Geistergeschichten und noch weniger hielt sie von albernen Kostümchen und ausgehöhlten Kürbissen. Deswegen war sie auch nicht auf die Halloween-Party gegangen. Anna-Maria auch nicht. Thommy hatte sie eingeladen, aber sie hatte noch immer Hausarrest. Heute Abend war er allerdings zur Feier des Tages etwas gelockert worden, so dass sie immerhin Besuch empfangen durfte. Und da sie ohnehin nicht vorgehabt hatte, auszugehen, hatte Lilly ihr gerne in ihrem Zimmer Gesellschaft geleistet. Mit Knabberzeugs, Eiscreme und drei reichlich dämlichen Horrorfilmen, die Anna-Maria weiß Gott wo aufgetrieben hatte.

Lilly vergrub die Hände in den Hosentaschen, schlug den Kragen ihrer Jacke hoch und beschleunigte ihre Schritte, um zu Hause zu sein, bevor der feine, empfindlich kalte Nieselregen erneut einsetzte. Die kleine Seitengasse – ein Umweg, der ihr einige Minuten Zeit sparte – war menschenleer. In einigen Häusern aber brannte noch Licht, es war noch nicht allzu spät, halb zehn oder so. Lilly war sonderbar froh darum. Bis auf die matte Helligkeit der Fenster, die wie blinzelnde Augen auf die Straße herabzustarren schienen, war es in der Gasse fast völlig dunkel. Mehre Laternen waren ausgefallen.

Unwillkürlich glitt ein Schauder über ihren Rücken. Waren das Schritte hinter ihr? Lilly blieb stehen, widerstand aber der Versuchung, sich umzudrehen. Nein, keine Schritte. Jetzt war alles ganz ruhig. Albern, wie sie war! Es war das Klacken ihrer eigenen Absätze, vor dem sie zurückgezuckt war. Wie konnte man sich nur so dumm benehmen! Nein, sie hielt nicht viel von Geistergeschichten und normalerweise war sie auch nicht über die Maßen ängstlich. Nach drei Horrorfilmen, auf einer dunklen, verlassenen Straße jedoch ...

Lillys Herz schlug ein wenig schneller, ohne ihr Zutun beschleunigte sich ihr Schritt. Vielleicht hätte sie doch an der Hauptstraße entlang laufen sollen ... Dort, hinter dem großen Busch, da könnte sich leicht jemand verbergen, ein Serienkiller mit Eishockeymaske zum Beispiel ...

Oder ein Zombie ... Das war wirklich eklig gewesen, wie der Zombie die Cheerleaderin gefressen hatte, brrr ...

Aber natürlich gab es keine Zombies! Und schon gar nicht in diesem bayerischen Kaff! Bei Serienkillern konnte man da allerdings nicht so sicher sein ...

Sich selbst zur Ordnung rufend rammte Lilly die Hände tiefer in die Taschen ihrer Jacke. Das winzige Tränengasspray, das ihr Vater ihr zu Zwekken der Selbstverteidigung gekauft hatte, wäre jetzt gewiss sehr hilfreich gewesen. Es lag zu Hause in einer ihrer Schreibtischschubladen ...

Lilly zuckte heftig zusammen. Hinter dem Busch bewegte sich etwas! Ihr Herzschlag setzte einen Moment lang aus und hämmerte dann umso heftiger weiter.

Zwei Sekunden später kam sie sich unglaublich dämlich vor, als ein kleiner, schwarzer Schatten auf flinken Beinchen über die Straße flitzte. Ein Marder ... Es war nur ein Marder gewesen ...

Was hatte sie auch erwartet? Graf Dracula persönlich? Nie wieder Horrorfilme, so viel stand fest!

Beinahe schwindelig vor Erleichterung lief sie weiter. Nur wenige Meter entfernt war schon wieder Licht zu sehen, die Straßenbeleuchtung des Stadtzentrums. Dort würden gewiss auch Leute unterwegs sein. Und dann war es auch nicht mehr weit bis nach Hause.

Lilly lief noch ein bisschen schneller, der feuchte Asphalt glänzte vor ihr im matten Zwielicht, eine blasse Mondsichel spiegelte sich in einer dunklen Pfütze.

Und dann schob sich plötzlich eine zerfranste, grau-schwarze Wolke vor den Mond. Lilly konnte es in der Oberfläche des seichten Wassers erkennen wie in einem Spiegel. Unvermittelt hob sie den Blick zum Himmel. Unzählige, winzige Sterne blinkten silbrig weiß in der samtenen Dunkelheit, der Mond stand, bleich und spitz über ihr. Keine Spur mehr von einer Wolke ...

Irritiert starrte Lilly erneut in die Pfütze. Was sie für die Spiegelung einer Wolke gehalten hatte, hatte sich jetzt zu rauchfarbenem Nebel erhoben, schwebte über der Pfütze wie Dampf über einer kochenden Flüssigkeit. Die Straßenlaternen flackerten.

Lilly keuchte entsetzt, wild sah sie sich um, doch da war nichts. Niemand war zu sehen. Es ist nur eine defekte Glühbirne, weiter nichts ..., dachte sie, sich selbst beruhigend. Es ist nichts, gar nichts ...

Doch die Schatten der Hauswände, eben noch nichts als Schatten, erschienen ihr plötzlich düster und bedrohlich. Viel mehr als Schatten ... Irrte sie sich oder bewegte sich da etwas in der Dunkelheit? Die Schatten schienen zu wachsen, sich zu verdichten, krochen langsam, unendlich langsam auf sie zu. Der Nebel über der Pfütze begann jetzt, fester zu werden, beinahe so, als wolle er Gestalt annehmen ...

Schaudernd wich Lilly zurück.

Die Schatten folgten ihr.

Sie wollte losrennen, wollte laufen, rennen, rennen, so schnell sie nur konnte, aber ihre Beine gehorchten ihr nicht. Rasend hämmerte ihr Herz in der Brust, sie atmete schnell, keuchend, starrte aus weit aufgerissenen Augen in die Schatten. Etwas bewegte sich dort, da war sie ganz sicher. Etwas kroch auf sie zu, griff mit langen, dunklen Spinnenhänden nach ihr, und dann ...

Dann erloschen die Straßenlaternen alle auf einen Schlag.

Und Lillys Lippen entwich ein gellender, keuchender Schrei ...

Blitzschnell fuhr Morgan herum, setzte sich geschmeidig in Bewegung und rannte mit weit ausgreifenden Schritten die Straße entlang, bereits im Laufen nach seiner Waffe tastend, aber noch ohne sie zu ziehen. Jemand, der wegen ein paar betrunkener Jugendlicher ein Schwert unter dem Mantel hervorzerrte, wäre sogar an Halloween unangenehm aufgefallen ...

Doch es waren keine betrunkenen Jugendlichen. Er spürte es, noch bevor er dem Schrei ganz folgen konnte, noch bevor das Geräusch ihn an den Ort des Geschehens führte. Eine der Seitengassen war zu dunkel. Jede einzelne Straßenlaterne war erloschen, völlige Finsternis hatte sich über die Gasse gesenkt. Das war eigentlich unmöglich. Es war noch immer nicht sehr spät, in den Häusern der Menschen brannte noch Licht, doch es schien, als würden die Lampen einfach keine Helligkeit ausstrahlen. Als würde das Licht aufgesogen von etwas anderem, etwas Finsterem, etwas, das mehr war als Dunkelheit, tiefer, lebendiger ... bedrohlicher ...

Morgan konnte es fühlen, mit jeder einzelnen Faser seines Körpers. Knisternde Energie hatte sich wie eine Pestwolke über dem Platz ausgebreitet, nicht Alahrians zitterndes, mild glänzendes Netz, sondern ein zorniger, bösartiger Hauch, der in den Lungen brannte, die Augen verklebte wie mit Pech getränkter Nebel. Stimmen wisperten in der Dunkelheit, weit entfernt, doch deutlich zu vernehmen, direkt in seinen Kopf:

Komm zu mir ... Ich weiß, dass du es willst ... Öffne das Tor ... Öffne das Tor ...

Morgan ballte die Hände zu Fäusten, bis sich seine Fingernägel tief in die Haut gruben. Der Schmerz half ihm, die Stimme auszublenden und sich auf das zu konzentrieren, was vor ihm lag. Sie sind nicht real, sagte er sich stumm. Es sind nur Schatten ... Nichts als Schatten ...

Und im Zentrum dieser Schatten, die um so vieles stofflicher, so viel greifbarer waren, als eigentlich möglich, stand eine Gestalt. Klein, schlank und schutzlos, die hellen Augen vor Angst geweitet, selbst in der Finsternis konnte Morgan die Augen erkennen, konnte die Furcht spüren, das hektische Schlagen eines bebenden Herzens hören.

Verdammt!

Mit zwei, drei raschen Schritten war er heran, streckte die Hände aus und zerrte mit aller geistigen Gewalt, die er aufbringen konnte, an den Schatten. Es war, als wolle man Dutzende sich windender Krakenarme von ihrer bereits sicher geglaubten Beute losreißen und das allein mit der Kraft der eigenen Gedanken. Die Schatten kreischten und schrien. Zähflüssiger Sirup schien Morgans Gehirn zu durchdringen, ihn schwindelte, und einen Moment lang dröhnte die körperlose Stimme direkt in seinem Kopf, und Schmerz explodierte mit ungeahnter Wucht hinter seiner Stirn.

Morgan biss die Zähne zusammen und zog weiter an den unsichtbaren Fäden. Ein döckalfar nährte sich von purer Energie, einem Menschen hätte er innerhalb weniger Sekunden seine gesamte Lebenskraft rauben können, lautlos und vollkommen schmerzfrei. Doch die Energie der Schatten stammte nicht von einem Menschen.

Die Schatten wehrten sich, peitschten wie mit eisigem Wind in sein Gesicht, schienen ihm den Schädel sprengen zu wollen mit ihrem Kreischen. Dunkelheit hüllte ihn ein, kalte Finger, körperlos und tödlich, berührten seine Haut, Finsternis erstickte ihn.

Dann plötzlich war da noch etwas anderes. Es war nur ein winziges Gespinst, ein hauchfeiner, goldfarbener Schimmer.

Alahrian!

Ein Hauch von Licht brach durch die Dunkelheit, ein einzelner, verlorener Sonnenstrahl in der Schwärze der Nacht.

Die Schatten zerplatzten wie eine Eisplatte, die unvermittelt von einem Vorschlaghammer zertrümmert wird. Funken von Schwärze sprühten über den Platz, eine brodelnde, wütende Masse von Energie entlud sich mit einem lautlosen Schlag und erfüllte die Luft mit metallischem, spannungsgeladenem Knistern.

Morgan hob wieder die Hände, und diesmal konnte er die Energie durch die Handflächen einsaugen wie Alahrian das Licht, wie ein trockener Schwamm die Wassertropfen. Es brauste und toste in seinem Kopf, einen Moment lang verkrampften sich seine Muskeln, sein rebellierendes Blut kochte, seine Lungen wollten versagen. Es war nie gut, Energie von den Schatten zu trinken, hinterher fühlte er sich dafür umso stärker, fast berauscht von der dunklen Macht, die ihn erfüllte. Sein Herzschlag war beschleunigt, die Pupillen erweitert, ihm war schwindelig wie von einem süßen Glas Wein, und er brauchte einige Augenblicke, bis er sich wieder gesammelt hatte.

Gerade in dem Moment, in dem er sich zitternd aufrichtete, seine Gedanken nach seiner Umgebung abtastete, doch nichts erkennen konnte außer Alahrians goldenem Kraftnetz, gingen die Lichter der Straßenlaternen wieder an.

Die Gasse lag völlig ruhig und unberührt vor ihm, als wäre nichts geschehen. Insgesamt konnte der Vorfall kaum mehr als wenige Sekunden lang gedauert haben, der flüchtige Hauch eines Alptraums, lautlos und vergänglich. Morgan schüttelte sich schaudernd, fuhr sich mit der Hand über die Stirn, straffte die Schultern und wandte sich erst dann der verlorenen Gestalt im Zentrum der Gasse zu.

Es war niemand anderes als das Mädchen, welches Alahrian so den Kopf verdreht hatte, und aus irgendeinem Grund wollte Morgan das nicht so recht überraschen. Die Kleine sah ängstlich aus, ihr Gesicht war bleich, die Augen dunkel vor Schreck, ansonsten jedoch schien sie unversehrt.

Morgan trat mit wiegenden Schritten näher, blickte sie direkt an und sagte freundlich: „Hallo ... Lillian." So hieß sie doch, oder?

Das Mädchen antwortete nicht. Keuchend starrte sie ihn an, wich vor ihm zurück, als hätte er ihr eine Pistole unters Gesicht gehalten. „Komm mir nicht zu nahe!", schrie sie drohend und hob in einer seltsam abwehrenden Geste die Hände, die erstaunlicherweise keineswegs lächerlich wirkte.

Mut schien sie zu haben, auch wenn sie völlig durcheinander war.

Morgan blieb stehen und hob ebenfalls die Hände, zum Zeichen, dass er ihr nichts tun wollte. „Hey ... ganz ruhig", schnurrte er sanft. „Du kennst mich doch! Ich bin Alahrians Bruder."

Einen Moment lang musterte sie ihn misstrauisch. Morgan sah das Zögern in ihren Augen und fragte sich flüchtig, wie er wohl auf sie wirken mochte, ein ganz in Schwarz gekleideter Typ in einer dunklen Gasse mit deutlich sichtbaren Blutspuren im Gesicht. Er war ein Fremder für sie, ein nicht gerade vertrauenserweckender Fremder noch dazu ...

Unwillkürlich trat er wieder einen Schritt zurück.

Die Erwähnung Alahrians jedoch ließ sie immerhin inne halten, wie auf ein Zauberwort hin löste der Schleier der Frucht sich von ihren Augen und nur eine gewisse Vorsicht blieb zurück. „Was war das eben?", fragte sie, gehetzt, aber nicht panisch.

Morgan wusste nicht, was er darauf antworten sollte, also zog er nur lässig fragend eine Augenbraue hoch.

„Plötzlich waren da diese Schatten", fuhr sie fort, und nun schlich sich wieder ein Flackern in ihre Augen. „Und ... und irgendetwas war in den Schatten ... und ... und dann wurde es plötzlich dunkel ... und ..." Verwirrt brach sie ab.

Morgan warf einen Blick zu den Straßenlaternen hoch, zuckte mit den Schultern und bemerkte betont gleichmütig: „Ja, die Straßenbeleuchtung ist ziemlich marode hier. Das passiert andauernd."

Allmählich fand er in seine alte Selbstgewissheit zurück und er spürte, wie diese Attitüde auch Lilly eine Form von Sicherheit verlieh. Einen Herzschlag lang blickte sie ihn noch aus dunklen, geweiteten Augen an, dann gewann sie vernehmlich an Fassung und bemerkte, verlegen, doch allmählich in die Realität zurückkehrend: „Ja, sicher ..." Errötend verzog sie das Gesicht. „Diese ganzen Horrorfilme heute Abend waren wohl doch keine besonders gute Idee. Ich drehe ja noch völlig durch ..."

Morgan atmete erleichtert auf. Sie gab also sich selbst die Schuld. Sie hatte nichts gesehen außer ein paar Schatten. Den Rest hielt sie für bloße Einbildung, Produkt ihrer überspannten Phantasie. Das war gut, er hatte sich schon vorgestellt, wie er die Kleine zu Alahrian schleifen musste, um ihn zu zwingen, das Gedächtnis seiner süßen Freundin zu manipulieren. Das hätte gewiss interessant werden können ...

Morgan unterdrückte ein Schnauben und wandte sich wieder Lillian zu. Sie musterte ihn aufmerksam und noch immer ein wenig skeptisch.

„Was hast du hier gemacht?", erkundigte sie sich prompt.

„Ich habe dich schreien gehört ..." Salopp winkte Morgan ab. „Und weil ich so ein aufmerksamer, charmanter Kavalierstyp bin, wollte ich nachsehen, was passiert ist und der Dame in Nöten zu Hilfe eilen ..." Er lächelte neckisch.

Lilly blinzelte. „Ähm ... danke", sagte sie trocken und ganz und gar unbeeindruckt.

Da hatte er wohl etwas dick aufgetragen ... Morgan seufzte innerlich.

„Wie siehst du überhaupt aus?", fragte Lilly neugierig. Ihre Furcht schien sie völlig vergessen zu haben, nicht jedoch ihr Misstrauen ihm gegenüber. „Hast du dich geprügelt?"

Morgan feixte. So ähnlich, ja ... „Es ist Halloween, schon vergessen?", bemerkte er laut. „Das ist nur Make-up." Zum Beweis fuhr er sich mit der Hand über die Stirn, wischte dabei das eingetrocknete Blut weg und zeigte ihr, dass keine Wunde darunter zu sehen war. Die Verletzung war natürlich längst verheilt, gottlob.

Lilly nickte anerkennend. „Wow. Das sah ziemlich echt aus."

„Ja." Morgan zündete sich eine weitere Zigarette an, nahm, um Zeit zu gewinnen, einen tiefen Zug und fragte dann unvermittelt: „Soll ich dich nach Hause bringen?" Alahrian würde ihn vierteilen, wenn er erfuhr, dass er seine kleine Freundin hatte fortgehen lassen ohne ausreichend für ihre Sicherheit zu sorgen.

Lilly jedoch zögerte. „Danke, aber das geht schon."

Morgan verzog die Lippen zu einem Schmollen. Sein ganzer Charme prallte an diesem Mädchen ab, das war offensichtlich. Sie traute ihm nicht und das kränkte ihn beinahe. Aber nur beinahe, natürlich. „Komm schon", versuchte er, sie umzustimmen. „Nur um dich vor den Monstern zu retten ... Den Vampiren und Zombies und Werwölfen ..." Es hatte ein Scherz sein sollen, verunsicherte sie aber erneut.

„Also gut", meinte sie endlich. Offensichtlich erschien er ihr gegenüber der schattenhaften Bedrohung und ihrer eigenen Furcht als das kleinere Übel. „Aber nur bis zur Haustür, okay?", fügte sie streng hinzu.

Oh ... Da war ihm wohl ein gewisser Ruf voraus geeilt ... Morgan grinste frech und deutete eine Verbeugung an. „Ich bin der vollendete Gentleman."

Schweigend lief Lilly ihm voran. Morgan beobachtete sie amüsiert. Glaubte sie wirklich, er wolle sie verführen, überfallen oder sonst etwas Unsittliches mit ihr anstellen? Machte er einen derart verruchten Eindruck auf sie? Lächelnd musterte er sie genauer. Sie war klein, selbst für einen Menschen, und außergewöhnlich zierlich. Ihre Bewegungen waren die einer Balletttänzerin, von einer unbewussten, aber recht anziehenden Anmut. Das Gesicht schimmerte blass, die Haut von einem sahnigen Alabasterton, die Augen groß, dunkel im fahlen Licht der Straßenlaternen, das Haar wirr und pechschwarz. Ja, sie war durchaus nicht ohne Reiz, er konnte nachvollziehen, was Alahrian an ihr fand – doch er wäre seinem Bruder in dieser Sache niemals in die Quere gekommen. Er konnte andere Mädchen haben und alle wären für ihn gleich bedeutungslos gewesen. Für Alahrian aber – für Alahrian schien sie die eine zu sein, die, die sein Herz zum Tanzen brachte. Er mochte es selbst noch nicht wissen, war zu sehr von Furcht erfüllt, um es sich einzugestehen, Morgan aber ahnte es längst.

„Wo ist dein Bruder?", fragte Lilly plötzlich, ganz so als habe sie gespürt, wie Morgan an ihn dachte.

„Alahrian?", vergewisserte sich Morgan unschuldig, nicht weil er so viele Brüder hatte, sondern weil er sehen wollte, wie sie auf die Erwähnung seines Namens reagierte. Und tatsächlich: Etwas in ihren Augen leuchtete auf, ein winziger Funke wie ein erblühender Stern, eine leise, kaum wahrnehmbare Weichheit schlich sich in ihre Züge, über die vollen, rosigen Lippen zuckte die winzige Andeutung eines Lächelns.

Morgan verkniff sich ein Grinsen. „Zu Hause", erklärte er wahrheitsgemäß. Und, um die Unterhaltung etwas weniger einsilbig zu gestalten, fügte er – nicht ganz so wahrheitsgemäß – hinzu: „Lernt für irgendeinen Mathetest oder so."

Hoppla, das war vielleicht nicht ganz so nett gewesen, überlegte er unwillkürlich. Das hörte sich ja an, als wäre Alahrian irgend so ein langweiliger, uncooler Streber! Andererseits: Sie schien auf langweilige, uncoole Streber zu stehen, denn ihr Gesicht nahm unvermittelt einen sanften, verträumten Ausdruck an.

Wow, dachte Morgan beeindruckt. Sie fährt voll auf den Kleinen ab ...

Belustigt beobachtete er das Mädchen einige Augenblicke lang, und er hätte sich gerne noch länger diesem äußerst interessanten Studienobjekt gewidmet, doch sie hatten ihr Haus bereits fast erreicht und ihm fiel keine glaubwürdige Ausrede ein, um diese Begegnung noch weiter in die Länge zu ziehen.

„Da wären wir", meinte Lilly denn auch. „Danke für's Heimbringen!"

„Gern geschehen." Morgan schenkte ihr ein Lächeln, von dem er wusste, dass es üblicherweise unwiderstehlich war. „Und lass dich nicht von Horrorfilmen schrecken!" Er zwinkerte vergnügt.

„Nein, sicher nicht ..." Sie schüttelte den Kopf, ein wenig verlegen, doch ohne sein Lächeln zu erwidern. „Okay", meinte sie unschlüssig, sich bereits halb der Haustür zuwendend. „Danke noch mal! Und ... gute Nacht!"

„Gute Nacht." Morgan drehte sich um, beobachtete verstohlen, wie sie die Tür aufsperrte und ins Haus schlüpfte, nur um ganz sicher zu sein, dass ihr nichts geschehen würde – und verschwand dann lautlos in der Dunkelheit.

Lilly zwang sich, sich nicht umzudrehen, während sie vor der Haustür nach dem Schlüssel suchte und ihn nervös ins Schloss steckte, zwang sich, Morgan nicht noch einmal anzusehen, obwohl sie seine Blicke im Nacken spüren konnte, so deutlich wie eine Berührung. Er war nett gewesen und sehr höflich, aber er war auch irgendwie ... unheimlich.

Nun ja, an diesem verrückten Abend schien ihr so manches unheimlich, selbst ausgefallene Straßenlaternen, aber trotzdem: Es war kaum zu glauben, dass ausgerechnet ein Typ wie Morgan Alahrians Bruder sein sollte. Die beiden ähnelten sich wie Tag und Nacht. Ja, dachte sie schaudernd, genau das war es. Während an Alahrian alles hell und freundlich wirkte, war sein Bruder merkwürdig dunkel. Schwarze Augen, schwarzes Haar, schwarze Lederklamotten. Wahrscheinlich wollte er genau diese Wirkung erzielen.

Egal. Lilly schüttelte den Kopf und damit das dumpfe Gänsehautgefühl ab, was ihr jetzt, da sie das warme, erleuchtete und mittlerweile sogar vertraute Haus betrat, umso leichter fiel.

War sie gerade wirklich auf einer dunklen, menschenleeren Straße in Panik geraten? Lächerlich!

Lilly kickte ihre Schuhe in den Flur, hängte ihre Jacke an der Garderobe auf und spähte, plötzlich sonderbar erleichtert, ins Wohnzimmer. Lena und ihr Vater saßen dort auf der Couch vor dem Fernseher, ein vertrautes, beruhigendes Bild, ein Bild, das die dunklen Schatten auf der Straße endgültig vertrieb und in das ferne Reich verschwommener Alpträume verbannte.

„Hey, Schneewittchen“, begrüßte ihr Vater sie aufgeräumt. „Wie war dein Abend?“

„Nett“, entgegnete Lilly, ein wenig ausweichend.

Lena deutete einladend auf den freien Fernsehsessel. „Magst du dich zu uns setzten? Wir haben Popcorn gemacht.“

Lilly schielte auf die blaue, randvolle Glasschüssel auf dem Beistelltischchen, dann auf den Fernseher. Eine lebende Leiche entstieg dort gerade ihrem weit geöffneten Grab. Sie schauderte. „Nein, danke“, erklärte sie abwehrend. „Ich geh nach oben. Gute Nacht!“

Sie hatte genug Horrorfilme gesehen für diesen Abend, eindeutig. Flink lief sie die Treppe hinauf in ihr Zimmer und sie hatte kaum die Tür geschlossen, als ihr Handy in der Hosentasche zu klingeln begann. Es war Anna-Maria.

„Hi, Lilly. Ich wollte nur fragen, ob du gut nach Hause gekommen bist.“

„Na klar. Bin schon da ...“ Lilly zögerte einen Moment, dann fügte sie hinzu: „Obwohl mir dieser Halloween-Kram langsam wirklich auf die Nerven geht. Auf dem Heimweg sind plötzlich alle Lichter ausgegangen, und ich bin richtig zu Tode erschrocken ...“

Anna-Maria kicherte. „Ja, die Straßenbeleuchtung ...“, seufzte sie wissend. „Die ist uralt! So was kann schon mal vorkommen.“

Lilly seufzte. Mit einem Mal kam sie sich noch alberner vor. „Morgan hat mich nach Hause gebracht“, erzählte sie schnell, weil sie wusste, dieses Thema würde Anna-Maria sofort ablenken.

Es funktionierte. Ein bisschen zu gut vielleicht. „Morgan? Was?!“ Ihre Stimme war schrill. „Hat er dich angemacht?“

„Nein!“ Hastig wehrte Lilly ab. „Er war nur höflich, das ist alles.“

Anna-Maria grummelte. „Mann, von dem würde ich mich auch gern mal retten lassen“, ächzte sie theatralisch. „Der Typ ist so was von cool ...“

„Ich weiß nicht“, entgegnete Lilly unbestimmt. „Dieses Machogehabe ist doch blöde!“

Anna-Maria ignorierte das. „Erzähl mir alles!“, bat sie schmachtend. „Komm schon!“

Lilly verdrehte die Augen. Hätte sie bloß nichts gesagt ... Ergeben ließ sie sich in ihren Lieblingssessel sinken und begann zu reden.

Beschützer

Es dämmerte bereits, als Morgan in die Villa zurückkehrte. Keine weiteren Schatten hatten sich gezeigt, im Städtchen war es ganz ruhig geblieben, als sei nichts geschehen. Er war schon auf dem Heimweg gewesen, als ihn im Wald ein weiterer Fenririm attackiert hatte. Diesmal war er nicht ganz so glimpflich davon gekommen, aber immerhin – das Biest war tot, seine Knochen würden innerhalb weniger Tage wieder zusammenwachsen, also was soll's?

Aber er war müde an diesem Morgen, das musste er sich eingeschehen, müde und ausgelaugt. Benommen zerrte er sein Schwert unter dem Mantel hervor, wischte es an dem zerfetzten Kleidungsstück ab und stellte es dann achtlos in den Schirmständer unter der Garderobe. Den schwarzen Ledermantel warf er in die Ecke, der war ohnehin nicht mehr zu gebrauchen. Er zuckte ein wenig zusammen, als ein scharfer Schmerz von seinem gebrochenen Schwertarm aus bis in die Schulter fuhr, doch er ignorierte es und schleppte sich stattdessen erschöpft in die Halle.

Wie zu erwarten schlief sein Bruder bereits. Bis in sein Zimmer war er offensichtlich nicht mehr gekommen, er hatte sich, völlig erledigt, wie es aussah, auf dem Sofa ausgestreckt und war sofort eingeschlafen. Einen Moment lang musterte Morgan ihn besorgt. Alahrians Hände waren verbrannt, sein Gesicht aschfahl, ansonsten jedoch wirkte er unversehrt. Er war nur erschöpft, mehr nicht. Das Monster im Keller war gebannt, für weitere sechs Monate. Morgan wusste, dass es so war, denn andernfalls ... andernfalls wäre keiner von ihnen mehr hier gewesen.

Flüchtig überlegte er, dem liosalfar sofort von dem kleinen Zwischenfall mit Lillian zu berichten, entschied sich dann aber doch, ihn lieber schlafen zu lassen. Alahrian brauchte jetzt Ruhe. Er musste ganz und gar ausgebrannt sein.

Dann aber bemerkte er die feinen, matt schimmernden Schweißperlen auf der Stirn des anderen, Alahrians Lider zuckten, ohne sich zu öffnen, er warf den Kopf zur Seite, seine Lippen bewegten sich.

„Lilly ...", stöhnte er, fast lautlos. „Lilly ... nein ... Lillian ..." Seine verbrannten Hände krallten sich in den Stoff des Sofas, eine schwache, rötlich schimmernde Helligkeit sammelte sich in seinen Fingerkuppen. Er schlief, aber es war kein sehr erholsamer Schlaf.

Langsam und sehr vorsichtig, als ginge es darum, eine Tretmiene zu umgehen, näherte sich Morgan dem Sofa und ließ sich behutsam daneben auf die Knie sinken.

Alahrian? fragte er direkt in dessen Gedanken hinein, um ihn möglichst sanft zu wecken, sanft genug, um keine Ladung gebündelter Lichtstrahlen direkt ins Gesicht geschleudert zu bekommen.

Der Bruder reagierte nicht. Alahrian? wiederholte Morgan, intensiver jetzt.

Der liosalfar gab ein unwilliges Murren von sich, drehte sich auf die andere Seite und fragte, ohne dabei richtig aufzuwachen, in Morgans Gedanken hinein: Wieso weckst du mich?

Und dann, keinen Herzschlag später, fuhr er plötzlich ruckartig aus dem Schlaf empor, mit einem Schlag hellwach. „Lilly“, murmelte er mit schreckgeweiteten Augen. Sein Blick, angstvoll verdunkelt, richtete sich flackernd auf Morgan. „Ist irgendetwas passiert? Was ist los?“

Alles in Ordnung, beruhigte Morgan ihn. Laut fragte er: „Du weißt nicht, was geschehen ist?“

Alahrian rieb sich mit der Hand über die Stirn, wie um eine Benommenheit zu vertreiben. „Ich hatte einen Traum ...“ Seine Stimme klang flach, als schliefe er noch immer. „Lilly ...“

„Die Schatten haben ihre Fühler ein wenig nach ihr ausgestreckt“, erzählte Morgan schnell. „Aber sie haben ihr nichts getan, keine Sorge. Sie ist in Sicherheit.“

„Nichts getan?“ Alahrians Tonfall wurde schriller. „Verdammt ...“ Er biss sich auf die Lippen. „Wenn sie sie in die Finger kriegen ... wenn sie ... wenn ...“

Er wurde bleich und konnte nicht weitersprechen. „Gewiss haben sie herausgefunden, was sie mir bedeutet“, ächzte er. „Und jetzt wollen sie ... sie wollen ...“ Wieder versagte seine Stimme.

„Wenn sie ihr etwas antun wollten, dann hätten sie es getan“, entgegnete Morgan ruhig und in fester Überzeugung. „Vielleicht waren sie nur neugierig. Lilly ist neu in der Stadt. Sie wollten eben wissen, mit wem sie es zu tun haben.“

Alahrian nickte abgehackt. „Hoffentlich hast du Recht.“ Er wirkte nicht beruhigt, doch er schien zu erschöpft, um sich noch weitere Sorgen zu machen. „Und du sagst, sie ist in Sicherheit?“, hakte er nach.

Morgan nickte. „Ich habe sie selbst nach Hause gebracht.“

Ein flüchtiges Lächeln huschte über Alahrians fahles Gesicht. „Das ist vielleicht auch nicht besser als den Erloschenen in die Hände zu fallen“, scherzte er, ungewöhnlich heiter, und Morgan zog unwillkürlich die Brauen hoch.

„Ich bin brav wie ein Lamm“, erklärte er abwehrend.

„Ja.“ Das Lächeln weitete sich zu einem Grinsen. „Wie eines mit Reißzähnen wie ein Fenririm.“

Morgan blinzelte unschuldig.

Alahrian seufzte tief und lehnte sich auf der Couch zurück. „Ich wünschte, ich wäre da gewesen“, stöhnte er. „Ich wünschte, ich hätte sie beschützen können.“

„Aber das hast du doch.“ Morgan lächelte sanft. „Dein Kraftfeld hat die Schatten geschwächt. Wärest du nicht gewesen, wäre ich gewiss nicht fertig geworden mit ihnen." Es fiel ihm überraschend leicht, das zuzugeben, es war eine nüchterne Feststellung, mehr nicht.

„Wow." In Alahrians Augen blitzte es amüsiert. „Hätte nicht gedacht, dass es etwas gibt, mit dem du nicht fertig wirst ..."

Morgan überging schulterzuckend die Spitze. „Nun, dieser magische Firlefanz liegt mir eben nicht ..."

„Apropos." Alahrian richtete sich auf. „Ich kann das hier in Ordnung bringen." Er deutete auf Morgans an mehreren Stellen gebrochenen Unterarm und zwinkerte. „Mit ein wenig magischem Firlefanz ..."

Morgan wollte abwinkend den Kopf schütteln, doch da hatte Alahrian bereits die Hand ausgestreckt. Mildes, milchig weiß glänzendes Licht umschloss die Wunde, wogte einen Moment lang um seine aufgerissene, blutbefleckte Haut und versickerte dann mit einem seltsam prickelnden Gefühl darunter. Morgan konnte spüren, wie sich die zersplitternden Knochen einrichteten und die Schwellung zurück ging. Um den Knochen wieder zusammen wachsen zu lassen, reichte Alahrians geschwächte Kraft in seinem momentanen Zustand nicht aus, doch die Verletzung hörte auf zu schmerzen und der gerichtete Knochen würde schneller heilen als normal.

Morgan lächelte dankbar. Alahrian jedoch war nach der Aktion – und nach allem, was er in dieser Nacht sonst noch durchgemacht haben mochte – endgültig erledigt. Er war so schwach, dass er für einige Sekunden sogar das Bewusstsein verlor und leblos in die Kissen zurücksank.

„Übernimm dich nicht", mahnte Morgan, als der liosalfar wieder die Augen öffnete.

„Mach ich nicht. Ich hab die ganzen Herbstferien, um mich zu erholen." Der Kleine grinste stolz. Er schien regelrecht berauscht vor Erschöpfung, anders konnte sich Morgan seine anhaltend gute Laune nicht erklären. Vielleicht war es auch nur das Adrenalin, das durch seine Adern jagte, dieses schwindelerregende, empor peitschende Gefühl der Erleichterung, wenn man einer tödlichen Gefahr gerade noch so entronnen war.

„Schlaf jetzt", sagte Morgan, plötzlich ganz großer Bruder.

Tatsächlich senkten sich Alahrians Lider bereits. Danke, flüsterte er, kurz bevor er einschlief, lautlos, in Morgans Kopf hinein. Danke, dass du Lillian beschützt hast. Ich schulde dir etwas.

Morgan lachte leise. Ich werd's mir merken, darauf kannst du wetten ...

Einige freie Tage, sonst freudig begrüßt, provozierten in Lilly eine höchst ungewöhnliche Ungeduld, endlich wieder zur Schule zu gehen. Am Wochenende hatte sie sogar einige Versuche unternommen, im Stadtzentrum herumzuspazieren, um dort vielleicht „zufällig" Alahrian über den Weg zu laufen, doch sie hatte keinen Erfolg damit. Umso aufgeregter war sie, als sie am Montagmorgen ins Klassenzimmer spazierte und ihn dort bereits in der vordersten Reihe sitzen sah. Das war merkwürdig. Normalerweise war er nicht derart überpünktlich. Aber er schaute gleich auf, als Lilly den Raum betrat, seine Augen strahlten, und ein verrückter Teil von ihr wollte sich einbilden, er sei einzig und allein ihretwegen so früh gekommen. Das war natürlich Blödsinn, und trotzdem hämmerte und flatterte es in ihrer Brust wie von einem durchgedrehten Uhrwerk.

Sie hatten Latein in der ersten Stunde, sie konnte dem herzklopfenden Jubel, ihn endlich wieder zu sehen also ganz und gar nachgeben und sich direkt neben ihn setzen.

„Morgen, Lilly." Sein Lächeln war atemberaubend, fast hatte sie vergessen, wie attraktiv er war, das verwässerte Bild ihrer Erinnerung hatte das Leuchten in seinen Augen, diese völlig unmöglichen, in allen Blautönen schimmernden Facettierungen nicht festhalten können.

„Hi, Alahrian." Sie hörte das Piepsen in ihrer Stimme und räusperte sich. Wenn sie ihn schon anschmachtete, dann musste sie es sich ja nicht gleich dermaßen deutlich anmerken lassen!

„Hast du die Ferien gut überstanden?", erkundigte er sich höflich.

„Sicher ..." Sein Blick machte sie ganz schwindelig, sie wusste gar nicht, was sie sagen sollte.

Einen Moment lang musterte er sie durchdringend, dann bemerkte er, mehr als nur gezwungen beiläufig: „Morgan hat mir von Halloween erzählt. Geht's dir ... gut?"

Es klang ganz belanglos, seine Augen jedoch nahmen einen intensiven Ausdruck an, als sei die Antwort auf diese Frage überlebensnotwendig für ihn.

Lilly verzog verlegen das Gesicht. „Ach das ..." Hastig winkte sie ab. „Das war ganz harmlos. Ich hatte mich nur ein bisschen erschrocken."

„Ja, das kann schon mal vorkommen an so einem Tag." Er nickte nachdenklich.

Lilly biss sich auf die Lippen. Wie peinlich! Natürlich hätte sie sich denken können, dass Morgan es ihm erzählt hatte, aber wie stand sie denn jetzt da? Wie eine durchgeknallte Irre, die sich vor ihrem eigenen Schatten fürchtete!

„Ich hoffe, mein Bruder hat sich anständig benommen", bemerkte Alahrian, nun seinerseits ein wenig verlegen, was Lilly ein Stück weit aufmunterte.

„Ja, er war sehr nett", entgegnete sie, möglichst neutral. Er sollte ja nicht denken, sie hätte es genossen, von seinem Bruder nach Hause geleitet zu werden! Unwillkürlich musste sie sich vorstellen, wie es sich wohl angefühlt hätte, an seiner Seite durch die dunkle Straße zu laufen. Mit ihm zusammen hätte sie sich gewiss wohl gefühlt, sicher, beschützt ... Andererseits: Vor ihm wäre ihr ihr eigenes, albernes Benehmen noch peinlicher gewesen ...

Das Eintreffen des Lehrers hielt sie davon ab, weitere Details des dummen Zwischenfalls preiszugeben, Lilly war fast erleichtert über den Beginn der Stunde. Allerdings nicht sehr lange. So lange genau, bis der Lehrer sein winziges rotes Büchlein zückte, das bei all seinen Schülern gefürchtet war. Er hatte tatsächlich vor, jemanden auszufragen! Nach den Ferien!

Lilly durchzuckte es eiskalt, sie hatte kein einziges Mal ihr Buch geöffnet, sie hatte keine einzige Vokabel auch nur angesehen. Mist! Angestrengt heftete sie den Blick auf die Tischplatte vor sich, in der Hoffnung, sich auf diese Weise irgendwie unsichtbar machen zu können, genau wie alle anderen Schüler, alle außer Alahrian, der war ein wandelndes Lateinlexikon und hatte absolut nichts zu befürchten.

Und dann, wie ein Fallbeil, das mit einem scharfen Zischen los gelassen wird, hörte Lilly ihren Namen: „Lillian Rhiannon ..."

Auch das noch! Manche Lehrer konnten es sich einfach nicht abgewöhnen, ihren zweiten Vornamen zu nennen. Konnte es noch peinlicher werden?

Lilly schluckte hart, verschränkte die plötzlich feuchten Hände auf der Tischplatte und setzte etwas auf, das sie für ein Pokerface hielt. Bloß nicht gleich zu Anfang zugeben, dass man keine Ahnung hatte, das machte alles nur noch schlimmer! In gespieltem Selbstbewusstsein blickte sie auf, während ihre Gedanken rasten. War es Lektion sechs oder sieben gewesen? An ihrer alten Schule waren sie mit dem Unterricht schon ein bisschen weiter gewesen, vielleicht konnte sie das ja retten.

Der Lehrer musterte sie über sein rotes Buch hinweg stirnrunzelnd, dann fragte er, ohne auch nur mit der Wimper zu zucken: „Luna?"

Ha! Das war einfach! Ein vorsichtiges Gefühl von Erleichterung durchströmte Lilly, und sie sagte mit einer festen, nicht zitternden Stimme: „Der Mond."

Ihr Gegenüber nahm die richtige Antwort ohne Regung entgegen. „Damnare?" kam sofort die nächste Frage.

Das war auch leicht. „Verurteilen", übersetzte Lilly und klammerte sich schon an die Hoffnung, das hier würde nicht so schlimm ausgehen wie sie befürchtet hatte, als:

„Angreifen?"

Wie jetzt, auch noch vom Deutschen ins Lateinische? Das war hart! Lilly überlegte fieberhaft, aber da war nichts, keine Eselsbrücke, keine Ähnlichkeit. Angreifen ... angreifen ...

„Oppugnare", erklärte der Lehrer mit einem bösartig triumphierenden Funkeln in den Augen und notierte sich etwas in sein kleines, rotes Buch. Die Anzahl der Fehler natürlich. Der Schritt war streng, pro nicht gewusstem Wort gab es eine ganze Note Abzug.

„Verwüsten?" ging das Verhör in scharfem Tonfall weiter.

Und da war endgültig nur noch Leere in ihrem Kopf, bis plötzlich eine leise, aber überraschend klare und mehr als deutlich vernehmbare Stimme sagte: vastare ...

Lilly widerstand der Versuchung, den Kopf zu Alahrian hin zu drehen und wiederholte, nach jedem Rettungsanker greifend, zögerlich: „Vastare?“

Es schien die richtige Antwort zu sein, obwohl sie ihrem Folterknecht ein missbilligendes Brummeln entlockte. „Betrachten?“, kam wie ein Pistolenschuss die nächste Frage, und fast ebenso schnell Alahrians Hilfe: spectare ...

Lilly brauchte es nur nachzusagen, und diesmal schöpfte der Lehrer nicht den geringsten Verdacht. Alahrian war der beste Einsager der Welt! Sie hätte schwören können, seine Lippen hatten sich nicht bewegt, er blickte ruhig und konzentriert geradeaus, beinahe desinteressiert, ohne die Nervosität, die einen üblicherweise in solch einer Situation verriet, ohne erkennbare Anspannung, ohne die Furcht, erwischt zu werden.

„Zurückgeben?“

„Reddere.“ Diesmal war Lilly sicher, Alahrian hatte nicht die Lippen bewegt, trotzdem verstand sie ihn ganz klar, und obwohl er sehr deutlich sprach, bemerkte der Lehrer nichts. Wahnsinn!

Fast begann die Sache Spaß zu machen ... Und auf diese Art und Weise ging es auch weiter, die ganze Lektion entlang, bis Lilly eine hübsche – nicht ganz verdiente – Zwei neben ihren Namen in das rote Buch eingetragen bekam.

Unschuldig strahlte sie den Lehrer an, doch kaum hatte sich der zur Tafel umgedreht, wandte sie sich Alahrian zu: „Mann, danke“, platzte es aus ihr heraus. „Das war echt ... phantastisch! Du hast mir da grade echt das Leben gerettet.“

Er lächelte milde. „Na ja, dein Zwischenzeugnis vielleicht“, gab er mit amüsiert funkelnden Augen zu.

„Wie hast du das gemacht?“, fragte sie atemlos. „Ich ... ich meine, du kannst reden, ganz ohne die Lippen zu bewegen ...“

Alahrian zuckte zusammen. Seine Miene, eben noch freundlich belustigt, erstarrte zu Eis. „Natürlich bewege ich die Lippen“, gab er kalt zurück.

„Aber ...“

„Und wenn die erste Reihe jetzt auch mal wieder zur Ruhe kommen würde?“, mischte sich scharf der Lehrer in die Diskussion ein.

Alle beide verstummten abrupt.

„Danke jedenfalls“, wisperte Lilly bei der nächst besten Gelegenheit.

„Gern geschehen“, gab er zurück, wärmer jetzt, sanfter. Aber er sah sie nicht an dabei und er sprach während der gesamten Stunde kein einziges Wort mehr mit ihr.

Alahrian stürzte aus dem Klassenzimmer, noch ehe das Klingelzeichen verklungen war. Ganz gegen seine sonstige Gewohnheit jedoch lief er nicht nach draußen, um zwischen zwei Schulstunden hastig ein wenig Sonne aufzunehmen, sondern nahm schnurstracks den Weg zum Waschraum und donnerte die Tür hinter sich zu, als wolle er sich dort verschanzen. Hier drinnen war er wenigstens verhältnismäßig ungestört!

Schwer atmend ließ er seine Tasche zu Boden sinken und lehnte sich keuchend gegen die glatte, kühl geflieste Wand. Was hatte er sich nur wieder gedacht! Mit seinen Gedanken direkt in ihren Kopf zu sprechen, nur um ihr die Lateinvokabeln unbemerkt einsagen zu können! Wie dämlich konnte man sein?

Doch als sie so neben ihm gesessen war und ihre wachsende Bedrängnis hinter einer möglichst kühlen Miene zu verbergen gesucht hatte, wie sie da so nervös und unsicher die Hände verschränkt hatte, und dann dieser hilflose, ein wenig eingeschüchterte Blick ... Er hatte nichts anderes tun können als sie zu retten, so idiotisch es auch sein mochte. Und dann in ihren Kopf einzudringen! Üblicherweise spürte er nichts, wenn er auf diese Art und Weise sprach, bei Morgan nicht und auch nicht die wenigen Male, die er es bei Menschen probiert hatte. Es war so natürlich wie atmen, eine ganz gewöhnliche Art der Kommunikation für seinesgleichen. Aber bei ihr?

Es hatte sich angefühlt wie in einen kristallin klaren See einzutauchen, einen türkisfarbenen Bergsee, von Sonnenlicht durchflutet, mit Wasser so rein und süß wie Honigtau, warm und duftend wie von Tausenden Rosen getränkt. Er stöhnte bei der Erinnerung, Hitze schoss in seine ohnehin schon glühenden Wangen, mit einem Ruck löste er sich von der Wand, beugte sich über das Waschbecken und spritzte sich einen Schwall eisigen Wassers ins Gesicht.

Dieses Wasser war nicht rein, Leitungen und Armaturen waren alt und teilweise verrostet, winzige, mikroskopisch feine Eisenpartikel schwammen darin, nicht stark genug, um ihn zu verletzten, doch unangenehm prickelnd auf seiner empfindlichen Haut. Es brannte und stach, und das war genau die Form von Unbehagen, die er brauchte, um wieder zur Vernunft zu kommen.

Das alles durfte nicht sein! Aufgebracht starrte er sein Spiegelbild an, das ihm tropfnass, bleich und aufgelöst entgegenblickte. „Du darfst das nicht“, sagte er wütend zu dem Antlitz im Spiegel, das ihn anschaute wie das Teufelchen in den Comics, das neben dem Engelchen auf der Schulter sitzt und schlechte Ratschläge gibt. „Du darfst dich ihr nicht auf diese Weise nähern. Du musst dich von ihr fern halten, fern, fern, fern ...“

Das Gesicht im Spiegel starrte trotzig zurück.

Ich muss sie beschützen, sagte eine Stimme in seinem Inneren.

Nur meinetwegen ist sie in Gefahr, murrte eine andere. Die Erloschenen haben ihre Schatten bereits nach ihr ausgestreckt, wenn sie sicher sein soll, dann darf sie mich nie wieder sehen, es ist zu gefährlich, meine Welt, meine ganze Existenz, das ist nicht gut für sie ...

Alahrian krampfte die Hände um das kalte Porzellan des Waschbeckens. Ich kann sie beschützen, dachte er verzweifelt. In meiner Nähe ist sie sicherer als irgendwo anders. Ich kann sie beschützen, ich muss sie beschützen – und nicht nur vor dämlichen Lateinlehrern. Sie ist sicher bei mir.

Aber ich bin nicht sicher in ihrer Nähe, flüsterte die Furcht in ihm, und diese Stimme war kalt und scharfkantig und schneidend. Sie darf nicht herausfinden, was ich bin, niemals. Ich bin zu unvorsichtig in ihrer Gegenwart, und nie, nie darf sie es erfahren ...

Um das Gesicht im Spiegel schienen plötzlich Flammen zu tanzen, beinahe spürte er die Hitze, das Brennen, den Schmerz. Er hörte das wütende Kreischen des Mobs, die Stimme des Inquisitors, und mit einem erstickten Keuchen wandte er sich ab, tauchte den Kopf ganz unter den kalten, stechenden Wasserstrahl und wusch damit die Schatten seiner eigenen Erinnerungen fort.

Als er sich aufrichtete und sich das pitschnasse Haar aus der Stirn strich, hatte er sich ein bisschen beruhigt. Sein Spiegelbild war blass und verwirrt, in einem Anflug von kindischem Trotz streckte er ihm die Zunge heraus und schleuderte einen winzigen Lichtblitz aus seinen Fingern danach.

Alle Stimmen in seinem Inneren verstummten.

Leider geschah gleichzeitig exakt das, was eben stets geschieht, wenn man einen Lichtblitz gegen einen Spiegel schleudert: Die Strahlen wurden zurückgeworfen – und sausten ihrem Absender entgegen!

Hastig duckte Alahrian sich unter das Waschbecken, der Blitz verfehlte ihn, schlug in die Wand hinter ihm ein und brannte dort ein winziges, qualmendes Loch genau zwischen die weißen Fliesen.

Na bravo ... Wo hatte er nur seinen Verstand heute? Alahrian unterdrückte ein hysterisches Kichern, richtete sich würdevoll auf und wollte sich eben davonstehlen, als Thommy Niedermeier hereinspaziert kam.

„Oh. Hi“, murmelte er, leicht überrascht, Alahrian mit nassem Haar und offensichtlich leicht entgleistem Gesichtsausruck hier drinnen vor zu finden. „Was riecht denn hier so verbrannt?“ Demonstrativ wedelte er sich den kaum sichtbaren Qualm vor der Nase weg. „Rauchst du etwa heimlich hier drinnen?“

Alahrian kämpfte gegen einen Hustenanfall an und nuschelte verlegen etwas, das man mit viel Phantasie als ein halbherziges „Schon möglich ...“, interpretieren konnte. Hätte er ernsthaft lügen wollen, wäre es ja ohnehin nicht überzeugend hervorgekommen, und besser ein Verstoß gegen die Schulordnung als die volle Wahrheit.

„Cool.“ Bewundernd verzog Thommy das Gesicht. „Hast du noch ne Kippe übrig?“

Alahrian ächzte lautlos. „Nein, sorry“, erklärte er mit einem erzwungenen Lächeln. „Ich muss los! Doppelstunde Biologie, du verstehst?“ Und damit schlüpfte er hastig durch die Tür und ließ all seine Dämonen und wirren Gedanken hinter sich zurück.

Der Erlkönig

Lilly starrte durch das Fenster neben ihr in die Landschaft hinaus, dann auf die Uhr, kurz auf die Tafel und dann wieder durchs Fenster. Das Werden und Vergehen der Zeit war schon eine merkwürdige Sache, überlegte sie müßig. Nun lebte sie schon so lange im Städtchen, der Herbst war wie im Flug vergangen, allzu schnell war der Winter gekommen, und mittlerweile bedeckten zuckrig weiße Eiskristalle die kahlen Bäume vor dem Fenster. Im Augenblick jedoch, da schien die Zeit allen Naturgesetzen zum Trotz einfach still stehen zu wollen. Der Unterricht mochte einfach nicht enden. Dabei war Deutsch früher eines ihrer Lieblingsfächer gewesen, Deutsch bei Herrn Baumgartner jedoch glich einem Alptraum. Deutsch bei Herrn Baumgartner in der sechsten Stunde grenzte an Folter. Da nützte die ganze Leidenschaft für Bücher nichts und selbst der begeistertste Literaturliebhaber musste vor so viel trockener Langeweile kapitulieren. Sogar Lilly. Nach einer Viertelstunde hatte sie bereits das Gefühl, die Augen nicht mehr offen halten zu können, nach zwanzig Minuten wurde sie aus einem betäubten Halbschlaf gerissen, als ein Stapel Blätter durch die Reihen ging.

Mit weniger als nur flüchtigem Interesse musterte Lilly den Text auf dem Arbeitsblatt. Es war eine Ballade, immerhin. Goethes Erlkönig.

Irgendjemand in der Klasse stieß ein vernehmliches Zischen aus, während alle anderen nur leise murmelten.

„Alahrian?", fragte Herr Baumgartner missbilligend. „Hast du irgendetwas an Goethes Erlkönig auszusetzen?"

Alahrian zuckte zusammen, schüttelte hastig den Kopf und warf dem Lehrer einen funkelnden Blick zu, der exakt das Gegenteil dieser Geste ausdrückte. Lilly beobachtete es gespannt. Was mochte er gegen den Erlkönig haben? Schlimmer als die vorangegangenen Gedichte konnte das hier nun auch nicht sein ...

Herr Baumgartner kümmerte sich nicht weiter darum, sondern rief stattdessen jemand anderes auf, um das Gedicht vorlesen zu lassen. Eine grausam unmotivierte Stimme begann ohne Punkt und Komma herunterzuleiern:

„Wer reitet so spät durch Nacht und Wind? / Es ist der Vater mit seinem Kind; / Er hat den Knaben wohl in dem Arm, / Er fasst ihn sicher, er hält ihn warm. // Mein Sohn, was birgst du so bang dein Gesicht? / Siehst, Vater, du den Erlkönig nicht? / Den Erlenkönig, mit Kron und Schweif? – / Mein Sohn, es ist ein Nebelstreif. – // ..."

Lilly stöhnte, als das Kind endlich tot war. Wieso hatte er nicht Alahrian vorlesen lassen? Wieso musste man ein eigentlich doch ganz spannendes Gedicht wie dieses missbrauchen, indem man es gerade von den langweiligsten Schülern der Klasse lesen ließ? Alahrian hingegen ... Er hatte so eine schöne Stimme, ruhig und doch eindringlich, klangvoll und melodisch. Als sie letzte Woche Die Räuber mit verteilten Rollen gelesen hatten, da war Lilly fast atemlos an seinen Lippen geklebt, er war besser als jeder Schauspieler, jeder Rezitator, den sie je gehört hatte. Sie hätte viel gegeben, ihn einmal singen zu hören, das musste phantastisch sein, wenn schon seine Sprechstimme so bezaubernd war. Aber sie sangen nie im Musikunterricht, und ob er unter der Dusche vor sich hin trällerte, das konnte Lilly wohl kaum beurteilen. Der Gedanke ließ sie ganz unvermittelt erröten, was ausnahmsweise einmal einen positiven Effekt hatte, denn so war sie schon rot, als sie plötzlich und unvorbereitet aufgerufen wurde.

„Lilly?" Herrn Baumgartners Stimme klang ungeduldig.

Mist! Und sie hatte natürlich die Frage nicht mitbekommen!

„Äh ... ja?", entgegnete sie zögerlich.

Ein entnervtes Seufzen als Antwort.

Veronika, die Streberin der Klasse, hob die Hand und plapperte los, noch bevor der Lehrer ihren Namen zu Ende gesprochen hatte: „In dem Gedicht geht es um einen Vater, der sein krankes Kind mitten in der Nacht zum Arzt bringen will. Das Kind hat Fieber und sieht Dinge, die offensichtlich nicht da sind. Als der Vater endlich ankommt, ist das Kind in seinen Armen bereits gestorben."

„Miserables Gesundheitswesen", kommentierte jemand, und alle lachten.

Lilly nicht. Obwohl sie gar nicht mehr dran war, fuhr sie dazwischen: „Das Kind sieht den Erlkönig. Er will es in seine Welt entführen, und als das Kind sich weigert, tötet er es."

Wieder so ein Zischen. Lilly musste sich nicht umdrehen, um zu wissen, dass es Alahrian war. Fast gegen ihren Willen war sie ein wenig erschrokken. Hatte sie etwas Falsches gesagt? Etwas Dummes?

Diesmal ignorierte Herr Baumgartner ihn und konzentrierte sich auf Lilly. „Goethe will uns in dem Gedicht also vor Elfen warnen?", vergewisserte er sich. Es klang lauernd, provozierend.

Lilly biss sich auf die Lippen. So ausgedrückt hörte es sich irgendwie ... lächerlich an. Sie zögerte und hatte plötzlich eine Eingebung: „Goethe will uns vor dem Gebrauch allzu rationalen Denkens warnen", sagte sie schnell. „Der Vater – ein Vertreter reinen Vernunftdenkens – ist von seiner rationalen Weltsicht derart verblendet, dass er das Unbekannte, die Welt der Mythen und Legenden, für die das Kind noch zugänglich ist, gar nicht bemerkt. Und auch nicht die Gefahr, die von dieser Welt ausgeht. Hätte er dem Kind geglaubt, hätte er es vielleicht retten können."

Zufrieden hielt sie inne, mitgerissen von ihrer eigenen Interpretation. Herr Baumgartner jedoch zog bloß eine Braue nach oben. „Dann sollen wir demnach alle an Elfen glauben, ja?", bemerkte er mit leisem Spott.

Lilly wurde schon wieder rot. Alahrian eine Reihe vor ihr, zuckte hörbar zusammen, drehte sich um und starrte sie an, so angespannt, dass es fast körperlich greifbar war. „Vielleicht sollten wir das Übernatürliche in unserer Welt anerkennen, ja“, meinte Lilly fest.

„Das Kind stirbt also nicht am Fieber?“

„Nein.“ Das war ihre sichere Überzeugung und trotzig hielt sie daran fest.

Der Lehrer lächelte bloß.

„Es gibt mehr Dinge zwischen Himmel und Erde als sich unsere Schulweisheit träumen lässt“, murmelte altklug jemand von hinten.

„Nun, das jedenfalls war die Auffassung der Romantiker“, erklärte Herr Baumgartner in verändertem Tonfall und beendete damit die Diskussion. Nüchtern wandte er sich der Tafel zu. Sofort erhob sich in der Klasse halblautes Geschwätz, das er mit einem warnenden Blick zum Schweigen zu bringen suchte.

„Oder gibt es vielleicht andere Meinungen?“, erkundigte er sich drohend. „Alahrian?“ Er rief Alahrian auf, obwohl der gar nicht geredet hatte. Ein ungewöhnlich aggressiver Blick folgte, dann sagte Alahrian, jedes Wort betonend und gepresst zwischen den Zähnen hervorgestoßen: „Elfen. Entführen. Keine. Menschen.“ Es klang mehr wie ein Knurren als wie ein Satz.

Alle starrten ihn an, niemand wagte zu lachen.

„Ja, möglicherweise weil es sie nicht gibt ...“, grinste der Lehrer süffisant.

„Ja, aber dort, wo er herkommt, glaubt man noch an sie, nicht wahr?“, warf Anna-Maria gehässig ein, mit enervierender Hartnäckigkeit stets darauf bedacht, Alahrian eins auszuwischen. „Stimmt's, Alahrian? In Island, da habt ihr doch sogar eine Elfenministerin, oder?“

Lilly stieß ihr unsanft mit dem Fuß gegen das Schienbein, aber natürlich war es zu spät. Alahrians Gesicht verlor jegliche Spur von Farbe, seine aquamarinfarbenen Augen sprühten Funken. Seine Stimme jedoch klang ruhig und überheblich, als er sagte: „Sie ist keine Ministerin, sie ist ein Elfenmedium.“

„Schön, dann können wir uns jetzt ja der Hausaufgabe widmen“, unterbrach Herr Baumgartner das Gezanke. „Und, Anna-Maria?“ Es klang beiläufig. „Wir machen uns nicht über andere Kulturen lustig.“

Lilly fand, das habe sie verdient.

Alahrian stürmte aus dem Schulgebäude, keinen Wimpernschlag, nachdem es endlich geklingelt hatte. Nur mühsam hielt er seinen Ärger in Schach, das Blatt mit dem unseligen Gedicht immer noch in den Händen. Wütend knüllte er es zusammen, riss es genüsslich in winzige Teile und ließ die Papierschnipsel dann sorgfältig einen nach dem anderen in einen Abfalleimer regnen. Das war natürlich albern. Aber auch sehr befriedigend.

Dabei war ihm die Ballade keineswegs neu, gewiss nicht. Er kannte sie auswendig, genau wie viele andere. Wie all die anderen Geschichten, in denen Menschen von Elfen geplagt, verfolgt, entführt oder sogar getötet wurden. Natürlich gab es sie, diese Monster, er selbst wusste es besser als jeder andere, und manchmal, in seinen Träumen, da hörte er sie rufen, hörte sie in den Schatten wispern, spürte ihre Präsenz wie eine eiskalte Berührung auf der Haut. Er wusste, wovon die Ballade erzählte, oh ja, er wusste es ...

Und doch machte sie ihn wütend. Fragten sich die Menschen denn nie, was sie seinem Volk angetan hatten? Die Scheiterhaufen, die glühenden Eisenzangen ... Flammen wogten hinter Alahrians Lidern, während er blinzelte, es war schwer, die Erinnerung zurückzudrängen, die Schrecken der Vergangenheit in Schach zu halten. Allzu schwer war es. Jeden Tag. Doch das hatten sie längst vergessen, die Menschen. Stattdessen warnten sie in ihren Geschichten vor den Gefahren der Anderswelt, erzählten von Reisenden, die in den Wäldern geheimnisvollen Lichtern gefolgt waren, die schöne Frauen im Mondlicht hatten tanzen sehen und in ihre Fänge geraten waren. Menschen, die einfach verschwunden und nie wieder in ihre eigene Welt zurückgekehrt waren.

Ja, sie war eine gefährliche Welt, die Anderswelt.

Aber hatten sie sich je gefragt, wie feindselig, dunkel und kalt diese Welt für scinesgleichen war?

Natürlich nicht. Sie glaubten ja nicht einmal mehr an ihre Existenz.

Ich bin ein Mythos geworden, dachte er bitter. Eine Legende ...

Das war natürlich besser als von ihnen verfolgt zu werden. Aber es schmerzte auf seltsame Weise. Wie gerne hätte er sein Geheimnis geteilt! Lilly hätte er es vielleicht erzählen können. Doch selbst sie hatte heute in beleidigend hässlicher Weise von den Elfen gesprochen. Der Erlkönig hatte das Kind getötet, hatte sie gesagt. Es war nichts weiter als ihre Interpretation des Gedichtes gewesen, sicher, und trotzdem ...

Aber sie hatte auch gesagt, man müsse das Übernatürliche in dieser Welt anerkennen. Wie sie das wohl gemeint hatte? Bedeutete das, sie würde ihm glauben, wenn er es ihr sagte? Wenn er ihr sagte, was er war?

Aber selbst wenn sie ihm glaubte, was dann?

Und wieder blitzte ein Bild aus seiner Erinnerung in seinem Kopf auf. Dämon! Du bist mit dem Teufel im Bunde!

Gequält presste er die Hand gegen die Stirn, senkte den Blick in den Boden und trottete missmutig die Straße entlang. Vielleicht hätte er einfach nach Hause gehen sollen.

Vernünftig wäre es gewesen, in diesem Zustand, doch er war nicht in der Stimmung für Vernunft. Also lief er einfach weiter, ins Stadtzentrum, am Rathaus vorbei und –

Und dort stand der Bürgermeister am Straßenrand, mit einigen Stadträten plaudernd. Na wunderbar! Das hatte ihm gerade noch gefehlt! Der

Bürgermeister war so ziemlich der letzte Mensch auf der Welt, den er in diesem Augenblick sehen wollte.

Mitten im Schritt hielt er inne. Sein Herz klopfte furchtsam, nach all den Jahren, all den Jahrhunderten schauderte ihn noch immer beim Anblick des Bürgermeisters. Instinktiv wandte er sich um, bevor der Mann ihn entdecken konnte, lief ein paar Schritte zurück – und flüchtete an den zweitschlimmsten Ort, den er sich nach dem Rathaus in diesem Moment vorstellen konnte: Alahrian floh in die Kirche.

Eigentlich war es ein sehr hübscher Ort. Ruhig, zumindest im Augenblick menschenleer. Eine große Anzahl von Kerzen erhellte den weitläufigen Raum, durch die schmalen, hohen Glasfenster fielen vereinzelte Sonnenstrahlen herein und zeichneten das bunte Muster der Scheiben auf dem Boden nach.

Unter normalen Umständen wäre es ein Platz gewesen, an dem er sich durchaus hätte wohl fühlen können. Aber die Umstände waren nicht normal. Dies hier war die Domäne des Inquisitors. Tausende von grässlichen Erinnerungen klebten an diesem Ort, obwohl nichts davon wirklich hier statt gefunden hatte. Nein, nichts ...

Trotzdem lief ihm ein eisiges Kribbeln über den Rücken. Und trotzdem ging er einfach weiter. Der Inquisitor war nicht hier, wie es aussah. Für den Moment war er sicher.

Mit heftig pochendem Herzen ließ sich Alahrian auf einer der hölzernen Kirchenbänke nieder, ganz vorne, nahe am Altar, wo die meisten Kerzen brannten. Der Anblick beruhigte ihn ein wenig. Sein Puls normalisierte sich, die Muskeln entspannten sich. Menschen fanden Frieden an einem Ort wie diesem. Er strahlte trotz alledem eine Art von Ruhe aus, selbst Alahrian, der nicht hierher gehörte, konnte es fühlen. Selbst er fand ein wenig Trost darin.

Manchmal half es, wenn man den Stachel nicht herausziehen konnte, ihn herumzudrehen.

Unvermittelt legte er den Kopf in den Nacken und blickte zu dem Dekkengemälde hoch über seinem Scheitel auf. Er kannte das Bild, hatte es unzählige Male betrachtet, in unzähligen Varianten. Es zeigte einen Engel mit brennenden Flügeln, der vom Himmel herab direkt in einen dunklen, weit geöffneten, von Flammen bekränzten Abgrund fiel. Den Höllensturz.

Ja, sie warnten in ihren Gedichten vor der Anderswelt, die Menschen. Aber hatten sie sich je gefragt, wie es war, in diese Welt verbannt zu sein?

Für ihn war das hier die Hölle.

Lange betrachtete er das Wesen mit den brennenden Flügeln. Aus dem Himmel verstoßen, verdammt. Gefallen.

Auch er war ein Verbannter.

Konnte das Wesen je in den Himmel zurückkehren? fragte er sich unwillkürlich. Würde es je Vergebung finden?

Konnte er jemals Vergebung finden?

Ich weiß, was du bist, Dämon! Du bist mit dem Teufel im Bunde! Die Worte hallten aus seinem Unterbewusstsein empor, so deutlich, als hätte sie jemand laut ausgesprochen. Ruckartig löste sich sein Blick von dem Bild und schweifte in der Kirche umher, blieb an den dunklen, verlassenen Beichtstühlen hängen.

Menschen können Vergebung finden. Wir nicht.

Alahrian schloss die Augen. Aber ich bin nichts von alledem!, dachte er wild. Ich bin kein Monster, das fiebernde Kinder entführt, ich bin nicht gefallen. Ich bin kein Dämon, kein Teufel, kein Monster ...

Ich bin ...

„Alles in Ordnung, Junge?"

Heftig zuckte er zusammen, als die Stimme in seine Gedanken schnitt. Keuchend riss er die Augen auf, in der sicheren Erwartung, den Inquisitor vor sich zu sehen.

Aber natürlich war er es nicht. Es war eine freundliche Stimme gewesen, und eine weibliche. Alahrian blinzelte die purpurnen Schleier vor seinen Augen weg und zwang sich, sich zu entspannen. Eine Frau stand vor ihm, eine ältere Dame mit roten Wangen und runzeligen Falten um den freundlichen, grau-grünen Augen. „Kann ich dir helfen?", fragte sie sanft.

Alahrian schüttelte langsam den Kopf, abgehackt. Behutsam löste er seine Hand von der Lehne der Kirchenbank, jeden Finger einzeln, so sehr hatten sich seine Muskeln vor Schreck verkrampft. Ein winziger Brandfleck blieb auf dem Holz zurück. Instinktiv war Energie in seine Handflächen geglitten, instinktiv war er in eine Art Verteidigungshaltung übergegangen. Wie erbärmlich er sich benahm!

Hastig zwang er sich zu einem Lächeln. „Nein, vielen Dank", sagte er schnell. „Es ist ... alles in Ordnung." Geschmeidig erhob er sich, lächelte noch einmal und lief mit verhaltenen Schritten zum Ausgang zurück.

Doch bevor er durch die schwere Tür entschlüpfte, blieb er noch einmal stehen, blickte zögernd in das marmorne Becken am Ausgang. Weihwasser. Einen verrückten Moment lang starrte er hinein, als läge dort drinnen die Antwort auf eine längst vergessene Frage verborgen, dann, einem Impuls folgend, tauchte er die Hand tief in das lauwarme, abgestandene Wasser.

Nichts geschah. Er fühlte die Feuchtigkeit auf der Haut, sonst nichts. Kein Zischen, kein Brennen, kein Schmerz.

Alahrian lächelte. Ich bin kein Monster, kein Dämon, kein Teufel ...

Sein Blick wanderte zu der alten Frau zurück, die jetzt in der hölzernen Bank kniete, einen Rosenkranz zwischen den faltigen Fingern.

Ich bin kein Monster ...

Aber sie sind es auch nicht ...

Versöhnt und mit leichterem Herzen als noch vor wenigen Augenblicken verließ Alahrian die Kirche.

„Hallo, Alahrian.“

Überrascht blieb er stehen, als er Lilly und Anna-Maria vor der Kirche auf einer Bank sitzen sah, und das bei diesem Wetter! Sein Puls, eben noch ganz ruhig, machte einen Hüpfer und hämmerte dann deutlich fühlbar in jeder Faser seines Körpers weiter. Großer Gott! Wie schön sie aussah, selbst wenn sie ganz reglos vor ihm saß, ein leises Lächeln um die geschwungenen Lippen, die Wimpern pechschwarz über den hellen, freundlich zu ihm aufblickenden Augen. Im Schatten der Kirche wirkte ihre Haut fast so weiß wie seine, mit einem zarten, cremigen Unterton, das Haar im scharfen Kontrast dazu von dunklem, matt glänzendem Ebenholz. Sie schien aus Licht und Schatten gewoben, aus samtener Nacht – und Tausenden von Sternen.

„Hallo“, brachte er mühsam hervor, mit einiger Verspätung, weil er erst seine Sprache wiederfinden musste. Wieso bloß brachte ihn dieses Mädchen derart außer Fassung? Er wusste doch, wie sie aussah! Nie hätte er es vergessen können, denn ihr Bild war in seinen Gedanken, seinen Träumen, jedes Mal, wenn er die Augen schloss, sah er sie vor sich. Aber wenn sie dann tatsächlich vor ihm stand, dann zerplatzten all diese blassen Erinnerungen mit einem Schlag und die Realität überwältigte ihn jedes Mal aufs Neue. Selbst dann, wenn er sie erst vor kurzem gesehen hatte, so wie heute.

Er schluckte hart, in der Hoffnung, sein Herz, das in der Kehle schlug statt in der Brust, wieder an seinen Platz zurück zu befördern, aber natürlich half es nichts. Mit zwei unsicheren Schritten sprang er die Kirchentreppen herab, trat auf die beiden zu, von Lillys Anblick angezogen wie die Motten vom Licht, dann jedoch begegnete er Anna-Marias Blick und hielt inne. Mit deutlicher Missbilligung schaute ihn die Tochter des Bürgermeisters an.

Unwillkürlich wich Alahrian wieder einen Schritt zurück. Höflich nickte er den beiden zu, dann verschwand er um die Ecke.

Umpf! Was für eine seltsame Freundschaft! Sie schienen so gar nicht zusammen zu passen, Lilly und Anna-Maria. Anna-Maria konnte nichts für die Taten ihres Vaters, trotzdem hasste Alahrian sie einen Moment lang beinahe. Ständig war sie mit Lilly zusammen, nie ließ sie sie in Ruhe ...

Abrupt blieb er stehen. Was war das denn nun schon wieder? War er nun vielleicht auch noch eifersüchtig? Auf Anna-Maria? In gewisser Weise war er das. Sie war ein Mensch. Wäre er selbst auch ein Mensch gewesen, dann wäre alles um so viel einfacher gewesen. Seufzend beobachtete er die Leute um sich herum. Es hatte aufgehört zu schneien, das freundlichere Wetter hatte sie hervorgelockt, die Sterblichen, aus ihren Häusern. Jetzt schlenderten sie die Ladenstraße des Städtchens entlang, ganz in seiner Nähe lief ein Pärchen Hand in Hand vorbei, ein anderes küsste sich, gegen eine Hauswand gelehnt. Nachdenklich starrte Alahrian einen Moment lang dorthin, dann senkte er den Blick. Nie zuvor hatte er die Menschen um diese Dinge beneidet. Nie zuvor hatte er darüber nachgedacht, wie es wohl sein mochte, mit jemandem Hand in Hand die Straße entlang zu laufen. Wie sich Lillys Hand wohl in der seinen anfühlen würde? Würde sie kühl sein unter seiner vom Licht in seinen Adern brennenden Haut? Oder war sie ganz warm?

Alahrian hatte vorher schon Menschen angefasst, bisweilen ließ es sich nicht vermeiden, Hände zu schütteln und dergleichen. Aber er hatte nie darauf geachtet, wie es sich anfühlte. Es hatte sich nie gut angefühlt ... Nie so, dass er es sich gewünscht hätte.

Seufzend schloss er die Augen, versuchte, die merkwürdigen Gedanken abzuschütteln, lief weiter und betrat endlich kurzentschlossen die öffentliche Bibliothek. Die Bibliothek war einer seiner liebsten Plätze in dieser Stadt, von den stillen, sonnendurchfluteten Wäldern einmal abgesehen. Es war ein sehr altes Gebäude, von wenig Stahl verseucht, dafür mit einer großen, hellen Fensterfront auf einer Seite. Bis zur Decke empor erstreckten sich die Bücherregale, eines nach dem anderen, ein wahrer Dschungel an Regalen, man hätte Verstecken spielen können hier drinnen, und die Kinder taten es auch bisweilen. Ein würziger Duft von Staub, Leim und Papier lag in der Luft, die wenigen anwesenden Menschen waren ganz leise und wenn sie sprachen, dann flüsterten sie, wenn sie sich bewegten, dann voller Vorsicht. Fast wie Geisterwesen, die im Verborgenen hausen mussten. Fast wie seinesgleichen ...

Alahrian entspannte sich, während er die langen Regalreihen langsam, bedächtig ablief. Zu Hause hatte er selbst eine kleine Bibliothek, aber das war nicht dasselbe. Die meisten seiner Bücher waren alt, manche antik, hier war alles bunt und farbenfroh, die Neuerscheinungen leuchteten ihm in grellen Farbklecksen entgegen. Natürlich gab es auch Werke, die ihm besonders vertraut waren. Märchen, Legenden, Mythen ... Seine Finger glitten über die Buchrücken, als könne er ihren Inhalt durch eine Berührung in sich aufsaugen. Sie hatten so viele Geschichten über seinesgleichen, die Sterblichen, so viele Legenden. So viele Lügen, Missverständnisse und Verleumdungen. Aber auch so viel Wahrheit. Oberon, Morgaine le Faye, Titania ... Ihre Geschichte war voll davon. Sie wussten so viel. Und so wenig. Das war das Problem mit den Sterblichen. Seit sie zu lügen begonnen hatten, konnten sie die Wahrheit gar nicht mehr erkennen.

Elfen entführen keine Kinder.

Die Erinnerung an die Deutschstunde durchzucke ihn kurz, dann ließ er sie los. Lautlose, ziellose Schritte führten ihn weiter, in eine andere Abteilung. Hier waren die Bücher noch bunter als anderswo. Es waren Bücher für Kinder. Nachdenklich, abwesend glitt sein Blick über die Reihen. Natürlich gab es sie auch hier, die Geschichten über Feen und Elfen. Wahllos nahm Alahrian einen Band heraus und blätterte ihn durch, betrachtete wehmütig die farbigen Bilder. Bilder von winzigen, zarten Geschöpfen mit schillernden Flügeln, die in Blütenkelchen wohnten und alberne, kleine

Hüte trugen. Fast machte es ihn lächeln. Ja, die Pixies hatten die Welt der Sterblichen als erstes entdeckt, sie hatten sich nie gefürchtet vor den Menschen, zumindest vor den Kindern nicht. Sogar Fotos gab es von ihnen. Ihnen hatten die Menschen nichts unterstellt, über sie gab es nur freundliche Geschichten. Seufzend stellte Alahrian das Buch zurück.

Ein kleines Mädchen mit blonden Zöpfen, in einer Ecke über einem Bilderbuch zusammengekauert, schaute neugierig zu ihm auf. Alahrian lächelte scheu, und die Kleine lächelte strahlend zurück, die großen, dunklen Augen guckten ihn dabei durchdringend an. Hatte sie etwas gesehen? Etwas, das den Erwachsenen verborgen blieb? Kinder sahen so viel mehr als Erwachsene ...

Siehst, Vater, du den Erlkönig nicht?

Schnell, aber ohne Furcht, verschwand Alahrian hinter dem nächsten Regal. Phantastische Literatur. Wie passend ... Diese Domäne war von seinesgleichen geradezu überschwemmt. Und hier gab es sie auch, die leuchtenden, spitzohrigen Wesen, den liosalfar gar nicht so unähnlich ... J.R.R. Tolkien hatte ihnen ein Epos gewidmet, kraftvoll, mythisch und voll von Wahrheiten, die die Sterblichen nicht einmal erahnen konnten.

Ach, John ..., seufzten seine Gedanken, und seine Finger strichen dankbar und behutsam über jeden einzelnen Band des Herrn der Ringe. Am Ende der Regalreihe angelangt zuckte er zusammen, denn zwischen zwei Büchern, ihm direkt gegenüber, wie ein fremdes Spiegelbild leuchtete plötzlich ein Gesicht auf.

Ein hell funkelndes Augenpaar weitete sich vor Schreck. Einen Moment lang schaute sie ihn bloß an, das Buch, das sie eben aus dem Regal gezogen hatte, noch in der Hand. Alahrian blinzelte durch die Lücke hindurch wie durch ein Tor in eine andere Welt.

Dann lächelte sie. „Hallo, Alahrian. Ich wusste gar nicht, dass du auch hier bist ..."

„Lilly ..." Er brauchte länger als sie, um seine Fassung wieder zu finden. Wie merkwürdig! Ständig schien sie dort zu sein, wo auch er war, wie ein bisweilen Gestalt annehmender Traum ... Die Vorstellung entzückte ihn. Natürlich konnte es auch nur Zufall sein. Sie lebten in einem kleinen Städtchen, er durfte es nicht vergessen. Alahrian aber wollte in diesem Moment nicht an Zufälle glauben.

„Was machst du?", fragte er offen und lehnte sich gegen das Regalbrett mit der Lücke, spähte zu ihr herüber wie durch ein Fenster.

Sie seufzte ein bisschen. „Ich recherchiere für diese blöde Hausaufgabe."

„Hausaufgabe?" Er runzelte die Stirn.

„Na für Deutsch, du weißt schon ... Der Erlkönig ..."

Alahrian unterdrückte ein Stöhnen. Er erinnerte sich nur dunkel. Sowieso hatte er nicht vor, diese Hausaufgabe zu machen. Zur Not konnte er sich ein paar schlechte Noten durchaus leisten, pah!

„Das war echt bescheuert heute, findest du nicht?“, bemerkte Lilly leichthin.

Alahrian nickte fest. Bescheuert traf es exakt ...

Lilly legte das Buch in ihrer Hand beiseite. Interpretationen deutscher Balladen ... Alahrian unterdrückte ein Schnauben. In diesem Buch würde sie die Wahrheit gewiss nicht finden ... Als er den Blick von dem Band löste jedoch, da fiel ihm noch etwas anderes auf. Die Kette, die sie jeden Tag trug, dieser merkwürdige, verwirrende Talisman, war unter ihrer Bluse hervorgerutscht. Seit er es in der Turnhalle untersucht hatte, ging ihm das Schmuckstück nicht mehr aus dem Kopf.

Und ehe er es selbst verhindern konnte, hörte er sich sagen: „Diese Kette ... sie ist sehr hübsch.“

„Danke.“ Unwillkürlich fuhren ihre Finger zu dem Anhänger hin. Nur die Vorderseite war zu sehen, das Abbild einer winzigen, geflügelten Elfe. Alahrian fragte sich, ob sie von dem Symbol auf der Rückseite überhaupt etwas wusste. Ob sie je gesehen hatte, was er gesehen hatte.

„Woher hast du sie?“, erkundigte er sich unschuldig.

Lilly lächelte flüchtig. „Von meiner Mutter. Sie hat sie mir geschenkt, als ich noch ganz klein war. Es ist ein Glücksbringer.“

Er fühlte, wie seine Miene sich aufhellte. „Elfen bringen Glück?“ Das war gut, das war sogar sehr gut! Zumindest glaubte sie diesen Unsinn nicht, von den entführten, den getöteten Kindern.

Lilly zuckte mit den Schultern. „Warum nicht?“

Ja, warum nicht? „Woher stammt sie?“, bohrte Alahrian weiter. Einmal von der Leine gelassen, konnte er seine Neugier, die brennende, quälende Frage in seinem Kopf, nicht mehr bezähmen.

„Keine Ahnung ...“ Lilly schien ein bisschen verlegen. „Es ist nur ein Schmuckstück ...“

Nur ein Schmuckstück, natürlich. Sie wusste es nicht! Alahrian seufzte lautlos.

„Was schreibst du in deinem Aufsatz?“, wechselte sie das Thema, und er war dankbar dafür.

„Nichts“, gab er gleichmütig zurück. „Ich glaube, ich gebe ihn nicht ab.“

„Das war ziemlich fies vorhin, nicht wahr?“, meinte sie unvermittelt. „Anna-Marias Bemerkung über Island.“

Alahrian musste lächeln, fast gegen seinen Willen. Das war eigentlich nicht das Schlimmste gewesen! „Sie hatte nicht ganz Unrecht, weißt du?“ Er zwinkerte und lehnte sich extremst weit aus dem Fenster, indem er sagte: „In Island glauben tatsächlich noch viele Menschen an Elfen.“

Sie blieb ganz ernst, sie lachte nicht und sie spottete nicht. „Klingt spannend“, sagte sie nur.

Das ermutigte ihn. Es ermutigte ihn in einer rauschhaften, irrwitzigen Weise. Schnell schnappte er sich eines der Bücher vor ihm im Regal, umrundete es und trat auf ihre Seite.

„Wenn du ein richtig gutes Buch über Elfen lesen willst“, meinte er kühn, „dann solltest du dieses hier nehmen.“ Und damit legte er es demonstrativ vor ihr auf den Tisch, Tolkiens Silmarillion.

Das war eine Variante der Geschichte. Eine, die der Wahrheit sehr nahe kam. Nicht nahe genug, um gefährlich zu werden, aber doch nahe. Genug Phantastik und Literatur und dichterische Freiheit, um unverfänglich zu bleiben. Aber es war ein Hinweis.

Ihm war ganz schwindelig von seiner eigenen Tollkühnheit. Sie aber lächelte nur. „Ja“, entgegnete sie ruhig. „Ich weiß.“

Alahrian starrte sie an. Dann bekam er unvermittelt einen heftigen Hustenanfall, weil er vor Schreck vergessen hatte zu atmen. Seine Knie zitterten. Sie weiß es!, dachte er hysterisch. Sie weiß alles!

„Na ja, es ist eines meiner Lieblingsbücher“, erklärte sie und musterte ihn, die Stirn ein wenig in Falten gelegt.

„Ach so.“ Alahrian kam wieder zu Atem. Sie wusste nichts, natürlich nicht ... Trotzdem war ihm plötzlich ganz sonderbar leicht und tanzend zu Mute.

„Dann lasse ich dich jetzt mal mit der Hausaufgabe allein“, verabschiedete er sich lächelnd. „Bis bald!“

„Bis bald!“, rief sie ihm nach, und er schwebte, benommen, verwirrt und mit einem flatternden, zitternden, taumelnden Gefühl in der Brust hinaus.

Wandertag

Einer der Vorteile an der neuen Schule, so stellte Lilly schon bald fest, waren die vielen Ausflüge, die hier während der Unterrichtszeit unternommen wurden. Während der Schnee vor dem Fenster allmählich zu schmelzen begann, kündigte sich ein neues Großereignis an, das die ganze Klasse in Aufruhr versetzte: der Wandertag.

Das Ziel dieser Exkursion durften die Schüler selbst aussuchen, per Abstimmung wurde entschieden, dass es in den Zoo gehen sollte. Das wäre nicht Lillys erste Wahl gewesen, denn waren sie nicht eigentlich schon ein bisschen zu alt für so etwas? Alle anderen jedoch freuten sich, und das war ansteckend, und so freute sie sich auch. Besser als sechs Stunden Schule, inklusive Mathe und Physik, was sie am wenigsten mochte, war es allemal. So waren denn auch sämtliche Schüler bester Laune, als sie nach dem unausweichlichen Vortrag des Biologielehrers selbständig in kleinen Grüppchen durch den überraschend großen Tiergarten schlenderten.

Einzig Alahrian machte einen etwas missmutigen Eindruck, was Lilly natürlich nicht entging, da er von allen ihren Klassenkameraden den Großteil ihrer Aufmerksamkeit in Anspruch nahm. Oder nein, korrigierte sie sich nachdenklich, eigentlich wirkte er nicht schlecht gelaunt, sondern vielmehr angespannt, wachsam, so als müsse er befürchten, jeden Moment von einem Königstiger angegriffen zu werden. Nachdem er vor ausgewachsenen Wildschweinen und um Beachtung drängenden Dackeln nicht die geringste Furcht gezeigt hatte, schien Lilly dies höchst unwahrscheinlich, doch sie kam nicht dazu, ihn danach zu fragen. Anna-Maria folgte ihr wie ein Schatten, so dass sie kein einziges privates Wort mit Alahrian sprechen konnte. So ganz schien Anna-Maria ihren verrückten Plan, Lilly von Alahrian fernzuhalten, wohl noch immer nicht aufgegeben zu haben. Zumindest in der Schule hielt sie eisern daran fest.

Nun saßen sie zusammen auf einer Bank, aßen Erdbeereis aus Plastikschälchen, die wie Elefanten geformt waren und sahen müßig ein paar Jungs zu, die verzweifelt versuchten, einen frei herumlaufenden Pfau dazu zu bringen, ein Rad zu schlagen. Sie wandten recht barbarische Methoden an dabei, fand Lilly. Zuerst hatten sie den Vogel mit Futter gelockt, mittlerweile bewarfen sie ihn mit Kieselsteinen. Lilly stand knapp davor, einzuschreiten, um das arme Tier zu retten, als plötzlich Alahrian den Weg entlanggeschlendert kam.

Seine Laune schien sich noch nicht gebessert zu haben. Er hielt den Blick gesenkt, die Hände in den Hosentaschen vergraben, und entgegen seiner üblichen Gewohnheit schlurfte er regelrecht über den Kies, anstatt wie sonst in nahezu tänzerischer Anmut zu schreiten.

Die anderen beachteten ihn kaum, der Pfau jedoch hob den Kopf, trippelte majestätisch auf ihn zu, schlug ein Rad, das all seine prächtigen, blau-grün schillernden Federn zur Schau stellte, und senkte dann den Kopf.

Alahrian zuckte zusammen, blieb mitten in der Bewegung stehen und hob hastig die Hand, seltsam abwehrend. Wie ein Herrscher, der seinen Untertanen gebietet, sich zu erheben, winkte er dem Pfau zu, in einer kleinen, kaum merklichen Geste.

Die Jungs lachten grölend. „He, Alahrian!", rief einer. „Ich glaub, er hält dich für ein Weibchen!"

Alahrian war das peinlich bis unter die Haarspitzen und er schüttelte den Kopf, den Blick immer noch auf den Pfau gerichtet. Der klappte seine bunten Federn wieder ein, wie einen gewaltigen Fächer, und trottete mit hängendem Haupt davon. Hätte Lilly es nicht besser gewusst, sie hätte einen enttäuschten Gesichtsausdruck an dem Vogel vermutet. Aber natürlich besaßen Pfauen keine Mimik.

„Wow", stichelte Anna-Maria. „Mit der Nummer kannst du ja im Zirkus auftreten! Als Pfauenflüsterer!"

Wieder lachten alle. Alahrian würdigte sie keines Blickes und lief, die Augen starr geradeaus gerichtet, weiter.

„Warte!", rief Lilly und sprang auf. Sie wollte ihm hinterherrennen, aber da war er schon verschwunden, und es dauerte eine ganze Weile, bis sie ihn wiederfand, und da an einem Ort, an dem sie ihn nicht unbedingt vermutet hätte.

Er saß im Aquarium auf einer Bank, ganz allein. Durch ein schmales Fenster in der obersten Wand fiel ein wenig Sonnenlicht herein, ansonsten war es dort drinnen fast dunkel, um eine gewisse Unterwasser-Atmosphäre zu zaubern. Fast alle Wände waren mit blauen und grünen Kacheln bedeckt, dazwischen hingen Tafeln, welche die Fische und Wasserpflanzen erklärten, die man hinter einer dicken Glassscheibe beobachten konnte, als befände man sich in einem U-Boot. Alahrian selbst saß vor dem Becken mit den Delfinen, und das erkannte Lilly auf den allerersten Blick, denn drei der Tiere schwammen in einer Reihe direkt vor ihm und drückten sich die Schnauzen an der Scheibe platt wie Kinder, die zu neugierig aus dem Fenster schauen wollten.

Lilly schauderte ein bisschen. Es sah aus, als wären sie gekommen, um ihn zu bewundern, nicht umgekehrt. Er saß ganz ruhig und starrte die Tiere an, fast machte es den Eindruck, als kommuniziere er mit ihnen, auf eine stille, lautlose Weise. Beinahe war es ein wenig unheimlich. Das vorhin, das mit dem Pfau, das war einfach nur Zufall gewesen, aber das hier?

„Alahrian?", fragte sie vorsichtig und traute sich kaum, näher zu treten.

Er wandte ihr den Kopf zu, und im selben Moment lösten sich die Delfine von der Scheibe und schwammen davon, so weit es ihnen das Becken erlaubte.

„Lilly!" Er lächelte, strahlend zum ersten Mal an diesem Tag.

Lilly setzte sich zu ihm. „Tut mir leid, wegen vorhin“, meinte sie, verlegen, obwohl sie nichts dafür konnte. „Vergiss die Idioten einfach!“

Er lächelte erneut, dann wandte er den Blick wieder den Delfinen zu. Lilly folgte seinen Augen.

„Sie sind schön, nicht wahr?“, bemerkte er, seltsam wehmütig.

Lilly nickte nur.

Alahrians Augen waren leer, das Wasser spiegelte sich darin, klar und blau und seltsam schimmernd. „Sie sind in Gefangenschaft geboren“, erklärte er tonlos. „Und dennoch sehnen sie sich nach dem Meer, das sie doch nie gekannt haben. Es ist, als sei ihnen eine Erinnerung eingepflanzt, an etwas, das sie nicht erlebt haben, eine stumme Sehnsucht, nie gestillt, nie verstummt ...“

Lilly schaute schweigend den Delfinen im Wasserbecken zu, und plötzlich machten sie sie traurig. Minutenlang saß sie mit Alahrian still zusammen, verbunden durch eine sanfte, von Süßigkeit durchdrungene Melancholie, dann wisperte Lilly behutsam seinen Namen:

„Alahrian?“

„Ja?“

„Darf ich dich etwas fragen?“ Plötzlich wurde sie rot, aber sie zwang sich, ihn weiter anzusehen, trotz des Bedürfnisses, den Blick zu senken. „Etwas, das vielleicht ein wenig merkwürdig klingt?“

„Sicher ...“ Es hörte sich gelassen an, doch seine Haltung hatte sich versteift, er wirkte mit einem Mal angespannt, nervös.

Lilly kaute auf ihrer Unterlippe herum. „Aber du musst mir versprechen, nicht zu lachen.“

„Okay.“ Seine Finger bewegten sich unruhig auf der Bank, zeichneten Muster nach, die niemand außer ihm selbst dort erkennen konnte.

„Alahrian.“ Wieder blickte sie ihm direkt in die Augen und versuchte dabei, ihre Stimme ganz ruhig und nüchtern klingen zu lassen. „Kannst du mit Tieren sprechen?“

„Was?!“ Sein Blick weitete sich. Eine halbe Sekunde lang starrte er sie einfach nur verblüfft an, dann sprudelte ein leises, glockenhelles Lachen aus seiner Brust empor.

Lilly errötete noch tiefer und löste ihren Blick von seinem. Sie hatte ja gewusst, dass es eine doofe Frage gewesen war, aber die Delfine, der Pfau, Wilbur, das Wildschwein ... diese komische Stimmung hier unten ... und nicht zu vergessen der schwindelerregende Taumel in ihrem Kopf, in dem sie sich jedes Mal befand, wenn er in ihrer Nähe war. Sie konnte einfach nicht klar denken in seiner Gegenwart!

„Du denkst, ich rede mit Tieren wie ... wie Dr. Dolittle?“, vergewisserte er sich ungläubig. Doch immerhin erstarb sein Lachen, er schien sich endlich an sein Versprechen zu erinnern, und in jeder anderen Situation hätte Lilly das bedauert, denn sein Lachen war wunderschön, wie eine ferne Melodie an einem mild-warmen Sommertag.

So aber war sie dankbar darum. Peinlich berührt schwieg sie und vermied es, ihn anzusehen. Aus den Augenwinkeln beobachtete sie, wie seine Miene mit einem Mal ganz ernst wurde. „Lilly, niemand kann mit Tieren sprechen“, erklärte er sanft. Es klang ruhig und nüchtern, so als würde er die Binomischen Formeln erläutern oder den Aufbau einer Zelle. „Tiere ... kommunizieren anders als ... als wir.“

Das letzte Wort betonte er merkwürdig, so als habe er eigentlich etwas anderes sagen wollen, er sprach jedoch mit einer Ernsthaftigkeit, die ihrer dummen Frage viel von ihrer Lächerlichkeit nahm.

„Es gibt allerdings ... Menschen ... Leute“, wieder dieses Zögern, die eigenartige Betonung, „Leute, die in einer ganz besonderen Art und Weise mit Tieren umzugehen verstehen ... Leute, auf die Tiere besonders reagieren, verstehst du?“

Lilly war sich nicht sicher. „So wie ... der Pferdeflüsterer?“, fragte sie unglücklich und hoffte, er war nicht mehr zu gekränkt wegen Anna-Marias Witz vorhin.

Und tatsächlich lächelte er nur. „Ja, so ähnlich.“

„Und du bist einer von diesen ... Leuten?“ Instinktiv ahmte sie seine Betonung nach.

„Ja.“ Das klang nun wieder ganz selbstbewusst. In seinen Augen blitzte es auf, als amüsiere ihn irgendetwas. „Anna-Maria hatte gar nicht so Unrecht, weißt du? Ich bin wirklich schon mal im Zirkus aufgetreten.“

„Echt? Das ist ja spannend!“

„Ja ...“ Er lächelte versonnen. „Es war ein kleiner Wanderzirkus. In Italien.“

Italien? Lilly war sprachlos. Island, Italien ... Was für eine bemerkenswerte Biografie er schon hinter sich hatte! Dabei war er höchstens siebzehn! Unwillkürlich fragte sie sich, was er wohl sonst noch so erlebt hatte. Von Island nach Italien nach Deutschland. Was mochte wohl dazu geführt haben? Dann dachte sie daran, was Kathy ihr vor so langer Zeit auf dem Sommerfest erzählt hatte. Seine Eltern waren tot. Waren sie Artisten aus Island gewesen, die durch Italien reisten und dort bei einem Unfall ums Leben gekommen waren?

Aber sie traute sich nicht, ihn danach zu fragen. Seine Eltern zu verlieren musste schrecklich sein, sie konnte es sich kaum vorstellen – und sie wollte ihn nicht traurig machen. „Wann war das?“, meinte sie stattdessen, sich schmerzhaft darüber bewusst werdend, wie wenig sie doch im Grunde über ihn wusste. Seit Monaten gingen sie nun schon in eine Klasse, wohnten fast Tür an Tür, seit Monaten schmachtete sie ihn schon heimlich an – aber manchmal, da war er ihr so fremd wie am ersten Tag.

„Hmmm ...“ Alahrian schien über die Frage erst nachdenken zu müssen. „Das war wohl so in den Zwanzigern ... ähm ... ich meine, es fühlt sich an, als wäre es zwanzig Jahre her ...“ Er begann, sich zu verhaspeln, wurde erst rot, dann blass. „Es war in einem anderen Leben“, erklärte er dann.

„Ah." Seine zerstreute Reaktion bestätigte Lillys Vermutung. Da war irgendetwas Schmerzhaftes in seiner Vergangenheit. Er wollte nicht darüber sprechen und sie akzeptierte das.

Und trotzdem fiel ihr noch etwas an ihm auf, in diesem Moment. Island ... Italien ... Welche Länder er auch immer bereist haben mochte, er kam ursprünglich nicht von hier, so viel stand fest. Trotzdem sprach er ohne den geringsten Hauch von Akzent.

Er aber zerstreute ihre Verwunderung, indem er plötzlich aufsprang und sie mit einem neuen Strahlen in den Augen anschaute. „Komm mit!", bemerkte er munter. „Soll ich dir die kleinen Robbenbabys zeigen? Wir können sie zusammen füttern, wenn du willst ..."

Einen Augenblick lang zögerte Lilly verblüfft, dann folgte sie ihm. Wer konnte einem solchen Angebot schon widerstehen?

Eine halbe Stunde später schlichen sie sich unbemerkt aus Bereichen des Tiergartens, den Besucher üblicherweise gewiss nicht betreten durften, doch Lilly musste zugeben, es war ein aufregendes, berührendes Erlebnis gewesen. Verschwörerisch zwinkerte sie Alahrian zu, während sie, ganz unschuldig, wieder auf gewohnten Pfaden durch den Zoo wanderten. Bis zum vereinbarten Treffpunkt mit dem Rest der Gruppe war noch ein wenig Zeit, sie konnte auch keinen der anderen in der Nähe entdecken, und so fragte sie, als sie an einem winzigen Café gegenüber des Flamingogeheges vorbei kamen: „Hast du Lust, noch einen Kaffee trinken zu gehen?"

Alahrian folgte ihrem Blick. „Ja, warum eigentlich nicht?"

Nebeneinander schlenderten sie zu dem winzigen Häuschen. Draußen standen nur ein paar Tische, aber die waren schon besetzt, also suchten sie sich einen Platz im Inneren. Dort sah das Ganze eher aus wie ein Schnellimbiss, mit orangefarbenen Plastikstühlen und in Folie eingeschweißten Sandwiches die sich hinter einer verspiegelten Theke stapelten. Die Wände waren mit bunten Tiermotiven bemalt, in einer Ecke stand ein Regal, das Souvenirs und Kinderspielzeug anbot.

Blinzelnd sah Lilly sich um. Die Idee war ihr spontan gekommen, nun wurde ihr das Merkwürdige an der Situation langsam bewusst. Einen Kaffee trinken gehen ... Das klang verfänglich nach einem ersten Date ... Andererseits: Für ein Date hätte sie sich einen anderen Ort ausgesucht.

Trotzdem klopfte ihr Herz ein bisschen, als sie sich an einem der Plastiktischchen niederließen, direkt am Fenster, das von blauen Elefantenaufklebern geschmückt war. Die Kellnerin lenkte sie von ihrem pochenden Puls ab, Lilly war dankbar dafür. Ohne in die Karte zu blicken, bestellte sie eine Tasse heiße Schokolade, und Alahrian: „Ein Wasser ohne Kohlensäure, ohne Zitrone, bitte." Er sagte es ausnehmend höflich, mit einem freundlich-distanzierten, aber sehr charmanten Lächeln, die Kellnerin, an Sonderwünsche gewöhnt, notierte es sich und zuckte nicht einmal mit der Wimper dabei.

Wow, dachte Lilly verwundert. Das konnte man mal kalorienbewusste Ernährung nennen! Dabei sah er nicht so aus, als hätte er das nötig. Im Gegenteil. Er war größer und um einiges schlanker als die meisten Jungs in der Klasse, hatte jedoch nichts Schlaksiges wie viele von dieser Statur. Jede seiner Bewegungen war von kontrollierter, zielgerichteter Geschmeidigkeit, sogar die Art und Weise, wie er entspannt und ruhig vor ihr saß, besaß eine gewisse Art von Würde, ja, von Eleganz. Und dabei fehlte ihm ganz die Arroganz, die manch gutaussehendem Menschen manchmal anhaftete.

Anna-Maria zum Beispiel war klar, dass sie hübsch war und sie zeigte es auch. Alahrian hingegen schien sich in keiner Weise bewusst zu sein, wie verdammt attraktiv er war.

Lilly wollte erröten, als es ihr bewusst wurde, starrte schnell aus dem Fenster, dann wieder zu ihm hin. Ruhig, beinahe in sich gekehrt, schaute er sie an. Lilly spürte ein Kribbeln im Rücken, als ihre Blicke einander begegneten, ihr Puls beschleunigte sich, doch es war nichts Unangenehmes daran. Ihn anzusehen schien so natürlich wie Atmen, obwohl seine schönen, blauen Augen Adrenalin durch ihre Adern jagten und Hitze unter ihre Haut, war es beinahe beruhigend, so wie wenn man lange in den Himmel blickte – oder in den Ozean. Sein Blick war so weit, so klar, man wollte sich verlieren darin, ertrinken darin.

Erst die Kellnerin, die die Getränke brachte, schreckte Lilly auf. Überrascht bemerkte sie, dass sie seit sie das Café betreten hatten, kein einziges Wort miteinander gewechselt hatten. Das war das Merkwürdige an Alahrian. Sie wusste so gut wie nichts über ihn, tausend Fragen hätte sie ihm stellen können, tausend Antworten hätte sie hören wollen. Doch wenn sie ihn ansah, dann schien das alles völlig bedeutungslos. Dann war seine reine Anwesenheit alles, was noch zu zählen schien.

Gedankenverloren rührte sie in ihrer Schokolade. Die Tasse war mit großzügigen drei Päckchen Würfelzucker gekommen, diese legte sie abwesend beiseite, nicht wegen der Kalorien, sondern weil die Schokolade ohnehin schon reichlich süß war.

Alahrian nippte, immer noch schweigend, an seinem Wasser und betrachtete angelegentlich die Zuckerpäckchen, die Lilly verschmäht hatte.

„Willst du sie nicht?", fragte er schüchtern, als ihm klar wurde, dass Lilly seinen Blick bemerkt hatte.

Ein bisschen irritiert schob sie ihm den Würfelzucker hin, als wäre er ein Kätzchen, das es zu füttern galt. Er zögerte zuerst, dann nahm er sie mit spitzen, schneeweißen Fingern entgegen, und Lilly beobachtete verblüfft, wie er nacheinander alle drei Päckchen reinsten Würfelzuckers auflutschte, als wären es Bonbons. So viel zur kalorienbewussten Ernährung. Andererseits: Es war das erste Mal, dass sie ihn überhaupt etwas essen sah. Während der Pausen aß er nichts, er ging nie in die Cafeteria, er balgte sich nie mit den anderen um irgendwelche Süßigkeiten. So schlank wie er war, hätte man meinen können, er leide unter irgendeiner Essstörung, dies hier jedoch widerlegte die Theorie eindeutig.

Alahrian wurde ein bisschen rot unter ihrem Blick und hielt unbehaglich inne. „Entschuldigung", murmelte er, peinlich berührt, als habe sie ihn bei etwas Unanständigem ertappt. „Ich bin ein wenig hungrig ..."

„Schon gut", entgegnete Lilly, die ihn keineswegs hatte beleidigen wollen, hastig. Drei Päckchen Würfelzucker wäre nicht ihre erste Wahl gewesen für ein Mittagessen, aber das war schließlich seine Sache.

„Du könntest dir ein Sandwich bestellen", schlug sie dennoch vor, um ihn zu ermutigen. Aus irgendeinem Grund schien es ihm unangenehm, eine eigentlich so natürliche Schwäche wie das Bedürfnis nach Nahrung vor ihr zuzugeben.

Alahrian schielte zu der verspiegelten Theke hin und schüttelte dann heftig den Kopf. „Nein, danke", erklärte er höflich, auf den letzten Zucker starrend, den er liegen gelassen hatte, offensichtlich gestört von Lillys verwundertem Blick.

Lilly seufzte lautlos. Ein bisschen seltsam war er ja schon ... Oder hatte er vielleicht einfach kein Geld, um sich etwas Ordentliches zu essen zu kaufen? Leiser Schrecken durchzuckte sie. Er war doch eine Waise, vielleicht ... Indes, überlegte sie, während sie ihn schon wieder verstohlen musterte, seine Kleidung sah nicht gerade so aus, als wäre er arm. Lilly achtete normalerweise nicht auf diese Dinge, nun, wo sie danach suchte jedoch, fiel es ihr umso deutlicher auf: Auf seiner Jacke war sehr dezent und kaum sichtbar das Label eines französischen Designers gestickt, und der Stoff seines sportlich geschnittenen Hemdes schimmerte glatt und zart, Seide, da war sie sicher. Die Marke seiner Jeans konnte sie nicht erkennen, aber es waren Markenjeans, das schien eindeutig. Nein, arm war er bestimmt nicht.

Verstohlen schob sie ihm das letzte Zuckerpäckchen zu. Alahrian lächelte scheu.

„Darf ich dich einladen?", fragte er, keine zwei Minuten, nachdem er den letzten Würfel hinuntergeschluckt hatte.

Lilly nickte überrascht. Was für gute Manieren er hatte! Sehr gentlemanlike ... „Gerne", sagte sie laut und schenkte ihm ein Lächeln. „Danke."

Nachdenklich beobachtete sie, wie er bei der Kellnerin zahlte – mit einem Fünfzig-Euro-Schein – und ein großzügiges Trinkgeld gab. Okay, er war eindeutig nicht arm ... Das machte es leichter, die Einladung anzunehmen, sie brauchte also kein schlechtes Gewissen zu haben. Trotzdem hatte es etwas merkwürdig Prickelndes an sich. Hätte jeder für sich gezahlt, dann wäre es einfach nur ein Imbiss gewesen, ein Zwischenstop im Café, flüchtig und bedeutungslos. Aber er hatte gezahlt. Entweder, weil er wirklich auf eine altmodische Art wohlerzogen war, oder ... Oder weil dieses Treffen doch eine Art Date gewesen war ...

Ihr Herz tanzte, als sie neben ihm nach draußen schlenderte. Dummerweise liefen sie dort einer Gruppe Jungs aus seinem Volleyballteam direkt in die Arme. Es gab ein paar vielsagende Blicke und lautloses Getuschel, das weder Lilly noch Alahrian entging, die Diskretion, sich einfach nur zurückzuziehen, hatten die Typen jedoch nicht. Es dauerte keine Minute, dann waren sie von schwatzenden Klassenkameraden umgeben, die sie allmählich zum Rest der Gruppe zurückdrängten.

Alahrian warf Lilly einen entschuldigenden Blick zu, aber sie lächelte beruhigend. Sie hätten ohnehin bald zum Treffpunkt zurückkehren müssen. Schade eigentlich, dachte sie mit einem Anflug von Enttäuschung. Sie hätte gern noch ein bisschen mehr Zeit mit ihm allein gehabt.

Tanz in den Mai

Alahrian, warte mal!“

Irritiert wandte Alahrian sich um und sah Thommy Niedermeier den Gang entlang auf sich zujoggen.

„Ja?“

„Sag mal“, der andere wirkte ungewohnt aufgewühlt. „Gehst du mit Lilly zum Frühlingsfest?“

„Zum was?“

Alahrian blinzelte verständnislos.

„Na, zum Frühlingsfest ...“ Thommy machte einen etwas genervten Eindruck, wühlte ein Blatt Papier, offensichtlich aus einer Zeitung ausgeschnitten, aus seiner Jeanstasche und hielt es Alahrian hin. „Du weißt schon ... Das ist doch jedes Jahr.“

Alahrian betrachtete skeptisch die Zeitungsanzeige. TANZ IN DEN MAI war das Ganze überschrieben, in verspielten Lettern, mit Blumen umrankt, darunter eine Ankündigung verschiedenster Programmpunkte, die Alahrian nicht erkennen konnte, weil Thommy ihm den Ausschnitt bereits wieder unter der Nase wegschnappte, als handele es sich um eine ganz besondere Kostbarkeit.

„Und? Gehst du mit Lilly hin?“

Alahrian verzichtete darauf, ihn zu erinnern, dass er vor zwei Sekunden noch nicht einmal gewusst hatte, worum es sich handelte und fragte sich stattdessen stumm, wie Thommy eigentlich auf die Idee kam, jemand wie Lilly könne mit jemandem wie ihm auch nur irgendwohin gehen wollen.

„Warum fragst du?“, bemerkte er laut.

„Na ja ...“ Thommy druckste ein wenig herum, Alahrian glaubte schon, er wolle vielleicht selbst mit Lilly dorthin gehen und fühlte eine jähe, unkontrollierte Hitze in sich aufsteigen, gerade als Thommy endlich sagte: „Ich dachte, ich frage vielleicht Anna-Maria, aber ich bin nicht sicher, ob sie auf so was steht, und weil doch Lilly und Anna-Maria so gut befreundet sind ... Na ja: Dann könnten wir ja alle zusammen gehen! Das wäre vielleicht einfacher!“

Alahrian starrte verblüfft und versuchte angestrengt, diesem äußerst komplexen Beispiel sterblicher Gefühlslogik zu folgen. Ihm wurde ein bisschen schwindelig davon.

„Das Frühlingsfest ist eine ganz große Sache diesmal“, plapperte Thommy unterdessen weiter auf ihn ein. „Vom Bürgermeister gesponsert! Es gibt einen richtigen Ball im Gemeindezentrum und ...“

„Einen Ball?“ Alahrian horchte auf.

„Ja.“ Thommy verzog ein bisschen das Gesicht. „Ich weiß, es ist albern, aber Mädchen stehen doch auf so was, oder?“

Eine Flut von Erinnerungen durchströmte Alahrian. Ein Ball ... Früher war er oft auf Bällen gewesen, hatte die verschiedensten Königshöfe Europas besucht, ganze Nächte lang hatte er durchtanzt, im Kerzenschein, der sich in unzähligen Spiegeln brach, zu lieblicher Orchestermusik, die bis in die Gärten hinausströmte, von Sternenlicht bekränzt, von Mondlicht durchtränkt ...

Allerdings war es gewiss hundert Jahre her, seit er das letzte Mal einen Ball besucht hatte. Die Gepflogenheiten mochten sich geändert haben, wer wusste das schon so genau?

„Du meinst einen richtigen Ball mit Musik und Tanzen und so?“, vergewisserte er sich vorsichtig.

„Hmmm ...“ Thommy schien seine Frage falsch zu verstehen. „Findest du das albern?“, entgegnete er kläglich. „Zu altmodisch?“

„Nein, gar nicht!“, beeilte sich Alahrian zu versichern. Altmodisch ... Altmodisch war gut, sehr gut sogar. Unwillkürlich überflutete die Vorstellung, mit Lilly in den Armen über ein blank poliertes Parkett zu gleiten, Walzerklänge im Hintergrund, das Rascheln von Seide über den Schuhspitzen, sein Bewusstsein. Sein Herz begann zu klopfen, dann zu rasen.

„Denkst du, Anna-Maria steht auf so was?“, bemerkte Thommy nachdenklich.

„Keine Ahnung ...“ Alahrian hatte Mühe, aus seinem Tagtraum zu erwachen. Tanz in den Mai! Mit Lilly im Mondschein durch die Wiesen zu schweben ... Sie zu wiegen und zu drehen ... in den Armen zu halten ...

Thommy stieß ihn unsanft in die Seite. „He, ich rede mit dir!“

Alahrian blinzelte. „F-frag sie ... doch einfach ...“, stammelte er hastig.

„Ich weiß nicht“, Thommy seufzte tief. „Das ist voll peinlich, oder? Ich weiß auch gar nicht, wie ...“

Aber Alahrian wusste, wie. Er war auf vielen Bällen gewesen, in London, Wien, Paris ... Er kannte jedes Detail höfischer Etikette, er hatte an unzähligen Fürstenhöfen gelebt. Altmodisch ... Ein Ball war altmodisch, aus einer anderen Zeit, den Regeln vergangener Jahrhunderte folgend. Seiner Jahrhunderte. Zum ersten Mal, seit er an dieser Schule unter Teenagern lebte, hatte Alahrian das Gefühl, etwas vielleicht wirklich gut zu können. Tanzen, Musik, rauschende Feste ... Das war etwas, das den liosalfar im Blut lag, ein Gebiet, auf dem er sich endlich einmal sicher sein konnte.

Thommy hatte gesagt, Mädchen würde so etwas gefallen. Würde es Lilly gefallen? Ein wilder, irrationaler Teil seiner selbst schrie ja, ja es würde ihr gewiss gefallen ...

„Ich werde Lilly fragen“, sagte er laut, wie in Trance. Die bloße Vorstellung, mit Lilly auf so ein Fest zu gehen, berauschte ihn völlig, er war außer Stande, einen vernünftigen Gedanken zu fassen.

Da gab es tausend Bedenken, tausend Gründe, warum er sich ihr nicht derart nähern durfte, doch sie alle schmolzen in der kribbelnden Aufregung dahin, die ihn plötzlich erfasst hatte.

„Dann machen wir es also?", entgegnete Thommy strahlend. „Wir gehen zu viert dorthin?"

Alahrian nickte feierlich. „Ja, wir machen es."

„Und wann fragst du sie?" Thommy sah mit einem Mal ein wenig blass aus.

„Jetzt gleich ..." Alahrian hatte das Gefühl, es nicht länger erwarten zu können. „Ich frage sie jetzt gleich."

„Ganz schön mutig", wisperte Thommy hinter ihm anerkennend, das aber nahm Alahrian schon kaum mehr wahr.

Ein Ball! Er würde mit Lilly auf einen Ball gehen und es würde ganz wundervoll werden! Sein Puls hämmerte in den Fingerspitzen, er hatte Mühe, das Leuchten zu kontrollieren, das in ihm aufsteigen wollte. Fieberhaft machte er sich auf die Suche nach Lilly und war völlig außer Atem, obwohl er gar nicht gerannt war, als er sie endlich fand. Sie stand vor dem Klassenzimmer, ihren Ordner unterm Arm, einen Blick ins Mathebuch werfend, und wartete auf den Beginn des Unterrichts und – sie war allein! Das war ein gutes Zeichen, eines, das Alahrian ermutigte, und forsch schritt er auf sie zu.

Sein Herz schien zu explodieren, kurz bevor er vor ihr stand. Hatte er sich gerade noch eingebildet, diese Dinge wären einfach? Was war denn eigentlich in ihn gefahren? Ein Anflug von Größenwahn vielleicht?

Was, wenn sie nein sagte? Gewiss wollte sie nicht mit ihm zu diesem Ball gehen, ohnehin: Es war an einem Wochenende, sie hatte bestimmt Besseres vor, und selbst wenn nicht ... Er war kein Mensch. Was dachte er sich bloß?

In Panik wollte er auf dem Absatz kehrt machen, doch da blickte sie plötzlich auf, ihre schönen, ihre allzu schönen Augen streiften sein Gesicht, ein Lächeln glitt über ihre Lippen, und es klang wie Musik, als sie seinen Namen rief: „Alahrian! Hi!"

Wie an einem magischen Seil herangezogen trat er einen Schritt auf sie zu. Sie hatte keine Ahnung, was er wirklich war, vielleicht würde sie ihn hassen, wenn sie es erfuhr, aber andererseits: Sie hatte ihm geholfen, als er im Bergwerk fast ohnmächtig geworden war, sie hatte ihn zu sich nach Hause eingeladen, und hatte nicht neulich im Zoo sie ihn in das Café geführt? Jetzt lächelte sie ihn an, nur ihn, und er fühlte, wie eine seltsame Wärme durch seinen ganzen Körper kribbelte.

„Hast du die Mathehausaufgabe gemacht?", fragte sie ihn beiläufig. „Die letzte Aufgabe? Also, ich blick da irgendwie nicht durch ..."

Er hatte Schwierigkeiten, ihren Worten zu folgen. Stumm schüttelte er den Kopf, während eine Stimme in seinem Inneren schrie: Frag sie! Frag sie jetzt!

Seine Handflächen wurden feucht. Sein Herz raste jetzt so schnell, dass es ihn fast erstickte, und er war sicher, es würde ihm direkt über die Zunge rollen, wenn er auch nur den Mund aufmachte.

„Alahrian?" Stirnrunzelnd sah sie ihn an. „Alles okay?"

Er schluckte hart. „Sicher. Ich ... ich wollte dich bloß was fragen."

„Ja?" Aufmunternd schaute sie zu ihm auf.

„Ja, also ..." Etikette, Fürstenhöfe, menschliche Sprache ... All das schien plötzlich aus seinem Kopf herausgefegt wie nach einem Tornado. „Hast du am Wochenende schon was vor?", würgte er endlich hervor.

Lilly zuckte mit den Schultern, doch er glaubte, auch auf ihrem Gesicht einen Hauch von Nervosität aufblitzen zu sehen. „Nichts Besonderes."

„Na ja, weißt du ... Wenn du willst ... Also ..." Er riss sich zusammen. „Hättest du Lust, mit mir zum Tanz in den Mai zu gehen?", fragte er, mit halbwegs beherrschter Stimme, lächelnd, den Kopf geneigt zu etwas, das man als Andeutung einer galanten Verbeugung hätte verstehen können.

Dann verließen ihn die höfischen Manieren, die Worte, die eben noch nicht hatten kommen wollen, schossen nun geradezu aus ihm hervor, und er redete schnell und wirr weiter: „Das ist ein Ball. Mit Tanz und Musik. Vielleicht findest du es albern, aber ... Also, wenn du nicht willst, dann ..."

„Ja."

Zusammenzuckend blickte er auf. „Ja?"

„Ja", sagte sie schnell. „Ich würde sehr gerne mit dir dorthin gehen."

Alahrians malträtiertes Herz machte einen Hüpfer, gleichzeitig erschrokken und erfreut. „Super! Dann ... dann sehen wir uns am Wochenende, ja? Ich hole dich um acht ab!"

Taumelnd vor Begeisterung drehte er sich um und lief den Korridor entlang. Er war fast am Ende angelangt, als ihm einfiel, dass auch er jetzt Mathe hatte, in eben jenem Klassenzimmer, vor dem Lilly stand. Wo hatte er nur seinen Kopf! Den Unterricht hatte er ganz vergessen. Aber das war ihm jetzt beinahe egal. In seinem Inneren hüpften Walzerklänge, während er lächelnd zum Klassenzimmer zurückkehrte.

Alahrian hatte sich sieben Wecker gestellt. Wenn man unendlich viel Zeit zur Verfügung hatte, dann war es sehr schwer, ein Gefühl für ihr Verstreichen zu entwickeln.

Die Menschen machten einen unglaublichen Aufriss um die Zeit, das war eines der Dinge, die Alahrian am allerwenigsten nachvollziehen konnte. Deshalb kam er beständig zu spät. Die Erfindung des Weckers war da sehr hilfreich, aber leider nicht immer.

Diesmal jedoch hatte er vorgesorgt. Diesmal war er vollkommen sicher, pünktlich auf die Sekunde vor Lillys Haustür zu stehen, um sie zum Ball abzuholen.

Er hatte eine seiner schönsten Rosen gepflückt, um sie ihr zu überreichen, er trug einen Smoking und er hatte sich sogar überwunden, seine Füße in absolut schreckliche Lackschuhe zu pressen, obwohl er nicht sicher war, ob er damit würde tanzen können. Aber alles sollte perfekt sein. Es würde perfekt sein ...

Er glaubte fest daran, genau so lange, bis er die Treppe hinunterschlenderte und auf dem Absatz Morgan in die Arme lief.

„Wo willst du hin?“, fragte der döckalfar verblüfft. „Und wie um alles in der Welt siehst du überhaupt aus?“ Abschätzend musterte er seinen Bruder von oben bis unten.

Normalerweise hätte dieser Blick Alahrian eingeschüchtert, aber nein, nicht heute. Mode war eine Erfindung der Sterblichen, beinahe ebenso kompliziert wie die Zeit, vor allem, weil sie sich ebenso schnell änderte wie diese. Vor ein paar Jahrzehnten noch hatte man Kniehosen und Gehröcke getragen, und jetzt? Es war schwierig und verwirrend, aber diesmal war Alahrian sicher, dass er keinen Fehler gemacht hatte. Die Jungs in seiner Klasse unterhielten sich nicht oft über Mode, nicht so oft wie die Mädchen jedenfalls, aber darüber, was sie zum Ball anziehen würden, hatten sie geredet. Alahrian hatte höchst aufmerksam zugehört, und Thommy Niedermeier war er schließlich sogar heimlich nachgeschlichen, als der mit seinem Vater zum Herrenausstatter gegangen war. Er hatte alles genau beobachtet.

Nein, Morgans bissige Kommentare prallten an ihm ab. Sein Outfit war perfekt! Stolz richtete er sich zu seiner vollen Größe auf, um Morgan sein gesamtes, neu erworbenes Selbstbewusstsein entgegenzuschleudern. „Ich gehe mit Lillian auf den Tanz in den Mai“, erklärte er würdevoll und wollte an Morgan einfach vorbeirauschen, der jedoch hielt ihn grob am Arm zurück.

„Du gehst nirgendwo hin“, sagte er kalt.

Alahrian funkelte ihn an. „Ich glaube nicht, dass du das zu bestimmen hast.“

„Oh doch, das habe ich!“ Morgan schüttelte zornig den Kopf. „Weißt du denn nicht, welcher Tag heute ist?“

Alahrian überlegte ernsthaft. „Ich weiß, es ist Viertel nach sieben, und ich werde Lillian um acht abholen“, sagte er fest. „Das genügt!“

„Großer Gott!“ Morgan verdrehte die Augen. „Heute ist Beltaine, du Idiot!“

„Was?!!“ Alahrian konnte fühlen, wie er um mehrer Grade blasser wurde.

„Du kannst das doch unmöglich vergessen haben!“ Morgan ächzte. „Das kann doch wohl nicht wahr sein!“ Leise begann er, vor sich hin zu fluchen, aber Alahrian hörte nicht richtig zu.

Beltaine ... Er hatte es tatsächlich vergessen. Zweimal im Jahr das selbe Spiel, und er hatte es vergessen. Zum ersten Mal seit Hunderten von Jahren. Er hatte nur an Lilly gedacht, an sonst nichts!

„Du gehst nicht zum Ball“, erklärte Morgan entschieden. „Du bleibst hier und bewachst das Tor, wie es deine Aufgabe ist, hörst du?“

Alahrian ließ sich auf die Treppenstufe sinken. „Aber ich kann doch nicht ... ich ... ich meine, ich kann sie doch nicht einfach versetzen!"

„Sag ab", meinte Morgan hart. „Ruf sie an. Oder besser: Schreib eine SMS. Du bist ein miserabler Lügner, und wenn man dich unter Druck setzt, dann neigst du dazu, die Wahrheit zu sagen. Und die willst du ihr doch nicht sagen, oder? Die Wahrheit?"

Aber das wollte Alahrian. Er wollte nichts mehr, als ihr die Wahrheit zu sagen. Alles ... Was auch immer sie wissen wollte, rückhaltlos. Doch das konnte er nicht.

Deprimiert ließ er den Kopf sinken und sah zu, wie die Rose in seiner Hand verwelkte, obwohl er sie gerade erst gepflückt hatte. „Wie schreibt man eine SMS?", erkundigte er sich tonlos.

Morgan seufzte. „Himmel, liosch, du lebst unter Teenagern!" Er zückte ein winziges, matt glänzendes Mobiltelefon und reichte es Alahrian.

Der aber starrte es nur traurig und hilflos an und machte keinerlei Anstalten, danach zu greifen. Morgan verdrehte wieder die Augen. „Also gut, ich mach das." Er begann, blitzschnell die winzigen Tasten zu drücken und ließ das Telefon dann sinken.

„Was hast du ihr gesagt?" Alahrian war so niedergeschlagen, dass er fast gleichgültig den Kopf hob.

Morgan streckte ihm das Display entgegen, damit er den Text lesen konnte:

Hey Süße. Bin beschäftigt. Schaff's leider nicht zum Ball. Sorry! A.

Wäre Alahrian in der Lage gewesen, einen Herzinfarkt zu bekommen, dann wäre es gewiss in diesem Augenblick passiert. „Waaas?", krächzte er und fühlte, wie seine Magie unter der Haut zu kochen begann, so wütend war er. „Das hast du ihr geschickt?" Winzige, rote Flämmchen zuckten bedrohlich über seine Handflächen.

Morgan blinzelte. „Reg dich ab! Konzentrier dich auf Beltaine, das ist wichtiger."

Alahrian sprang auf, unsicher, ob er zuerst Morgan den Hals umdrehen oder zu Lillian laufen und ihr alles erklären sollte. Aber das Schlimmste war: Morgan hatte nicht vollkommen Unrecht. Er hätte nichts lieber getan, als mit Lilly auf den Ball zu gehen, aber wenn er das Tor nicht bewachte, dann brachte er sie in tödliche Gefahr, dann wäre dieser Ball der letzte, auf den sie jemals gehen würde.

Sie würde enttäuscht sein, verletzt ... Aber sie würde in Sicherheit sein. Das war alles, was in diesem Moment zählte. Sie waren so leicht verwundbar, die Sterblichen, so zerbrechlich. Er konnte nicht zulassen, dass ihr etwas geschah.

„Süße ...", stöhnte er fassungslos. „Und sorry ... Du hättest ihr sagen müssen, dass ich untröstlich bin, dass ich sie auf Knien um Vergebung bitte und dass ich ..."

„Ich bitte dich", Morgan verzog das Gesicht. „Kein Mensch faselt heutzutage noch so einen Schwachsinn! Sei cool. Die Sterblichen mögen das. Vertrau mir, ich weiß, wovon ich spreche."

Alahrian lehnte sich schwer gegen die Wand. Ihm war zum Heulen zumute, aber er konnte nicht riskieren, es regnen zu lassen. Das nicht auch noch!

Das Telefon in Morgans Hand piepste leise.

Alahrian zuckte zusammen. „Was war das?"

„Sie hat geantwortet." Morgan zeigte ihm wieder das Display:

Schon okay. Wir sehen uns in der Schule! L.

„Schon okay?!!!" Alahrian fühlte, wie er den Boden unter den Füßen verlor. „Was soll das heißen?", rief er mit überschnappender Stimme. „Schon okay?"

Morgan zuckte mit den Schultern. „Anscheinend war ihr der Ball nicht ganz so wichtig wie dir ...", bemerkte er kleinlaut.

„Aber ... aber ..." Ein kleiner Sturmwind wehte durch das Haus und fegte einen Van Gogh von der Wand.

„Alahrian!", rief Morgan scharf. „Reiß dich gefälligst zusammen!"

Alahrian sank zurück auf die Stufen, verbarg das Gesicht in den Händen und versuchte, in sich zu vergraben, was er fühlte. „Nicht so wichtig ...", wiederholte er wie vor den Kopf geschlagen und blickte traurig auf die verwelkte Blüte in seiner Hand herab.

„Nicht so wichtig ..."

„Er hat mich versetzt! Per SMS! Er hat noch nicht einmal angerufen!" Schluchzend vergrub Lilly das Gesicht in ihrem Kopfkissen, während Anna-Maria ihr tröstend über den Rücken strich und verzweifelt versuchte, sie zu beruhigen.

„Er ist eben ein Arsch, das hab ich dir gesagt!"

„Ich gefalle ihm nicht!" Lillys Stimme erstickte fast in ihren Tränen. „Er hat bloß mit mir gespielt!"

„Ach, komm schon, Liebes ..." Anna-Maria beugte sich zu ihr herab. „Er hat dich gar nicht verdient!"

„Meinst du?" Schniefend richtete sich Lilly auf.

Anna-Maria hielt ihr fürsorglich eine Packung Taschentücher hin.

„Danke ..."

Anna-Maria umarmte sie hilflos, und Lilly besaß sogar noch genügend Geistesgegenwart, den Kopf wegzudrehen, damit ihre verlaufene Wimperntusche nicht Anna-Marias pinkfarbenes Seidenkleid befleckte. Anna-Maria hatte eigentlich Morgan fragen wollen, ob er mit ihr auf den Ball ging, doch bevor sie sich das getraut hatte, hatte Thommy Niedermeier sie gefragt. Natürlich war es besser, gefragt zu werden als selbst fragen zu müssen, und Anna-Maria war also mit Thommy verabredet. Zum Glück ... Nichts wäre schlimmer, als wenn auch noch dieser gruselige Morgan ...

Lilly schüttelte sich. Andererseits ... Thommy Niedermeier saß jetzt unten im Wohnzimmer und wartete geduldig, bis Anna-Maria ihren Job als Seelsorgerin beendet hatte. Es war peinlich, in jedem Fall war es grauenhaft peinlich!

„Du solltest gehen“, schluchzte Lilly verlegen. „Thommy wartet schon auf dich! Und du siehst ...“, jetzt verzerrten Tränen ihre Stimme, „du siehst wirklich wunderhübsch aus ...“

„Wirklich?“ Anna-Maria drückte sie noch einmal an sich. „Komm doch mit! Es sind bestimmt noch ein paar andere süße Jungs da. Vergiss Alahrian! Der ist sowieso ein Idiot!“

Einen winzigen Moment lang spielte Lilly mit dem Gedanken, es wirklich zu tun. Sich zu rächen, indem sie sich trotz alledem amüsierte. Aber es wollten nur Tränen kommen. „Nein, ich sehe bestimmt grauenhaft aus!“, schniefte sie. „Geh allein! Hab Spaß mit Thommy! Ich drück dir die Daumen ...“

Anna-Maria stand auf, verabschiedete sich mit einem mitleidigen Blick, hielt unter der Tür aber noch einmal inne. „Es war richtig, dass du ihm nicht gezeigt hast, wie sehr er dich verletzt hat“, meinte sie tröstend. „Wenigstens braucht er sich jetzt nichts drauf einzubilden!“ Sie lächelte aufmunternd, dann verschwand sie durch die Tür, um zum Tanz in den Mai zu gehen.

Tanz in den Mai ... Was für ein dämlicher Name für ein dämliches Fest! Bestimmt wäre es sowieso langweilig geworden. Wer brauchte schon so einen dummen Ball! Und überhaupt ...

Lilly betrachtete ihr verheultes Gesicht im Spiegel, stand auf und drehte sich davor hin und her. Sie trug ein Kleid, verdammt noch mal! Ein blaues Ballkleid mit Spitzen und Rüschen, und ... Wütend zerrte sie an dem Reißverschluss, riss sich das blöde Kleid vom Leib und schleuderte es zornig in die Ecke.

Beschäftigt war er, pah! Ein masochistischer Teil ihrer Selbst zwang sie dazu, das Handy erneut in die Hand zu nehmen und den Text, den sie natürlich längst auswendig kannte, noch einmal zu lesen.

Mistkerl!

Anna-Maria hatte Recht. Es gab andere Jungs, bessere ... Aber Alahrian war ... er war ... Wieder stiegen ihr Tränen in die Augen. Er war ... der größte Mistkerl aller Zeiten!

Das Handy folgte dem Kleid in die Ecke. Nicht eine Träne sollte sie über diesen Typen vergießen, nicht eine!

Seufzend kroch Lilly ins Bett, zog sich die Decke über den Kopf und weinte in ihr Kissen, bis sie einschlief.

Alahrian legte die Hand auf das eiserne Tor. Sofort fühlte er, wie das Metall seine Haut verbrannte, sein Fleisch versengte und zuckende Wellen von Schmerz bis hinauf in seinen Oberarm jagte. Alahrian presste die Kiefer fest aufeinander und versuchte, nicht zu schreien. Das Metall war kalt,

Sterbliche hätten es ohne weiteres berühren können, für ihn aber fühlte es sich an, als stünde es unter Feuer. Eisen war wie Gift für die liosalfar.

Doch obwohl ihm die Schmerzen die Tränen in die Augen trieben, ließ er nicht los, drückte stattdessen noch fester zu und ließ winzige Fäden von Licht durch seine verbrannte Handfläche treiben, bis sie in blauer Helligkeit erstrahlte. Der Schmerz sank auf ein erträgliches Maß herab, nun aber trat ihm vor Anstrengung der Schweiß auf die Stirn, während er begann, seine Kräfte mit dem Tor zu verweben. Das Eisen leuchtete jetzt wie seine Haut, weiß-glühende Muster traten unter dem Metall hervor, Zeichen und Bilder und Symbole in einer Sprache, die nicht von dieser Welt war.

Alahrian streckte seinen Geist aus und verband ihn mit dem Tor, spann ein dichtes, schimmerndes Netz aus Licht um das Metall, konzentrierte sich auf jeden Winkel, jede Fuge, bis er einen festen, undurchdringlichen Schild errichtet hatte.

Sein Herz raste mittlerweile. Keuchend rang er nach Atem und schloss die Augen, konzentrierte sich ganz auf das Tor, nur auf das Tor, nicht auf seinen rebellierenden, vor Schwäche zitternden Körper.

Vorsichtig, behutsam wie mit unsichtbaren Fühlern tasteten seine Gedanken nach dem, was hinter dem Tor lag. Doch er spürte nur Dunkelheit und Stille. Noch ...

Beltaine ... Die Nacht, in der sich die Tore der Sidhe öffneten und die Wesen der Anderswelt in diese Welt eindrangen ... Alahrian konnte nur hoffen, dass Morgan mit ihnen fertig werden würde. Aber Morgan war ein Krieger. Er hatte noch nie versagt, nicht einmal in Hunderten von Jahren. Er war stark.

Alahrian biss sich auf die bebenden Lippen und hoffte, auch er würde stark genug sein. Stark genug, das Tor verschlossen zu halten. Die Hohlen Hügel mochten ihre Pforten öffnen und ausspeien, was sie verbargen, doch dieses Tor musste um jeden Preis gehalten werden.

Alahrian lehnte sich gegen das leuchtende, von seiner eigenen Magie erfüllte Metall, obwohl es ihm die Haut verbrannte und sendete seinen Geist noch einmal aus.

Und da sah er es ... Schwarze Schwingen, kalt glänzend wie geschmolzenes Glas, mit Federn so scharf und tödlich wie Rasierklingen aus Obsidian.

Alahrian hielt den Atem an. Das Wesen war schön, unglaublich schön ... Dunkelheit umgab es, Schwärze verwischte die Konturen seines Körpers, und doch ...

Ihm war, als ertränke er in einem Ozean aus schwarzem Schiefergestein, Finsternis umwogte ihn wie ein erstickender Nebel, doch die Augen des Wesens, lichtschluckend und voller Wildheit, ruhten weiter auf ihm, schön in ihrem Schrecken, wundervoll in ihrem Grauen. Flammen zuckten auf seiner Haut, Alahrian konnte sie beinahe spüren, die Hitze, den Rauch, die Qual. Etwas in seinem Inneren wand sich, getreten wie ein Hund, ein anderer Teil wollte beinahe singen, lachen, tanzen, sich der Dunkelheit entgegenwerfen und sich vom Tod in die Arme schließen lassen.

Das war stets der schwerste Teil.

Alahrian ...

Das Wesen rief lautlos seinen Namen. Seine Stimme war wie Donnergrollen, wie ersterbende Sonnen und Monde, die weltenvernichtend aufeinander prallten. Gleichzeitig war sie so verlockend, dass es Alahrian in der Brust schmerzte. Sein Herz krampfte sich zusammen, sein Geist krümmte sich. Ruhe, versprach die unsichtbare Stimme, Stille, keine Schmerzen mehr ...

Alahrian biss sich auf die Lippen, bis er sein eigenes Blut auf der Zunge schmeckte. Verzweiflung erfüllte sein Innerstes, Trauer, Wut, Hass, jedes Quantum an negativen Gefühlen, die er je empfunden hatte, drohte in ihm aufzuwallen, sich zu entfesseln, über die Welt hinwegzufegen wie ein Sturmwind.

Alahrian presste die Hand gegen das Tor, schleuderte Licht in Wellen gegen das Metall.

Die schwarzen Schwingen erhoben sich, peitschten durch die Nacht.

Lass mich frei ... Du willst es ... Ich weiß es ... Lass mich gehen ...

„Nein!" Alahrian musste es laut schreien, um die Stimme in seinem Kopf zu übertönen.

Warum quälst du dich so? Öffne das Tor ...

Wieder dieses sanfte, lockende Versprechen. Ruhe, Frieden, Erlösung. Die Schwingen kamen ihm jetzt ganz weich vor, samtig, er glaubte sie fast auf seiner Wange zu spüren, eine kühle, lindernde Berührung.

Öffne das Tor ...

Alahrian fühlte eine neue Woge vernichtender Verzweiflung in sich. Auch das war eine Waffe des Wesens, er wusste es. Aber es war schwerer, ihr zu widerstehen, heute, da er so traurig war.

Lillian. Sie wollte ihn nicht, er war ihr gleichgültig ...

Alahrian presste die Kiefer aufeinander und suchte nach dem Licht in seinem Inneren, während ihm gleichzeitig die Tränen über die Wangen liefen. Das Leuchten unter seiner Hand war jetzt schwächer, das Netz aus blauer Helligkeit zitterte, schwankte.

Er versuchte, noch mehr Kraft aus seinem Inneren herauszuziehen, doch alles, was er in seinem Geist fand, waren Bilder von Lillian. Ihr Lächeln, ihre Stimme, die Augen ...

Es ist egal, ob sie mich will oder nicht. Ich liebe sie. Und ich will, dass sie in Sicherheit ist.

Eine Vision von Tod und Verderben stieg in ihm auf, von Feuer, Asche und schwarzen Schwingen, die über verbrannte Erde hinwegzogen.

„Nein!", schrie er laut in die Dunkelheit hinter dem Tor hinein. „Du wirst nicht gewinnen, niemals!"

Seine Muskeln begannen vor Anstrengung zu zittern, ihm war schwindelig, blutrote Schlieren tanzten vor seinen Augen, und er dachte an Lillian. Er musste es aushalten, musste stark sein, für sie ... Sie sollte nicht in einer Welt aus Dunkelheit und Feuer leben müssen.

Das Wesen hinter dem Tor tobte jetzt. Er konnte seine Macht gegen das Tor prallen fühlen, und jede Erschütterung jagte Wogen von Schmerz durch seinen Körper.

Du kannst es beenden, flüsterte das Wesen in seinem Kopf. Ich gebe dir Frieden und Ruhe ... Die Stimme war sanft und weich, schwarzer Satin, der über glänzenden Stahl glitt.

„Nein!“, brüllte Alahrian. „Ich – bin – stärker – als – du!“ Und damit schleuderte er seine ganze Magie, jeden Funken von Licht gegen das Tor. Das Metall erglühte in allen Blautönen des Himmels, Alahrians Hand strahlte, strahlte so hell, dass man die Knochen darin durchscheinen sehen konnte.

„Ich bin stärker als du!“

Das Wesen verstummte. Alahrian stand reglos, die Hand gegen das Tor gepresst, zitternd vor Erschöpfung, doch ohne zurückzuweichen. Er spürte, wann der Morgen anbrach, obwohl es hier unten so dunkel war, spürte die ersten Sonnenstrahlen in der Ferne, das Erwachen des Tages. Es war vorbei. Er hatte es geschafft. Wieder einmal hatte er den Schatten besiegt.

Er taumelte die Treppe mehr empor, als dass er ging. Jede Faser in seinem Leib tat ihm weh, das Herz schlug hektisch und unregelmäßig, das Licht unter seiner Haut war beinahe erloschen.

In der Eingangshalle traf er auf Morgan. Auch er wirkte erschöpft, ein Teil seiner Kleidung hing in Fetzen, auf seinem Gesicht waren Spuren von Blut. Schwarzes Blut. Nicht sein eigenes also.

Alahrian lächelte erleichtert. Alles in Ordnung? fragte er seinen Bruder in Gedanken, zu müde, um es laut auszusprechen.

Ja. Bei dir?

Alles okay.

Mehr brachten sie beide nicht zustande. Alahrian stolperte die Stufen in sein Schlafzimmer hinauf. Er schaffte es gerade noch bis zum Bett, dann erloschen seine Kräfte wie eine Kerzenflamme, von einem Windhauch ausgeblasen.

Lautlos brach er zusammen, und nur ein paar besorgte Rosenranken zogen ihre Dornen ein und krochen über seinen Körper, um ihn mit ihren Blüten zu wärmen.

Als viel zu kurz darauf der erste Wecker ihn aus tiefem, bleiernem Schlaf riss, war er von Müdigkeit zunächst so trunken, dass er im ersten Moment noch nicht einmal begriff, wo er sich überhaupt befand. Dann blinzelte er stöhnend die Schleier vor seinen Augen weg, erkannte die verschwommenen Konturen seines eigenen Schlafzimmers, die Rosen, die sich wie eine lebendige, raschelnde Decke über ihn gebreitet hatten, und prompt stürzten die Erinnerungen wie zersplitternde Hagelkörner in seinen Kopf zurück: Beltaine ... Das Wesen ... Das Tor ...

In seiner Hand pochte ein unangenehmer Schmerz, er schloss wieder die Augen, drehte sich zur Seite und wollte gerade wieder einschlafen, als der zweite Wecker losschrillte. Mit einem unwilligen Knurren und ohne die allzu schweren Lider zu öffnen, streckte Alahrian die unverletzte Hand aus, um den grässlichen Wecker mit einem kleinen Lichtblitz zum Schweigen zu bringen – und stellte frustriert fest, dass es nicht ging. Er war ausgelaugt, leer. Er hatte keine Kraft mehr übrig.

Ziellos tastete er also nach dem verdammten Ding, fegte es dabei unsanft vom Nachttisch und drehte sich auf den Rücken, um einen Blick nach oben zu werfen, in den Himmel über der Glaskuppel. Grau und bewölkt, kein einziger Sonnenstrahl ... Na toll ...

Alahrian zog sich murrend die Decke über den Kopf, bereit, den ganzen Tag darunter zu verharren, doch dann begann der dritte Wecker zu piepsen.

Schule ... Lillian ... Er musste zur Schule, um mit Lilly zu sprechen ...

Der Gedanke elektrisierte ihn regelrecht, genug, um zumindest die Energie aufzubringen, sich im Bett aufzurichten. Die Rosen zogen sich knisternd zurück. Alahrian kroch unter der Decke hervor, war aber so matt und benommen, dass er mehr aus dem Bett fiel als wirklich hinausstieg. Hätten die Rosenranken ihn nicht aufgefangen, wäre er kopfüber auf den Fußboden geknallt.

„Danke ...“, murmelte er geistesabwesend und tapste seufzend ins Bad.

Eine eiskalte Dusche später lief er die Treppe hinunter in die Halle, nur unwesentlich erfrischt, aber zumindest halbwegs bei Bewusstsein. Morgan kam ihm auf halbem Weg entgegen und machte dabei einen nahezu absurd munteren Eindruck.

Auf seiner Wange prangte eine kaum verheilte Schramme, ansonsten aber schien er unversehrt, ja fast schon abstoßend gut gelaunt. Der Kampf gestern hatte ihn geradezu belebt.

Alahrian unterdrückte ein Stöhnen. Döckalfar! Die waren wirklich unverwüstlich ...

„Wo willst du hin?“, erkundigte sich Morgan stirnrunzelnd anstelle einer Begrüßung.

„Zur Schule. Ich muss mit Lillian reden ...“ Er knurrte unwillig. „Wieder gut machen, was du gestern angerichtet hast.“ Fahrig strich er sich mit der Hand durch das noch feuchte, ungekämmte Haar. Wenigstens brauchte er sein Leuchten heute nicht zu verbergen. Auch ohne in den Spiegel zu sehen, spürte er, wie matt und glanzlos es war.

„Wie sehe ich aus?“, fragte er hoffnungsvoll seinen Bruder, der aber verzog nur abschätzend das Gesicht.

„Wie etwas, das vor mindestens drei Tagen gestorben ist.“

Alahrian schnaubte. Etwas, hatte er gesagt, nicht jemand. Das tat weh.

„Im Ernst, liosch“, meinte Morgan, sanfter jetzt. „Du musst dich ausruhen. Du musst auf die Sonne warten. Es ist ganz bewölkt heute. Einen Vormittag in einem geschlossenen Gebäude hältst zu niemals durch."

„Ich muss", widersprach Alahrian, voll des gekränkten Stolzes. „Ich muss mit Lilly sprechen."

Morgan verdrehte die Augen. „Oh ja, das wird sicher sehr romantisch werden, wenn du vor ihren Augen einfach zusammen klappst. Und noch besser, wenn sie dann einen Arzt rufen. Was glaubst du, wird der sich denken, wenn er feststellt, dass du eine Körpertemperatur von dreiundvierzig Grad hast und trotzdem noch am Leben bist?"

Alahrian seufzte. Er hatte ja Recht. Leider.

Morgan grinste aufmunternd. „Ich schreib dir auch eine Entschuldigung für die Schule. Das wollte ich schon immer mal machen ..."

Alahrian zwang sich zu einem matten Lächeln. „Also gut", gab er nach und schlich mit hängenden Schultern durch die Halle. „Ich bin dann im Garten und warte auf die Sonne ..."

Auf dem Schulweg überlegte Lilly hin und her, was sie Alahrian wohl alles an den Kopf werfen würde, wenn sie ihn wiedersah. Nein, sie würde ihm gar nichts sagen, entschied sie endlich, kurz bevor sie die Schule erreichte. Sie würde stolz an ihm vorüberrauschen und ihn keines Blickes mehr würdigen. Ignorieren würde sie ihn, hoch erhobenen Hauptes und mit kühler, würdevoller Miene. Ihr Herz klopfte unangemessen heftig, als sie sich das vorstellte, und sie spürte, wie ihre Handflächen feucht wurden, aber sie versuchte, sich zusammenzunehmen, während sie mit nun doch etwas nervösem Blick den Schulhof absuchte.

Er war nicht da, und fast war sie darüber erleichtert. Auch zur ersten Stunde erschien er nicht. Das war nicht sooo ungewöhnlich, schließlich kam er bevorzugt zu spät zum Unterricht, doch auch in der nächsten Stunde blieb sein Platz leer.

Lilly starrte vor sich hin, konnte kaum der Stimme des Lehrers folgen und wartete angespannt, dass die Tür aufging und ein blasser, blauäugiger Junge mit goldenem Haar und zerknirschtem Gesichtsausdruck hineinstürmte. Aber nichts dergleichen geschah.

Die Begegnung, vor der sie sich so sehr fürchtete, begann sie nun beinahe herbeizusehnen. Wut, Scham und das hässliche Gefühl, verletzt worden zu sein, wechselten von einer Minute auf die nächste. Wieso kam er nicht? Wie konnte er sie so enttäuschen und dann einfach verschwinden? Aber wenigstens blieb ihr so die Demütigung erspart. Die Demütigung, zugeben zu müssen, dass er sie einfach nicht wollte.

„Keine Angst", beruhigte Anna-Maria sie in der großen Pause, in der Lilly sich permanent nervös umblickte, um nach Alahrian Ausschau zu halten. „Er kommt heute nicht."

Anna-Maria war den ganzen Tag über äußerst taktvoll gewesen. Sie hatte ihr nicht vom Ball vorgeschwärmt, hatte ihr nicht erzählt, was für einen phantastischen Abend sie mit Thommy Niedermeier gehabt hatte. Sie hatten sich geküsst, Lilly hatte es von Eva zwischen Physik und Englisch erfahren, aber Anna-Maria hatte, ungewohnt diskret für ihre Verhältnisse, eisern darüber geschwiegen.

Auf Alahrian war sie den ganzen Morgen nicht zu sprechen gekommen, etwas, wofür Lilly dankbar war – bis jetzt.

Nun aber blickte sie ihre Freundin fragend an. „Woher willst du das wissen?"

„Ich habe vorhin im Sekretariat seinen Bruder getroffen. Er hat die Entschuldigung für ihn abgegeben. Er ist krank." Abschätzig fügte sie hinzu: „Behauptet er zumindest."

„Krank?" Lilly ignorierte den Zusatz. Wenn er heute krank war, dann war er vielleicht auch schon gestern Abend krank gewesen und hatte sich nur nicht getraut, es zuzugeben. Jungs waren da ja manchmal seltsam, wenn es darum ging, eine Schwäche einzugestehen ...

Eine Sekunde lang klammerte sich Lilly an diese Hoffnung, dann verwarf sie sie. Krankheit würde die Abfuhr erklären, aber nicht die Art und Weise, in der sie geschehen war. Nicht seine Grobheit.

„Vielleicht ist er zu feige, dir unter die Augen zu treten", schlug Anna-Maria vor, wie immer bereit, Alahrian jegliche Schandtat zuzutrauen.

Lilly seufzte leise. „Er hat mich versetzt, nicht umgekehrt. Warum also sollte er sich schämen? Er ist der Coole ..."

„Du bist auch cool!" Anna-Maria legte ihr den Arm um die Schultern. „Du hast es nicht nötig, ihm nachzutrauern! Oder ihn noch einmal eines Blickes zu würdigen!"

Sie hatte es aber nötig, und das stellte sich spätestens in der sechsten Stunde heraus. Mathematik bei Herrn Kramer, ihrem Klassenlehrer. Lilly wollte schon nach dem Gong aus dem Klassenzimmer stürzen, erleichtert, diesen grässlichen Schultag endlich überstanden zu haben, als Herr Kramer sie noch einmal zurückhielt.

„Lillian?"

Lilly ahnte nichts Gutes – Mathe war ihr schlechtestes Fach – und drehte sich zögerlich herum. „Ja?"

„Bringst du Alahrian die Hausaufgaben vorbei?"

Lilly fühlte, wie ihr alles Blut aus dem Gesicht bis in die Zehenspitzen wich. „Bitte – was?", fragte sie blinzelnd.

„Die Hausaufgaben. Nimmst du sie für ihn mit?"

Lilly warf einen hilfesuchenden Blick in die Runde, aber es war niemand da, der sie hätte retten können. „Wieso soll ich das machen?", gab sie zurück, um einiges pampiger als angemessen.

„Wieso nicht?" Herr Kramer zuckte ungerührt mit den Schultern. „Du wohnst nur ein paar Meter von ihm entfernt."

Das stimmte sogar. Die alte Jugendstilvilla, in der Alahrian mit seinem Bruder wohnte, lag kaum einen Kilometer weg von ihrem Haus, wenn man mitten durch den Wald ging, hieß das, und Lilly würde ganz sicher nicht mitten durch den Wald spazieren. Trotzdem: Sie hatte keinen wirklichen Grund, sich zu weigern, keinen, den sie zugeben mochte, zumindest. Und sie wollte sich ganz bestimmt nicht in ihrer neuen Schule mit ihrem neuen Klassenlehrer in ihrem altbewährt miesesten Fach anlegen. Das fehlte noch, dass sie einen Fünfer im Zeugnis mit nach Hause trug, nur wegen dieses blauäugigen Mistkerls!

„Also gut, ich mach's", gab sie sich geschlagen und fühlte, wie ihr Herz schon wieder zu rasen begann. Sie sollte zu ihm nach Hause gehen? Selbst unter normalen Umständen wäre das verdammt heftig gewesen. Hastig, bevor sie es sich anders überlegen konnte, nahm sie die Unterlagen entgegen und lief mit eiligen Schritten aus dem Zimmer, so schnell, als befände sie sich auf der Flucht.

Als Morgan an diesem Nachmittag in die Villa zurückkehrte, bot sich ihm ein äußerst merkwürdiges, unerklärliches Wetterphänomen, das selbst einen begeisterten Meteorologen zur Verzweiflung gebracht hätte. Überall in der ganzen Region hatte sich der Himmel bereits aufgeklart, nur in der Eingangshalle der Villa, in der Villa, wohlgemerkt, hielt sich nachdrücklich eine dunkle, graue Wolkenfront, die dicht unter der prachtvollen Stuckdecke schwebte und von Zeit zu Zeit den teuren Marmorfußboden voll regnete.

Morgan zerbiss einen Fluch auf den Lippen, fischte unter der Garderobe nach seinen Gummistiefeln und spannte hastig einen Schirm auf, bevor er es wagte, die Halle zu durchqueren. Aus einer der Wolken platzte gerade ein Hagelschauer.

Alahrian!, rief er drohend in dessen Gedanken, aber es kam keine Antwort. Morgan fluchte wieder. Die Treppe, die in Alahrians Zimmer führte, war vereist, dicke, schimmernde Eiszapfen hingen vom kunstvoll geschnitzten Geländer herab, der liosalfar selbst schien jedoch nicht im Haus zu sein.

Großer Gott! Das alles war schlimmer als Morgan vermutet hätte. Beltaine war gut verlaufen, dieses außer Kontrolle geratene Stimmungstief musste also wieder mit dem Mädchen, dieser Lillian zu tun haben. Morgan schüttelte verächtlich den Kopf und stapfte verärgert durch den kleinen See, der sich inzwischen dort gebildet hatte, wo sich früher einmal ein eindrucksvoller Marmorfußboden befunden hatte.

Die Gefühlsduselei der liosalfar war ja schon normalerweise schwer zu ertragen, wenn sie aber auch noch verliebt waren ... Morgan verdrehte die Augen und schaute finster durch die gläserne Balkontür. Und tatsächlich ... Alahrian saß draußen auf der Veranda, dem Haus den Rücken zugewandt, ein kümmerliches Häufchen Elend, das stumpf brütend vor sich hin starrte. Das Gras um ihn herum war schon ganz welk, er selbst bot keinen besseren Anblick. Das Haar hing traurig herab, glanzlos und ohne eine Spur des

Leuchtens, das es sonst wie Splitter von kleinen Blitzen erstrahlen ließ, und seine Haut war fast grau von Mangel an Helligkeit. Er hatte keinen Funken von Licht getrunken, obwohl draußen mittlerweile die Sonne schien und er am Ende seiner Kräfte sein musste.

Morgan seufzte und spürte unwillkürlich einen heftigen Stich von Mitgefühl. Alahrian gebot über eine Macht, die selbst er sich nur schwer vorstellen konnte, für einen liosalfar aber war er entsetzlich jung, viel zu jung. Wäre er ein Mensch gewesen, so wäre er kaum älter als seine kleine Freundin. Morgan vergaß das bisweilen, in diesem Augenblick aber fühlte er sich dem Jungen gegenüber fast wie der große Bruder, der er hätte sein sollen. Er schluckte also die wüste Schimpfkanonade, die ihm auf der Zunge lag hinunter und watete stattdessen in die Küche. Für besondere Notfälle hatte er eine Art Geheimwaffe dort deponiert, und ihm schien, dies sei ein besonderer Notfall.

Ein silbernes Tablett auf den Fingerspitzen balancierend trat er in den Garten hinaus und stellte seine Last, ganz fürsorglicher Bruder, elegant neben Alahrian ab. Der sah zunächst noch nicht einmal auf, blinzelte dann und fragte mit tonloser, gleichgültiger Stimme: „Was ist das?“

Morgan deutete auf das Glas aus feinstem Swarowski-Kristall, das unberührt auf dem Tablett stand. „Im Mondschein gelagertes Quellwasser, leicht angewärmt, mit einer Handvoll braunem Bio-Kandiszucker“, erklärte er stolz. „Ganz so, wie du es gerne hast.“

Alahrian blickte wieder weg, zog die Knie an den Leib und legte den Kopf darauf, ganz in sich selbst versunken. „Danke“, murmelte er tonlos. „Ich bin nicht hungrig.“

Morgan seufzte, aber er hatte noch einen Trumpf im Ärmel. Lockend zog er einen winzigen Gegenstand aus der Tasche und drehte ihn geheimnisvoll in Händen. Es war ein schöner, vollkommen reiner Bergkristall, den er selbst geschliffen hatte. Tausende, hauchfeine Facetten brachen die Sonnenstrahlen, die sich glitzernd darin verfingen und versprühten unzählige kleine Spektren wie ein Feuerwerk aus Licht und Farbe. Der Kristall war an einer Kette aufgehängt, und als Morgan sie jetzt behutsam drehte, da strömten Dutzende von winzigen Regenbogen über die Wiese, drehten sich wirbelnd hin und her wie in einem bunten, gläsernen Kaleidoskop.

Alahrian schielte vorsichtig zu seinem Bruder hin, der Blick wie gebannt von der bunten Lichtexplosion.

Ja, dem Prisma kannst du nicht widerstehen, nicht wahr? dachte Morgan grinsend.

Alahrian verdrehte die Augen nach dem Kristall, so weit wie es gerade noch ging, ohne zugeben zu müssen, wie sehr er ihn verlockte. „Was ... hast du da?“, fragte er harmlos, so als interessiere ihn das Ganze überhaupt nicht.

Morgan verbarg das Prisma in der Hand. Auf diese Art und Weise verführt man ein Kätzchen, dachte er amüsiert. „Ich könnte es dir schenken, aber ...", begann er gedehnt und gab den Kristall wieder frei. Langsam drehte er ihn zwischen den Fingern, so dass die Regenbogenstücke diesmal nicht auf die Wiese fielen, sondern direkt auf Alahrians Gesicht, seine Hände, in seine Augen.

Belustigt sah er zu, wie nach und nach eine Farbe nach der anderen aus dem Regenbogen verschwand, von Alahrians Haut aufgesogen wurde wie Wasser von einem Schwamm. Der liosalfar begann wieder zu leuchten, in seinen Adern glühte es, und seine Haare begannen zu knistern, als Licht durch sie hindurchströmte wie Flüssigkeit durch enge Kanäle.

„Ja, so ist es gut", schnurrte Morgan zufrieden. „Trink ... Und schon geht es dir besser, nicht wahr?"

Alahrian schluckte noch einige Regenbögen, bis sein ganzer Körper von Helligkeit eingehüllt war, dann verdeckte Morgan das Prisma und ließ es sanft in Alahrians Hand gleiten. „Hier, behalte es ..." Er setzte sich neben seinen Bruder ins Gras, wartete, bis Alahrian sich weit genug beruhigt hatte, um keine Regenschauer zu riskieren, dann fragte er: „Was ist passiert, liosch? Wieso bist du so deprimiert?"

Sein Gegenüber sank wieder ein bisschen in sich zusammen. „Ich habe ihr noch so ein SMS-Dingsda geschickt", erklärte er tonlos.

„Und was hat sie geantwortet?"

„Nichts ... gar nichts ..."

„Wann war das?", fragte Morgan schnell, um ihn abzulenken, bevor es wieder zu regnen anfangen konnte.

Ein verständnisloses Blinzeln als Antwort. „Keine Ahnung ..."

Morgan zuckte mit den Schultern. Okay, das war die falsche Frage gewesen. Alahrian lebte seit Jahrhunderten unter Sterblichen, aber sein Zeitgefühl war so miserabel, dass er einen Monat kaum von einem Jahr unterscheiden konnte. Es mochte vor fünf Minuten oder auch vor drei Stunden gewesen sein, für ihn blieb es sich gleich ...

„Vielleicht solltest du ihr ein bisschen ... Zeit lassen", meinte Morgan behutsam.

„Zeit?" Alahrian riss die Augen auf. „Aber die Sterblichen sind es doch, die stets so ungeduldig sind!"

Morgan unterdrückte ein Lachen. Nicht nur die Sterblichen, offensichtlich.

Ein Klingeln an der Haustür ließ sie beide zusammenzucken. Erschrokken sahen sich die beiden Brüder an.

„Was um alles in der Welt ..."

Morgan sendete seinen Geist aus – und grinste breit. „Wenn man vom Teufel spricht ... Sieht so aus, als könntest du sie gleich selbst fragen. Sie steht vor der Tür."

Alahrian erbleichte. „Aber das ... das ist unmöglich! Die Sterblichen kommen niemals hierher! Der Schutzzauber ..."

„Dein Schutzzauber funktioniert offenbar nicht bei ihr." Morgan zwinkerte. „Vielleicht weil du dir insgeheim wünschst, sie möge in deine Nähe kommen?“

Alahrian sprang auf. „Ich ... ich kann sie auf gar keinen Fall sehen!“, rief er erregt. „Wimmel sie ab! Sag ihr, ich ... ich ...“ Er suchte nach Worten.

„Ich könnte ihr sagen, du seist krank“, schlug Morgan vor.

„Ja, das ist gut!“ Alahrians Miene hellte sich auf.

Morgan grinste maliziös. „Ich könnte ihr sagen, dir sei übel und dass du dich permanent übergeben musst ...“ Er war nett genug gewesen für einen Tag, entschied er spontan.

Belustigt beobachtete er, wie Alahrian vor Entrüstung nach Luft schnappte. „Das ... d-d-d-das würdest du nicht wagen!!!“

„Dann sei nicht so ein Feigling und sprich selbst mit ihr!“

Fahrig fuhr sich Alahrian durchs Haar und dämpfte dabei seinen auffälligen, übernatürlichen Glanz. „Also gut, ich warte hier auf sie. Schickst du sie in den Garten, ja? Und ... Morgan?“ Jetzt klang er ein wenig zerknirscht. „Lass sie nicht ins Haus. Ich fürchte, ich habe die Halle geflutet.“

Morgan brummte. „Ja, stell dir vor, das ist mir bereits aufgefallen ...“

„Er ist im Garten.“ Morgan wies ihr den Weg durch ein von Rosen umranktes Tor, noch bevor sie einen neugierigen Blick ins Innere der Villa werfen konnte. „Folge einfach dem Kiesweg.“

„Okay. Danke.“ Unbehaglich wandte Lilly sich um und versuchte, sich nicht von der gewaltigen Architektur des Hauses einschüchtern zu lassen, das neben ihr aufragte. Eigentlich war es mehr ein kleines Schloss als ein Haus. Von Efeu und wildem Wein bewachsen, mit Erkern und schlanken Türmchen aus weißem Marmor und bunten Glasfenstern, die an Tiffany-Lampen erinnerten – oder an eine Kathedrale.

„Und Lilly?“, rief ihr Morgan hinterher, als sie bereits den Kiesweg betrat.

„Ja?“

„Sei nicht zu streng mit ihm. Er mag dich wirklich.“

Lilly wurde rot und senkte verlegen den Blick. Das war das letzte, was sie zu hören erwartet hatte. Hastig presste sie ihre Unterlagen an die Brust, schlüpfte durch den Rosenbogen hindurch und lief den Pfad entlang, der sich dicht am Haus vorbeischlängelte. Wie groß um alles in der Welt war dieses Gebäude? Unsicher sah sie sich um. Was waren diese Brüder bloß? Milliardäre?

Das Klopfen ihres eigenen Herzens lenkte sie von der Villa ab. Er mag dich ... Hohl klangen die Worte in ihrem Kopf wider. Es hatte nicht nach einem Scherz geklungen. Lilly spürte, wie ihr Zorn auf Alahrian von ihrem hektisch schlagenden Puls geradezu hinweggefegt wurde. Er hat mich versetzt ... , versuchte sie sich zu erinnern. Das tut man nicht mit Leuten, die man mag ...

Den Blick fest in den Boden gerammt folgte sie weiter dem Pfad. Kies knirschte unter ihren Sohlen, und endlich öffnete sich vor ihr der Garten, der Park besser gesagt, denn das Grundstück war riesig. Sie kam allerdings nicht dazu, es zu bestaunen, denn wenige Schritte vor ihr, unter einem blühenden Magnolienbaum, stand er.

Er hatte das Gesicht halb abgewandt, so dass sie nur sein blasses, marmorgleiches Profil erkennen konnte, still und seltsam entrückt, den Blick in weiter Ferne verloren, die Augen dunkel und eigenartig leer.

Er sah so traurig aus, dass sie unwillkürlich ihren Groll vergaß und stumm vor ihm stehen blieb.

„Es tut mir leid", sagte er leise und ohne sie anzusehen. „Ich wollte dir gestern nicht absagen, wirklich nicht." Er drehte sich um, in einer fließenden Bewegung, und reichte ihr einen Zweig mit üppigen, zartrosa Magnolienblüten daran.

Überrascht und aus dem Konzept gebracht nahm Lilly ihn entgegen, versuchte krampfhaft, sich an ihren Zorn zu erinnern und machte den Fehler, ihm direkt in die Augen zu blicken. Sie waren so kristallklar, dass sie ihr eigenes Spiegelbild darin deutlich erkennen konnte, aber noch viel mehr ... so vieles mehr. Den Himmel, der über dem Horizont zärtlich den Ozean küsste, eisblaue Wellen, die klingend gegen gläserne Strände schlugen, und flimmernde, purpurne Sonnenstrahlen, wie sie kupferblutend im Meer ertranken.

Blinzelnd schloss sie die Augen, öffnete sie wieder, und das Bild verschwand. Aber sie konnte den Blick dennoch nicht von seinem Gesicht abwenden. Er sah blass und müde aus, blasser sogar als üblich, unter den schönen, erschreckend tiefen Augen lagen dunkle Schatten.

Lilly trat einen Schritt zurück, versuchte, ihre Sprache zurück zu erlangen und damit wieder in die Wirklichkeit zu finden. „Geht es ... dir besser?", fragte sie heiser und zögerlich.

Er blickte verwirrt.

„Du warst nicht in der Schule", fuhr sie fort. Es tat gut, ihre eigene Stimme zu hören, von etwas Einfachem, Realen zu sprechen, nicht in seinen Augen nach etwas zu suchen, das unmöglich da sein konnte und trotzdem in ihrem Kopf sang wie eine ferne, liebliche Melodie. „Ich dachte, du wärst vielleicht krank."

„Ich bin nicht krank." Er fuhr sich durch das Haar, nervös, wie es schien. „Ich bin nur ... sehr erschöpft ... Gestern Abend ... ich musste gestern etwas tun, was nicht sehr angenehm war."

Das half Lilly nicht im Geringsten weiter. „Etwas?", wiederholte sie verständnislos.

„Etwas." Er klang nicht, als wäre mehr aus ihm herauszubekommen, und Lilly spürte trotz der Verwirrung, in die er sie stürzte, wieder einen Hauch von Ärger in sich empor wallen. Etwas ... Das sollte seine Entschuldigung sein? Mehr hatte er nicht zu bieten?

Sie starrte auf den Zweig in ihrer Hand herab, drehte ihn unruhig hin und her und flüsterte, leise und etwas erstickt, weil sie versuchte, nicht zu weinen: „Du hättest es mir ruhig sagen können."

„Was?" Seine Stimme war rein und samten und klar.

„Dass du nicht mit mir auf den Ball gehen willst." Jetzt musste sie sich auf die Lippen beißen, um die Tränen zurückzuhalten.

„Aber ... aber ich hätte mir nichts sehnlicher gewünscht als mit dir auf den Ball zu gehen!" Bestürzt blickte er sie an, keine Spur von Falschheit in seinem offenen, hellen Gesicht. Das war das Problem mit Alahrian. Er sagte Dinge, die einander widersprachen, er redete in Rätseln, gab sich mysteriös und geheimnisvoll, aber er log nicht, niemals. Lilly spürte einfach, er sagte die Wahrheit, so deutlich als brülle ein Lügendetektor es ihr direkt ins Gesicht.

Doch es ergab einfach keinen Sinn. „Gestern hat das aber noch ganz anders geklungen", entgegnete sie schwach.

„Oh!" Seine Miene leuchtete auf. „Das war Morgan! Morgan meint, ich müsse unbedingt cool sein. Damit du mich magst, meine ich. Und ich ... ich ... also ... ich ... wünsche mir sehr, dass du ... na ja ..." Eine behutsame Röte verdunkelte seinen Marmorteint.

Lilly unterdrückte ein Lächeln. Obwohl er die Worte nicht herausbrachte, war sie doch verblüfft, entwaffnet von seiner grenzenlosen Offenheit. Er war schon merkwürdig, wirklich. Welcher normale siebzehnjährige Junge hätte derart aufrichtig seine eigenen Gefühle zugegeben? Wärme stieg in ihr auf, und um ein Haar hätte sie ihm mit der selben Offenheit gestanden, dass sie ihn tatsächlich mochte, doch bevor sie etwas antworten konnte, wandte er sich plötzlich ab und meinte brüsk, um mehrere Grade kühler als zuvor: „Eigentlich dachte ich eher, du wolltest nicht hingehen."

Lilly blinzelte, wie vor den Kopf gestoßen. „Wie kommst du darauf?"

„Schon okay ..." Er zitierte ihre SMS mit einem Hauch von Bitterkeit.

„Oh!" Nun war es Lilly, die errötete. „Das war Anna-Maria. Sie meint, ich müsse unbedingt cool sein, weißt du?"

„Oh!" Ein Lächeln breitete sich über seinen Lippen aus, ein Strahlen von Elfenbein und Schnee, der in der Sonne glänzt.

Sie lachten beide, ein befreiendes, schönes Lachen, das alle Zwistigkeiten hinwegzuspülen schien. Dann aber fragte Lilly: „Was hast du gestern Abend getan?" Sie musste es einfach wissen, konnte nicht anders als nachzuhaken.

Seine Miene erstarrte von einer Sekunde auf die nächste. Schatten strichen über sein Antlitz, und Lilly hatte plötzlich das Gefühl, als wäre es mit einem Mal kälter im Garten, wie wenn eine Wolke die Sonne verdunkelt.

Alahrian wandte sich ab, lehnte sich gegen den Magnolienbaum und zupfte unruhig an dessen Rinde herum, einen Ausdruck in den Augen, als ringe er mit sich selbst. „Ich kann es dir nicht sagen", meinte er endlich, den Blick in die Ferne gerichtet, fremd und leer und abwesend.

„Okay ..." Lilly kämpfte nicht gegen ihre Enttäuschung und ihren Ärger an. Was sollte dieser Blödsinn? Welche Art dunklen Geheimnisses mochte er schon haben?

Als sie in seine Augen schaute jedoch, da blieb ihr die gehässige Antwort, die ihr auf der Zunge lag, im Halse stecken. Weit, weit entrückt schienen sie, Dinge sehend, die sie sich nicht einmal vorstellen konnte. Wieder glaubte sie, Bilder darin schimmern zu erkennen, die nicht widerspiegelten, was sich in seinem Blick brach, doch diesmal schnürten sie ihr die Kehle zu.

Schwarze Schwingen ... Wogen von Obsidian, Hügel aus geschmolzenem Glas und Sterne, die in der Unendlichkeit verglühten ...

Er blinzelte, und dann war da noch etwas anderes ... Einsamkeit, Schmerz ... eine Sehnsucht, die das Herz in der Brust gefrieren ließ ... verlorene Träume, die im luftleeren Raum zu Eis erstarrten und klirrend zerschellten, in Millionen kristallene Tränen ...

War es das, was er fühlte? Lilly hatte plötzlich das Bedürfnis zu weinen. Sie wollte die Hand ausstrecken und ihn berühren, ihn trösten, seine Augenlider küssen, um die dunklen Schatten zu vertreiben, doch er war so fremd und fern, so gar nicht von dieser Welt, dass sie sich nicht traute und reglos wie erstarrt verharrte.

Er stand ganz ruhig, schweigend in einen gläsernen Kokon gehüllt, endlich ertrug sie die Stille nicht mehr und fragte leise, töricht: „Sehen wir uns morgen in der Schule?“

Er nickte abgehackt. „Ja, in der Schule ...“

Lilly wusste weiter nichts mehr zu sagen, wortlos wandte sie sich ab und stapfte niedergeschlagen den weißen Kiesweg zurück. Erst unter dem Rosenbogen fielen ihr die Unterlagen wieder ein, die sie noch immer in der Hand hielt. Aber sie wagte nicht, noch einmal zurückzugehen, und so stopfte sie die Mappe in den Briefkasten und trottete davon. Den Magnolienzweig aber, den er ihr geschenkt hatte, behielt sie.

„Du solltest es ihr sagen, liosch.“ Lautlos war Morgan zu ihm getreten und legte ihm nun behutsam die Hand auf die Schulter.

Alahrian drehte sich nicht um. „Was?“, fragte er bitter.

„Alles. Wer du bist ... Was du bist ...“

„Dass ich KEIN Mensch bin?“ Um ein Haar hätte Alahrian aufgelacht. „Oh ja, sicher ...“ Hervorragende Idee! Im besten aller Fälle erklärte sie ihn für verrückt. Im schlimmsten lief sie schreiend davon. Und im allerschlimmsten ... Aber daran mochte er nicht denken.

„Wenn sie dich wirklich liebt, dann versteht sie es“, meinte Morgan leise.

Alahrian biss sich auf die Lippen. „Niemand liebt, was wir sind, Morgan!“

Nun lächelte der andere. „Oh doch, das tun sie. Ihre Geschichten, ihre Märchen und Legenden sind voll davon.“

„Ja.“ Alahrian blickte wütend zu Boden. „Und immer enden sie in Tod, Verderben und Verzweiflung!“

Morgan trat näher und zwang ihn, ihm ins Gesicht zu sehen. „Wovor hast du Angst, liosch?“, fragte er hart. „Um sie – oder um dich selbst?“

Alahrian schloss die Augen, um dem durchdringenden Blick seines Bruders zu entgehen und dachte an Feuer und dunkle Gefängnisse, an glühende Zangen aus Eisen und ölgetränkte Scheiterhaufen. An Flammen, die an weißer Haut leckten. Und an gellende Schreie, die ungehört in der Nacht verhallten ...

„Sie hassen uns ...“, flüsterte er und versuchte mit Mühe das Grauen abzuschütteln, das aus seiner Seele emporklettern wollte.

„Die Sterblichen haben sich verändert, und das weißt du auch.“ Wieder legte Morgan ihm die Hand auf die Schulter. „Und sie hasst dich ganz bestimmt nicht.“

Alahrian antwortete nicht. Schweigend starrte er ins Leere.

„Sie ist anders als die anderen“, drang Morgans Stimme aus weiter Ferne an sein Bewusstsein. „Und ich denke, das hast du sehr wohl schon bemerkt.“ Er deutete mit der Hand in den Garten hinaus. „Deine Pflanzen jedenfalls haben es.“

Alahrian folgte widerwillig seiner Geste – und riss verblüfft die Augen auf. „Oh, mein Gott!“

Der Kiesweg, der sich vom Haus aus in den Garten schlängelte, war kunstvoll aus zersplittertem weißem Carrara-Marmor gefertigt, und noch nie waren irgendwelche Blumen darauf gewachsen. Nun aber war der ganze Weg voll von zart blühenden Margariten, genau an den Stellen, an denen Lillian den Boden berührt hatte ...

Eifersucht

Anna-Marias Beziehung zu Thommy Niedermeier, wenn man es eine Beziehung nennen konnte, dauerte genau zwei Wochen, dann begann sie wieder, für Morgan zu schwärmen. Das war ungünstig, denn Morgan war Alahrians Bruder und daher in Lillys Gedanken viel zu sehr mit diesem verknüpft. Und nach der mehr oder weniger missglückten Aussprache im Garten der Villa hatte sie sich eigentlich vorgenommen, ihm aus dem Weg zu gehen. Das war ohnehin schon sehr schwer, immerhin lebten sie in einem winzigen Kaff und sahen sich obendrein jeden Tag in der Schule. Während des Unterrichts sprachen sie kaum ein Wort miteinander. Lilly wusste einfach nicht mehr so recht, was sie mit ihm reden sollte. Es gab so viele Fragen, so viele Ungereimtheiten, die er nicht erklären wollte, was also hätte sie zu ihm sagen sollen? Sie wusste, er verbarg etwas vor ihr und das bedeutete, er vertraute ihr nicht. Das war verletzend, fast so verletzend wie aus unbekannten, ominösen Gründen versetzt zu werden. Sein merkwürdiges Geheimnis stand zwischen ihnen wie eine unsichtbare, gläserne Wand. Wenn sie sicher war, er würde es nicht merken, dann schaute sie ihn von der Seite an, und die Lateinstunden, wo er neben ihr saß, genoss sie noch immer, trotz der drückenden Stimmung, aber mehr als ein belangloses Gespräch über das Wetter oder irgendwelche Hausaufgaben brachten sie nicht zu Stande. Plötzlich schien kein Thema mehr unbefangen zu sein, kein einziger Satz machte mehr Sinn. Das, was unausgesprochen blieb, stand wie ein riesiger, rosaroter Elefant im Raum, den jeder ignorierte und der sich doch nicht wegleugnen ließ.

Das war beinahe unerträglich, und so wich sie ihm aus, versuchte, ihn aus ihren Gedanken zu verbannen. Diese Anstrengung war erschöpfend und sinnlos, wie ein Stück Treibholz tauchte er immer wieder in ihrem Kopf auf, egal, was sie tat, egal, womit sie sich auch abzulenken suchte. Anna-Marias Geschwätz über Morgan half da nun wirklich nicht weiter. Wenn immer Anna-Maria von Morgan sprach, sah Lilly Alahrian vor sich.

Die Situation eskalierte, als Anna-Maria an einem Freitagmorgen mit glühenden Wangen und leuchtenden Augen noch vor dem Unterricht auf Lilly zugestürzt kam und ihr einen abgegriffenen, schon leicht zerknitterten Flyer unter die Nase hielt.

„Was ist das?", fragte Lilly unwillig und versuchte die Augen so zu verdrehen, dass sie die Aufschrift auf dem Flugzettel lesen konnte.

„Er gibt ein Konzert!", erklärte Anna-Maria atemlos, und Lilly nahm ihr endlich das Blatt aus der Hand, um den Text zu studieren. Tatsächlich, es war eine Konzertankündigung, und zwar für eine Band mit dem klangvollen Namen Angel's Nightmare. Nicht gerade die Art von Konzert, die Lilly normalerweise besuchen würde, wie es schien.

Stirnrunzelnd las sie weiter. Das Ganze sollte im Club stattfinden, am Samstag, morgen also.

„Bitte, Lilly wir müssen da unbedingt hingehen!“, bettelte Anna-Maria und schien offenbar kurz davor, wie ein Hündchen an ihr hochzuspringen. Vielleicht hätte sie es getan, wäre sie nicht mindestens einen Kopf größer als Lilly gewesen. Die perfekten Modelmaße ... Lilly versuchte, diese Erkenntnis zu ignorieren.

„Wieso müssen wir da hingehen?“, fragte sie stattdessen, wenig begeistert.

Angel's Nightmare ... Klang nicht unbedingt, als würden die Mozart oder Bach spielen ...

„Mann ...“ Anna-Maria verdrehte stöhnend die Augen. „Das ist seine Band, kapierst du das nicht?“ Ungeduldig hüpfte sie auf der Stelle auf und ab.

„Ach so ...“ Lilly schaltete langsam. Morgan hatte eine Band, sie erinnerte sich dunkel. Das war einer der Gründe, warum er so cool war ...

„Na schön“, ließ sie sich breit schlagen, schließlich hatte sie am Wochenende ohnehin nichts anderes zu tun als über Alahrian nachzudenken. Er würde doch nicht etwa auch da sein, oder? Ängstlich fragte sie Anna-Maria danach, und diese war feinfühlig genug, die Bemerkung nicht mit einem spöttischen Kommentar zu versehen. Sie schüttelte nur den Kopf. „Glaub nicht“, meinte sie beruhigend. „Er ist irgendwie nicht der Typ für Hard Rock ...“

Lilly war irgendwie auch nicht der Typ für Hard Rock, aber sie sagte nichts dazu. Angel's Nightmare ... Warum eigentlich nicht?

Der Club hatte keinen Namen, denn es war der einzige in der Stadt, natürlich. Wenn Lilly aber nun irgendeine Art von schäbiger Dorfdisko erwartet hatte, so irrte sie sich.

Das Innere des Clubs ähnelte einem mittelalterlichen Rittersaal, den ein irrer, futuristischer Wissenschaftler mindestens fünfzig Jahre in die Zukunft transferiert hatte.

Die Lichtanlagen waren hypermodern, die bunt zuckenden Laserstrahlen stachen umso mehr hervor, da die Einrichtung des Raums fast zur Gänze in Schwarz und Silber getaucht war. Die Wände hingegen bestanden aus nur grob behauenem Stein, gekreuzte Schwerter, Schilde und Dolche zierten sie, und diese Dekoration, die so überhaupt nicht in einen modernen Club passen wollte, gab dem Ganzen einen eigentümlich gruseligen Kontrast. Das war vermutlich Absicht. Der Effekt hatte seinen Reiz, wenn auch keinen nach Lillys Geschmack.

Seufzend suchte sie sich mit Anna-Maria einen Tisch, auf Anna-Marias Drängen hin einen in der Nähe der Bühne, wo bereits eine Band spielte, allerdings ohne Morgan in ihrer Mitte. Im ganzen Raum herrschte ein schier unbeschreiblicher Lärm, die Luft war von Rauch geschwängert, einige Gäste bewegten sich auf der Tanzfläche, zuckende Schatten gegen die grellen Lichteffekte.

Lilly bestellte eine Cola bei einer schwarzhaarigen, düster geschminkten Kellnerin und ließ unruhig den Blick umher schweifen. Ein paar Leute aus ihrer Klasse waren da, einige blass gepuderte Mädchen mit dunklen Augenringen, ein paar Typen in schwarzen Lederjacken. Nun, zumindest fiel Lilly hier nicht besonders auf. Der Kontrast zwischen dem nachtfarbenen Haar und der blassen Haut, den sie an sich selbst so wenig mochte, war hier offenbar gewollt, ein Spiel von Schminke und Farbe.

Unwillkürlich fühlte sie sich ein wenig wohler, auch weil sie Alahrian nirgends entdecken konnte. Dafür betrat nun Morgan endlich die Bühne, was Anna-Maria zu einem tiefen Seufzen veranlasste, das Lilly selbst über den ohrenbetäubenden Krach hinweg wahrnehmen konnte. Wenigstens war es zu laut für eine Unterhaltung. Wenn Lilly schon gezwungen war, Morgan den ganzen Abend lang anzustarren, dann wollte sie zumindest nicht auch noch über ihn reden müssen.

„Er sieht verdammt heiß aus heute, was?“, raunte ihr Anna-Maria prompt zu. Lilly hatte sich wohl zu früh gefreut ...

Ohne besonderes Interesse warf sie einen Blick auf die Bühne. Alahrians Bruder trug enganliegende, schwarze Lederhosen, die nur bis zur Hüfte gingen, darüber spannte sich ein schlichtes, schwarzes T-Shirt, das die Struktur seiner Muskeln betonte statt sie darunter zu verbergen. Sein Haar war wild und pechschwarz, er sah aus wie immer, fand Lilly und wartete gleichgültig, bis Morgans Auftritt endlich richtig losging. Je schneller das Ganze begann, desto schneller war es wieder vorbei, nicht wahr?

Allerdings: Morgan hatte eine gute Stimme, kehlig und rauchig, die Musik war anders als erwartet, dunkler, fremdartiger. Etwas davon pochte als dumpfes Echo in ihren Adern, der Rhythmus ließ ihre Füße zucken, sie hätte tanzen wollen, stattdessen lauschte sie nur. Der Song erinnerte sie eigenartig an Alahrians Klavierspiel, obwohl die Art der Musik nicht im Geringsten die selbe war, die Melodie war wild und ungezähmt wie die See während eines Sturms.

Aber nicht einmal schlecht ...

Lilly hätte es nicht erwartet, doch das Lied zog sie in ihren Bann, bis Anna-Maria sie plötzlich mit dem Ellbogen anstieß. Fast wie aus Trance erwachend folgte Lilly ihrem Blick zur Tür.

Alahrian hatte den Raum betreten. Anmutig wie eine Katze schlängelte er sich durch den gesamten Saal, die Schritte wiegend, dem Rhythmus der Musik folgend, die Haltung würdevoll, fast majestätisch. Lilly hätte instinktiv am liebsten fliehen wollen, doch dafür war es zu spät, er bemerkte sie sofort und lächelte ihr zu, ohne im Schritt inne zu halten.

Sein Lächeln erstarb, als sie den Blick senkte, gelangweilt schlenderte er zur Bar und lehnte sich lässig dagegen, ohne etwas zu bestellen. Er trug schwarze Jeans und ein indigofarbenes Hemd, dunkle Kleidung, und doch schien er seltsam zu leuchten, Lilly hatte das Gefühl, als wäre es ein ganz klein wenig heller im Raum, nun, da er da war. Als er sein Haar aus der Stirn warf, sah es aus, als würden Funken daraus sprühen, seine Haut schimmerte wie frisch gefallener Schnee, aber das lag gewiss nur am Schwarzlicht.

Hastig wandte sie sich ab.

„Du könntest ihn fragen, ob er mit dir tanzen will", flüsterte ihr Anna-Maria ins Ohr.

Lilly zuckte erschrocken zusammen. „Das will er gewiss nicht", entgegnete sie, ein wenig verstimmt. Sie hatten schon einmal miteinander tanzen gehen wollen, das hatte sie keineswegs vergessen. Und er war nicht gekommen ...

„Er starrt dich jedenfalls die ganze Zeit an", informierte sie Anna-Maria.

Lilly, die den Blick auf die Tischplatte geheftet hatte, sah auf. Ihr Herz machte einen Hüpfer. Tatsächlich ... Sein Blick ruhte auf ihr, dunkel und intensiv, so schwer wie eine Berührung ... Ihr wurde ein bisschen schwindelig. Hastig schaute sie weg.

„Na, komm schon ..." Anna-Maria stieß sie in die Seite. „Sei nicht so feige ..."

Lilly knurrte unwillig. „Vielleicht tanzt er ja gar nicht ..." Andererseits: Die ganze Art wie er sich bewegte, die Anmut seiner Haltung, die Eleganz, die selbst aus den geringsten Gesten sprach ... Es war fast unmöglich, sich vorzustellen, dass er nicht tanzen konnte ...

Anna-Maria grinste breit. „Es gibt nur eine einzige Methode, das herauszufinden." Sie rückte ihren Stuhl nach hinten.

„Was ... was machst du?", fragte Lilly entsetzt.

„Ich teste ihn für dich." Anna-Maria zwinkerte und stand auf.

Bevor Lilly reagieren konnte, war sie auf ihren glitzernden Stilettos durch den halben Raum gestakst, und Lilly beobachtete voll kaltem Schrecken, wie sie schnurstracks auf Alahrian zuhielt, sich lächelnd neben ihn lehnte und ihn offenbar fragte, ob er tanzen wollte, denn er streckte nur zwei Sekunden später die Hand aus und führte sie zur Tanzfläche, und das alles mit einer Galanterie, als befänden sie sich nicht einer Diskothek, sondern im Ballsaal eines Renaissance-Schlosses. Und dabei zögerte er kaum einen Herzschlag lang ...

Lilly verkrampfte sich auf ihrem Stuhl, mit einem Mal jeden einzelnen Muskel angespannt. Aber dann hielt sie nur noch den Atem an.

Sie hatte sich getäuscht. Er konnte nicht tanzen. Können war untertrieben, es gab kaum ein Wort für die Art und Weise, wie er sich auf der Tanzfläche bewegte. Er war Flashdance und Grease und Dirty Dancing in einem einzigen Körper vereint, rhythmisch wie Walzer, anmutig wie ein Menuett, leidenschaftlich wie Tango. Als wäre sie ein Jonglierball in seinen Armen wirbelte er Anna-Maria herum, stieß sie von sich, fing sie wieder auf, zeigte ihr Figuren und Schritte, die Lilly nie zuvor gesehen hatte. Und das Schlimmste war: Obwohl Anna-Maria eindeutig weitaus weniger Ahnung hatte, was sie da tat als er, sah sie nicht lächerlich aus dabei. Er führte, sie folgte, es sah einfach aus und leicht wie ein Spiel. Sie brach sich nicht den Knöchel mit ihren schwindelerregend hohen Absätzen, vermutlich hätte er sie auch aufgefangen, wäre sie gestolpert.

Lilly merkte erst, dass sie die Zähne fest aufeinander presste, als ihr Kiefer hörbar zu knacken begann. Tränen wollten in ihre Augen schießen, aber sie schluckte sie mit aller Macht herunter.

Die beiden können sich nicht ausstehen, sagte sie sich immer wieder, wie ein Mantra, während dieses elend langen, nicht enden wollenden Musikstückes. Sie hassen sich. Es hat nichts zu bedeuten. Es ist nur ein Tanz.

Und doch ... Er hatte nicht gezögert, Anna-Maria zur Tanzfläche zu führen. Und er sah nicht so aus, als wäre es ihm unangenehm.

Warum auch nicht? Anna-Maria sah aus wie ein Filmstar. In ihren Highheels war sie fast so groß wie er, nicht so ein Winzling wie Lilly, und ihre einladenden Kurven zeichneten sich unter dem hautengen Outfit deutlich ab. Lilly ballte unter dem Tisch die Hand zur Faust, als sie das bemerkte.

Endlich hielt sie es nicht mehr aus und wollte schon aufspringen, um einfach hinauszustürmen, doch etwas hielt sie auf. Die dunkelhaarige Kellnerin, die sie vorhin schon bedient hatte, stellte ein langgezogenes, mit einem bunten Getränk gefülltes und mit einem Schirmchen geschmücktes Glas vor ihr ab und zwinkerte zweideutig.

„Das habe ich nicht bestellt", sagte Lilly schroff und verrenkte sich den Hals, um an der Frau vorbei die Showeinlage zu betrachten, die dort vorne statt fand. Sie war nicht die einzige, die die beiden anstarrte.

„Das ist von dem Typen da drüben", erklärte die Kellnerin lächelnd und deutete unauffällig mit dem Kinn auf einen Jungen, der in der Nähe der Bar herumlungerte. Er kam Lilly vage bekannt vor. Jemand aus der Parallelklasse, vermutete sie, den Namen hatte sie vergessen. Na toll, auch das noch!

Sie wollte den Drink schon zurück gehen lassen, doch dann blickte sie wieder zur Tanzfläche und überlegte es sich anders.

„Danke", murmelte sie und sog demonstrativ an dem schwarzen Strohhalm.

Das Zeug schmeckte scheußlich, es war eine Menge Alkohol drin, doch schließlich hatte sie keine über die Maßen große Wahl, nicht wahr?

Grimmig lächelte sie zu dem Typen an der Bar hin, und – es war fast zu leicht! – er verstand die Einladung richtig und kam zu ihr herüber spaziert. Ha! Alahrian sollte bloß nicht glauben, sie würde auf ihn warten! Mochte er sich ruhig mit Anna-Maria amüsieren und mit seinem doofen Turniertänzer-Gehabe angeben, sie würde sich nicht den Abend verderben lassen, sie konnte sich sehr wohl ohne ihn amüsieren!

„Hi", sagte der Typ lächelnd und legte die Hand auf den Stuhl, auf dem eben noch Anna-Maria gesessen hatte, bevor sie zur schamlosen Verräterin geworden war. „Darf ich?“

„Klar.“ Lilly versuchte sich an einem freundlichen Lächeln, während sie gleichzeitig einen vernichtenden Blick auf Alahrian abschoss.

Und tatsächlich: Er sah zu ihr herüber!

Da staunst du, was? dachte Lilly böse, nun nicht mehr schockiert und verletzt, sondern sich geradezu in einen wilden, irrationalen Triumph hineinsteigernd. Was du kannst, kann ich auch, wetten?

Demonstrativ wandte sie sich dem fremden Typen zu und weigerte sich, Alahrian noch eines weiteren Blickes zu würdigen.

Alahrian blieb vor Schreck fast das Herz stehen, als Anna-Maria ihn zum Tanzen aufforderte. Was um alles in der Welt war in sie gefahren? Anna-Maria hasste ihn, das war keine Einbildung, jeder wusste es. Jetzt jedoch lächelte sie ihn zuckerfreundlich an.

Alahrian seufzte innerlich. Mit Anna-Maria zu tanzen war so ziemlich das letzte, was er an diesem Abend zu tun gedacht hatte, eigentlich war er überhaupt nur hier, um Morgan nicht zu beleidigen. Aber er hatte nicht dreihundert Jahre an den verschiedensten Fürstenhöfen Europas verbracht, um nicht zu wissen, was ein Gentleman war. Die Einladung einer Dame schlug man nicht aus, selbst wenn es sich kaum um eine Dame handelte. Er konnte einfach nicht nein sagen.

Also führte er sie förmlich zur Tanzfläche, nicht ohne einen verstohlenen Blick zu Lilly hin zu werfen. Warum hatte sie das zugelassen? Hatte sie am Ende Anna-Maria sogar geschickt? Wollte sie damit irgendetwas beweisen? Mädchen taten manchmal solch absurde Dinge ...

Der Gedanke gab ihm einen Stich. Er hätte von ihr nicht erwartet, solch alberne Spielchen zu treiben ... Es passte einfach nicht zu ihr. Zu Anna-Maria schon eher.

Lustlos und fast ein wenig wütend schob er seine ungewollte Tanzpartnerin über das Parkett, wirbelte sie ein paar Mal herum und gab sich nicht die geringste Mühe dabei. Er probierte nur einige belanglose Figuren, nichts Außergewöhnliches, merkte kaum, wie sie darauf reagierte und vermied peinlichst jeden überflüssigen Körperkontakt. Als das Stück endlich endete, war er nahezu gelangweilt, sie aber starrte ihn aus großen Augen an.

„Wow“, bemerkte sie anerkennend. „Du bist zwar ein Idiot, aber das war ...“, nach Worten suchend strich sie sich eine hellblonde Haarsträhne zurück. „Wow ...“, wiederholte sie verblüfft.

Zu seiner Überraschung war sie völlig außer Atem, ganz im Gegensatz zu ihm. Ihm blieb vollends die Luft weg, als er sich umsah, um Anna-Maria zurück an ihren Tisch zu geleiten, ganz wie es sich gehörte.

Ihr Platz war nicht mehr leer.

Da saß jemand. Ein männlicher Jemand. Ein Jemand, der sich ganz angeregt lächelnd mit Lillian unterhielt und sich dabei vorwitzig zu ihr herüberbeugte.

Irgendetwas in Alahrian explodierte. Eine schwarze Sonne, ein lodernder Glutball, eine Stichflamme, die aus seinem Inneren empor kochte und in seiner Kehle brannte. Er schluckte hart. Zitternd vor Anstrengung, seine Selbstbeherrschung aufrecht zu erhalten, wandte er sich ab. Beinahe grob führte er Anna-Maria an die Bar statt zu ihrem Tisch, murmelte eine nur noch halbwegs höfliche Entschuldigung und stürzte dann, an den Toiletten vorbei, durch die Hintertür nach draußen in einen dunklen, schäbigen Innenhof. Schwer atmend lehnte er sich dort gegen die Wand, kämpfte verbissen gegen seinen Zorn an. Er durfte jetzt nicht wütend werden, auf keinen Fall. Wenn er seine Gefühle frei gab, dann würde es einen Tornado geben, ein Gewitter oder sonst irgendeine Katastrophe. Er konnte nicht riskieren, das ganze Gebäude in die Luft zu sprengen. Nicht, dass diesem widerwärtigen, abartigen Typen eine kleine Explosion geschadet hätte ... Aber sie, sie war auch noch dort drin ...

Der Gedanke ernüchterte und schmerzte ihn gleichzeitig. Unter seiner Haut glühte es. Energie, nicht weiß oder blau wie sonst, sondern blutig rot, drängte mit Macht an die Oberfläche, er hatte nicht die Kraft, sie zurückzuhalten, zu zornig war er, zu aufgebracht. Hastig sah er sich um, überzeugte sich, ob er auch wirklich alleine war, dann ließ er die Energie frei.

Es war erleichternd wie ein Aderlass. Sein Zorn machte sich Luft, augenblicklich fühlte er sich besser, wenn auch weit entfernt von gut.

Nur: Über seinen Handflächen schwebte jetzt eine purpurne Lichtsäule, eine knisternde, leuchtende, wabernde Energiemasse. Wohin damit?

Normalerweise hatte er für solche Fälle Morgan in seiner Nähe. Der döckalfar besaß die unheimliche Fähigkeit, Energie aus Lebewesen herauszusaugen, üblicherweise zu Zwecken der Selbstverteidigung, er konnte lautlos und schmerzfrei töten auf diese Art und Weise. In Alahrians Fall nahm er nur die gefährlich überschüssige Menge an Energie, die die Emotionen in ihm hervorriefen, schwächte ihn, bis er zu matt war, um noch zornig zu sein. Eine einfache Methode.

Morgan aber war offensichtlich beschäftigt.

Schon wieder ärgerlich, stieß sich Alahrian mit glühenden Handflächen von der Wand ab und schleuderte die roten Lichtsäulen schlichtweg in einen Gully.

Das war ein Fehler. Das Wasser unter dem Deckel explodierte. Kochender Dampf schoss als zischender Geysir empor, und Alahrian konnte sich gerade noch in Sicherheit bringen, ehe er sich verbrühte. Na toll ...

Obwohl ihn der Schreck etwas beruhigte, war er doch noch immer zu aufgebracht, um wieder nach Innen zu gehen. Er wollte Lilly aber auch auf keinen Fall mit diesem Typen allein lassen, also sammelte er ein weiteres Bündel Energie in seinen Handflächen und ließ es, diesmal mit weniger Wucht, in eine Mülltonne gleiten.

Die Tonne zerbarst mit einem reißenden Knall.

Gottlob war es im Club zu laut, um etwas davon mitzubekommen.

Alahrian seufzte erleichtert. Fast amüsierte ihn das Chaos, das er angerichtet hatte, ein wenig. Aber immerhin hatte er genug von seiner Macht verschleudert, um dort drinnen nicht die Beherrschung zu verlieren. Hoffte er zumindest. Grimmig drehte er sich um und kehrte in den Club zurück. Morgan hatte inzwischen seinen Auftritt beendet und ließ nur noch die Band spielen. Er selbst lehnte hinter der Bühne und trank Zuckerwasser aus einer sorgsam präparierten Bierflasche. Trotz seines desolaten Zustandes konnte sich Alahrian ein Grinsen nicht verkneifen. Morgan war ein Rockstar. Es hätte arg an seinem mühsam gepflegten Image gekratzt, wäre herausgekommen, dass er nie Alkohol trank.

„Alles okay, liosch?", erkundigte sich der döckalfar stirnrunzelnd, sobald er Alahrian bemerkte.

„Ja, super", knurrte Alahrian zwischen den Zähnen hindurch. Grollend nahm er seinem Bruder die Bierflasche aus der Hand und trank sie leer, als enthielte sie tatsächlich irgendetwas, was ihn hätte beruhigen können.

Morgan blinzelte verdutzt, aber Alahrian ignorierte es, schob stattdessen den Vorhang zur Bühne beiseite und spähte an der Band vorbei in den Saal. Lilly saß noch an ihrem Tisch. Der fremde Typ auch ...

Alahrian knirschte mit den Zähnen. „Igitt", murmelte er mit Todesverachtung. „Wie der sie angrinst ... widerlich!" Er schüttelte sich.

Morgan neben ihm gab ein unbestimmtes Grummeln von sich. „Vielleicht hättest du nicht mit Anna-Maria tanzen sollen", bemerkte er trocken. „Da brauchst du dich eigentlich nicht wundern."

Alahrian warf ihm einen vernichtenden Blick zu. „Sie hat mich gefragt ...", knurrte er. „Dieser Typ hingegen ... dieser Typ ..." Er musste die Luft anhalten, um die roten Schlieren von Zorn, die plötzlich vor seinen Augen schwammen, im Zaum zu halten. Mit zusammengebissenen Zähnen beobachtete er weiter die Szene im Club.

„Oh mein Gott ...", stöhnte er plötzlich. „Hat er eben seine dreckige Pfote auf ihre Hand gelegt?" Ihm wurde ganz schlecht bei der bloßen Vorstellung. „Wenn er sie anfasst, fordere ich ihn zum Duell."

Morgan räusperte sich leise. „Ähm ... liosch, so etwas macht man seit mindestens hundert Jahren nicht mehr."

„Wer sagt das?", giftete Alahrian zurück und schielte auf die Klingen, die hier überall an den Wänden hingen. Stahl, vermutlich ... Aber selbst das war ihm in diesem Augenblick vollkommen egal.

„Vergiss es ..." schnaubte Morgan. „Du bist kein über die Maßen guter Fechter. Du hast seit Jahrzehnten nicht trainiert."

Alahrian fühlte ein maliziöses Grinsen über sein Gesicht huschen. „Ich bin besser als der da", erklärte er überzeugt.

Morgan nickte versonnen. „Ja, da könnte etwas dran sein", gab er ungerührt zu.

Der unbekannte Widerling beugte sich zu Lilly hinüber und schien ihr etwas zuzuflüstern. Sie lächelte, ein wenig gezwungen, wie es Alahrians Eitelkeit sich einbildete, und der Typ versuchte nun wirklich, seine Hand auf ihre zu legen. Lilly zog sie weg.

Das reichte. Eine berauschende Mischung aus Triumph und Zorn kochte in Alahrians Innerem empor. Mit einem unterdrückten Knurren riss er den Vorhang beiseite, stürzte nach draußen und durchquerte mit schnellen, zielsicheren Schritten den Raum.

Liosch? rief ihm Morgan hinterher, direkt in seinen Kopf hinein. Nimm Florett ... Das beherrschst du besser als die Pistolen ...

Alahrian ignorierte ihn.

Der Schuss war nach hinten los gegangen. Lilly wurde es schon nach wenigen Minuten klar. Der Typ, der ihr eben noch als verheißungsvolle Rettung erschienen war, entpuppte sich schon allzu bald als totale Nervensäge. Und Alahrian, für den sie das ganze Theater überhaupt erst inszeniert hatte, war plötzlich ganz verschwunden. Na toll ... Wie wurde sie jetzt diesen aufdringlichen Kerl wieder los?

Unruhig sog sie an ihrem Cocktail. Schmeckte immer noch scheußlich. Außerdem begann sie den Alkohol bereits zu spüren, auch nicht gerade hilfreich. Sie ließ den Strohhalm los und schob das Glas demonstrativ von sich.

Der Typ, der mittlerweile viel zu dicht und viel zu nah neben ihr saß, versuchte, seine Hand auf ihre zu legen. Lilly zog die Hand blitzschnell zurück und fuhr sich stattdessen in einer fahrigen Geste durchs Haar. Sie war auf absurde Weise erleichtert, als Alahrian wie eine Erscheinung aus dem Orbit vor ihrem Tisch auftauchte, obwohl sie immer noch wütend auf ihn war. Das Gefühl der Erleichterung hielt allerdings nur für den Bruchteil einer Sekunde. Irgendetwas stimmte nicht mit ihm. Er zitterte am ganzen Körper, seine Augen hatten im zuckenden Laserlicht eine eigenartig rötliche Farbe, nein, genau genommen mehr violett, wie Purpur, das durch Blau hindurchschimmert.

„Hi, Lillian", sagte er freundlich, während er gleichzeitig den Typen fixierte, als wolle er ihn mit seinem Blick durchbohren.

„Willst du dir nicht etwas zu trinken holen?", fragte er den Unbekannten, ein klein wenig drängend.

Der andere blinzelte verblüfft. „Nein."

„Oh doch, das willst du." Alahrian lächelte, etwas wölfisch, wie Lilly fand. Seine Augen glühten. „Du willst an die Bar gehen und dich betrinken und du willst seeehr lange nicht zurückkommen. Am besten gar nicht mehr."

„Aber ..." Der Typ schüttelte verwirrt den Kopf.

„Genau das willst du." Alahrians Blick schien Funken zu sprühen. Völlig außer Fassung beobachtete Lilly, wie sich der Typ erhob und mechanisch zur Bar hinüberlief. Ungläubig starrte sie Alahrian an. Was um alles in der Welt war das denn nun wieder? War er nun auch noch Hypnotiseur geworden?

Das unheimliche Leuchten in Alahrians Augen jedoch war erloschen. Sie hatte sich wohl getäuscht, es musste am Licht gelegen haben.

„Und, amüsierst du dich?", fragte Alahrian und ließ sich unaufgefordert, aber mit seiner gewohnten Eleganz in den Stuhl gleiten, den eben noch der Unbekannte okkupiert hatte.

Lillys Verblüffung wehte davon und machte wieder Ärger Platz. Was bildete er sich eigentlich ein, wer er war? „Nicht so sehr wie du", gab sie schnippisch zurück.

Er verzog das Gesicht. „Was in meinem Verhalten gibt dir Anlass zu glauben, ich würde mich in irgendeiner Weise amüsieren?", fragte er förmlich.

„Ich weiß nicht ...", antwortete sie gedehnt. „Vielleicht deine bescheuerte Flashdance-Nummer von eben!" Ihr war schwindelig vom Alkohol, Zorn pochte durch ihre Adern und peitschte sich in ihrem Kopf auf.

„Bitte was?" Er blinzelte verwirrt. „Was ist Flashdance?"

„Ein Film." Seine offenkundige Ahnungslosigkeit entwaffnete sie ein wenig.

„Aha." Er kapierte tatsächlich nicht.

„Warum musstest du ausgerechnet mit Anna-Maria tanzen?", fragte Lilly und hätte sich am liebsten auf die Lippen gebissen. Jetzt war es heraus. In peinlicher, demütigender Direktheit.

„Weil sie mich gefragt hat." Das kam prompt, ganz selbstverständlich, viel zu schnell für eine Lüge.

„Warum hast du mich nicht gefragt?", fügte er plötzlich hinzu.

Das war ein Offensivangriff, mit dem Lilly nicht gerechnet hatte. Doch er sah nicht aggressiv aus, im Gegenteil. Die Worte waren ihm entschlüpft, wie ihr die ihren, er bereute sie und er wirkte fast ein wenig erschrocken darüber.

Lilly senkte den Blick. „Das wäre ja wohl deine Aufgabe gewesen ...", murmelte sie halblaut. Vielleicht war sie altmodisch, aber sollte es nicht der Mann sein, der zuerst fragte?

„Ja, da hast du Recht", stimmte er uneingeschränkt zu, dann blitzten seine Augen wieder. „Aber du warst ja anderweitig beschäftigt." Er schoss einen zornigen Blick auf den Typen ab, den Lilly längst vergessen hatte und der noch immer an der Bar stand. Alahrians Haltung verkrampfte sich, er wirkte wütend, angriffslustig. Lilly hatte ihn vorher nie so erlebt. Es passte nicht zu ihm. Er war immer so sanft, so ruhig. Nun sah er so aus, als würde er gleich explodieren. Seine Hände zitterten, in den Augen flackerte es.

Er ist eifersüchtig, begriff Lilly plötzlich. Er kocht vor Eifersucht ...

Das hätte sie freuen müssen, bedeutete es doch, dass sie ihm nicht gleichgültig war, es hätte ihr schmeicheln müssen, doch stattdessen fühlte sie nun ihrerseits Zorn. „Das geht dich gar nichts an“, fauchte sie patzig. „Zumindest hat er keine Geheimnisse vor mir!“

Alahrian erbleichte, Lilly ignorierte es und stand auf. Sie hatte keine Lust mehr, mit ihm zu streiten, sie hatte keine Lust mehr, in diesem blöden Club herumzusitzen. Eigentlich wollte sie nur noch nach Hause. Hastig schnappte sie sich ihre Tasche, zwängte sich an den vielen Leuten vorbei und stürzte nach draußen.

Er war hinter ihr, bevor sie auch nur zwei Schritte weit kam, sie beachtete ihn nicht, lief noch ein wenig schneller, und er folgte ihr auf dem Fuß. Ärgerlich wollte sie sich umdrehen, wollte ihm sagen, er solle verschwinden, doch mitten in der Bewegung blieb sie mit dem Absatz in einem Kanaldeckel hängen, knickte um und stolperte.

Blitzschnell fing Alahrian sie auf. Sie hielt den Atem an. Mit einem Mal raste ihr Herz wie wild, seine Hände auf ihrer Haut fühlten sich fiebrig heiß an, selbst durch den Stoff ihres Oberteils hindurch. Langsam sah sie auf, direkt in seine facettierten Kristallaugen hinein. Sie waren wieder warm und sanft, all ihr Zorn schmolz unter seinem Blick dahin, und sie ließ zu, dass er sie hielt, bis sie benommen, mehr aus Verlegenheit als aus einem wirklichen Bedürfnis, sich zu befreien, vor ihm zurückwich und verwirrt den Blick abwandte.

„Danke“, murmelte sie. „Es ... geht schon ...“

Zum Beweis wollte sie einfach weiterlaufen, doch sobald sie ihn aufsetzte, schoss ein stechender Schmerz durch ihren Fuß und ließ sie schon wieder straucheln. Scharf sog sie die Luft ein, und Tränen traten ihr in die Augen, so weh tat es. Jetzt war sie dankbar um seine Nähe und sie protestierte nicht, als er sie behutsam zu einer Bank führte. Der verdammte Schuh blieb im Kanaldeckel stecken.

„Tut mir leid“, flüsterte sie mit zusammengebissenen Zähnen. Wie blöd konnte man sich eigentlich anstellen?

Er ging nicht darauf ein, ließ sich stattdessen auf die Knie herabsinken und betrachtete stirnrunzelnd ihren Fuß, die Hände zwei Zentimeter über ihrer Haut schwebend, ohne sie indes wirklich zu berühren.

„Was machst du?“, fragte sie argwöhnisch.

„Ich kann das wieder in Ordnung bringen“, antwortete er geistesabwesend. „Wenn du mich lässt ...“

„Okay ...“ Sie wandte das Gesicht ab, damit er nicht sah, wie sie sich zusammenreißen musste. Es tat wirklich höllisch weh.

Er legte die Hand auf den verletzten Fuß und tat ... irgendetwas. Im ersten Moment brannte es, dann fühlte sie gar nichts mehr, nur eine wohltuende, prickelnde Taubheit.

„Dann ist es also immer noch wegen Beltaine“, flüsterte Alahrian mit gesenktem Kopf, während er sich an ihrem Fuß zu schaffen machte. „Diese Kälte zwischen uns, das ist, weil ich dir nicht gesagt habe, was ich an dem Abend getan habe.“

Lilly sah ihn nicht an. Sie wusste nicht, was Beltaine war, aber natürlich wusste sie, was er meinte. Kälte, hatte er gesagt. Kälte war etwas Schlimmes, und seine Stimme klang traurig, schmerzerfüllt. Sie hatte ihm auch weh getan.

„Du misstraust mir", stellte er fest, noch immer ohne sie anzusehen.

„Das ist es nicht", entgegnete sie unbestimmt. Wie sollte sie es ihm sagen, wie ihm erklären? „Es ist nur ... Manchmal, da scheinst du mir so vertraut, als würden wir uns schon lange kennen ..." Sie seufzte. Das klang furchtbar abgedroschen, oder? „Aber manchmal, da bist du auch völlig fremd", fügte sie leiser hinzu.

Alahrian blickte auf, seine Augen strahlten. „Ich bin dir ... vertraut?", wiederholte er zögerlich, ungläubig. Den zweiten Teil ihres Satzes schien er gar nicht gehört zu haben.

Lilly wurde rot und schaute weg. „Manchmal."

„Manchmal ist schon sehr viel." Er strich wieder über ihren Fuß, aber diesmal schmerzte es nicht. „Aber du hast Recht", fuhr er fort. „Ich bin fremd. Allen. Jedem."

Da war eine Traurigkeit in seiner Stimme, die sie berührte. Sie wollte die Hand nach ihm ausstrecken, wie um ihn zu trösten, doch in diesem Moment sagte er: „Fertig. Versuch mal, aufzustehen."

„Was?" Sie blinzelte, gehorchte aber. Es tat nicht ein bisschen weh. Sie konnte den verletzten Fuß aufsetzen und bewegen, als wäre nichts geschehen. Verblüfft starrte sie ihn an. „Wie ... wie hast du das gemacht?"

Er biss sich auf die Lippen und schwieg. Da war er wieder, der rosa Elefant. Für Lilly fühlte es sich an, als hätte sie versucht, durch eine Tür zu treten – und wäre unvermittelt mit voller Wucht gegen eine Glaswand gedonnert.

„Du kannst es mir nicht sagen", bemerkte sie kalt, fast sarkastisch.

Er schüttelte den Kopf.

„Na gut." Enttäuscht raffte sie ihre Sachen zusammen und hinkte die Straße entlang, nicht weil es weh tat, sondern weil ihr immer noch ein Schuh fehlte.

„Warte ... bitte!" Seine Stimme war weich und glockenhell, sie konnte nicht anders als sich umzudrehen.

Er war ihr nicht gefolgt, hatte sich nicht von der Stelle gerührt, still stand er mitten auf der Straße, vom Licht der Laternen bekränzt.

„Wenn ich dich gefragt hätte ... ob du tanzen willst ... heute Abend", begann er stockend. „Hättest du dann ja gesagt?"

Lilly traute sich nicht, ihn anzusehen. „Ja", flüsterte sie fast lautlos. Dann ging sie schnell weiter.

Gefühle

Alahrian stand still in der grellen Helligkeit der Neonlampen und fühlte, wie ein matter Hauch von Sternenlicht unter seiner Haut versickerte, während er ihr hinterher blickte, selbst dann noch, als sie längst nicht mehr zu sehen war. Ja ... Ja ... das war wie ein Versprechen, und obwohl in den letzten Wochen alles schief gegangen war, wollte er es lachend in die ganze Stadt hinaus schreien.

Er schien ihr vertraut, hatte sie gesagt. Manchmal ... Das war mehr, um so vieles mehr, als er erwarten durfte. Natürlich war er ihr fremd. Er war anders, er war kein Mensch. Die sensibleren unter den Sterblichen spürten es immer. Und doch war er ihr vertraut, manchmal. Es gab Momente, die den dünnen Schleier, der zwischen ihm und allen anderen lag, überwinden konnten. Das war etwas Gutes, etwas woran er sich festhalten konnte in dieser merkwürdigen Nacht.

Verwirrt, aber seltsam beschwingt tänzelte er zurück zum Club. Lillys Schuh steckte noch immer mit dem Absatz im Kanaldeckel fest. Der Anblick machte ihn lächeln und nur mit Mühe widerstand er der Versuchung, ihn herauszuziehen. Das wäre denn doch ein wenig zu märchenhaft gewesen. Er war kein Prinz, und sie war keine Cinderella. Und es war auch nicht sie, die ein rätselhaftes Geheimnis barg ...

Seufzend drehte er sich um und hatte plötzlich keine Lust mehr, in den Club zurückzukehren. Stattdessen schlenderte er fröstelnd die dunkle Straße entlang, steckte, um sie zu wärmen, die Hände in die Jackentaschen und überlegte, ob er es riskieren konnte, über die Dächer zu klettern, nur, um schneller zu Hause zu sein. Nein, unmöglich, beschloss er. Sterbliche hüpften nicht von Dach zu Dach, breite Straßen überwindend, zumindest hatte er das noch nie jemanden tun sehen. Besser, man beobachtete ihn nicht bei so etwas.

Also bog er, ganz manierlich, auf dem Asphalt um eine Ecke – und das war der Moment, in dem er das Knurren hörte.

Oh nein! Von einer Sekunde auf die nächste spannten sich alle seine Muskeln gleichzeitig an. Bitte lass es einen Hund sein ..., dachte er panisch. Nur einen Hund ...

Aber natürlich war es kein Hund. Ein Hund hätte ihn niemals angeknurrt.

Es war größer als ein Wolf und kräftiger als ein Bär. Sein Fell war pechschwarz, die Augen leuchteten in der Dunkelheit, intelligent und verschlagen, die Reißzähne waren gebleckt, hart wie Diamant und scharf wie Rasierklingen. Fenririm ... Der Anblick war beinahe unheimlich vertraut.

Langsam wandte Alahrian sich um, äußerlich sehr ruhig und sehr konzentriert, ohne jedes Anzeichen von Furcht. Furcht konnten sie riechen,

Furcht machte sie rasend ... Doch sein Herz pochte viel zu schnell und viel zu hektisch, die Gedanken überschlugen sich. Lilly! Verdammt, Lilly war noch da draußen!

Er musste das Vieh töten, schnell und lautlos.

In einer beschwörenden Geste hob er die Hände. Der Fenririm knurrte. Alahrian schleuderte ihm einen Lichtblitz entgegen, doch im selben Moment setzte das Vieh zum Sprung an. Der Blitz traf und ließ den Fenririm aufheulen, doch er stoppte ihn nicht. Mit einem gewaltigen Satz flog er auf Alahrian zu, eine halbe Tonne Knochen und Muskeln und tödlicher Klauen.

Alahrian wich zurück, lief in voller Geschwindigkeit eine Mauer empor – und geriet ins Straucheln, als der Fenririm wuchtig gegen die Wand prallte, vor der Alahrian gerade noch gestanden hatte. Ungeschickt klammerte sich Alahrian an der Dachrinne fest, spürte, wie seine Fingernägel brachen und zog sich hastig aufs Dach empor. Der Fenririm unter ihm jaulte wütend, seine klauenbewehrten Pfoten schlugen tiefe Furchen in den grauen Asphalt.

Einen Moment lang quälte Alahrian die entsetzliche Angst, das Vieh könne das Interesse an seiner Beute verlieren und einfach abhauen, um die ganze Stadt unsicher zu machen, aber er täuschte sich, zum Glück. Alahrian provozierte seinen Gegner, indem er ein paar glühende Funken auf ihn hinabregnen ließ, mit schwelendem Fell nahm der Fenririm Anlauf – und sprang zu Alahrian aufs Dach. Damit hatte Alahrian nicht gerechnet. Erschrocken wich er aus, verlor auf dem glitschigen, abgeschrägten Untergrund den Halt und schlitterte dem Fenririm einen halben Meter weit entgegen, ehe er sich endlich festklammern konnte.

Morgan! brüllte er in Gedanken, so laut er konnte, und dann spürte er einen scharfen, stechenden Schmerz, als die Fänge des Wolfes sich um seinen Knöchel schlossen. Alahrian schrie auf, trat dem Fenririm geistesgegenwärtig mit dem anderen Fuß vor die Schnauze, atmete erleichtert auf, als das Vieh losließ und trat noch einmal zu, um es vollends vom Dach zu werfen.

Es funktionierte nicht. Der Fenririm war stark und wesentlich behänder als er aussah. Eine Klaue schlug erneut nach seinen Beinen, diesmal jedoch war Alahrian vorbereitet und zog sich hastig höher aufs Dach hinauf. Auf dem First kam er wieder auf die Füße, es tat weh, aber er ignorierte den Schmerz.

Der Wolf war ihm gefolgt. Alahrian schleuderte ihm einen weiteren Blitz entgegen, der Wolf kreischte, eine seiner Pfoten brannte, ein Auge schien geblendet, aber das hinderte ihn nicht, erneut zum Sprung anzusetzen und direkt vor Alahrian zum Stehen zu kommen. Ein gewaltiges Maul schnappte nach ihm, Klauen schlugen nach ihm, Alahrian warf Blitze und wich trippelnd zurück, bis er mit dem Rücken gegen den Kamin stieß.

Mit einem einzigen Hieb fegte der Fenririm ihn vom Dach, doch Alahrian krallte sich mit der Macht der Verzweiflung in dem pechschwarzen Fell fest und zog seinen Gegner mit sich in die Tiefe.

Ähnlich wie eine Katze fiel ein alfar stets auf die Füße, doch sein Knöchel war zerbissen, der Aufprall ließ einen grellen Schmerz durch sein gesamtes Bein schießen, er taumelte, stolperte – und fühlte einen gewaltigen Schlag in der Flanke, als der Wolf ihn mit der puren Wucht seines gewaltigen Körpergewichts zu Boden warf. Instinktiv riss er die Arme hoch, um seine Kehle vor den zuschnappenden Fängen des Untiers zu schützen, Funken explodierten dem Vieh direkt ins Gesicht, und statt ihm das Antlitz zu zerfetzen, rissen ihm die Klauen nur den Unterarm bis zum Ellbogen hinauf auf.

Mit verzweifelter Kraft versuchte Alahrian, sich zu befreien, doch das Ungeheuer war zu stark, es war nur noch eine Frage der Zeit, bis es ihn schlimm genug verletzte, um ihn bewegungsunfähig zu machen, und dann würde es durch die Straßen laufen, und Lilly ... Lilly würde ...

Das Monster heulte auf. Ein Zucken lief durch seinen Körper, dann brach es plötzlich zusammen, und Alahrian schaffte es gerade noch, sich zur Seite zu werfen, ehe der Fenririm ihn unter sich begrub und ihm sämtliche Rippen brach. Verblüfft starrte er auf den silbernen Messergriff, der eine Handbreit aus dem Rücken des Untiers ragte, zu sehr berauscht von Adrenalin, um erleichtert zu sein.

„Hoppla“, kommentierte Morgan grinsend. „Da hat wohl jemand ein Problem mit einem Fenririm, was? Ein Glück, dass ich rechzeitig gekommen bin, um dich zu retten, Kleiner ...“

Alahrian verdrehte die Augen, rappelte sich mühsam auf und murmelte ein verlegenes „Dankeschön“. Fahrig wischte er sich sein eigenes Blut am Hemd ab und strich sich das zerzauste Haar aus dem Gesicht.

„Wo kommt das Ding her?“, fragte er dann. „Ist es entwischt, an Beltaine? Haben wir es übersehen?“

Morgan zuckte mit den Schultern. „Sieht ganz so aus ...“ Er klang nicht über die Maßen beunruhigt.

Alahrian biss sich auf die Lippen. Wenn da noch mehr waren ... Aber daran wollte er nicht einmal denken.

Morgan blickte versonnen auf den toten Fenririm herab. „Es wäre vielleicht besser, wenn wir ihn nicht hier liegen lassen“, bemerkte er weise. „Die braven Bürger dieses Städtchens wären nicht sehr begeistert, wenn sie ihn hier finden ...“ Er grinste, als würde ihm die Vorstellung gefallen, dann sah er Alahrian an. „Meinst du, du kannst dich darum kümmern?“

„Klar.“ Alahrian seufzte leise. „Tritt einen Schritt zurück!“

„Halt, warte!“, schrie Morgan plötzlich. Hastig trat er auf das tote Untier zu, zog seinen Dolch aus dem leblosen Körper, wischte die Klinge an dem struppigen Fell ab und steckte sie dann ein.

Alahrian schluckte hart und wandte angeekelt den Blick ab.

Morgan zuckte entschuldigend mit den Schultern. „Tut mir leid. Der stammt noch aus der Zeit der Kreuzzüge." Stolz tätschelte er den Griff der Waffe. „Hat mir ein Assassine geschenkt."

„Ja, ganz toll ..." Alahrian verzog das Gesicht. Dann streckte er wieder die Hände aus, suchte nach dem Licht in seinem Inneren und ließ es frei, alles auf einmal. In einer gewaltigen, knisternden Explosion aus gleißender Helligkeit entlud sich all seine Macht – oder das, was davon noch übrig war.

Der Kadaver des Fenririm verdampfte, ohne die geringsten Spuren zu hinterlassen.

Morgan klopfte ihm auf die Schulter. „Bravo, liosch, gut gemacht ..."

„Gern geschehen ..." Alahrian lächelte, und dann war das letzte Quantum seiner Kraft verbraucht und ihm gingen im wahrsten Sinne des Wortes die Lichter aus.

Er konnte nicht lange bewusstlos gewesen sein, das erkannte er selbst ohne Zeitgefühl, denn als er die Augen aufschlug, da lag er in den Armen seines Bruders, und das war ein Zustand, den Morgan unter keinen Umständen länger als ein paar Sekunden aufrecht erhalten hätte.

„Du kannst mich jetzt los lassen", verkündete Alahrian und begann, in Morgans Griff zu zappeln. „Ich bin wach ..."

Wie erwartet ließ der döckalfar sich das keineswegs zweimal sagen und stellte ihn abrupt auf die Füße. Alahrian spürte einen pochenden Schmerz in seinem zerbissenen Knöchel, und prompt breitete sich erstickende, flimmernde Schwärze in seinem Kopf aus. Morgan fing ihn auf, bevor er auf die Straße knallen konnte.

„Mann, liosch, du bist nicht besonders gut in Form, was?", bemerkte er trocken.

Alahrian schenkte ihm ein mattes Grinsen, während Morgan ihn ohne sichtliche Anstrengung durch die Gasse trug, als wäre er ein Kleinkind. „Ich habe den Großteil meiner Kräfte in einem Gully versenkt", erklärte er kleinlaut und schloss die Augen, weil er in Morgans Armen hin und her geschaukelt wurde wie ein Schiff auf hoher See. Ihm wurde ganz schwindelig davon.

„Das war ausgesprochen dämlich von dir", entgegnete der döckalfar unbarmherzig.

„Ich wollte im Club nicht die Beherrschung verlieren."

Morgan seufzte, und Alahrian konnte regelrecht spüren, wie er die Augen verdrehte. „Und ich dachte schon, du hättest endlich gelernt, dich zusammen zu reißen."

„Es liegt nicht in meiner Natur, mich zusammen zu reißen." Alahrian blinzelte versonnen. „Tschuldigung ..."

Morgan seufzte wieder und trug seinen Bruder eine Zeitlang schweigend durch die dunklen Gassen. Als sie eine etwas belebtere Straße erreichten, setzte er ihn ab und lehnte ihn behutsam gegen eine Hauswand. „Liosch, es wäre wirklich besser, wenn du alleine laufen könntest“, meinte er und sah sich demonstrativ um. „Wenn uns jemand so beobachtet, dann werden alle denken, du seist völlig betrunken und dann hetzen sie mir das Jugendamt auf den Hals, weil du unter meiner Aufsicht total verwahrlost.“

Alahrian lachte leise. „Ich verwahrlose unter deiner Aufsicht ...“ Amüsiert beobachtete er den döckalfar, der ein Feuerzeug aus seiner Jacke kramte und ihm die Flamme direkt unters Gesicht hielt, damit er ihr Licht trinken konnte.

„Komm, gib her!“ Auffordernd streckte er die Hand aus und nahm Morgan das Feuerzeug aus den Fingern. „Du musst das nicht unter meiner Nase herumschwenken ... Es ist kein Riechsalz, weißt du?“ Er zwinkerte spöttisch, saugte die orangefarbene Helligkeit in sich auf und nahm noch etwas von dem schwachen Sternenlicht, das durch den leicht bewölkten Himmel brach.

Die Straße war menschenleer. Keine Gefahr, für betrunken oder sonst wie gefährdet gehalten zu werden. „Wieso muss ich eigentlich immer der kleine Bruder sein?“, nörgelte er angelegentlich, während er sich langsam von seiner Schwäche erholte. „Wir wissen überhaupt nicht, wie alt wir sind, ich könnte ebenso gut älter sein als du.“

„Pah!“ Morgan schnaubte verächtlich. „Ich bin viel stärker, klüger und weiser als du ... Jeder Idiot würde erkennen, dass ich der Ältere bin ...“

Alahrian rappelte sich würdevoll von der Hauswand auf und startete einen neuen Versuch, auf eigenen Füßen zu stehen. Morgan grinste überlegen. „Na, zumindest bin ich in der Lage, selbständig zu laufen ...“, frotzelte er bösartig.

„Ich bin gerade von einem Dach gefallen und von einem Monstrum gebissen worden“, entgegnete Alahrian ungerührt. „Ein bisschen mehr Mitgefühl, wenn ich bitten darf!“

Morgans Augen blitzten. „Du brauchst kein Mitgefühl. Das sind nur ein paar Kratzer.“ Trotzdem legte er sich hilfsbereit Alahrians unverletzten Arm um die Schultern und stützte ihn, während er mühsam die Straße entlang humpelte. Auf diese Art und Weise schaffte es Alahrian bis zur Couch in der Vorhalle der Villa. Dort fiel er in tiefen, traumlosen Schlaf, und das bis tief in den Sonntag hinein.

Am Montag Morgen in der Schule würdigte Lilly Anna-Maria keines Blickes, das hielt sie allerdings nur so lange durch, bis diese noch vor der ersten Stunde auf sie zugestürmt kam und ihr einfach den Weg vertrat.

„Du bist noch sauer wegen Samstag, oder?“, bemerkte sie, über die Maßen scharfsinnig und kaute, voll des schlechten Gewissens, auf ihrer Unterlippe herum.

Lilly schwieg eisern und wollte einfach an ihr vorbeirauschen, aber Anna-Maria hielt sie auf. „Komm schon!“, rief sie bettelnd. „Du kannst doch nicht ernsthaft annehmen, ich würde etwas von Alahrian wollen!“ Sie schüttelte sich. „Ich wollte ihn nur auf die Probe stellen! Deinetwegen. Eigentlich solltest du mir dankbar sein, denn ein Vergnügen war es nicht gerade, mit diesem Freak zu tanzen ..."

Lilly atmete tief durch, zählte in Gedanken bis drei und blickte Anna-Maria dann direkt an. „Und was ist bei deinem großartigen Test herausgekommen, bitteschön?", erkundigte sie sich beißend.

„Dass er ein ausgezeichneter Tänzer ist?" Anna-Maria zuckte mit den Schultern. „Und immer noch ein Idiot?"

Lilly warf ihr einen giftigen Blick zu. „Nenn ihn nicht so!" Wütend raffte sie ihre Bücher an sich, um zum Unterricht zu gehen.

Anna-Maria legte ihr die Hand auf die Schulter. „Okay, tut mir leid, aber ich mach es wieder gut, wenn du mir nicht mehr böse bist, ja?" Sie schenkte ihr einen Dackelblick, der Wilbur alle Ehre gemacht hätte.

Lilly seufzte und verdrehte die Augen. „Also gut ... Schieß los ..."

„Wie wär's, wenn ich dich ins Kino einladen würde?", schlug Anna-Maria vor. „Wir nehmen noch ein paar andere mit, du wirst sehen, das wird total lustig!"

Lilly war noch nicht überzeugt. Kino? Das sollte Anna-Marias Friedensangebot sein?

„Du kannst den Freak auch mitbringen", fuhr Anna-Maria widerwillig fort. „Aber nur, wenn du ihn selbst fragst!", fügte sie hastig hinzu.

Jetzt fühlte Lilly sich doch allmählich besänftigt. Ein unverfängliches und leicht zu arrangierendes Date mit Alahrian, das war keine allzu schlechte Aussicht. Unwillkürlich fing ihr Herz zu klopfen an. „Okay", gab sie großzügig zu. „Such schon mal einen Film aus! Einen romantischen, wenn's geht!" Sie zwinkerte, um einige Grade besser gelaunt als noch vor zwanzig Minuten und machte sich auf den Weg zu Latein. Das passte ja perfekt ... Latein ... Das einzige Fach, in dem er neben ihr saß, und das schon in der ersten Stunde ... Besser konnte es ja gar nicht laufen.

Schlechter allerdings schon. Spätestens fünf Minuten nach Unterrichtsbeginn erhielt ihre kribbelnde Vorfreude einen argen Dämpfer, denn er kam nicht.

Natürlich erschien er äußerst selten pünktlich zur Schule, diesmal jedoch wurde diese miserable Angewohnheit regelrecht zur Qual. Unruhe ließ Lilly kaum mehr still sitzen. Ob er wohl überhaupt nicht mehr kommen würde? So wie an jenem seltsamen Tag, über den er sich so hartnäkkig ausschwieg? Oder war er nur wie üblich zu spät dran? Gott, er war so schwer zu fassen wie der Wind an einem stürmischen Herbsttag! Was ihn wohl so lange aufhielt? Wieder irgendetwas Geheimnisvolles? Oder hatte er einfach nur verschlafen?

Anna-Maria hatte Recht, überlegte Lilly deprimiert. Alahrian war komisch. Er machte sie noch ganz verrückt!

Nachdem sie zweimal aufgerufen wurde und die Antwort nicht wusste, weil sie die Frage nicht mitbekommen hatte, weil sie über Alahrian grübelte, da war sie beinahe schon wieder wütend auf ihn. All diese dunklen Gefühle jedoch lösten sich in Rauch auf, als sie ihm vor Englisch auf dem Gang regelrecht in die Arme lief. Himmel, es war so schön, ihn zu sehen! Es regnete schon den ganzen Tag, in seinen Augen jedoch lag nicht eine Wolke, sein Blick war von klarem Azur, das Gesicht schön wie die Morgenröte. Er lächelte glücklich, als er ihr entgegentrat, ganz selbstverständlich, so als wäre er überhaupt nur ihretwegen gekommen. „Hallo ... Wie geht's deinem Fuß?"

Lilly wurde unwillkürlich rot. Das hatte sie schon ganz vergessen. „Gut, danke ..."

„Wie schön!" Er zwinkerte und wollte schon an ihr vorbeigehen, aber Lilly hielt ihn auf, hastig, als würde ihr durch seine Abwesenheit die Atemluft entzogen.

„Warte mal!"

Er drehte sich um, nahezu erleichtert, wie es schien. „Ja?"

Lilly konnte ihm nicht in die Augen sehen, aber sie konnte ihm auch nicht nicht in die Augen sehen. „Wir gehen heute Abend ins Kino", erklärte sie schnell. „Hast du vielleicht Lust ... mitzukommen?" Die Einladung kam nur zögerlich heraus, während ihr ganzes Inneres brüllte und schrie, vor Hoffnung, er möge einfach nur ja sagen ...

Er aber warf zuerst einen intensiven Blick aus dem Fenster in den Regen hinaus. „Ich weiß nicht", meinte er unsicher. „Ich ... ich würde total gern, aber ... aber es regnet, weißt du?" Er wich ihrem Blick aus, lehnte sich nervös gegen das Fenster und tippte unruhig mit den Fingerspitzen auf dem Glas herum.

Lilly verstand kein Wort. „Und ... ist das ein Problem?", erkundigte sie sich verwirrt.

Er biss sich auf die Lippen, bis sie ganz weiß und blutleer waren und starrte wieder aus dem Fenster. „Im Kino ist es dunkel, nicht wahr?", meinte er leise.

Ein Anfall von Ärger wollte in Lilly empor wallen, doch sie beherrschte sich. „Ja. Das ist der Sinn der Sache ...", entgegnete sie nüchtern.

Er schien einen Moment lang mit sich zu ringen, dann schüttelte er langsam den Kopf. „Tut mir sehr leid, aber es geht nicht", murmelte er mit gesenktem Blick. „Ich ... ich kann nicht ins Kino gehen, wenn es regnet."

„Was?!" Lilly starrte ihn ungläubig an. „Willst du mich verarschen?" Vor dem groben Wort zuckte sie selbst zusammen, doch es platzte in einem Sturm aus Enttäuschung, Kränkung und Zorn einfach aus ihr heraus. Was um alles in der Welt sollte dieser Blödsinn nun schon wieder?

Seine Augen weiteten sich, er sah bestürzt aus. „Nein. Durchaus nicht."

Lilly hatte keine Lust mehr, sich seine albernen Ausreden noch länger anzuhören. Er wollte nicht, also gut ... „Weißt du was?", bemerkte sie schnippisch. „Vergiss es einfach!" Und damit rauschte sie davon und ließ ihn schlichtweg stehen.

„Er kommt nicht mit“, erzählte sie flüsternd Anna-Maria in der Englischstunde und beherrschte nur mit Mühe ihren Zorn.

„Warum nicht?“, wisperte Anna-Maria zurück.

„Weil es regnet. Er sagt, bei Regen geht er nicht ins Kino.“ Jetzt, wo sie es selbst aussprach, kam es ihr noch absurder vor.

„Wie bitte?“ Anna-Maria zog eine perfekt gezupfte Augenbraue hoch. „Wow. Das ist extrem. Selbst für seine Verhältnisse.“ Ungläubig schüttelte sie den Kopf. „Vielleicht war er betrunken?“, schlug sie vor. „Oder vielleicht nimmt er irgendwelche Drogen?“

Lilly konnte sich das nur sehr schwer vorstellen, aber welche Alternativen gab es schon? Entweder er war völlig durchgeknallt – oder er machte sich über sie lustig. Lilly war nicht sicher, welche Möglichkeit schlimmer war. Dann vielleicht doch lieber die Drogen?

Sie seufzte leise und versuchte, sich auf den Unterricht zu konzentrieren, aber Anna-Maria flüsterte weiter: „Vielleicht solltest du ihn wirklich lieber in Ruhe lassen. Mein Vater sagt immer, er sei gefährlich. Eigentlich dachte ich bisher, er übertreibt – aber wer weiß?“ Sie zuckte unschlüssig mit den Schultern. „Er ist auf jeden Fall nicht gut für dich.“

Lilly biss sich auf die Lippen und schwieg.

Die Doppelstunde Englisch zog sich, sie war erleichtert, als es zur Pause klingelte, aber nicht lange, denn in der überfüllten Aula winkte Alahrian sie plötzlich zur Seite und nach dem beunruhigenden Gespräch mit Anna-Maria folgte sie ihm mit gemischten Gefühlen.

„Tut mir leid, das mit dem Kino“, begann er, ein wenig nervös, wie es schien. „Aber vielleicht könnten wir ja was anderes machen? Irgendwann mal?“ Er lächelte, angespannt, aber hoffnungsvoll.

Lilly wich seinem Blick aus. „Ich weiß nicht ...“, entgegnete sie unschlüssig, während ein seltsames Kaleidoskop aus all den Merkwürdigkeiten der letzen Zeit wie Splitter eines schlechten Filmes durch ihren Kopf blitze. Er hatte Streit mit dem Bürgermeister, er musste geheimnisvolle Dinge erledigen, über die er nicht sprechen wollte – und er konnte nicht im selben Raum mit dem Pfarrer sein, angeblich wegen irgendeiner abstrusen Familienfehde. Wer um alles in der Welt war dieser Junge?

Unsicher sah sie zu ihm auf, und das war ein Fehler, denn sein Blick war weich, strahlend und sanftmütig, ein wenig beunruhigt, als spüre er ihre Bedenken, und auch ein bisschen traurig. Die nagenden Zweifel schmolzen unter seinen Augen dahin, Lilly wollte schon ja sagen, wollte all die bösen Gedanken vergessen, als plötzlich etwas Dunkles auf sie zugeflogen kam.

„Vorsicht!“

Sein Ruf warnte sie, instinktiv duckte sie sich, aber er hatte das Ding schon aufgefangen. Es war nichts als ein harmloser Basketball. Ein paar Jungs war es draußen offensichtlich zu nass geworden, sie hatten angefangen, in der Aula herumzuspielen, und der Ball war ihnen entglitten.

Trotzdem: Er hätte Lilly am Kopf getroffen, hätte Alahrian ihn nicht geschickt aufgefangen. „Danke", murmelte sie benommen.

Er grinste sie an und warf den Ball zielsicher zurück. Der Ärmel seines Pullovers rutschte dabei ein klein wenig nach oben, hastig, fast erschrokken schob er ihn zurück, doch da war es schon zu spät: Lilly hatte die langgezogenen, blutroten Narben auf seinem Unterarm bereits gesehen. Narben, die vor zwei Tagen eindeutig noch nicht da gewesen waren.

„Mein Gott", entfuhr es ihr geschockt. „Was hast du denn da gemacht?"

„Nichts." Blitzschnell zog er den Arm zurück, kreideweiß im Gesicht. „Gar nichts ..."

Lilly schloss die Augen und atmete tief durch. Noch ein Geheimnis also! In ihrem Kopf drehte sich alles. Anna-Marias Warnung, sein unerklärliches Verhalten, die Verletzung ... Wenn er einfach nur einen Unfall gehabt hätte oder sich beim Sport weh getan hätte, dann ... dann hätte er es doch sagen können, oder? Wenn es etwas Harmloses gewesen wäre ... Aber er stand still und schwieg, und sein Schweigen pochte schmerzhaft hinter Lillys Stirn, und der Film, der Film aus absurden, angsteinflößenden Bildern und Gedankenfetzen explodierte zwischen ihren Schläfen. Es war nichts Harmloses. Er war in irgendetwas Dunkles verwickelt, vielleicht in etwas Kriminelles. Was sonst sollte er treiben, worüber er unter keinen Umständen sprechen konnte?

Der Gedanke kam ihr selbst absurd vor, frevelhaft, wie ein Verrat. Doch ihr war ganz schwindelig von all diesen Geheimnissen, sie war nicht in der Lage, klar zu denken. „Alahrian, ich ... ich kann das nicht", platzte es aus ihr heraus wie ein Hilferuf. „Dieses ganze Hin und Her, deine Ausflüchte, diese seltsamen Behauptungen, dein merkwürdiges Benehmen ... ich ... ich ... ich kann das einfach nicht mehr!" Sie zitterte, als sie ihn ansah, er wirkte bestürzt, die blauen Augen geweitet, das Gesicht bleicher noch als zuvor.

„Was ... was soll das heißen?", fragte er stockend, die Stimme heiser und rau.

Lilly blickte zu Boden, an den Tränen würgend, die plötzlich in ihrer Kehle steckten. „Dass wir uns besser nicht treffen sollten", entgegnete sie erstickt. „Ich meine ... überhaupt nicht mehr."

„Was?" Er sah aus, als hätte sie ihm einen Eimer Eiswasser direkt ins Gesicht gekippt – oder ihm einen Dolch in die Brust gestoßen. Seine Züge waren wie erstarrt, die Augen pechschwarz vor Schmerz.

Seine Reaktion tat ihr weh, am liebsten hätte sie die Worte, die ihn so verletzt hatten, wieder zurück genommen, doch sie waren bereits hinter seinen Rippen zerschellt wie kleine, winzige Glassplitter. Lilly konnte es nicht ertragen, ihn anzusehen, die Tränen, eben noch in ihrer Kehle, schossen ihr jetzt in die Augen, sie musste sich auf die Lippen beißen, um sie zurück zu halten, sie wollte sich umdrehen, wollte davon laufen und fliehen, aber er sagte leise, verstört und zitternd:

„Machst du ... machst du gerade ... mit mir Schluss? Ist es das, was du tust?“

Die Worte rührten sie, ihr Herz krampfte sich zusammen. „Aber Alahrian ...“, antwortete sie verwirrt. „Wir sind doch gar nicht ... zusammen ...“

Sein Antlitz versteinerte. „Nein“, entgegnete er, plötzlich sehr kalt. „Natürlich nicht ...“

Da platzten die Tränen unter ihren Lidern hervor, und wortlos wandte sie sich ab und rannte davon, den Kopf zur Seite gedreht, damit er sie nicht sah.

Alahrian stand still und reglos, minutenlang rührte er nicht einen Muskel, während seine Welt um ihn herum zersprang und in Milliarden scharfkantiger Scherben tosend in den Abgrund stürzte. Minutenlang war er wie erstarrt, wagte nicht einmal zu atmen, denn er wusste, hätte er sich bewegt, dann wäre auch er zersprungen wie ein implodierender Kristall, und dann hätte sich all seine Macht auf einen Schlag entladen, und sie, sie, die ihn nicht wollte ...

Er konnte den Gedanken nicht zu Ende bringen. Denken war noch gefährlicher, als sich zu bewegen, Denken riss eine tiefe, blutige Wunde in sein Herz, als krallte sich eine stählerne, rasiermesserscharfe Klaue darin fest.

Plötzlich war da ein ganz neuer Schmerz in ihm, ein Schmerz, der ihm den Atem nahm und ihn in zitternder, eiskalter Dunkelheit zurück ließ.

Langsam, sein zerschmettertes Innerstes mit aller Gewalt zusammen haltend, taumelte er hinaus, in den Regen. Dort draußen war niemand, der Pausenhof war menschenleer und mit einem Mal konnte er nicht mehr anders, er musste laufen, rennen, blind, irgendwohin, nur fort von all den Menschen, fort von den Sterblichen, die den glühenden Wirbelsturm in seinem Inneren auf keinen Fall sehen durften.

Unter einem Baum kam er zum Stehen, die Zweige fingen ihn auf, schwer lehnte er sich gegen den Stamm und krallte die Finger in die raue, feuchte Rinde.

Regen peitschte ihm ins Gesicht und spülte ihm die Tränen aus den Augen, direkt über seinem Kopf tobte ein Unwetter, unter dem Baum schien es doppelt so heftig zu regnen wie überall sonst, aber das merkte niemand, und auch seine Tränen sah niemand, es war niemand hier, niemand ...

Es spielt keine Rolle ..., versuchte Alahrian sich einzureden, während er keuchend nach Atem rang und mit dem Schmerz kämpfte, der in seiner Brust kochte, dem Schmerz, der, wenn er ihn frei ließ, die ganze Schule niederreißen konnte.

Es spielt keine Rolle ... Nichts hat sich geändert, gar nichts ...

Die Worte waren wie ein Rettungsanker, an dem er sich festhalten konnte, seine Hände jedoch klammerten sich an der Baumrinde fest, bis seine Nägel brachen und tiefe Furchen in die Haut des Baumes rissen. Erschrokken taumelte er zurück, Harz klebte an seinen Fingerspitzen wie Tropfen von Blut.

„Oh nein, tut mir leid ...", flüsterte er verstört. „Tut mir leid ..." Er ließ ein bisschen Licht auf die Wunde des Baumes gleiten, wartete, bis sie sich schloss, dann sank er kraftlos ins Gras.

Es spielt keine Rolle ...

Er hätte ohnehin niemals mit Lilly zusammen sein können. Und selbst wenn, dann nur für grausam kurze Zeit. Sie war sterblich, er hätte sie verloren, irgendwann, so oder so. Es machte keinen Unterschied. Das hier war nicht das Ende. Seine Liebe kannte kein Ende, sie war stark genug, um aus sich selbst heraus zu brennen, sie brauchte keine Erwiderung. Er konnte sie lieben, selbst wenn sie ihn nicht wollte. Nichts hatte sich geändert, gar nichts.

Irgendetwas an diesem Gedanken war falsch, denn warum tat es dann so weh, warum war da dieses Reißen in seiner Brust, warum krampfte sich sein Herz in zuckenden Schmerzen zusammen?

Und doch war es diese Erkenntnis, die ihn zurück zur Schule trieb. Es war eine sorgsam kultivierte Maske, die da durch den Regen auf das Gebäude zu lief, eine Hülle, geschaffen einzig und allein, um eine Mauer zu errichten, zwischen seinen Gefühlen und den Sterblichen. Aber es war diese Hülle, die ihn zusammen hielt, in diesem Moment, und so war er fast ruhig, als er wieder nach drinnen trat.

In der Schule ging alles seinen gewohnten Gang, und im ersten Augenblick verwirrte ihn das. Seine Welt war zerrissen, die der anderen drehte sich einfach weiter. Niemand hatte irgendetwas gemerkt, niemandem war auch nur aufgefallen, was da innerhalb weniger Minuten zerstört worden war. Wie seltsam und verwirrend ... In gewisser Weise machte es ihn noch einsamer als sonst.

Trotzdem lief er einfach weiter und auf diese Weise kam er ganz gegen seine Gewohnheit vollkommen pünktlich zu Sport. Benommen und abwesend stolperte er in die Umkleidekabine, doch es gab etwas Unvermutetes, etwas Überraschendes, das ihn unvermittelt aus seiner gequälten Trance herausriss: Thommy Niedermeiers hasserfüllter Blick.

„Na?", fragte der Junge beißend. „Hast du dich gut amüsiert, am Samstag?"

Blinzelnd tauchte Alahrian aus seiner ganz persönlichen Hölle auf und starrte den anderen an. „Bitte – was?"

„Du weißt genau, was ich meine!"

Alahrian war wie vor den Kopf gestoßen. „Nein, weiß ich nicht ..."

Thommy verdrehte die Augen. „Dann stimmt es also nicht, dass du im Club mit Anna-Maria getanzt hast?"

Alahrian unterdrückte ein Stöhnen. Nicht das schon wieder! Nicht das auch noch! „Doch", erklärte er brüsk, am Ende seiner Geduld – und am Ende seiner Kräfte.

„Wusste ich's doch!“ Thommy wurde unvermittelt zornig. „Was fällt dir eigentlich ein? Du weißt doch, dass ich sie mag! Mann, und ich dachte, wir wären so was wie Freunde!“

Alahrian versuchte, tief und ruhig zu atmen. „Hör zu“, erklärte er gezwungen. „Zwischen Anna-Maria und mir läuft nichts, nichts, gar nichts, kapiert? Sie hat mich gefragt, und zwar nur, um mich zu ärgern, und glaub mir, das ist ihr gelungen!“

„Echt?“ Thommy blinzelte misstrauisch.

„Ja, echt ...“ Erschöpft ließ Alahrian sich auf eine Bank gleiten, wischte sich das pitschnasse Haar aus dem Gesicht und versuchte, sich selbst davon abzuhalten, einfach loszuheulen. War heute eigentlich alle Welt gegen ihn?

„Was ist überhaupt los mit dir?“, erkundigte sich prompt Thommy. „Du siehst ja furchtbar aus!“

Alahrian sah auf seine Hände herab, halb erwartend, dass sich irgendein Schimmer kränklicher Energie unter seiner Haut zeigte, weil er nicht in der Lage war, sich zu beherrschen, doch da war nichts. „Lilly“, sagte er nur.

„Oh! Habt ihr euch gestritten?“

Gestritten war nicht das richtige Wort, trotzdem nickte Alahrian. Er wollte nicht darüber reden, dennoch beruhigte ihn die Anwesenheit des anderen ein wenig. Thommy war unglücklich in Anna-Maria verliebt, und dieses menschliche Drama war eigenartig tröstlich. Es ging ihnen also keineswegs besser, den Sterblichen. Das machte sie einander ähnlicher, und diese Erkenntnis war nahezu wohltuend.

„Es war doch nicht wegen Anna-Maria, oder?“, hakte Thommy nach und sofort wurde er wieder misstrauisch.

„Wie, der Streit? Nein ...“ Alahrian seufzte tief, dann lächelte er, ganz gegen seinen Willen. „Anna-Maria hasst mich, jeder weiß das, du hast wirklich keinen Grund, eifersüchtig zu sein. Es war nur ein dämlicher Tanz.“

„Okay, tut mir leid, das war blöd von mir.“ Thommy blickte betreten zu Boden. „Es ist dein Bruder, den sie will, nicht wahr?“ Unbehaglich scharrte er mit dem Fuß hin und her.

Das war eine Offensichtlichkeit, doch Alahrian fühlte sich selbst zu elend, um auch noch die Hoffnungen eines anderen zu zerstören, also antwortete er ausweichend: „Morgan würde nie etwas mit Anna-Maria anfangen, niemals.“ Das war die Wahrheit. Die Tochter des Bürgermeisters war tabu, Morgan wusste so gut wie Alahrian selbst, was damals geschehen war. Es war eine Frage der Ehre.

„Wie kannst du da so sicher sein?“ Thommy schnaubte verächtlich. „Dein Bruder legt doch jede flach!“

Alahrian überging die beleidigende Bemerkung. „Ich bin sicher“, entgegnete er schlicht.

„Dann gibt es also keine Konkurrenz." Das klang nicht erleichtert, sondern niedergeschlagen. „Sie will mich einfach nur nicht." Er ließ den Kopf hängen.

„Ja", flüsterte Alahrian. „Sie will dich nicht." Das wären grausame Worte gewesen, doch sie waren nicht an Thommy gerichtet. Sie wollte ihn nicht. Lilly wollte ihn nicht. Abrupt stand er auf. „Komm, lass uns gehen. Wir kommen noch zu spät!"

Während der Stunde, die wie ein Alptraum an ihm vorüber ging, dachte Alahrian über die Gefühle der Sterblichen nach. Das waren sehr müßige Überlegungen, aber immer noch besser, als seinen Empfindungen nachzugeben. Wenn er es verstehen könnte, so redete er sich ein, dann würde es vielleicht leichter zu ertragen sein.

Aber sie waren so ungeheuer kompliziert, die Gefühle der Sterblichen! Verglichen mit dem Innenleben eines Menschen war das eines liosalfar verhältnismäßig simpel. Die liosalfar empfanden mit der ganzen Kraft ihres Herzens, in voller Leidenschaft, aber ihre Gefühle waren immer rein, immer geradlinig. Seinesgleichen war es nicht gewohnt, irgendetwas zurückzuhalten, in seiner Welt schämte man sich seiner Gefühle nicht, Trauer, Schmerz, Zorn, das alles trat offen zu Tage. Deshalb fiel es ihm so schwer, zu verbergen, was er war. Das Lügen lag nicht in seiner Natur. In der Natur der Menschen schon. Sie kultivierten es geradezu, nicht nur, um etwas zu verbergen, nein, sie täuschten sogar Dinge vor, die gar nicht wahr waren. Sogar Gefühle. Ein Sterblicher konnte Gefühle vorspielen, die er gar nicht empfand, undenkbar für einen alfar. Seine Gefühle waren immer echt.

Alahrian schlug beim Volleyball zwei Bälle mitten ins Netz, was ihm einige schräge Blicke einbrachte, da es nie zuvor vorgekommen war, dann klingelte es endlich und er war erlöst. Das heißt, nicht ganz, die sechste Stunde stand ihm noch bevor, und anstatt einfach nach Hause zu gehen, trieb ihn irgendein masochistischer Drang zu Mathe, obwohl er wusste, er würde Lilly dort sehen. Und natürlich würde er sie die ganze Zeit über anstarren, selbst wenn ihr Anblick wie mit glühenden Drähten durch seine Augen direkt in sein Herz stechen würde. Allerdings: Sie war nicht dort. Selbst eine einzige Minute vor Unterrichtsbeginn war sie noch nicht im Klassenzimmer. Nervös beobachtete Alahrian die Zeiger seiner Armbanduhr und behielt gleichzeitig die Tür exakt im Auge. Ihre Abwesenheit machte ihn unruhig, er war kaum in der Lage, still zu stehen.

„Wo ist Lilly?", fragte er endlich Anna-Maria, als er es nicht mehr aushielt.

Sie warf ihm einen bösen Blick zu.

„Komm schon, sag es mir!" Er legte etwas Nachdruck in seine Stimme und ließ einen ganz kleinen Hauch seiner Magie darin einfließen, obwohl er sich selbst versprochen hatte, das nur im äußersten Notfall zu tun. Doch er war eindeutig nicht mehr in der Lage, sich an Regeln zu halten.

„Sie hat sich im Waschraum eingesperrt und heult sich die Augen aus dem Kopf", antwortete Anna-Maria abweisend.

„Was?!" Alahrian blinzelte entsetzt. „Aber ... aber wieso das denn?"

Anna-Marias Blick wurde vernichtend. Aber sie stand noch immer unter seinem Bann, ihr blieb gar nichts anderes übrig, als zu antworten. „Weil sie bis über beide Ohren in dich verliebt ist, du Idiot!", raunzte sie wütend. „Du kapierst aber auch gar nichts, was?"

Da hatte sie ausnahmsweise einmal Recht. Alahrian kapierte tatsächlich überhaupt nichts mehr. Sein Herz aber, eben noch todeswund, machte einen erschrockenen Hüpfer, setzte dann einen langen Moment lang aus, lange genug, um einen Sterblichen das Leben zu kosten – und schlug dann doppelt so heftig weiter. „Lilly – ist – in – mich – verliebt?", wiederholte er zittrig.

Er war zu benommen, um den Bann aufrechtzuerhalten, sie musste ihm nicht mehr antworten – und sie tat es auch nicht. Alahrian war aber sicher, dass sie nicht gelogen hatte. Dieses eine Mal war er sicher.

Hastig schnappte er sich seine Jacke und stürzte ohne ein weiteres Wort hinaus. Unter der Tür lief er dem verdutzten Mathelehrer direkt in die Arme, aber er achtete nicht weiter darauf, sondern sprintete mit einer gemurmelten Entschuldigung einfach weiter, vielleicht ein bisschen zu schnell. Schneller als ein Mensch es gekonnt hätte. Aber selbst das war ihm in diesem Moment gleichgültig.

Zwei Meter vor dem Waschraum kam er zum Stehen. Sein Schamgefühl hielt ihn drei Sekunden lang davon ab, in einen Bereich einzubrechen, der nur für Mädchen gedacht war, doch er konnte nicht warten, sein Herz wollte in der Brust zerspringen, in seinem Kopf drehte sich alles. Behutsam stieß er die Tür auf und spähte vorsichtig hinein.

Ein Mädchen, das dort vor dem Spiegel stand und sich die Lippen nachzog, guckte ihn böse an, doch das merkte er kaum, denn in einer Ecke, mit rotumrandeten Augen und Tränenspuren auf den blassen Wangen, saß ... sie.

Lilly blickte nicht auf, als er den Waschraum betrat, auch nicht, als das fremde Mädchen vor dem Spiegel ihn wütend anmotzte und dann empört hinausrauschte. Erst als er sich vor ihr auf den kalten, weißen Fliesen auf ein Knie herabsinken ließ und ihr direkt ins Gesicht schaute, da erwiderte sie für eine halbe Sekunde seinen Blick, ehe sie wieder zu Boden starrte.

„Was machst du hier?", fragte sie unwillig und wischte sich hastig die verlaufene Schminke vom Gesicht.

„Ich will nicht, dass du weinst", sagte er, und seine Stimme klang sanft und weich.

Überrascht sah sie auf. „Woher weißt du ..."

„Das spielt doch jetzt keine Rolle!" Er streckte die Hand nach ihr aus, als wolle er sie berühren, doch seine Finger verharrten in der Luft, dann zog er sie zurück. „Lilly, ich ..." Die Worte erstarben ihm auf den Lippen, er wusste nicht, was er sagen sollte, sie konnte es an seinen Augen sehen, seinen wunderschönen Augen, die so traurig waren, dass es Lilly das Herz in der Brust verkrampfte.

„Alahrian, ich wollte dir nicht weh tun", sagte sie schnell, in dem plötzlichen Bewusstsein, genau das getan zu haben. „Aber ich ..." Schon wieder wollten Tränen in ihre Augen stürzen, sie kämpfte dagegen an und lehnte den Kopf schwer gegen die geflieste Wand. „Ich kann das einfach nicht!", platzte es aus ihr heraus, und all ihre Verzweiflung, all die Zerrissenheit, lag in diesen Worten. Alles, was sie wollte, war mit ihm zusammen zu sein, in seiner Nähe zu sein, selbst jetzt, da alles so grässlich kompliziert geworden war, machte es sie noch glücklich, ihn einfach nur anzusehen. Aber ...

„Ich weiß überhaupt nicht, wer du bist!", rief sie zitternd, die Stimme von Tränen erstickt, die jetzt unaufhaltsam über ihre Wangen glitten.

„Oh doch, das weißt du!" Er sprang auf, seine Reaktion unerwartet heftig, die Augen flammend. „Wer ich bin, das weißt du sehr genau!" Er betonte es in eigenartiger Weise, Lilly bemerkte es wohl, doch sie verstand es nicht.

„Ich habe dich nie belogen, alles, was ich dir gesagt habe, war die Wahrheit!" Unruhig lief er in dem engen Raum hin und her wie ein gefangener Tiger, seine Augen hatten wieder jenen eigenartigen Lila-Ton wie am Samstag im Club, obwohl das Licht hier ganz anders war.

Lilly beobachtete ihn einige Herzschläge lang, dann zog sie die Knie an den Leib, wie um sich selbst zu schützen und flüsterte leise: „Aber du sagst mir ja nichts ..."

Mitten in der Bewegung hielt er inne. Sie hatte kaum geblinzelt, da kniete er plötzlich vor ihr, der Blick jetzt wieder azurfarben, offen und weit wie der Horizont. „Ist es denn so wichtig, was ich sage?", fragte er leise. „Spürst du denn nicht, was ich empfinde? Denn meine Gefühle, Lillian, habe ich nie verborgen."

Sein Blick schmerzte beinahe, so intensiv war er. Lilly spürte ihre Tränen warm auf ihren Wangen und schloss wieder die Augen. Doch sie konnte seine Anwesenheit immer noch fühlen, vielleicht sogar noch stärker jetzt.

„Kannst du mir nicht einfach vertrauen?", sagte er flehend, und als sie ihn wieder ansah, da sah er gequält aus.

Lilly biss sich auf die Lippen. Seine Worte, seine Augen, der Schmerz in seinem Blick, das alles überforderte sie. Erschöpft lehnte sie den Kopf gegen die kühle Wand. „Das ist ein bisschen viel verlangt, findest du nicht?", entgegnete sie bitter. „Für jemanden, der ganz offensichtlich ein Geheimnis hat."

Er wandte sich ab, sein Gesicht war blass und starr, die Lippen zitterten. „Kannst du dir nicht vorstellen, dass ich einfach nur Angst habe?", meinte er tonlos. „Nie zuvor habe ich für jemanden so empfunden wie für dich, und du hast keine Ahnung, was das für mich bedeutet. Es macht mir Angst, es macht mich fast wahnsinnig vor Angst." Er sah sie an, und in den Augen flackerte es, Flammen spielten darin, die sich nirgendwo spiegeln konnten. „Und trotzdem versuche ich, dir zu vertrauen. Und das ist das aller schwerste für mich." In seinem Antlitz zuckte es, er hatte die bebenden, blutleeren Lippen fest aufeinandergepresst.

Lilly ertrug es nicht mehr, ihm offen ins Gesicht zu sehen, stattdessen starrte sie auf seine Hand herab, die flach auf den kalten Fliesen lag, ebenso weiß wie diese. Instinktiv und ohne darüber nachzudenken streckte sie ihre eigene Hand aus, um sie auf seine zu legen, doch genau wie er verharrte sie mitten in der Bewegung, ließ die Hand in der Luft schweben als wäre sie mit den Nägeln gegen eine unsichtbare Glaswand gestoßen, die ihn wie ein Kokon umgab.

Der Hauch eines Lächelns blitzte über sein Antlitz, ganz langsam hob er ebenfalls die Hand, seine Fingerspitzen durchbrachen das Glas und berührten die ihren, sie konnte seine Wärme fühlen, und selbst das pochende Echo seines Herzschlags unter der Haut.

Eine halbe Minute lang wagte sie nicht einmal zu atmen, dann zog er plötzlich die Hand zurück, und obwohl er ihr dabei keineswegs weh tat, fühlte es sich an, als würde ihr ein Teil ihres eigenen Körpers abgerissen, als hätte eine Stahlklinge ihr die Finger zertrennt.

Erschrocken starrte sie ihre Hand an, beinahe überrascht, weil sie nicht blutete.

„Bitte", flüsterte Alahrian, und nun lag wirklich ein Flehen in seinen Augen, und etwas glitzerte darin, etwas, das sich unter seinen Lidern sammelte und wie schimmernde Perlen in den langen Wimpern verfing. „Bitte, versuch mir zu vertrauen. Du musst es versuchen, denn ich ... ich kann es sonst nicht, das Vertrauen. Ich ... ich muss es erst lernen ... von dir ..."

Er zitterte ein bisschen, während er das sagte, er sah aus wie jemand, der sich in Schmerzen windet und um das eine Mittel fleht, das ihn heilen kann.

„Okay", sagte Lilly schlicht.

„Okay?" Ein Ruck fuhr durch seinen Körper, als er abrupt aufsah.

„Ich schenke dir ... Vertrauen ..."

Da war ein Hauch von Hoffnung in seinem Blick, ein Glimmen bloß, keine Glut.

„Aber ... Alahrian?", fragte Lilly behutsam.

„Ja?"

„Es ist doch nichts Illegales, was du tust, oder?" Es kam unsicher heraus, aber Anna-Marias Warnung hallte noch immer in ihrem Kopf wider. Sie dachte an den Bürgermeister, den Priester, die Narben auf seinem Arm, die Nacht, über die er nicht sprechen wollte – und musste es einfach wissen. „Du ... du bist doch nicht in irgendein Verbrechen verwickelt, oder?"

Er sah ihr fest in die Augen, das Gesicht ausdruckslos. „Glaubst du, dass ich ein Verbrecher bin, Lilly?“, fragte er hart.

Sie erwiderte seinen Blick, minutenlang, sah den Schmerz darin, die Angst – die Wahrheit. Und plötzlich kam sie sich unglaublich schäbig vor. Wenn er in irgendetwas Dunkles verwickelt war, so wie Anna-Maria sagte, dann war er das Opfer, nicht der Täter. Wie hatte sie nur je daran zweifeln können?

„Nein“, sagte sie ruhig. „Nein, das könnte ich niemals glauben.“

Er atmete auf, so erleichtert, als hätte sein Todesurteil von ihrer Antwort abgehangen. „Danke“, flüsterte er lautlos. „Das bedeutet mir sehr viel.“

In diesem Moment öffnete sich die Tür des Waschraums, und eine Gruppe Schülerinnen trat plappernd herein. Sie verstummten abrupt, als sie Alahrian auf dem Boden sitzen sahen, er wurde unwillkürlich tiefrot und sprang hastig auf. „Ich ... ich glaube, ich gehe jetzt lieber“, raunte er Lilly zu, und bevor diese auch nur den Mund aufmachen konnte, war er auch schon verschwunden.

An diesem Abend lag ein Päckchen auf Lillys Bett, als sie ihr Zimmer betrat, ihr Vater meinte nur, ein Bote habe es gebracht. Neugierig betrachtete Lilly es. Sie hatte nichts bestellt, und ihre Mutter schickte äußerst selten Pakete, so viel stand fest.

Mit klopfendem Herzen entfernte Lilly das indigofarbene Seidenpapier – und lächelte, als ein bunt bedruckter Schuhkarton darunter zum Vorschein kam. Jetzt war sie wirklich neugierig, und dieses Empfinden steigerte sich zur Verblüffung, als sie darin tatsächlich ein Paar neuer Schuhe vorfand.

Nicht irgendwelche Schuhe allerdings.

Lilly lächelte entzückt. Sie mochte nicht so modebesessen sein wie Anna-Maria, doch sie war eine Frau, und das hier war ...

Es waren schwarze Riemchen-Sandalen mit silbrigen Absätzen und winzigen, glitzernden Kristall-Schmetterlingen darauf aus einem Leder so zart und weich wie ...

Behutsam legte sie die beiden beiseite, ehe sie ins Schwärmen geraten konnte und schaute, was der Karton sonst noch enthielt. Eine weiße Rose lag darin, und darunter eine Karte aus cremefarbenem Pergament, beschrieben mit einer schwungvollen, verschnörkelten Schrift, die sie in der Schule bereits gesehen hatte und die sie unter Tausenden sofort wieder erkannt hätte.

Cinderella,

stand dort,

ich glaube, du hast am Samstag einen Schuh verloren. Ich habe mir sagen lassen, Märchenprinzessinnen brauchen Schuhe, und es würde mich sehr glücklich machen, wenn diese hier dich an einen ganz besonderen Ort tragen würden ...A.

Lächelnd drehte sie den Umschlag um, und da fielen zwei Karten heraus. Lillys Herz machte einen Hüpfer. Es waren Konzertkarten. Karten für das Musikfestival am See, das schon seit Wochen ausverkauft war. Sie hatte sich so sehr gewünscht, dort hinzugehen. Und er ... Woher nur hatte er es gewusst?

Buch 2

Dämonen

Geschöpfe der Nacht

Die letzten Flötenklänge erstarben zitternd in der Luft, Lilly öffnete die Augen, die sie vor lauter Verzückung die ganze Zeit über fest geschlossen hatte, und fand gerade noch rechtzeitig in die Wirklichkeit zurück, um nicht vor dem donnernden Applaus zu erschrecken, der nun den Platz erfüllte.

Ein Ozean aus lieblichen Melodien und zart schwebenden Tönen ... „Oh, Alahrian, das war wunderbar!" Mit vor Begeisterung glühenden Wangen wandte sie sich zu ihm hin. „Danke!"

Er lächelte sie an, seine schneeweißen Zähne leuchteten in der Dämmerung. Lilly blickte auf ihre Hand herab, sie hatte gar nicht gemerkt, wie sie sie ganz selbstverständlich auf die seine gelegt hatte, jetzt wurde es ihr bewusst, sie errötete heftig und zog sie hastig zurück.

Sie erhoben sich, Alahrian führte sie zielsicher und gewandt wie ein Fisch durch die drängelnde Menge hindurch, und sie gelangten zum Seeufer, wo es erstaunlich ruhig und still war. Die anderen Konzertbesucher blieben hinter ihnen zurück, so fern wie in einer anderen Welt.

Lilly seufzte leise. Silbrig glitzerte eine dünne Mondsichel im Wasser, über dessen Oberfläche ein sanfter Sommerwind winzige, fast lautlos vor sich hin plätschernde Wellen trieb. Die Sterne schimmerten bereits deutlich erkennbar über ihnen, aber es war noch nicht vollständig Nacht. Der Himmel erstrahlte in einem dunklen, samtenen Blau, am Horizont war noch ein schmaler Streifen Licht erkennbar, ein feiner Riss im samtenen Zelt der Nacht.

„Als ich ein kleines Mädchen war", erzählte Lilly, während sie dicht nebeneinander am Seeufer entlang spazierten, „habe ich mir immer vorgestellt, der Himmel sei eine riesige Kuppel wie eine Art Käseglocke, und die Welt ist umgeben von hellen, weißglühenden Flammen. Die Kuppel hat kleine Löcher, und dadurch fallen winzige Feuerfünkchen in den Himmel herab, und das sind die Sterne."

Alahrian lachte sanft. „Das ist ein hübscher Gedanke ..."

Schweigend liefen sie ein Stück, bis das Seeufer in den Waldrand mündete. Durch die Bäume hindurch konnte Lilly die von Kerzen erhellten Umrisse der alten Kapelle erkennen. Von dort führte ein Pfad empor bis zur Villa – und von dort bis zu ihr nach Hause. Sie mochte nicht daran denken. Der Abend war zu perfekt, um schon zu enden. Fast ängstlich sah sie zu Alahrian auf. Er würde doch nicht schon gehen wollen, oder? Plötzlich wünschte sie sich, sie könne die Zeit anhalten ...

„Oh, sieh mal!", rief er plötzlich und deutete auf etwas, das dicht vor ihnen aus dem Waldboden ragte. Ein Kreis von niedrigen, milchig weißen Pilzen.

Lilly grinste. „Ein Hexenzirkel ... Du bist doch nicht etwa abergläubisch, oder?"

Seine Augen blitzten im Halbdunkel wie kleine blaue Edelsteine. „Die Märchen erzählen, an solchen Plätzen versammeln sich Elfen, um im Mondschein zu tanzen", meinte er versonnen. „Glaubst du an Märchen, Lillian?"

Seine Stimme war ein Klingen von Silber und Glas. Lilly blickte auf den See hinaus, auf das schwarz schimmernde Wasser, die Sterne und die Bäume, die sich als dunkle, bauschige Umrisse gegen den Nachthimmel erhoben.

„Heute schon ...", erklärte sie lächelnd.

Er streckte die Hand nach ihr aus. „Dann tanz mit mir ..."

Lilly starrte ihn an – und zögerte. „Hm ... Wir haben keine Musik ...", erklärte sie schüchtern.

Lachend lehnte er sich gegen einen Baumstamm, legte den Kopf in den Nacken und streckte sein Gesicht dem Himmel entgegen. Mondlicht spiegelte sich auf seinem Antlitz und tauchte ihn in einen Wasserfall aus mildem, silbrig schimmerndem Licht. „Hörst du denn nicht den Gesang der Sterne, Lillian?", fragte er und war plötzlich ganz nah bei ihr. Sein Atem streifte sanft ihre Wange, seine Hand legte sich in ihre, und seine Haut war warm, als hätte er Fieber. Behutsam neigte er sich zu ihr herab, bis sein weiches Haar fast ihre Stirn berührte, und er summte ihr eine leise Melodie ins Ohr, während er ganz sanft begann, sie zu drehen, einem unbekannten Rhythmus folgend. Lilly überließ sich seiner Führung, schmolz in seinen Armen dahin, hörte nur noch seine Stimme, und als sie in seine Augen blickte, da leuchteten und glänzten sie wie lebendige Feuer aus Aquamarin und ihr war, als müsse sie im Himmel ertrinken. Die Welt um sie herum versank in seinen Augen, sein Lied erzählte von fernen Welten, von Stränden aus weißem Glas, von Städten aus Marmor und Silber und Gold...

Ihr wurde schwindelig, aber sie wollte nicht, dass es aufhörte, und als sie kaum mehr den Boden unter ihren Füßen spürte, ließ sie zu, dass er sie hielt, und plötzlich war sein Gesicht über ihr, seine Augen geschlossen, die Lippen nur einen winzigen Spaltbreit von ihren entfernt, und sie senkte die Lider, und jede Faser ihres Selbst wünschte sich, er möge sie küssen, ihre Lippen mit seinen versiegeln, sie an sich pressen, und ...

Er ließ sie los.

Lilly blinzelte bestürzt, verletzt – und erst dann hörte sie das drohende Knurren hinter sich. Blitzschnell wandte sie sich um – und erstarrte. Vor ihr stand ein riesiger, struppiger Wolf mit pechschwarzem Fell und aggressiv gefletschten Lefzen, die fingerlange, nadelspitze Zähne entblößten.

„Fenririm!" Wie aus weiter Ferne hörte sie Alahrians Ruf, denn ihr war, als bliebe plötzlich tatsächlich die Zeit stehen, Panik lähmte sie an ihrem Platz, das Pochen ihres eigenen Herzschlags dröhnend in ihrem Kopf widerhallend.

Und dann griff der Wolf an. Mit einem einzigen, eleganten Satz sprang er empor, direkt auf Lilly zu.

„Nein!“ Alahrian riss sie zur Seite, schneller als sie blinzeln konnte, sie verlor das Gleichgewicht, schlug hart auf die nackte Erde und rappelte sich keuchend gerade rechtzeitig auf, um zu sehen, wie das Untier Alahrian durch die bloße Wucht seines Aufpralls zu Boden riss und mit aller Gewalt gegen einen Baum schleuderte.

Irgendetwas knirschte, es klang wie das Bersten von Knochen oder das Splittern von Holz, Lilly kreischte, sprang hastig auf und tat einen unsicheren Schritt auf den Wolf zu. Grollend drehte das Tier sich zu ihr um, seine Augen blitzten bösartig in der Dunkelheit auf, Speichel tropfte von seinen rasiermesserscharfen Zähnen.

Lilly konnte sehen, wie seine gewaltigen Muskeln sich unter dem Fell spannten, das Tier setzte erneut zum Sprung an ... und jaulte plötzlich schmerzhaft auf. Irgendetwas hatte es getroffen, etwas Helles, bläulich Schimmerndes, das Lilly nicht richtig erkennen konnte.

Kreischend drehte sich der Wolf erneut um, durch den Treffer eher noch wütender gemacht.

Alahrian war inzwischen wieder auf die Füße gekommen, mit grimmigem Gesichtsausdruck stand er da, die Hände leicht erhoben, und auch er schien jetzt zu leuchten, winzige blaue Flämmchen tanzten um seine Finger.

Blaue Flämmchen?, dachte Lilly hysterisch. Was um alles in der Welt war das? Eine Art von super modernem Laserschwert?

„Lauf!“, schrie Alahrian ihr zu. „Lauf weg! Schnell! Ich halte ihn auf!“

Lilly rührte sich nicht.

Das Untier schon. Mit einem reißenden Knurren, das die Erde zum Beben zu bringen schien, stürzte es sich auf Alahrian. Doch der war diesmal schneller. In einer unglaublichen, nein, unmöglichen Bewegung, stieß er sich vom Boden ab und sprang in die Baumkrone hinter sich empor.

Lilly riss die Augen auf, verblüfft, trotz ihrer hämmernden Angst.

Der Wolf jaulte wütend auf, warf sich mit seinem gesamten Gewicht gegen den Baum – und brachte den Stamm zum Bersten. Alahrian hätte jetzt auf jeden Fall das Gleichgewicht verlieren sollen – er hätte gar nicht stehen können dürfen auf den dünnen Ästen! – stattdessen landete er mit einem Salto federleicht am Boden.

„Lauf!“, schrie er wieder und warf Lilly einen verzweifelten Blick zu. „Flieh in die Kapelle! Bitte!“

Lilly bewegte sich noch immer nicht. Sie konnte nichts ausrichten gegen dieses Monster, gar nichts, aber sie konnte Alahrian auch unmöglich im Stich lassen.

Lauf in die Kapelle!, wiederholte er, und diesmal hatte sie das Gefühl, als erklänge seine Stimme direkt in ihrem Kopf. Lauf!

Sie wollte es nicht, aber der Befehl war seltsam zwingend, sie konnte nicht widerstehen und langsam wie eine Puppe, an unsichtbaren Fäden gezogen, setzte sie sich in Bewegung.

Der Wolf jagte ihr mit einem einzigen Satz hinterher. Nun fing sie wirklich an zu rennen, stolperte über dunklen, rutschigen Waldboden, spürte, wie sich Zweige und Ranken in ihrer Kleidung verfingen, und Dornen ihr ins Gesicht peitschten.

Etwas wie ein greller Lichtblitz glomm hinter ihr auf, der Wolf jaulte, sie roch verbranntes Fell und drehte sich hastig im Laufen um. Das Untier war gestolpert, rollte sich rasend schnell zur Seite ab – und wandte sich wieder Alahrian zu, offenkundig der gefährlichere Gegner.

Wieder sprang der Wolf. Alahrian wich ihm geschickt aus, warf einen flammenden Ball nach ihm – und drehte sich zu Lilly um.

In die Kapelle! Lauf!

Der kurze Blick lenkte ihn ab, zu lange.

Die Pranken des Tieres warfen ihn zu Boden, Klauen, in der Dunkelheit aufblitzend wie Messer von Stahl und Glas, schrammten über seine Brust, zerfetzten sein Hemd und ließen tiefe, blutende Wunden zurück.

„Alahrian! Nein!" Lilly stolperte zurück, doch der seltsame Zwang, unter dem sie stand, ließ sie weiter in Richtung Kapelle laufen, keuchend stürmte sie zu der schmalen, hölzernen Eingangstür, riss an der schmiedeeisernen Klinke und taumelte ins Innere des winzigen Gebäudes. Der unerklärliche Drang, die Stimme in ihrem Kopf verstummte, hastig drehte sie sich um und blickte zu Alahrian zurück.

Der Wolf drückte ihn mit seinen gewaltigen, krallenbewehrten Pfoten gegen den Waldboden, sein hässliches Maul dicht über seiner Kehle, bereit zuzuschnappen und ihn damit auf der Stelle zu töten. Verzweifelt wehrte sich Alahrian, trat mit aller Kraft nach dem Vieh, die Hände schützend erhoben. Und der Wolf biss zu.

Ein greller Lichtblitz erhellte die Nacht, Lilly schrie auf, wollte aus der Kapelle stürzen – und wurde zurück gehalten, als hielten durchsichtige Gummiseile sie fest.

„Neein!"

Der Wolf hatte nicht Alahrians Kehle erwischt, aber er hatte sich in seinem Handgelenk verbissen, zerrte daran, als wolle er es abreißen – und ließ endlich los, als Alahrian mit der anderen Hand nach ihm schlug. Der Hieb konnte kaum sehr kraftvoll gewesen sein, doch er war von jenem seltsamen, unerklärlichen Leuchten begleitet, das Lilly schon vorher wahrgenommen hatte. Eine Welle von winzigen blauen Flämmchen lief über das Fell des Wolfes, das Tier brüllte schrill auf und verstummte japsend, als Alahrian es mit einem gezielten Tritt von sich schleuderte.

Das Monster jedoch kam schneller auf die Füße als erwartet. Noch einmal sprang es ihn an, seine messerscharfen Zähne bohrten sich tief in seine Schulter, mörderische Krallen umfingen ihn, rissen seine Haut auf und sein Fleisch.

Lilly schrie entsetzt.

Der Wolf schleuderte Alahrian gegen einen Baum, diesmal so heftig, dass dieser reglos liegen blieb.

„Nein!“, kreischte Lilly. Sie wusste nicht mehr, was sie tat. Etwas in ihr, ein zorniger, wilder Teil, übernahm die Kontrolle. Blitzschnell und ohne zu denken griff sie nach der erstbesten Waffe, die sie finden konnte, einen schweren, eisernen Kerzenleuchter, und trat aus der Kapelle.

Sie kam nur einen halben Schritt weit, da stand auch schon das Untier vor ihr. Lilly umklammerte den Kerzenleuchter. Der Wolf sprang – und prallte so plötzlich zurück, als wäre er mit voller Wucht gegen eine Wand aus Panzerglas gelaufen.

„Tja, geweihter Boden, du Mistvieh!“, rief eine gehässige Stimme aus der Dunkelheit.

Alahrian!

Er war blutüberströmt, aber er stand sehr aufrecht, eine helle, sonderbar leuchtende Gestalt in der dräuenden Schwärze der Nacht. Feuer umspielte seine erhobene Hand, als stünde sie in Flammen.

Der Wolf drehte sich um, zögernd offenbar, wem er sich zuerst zuwenden sollte.

Lilly warf den Kerzenleuchter wie einen Speer.

Sie war schon immer eine miserable Werferin gewesen, die Panik nahm ihr zusätzliche Kraft, der Leuchter aber traf den Wolf, wenn auch nicht mit der selben Wucht, die sie erhofft hatte. Die Wirkung allerdings war unbeschreiblich. Das Wesen jaulte auf, als hätte ein Gewehrschuss es gestreift, Schmerzen kreischten aus seiner Brust, so grell und widernatürlich, dass es Lilly die Kehle zusammenkrampfte.

Alahrian schleuderte einen Feuerball. Wieder schrie der Wolf, aber er starb nicht, keineswegs, der Schmerz schien ihn wütender und wütender zu machen. Seine Zähne schlugen nach Alahrian, nicht mehr ganz so zielgerichtet jetzt, doch noch immer mit der selben Kraft. Alahrian duckte sich geschickt, schlug dem Vieh mit voller Wucht auf die Schnauze, trat es in die Seite und fiel zu Boden, als sich die Zähne des Wolfes in seinen Knöchel gruben. Die beiden ungleichen Kontrahenten verkeilten sich ineinander, ein schier unmögliches Knäuel aus Licht und Schatten, dann plötzlich kam Alahrian mit einem Satz wieder auf die Füße, beide Hände erhoben. Funken sprühten daraus hervor.

„Komm schon!“, rief er höhnisch. „Lass es uns zu Ende bringen!“

Der Wolf sprang nach ihm, er aber wich elegant aus, lief tiefer in den Wald hinein, und dann jagten sich die beiden in der Dunkelheit, fort von der Kapelle, fort von Lilly.

Lilly bückte sich nach dem Kerzenständer und wollte hinterher, doch da ertönte wieder die seltsam zwingende Stimme in ihrem Kopf. Bleib! Bleib wo du bist!

Lilly rührte sich also nicht, konnte sich nicht rühren, doch die Geräusche, die aus der Ferne zu ihr drangen, ließen sie zittern und schaudern. Knurren und Jaulen und Schreien. Ein Splittern und Bersten als würde der Wald explodieren. Und dumpfe Schläge wie von Fels, der auf Felsen prallt. Es war, als ginge der Kampf erst jetzt richtig los, nun, da sie außer Reichweite war.

Lilly biss sich auf die Lippen, den Blick auf die Wände der Kapelle gerichtet, die sie nicht verlassen konnte. Die Geräusche waren schlimmer als alles andere.

Plötzlich ertönte ein greller Schrei, dann sprengte ein unglaubliches, weißglühendes Licht die Nacht, Lilly blinzelte selbst in der Kapelle gegen die betörende Helligkeit, und dann war es mit einem Mal vollkommen still.

Lillys Herz raste. Keuchend vor Angst stolperte sie nach draußen und jetzt konnte sie es. Ihre zitternde Hand hob den Kerzenständer auf, wie durch ein Wunder brannte eines der Lichter noch, doch auch so konnte sie kaum etwas erkennen. Die Dunkelheit nach dem grellen Blitz war allumfassend, sie schmerzte fast mehr in den Augen als das Licht zuvor.

Halb blind tastete sie sich vorwärts. Einige niedergedrückte Büsche und umgeknickte Baumstämme zeigten ihr an, dass sie am finalen Kampfplatz angelangt war, von dem Wolf jedoch war keine Spur zu sehen. Von Alahrian allerdings auch nicht. Panisch sah Lilly sich um. Die Luft roch verbrannt, eine Spur von beißendem Rauch lag darin. Sie hustete, versuchte, sich mit Hilfe der Kerze zu orientieren.

Und da sah sie es. Eine schmale, schimmernde Spur von Blut im Gras. „Oh, mein Gott!“ Ihre Stimme zitterte, viel zu laut in der plötzlichen, tödlichen Stille. Die Hand, die die Kerze hielt, bebte, und fast hätte sie das Licht fallen gelassen. Aber sie zögerte nicht, weiterzulaufen.

Alahrian! Das war alles, woran sie denken konnte. Er war verletzt, schlimm verletzt, sie hatte gesehen, wie sich die Zähne des Wolfs in sein Fleisch gegraben hatten, wie die hässlichen Klauen über seine Brust geschrammt waren.

Ein irrationaler Zorn erfüllte sie bei diesem Gedanken, ein Zorn, stark genug, um jeden Funken von Angst hinweg zu schwämmen. Außer der Angst um ihn.

Schnell und entschlossen lief sie weiter. Die Blutspur wies ihr ihren grausigen Weg. Irgendetwas war seltsam an diesem Blut, sie nahm es am Rande ihres Bewusstseins wahr, so wie alles andere, das, was eigentlich nicht hätte passieren dürfen. Sie waren von einem Wolf angegriffen worden, gut, das mochte vorkommen, wenn man mitten im Bayerischen Wald lebte. Aber da war noch mehr gewesen ... Das Licht ... Alahrian, der sich bewegte, wie kein Mensch sich bewegen konnte, das Tier, das stärker schien als jedes andere, von dem Lilly je gehört hatte. All das grub sich in ihr Bewusstsein, ohne dass sie wirklich darüber nachzudenken vermochte, und auch der Anblick des Blutes in der Dunkelheit. Sie hätte es im Finsteren eigentlich nicht erkennen dürfen, doch es schien von innen heraus zu leuchten wie eine fluoreszierende Masse, ganz schwach nur, doch zu deutlich, um es zu ignorieren.

Aber auch das schob ihr Bewusstsein zur Seite. Alahrian war alles, was zählte!

Sie ahnte bereits, wohin ihr Weg sie führen würde, als der Wald sich öffnete, und die Villa vor ihr aufragte. Die Villa, natürlich. Er war nach Hause gelaufen.

Und dort, auf den Marmorstufen, die zur Eingangstür führten, da lag er. Rotes Blut tropfte auf weißen Marmor. Er rührte sich nicht, die Augen waren geschlossen, das Gesicht bleicher als die Stufen, auf denen er lag, die Hände in den Untergrund gekrallt, doch vollkommen bewegungslos.

Irgendwo in der Ferne erklang dumpfes Donnergrollen, obwohl nicht eine winzige Wolke am Himmel zu sehen war.

Lilly ließ die Kerze fallen. Mit einem einzigen, von reinem Entsetzen getriebenen Satz war sie bei ihm, keuchend, zitternd, halb wahnsinnig vor Angst. „Alahrian!“

Seine Lider öffneten sich einen Spalt breit, Erleichterung durchflutete Lilly, erstickte sogar die Furcht. Er war noch am Leben! „Alahrian, mein Gott ...“ Sie streckte die Hand nach ihm aus, aber sie wagte nicht, ihn zu berühren, aus Angst, ihm Schmerzen zu bereiten, dabei konnte sie noch nicht einmal erkennen, wo genau er verletzt war, denn da war überall Blut, so viel, so unmöglich viel Blut.

Er brauchte einen Arzt, und zwar schnell!

Dieser pragmatische Gedanke drang durch ihre Panik, und zitternd suchte sie in der Tasche nach dem Handy. Einen grässlichen Herzschlag lang fand sie nichts, einen grässlichen Herzschlag lang glaubte sie, sie habe es verloren. Dann, endlich, fassten ihre bebenden Finger Plastik, sie zerrte es heraus, begann zitternd zu wählen, und eine scharfe Stimme sagte:

„Was machst du da?!“

Lilly blickte auf. Morgan stand unter der Tür der Villa, seinen sterbenden Bruder kaum beachtend, den zornigen Blick auf sie gerichtet.

„Ich rufe einen Arzt!“, kreischte Lilly. „Er ist verletzt!“

Morgan war so schnell bei ihr, dass sie seine Bewegung kaum verfolgen konnte. „Nein!“ Mit einem brutalen Ruck entriss er ihr das Handy und schleuderte es in den Wald.

„Spinnst du?“ Lilly stand kurz davor, vollends durchzudrehen.

„Er braucht keinen Arzt“, erklärte Morgan kühl und wandte sich – erst jetzt! – Alahrian zu. „Oh je“, flüsterte er kopfschüttelnd, nicht als blicke er auf seinen schwer verletzten, verblutenden Bruder herab, sondern als hätte der sich bloß die Knie aufgeschlagen.

„Er stirbt, verdammt noch mal!“, schrie Lilly.

Morgan schnaubte, ohne sie auch nur anzusehen. „Wohl kaum.“ Neben Alahrian ließ er sich in die Hocke, berührte ihn vorsichtig an der Schulter.

Was ist passiert? Er fragte es, ohne die Lippen zu bewegen.
Fenririm.
Hast du ihn erledigt?
Ja.
Sind noch andere da?
Ich weiß es nicht.
Okay.
Und, Morgan? Er wollte sie, nicht mich ...
Schweigen. Dann: Wie schlimm bist du verletzt? Kannst du es aushalten?
Nicht ... lange ...

Lilly konnte die Worte deutlich verstehen und war gleichzeitig sicher, keinen Laut vernommen zu haben. Morgan hob Alahrian vom Boden auf, leicht, als sei er nur eine Puppe und überraschend behutsam, bedachte man seine Kaltschnäuzigkeit von eben. Alahrian gab ein leises, schmerzerfülltes Wimmern von sich und erschlaffte in Morgans Armen.

Lilly schluckte hart und folgte den beiden unaufgefordert ins Innere der Villa. Eine gigantische, marmorne Halle empfing sie, Morgan legte seinen Bruder vorsichtig auf einem weißen Sofa ab, und Alahrian rollte sich zitternd zusammen. Sein Gesicht war jetzt schmerzverzerrt, die Augen weit geöffnet, flackernd vor Pein. Seine Finger krallten sich in den Stoff der Couch, hinterließen dort blutige Spuren. Keuchend warf er den Kopf zurück, ein Zittern durchlief seinen Körper, er biss die Kiefer aufeinander, wie um nicht zu schreien, und Lilly glaubte ein sonderbares, irgendwie aggressiv rotes Leuchten unter seiner Haut entlang huschen zu sehen, als zucke eine Welle von Feuer durch seinen Leib.

„Morgan!", krächzte Alahrian. „Tu etwas! Bitte! Schnell!"

Morgan durchquerte mit schnellen Schritten die Halle, und Lilly starrte mit verzweifelten Tränen in den Augen auf Alahrian herab, die Kehle zugeschnürt vor Mitleid und Furcht. Er durfte nicht sterben, bei Gott, er durfte einfach nicht sterben!

Nur eine halbe Sekunde später kehrte Morgan zurück, in der Hand eine silberne Spritze und ein halbes Dutzend brauner Glasphiolen. Mit ausdruckslosem Gesicht, doch sehr schnell, ließ er sich neben Alahrian auf die Knie sinken.

Der wimmerte leise, sein ganzer Körper schien zu flackern, von Schmerzen gepeitscht, von Qualen geschüttelt. „Ruhig", flüsterte Morgan und legte ihm die Hand auf die Stirn, das blutige Haar beiseite schiebend. „Ganz ruhig. Es wird gleich besser, ich verspreche es dir."

Das rote Leuchten erlosch. Morgan zerbrach eine der Phiolen, zog blitzschnell die Spritze auf und jagte sie Alahrian in den Arm.

Lilly konnte einen Aufschrei nicht unterdrücken. „Was ... tust du da?"

Morgan ignorierte sie. Mit fliegenden Fingern bereitete er eine zweite Injektion vor und rammte sie seinem Bruder unter die Haut.

„Was machst du?“, kreischte Lilly hysterisch.

Sie war keine Ärztin, aber ... Er hatte die Nadel nicht steril gehalten, er hatte nicht darauf geachtet, ob Luft in der Spritze war, und er hatte die Nadel einfach ins Fleisch gestoßen, ohne zu schauen, wohin. „Willst du ihn umbringen?“

„Ich gebe ihm Morphium.“ Morgan antwortete kalt und ohne sie anzusehen. „Er hat Schmerzen, wie du vielleicht bemerkt hast.“

Noch immer kniete er neben seinem Bruder, eine Hand auf dessen Stirn.

Mehr ...

Das Wort erklang lautlos.

Morgan zog eine dritte Spritze auf.

„Hör auf!“, schrie Lilly. „Du tötest ihn!“

Morgan warf ihr einen flammenden Blick zu. „Er wird uns alle töten, wenn die Schmerzen zu schlimm werden, also halt einfach die Klappe, Schätzchen, ja?“ Er rammte Alahrian die dritte Spritze in den Arm.

Lilly sank hilflos schluchzend in sich zusammen. Wenn die Wunden ihn nicht umbringen würden, eine Überdosis Morphium würde es gewiss ...

Alahrian jedoch schien sich zu entspannen, die Lider über den schönen Augen senkten sich, aber sie schlossen sich nicht. „Danke“, flüsterte er, und diesmal bewegte er die bleichen, aufgerissenen Lippen.

Morgan stand auf. Lilly starrte voll Entsetzen auf den blutenden Körper auf der Couch, beobachtete angstvoll, wie sich Alahrians Brust unter einem zerfetzten, rot getränkten Hemd unregelmäßig hob und senkte. Seine Verletzungen waren grässlich, sie konnte nicht hinsehen, so schrecklich waren sie, aber sie konnte auch den Blick nicht senken, aus der absurden Angst heraus, er könne zu atmen aufhören, während sie hilflos zu Boden schaute.

Morgan folgte ihrem Blick, nahm eine Decke von einem Sessel neben der Couch und breitete sie über Alahrians grauenvoll zugerichtetem Körper aus, mehr um die Wunden zu verbergen, wie es schien, als um ihn zu wärmen.

„Wir müssen ihn ins Krankenhaus bringen“, flüsterte Lilly schluchzend. „Er braucht einen Arzt.“

„Nein.“ Morgan legte ihr von hinten die Hand auf die Schulter. Sie hatte ihn nicht kommen sehen. „Er braucht nur Morphium, sonst nichts.“ Seine Stimme war sanfter jetzt, freundlicher.

Lilly schlug seine Hand beiseite. „Was bist du nur für ein Mensch?“, schrie sie hysterisch und schlug in wildem, verzweifeltem Zorn auf den anderen ein. „Er ist dein Bruder! Und er stirbt!“

„Er stirbt nicht.“ Morgan hielt ihre Hände fest, nicht brutal, aber kraftvoll. „Glaub mir, das alles sieht schlimmer aus als es ist.“

Seine Augen fixierten ihren Blick. Sie waren schwarz, vollkommen schwarz, ohne Unterschied zwischen Iris und Pupille. Lilly hatte es nie zuvor bemerkt, jetzt glaubte sie, in einen tiefen, dunklen Abgrund zu gleiten, als würden all ihre Gedanken, ihre Gefühle, jeder Teil ihres Selbst hinabstürzen in diese bodenlosen, lichtschluckenden Augen.

Als er den Kopf wandte, war es, als erwache sie aus tiefem Schlaf, ihre Furcht aber, diese vernichtende, lähmende Panik, war in dem Abgrund zurückgeblieben.

Morgan drehte sich um.

„Wo willst du hin?"

„Das ... Ding, das euch gejagt hat. Es könnten noch andere da sein. Ich gehe und erledige sie."

„Was?!" Schon eines hatte Alahrian fast getötet, und er wollte mehrere davon erledigen?

Morgan jedoch achtete nicht weiter auf sie. Mit schnellen Schritten verschwand er in der Garderobe und nahm seine Lederjacke vom Haken.

Lilly folgte ihm. „Aber ... aber du ... du kannst jetzt nicht gehen! Alahrian ..."

Morgan seufzte. „Bleib bei ihm", meinte er ruhig. „Es wird ihm gut tun, wenn er jetzt nicht alleine ist."

„Aber ... aber die Wunden ..."

„Werden verheilen, glaub mir." Er sagte es sehr ruhig und sehr eindringlich. Und mit unzweifelhafter Überzeugung. „Siehst du, er mag dir vielleicht zerbrechlich und fragil vorkommen, aber das ist er nicht. Ganz und gar nicht. Er hat bereits viel Schlimmeres überstanden."

Lilly starrte ihn an. „Aber was soll ich denn tun?"

Morgan verdrehte ungeduldig die Augen. „Wenn er Schmerzen hat, gib ihm Morphium. Verlass nicht das Haus, bis ich zurück bin. Das ist alles. Okay?"

Und damit ließ er sie einfach stehen. Zwei Sekunden lang glotzte Lilly ihm fassungslos hinterher, dann kehrte sie in die Halle zurück, zu Alahrian – und vergaß Morgans unmögliches Benehmen auf der Stelle.

Alahrian lag reglos auf der Couch. Auf der Decke, die Morgan über ihm ausgebreitet hatte, waren bereits dunkle, rote Flecke zu sehen. Sein Gesicht war leichenblass, die Lider gesenkt, feiner Schweiß stand auf seiner bleichen Haut.

Bestürzt sank Lilly neben ihm auf die Knie, genau wie Morgan eben und fasste vorsichtig nach seiner Hand. Sie fühlte sich eiskalt an, als wäre kein Leben mehr darin, aber sie spürte seinen Puls, viel zu hektisch und viel zu schnell, doch sie konnte ihn fühlen, und eine vorsichtige Erleichterung durchströmte sie.

„Lilly ..." Seine Stimme war brüchig.

Hastig blickte sie auf, und Tränen schossen ihr in die Augen, während sie seinen verschleierten Blick suchte.

„Lillian ..." Ein Hauch eines Lächelns glitt über sein Gesicht. „Ich bin so froh ... Alles in Ordnung? Bist du verletzt?"

Um ein Haar hätte Lilly hysterisch aufgelacht. Er fragte sie, ob sie verletzt war? Aber sein Blick war zwingend, sie nickte stumm und hielt noch immer seine Hand, als könne sie ihm etwas von ihrer eigenen Körperwärme abgeben.

„Aber du weinst ja!"

Lilly wandte das Gesicht ab, doch die Tränen wollten nicht aufhören zu fließen. „Das ist nichts", flüsterte sie erstickt. „Ich hatte nur solche Angst, dass ... dass ..." Sie wagte nicht, es auszusprechen.

„Du musst keine Angst haben." Jetzt sprach er wieder so sanft und honigweich wie sie es gewohnt war. „Ich weiß, was heute Nacht geschehen ist, war schrecklich, aber der Fenririm ... der Wolf ... er wird nicht zurück kommen. Du bist sicher in diesem Haus, vertrau mir."

Diesmal lachte Lilly wirklich. „Aber ich habe doch keine Angst um mich!", rief sie, gleichzeitig noch immer weinend. „Du ... du bist ..."

„Ich bin okay", unterbrach er sie, sanft aber bestimmt. „Das Morphium wirkt gut."

„Aber du bist eiskalt! Und du zitterst!" Er zitterte wirklich. Kleine, fiebrige Schauer schüttelten ihn.

„Das ist nur der Blutverlust. Das ist normal."

Normal? Nichts schien normal zu sein in dieser Nacht! Lilly fühlte, sie war kurz davor, endgültig in kopflose Panik zu stürzen, aber sie riss sich zusammen, um seinetwillen. Sie half ihm nicht, wenn sie jetzt die Nerven verlor.

Seine Lider sanken wieder herab, Schatten umwölkten seinen Blick. Lilly spürte, wie sein Bewusstsein zu entgleiten drohte, und eine neue Angst erfasste sie. Aber er drückte ihre Hand, schwach, doch deutlich zu vernehmen.

„Ich bin sehr müde", flüsterte er, beinahe entschuldigend. „Es ist das Morphium ..." In einer sichtlichen Anstrengung zwang er sich, die Augen offen zu halten. „Ich werde jetzt eine Weile schlafen", erklärte er ihr. „Versprich mir, dass du dir keine Sorgen machen wirst währenddessen. Es ist wirklich alles in Ordnung ..."

Seine Hand löste sich aus ihrer, behutsam strich er ihr über die Wange, wischte ihre Tränen fort. „Versprich es mir ..."

Sie nickte und brachte nicht ein Wort hervor.

Seine Hand fiel herab, die Lider senkten sich. Lilly erstarrte fast vor Angst, doch es war wie er gesagt hatte: Er war nur eingeschlafen, sie konnte seine Atemzüge hören und seinen Pulsschlag fühlen.

Aber ihr Versprechen konnte sie trotzdem nicht halten. Lange hielt sie seine Hand und weinte, bis die Tränen auf seine eiskalte, schneeweiße Haut herabfielen. Bilder wirbelten wirr hinter ihrer Stirn umher, grässliche Bilder, der Wolf, das Licht, das Blut ...

Hastig schüttelte sie den Kopf. Doch den Anblick des Blutes auf seiner Haut konnte sie trotzdem nicht mehr ertragen. Er war so schrecklich verletzt, und sie hatten noch nicht einmal versucht, die Wunden zu verbinden.

Rasch sprang sie auf, einen Moment lang entschlossen, Morgans Warnung in den Wind zu schlagen und trotz alledem einen Arzt zu rufen. Doch sie konnte kein Telefon entdecken, nicht in der Halle und auch nicht im Umfeld der Garderobe. Weiter weg traute sie sich nicht, aus Angst, Alahrian zu lange allein zu lassen. Dieses Haus war riesig. Eine gewundene Treppe führte nach oben in den ersten Stock, eine andere in den Keller, aber sie wagte nicht, über die Stufen zu treten. Die Küche fand sie immerhin, und im ersten Schrankfach sogar ein paar saubere Tücher. Etwas allerdings war merkwürdig: Täuschte sie sich oder gab es in dieser Küche weder einen Herd noch einen Kühlschrank? Seltsam.

Doch die Beobachtung entglitt ihr, Wichtigeres schwirrte in ihrem Kopf umher.

Sie trat in die Halle zurück mit einer Schale warmen Wassers und ein paar Tüchern, und vorsichtig begann sie, Alahrian das Blut aus dem Gesicht zu wischen. Er hatte einen üblen Kratzer auf der Stirn, dicht unter dem Haaransatz, doch er schien bereits verschorft, und auch die anderen Wunden schienen zumindest nicht mehr zu bluten. Lilly begann, eine vorsichtige Hoffnung zu schöpfen. Vielleicht konnte er es ja doch überleben ... Er musste es einfach schaffen, er durfte nicht sterben, durfte nicht ...

Hilflos ließ sie das rot getränkte Tuch in die Schale sinken und wünschte sich, sie hätte mehr tun können. Seine Haut fühlte sich noch immer eisig an, aber er schlief ruhig und reglos. Sie warf einen Blick auf den gewaltigen, marmornen Kamin hinter dem Sofa. Vielleicht, wenn sie ein Feuer entzündete? Würde es ihn wärmen?

Alles war besser als gar nichts zu tun, und so sprang sie hastig auf und begann, sich mit dem Kamin abzumühen. Es dauerte eine Weile und ihre Finger zitterten so sehr, dass sie sich an den Streichhölzern zweimal verbrannte, doch am Ende hatte sie einige passable, munter knisternde Flammen zustande gebracht. Sich zu beschäftigen, etwas zu tun, hatte sie ein wenig beruhigt, und als sie feststellte, dass Alahrian immer noch sanft und friedlich schlief, der Pulsschlag schnell, aber regelmäßig, da fand sie zumindest genug Nerven, um ihre Umgebung ein wenig genauer wahrzunehmen.

Die Halle war sehr groß und sehr hell. Nach einer Seite hin öffnete sie sich in einer breiten Fensterfront, die in den Garten hinausführte, die Dekke wurde von bemerkenswert kunstvollem Stuck geziert, und im Zentrum des weißen Marmorbodens erstreckte sich ein riesiges, verschlungenes Mosaik. Stirnrunzelnd betrachtete Lilly das Muster. Es war eine Art Stern, einem Drudenfuß nicht unähnlich, doch mit sieben Spitzen statt mit fünf. Darum rankten sich steinerne Rosen und andere Pflanzen, Vögel und Tiere, und winzige, bläulich schimmernde Wellenmuster. Es war wunderschön und es berührte Lilly in eigenartiger Weise, ihr war, als hätte sie so etwas schon einmal gesehen, und doch war sie sicher, es zum ersten Mal zu erblicken.

Schulterzuckend ließ sie die Augen schweifen. Am anderen Ende der Halle stand ein glänzend schwarz lackierter Flügel, es sprach für ihre Panik, dass sie ihn nicht sofort bemerkt hatte, denn es war das schönste Instrument dieser Art, das sie je gesehen hatte. In jeder anderen Situation hätte sie nicht widerstehen können, ein paar Töne zu spielen, jetzt aber nahm sie den Flügel nur am Rande zur Kenntnis. Stattdessen glitt ihr Blick weiter, zu den Bücherregalen an den Wänden, prachtvolle, alte Möbel mit einer ganz erstaunlichen Auswahl an Titeln darin. Es gab dicke, ledergebundene Folianten mit goldgeprägten Lettern auf dem Rücken, aber auch schlichte, zum Teil zerlesene Taschenbücher.

Ein Regalfach erregte ihre besondere Aufmerksamkeit: Wörterbuch der Mythologie, Keltische Mythen und Sagen, Irische Feenmärchen ... Daneben Shakespeares Sommernachtstraum in einer Ausgabe, die aussah, als stamme sie aus dem neunzehnten Jahrhundert, und daneben J.R.R. Tolkiens The Lord of the Rings.

Lilly musste lächeln, trotz allem. Sie hatte den Herrn der Ringe auch gelesen, mehrmals sogar, er zählte zu ihren Lieblingsbüchern. Ohne genau zu wissen warum, zog sie das Buch aus dem Regal und öffnete es. Auf der zweiten Seite stand eine handschriftliche Widmung:

To A. Thank you for giving me the light of stars. J.R.R.

Lilly runzelte die Stirn. J.R.R.? Wann war Tolkien gestorben? In den Sechzigern? In den Siebzigern? Ihr Blick flog zu Alahrian zurück. Er sah nicht aus, als könne er alt genug sein, um eine persönliche Widmung des Autors in sein Buch erhalten zu haben.

Doch gleich darauf schalt Lilly sich selbst eine Närrin. A. Das konnte alles Mögliche bedeuten. Das Buch war alt, vielleicht hatte Alahrian es auf einem Flohmarkt oder so gekauft, und vielleicht nur deshalb, weil seine Initialen darin waren. Es war wirklich alles ein bisschen viel gewesen, heute Nacht ...

Sie stellte das Buch wieder hin und kehrte an ihren alten Platz zurück, um sich Alahrian zu Füßen auf dem Boden nieder zu kauern.

Langsam verstrich die Zeit. Lilly versuchte, ihre Gedanken zu ordnen, doch sie tanzten wirr in ihrem Kopf umher. Längst hätte sie zu Hause sein müssen. Ihr Vater würde sich gewiss Sorgen machen, wenn sie sich nicht meldete. Obwohl ... Er hatte Nachtschicht, wenn sie Glück hatte, hatte er noch gar nicht bemerkt, dass sie weg war. Und Lena? Lena war vielleicht jung und cool genug, um sich auszumalen, weshalb sie nach einem Date nicht pünktlich nach Hause kam. Natürlich würde sie die völlig falschen Schlüsse ziehen, aber was spielte das jetzt schon für eine Rolle? Spielte überhaupt noch irgendetwas eine Rolle?

Lilly hatte das Gefühl, ihr Leben sei mit einem Mal völlig aus den Fugen geraten. Ihre Eltern, die Schule, all das schien plötzlich weit, weit fort. Ihre ganze Welt hatte sich innerhalb weniger Sekunden auf nur einen einzigen Punkt konzentriert, und das war die leichenblasse, blutende Gestalt, die da lautlos auf dem Sofa um ihr Leben kämpfte.

Stundenlang hielt sie seine eiskalte Hand, stundenlang starrte sie auf sein regloses Gesicht herab. Sein Antlitz war fast durchscheinend weiß und wirkte mit einem Mal sonderbar zerbrechlich, wie aus feinstem Porzellan gefertigt, und doch war es ihr nie schöner erschienen als in diesem Augenblick. Ob er sie geküsst hätte, wenn nicht der Wolf dazwischen gekommen wäre? Wie hätte es sich wohl angefühlt? Lilly hatte bisher erst einmal einen Jungen geküsst, nein, eigentlich hatte der sie geküsst, auf einer Party in Hamburg. Aber das war nicht schön gewesen, sie hatte ihm eine geklebt dafür. Mit Alahrian wäre es gewiss anders gewesen, das spürte sie, und eine seltsame Wärme durchflutete sie. Sie wünschte sich, er würde sie küssen, wünschte sich, er würde die Augen aufschlagen, und ...

Sie träumte vor sich hin, als er plötzlich unruhig wurde, stöhnend den Kopf zur Seite warf, die Lider noch immer geschlossen, mit den Lippen Worte formend, die sie nicht verstehen konnte. Ein Hagelschauer prasselte gegen die Balkontür, Lilly starrte erschrocken hinaus, dann wieder zu ihm hin.

„Alahrian?“

„Lilly ...“ Seine Stimme war panisch, der Atem ging schnell und keuchend. „Nein! Nein, nicht, nein!“, Mit einem Schrei erwachte er, dunkle, angstvoll geweitete Augen blickten sie an, verschleiert und weit, weit fort.

„Ist ja gut ...“, flüsterte sie behutsam und kam sich selbst ein wenig töricht vor. „Ich bin ja da.“

„Ja ...“ Er blinzelte, versuchte, seinen Blick zu klären, aber ein Abglanz von Schrecken blieb darin zurück. „Es war nur ein Traum ... Gott sei Dank ... Dir ist nichts geschehen ... Mein Gott ... ich könnte es nicht ertragen, wenn dir etwas zustoßen würde.“

Er redete wirres Zeug. Ihm war etwas zugestoßen, nicht ihr. Vielleicht hatte er Fieber. Besorgt legte sie die Hand auf seine Stirn, doch seine Haut war immer noch viel zu kalt. Es musste das Morphium sein. Niemand steckte drei Dosen Opiate einfach so weg ...

„Es ist alles in Ordnung“, versuchte sie, ihn zu beruhigen. „Es geht mir gut.“

„Ja, aber irgendwann ... irgendwann wirst du sterben.“ Jetzt explodierte der Schmerz in seinen Augen und er kam nicht von den Verletzungen.

„Sicher ...“ Das hier war ein wenig unheimlich, aber sie versuchte, ruhig zu bleiben. „Alle Menschen werden irgendwann sterben ...“

„Ja, das ist es ja ...“ Er wandte das Gesicht ab, seine Schultern zuckten.

Lilly legte ihre Hand auf seine. „Du bist verletzt“, flüsterte sie sanft. „Und du bist high ... Du weißt nicht, was du redest ...“ Sie begann, mit den Fingerspitzen behutsam über seine Haut zu streichen. „Beruhige dich. Alles wird gut, du musst nur wieder gesund werden ... hörst du?“

Alahrian drehte den Kopf, seine Augen flackerten, doch über seine Lippen glitt ein vorsichtiges Lächeln. „Ich bin so froh, dass du da bist ...“

Seine Lider senkten sich, er stand kurz davor, wieder das Bewusstsein zu verlieren, aber er hielt sie mit Gewalt offen.

„Ruh dich aus“, wisperte Lilly. „Ich bleibe bei dir, versprochen. Schlaf.“

Er seufzte leise, rollte sich unter der blutdurchtränkten Decke zusammen und gab so etwas wie einen unterdrückten Schmerzlaut von sich, weil die Bewegung offensichtlich weh tat.

„Alles in Ordnung?“, fragte Lilly, diesmal wirklich töricht.

„Es ... geht schon ...“

Lillys Blick huschte gegen ihren Willen zu der silbernen Spritze hin, die Morgan liegen gelassen hatte. Wenn er Schmerzen hat, gib ihm Morphium... Aber sie konnte das doch nicht tun!

„Spielst du mir etwas vor?“, meinte da plötzlich Alahrian.

Lilly zuckte zusammen. „Was?“

Sein Blick hing am Flügel. „Spielst du mir etwas?“, bat er erneut. „Auf dem Flügel? Ich liebe deine Musik so sehr. Sie wird mich von den Schmerzen ablenken. Besser als das Morphium.“

Lilly kaute zögernd auf ihrer Unterlippe herum. Aber sie konnte ihm wohl kaum etwas abschlagen, nicht jetzt, nicht hier. Also stand sie unsicher auf und setzte sich an den wunderbaren Flügel, bestaunte einen winzigen Moment lang die mit weißem und schwarzem Perlmutt besetzten Tasten, bevor sie schüchtern die Finger darauf legte. Zuerst wusste sie nicht, was sie spielen sollte, dann begann sie zu improvisieren, eine leise, zitternde Melodie, die nur allmählich anschwoll, von ihrer Angst kündete, aber auch von ihrer Sorge, und vielleicht ... von Liebe.

Sie schloss die Augen, während sie spielte, dachte an seinen saphirfarbenen Blick, sein Elfenbeinlächeln, seine Stimme, sanft und warm, sein Lachen, und wie sie im Mondschein getanzt hatten, und all das floss in ihre Melodie, bis sie den Schrecken dieser Nacht fast vergaß und nur noch sein Gesicht sah, obwohl sie die Augen geschlossen hielt, sein lächelndes Gesicht, nicht das Blut, die Qual und den Schmerz.

Fast erschrocken öffnete sie die Lider, ihr Spiel erzitterte, wurde leiser, dann erstarb es in einem wehmütigen, bitter süßen Akkord, sie zog die Finger zurück und blickte angstvoll zum Sofa. Wie lange hatte sie gespielt?

Als sie zu Alahrian zurückkehrte, dachte sie zunächst, er schliefe, doch als sie sich über ihn beugte, da schlug er die Augen auf. „Das war wunderbar ... Danke ...“

Sie nahm wieder seine Hand, spürte, wie er sich entspannte, diesmal die Erschöpfung zuließ. „Wirst du hier bleiben, bis ich ... aufwache?“, fragte er leise, angstvoll, noch einmal gegen den Schlaf ankämpfend.

„Ja ...“ Mit der freien Hand strich sie ihm über die Stirn. „Ich bleibe bei dir solange du willst.“

Sie war nicht sicher, ob er es noch hörte, irgendetwas in ihrem Kopf jedoch, seine Stimme, die erklang, obwohl er die Lippen nicht bewegte, sagte: Für immer also ...

Offenbarungen

Mit dem Instinkt eines Wesens, das vom Licht der Sonne vollkommen abhängig war, erwachte Alahrian in eben jenem Augenblick, in dem irgendwo am Horizont, weit, weit entfernt, langsam der erste Sonnenstrahl ins schwarze Zelt der Nacht einschnitt.

In seinem Körper gab es kaum eine Stelle, die nicht schmerzte, seine Erinnerungen an die letzten Stunden waren vage, und in seinem Kopf drehte sich alles von zu wenig Blut und zu viel Morphium in seinen Adern. Und trotzdem konnte er sich nicht entsinnen, jemals so glücklich gewesen zu sein. Denn sie ... war noch da.

Sie war eingeschlafen, ihr Kopf lag gegen die Couch gelehnt dicht neben seiner Hand, sie hatte sich auf dem Boden zusammengekauert, was bestimmt nicht bequem war, doch er wagte nicht, sie zu wecken, aus Angst, sie könne nur ein Traum sein, der bei der geringsten Bewegung entschwand. Sie war so wunderschön ... Nie zuvor hatte er sie schlafen gesehen, nie zuvor hatte er geahnt, welches Vergnügen es sein würde, sie dabei zu beobachten, jede Linie ihres Gesichtes zu studieren, die schmale Wölbung ihrer Wangen, die kirschroten Lippen, die fein gezeichneten Brauen über den geschlossenen Augen. Ihre Schminke war ein wenig verwischt, und das war umso entzückender anzusehen, als ihm plötzlich bewusst wurde, dass auch sie eine Maske trug. Ein Hauch von Farbe stand zwischen seinem Blick und ihrem Gesicht.

Aber das war vielleicht nicht ganz das selbe, was er tat. Mit einem Mal kam er sich schäbig vor. Zu viel hatte er vor ihr verborgen. Gestern Nacht aber musste sie Dinge gesehen haben, Dinge, die ... Er biss sich auf die Lippen. Ob sie ahnte, was er war? Wie viel hatte sie wirklich gesehen?

Sie hatte ihn nicht danach gefragt. Sie war einfach bei ihm geblieben. Warum fragte sie ihn nicht? Wenn sie ihn fragte, so überlegte er, dann würde er ihr die Wahrheit sagen. Aber er konnte es ihr nicht einfach so erzählen. Ach, übrigens, was ich vergessen habe, dir zu erklären: Ich bin nicht ganz das, was du glaubst, eigentlich bin ich noch nicht einmal ein Mensch ...

Nein! Unmöglich!

Aber sie war bei ihm geblieben ... Trotz allem ...

Er seufzte leise, und das weckte sie. Ihr Blick suchte den seinen, noch während der Schlaf daraus zurück wich. „Alahrian! Du lebst! Wie geht es dir?“

„Hm ... Gut ...“ Das war nicht ganz die Wahrheit, aber es brachte ihm auch wieder zu Bewusstsein, wie grässlich die Dinge waren, die sie vergangene Nacht miterlebt hatte. Verstohlen blickte er an sich selbst herab. Überall Blut ... Morgan würde verdammt sauer sein, weil er seine Lieblingscouch ruiniert hatte, aber sie ... Sie musste sich nahezu zu Tode erschrocken haben! Plötzlich schämte er sich entsetzlich. Sie hätte das nicht mit ansehen dürfen, sie hätte nicht zusehen dürfen, wie er vor ihren Augen verblutete, an Wunden, die bestimmt keinen schönen Anblick boten.

Er hätte ihr sagen wollen, dass es ihm leidtat, doch er fand keine Worte, und so war alles, was er tun konnte, sich ihren Blicken zu entziehen. „Ich ... gehe mal kurz unter die Dusche, ja?“, murmelte er und wickelte sich in die Decke. „Ich ... sehe bestimmt ganz furchtbar aus.“

Bevor sie etwas erwidern konnte, rappelte er sich auf, durchquerte mit zusammen gebissenen Zähnen die Halle und flitzte die Treppe hinauf, mehr als nur beinahe auf der Flucht. Diese Anstrengung war nahezu zu viel für ihn. Oben angelangt, musste er sich gegen die Wand lehnen und keuchend nach Atem ringen. Vermutlich benahm er sich gerade unglaublich dämlich, aber hier, allein, fühlte er sich schon sicherer. Was um alles in der Welt hatte er nur getan? Sie sollte ihn nicht so sehen! Sie hatte etwas Besseres verdient als das ... Kein Wesen, das noch nicht einmal ein Mensch war und sich regelmäßig von Monstren halb in Stücke reißen ließ. Keinen Alptraum.

Und doch war sie geblieben ...

Ihm war ganz schwindelig. Das Atmen tat weh, mehr als alle anderen Bewegungen. Der Fenririm hatte ihm mindestens eine Rippe angeknackst, als er ihn gegen den Baum geschleudert hatte, das war schlecht, denn Knochen heilten langsamer als Fleisch. Mit schwarzen Pünktchen vor den Augen taumelte er in sein Schlafzimmer. Dort verließen ihn seine Kräfte, keuchend sank er zu Boden, spürte das Brennen jeder einzelnen Verletzung auf der Haut, spürte die Wunden pochen im Rhythmus seines eigenen, rasenden Herzens.

Die Sonne war bereits aufgegangen, ein wenig zartrosa Licht fiel durch die Kuppel herein, zu schwach, um ihn zu heilen, dennoch sog er es gierig auf, bis er zumindest die Energie fand, sich selbst vom Boden aufzusammeln. Es war besser, jetzt. Das Sonnenlicht hatte das Morphium aus seinem Blut gespült, zumindest konnte er jetzt klar denken. Immer noch unsicher auf den Beinen, aber zumindest fähig, auf eigenen Füßen zu stehen, tapste er ins Bad. Der Anblick seines eigenen Spiegelbildes trug nicht gerade dazu bei, ihn aufzuheitern. Seine Kleidung hing in Fetzen, überall war Blut, tiefe, nur halb verheilte Striemen zogen sich über seine Brust, seine Arme, ja, sogar im Gesicht hatte er eine Schramme. Er sah aus wie eines dieser schrecklichen Ungeheuer, die sich die Sterblichen ausgedacht hatten. Wie ein Zombie...

Ein Wunder, dass Lilly nicht längst schreiend davongelaufen war.

Aber sie war bei ihm geblieben ...

Alahrian war noch nicht bereit zu begreifen, was das bedeutete, aber eine vage, wilde Hoffnung keimte in ihm auf. Vielleicht war sie stärker als er dachte. Vielleicht würde sie die Wahrheit ertragen können. Vielleicht ...

Er mochte jetzt nicht darüber nachdenken, und so schälte er sich aus den Überresten seiner Kleidung, warf die Fetzen kurzerhand in den Mülleimer und stellte sich unter die Dusche, um mit dampfend heißem Wasser all das Blut abzuwaschen, das er in dieser Nacht vergossen hatte. Als er fertig war, fühlte er sich immerhin ein wenig besser ... menschlicher ...

Nicht alle Wunden waren verheilt, einige würden gewiss noch ein paar Tage brauchen, vielleicht sogar eine Woche, aber als er, in frischer Kleidung, barfuss zurück ins Schlafzimmer schlich, da war er schon ein wenig zuversichtlicher. Die Sonne war mittlerweile aufgegangen. Glitzernde Strahlen brachen sich an der gläsernen Kuppel, nicht mehr rosa jetzt, sondern golden.

Alahrian atmete auf, streckte die Hände danach aus, fühlte, wie prikkelnde Wärme ihn durchdrang, als das Licht unter seine Haut schlüpfte, durch seine Adern floss, in seinem Inneren glühte und leuchtete. Schmerzen, Angst und Scham verschwanden, Helligkeit hüllte ihn ein, Wellen von Licht strömten durch seinen Körper, gaben ihm neue Kraft und neuen Mut. Wenn sie ihn fragte, dann würde er es ihr sagen ...

Lilly wartete lange in der Halle auf Alahrian. Für jemanden, der gerade um ein Haar gestorben wäre, war er erstaunlich schnell verschwunden, nun aber kehrte er nicht zurück, und allmählich begann sie, sich Sorgen zu machen. Sie wollte ihm nicht hinterher spionieren, doch er war verletzt, und ...

Zögernd folgte sie ihm die gewundene Treppe hinauf, aber sie hatte vergessen, wie groß dieses Haus war. Ein breiter Korridor mit weichen, bunten Teppichen und einigen erstaunlich echt aussehenden Kunstdrucken an der Wand empfing sie – und eine Reihe von Türen, die alle gleich und allesamt verschlossen waren. Unter einer der Türen floss mildes, bläulich schimmerndes Licht hervor, dasselbe Licht, das sie auch gestern Abend gesehen hatte. Lillys Herz begann zu klopfen, lautlos schlich sie weiter, und dann, sie wusste selbst nicht, wie sie dazu kam, stieß sie einfach die Tür auf.

Und dort war es, das Wesen, das sie schon damals im Café gesehen hatte, der Engel. Er schwebte dicht unter der Decke, über ihm eine vielfach geschliffene, gläserne Kuppel. Licht hüllte ihn ein, und Fäden goldglänzender Helligkeit hielten ihn, ein Netz aus Sonnenstrahlen, das ihr fast die Tränen in die Augen trieb.

Er war so schön, dass sie es kaum ertragen konnte, ihn anzusehen. Ihr Herz wollte zerspringen, die Lungen aufhören zu atmen, und sie wollte auf die Knie sinken und weinen, doch stattdessen blickte sie ihn einfach nur an.

Sanft schwebte er zu ihr herab und trat einen Schritt auf sie zu, dann blieb er stehen, damit sie ihn in Ruhe anschauen konnte. Das Leuchten sank jetzt auf ein weniger blendendes Maß herab, sie konnte nun sein Gesicht mustern, und es war Alahrians vertrautes Gesicht, und doch auch wieder nicht. Es war, als hätte sie die ganze Zeit über ein Bild betrachtet, über dem ein feiner Seidenschleier hing, nun war der Schleier fort, und das Bild war das selbe, nur viel intensiver, viel ... schöner.

Seine Haut war weiß, nicht blass wie zuvor, sondern rein weiß, die Farbe von Schnee oder kostbarstem Carrara-Marmor. Seine Züge waren feiner, schmaler, die Augen noch ein wenig größer und sie schimmerten, als habe man Himmel und Ozean in ein winziges, vielfach geschliffenes Stück Diamant gepresst.

„Sprich es aus", sagte er leise. „Frag mich. Ich werde dir alles erklären, dir alles sagen, was du wissen willst. Aber du musst mich fragen."

Lilly blickte ihn nur weiter an. Weiß glühendes Feuer schien unter seiner Haut zu tanzen, sein Haar glänzte, als wäre es mit Gold bestäubt, knisternd schien es sich zu bewegen, wie von einem Wind gebauscht, den nur er spüren konnte. Winzige, matt schimmernde Flämmchen zuckten zwischen den einzelnen Strähnen.

„Wer bist du?", flüsterte sie endlich, zitternd, fast tonlos.

Er trat einen Schritt näher, das Leuchten erlosch, er sah jetzt fast wieder so aus wie sie ihn kannte. „Das ist die falsche Frage", antwortete er ruhig. „Das weißt du schon."

Lilly konnte den Blick nicht von ihm abwenden. In ihren Augen standen Tränen, und sie wusste noch nicht einmal warum. „Was bist du?"

„Das ist die richtige Frage." Er schloss die Augen, schien zu zögern, dann sagte er: „Liosalfar." Seine Stimme klang fern. „Ich bin ein Elb. Ein Lichtelb." Er trat noch einen Schritt zu ihr hin und blieb dann stehen, als traute er sich nicht, ihr zu nahe zu kommen, obwohl sie nicht zurückwich.

Ein Elb ... Lilly versuchte, in sich aufzunehmen, was sie da gerade gehört hatte. „So wie ... in Fantasy-Filmen oder Computerspielen?", erkundigte sie sich zweifelnd.

„Das ist nicht ganz, was wir sind, nein."

Liosalfar ... Das Wort kam ihr vertraut vor, und doch wieder nicht. Es weckte die Assoziation von glitzernd weißen Schwingen, die sturmumtost den Himmel peitschten, von gläsernen Stränden, unendlichen, silbernen Ozeanen, und ...

Sie blinzelte, ließ die Bilder verschwinden. „Was war das eben?", fragte sie leise. „Dieses Leuchten. Was hast du da gemacht?"

„Ich habe Sonnenlicht getrunken", erklärte er ihr sanft. „Ich brauche Licht zum Leben so wie du Luft zum Atmen."

„Ah." Das hätte sie merkwürdig finden können, doch sie nahm es ruhig in sich auf. Da fiel ihr plötzlich etwas ein. „Ist dir deswegen schwindelig geworden, im Bergwerk? Weil es zu dunkel war?"

Er lächelte über ihre Auffassungsgabe. „Ja."

„Was ist mit Glühbirnen? Lampen?"

Wieder ein Lächeln. „Es muss eine natürliche Lichtquelle sein. Sonnen-

, Mond- oder Sternenlicht. Zur Not genügt auch eine Kerzenflamme, aber nicht für lange."

Lilly runzelte die Stirn. Die Worte sogen sie in sich auf, sie dachte nicht über die Absurdität ihres Inhalts nach, im Gegenteil, so phantastisch das alles war, in diesem einen Moment erschien es ihr vollkommen logisch und natürlich. „Was, wenn es bewölkt ist?", fragte sie und wunderte sich selbst über die Gelassenheit, die sie spürte. Sie war neugierig, fasziniert und ziemlich durcheinander, aber sie fühlte keine Angst, nicht einen Hauch von Angst.

„Wenn es zu lange bewölkt ist, wenn meine Kräfte aufgebraucht sind, dann werde ich krank." Er sprach mit der selben Ruhe, die auch sie empfand, offen und ohne Scheu.

„So wie an dem Tag, als du nicht in der Schule warst?", hakte Lilly nach.

„Ja."

Sie schaute ihn unentwegt an, obwohl der blendende Glanz erloschen war, sein Gesicht, seine Augen, seine Haut. Auf den nackten Armen waren noch die Spuren der Verletzungen vom Abend zu erkennen, rote, bereits halb verheilte Striemen.

„Was ist mit deinen Wunden?", fragte Lilly mit einer Mischung aus Verwunderung und Besorgnis.

Er lächelte sanft. „Besser. In ein paar Tagen werden sie völlig verschwunden sein."

„War Morgan deshalb so gleichgültig gestern? Weil er wusste, dass die Verletzungen schnell heilen würden?"

„Er wusste nicht, wann sie heilen würden. Aber er wusste, sie würden mich nicht töten." Nun senkte er den Blick, schien mit sich zu ringen, als wolle er etwas vor ihr verbergen und sagte dann dennoch: „Ich kann nicht sterben."

Das war unglaublicher als alles andere! Warum nur war Lilly trotzdem nicht schockiert oder wenigstens überrascht? Vielleicht weil sie es bereits gesehen hatte. Das Untier hatte sein Fleisch zerfetzt wie Papier, vor ihren Augen war er verblutet, aber er war nicht gestorben. Kein Mensch hätte solch schreckliche Verletzungen überleben können.

„Du kannst nicht ... sterben?", wiederholte sie dennoch, als müsse sie es aussprechen, um es zu begreifen.

„Nein. Zumindest nicht in dieser Welt."

„Dann gibt es noch eine andere?" Irgendetwas in Lilly wollte zusammenbrechen, hysterisch aufschreien oder einfach davonlaufen, doch der Rest – der größere Teil ihres Ichs – lauschte ernst und konzentriert seinen Worten.

„Ja."

Lilly schloss die Augen und öffnete sie wieder. Er stand noch immer bewegungslos vor ihr und hatte sich nicht gerührt. „Das hättest du mir sagen können", meinte sie leise. „Dass du unsterblich bist, meine ich. Ich hatte entsetzliche Angst um dich." Es war absurd, doch sie konnte den Vorwurf in ihrer Stimme nicht unterdrücken. Andererseits ... Auf eine gewisse Art und Weise hatte er versucht, es ihr zu sagen. Versprich mir, dass du dir keine Sorgen machen wirst ... Es ist alles in Ordnung ...

Alahrian lächelte milde, als hätte er ihre Gedanken gelesen. „Hättest du mir denn geglaubt?", fragte er sanft.

„Du hättest es mir zeigen können." Wieder ein Hauch von Vorwurf, ein Abglanz der Panik, die sie gestern verspürt hatte.

„Ach ja?" In seinen Augen blitzte es auf, und seine Stimme klang mit einem Mal fast zornig, als er sagte: „Was hätte ich denn tun sollen? Mir vor deinen Augen eine Kugel in die Schläfe jagen?" Heftig schüttelte er den Kopf. „Nicht alle Verletzungen heilen, Lillian. Ich bin unsterblich, aber nicht unverwundbar. Und die Schmerzen, die fühle ich ebenso wie du. Vielleicht stärker. Denn ihr Sterblichen, ihr wisst, dass ihr nur ein gewisses Maß an Leid ertragen müsst. Der Tod ist eure Schmerzgrenze, eure Erlösung. Für uns gibt es diese Grenze nicht ..."

Lilly senkte betroffen den Blick. „Es tut mir leid. Ich wollte nicht ..."

„Schon gut." Nun klang er wieder weich und sanft wie ein warmer Sommerwind. „Frag weiter. Ich will dir alles sagen, nichts vor dir verbergen. Nie mehr."

Lilly dachte an die silberne Injektionsnadel und meinte vorsichtig: „Hast du dafür das Morphium? Damit du nicht leiden musst, wenn du verletzt wirst?"

„Ja. Auch."

„Auch?"

Alahrian blickte an ihr vorbei ins Leere. „Schmerzen sind gefährlich. Ich habe ... gewisse Kräfte, die ein Mindestmaß an Kontrolle erfordern. Schmerzen zerbrechen diese Kontrolle. Schmerzen setzten Kräfte frei, die niemand mehr kontrollieren kann."

Lilly biss sich auf die Lippen und schwieg. Er wird uns alle töten, wenn die Schmerzen zu schlimm werden ... Hatte Morgan ihr das damit sagen wollen?

Alahrian musterte sie bestürzt. „Habe ich dich jetzt erschreckt?" Sehr vorsichtig kam er noch ein wenig näher, seine Augen wirkten traurig. „Fürchtest du dich?" Angst schwang in den Worten mit. „Ich würde niemals zulassen, dass dir etwas geschieht ..." Er hob die Hand, wie um sie zu berühren, ließ sie dann aber sinken.

„Nein. Nein, ich habe keine Angst." Lilly schüttelte den Kopf und wünschte sich plötzlich, er würde nicht so sehr auf Distanz gehen. Es war seltsam: Sie hätte Angst haben müssen, sie hätte schockiert sein sollen, doch nun, da sie wusste, was er war, fühlte sie sich ihm nur noch mehr verbunden. Fast war sie erleichtert. „Ich bin nur ... ein wenig müde", meinte sie ausweichend. Das war die Wahrheit. Doch wie hätte sie ihm alles andere erklären können? Dass ihre eigene Reaktion sie beinahe mehr verwirrte als das, was sie eben gehört hatte? Aber er schien ihr so vertraut ... Das fremde, unbegreifliche Wesen war ihr so nahe als sei der Seidenschleier eine dicke, stählerne Wand gewesen, die jetzt endlich, endlich niedergerissen war.

„Natürlich ..." Er streckte die Hand nach ihr aus, vermied es aber noch immer, ihr zu nahe zu kommen, als würde für ihn die Wand noch immer stehen. „Komm, setz dich." Er deutete auf das antike Biedermeiersofa in der Ecke, und sie ließen sich nebeneinander darauf nieder.

Lilly sah jetzt, dass er ganz leicht zitterte. Unter seinen kristallin-blauen Augen lagen tiefe, dunkle Ringe, und sein Gesicht war beinahe durchscheinend blass. Er war viel erschöpfter als sie selbst. So ganz schien er die Verletzungen wohl doch noch nicht überwunden zu haben.

Während sie ihn musterte, wurde das Bedürfnis, ihm nahe zu sein, ihn zu spüren, zu einer fast unerträglichen Sehnsucht, als müsse sie ihn berühren um zu wissen, dass er wirklich da war, real. Zögernd, scheu legte sie ihre Hand auf die seine. Seine Haut war glatt und warm, es fühlte sich so normal an, so ... menschlich ...

Sie spürte, wie er erschauderte und zuckte erschrocken zurück. „Ist es dir unangenehm, wenn ich dich anfasse?"

Eine schillernde Röte stieg in seinem blassen Antlitz empor. „Nein." Er wagte nicht, sie anzusehen. „Eher ... im Gegenteil ..."

Sie legte ihre Hand zurück, fuhr mit den Fingerspitzen ganz leicht über seinen Arm, bis sie zu den roten, halb vernarbten Striemen gelangte. „Tut es immer noch weh?", fragte sie besorgt.

„Nein." Seine Augen strahlten in einem hellen, schimmernden Azur wie der Himmel an einem wolkenlosen Sommertag. „Nicht jetzt."

Lilly neigte den Kopf und berührte mit den Lippen ganz sanft seine Narben, als könne sie die Wunden fortküssen. Die Mauer zerbarst. Er seufzte leise. Sanft zog er sie an sich, legte den Arm um sie, und sie schmiegte ihren Kopf an seine Brust, fühlte seine tiefen, ruhigen Atemzüge.

Atmen musste er also auch ... Und er blutete und er fühlte Schmerz ... wie sie. Wie ein Mensch. Und doch war er keiner.

„Willst du sonst nichts wissen?", erkundigte er sich plötzlich. Seine Stimme war Mondlicht auf einer glitzernden Wasseroberfläche und Silber, das gegen schimmerndes Glas schlug.

Lilly lächelte leise. „Warum dieses umgekehrte Verhör?"

Alahrian blieb ernst. „Ich habe zu lange verborgen, was ich bin. Dir will ich alles sagen, mich ganz öffnen. Ich will keine Geheimnisse haben vor dir. Jetzt nicht mehr."

Lilly überlegte, versuchte, die Gedanken zu ordnen, die wirr hinter ihrer Stirn umherflatterten.

„Ist Morgan auch ein ...", ihr fiel das Wort nicht mehr ein, „ein Lichtelb?"

Sie konnte spüren, wie er sich versteifte, als sie ausgerechnet nach seinem Bruder fragte, aber er antwortete ruhig und sanft: „Ein liosalfar? Nein. Er ist ein döckalfar. Ein Dunkelelb."

„Dann ist er böse?" Erschrocken wollte sie sich aufrichten, aber er strich ihr übers Haar und hauchte einen zarten Kuss auf ihren Scheitel, und sie schmiegte sich wieder an ihn.

Die Frage schien ihn zu amüsieren, er lachte leise. „Sind weiße Menschen gut und schwarze böse?", bemerkte er spöttisch.

Lilly schüttelte empört den Kopf. „Nein, natürlich nicht!"

„Siehst du ... So ist es bei uns auch. Es gibt verschiedene alfar, und das sagt etwas aus über ihre Lebensweise, ihre Erscheinung und auch ihre Gewohnheiten. Aber nicht über ihren Charakter." Er grinste. „Obwohl – Morgan kann schon eine ziemliche Nervensäge sein." Er schüttelte den Kopf. „Aber nein, er ist nicht böse."

Übergangslos wurde er ernst, seine Augen schweiften in die Ferne, und etwas wie ein lange unterdrückter Schmerz glomm darin auf. „Das Böse ist ein Prinzip, für das man sich entscheidet oder auch nicht", sagte er leise. „Es ist nichts, wozu man geboren wird."

Es klang ein bisschen wie etwas, das er hoffte, aber nicht sicher wusste, und er sah so traurig aus dabei, dass Lilly nicht weiter davon sprechen wollte.

Stattdessen kuschelte sie sich enger an ihn, schloss die Augen, genoss Alahrians Nähe, seine Wärme und sog sie in sich auf wie er das Sonnenlicht. Sie spürte, wie sie sich entspannte und wie langsam die Müdigkeit der durchwachten Nacht nach ihren Gedanken griff.

„War das alles?", erkundigte sich Alahrian. „Keine Fragen mehr?"

„Nein." Ihre Stimme klang schläfrig.

Er lachte. Es war so schön, wenn er lachte. Wie Silberglöckchen im Frühlingswind. „Ich habe dir gerade erzählt, dass ich ein mythologisches Fabelwesen bin, und das ist alles, was du wissen willst?"

Sie sah zu ihm auf, versuchte, seinen Blick einzufangen, in dem die Weite des Horizonts zu liegen schien. „Du bist jetzt bei mir", sagte sie leise. „Das ist alles, was ich wissen muss."

Er zog sie an sich, vergrub das Gesicht in ihrem Haar, sein Atem kitzelte ihre Haut. Lilly schloss wieder die Augen, wünschte sich, dieser Moment würde nie vorüber gehen. Wenn dies ein Traum war, dann wollte sie nicht mehr erwachen, nie mehr ...

Zwei Sekunden später fuhr sie jedoch heftig zusammen, als die Zimmertür aufgerissen wurde, und niemand anderes als Morgan hineinstürmte.

Alahrian richtete sich auf, ohne Lilly loszulassen, seine Augen sprühten vor Empörung. „Morgan! Kannst du nicht anklopfen, um Himmels willen!"

Ein Grinsen breitete sich auf Morgans Gesicht aus, während er ohne jede Zurückhaltung die beiden musterte, die da zusammen auf dem Sofa lagen. „Ich habe angeklopft", erklärte er frech. „Mitten in deine Gedanken, laut genug, um deinen Schädel zu sprengen! Aber du ... warst ja offensichtlich abgelenkt.“ Sein Grinsen wurde anzüglich.

Alahrian gab ein leises Knurren von sich, beherrschte sich aber. Morgans Gesichtsausdruck wurde ernster. „Dir geht es besser, nehme ich an?“

„Ja. Alles in Ordnung.“

„Das freut mich. Ich hätte früher nach euch gesehen, aber ich wollte wirklich nicht stören ...“ Es hörte sich an, als habe er sich vielmehr den bestmöglichen Zeitpunkt ausgesucht, um zu stören, und er bedauerte es nicht im Geringsten.

Immer noch grinsend trat Morgan näher und flüsterte Alahrian ins Ohr, deutlich zu vernehmen: „Vielleicht solltest du deiner kleinen Freundin ein Frühstück anbieten. Die Sterblichen machen das so, wenn sie eine Nacht zusammen verbracht haben, weißt du?“

Alahrian warf seinem Bruder einen giftsprühenden Blick zu. „Wir haben keine Nacht ...“ Er brach ab.

Sie hatten eine Nacht zusammen verbracht, aber offensichtlich auf vollkommen andere Art und Weise als Morgan anzudeuten versuchte.

Lilly wurde rot, und Alahrian verzog das Gesicht. „Verschwinde einfach, ja?“

Morgan verneigte sich spöttisch. „Wie Majestät befehlen.“ Er wandte sich zur Tür um.

Morgan?, hielt Alahrian ihn jedoch noch einmal zurück. Diesmal sprach er, ohne die Lippen zu bewegen, doch Lilly konnte ihn trotzdem verstehen. Was ist mit den Fenririm? Gibt es noch weitere?

Nein. Morgan antwortete auf die selbe Art und Weise. Jetzt nicht mehr ...

Gut. Alahrians Gedanken klangen erleichtert. Danke, Morgan!

Stets zu Diensten ... Der döckalfar drehte sich mit einem abwinkenden Schulterzucken um und trat zur Tür hinaus.

„Willst du eines?“, fragte Alahrian, plötzlich von einer neuartigen Munterkeit erfüllt. „Ein Frühstück, meine ich?“

Lilly zögerte. Sie hatte seit gestern Mittag nichts mehr zu essen bekommen und war tatsächlich entsprechend hungrig, aber sie traute sich nicht so recht, es zuzugeben, wollte den Zauber des Augenblicks nicht mit etwas so Profanem wie Nahrungsaufnahme verderben.

Alahrian hingegen schien aus unerfindlichen Gründen bereits von der Idee entflammt. „Ich mache dir eins!“, rief er begeistert und sprang leichtfüßig von der Couch auf.

„Du musst nicht ..., begann Lilly verlegen, „also, das ist wirklich nicht nötig ...“

„Komm schon!“, Alahrian zog ein enttäuschtes Gesicht. „Du hast dich die ganze Nacht um mich gekümmert, lass zu, dass ich mich auch ein bisschen um dich kümmere!“

Er zwinkerte, nahm ihre beiden Hände in die seinen und zog sie zu sich empor.

„Niemand soll behaupten, ein alfar könne nicht auch ein Gentleman sein!“

Lilly gab sich geschlagen und folgte ihm die Treppe hinunter in die Küche, jene sonderbare Küche, die sie schon am Vorabend bemerkt hatte, in der es weder einen Kühlschrank noch einen Herd gab. Alahrian tanzte regelrecht durch die Tür, überlegte einen Moment lang und öffnete dann schwungvoll die Türen des Küchenschranks.

Und Lilly riss erstaunt die Augen auf. Die Regale waren bis oben voll gestopft mit nichts als Zucker, in allen Variationen, Formen und Farben, die sie je gesehen hatte. Zucker in Tüten, Gläsern und Schälchen und in zierlichen, kunstvoll bemalten Porzellandosen. Würfelzucker, Kandis- und Puderzucker, dazu eine enorme Anzahl von gold-glänzenden Karamellbonbons und eine ganze Armee von quietschig bunten Zuckerstangen.

„Wow“, bemerkte Lilly verblüfft. „Dein Zahnarzt muss ein Vermögen an dir verdienen!“

Alahrian wurde rot bis unter die Haarspitzen. „Oh“, machte er verlegen und starrte verdutzt den Inhalt des Schranks an, als wäre er darüber selbst überrascht. „Wir können keine sterbliche Nahrung zu uns nehmen“, erklärte er dann, in einem Tonfall, als hätte er gar nicht daran gedacht. „Nur Zucker und Wasser. Die alfar können zwischen den Welten hin und her wandern, theoretisch zumindest. Würden wir etwas von eurer Nahrung essen, dann würde uns das für immer an eure Welt binden.“

„Aha.“ Lillian versuchte nicht so zu tun, als ob sie es verstand.

Alahrian lächelte milde. „Lest ihr denn gar keine Märchen mehr?“, bemerkte er spöttisch. „Wenn ein Mensch in die Anderswelt entführt wird und zwischen den Elfen im Mondschein tanzt, dann darf er dort nichts essen und nichts trinken. Sonst kann er nie mehr zurück. Bei uns ist es genauso.“

Lilly schwieg. Ja, irgendetwas in der Art hatte sie schon einmal gelesen, in Mythen und Legenden, aber sie wollte jetzt nicht darüber nachdenken, warum Märchen plötzlich Wahrheit waren und von dieser Anderswelt, in die er zu entschwinden drohte, wollte sie erst recht nichts wissen. Der Traum sollte nicht enden, noch nicht.

„Zucker ist dann also keine sterbliche Nahrung?“, erkundigte sie sich stattdessen und versuchte, die Logik seiner Welt zu ergründen, ihre Fragen auf ihn selbst zu fokussieren, ohne das Erschreckende, Verwirrende, was noch außen herum zu liegen drohte zu berühren.

„Zucker ist pure Energie“, erklärte er ihr. „Und Wasser ist rein. Diese beiden Lebensmittel sind neutral.“ Er nahm zwei Zuckerstangen aus dem Schrank, reichte ihr eine und biss in die andere.

„Komm, ich besorge dir ein richtiges Frühstück!“ Er griff nach ihrer Hand und wirbelte sie aus der Küche hinaus, noch ehe sie begreifen konnte, wie ihr überhaupt geschah.

Zu ihrer Überraschung plünderten sie jetzt nicht irgendwelche Vorratsräume, sondern traten in den Garten hinaus. Lilly war nie zuvor aufgefallen, wie wunderschön dieser Park war. Er schien ein wenig verwunschen, üppig, das Gras grüner und leuchtender als anderswo, die Blätter der Bäume dichter, die Farben intensiver. Sonnenlicht streichelte jede einzelne Pflanze, und die Luft war schwer vom Duft verschwenderisch blühender Blumen. Schmetterlinge tanzten auf beinahe allen Blütenkelchen, Insekten summten eine leise Melodie im milden Sommerwind, und die Tropfen marmorner Wasserspiele schienen nach dem Rhythmus eines fröhlichen, kleinen Liedes zu fallen, klingend wie winzige Glöckchen.

Alahrian führte sie zu einem alten, knorrigen Apfelbaum. Es war viel zu früh für den Baum, um Früchte zu tragen, doch bevor sie eine entsprechende Bemerkung machen konnte, legte er die Hand auf einen der Zweige. Seine Finger begannen zu glühen, ganz schwach bloß, wie wenn sie ihre Hand dicht über eine Kerzenflamme gehalten hätte. Die Äste des Baumes raschelten. Dort, wo er die dunkle Rinde berührte, spross plötzlich eine Blüte hervor, verblasste, ballte sich zusammen zu einer winzigen, grünen Frucht, die rasch wuchs, bis ein dicker, glänzend roter Apfel am Zweig hing.

Lilly riss erstaunt die Augen auf. Es war, als hätte sie einen Film im Zeitraffer betrachtet.

Alahrian grinste, und der Apfel fiel direkt in seine Hand. Er neigte den Kopf, wie um sich bei dem Baum zu bedanken, und Lilly starrte ihn verblüfft an.

„Das ... das ist ... Zauberei! Wie hast du das gemacht?"

Er lehnte sich lässig gegen den Baumstamm. „Ich habe gar nichts gemacht", erklärte er munter. „Bäume erschaffen Früchte ganz von allein. Ich habe ihn nur gebeten, eine für mich zu machen."

„Du hast ihn gebeten?" Lilly brachte kaum das Wort hervor. „Du kannst dich mit Bäumen unterhalten?"

Alahrian zuckte mit den Schultern. „Na ja, unterhalten würde ich das vielleicht nicht gleich nennen."

Er warf den Apfel in die Luft und fing ihn geschickt wieder auf, fast ohne hin zu sehen. „Aber die liosalfar haben ein ganz besonderes Verhältnis zur Natur, ja. Unsere Umwelt reagiert auf unsere Stimmungen, und nicht immer können wir das kontrollieren."

„Was bedeutet das?"

Alahrian seufzte leise. „Wenn ich traurig bin, regnet es."

Lilly brauchte eine Sekunde, um das zu verarbeiten. „Und ... wenn du glücklich bist?", fragte sie dann.

Er legte einen Arm um ihre Schultern, lächelte sie an und deutete mit der freien Hand in den Garten hinaus. „Sieh selbst!"

Und Lilly hielt den Atem an. Jeder Baum, jeder Strauch, stand mit einem Mal in voller Blüte, weiß und zart rosa schimmerten sie, und als ein milder, warmer Hauch durch den Garten wehte, da trug er Millionen winziger, elfenbeinerner Blütenblätter mit sich wie in einem kleinen, wirbelnden Schneeschauer mitten im Sommer.

Lilly fing ein Paar der Blätter auf, ließ sie durch die Finger gleiten, schloss die Augen und öffnete sie wieder, doch das Bild blieb das gleiche. Lachend drehte sie sich in einem Regen von warmem Weiß und matt glänzendem Rosé.

Alahrians Augen leuchteten, sein Haar glitzerte golden. „Es ist schön, sich nicht mehr verstecken zu müssen. Ich selbst sein zu dürfen."

Lilly nahm seine Hand, und mit der anderen hielt er ihr den Apfel hin. Es war eine der schönsten Früchte, die sie je gesehen hatte. „Es ist Eva, die Adam den Apfel anbietet, nicht umgekehrt", bemerkte sie augenzwinkernd.

Das Leuchten in Alahrians Augen schwoll zu einem Strahlen an, Flammen glühten unter seiner Haut, seine Zähne blitzten, als er lächelte. „Vertraust du mir?"

Sie erwiderte seinen Blick und wurde von seinem Leuchten aufgesogen. „Ja ..." Lachend nahm sie den Apfel und biss hinein.

Alahrian stand in der Küche, zum ersten Mal in seinem Leben, schnitt die Früchte, die er für Lilly im Garten gepflückt hatte, in kleine Stücke und war sicher, sich niemals zuvor so wohl gefühlt zu haben wie jetzt. Niemals zuvor hatte er seine eigene Existenz so sehr genossen. Es war ganz leicht gewesen, ihr die Wahrheit zu sagen, sie war nicht weggerannt, nein, sie war immer noch hier, und er fragte sich jetzt ernsthaft, wovor er eigentlich so große Angst gehabt hatte. Zum ersten Mal konnte er in Gegenwart eines Sterblichen einfach nur er selbst sein. Und das war ein phantastisches, ein berauschendes Gefühl ...

Alahrian kniff die Augen zusammen, streckte den Zeigefinger aus und zielte konzentriert auf einen saftigen Pfirsich, bei dem sich seine Bäume offenbar besondere Mühe gegeben hatten. Morgan hatte ihm nicht erlaubt, seinen rubinbesetzten Damaszenerdolch aus dem fünfzehnten Jahrhundert als Obstmesser zu missbrauchen, Küchengeräte besaßen sie keine, außer den zahlreichen silbernen Zuckerlöffeln, und obendrein hätte Alahrian ein Edelstahlmesser ohnehin nicht berühren können. Aber er hatte seine eigene Methode entwickelt, die Früchte zu zerteilen. Gezielt schoss er kleine Lichtblitze auf den Pfirsich ab und zerschnitt ihn damit in äußerst exakte, wohlgeformte Teile, präzise wie mit einem Chirurgenskalpell.

Und während er für seine Sterbliche „kochte", fand er sogar noch Gelegenheit, sie aus den Augenwinkeln zu betrachten. Das Leben konnte so wunderbar sein!

Lilly war gerade dabei, sich die Gemälde in der Halle anzusehen, seit ein paar Minuten schon, die Frage jedoch, die jedem Menschen, hätte er jemals einem Menschen die Bilder gezeigt, sofort ins Auge springen musste, war noch nicht gekommen.

„Die sehen wirklich verdammt echt aus ...“, bemerkte sie da plötzlich, und Alahrian unterdrückte ein Grinsen. Da war sie ja auch schon, die Frage!

„Könnte daran liegen, dass sie echt sind“, entgegnete er und verbarg nur schlecht seine Belustigung.

Lilly starrte ungläubig auf den Monet, den Klimt, den Renoir. „Mein Gott ...“, stammelte sie fassungslos. „Wie reich seid ihr?“

„Wir sind unsterblich, Lillian“, erklärte Alahrian sanft. „Die meisten alfar stehen auf Kunst. Wir bewegen uns gerne im Umfeld von Malern, Dichtern, Musikern ... Da sammelt sich im Laufe der Zeit so einiges an. Ich kannte Gustav Klimt persönlich. Das Bild da hat er mir geschenkt.“

Das machte sie sprachlos für den Moment, aber es hatte nichts Bedrohliches an sich. Sie akzeptierte, was er war, er hatte es gespürt, und es machte ihm keine Angst mehr, ehrlich zu sein.

„Den Picasso mussten wir vor einiger Zeit verkaufen, weil Morgan sich diesen Sportwagen eingebildet hat ...“, erzählte er munter weiter und laserte eine Blütenskulptur aus einer goldfarbenen Birne. Das hier machte mehr Spaß, als er vermutet hätte! Vielleicht würde sie jeden Morgen Obstsalat bei ihm essen wollen? Er entzückte sich noch an dieser Vorstellung, als eine spöttische Stimme in seinem Kopf sagte: Mit dem Essen spielt man nicht, hat deine Mama dir denn gar nichts beigebracht?

Ärgerlich drehte er sich herum und verwünschte nicht zum ersten Mal die Fähigkeit des döckalfar, sich vollkommen lautlos überall anzuschleichen. So lautlos, dass selbst er es nicht wahrnehmen konnte.

Er funkelte Morgan an und sagte laut: „Hat man dir nicht beigebracht, andere Leute nicht zu erschrecken?“

Morgan grinste, nahm sich eine Handvoll Würfelzucker aus der Dose und zerkaute einen nach dem anderen. „Deine Kleine ist also noch da ... du hast sie noch nicht vertrieben?“ Er deutete in die Halle zurück.

Alahrian zog es vor, nicht zu antworten. Würdevoll häufte er Lillys Frühstück in eine gläserne Schale und streute ein wenig Puderzucker darüber. Auch Sterbliche mochten Zucker, oder nicht?

Hast du ihr gezeigt, wie du aussiehst,? fragte Morgan lautlos.

Sicher ... Alahrian zuckte unwillig mit den Schultern. Oder siehst du mich vielleicht einen Zauber tragen?

Ja, aber ich meine: Hast du ihr auch alles gezeigt? Auch ... Er projizierte ein Bild in Alahrians Gedanken.

Alahrian schoss das Blut ins Gesicht. Aber das ist ja wohl vollkommen unerheblich!

Ganz oder gar nicht, liosch. Ich dachte, du wolltest ehrlich zu ihr sein ...

Ich bin ehrlich! Ich sehe nur nicht ein, was ein kleines, unbedeutendes Detail ... Er seufzte theatralisch. Es ist hässlich, Morgan! Freakig ...

Nicht freakiger als alles andere ... Und du bist doch wohl nicht eitel, Alahrian, oder?

Alahrian warf ihm einen bösen Blick zu. „Hast du keine eigenen Angelegenheiten, um die du dich kümmern könntest?“, fragte er laut.

„Sicher.“ Morgan zuckte ungerührt mit den Schultern. „Aber deine Angelegenheiten sind um so vieles spannender, glaub mir ...“

Nur mit Mühe löste Lilly den Blick von den unglaublichen Schätzen an der Wand und wandte sich wieder der Küche zu, wo sie Zeugin einer höchst merkwürdigen Szene wurde.

Die beiden Brüder unterhielten sich lautlos, ohne dass einer von beiden auch nur im Geringsten die Lippen bewegte – und trotzdem konnte sie jedes Wort verstehen.

Nur ... Worüber um alles in der Welt sprachen die beiden da? Lilly trat einen vorsichtigen Schritt näher. Ob ihnen klar war, dass sie sie hören konnte?

Und wenn nicht, war sie dann wohl verpflichtet, die beiden darüber aufzuklären?

Dass sie nicht mehr allein waren, merkten sie immerhin. Wie in einer einstudierten, vollkommen synchronen Bewegung drehten sie sich gleichzeitig zu ihr um.

„Alahrian möchte dir etwas zeigen“, verkündete Morgan, und sein Bruder warf ihm dabei einen vernichtenden Blick zu. „Er will dir zeigen, wie er aussieht. Wie er wirklich aussieht, meine ich.“

Alahrians Augen sprühten Feuer, sein Schweigen war mit Eiszapfen gespickt. Lilly verstand kein Wort.

„Wenn er unter Sterbliche geht, dann verbirgt er das, was an ihm nicht menschlich ist, unter einem Zauber“, erklärte Morgan liebenswürdig, während Alahrian den Eindruck machte, als würde er den anderen jeden Moment erwürgen wollen.

„Ja, aber du hast direkt durch den Zauber hindurch gesehen, schon als wir uns das erste Mal begegnet sind!“, versicherte er hastig.

„Aber du hast noch nicht alles gesehen“, beharrte Morgan stur.

Lilly spürte eine heftige Röte ihre Wangen emporschießen. Selbstverständlich hatte sie noch nicht alles gesehen! Und gleichzeitig, fast gegen ihren Willen, drängte sich ihr der Gedanke auf: Nicht menschlich ... Was mochte da wohl noch kommen? War er in Wirklichkeit ein kleines, grünes Alienmonster, oder wie?!!

Halt einfach die Klappe, ja?!!, brüllte Alahrian in Morgans Gedanken, deutlich vernehmbar.

Sicher ... Wenn du meinst ... Morgan zuckte gleichgültig die Schultern, streckte die Hand aus – und strich seinem Bruder in einer blitzschnellen Geste ein paar Strähnen seines goldfarbenen Haares zurück.

Lilly blinzelte verblüfft. Das war es, was sie ihr zeigen wollten?

Alahrians Haar war lang und vor allem dicht genug, um seine Ohren beständig zu verbergen, jetzt wurden sie sichtbar, und Lilly musste sich zusammennehmen, um ein Lächeln zu unterdrücken. Sie waren spitz. Nicht wie bei einem Fuchs oder einem Schäferhund, sondern ... elfenspitz.

Märchen, Fantasy-Filme und Videogames hatten also doch Recht ...

„Er findet es hässlich“, flüsterte Morgan ihr zu. Sie hatte nicht gemerkt, wie er neben sie getreten war. Und zu Alahrian meinte er: „Siehst du, so schlimm war das doch gar nicht, oder?“

Alahrian errötete bis unter die Haarwurzeln, funkelte Morgan an und schüttelte heftig den Kopf, bis die Haare wirr in die Stirn fielen – und wieder über die Ohren. Er wagte nicht, Lilly ins Gesicht zu sehen, erstaunlich beschämt, nachdem er zuvor so offen gewesen war.

Lilly trat neben ihn, er hielt trotzig den Blick gesenkt, bis sie die Hand ausstreckte und ihm behutsam und sehr zärtlich die goldenen Haarsträhnen aus dem Gesicht strich. Dieses unglaubliche, leuchtende Wesen, das er war, war so unglaublich schön, so vollkommen ... die winzigen, leicht gewundenen Spitzen an den Ohren jedoch waren ... einfach nur niedlich.

„Du sollst dich nicht mehr verstecken“, flüsterte sie sanft und streichelte weiter sein Haar zurück. „Nicht vor mir. Nicht mehr. Nie wieder.“

Gewitter und Sonnenschein

Musst du nicht allmählich nach Hause?", erkundigte sich Morgan, während Lilly sich noch von Alahrian durch dessen erstaunliche Gemäldesammlung führen ließ. „Machen sich deine Eltern keine Sorgen, wenn du eine ganze Nacht lang weg bleibst?"

Lilly zuckte ein bisschen zusammen. Ihr Vater, natürlich! Hastig sah sie auf die Uhr. Es war kurz vor sieben. Wenn sie Glück hatte, war ihr Vater noch nicht von der Nachtschicht zurück. Wenn ...

Bedauernd, beunruhigt und leicht besorgt blickte sie Alahrian an. Während der letzten Stunden hatte sie so viele Schrecken – und noch mehr Wunder – erlebt, an Zuhause hatte sie überhaupt gar nicht mehr gedacht. Sie hatte nicht angerufen, sie hatte nicht Bescheid gesagt. Das alles war ihr so weit weg erschienen, so seltsam unwirklich. Es war, als sei sie plötzlich aus einem Traum erwacht, nur um festzustellen, dass die Realität nichts war als Illusion, und der Traum – Wahrheit. Das hoffte sie zumindest. Irgendetwas in ihr, ein kleiner, an Logik gebundener Teil ihres Verstandes, konnte das alles noch gar nicht begreifen. Dieser Teil fürchtete, Alahrian würde im nächsten Moment einfach entschwinden und sie in tiefer, lichtschluckender Dunkelheit zurück lassen. Lilly wusste nicht, was sie dann tun würde.

„Er hat Recht", meinte Alahrian mit einem leisen Unterton von Wehmut in der Stimme. „Vielleicht ist es besser, wenn ich dich jetzt nach Hause bringe."

Lilly wollte nicht nach Hause. Sie wollte weiter in ihr persönliches Märchen eintauchen, ganz gleich ob es ein Traum war oder nicht. Aber sie widersprach den beiden nicht. Je weiter die Zeiger der Uhr vorrückten, desto mehr Ärger würde es zu Hause geben, desto schlimmer würde das Erwachen werden. Schweigend und sonderbar mutlos ließ sie sich von Alahrian zur Tür begleiten. Er angelte nach seiner Jacke, während sie schon auf der Schwelle stand.

„Du bist verletzt", sagte Lilly leise. „Du musst nicht mitkommen."

Ungerührt zog Alahrian die Jacke an. „Ich bin weniger schlimm verletzt als du glaubst", entgegnete er tapfer. „Und lieber verblute ich auf offener Straße als zuzulassen, dass du allein durch den Wald läufst, wenn dort vielleicht immer noch Fenririm ihr Unwesen treiben."

Fenririm ... Lilly schauderte. Morgan hatte gesagt, er habe die Monster erledigt. Und Alahrian hatte ihr versichert, nicht sterben zu können. Trotzdem: Sie wollte ihn nicht noch einmal so grässlich verwundet sehen, konnte es nicht ertragen, wenn er noch mehr litt. Dennoch widersprach sie auch diesmal nicht. Wer vermochte zu sagen, wann sie ihn wiedersehen würde? Plötzlich hatte sie das Gefühl, jede einzelne Sekunde mit ihm auskosten zu müssen. Und wenn es nur der kurze Weg nach Hause war ... Er würde bei ihr sein.

Sie fröstelte ein wenig, während sie nebeneinander durch den Wald schlenderten. Es war noch früh und die durchwachte Nacht steckte ihr in den Knochen, sie fühlte sich matt und elend, teils aus Angst vor der Begegnung mit ihrem Vater, teils aus Trauer, die Villa mit all ihren leuchtenden Geheimnissen hinter sich lassen zu müssen. Plötzlich hatte sie einen stacheligen Kloß im Hals, und ein leises Schaudern schüttelte ihren Körper.

Wortlos zog Alahrian seine Jacke aus und legte sie ihr über die Schultern. Lilly hielt im Schritt inne und blickte zögerlich zu ihm auf. „Danke", flüsterte sie lächelnd und schlüpfte tiefer in das Kleidungsstück hinein. Es war warm, als hätte der Stoff auf der Heizung gelegen, ein seltsames Prickeln glitt über ihre Haut, als sie diese Wärme in sich aufnahm, seine Wärme. Die Jacke zu tragen war wie eine Berührung von ihm, und das tröstete sie ein bisschen.

Trotzdem meinte sie behutsam: „Frierst du denn nicht?" Ihr Blick glitt über seine nackten Unterarme, er trug nur ein T-Shirt, und auf der schneeweißen Haut waren noch deutlich die roten Striemen zu erkennen, wo sich die Klauen des Monsters in sein Fleisch gegraben hatten.

„Mach dir keine Sorgen." Er lächelte aufmunternd. „Ich bin unsterblich, schon vergessen? Die Wahrscheinlichkeit, mir eine Erkältung einzufangen ist verschwindend gering, weißt du?" Er zwinkerte spöttisch.

„Ihr werdet nicht krank?" Lilly war verblüfft.

„Wir werden nicht krank und nicht alt."

„Wow ..." Lilly dachte einen Moment lang darüber nach. „Wie alt bist du?", fragte sie unvermittelt.

„Wie?" Er sah plötzlich verwirrt aus, obwohl die Frage doch eigentlich ganz einfach und verhältnismäßig naheliegend gewesen war. Wie um seine Gedanken zu ordnen, schüttelte er den Kopf. „Wir haben kein Gefühl für das Verstreichen der Zeit", erklärte er ihr. „Zeit hat eine völlig andere Bedeutung für uns als für euch. Wir messen sie nicht, wir zählen sie nicht. Ich kann ..." Sein Lächeln wurde mit einem Mal verlegen. „Ich kann dir die Frage also beim besten Willen nicht beantworten."

Lilly starrte ihn aus großen Augen an. „Kommst du deshalb ständig zu spät?"

Alahrians Verlegenheit war beinahe greifbar. „Es ist besser geworden, seit ich Uhren und Wecker angeschafft habe. Eine sehr nützliche Erfindung."

„Hmmm." Dazu fiel Lilly nichts mehr ein. Eine Weile liefen sie wieder schweigend durch den Wald, und Lilly, die sehr wohl ein Gefühl für Zeit hatte, kam es vor, als raste der Weg nur so unter ihnen hinweg. Viel zu kurz dauerte es, viel zu schnell waren sie an der Straße, viel zu rasch tauchten die Umrisse ihres Hauses vor ihnen auf.

Etwas in ihrer Brust krampfte sich zusammen. Es würde Ärger geben gewiss, doch das war es nicht, was sie schreckte. Alahrian sollte nicht gehen. Sie wollte ihn nicht verlassen müssen.

Wie um den unausweichlichen Moment noch ein klein wenig hinauszuzögern, blieb sie unter einer Tanne stehen, dicht am Waldrand. Sie wagte kaum, ihm in die Augen zu sehen, also beobachtete sie mit gesenkten Lidern, wie er sich das Haar aus der Stirn strich. Es leuchtete jetzt nicht mehr, und auch auf seiner Haut war kein Schimmer von Licht mehr zu erkennen. Er sah jetzt wieder aus wie früher, wenn sie ihn in der Schule getroffen hatte, sein wahres Ich unter einer Maske verborgen. Der Anblick schmerzte sie seltsam, denn er hatte etwas erschreckend Endgültiges an sich. Es war, als müsse sie seine Welt hinter sich lassen, wenn sie nur aus dem Wald hinaustrat, als läge eine unsichtbare Grenze vor ihr, die die Welt der Märchen, der Wunder, von der kalten Realität unüberwindlich trennte. Würde sie je zurückkehren können, wenn sie diese Grenze jetzt überschritt?

Mit einem Mal spürte sie Tränen in ihrer Kehle.

„Was hast du?“, fragte Alahrian leise. „Fürchtest du dich, weil deine Eltern wütend sein werden auf dich?“

Lilly schüttelte den Kopf und konnte kaum sprechen, weil die Tränen überzuquellen drohten. Einen Herzschlag lang sah sie ihn schweigend an, dann brachte sie mühsam hervor: „Werden wir uns wieder sehen?“

„Aber gewiss!“ Seine blassen Züge wirkten bestürzt. „Oder nicht ...? Ich meine, willst du nicht ...?“ Er sah angstvoll aus.

„Doch, natürlich ...“ Jetzt stürzten die Tränen ihr in die Augen. „Es ist nur ... Diese Nacht, als ich dachte, du würdest verbluten, die war die schlimmste meines Lebens, und heute Morgen ... das ... das war der schönste meines Lebens, und ich ... ich will einfach nicht, dass es vorbei ist!“

Jetzt schluchzte sie wie ein Kind, mit einem Schritt war er bei ihr und schloss sie in die Arme. „Aber Lillian“, flüsterte er sanft, und sein Gesicht war ganz nah an dem ihren, sie konnte seinen Atem auf der Haut spüren. „Es ist nicht vorbei ... Das hier ist nicht das Ende. Es ist erst der Anfang! Wenn du es willst ...“ Er wich eine Winzigkeit zurück, ohne sie loszulassen, nur um ihr in die Augen sehen zu können.

„Aber das ist es ja!“ Lilly wischte sich die Tränen aus den Lidern und versuchte, seinem Blick standzuhalten. „Ich ... ich möchte so gerne mit dir zusammen sein. Aber nun, da ich weiß, was du bist ... Nun, da ich dieses leuchtende, schimmernde Wesen gesehen habe, das du bist ...“ Verwirrt schüttelte sie den Kopf. „Es ist, als könntest du dich jeden Moment in Rauch auflösen! Du bist ein Fabelwesen ... du ... du bist nicht real ...“ Sie klammerte sich an ihm fest, als könne sie ihn damit halten.

Er starrte sie an – und zu ihrer Überraschung begann er, leise zu lachen, mild und glockenhell. „Aber Lilly ...“ Sanft schüttelte er den Kopf. „Dieses Fabelwesen, das du heute Morgen gesehen hast, das war ich schon immer. Und in gewisser Weise ist es realer als das, was montags bis freitags beständig unpünktlich zur Schule erscheint." Er lächelte schief. „Lilly, ich bin noch immer die selbe Person. Ich habe nur keine Geheimnisse mehr vor dir." Behutsam strich er ihr das Haar aus der Stirn. „Und ich habe dir die Wahrheit nicht gesagt, weil ich so gerne Geschichten erzähle", sagte er ernst. „Ich habe dir gesagt, wer ich bin, damit nichts mehr zwischen uns steht. Weil das, was ich für dich empfinde, keine ... keine Geheimnisse duldet ..." Seine Worte stockten, ein Hauch von Verunsicherung schlich sich in seine weiche Stimme. „Ich weiß nicht, ob du akzeptieren kannst, was ich bin, aber ich, ich wünsche mir so sehr, dass ..."

Die Worte erstarben. Er traute sich nicht auszusprechen, was er dachte, doch es stand in seinen Augen, seinen leuchtenden, strahlenden, hoffnungsvollen Augen.

Lilly warf sich in seine Arme, vergrub das Gesicht in seiner Schulter und hielt ihn fest, lange, lange Zeit. „Wann werden wir uns wieder sehen?", fragte sie endlich, denn dass sie sich wieder sehen würden, wieder sehen mussten, das schien plötzlich Gewissheit. Es lag in allem, was er nicht aussprach, in allem, wofür sie keine Worte fand.

„Sobald wie möglich." Er lächelte, hell wie ein Sonnenaufgang.

Lilly seufzte leise. „Bestimmt bekomme ich Hausarrest." Plötzlich fiel ihr etwas ein. „Gestern vor der Kapelle", begann sie unruhig, „da hast du mir gesagt, ich solle weglaufen und ... und es war unmöglich, dir nicht zu gehorchen. Wie hast du das gemacht?" Fragend runzelte sie die Stirn.

Merkwürdig schuldbewusst senkte er den Blick. „Ich bin in der Lage, anderen meinen Willen aufzuzwängen, wenn es unbedingt sein muss", erklärte er ihr mit zerknirschter Miene. „Es funktioniert nicht immer und nicht immer dauerhaft, aber ..." Er biss sich auf die Lippen, voll des schlechten Gewissens. „Hör zu, Lilly, ich wollte dich nicht manipulieren, aber ... Ich musste dich unbedingt in Sicherheit bringen und ich konnte an deinen Augen sehen, du wärest niemals freiwillig gegangen, und da, da ..."

„Schon gut." Hastig winkte sie ab, bevor er sich noch mehr quälen konnte. Sie war ihm nicht böse, weil er in ihrem Kopf herumgestochert hatte, nein, komischerweise fand sie die Vorstellung noch nicht einmal gruselig, dafür vertraute sie ihm zu sehr. Es war etwas ganz anderes, was sie im Sinn hatte.

„Könntest du das selbe nicht auch bei meinem Vater probieren?", fragte sie geradeheraus. „Damit er nicht zu sauer ist?"

„Oh!" Alahrian wirkte betroffen. „Na ja, ich könnte schon, allerdings ..." Er zögerte unbehaglich. „Es ist nichts, was ich besonders gern tue, weißt du? Es ist ... unfair und ... und ein bisschen ... unehrenhaft, findest du nicht?"

Lilly lächelte über das altmodische Wort. Er überging das. „Er ist dein Vater und, ehrlich gesagt, eine solche Trickserei, das wäre ein schlechter Start, oder?" Fast wirkte er ein wenig verzweifelt.

„Okay." Lilly nickte ohne Enttäuschung. Einen Versuch war es wert gewesen, nicht wahr? „Dann müssen wir es eben auf die un-magische Methode klären." Sie zwinkerte ihm zu, um sich selbst Mut zu machen.

Alahrian schloss sie noch einmal fest in die Arme, dann meinte er: „Soll ich vielleicht mitkommen?"

Lilly überlegte kurz. „Nein, ich fürchte, das muss ich allein regeln." Tief sah sie ihm in die Augen. „Dieser ganze Ärger, das alles ist mir egal, solange ich weiß, dass ich dich nur wieder sehen werde."

Er lächelte, seine Augen waren weiter als der Himmel, tiefer als der Ozean. „Versprochen", flüsterte er.

„Danke." Sie gönnte sich noch einen letzten Blick, dann riss sie sich los und zwang sich, den Wald zu verlassen und nach Hause zu gehen, zurück in ihre Welt.

Ein erster Tropfen von Erleichterung sickerte in ihr nun doch wieder banges Herz, als sie den Blick über den Hof schweifen ließ. Das Auto ihres Vaters stand nicht in der Auffahrt, die Garage war offen und leer. Er war also noch im Krankenhaus. Lenas Auto jedoch parkte am Straßenrand. Sie war zu Hause. Ob sie ihn bereits informiert hatte? Ob sie ihren Vater angerufen hatte?

Lilly biss sich auf die Lippen, während sie mit unsicherer Hand den Schlüssel aus der Tasche kramte und ihn ins Schloss steckte. Sie hatte die Tür kaum geöffnet, als Lena ihr auch schon entgegensprang.

„Lilly! Mein Gott, wo um alles in der Welt bist du gewesen?!" Sie sah zerzaust aus und blass. Sie hatte sich Sorgen gemacht.

Lilly rammte, von schlechtem Gewissen geplagt, den Blick in den Boden. Dies hier wäre der perfekte Zeitpunkt für eine Ausrede gewesen, aber sie hatte sich keine zurechtgelegt, und jetzt, im entscheidenden Moment, schwirrte ihr nur der Kopf. Fieberhaft überlegte sie, wie lange Lena wohl schon zu Hause sein mochte. Sie hätte ja behaupten können, abends pünktlich zurückgekehrt zu sein, um nur ganz früh wieder das Haus zu verlassen. Dass sie bloß Brötchen geholt hatte oder dergleichen.

Aber das war natürlich Unsinn. Sie trug noch das selbe Kleid wie am Vorabend, die selben Schuhe, die Alahrian ihr geschenkt hatte. Und darüber seine Jacke. Es war allzu offensichtlich, selbst wenn Lena und ihr Vater die Nacht im Krankenhaus verbracht hatten, sie hätten schon blind und blöd zugleich sein müssen, um nicht zu merken, dass Lilly die ganze Zeit über weg gewesen war.

Und sie waren keines von beidem. Alle Ausreden waren zwecklos.

„Tut mir leid", murmelte Lilly betreten. „Es ist ein bisschen später geworden."

„Ein bisschen später?!" Lenas Stimme schraubte sich einige Tonlagen weit in die Höhe. „Es ist halb acht Uhr morgens!" Schwungvoll knallte sie die Haustür zu und zerrte Lilly in die Küche, wie aus Angst, die Nachbarn könnten irgendeinen peinlichen Familienskandal mitbekommen.

Die Geste machte Lilly wütend. Wen kümmerte schon, was die Leute dachten! Sie hatte nichts Schlimmes getan, verdammt! Sie hatte ... Ja, was eigentlich? Sich Sorgen gemacht um einen Freund, der vor ihren Augen verblutet war, nur um ihr dann mitzuteilen, dass er nicht sterben konnte? Nun, das konnte sie Lena ja wohl schwerlich erzählen.

„Lilly, ich weiß, ich bin nicht deine Mutter, aber kannst du dir eigentlich vorstellen, was ich mir gedacht habe, als du heute früh immer noch nicht zu Hause warst?", fragte Lena hitzig. „Ich hätte fast die Polizei gerufen! Kein Zettel, keine Nachricht, kein Anruf! Du kannst von Glück sagen, dass dein Vater noch eine schwierige OP hatte und nicht zu erreichen war!"

„Er weiß es also noch nicht?" Lilly platzte voller wilder Hoffnung dazwischen. „Lena, bitte, sag es ihm nicht! Er wird total ausrasten und ..."

„Ich soll also deinetwegen lügen?" Wieder ein paar schrille Tonlagen höher. „Tut mir leid, aber das kannst du nicht verlangen!"

„Was kann wer nicht verlangen?", erkundigte sich eine übernächtigte und nicht eben gut gelaunte Stimme.

Lilly drehte sich blitzschnell herum, als ihr Vater die Küche betrat. Zu spät! Der Gedanke raste wie ein Fallbeil durch ihren Kopf. Vielleicht, wenn sie mehr Zeit für Betteln, Ausflüchte und Reuebekundungen gehabt hätte, dann hätte sie Lena noch überzeugen können, aber so?

Hilfesuchend blickte sie ihre Stiefmutter an, die jedoch zuckte bloß mit den Schultern und sagte leise: „Das musst du ihm schon selbst erzählen."

„Also schön ..." In einer trotzigen Teenagergeste, die rein gar nichts mit echtem Selbstbewusstsein zu tun hatte, reckte sie das Kinn und funkelte ihren Vater angriffslustig an. „Ich war gestern mit Alahrian aus, wie du ja weißt, und danach war ich dann noch ein bisschen bei ihm, wir haben geredet, ich bin auf seiner Couch eingeschlafen, erst heute Morgen wieder aufgewacht und gerade eben nach Hause gekommen."

Sie war selbst ein wenig verblüfft, wie leicht ihr diese Worte über die Lippen kamen. Das alles war natürlich längst nicht die ganze Wahrheit, aber direkt gelogen war es nun eigentlich auch nicht. Und es klang ja wohl auch nicht schlimm, oder? Eine ganz harmlose Geschichte, kein Grund, sich aufzuregen ...

Ihr Vater schien das anders zu sehen, denn seine Gesichtsfarbe wechselte schlagartig auf krebsrot und er sah aus, als würde er kaum mehr Luft bekommen. „Du warst die ganze Nacht mit diesem Typen unterwegs?", vergewisserte er sich gepresst.

Unterwegs ... Das klang, als hätten sie eine Kneipe nach der anderen unsicher gemacht, Alkohol getrunken und Drogen genommen, und es war genau dieses Bild, das sich hinter der Stirn ihres Vaters bewegte, Lilly konnte es so deutlich sehen, als wäre sie in der Lage, seine Gedanken zu lesen. „Nein, Papa", erklärte sie beschwichtigend. „Wir waren nur bei ihm zu Hause."

Das war ein Fehler. Ihr Vater war jetzt nicht mehr rot, sondern urplötzlich kreidebleich im Gesicht. „Bei ihm ... zu Hause ...?“, wiederholte er ächzend. „Du – hast – eine – ganze – Nacht – mit – diesem – wildfremden – Kerl – verbracht?“ Die Worte kamen abgehackt wie Pistolenschüsse.

„Nur auf seinem Sofa“, korrigierte Lilly kleinlaut. Daneben, um genau zu sein. Auf dem Sofa hatte er gelegen, blutend, zu Tode verwundet, die Augen geschlossen.

„Und er? Wo hat er geschlafen?“, brüllte ihr Vater prompt.

Lilly wurde rot, noch ehe sie antworten konnte. „Auf dem ... anderen Sofa?“, schlug sie vor.

„Hat er kein Bett, dein Alahrian?“

Lilly kaute auf ihrer Unterlippe herum. Natürlich hatte er ein Bett. Aber bis dorthin war er gar nicht mehr gekommen, er war schlaff und ohne Bewusstsein in den Armen seines Bruders gelegen, zerfetzt von einem Monster, wie es aus den tiefsten Tiefen der Hölle empor gekrochen schien ... Lilly spürte, wie sich die Erinnerungssplitter in ihrem Kopf zu drehen anfingen. Ihr war ganz schwindelig davon.

Ihr Vater begann, wütend in der Küche auf und ab zu laufen. „Wenn er dich angefasst hat, dann bringe ich ihn um!“, knurrte er unbeherrscht.

Lilly unterdrückte ein hysterisches Kichern. Nun, zumindest das würde wohl sehr schwierig werden ... Sie antwortete nicht. Sie stand kurz davor, endgültig zusammen zu brechen, es war einfach zu viel gewesen letzte Nacht, sie war übermüdet, überfordert, erschöpft, und sie wusste es. Kein einziger klarer Gedanke wollte mehr über ihren Kopf kommen. Jetzt bereute sie es, Alahrian weggeschickt zu haben. Es wäre so schön gewesen, ihn in diesem Moment bei sich zu haben.

An ihn zu denken brachte ihr die Worte ihres Vaters zu Bewusstsein und sie sagte müde: „Er hat mich nicht angefasst, Papa. Wir haben nur geredet.“

Das schien ihren Vater um eine Winzigkeit zu beruhigen, allerdings nicht sehr. Zumindest glaubte er ihr.

„Okay“, meinte er nüchtern, und seine Brauen waren finster zusammen geschoben. Das Donnerwetter war noch nicht vorbei, nein, das Schlimmste kam erst noch.

„Du wirst in den nächsten drei Wochen den Flügel nicht anrühren“, sagte er hart.

„Was?“ Lilly starrte ihn an, wie vor den Kopf geschlagen. Das sollte ihre Bestrafung sein? Klavierverbot? „Was ... was hat denn das Klavierspielen damit zu tun?“, stotterte sie fassungslos. „Das ... das kannst du doch nicht machen!“

Die Worte jedoch prallten an ihrem Vater ab wie Gummibälle an einer glatten Hauswand. „Und diesen Alahrian, den triffst du nie wieder“, erklärte er unerbittlich.

Nun spürte Lilly, wie ihre eigene Miene zu Eis erstarrte. „Das wird nicht leicht möglich sein, nicht wahr?“, entgegnete sie mit einer Kälte, von der sie nicht geglaubt hätte, sie empfinden zu können. „Wir leben in einem winzigen Kaff, in das ich deinetwegen gezogen bin, schon vergessen? Und wir gehen in die selbe Schule. Oder soll ich die etwa auch aufgeben? Wie das Klavierspielen?“ Böse funkelte sie ihren Vater an. „Ist es das, was du willst?“

Bleich vor Zorn starrte ihr Vater zurück, seine Augen funkelten, und einen kurzen Moment lang fürchtete Lilly bereits, zu weit gegangen zu sein. Doch sie konnte die Worte nicht mehr zurück holen, wollte es auch nicht. Die Musik zu verlieren war schlimm, noch vor wenigen Stunden wäre es das schlimmste gewesen, was sie sich hätte vorstellen können. Jetzt nicht mehr.

Plötzlich seufzte ihr Vater, ließ sich an den Küchentisch sinken und sah mit einem Mal nicht mehr zornig, sondern nur noch müde aus. „Hast du eine ungefähre Ahnung, welche Sorgen ich mir gemacht habe?“, fragte er matt.

Jetzt schossen Lilly die Tränen in die Augen, doch sie drängte sie mit aller Macht zurück. Heute Nacht war sie in eine Welt voller leuchtender Mysterien eingedrungen, und ihr war, als müsse sie diese Welt nun verteidigen – und zwar mit jedem Funken Kraft, den sie aufbringen konnte.

„Du hast dir gar keine Sorgen gemacht“, entgegnete sie bitter. „Wenn Lena nicht gewesen wäre, dann hättest du überhaupt gar nicht gemerkt, dass ich überhaupt weg war!“

Und damit drehte sie sich um und rannte in ihr Zimmer hinauf, ohne ihren Vater oder auch ihre Stiefmutter noch eines einzigen Blickes zu würdigen. Zwei Türen knallten durch das ganze Haus, die letzte verschloss sie hinter sich.

Lilly schaffte es gerade noch zwei Schritte weit in ihr Zimmer, dann brach sie auf dem Teppich zusammen und begann, haltlos zu schluchzen. Es war zu viel gewesen, einfach zu viel. Das Monster im Wald, die durchwachte Nacht, die Wirklichkeit, die plötzlich aus den Fugen geraten war ...

Alahrian ...

Wie konnte ihr Vater ihr verbieten, ihn zu sehen? Wie konnte er ihr die Sonne nehmen, die sie doch gerade erst erblickt hatte? Es schien, als wäre sie ihr Leben lang blind gewesen und könnte erst jetzt zum ersten Mal das berauschende Spiel von Licht und Farbe am Horizont erkennen. Wie konnte man ihr da die Augen zuhalten?

Lilly hatte plötzlich das unüberwindliche Bedürfnis, mit jemandem über das zu reden, was sie erlebt hatte. Natürlich würde sie niemals Alahrians Geheimnis verraten, aber von dem Konzert, dem Beinahe-Kuss im Wald, dem Streit mit ihrem Vater, davon würde sie ja wohl erzählen dürfen, oder? Hastig sprang sie auf und griff nach dem Telefon neben dem Bett, um die Nummer ihrer Mutter zu wählen.

Ihre Mutter anzurufen war vielleicht nicht die beste Idee, doch es war jener Reflex aller Scheidungskinder, der sie dazu trieb. Sie hatte Ärger mit ihrem Vater, also musste sie sich bei ihrer Mutter ausheulen – oder umgekehrt. Sie musste sich vergewissern, auch noch einen Elternteil zu haben, der auf ihrer Seite stand.

Das Telefon tutete zweimal, dann ging die Mailbox ran. In einer Mischung aus Wut und Enttäuschung legte Lilly auf und warf das Telefon aufs Bett. Seufzend setzte sie sich auf den Teppich, das Gesicht in den Händen verborgen. Wäre sie doch einfach gar nicht zurück gekommen. Hätte sie doch in Alahrians Welt bleiben können ...

Wieder stiegen Tränen ihre Kehle empor. Da stupste sie plötzlich etwas Kaltes, Feuchtes in die Seite. Erschreckt sah Lilly auf – und blickte in Wilburs große, braune Hundeaugen. Der Dackel winselte leise, Lilly hatte ihn bisher gar nicht bemerkt. Er musste die ganze Zeit über in ihrem Zimmer gesessen haben.

„Du hast die ganze Zeit gewusst, dass er etwas Besonderes ist, nicht wahr?“, fragte sie leise und dachte daran, wie wild der Hund die ganze Zeit über auf Alahrian gewesen war. Unwillkürlich legte sie dem Dackel die Hand auf den Kopf und begann, ihn zwischen den Ohren zu kraulen. Wenigstens hatte sie einen Verbündeten.

Alahrian ... Nun, da sie allein war, stürzten die Bilder der vergangenen Nacht mit aller Macht auf sie ein – und über ihr zusammen. Das Blut, seine Augen, sein Leuchten ... Die schrecklichen Verletzungen, der Schmerz auf seinem Gesicht, der Engel im Schlafzimmer ...

Als er bewusstlos auf dem Sofa gelegen hatte, da hatte sie geglaubt, ihn für immer zu verlieren, und diese Angst hatte sich wie ein scharfkantiger Eissplitter tief in ihr Herz gebohrt. Während sie seine kalte Hand gehalten hatte, da war ihr zum ersten Mal bewusst geworden, wie viel er ihr bedeutete.

Jetzt, wo sie wusste, was er war, war dieses Gefühl noch immer dasselbe. Sie liebte ihn. Lilly hatte sich in einen Jungen verliebt, der unsterblich war und unglaublich und leuchtend und ... und kein Mensch.

Die Erkenntnis ließ neue Tränen in ihr bersten. Schluchzend, die Hand in Wilburs Fell vergraben, legte sie den Kopf auf die angezogenen Knie und weinte, bis sie vor Erschöpfung einschlief.

Alahrian fühlte, wie eine einzelne Träne sich aus seinem Augenwinkel löste und langsam über seine Wange rann, während er unter einem Baum stand, dicht am Waldrand, die Finger in die Rinde gekrallt, und jedes einzelne Wort mit anhörte, das dort in dem großen Haus jenseits des wohl gepflegten Gartens gesprochen wurde. Es wurde sehr laut gesprochen dort drin, selbst wenn seine Sinne nicht so empfindlich gewesen wären, hätte er das bemerkt. Man schrie sich an, in diesen Mauern, und dann war nichts mehr als Schweigen zu vernehmen.

Und Lillys Schluchzen, das ihm wie mit stählernen Rasierklingen durch die Brust schnitt.

Er hatte es nicht gewusst. Wie traurig sie war. Immer hatte er nur an seine eigene Einsamkeit gedacht, er hatte nicht gewusst, dass auch die Sterblichen einsam sein konnten. Dass sie einsam war.

Und nun hatte er sie aus ihrer vertrauten Welt herausgerissen und ihr ein Geheimnis auferlegt, das sie mit niemandem teilen konnte. Seinetwegen war sie noch mehr allein.

Alles in ihm schrie danach, mit einem einzigen Satz die lächerlich kurze Distanz zu überbrücken, die sie trennte, durch den Garten zu laufen, über den Balkon zu klettern, in ihr Zimmer, zu ihr ... Jeder einzelne Muskel zuckte vor Verlangen, einfach loszurennen, bei ihr zu sein, sie in die Arme zu schließen und zu trösten.

Aber das durfte er nicht. Sie hatte genug Ärger seinetwegen. Wenn ihn jetzt noch irgendjemand bemerkte, dann machte er alles nur noch schlimmer. Langsam, mit schweren Schritten, als hielten ihn unsichtbare, dehnbare Fäden zurück, stieß er sich von dem Baumstamm ab, drehte sich unendlich mühsam herum und trottete tiefer in den Wald hinein. Sie zurückzulassen, war fast mehr, als er ertragen konnte, es schmerzte ihn tiefer als jede einzelne Wunde, die der Fenririm ihm beigebracht hatte.

Doch eines begriff er, während er gesenkten Hauptes zwischen den Bäumen hindurchlief, durch einen Regenschauer, den er aller Wahrscheinlichkeit nach selbst verursacht hatte: Er hatte sich geirrt. Diese Erkenntnis bahnte sich sanft und warm ihren Weg durch sein in Verwirrung gestürztes Bewusstsein. Er hatte sich geirrt. Sie war nicht allein, seinetwegen. Er würde immer bei ihr sein, egal wie weit weg er auch sein mochte. Seine Gedanken gehörten jetzt ganz ihr, sein Herz, seine Seele, sein ganzes Wesen. Er hatte ihr sein Geheimnis anvertraut und lag nun mit allem, was er war, in ihren Händen. Und auf eine seltsame Art und Weise fühlte er sich sicher dort. Zum ersten Mal hatte er einen Ort gefunden, an dem er sich wirklich sicher fühlte.

Niemals mehr würde er sie allein lassen. Er würde immer für sie da sein, wenn sie ihn brauchte, immer – und ewig.

Und deshalb, überlegte er mit neuem Tatendrang, während die Wolken über ihm sich erstaunlich schnell verzogen, musste er sich jetzt ganz schnell etwas einfallen lassen.

Die Stimmung zu Hause blieb den ganzen Sonntag über äußerst frostig. Lilly schlief bis Mittag und sie erwachte mit steifen Gliedern und schmerzendem Nacken. Ein heißes Bad wäre jetzt gewiss sehr wohltuend gewesen, aber sie traute sich kaum aus ihrem Zimmer, als wäre sie plötzlich eine Gefangene. Es war lächerlich, doch dieses Zimmer schien ihre einzige Bastion gegen eine feindliche Umwelt in diesem Haus. Endlich, nach albernen Minuten, die sie reglos die Tür angestarrt hatte wie ein Soldat am Tor einer belagerten Stadt, hielt sie es nicht mehr aus, öffnete die Tür und spähte angestrengt lauschend nach draußen. Nichts rührte sich auf dem

Korridor, von unten war leise der Fernseher zu hören, dazwischen gedämpfte Stimmen. Lena und ihr Vater waren also im Wohnzimmer. Der erste Stock war sichere Zone. Hastig schlüpfte Lilly aus ihrem Zimmer und ins Bad hinein, nahm eine ausgiebige Dusche und trippelte im flauschigen Flanellmantel wieder in ihr Zimmer zurück. Fast atemlos sperrte sie die Tür hinter sich ab. Niemand hatte sie bemerkt. Gut so. Das letzte, was sie jetzt gebrauchen konnte, war eine neuerliche Konfrontation mit Lena oder ihrem Vater. Solange sie sich nicht rührte, würde der Streit gewiss nicht noch einmal eskalieren. Allerdings würde sie das irgendwann müssen, wohl oder übel. Sie hatte nicht vor, die harten Verbote ihres Vaters einzuhalten.

Als sie sich anzog, begann Wilbur, der immer noch keinen Schritt von ihrer Seite wich, plötzlich leise zu knurren, dann zu winseln. Überrascht drehte sie sich um. Der Hund lag auf dem Teppich und starrte mit großen Augen das Fenster an, sein Schwanz zuckte unruhig, als könne er sich nicht entscheiden, ob er sich freuen sollte oder nicht.

Stirnrunzelnd blickte Lilly ebenfalls hinaus – und fuhr erstaunt zusammen. Draußen auf dem Fensterbrett saß eine Taube. Keines von diesen hässlichen, grauen Tieren, welche die Großstädte verunreinigten, sondern eine perlweiße Taube mit prachtvollem Gefieder und klugen, dunklen Augen. Sie trug eine cremefarbene Lilie im Schnabel.

Nach all den Merkwürdigkeiten, die sie in den letzten vierundzwanzig Stunden erlebt hatte, hätte Lilly das eigentlich nicht außer Fassung bringen dürfen, trotzdem blieb sie eine halbe Minute lang verblüfft stehen, ehe sie endlich auf die Idee kam, das Fenster zu öffnen und die Taube hereinzulassen. Der Vogel rührte sich nicht, er ließ nur die Lilie in ihre Hand fallen und flog dann mit weit ausgebreiteten Schwingen wieder davon.

Lilly schloss das Fenster und betrachtete voller Verwunderung die schöne, weiße Blüte. In ihrem Zentrum steckte ein winziges, zusammengerolltes Blatt Papier. Und jetzt endlich begriff sie: Die Taube war eine Brieftaube gewesen.

Hastig entfaltete sie die Nachricht:

Lilly,

stand dort geschrieben, in einer schon vertrauten Schnörkelschrift,

es tut mit so leid, welchen Ärger du meinetwegen hast. Sei nicht traurig, bitte. Ich werde versuchen, das wieder gut zu machen. All meine Gedanken sind bei dir – für immer. A.

Ein Lächeln huschte über Lillys Gesicht. Von Telefon oder Internet hatte er wohl noch nie etwas gehört, wie? Unwillkürlich fragte sie sich, wie denn die merkwürdige SMS, die sie am Tanz in den Mai so gekränkt hatte, zustande gekommen war und plötzlich glaubte sie ihm auch, dass er sie nicht selbst verfasst hatte. Lilien und Brieftauben, das war um so vieles mehr sein Stil ...

Hastig griff sie sich ihren Füller vom Schreibtisch, drehte das Blatt um und schrieb darauf: *Mach dir keine Sorgen. Der Morgen mit dir war mehr als ein bisschen Ärger wert. Ich vermisse dich. L.*

Mit fliegenden Fingern rollte sie das Papier zusammen, steckte es wieder in die Blüte und öffnete rasch das Fenster. Sie hatte kaum damit gerechnet, doch die Taube war noch da, ungeduldig stolzierte sie auf dem Balkongeländer auf und ab. Als Lilly die Hand nach ihr ausstreckte, kam sie gehorsam angeflogen, schnappte sich die Blüte und flog mit der Nachricht im Schnabel davon.

Wahnsinn! Lilly starrte noch fassungslos in den Himmel, als die Taube längst nicht mehr zu sehen war. Ob Alahrian auch Tiere mit seinen Gedanken kontrollieren konnte? Oder hatte er den Vogel nur äußerst geschickt dressiert? Er hatte ja schon im Zoo zugegeben, gut mit Tieren umgehen zu können. Nun, da sie wusste, was er war, kam ihr das alles sehr weit weg vor. Eine Welt weit weg. Seufzend schloss sie wieder das Fenster, warf sich aufs Bett und schaute zur Zimmerdecke hinauf, während ihr tausend Fragen durch den Kopf strömten. Es gab so vieles, was sie noch nicht wusste. So vieles, was sie ihn fragen wollte. Elfen, Feen ... liosalfar ... Nachdenklich berührte sie die Kette um ihren Hals, den Talisman, den sie fast jeden Tag trug. Ohne hinzusehen hatte sie das winzige, geflügelte Wesen vor Augen, das auf der Vorderseite des Schmuckstücks zu erkennen war. Das waren die Feen der Kindermärchen. Alahrian aber war ... Er schien nichts zu tun zu haben mit diesen Mythen und Legenden. Oder vielleicht doch?

Sie brannte darauf, mehr über ihn zu erfahren, ihr Herz pochte vor Aufregung bei dem Gedanken daran, und ihre Wangen glühten, sobald nur sein Name durch ihr Gehirn zuckte. Seine Stimme, seine Augen, sein leuchtendes Haar ... Die Berührung seiner Hand in der ihren, erst eisigkalt, dann weich und warm. Er war ihr so verletzlich erschienen in der Nacht, und am Morgen ... so wunderbar. Es war schwer, das schimmernde, engelsgleiche Wesen unter der glitzernden Glaskuppel in Verbindung zu bringen mit dem Jungen, in den sie sich schon in der Schule verliebt hatte. Und doch war es, wie er gesagt hatte: Er war noch die selbe Person, nicht der selbe Mensch, aber doch ... menschlich.

Wie verwirrend das doch alles war!

Lilly wurde aus ihren Träumereien geschreckt, als es unvermittelt an der Tür klopfte. Unwillig richtete sie sich auf, auf einen neuerlichen Streit mit ihrem Vater gefasst, doch es war nur Lena, die sie fragte, ob sie nicht zum Essen runter kommen wollte.

„Ich hab keinen Hunger!“, murmelte Lilly unwirsch und ließ sich wieder aufs Bett fallen.

„Aber Lilly ... Willst du nicht noch einmal mit deinem Vater reden?“

Jetzt kniff Lilly misstrauisch die Augen zusammen. War Lena ein Friedensbote? Oder nur jemand, der es nicht ertragen konnte, wenn der Haussegen schief hing?

Kein Klavierspiel, keine Treffen mit Alahrian. Die Ungerechtigkeit dieser über die Maßen harten Strafe ließ noch immer Wellen von Zorn in Lillys Innerem aufbrausen. „Nein!“, gab sie unterkühlt zurück und hörte zu, wie Lena seufzend von der Tür verschwand.

Und wenn sie ewig in ihrem Zimmer schmollen musste, Lilly würde nicht so schnell aufgeben. Irgendwann musste ihr Vater ja wohl zur Vernunft kommen, nicht wahr? Dann würde er gewiss einsehen, dass sein lächerliches Verbot keinen Sinn machte. Spätestens morgen früh in der Schule würde sie Alahrian ja dann doch sehen. Und so lange war es ja gar nicht mehr bis dorthin ... Ein paar winzige Stunden nur. Versonnen beobachtete Lilly die Zeiger des altmodischen Weckers, der neben ihrem Bett auf dem Nachttisch stand. Nur noch ein paar Stunden. Ein paar Stunden ...

Die paar Stunden zogen sich lange hin, zweimal noch kam Lena nach oben, ihr Vater ließ sich nicht blicken. Sturheit war wohl eine Eigenschaft, die Lilly von ihm geerbt hatte, auch wenn sie das im Augenblick lieber nicht zugeben wollte. Endlich wurde es Abend, Lilly schlich sich einmal unbemerkt in die Küche, um etwas zu Essen aus dem Kühlschrank zu stibitzen, ansonsten verließ sie ihr Zimmer nur noch, um ins Bad zu huschen. Auf diese Art und Weise verstrich der Tag in frostiger Stimmung, und Lilly war froh, als es endlich spät genug war, um ins Bett zu gehen. Sie hatte ohnehin ein bisschen Schlaf nachzuholen. Und obwohl sie aufgewühlt und völlig durcheinander war, dämmerte sie schnell ein und im Traum sah sie Tauben und Lilienblüten und saphirfarbene Augen, hinter denen sich glitzerndes Sonnenlicht sammelte.

Am Montagmorgen war Alahrian schon sehr früh auf den Beinen und machte sich mit gemischten Gefühlen, irgendwo zwischen Euphorie und leise aufkeimender Angst, auf den Weg zum Krankenhaus, wo Lillys Vater arbeitete. Er wollte unbedingt noch einmal mit dem Mann reden. Nichts von alldem, was ihren Vater so erzürnt hatte, war Lillys Schuld gewesen. Sie durfte nicht bestraft werden. Alahrian musste den Vater irgendwie davon überzeugen, die Strafe aufzuheben, musste es einfach. Alahrian konnte sehr überzeugend sein, wenn er wollte. Aber nicht immer. Und nicht immer für lange.

Unsicher biss er sich auf die Lippen, während er sich durch die Glastür der Klinik schob und dabei sorgfältig darauf achtete, die Türgriffe aus Edelstahl nicht zu berühren. Es musste doch einen Weg geben! Nur welchen? Die ganze Nacht über hatte er sich den Kopf zerbrochen, doch er wusste noch immer nicht, was er sagen sollte.

Sein Herz begann, unruhig zu pochen, als er die Eingangshalle des Krankenhauses betrat. Ein seltsam vertrauter Geruch von Desinfektionsmittel umwehte ihn, gemischt mit dem beißenden Gestank von Stahl, aus dem hier so viele Dinge bestanden. Im letzten Jahr hatte er hier in der Klinik ein Praktikum gemacht, merkwürdiger Teil seiner menschlichen Tarnung. Seine Klassenkameraden beschäftigten sich bereits mit der Frage, was sie nach der Schule anstellen sollten, also hatte Alahrian so getan, als wäre ihm das auch wichtig.

Die sechs Wochen im Krankenhaus waren ein Risiko gewesen, aber auch eine bewegende Erfahrung. Liosalfar hatten Heilkräfte, von denen die Sterblichen noch nicht einmal zu träumen wagten. Er hatte sie nicht mehr eingesetzt, seit ... Unwillkürlich zuckten flammende Bilder in ihm empor, noch ehe er den Gedanken zu Ende denken konnte. Nicht mehr, seit er die Tochter des Bürgermeisters geheilt hatte.

Mit aller Macht drängte er die Schatten der Vergangenheit zurück und wandte sich ruckartig dem Empfang zu. Er hatte Glück. Der Pförtner kannte ihn noch, ungehindert durfte er passieren und er fand die kardiologische Abteilung auch auf Anhieb. Und auch das Büro mit dem Namensschildchen von Lillys Vater daran.

Sein Herz klopfte noch ein bisschen schneller, absurd schnell, wenn man bedachte, wo er sich befand. Hätte irgendjemand hier drinnen seinen Puls gefühlt, dann hätten sie ihn gleich da behalten. Ihn schauderte und er schluckte hart, um das hysterische Kichern, das aus ihm empor sprudeln wollte, einzudämmen. Stattdessen riss er sich zusammen, klopfte an die Tür und trat nach einem gemurmelten „Ja bitte!“ beherzt ein.

Im weißen Arztkittel sah Lillys Vater einschüchternder aus als bei ihrer letzten Begegnung, und Alahrian musste tief durchatmen, ehe er auch nur ein Wort hervorbrachte.

„Guten Morgen“, sagte er dann. „Entschuldigen Sie bitte die Störung, aber ich ... ich bin gekommen, um Sie um Verzeihung zu bitten. Weil ich Lilly am Samstag Abend nicht nach Hause gebracht habe. Ich weiß, das war ein Fehler, doch es geschah gewiss nicht in böser Absicht, und ich versichere Ihnen, in dieser Nacht ist nichts geschehen, was ... nichts, das ...“ An dieser Stelle wurde er rot und begann, sich endgültig zu verhaspeln. Na wunderbar! Vielleicht hätte er diese Rede sicherheitshalber einmal vor dem Spiegel proben sollen ...

Die Brauen des Arztes vor ihm rutschten ein Stück weit nach oben, in seiner Miene rührte sich nichts. „War’s das?“, erkundigte er sich kühl. „Ich habe hier nämlich zu arbeiten, weißt du?“

Alahrians Blick glitt über den dampfenden Kaffeebecher und das angebissene Hörnchen auf dem Schreibtisch, noch ehe er es verhindern konnte. „Bitte“, sagte er ernst. „Ich möchte nur einen Moment mit Ihnen sprechen, es wird nicht lange dauern.“

Lillys Vater antwortete nicht, sein Gesichtsausdruck jedoch verfinsterte sich.

„Bitte“, wiederholte Alahrian, fing den Blick des anderen auf und legte etwas Nachdruck in seine Stimme. „Ich habe eine kleine Chance verdient.“ Noch etwas mehr Nachdruck. Sein Blick bohrte sich in den des anderen. Alahrian hasste sich selbst für das, was er da tat, aber er hatte keine andere Wahl. Wie sollte er diesen Streit schlichten, wenn man ihm noch nicht einmal eine Möglichkeit dazu gab?

„Also schön“, lenkte Lillys Vater prompt ein. „Setz dich.“

Alahrian atmete auf. Das war schnell gegangen! Wenn es so einfach war, dann schwankten die Sterblichen in ihren Entscheidungen ohnehin schon. Dann schubste er sie mit seiner Magie nur noch ein bisschen tiefer in die Richtung, die sie auch von selbst eingeschlagen hätten.

Sein schlechtes Gewissen beruhigte sich ein wenig.

„Nun, was hast du mir zu sagen?“, fragte lauernd Lillys Vater.

Alahrian nahm all seinen Mut zusammen, dann sagte er forsch: „Ich möchte Sie bitten, Lilly das Klavierspielen nicht zu verbieten.“

„Wie bitte?“ Wieder rutschten diese gefährlich finsteren Brauen ein Stück weit nach oben. „Woher weißt du davon?“

Mist! Alahrian zuckte innerlich zusammen. Er hatte Lilly seit Sonntag Morgen nicht mehr gesehen, sie konnte es ihm also nicht erzählt haben! Und dass er den Streit über einen halben Kilometer hinweg mit angehört hatte, das konnte er ja wohl kaum zugeben, nicht wahr?

„Es ... es gibt ... mobile Telefone und ... und ...“ Er suchte nach dem richtigen Wort. „Und Internet!“

„Ah ja.“ Keine Spur von Freundlichkeit in der Stimme, aber auch kein Misstrauen.

Wieder atmete Alahrian auf. Es gab also noch mobile Telefone und Internet. Man konnte nie wissen bei den Sterblichen. Aber er war auch nicht gekommen, um über moderne Kommunikation zu reden. „Bitte“, sagte er deshalb. „Die Musik ist Lilly sehr wichtig. Sie ist ihr Leben. Wollen Sie ihr das wirklich kaputt machen?“

„Willst du mir damit sagen, dass du meine Tochter besser kennst als ich?“, gab der Vater mürrisch zurück.

Alahrian lächelte milde. „Man muss sie nicht gut kennen, um das zu wissen“, erklärte er ruhig. „Man muss sie nur spielen hören ...“

Ein Stirnrunzeln folgte als Antwort, dann: „Wie ich meine Tochter erziehe, das geht dich ja wohl kaum etwas an.“

„Das ist wahr.“ Alahrian nickte ungerührt. „Aber Lilly geht mich etwas an. Und ich will nicht, dass sie unglücklich ist.“

„Und du glaubst, du kannst sie glücklich machen?“ Die Frage kam mit trügerischer Beiläufigkeit.

Alahrian antwortete nicht sofort. „Ob ich sie glücklich machen kann, weiß ich nicht“, meinte er schließlich ehrlich. „Aber ich weiß, ich werde alles dafür tun. Alles.“

Etwas im Blick des Vaters änderte sich. Er wirkte noch immer schroff, abweisend und unfreundlich, aber auch ein wenig unsicher. „Das zwischen dir und meiner Tochter, ist das etwas Ernstes?“, fragte er unvermittelt.

„Ich kann nicht für Lilly sprechen, aber mir ist es ernst, ja.“ Er sagte es sehr ruhig und ohne zu zögern.

„Hmm ..." Lillys Vater nahm einen Schluck aus der Kaffeetasse.
„Ich verstehe, wenn Sie sich Sorgen um Ihre Tochter machen", redete Alahrian weiter, der das unbehagliche Schweigen, das sich im Raum auszubreiten drohte, nicht ertragen konnte. „Sie kennen mich nicht. Vielleicht können Sie mich nicht einmal besonders leiden, aber ..."
„Dass ich dich nicht leiden kann, habe ich nicht gesagt", unterbrach ihn Lillys Vater nüchtern.
Alahrian blickte auf. Das war eine äußerst überraschende Wendung.
„Hier im Krankenhaus ist man voll des Lobes über dich, hast du das gewusst?", bemerkte sein Gegenüber im Plauderton. „Du hast exzellente Noten und bist hier in der Gegend noch nie negativ aufgefallen."
Alahrian wurde rot bis unter die Haarspitzen und fühlte sich plötzlich äußerst unbehaglich. Er hatte sich also über ihn erkundigt? Ein heftiger Anfall von Panik erstickte ihn. Zu viel Neugierde war nie gut, zu viel Neugierde war gefährlich. Andererseits: Was hatte er erwartet? Sie lebten auf dem Land. Man redete eben über andere. Und recht viel mehr als den üblichen Klatsch konnte er kaum gehört haben. Nein, es war alles in Ordnung. Alles in Ordnung ...
Langsam zog die Furcht ihre Krallen aus seinem Herzen heraus.
„Ich möchte einfach nicht, dass meine Tochter sich herumtreibt. Sie ist erst sechzehn."
„Wir haben uns nicht herumgetrieben", versicherte Alahrian hastig. „Wir waren nur bei mir zu Hause."
„Keine Kneipen?" Lillys Vater sprach lauernd. „Keine Bars?"
„Nein."
„Kein Alkohol?"
Alahrian unterdrückte ein Lächeln. „Nein."
„Drogen?"
Alahrian dachte an das Morphium im Küchenschrank – und zögerte. „Nein", sagte er endlich. Ein paar Dosen Morphium, wenn er verletzt war, wenn die Schmerzen zu unkontrollierbar wurden, während er blutend auf dem Sofa lag, das konnte wohl kaum das sein, was Lillys Vater meinte, oder?
Aber der Arzt bemerkte sofort das leise Zittern in seiner Stimme. Alahrian konnte einfach nicht besonders gut lügen, verflixte Unfähigkeit!
„Drogen?", wiederholte Lillys Vater finster.
Alahrian starrte ihm mit festem Blick direkt in die Augen, rollte den Ärmel hoch und streckte ihm den Arm hin, die blauen Adern über dem Ellbogen deutlich sichtbar. „Testen Sie mich", forderte er kühn, während ihm gleichzeitig das Herz bis in die Kehle pochte.
Natürlich konnte er nicht wirklich zulassen, dass man ihm eine stählerne Nadel in den Arm jagte, um sein Blut zu untersuchen. Sein Blut, das im Dunkeln leuchtete, sein Blut, durch das Lichtteilchen schwammen wie winzige, glitzernde Kristalle. Im Ernstfall hätte er es mit einer gehörigen

Portion magischer Überredungskunst verhindern müssen, doch Lillys Vater lachte nur.

„Okay, keine Drogen." Er zwinkerte, der Ausdruck auf seinem Gesicht hatte sich plötzlich merklich verändert. „Aber du siehst ein bisschen blass aus. Könntest wohl etwas Sonne vertragen, was?"

Alahrian verschluckte sich, unterdrückte einen Hustenanfall, der ihm die Tränen in die Augen trieb und fragte mühsam: „W-wie bitte?"

Lillys Vater seufzte. „Das war ein Scherz."

„Ach so." Alahrian zwang sich, tief einzuatmen und zog hastig den Pullover wieder über seine schneeweiße Haut. Etwas Sonne vertragen ... Sehr witzig ...

Er zuckte erschrocken zusammen, als sich neben ihm eine Seitentür öffnete, und Lena den Kopf hereinstreckte. Lillys Stiefmutter. Die Krankenschwester.

„Oh ...", machte sie verwundert, während ihr Blick unverhohlen neugierig Alahrian streifte. „Hallo, Alahrian. Was machst du denn hier? Bist du krank?"

„Er ist hier, um gut Wetter zu machen, wegen Lilly." Lillys Vater klang noch immer streng, doch ein leiser Unterton von Ironie hatte sich in seine Stimme geschlichen.

„Ach so. Musst du nicht zur Schule?" Lena warf einen demonstrativen Blick auf die Uhr, dann tauschte sie einen mit Lillys Vater.

Die Geste war überdeutlich. Die Kaffeepause war vorbei. Alahrians Rechtfertigungszeit auch.

„Doch", murmelte Alahrian kleinlaut und stand hastig auf. „Ich ... ich gehe dann mal ..."

„Nein, warte noch einen Augenblick!" Lillys Vater hielt ihn auf. „Das war recht dreist, mich hier im Krankenhaus zu überfallen", bemerkte er, Alahrian scharf musternd. Alahrian zuckte zusammen.

„Aber auch ziemlich ritterlich." Er grinste plötzlich. „Ich glaube, jemand, dem meine Tochter nichts bedeutet, hätte sich wohl nicht solche Mühe gegeben, was meinst du?"

Alahrian verstand nicht ganz, worauf er hinauswollte. „Ich glaube nicht, Sir", entgegnete er unsicher.

„Also schön." Lillys Vater verschränkte die Arme vor der Brust. „Du scheinst ein anständiger Kerl zu sein. Du bekommst die Erlaubnis, dich mit meiner Tochter zu treffen."

Alahrian fühlte, wie eine heiße Woge von Freude in seinem Inneren empor wallte, hinter seinen Augen leuchtete und strahlte es, er musste sich beherrschen, um die Helligkeit, die beständig unter seiner Haut glühte, nicht an die Oberfläche treten zu lassen.

„Aber keine Übernachtungen mehr!", drohte Lillys Vater.

„Versprochen." Alahrian strahlte. Dann fiel ihm noch etwas ein. „Und ... was ist dem Klavierspielen?", erkundigte er sich vorsichtig.

Der Blick seines Gegenübers verfinsterte sich. „Das überlege ich mir noch ..."

Nun konnte Alahrian ein triumphierendes Lächeln nicht mehr ganz zurückhalten. „Danke!", meinte er überschwänglich.

Ihm war noch ganz schwindelig vor Erleichterung, als er atemlos hinaustänzelte. Benommen lehnte er sich gegen die Wand im Korridor.

Und hörte prompt, wie Lena hinter der Bürotür zu Lillys Vater sagte: „Hoffentlich warst du nicht zu streng zu ihm. Er ist wirklich ein lieber Junge, weißt du?"

Alahrian grinste, stieß sich von der Wand ab und hüpfte, fröhlich vor sich hin summend nach draußen, um Lilly die frohe Botschaft zu verkünden.

Mehr als an jedem anderen Tag freute sich Lilly an diesem Morgen auf die Schule. Ihr Vater und Lena waren schon sehr früh zur Arbeit verschwunden, sie musste also keine weiteren Standpauken befürchten, sondern konnte allein und in Ruhe in der Küche frühstücken. Na ja, zumindest allein, mit der Ruhe war das so eine Sache, an diesem Morgen. Genau genommen brachte sie vor lauter Aufregung kaum mehr als einen Schluck Milch hinunter, starrte ständig auf die Uhr, sprang auf, lief ins Bad, zog sich noch einmal um, stopfte ihre Schulsachen in die Tasche – und machte sich endlich auf den Weg, viel zu früh, aber alles schien besser, als noch länger in der Küche zu warten.

Infolge ihrer Ungeduld war sie als erstes in der Schule, das ganze Gebäude war noch still und leer, und von Alahrian war nicht die geringste Spur zu sehen. Natürlich nicht. Frustriert ließ sie sich auf eine Bank sinken, versuchte, einen Blick in ihr Mathebuch zu werfen – die Hausaufgaben hatte sie bei all dem Trubel völlig vergessen – und konnte sich natürlich nicht im Geringsten auf die Zahlen und Formeln konzentrieren. Alle zwei Sekunden blickte sie auf, erwartete, ihn gleich um die Ecke biegen zu sehen, aber da war nichts.

Er kam nicht. Nicht zur ersten, nicht zur zweiten – und auch nicht zur dritten Stunde. Das war eigentlich nichts Ungewöhnliches, dennoch fraß sich die Enttäuschung mit spitzen Zähnen in ihre Brust, und als es zur Pause klingelte, da stand sie kurz davor, einfach loszuheulen.

Allerdings nur so lange, bis sie mutlos aus dem Klassenzimmer den Gang entlang trottete und ihn am Ende des Korridors stehen sah.

Er war wie ein Regenschauer nach einer endlos langen Dürreperiode, wie kühlendes Eis auf einer heftig pochenden Wunde, wie ein Schimmer von Licht, nachdem man stundenlang durch die Dunkelheit geirrt war.

Ein Schimmer von Licht ... Ja, er schien zu leuchten, doch es war nicht sein Elfenlicht, es war das Strahlen auf seinem Gesicht, sein Lächeln, das in seinen Augen funkelte und sprühte wie Tausende winzige Diamanten.

„Lillian." Mit einigen wenigen, eleganten Schritten war er bei ihr, er atmete tief, ein Seufzen von Erleichterung, als wäre ganz plötzlich ein nagender Schmerz von ihm genommen. „Mein Gott, es tut so gut, dich zu sehen ...“

Lilly konnte nicht antworten, für den Moment genügte es, ihn einfach nur anzusehen. „Wo ... wo bist du gewesen?“, fragte sie endlich, seltsam atemlos.

Er grinste breit, die Augen schimmerten wie Opale. „Ich habe versucht, mein Versprechen einzuhalten“, erklärte er geheimnisvoll.

„Aha.“ Lilly verstand nicht, was er meinte, doch dieses eine Mal wusste sie, er würde es ihr erklären. Es gab keine Geheimnisse mehr. Jetzt nicht mehr.

„Ich hatte dir versprochen, dass wir uns wiedersehen werden“, meinte er ernst und begann, den Korridor entlang zu schlendern.

Lilly folgte ihm, dicht an seiner Seite.

„Und ich dachte, mit Wiedersehen meinst du nicht hier in der Schule“, fuhr er fort.

Lilly nickte.

„Also bin ich zu deinem Vater gegangen und habe ihm die Erlaubnis abgerungen, dich treffen zu dürfen.“ Jetzt wurde sein Grinsen triumphierend.

„Oh!“ Lilly starrte ihn an. „Du ... du hast ihn also doch noch hypnotisiert?“

„Nein!“ Er schien ein wenig gekränkt. „Wir haben nur geredet.“ Versonnen schaute er ins Leere, dann meinte er, ein wenig verlegen: „Lena findet, ich bin ein lieber Junge.“ Er kicherte leise.

„Oh je.“ Lilly verzog das Gesicht. Gemeinsam kamen sie in der Aula an, wo sich bereits die anderen Schüler tummelten.

„Lilly, das mit dem Hypnotisieren, wie du es nennst, das funktioniert nur, wenn der andere nicht hundertprozentig von seinen Handlungen überzeugt ist“, sagte er plötzlich, und seine Stimme war eindringlich und ein wenig sorgenvoll.

In der Halle war es laut genug, dass niemand außer ihr ihn verstehen konnte. „Eine tiefe Überzeugung kann ich nicht brechen, einen festen Entschluss nicht ändern. Und ich kann auch nur in die Gedanken der Personen eingreifen, nicht in ihre Gefühle. Ich kann niemanden zwingen, mich zu mögen oder so.“ Jetzt wurde er ein bisschen rot, es klang, als müsse er sich verteidigen.

„Schon gut, meinte Lilly beruhigend. „Du brauchst dich nicht zu rechtfertigen.“

Alahrian sah sie nicht an. „Ich ... ich möchte nur nicht, dass du denkst, ich würde dich in irgendeiner Form manipulieren“, meinte er kleinlaut.

Lilly lächelte sanft. „Das würde ich niemals denken. Ich vertraue dir, schon vergessen?“

Jetzt hellte sich sein Blick auf, das Strahlen kehrte zurück. „Danke“, flüsterte er bewegt, und, mit neuer Munterkeit, fügte er hinzu: „Lass uns noch ein wenig nach draußen gehen, ja? Nachher in Deutsch gucken wir bestimmt wieder diesen langweiligen Film, und ich könnte noch ein wenig ... frische Luft gebrauchen, bevor ich mich ins Dunkle begebe.“ Er zwinkerte, und Lilly verstand sofort.

Frische Luft ... das hieß Licht, ohne das er nicht leben konnte. Es war merkwürdig, wie sonderbar natürlich und selbstverständlich ihr das alles vorkam. Ohne zu zögern folgte sie ihm nach draußen in den Pausenhof. Sie suchten sich ein ruhiges Plätzchen unter einem Baum und ließen sich nebeneinander ins Gras sinken. Eine Zeitlang saßen sie schweigend nebeneinander, jeder genoss die reine Anwesenheit des anderen, Lilly sah Alahrian dabei zu, wie sein Blick den Schülern folgte, die im Hof herumschwirrten. Ein Pärchen, das Hand in Hand an ihnen vorüber flanierte, beobachtete er lange, mit nachdenklichem Gesichtsausdruck, dann fragte er plötzlich: „Würde es dir gefallen, wenn ich auch deine Hand halten würde?“

Überrascht schaute Lilly ihn an. Am Wochenende, da hatte er bereits ihre Hand gehalten, nun aber klang er, als sei es in seiner Welt eigentlich nicht üblich.

Alahrian deutete ihr Schweigen falsch und blickte unbehaglich zu Boden. „Ich weiß sehr wenig über diese Dinge“, gestand er verunsichert. „Ich fürchte, du musst mir ein bisschen helfen ...“

„Würdest du gerne meine Hand halten?“, fragte Lilly geradeheraus. „Oder ... oder ist es dir unangenehm? Einen Menschen zu berühren?“ Etwas Ähnliches hatte sie ihn bereits gefragt, doch sie erinnerte sich plötzlich an etwas. Schon bei ihrer ersten längeren Begegnung auf Anna-Marias Grillfest, da war er ihr seltsam entrückt erschienen, wie von einem unsichtbaren Kokon umhüllt. Er berührte nie jemanden, ließ sich nie von jemandem berühren ... Was, wenn er es schlichtweg nicht ertragen konnte?

Alahrian antwortete nicht gleich, er schien einen Moment darüber nachzudenken. „Es war mir immer unangenehm“, erklärte er schließlich offen. Plötzlich glitt ein Lächeln über seine ernsten Züge. „Durch meine Adern fließt Licht wie Strom durch eine Leitung und bringt mein Blut zum kochen ... Meine Haut ist viel wärmer als eure. Ich hatte immer Angst, dass, wenn mich jemand anfassen würde ...“ Nun erlosch das Lächeln. „Ich musste so vorsichtig sein, damit niemand etwas bemerkte ... Aber du ...“ Seine Augen strahlten wieder. „Mit dir ist es etwas ganz anderes.“ Warm sah er sie an, das Blau des Ozeans und des Himmels in seinem facettierten Blick. „Ja, ich würde sehr gerne deine Hand halten“, sagte er schlicht.

Lilly lächelte ihn an und fing seinen Blick auf, während sie ihre Hand offen neben ihm ins Gras legte, die Innenseite erwartungsvoll nach oben gedreht. Wie ein Tier, das sich scheu, aber doch neugierig, vorsichtig annäherte, bewegten sich seine Finger auf sie zu und kamen endlich in ihrer Hand zur Ruhe. Lilly ließ ihm einen Moment lang Zeit, dann schloss sie ihre Hand um seine langen, schlanken, weißen Finger.

„Autsch!“ Blitzschnell war die perlmuttfarbene Hand zurückgezuckt.

Bestürzt starrte Lilly ihn an. „Tut mir leid ...“, stammelte sie verwirrt. „Was hast du?“

„Nichts.“ Rasch drehte er seine Hand um und legte sie flach ins Gras, als wolle er etwas verbergen, doch Lilly hatte die purpurne Brandblase auf seiner Haut bereits gesehen.

Ihre Bestürzung wandelte sich in Schrecken. „Was ... was ist passiert? Was habe ich falsch gemacht?“

Zu ihrer Überraschung lachte Alahrian leise, ein silberglockenhelles Lachen, melodiös wie Flötenspiel. „Nichts“, erklärte er, noch immer amüsiert, aber sehr sanft. „Du hast überhaupt nichts falsch gemacht.“ Er hob seine Hand und zeigte sie ihr. „Schon wieder in Ordnung, siehst du?“

„Aber ... aber was war denn anders als neulich?“ Seine Heiterkeit verwirrte Lilly mehr als sie zu beruhigen.

„Der Ring.“ Wieder das süße Glockenlachen. Aus irgendeinem Grund schien er das alles furchtbar komisch zu finden. Er deutete auf das gewundene Schmuckstück an ihrer Hand. „Beim letzten Mal hast du keinen Ring getragen. Der hier ist aus Edelstahl, nicht wahr? Wir können keinen Stahl berühren, überhaupt kein Eisen. Eisen verbrennt uns.“

„Oh!“ Schockiert starrte sie ihn an, während in seinen Augen immer noch die reine Heiterkeit explodierte und streifte hastig den Ring ab. „Tut mir leid, das wusste ich nicht.“

„Das konntest du ja auch nicht wissen.“ Unbekümmert ließ er sich im Gras zurücksinken.

Lilly grübelte immer noch. Kein Stahl ... Auch das erklärte einiges. Ihr Blick streifte den Hof entlang, über Fahrradständer und unordentlich darum gruppierte Drahtesel, über Laternenpfähle, einen Hydranten, nicht zuletzt die Metallumrahmung der großen Fensterfront des Gebäudes. Keinen Stahl anfassen ... Als liosalfar unter Menschen zu leben, musste schwieriger sein als sie gedacht hätte.

„Lilly?“ Ihr Schweigen machte ihn zappelig. „Du musst nicht so besorgt drein blicken. Es ist ja nicht so, als hättest du versucht, mich umzubringen oder so. Sowieso dürfte dir das sehr schwer fallen ...“ Wieder glühte Heiterkeit in seinem Blick auf, es schien ihm überhaupt kaum zu gelingen, ernst zu bleiben.

Seine Stimmung war ansteckend. Lilly vergrub den Ring in der Hosentasche und reichte ihm wieder ihre Hand. „In Zukunft nur noch echten Schmuck, versprochen.“

Er grinste munter. „Dieses Risiko bin ich bereit einzugehen.“ Und unerschrocken legte er seine Alabasterfinger um ihre ausgestreckte Hand.

Zusammen

Ihre Hände lagen noch immer ineinander verschränkt, als Thommy Niedermeier plötzlich um die Ecke schlenderte und prompt auf sie zugesprintet kam.

„Hi, Alahrian", grüßte er überschwänglich, und, ein wenig gedämpfter, schüchterner: „Hallo, Lilly." Erst dann fiel sein Blick auf ihrer beider Hände, und seine Augen weiteten sich. „Wow." Ein Grinsten breitete sich auf seinem Gesicht aus, halb beeindruckt, halb anzüglich. „Ihr beiden seid jetzt wohl zusammen? Ich meine – so richtig?"

Lilly fühlte eine zarte Hitze in ihren Wangen emporklettern und tauschte einen schnellen Blick mit Alahrian. Weich sah er ihr in die Augen, ebenfalls errötend, doch seine Hand drückte kurz die ihre. Keiner von beiden brachte auch nur ein Wort heraus.

Thommy lachte verlegen. „Okay, alles klar ..." Er scharrte unruhig mit den Füßen im Gras. „Dann lasse ich euch mal alleine ..." Doch er drehte sich noch einmal um, an Alahrian gewandt. „Zum Spiel am Samstag kommst du aber, oder? Also, nicht, dass du plötzlich Besseres zu tun hast ..." Entschuldigend sah er Lilly an, dann wieder Alahrian. „Wir brauchen dich."

Ein Funken von Heiterkeit blitzte in Alahrians Augen auf. „Ich werde da sein. Versprochen."

„Super ... Bis dann!" Thommy trollte sich, und Alahrians Aufmerksamkeit widmete sich wieder ganz Lilly. Er sah aus, als stünde er schon wieder kurz davor, in Lachen auszubrechen.

„Lillian", sagte er förmlich und mit mehr als angestrengtem Ernst. „Würdest du mir die Ehre erweisen, mich am Samstag zu einem Volleyballturnier zu begleiten?" Er deutete eine Verbeugung an, eine Geste, die durch die Tatsache, dass er noch immer halb ausgestreckt im Gras lag, nicht im Geringsten an Anmut verlor.

„Es wäre mir ein Vergnügen", entgegnete Lilly im selben Tonfall und nickte höflich.

„Perfekt!" Alahrian strahlte und ließ sich entspannt zurücksinken. Der Himmel spiegelte sich in seinen Augen wider, ein endloses Meer aus Aquamarin und Azur.

Das Klingelzeichen, das misstönend über den Hof schrillte, störte die Idylle kaum, bis Alahrian sich langsam erhob, der Blick ein wenig fern, die Bewegungen ein klein wenig steifer als sonst, als wäre er gerade aus tiefem Schlaf erwacht. Sein goldenes Haar war zerzaust, er wirkte auf betörend charmante Weise benommen und verträumt.

Lilly stand ebenfalls auf – und starrte zwei Sekunden später verblüfft ins Gras. Zwischen den monoton grünen Halmen hatte sich spontan ein Kreis winziger, blass-gelber Blumen gebildet, und zwar genau dort, wo eben noch ihre verschlungenen Hände gelegen hatten.

„Ooops!“ Alahrian verzog das Gesicht. „So was passiert ständig in meiner Gegenwart, immer dann, wenn ich meine Gefühle nicht unter Kontrolle habe.“ Er schenkte Lilly ein etwas zerknirschtes Lächeln. „Und es fällt mir sehr schwer, mich in deiner Gegenwart zusammen zu reißen, vor allem jetzt, da du weißt, was ich bin.“ Unruhig zuckte er mit den Schultern: „Das könnte noch zum Problem werden ...“ Er lachte leise und tänzelte, seinen eigenen, ernsten Worten zum Trotz, munter in Richtung Schulgebäude.

Lilly beobachtete ihn amüsiert. Nie zuvor hatte sie ihn so ausgelassen erlebt. Er schien ganz außer Stande, auch nur einen ernsten Gedanken zu fassen, wie berauscht von Heiterkeit. In den letzten zwanzig Minuten, da war sie sicher, hatte sie ihn öfter lachen gehört als in all den Wochen davor. Es hatte etwas berührend Schönes an sich, ihn so zu sehen. Er schien glücklich zu sein, und all das, was sie in seinen Augen las, war ein vollkommener Spiegel dessen, was sie selbst empfand. Am liebsten wäre sie mit ihm über die Wiese getanzt, von Schmetterlingen umschwirrt, von Blüten bekränzt.

Es war sehr schwer, in diesem Moment in die Schule zurückzukehren, doch er lief ihr voraus, und das machte es ihr leichter. Sie musste nur der Sonne folgen, zielsicher, instinktiv wie ein Blütenkelch, der das Gesicht beständig zum Licht hin dreht.

Die profane Wirklichkeit holte sie erst in der sechsten Stunde wieder ein, da nämlich schrieben sie einen unangekündigten Test in Physik. „Oh je“, ächzte Alahrian, während sie zusammen das Klassenzimmer verließen.

Fahrig strich er sich eine Strähne matt glänzenden Haares aus der Stirn. „Ich glaube, ich habe kaum mehr richtig als meinen Namen. Und selbst das war gar nicht so einfach.“ Er seufzte theatralisch. „Fast hätte ich deinen hin geschrieben. Ich kann einfach an nichts anderes mehr denken ...“ Mit großen Augen schaute er sie an. „Wenn ich den Test verhauen habe, ist es also ganz allein deine Schuld.“ Spöttisch zwinkerte er ihr zu.

Lilly lachte leise. „Ich hätte nicht geglaubt, dass dir die Schule so wichtig ist“, bemerkte sie, ein wenig neugierig. „Ist das denn nicht nur Tarnung?“

„Aber nein!“ Übertrieben abwehrend hob er die Hände.

„Aber du bist unsterblich!“

„Eben.“ Er schauderte. Lilly war nicht ganz sicher, ob er es ernst meinte oder nicht. „Stell dir vor, ich wäre unsterblich und ohne Schulabschluss? Was sollte ich mit meinem Leben bloß anfangen?“ Ausnehmend tragisch verdrehte er die Augen.

Lilly schüttelte den Kopf. Er alberte herum, eindeutig. Offenbar hatte ihn der Test nicht genug aus dem Konzept gebracht, um ihn zu befähigen, wieder ernst sein zu können. Aber da täuschte sie sich, denn plötzlich nahm er ihre Hände in seine, wirbelte sie in einen Seitengang, als befänden sie sich auf einer Tanzfläche und sah ihr direkt in die Augen.

„Stell dir vor, ich würde wegen Mathe und Physik durchfallen und du nicht", erklärte er, mit einem Mal sehr ernst. „Dann würden wir nicht mehr in eine Klasse gehen können und dann würden wir uns während des Unterrichts nicht mehr sehen. Das ist ein Grund, sich Mühe zu geben, oder nicht?"

Jetzt war es Lilly, die ein Lachen nicht mehr unterdrücken konnte. Wie süß er war! Doch das wollte sie ihm nicht sagen, aus Angst, ihn zu kränken, daher meinte sie nur: „Wenn du durchfliegst, dann tue ich es auch. Und außerdem", nun bemühte sie sich um einen neckenden Tonfall, „fällt man nicht durch, wenn man in allen anderen Fächern lauter Einser hat, du kleiner Streber!"

Auf diese Weise war der Test vergessen, noch ehe sie das Schulgebäude verlassen hatten. „Kommst du heute Nachmittag vorbei?", erkundigte sich Alahrian mit hoffnungsvollem Blick, als sie die Wegbiegung erreichten, an der sie sich trennen mussten.

„Wenn mein Vater mich lässt." So ganz beruhigt war Lilly in dieser Hinsicht noch nicht.

„Das wird er bestimmt." Sein Optimismus wirkte unerschütterlich.

„Okay." Lillys Anflug von Sorge schmolz dahin wie ein Eispartikel in der Wüstensonne. Sie war zu glücklich, um sich in seiner Gegenwart über irgendetwas Gedanken zu machen. „Dann gerne ..." Sie überlegte einen kurzen Moment lang. „Aber besser, ich mache vorher noch die Hausaufgaben! Es wird ihn milder stimmen, wenn er sieht, dass die Schule nicht vernachlässigt wird."

„Bring die Hausaufgaben doch mit!" Er strahlte sie an, begeistert von seiner eigenen Idee. „Ich bin ein Streber, weißt du? Und den Geschichtsaufsatz für nächste Woche, den hab ich schon fertig ..."

„Hmmm ..." Lilly tat, als müsse sie darüber erst nachdenken, dann gab sie sich geschlagen. „Diesem Angebot kann ich ja wohl kaum widerstehen, was?" Sie grinste ihn an.

„Gib mir einfach Bescheid, ja? Ich schicke dir die Taube vorbei ..."

„Ich könnte dich auch einfach anrufen", entgegnete Lilly behutsam.

„Wieso?" Nun wirkte er bestürzt. „War mit der Taube irgendetwas nicht in Ordnung?"

„Nein, das mit der Taube war wunderschön." Hastig winkte sie ab. „Ich meine nur, ein Telefon zu benutzen wäre vielleicht ... einfacher ..." Weniger romantisch, natürlich. „Du musst dir nicht jedes Mal so viel Mühe geben", fügte sie milde hinzu.

Er machte einen etwas verwirrten Eindruck. „Menschen benutzen also Telefone, weil es einfacher ist?", erkundigte er sich misstrauisch. „Ich hatte mich schon gefragt, wozu die Dinger eigentlich gut sind." Nachdenklich legte sich seine schneeweiße Stirn in Falten.

„Na ja, nicht jeder hat eine dressierte Brieftaube zu Hause, weißt du?“

„Oh!“ Sein Gesicht hellte sich auf. „Ach so ...“ Plötzlich wirkte er sehr aufgeregt. „Okay, wir machen es auf die menschliche Methode ...“ Der Gedanke schien ihm zu gefallen, als wäre die Aussicht auf ein simples Telefonat eine äußerst spannende Angelegenheit. „Ich werde Morgan sagen, er soll mir so ein Ding besorgen. Eines von diesen lustigen, kleinen, die so komische Geräusche machen ...“

Lilly verdrehte die Augen und ließ das Thema fallen. Mit einer Umarmung verabschiedete sie sich und versprach, am Nachmittag zur Villa zu kommen.

Alahrian sollte Recht behalten. Das Verbot, ihn zu treffen war tatsächlich aufgehoben, und so hielt es Lilly zu Hause nicht lange aus. Gleich nach dem Mittagessen machte sie sich auf den Weg, allerdings nicht direkt zu Alahrian. Sie machte noch einen kurzen Abstecher ins Stadtzentrum, um sich ein neues Handy zu besorgen. Ihr altes – das hatte sie beinahe verdrängt – lag zerschmettert irgendwo im Wald, und welchen Sinn sollte es haben, einem liosalfar den Gebrauch von Mobiltelefonen zu erklären, wenn nicht einmal sie selbst eines besaß? Brieftauben hatten eben auch ihre Vorteile ...

Es gab nur ein einziges Elektrogeschäft im Städtchen, die Auswahl war entsprechend klein und der Einkauf dauerte nicht über die Maßen lange. Ein paar Minuten nahm sie sich noch Zeit, um das neue Handy in Betrieb zu nehmen. Keine zwei Sekunden nachdem sie eine SMS mit der neuen Verbindung an alle Leute verschickt hatte, deren Nummer sie auswendig kannte, begann es beinahe schon aggressiv zu klingeln, drängend, ungeduldig.

Lilly erkannte die Zahlenkolonne auf dem Display sofort, drückte den grünen Knopf und meinte, kleinlaut von bösen Vorahnungen: „Anna-Maria, hallo ..“

„Lilly!“ Es klang schrill. „Sag mal, stimmt es, dass du jetzt mit dem Freak zusammen bist? Und kannst du mir verraten, warum zum Teufel ich das ausgerechnet von Thommy Niedermeier erfahren muss?“ Ihre Stimme hörte sich heiser an und ein bisschen verschnupft, nicht, weil die Nachricht sie so mitnahm, sondern weil sie offensichtlich total erkältet war. Sie war heute auch gar nicht in der Schule gewesen, Lilly bemerkte es mit heftigen Gewissensbissen, denn sie war so mit Alahrian beschäftigt gewesen, dass es ihr gar nicht aufgefallen war.

„Tut mir leid“, entgegnete sie versöhnlich. „Aber du hast Recht. Wir sind ... zusammen.“ Das Wort kam schwerer über ihre Lippen als sie gedacht hätte. Waren sie zusammen? Keiner von ihnen hatte es ausgesprochen, und es erschien ihr auch sonderbar unpassend. Zusammen ... Sie wünschte sich nichts sehnlicher, als mit Alahrian zusammen zu sein, am liebsten jede einzelne Sekunde ihres Lebens. Doch so wie Anna-Maria oder auch Thommy es meinten, klang es so profan, so bedeutungslos. So menschlich ... Das mit Alahrian jedoch war etwas völlig anderes, etwas, für das es keine Worte gab. Es war etwas, was man nicht aussprechen musste. Vielleicht nicht durfte. Ein kleiner Teil ihres Inneren fürchtete noch immer, das leuchtende Engelswesen könnte sich von einer Sekunde auf die nächste in einen Traum auflösen. Und wenn sie es aussprach, dann ... dann würde er vielleicht einfach entschwinden.

„Bist du sicher, dass du weißt, worauf du dich einlässt?", fragte Anna-Maria am anderen Ende der Leitung.

Lilly tauchte aus ihren Gedanken auf. Aber was sollte sie der Freundin sagen? Natürlich wusste sie nicht, worauf sie sich einließ, genau genommen wusste sie noch immer so gut wie nichts über das geheimnisvolle Fabelwesen, mit dem sie da zusammen war. Aber eines, das wusste sie gewiss: Sie wollte nicht mehr ohne ihn sein.

„Ja, ich bin sicher", sagte sie fest. „Lass uns morgen darüber sprechen, ja? Dann erzähle ich dir alles." Oder einen Teil zumindest. „Tschüss, Anna-Maria. Gute Besserung!"

Sie legte auf, ehe jenseits des Telefons Protest ertönen konnte. Nun beeilte sie sich, zur Villa zu gelangen. Das Gespräch hatte sie nur kurz aufgehalten, trotzdem war sie bereits ungeduldig, als sie endlich vor dem großen Haus stand und klingelte. Ihr Herz pochte unwillkürlich schneller. Wie albern sie war! Seine Abwesenheit fühlte sich an, als würde ihr der Sauerstoff von den Lippen gerissen, und doch ... Jedes Mal, wenn sie daran dachte, ihn zu sehen, wurde sie ganz nervös. Würde sie sich wohl je an ihn gewöhnen? Würde dieses Flattern in der Brust jemals aufhören?

Sie vergaß den Gedanken augenblicklich, denn es dauerte kaum zwei Sekunden, bis die Haustür mit den bunten Tiffany-Gläsern darin überschwänglich aufgerissen wurde.

„Lilly!" Er wirkte erleichtert, als habe er tagelang auf sie gewartet und nicht bloß eine Stunde. „Wie schön! Komm doch rein!"

Er trat von der Tür weg, und jetzt fiel Lilly auf, wie sonderbar er gekleidet war. Den recht frischen Temperaturen zum Trotz war er barfuss und er trug nicht Jeans wie üblich, sondern einen enganliegenden, schneeweißen Overall, der den ganzen Körper bedeckte. Lilly fragte sich schon, ob dies vielleicht mehr denn alles andere seinem natürlichen Kleidungsstil entsprach, als Morgan in den Flur trat, im selben Outfit, allerdings mit einer langgestreckten, schimmernden Degenklinge in der Hand. Und da begriff sie endlich. Fechten! Es war ein Fechtanzug!

Stirnrunzelnd sah sie Alahrian an, der jedoch kam nicht zu irgendeiner Erklärung, denn Morgan ließ die Klinge ungeduldig durch die Luft sausen und bemerkte drängend: „Kommst du endlich? Das Training ist noch nicht vorbei!"

Alahrian verdrehte die Augen. „Ich habe jetzt keine Zeit!", raunzte er unwillig. „Siehst du das nicht?"

Morgan betrachtete Lilly, als habe er sie tatsächlich noch nicht bemerkt und meinte, übertrieben freundlich: „Hallo, Lilly. Du hast doch sicher nichts dagegen, uns ein wenig beim Fechten zuzusehen, oder? Der Kleine ist ein wenig eingerostet, weißt du?“

Alahrian gab ein Knurren von sich, wie ein Raubtier, das sich gleich auf seine Beute stürzen würde, und Lilly sagte hastig, um keinen Streit aufkommen zu lassen: „Nein, nein, ich habe nichts dagegen ...“

Zufrieden drehte Morgan sich um und durchquerte die Halle, bis zur Verandatür.

„Tut mir leid“, raunte Alahrian verlegen. „In unserer Welt ist er ein Krieger. Und er bekommt fürchterliche Laune, wenn er sich nicht ab und zu ein wenig austoben kann. Dann ist er noch unausstehlicher als sonst, du verstehst?“ Unglücklich zuckte er mit den Schultern.

„Schon gut. Gehr ruhig.“ Aufmunternd lächelte Lilly ihm zu.

Seufzend und sichtlich unmotiviert hob Alahrian seine eigene Waffe vom Boden auf, nicht ohne sich vorher ein Paar schwarze Lederhandschuhe überzustreifen, wie Lilly sehr wohl bemerkte. Stahl, natürlich. Morgan trug keine Handschuhe.

„Ist das nicht ein bisschen unfair?“, erkundigte sie sich pikiert. „Dass er dich mit einer Waffe kämpfen lässt, die du noch nicht einmal anfassen kannst?“

Morgan, der offensichtlich jedes Wort mit anhörte, lachte leise. „Es ist der Sinn der Sache, sich von der Waffe nicht berühren zu lassen, weißt du?“ Er winkte ab. „Und außerdem hat er durchaus ein paar Tricks auf Lager, von denen du nichts ahnst. Glaub mir, es ist fair.“ Herausfordernd starrte er Alahrian an.

Komm schon!, sagte er, ohne die Lippen zu bewegen. Das wird ihr gefallen! Zeig ihr, was du drauf hast! Weißt du, das neulich, das war echt erbärmlich. Sich von einem einzigen kleinen Fenririm derart fertig machen zu lassen! Tzzz ...

Alahrian ließ sich nicht provozieren. Einen Fenririm schlägt man wohl kaum mit einem Degen ..., entgegnete er gelassen, ebenfalls lautlos.

Ja, du ganz bestimmt nicht ... In Morgans Augen blitzte es spöttisch.

Wollen wir wetten? Diesmal folgte Alahrian der Herausforderung, hob den Degen – und griff ohne jegliche Vorwarnung an.

Obwohl die Klinge wie ein Blitz nach vorne züngelte, parierte Morgan mühelos und ließ sich von seinem Bruder durch die offene Verandatür nach draußen treiben. Lilly war sicher, das Glas würde dabei zu Bruch gehen, doch sie schlängelten sich in vollendeter Anmut durch die schmale Öffnung, keiner touchierte auch nur die Scheibe.

Im Garten ging der Kampf dann überhaupt erst richtig los – und Lilly hielt unwillkürlich den Atem an. Sie war nie Fan von Action-Filmen oder Martial-Arts-Spektakeln gewesen, aber das hier war ... Es war unbeschreiblich.

Wie zwei züngelnd weiße Tornados drangen sie aufeinander ein, mit der

Gewalt einer Naturkatastrophe, und doch voller Leichtigkeit, als handle es sich um ein wohlchoreographiertes Ballettstück. Morgan hatte mehr Kraft als Alahrian, er war größer und er kämpfte um einiges härter, doch Alahrian schien ihm deswegen keineswegs unterlegen. Er bewegte sich schneller als Lilly blinzeln konnte, und jede seiner Bewegungen war von einer katzenhaften Eleganz, die es ihr unmöglich machte, wegzuschauen. Die Klinge tänzelte in seiner Hand, umkreiste spielerisch die Waffe seines Gegners – und wich ihr immer wieder geschickt aus. Alahrian parierte problemlos jeden Angriff, tauchte unter Morgans Klinge hinweg, drehte und wandte sich und lief nicht ein einziges Mal Gefahr, von dem tödlich blitzenden Stahl gestreift zu werden.

Das ging so lange gut, bis Morgan seine volle Kraft einsetzte und seine Klinge mit aller Gewalt gegen die seines Bruders donnerte. Alahrian parierte den Schlag, doch irgendetwas klirrte fürchterlich, und dann brach seine Waffe mit einem Sprung entzwei. Ohne in der Bewegung inne zu halten, ließ er sie fallen, wich mit einem Satz zurück und streifte blitzschnell die Handschuhe ab.

Morgan grinste erwartungsvoll, als käme erst jetzt der Teil, der so richtig Spaß machte. Lilly starrte verblüfft. Ungebremst drang Morgan auf seinen unbewaffneten Bruder ein, Alahrian hob abwehrend die Hände – und schleuderte ihm einen zuckenden, bläulich schimmernden Lichtblitz entgegen. Das Licht traf nicht Morgan, sondern die Waffe, der Stahl glühte daraufhin auf, Morgan ließ mit einem unterdrückten Aufschrei los, doch wenn ihn das heiße Metall verletzt hatte, so hielt ihn das nicht auf.

Ohne jegliches Hilfsmittel gingen die beiden Brüder nun aufeinander los, es gab Sprünge und Schläge und Tritte, die bei einem Menschen wohl niemals möglich gewesen wären. Alahrian konnte rückwärts einen Baumstamm empor laufen, er konnte auf einem hauchzarten Zweig stehen und Lichtfunken auf seinen Gegner herabregnen lassen und manchmal blieb er während eines Sprunges geradezu absurd lange in der Luft, als schwebe er – oder als wären die Gesetze der Schwerkraft für ihn aufgehoben.

Allmählich begann Lilly zu begreifen, was Morgan gemeint hatte, als er sagte, Alahrian habe noch einige Tricks auf Lager. Morgan selbst jagte ihn mit einer Reihe von Waffen, die er im Verlauf des Kampfes buchstäblich aus dem Ärmel zu schütteln schien und fegte ihn auf diese Weise von einem Baum herunter, indem er schlichtweg den Ast kappte, auf dessen Spitze Alahrian balancierte.

Alahrian fiel, rollte sich jedoch blitzschnell am Boden ab, kam ohne zu straucheln wieder auf die Füße und wehrte eine Messerattacke seines Bruders mit einem Lichtblitz ab.

Diesmal traf er daneben, zumindest nahm Lilly das an, denn sie war sicher, er hatte Morgan nicht wirklich treffen wollen. Der Blitz jedoch durchschlug die Schulter des döckalfar mit einem hässlichen Zischen und warf ihn taumelnd zu Boden.

Alahrian wirkte einen Moment lang ebenso erschrocken wie Lilly, kreidebleich stürzte er zu seinem Bruder hin – und flog einen Augenblick später zwei Meter durch die Luft, als Morgan ihn mit einem gezielten Tritt von sich weg beförderte.

„Aua ..." Ein wenig benommen, aber eindeutig unverletzt rappelte Alahrian sich wieder auf. „Das war unnötig, ehrlich." Er schüttelte sich, ein paar Grashalme fielen aus seinem Haar, die spitzen Elfenohren waren deutlich zu sehen.

„Du machst immer den selben Fehler", schimpfte Morgan, während er sich geschmeidig aufrichtete. „Kein Mitleid mit deinen Gegnern, wie oft habe ich dir das schon gesagt? Du bist zu weich, das macht dich verletzlich."

„Das nächste Mal werde ich daran denken, versprochen." Beleidigt verzog Alahrian das Gesicht. „Das nächste Mal breche ich dir ein paar Knochen, wenn dir das lieber ist."

„Du meinst, du wirst es versuchen ..." Morgan grinste selbstgefällig, während er den angesengten Fechtanzug von der Schulter streifte und auch das schwarze Hemd, das er darunter trug. Seine Kleidung war zerfetzt, die Verletzung darunter begann sich jedoch bereits zu schließen.

Lilly wollte den döckalfar, der mit entblößtem Oberkörper vor ihr stand, eigentlich nicht anstarren, doch sie konnte nicht anders als hinzusehen. Sie hätte schwören können, er hatte ein Loch in der Schulter gehabt, doch jetzt konnte sie zuschauen, wie die Wunde heilte. Nach einigen Sekunden war nur noch ein blassroter Fleck zu erkennen. Wahnsinn! Sie hatte gesehen, wie rasch Alahrians schreckliche Verletzungen am Wochenende verheilt waren, aber das hier war enorm.

Es war Magie.

Morgan klaubte unbeeindruckt die Reste seines Hemdes auf und hielt es Alahrian anklagend vor die Nase. „Das bezahlst du mir", forderte er unwirsch. „Das war mein Lieblingshemd!"

Alahrian ächzte. „Fällt mir ja nicht im Traum ein!"

Und daraufhin begannen sie schon wieder, übereinander her zu fallen und balgten sich im Gras wie zwei junge Hundewelpen.

Lilly unterdrückte ein Stöhnen. Jungs ... Diese beiden hier waren zwei unglaubliche Fabelwesen aus einer phantastischen, märchenhaften Welt – aber sie waren doch nichts anderes als ... Jungs.

Als hätten sie diesen Gedanken gehört, sprangen die Brüder plötzlich auf und schienen übergangslos wieder ganz friedlich.

Nun, zumindest Alahrian war friedlich, Morgan stichelte noch ein bisschen: „Na, so schlimm war das doch gar nicht, oder?" Und, an Lilly gewandt, fügte er hinzu: „Ich habe dir damit einen Gefallen getan, glaub mir. Der Kleine ist heute unmöglich, weißt du? Er kann keine Sekunde lang still sitzen, er ist hibbelig wie ein Glühwürmchen auf Speed und wohin er auch geht, es sprießen Blumen aus der Erde – und sogar aus der Wand."

Entnervt verdrehte er die Augen. „Vielleicht wird es besser, jetzt, wo er ein bisschen erschöpft ist.“ Es klang, als habe er da nur wenig Hoffnung.

„Halt die Klappe!“, fuhr Alahrian ihn an. „Ich bin überhaupt nicht erschöpft.“

Morgan verzog sich ohne weiteren Kommentar, und Alahrian seufzte vernehmlich. „Tut mir leid“, wandte er sich an Lilly und sah mit einem Mal ganz furchtbar geknickt aus. „Da kommst du extra hierher – und dann so was!“

„Mach dir keine Sorgen.“ Liebevoll strich Lilly ihm das zerzauste Haar aus der Stirn. „Ich bin glücklich, so lange du in der Nähe bist.“

Nun strahlte er wieder und führte sie ins Haus hinein. Einen winzigen Moment lang hielt Lilly inne, als sie an der weißen Couch vorbei kamen. War es wirklich erst knappe zwei Tage her, seit er dort blutend und ohne Bewusstsein gelegen hatte? Lilly schauderte ein bisschen bei der Erinnerung. Die dunklen, rostroten Flecke auf dem Stoff waren jetzt unter einer bunten Decke versteckt, doch es war noch immer das selbe Sofa.

„Ich gehe mich rasch umziehen, wenn du nichts dagegen hast“, meinte Alahrian, in ihre Gedanken hinein.

Lilly riss mühsam den Blick vom Sofa los. Er stand vor ihr, hell und strahlend, ein Lächeln um die Lippen, die Augen leuchtend wie mit Sternenstaub erfüllt. Es spielte keine Rolle, was geschehen war. Er war hier, es ging ihm gut, er schien glücklich. Es war alles in Ordnung. Warm erwiderte sie sein Lächeln.

„Ich bin gleich zurück, ja?“ Er versprach es und stürmte eilig die Treppe in sein Schlafzimmer hinauf.

Tatsächlich brauchte er kaum eine Minute, um in frischen Kleidern zurückzukehren, Jeans und Pullover diesmal. Gegen Schuhe schien er eine Art von Abneigung zu hegen, denn er war noch immer barfuss.

„Möchtest du was trinken?“, fragte er aufmerksam und führte sie in die Küche, ehe sie antworten konnte.

Lilly starrte verblüfft. Die Küche, die gestern noch ganz leer gewesen war, quoll jetzt beinahe über. Auf einem bisher einsamen Regalbrett stapelten sich nun verschiedenste Getränkekartons, Flaschen und Dosen, nebst sämtlichen Utensilien zur Zubereitung von Tee oder Kaffee in allen Varianten. „Was ist denn hier passiert?“, erkundigte sie sich überrascht.

„Na ja“, Alahrian errötete ein bisschen, „ich wusste nicht, was du magst, und da habe ich ...“

Er ließ den Rest des Satzes in der Luft schweben, und Lilly meinte zwinkernd: „Einen ganzen Getränkemarkt geplündert?“

„So ähnlich, ja.“ Er zuckte mit den Schultern. „Ich wollte es hier für dich so angenehm wie möglich machen, wenn du kommst. Du kommst doch wieder, oder?“ Seine Augen waren groß und dunkel, als er sie anschaute.

„So oft du willst ...“ Lilly erwiderte seinen Blick und nahm sich eine Limoflasche. Dieser Vorrat hier würde ihr ganzes Leben lang reichen, allerdings: Vielleicht war das durchaus keine Fehlkalkulation. Ihr Herz flatterte bei dem Gedanken.

„Und es macht dir nichts aus, dass ich einen nervtötenden, angriffslustigen Bruder habe?“, fragte Alahrian.

Lilly lächelte. „Und es macht dir nichts aus, dass ich einen sturen, überbesorgten Vater habe?“, gab sie zurück.

„So übel ist dein Vater gar nicht.“ Alahrian winkte ab. „Ich habe jedenfalls schon schlimmere Verhöre erlebt.“ Ganz kurz verdunkelte sich sein Blick, als hätte sich eine Wolke über den Mond geschoben, die Heiterkeit in seinem Antlitz erlosch, plötzlich schien er weit, sehr weit weg zu sein.

Um ihn wieder aufzumuntern, kramte Lilly ein winziges Päckchen aus ihrer Tasche hervor. „Hier, das habe ich dir mitgebracht.“

„Oh!“ Sofort kehrte das Leuchten in seine Augen zurück. „Ein Geschenk? Danke!“

„Mach es auf, bevor du dich bedankst. Vielleicht gefällt es dir nicht.“

„Es ist von dir. Natürlich gefällt es mir.“ Doch er war zu neugierig, um länger zu warten, geschickt streifte er das Papier ab. Ein leises Lachen glitt über seine Lippen, als er erkannte, was es war. „Ein Telefon? Du hast mir ein Telefon gekauft?“ Stürmisch umarmte er sie. „Super, dann können wir jetzt miteinander sprechen, auch wenn wir ganz weit voneinander entfernt sind – und ich kann dir diese kleinen Nachrichten schicken und ..." Er war ganz atemlos. Offenbar hatte er sich über den Sinn und Zweck moderner Telekommunikation informiert, während Lilly weg gewesen war. „Zeigst du mir, wie es funktioniert?"

Er strahlte über das ganze Gesicht. Lilly hätte nicht geglaubt, dass er sich derart über ein simples Handy hätte freuen können. „Oder nein, warte! Lass es mich selbst herausfinden, ja? Einen Moment..." Er huschte in den Flur, kam mit dem Geschichtsbuch und einem Spiralblock in der Hand zurück und legte beides auf den Küchentisch. „Das ist die Hausaufgabe für Geschichte", erklärte er, noch bevor Lilly vorschlagen konnte, doch lieber in die Gebrauchsanweisung zu gucken. „Wenn du magst, kannst du sie abschreiben, in der Zwischenzeit."

Lilly ließ sich also am Tisch nieder, während er in der Halle auf dem Fußboden saß und sich mit einer Begeisterung, die sie nicht für möglich gehalten hätte, über das neue Handy stürzte. Das Ding nahm einen Großteil seiner Aufmerksamkeit in Anspruch, also tat Lilly, was er ihr angeboten hatte und wandte sich dem Geschichtsbuch – und dem vollgekritzelten Block zu. Natürlich musste sie seine Variante des Aufsatzes ein wenig abändern. Niemand hätte ihr ein derartiges Detailwissen über historische Fakten abgekauft. Aber sie konnte sich nicht so recht auf die Aufgabe konzentrieren. Stattdessen begann sie, ziellos das Geschichtsbuch durchzublättern. Antikes Griechenland ... Römisches Reich ... Mittelalter ... Renaissance ... Welche dieser Epochen er wohl miterlebt hatte? Oder war er sogar noch älter? Steinzeit oder so? Die Vorstellung war seltsam. Er hatte gesagt, er wüsste nicht, wie alt er war, doch älter als er aussah musste er wohl sein. Was mochte er erlebt haben? Welche Ereignisse der Weltgeschichte waren an ihm vorüber gezogen?

„Wie hast du das denn geschafft?", fragte plötzlich eine Stimme hinter ihr.

Lilly zuckte zusammen. Morgan! Natürlich. Alahrian hätte sich nie so angeschlichen und sie dabei fast zu Tode erstreckt.

Der döckalfar beobachtete belustigt seinen Bruder, der noch immer hochkonzentriert mit dem Handy beschäftigt war. „Wow, ein neues Spielzeug und er ist minutenlang abgelenkt ..." Morgan grinste versonnen. „Das muss ich mir merken!"

Nur widerwillig blickte Lilly vom Geschichtsbuch auf. „Morgan, kann ich dich etwas fragen?", meinte sie zögerlich.

„Sicher." Lässig ließ er sich ihr gegenüber auf einen Stuhl fallen, angelte nach der Zuckerdose, die auf dem Tisch stand und begann, sie leer zu löffeln, während er darauf wartete, dass Lilly weitersprach.

„Bist du wirklich sein Bruder?", sagte Lilly, obwohl das nicht das war, worüber sie eigentlich reden wollte.

Morgan lächelte, ungewöhnlich tiefgründig für seine Verhältnisse. „In irgendeiner Weise bin ich das wohl", meinte er nachdenklich. „Aber nicht so, wie ihr das Wort gebraucht, nein."

„Wann hast du ihn kennen gelernt?", fragte Lilly unvermittelt. Jetzt war es heraus.

„Sechzehnhundertfünfzig in Cornwall, Südengland."

Das war eine äußerst präzise Antwort, präziser als Lilly gehofft hätte. „Dann hast du ein Gefühl für Zeit?", vergewisserte sie sich.

„Im Gegensatz zu ihm?" Morgan grinste. „Ja." Übergangslos wurde er wieder ernst. „Für mich ist es leichter, weißt du? Ich bin unter Sterblichen aufgewachsen. Auf einer gewissen Ebene ...", er zögerte, „bin ich menschlicher als er."

Sie schauten beide zu dem liosalfar hin, dessen feines Gehör ihr Gespräch vielleicht sogar belauschen konnte, der aber zu geistesabwesend schien, um zuzuhören.

„Wie alt ist er?", fragte Lilly, direkter jetzt.

„Ist das wichtig?" Morgan lachte leise, dann wurde er ruhiger. „Für euch ist so etwas wichtig, nicht wahr? Für euch Sterbliche. Aber nicht für uns. Wir entwickeln uns völlig anders als ihr, weißt du?"

Lilly wusste nicht und sie war dankbar, als er einfach weiterredete: „Ausgewachsen sind wir in etwa so schnell wie ihr, aber dann, so in etwa in deinem Alter, hören wir allmählich auf, uns zu verändern oder verändern uns nur noch extrem langsam." Er sah wieder zu seinem Bruder hin und beobachtete ihn mit einem flüchtigen Lächeln. „Mal ehrlich, er ist mindestens dreihundert Jahre älter als du, aber kommt er dir wirklich besonders erwachsen vor?" Ein Funkeln von Spott blitzte in seinen Augen auf und erstarb, um einem ernsten, fast melancholischen Ausdruck Platz zu machen. „Als ich ihn kennen gelernt habe, da war er kaum mehr als ein eingeschüchtertes, verängstigtes Kind." Seine Stimme war fern. „Vielleicht ist er das immer noch."

Auch Lillys Blick hing gedankenverloren an Alahrian. Sie fragte sich, was ihn wohl damals so verängstigt haben mochte, doch auch ihr selbst war aufgefallen, wie scheu er manchmal war. Es konnte nicht allein an dem Geheimnis liegen, das er zu wahren suchte, auch Morgan verbarg etwas vor der Welt der Sterblichen – und schien trotzdem nicht die geringste Furcht zu kennen.

Laut sagte sie: „Er ist ... ein Kind?"

Wieder ein Lächeln in Morgans Gesicht, nachsichtig diesmal. „Na ja, so wie du, irgendwie. Weißt du, das menschliche Leben, das wir führen, ist nicht nur Tarnung allein. Es entspricht auch unserem Wesen. Ich war Krieger, Soldat – und jetzt eben Rockmusiker." Er zuckte mit den Schultern. „Und er ist nun mal ein Teenager. Deshalb haben wir ihn in die Schule geschickt."

Bevor Lilly noch darüber nachdenken konnte, piepste plötzlich ihr neues Telefon. Es war eine SMS mit einem verhältnismäßig kurzen Inhalt: „Ich glaube, ich hab's!“ Lilly brauchte nicht auf den Absender zu gucken, um das zu verstehen. Er stand auch schon vor ihr, ein triumphierendes Grinsen im Gesicht, die Augen vergnügt glitzernd.

„Gut, was?“ Von hinten trat er an sie heran, legte ihr die Hände auf die Schultern und blickte neugierig zwischen ihr und Morgan hin und her. „Worüber habt ihr geredet?“

„Über dich natürlich.“ Morgan feixte provozierend.

Was hast du ihr erzählt?, gab Alahrian misstrauisch zurück, ganz ohne die Lippen zu bewegen.

Nichts. Gar nichts. Es klang beruhigend, ja beschwichtigend. „Lilly würde einfach gerne mehr über dich wissen“, sagte er laut. „Über dein Leben, deine Geschichte.“

„Meine ... Geschichte?“

Irrte sie sich oder wurde er ein klein wenig blass? Nein, es schien, als würden seine Augen sich verdunkeln, genau so wie eben in der Küche. „Du musst mir das nicht erzählen, wenn du nicht möchtest“, sagte Lilly schnell. „Ich habe mich nur gefragt ...“ Hilflos sah sie auf das aufgeklappte Schulbuch auf dem Tisch herab. „Du weißt so viel über Geschichte. Hast du das alles selbst erlebt?“

Die Dunkelheit verschwand aus seinem Gesicht, er lächelte jetzt. Schnell blätterte er das Buch durch, die Seiten glitten knisternd durch seine Finger, Lilly konnte den Luftzug auf der Haut spüren. „Keine Neandertaler, keine Römer, keine Ritter ...“ Er versank in Gedanken. „Diese Epochen sagen mir nichts. Aber ich erinnere mich an ...“ Er schien zu versuchen, seine Erinnerungen zu ordnen, was ihm offensichtlich schwer fiel. Klar, er hatte gesagt, er habe kein Zeitgefühl, es musste nicht leicht sein für ihn, das Erlebte zu kategorisieren.

„Komm mit, ich zeig dir was!“ Plötzlich wirkte er sehr aufgeregt, Feuer und Flamme. Lilly unterdrückte ein Lächeln. War das eine Eigenart von liosalfar oder ein persönlicher Charakterzug? Diese Sprunghaftigkeit, die blitzschnellen Stimmungswechsel, das nahezu ungezügelte Temperament?

Mit einem Mal begriff Lilly, was Morgan ihr hatte sagen wollen. Sie würde vielleicht nie herausfinden, wie alt Alahrian wirklich war und es spielte vielleicht auch keine Rolle. Er war jung, alles an ihm schien so unwahrscheinlich jung.

Lilly ließ sich von ihm führen, er nahm ihre Hand und hüpfte mit ihr die Treppe hinauf. Den ersten Stock kannte sie schon, zumindest sein Schlafzimmer. Das Haus war aber noch um einiges größer, die gewundene, kunstvoll geschnitzte Treppe schien gar kein Ende nehmen zu wollen.

„Gestern hast du etwas von einer anderen Welt gesagt“, bemerkte sie, ein wenig atemlos, weil er so schnell die Stufen empor rannte. „Ist das die Welt, aus der du kommst?“

„Es ist die Welt, in die ich gehöre“, antwortete er, und das war nicht das selbe, wie Lilly sehr wohl bemerkte.

„Bist du dort geboren?"

Mitten auf der Stufe drehte er sich zu ihr um und blickte sie direkt an. „Nein. Geboren bin ich in Island, aber das habe ich dir schon gesagt."

Island, richtig ... Lilly erinnerte sich. Aber sie hatte geglaubt, das sei nur eine Geschichte gewesen, Teil seiner Tarnung. Und plötzlich begriff sie. „Es ist alles wahr, stimmt's?", meinte sie schuldbewusst. „Alles, was du mir erzählt hast, bevor ... bevor ich wusste, was du bist." All die verrückten Geschichten. Island, Italien, der Zirkus. Sogar dass er bei Regen nicht ins Kino gehen konnte. Weil es dort zu dunkel war. Weil er im Dunkeln nicht leben konnte. Er hatte versucht, es ihr zu erklären. Aber sie hatte es nicht verstanden. Betreten blickte sie zu Boden.

„Ja", sagte er ruhig. „Bei uns ist es nicht üblich zu lügen. Nicht, dass wir es nicht könnten, aber ... wir tun es eben nicht." Unbekümmert zuckte er mit den Schultern.

„Tut mir leid", murmelte Lilly.

Er drückte ihre Hand, sanft und zärtlich. „Du dachtest wohl, ich bin ein bisschen verrückt, was?" Leise lachte er vor sich hin. „Na ja, das ist kein Wunder. Ich habe mich wohl ziemlich seltsam benommen, dir gegenüber. Aber auf einer gewissen Ebene wollte ich so sehr, dass du es weißt. Andererseits hatte ich furchtbare Angst."

Seine Augen flackerten, nicht die Dunkelheit von vorhin, aber doch etwas Vergleichbares. Hastig wandte er den Blick ab und nahm wieder ein paar Stufen.

„Was ist mit deinen Eltern?", fragte Lilly, eigentlich nur, um ihn abzulenken.

Es war die falsche Frage, natürlich. Sie hätte es sich denken können. Unbehaglich biss sie sich auf die Zunge.

„Meine Eltern sind tot", antwortete er tonlos.

Auch das hatte er bereits gesagt. „Ich dachte, ihr könnt nicht sterben", platzte es aus Lilly heraus, bevor sie es verhindern konnte.

„Wir können in dieser Welt nicht sterben", präzisierte Alahrian. „Und außerdem ..." Sein Blick wurde leer, Schmerz zuckte um seine Lippen und ein Hauch von Bitterkeit. „Es gibt schlimmere Möglichkeiten, sein Leben zu beenden als den Tod. Viel schlimmere."

Lilly verstand kein Wort, aber diesmal hütete sie sich davor, ihn weiter zu drängen. Das Thema tat ihm weh, es war überdeutlich. Und nichts lag ihr ferner, als ihm weh zu tun.

So folgte sie ihm schweigend bis zum Ende der Treppe, den Dachboden hinauf, wo die Luft staubig und ein bisschen abgestanden war. Sie hoffte, seine Stimmung würde sich von selbst aufklaren, und tatsächlich war es auch so. Ein geheimnisvolles Lächeln umspielte seine Lippen, als er die erbärmlich quietschende Holztür des Dachbodens öffnete. Es war ein Geräusch wie aus einem Horrorfilm, und Lilly war gespannt, was sie wohl dahinter erwartete.

Zunächst einmal nichts als Dunkelheit. Alahrian ging voraus, tastete nach dem Lichtschalter, ohne ihn zu finden, stolperte, für seine Verhältnisse erstaunlich ungeschickt, über etwas lautstark Klirrendes, stieß einen nicht mehr ganz unterdrückten Fluch aus, irgendetwas polterte, dann glühte plötzlich seine Hand im Finsteren auf.

Es hätte unheimlich ausgesehen, wäre Lilly an den Anblick inzwischen nicht bereits halbwegs gewöhnt gewesen. Sein Leuchten, üblicherweise in seinem Inneren verborgen, trat für einen kurzen Moment an die Oberfläche, sammelte sich in seinen Fingerspitzen und sprang dann, als er die Hand in einer beiläufigen Geste bewegte, auf einige alte Wachskerzen über, die noch in einem sehr antik aussehenden, mit dünnen Spinnweben verzierten Leuchter steckten. Sofort verbreitete sich milde, orange schimmernde Helligkeit im Raum.

Und Lilly kam aus dem Staunen kaum mehr heraus. Das hier war kein Dachboden – es war ein Museum. Der gigantische Raum war bis unter die hölzernen Dachbalken vollgestopft mit allerlei Antiquitäten. Gemälde, zum Teil unter weißen Laken verborgen, Möbel verschiedenster Stilrichtungen, bunt bemaltes Porzellan, ein paar befremdliche, weil aus einer anderen Epoche stammende Kleidungsstücke, auf einem Biedermeiertischchen sogar eine verspiegelte Schatulle, aus der golden funkelnde Geschmeide hervorquollen. Das meiste war von Staub bedeckt und vollkommen willkürlich durcheinandergewürfelt, wenn es irgendeine Art von Ordnung gab, so war sie nicht erkennbar.

„Puh, hier wurde schon lange nicht mehr aufgeräumt.“ Alahrian warf Lilly einen verlegenen Blick zu und kickte einen Haufen wirr übereinander liegender Schwerter mit dem Fuß zur Seite. Dem Klirren zu schließen das, worüber er vorhin gestolpert war. Scharf sog er die Luft ein, als das Metall seine Haut berührte – er trug ja keine Schuhe –, gab aber sonst keinerlei Anzeichen von Schmerz zu erkennen. Vermutlich war man nicht so zimperlich, wenn man unsterblich war, Lilly hätte sich trotzdem gewünscht, er würde sich in ihrer Gegenwart nicht mutwillig verletzen.

„Die gehören Morgan“, bemerkte er bloß, mit einem Nicken in Richtung der Waffen. „Aus der Zeit der Kreuzzüge oder so.“ Schaudernd trat er an den Klingen vorbei, Lilly folgte ihm neugierig. Sie kam sich ein bisschen vor wie Indiana Jones auf Schatzsuche. Unwillkürlich klopfte ihr Herz vor Aufregung. Dieser Dachboden war der Traum eines jeden auf Abenteuer versessenen Kindes, Märchen begannen an solchen Orten und phantastische Geschichten. Für kunstbeflissene Sammler und Restauratoren jedoch musste der Anblick etwas wahrhaft Alptraumhaftes bieten, denn selbst Lilly, die keinerlei Sachverstand in derlei Dingen besaß, konnte erkennen, dass hier Gegenstände von unschätzbarem Wert ganz unbeachtet vor sich hin staubten.

Andererseits: Im Laufe eines jeden Menschenlebens sammelte sich ein gewisses Maß an Gerümpel an, und oftmals war dieses Gerümpel auf

Omas Speicher dann urplötzlich ein Vermögen wert. Wie musste es dann erst sein, wenn man unsterblich war? Lilly fragte sich unwillkürlich, ob sich die Brüder auf diese Art und Weise ihren Lebensunterhalt finanzierten. Einer erkennbaren Arbeit – abgesehen von Morgans Auftritten mit der Band – gingen sie jedenfalls nicht nach.

Alahrian bahnte sich einen Weg zwischen zwei wuchtigen Empire-Schränken hindurch, streckte Lilly die Hand hin, damit sie sich im Halbdunkel nicht verletzte und führte sie tiefer in den Raum hinein, bis sie zu einer Stelle kamen, wo die Sachen eine Art von Lichtung im Dschungel dieses Sammelsuriums bildeten und es ein wenig aufgeräumter war. Schnell entzündete er einige weitere Kerzen, wischte sich mit der Hand ein paar Spinnweben aus den Haaren und zog Lilly dichter zu sich heran. Wie ein Gummiband, das, schmerzhaft überdehnt, in seine natürliche Position zurückschnappte, glitt Lilly in seine Arme. Es war merkwürdig, wie seltsam leicht und selbstverständlich es sich plötzlich anfühlte, ihm körperlich nahe zu sein.

Noch am Morgen hatte er sehr zaghaft, scheu wie ein verängstigtes Tier, seine Hand in ihre gelegt, jetzt schien die Umarmung so natürlich und ebenso notwendig wie Atmen.

Lautlos glitt ein Lächeln über ihr Gesicht, und eine Erinnerung zuckte, blass und sonderbar weit entfernt, durch ihre Gedanken.

Ich schenke dir Vertrauen ...

Im Waschraum der Schule hatte er sie um Vertrauen gebeten, damit er selbst lernen konnte zu vertrauen. Damals war Angst in seinen Augen geflackert, und diese Angst war noch immer da, Lilly konnte sie spüren, aber sehen konnte sie sie nicht mehr. „Hast du es jetzt gelernt?", flüsterte sie, sehr leise, um ihn nicht zu verschrecken. „Mir zu vertrauen?"

Er konnte ihrem Gedankengang nicht sofort folgen und fragte sanft, ohne sie los zu lassen: „Was meinst du damit?"

„Ich meine, du bist ... ganz anders jetzt", entgegnete sie und wusste nicht so recht, wie sie es sagen sollte. „Nicht mehr so ... scheu."

„Oh!" Sofort trat er einen Schritt zurück, brachte einen Abstand zwischen sie beide, der Lilly beinahe körperlich weh tat. Er sah bestürzt aus, verwirrt. „Tut mir leid", murmelte er hastig. „Ich wollte nicht ... War das zu viel für dich? Zu viel ... Nähe?"

Lilly schalt sich selbst in Gedanken eine Närrin. Sie hatte sich geirrt. Er war noch immer scheu. Und er hatte immer noch Angst. Nicht vor ihr, aber vor sich selbst, wie es schien. Angst, etwas falsch zu machen.

„Schsch ...", machte sie beruhigend, wie wenn man ein eingeschüchtertes, in die Enge getriebenes Tier aus seiner Höhle herauslocken wollte. Langsam, behutsam, streckte sie die Hand nach ihm aus. „Das eben war wunderschön. Komm zurück. Bitte."

Er trat wieder einen Schritt näher. Lilly schloss ihn in die Arme und war erleichtert, als er die Umarmung erwiderte. Plötzlich lachte er leise. „Entschuldige. Das alles ist noch so ... so neu für mich ... Ich will es richtig machen, weißt du?“

Lilly schmiegte die Wange an seine Schulter, er fühlte sich unglaublich warm und lebendig an, fast glaubte sie, den pulsierenden Strom von schimmernden Lichtkristallen durch den Stoff auf seiner Haut hindurch pochen zu spüren. „Für mich ist es auch neu“, gestand sie, ein bisschen verlegen.

„Oh ja ... Du hast vorher noch nie jemanden meiner Art getroffen ...“

Das war es nicht, was sie gemeint hatte. Natürlich war sie nie zuvor mit einem liosalfar zusammen gewesen. Aber mit jemand anderem auch nicht.

Doch der kleine Scherz entspannte die Stimmung zwischen ihnen, mit einem Mal war alles wieder ganz leicht und selbstverständlich. Alahrian vergrub das Gesicht in ihrem Haar, atmete tief und unregelmäßig. „Es tut so gut, bei dir zu sein“, flüsterte er, sein Atem an ihrer Wange kitzelnd. „Du ahnst nicht, wie sehr ich mir das gewünscht habe, schon als ich dich das erste Mal traf.“

Lilly fühlte ihr Herz in der Kehle klopfen. Unbestimmt wurde ihr bewusst, wie nahe sein Gesicht dem ihren war. Seine Lippen schwebten nur eine Handbreit über den ihren, sie brauchte nur den Kopf zu heben, um sie zu berühren. Ein Zittern von Wärme pulsierte durch ihre Adern, als sie aufschaute, um seinem Blick zu begegnen. Seine Augen glühten wie Aquamarin, von Feuer durchströmt, zwei stolpernde Atemzüge lang schaffte sie es, ihrem Blick standzuhalten, dann musste sie wo anders hinsehen, weil sie das Gefühl hatte, der Himmel würde durch seine Augen über ihr zusammenstürzen.

Ihr Blick fiel in den goldumrahmten Spiegel, der, ein wenig trüb von Staub, neben ihnen stand. Fast gegen ihren Willen bannte sie das Bild, das sie darin sah. Nie zuvor hatte sie gesehen, wie sie neben Alahrian aussah, doch hätte sie es sich vorgestellt, dann hätte sie geglaubt, sie müssten ein recht befremdliches Paar abgeben.

Er war ein leuchtendes, märchenhaftes Fabelwesen, sie war ein Mensch. Hätte man den Unterschied, das Fremde, das Andersartige nicht auf den ersten Blick sehen müssen?

Doch nichts dergleichen war der Fall. Die beiden im Spiegel fügten sich zusammen wie zwei Teile eines Puzzles, verschieden, und doch gleich, wie zwei Farben, die, ineinander vermischt, ein neues, harmonisches Bild ergaben.

Alahrian folgte ihren Augen, und auch sein Blick fiel in den Spiegel. Ein Lächeln zuckte über seine Lippen. „Du bist so wunderschön“, flüsterte er ihr ins Ohr, seine elektrisierten, schimmernden Haare streiften ihre Wange dabei.

Lilly fühlte, wie ihr das Blut ins Gesicht schoss. Er hatte das Gesamtbild gar nicht gesehen, er hatte nur Augen für ihr Abbild im Spiegel gehabt.

„Wolltest du mir nicht etwas zeigen?“, fragte sie, um ihre Verlegenheit zu überspielen, doch sie griff nach seiner Hand dabei, damit er sich nicht zurückgewiesen fühlte.

„Oh ja!“ In seinen Augen blitzte es auf. „Ich wollte dir ein paar Relikte aus der Vergangenheit zeigen. Ein paar Erinnerungen ... Damit du etwas weißt über meine Geschichte. Das wolltest du doch, oder?“

Lilly nickte stumm, aber sie war nicht sicher, ob er das noch sah, denn er war bereits damit beschäftigt, den Dachboden zu inspizieren. Ein altes Buch, das aufgeschlagen auf einem hölzernen Schreibpult lag, fesselte kurz seine Aufmerksamkeit, und Lillys etwas länger. Es war wirklich ein sehr altes Buch. In Leder gebunden, mit Blattgold und Halbedelsteinen verziert. Die Schrift auf der rechten Seite war verschlungen und schon ein wenig verblasst, das Bild auf der linken hingegen leuchtete in strahlenden, bunten Farben.

Es zeigte nur einen einzigen Buchstaben, geschmückt von Blumenranken, winzigen Tieren und anmutig gezeichneten Figuren. Mittelalterliche Buchmalerei, eindeutig.

„Morgan hat das gemacht“, erklärte Alahrian, als er ihren bewundernden Blick bemerkte. „Es ist aus dem dreizehnten Jahrhundert oder so.“ Er zuckte mit den Schultern. „Früher hatte er nicht so viel Blödsinn im Kopf“, bemerkte er gleichmütig.

Lilly riss sich nur mühsam von der Buchseite los und sah sich zum ersten Mal genauer in dem vollgestopften Dachboden um. Gleich neben dem Schreibpult ragte eine Leinwand empor, fast vollständig bedeckt von einem bereits leicht vergilbten Laken.

„Was ist das?“, erkundigte sie sich neugierig.

„Hmmm ... Das habe ich gemalt.“ Fast ein wenig widerwillig zog er das Tuch beiseite.

Lilly schluckte hart. Wie zu erwarten kam unter dem Laken ein Gemälde zum Vorschein, aber was für ein Gemälde, das hätte sie sich in ihren kühnsten Träumen niemals vorstellen können. Es kam ihr bekannt vor. Jedem, der sich je auch nur flüchtig mit Kunstgeschichte beschäftigt hatte, wäre es bekannt vorgekommen. Doch gewiss hätte niemand es an solch einem Ort erwartet.

„Ist das ... ist das Botticellis Primavera?“, krächzte sie ungläubig. Ihre Kehle war trocken.

„Aber nein, ich sagte doch ... ich habe das gemalt.“ Es klang ein bisschen ungeduldig.

„Du ... hast … Botticellis … Primavera … gemalt?“ Die Worte kamen stockend, atemlos.

„Nein.“ Er sah sie an, nahezu beunruhigt von ihrer Reaktion, für die er ganz offensichtlich nicht das geringste Verständnis aufbrachte. „Das hier ist nicht das Original. Das Bild, das du kennst, hat Botticelli schon selbst gemalt. Es war nur ein Spiel, so eine Art Wettstreit.“

Er zuckte mit den Schultern, während seine Erklärung langsam wie Honig von einem Löffel in Lillys Gehirn versickerte. „Komm schon, Lilly!“, meinte er ungläubig. „Seins ist viel besser! Jeder kann sehen, dass das hier nur Geschmiere ist!“

„Geschmiere ...“ Lilly starrte fassungslos auf das Bild. Sie musste zugeben, das Original nie gesehen zu haben. Nur Fotos, Drucke, Abbildungen. Aber das Gemälde sah so unglaublich echt aus. Und es war ja auch echt. Es stammte aus der Renaissance. Selbe Zeit, vermutlich die selben Farben, ein Künstler, der ähnlich genial ...

Den Gedanken konnte sie kaum vollenden. Er hatte Sandro Botticelli gekannt. Und er konnte genauso malen wie er.

Mühsam erholte sie sich von der Erkenntnis, versuchte zu erfassen, was diese Information ihr noch sagte. Die Renaissance, Italien ... Von Italien hatte er schon einmal erzählt. „War das die Zeit, in der du auch im Zirkus aufgetreten bist?“, fragte sie unvermittelt, als es ihr prompt wieder einfiel. Denn hatte er ihr nicht erzählt, er hätte schon einmal in einem Zirkus gearbeitet? In Italien?

Alahrian aber schüttelte den Kopf. „Nein, das war später.“ Angestrengt legte er die Stirn in Falten, als müsse er sich konzentrieren. „Es ist so schwer, die Erinnerungen zu ordnen“, stöhnte er. „Wir vergessen nichts, weißt du? Alles ist frisch wie am ersten Tag. Es ist nahezu unmöglich, es in einen zeitlichen Zusammenhang zu bringen.“ Er begann, sich suchend im Raum umzusehen, öffnete eine Kiste, schlug sie wieder zu und wühlte endlich ein zusammengerolltes, großformatiges Papier zu Tage.

„Ich war noch extrem jung, als ich das erste Mal in Italien war“, erzählte er. „Eigentlich noch ein Kind. Ich war direkt von Island dorthin gekommen, gleich nachdem meine Eltern ... gestorben waren.“

Das Zögern vor dem Wort gestorben entging Lilly nicht. Es klang, als habe er eigentlich etwas anderes sagen wollen, aber sie traute sich nicht nachzuhaken.

„Man sagte mir, Italien sei ein sonniges Land, deshalb ging ich dorthin.“ Plötzlich lächelte er. „Es war ein bisschen enttäuschend, als ich feststellen musste, dass es auch dort nachts dunkel wurde.“ Aus dem Lächeln wurde ein Lachen, er amüsierte sich über sich selbst. „Du siehst, ich hatte noch nicht viel von dieser Welt gesehen! Ich war naiv und völlig ahnungslos ...“

Irgendetwas in Lilly machte klick. „Wird es denn in der Welt, aus der du kommst, nachts nicht dunkel?“, erkundigte sie sich, aus seinen Worten schlussfolgernd.

„Nein, nicht so richtig. Die Sterne leuchten sehr hell dort, jede Nacht.“ Nun schlich sich eine leise Sehnsucht in seine Stimme.

In Lillys Herz keimte Angst auf. „Wieso gehst du dann nicht dorthin zurück?“, brachte sie mühsam hervor, und ihre Brust krampfte sich schmerzhaft zusammen, so sehr fürchtete sie sich vor der Antwort.

„Ich kann nicht zurück“, erklärte er, und tiefe Traurigkeit schwang in seiner Stimme. Seine Augen waren sehr dunkel.

Lilly hatte ein schlechtes Gewissen deshalb, doch gegen ihren Willen strömte Erleichterung durch ihre Adern.

„Ich war überhaupt nie dort", fuhr Alahrian fort, den Blick in die Ferne gerichtet.

„Woher weißt du dann etwas darüber?", fragte Lilly überrascht.

Ein Lächeln umspielte seine Lippen, aber es war ein schmerzliches Lächeln, kein glückliches. „Ich weiß alles darüber", entgegnete er tonlos. „Wir alfar tragen nicht nur unsere eigenen Erinnerungen in unserem Herzen, sondern auch die unseres Volkes. Sie ist in unserem Blut, in unseren Träumen, wenn wir schlafen, aber auch wenn wir wach sind, manchmal." Noch immer war sein Blick leer, Lilly versuchte, ihn aufzufangen und zu begreifen, was er ihr gerade gesagt hatte.

„So viel anders als bei euch ist das gar nicht", meinte er, plötzlich wieder voller Leichtigkeit. „Ihr nennt es kollektives Unbewusstes." Schwungvoll schwenkte er die Rolle in seiner Hand und fegte das Thema damit beiseite. „Aber ich wollte dir etwas anderes zeigen." Schnell legte er die Rolle auf einen Tisch und entfaltete sie. Zum Vorschein kam ein altes, bunt bedrucktes Plakat. Lilly konnte den Text nicht lesen, denn er schien auf Italienisch verfasst zu sein, trotzdem war klar, was es war. Es war ein Werbeplakat für eine Zirkusvorstellung.

„Das ist aus der Zeit, als ich im Zirkus war", erklärte prompt Alahrian.

Lilly überflog die bunte Schrift, obwohl sie ihren Inhalt nicht verstand. Eines aber konnte sie doch lesen, und das war das Datum am Rand: 1923. Er hatte Recht gehabt: Der Zirkus kam definitiv nach der Bekanntschaft mit Botticelli. Lilly versuchte sich das vorzustellen, wie das sein mochte, wenn die Jahrhunderte an einem vorüberflogen, so schnell, dass man sie kaum auseinander halten konnte. Unwillkürlich schauderte sie. „Was hast du im Zirkus gemacht?", fragte sie schnell.

„Ich hatte eine Löwendressur", erzählte er stolz. „Das war eine tolle Nummer! Bei mir waren die wildesten Bestien immer ganz zahm." Er grinste über das ganze Gesicht, die Augen strahlend. „Manchmal hatte ich auch Auftritte am Trapez. Aber das war auf Dauer zu gefährlich. Auch ich bin bisweilen runter gefallen, weißt du?"

„Gefährlich?" Lilly runzelte die Stirn. „Aber du bist unsterblich! Dir konnte doch eigentlich nichts passieren, oder?"

„Eben." Er rollte das Plakat wieder zusammen. „Es fällt irgendwann auf, wenn man einen Sturz aus fünf Meter Höhe so einfach überlebt, du verstehst?"

„Hmmm." Bevor sie weiter fragen konnte, wurde er plötzlich ein klein wenig blass. Es kam ganz unvermittelt, wie bei einem Menschen, dem aus heiterem Himmel übel wird. Nur dass das nicht das Problem war.

Schnell trat er näher an eine der Kerzen heran und hielt die Hand darüber, unauffällig, als wolle er es vor Lilly verbergen. Lilly beobachtete es trotzdem mit Staunen. Die Kerzenflamme flackerte, dann wurde sie unvermittelt schwarz. Sie erlosch nicht, sie verschmolz nur mit der Dunkelheit, so als würde sie plötzlich Finsternis ausstrahlen statt Licht. Die Helligkeit verschwand unter Alahrians Handfläche, er saugte sie auf wie ein trockener Schwamm die Wassertropfen, einen Moment lang glühte seine Haut, dann gab er die Flamme frei, und sie brannte weiter, als sei nichts geschehen. Das Ganze hatte kaum länger als einen Atemzug lang gedauert.

„Es ist zu dunkel für dich, hier oben", stellte Lilly bestürzt fest. „Sollen wir nach draußen gehen?" Besorgt dachte sie daran, wie schlecht es ihm im Bergwerk gegangen war.

Alahrian aber schüttelte lächelnd den Kopf. Er sah nicht so krank aus wie damals, er sah atemberaubend aus, seine Augen leuchteten und strahlten. „Nein, es geht mir gut", entgegnete er hastig. „Der Kampf mit Morgan hat mich nur ein bisschen ausgepowert." Er zwinkerte. „Aber sag es ihm nicht, ja?" Und, um Lillys Sorge endgültig zu zerstreuen, fügte er ernster hinzu: „Ich brauche nur eine natürliche Lichtquelle in meiner Nähe." Er blickte zur Kerze hin, dann wieder zu Lilly. Seine Stimme war warm und weich, als er lächelnd hinzufügte: „Und dich."

Lilly erwiderte sein Lächeln und schmiegte sich an ihn. „Wie ging es nach der Renaissance weiter?", fragte sie leichthin. „Was hast du dann gemacht?" Es war eine ganz beiläufige Bemerkung gewesen, Alahrian aber versteifte sich mit einem Mal. Sein Gesicht verdunkelte sich, die Kerzenflamme spiegelte sich in seinen Augen und schien darin zu zucken und zu brennen. Aschfahl war sein Antlitz, er wandte sich ab, damit Lilly es nicht sah, doch sie spürte das Zittern, das durch seinen Köper lief wie ein Fieberschauer.

„Danach kam eine dunkle Zeit", sagte er mit ferner, fremder Stimme, die langsam erstarb. Fast eine Minute lang stand er vollkommen reglos, Lilly beobachtete ihn angstvoll. Sie musste in Zukunft vorsichtiger sein, nahm sie sich vor. Allzu leicht war es, ihn zu verschrecken, irgendeinen verborgenen Schmerz in ihm zu wecken. Es war, als schwelten unzählige, unsichtbare Wunden unter seiner Haut, die bei der geringsten Berührung wieder zu bluten begannen.

Langsam und sehr behutsam streckte sie die Hand nach ihm aus, verharrte Millimeter über seinem Gesicht und strich ihm dann sehr zart, wie ein Windhauch, über die Wange. Alahrian schloss die Augen und schien die Berührung in sich aufzusaugen wie das Licht vorhin.

„Verzeih", flüsterte Lilly lautlos. „Ich wollte dir nicht weh tun. Du musst mir nichts erzählen, was dich schmerzt."

Er öffnete die Augen, legte seine Hand auf ihre und hielt sie fest. „Du tust mir nicht weh", sagte er ruhig. „Und außerdem gibt es noch etwas, was ich dir unbedingt zeigen wollte!" Seine Heiterkeit kehrte zurück, flink wie ein Kolibri auf der Suche nach Nektar durchstreifte er den Dachboden, bis er endlich gefunden hatte, was immer ihm im Kopf herumschwebte. Mit einer flachen Holzkiste im Arm baute er sich vor Lilly auf, triumphierend und sonderbar erwartungsvoll. Feierlich überreichte er Lilly die Schachtel. Lilly betrachtete sie einen Moment lang verwundert. Sie war sehr hübsch, mit feinen Intarsienarbeiten verziert und an den Kanten kunstvoll geschnitzt.

„Mach es auf", forderte Alahrian ungeduldig, als enthielte es ein verfrühtes Geburtstagsgeschenk.

Lilly stellte die Kiste auf den Tisch und öffnete sie. Obenauf lag eine Stimmgabel und darunter ein Stapel alter, dicht bekritzelter Notenblätter. Alahrian grinste über das ganze Gesicht und reichte ihr die Blätter.

„Was ist das?", fragte Lilly neugierig.

„Sieh es dir genauer an!"

Lilly senkte den Blick auf die Manuskripte. „Oh mein Gott!" Ein Ächzen entwich ihren Lippen, als sie die Noten erkannte. „Sind das ... Chopins Nocturnes?" Eigentlich war sie sicher. Doch es waren nicht irgendwelche Noten dazu. Die Noten waren handgeschrieben, und gewiss nicht von irgendwem. „Es sind die Originale, nicht wahr? Seine eigenen Notizen dazu ..."

Alahrian nickte ernsthaft. „Zumindest ein Teil davon."

„Dann kanntest du ihn persönlich? Du hast ... Frédéric Chopin getroffen?"

„Ja." Er strahlte sie an. „Das wollte ich dir schon die ganze Zeit erzählen!"

„Wahnsinn!" Lilly war perplex. Das mit Botticelli war beeindruckend gewesen, natürlich, und auch der Klimt unten in der Halle. Aber Chopin war ... Chopin war eben ihr Lieblingskomponist. Es war nicht zu vergleichen.

Bewundernd, ja, geradezu ehrfürchtig betrachtete sie die handgeschriebenen Notenblätter.

„Du kannst sie behalten, wenn du willst", meinte Alahrian leichthin.

„Was? Aber ... aber das kann ich auf keinen Fall annehmen." Wirr blickte sie zwischen den Blättern und Alahrian hin und her. „Die müssen ein Vermögen wert sein!"

„So wie das meiste hier oben." Alahrian zuckte mit den Schultern. „Wir hängen nicht besonders an materiellen Dingen, weißt du? Besser gesagt: ich hänge nicht daran. Morgan schon. Du solltest mal diesen komischen Sportwagen sehen, den er sich gekauft hat, den darf ich noch nicht einmal anfassen ..." Er schüttelte sich. „Nicht, dass ich das wollte ..."

Lilly starrte noch immer auf die Manuskripte.

„Aber dir ... dir würde es etwas bedeuten, so etwas zu besitzen, nicht wahr?" Alahrian lächelte sanft. „Und deshalb würde ich sie dir gerne schenken."

Zögernd, ein bisschen verlegen, sah sie zu ihm auf. „Danke", flüsterte sie zaghaft. „Das ist wirklich ..." Sie fand die richtigen Worte nicht. „Danke."

Er strich ihr mit der Hand durchs Haar, und unter der Berührung vergaß sie fast die Manuskripte. Seine Finger waren warm und leuchtend, es fühlte sich an, als zauste ein Wind aus Sternenfunken ihr das Haar, zart, behutsam und weich.

„Wen hast du ... noch gekannt?“, fragte sie leise und versuchte in Gedanken, die biographischen Splitter, die sie hier oben aufgeschnappt hatte, zu ordnen.

Alahrian hielt einen Moment lang inne, dann zeigte er ihr etwas, das ihm mehr bedeuten musste als alles andere zuvor, denn er musste nicht danach suchen und die Art und Weise, wie er es in Händen hielt, war achtsam, vorsichtiger. Dabei wirkte es im Vergleich zu den enormen Kunstschätzen, die er besaß, beinahe unscheinbar.

Es war ein Buch, kein prächtiges, in Gold und Edelsteine gefasstes Buch wie das, was Morgan gezeichnete hatte, sondern ein winziger, schmaler, in helles Leder gebundener Band mit schlichten, silbrig schimmernden Lettern auf dem Rücken.

„Das hier hat der Königin gehört“, erklärte er leise, mit einem Unterton von Wehmut in der Stimme.

Lilly wartete, bis er von selbst weiter sprach und fragte nicht.

„Der Königin von Frankreich. Marie Antoinette.“ Seine Stimme zitterte ein bisschen, als er es aussprach, und unwillkürlich blitzte eine Erinnerung durch Lillys Gehirn.

Marie Antoinette. Die Königin, die man während der Revolution auf dem Place de la Concorde in Paris hingerichtet hatte. Sie hatten im Unterricht einen Film über sie gesehen, an ihrem ersten Tag an der neuen Schule, Lilly erinnerte sich noch genau daran. Und Alahrian hatte sie verteidigt, gegen die Ansicht der Lehrerin – und der des Geschichtsbuchs.

„Du kanntest sie“, stellte Lilly fest. „Du kanntest sie gut.“

„Ja.“ Die schlichte, nüchterne Art, wie er das sagte, verriet mehr über seine Gefühle als der leere Ausdruck in seinen Augen. „Bevor du kamst, war sie der einzige Mensch, der mein Geheimnis teilte.“

„Du hast es ihr gesagt?“

„Nein.“ Er lächelte flüchtig. „Wir lernten uns auf einem Ball kennen, einem Maskenball, ausgerechnet. Ich wusste nicht einmal, wer sie war, und natürlich ahnte sie nicht, was ich war. Wir tanzten die ganze Nacht hindurch, bis zum Morgengrauen. Sie lud mich nach Versailles ein, und danach ins Petit Trianon. Und dort, in einem ihrer Gärten, erwischte sie mich, wie ich vom Mondlicht trank.“

Lilly zuckte zusammen. „Was hat sie getan?“, fragte sie angespannt.

„Gar nichts. Sie hat mich nie danach gefragt. Sie nahm es einfach hin. Vielleicht hielt sie es für einen Traum, vielleicht war ihre Einsamkeit groß genug, um mir zu vertrauen, ohne sich zu fragen, wer ich wirklich war.“

Er zeigte ihr das Buch, schlug es an einer ganz bestimmten Stelle auf. Eine weiße Rose war dort zwischen den Seiten gepresst, die Blütenblätter zart wie Seide. „Ich züchtete Rosen für sie“, erzählte er, und seine Stimme war fern. „Manche davon wachsen noch immer in den Gärten von Versailles.“ Nun zuckte Schmerz über sein Gesicht, die Augen wurden dunkel, doch es war nicht die selbe Art von Dunkelheit wie vorhin. „Diese hier habe ich ihr geschickt, in der Nacht bevor sie starb. Aber retten ... retten konnte ich sie nicht.“ Er wandte sich ab, das Antlitz blass, Trauer im Blick und Schmerz.

Lilly dachte an die Bilder im Geschichtsbuch, an das Schafott, die Guillotine, das Fallbeil – und schauderte. „Sie hat dir viel bedeutet, nicht wahr?“, fragte sie leise, und ihre Stimme klang rau.

„Ja.“

Die Antwort war schlicht, offen, ohne Umschweife. Und sie tat überraschend weh. Das war natürlich albern. Die Frau, von der sie sprachen, war seit mehr als zweihundert Jahren tot, und ihre Geschichte war schrecklich, grausam. Trotzdem war da ein winziger Stachel in Lillys Innerem. Er war der erste für sie. Natürlich konnte sie nicht erwarten, dass es umgekehrt genauso war. Er war Jahrhunderte älter als sie, er ...

Er schien den Unterschied in ihrer Stimmung zu spüren, denn er wandte sich unwillkürlich um, legte das Buch beiseite und sah ihr direkt in die Augen. „Ich war ihr Freund, ihr Vertrauter“, erklärte er, in verändertem Tonfall. „Und sie war der erste Mensch seit ...“, hier schlich sich ein Zögern in seine Stimme, „seit langer Zeit ... der erste Mensch, dem ich etwas Ähnliches wie Vertrauen schenkte. Aber es war nicht das selbe wie mit dir.“ Seine Augen begannen zu glühen, ihr Blau war heller als das des Himmels, intensiver, strahlender. „Niemals gab es jemanden wie dich in meinem Leben, niemals zuvor habe ich so empfunden wie jetzt.“ Er streckte die Hand nach ihr aus, Lilly glitt in seine Arme, ohne seinen Blick los zu lassen. „Du bist die einzige für mich“, flüsterte er ihr ins Haar. „Du wirst immer die einzige sein. Immer ... Ewig.“

Memento

Alahrian spürte eine sonderbare Wärme durch seine Adern strömen, als er sich an diesem Abend schlafen legte, eine Wärme, die nicht vom Licht in seinem Inneren herrührte. Er war glücklich. Vielleicht zum ersten Mal in seinem Leben war er wirklich glücklich. Auf dem Nachttischchen neben seinem Bett lag das Handy, das Lilly ihm geschenkt hatte, eine Verbindung zu ihr und ihrer menschlichen Welt, wie er sie noch vor kurzem nicht für möglich gehalten hätte. Er würde sie nicht anrufen, jetzt, mitten in der Nacht. Aber es war ein gutes, milde beruhigendes Gefühl zu wissen, dass er es hätte tun können. Dass jemand in der Dunkelheit dort draußen auf ihn wartete, gar nicht allzu weit entfernt. Schon morgen würde er sie wieder sehen. Morgen ... Sein ganzes Leben lang hatte ihm das Verstreichen der Zeit nichts bedeutet, es hatte nichts gegeben, woran er sie hätte festmachen können, die Zeit. Das war jetzt anders. Jetzt gab es etwas, worauf er warten konnte. Er trieb nicht mehr einfach dahin im Ozean der Zeit, er schwamm auf etwas zu. Lilly war sein Anker, sein Fixpunkt geworden.

Morgen schon würde er sie wieder sehen, spätestens in der Schule. Und vielleicht würde er sie vorher anrufen, nur um ihre Stimme zu hören, noch bevor er sie sah. Was für eine entzückende Erfindung die Sterblichen sich da ausgedacht hatten! Er hatte das nie begriffen, bisher. Es hatte keine Stimmen gegeben, die er unbedingt hören wollte. Ja, ganz bestimmt würde er sie anrufen, gleich morgen früh ...

Sein Herz machte einen erfreuten Hüpfer, einige seiner Rosen, die ihre Kelche längst geschlossen hatten, öffneten sich daraufhin noch einmal, und als er sich auf die Seite drehte, die Wange in das seidene Kissen geschmiegt, da krochen sie so nah zu ihm hin, als wollten sie ihn umarmen. Alahrian störte sich nicht daran, die Augen fielen ihm zu und er glitt mit glückseliger Leichtigkeit in tiefen Schlaf hinüber.

Alahrian träumte in dieser Nacht. Zuerst war es nichts weiter als eine Erinnerung, ein Bildfetzen, der, angelockt durch den Tag auf dem Dachboden, leise aus seinem Unterbewusstsein empor gekrabbelt kam. Er lief mit der Königin durch die Gärten von Versailles, vorbei an den Rosen, die er für sie gezüchtet hatte, an munter klingelnden Wasserspielen entlang und durch flirrende Sonnenstrahlen, die durch das satte Grün der Bäume flossen. Die Königin lachte. Anmutig sprang sie über die im Morgenlicht glänzenden Wiesen, ihr Haar hatte sich aus der kunstvollen Frisur gelöst und glitt ihr golden, ungezähmt, über den Rücken. Ihr Lachen sprudelte im Wind und wurde davon empor getragen.

Dann erstarb es plötzlich. Mitten im Schritt blieb sie stehen und drehte sich um, die Augen von Schreck geweitet, ihr Haar plötzlich nicht mehr golden, sondern schneeweiß.

Alahrian wandte sich ebenfalls um, und da sah er, dass der Garten verschwunden war. An seiner Stelle thronte ein hölzerner Aufbau, einer Bühne gar nicht so unähnlich. Und auf der Bühne erhob sie sich, die Todesmaschine des Monsieur Guillotin, die stählerne Klinge glänzte im Sonnenlicht, das Gesicht der Königin spiegelte sich darin, bleich vor Entsetzten, die Augen dunkel vor Angst.

Dann fiel das Beil, Alahrian schrie auf, doch die Klauen dieses Alptraums waren fest in seinen Kopf geschlagen, er konnte nicht erwachen, er war gefangen in den schrecklichen, grässlichen Bildern. Einen Moment lang stürzten sie über ihn ein wie Splitter eines gewaltsam aufgebrochenen Kaleidoskops, dann erst konnte er erneut etwas erkennen. Zuerst glaubte er, er sei dazu verdammt, ein und denselben Traum immer und immer wieder zu träumen, denn es war fast das selbe Bild. Er lief durch einen schmerzhaft schönen Garten, von Rosen umrankt, von blühenden Magnolienbäumen umsäumt. Doch die Gestalt, die vor ihm über den Rasen tanzte, war nicht die Königin. Es war Lilly. Sie trug ein weißes, ihren Körper sanft umwallendes Kleid, ihre nackten Füße berührten kaum den Boden, es schien, als schwebe sie, während sie wie ein Rehkitz über das weiche Gras rannte. Er hörte ihr Lachen in den Ohren singen, eine süße Melodie folgte dem Geräusch, bis er am Waldrand anlangte. Durch die dunklen Zweige fielen glitzernde Sonnenstrahlen, der Boden war warm und goldglänzend, und doch ging eine sonderbare, kaum greifbare Bedrohung von diesem Ort aus.

Es war der Wald hinter der Villa, der selbe Ort, doch nicht die selbe Zeit. Wie ein Bild auf einer Folie, die sich vor eine andere schob, konnte er die Flammen auf der Lichtung erkennen, den Scheiterhaufen, den tosenden Mob. „Nicht!", wollte er schreien, „Geh nicht dorthin!". Doch kein Laut kam über seine Lippen. Lilly hörte ihn nicht, lachend tanzte sie in den Wald hinein, und dann war sie plötzlich verschwunden. Das Lachen erstarb.

Alahrian rannte, rannte hinter ihr her, doch er konnte sie nicht finden. „Lilly? Lillian!" Seine Stimme hallte hohl von den Bäumen ab, und dann waren mit einem Mal auch die Bäume verschwunden, und da war nur noch Dunkelheit, nur noch Schwärze, nichts als eine alles verschlingende, klebrige Schwärze.

Atemlos rannte er weiter, die Finsternis erstickte ihn, immer schneller und schneller lief er, aber er kam nicht voran, es gab nichts, wohin er laufen konnte, nur die Dunkelheit. „

Lilly! Lilly! Lilly!" Seine Schreie verhallten im lichtleeren Raum.

Dann plötzlich prallte er hart gegen irgendetwas, strauchelte und stürzte schwer zu Boden.

Seine Hände taten ihm weh, scharfe Kanten und Splitter rissen ihm die

Haut auf, und als er sie tastend ausstreckte, da stießen seine blutigen Fingerspitzen gegen rauen, harten Stein.

Er wusste, was es war, noch ehe ein purpurner Mond am Horizont aufging, und kränkliches, violettes Licht die grässliche Szenerie erhellte. Er befand sich auf einem Friedhof. Der Stein vor ihm war ein Grab.

Und mit einer Klarheit, wie sie bisweilen nur in Träumen vorkommt, schnitt sich die Inschrift auf dem Stein direkt durch die Augen in seine Seele:

LILLIAN RHIANNON
R.I.P.

Alahrian erwachte mit einem gellenden Schrei, und genau in diesem Moment flüsterte eine allzu vertraute, allzu melodische Stimme mitten in seinem Kopf: Memento ...

Alahrian schrie. Der Alptraum zerplatzte hinter seiner Stirn und stach in seinem Schädel wie Splitter von scharfkantigem Glas. Irgendetwas stimmte nicht. Die Augen weit aufgerissen konnte er die Konturen seines Zimmers, seines realen, freundlichen Zimmers deutlich erkennen, doch alles war verkehrt. Es war viel zu kalt im Raum, eiskalt. Seine Hände waren nass. Das Herz in der Brust raste bis in seine Kehle hinauf, keuchend rang er nach Luft, und trotz der klirrenden Kälte klebte ihm Schweiß auf der Haut.

Die Rosenranken um sein Bett waren zum Teil abgerissen, zum Teil ... erfroren. Die Beobachtung zischte wie ein Blitz durch sein Gehirn. Seine Hände waren nass, weil sie bluteten, es war sein eigenes Blut, das daran klebte, es glühte schwach in der frostigen Dunkelheit. Er blutete, weil er sich an den scharfen Splittern geschnitten hatte, in die seine zu Eis erstarrte Bettdecke und die Rosen sich verwandelt hatten, als er sich zu heftig bewegt und sie damit zerrissen hatte.

Seine gesamte nähere Umgebung war gefroren, mit Eis überzogen wie ein gläsernes Puppenhaus.

Eis ... Angst war ein eiskaltes Gefühl, und er hatte noch nie so viel Angst gehabt wie in diesem Moment, da er keuchend, mit aufgerissenen Augen und blutigen Händen in seinem eigenen Bett saß.

Das alles kam ihm innerhalb einer einzigen Sekunde zu Bewusstsein, während er noch immer nicht aufhören konnte zu schreien.

Memento ...

Memento mori. Das hatten die Sklaven in Rom den Feldherrn beim Triumphzug ins Ohr geflüstert. Bedenke, dass du sterblich bist.

Memento ...

Er war nicht sterblich.

Sie war es.

Der Schrei erstickte in seiner Kehle. Er hatte nicht mehr genug Atem dafür. Wimmernd krümmte er sich auf dem Bett zusammen, die Hände gegen die Brust gepresst, in der plötzlich ein brennender Eiszapfen zu stecken schien.

„Was zum Teufel ist denn hier los?!" Morgans Stimme durchbrach die Nacht, wild riss er die Tür auf und schaltete das Licht an, doch Alahrian bemerkte es kaum.

„Sie stirbt ...", flüsterte er zitternd. „Morgan, sie stirbt ... Ich kann es fühlen ..." Tränen rannen heiß und sengend über seine Wangen, das Eis begann zu schmelzen, stattdessen tropften jetzt Regenschauer von der Decke herab.

„Wer stirbt?" Mit zwei perplexen, hilflosen Schritten war Morgan bei ihm.

„Lilly ..." Es war mehr ein Schmerzensschrei denn ein Wort.

„Unsinn!" Morgan ließ sich vor dem Bett auf ein Knie herab, um ihm in die Augen sehen zu können. „Sie war doch heute Nachmittag noch hier! Wieso sollte sie denn jetzt sterben?"

„Nicht jetzt ..." Wie von Sinnen krallte Alahrian die Fingernägel in die Matratze. „Aber sie wird sterben ... Mit jeder Sekunde, die verstreicht, kommt sie dem Tod ein klein wenig näher. Ich kann es fühlen, Morgan ... Sie stirbt ..." Seine Worte erstickten in einem Schluchzen, er zitterte am ganzen Körper und gleichzeitig verbrannte er von innen heraus.

Aus dem leeren Raum über ihm regneten kochende Tropfen herab, er sah, wie sie die Haut auf Morgans bloßen Unterarmen versengten – und wie sich die Wunden schlossen, kaum dass sie entstanden waren. Morgan beobachtete die außer Rand und Band geratenen Wetterphänomene im Raum, die arg in Mitleidenschaft gezogenen Rosen, die sich unter dem Bett verkrochen hatten, und sah dann stirnrunzelnd auf Alahrian herab.

„Ruhig", schnurrte er sanft. „Beruhige dich erst einmal ..." Behutsam strich er dem Bruder das verklebte Haar aus der Stirn, und als der immer noch zitterte und schluchzte, da verharrten seine Fingerspitzen für zwei Sekunden auf der Stelle, und er sog mit einem Ruck so viel Energie aus Alahrians Körper wie er konnte. Alahrian spürte eine tiefe, wattige Schwärze in seinem Kopf. Es war ein sehr angenehmes Gefühl. Einen Moment lang war er so schwach, dass selbst der brennend kalte Terror, der ihn gefangen hielt, seine Klauen aus seinem Körper riss.

Es hörte auf zu regnen. Eis, Feuer und Wasser zogen sich aus dem Zimmer zurück. Morgan seufzte tief, dann hob er kurzentschlossen seinen Bruder wie eine Puppe aus dem Bett und trug ihn hinunter in die Halle, damit er die Verwüstungen nicht mehr sehen musste, die er selbst angerichtet hatte. Alahrian ließ es willenlos geschehen. Auch, als Morgan ihn auf dem Sofa absetzte und ihn in mehrere Decken hüllte, bis das Zittern, das ihn schüttelte, langsam verstummte. Auch, als er die Schnitte auf seinen Händen mit Pflastern zuklebte. Und selbst dann noch, als der döckalfar eine Tasse mit heißem Wasser vor ihm abstellte und ihm befahl zu trinken.

„So“, bemerkte er zufrieden, nachdem Alahrian all das über sich hatte ergehen lassen, ohne einen Tornado, eine Springflut oder ein Buschfeuer zu verursachen. „Und jetzt erzählst du mir, was passiert ist.“

Alahrian versuchte, die Benommenheit in seinem Kopf abzuschütteln, obwohl er es nicht wollte. Alles in ihm war taub, aber nicht, weil der Schrecken, die Angst und der namenlose Schmerz überwunden waren, sondern weil Morgan ihm einfach zu viel Lebenskraft entzogen hatte, um noch zu irgendwelchen Empfindungen fähig zu sein. Für den Moment war er nichts als eine leere Hülle. Wäre er nicht unsterblich gewesen, seine Seele an diesen Körper gebunden wie festgenagelt, wäre er jetzt gestorben. So würde sich die leere Hülle binnen weniger Minuten mit neuer Lebenskraft füllen, einer niemals versiegenden Quelle folgend.

Morgan stellte ein paar Kerzen vor ihm auf den Tisch, um den Prozess zu beschleunigen, zögerte aber noch, sie anzuzünden. „Versuch, dich zusammenzunehmen, ja?“, mahnte er streng.

Alahrian nickte schwach. Einen Augenblick später brannten die Kerzen in weichem, orangerotem Licht, das unter seiner Haut versickerte, selbst ohne seinen Willen, ohne sein Zutun. Noch im selben Moment schlug die Angst wieder die Krallen in sein Herz, seine Brust verkrampfte sich, er zog die Knie eng an den Leib und umschlang sie mit den Armen, als müsse der Schmerz ihn zerreißen, aber diesmal schaffte er es, seine Gefühle bei sich zu behalten. Nichts drang nach außen. Nichts geschah.

„Was ist passiert?“, wiederholte Morgan seine Frage, nachdem er sich Alahrians Selbstbeherrschung sicher sein konnte.

Alahrian war nicht in der Lage, es ihm zu erzählen, also projizierte er die Bilder schlichtweg in Morgans Kopf hinein. Der Dachboden. Die Erinnerung an die Königin. Der Alptraum.

„Sie stirbt“, brachte er endlich mühsam hervor. „Sie stirbt mit jedem Tag ein bisschen mehr.“

„Sie ist ein Mensch“, entgegnete Morgan milde. „Es ist nur natürlich. Gewiss wird sie irgendwann sterben. Aber nicht jetzt.“

Alahrian legte sich auf die Seite, verkroch sich unter der Decke, die Morgan ihm umgehängt hatte und rollte sich noch enger zusammen, wie ein trauerndes Tier. „Ich möchte so sein wie sie“, wimmerte er. „Ich möchte mit ihr älter werden. Ich will nicht unsterblich sein, ewig verdammt.“

Morgan antwortete nicht.

„Gibt es denn niemals Vergebung für uns?“, fuhr Alahrian fort. Er fühlte Tränen in seinen Augen brennen, doch statt ihrer flossen nur Worte aus ihm heraus. „Wird dieser Fluch nie enden? Können wir nie erlöst werden?“

Morgan schwieg noch immer.

Voller Bitterkeit starrte Alahrian vor sich hin. „Ich hasse, was ich bin“, erklärte er leidenschaftlich. „Ich möchte ein Mensch sein. Ich möchte sein, was sie ist.“

Jetzt blickte Morgan zu ihm auf, sah ihn aus dunklen Augen an, funkelnd von der Energie, die er aus Alahrians Körper getrunken hatte. „Sie liebt dich, ist dir das eigentlich klar?“, fragte er, sonderbar hart. „Man kann es sehen, jeder, der nicht völlig blind ist, sieht es in ihren Augen, wenn sie dich anblickt, in ihrer Stimme, wenn sie von dir spricht. Sie liebt dich mehr als du es verdient hast, Alahrian. Ist dir nie in den Sinn gekommen, dass sie dich vielleicht lieben könnte, weil du bist, was du bist? Nicht trotzdem?“

Mühsam rappelte sich Alahrian auf und blickte seinen Bruder fragend an.

„Diese Liebe ist ein Geschenk“, sagte Morgan ernst. „Fang endlich an, es anzunehmen, und beleidige sie nicht, indem du verachtest, was sie liebt. Hör auf, dich selbst zu hassen. Und hör auf, an die Zukunft zu denken. Lilly ist jung. Sie hat noch viele Jahre, deren Verstreichen du ohnehin nicht erfassen kannst.“

Alahrian ließ sich wieder in die Tiefen des Sofas fallen. „Und wenn ich sie verliere?“, fragte er kläglich. Und das würde er. Wie lange konnte ein Mensch leben? Achtzig Jahre? Wie lange war das? Morgan hatte Recht, er konnte die Zeitspanne nicht erfassen. Aber es war wenig Zeit. Es war weniger als die Ewigkeit.

„Das wirst du nicht“, meinte Morgan sanft. „Du wirst sie nie verlieren. In deinen Erinnerungen wird sie immer bei dir sein.“

Alahrian blieb auf dem Sofa liegen und rührte sich nicht.

„Sie ist jetzt bei dir“, redete Morgan weiter auf ihn ein. „Das ist das einzige, was zählt.“

Bisher waren seine Worte an Alahrians Schmerz abgeprallt wie Wassertropfen an einer öligen Oberfläche, nun aber fuhr er wie elektrisiert empor. Sie war jetzt eben nicht bei ihm! Mit einem Satz war er auf den Füßen.

„Wo willst du hin?“, fragte Morgan scharf.

„Raus!“ Alahrian war zu sehr in Eile für eine ausführliche Antwort. „Ich muss zu ihr! Jetzt! Sofort!“

„STOP!“ Der döckalfar besaß nicht die selbe, hypnotische Fähigkeit wie Alahrian, doch seine Stimme war so schneidend, so durchdringend und befehlsgewohnt, dass Alahrian trotzdem abrupt innehielt, als wäre er an unsichtbaren Fäden zurückgezogen worden.

„Du kannst jetzt nicht zu ihr!“, ereiferte sich Morgan. „Es ist mitten in der Nacht. Was soll sie denn denken, wenn du um drei Uhr morgens plötzlich vor ihrer Tür stehst? Was soll ihr Vater denken?“

Alahrian presste die Kiefer aufeinander und überlegte fieberhaft. Aber der Drang war zu stark, das Bedürfnis, sie in seinen Armen zu halten, ihre Stimme zu hören, ihr in die Augen zu sehen, unüberwindlich. Alles würde gut werden, wenn sie nur bei ihm war. „Ich habe nur so wenig Zeit mit ihr“, seufzte er, fast lautlos. „Ich will keine einzige Sekunde verschwenden.“

„Stop.“ Wieder hielt Morgan ihn zurück, als er sich in Richtung Tür bewegte, aber ruhiger jetzt, mit weniger Nachdruck. „Du wirst jetzt nicht zu ihr gehen und ihr erklären, dass du die wenige Zeit, die sie noch hat, nutzen willst. Du wirst sie nicht damit konfrontieren, wie kurz ihr Leben sein wird, gemessen an deinen Maßstäben. Du wirst sie nicht daran erinnern, wie bald sie sterben wird, aus deiner Sicht.“

Er hatte sich in Rage geredet, die Worte waren härter geworden mit jedem Satz, vorwurfsvoller.

Alahrian drehte sich um, blinzelnd, verwirrt.

„Du wirst ihr nur Angst machen damit!“, rief Morgan, fast wütend jetzt. „Die Menschen lieben es nicht, über den eigenen Tod zu reden, an ihre eigene Vergänglichkeit erinnert zu werden. Sie verdrängen es lieber – und deshalb wirst du genau das selbe tun.“ Seine Augen sprühten Funken, während sein Blick sich in den Alahrians bohrte. „Du wirst sie nicht auf den Tod ansprechen, du wirst deine Furcht bei dir behalten und nie mit ihr darüber reden, verstanden? Du wirst nicht einmal selbst daran denken, hörst du?“

Alahrian nickte abgehackt und fragte sich am Rande seines Bewusstseins, weshalb Morgan sich derartig in eine Sache hineinsteigerte, die ihn im Grunde überhaupt nichts anging. Aber er kannte die Antwort schon, bevor er die Frage ausgesprochen hatte. „Hast du es so gemacht, damals – bei Sarah?“, flüsterte er. Der Name kam ihm schwer über die Lippen, seit dreihundert Jahren war er absolutes Tabu. Sie redeten nicht über Sarah. Nie.

Morgan reagierte nicht. Seine Pupillen weiteten sich ein wenig, das Antlitz erstarrte, ansonsten zeigte er keine Regung, keinen Hauch von Emotion. So waren die döckalfar. Eisberge, in deren Herzen ein Vulkan brannte. „Ja“, sagte er ruhig.

„Und hat es funktioniert?“

„Ja.“

Mehr würde Alahrian nicht aus seinem Bruder herausbekommen, und das wusste er. Schweigen also. Ja, Schweigen war gut, er fühlte es. Er war doch glücklich gewesen mit Lilly heute Nachmittag, nicht wahr? Keine Furcht, keine drohende Zukunft hatte ihre Stimmung getrübt.

„Schlaf jetzt“, meinte Morgan in verändertem Tonfall und sah zu, wie Alahrian sich achtlos auf dem Sofa ausstreckte, ohne sich die Mühe zu machen, wieder in sein Zimmer zurückzukehren. Besser, die Rosen bekamen eine Nacht Zeit, um sich zu erholen. Für heute hatte er genug Schaden angerichtet.

„Morgan?“, fragte er leise, als der döckalfar sich bereits zum Gehen abwandte.

„Wie hast du es ausgehalten?“

Der andere drehte sich nicht um. Wer sagt, dass ich es aushalte?, gab er lautlos zurück.

Schweigend lehnte Alahrian den Kopf gegen die Sofakissen. Er hätte nicht geglaubt, heute Nacht noch einmal Schlaf zu finden, doch er irrte sich. Morgan hatte ihm eine Menge Energie geraubt, und die Schwäche schlug über ihm zusammen, noch bevor er die Augen ganz geschlossen hatte.

Auf diese Weise schlief er tief und traumlos, bis die ersten, von grauen Wolken getrübten Sonnenstrahlen ihn weckten. Er schaffte es nicht ganz, sich an seine Vorsätze zu halten, Lilly nicht mit seiner Ungeduld zu behelligen. Er konnte nicht warten, bis er sie in der Schule wieder sah. Stattdessen stellte er sich an den Wegesrand, an einen Baumstamm gelehnt und passte sie dort ab.

Sie schien erfreut über diese kleine Überraschung, und als er sie lächeln sah, da vergaß er sofort alle Alpträume, alle Ängste. In seinem Gesicht aber musste etwas sein, das ihr trotzdem nicht entging, denn sie blickte ihn plötzlich durchdringend an und griff nach seiner Hand. „Du siehst blass aus", bemerkte sie mit einem winzigen Unterton von Sorge. „Fehlt dir irgendetwas?"

Er nahm ihre Hand und zog sie an sich, grub das Gesicht in ihr weiches, duftendes Haar und atmete tief ein. Es war, als entzündeten sich mit einem Mal Tausende von Sternen gleichzeitig in seinem Inneren. Die Dunkelheit schwand. Nur wenn er Sonnenlicht trank, fühlte er sich üblicherweise so. Aber das hier war mehr. Um so vieles mehr.

Morgan hatte Recht gehabt. Es gab keine Vergangenheit, keine Zukunft, wenn sie bei ihm war. Nur den Augenblick. Und sie ... Immer nur sie ...

„Nein, mir fehlt nichts", flüsterte er lächelnd in ihr Haar. „Nicht jetzt. Jetzt nicht mehr."

Elfenstern

Vor wenigen Tagen noch war die Schule Lillys kleines, ganz persönliches Paradies gewesen, weil dies der einzige Ort war, an dem sie fast die ganze Zeit über in Alahrians Nähe sein konnte. Jetzt zog sich der Unterricht qualvoll lange dahin.

Die Stunden, in denen sie nicht neben ihm saß – alle, außer Latein – waren besonders schlimm. Beständig wanderte ihr Blick in seine Richtung, ihre Aufmerksamkeit rutschte unter den Nullpunkt ab und zweimal gab sie falsche Antworten, als sie aufgerufen wurde.

Dabei hätte sie doch eigentlich viel entspannter sein müssen, nun, da sie zusammen waren, oder etwa nicht?

Aber das Bedürfnis, ihn anzuschauen, seine Hand zu berühren, seine Wärme zu spüren, wurde mit jeder Minute, die verstrich, nur noch stärker. Anna-Maria, die sich von ihrer Erkältung erholt hatte und nun nicht aufhören wollte, merkwürdige Fragen zu stellen, half da auch nicht recht weiter. Dabei war es eigentlich ein schönes Gefühl, es endlich jemandem erzählen zu können. Nicht alles, natürlich, nur die Dinge, die man der besten Freundin erzählen würde, wenn der erste richtige Freund ein Mensch wäre. Anna-Maria jedoch rührte an Rätsel, die auch Lilly noch verborgen waren.

„Habt ihr euch geküsst?", erkundigte sie sich zum Beispiel ganz unverblümt.

Eine naheliegende Frage. Eine Beste-Freundinnen-Frage ... Lilly schüttelte den Kopf und fühlte, wie sie rot wurde.

„Warum nicht?", bohrte Anna-Maria sofort nach. Eine ihrer im Kosmetikstudio zurechtgezupften Augenbrauen rutschte steil nach oben, bis sie sich beinahe so kühn empor schwang wie Alahrians leicht angeschrägte Elfenbraue.

Ja, warum eigentlich nicht? In einer menschlichen Beziehung wäre dies ein ganz normaler Schritt gewesen ... „Weiß nicht", entgegnete sie achselzuckend. „Wir ... wir sind noch nicht so weit."

Auch die zweite Braue hob sich an, gesellte sich neben die erste. „Was soll das denn für eine merkwürdige Beziehung sein", murmelte Anna-Maria, ein wenig selbstgefällig. „Wenn ihr euch noch nicht einmal küsst ..."

Lilly, mit einem Mal verärgert, funkelte sie an. „Das muss ja wohl nicht dein Problem sein, oder?", zischte sie unwirsch.

Anna-Maria hob abwehrend die Hände. „Schon gut. Ich will es ja nur verstehen ... Ich begreife einfach nicht, was du an dem Freak findest ..."

„Genau." Beleidigt wandte Lilly ihre Aufmerksamkeit der Tafel zu und kritzelte demonstrativ in ihr Heft. „Du begreifst es einfach nicht." Auf einer gewissen Ebene jedoch hatte Anna-Maria ja schon Recht: Die meisten menschlichen Beziehungen begannen mit einem Kuss. Was, wenn derlei

Dinge bei den alfar überhaupt gar nicht üblich waren? Andererseits: Am See, bevor das Ungeheuer kam, da hatte es beinahe so ausgesehen, als hätte er sie küssen wollen ... Ein warmer Schauder glitt über Lillys Rücken, wenn sie daran dachte.

Sie hätte sich gerne von ihm küssen lassen. Gewiss wäre es schön gewesen! Alahrian war bestimmt nur schüchtern, er war schüchtern, und er hatte jeden Grund dazu. Er war anders. Sie beide brauchten mehr Zeit als gewöhnlich. Das war in Ordnung. Lilly vermisste es nicht, das Küssen. Sie wünschte es sich, aber sie vermisste es nicht. Wenn sie mit ihm zusammen war, dann vermisste sie gar nichts. Es war vollkommen ...

Es war vollkommen, in dem Moment, in dem endlich die Glocke läutete und sie nebeneinander, Hand in Hand, über den Schulhof schlenderten. Die letzte Stunde war ausgefallen – gottlob – das bedeutete, sie hatten ein bisschen Zeit, ganz für sich, gewonnen. Instinktiv, ohne sich vorher abzusprechen, schlugen sie beide den Weg zur Villa ein, und Lilly folgte ihm ganz selbstverständlich in die Eingangshalle, hängte ihre Jacke neben seine, als wäre sie hier bereits zu Hause.

Alahrian schloss sie fest in die Arme. „Das wollte ich schon den ganzen Tag über tun", seufzte er mit einer Art von Erleichterung, die auch Lilly empfand.

„Warum hast du es nicht getan?", fragte sie ihn verwundert.

„Vor all den Leuten?" Zärtlich betrachtete er ihr Gesicht, strich ihr die wirren Haare hinters Ohr und spielte mit einer Strähne. „Nein. Das ist etwas zwischen dir und mir, es gehört nur uns. Nur uns beiden ..."

Er war schüchtern. Und zum Dahinschmelzen romantisch ... Lilly schmiegte den Kopf gegen seine Brust.

„Du bist so klein", bemerkte er, liebevoll lächelnd. „Sogar für einen Menschen."

Das stimmte. Um ihm in die Augen schauen zu können musste sie, so nah wie sie ihm war, den Kopf tief in den Nacken legen. Seine Lippen schwebten dadurch ganz dicht über den ihren, das Gespräch mit Anna-Maria zuckte wieder durch ihr Bewusstsein, es wäre ganz leicht gewesen, ihn jetzt zu küssen, sie musste sich nur ein bisschen auf die Zehenspitzen stellen ... Aber er küsste sie nicht. Stattdessen hob er sie behutsam hoch, als wäre sie nur eine Porzellanpuppe und stellte sie auf eine Treppenstufe, damit sie nicht mehr zu ihm aufschauen musste.

„Wirklich sehr klein ... Für einen Menschen."

Lilly hörte das normalerweise nicht allzu gern, er aber sagte es so voller Bewunderung, als wäre es eine ganz besondere, eine herausragende Eigenschaft. „Bist du denn groß?", fragte sie ihn neckend, sich daran erinnernd, dass Morgan ihn um mindestens zehn Zentimeter überragte. „Für einen Elben?"

Kurz streifte sie die schmerzliche Erkenntnis, wie wenig sie eigentlich wusste, über ihn und sein Volk.

Sein Lächeln aber wischte alle Besorgnis beiseite. „Ich bin normal", erklärte er würdevoll. „Für einen alfar." Seine Augen blitzten amüsiert. „Aber du ..." Aus irgendeinem Grund schien ihm dieses Thema ein außergewöhnliches Vergnügen zu bereiten. „Du bist ganz klein und zart. Fast hast du etwas von einer pixie an sich."

Lilly blinzelte. „Von einer was?"

Alahrian setzte zu einer Erklärung an, Lilly aber unterbrach ihn. „Halt, warte! Das ist eine Art Elfe, nicht wahr?" Stirnrunzelnd sah sie ihn an. „Es gibt also noch andere?"

Alahrian nickte. „Ja, natürlich. Komm, ich zeige dir etwas!" Er streckte die Hand nach ihr aus und führte sie in die Mitte der Halle, dorthin, wo das Mosaik den Fußboden zierte. Lilly blieb neben ihm stehen und betrachtete nachdenklich das Muster, ein verschlungenes, in sich gewundenes Symbol, das ihr jedes Mal, wenn sie es ansah, auf so verwirrende Art und Weise vertraut vorkam, obwohl sie noch nicht einmal wusste, was es bedeutete:

Der Stern war vielfach verziert, Ranken unbekannter Pflanzen wanden sich darum, Blumen wollten aus den Schnittstellen empor sprießen, und dazwischen glitzerten einzelne Fünkchen von Silber und Gold.

„Dieses Zeichen ...", murmelte sie geistesabwesend. „Was bedeutet es?"

„Es ist ein Elfenstern." Alahrian lächelte sie an, nahm ihre Hand in die seine und ließ sich mit ihr auf einem der bunten Seidenkissen nieder, die hier überall herumlagen. „Jeder von uns trägt einen." Er zeigte ihr seine Handgelenke, auf denen plötzlich das Symbol aufleuchtete, als wäre es mit Sonnenlicht in seine Haut eintätowiert worden. Vielleicht war es das.

„Jede der Spitzen steht für eines unserer Völker", erklärte er weiter, und schon war das Zeichen auf seiner Haut wieder verschwunden. „Die vier unteren sind Wesen, wie sie häufig in euren Märchen und Sagen vorkommen, in keltischen und irischen Kulturkreisen weiß man viel von ihnen. Die meisten sind kleiner als die alfar, ihre Gestalt und auch ihr Wesen weniger menschlich. Manche eurer Legenden nennen sie Feen, Elfen, Sidhe ... Sie haben viele Namen ..." In einer unbewussten Bewegung strich er mit den Fingern über die vier Spitzen, die Basis des Sterns, bevor er fortfuhr: „Es gibt vier verschiedene Völker unter ihnen, und jedes beherrscht eines der vier Elemente. Die Boccanach – so nannten sie die Kelten – sind eine Art Feuerdämonen, wild und ungezügelt, wie die Flamen, in denen sie leben. Den Merrows gehört das Wasser, ihr kennt sie als Nixen, Wassermänner, Meerjungfrauen. Sie wohnen tief unter dem Ozean, in Flüssen, Seen und Brunnen, ihr Körper ist zur Hälfte Fisch und nur zum Teil menschlich. Die Wesen, die ihr Zwerge nennt, sind hingegen von menschlicher Gestalt, doch kleiner und stämmiger als ihr. Ihre Behausung liegt tief unter der Erde, Stein und Erz sind ihre Elemente, und unter der Oberfläche schürfen sie nach Gold und Edelsteinen. Die vierte Spitze steht für die pixies, ein Volk, das wohl dem am nächsten kommt, was ihr euch unter Elfen vorstellt. Sie sind sehr klein und von filigranem, feingliedrigem Körperbau. Ihr Element ist die Luft, und daher haben sie Flügel, schillernd und zart wie die von Libellen."

Er hielt inne, und auch Lilly schwieg, zu gebannt lauschend, um ihre Sprache wieder zu finden. Fasziniert versuchte sie, all die Märchen, die sie je gelesen hatte, im Geiste Revue passieren zu lassen, versuchte die Fabelwesen ihrer Kindheit in das einzuordnen, was er ihr eben erzählt hatte.

„Und die anderen Spitzen?", fragte sie endlich.

Alahrian lächelte wieder, seine Augen strahlten azurfarben. „Zwei davon kennst du bereits ..."

Ja, das stimmte. Sie hatte bereits das Vergnügen gehabt, sowohl einen lios- als auch einen döckalfar persönlich zu treffen. Zärtlich blickte sie ihn an.

„Einst herrschten unsere beiden Völker über die anderen", erklärte ihr Alahrian, und seine Stimme klang seltsam traurig dabei. „Daher stehen sie im Stern über den übrigen Spitzen, durch eine Querachse von ihnen getrennt."

„Was ist mit den vier Völkern passiert?", erkundigte sich Lilly. „Leben sie auch unter uns, so wie ihr?"

Alahrian schüttelte den Kopf, und der Eindruck von Trauer, den Lilly bereits zuvor an ihm wahrgenommen hatte, verstärkte sich. „Sie waren die ersten, die Kontakt hatten zu eurer Welt", erzählte er, in verändertem Tonfall und mit seltsam verdunkeltem Blick. „Einst lebten viele von ihnen hier, aber jetzt ... nicht mehr."

„Warum nicht?"

„Sie haben sich in unsere eigene Welt zurückgezogen, in die Welt, die ihr die Anderswelt nennt."

„Und die liosalfar?"

„Diejenigen, die noch übrig sind, leben in eurer Welt, wie du weißt", entgegnete er, und eine merkwürdige Dissonanz, kein Zorn, sondern eher eine Art unterdrückter Schmerz, mischte sich in seine Stimme. „Genau wie die döckalfar." Er sah sie nicht an, während er sprach.

Lilly hätte gern gewusst, warum sich die Völker getrennt hatten, was es mit der Anderswelt auf sich hatte und weshalb man überhaupt so wenige alfar zu Gesicht bekam, doch er schwieg beharrlich, und es war etwas in seinen Augen, das ihr deutlich zeigte, dass er nicht darüber sprechen würde. Also drang sie nicht weiter in ihn.

„Wofür steht die oberste Spitze?", erkundigte sie sich stattdessen.

Nun aber wurde sein Blick ganz leer. Ein winziges Lächeln huschte über sein Gesicht, doch es war etwas Schmerzliches darin. „Sie steht für den Grauen", antwortete er tonlos.

„Den Grauen?", wiederholte Lilly, als er keinerlei Anstalten machte, das zu erläutern.

„Der Graue symbolisiert die Harmonie zwischen unseren Völkern, den

Ausgleich, die Balance", erklärte er nun, leise und sonderbar widerwillig. „Er ist eine Art ... König, jedoch ohne zu herrschen, nicht in dem Sinne wie ihr das Wort gebraucht. Einst einte er unsere Völker, verband und verschmolz sie. Vielleicht könnte man sagen, er ist so etwas wie der König Artus in eurer Legende, die Verkörperung eines besseren, goldenen Zeitalters."

Das klang, als spräche er von einer lange versunkenen Epoche. „Was ist mit ihm geschehen?", fragte Lilly leise.

Alahrian sah sie noch immer nicht an, es zuckte in seinem Gesicht, die Augen waren dunkel. „Ich weiß es nicht ... Er hat uns verlassen, schon vor langer Zeit ..."

„Ist er ... auch in dieser Anderswelt?"

„Ich weiß es nicht ..." Langsam schüttelte er den Kopf. „Er ist fort. Er hat uns verlassen." Nun mischte sich Bitterkeit in seine Stimme, er presste die Lippen aufeinander und schwieg, und Lilly wusste, er würde nichts mehr dazu sagen, selbst wenn sie ihn drängen würde.

Unsicher blickte sie ihn an, doch er war wie eine Statue hinter Glas, stumm und unerreichbar. Behutsam, zögernd streckte sie die Hand nach ihm aus, doch sie wagte nicht, ihn zu berühren. Er aber erwachte von selbst aus seiner Erstarrung, sprang plötzlich auf und lächelte, als könne er die eben empor gedämmerten Schatten damit hinwegwischen. „Genug des Geschichtenerzählens!", rief er mit neuer Heiterkeit. „Draußen scheint die Sonne! Lass uns ein wenig in den Garten gehen!"

Tatsächlich lockte vor dem Fenster der Frühling, es war aber noch ein bisschen kühl, und Lilly holte schnell ihre Jacke. Alahrian schnappte sich etwas, das unordentlich über der Couch lag, und Lilly lächelte, als sie sah, was es war: ein dunkelblauer Kapuzenpulli, flauschig und schon ein bisschen ausgewaschen, ein Wohlfühlteil, das an entspannte Abende auf dem Sofa erinnerte, ganz anders als seine übliche, stets von einem Hauch von Eleganz umwehte Kleidung.

Er hätte menschlicher aussehen können in diesem Teil, gewöhnlicher, aber das Gegenteil war der Fall. Als er aus dem weiten Ausschnitt auftauchte, sich das elektrisierte Haar aus dem Gesicht strich und in einer unbewussten Bewegung den Kragen zurechtzupfte, da wirkte er nur noch graziöser, noch übernatürlicher, noch schöner. Verstohlen betrachtete Lilly sein Profil, seine fein geschnittenen Gesichtszüge mit den schmalen, hoch angesetzten Wangenknochen, den Augen, die um so vieles größer und tiefer waren als die eines Menschen, den kühn und leicht schräg geschwungenen Brauen. Selbst jetzt, da er nicht direkt im Licht stand, ging ein schwaches Leuchten von seiner blütenreinen Haut aus, und sein Haar war von einem goldenen Glanz getränkt, als brannten Tausender winziger Fünkchen darin.

Einen Moment lang wirkte er so fremd und fern, als sähe sie ihn zum ersten Mal, dann aber drehte er sich vollends zu ihr um, lächelte, ein wenig unsicher, und fragte nervös: „Alles in Ordnung? Du guckst mich so komisch an."

Warm erwiderte Lilly sein Lächeln. Diese Unsicherheit zumindest war menschlich, allzu menschlich sogar. Seiner übernatürlichen Attraktivität schien er sich jedenfalls nicht bewusst zu sein. „Frieren kannst du also auch?", bemerkte sie mit einem Blick auf den Pullover, nur um schnell etwas Unverfängliches zu sagen. „Wie kommt das, wo du doch so viel Hitze ausstrahlst?"

Alahrian zuckte achtlos mit den Schultern. „Man friert ziemlich schnell, wenn man eine so hohe Körpertemperatur hat", erklärte er leichthin. „Es kostet schließlich Energie, den Unterschied auszugleichen."

Lilly nickte zerstreut. Bei Menschen musste das irgendwie anders sein. Menschen empfanden eine Außentemperatur von 37 Grad bereits als ziemlich warm, obwohl das der Körpertemperatur entsprach. „Warum wohnst du dann nicht in einer wärmeren Gegend?", erkundigte sie sich beiläufig. „Wo es sonniger ist?"

Einen kurzen Moment lang zuckte ein Schatten über sein Gesicht. „Ich kann hier nicht weg", entgegnete er knapp, ausweichend.

Er war ein Wesen voller Rätsel. Noch immer. Lilly nahm seine Hand und ließ sich von ihm in den Garten führen. Wie um ihn zu begrüßen, kam fast augenblicklich eine Amsel angeflogen, Alahrian streckte automatisch die Hand aus, und der Vogel ließ sich darauf nieder. Zwei Schmetterlinge ruhten sich auf seiner Schulter aus, ein Magnolienbaum, an dem er nur kurz vorüberstrich, stand plötzlich in voller Blüte. Unter dem Tritt seiner nackten Füße knickte das Gras nicht ein, im Gegenteil: jeder Halm, den er berührte, jedes Blatt, das er flüchtig streifte, schien danach in noch satterem, noch kräftigerem Grün zu erstrahlen.

Alahrian selbst bemerkte von alldem nichts, ganz selbstverständlich nahm er es hin, seine Augen waren auf Lilly allein gerichtet, als wäre er kaum in der Lage, den Blick von ihr abzuwenden.

Lilly begegnete ihm mit einem Lächeln, ja, sie konnte nicht aufhören zu lächeln, seine bloße Gegenwart füllte sie mit einem Strahlen, das in ihrem Inneren tanzte, als wäre auch sie von Licht durchtränkt wie er.

Nur widerwillig kehrte sie in die Villa zurück, als es Zeit wurde, nach Hause zu gehen.

Aber sie mochte noch nicht fort, zögerte den Augenblick des Abschieds hinaus, kostete jede Sekunde mit ihm voll aus. Langsam, schlendernd, durchquerte sie an seiner Seite die Halle, streifte am Flügel vorbei und ließ spielerisch die Finger über die Tasten gleiten. Dann plötzlich setzte sie sich und begann, einer Eingebung folgend, zu spielen. Es war eine leichte Melodie, die ihr im Kopf herumschwirrte, ein alter Song von den Carpenters, und sie variierte das Thema, während gleichzeitig der Text lautlos in ihren Gedanken flatterte:

Why do birds / Suddenly appear? / Everytime you are near?
Just like me / They long to be / Close to you ...

Why do stars / Fall down from the sky? / Everytime you walk by?
Just like me / They long to be / Close to you ...

On the day that you were born / The angels got together and decided / To create a dream come true. / So they sprinkled moondust in your hair / Of gold and starlight in your eyes of blue ...

Why do birds / Suddenly appear? / Everytime you are near?
Just like me / They long to be / Close to you ...

Ein glockenhelles Lachen unterbrach sie. Alahrians Gesicht schwebte über ihr, leise und anmutig wie eine Feder hatte er sich auf dem Flügel ausgestreckt, seine himmelblauen Augen fast auf selber Höhe mit den ihren. „Du schmeichelst mir", bemerkte er unbehaglich. Eine zarte Röte überzog seine üblicherweise schneeweißen Wangen.

„Nein." Lilly hörte auf zu spielen.

Mit einem Mal war ihre Kehle ganz trocken, in den Augen brannte es, und sie wusste nicht einmal, weshalb. „Nichts kann dir schmeicheln, du ... du bist ... du bist einfach ..."

Hilflos brach sie ab. Wie sollte sie es ihm sagen? Wie sollte sie in Worte fassen, wie wunderbar er war, wie sehr er ihr Leben innerhalb weniger Tage zum Strahlen gebracht hatte? Was er ihr wirklich bedeutete?

Sie konnte es ja selbst kaum begreifen, und manchmal, so wie jetzt, da schien es beinahe zu groß für sie, schien ihr Herz zu sprengen, bis es in ihrem Inneren riss und zog, und dann ertrug sie es kaum, ihn anzusehen, weil er sie so glücklich machte, dass es weh tat.

Mit einem erstickten Schluchzen schlug sie die Hände vors Gesicht und begann, haltlos zu weinen, Tränen voll Süße und zuckriger Lieblichkeit, die sich einfach nicht aufhalten lassen wollten.

„Lilly!" Erschreckt glitt er vom Klavier herab, starrte sie aus geweiteten Augen an und wagte nicht, näher zu kommen. „Alles in Ordnung? Was hast du denn? Bist du ... bist du krank?"

Lilly nahm die Hände vom Gesicht und versuchte, ihn durch den Tränenschleier hindurch anzulächeln. „Nein ... Entschuldige ... es ist alles okay."

„Aber du weinst ja! Du weinst ja immer noch!" Bestürzt ließ er sich zu ihren Füßen auf den Boden gleiten, schaute besorgt zu ihr auf und machte einen bekümmerten, hilflosen Eindruck. „Es ist das, was ich bin, nicht wahr?", fragte er mit zusammengepressten Lippen. „Es ist zu viel für dich. Ich ... ich bin zu fremd, zu anders ... Das ... das alles hier muss dir ja völlig verrückt vorkommen!"

Eine federleichte Bewegung seiner Hand schien seine ganze Umgebung, seine ganze Welt mit einzuschließen. Unruhig sprang er auf. „Aber ich kann auch menschlich sein!“, rief er erregt. „Für dich kann ich so menschlich sein wie du nur willst!“ Sein Gesicht hellte sich auf. „Ich kann sogar so aussehen wie ein Sterblicher! Wenn es so für dich einfacher ist, dann bin ich einfach nur noch der Schuljunge, den du damals auf der Party kennen gelernt hast. Nichts weiter! Sonst nichts ...“ Mit geschlossenen Augen sog er das Glimmen unter seiner Haut in sein Innerstes, bis es ganz erloschen schien, sein leuchtendes Haar schien zu flackern wie eine Kerzenflamme im Wind, der Glanz verblasste, und dann ...

„Nicht!“ Hastig stand Lilly auf, trat auf ihn zu und strich mit beiden Händen über seine goldenen Locken. „Tu das nicht. Du sollst dich nicht verstellen, ich will dich so wie du bist, alles an dir, ohne Maske, einfach nur dich.“

Unter ihrer Berührung kehrte das Leuchten zurück, stärker sogar, bis er glänzte und glühte, als wäre er mit Feuer gefüllt.

„Warum bringe ich dich dann zum Weinen?“ Er sah frustriert und verunsichert aus.

„Weil du mich glücklich machst.“ Seufzend lehnte sich Lilly gegen seine Brust, er schloss die Arme um sie und hielt sie fest. „Ich bin so froh, dich getroffen zu haben. Du bist ... Ich ...“ Verwirrt hielt sie inne. Es waren drei magische Worte, die ihr plötzlich auf der Zunge lagen, doch diese Worte waren zerbrechlich wie Glas und leer und bedeutungslos wie der Wind, und so sprach sie sie nicht aus.

Die Erkenntnis jedoch machte ihr Herz rasen, wild hämmerte ihr Puls unter den Fingerspitzen, ihr Atem ging schnell, und in den Augen wollten sich schon wieder Tränen breit machen.

„Du bist alles für mich“, flüsterte Alahrian ihr ins Ohr. „Du ahnst nicht, wie dunkel mein Leben war, bevor du kamst.“ Zärtlich strich er ihr das Haar zurück, wischte ihr die Tränen von den Wangen, und endlich neigte er sich herab, seine Lippen so dicht über den ihren, dass sie von seinem Atem kosten konnte, doch sie berührten sie nicht, sondern küssten sanft und behutsam die Tränen fort.

Ein Lächeln glitt über sein Gesicht, während er sie hielt. Er leckte sich die Lippen und lachte leise. „Salzig ...“ Seine Augen leuchteten auf. „Deine Tränen schmecken salzig wie das Meer.“

Verblüfft schaute sie ihn an. „Deine nicht?“

„Nein. Unsere Tränen sind zuckrig süß wie goldener Honig, und doch so bitter wie eine sternenlose Nacht ...“ Wehmütig blickte er ins Leere. „Ihr könnt weinen vor Glück, und das ist schön. Unsere Tränen fließen nur aus Traurigkeit, und wenn wir weinen, dann regnet es, und der Himmel verdunkelt sich ...“

Instinktiv drehte Lilly den Kopf und schaute hinaus in den strahlenden Sonnenschein.

„Aber ich verstehe, was du meinst." Seine Worte kamen leise, fast tonlos. „Es tut weh. Was ich für dich empfinde. Es schmerzt ... hier ..." Er legte die Hand auf die Brust, ohne sie loszulassen.

Lilly schmiegte ihr Gesicht gegen sein Herz und hörte es pochen.

„Ja", flüsterte Alahrian kehlig. „So ist es besser, nicht wahr?"

„Bleib bei mir", bat Lilly erstickt. „Bitte ... bleib bei mir ..."

„Das werde ich." Fest drückte er sie an sich. „Für immer."

Als Lilly an diesem Tag, noch ganz trunken von ihren eigenen Gefühlen, nach Hause kam, fiel ihr als erstes der protzige, silberfarbene BMW auf, der aus der Einfahrt schoss, in eben jenem Moment, als sie dort einbog.

Kopfschüttelnd blickte sie dem Wagen hinterher. „Wer war denn das?", erkundigte sie sich neugierig, kaum dass sie die Schwelle des Hauses übertreten hatte.

Lena und ihr Vater saßen zusammen am Küchentisch, zwei Teetassen vor sich. Eine dritte stand, noch ungespült, daneben.

Lillys Vater machte ein ernstes Gesicht, die Augen blickten streng. „Der Bürgermeister", erklärte er in einem Tonfall, als sei es niemand anderes als die Polizei gewesen, und zwar um Lillys Marihuanavorräte zu beschlagnahmen, ihre gefälschten Kreditkarten mitzunehmen oder am besten gleich mit einem Haftbefehl in der Hand, auf dem ihr Name stand.

Lilly fühlte, wie ihre Handflächen zu schwitzen begannen, und das obwohl sie sich keinerlei Verbrechen bewusst war. „Und was wollte er?", bemerkte sie, so beiläufig wie möglich.

„Uns warnen." Ihr Vater verzog noch immer keine Miene.

„Wie bitte?" Nun war Lilly in der Tat verwirrt. Wovor um alles in der Welt sollte Anna-Marias Vater ihre Familie warnen sollen?

„Vor deinem neuen Freund." Lillys Vater sprach gefährlich ruhig. „Alahrian."

„Waaas?!!!" Lilly verschluckte sich und hustete krampfhaft. „Aber das ... das ist doch lächerlich!", brachte sie mühsam hervor.

„Ja, das habe ich mir auch gedacht", gab ihr Vater zu. „Trotzdem: Er findet, der Junge sei nicht der richtige Umgang für dich."

Lilly starrte ihn an. „Das geht den überhaupt nichts an!", platzte sie wütend heraus. „Was bildet er sich ein?"

„Schon gut", mischte sich Lena ein. „Wir sind ja auf deiner Seite."

„Aber merkwürdig ist es schon", fügte ihr Vater mit undurchdringlichem Ausdruck hinzu.

„Ja, und zwar vom Bürgermeister!", rief Lilly ungehalten. „Was soll denn dieser Blödsinn? Er soll sich gefälligst aus meinen Angelegenheiten raus halten!"

Sie musste sich beherrschen, um nicht die halbe Nachbarschaft zusammen zu schreien, so wütend war sie. Was für eine bodenlose Unverschämtheit! Und doch ... Etwas in ihr musste sich allmählich fragen, was eigentlich in dieser kleinen Stadt los war. Was hatten alle gegen Alahrian? Erst Anna-Maria und jetzt das hier! Und hatte nicht Alahrian selbst behauptet, er habe eine Art Fehde mit dem Priester? Ausgerechnet dem Priester? Was war hier nur vorgefallen?

Etwas Ähnliches ging wohl auch im Kopf ihres Vaters vor, denn er meinte unbestimmt: „Ich weiß auch nicht, was das sollte. Aber du musst zugeben, du weißt recht wenig über diesen Alahrian, oder?"

Das brachte das Fass zum Überlaufen. Tränen des Zornes schossen in Lillys Augen, und erstickt schrie sie ihren Vater an: „Ich weiß mehr über ihn als ihr! Und gewiss mehr als der Bürgermeister! Ich dachte, du magst Alahrian mittlerweile! Ihr habt euch ausgesprochen, ihr ... ihr ..."

Sie sprach nicht weiter. War es das? Wusste der Bürgermeister mehr als sie ahnte? Lilly dachte an den Streit, den sie damals im Rathaus mit angehört hatte, den Streit um das Einkaufszentrum, zwischen Alahrian und Anna-Marias Vater. An den Wortlaut konnte sie sich nicht mehr erinnern, sie hatte nichts von alledem verstanden damals, aber da war etwas, etwas Feindseliges zwischen den beiden, das sich nicht leugnen ließ. Feindselig und seltsam vertraut ...

„Niemand wirft Alahrian irgendetwas vor", bemerkte Lena sanft. „Er ist ein lieber Junge, wirklich." Beschwörend blickte sie Lillys Vater an, als hätten die Worte eher ihm als ihr gegolten.

Er nickte ruppig. „Ja, aber ich würde ihn trotzdem gerne näher kennen lernen", meinte er knapp.

„Um ihn zu verhören?" Lilly schnaubte trotzig.

„Nein." Die Gesichtszüge ihres Vaters entspannten sich, wurden plötzlich weicher. „Ich mag ihn ja, ehrlich. Aber du könntest ihn doch mal zum Essen hierher einladen ... Oder zum Tee." Sein Blick streifte die Tassen auf dem Tisch.

Lilly schluckte hart. „Besser zum Tee ...", erklärte sie schnell. Als ob das einen Unterschied machen würde! Alahrian nahm keine sterbliche Nahrung zu sich, und zwar von keiner Art. Das würde ein Desaster werden, die reinste Folter für Alahrian!

Ihr Vater jedoch schien es durchaus ernst zu meinen.

„Okay", säuselte Lilly, um einen enthusiastischen Tonfall bemüht. „Ich frag ihn, ja?"

Damit, fand sie, sei der Sache vorerst Genüge getan und hastig schlüpfte sie aus der Küche. Puh, was für ein Alptraum! Sie würde sich etwas einfallen lassen müssen, um ihren Vater von der Idee abzubringen. Und Alahrian würde sie irgendwann nach dem Bürgermeister fragen müssen ... Irgendwann, aber nicht jetzt ... Nach dem zauberhaften Moment von eben wollte sie auf keinen Fall den Eindruck erwecken, sie misstraue ihm. Schließlich hatte sie ihm versprochen, ihm zu vertrauen, und das schon vor langer Zeit. Sie vertraute ihm. Und auch der Bürgermeister würde daran nichts ändern ...

In Lillys Innerem wurde es warm. Spontan setzte sie sich an den Flügel und begann, wieder zu spielen:

Why do birds … suddenly appear …

Aber die Töne hatten ein wenig von ihrer Lieblichkeit verloren.

Grimms Märchen

Erzählst du mir mehr über dich und dein Volk?", hatte sie ihn gebeten und zwei Minuten später fand sie sich in seiner Bibliothek wieder und staunte. Er besaß eine Bibliothek! Nicht etwa ein Zimmer, in dem er einige Bücher aufbewahrte, sondern eine echte Bibliothek mit dekkenhohen, von Schnitzereien verzierten Regalen, holzvertäfelten Wänden und einem schweren, marmornen Kamin. Durch eine Reihe schmaler, an eine Kathedrale gemahnender Fenster fiel helles Licht herein, Staub flimmerte durch die einzelnen Sonnenstrahlen und tanzte auf den sich ächzend biegenden Regalbrettern.

Alahrian war bereits dabei, einzelne Bücher für sie heranzuschaffen, schwere, in Leder gebundene Folianten, aber auch simple, bunt bedruckte Taschenbücher. Lilly beobachtete ihn verblüfft. Eigentlich hätte ihr ein mündlicher Bericht genügt, eigentlich hätte sie Dinge wissen wollen, die gewiss nicht in Büchern standen, doch er war bereits so eifrig bei der Sache, dass sie ihn nicht unterbrechen wollte.

So fand sie sich kurz darauf auf einem breiten, mit Seide bespannten Sofa wieder, ein knisterndes Kaminfeuer im Hintergrund, umgeben von Stapeln unzähliger Bücher und ganz versunken darin. Und während Lilly, die schon dem Geruch alter Schmöker und dem flüsternden Rascheln abgegriffener Seiten nicht widerstehen konnte, langsam Band für Band durchblätterte, saß Alahrian mit untergeschlagenen Beinen auf dem Teppich und arrangierte bunte, glitzernde Glassteinchen auf einer Spiegelplatte, einem Muster folgend, das beim besten Willen kein Sterblicher nachvollziehen konnte. Lilly hatte ihn das schon öfter tun sehen. Wenn er fertig war – und das konnte Stunden dauern! – dann trug er die Spiegelplatte behutsam hinaus, legte sie in die Sonne und sog nach und nach jeden schimmernden, in verschiedensten Farben leuchtenden Lichtreflex in sich auf. Es war nicht anders, als wenn ein Mensch sich ein besonderes Abendessen bereitete – oder zumindest kaum anders.

„Hast du eine Lieblingsfarbe?", fragte sie ihn neugierig.

„Blau", antwortete er geistesabwesend, betrachtete stirnrunzelnd das Ornament auf der Spiegelplatte und nahm einige, bereits angeordnete Steinchen wieder von ihrem Platz.

„Blau schmeckt besser als andere Farben?", erkundigte sich Lilly nachdenklich.

„Nein." Er lachte leise und blickte mit amüsiert funkelnden Augen zu ihr auf. „Licht hat keinen Geschmack, oder zumindest nehmen wir ihn nicht wahr. Aber die einzelnen Farben haben eine bestimme Wirkung auf uns – das spüren übrigens auch Menschen."

Spielerisch ließ er eine Handvoll bunter Glassplitter durch seine Finger gleiten. „Rot ist kraftvoll, energisch, leidenschaftlich – aber auch aggressiv. Grün ist sanft und beruhigend, orange warm – aber auch ein wenig unruhig ...“

Lilly lauschte aufmerksam seinen Worten und verstand genau, was er meinte. Es gab einen Grund, warum man seine Wände in bestimmten Farben strich, oder etwa nicht?

„Um zu leben brauchen wir aber alle Farben, alle Spektren zusammen“, erklärte Alahrian weiter. „Ihr könnt euch ja schließlich auch nicht von Vitamin C allein ernähren, oder?“

„Und warum ist dann blau deine Lieblingsfarbe?“, fragte Lilly.

„Blau gefällt mir am besten.“ Er zuckte mit den Schultern, so einfach war das. „Blau ist die Farbe des Himmels, des Ozeans ...“

Seiner Augen ... Sehnsüchtig blickte Lilly zu ihm herab, doch er hatte sich bereits wieder den Glassteinchen zugewandt und starrte konzentriert auf die Spiegelplatte. Lilly lächelte weich, lehnte sich seufzend zurück und schloss einen Herzschlag lang die Augen, um den seltsamen Moment tief in sich aufzunehmen. Es war schön, so mit ihm zusammen zu sein, ganz selbstverständlich seinem Alltag zu folgen, sich an seine Andersartigkeit zu gewöhnen, bis sie ihr eines Tages ganz vertraut sein würde. Versonnen beobachtete sie ihn. Ob er wohl irgendwann kein Rätsel, kein Wunder mehr für sie sein würde? Würde sie das Geheimnis seiner Existenz irgendwann einmal ganz und gar begreifen?

Wollte sie das überhaupt? Nein, es genügte, dass er jetzt hier bei ihr war. Mehr über ihn erfahren wollte sie allerdings durchaus und so begann sie, eifrig die Bücher zu studieren, die er ihr gebracht hatte. Jakob und Wilhelm Grimms „Irische Elfenmärchen“ verrieten ihr jedoch zunächst bloß Dinge, die sie auf die eine oder andere Weise bereits kannte, wie:

Die Elfen lieben über alles die Musik.

Oder:

Nahrung scheinen sie nicht zu bedürfen. Sie laben sich an Tautropfen, die sie von den Blättern sammeln.

Alahrian, das wusste sie sehr wohl, genügte zur Not auch ein Schluck Leitungswasser, doch das Buch war knappe zweihundert Jahre alt, das musste man gewiss berücksichtigen. Aber auch Wilhelm Vollmers „Wörterbuch der Mythologie“ teilte ihr nicht viel Neues mit, wenn es schrieb:

Bei heiterer Luft kommen sie gerne hervor und baden sich im Sonnenschein.

Und:

Ihre Lieblingsbeschäftigung ist der Tanz; mit diesem bringen sie ganze Nächte zu, und wo auf einer Wiese ein Kreis von Elfen sich gedreht hat, da wächst das Gras grüner, frischer und üppiger hervor.

Es gab allerdings auch Merkwürdigkeiten, die sie aufhorchen ließen, und wenn immer sie auf solche Passagen stieß, las sie sie Alahrian laut vor und wartete auf seinen Kommentar.

„Zu ihren Belustigungen gehört das Ballspiel, das sie mit großem Eifer treiben", zitierte sie zum Beispiel aus den Gebrüdern Grimm und wiederholte betont: „Ballspiel?"

Alahrian blickte ungerührt von seinem Mosaik auf. „Ich bin im Volleyballteam, oder nicht?", entgegnete er grinsend.

„Hmmm ..." Lilly klappte die Grimms zu und suchte nach einer anderen Stelle im „Wörterbuch der Mythologie": „Bei alledem sind sie gewandt, geschickt, nicht nur kundig aller Zauberkräfte, sondern vermögen auch mit einer seltenen Kunstfertigkeit Metall-Arbeiten zu machen, die der trefflichste Künstler vergeblich zu machen sich bemühen würde."

Stirnrunzelnd hielt sie inne: „Metall?", erkundigte sie sich zweifelnd. „Sagtest du nicht, du könntest kein Metall berühren?"

„Eisen", verbesserte er sie nachsichtig. „Ich kann kein Eisen oder Stahl berühren. Mit den Edelmetallen ist es etwas anderes." Er zuckte mit den Schultern. „Aber du hast schon Recht. Die handwerklichen Dinge sind nicht so die Sache der liosalfar. Das ist mehr etwas für Leute wie Morgan." Seufzend setzte er einen letzten Stein auf die Spiegelplatte, betrachtete das Muster mit zusammengekniffenen Augen und schien endlich damit zufrieden. „Er hat auch dieses Haus gebaut", erzählte er, im Plauderton.

„Was?" Lilly riss die Augen auf. „Er hat dieses Haus gebaut? Ganz allein?"

„Sicher ..." Alahrian wirkte vollkommen unbeeindruckt, Lilly aber starrte noch immer verblüfft.

„Er ist unsterblich, Lilly ..." Alahrian verzog ein bisschen das Gesicht, als sei das weiter nichts Besonderes: „Jeder kann ein Haus bauen, wenn er endlos viel Zeit dafür hat."

„Tzzzzz", machte eine spöttische Stimme im Hintergrund. „Nur kein Neid, ja?"

Lilly drehte sich um. Morgan, natürlich! Lässig und vollkommen lautlos kam er in die Bibliothek geschlendert, als hätte er gehört, wie sie über ihn sprachen. Vielleicht hatte er das.

Lilly versenkte sich wieder in das Buch und ignorierte das auch bei Menschen weit verbreitete Gezanke zwischen Brüdern, das nun unweigerlich folgen musste. Und dann zuckte sie heftig zusammen, als sie auf eine Stelle stieß, die, einem Blitz gleich, durch ihre Augen direkt in ihr Herz fuhr und es heftiger, unregelmäßiger, weiterschlagen ließ als zuvor:

Da sie selbst menschlich gestaltet und überaus schön sind, so findet es sich nicht selten, dass sie sich mit den Menschen liebend verbinden ...

Nicht selten ... Es gab also noch andere! Andere wie Alahrian und sie! Alfar, die mit Sterblichen zusammen waren! Welche Geschichte mochte wohl dahinter stecken? Wie war es diesen Paaren ergangen? Adrenalin in den Adern ließ sie begierig die Augen über die Seite schweifen, doch da stand wenig mehr als dieser eine Satz. Mist! Dass diese Lexika aber auch immer ungenau blieben, an eben jenen Stellen, wo es interessant wurde.

Trotzdem merkte sie die Stelle heimlich ein und schob das Buch unauffällig beiseite, um es später, wenn Alahrian nach draußen gegangen war, noch einmal genauer zu durchforsten. Ihn direkt danach zu fragen, traute sie sich nicht, und schon gar nicht in Morgans Gegenwart.

So erkundigte sie sich, ganz unschuldig und in perfekt beiläufigem Tonfall: „Gibt es denn keine Geschichte der liosalfar, geschrieben von liosalfar?"

Denn eben das war der Punkt. Alle Bücher, die Alahrian ihr gegeben hatte, waren von Sterblichen verfasst. Ihre Frage war also durchaus berechtigt, dennoch löste sie ein amüsiertes Lachen bei Morgan und ein höchst einsilbiges „Nein" bei Alahrian aus.

Lilly runzelte missbilligend die Stirn. Alahrian schien nicht in der Stimmung für weitere Erklärungen, Morgan jedoch meinte, noch immer grinsend: „Sie erinnern sich an alles, was sie jemals erlebt haben, im kleinsten Detail, genauso deutlich, als wäre es eben erst geschehen. Aber sie könnten niemals erklären, wann es gewesen ist – oder in welcher Reihenfolge. Sie haben ein erstaunliches Gedächtnis, aber kein Zeitgefühl – und nur wenig Fähigkeit zur Abstraktion. Müssten sie eine Geschichte ihres eigenen Volkes verfassen, so wäre das, als würdest du sämtliche Memoiren von allen Personen, die je auf dieser Erde gelebt haben, in kleine Schnipsel schneiden und dann vollkommen wahllos wieder zusammenkleben."

Lilly blickte zu Alahrian hin, um sich diese Aussagen bestätigen zu lassen, der aber sah aus, als wolle er gleich explodieren – und zwar im wahrsten Sinne des Wortes. Das Leuchten unter seiner Haut pulsierte, üblicherweise hell, weißglühend wie bei einer Lampe, hatte es nun einen rötlichen, leicht aggressiven Schimmer angenommen.

Morgan schien das nicht im Geringsten zu beeindrucken, denn er fuhr ungerührt fort: „Erwarte also nicht, dass er sich Geburts-, Kennenlern- oder sonst irgendwelche Jubiläumstage merken wird – und erwarte besser keine Rosen zum Valentinstag!" Er zwinkerte spöttisch, dann jedoch fügte er ernster und milder hinzu: „Aber er wird nie deine Lieblingsfarbe vergessen, welche Schuhe du anhattest, als ihr euch zum ersten Mal begegnet seid – oder welches Buch auf deinem Nachttisch lag, als er zum ersten Mal dein Zimmer betrat."

Lilly schwieg verblüfft, Alahrian aber sagte kühl und tonlos: „In siebenundachtzig Tagen."

Beide, Lilly und auch Morgan starrten ihn fragend an. Er lächelte Lilly warm zu, dann durchbohrte er seinen Bruder mit einem kalten Blick. „Sie hat in siebenundachtzig Tagen Geburtstag, ich zähle die Sonnenaufgänge, jeden Morgen – und glaub mir, das ist etwas, das ich mir durchaus merken kann." Geschmeidig erhob er sich, balancierte geschickt die fertig angerichtete Spiegelplatte auf der Handfläche und rauschte würdevoll hinaus, als wolle er es damit auf sich beruhen lassen, ohne sich umzudrehen jedoch und vollkommen lautlos meinte er noch:

Morgan, kann ich dich kurz draußen sprechen?

Der döckalfar reagierte nicht, und Alahrian fügte scharf hinzu:

Jetzt! Sofort!

Und so verschwanden sie aus der Bibliothek und ließen Lilly kopfschüttelnd zurück.

Ein paar Minuten lang hörte Lilly zu, wie sich die beiden in den Haaren lagen, dann begann sie, sich in der Rolle des stummen Ohrenzeugen unwohl zu fühlen und beschloss, in Alahrians Zimmer zu warten, bis die zwei Streithähne sich wieder beruhigt hatten. Leise wie ein Dieb schlich sie sich durch die Hintertür nach oben – und blieb zögernd im Korridor stehen. Welche Tür war noch mal die Richtige? Nicht zum ersten Mal fiel ihr auf, wie riesig die Villa eigentlich war. War es die dritte oder die vierte Tür links gewesen? Oder gehörte der gesamte erste Stock zu Alahrians Reich?

Sie probierte die vierte Tür und landete prompt in einem Raum, der ihr nicht nur völlig fremd war, sondern den sie im Hause zweier märchenhafter Falbelwesen auch als allerletztes erwartet hätte. Verblüfft hielt sie inne. Zwei Möbelstücke dominierten das Zimmer: ein gigantisches, unwahrscheinlich gemütlich aussehendes Sofa und der größte Flachbildfernseher, den Lilly je gesehen hatte.

Lilly war alles andere als ein Technikfreak, dieses Ungetüm jedoch zog ihre Aufmerksamkeit denn doch auf sich. Ganz zu schweigen von der gut sortierten DVD-Sammlung, die sich ein geschnitztes, elfenbeinfarbenes Regel entlang schlängelte. Die Auswahl der Filme war eine bunte Mischung, von Stummfilmen aus den Zwanzigern bis über Dokumentationen über moderne Astrophysik. Lilly konnte sich eines faszinierten Lächelns nicht erwehren. Die Bibliothek war phantastisch gewesen, aber auch etwas, das sie hätte erwarten können. Dies hier verblüffte sie völlig. Alahrian war immer wieder für eine Überraschung gut, so viel stand schon mal fest. Denn dass diese Videothek samt Miniaturkino ihm gehörte, war überdeutlich. Kleine, erst auf den zweiten Blick erkennbare Details verrieten es ihr. Unter dem Sofa rankten sich Rosenblätter, die unmöglich dort hätten wachsen können. An den Fenstern hingen Kristalle, die das Licht einfingen. Auf den Regalen waren bunte Gläschen verteilt, in die man Kerzen stellen konnte ...

Lilly lächelte versonnen.

„Da bist du ja ..." Lautlos war er hinter sie getreten, jetzt spürte sie seine Anwesenheit wie einen warmen Frühlingshauch in einer Winternacht.

„Tut mir leid", flüsterte sie, ein wenig verlegen, während sie sich umdrehte. „Ich ... ich wollte nicht herumschnüffeln oder so ..."

„Tust du nicht." Seine Augen waren weich, als er sie zu sich heranzog.

„Ich meine, ich ..."

„Du kannst in meiner Wohnung hingehen, wohin du möchtest", unterbrach er sie sanft. Und als sie mit einem leicht skeptischen Blick antwortete, fügte er noch hinzu: „Im Ernst, wir nehmen diese Sache mit der Privatsphäre, auf die ihr Menschen solchen Wert legt, nicht ganz so eng. Wir vertauen einander.“ Er verzog ein bisschen das Gesicht. „Na ja, nur Morgan übertreibt es ab und an ...“ Es klang jedoch nicht, als sei er noch wütend auf seinen Bruder.

Lilly nickte erleichtert und fragte schnell, um ihn von Morgan abzulenken: „Was ist das hier?“ Ihre Hand schloss den ganzen Raum mit ein.

„Ein Videozimmer?“ Alahrian zuckte mit den Schultern. „Im Kino ist es stockdunkel. Wenn ich also einen Film sehen will, muss ich warten, bis er auf DVD erscheint.“

„Klar ...“ Lilly blinzelte verwirrt. Ein Videozimmer ... Er hatte nicht die geringste Ahnung, wie man eine E-Mail verschickte, sandte stattdessen Brieftauben und hatte bis vor kurzem noch nicht einmal ein Handy besessen. Aber ein Videozimmer ... Sein Verhältnis zu moderner Technik schien komplexer als Lilly geahnt hätte. „Du ... interessierst dich für Filme?“, vergewisserte sie sich, immer noch darum bemüht, den gigantischen Flachbildfernseher mit der lichttrinkenden Märchengestalt vor ihren Augen in Einklang zu bringen.

„Sicher.“ Verständnislos blickte er sie an. „Komm schon ... Ein Film ist ein Spiel von Licht und Farbe. Das kommt also nicht sooo überraschend, oder?“

Lilly dachte an die Glassteinchen auf der Spiegelplatte, sein „Abendessen“. „Hmmm ...“, machte sie zwinkernd. „Wir sollten das Lexikon der Mythologie vielleicht um diesen Punkt erweitern ...“

Alahrian lachte gut gelaunt.

„Sagtest du nicht, du kannst künstliches Licht gar nicht aufnehmen?“, erkundigte sich Lilly beiläufig.

„Nein.“ Er machte ein sanft beleidigtes Gesicht. „Aber man kann schließlich auch etwas schön finden, das man nicht essen kann, oder?“ Würdevoll reckte er das Kinn.

„Natürlich“, beeilte sich Lilly zu sagen und musterte angelegentlich die DVD-Sammlung im Regal. „Schauen wir uns einen an?“, schlug sie spontan vor, plötzlich ganz begierig danach. „Einen Film, meine ich?“ Nach all den phantastischen, fremdartigen Wundern, die sie mit Alahrian erlebt hatte, würde es beinahe eine Erleichterung sein, zur Abwechslung mal etwas völlig Durchschnittliches, erfrischend Profanes zu tun.

„Warum nicht?“

Sie brauchten ein paar Minuten, um eine DVD auszusuchen, und für einen kurzen Augenblick erschien Alahrian ihr beinahe normal, nichts weiter als der nette Junge von nebenan, der weder „Casablanca“ noch „Titanic“ freiwillig sehen wollte. Dann ließ er die Rollläden herunter, um den Raum abzudunkeln, und Lilly wollte ihm gerade sagen, dass dies nicht nötig sei, als er begann, die bunten Gläschen in den Regalen nach und nach mit reinem Licht zu füllen – und schon war er wieder das phantastische Wesen aus den Märchenbüchern.

Lilly betrachtete fasziniert das Licht in den Gläsern. Von Weitem hätte es ausgesehen wie Kerzenschein, aus der Nähe jedoch wirkte es fast stofflich, wie eine leuchtende Flüssigkeit oder eine glühende Kugel aus reinem, schimmerndem Gold. Milde Helligkeit breitete sich im Raum aus, gedämpft genug für einen gemütlichen Filmenachmittag auf dem Sofa, doch noch nicht zu dunkel, um Alahrian zu ersticken. Perfekt für sie beide.

Lilly fühlte ein verzaubertes Lächeln über ihre Lippen gleiten, streckte neugierig die Hand nach einem der Gläschen aus, wagte jedoch nicht, es zu berühren. Würde es heiß sein? Wie Feuer? Oder prickelnd und zuckend wie elektrische Ladung?

„Das ist wunderschön, weißt du das?“, bemerkte sie fasziniert.

Alahrian lächelte. Seine Augen glühten im matten Lichtschein. Rasch nahm er einen der Kristalle vom Fenster, ließ ihn zwischen seinen Handflächen in einer wogenden Lichtsäule schweben, bis er zu einer zähen Masse zusammenschmolz und er ihn formen konnte wie ein Kind einen Schneeball. Heraus kam eine winzige Glasperle, die an der Luft schnell erkaltete. Langsam ließ er sie durch seine Finger gleiten, füllte sie mit seinem Licht, schickte goldene und blaue und silbrige Strahlen in das zerbrechliche Gefäß.

Als die Perle erstrahlte, als wäre ein Stern darin gefangen, nahm er eine Silberkette aus einer Schublade, fädelte den Anhänger auf und hielt ihn Lilly hin. „Für dich.“ Seine Stimme war weich und samten. „Auch Menschen lieben die Dunkelheit nicht, habe ich mir sagen lassen. Und um dich, Lillian, soll es niemals mehr völlig dunkel sein.“

Lilly fühlte ihr Herz pochen, als er ihre Haare behutsam beiseite schob und ihr die Kette umlegte. Seine Finger waren kühl in ihrem Nacken, glatt und sanft wie ein Seidenhauch war seine Berührung. Wohlig schaudernd schloss sie die Augen, schmiegte die Hand um den Anhänger und fühlte seine Wärme. Das Licht schien zu pochen unter ihrer Haut, es war wie ein lebendiges Wesen, wie der Pulsschlag eines atmenden, fühlenden Herzens. Seines Herzens.

„Alahrian, das ist ...“ Ihre Augen trafen die seinen, und die Worte wollten in der Tiefe seines ozeanblauen Blickes versinken. „Es ist phantastisch“, hauchte sie atemlos. „Danke.“

Seine Hände strichen ihr sanft durchs Haar, sein Gesicht so nahe, dass er ihre Lippen hätte küssen können. Doch er küsste nur ihre Stirn, und selbst das erfüllte sie mit Wärme, mit einer zitternden Leichtigkeit, mit Glück.

„Etwas von dir wird immer bei mir sein“, flüsterte sie, die Hand um den Anhänger geschlossen, und das war ein schöner, ein wunderschöner Gedanke.

Der Gedanke begleitete sie noch, als sie am Abend zu Hause im Bett lag, weit weg von ihm, und doch irgendwie in seiner Nähe. Sein Lichtfunken lag neben dem Talisman mit der Elfe darauf um ihren Hals, die beiden passten gut zusammen, fand sie. Da schreckte sie plötzlich ein halblautes Piepsen aus ihren sanften Träumereien. Es war eine SMS. Von Alahrian. Sie lächelte zärtlich, noch bevor sie den Text zu Ende gelesen hatte:

Nicht nur mein Licht wird immer bei dir sein. Auch meine Gedanken. Und mein Herz ...

Lillys Herz schmolz ein wenig zusammen. Von seinen Worten umschmeichelt, von seinem Leuchten erwärmt, schlief sie ein.

Erlöschen

Was sie in den Büchern über Elfen gelesen hatte, ging Lilly nicht mehr aus dem Kopf: Da sie selbst menschlich gestaltet und überaus schön sind, so findet es sich nicht selten, dass sie sich mit den Menschen liebend verbinden ...

Verbindungen zwischen Menschen und alfar! Paare, die so waren wie Alahrian und sie ... Es wäre wundervoll gewesen, mehr über sie zu wissen. Wie viele Fragen hätte das beantworten können! Fragen, mit denen sie sich nicht traute, Alahrian gegenüber offen herauszurücken. Da war zum Beispiel diese Sache mit dem Küssen. Die knutschenden Pärchen auf dem Schulhof stachen ihr in letzter Zeit geradezu ins Auge, und manchmal, da war sie sicher, Alahrian würde sie auch küssen wollen. Aber er tat es nicht. Vielleicht traute er sich nicht. Vielleicht küssten die alfar einander aber auch einfach nicht ... Aber wie sollte sie ihm das sagen? Gewiss hätte es ihn verletzt, gewiss würde er glauben, ihr fehle etwas mit ihm. Doch das war nicht die Wahrheit. Ihr fehlte nichts, absolut nichts. Sie hätte einfach nur gerne gewusst, wie sie sich verhalten sollte ...

Als sie ihn am Montagmorgen zur Schule abholen wollte, öffnete ihr Morgan die Tür mit dem Hinweis, Alahrian stünde noch unter der Dusche, würde aber gewiss gleich fertig sein. Nicht ungewöhnlich bei seiner natürlichen Neigung, die Zeit außer Augen zu verlieren. „Aber du kannst drinnen warten, wenn du magst", bemerkte Morgan großzügig und führte sie ins Innere der Villa.

Lilly stand einen Moment lang unschlüssig in der Halle herum, dann entschied sie spontan, die Gelegenheit zu nutzen und noch einmal die Bibliothek aufzusuchen. Alahrian hatte schließlich gesagt, sie könne sich in der Villa frei bewegen, oder? Schnell schnappte sie sich die „Enzyklopädie des Märchens" und begann, eifrig darin herumzublättern. Über das Küssen fand sie jedoch nichts. Stattdessen:

Nach volkstümlicher Vorstellung sind Elfen (oder faieries) [...] rebellische oder gefallene Engel, die aus dem Himmel vertrieben und dazu verdammt worden seien, im Wasser oder in der Luft, auf oder unter der Erde zu wohnen.

Gefallene Engel? Waren das nicht ... eine Art Teufel? Sollte das etwas heißen, die alfar waren böse? Das war doch lächerlich!

„Willst du was trinken, während du wartest?", rief Morgan durch die Tür hindurch.

Lilly schüttelte benommen den Kopf, der merkwürdige Satz kreiste wirr durch ihre Gedanken. Gefallene Engel ...

„Guten Morgen, mein Herz!" Alahrian schwebte in seiner gewohnten Anmut in die Bibliothek, das Haar noch nass vom Waschen, wirre, goldglänzende Locken in der Stirn. „Was liest du denn da Hübsches?" Neugierig blickte er ihr über die Schulter.

Instinktiv wollte Lilly das Buch zuklappen, die hässlichen Worte vor ihm verbergen, doch es war zu spät. Ein leises Ächzen entwich seinen Lippen. Unwillkürlich trat er einen Schritt zurück.

Lilly ließ das Buch sinken. „Gefallene Engel?", fragte sie verwirrt und suchte behutsam Alahrians Blick. „Was bedeutet das?"

Alahrian sah nicht auf. Er war sehr blass geworden. Einen schrecklichen Moment lang schwieg er, die Lippen aufeinander gepresst, dann sagte er schroff: „Gar nichts. Es bedeutet nichts. Es ist nur ein Mythos ..." Unwirsch nahm er ihr das Buch aus der Hand, grober als sie ihn je erlebt hatte und warf es achtlos zu den anderen auf den Tisch.

„Das alles sind nur Mythen!" Es klang immer noch frostig.

Lilly starrte die Bücher an, mit einem Mal verletzt, denn auch der Hinweis auf die Verbindung zwischen alfar und Sterblichen hatte in einem dieser Bücher gestanden. Und jetzt plötzlich sollte all das nicht mehr wahr sein? „Sagtest du nicht selbst, es steckt viel Wahrheit hinter diesen Mythen?", entgegnete sie trotzig. „Und dass sie die einzige Möglichkeit sind, sich eurer Geschichte anzunähern?"

„Manchmal." Stur verschränkte er die Arme vor der Brust. „Aber nicht immer ..."

Sie verstand seine Reaktion nicht. „Wenn sie nicht wahr sind, die Geschichten", sagte sie leise, „dann kannst du sie mir doch trotzdem erzählen ..."

Er zögerte, den Blick in den Boden gerammt, bis Morgan behutsam bemerkte: „Warum sagst du es ihr nicht einfach?"

Alahrians Blick schoss in die Höhe, blaue Funken sprühend: „Misch dich da nicht ein, hörst du?" Wütend wandte er sich ab und lief hinaus. Verstört sah Lilly ihm nach, dann wandte sie sich an Morgan, in der Hoffnung, wenigstens von ihm eine Erklärung zu bekommen.

„Was hat er denn bloß?", fragte sie irritiert. An die Schule war jetzt kaum mehr zu denken. „Warum ist er so verärgert?"

Morgan seufzte leise. „Er ist nicht verärgert, er befindet sich in einem Zwiespalt", antwortete er, so präzise, als könne er Alahrians Gefühle wie in einem offenen Buch ablesen.

„Zwiespalt?" Was sollte das denn nun wieder heißen?

„Einerseits wünscht er sich, du würdest alles über ihn wissen, und auch über sein Volk", meinte Morgan geduldig, „andererseits schämt er sich für das, was er ist."

„Wie bitte?" Lilly konnte kaum glauben, was sie da hörte. Alahrian war ... Er war hell, strahlend, schön ... Er war ein Wunder, ein ... Sie konnte das Wort nicht zu Ende denken, doch als sie ihn das aller erste Mal gesehen hatte, so wie er wirklich war, da hatte sie ihn tatsächlich für einen Engel gehalten.

Rebellische oder gefallene Engel ...

Der Satz hallte hohl in ihrem Kopf wider.

„Unsere Geschichte ist nicht immer schön, Lilly", bemerkte Morgan sanft.

Lilly dachte an zwei Weltkriege, an Bombenattentate und Völkermord – und schüttelte den Kopf. „Das ist die unsere auch nicht", meinte sie bitter. „Im Gegenteil."

Morgan seufzte wieder. „Also schön", entschied er schließlich. „Er wird sauer sein, aber ich erzähle es dir." Er brachte sie in die Halle hinunter und zeigte ihr den Stern, der dort den Fußboden zierte. „Er hat dir erklärt, was der Stern bedeutet?" Das war mehr eine Feststellung als eine Frage.

Lilly nickte.

„Er hat dir von den sechs Völkern erzählt – und von dem Grauen?"

Lilly nickte erneut – und schüttelte gleich darauf wieder den Kopf. „Na ja ... er war etwas ausweichend, was den Grauen betrifft ...", schränkte sie ein, in der Hoffnung, endlich ein paar Antworten zu bekommen.

Morgan lächelte, aber nur mit den Lippen. „Ja, das dachte ich mir ..." Mit untergeschlagenen Beinen setzte er sich auf den Boden, vor den Stern. Lilly tat es ihm gleich.

„Lios- und döckalfar sind Todfeinde in unserer Welt, wusstest du das?", fragte Morgan übergangslos.

„Nein." Lilly schüttelte verblüfft den Kopf. „Aber Moment mal! Ihr beide – ihr mögt euch doch auch ..."

Morgan verzog das Gesicht, als hätte er unvermittelt in eine Zitrone gebissen. „Mögen?" Eine pechschwarze Augenbraue rutschte ein steiles Stück nach oben. „Wie kommst du denn darauf? Ich mag ihn durchaus nicht ... Er ist nervig, unberechenbar, emotional ... Und dann immer dieses Grünzeug überall, und sein Frischluftfanatismus und ..."

„Schon gut!" Hastig winkte Lilly ab und unterbrach seinen ohnehin nicht besonders überzeugend klingenden Redefluss. „Du magst ihn also nicht, verstanden."

Zufrieden glättete sich der Ausdruck auf Morgans Zügen. „Gut. Lass mich die Geschichte von Anfang an beginnen." Er legte eine Kunstpause ein. „Einst setzte der Graue unsere Völker ein, um an seiner Seite zu herrschen, als gleichberechtigte Teile eines Ganzen", erzählte er dann und strich über die beiden Spitzen des Elfensterns, die ihrer beider Völker symbolisierten, seines und Alahrians. Sie erstreckten sich links und rechts der obersten Spitze, parallel zueinander und auf einer Ebene.

„Sie aber gerieten in Streit um die Gunst des Grauen und begannen bald, um die Vorherrschaft zu kämpfen", fuhr Morgan fort. „Sie führten entsetzliche Kriege gegeneinander und zerstörten dabei beinahe unsere Welt, nicht bemerkend, wie sehr ihr Hass das empfindliche Gleichgewicht unserer Welt verletzte, wie sehr sie die Harmonie des Grauen bedrohten. Da verbot der Graue alle Kämpfe, doch sie missachteten seinen Willen und lehnten sich gegen ihn auf. Dieser Krieg war schlimmer als alle anderen, unsere Welt brannte, und lios- und döckalfar löschten einander um ein Haar gegenseitig aus, so groß war ihr Zorn."

„Und was geschah dann?", fragte Lilly gebannt, als er für einen Moment schwieg.

„Der Graue verbannte sie aus unserer Welt, das heißt, diejenigen, die noch übrig waren, die Überlebenden. Die Überlebenden beider Völker, ohne Unterschied."

„Und wohin?" Ungeduldig sog Lilly seine Worte in sich ein.

Morgan lächelte milde. „Ist das nicht offensichtlich?"

Lilly riss die Augen auf. „So seid ihr in unsere Welt gekommen?"

„Nicht ganz." Morgan zerschnitt in einer unbestimmten Geste die Luft. „Wir hatten schon vorher Kontakt zu eurer Welt, und manchmal kamen sogar einige von euch zu uns. Eure Märchen und Geschichten berichten oft davon." Er deutete auf die Bücher, die Alahrian vorhin so verächtlich verschmäht hatte.

„Aber nun wart ihr verbannt? Was bedeutet das?"

„Wir konnten nicht mehr zurück in unsere Welt. Alle Tore waren verschlossen. Wir wussten, nur der Graue hatte die Macht, sie wieder zu öffnen."

Lilly versuchte, sich das vorzustellen, gefangen zu sein in einer fremden Welt. „Was habt ihr also getan?"

„Nichts." Morgan zuckte mit den Schultern, scheinbar gleichgültig. „Die döckalfar kamen verhältnismäßig gut mit der Situation zurecht. Sie entdeckten, dass euer Volk sich im Grunde nicht allzu sehr von ihrem unterschied und so begannen sie, euch näher kennen zu lernen, eure Gebräuche zu studieren, Handel mit euch zu treiben, Wissen mit euch auszutauschen." Er grinste ein wenig selbstgefällig. „Wir waren schon immer gut darin, uns anzupassen, weißt du?", erklärte er zwinkernd. „Ein döckalfar lässt sich nicht so leicht unterkriegen."

„Und die liosalfar?", fragte Lilly.

Morgans Gesichtsausdruck verdüsterte sich. „Für sie war es schwerer", antwortete er, plötzlich wieder sehr ernst. „Sie fühlten sich durch den Grauen verraten, zu Unrecht verbannt, in eine fremde, dunkle Welt. Manche von ihnen aber sagten sich: Better to reign in Hell, then serve in Heav'n."

Lilly blinzelte. „Wie bitte?"

Morgan verzog das Gesicht. „Das war ein Zitat. John Milton?" Wieder dieser selbstgefällige, überlegene Tonfall.

Lilly schnaubte ärgerlich. „Ich kenne Paradise Lost ...", erklärte sie ungeduldig. „Aber was hat das mit den liosalfar zu tun?"

„Es ist die selbe Geschichte, siehst du das nicht?", Morgans Hand glitt gedankenverloren über das Mosaik zu seinen Füßen. „Sie begannen, euch zu unterwerfen, euch zu bekämpfen, um über eure Welt zu herrschen. In ihrer Welt waren sie nichts als die Untertanen des Grauen und noch dazu gleichgestellt mit uns. Hier wollten sie die einzigen sein, die mächtigsten, die Götter eures Volkes."

„Und das ... hat funktioniert?" Lilly konnte kaum glauben, was sie da hörte.

„Ja", lautete die schockierende Antwort. „Du selbst hast Alahrian doch erlebt. Er scheint wie geboren, um über diese Welt zu herrschen. Jedes Tier, jede Pflanze, die gesamte Natur tut alles, nur um ihm zu gefallen. Wenn er durstig ist, wird irgendwo in seiner Nähe eine Quelle hervorsprudeln, wenn er traurig ist, dann wachsen Blumen aus der Erde empor, um ihn zu trösten, selbst im tiefsten Winter. Alles in dieser Welt reagiert auf ihn, selbst das Wetter ..."

„Ja, aber ..." Verstört suchte Lilly nach Worten und fand keine. „Aber ich dachte, das wäre, weil ... weil ..."

„Weil jedes Wesen ihn liebt, wie du ihn liebst?" Morgans Stimme nahm einen weichen Klang an. „Weil sie sich nach dem Licht in seinem Inneren sehnen? Weil jede Blüte dem Sonnenschein entgegen wächst?"

Er lächelte sanft, als er sah, wie Lilly die Tränen in die Augen schossen. „Das ist auch so", meinte er ruhig und sehr ernst. „Und er hat nicht die geringsten Ambitionen zu herrschen. Die ersten liosalfar allerdings, die in diese Welt kamen, missbrauchten ihre Macht. Es gab Zeiten, da galten sie bei eurem Volk als Götter. Du kannst es in der Edda nachlesen, wenn du willst. Sie wurden verehrt, man brachte ihnen sogar Opfer dar, das alfarblot."

Nun sprach er von Dingen, die Lilly nur vage begriff, doch sie wollte ihn auch nicht unterbrechen und so fragte sie nicht nach, was sie bedeuteten.

„Dabei merkten sie gar nicht, wie ihr Stolz sie verzehrte, wie ihr Hass sie verschlang. Immer tiefer fielen sie in die Dunkelheit herab, entfernten sich vom Licht, ihre Herzen wurden kalt, sie stürzten sich in die Schatten und begannen ... sich zu verändern."

Lilly entging nicht das Zögern in seiner Stimme. „Sich zu verändern?", wiederholte sie.

„Sie wurden ... zu etwas Bösem, Dunklem." Morgan hielt den Blick gesenkt. „Wir nennen sie die Erloschenen."

Lilly schauderte. Plötzlich fror sie, obwohl es sehr warm war in der Halle. Sie dachte an Alahrian, und etwas in ihr krampfte sich schmerzhaft zusammen, wenn sie sein wundervolles Wesen, sein Lachen, das Strahlen in seinen Augen in Verbindung brachte mit Morgans Geschichte. Plötzlich verstand sie sehr viel besser, warum er es ihr nicht hatte erzählen können. „Aber nicht alle von ihnen sind ... erloschen?", fragte sie leise, und sie hatte Angst vor der Antwort, obwohl sie sie tief in ihrem Inneren bereits kannte.

„Nein." Morgan lächelte beruhigend. „Nicht alle von ihnen sind erloschen. Die wenigen, die noch übrig waren, schlossen sich den döckalfar an, und gemeinsam kämpften sie gegen die Erloschenen, um die Menschen vor ihnen zu schützen."

Das zu hören war beinahe eine Erleichterung. Also würde die Geschichte doch noch ein gutes Ende nehmen, das hoffte sie zumindest. „Was geschah mit ihnen?", meinte sie zaghaft.

„Mit den Erloschenen? Sie wurden ein weiteres Mal verbannt. Die vereinten Kräfte von lios- und döckalfar trieben sie in die Hohlen Hügel und sperrten sie dort ein."

„Die Hohlen Hügel?"

„Ja. Das ist eine Zwischenwelt. So wie ein Korridor, der zwei Räume miteinander verbindet. Oder eine Türschwelle. Sie liegt weder in unserer noch in eurer Welt."

„Und dort blieben sie gefangen?" Wieder schauderte Lilly.

„Ja. Es gibt ... Tage, an denen sie versuchen, auszubrechen. Manchmal entwischen ihre Dienerwesen – du hast selbst bereits eines getroffen."

Lilly starrte ihn an, fassungslos.

„Der Fenririm", erklärte Morgan geduldig.

Das Wort hatte sie schon einmal gehört, aber sie hatte sich nie wieder gefragt, was es bedeutete. All die leuchtenden Wunder, Alahrian, seine wahre Gestalt, alles, was sie danach erlebt hatte, hatte die Erinnerung überdeckt an das finstere Wesen damals im Wald.

„Der Wolf?", vergewisserte sie sich mit zitternder Stimme. „Der Wolf war einer von ihnen?"

„Eines ihrer Dienerwesen, ja." Morgan nickte. „Aber keine Sorge. Sie kommen fast nie hervor. Alahrian und ich – wir haben das normalerweise im Griff."

„Im ... Griff?" Lilly hörte selbst, wie ihre Stimme sich überschlug. Er hatte ihr Angst gemacht, zum ersten Mal seit sie in die Welt der alfar eingetaucht war, in Alahrians schimmernde, magische Welt, fürchtete sie sich.

„Wir bewachen die Tore, zumindest die in dieser Gegend", sagte Morgan, und seine Worte klangen ruhig, beruhigend. „Du musst wirklich keine Angst haben, wir tun das schon sehr lange, und nie ist etwas passiert." Das hörte sich ein bisschen stolz an, doch gleich darauf zog er die Stirn in Falten. „Leider waren die Menschen noch nie besonders dankbar für das, was wir für sie getan haben", bemerkte er, ein wenig bitter, und Lilly spürte, wie er wieder in die Vergangenheit zurückkehrte, zu seiner Geschichte. Sie war noch nicht zu Ende.

„Kurz nachdem wir die Erloschenen verbannt hatten, begannen die Menschen, sich gegen die alfar aufzulehnen. Die alte Religion wurde von einer neuen abgelöst, die alten Götter starben, und mit ihnen starb auch die Macht der alfar. Sie wurden nun nicht mehr als Götter verehrt und gefürchtet, ihr begannt, uns zu bekämpfen und zu verfolgen. Aber ihr wusstet nichts von uns, nichts von unserer Geschichte. Die Dämonen, die ihr fürchtetet, waren längst verbannt, ihr jedoch machtet keinen Unterschied zwischen ihnen und uns und so fingt ihr an, uns zu hassen, selbst die, die euch nur schützen wollten. Und ihr hattet eine hervorragende Waffe gegen uns: Stahl.“ Sein Tonfall wurde traurig, Dunkelheit lag in seinem Blick und er starrte unverwandt auf das Muster auf dem Fußboden, während er sprach. „Viele liosalfar ertrugen das nicht, sie schworen euch Rache, und wieder fielen einige von ihnen in die Schatten.“ Jetzt flüsterte er fast, so leise, dass Lilly ihn kaum mehr verstand.

„Aber nicht ... alle?“ Auch sie hatte die Stimme gesenkt, die Worte kamen heiser und rau.

„Nein. Nicht alle.“ Morgan biss sich auf die Lippen. Er hielt etwas zurück, ließ einen entscheidenden Teil der Geschichte aus, doch Lilly wagte nicht, danach zu fragen.

„Wie ging es dann weiter?“, meinte sie stattdessen.

„Irgendwann hörtet ihr auf, uns zu verfolgen. Das Zeitalter der Aufklärung begann, ihr vergaßt eure Mythen und Legenden – und uns. Ihr fingt an, an unserer Existenz zu zweifeln, und wir, wir bekamen damit die ungeahnte Möglichkeit, unerkannt unter euch zu leben, versteckt und im Verborgenen.“

„Wie viele von euch gibt es denn?“, fragte Lilly und überlegte unwillkürlich, ob sie wohl schon zuvor einmal einem von ihnen begegnet war, ohne es zu wissen. Doch sie glaubte es nicht, konnte es sich nicht vorstellen.

„Wir sterben nicht in dieser Welt“, sagte Morgan. „Trotzdem gibt es nur noch eine Handvoll döckalfar. Die liosalfar erloschen einer nach dem anderen. Vor mehr als dreihundert Jahren glaubte ich bereits, es wäre keiner mehr von ihnen übrig, aber dann ... dann traf ich ihn.“ Wieder war da diese unbestimmte Trauer in seiner Stimme, die so gar nicht zu seiner lässigen Art passen wollte. „Und er, er ist vielleicht der letzte seiner Art.“

Lilly starrte ihn an, ihre Augen brannten, das Bedürfnis, endlich zu Alahrian zu gehen, der Schmerz, den seine Abwesenheit verursachte, wurden fast übermächtig, und dann stand er plötzlich unter der Tür, doch er war noch genauso wütend wie eben, vielleicht wütender, und das war ein Anblick, der mehr weh tat als alles andere.

Sein Zorn aber galt nicht Lillian. „Du hast es ihr erzählt.“ Seine Stimme klang eisig, unter seiner Haut jedoch brannte eine lodernde Glut. Es war keine Frage, er wusste es.

„Ja.“ Morgan hielt seinem funkensprühenden Blick mühelos stand.

„Wie kannst du es wagen! Du hattest KEIN Recht dazu!“ Jetzt schrie er, und in der Ferne rollte irgendwo ein Donnergrollen über den Horizont. Blitze zuckten durch seine Augen.

Du hattest vielleicht kein Recht, es ihr zu verschweigen .... Morgans Worte erklangen direkt in Alahrians Kopf, dennoch verstand Lilly sie klar und deutlich.

Das geht dich nichts an! Halt dich aus meinen Angelegenheiten raus!

Es ist auch meine Angelegenheit. Die Vergangenheit gehört nicht nur dir allein ...

Alahrian funkelte ihn wütend an, aber er sagte nichts, sondern rauschte stattdessen zornentbrannt hinaus und rannte, polternder als üblich, die Treppe hinauf. Zwei Sekunden später hörte Lilly krachend eine Tür zuschlagen, eine befremdlich menschliche Geste. Hastig sprang sie auf, um ihm zu folgen, doch Morgan hielt sie an der Schulter zurück.

„Lass ihn", meinte er behutsam. „Es hat überhaupt keinen Wert, mit ihm zu reden, wenn er so ist."

Lilly schüttelte den Kopf und wollte seinen Ratschlag ignorieren, er aber ließ sie nicht los und bohrte seinen dunklen Blick tief in den ihren. „Es ist gefährlich", sagte er betont.

Lilly riss sich los, nun ihrerseits ärgerlich. „Ich habe keine Angst vor ihm!", entgegnete sie patzig, und im selben Moment ertönte ein neuerliches Donnergrollen, direkt über dem Haus. Hagelkörner schlugen klingelnd gegen die Fensterscheibe und wurden nur wenige Augenblicke später von prasselndem Regen abgelöst.

„Jetzt", murmelte Morgan. „Jetzt kannst du zu ihm gehen."

Lilly stapfte davon, ohne ihn noch eines Blickes zu würdigen, dann jedoch drehte sie sich doch noch einmal um. „Danke", flüsterte sie. „Danke, dass du es mir erzählt hast." Ein wenig beklommen, aber ohne Furcht, lief sie die Treppe hinauf. Der Korridor war dunkel, nach wie vor kannte sie sich nicht wirklich aus in diesem gigantischen Haus, doch sie konnte sich denken, wohin Alahrian sich verkrochen hatte. Tatsächlich schimmerte matt glänzendes Licht unter seiner Schlafzimmertür, bläulich, nicht rot.

Sie klopfte an, wartete, nun doch angstvoll, voller Furcht, er könne sie nicht sehen wollen, auf seine Antwort und stürzte mit heftig pochendem Herzen ins Zimmer, als er sagte: „Lilly? Komm rein ..."

Er saß auf dem Bett, seine Haut schimmerte, Rosen umkränzten sein Haupt, doch sein Haar hing traurig und glanzlos herab, und an die Fensterscheiben schlug noch immer der Regen. Selten zuvor war Alahrian ihr so menschlich erschienen – und so fremd. Es war nicht die Geschichte, die Morgan ihr erzählt hatte, es war das Gefühl, ihn hintergangen, ihn gekränkt zu haben, sein Zorn und die Trauer in seinen Augen. Sie wusste nicht, was sie sagen sollte und so blickte sie unbehaglich zu Boden, bis er flüsterte: „Jetzt weißt du es. Ich stamme von einem Volk von Verrätern ab."

Wieder dachte Lilly an Kriege, an Bombenanschläge, an Mord und Gewalt. „Auch die Geschichte meines Volkes ist dunkel", sagte sie leise.

„Das ist etwas anderes." In einer geschmeidigen Bewegung griff er unter das Bett und holte eine verschlossene Holzkiste hervor. „Sogar in eurer Welt gibt es eine Geschichte über eine Rebellion im Himmel, über einen großen Krieg, über ..." Seine Stimme versiegte, schweigend schob er ihr die Kiste zu.

Lilly setzte sich zögernd zu ihm auf die Bettkante, schaute ihn unsicher an und öffnete schließlich die Kiste. Sie enthielt eine Reihe von Zeichnungen, manche lose, manche zu einer Art Album zusammengebunden, manche gedruckt, andere flüchtig mit Bleistift dahingekritzelt, wieder andere kunstvoll in Öl gemalt. Sie alle aber zeigten ein und dasselbe Motiv: Ein Engel, mit schwarzen, brennenden Flügeln, hinabgestürzt in die Dunkelheit, ein Wesen, das Gesicht von Qual verzerrt, in Flammen gehüllt, ein Meer aus Finsternis und Feuer, ein Flammenschwert. Sie zeigten die Rebellion im Himmel, den Fall der Engel, den Höllensturz, und sie zeigten ein Wesen, düster und furchterregend, dessen Name Lilly einen Schauder über den Rücken jagte, und dennoch sprach sie ihn aus, flüsternd, heiser:

„Luzifer ..."

Alahrians Augen waren geweitet, dunkel wie der Ozean. „Weißt du, was dieser Name bedeutet?", fragte er bitter.

Wieder erschauderte Lilly. „Lichtträger ..."

Da hob er die Hand und ließ all sein Leuchten durch seine Finger gleiten, und es war so hell, dass Lilly den Blick senken musste.

„Verstehst du jetzt, was ich meine?", fragte er, und seine Stimme bebte vor Schmerz.

Da blickte Lilly auf, und obwohl sein Licht ihre Augen blendete, sah sie ihn direkt an. „Nein", sagte sie, sehr ruhig und eindringlich. „Nein, das verstehe ich nicht." Ärgerlich, fast zornig, schob sie die Kiste beiseite, wollte sie nicht mehr sehen, diese schrecklichen, angsteinflößenden Zeichnungen. „Willst du mir tatsächlich erklären, du hältst dich für eine Art ... Teufel?"

Zu ihrer Überraschung lachte er leise, obwohl er noch immer verstörend niedergeschlagen aussah. „Nein." Seine Augen waren ernst und sorgenvoll. „Das wäre schon ziemlich verrückt, selbst für meine Verhältnisse, oder nicht?" Unwillkürlich erstarb sein Lachen. „Aber ich weiß, wofür ihr uns haltet. In euren Geschichten sind wir Engel, die aus dem Himmel verbannt wurden, und das ist etwas Schlimmes, nicht wahr? Etwas Böses ..."

„Die Erloschenen ...", sagte Lilly leise. „Ist es wahr, was Morgan erzählt hat? Dass sie sich gegen den Grauen auflehnten und versuchten, die Menschheit zu unterwerfen?"

„Ja." Alahrian sah sie nicht an. „Es ist wahr ..."

„Aber du bist nicht so!" Lilly schrie jetzt beinahe. Irgendetwas in ihr fragte sich, wie sie das wohl wissen wollte, und etwas anderes, etwas Starkes, Machtvolles, wusste es einfach. Sie kannte nicht seine Geschichte, wusste nicht, was er getan hatte in den vergangenen Jahrhunderten, oder wie viele Jahrhunderte es überhaupt waren, doch sie brauchte nur in seine Augen zu sehen, in sein blasses, schmerzerfülltes Gesicht, um alles über ihn zu wissen, alles, was von Bedeutung war in diesem Moment.

„Das ist wahr", bestätigte er, doch es klang düster. „Keiner von uns, Morgan nicht und auch ich nicht und viele andere auch nicht, hat je im großen Krieg gekämpft. Wir waren noch nicht einmal geboren damals. Keiner von uns hat je versucht, diese Welt zu unterwerfen. Und doch sind wir noch hier, und die Tore zu unserer Welt haben sich nicht geöffnet, und keiner von uns hat je den Grauen erblickt." Bitterkeit schwebte in diesen Worten. „Wir waren nicht beteiligt an der Rebellion, und trotzdem hat der Graue uns nicht vergeben. Wir sind verbannt, nach wie vor. Er hat uns zurück gelassen, allein, in dieser fremden Welt. Er hat uns verlassen, vielleicht sogar vergessen. Und manchmal ..." Nun zuckte es in seinen Augen vor Schmerz. „Manchmal glaube ich, es gibt ihn gar nicht, und er ist nur eine Legende, ein Mythos, wie vieles andere auch."

Tränen brannten in seinen Augen, aber sie fielen nicht, nur der Regen schlug mit neuer, prasselnder Gewalt gegen das Fenster. Behutsam, zögerlich streckte Lilly die Hand aus und legte sie auf seine, fühlte die Wärme unter seiner Haut und das Licht. Schweigend lauschte sie auf den Regen, und dann sagte sie leise: „Es gibt ein Sprichwort bei uns, Alahrian. Es heißt: Wenn die Engel weinen, dann regnet es ..."

Er zuckte zusammen, wandte mit blassen, aufeinandergepressten Lippen das Gesicht ab, und Lilly sah, wie sich eine einzelne, glitzernde Träne aus seinen Augenwinkeln löste und schimmernd über seine bleiche Wange rann. „Gefallene Engel ...", flüsterte er mit ersterbender Stimme.

Sie hielt seine Hand und mit der anderen, sehr langsam und sehr vorsichtig, aus Angst, er könne zurückweichen, wischte sie die Träne fort. „Nein. Du bist nicht wie die Erloschenen. Dein Licht brennt hell, auch in der Dunkelheit. Du bist nicht in die Schatten gestürzt, du bist nicht ihren Weg gegangen."

„Das ist wahr." Er sah sie noch immer nicht an, aber er wich auch nicht zurück. „Aber es ist schwer, so unglaublich schwer. Du weißt nicht, wie verlockend die Schatten sind. Ich bin vielleicht der letzte meiner Art, Lillian. Alle anderen sind erloschen, sie sind in die Hohlen Hügel gegangen. Und manchmal, bevor du kamst, jeden Tag, fragte ich mich, ob ich nicht auch dorthin gehen, mich in die Schatten fallen lassen sollte, einfach nur, um nicht mehr allein zu sein."

Nun fühlte auch Lilly bittere Tränen in ihren Augen brennen, doch sie kämpfte sie nieder und versuchte, seinen Blick aufzufangen. „Bevor ... ich kam ...?", fragte sie mit zitternder Stimme.

„Ja." Er hob den Kopf, und sein Blick war Aquamarin und Azur. „Es ist leichter, nun, da du da bist ... Jetzt, wo du bei mir bist ..." Und dann tat er etwas, etwas sehr Menschliches, Verletzliches, etwas, was er nie zuvor getan hatte: Er rollte sich auf dem Bett zusammen und legte den Kopf in ihren Schoß, und unwillkürlich hob Lilly die Hände und begann, sein Haar zu streicheln, und dann hielt sie ihn in den Armen, ihren Engel, wie ein Kind, und irgendwann fielen seine Augen zu und er schlief ein.

Und der Regen vor dem Fenster verstummte.

Menschlich

Da sie am Tag zuvor die Schule ganz und gar versäumt hatten, beeilten sie sich am nächsten Morgen, besonders pünktlich zum Unterricht zu kommen. Hand in Hand legten sie den kurzen Weg zurück, und Lilly beobachtete verstohlen Alahrians Miene, während sie sich die Kapuze ihrer Jacke über den Kopf zog, um sich vor dem feinen Sprühregen zu schützen.

„Geht's dir gut?", fragte sie schließlich offen. Er sah heiterer aus als gestern, ja, geradezu erleichtert, und trotzdem ... trotzdem regnete es.

Alahrian lächelte, seine Augen funkelten, klar wie Aquamarin. „Sieht man das nicht?"

„Nun ja ..." Lilly warf einen vielsagenden Blick in den Himmel.

Ein glockenhelles Lachen erklang, und es dauerte lange, bis es wieder verstummte, so lange, dass Lilly stirnrunzelnd bemerkte: „Was ist so komisch?"

„Entschuldige." Augenblicklich fand er die Contenance wieder, wenn auch unter sichtlicher Anstrengung. „Es ist nur ..." Er kämpfte gegen einen neuerlichen Ausbruch von Belustigung an. „Ich bin nicht verantwortlich für das Wetter, weißt du?" Ernsthaft wandte er den Blick der grauen Wolkendecke zu. „Wenn ich traurig bin, regnet es – manchmal, und auch nur in meiner unmittelbaren Umgebung. Aber das bedeutet nicht, dass automatisch immer die Sonne scheint, sobald ich glücklich bin ..." Er zwinkerte. „Das würde ja beständig schönes Wetter bedeuten, immer dann, wenn du in meiner Nähe bist ..."

„Charmeur." Lilly drückte seine Hand.

Sie erreichten das Schulgebäude und schlüpften schnell ins Trockene. Lilly streifte die Kapuze ab, Alahrian schüttelte sich wie ein goldgelocktes Hündchen. „Brrr ...", machte er angewidert. „Ich kann Regen nicht ausstehen! Wasser, das vom Himmel fällt, das ist ... irgendwie merkwürdig, findest du nicht?"

Lilly starrte verblüfft. „Regnet es dort, wo du herkommst, denn nicht?", fragte sie verwundert.

„Aber doch, natürlich." Verständnislos riss Alahrian die Augen auf. „Ich komme aus Island, schon vergessen?"

„Schon, aber ..." Lilly suchte nach den richtigen Worten. „Ich meine, in deiner Welt."

„In der Anderswelt?" Ein träumerisches Lächeln glitt über Alahrians Gesicht. „Doch, auch dort regnet es ab und an, aber der Regen ist warm – und golden wie Honigtropfen und er füllt die Seen und Flüsse mit Süße ..." Er seufzte leise.

„Du vermisst sie, nicht wahr?" Betreten senkte Lilly den Blick. „Deine

Heimat." Angst stieg in ihr hoch. Seit gestern wusste sie, dass er gar nicht mehr in seine Welt zurückkehren konnte, aber das machte es nur noch schlimmer. Er würde nicht einfach so in eine geheimnisvolle Märchenwelt entschwinden, doch er würde es immer wollen. Da war eine Sehnsucht in ihm, die von hier fort wollte, und diese Sehnsucht würde ihn vielleicht immer von ihr entfernen.

„Ja", entgegnete Alahrian mit dunklem, leerem Blick. „Ich war nie dort, und doch vermisse ich die Anderswelt. Die Erinnerung daran fließt durch meine Adern wie das Blut meiner Vorfahren, ein glänzender Traum, fremd, und doch vertraut ..."

Lilly biss sich auf die Lippen. Er aber drehte sich, mit einem Mal überschwänglich, zu ihr um, strich ihr zärtlich das feuchte Haar aus der Stirn und strahlte sie an. „Aber das alles sind nur Schatten, Schatten aus der Vergangenheit ... Mein Welt ist jetzt hier." Sanft küsste er sie auf die Stirn.

Die Berührung seiner Lippen war wie Balsam auf einer schwelenden Wunde. Lilly vergaß ihre Befürchtungen. Ihre Stimmung war heiter, während sie durch die Aula schlenderten. Es war noch nicht allzu viel los dort, bis zum Unterrichtsbeginn blieb noch reichlich Zeit. Einige Fünftklässler tobten vor den Getränkeautomaten, auf der Treppe saß eine Gruppe von Schülern, die Hausaufgaben voneinander abschrieben.

„Hast du eine Entschuldigung für gestern?", erkundigte sich Lilly beiläufig, fast nahtlos zu erstaunlich profanen Themen übergehend.

Alahrian nickte. „Es hat seine Vorteile, wenn jemand wie Morgan der Erziehungsberechtigte ist", erklärte er grinsend. „Ich hab auch eine für dich." Triumphierend zog er ein zusammengefaltetes Blatt Papier aus der Tasche.

Lilly, die sich bisher noch nicht getraut hatte, ihrem Vater den geschwänzten Tag zu beichten, betrachtete es überrascht.

„Morgan kann so ziemlich alles fälschen", bemerkte Alahrian, in verändertem Tonfall. „Ich weiß, es ist nicht in Ordnung, aber ich möchte auch nicht, dass du meinetwegen Ärger bekommst. Wir machen es nicht noch mal, okay?"

Lilly schmunzelte leise. „Lass sie uns ins Sekretariat bringen, ja?" Sie wollte ihn zur Treppe führen, doch er blieb plötzlich stehen, mitten in der Bewegung. „Was hast du?"

Alahrian antwortete nicht. Angestrengt schien er zu lauschen, auf etwas, das nur sein feines alfar-Gehör wahrnehmen konnte. „Entschuldige mich, bitte", meinte er unvermittelt und verschwand mit schnellen Schritten in einem der zahlreichen Seitengänge.

Stirnrunzelnd verharrte Lilly zwei Sekunden lang, dann hörte sie es auch. Gelächter, Geschrei, ein dumpfer Schlag, wieder Gelächter, darunter erstickt ein leises Wimmern. Eine Schulhofprügelei?

Hastig folgte sie Alahrian, und tatsächlich: Ein großer, kräftiger Junge hatte gerade einen viel kleineren in den Schwitzkasten genommen, riss ihm seine Sachen weg und warf ihn brutal gegen die Wand. Der Kleine heulte verzweifelt.

Entrüstet sah Lilly sich um. Wo waren eigentlich die Lehrer, wenn man sie brauchte? Aber sie brauchten gar keine Lehrer.

„Stop!“ Alahrians Stimme war ruhig und nicht einmal besonders laut, und doch strahlte sie eine Autorität aus, die selbst Lilly erstarren ließ. „Lass ihn in Ruhe!“ Ein eisblauer Blick bohrte sich in den des Schlägers. Alahrian hob die Hand, keine bedrohliche Geste, sondern eine seltsam würdevolle, fast majestätische, und trennte die beiden Streithähne mit dieser einzigen, harmlosen Bewegung.

„Geh“, sagte er sanft zu dem jüngeren Schüler, der ihn aus großen, verheulten Augen ansah. „Geh in deine Klasse. Es ist alles in Ordnung.“

Immer noch heulend nahm der Junge seine Sachen vom Boden auf, raffte sie hastig an sich und rannte davon, wobei er Lilly, die am anderen Ende des Korridors stand, beinahe über den Haufen lief.

Auch der Schläger wollte sich trollen, Alahrian aber hielt ihn scharf zurück. „Warte!“ Seine Augen glühten ein wenig, der Junge konnte nicht anders, als zu ihm aufzusehen. „Du willst keine kleineren Schüler mehr verprügeln“, befahl Alahrian ruhig, die Stimme weich und einschmeichelnd, sanft und doch seltsam zwingend. „Du willst dich überhaupt nicht mehr prügeln ...“

„Ich ...“ Der Junge riss die Augen auf, von Alahrians Blick gebannt wie das Kaninchen von der Schlange.

„Gewalt ist keine Lösung für einen Konflikt“, erklärte Alahrian ernst, jedes Wort betonend. „Du – willst – dich – nicht – mehr – prügeln.“

Mechanisch nickte der Junge.

„Gut.“ Alahrian lächelte. „Geh jetzt.“

Der Junge blinzelte, erwachte endlich aus seiner Starre und verschwand blitzschnell in der entgegengesetzten Richtung seines Opfers.

Alahrian wandte sich zu Lilly um. „Entschuldige bitte“, meinte er behutsam. „Aber der Typ tyrannisiert ständig die Fünftklässler, erpresst sie, zwingt ihnen ihr Pausengeld ab und so. Ich ... ich konnte das einfach nicht mehr mit ansehen.“

Lilly musterte ihn verblüfft. „Wow.“ Stolz hakte sie sich bei ihm unter. „Und du willst ein gefallener Engel sein?“ Sie lehnte ihren Kopf gegen seine Schulter. „Du bist einer von den Guten, eindeutig.“

Alahrian verzog das Gesicht. „In anderer Leute Köpfe herumzustochern gilt gemeinhin nicht als besonders freundlich.“

„Wieso nicht?“ Lilly blickte zu ihm auf. „Wenn du dadurch einen besseren Menschen aus ihm machen kannst?“

„Ich weiß nicht, ob es so einfach ist.“ Alahrian seufzte leise. „Und die Befehle halten auch meist nicht für ewig.“

„Trotzdem.“ Lilly gab nicht so schnell auf. „Du hast den Kleinen da eben echt gerettet. Du bist ein guter ...“ Sie stolperte einen Moment lang über ihre eigenen Worte. Ein guter Mensch, hatte sie sagen wollen. Nun, das war eindeutig nicht ganz richtig ... „Ein guter Elf", endete sie schließlich ziemlich lahm.

Alahrian lachte leise. „Komm, lass uns zum Unterricht gehen", entgegnete er aufgeräumt. „Wir können nicht schon wieder zu spät kommen."

„Was war denn los gestern?", erkundigte sich Anna-Maria neugierig, als Lilly sich im Klassenzimmer neben sie setzte. „Doch nicht etwa das Pfeiffersche Drüsenfieber, hm?" Sie zwinkerte ironisch.

Lilly verstand kein Wort.

„Auch die Kuss-Krankheit genannt", erklärte Anna-Maria betont.

Eine fiebrige Hitze kletterte Lillys Wangen empor. Verlegen in ihr Mathebuch starrend murmelte sie etwas Unverständliches und rutschte missmutig auf ihrem Stuhl herab, um Anna-Marias durchdringendem Blick auszuweichen.

„Ihr habt euch also noch immer nicht geküsst", stellte Anna-Maria sachlich fest.

Lilly schwieg beharrlich.

„Was hat er denn bloß, dein Freak?" Anna-Maria war nicht zu bremsen. „Angst vor Keimen, oder was?"

Unbehaglich schaute sich Lilly nach Alahrian um. Anna-Maria hatte nicht laut gesprochen, doch Lilly hatte ja gerade eben erst wieder beobachtet, wie fein Alahrians Gehör war. Viel feiner als das eines Menschen. Alahrian allerdings war gerade von seinen Kameraden aus dem Volleyballteam umringt, wo sie lebhaft das nächste Turnier diskutierten. Seine Aufmerksamkeit schien abgelenkt, dennoch war Lilly sehr froh, als es zum Unterricht klingelte und die Ankunft des Lehrers sie von der Notwendigkeit einer Antwort enthob.

In der Pause hatte sie Anna-Marias Bemerkung bereits wieder vergessen. Zusammen mit Alahrian suchte sie ein ruhiges Plätzchen am Fenster, und während Lilly, an einem Müsliriegel knabbernd, versuchte, noch ein bisschen für Erdkunde zu lernen, legte Alahrian die Hand gegen das Glas, um das wenige, was an grauem Tageslicht durch die Scheibe drang, in sein Innerstes aufzusaugen. Seine Handfläche glühte ein wenig dabei, doch die Wahrscheinlichkeit, dass dies in ihrer kleinen, abgeschiedenen Ecke jemand bemerkte, schien äußerst gering.

Lilly legte ihr Geographiebuch zur Seite, die amerikanischen Bundesstaaten, deren Hauptstädte sie eigentlich auswendig lernen sollte, aufgeschlagen. Alahrian sah ein wenig blass aus, stellte sie fest. Der Vormittag in einem geschlossenen Gebäude, noch dazu bei diesem düsteren Wetter, hatte ihn erschöpft.

„Warum ziehst du nicht in eine Gegend, wo es wärmer ist?", erkundigte sie sich besorgt. „Und sonniger? Kalifornien zum Beispiel."

Alahrian zuckte zusammen, das Gesicht mit einem Mal noch ein bisschen blasser. Der Ausdruck in seinen Augen ähnelte dem von gestern, als sie ihn nach den gefallenen Engeln gefragt hatte, und Lilly wollte die Bemerkung schon fallen lassen, als er sagte:

„Ich kann nicht. Ich kann hier auf Dauer nicht weg."

Das war eine Antwort, die Lilly bereits kannte. Nach Morgans Erzählung gestern jedoch konnte sie nun zumindest erahnen, was sie bedeutete.

„Du musst die Tore bewachen", meinte sie. „Die Tore zu den Hohlen Hügeln. Wo die Erloschenen leben."

„Das also hat Morgan dir auch erzählt." Seine Miene war undurchdringlich, Lilly konnte nicht sagen, ob er ärgerlich darüber war oder sogar erleichtert.

„Ja", entgegnete sie zögerlich. „Aber ... ich bin nicht sicher, ob ich es richtig verstanden habe."

Alahrian nahm die Hand vom Fenster und massierte die Innenfläche mit der anderen, als habe er sich weh getan.

„Wo sind die Hohlen Hügel?", fragte Lilly, als er nichts sagte.

„Die Hohlen Hügel sind eine Zwischenwelt", erklärte er, in einem Tonfall, den Lilly ebenso wenig deuten konnte wie seinen Gesichtsausdruck. „Sie befinden sich nicht in der Welt der Sterblichen, aber auch nicht in der Anderswelt. Sie sind ... eine Art Übergang."

„Und die Tore?"

„Die Tore liegen unter der Erde, an vielen Stellen dieser Welt. In Höhlen, unterirdischen Verliesen, Grabhügeln ..." Er zuckte mit den Schultern. „Manchmal auch in Steinen. Hier in dieser Gegend spricht man nicht viel davon, in Island aber kennt jeder die Feenhügel."

„Und doch ist auch hier ein Tor, nicht wahr?", bohrte Lilly weiter, Morgans Worte von gestern tiefer ergründend.

Alahrians Blässe nahm zu. Er sah jetzt aus, als würde ihm gleich übel werden, doch er nickte. „Ja", entgegnete er abgehackt. „Auch hier ist ein Tor. Aber es ist ... verschlossen ..."

„Aber nicht immer", fügte Lilly hinzu. „Manchmal öffnet es sich. Man könnte hindurchgehen und ..."

„NEIN!" Alahrian schrie es fast, blitzschnell beugte er sich zu ihr hin, seine Augen glühend, das Gesicht kreideweiß. „Nicht dieses Tor! Daran darfst du nicht einmal denken, niemals! Was hinter dem Tor lauert, ist gefährlich, tödlich, dunkel ..." Seine Worte erstickten.

Lilly erschauderte heftig.

Alahrian fand seine Fassung wieder und schüttelte den Kopf. „Verzeih", murmelte er hablaut. „Ich wollte dir keine Angst machen. Es ist nur ... die Erloschenen sind gefährlich, verstehst du? Manche von ihnen wollten eure Welt von Anfang an unterwerfen, andere fielen in die Schatten, als sie von euch verfolgt und gejagt wurden und nähren ihren Hass und ihren Rachedurst in der Tiefe."

Sein Blick richtete sich ins Leere, die Augen waren dunkel und schwarz umrandet. „Es gibt Geschichten bei den Menschen, Geschichten, in denen unser Volk schrecklich erscheint und monströs. Legenden, die von Krankheiten erzählen, die euch die Elfen anhexen, von Flüchen, von Kindern, die aus ihren Wiegen gestohlen werden ..." Es schüttelte ihn vor Abscheu, seine Stimme wurde brüchig. „Erinnerst du dich an den Erlkönig? Das ist es, was die Erloschenen tun."

Schweigend senkte Lilly den Blick. Was er erzählte, das machte ihr Angst, andererseits: „All diese Geschichten sind sehr alt", meinte sie, etwas kläglich.

„Ja." Ein schwaches Lächeln huschte über Alahrians Gesicht, wie um sie zu beruhigen. „Die Erloschenen sind in ihrer Zwischenwelt gefangen, die Tore durch Zauber verschlossen. Sie können nicht hinaus."

„Und der Fenririm?" Lilly wurde immer noch eiskalt, wenn sie an das Monster im Wald dachte.

Alahrian senkte den Blick. „Es gibt gewisse Tage im Jahr, da sind die Grenzen zwischen den Welten besonders durchlässig", erklärte er leise. „An diesen Tagen kann es geschehen, dass sich die Tore öffnen, und etwas ... entkommt."

„Wie der Fenririm."

„Ja." Alahrian nickte ernst. „Deshalb bewachen die döckalfar die Tore, überall auf der Welt. Sie jagen die Fenririm und töten sie, bevor sie euch Schaden zufügen können. Meistens jedenfalls." Er verzog ein bisschen das Gesicht, auch ihm lag die Erinnerung an die Begegnung mit dem Monster noch in den Knochen.

„Was sind das für Tage?", fragte Lilly schnell, um die Schatten jenes Alptraums zu vertreiben.

„Samhain. Ihr nennt es Halloween. Und Beltaine. Das ist die Nacht vor dem Maientag."

„Mai?" Etwas in Lillys Innerem machte klick. „Oh mein Gott!" Bestürzt starrte sie ihn an. „Deshalb konntest du nicht mit mir zum Tanz in den Mai gehen! Du ... du hast gegen diese Ungeheuer gekämpft!"

„Nein." Heftig schüttelte Alahrian den Kopf. „Das ist Morgans Aufgabe, und er ist normalerweise extrem gut darin, auch wenn er dies eine Mal einen übersehen hat. Ich habe das Tor unter der Villa bewacht. Das ist es, was ich tue. Weshalb ich immer wieder an diesen Ort hier zurückkehren muss. Ich muss dafür sorgen, dass sich dieses Tor niemals öffnet, niemals. All meine Magie, all mein Zauber ..." Er brach ab, Lilly legte ihm die Hand auf die Schulter und fühlte sich plötzlich scheußlich, weil sie ihn damals so angefahren hatte.

„Es tut mir leid", flüsterte sie elend. „Ich war so wütend auf dich, an diesem Abend. Dabei wolltest du mich nur beschützen."

Ernst blickte er ihr in die Augen. „Ich wollte dich immer nur beschützen", erklärte er leidenschaftlich. „Und das werde ich immer tun." Plötzlich lachte er leise. „Aber ich war ein kompletter Idiot an diesem Tag! Ich wollte so sehr mit dir auf den Ball gehen, ich hatte das Datum völlig vergessen. Mangelndes Zeitgefühl, du weißt schon ..." Unglücklich zuckte er mit den Schultern.

Lilly nickte, auf absurde Art und Weise erleichtert. Dass er sie an jenem Abend versetzt hatte, hatte sie nie ganz verwunden. Bis jetzt. Dann drang die volle Bedeutung seiner Worte an ihr Bewusstsein, und sie schauderte wieder. „Was ist hinter diesem besonderen Tor?", fragte sie unbehaglich.

Nun wich Alahrian ihrem Blick aus, Schatten zuckten über sein bleiches Gesicht, und Lilly glaubte schon, er würde nicht antworten, als er sagte: „Liliths Palast. Ihre Königin. Die Königin der Erloschenen, sie ..." Er unterbrach sich mitten im Wort und blickte ruckartig auf.

Zwei Sekunden später bog Anna-Maria um die Ecke, er hatte sie kommen gehört, obwohl Lilly noch nicht einmal Schritte wahrgenommen hatte.

„Hey, da seid ihr ja!" Uneingeladen ließ sich Anna-Maria neben ihnen nieder. „Du schuldest mir noch einen Kinobesuch", wandte sie sich an Lilly, Alahrian weitestgehend ignorierend. „Heute Abend läuft ne ziemlich süße Komödie, was meinst du? Wir könnten auch ein paar von den anderen fragen, das wird bestimmt cool!"

Lilly tauschte einen Blick mit Alahrian, den Anna-Maria falsch deutete, denn sie fügte – ungewöhnlich großzügig – hinzu: „Du kannst natürlich auch mitkommen."

Alahrian lächelte gezwungen, wich ihrem Blick aus und schaute stattdessen Lilly an. Kaum wahrnehmbar schüttelte er den Kopf, zum Fenster deutend.

„Heute Abend geht's nicht, ein andermal, ja?", meinte Lilly schnell. Zwei Stunden in der Dunkelheit, nachdem der ganze Tag schon grau und bewölkt gewesen war, das würde Alahrian niemals durchhalten. Er war ohnehin schon ganz blass.

Anna-Maria machte ein beleidigtes Gesicht.

„Wir holen das nach, okay?", versprach Lilly so enthusiastisch wie möglich.

„Bestimmt?"

„Klar."

„Na schön." Seufzend schnappte sich Anna-Maria Lillys Erdkundebuch. „Hast du gelernt?", fragte sie, das Thema wechselnd. „Ich glaub, wir schreiben ne Ex ..."

Damit schien die Sache mit dem Kino umschifft, Alahrian jedoch hatte die kurze Konversation mit einem explizit unglücklichen Ausdruck verfolgt und sagte während der gesamten Pause kein einziges Wort mehr. Während Erdkunde war er sehr still, obwohl sie keine Ex schrieben, und selbst auf dem Weg zur Sporthalle hielt das ungewöhnliche Schweigen an.

„Alles okay?", erkundigte sich Lilly endlich. „Anna-Maria hat dich doch nicht irgendwie beleidigt, oder doch?" Zugegeben, Anna-Maria machte keinen Hehl aus ihrer Antipathie, doch sie schien sich heute zumindest bemühen zu wollen. Ein Kinobesuch wäre ein Anfang gewesen, oder nicht? Sie konnte ja nicht wissen, wie empfindlich Alahrian gegen dunkle Orte war ...

„Nein, natürlich nicht." Alahrian beobachtete den Asphaltboden unter seinen Füßen, als gäbe es dort etwas ungeheuer Spannendes zu entdecken.

Lilly wartete zwei Sekunden.

„Willst du nicht mal etwas Normales unternehmen?", platzte es aus ihm heraus. „Etwas Menschliches? Mit deinen nicht-freakigen Freunden?"

„Was?!" Lilly blieb stehen, als wäre sie gegen eine Wand gelaufen. „Willst du mich los werden?" Sie blinzelte, nur halb im Scherz.

„Natürlich nicht!" Er erbleichte so heftig, dass Lilly die dumme Bemerkung sofort wieder leidtat. „Ich ... ich meine nur ... du ... du sollst nicht ..."

„Ja?"

„Wenn du das gerne machen möchtest, heute Abend, dann sollst du meinetwegen nicht darauf verzichten."

„So wichtig ist das doch nicht!" Lilly winkte ab, das Problem nicht ganz einsehend.

„Doch Lilly, es ist wichtig." Er blickte ernst und sorgenvoll. „Wir beide, wir können vielleicht nie zusammen ins Kino gehen."

„Na und?" Lilly zuckte mit den Schultern. „Wir haben uns doch erst neulich einen Film zusammen angesehen, schon vergessen?" Sie berührte die Kette um ihren Hals, den Lichtfunken, den er ihr geschenkt hatte.

„Das meine ich nicht." Er sah immer noch unglücklich aus.

Zwischen Sporthalle und Schulgebäude klingelte es. „Wir müssen los!", bemerkte Lilly, ihr Sportzeug schulternd. Schnell küsste sie ihn auf die Wange. „Wir reden nachher darüber, ja?"

Erst als Alahrian in die Halle kam, erfuhr er, dass Sport für die Jungs heute ausfiel. Die meisten freuten sich über die unverhoffte Freistunde und marschierten als geschlossene Gruppe in die Eisdiele ab, Alahrian aber zog sich, da er ja doch keine sterbliche Nahrung zu sich nehmen konnte, heimlich zurück und schlenderte stattdessen mit hängendem Kopf und tief in den Jackentaschen vergrabenen Händen durchs Stadtzentrum.

Es nieselte immer noch. Der Himmel war bleigrau, es war nicht dunkel, aber düster genug, um nicht nur auf seine Kräfte, sondern auch auf seine Stimmung zu schlagen. Zumindest gelang es ihm für einige Minuten, sich einzureden, es läge nur am Wetter. Die Wahrheit war nicht ganz so simpel.

Missmutig starrte er über die Straße hinweg durch die blank polierten Scheiben der Eisdiele. Er konnte sie dort sitzen sehen, die anderen, wie sie lachten und scherzten und herumalberten, während sie Löffel aus Edelstahl in den Händen hielten, die sie in Nahrung steckten, die er nie kosten würde.

So viel Mühe er sich auch gab, niemals würde er so sein wie sie. Er gehörte nicht dazu. Wie ein Hund stand er hier draußen im Regen, starrte durchs Fenster und konnte, selbst wenn er hinein ging, doch niemals dort drinnen sein. Er war wie in einem Glasgefäß gefangen, immer fremd, immer fern, immer ... anders.

Dämon! Teufel! Missgeburt!

Die Stimme aus seiner Erinnerung hallte dumpf in seinem Kopf wider, er konnte sie nicht vertreiben. Gestern, als Lilly ihm das Buch gezeigt hatte, da war sie wieder erwacht, die alte Furcht, hatte sich wie Gift in sein Herz gekrallt. Lilly jedoch hatte ihn nicht verurteilt. Selbst jetzt, da sie die Geschichte seines Volkes kannte, da sie zu ahnten begann, was er wirklich war, blieb sie noch immer bei ihm.

Lilly war wunderbar. Wenn sie ihn ansah, dann zersplitterte das Glasgefäß unter ihrem Blick, dann konnte er seine Andersartigkeit vergessen, es war, als gehöre er wirklich dazu, als wäre er ein echter Teil dieser Welt. Ja, fast schien es ihm dann, als wäre er tatsächlich ein Mensch.

Doch er war kein Mensch. Schmerzlich war es ihm bewusst geworden, in eben jenem Moment, in dem Anna-Maria nach dem Kino gefragt hatte. Er würde nie mit ins Kino gehen können, er würde nie mit den anderen Eis essen gehen, ganz zu schweigen von all den anderen Dingen, die er nie, niemals tun konnte.

Lilly konnte mit einem einzigen Blick das Glasgefäß, das ihn gefangen hielt, zertrümmern. Aber was, so fragte er sich, während er düster in die Wolken starrte, wenn er sie selbst zu einer Gefangenen machte? Zu einer Ausgestoßenen? Sie sollte seinetwegen nicht auf einen Kinobesuch mit ihrer Freundin verzichten, sie sollte in der Eisdiele sitzen, und nicht draußen im Regen stehen.

Alahrian seufzte tief, schüttelte sich das von Nässe klebrige Haar aus dem Gesicht und betrachtete sein Spiegelbild angelegentlich in einer Schaufensterscheibe. Da er sich in der Öffentlichkeit bewegte, versteckte er sich natürlich unter einem Zauber, aber selbst durch dieses Trugbild hindurch zeigte die verschwommene Reflexion im Glas deutlich seine Merkwürdigkeit. Die viel zu hohen Wangenknochen, die ungewöhnlich blasse Haut, die Augen, zu groß und zu seltsam geformt, dazu die angeschrägten, kühn geschwungenen Brauen ... Unter dem Haar konnte man sie natürlich nicht sehen, das Spiegelbild jedoch schien sie ihm geradezu ins Auge zu spießen, die verhassten Spitzohren, Fuchsohren, Teufelsohren ...

Wie viel einfacher wäre alles gewesen, wenn er ein Mensch wäre!

Alahrian lehnte sich mit dem Rücken gegen die nasse Scheibe, blickte in die grauen Wolken und stellte sich, nicht zum ersten Mal, vor, wie er als Mensch wohl sein würde. Mit runden Ohren und Haaren, die man schneiden konnte, ohne dass es weh tat, mit Haut, die ganz unempfindlich war gegen Eisen und Stahl. Er hätte stundenlang im Dunkeln sitzen können und ...

Er riss die Augen auf. Ein paar Meter entfernt flüchtete sich ein Pärchen vor dem schlechten Wetter in die Bibliothek. Unter dem Eingangsportal küssten sie einander, ganz flüchtig nur, dann liefen sie weiter. Das war auch so eine Sache ... Küssen schien für die Sterblichen etwas völlig Normales, beinahe schon Belangloses zu sein. Für einen liosalfar aber ...

Ein Kuss der wahren Liebe war ... er war ... etwas ganz ungeheuer Unglaubliches, etwas Magisches, ein Versprechen, für das es keine Worte gab ...

Alahrian hatte in letzter Zeit große Lust gehabt, Lilly zu küssen. Wäre der Fenririm nicht dazwischen gekommen, an jenem einen Abend, wer weiß, vielleicht hätte er es sogar einfach getan?

Aber er wusste nicht, ob es für sie die selbe Bedeutung haben würde wie für ihn. Und wollte sie es überhaupt? Sie hatte nie davon gesprochen ... Nie hatte sie den Wunsch geäußert, ihn zu küssen. Vielleicht fürchtete sie sich ja insgeheim davor ... Er war schließlich nicht normal. Er war kein Mensch ...

Um vieles einfacher wäre alles gewesen, wäre er einfach nur ein gewöhnlicher Sterblicher ...

Alahrian seufzte erneut. Er fühlte das Handy in der Tasche vibrieren, noch bevor es zu klingeln begann. Ulkiges kleines Ding. Es war eine SMS, von Lilly natürlich:

Wo steckst du? Ich vermisse dich ...

Trotz seiner eben noch düsteren Stimmung glitt ein Lächeln über Alahrians Lippen. Plötzlich war ihm ganz warm, obwohl seine Muskeln in der feuchten Kälte zitterten.

Ich habe sie nicht verdient. Sie ist zu gut für mich ...

Mit einem Ruck löste er sich von der Scheibe, an der er lehnte und lief schnellen Schrittes zur Schule zurück.

Alahrian war klitschnass, als er Lilly vom Sport abholte. „Was hast du denn gemacht?“, fragte sie besorgt. „Du zitterst ja richtig! Du wirst dich noch erkälten!“

Er lächelte schwach. „Wohl kaum.“ Und leiser, gemurmelt und mehr zu sich selbst als zu ihr, fügte er etwas hinzu, das klang wie „Ich wünschte, ich könnte es ...“. Aber Lilly war sich nicht ganz sicher.

Auf dem Heimweg war er still und ernst genau wie vorhin. Eine Weile lauschte Lilly seinem Schweigen, dann hielt sie es nicht mehr aus und fragte offen: „Was hast du denn nur? Habe ich irgendetwas falsch gemacht?“

Er blieb stehen, wie vom Blitz getroffen, bestürzt und erschrocken, fast entsetzt. „Nein! Ganz gewiss nicht! Das darfst du niemals glauben!“ Seine Reaktion war so heftig, dass ein paar Blätter über ihm aus den Bäumen fielen, obwohl es noch längst nicht Herbst war.

„Was ist es dann? Immer noch die Sache mit dem Kino?“

Alahrian zögerte, kämpfte mit sich, scharrte mit den Füßen im Waldboden und rief dann endlich: „Ich kann dir überhaupt nichts bieten! All diese

Dinge, die Sterbliche normalerweise tun, Kino, Essen gehen ... Niemals wirst du das mit mir tun können! Oder verreisen ... Schiffe, Flugzeuge, Züge ... überall Stahl! Du kannst überhaupt nichts mit mir unternehmen, gar nichts!"

Das war leidenschaftlich und mit Inbrunst vorgetragen wie etwas, das ihn schon lange quälte, trotzdem hatte Lilly Mühe, nicht vor Lachen herauszuplatzen. Diese Rede war das Absurdeste, was sie jemals gehört hatte!

„Alahrian", sagte sie ernst, um einen ruhigen Tonfall ringend, „ich habe in den letzten paar Tagen mit dir mehr erlebt als jemals zuvor. Du hast mir eine ganz neue Welt gezeigt, eine ..."

„Das meine ich nicht", unterbrach er sie, nahezu rüde. „Ich ... ich meine etwas Sterbliches! Etwas Menschliches! Zusammen essen gehen oder so ..."

Lilly verzichtete darauf, ihm zu erklären, dass sie sehr wohl zusammen essen gehen konnten, wenn es unbedingt sein musste. Nur er würde dann eben nichts bestellen. Eigentlich nicht sehr schlimm, bloß ...

„Alahrian, diese Dinge bedeuten mir nichts", erklärte sie fest. „Ich will einfach nur mit dir zusammen sein, ist das so schwer zu verstehen?"

Aber das war vielleicht das Problem. Ihm bedeuteten diese Dinge sehr viel, so belanglos sie für Lilly auch sein mochten.

Und da fiel ihr plötzlich etwas ein. Hastig griff sie in ihre Jeanstasche und ertastete den zerknitterten Flyer, den sie nach dem Unterricht achtlos dort eingesteckt hatte.

„Heute Abend um acht", meinte sie triumphierend.

„Wie?" Er blinzelte verwirrt.

„Hol mich heute Abend um acht ab, ja?" Sie grinste breit. „Dann machen wir etwas Sterbliches. Etwas Menschliches."

Pünktlich wartete Alahrian am Abend auf Lilly, mit einem etwas angespannten Gefühl ließ er sich von ihr führen.

Er vertraute ihr, als sie das Städtchen jedoch verließen und stattdessen die Landstraße entlang marschierten, ließ ihn die Neugierde fragen: „Wo gehen wir denn eigentlich hin?"

Lilly strahlte ihn an. „Das wird eine Überraschung!" Sie lächelte geheimnisvoll. „Komm, es ist nicht mehr weit! Wir hätten auch den Bus nehmen können, aber ..."

„Nein, schon gut." Hastig winkte er ab. Keine Busse ... Ohnehin hatte es zu regnen aufgehört, ein bisschen letzter, milder Abendsonnenschein blitze durch die Wolken, am Horizont hoben sich einige goldene Strahlen deutlich gegen den grau-blauen Himmel ab.

Es wurde ein hübscher Abendspaziergang, und als sie im Nachbardorf ankamen, da hatten sich die Strahlen am Horizont bereits rosa gefärbt. Alahrian trank ein wenig davon, fühlte die Helligkeit unter seiner Haut prickeln und wie sich seine Muskeln daraufhin angenehm entspannten.

Die Musik hörte er schon von weitem, allerdings war es eher ein buntes Durcheinander verschiedener Stimmen und Melodien, nicht die Art von Musik, die Lilly üblicherweise bevorzugte. Hinter den Bäumen erhoben sich blinkende Lichter, und als sie um die Ecke bogen, erkannte Alahrian auch, woher sie stammten: Es war ein Volksfest. Der Wind trug den Geruch von gebrannten Mandeln, kandierten Äpfeln und geräuchertem Fisch zu ihnen herüber, ein leuchtendes Riesenrad erhob sich hoch über ihren Köpfen, Schausteller priesen laut ihre Fahrgeschäfte an, und ganze Trauben von Sterblichen schlenderten gemächlich über den Platz.

Alahrian starrte verblüfft. Er wusste nicht so recht, was er eigentlich erwartet hatte, aber das hier? Das war ... ungewöhnlich.

Lilly drückte seine Hand. Vielleicht spürte sie seine Skepsis. Alahrian zwang ein Lächeln auf sein Gesicht, ließ sich weiter von ihr führen und beobachtete angelegentlich ein paar Kinder, die, jauchzend in einem Kettenkarussell sitzend, ihren Eltern zuwinkten, wenn immer sie an ihnen vorbei geflogen kamen. Gegenüber schleppten zwei Typen ihre Freundinnen in die Geisterbahn, zweifellos, um die Dunkelheit und die gruselige Atmosphäre auszunutzen, so viel begriff selbst Alahrian, und einige Meter entfernt johlte und grölte eine Handvoll leicht angetrunkener Jugendlicher beim Autoscooter. Zweifellos, die Sterblichen schienen sich an diesem Ort ausgesprochen zu amüsieren, nur ...

Alahrian war ein miserabler Lügner. „Lillian", bemerkte er so behutsam wie möglich. „Das ist wirklich eine interessante Überraschung, aber ..." Wie um alles in der Welt sollte er es formulieren, ohne sie zu verletzten? „Hier ist überall Stahl", gestand er schließlich offen. „Bist du sicher, dass dies der richtige Ort ist für jemanden ... nun ja ... wie ... mich?" Er spürte selbst, wie kläglich er klang.

Lilly jedoch lächelte nur ermutigend. „Keine Sorge, wir bleiben nicht lange hier", erklärte sie sanft. „Und so lange du den Stahl nicht anfasst, passiert dir doch nichts, oder?"

Alahrian schüttelte den Kopf. Nein, die bloße Anwesenheit von Eisen machte ihm nichts aus, von dem penetranten, viel zu scharfen Geruch abgesehen, aber das behielt er lieber für sich. Er wollte sie nicht kränken, unter gar keinen Umständen wollte er sie vor den Kopf stoßen. Also riss er sich zusammen, und sie drückte seine Hand fester, dirigierte ihn durch die Menge, als wäre er ein Kind und passte auf, dass sie den metallenen Fahrgeschäften nicht zu nahe kamen. Offensichtlich war sie nicht hierher gekommen, um Achterbahn oder Schiffschaukel zu fahren, dennoch schien sie nach etwas Ausschau zu halten. Wollte sie jemanden treffen? Anna-Maria vielleicht? Alahrian blickte sich unbehaglich um. Die bunten Lichter waren hübsch, das musste er zugeben, ein Stück weit darüber blinkten bereits die ersten Sterne, kühl und silbrig, er sog ihr Strahlen auf, bis es ihn ganz erfüllte, und spürte die wilden Zuckungen der Jahrmarktsbeleuchtung in seinen Augen reflektieren.

„Ah!“ Lilly blieb unvermittelt stehen. „Warte hier einen Moment, ja? Ich bin sofort zurück!“

Alahrian verharrte an Ort und Stelle und rührte sich nicht. Um ihn herum wogten Grüppchen von Sterblichen: Eltern mit ihren Kindern, eine ganze Menge Jugendlicher, ein knutschendes Pärchen, ein Mädchen mit einem Lebkuchenherz um den Hals und einem schüchternen, verstohlen lächelnden Jungen an ihrer Seite.

Alahrian schien in dieser Menge ganz zu versinken, er fiel nicht auf, niemand beachtete ihn. Ein angenehmes Gefühl. Er begann, sich weiter zu entspannen. War es das, was Lilly ihm hatte zeigen wollen? Dass er an einem alfar-unfreundlichen, von Eisen durchdrungenem Ort überleben konnte, in einer Masse von Menschen – als Mensch?

Sie kam zurück, zwei lange, von weißen Wolken umwickelte Stäbe in den Händen. Nun konnte er eine gewisse Neugierde nicht mehr bezähmen. „Was um alles in der Welt ist das?“

„Zuckerwatte.“ Mit einem bezaubernden Glitzern in den Augen reichte sie ihm einen der Stäbe. „Das ist der Grund, aus dem ich mit dir hierher kommen wollte.“

„Eine Wolke?“ Alahrian zog die Brauen hoch.

Lilly lachte leise. „Du wolltest etwas Sterbliches unternehmen, nicht wahr? Etwas Menschliches ...“ Ihre freie Hand fuhr über die Menschentrauben hinweg. „Und du hast gesagt, wir könnten nie zusammen essen gehen. Also: Ich habe etwas besorgt, was wir beide essen können!“

Alahrian starrte auf die um einen Stab gefädelte Wolke in seiner Hand. „Das hier kann man essen?“

„Natürlich!“ Lilly riss einen Bausch von der Wolke ab und demonstrierte es ihm. „Sogar du kannst es essen. Es ist reiner Zucker, sonst nichts.“

„Menschen essen Zucker auf Jahrmärkten?“ Er war verblüfft. Sie war genial! Sie war wundervoll! Neugierig kostete er von der Wolke, schmeckte die klebrige Süße auf der Zunge, Zucker, eindeutig. Er hatte nicht gewusst, dass auch Menschen reinen Zucker zu sich nahmen, nur Zucker, ohne irgendetwas anderes dazu.

„Siehst du.“ Lilly nahm wieder seine Hand. „Wir befinden uns auf einem Volksfest, an einem Freitag Abend, und wir essen zusammen, wie ein ganz normales Paar.“ Triumphierend zwinkerte sie ihm zu.

Alahrian schwieg. Er war verblüfft und sprachlos. Lilly geleitete ihn ein wenig abseits des Getümmels, unter einer Baumgruppe setzten sie sich auf eine Bank, aßen Zuckerwatte und beobachteten das bunte Treiben, das wie ein wirbelnder Fluss an ihnen vorüber zog. Auf Lillys Gesicht spiegelten sich die Lichter der Fahrgeschäfte, wie winzige Blumen blühten sie in ihren Augen. Alahrian war ganz schwindelig vom vielen Sternenlicht, gebannt beobachtete er jede von Lillys Bewegungen ... wie sie sich das Haar zurückwarf durch ein kleines, anmutiges Schütteln des Kopfes ... ihre schlanken, weißen Finger, die von der Zuckerwatte zupften ... Mit der

Zunge leckte sie sie von den Lippen, und diese waren gewiss süßer als Zucker, weicher als das Mondlicht, prickelnder als die Sterne über ihnen ...

Alahrian drückte die Hand gegen die Stirn, wandte hastig den Blick ab und schaute stattdessen wieder dem Jahrmarkttreiben zu. Dies hier war gewiss nicht der richtige Zeitpunkt, nicht wahr? Er konnte doch nicht ... Er sollte nicht ...

Schnell sprang er auf, nahm ihre Hand und wirbelte sie, plötzlich übermütig, ins Getümmel zurück. „Komm, sehen wir uns noch ein wenig um! Was ist das da vorne?"

Er deutete auf einen Stand, wo Leute kleine Pfeile auf Luftballons warfen und für jeden Treffer irgendeinen Preis errangen. Mit einem Mal spielte ein Grinsen um seine Lippen. Die Pfeilspitzen waren aus Metall, der Rest aber aus Plastik. Wenn er aufpasste, konnte er sie anfassen.

„Soll ich eins von den riesigen Stofftieren für dich gewinnen?", fragte er unternehmungslustig.

Lilly blickte ihn skeptisch an. „Schaffst du das?", entgegnete sie, ihn halb neckend. „Ich meine, das ist nicht so einfach wie es aussieht ..."

„Sicher." Er lachte vergnügt. „Das schaffe ich." Ungewohnt selbstbewusst stolzierte er auf den Stand zu, bezahlte eine Handvoll Pfeile und sonnte sich einen Moment lang in dem bewundernden Ausdruck auf Lillys Gesicht, als jeder Wurf mit spielerischer Sicherheit ins Schwarze traf.

„Cool", bemerkte sie lachend, einen rosafarbenen Teddybären im Arm haltend, der fast so groß war wie sie selbst. „Ist da irgendein Trick dabei?"

„Elfenpfeile treffen immer ihr Ziel ..." Er lächelte geheimnisvoll.

Hand in Hand verließen sie das Volksfest und spazierten gemeinsam nach Hause.

„Das war ein schöner Abend", meinte er, als sie bereits vor Lillys Haustür standen. „Danke."

„Und ganz menschlich ..." Aus leuchtenden Augen blickte sie ihn an. „Na ja, fast ..."

Er erwiderte stumm ihren Blick, beinahe hatte er das Gefühl, von dem Licht in ihren Augen trinken zu können, und dann schien ihm, er würde darin ertrinken, denn all seine Furcht, all seine Bedenken schwammen plötzlich fort, und da war nur noch sie, und sie war so nah, dass er ihre Wärme fühlen konnte, die Melodie ihres Atems auf der Haut, und er wollte den Kopf zu ihr herabneigen, wollte seine Finger unter ihr Kinn legen, ihre Lippen den seinen ganz nahe bringen, und dann ...

Blitzschnell zuckte er vor ihr zurück, als er drinnen im Haus ein halblautes Rumoren hörte. Wilbur kläffte hinter der Tür, und Alahrian glaubte, hinter dem Küchenfenster eine Gestalt zu bemerken, die hastig den Vorhang zurückschob und sich von der Scheibe entfernte, in eben jenem Moment, in dem Alahrian aufblickte. Lillys Vater, kein Zweifel. Offensichtlich standen sie unter Beobachtung.

Alahrian presste die Kiefer aufeinander. Ohne dass er es selbst bemerkt hatte, hatten seine Lippen zu zittern begonnen wie in einer süßen, überwältigenden Erwartung. „Gute Nacht, Lillian", sagte er schnell, und während sie ein geflüstertes „Gute Nacht, Alahrian" in die Dunkelheit hauchte, da war er schon im Wald verschwunden.

Alahrian konnte nicht schlafen in dieser Nacht. Sein Herz pochte immer noch heftig, als er längst im Bett lag, unter der Glaskuppel, von Rosen umkränzt. Ob sie es auch gewollt hätte? Das Küssen? Wäre es in Ordnung gewesen oder hätte ihr Vater ihn dann hochkant vom Grundstück getrieben? Früher hätte er noch nicht einmal mit Lilly allein in einem Raum sein dürfen, vor ein paar Jahrzehnten noch. Heute schien das anders, er hatte viele Sterbliche gesehen, auf dem Volksfest, Menschen, die einander küssten, einfach so. Aber er, er war ein magisches Wesen ... Allein der Gedanke, Lilly zu küssen, ließ winzige kleine Blüten neben seinem Kopfkissen sprießen, Blüten von einer Farbe, die er nie zuvor gesehen hatte.

Seufzend drehte er sich auf die Seite. Seine Fingerspitzen leuchteten. Goldfunken regneten von seinem Haar auf den Seidenstoff der Decke herab. Er konnte sich gar nicht zusammen nehmen, so aufgewühlt war er.

Morgan?, flüsterte er endlich, in Gedanken behutsam nach dem Bewusstsein seines Bruders tastend. Bist du noch wach?

Ein diffuses Gemurmel kam als Antwort, dann folgten ein paar verschwommene Fernsehbilder. Morgan war noch wach, aber er sah sich gerade einen Film an.

Morgan, du hast schon viele Mädchen geküsst, oder?

Schon möglich.

Ungewöhnliche Bescheidenheit. Wann ist der richtige Zeitpunkt dafür?, fragte Alahrian.

Für einen Kuss ist immer der richtige Zeitpunkt.

Alahrian konnte das anzügliche Grinsen seines Bruders regelrecht durch die Wände sehen. Er seufzte entnervt.

Soll das etwa heißen, du hast deine Lilly noch nicht geküsst?, erkundigte sich der Bruder neugierig. Warum nicht?

Was, wenn sie es nicht möchte?

Das wirst du dann schon merken ...

Diesmal war Alahrian sicher, den anderen lachen zu hören. Aber ich bin kein Mensch! entgegnete er, Morgans Erheiterung ignorierend. Was wenn ... etwas schief geht?

Das ist der größte Blödsinn, den ich je gehört habe. Glaubst du etwa, du bist giftig für sie? Menschen und alfar können einander küssen, glaub mir. Sie können noch ganz andere Dinge miteinander tun ...

Alahrian fühlte eine jähe Hitze in seinen Wangen aufflammen. Morgan verstand das nicht! Morgan war ein döckalfar. Für ihn schien alles so einfach ...

Hör auf, dir dumme Gedanken zu machen, riet ihm der Bruder versöhnlich. Sie liebt dich, offensichtlich. Selbst du kannst das nicht vermasseln ...

Alahrian seufzte lautlos.

Schlaf jetzt, meinte Morgan sanft. Hast du nicht morgen früh dein Volleyballtraining für das große Spiel? Da musst du doch fit sein, oder?

Okay ... Alahrian kappte die Verbindung. Das war nicht sehr hilfreich gewesen. Trotzdem schlich sich eine leise Müdigkeit in seine Gedanken, während er sich gähnend in die Bettdecke hüllte. Sein Bewusstsein begann sich zu trüben. Er dachte an Zuckerwatte und rosa Teddybären, und an bunte Lichter, die sich flimmernd in Lillys Augen spiegelten ...

Dann schlief er ein.

Das Spiel

Lilly hatte sich nie über die Maßen für Sportveranstaltungen begeistern können, aber natürlich ließ sie es sich nicht nehmen, zu Alahrians großem Volleyballturnier zu kommen. Dem Ereignis wurde in der Schule eine größere Bedeutung beigemessen als sie geahnt hätte, jedenfalls war die gesamte Turnhalle mit bunten Ballons und riesigen Transparenten geschmückt, fast der gesamte Lehrkörper war anwesend, und engagierte Eltern schenkten vor dem Schulgebäude Getränke aus. Unvermittelt fühlte sich Lilly in die Atmosphäre einer amerikanischen High School versetzt, wie sie sie eigentlich nur aus Filmen kannte, jedenfalls vergaß sie beim Anblick des ganzen Trubels beinahe, dass es sich bloß um einen Wettstreit zweier vergleichsweise kleiner Schulen handelte und fühlte prompt eine gespannte Nervosität in sich aufsteigen.

„Komm, lass uns rein gehen, sonst sind die besten Plätze weg", bemerkte Anna-Maria neben ihr und dirigierte Lilly zur Turnhalle.

Lilly blickte sich aufmerksam um.

„Keine Sorge, dein Schätzchen wirst du schon nicht verpassen", wisperte Anna-Maria spöttisch.

Lilly hüllte sich in würdevolles Schweigen. Anna-Maria war natürlich nicht hier, um Alahrian zu bewundern, sondern, wie Lilly heimlich vermutete, vielmehr um sich selbst bewundern zu lassen, allerdings war sie nicht ganz sicher. Vielleicht auch wegen Thommy Niedermeier. Jedenfalls war sie froh, das Turnier nicht allein besuchen zu müssen. Allzu neugierige Fragen, was ihre Beziehung zu Alahrian betraf, hatte sie bisher geschickt umschifft, und so war Lilly entspannt und heiter, als sie sich auf der bunt geschmückten Tribüne in der Turnhalle einen Platz aussuchten.

Allein blieben sie dort allerdings nicht lange.

„Ladies", bemerkte eine sanft überlegene, selbstbewusst melodiöse Stimme, und als Lilly aufblickte, schaute sie überrascht in Morgans pechschwarz glitzernde Augen.

„Was machst du denn hier?", fragte sie verblüfft, während Anna-Maria vor plötzlicher Aufregung errötete, was dem Gesamtbild ihrer Supermodelerscheinung jedoch keinerlei Abbruch tat.

„Meinen kleinen Bruder unterstützen natürlich!" Morgan feixte. „Was sonst? Soll ich uns was zu trinken besorgen?" Er schenkte Anna-Maria ein charmantes Lächeln und verschwand, bevor diese etwas erwidern konnte.

„Hast du gewusst, dass er kommt?", erkundigte sich Lilly argwöhnisch.

Anna-Maria antwortete nicht, schüttelte stattdessen ihr üppiges blondes Haar aus und nutzte die Gelegenheit, um schnell ihren Lipgloss aufzufrischen. Sie hatte es nicht gewusst, vermutete Lilly. Aber gehofft ... Daher also das plötzliche Interesse am Volleyball.

Morgan kam zurück, zwei Plastikbecher mit Limonade auf einem Tablett balancierend, die er galant überreichte. Nur zwei, wie Lilly sehr wohl bemerkte. Keinen für sich selbst, natürlich nicht.

„Danke", murmelte sie, ein wenig sarkastisch. „Du kannst ja richtig Manieren zeigen ..."

„Sicher ..." Morgan grinste ungerührt. Seiner eigenen Behauptung zum Trotz quetschte er sich frech zwischen den beiden Mädchen auf die Bank, was Anna-Maria eindeutig mehr freute als Lilly. „Ich habe an den verschiedensten Fürstenhöfen Europas gelebt", flüsterte er Lilly zu. „Genau wie Alahrian."

„Wirklich?" Lilly zog in gespielter Überraschung die Brauen hoch. „Das merkt man gar nicht."

Morgan lachte leise.

„Wie geht's deiner Band?", fragte Anna-Maria ihn beiläufig, offensichtlich darum bemüht, ein Gespräch mit ihm anzuknüpfen.

Lilly konnte es recht sein, denn während die beiden noch über Morgans Auftritte im Club plauderten, begann das Spiel. Sie hatte Alahrian bereits kämpfen sehen, einmal im Spaß, mit Morgan, einmal gegen das grässliche Monster im Wald, sie kannte also die Anmut, die unglaubliche Gewandtheit seiner Bewegungen, dennoch war es ein Genuss, ihm zuzusehen.

„Ist das nicht eigentlich unfair?", fragte sie mit gesenkter Stimme Morgan, als Alahrian durch einen gewagten Sprung für seine Mannschaft einen Punkt erspielte. „Wegen seiner besonderen Fähigkeiten?"

„Wieso?" Morgans Augen glitzerten amüsiert. „Magie wendet er ja nicht an ..." Ernster fügte er hinzu: „Er ist schneller als ein Mensch, zäher und geschickter, aber nicht stärker. Außerdem braucht er einen Großteil seiner Konzentration, um zu verbergen, was er ist. Er hält sich zurück, verstehst du? Glaub mir, es ist fair ..."

Halblauter Jubel ertönte. Wieder so ein Sprung, ein Schlag, ein Punkt. Morgan stieß Lilly in die Seite. „Also, normalerweise hält er sich mehr zurück", wisperte er grinsend. „Scheint fast so, als wolle er heute jemanden beeindrucken ..."

Zärtlich, aber auch ein wenig belustigt, streifte Lillys Blick Alahrians Gestalt. Er schaute zu ihr herüber, während er sich das leicht zerzauste Haar aus der Stirn wischte, und Lilly lächelte ihm aufmunternd zu. Seine Augen begannen zu strahlen.

Jungs ..., dachte sie nachsichtig. Die waren doch alle gleich, menschlich oder nicht ...

Das Spiel zu beobachten wurde auf diese Art und Weise erstaunlich fesselnd. Bald fieberte sie mit, jubelte, bangte. Und sie freute sich aufrichtig, als Alahrians Mannschaft das Turnier gewann. Alahrian selbst wurde auf dem Spielfeld umringt, gefeiert und beglückwünscht. Seine Augen glühten. Die Wangen waren erhitzt, die Lippen zu einem Lächeln geöffnet. Er sah glücklich aus.

„Ich hätte nicht gedacht, dass er es so wichtig nimmt", bemerkte Lilly zu Morgan.

„Er nimmt alles wichtig." Morgans Blick war auf seinen Bruder geheftet. „So sind die liosalfar. Was immer sie tun, sie tun es mit ganzer Leidenschaft – oder gar nicht." Er zwinkerte Lilly verschmitzt zu. „Aber das müsste dir eigentlich gefallen, oder?"

Lilly wurde rot. „Trotzdem ...", lenkte sie schnell ab. „Es ist nur ein Spiel. Und er ... er ist ..."

Er war ein Fabelwesen, das an magischen Orten gegen das Böse kämpfte, ein Engel aus einer anderen Welt, ein Unsterblicher. Es schien Lilly unbegreiflich, dass Alahrian etwas derart Profanes wie ein Volleyballspiel so ernst sein konnte.

„Er ist keiner von euch", sagte Morgan leise, flüsternd. „Kein Mensch. Aber er bewundert euch. Etwas in ihm wäre gerne wie ihr. Es ist die Anerkennung der Sterblichen, die er dort unten sucht – und findet." Er wies auf Alahrians Mannschaftskollegen, die ihm immer noch auf die Schulter schlugen, ihn umjubelten und umschmeichelten.

Lilly war nicht ganz sicher, ob sie verstand, was Morgan meinte. Sie kam auch nicht dazu, nachzuhaken, denn Anna-Maria war bereits aufgesprungen, und Morgan folgte ihr. Nachdenklich lief Lilly hinter den beiden nach draußen.

„Mann, Alter, das war voll krass!" Thommy schlug Alahrian auf die Schulter, während sie die Umkleidekabinen verließen und zum Fest zurückkehrten. „Du hast uns grade echt den Sieg erspielt!"

Alahrian fühlte, wie er errötete, gleichzeitig beschämt und ermutigt durch das viele Lob. „Unsinn", meinte er abwehrend. „Ich war schließlich nicht allein auf dem Feld, oder?" Verlegen strich er sich das vom Duschen noch nasse Haar aus dem Gesicht.

„Du bleibst doch noch zur Feier, oder?", fragte Thommy eifrig. „Dieser Sieg muss begossen werden!"

„Ich weiß nicht ..." Alahrian zögerte. „Lilly ist auch da, weißt du?"

„Schon kapiert ..." Ein Grinsen huschte über Thommys Gesicht, halb anzüglich, halb verständnisvoll. „Dann bis demnächst, okay?"

„Klar."

Alahrian verließ die Halle und schaute sich nach den anderen um. Statt Morgan und Lilly jedoch entdeckte er eine ganz andere, höchst unwillkommene Gestalt, etwas abseits vom Getümmel, in einen teuren Anzug gehüllt, der nicht so recht zu der sportlichen Atmosphäre passen wollte, ein kühles Lächeln auf den Lippen.

Alahrian blieb wie vom Donner gerührt stehen.

„Gut gespielt", bemerkte der Bürgermeister mit einem spöttischen Glitzern in den Augen.

Alahrian biss sich auf die Lippen. „Was wollt Ihr?", fragte er, das Zittern in seiner Stimme mühsam unterdrückend. Mit einem Mal schien es ihm um mehrere Grade kälter auf dem Platz. Obwohl die Sonne schien, fröstelte ihn, als hätte sich eine schwarze Wolke um sämtliche Gestirne gelegt, aber nur für ihn ... um seinetwillen allein.

Der Bürgermeister trat näher, die falsche Freundlichkeit war aus seinem Gesicht verschwunden, es wirkte jetzt nur noch abweisend und hasserfüllt. „Halt dich von den Mädchen in meiner Stadt fern!“, zischte er, durch die Zähne hindurch, ein böses Glitzern in den Augen.

„Was?!“ Alahrian schnappte nach Luft, hatte sich aber schnell wieder in der Gewalt. „Ich lebe hier“, erklärte er kühl. „Und ich gehe an diese Schule. Ein Sicherheitsabstand wird da wohl kaum möglich sein ...“ Er war selbst überrascht, doch die Bemerkung klang selbstbewusst und von oben herab – und sie verfehlte ihre Wirkung nicht.

Der Zorn auf dem Gesicht des Bürgermeisters explodierte. Doch noch beherrschte er sich. „Du weißt genau, was ich meine!“, entgegnete er frostig.

Alahrian zwang sich, dem anderen direkt in die zu Augen zu blicken, obwohl sich dabei seine Eingeweide zusammenkrampften vor Furcht. „Meine Beziehung zu Lilly ist meine Sache und geht niemanden etwas an“, versetzte er hart.

„Ach ja?“ Nun troff die Stimme des Bürgermeisters vor Hohn. „Weiß sie, was du bist? Oder hast du sie mit deinen kleinen Zaubertricks verhext? Wir wissen doch beide, dass du das sehr gut kannst, nicht wahr?“

Vor Alahrians Augen flackerte es rot. Ein Flammenblitz reiner Wut durchzuckte ihn, einen Moment lang musste er jeden einzelnen Muskel im Körper anspannen, um sich nicht blindlings auf den Bürgermeister zu stürzen.

Dann glomm etwas Goldenes in seinem Inneren auf. Ja, sie weiß, was ich bin ... Sie weiß es, und sie bleibt trotzdem bei mir ...

Langsam ausatmend entspannte er sich. „Kümmert Euch um Euere eigenen Angelegenheiten“, bemerkte er spitz. „Diese Sache mit dem Einkaufszentrum zum Beispiel. Ihr wisst, worauf Ihr stoßen werdet, wenn Ihr hier in dieser Stadt zu tief grabt, nicht wahr?“

Mit einer gewissen Befriedigung beobachtete er, wie der Bürgermeister blass wurde. Aber er sagte nichts mehr.

Schnaubend wandte Alahrian sich ab.

„Und halte deinen Bruder von meiner Tochter fern, verstanden?“, rief ihm der Bürgermeister hinterher, als wäre das Einkaufszentrum nie zur Sprache gekommen.

„Sonst was?“, fragte Alahrian kalt. „Die Zeiten haben sich geändert ... Ich habe keine Angst mehr vor Euch ...“

Das war nicht die Wahrheit. Die Angst drückte ihm gegen die Kehle wie ein stacheliger Kloß aus Eisenspänen. Aber er zeigte es nicht. Dieses eine Mal schaffte er es, all seine Gefühle in seinem Inneren einzusperren.

„Ich bin nicht mehr das Kind von damals“, meinte er heftig, während hinter seiner Stirn die Erinnerungen empor zu wallen drohten. Die Flammen ... die Dunkelheit ... das Eisen ... „Ihr könnt mir nichts mehr anhaben!“

Mehr um es sich selbst zu beweisen, ließ er einen Strang weiß glühender Helligkeit in seine Fingerspitzen fließen, und wieder empfand er Genugtuung, als der Bürgermeister instinktiv davor zurückzuckte. Aber er kostete den Moment nicht aus. Ohne ein weiteres Wort drehte er sich um und stapfte davon, den Bürgermeister einfach stehen lassend.

Sein Herz raste und er fröstelte noch immer, als er Lilly und seinen Bruder auf dem geschmückten Schulhof entdeckte. Mit tiefen Atemzügen vertrieb er die Anspannung, zauberte ein Lächeln auf sein Gesicht.

„Hey, Champion!“, rief Morgan ihm gutgelaunt zu.

Von Anna-Maria war zum Glück nichts zu sehen.

Alahrian grinste seinen Bruder an und schlüpfte in Lillians ausgestreckte Arme. Der Schatten der Vergangenheit zog sich zurück. Sein Lächeln war echt, als er aufgeräumt fragte: „Kommst du noch mit in die Villa? Ich habe was für dich gekauft ...“

Vergebung

Alahrian hatte einen Kühlschrank für sie angeschafft, damit sie etwas zu essen hatte, wenn sie bei ihm war, doch die Früchte aus seinem Garten waren ihr noch immer am liebsten. Es hatte etwas merkwürdig Paradiesisches an sich, und das im wahrsten Sinne des Wortes.

Angelegentlich spielte Lilly mit dem Apfel in ihrer Hand, ließ ihn auf ihrer Handfläche kreisen, ohne noch davon zu kosten. „Was würde geschehen, wenn du so etwas essen würdest?", fragte sie nachdenklich Alahrian. „Würde es dich vergiften?"

Er zwinkerte. „Ich bin kein Schneewittchen, weißt du?" Übergangslos wurde er wieder ernst. „Aber nein, gewiss nicht. Vielleicht würde ich sogar meine Unsterblichkeit behalten. Aber ich könnte nie mehr in meine Welt zurück."

Lilly zuckte ein bisschen zusammen und legte den Apfel beiseite. Da war es wieder, jenes Thema, das immer wieder zwischen seinen Worten erschien, und das sie dennoch akribisch zu meiden versuchte, weil es ihr mehr Angst machte als alles andere. Seine Welt. „Willst du das denn?", fragte sie leise, und sie konnte nicht verhindern, dass ihre Stimme zitterte. Plötzlich war ihre Kehle wie zugeschnürt. „Zurück?"

Alahrian senkte den Blick. „Ich wollte es einst, ja", gestand er flüsternd.

Lilly biss sich auf die Lippen. Er sprach in der Vergangenheit, das hatte sie durchaus bemerkt, und es hätte sie beruhigen sollen, doch stattdessen krallte sich die Angst, die sie die ganze Zeit über in ihrem Innersten festgehalten hatte, nun in ihr Herz und jagte einen kalten Schauder über ihren Rücken. „Dann wirst du mich verlassen", krächzte sie, an den Worten erstickend, als wären es Splitter von Glas. Und doch war es fast eine Erleichterung, es endlich auszusprechen. „Du wirst in deine Welt zurückkehren und mich verlassen, irgendwann." Hastig wandte sie das Gesicht ab, damit er die Tränen nicht sah, die ihr in die Augen stürzen wollten.

Aber natürlich sah er sie trotzdem. Eine fiebrig warme Hand strich zart wie ein Frühlingswind über ihre Wange, spielte mit einer ihrer Haarsträhnen und legte sie behutsam wieder zurück. „Ich werde dich niemals verlassen, Lillian", sagte er, sehr ernst, und seine Augen waren dunkel wie die See in der Dämmerung. „Niemals ..." Er hielt ihren Blick fest, dann senkte er ihn, das Gesicht war blass, als er sprach, die Stimme brüchig: „Aber du, mon amour éternel, du wirst eines Tages mich verlassen ..."

Erschrocken sah sie zu ihm auf, starrte ihn an, die zitternden Lippen bereits geöffnet, um ihm energisch zu widersprechen, ihm zu erklären, dass sie ihn nie ... niemals verlassen würde – und dann erst begriff sie, was er meinte. Er war unsterblich – sie nicht.

Angstvoll wich sie zurück, erzitternd nicht vor der Vorstellung des eigenen Todes, sondern vor der Qual in seinen Augen – und deren Ausmaß.

„Alahrian, ich ..." Ihre Worte verstummten, sie konnte ihm nichts sagen, nichts, gar nichts ... „Es tut mir leid", flüsterte sie endlich und fühlte sich auf törichte Art und Weise schuldig, weil sie ihm diesen Schmerz antat, antun musste, irgendwann ... „Ich wünschte, ich wäre wie du ... liosalfar ... unsterblich ..."

„Nein!" Er zuckte so heftig zusammen, als hätte sie ihn geschlagen, seine Augen brannten, jeder Hauch von Farbe wich aus seinem Gesicht. „Nein, sag das nicht! Die meisten Menschen wünschen sich Unsterblichkeit, aber sie wissen nicht im Geringsten, wovon sie sprechen! Es ist kein Segen, Lillian, keine Gabe. Es ist ein Fluch!"

Er hatte mit ungewohnter Heftigkeit gesprochen, irgendwo in weiter Ferne war das dumpfe Murmeln eines Donnergrollens zu hören, und vereinzelte Hagelkörner prasselten gegen die Scheibe der Halle.

„Dann ... dann willst du nicht unsterblich sein?", stammelte sie, zu erschrocken, um vernünftig zu denken.

Er verzog das Gesicht, immer noch leichenblass. „Es ist nicht so, als ob ich eine Wahl hätte!", erklärte er heftig. „Ich habe mir nicht ausgesucht, was ich bin!"

Lilly starrte ihn an und fragte sich – nicht zum ersten Mal –, was wohl so schlimm sein mochte, an dem, was er war. Er war magisch, schön, vollkommen ... Doch in seinen Augen flackerte es, wild, verstört und schmerzvoll.

Lilly zwang sich zu einem Lächeln, nur damit er sie nicht mehr so ansah wie jetzt, so in Rage ... so verzweifelt ... Bloß um irgendetwas zu tun, die unheimliche, dunkle Stimmung zu vertreiben, die sich wie ein plötzliches Gewitter zwischen ihnen aufgebaut hatte, strich sie mit der Hand über den Apfel, schloss die Finger darum, als könne sie sich daran festhalten. „Die Menschen verloren ihre Unsterblichkeit, als sie von einem Apfel aßen", meinte sie sanft, versuchte den Sturm zu glätten, der in ihm toben mochte, die Wolken beiseite zu schieben. „Vielleicht funktioniert es auch bei dir?" Es hatte ein Scherz sein sollen, doch er ging fehl, sie spürte es, noch ehe die Worte verklangen.

Die Wolken barsten. Es war kein Zorn, der auf sie herabregnete, als er ihr, sehr ruhig, doch mit einem Ausdruck dumpfer Mutlosigkeit, den Apfel aus der Hand nahm. „Glaubst du nicht, das hätte ich bereits versucht, wenn es so einfach wäre?", fragte er bitter. „Glaubst du nicht, ich hätte lieber ein einziges Leben mit dir als die Ewigkeit allein – ohne dich?" Heftig schüttelte er den Kopf, sein Blick brannte sich in Lillys, dann starrte er zu Boden und wandte sich brüsk ab. „Ich habe keine Wahl", flüsterte er tonlos. „Keiner von uns ..." Und damit lief er hinaus, ließ sie in kaltem Schweigen zurück, erstarrt und verletzt.

„Alahrian, warte!" Sie wollte ihm hinterher, doch eine milde Stimme hinter ihr hielt sie auf: „Lass ihn. Es hat überhaupt keinen Sinn, ihm nachzulaufen, wenn er so ist. Lass ihm einen Moment Zeit, er wird sich schnell wieder beruhigen, versprochen.“

Lilly drehte sich um. Morgan war, lautlos und wie aus dem Nichts wie stets, herangetreten, doch was ihr sonst als Ärgernis erschien, war diesmal sonderbar tröstlich. Wäre er nicht aufgetaucht, wäre sie einfach in Tränen ausgebrochen.

„Aber was ... was hat er denn nur?“, stammelte sie hilflos. Nie zuvor hatte sie ihn so erlebt.

Morgan lächelte sanft. „Er hat Angst, dich zu verlieren, ist das so unvorstellbar?“

Lilly seufzte leise. „Und deshalb stößt er mich weg?“, fragte sie gekränkt.

Morgan zuckte mit den Schultern. „Nun, dass er logisch reagiert, hat niemand behauptet, nicht wahr? Er ist ein liosalfar ...“ In seinem gewohnten Spott zwinkerte er ihr zu, wurde jedoch sofort wieder ernst. „Du hast an seinen wunden Punkt gerührt ...“, erklärte er ihr unbestimmt.

Lilly blickte ihn an. „Aber ich ... ich wollte doch nur ...“

„Es ist nicht deine Schuld“, unterbrach er sie hastig. „Es ist eine alte Wunde, doch darum nicht weniger schmerzhaft.“

Lilly verstand kein Wort.

„Er hasst, was er ist“, erklärte Morgan, sonderbar sachlich. „Hätte er die Wahl, dann wäre er lieber ein Mensch.“

Das hatte Lilly schon einmal gehört. Aber sie verstand es deshalb nicht besser. Es war doch nicht etwa schon wieder diese Geschichte mit den gefallenen Engeln, oder? „Ein Mensch?“, vergewisserte sie sich laut. „Was ist so toll daran, ein Mensch zu sein?“ Es klang fast ärgerlich. Das war lächerlich! Er war ein Märchen, zu vollkommen, um real zu sein. Ein Mensch hingegen ...

„Menschen können Vergebung finden“, sagte Alahrian leise. Er war zurückgekommen, schnell und lautlos, und nun stand er unter der Tür, blass wie ein Geist, die azurfarbenen Augen seltsam entrückt. „Wir nicht.“

Lilly erschrak vor der Düsternis in seinem Tonfall, sie hatte ihn nie so sprechen gehört, nie hatte sie eine solche Qual auf seinem Gesicht gesehen.

„Vergebung?“, wiederholte sie zaghaft, verwirrt. Vergebung war so ein großes Wort. Es war mehr als Entschuldigung, Verzeihung, hatte eine tiefere, endgültigere Dimension. Erlösung schwang darin mit, eine Art von spiritueller Komponente, die ihr unbegreiflich schien. „Menschen, die etwas Schlimmes getan haben, sehnen sich nach Vergebung“, sagte sie leise und versuchtem seinen Blick aufzufangen, um ihm direkt in die Augen zu sehen. „Hast du etwas Schlimmes getan?“

Sie hatte Angst vor der Antwort. Wie alt mochte er sein? Was mochte er erlebt haben in all den Jahren, Jahrhunderten? Gleichzeitig kam ihr die

Frage völlig absurd vor. Er war so unschuldig, so rein ... Was konnte sein Gewissen schon belasten, dass er sich selbst so hasste?

In seinen Augen aber brannte es. Er konnte nicht antworten, die Lippen zitterten, wie erschüttert von Worten, die er nicht aussprechen konnte, doch kein Laut kam hervor, und endlich wandte er sich ab und stürzte wieder hinaus.

Lilly sah beinahe flehentlich Morgan an. „Hat er ... etwas Schlimmes getan?", fragte sie bebend und schämte sich fast dafür, doch sie musste es wissen.

Morgans Antlitz war steinern. „Nein", sagte er, sonderbar kalt. „Man hat etwas sehr Schlimmes mit ihm getan."

Lilly zuckte zusammen, war sich nicht sicher, ob sie wirklich mehr wissen wollte, doch Morgan durchquerte mit zwei schnellen Schritten das Zimmer, nahm ein Buch aus dem Regal, klappte es an einer bestimmten Stelle auf und reichte es Lilly.

Verwundert starrte sie es an. Es war mehr eine Broschüre denn ein echtes Buch. Ein buntbedrucktes Faltblatt, das auf mehreren Seiten die Attraktionen des Städchens anpries, die Kurhotels, die Langlaufpisten, das mittelalterliche Rathaus mit der Folterkammer im Keller – und die alte Kapelle. Die Kapelle mit dem Engel aus Stein als Wächter und ihrer gruseligen Geschichte dazu. Lilly erinnerte sich jetzt. Sie hatte das Faltblatt selbst gelesen, als sie hierher gezogen war, und auch die Geschichte von dem Jungen, den man der Hexerei angeklagt und verbrannt hatte, an eben jener Stelle, an der sich heute die Kapelle befand.

Plötzlich war ihr ganz übel vor Entsetzten. „Das ... das war er?", fragte sie zittrig und ließ das Faltblatt sinken. „Er ... war der Junge, den man auf dem Scheiterhaufen verbrannt hat? Vor dreihundertsechzig Jahren?"

Sie wünschte, Morgan würde es leugnen, doch der döckalfar nickte langsam und bedeutungsschwer, die Augen dunkel umwölkt.

„Wie?", fragte sie heiser, einen stacheligen Kloß in der Kehle. „Wie ist es ... passiert?"

Morgan zögerte kurz, dann seufzte er. „Er war noch sehr jung, als er in das Städtchen kam", begann er zu erzählen. „Jung und naiv. Naiver noch als jetzt." Er lächelte flüchtig. „Er hatte nie gelernt zu verbergen, was er war. Bisher war man ihm stets mit Ehrfurcht, mit Freundlichkeit und Wohlwollen begegnet. Rosen wuchsen dort, wo seine Füße den Boden berührten, Schmetterlinge ruhten in seinem Haar, Bäume erblühten, nur um ihn zu erfreuen ... Wovor also sollte er Angst haben?" Er zuckte mit den Schultern. „Zuerst drohte ihm auch keine Gefahr in der Stadt hier. Er zähmte die Tiere, Felder brachten unter seiner Behandlung den doppelten Ertrag, er heilte Kranke und Schwache. Man fand ihn wunderlich, ein wenig fürchtete man ihn auch, doch im Allgemeinen liebte man ihn. Dann aber –", nun verdüsterte sich seine Stirn, „dann kam die Pest ins Dorf – und man gab ihm die Schuld."

„Was?“ Lilly blickte bestürzt. „Aber ... aber wieso denn?“

Morgan seufzte ein wenig. „Es ist ein altes Muster in euren Verhaltensweisen. Ihr fürchtet alles, was anders ist – und sobald ein Problem auftaucht, gebt ihr jemand anderem die Schuld. Mit den Ketzern habt ihr es so gemacht, den Juden, den Ausländern ...“ Schwer ließ er den Satz in der Luft hängen – und auch den Vorwurf, der darin enthalten war.

Lilly senkte den Blick, beschämt, obwohl sie sich selbst keiner Schuld dieser Art bewusst war.

„Zuerst waren es nur vereinzelte Stimmen“, fuhr Morgan in seiner Erzählung fort. „Dann aber erkrankte die Tochter des Bürgermeisters. Er heilte sie – und das war sein erster Fehler.“

„Wie?“ Lilly verstand nicht.

„Das Mädchen verliebte sich daraufhin unsterblich in ihn.“ Morgan verzog das Gesicht.

Lilly starrte ihn an. „Und ... und er?“, fragte sie zögernd. Sie wusste, seine Geschichte würde ein schreckliches Ende nehmen und sie kam sich töricht vor, weil sie auf einem solchen Detail pochte, doch die Worte stürzten einfach heraus, sie wollte es wissen, musste es wissen und sie konnte den Stachel von Eifersucht, der plötzlich an ihr fraß, nicht aufhalten. „Liebte er ... sie auch?“ Sie musste es aussprechen, auch wenn sie damit den Stachel noch herumdrehte, albern wie sie war. Morgan sprach hier von Zeiten, da sie selbst noch nicht einmal geboren war!

Und doch atmete sie auf, als er entschieden den Kopf schüttelte. „Nein, natürlich nicht.“ Das kam extrem überzeugend hervor, Lilly blinzelte fragend.

Er lächelte milde. „Wir sind nicht wie ihr“, entgegnete er brüsk. „Wir können nur einmal lieben, nur einmal unser ganzes unsterbliches Leben lang. Und dieses eine Mal ...“ Er ließ den Satz unvollendet, doch er sah ihr durchdringend in die Augen dabei.

Lilly blickte zu Boden, ihr Herz klopfte wild, es dauerte einen Moment, bis sie sich wieder gefasst hatte. Er liebte sie ... Mein Gott, er liebte sie wirklich ...

„Was ... was geschah dann?“, fragte sie stockend.

„Der Bürgermeister behauptete, Alahrian habe seine Tochter verhext. Er sei mit dem Teufel im Bunde, ein Zauberer, ein Dämon. Als der Inquisitor ins Dorf kam, wiederholte er seine Anschuldigungen. Und seine Tochter, von unerwiderter Liebe blind, rächte sich für ihren Kummer, indem sie alle Vorwürfe bestätigte.“

Entsetzt und abgestoßen schüttelte Lilly den Kopf. „Und deshalb haben sie ihn verurteilt?“, vergewisserte sie sich ungläubig.

„Ja“, entgegnete Morgan schlicht. Das war noch nicht alles, längst nicht alles, doch Lilly fragte nicht weiter.

Ein Lichtschimmer von der Tür her ließ sie den Kopf drehen, und da stand erneut Alahrian und starrte sie an, aber er sagte nicht ein einziges

Wort, kein Muskel zuckte in seinem schönen Gesicht. Lilly betrachtete ihn voll Zärtlichkeit, sein engelsgleiches Antlitz, die anmutigen Konturen seines Körpers, die Augen, wie von Sternenlicht erfüllt und dunkel von Schmerz. Wie in einem grässlichen Alptraum stellte sie sich seine Gestalt umhüllt von Flammen vor, die Angst und die Qual ... Tränen schossen ihr in die Augen, sie wollte auf ihn zutreten, ihn in die Arme schließen, doch er wich zurück, das Gesicht noch immer ausdruckslos.

Lilly ließ die Broschüre fallen, die sie noch immer in der Hand hielt, mit einem dumpfen Laut landete sie auf dem Teppich. Alahrian starrte eine Sekunde lang das Foto der Kapelle an, dann wandte er sich ruckartig ab und lief zum dritten Mal innerhalb kürzester Zeit hinaus.

Diesmal folgte Lilly ihm, aber natürlich war sie nicht schnell genug. Wie ein goldweißer Blitz war er ihrer Sicht entschwunden, kaum dass sie auch nur aus dem Zimmer war.

„Wo ist er?“, fragte sie mit aufkeimender Verzweiflung Morgan, der hinter sie getreten war.

Morgan schloss die Augen, Lilly spürte, wie er in Gedanken seinen Bruder rief, doch er schüttelte den Kopf. „Ich weiß es nicht. Er hält seinen Geist verschlossen. Ich kann ihn nicht hören.“

„Habe ich ... irgendetwas falsch gemacht?“, meinte Lilly angstvoll. Es war, als hätte er sie für immer verlassen, wäre ihr entglitten wie ein Nebelhauch bei Morgengrauen.

„Nein.“ Morgan legte ihr behutsam die Hand auf die Schulter. „Es ist schwer für ihn, das ist alles. Wir vergessen nicht, weißt du? Die Erinnerung an all die Schrecken ist frisch wie am ersten Tag. Das hat nichts mit dir zu tun. Er muss allein damit klar kommen.“

„Nein“, flüsterte Lilly hastig, beinahe erschrocken. „Nein, das muss er nicht ...“ Entschlossen trat sie durch die Tür nach draußen.

„Warte!“, rief Morgan unwillig. „Du weißt doch nicht einmal, wo er ist! Er ist schnell, vergiss das nicht! Er könnte überall sein.“

Lilly schüttelte den Kopf und lief schweigend los, in den Wald hinein. Mit traumwandlerischer Sicherheit fand sie ihren Weg durch die Bäume hindurch und sie war nicht überrascht, als sie Alahrian vor der Kapelle sitzen sah, im Schatten des steinernen Engels.

Wo sonst hätte er hingehen sollen? Er saß ganz ruhig, die Knie an den Körper gezogen, den Kopf gegen den rauen Stein gelehnt. Sein Gesicht war leer, doch als er ihre Schritte hörte, da lächelte er, ein trauriges Lächeln, doch er lächelte.

„Warum läufst du weg vor mir?“, fragte Lilly leise und blieb zwei Meter von ihm entfernt stehen. „Vertraust du mir nicht?“

Bestürzt sah er sie an. „Ich vertraue dir“, antwortete er schlicht. „Aber nicht mir selbst.“

„Was meinst du damit?“

Wieder dieses seltsame, ein wenig gequälte Lächeln. „Alles in dieser

Welt reagiert auf mich", meinte er leise. „Aber man kann nie wissen, was passiert. Ich versuche, meine Gefühle bei mir zu behalten, doch manchmal ... manchmal ist es schwerer als sonst ..."

„So wie jetzt?" Langsam kam sie einen Schritt näher.

„Ja." Schmerz zuckte in seinem Gesicht.

„Ich will nicht, dass du deine Gefühle versteckst." Sie trat noch ein wenig dichter an ihn heran.

Mit dunklen Augen blickte er sie an. „Wie hast du mich gefunden?"

„Ich weiß nicht ..." Lilly zuckte mit den Schultern. „Ich bin einfach einem Instinkt gefolgt."

Ein Ausdruck von Erstaunen erhellte sein marmornes Gesicht. „Du ... kannst spüren, wo ich bin?"

„Nein." Ein wenig verlegen blickte sie zu Boden. „Ich glaube, ich kann spüren, wo du nicht bist. Deine Abwesenheit lässt alles ein wenig dunkler erscheinen und kälter. Leerer ..." Sie wagte nicht, ihn anzusehen.

„Lillian?", fragte er leise.

Zaghaft blickte sie zu ihm auf.

„Ich könnte niemals vor dir weglaufen." Seine Augen waren unergründlich. „Alles, was ich will, ist bei dir zu sein. Nur vor mir selbst laufe ich weg, immer nur vor mir selbst ..."

Sie setzte sich neben ihn, die Schwingen des steinernen Engels umschlossen sie beide wie in einer kalten, leblosen Umarmung. Er berührte zart ihr Gesicht, strich eine einzelne, lose Haarsträhne aus ihrer Stirn und sah sie lange Zeit schweigend an.

„Willst du mir nicht erzählen, was damals passiert ist?", fragte sie endlich, fast flüsternd. Sie quälte ihn, diese Erinnerung, das war offensichtlich. Vielleicht würde es ihm besser gehen, wenn er darüber sprach.

Alahrian aber schüttelte den Kopf. „Ich kann es dir nicht erzählen", antwortete er heiser.

„Okay ..." Ruhig akzeptierte sie seine Entscheidung.

„Aber ich kann es dir zeigen", sagte er leise.

Überrascht blickte sie ihn an.

„Bist du sicher, dass du das wirklich willst?" Durchdringend erwiderte er ihren Blick.

„Willst du es?"

„Ja."

„Dann will ich es auch."

Er nickte langsam, und ohne ein weiteres Wort berührte er mit den Fingerspitzen ihre Stirn, projizierte seine Gedanken direkt in ihren Kopf, und Lilly stürzte in einen Strudel aus Bildern, Gefühlen und Erinnerungsfetzenm herab.

Sie kamen mitten in der Nacht, mit Fackeln, Knüppeln und spitzen Stangen bewaffnet. Sie stürmten sein Haus und zerrten ihn hinaus auf die Straße, warfen ihn zu Boden und drückten sein Gesicht in die kühle, feuchte

Erde. Der Inquisitor hielt ihm ein Kreuz vor die Augen, und er zuckte instinktiv davor zurück, die Menge grölte und schrie, als sie das sah.

„Dämon!", schrien sie. „Hexer! Er kann das heilige Zeichen nicht ertragen! Er ist vom Teufel besessen!"

Das Kreuz war aus Eisen. Die Gemeinde war arm, Gold oder Silber konnte sie sich nicht leisten.

Der Mob sperrte ihn in den Kerker unter dem Rathaus, es war fast ganz dunkel hier unten, nur ein schwacher, silbriger Streifen Mondlichtes fiel durch das vergitterte Fenster herein. Das Mondlicht tröstete ihn ein wenig. Fröstelnd von Kälte rollte er sich unter dem Fenster zusammen und schloss die Augen, aber er schlief nicht, in dieser Nacht.

Am nächsten Morgen wurde er dem Inquisitor vorgeführt. Sie lasen ihm die Anklageschrift vor mit den Verbrechen, deren man ihn bezichtigte, doch er hörte ihre Worte kaum. Was hatte er getan, dass man ihn gefangen nahm und einsperrte wie ein Tier? Er hatte ihnen helfen wollen, die ganze Zeit über hatte er ihnen immer nur helfen wollen.

„Habt Ihr die Tochter des Bürgermeisters behext und sie durch Euren falschen Zauber geblendet, damit sie in unzüchtiger Liebe zu Euch entbrannte und sich darin verzehrte?", fragte der Inquisitor.

„Nein." Fest blickte Alahrian dem Mann in die Augen und schwieg.

„Habt Ihr den Satan angerufen bei Vollmond, damit er einen üblen Pesthauch über das Dorf verbreitete und Krankheit und Tod unter seine Bewohner brachte?"

„Nein."

„Aber er ist Euch erschienen, der Teufel, wenn Ihr nachts die Lichtung im Wald aufsuchtet, dort wo einst das heidnische Heiligtum sich befand?"

Alahrian schüttelte den Kopf. „Ich habe nichts zu schaffen, mit dem Wesen, das Ihr den Teufel nennt."

„Aber die Lichtung, die habt Ihr doch besucht, nicht wahr?" Jetzt wurde die Stimme des Inquisitors lauernd.

„Ja." Alahrian sah keinen Grund, warum er das nicht hätte zugeben sollen.

Triumph blitzte in den kleinen, scharf blickenden Augen des Inquisitors auf, ein Schreiber notierte etwas auf einem Pergament, das Alahrian nicht erkennen konnte, und der Inquisitor fragte, plötzlich und unvermittelt:

„Und Ihr habt die Tochter des Bürgermeisters von ihrer Krankheit geheilt?"

„Ja."

„Von einer Krankheit, die eure Dämonen ihr eingeflößt haben?"

„Nein."

„Ihr habt sie also nicht geheilt?"

„Doch."

„Wie? Mit Schwarzer Magie?"

„Nein."

„Wie dann?“
Nun schwieg Alahrian.
„Antwortet, wenn Ihr gefragt werdet!“, herrschte einer der Gerichtsdiener ihn an.
„Ich kann die Frage nicht beantworten.“ Alahrian blickte zu Boden. „Wie es funktioniert, weiß ich nicht.“
Wieder dieses Aufblitzen von Triumph in den kalten, stechenden Augen des Inquisitors. „Schreiber!“, bellte der Mann. „Notiert: Der Angeklagte gibt zu, über rätselhafte, dämonische Kräfte zu verfügen.“
„Nein!“ Verzweiflung schwang in diesem Schrei.
„Ihr leugnet also?“
„Ja.“
Der Kopf des Inquisitors ruckte wie der eines bizarren Vogels in Richtung des Schreibers. „Notiert: Der Angeklagte zeigt sich dem Gericht gegenüber verstockt. Als Mittel der Wahrheitsfindung wird eine peinliche Befragung angeordnet. Die erste Stufe der Befragung wird für morgen früh angesetzt.“
Damit war das Verhör beendet. Alahrian wurde wieder in seine Zelle gebracht und dort wartete er die ganze Nacht über, im Dunkeln, zusammengerollt unter dem Fenster, zitternd vor Kälte, Angst und Einsamkeit.
Am nächsten Morgen brachten sie ihn zur Fragstatt und zeigten ihm die Folterinstrumente. Eisen schimmerte purpurn im Licht der zuckenden Fakkeln, Feuerschein brach sich in grob behauenem Stahl. Er konnte den beißenden Gestank des Metalls riechen, und auch das Blut, das die Instrumente getrunken hatten, und stand still und reglos in der Dunkelheit. Kein Muskel zuckte in seinem Gesicht, als man ihm die Anklagepunkte vorlas, die Liste war länger geworden seit gestern, es waren neue Zeugen aufgetaucht, Zeugen, die ihn auf der Lichtung gesehen hatten, von einem leuchtenden Zauberschein umgeben, Zeugen, die ein dämonisches Glühen unter seiner Haut beobachtet hatten, Zeugen, die beschworen, dass er niemals aß, weder Speise noch Trank zu bedürfen schien.
Alahrian stand still und schwieg, die Instrumente schimmerten im Fakkellicht, er schloss die Augen und sagte kein Wort. Da brachten sie ihn in seine Zelle zurück, und in dieser Nacht schien kein Mond, kein Stern, und er fühlte, dass er nun ganz und gar verlassen war und jede Hoffnung schwand aus seinem in Dunkelheit getauchten Herzen.
Am darauffolgenden Tag legte man ihm die Folterinstrumente an.

An dieser Stelle wurden die Bilder und Erinnerungen verschwommen. Lilly sah Flammen in ihrem Geist aufblitzen, glühende Zangen aus Eisen und spitze, metallene Stacheln. Sie roch verbranntes Fleisch, fühlte reißenden, erstickenden Schmerz und sah Blut in winzigen, schwach glitzernden Rinnsalen auf dem grob behauenen Pflaster versickern.

„Alahrian – nein!“ Ihr eigener Schrei hallte durch die Bilder der Vergangenheit in die Gegenwart hinein.

Er nahm die Hand von ihrer Stirn und es war, als erwache sie aus einem grauenhaften Alptraum.

Sie merkte erst, dass sie geweint hatte, als er ihr behutsam über die Wange strich und die Tränen fort wischte.

„Alahrian, mein Gott ...“ Mit verschwommenem Blick sah sie ihn an, sie konnte nicht aufhören zu weinen, wollte es auch nicht. Schluchzend schloss sie ihn in die Arme, wusste nicht, ob sie ihn trösten oder sich an ihm festhalten wollte, er umschlang sie stumm, wartete geduldig, bis sie sich wieder beruhigt hatte.

Lilly war nicht sicher, ob sie mehr ertragen konnte als sie bereits gesehen hatte, doch sie spürte, er wollte es ihr zeigen und so riss sie sich zusammen und versuchte, stark zu sein für ihn. „Was geschah dann?“, fragte sie und wischte die Tränen fort.

Er senkte den Blick, starrte ins Leere, doch er berührte sie nicht noch einmal, schien zu spüren, wie schwer es für sie war, seinen schrecklichen Erinnerungen zu folgen.

„Es war damals üblich, Kläger und Angeklagten bei der peinlichen Befragung einander gegenüberzustellen“, erklärte er sachlich. „Also holten sie am nächsten Tag die Tochter des Bürgermeisters hinzu und sie weinte, als sie sah, was die Folterknechte getan hatten, aber sie widerrief ihre Aussage nicht.“

„Was?“ Lilly konnte kaum glauben, was sie da eben gehört hatte. Wie konnte ein Mensch nur so kalt, so unsagbar grausam sein?

„Es war nicht wie heute“, meinte er ruhig, als hätte er ihre Gedanken gelesen. „Sie hatte Angst. Wäre herausgekommen, dass sie gelogen hatte, dann wäre sie vermutlich selbst angeklagt worden.“

Das machte es nicht besser, fand Lilly. „Was ist mit ihr passiert?“, fragte sie, ihren Zorn nur mühsam beherrschend.

Alahrian blickte wieder ins Leere. „Sie sprang vom Kirchturm in den Tod“, sagte er leise.

„Aber war das denn nicht wie ein Schuldeingeständnis?“ Lilly versuchte das Grauen in ihrem Inneren, das Entsetzen, das sich ihrer bemächtigen wollte, zurückzudrängen und konzentrierte sich auf die Fakten, irgendetwas, an dem sie Halt finden konnte.

Alahrian schüttelte den Kopf. „Von nun an wurde alles nur noch schlimmer“, erzählte er, den Blick noch immer in die Ferne gerichtet, die Augen leer, das Gesicht blass und ausdruckslos. „Der Bürgermeister gab mir die Schuld am Tod seiner Tochter. Ihr Selbstmord schien ihm der Beweis für meine Hexenmacht, denn wer sonst hätte sie zu solch einem Schritt treiben können, wenn nicht mein übler Zauber?“ Er lachte hart. „Und der Inquisitor glaubte ihm.“

Neuer Schrecken glomm in Lilly auf. Sie war nicht sicher, ob sie den

Rest der Geschichte hören wollte, und dennoch fragte sie noch einmal: „Was geschah dann?"

Und so legte ihr Alahrian wieder die Hand auf die Stirn, und sie stürzte erneut in seine Erinnerungen hinein.

Er lag auf dem harten Steinboden der Folterkammer, mit zerschmetterten Gliedern und verzerrten Muskeln, die Haut über seiner linken Braue war aufgerissen, Blut lief ihm über die Augen, doch er hatte nicht einmal mehr die Kraft, es fortzuwischen. Da beugte sich der Inquisitor plötzlich über ihn, ganz nah war sein Gesicht, sein Lächeln beinahe freundlich, die Stimme trügerisch sanft.

„Willst du deine Qualen nicht beenden und endlich gestehen?", flüsterte er Alahrian ins Ohr.

Mühsam drehte Alahrian den Kopf, um ihn anzusehen. „Wie könnte ich etwas gestehen, das ich nicht getan habe?" Seine Stimme war nicht mehr als ein Krächzen.

„Es ist das Böse, das aus dir spricht, begreifst du das denn nicht?" Der Inquisitor griff in sein blutverschmiertes Haar, das jetzt nicht mehr leuchtete, hob auf diese Weise seinen Kopf und starrte ihm direkt in die Augen. „Du bist mit Teufeln und Dämonen im Bunde, gestehe und alle deine Schmerzen werden ein Ende haben."

Aber da irrte er sich. Die Schmerzen würden nicht enden. Niemals. Alahrian würde keine Gnade im Tod finden wie die anderen, unschuldigen Opfer, die auf den Scheiterhaufen brannten. Er würde leben. Aber er würde niemals vergessen, was sie getan hatten.

Eine einzelne Träne rann über seine Wange, während er versuchte, dem Blick des Inquisitors standzuhalten, doch er sagte nichts, hüllte sich in kühles, wohltuendes Schweigen, und endlich ließ der Inquisitor ihn los, schwer sank er mit dem Gesicht nach unten auf den Stein herab, und die Gerichtsdiener zerrten ihn zurück in seine Zelle.

Und als er in dieser Nacht dort lag, sein Körper nichts als eine zerschundene, blutige Masse von brennendem Schmerz, seine Seele leer und ohne Hoffnung, da kam das Wesen zu ihm. Es erschien mitten in der Nacht und es trat weder durch Tür noch Fenster, von einem Augenblick auf den nächsten war es einfach da, wie der Schatten eines Traums. Und dunkel wie ein Schatten war es, schwarze Schwingen hüllten seinen Körper ein wie ein Umhang aus samtener Finsternis, seine Haut schimmerte obsidiangleich in der Dunkelheit, die Augen waren zwei glühende Kohlestücke, die Finsternis auszustrahlen schienen statt Licht und doch heller funkelten und glitzerten als Diamant.

Es war beinahe atemberaubend schön, das Wesen, sein Gesicht unbeschreiblich, und dennoch schauderte Alahrian bei seinem Anblick, denn es war kalt und glatt wie aus Stein gemeißelt, die Augen gleichzeitig dunkel und feurig. Alter lag darin und Weisheit, aber auch noch etwas Anderes, etwas Wildes, Finsteres, etwas, das sein Herz zusammenkrampfen und seine Lungen erstarren ließ. Wäre er nicht bereits in sich selbst versunken auf dem Boden gelegen, dann hätte er das Bedürfnis gehabt, sich auf den Stein zu werfen und wie ein zitternder Wurm zusammenzukrümmen.

So blickte er nur müde auf und fragte mit heiserer Stimme: „Wer bist du?"

„Du weißt, wer ich bin." Die Worte des Wesens waren ein Zucken von Wellen in einem endlosen Ozean, ein Beben der Erde in der Wüste, und doch war seine Stimme fast sanft, weich, verlockend.

In Alahrians Kopf glühten Bilder auf, Bilder von geschmolzenem Glas, von dunklen, pechgetränkten Stränden, von Mond und Meer, von in sich zusammenstürzenden Bergen und erloschenen Sonnen. Ein Stern schien in den Augen des Wesens zu leuchten und langsam zu vergehen.

Das Wesen war alt, vielleicht eines der ältesten Wesen seiner Art, es war von unbeschreiblicher Schönheit und einer kalten, lichtschluckenden Macht.

„Ja", flüsterte Alahrian. „Ich weiß, wer du bist."

Das Wesen lächelte. „Dann weißt du auch, weshalb ich gekommen bin."

Alahrian versuchte, sich aufzurichten, doch sie hatten seine Handgelenke gebrochen, ein scharfer Schmerz schoss bis in seine Schultern hinauf, als er sich darauf aufstützte, und mit einem erstickten Schrei sank er wieder zurück. „Du bist gekommen, um mich zu dir zu holen", sagte er, während ihm vor Schmerzen die Tränen in die Augen schossen.

„Ich bin gekommen, um dich zu retten, liosalfar", wisperte das Wesen mit seiner sanften, honigsüßen Stimme. „Ich kann all deine Schmerzen beenden. Ich kann dir Frieden schenken. Und Macht ..."

Alahrian wandte sich ab, obwohl er es kaum ertragen konnte, das Wesen nicht anzusehen. Es war so unglaublich schön. Es zu betrachten tat weh, es nicht zu betrachten war beinahe ein Frevel. „Ich will deine Macht nicht", sagte er fest, obwohl seine Stimme brüchig war von der flammenden, lodernden Qual in seinem Körper.

„Du könntest deine Feinde besiegen mit meiner Hilfe", entgegnete das Wesen schmeichelnd, verlockend. „Willst du sie nicht strafen für das, was sie dir angetan haben? Willst du keine Rache für deinen Schmerz?"

Das Wesen berührte ihn mit seinen Schwingen, schwarze Federn, samtweich und rasiermesserscharf streiften sein Gesicht. Das Antlitz des Inquisitors blitzte vor seinen weit geöffneten Augen auf, der Bürgermeister, der ihn vor Gericht anklagte, seine Tochter, die mit ausdruckslosem Gesicht zusah, wie sie ihn folterten, der Inquisitor, und immer wieder der Inquisitor.

Zorn glomm in seinem Herzen auf, und Hass, er sah das Gesicht des Inquisitors durch einen Schleier von Blut, zu einer Fratze verzerrt von Angst, Schmerz und Terror ... Es war wie ein Versprechen, das ihm das Wesen gab.

„Nein“, flüsterte er und das Bild erlosch. „Ich will das nicht ...“

„Ich kann dir Frieden geben“, wisperte das Wesen und neigte sich zu ihm herab, sein Atem, kühl und süß, streifte seine Haut, seine langen, schlanken Finger, glatt wie Glas, streichelten sein Gesicht, die dunklen Schwingen umfassten ihn und deckten ihn zu.

Alahrian konnte fühlen, wie seine Wunden sich schlossen, wie die Schmerzen verebbten, wie eine unglaublich sanfte Taubheit wie kostbarer Balsam über seine von Stahl verbrannte Haut glitt. Innerhalb von Sekunden fühlte er neue Stärke in sich, neue Kraft, aber da war noch mehr, etwas Prickelndes, Machtvolles strömte durch seinen Körper, er wollte es in sich aufnehmen, davon trinken, immer mehr und mehr, es war so süß, so wohltuend, so ...

„Nein!“ Abrupt prallte er zurück, riss sich aus der düsteren Umarmung los, befreite sich aus den Schatten, die ihn einzuhüllen drohten. „Nein!“

Das Wesen zog sich zurück, ein seltsamer Ausdruck von Trauer auf seinem schönen, in der Dunkelheit glänzenden Gesicht.

Alahrian starrte auf seine Hände herab. Unter der weißen Haut waren die Adern deutlich zu erkennen, Schwärze pulsierte durch sein Blut, wo sonst nur mild glimmendes Leuchten war, er konnte die Dunkelheit in sich fühlen und sie war prickelnd und berauschend, ihm war ganz schwindelig davon, doch es war kein unangenehmes Gefühl. Er wollte mehr davon, wollte mehr von den Schatten trinken, wollte darin ertrinken, sich fallen lassen und nie wieder daraus emportauchen.

„Nein“, sagte er noch einmal, schloss die Augen und tastete nach dem Licht in seinem Herzen, es war kaum mehr etwas davon übrig, nur noch ein schwaches Glimmen. Und doch genügte es , um die Schwärze aus seinen Adern zu vertreiben.

„Nein“, wiederholte er, fester diesmal. „Ich weiß, was du bist und ich kenne die Macht, die du mir anbietest. Ich will sie nicht. Geh ... geh ... lass mich ... allein ...“

„Es ist deine eigene Entscheidung“, erwiderte das Wesen und wich vor ihm zurück. Es lag kein Zorn in seinen Worten, keine Enttäuschung, nur ein lautloses Versprechen. Es würde wiederkommen, wenn er es rief, es war da, immer, wartete in den Schatten auf ihn ...

„Geh ...“, flüsterte Alahrian, und das Wesen war verschwunden, noch ehe das Wort verklungen war.

Am nächsten Tag brach er unter der Folter zusammen und gestand alles, alles, was sie hören wollten.

„Dann gibst du also zu, dich mit dem Bösen vereint zu haben?“

Er nickte schwach.

„Mit dem Teufel im Bunde zu sein?“

„Ja.“

„Dich mit Dämonen verschworen zu haben?“

Er dachte an das Wesen, an den Geschmack der Dunkelheit unter seiner Haut, an das berauschende, süße Gefühl von Macht. „Ja", flüsterte er und da ließen sie ihn los, nahmen das glühende, stechende, schmerzende Eisen von ihm, und er sank kraftlos zu Boden.

„Arme Seele", murmelte einer der Gerichtsdiener mit einem Blick, in dem fast so etwas wie Mitleid schwamm. „Das Feuer wird ihn reinigen. Er wird Vergebung finden."

Das waren freundliche Worte an einem Ort so grässlich wie diesem. Alahrian hätte dankbar gelächelt, wäre er noch fähig gewesen, so etwas wie Dankbarkeit zu empfinden. Oder zu lächeln. So war alles in ihm stumpf und leer.

„Nein", sagte da der Inquisitor, und eine seltsame Kälte lag in seiner weichen Stimme, wie Schnee, der auf Eis gefriert.

Genau wie am Tag zuvor neigte er sich zu Alahrian herab, sein Gesicht war so nah, dass sie einander beinahe berührten. „Du wirst niemals Vergebung finden", flüsterte er ihm ins Ohr, und seine Hand strich ihm behutsam, nahezu zärtlich das blutverklebte Haar aus der Stirn. „Ich weiß, was du bist", raunte er, sein Atem streifte warm Alahrians Gesicht, während seine Augen sich funkelnd in seinen Blick bohrten. Hass lag in diesen Augen, Verachtung und eine Art von Ekel, als betrachte er irgendein hässliches, krabbeliges Insekt.

Alahrian konnte kaum atmen unter diesem Blick. Er fühlte, wie er ihm direkt ins Herz stach und sich dort ausbreitete wie ein schleichendes, tödliches Gift. Ich weiß, was du bist ... Du wirst niemals Vergebung finden ...

Und einen winzigen Moment lang war Alahrian tatsächlich sicher, dass der Inquisitor alles wusste. Von den Erloschenen. Der Rebellion, der Verbannung. Dem Grauen ...

Dann aber sagte der Inquisitor leise, und noch immer in diesem merkwürdig sanften Tonfall: „Gott schickte seinen Sohn, um die Menschheit zu erlösen. Aber nicht zu euch ... niemals zu euch ..."

Die Worte hallten schwer und dumpf in den kalten, steinernen Kerkermauern wider.

Alahrian dachte an den Grauen, an die Verbannung und fühlte, er war ganz allein, vollkommen allein und verlassen in dieser fremden Welt, die ihm nur Grausamkeit gezeigt hatte. Eine einzelne Träne löste sich aus seinen Augenwinkeln und fiel glitzernd zu Boden, um zwischen den Steinen zu versickern, vermengt mit dem Blut, das er unter Schmerzen hier vergossen hatte.

„Du irrst dich", flüsterte er erstickt. „Gott ist Liebe ... Vergebung ..."

„Ja ..." Und nun verzerrten sich die Lippen des Inquisitors zu einem kalten, fratzenhaften Lächeln. „Aber nicht für euch ..."

Da hob Alahrian den Kopf, und zum ersten Mal seit Beginn des Verhörs blickte er dem Inquisitor freiwillig direkt in die Augen. „Aber auch nicht für dich", sagte er fest. „Dein Gott starb aus Mitgefühl, aus Liebe. Du kennst weder Liebe noch Mitgefühl. Doch sag mir, wie willst du einst Vergebung finden, wenn du selbst nicht vergeben kannst?"

Das Gesicht des Inquisitors erstarrte. Zwei, drei Herzschläge lang rührte sich nicht ein Muskel darin, dann verzerrte es sich plötzlich vor Hass und Zorn. „Schweig!", brüllte er mit überschnappender Stimme. „Schweig, Dämon!" Und dann griff er mit der Hand nach einer der glühenden Eisenstangen, schlug sie Alahrian direkt ins Gesicht und löschte sein Bewusstsein minutenlang aus.

Am nächsten Morgen zerrten sie ihn auf den Scheiterhaufen und verbrannten ihn ...

Alahrian nahm die Hand von ihrer Stirn, Lilly wusste nicht, wollte er ihr die schrecklichen Bilder ersparen – oder sich selbst. Zum zweiten Mal tauchte sie aus seinen Erinnerungen auf wie aus wilden, flammendurchtränkten Fieberträumen und sah ihn an, die Augen nass von Tränen. Sein Blick war fern und leer, ein längst vergessener Schmerz zuckte über sein blasses Gesicht, schlug aus der Vergangenheit nach ihm. Seine Hand lag in der ihren, sein Zeigefinger strich sanft und warm über ihre Handfläche, und diese Bewegung war das einzige, was ihr verriet, dass er noch bei ihr war.

„Die Schmerzen waren unbeschreiblich", erzählte er leise, mit brüchiger Stimme. „Ich dachte, ich könnte es ertragen, mir konnte ja nichts passieren, ich wusste, ich war unsterblich. Doch an diesem Tag wünschte ich mir zum ersten Mal den Tod ..." Seine Worte verloren sich, Lilly schloss die Finger um seine Hand, aber sie sagte nichts, lauschte stumm seiner Rede, auch wenn jedes Wort ihr das Herz in der Brust zusammen presste.

„Aber er kam nicht, der Tod. Der Inquisitor hatte Recht, ich konnte keine Erlösung in den Flammen finden ..." Alahrian biss sich auf die Lippen, aber er sprach weiter, sein Tonfall flach und abwesend. Lilly fragte sich, ob er die Geschichte je jemandem erzählt hatte, so wie er sie jetzt ihr erzählte.

„Stattdessen fand ich nur Schmerzen. Ich hatte mir vorgenommen, nicht zu schreien, doch als die Flammen meinen Körper umhüllten, da hörte ich einen Schrei die Luft zerschneiden wie ein Peitschenhieb, und erst da wurde mir bewusst, ich war es selbst, der da schrie ..." Er schloss die Augen, sie glaubte schon, er würde nichts mehr sagen, als er tonlos hinzufügte: „Ich rief auf dem Scheiterhaufen nach dem Wesen – und es kam."

Jetzt schwieg er wieder und endlich legte er die Fingerspitzen auf ihre Stirn, und zum dritten Mal brachen die Bilder über sie herein, heftiger diesmal, wie ein Sturmwind oder ein Gewölbe, das direkt über ihrem Kopf in sich zusammen fiel ...

Gewaltige, schwarze Schwingen peitschten die Luft, die Flammen teilten sich, wichen vor der gigantischen, tiefschwarzen Gestalt zurück und gaben Alahrian frei. Das Wesen barg ihn aus der Glut, fing ihn auf, als er zusammenbrach, hielt ihn fest, umhüllte ihn mit seinen Flügeln. Irgendwo, weit fern wie es schien, ertönten grelle, von Entsetzen zitternde Schreie.

Alahrian wollte nicht die Augen öffnen, wollte nur in die weiche, wohltuende Dunkelheit versinken, doch seine Lider flogen wie von selbst auf und da erblickte er ein grässliches, infernalisches Chaos. Das Wesen peitschte noch immer die Luft, Sturm fegte über den Platz, die Flammen des Scheiterhaufens waren auseinander gespritzt und sprangen über das Dorf hinweg, innerhalb von Sekunden stand jedes einzelne Haus in Brand. Schreiend rannten die Menschen davon, kreischend liefen sie in alle Richtungen zugleich, nur scherenschnittartig zu erkennen vor den grellen, hell lodernden Flammen.

Mit einem Laut, als brüllte die Erde selbst vor Zorn und Rachedurst erhob sich das Wesen in die Luft, Alahrian noch immer in den Armen haltend wie ein Kind, sicher und geborgen in der Dunkelheit.

„Nein ...", flüsterte Alahrian schwach, doch das Wesen hörte ihn gar nicht. Wie ein Adler stieß es herab, die Menschen flohen in heller Panik, das Dorf aber brannte, Häuser stürzten krachend in sich zusammen, und noch immer loderte der Zorn des Wesens, und mit einem Laut, der die Bäume erstarren und die Felsen erzittern ließ, schrie es seine Wut hinaus, und ein Sturmwind folgte seinem Schrei.

Der Platz war mittlerweile menschenleer, sie waren fortgelaufen, wer weiß wohin, doch Alahrian wusste, es gab keinen Ort, an dem sie sicher waren, nicht heute, nicht dieses Mal. Sanft ließ ihn das Wesen zu Boden gleiten, Regen ergoss sich aus den grauen Wolken über ihm, kühlte seine verbrannte Haut und linderte den Schmerz, doch nur für ihn regnete es, überall sonst tobten weiter die Flammen und kein Wasser, keine Springflut konnte sie löschen.

„Hör auf", wimmerte Alahrian, während seine Hände sich in den aufgeweichten Erdboden gruben. Er wollte aufspringen, wollte das Wesen aufhalten, doch sein Körper war Schmerz und Qual, und er hatte nicht die Kraft dazu.

Er konnte nur den Kopf heben und hilflos zusehen, wie das Wesen das Dorf verwüstete, dann jedoch kam es zurück, und erst da merkte Alahrian, dass er nicht allein auf der Lichtung war. Sämtliche Zuschauer des Spektakels waren geflohen, doch es gab zwei, die wie am Boden festgenagelt dastanden, die Augen weit aufgerissen vor Entsetzen, die Glieder starr vor Schreck. Es waren der Bürgermeister und der Inquisitor.

Alahrian schaffte es endlich, sich aufzurichten, doch vor seinen Augen flackerte es, Schmerzen brannten überall in seinem Körper, Dunkelheit wollte nach seinen Gedanken greifen, nur diesmal war es nicht die berauschende, überirdische Dunkelheit des Wesens. Schwer nach Atem ringend sank er wieder zurück.

„Schsch ...", machte da plötzlich eine samtweiche Stimme direkt neben ihm, die schwarzen Schwingen streiften sein Gesicht, Finger, kühl wie Schnee und glatt wie Glas, streichelten seine verbrannte Haut, Lippen, hart wie Stein berührten seine Stirn. Er fühlte, wie seine Wunden verheilten, wie die Schmerzen erstarben, und nur eine wohltuende Mattigkeit blieb zurück.

„Alles wird gut, mein Sohn“, flüsterte das Wesen und wiegte ihn wie ein Kind, bis er benommen in seinen Armen lag. „Gleich wird es dir besser gehen, gleich ...“

Die schwarzen Schwingen ließen ihn wieder zu Boden gleiten, immer noch prasselte Regen auf seine Haut herab, kühl und weich und balsamgleich auf seiner Haut. Das Wesen zog sich von ihm zurück, richtete sich zu seiner vollen Größe auf und schritt in majestätischer Würde auf die beiden vor Angst zitternden Menschen am Rande des Platzes zu. Mit einem Mal kamen sie Alahrian merkwürdig winzig vor, diese beiden, die vor Stunden noch solch grausame Macht über sein Schicksal gehabt hatten, und winzig waren sie im Angesicht des Wesens, das schön und grässlich wie eine Naturgewalt auf sie zutrat, jenseits von Zeit und Raum, dunkel wie das Universum, machtvoll wie die Schöpfung selbst.

Eine weiße, marmorne Hand legte sich beinahe zärtlich auf die Wange des Bürgermeisters, der Mann keuchte vor Schreck, die Augen waren geweitet, als wollten sie aus den Höhlen quellen, doch er rührte nicht einen Muskel.

„Du wolltest einem meiner Kinder das Leben nehmen“, sprach das Wesen, nicht sehr laut, doch präzise wie Dolchstiche, die sich mit jedem Wort in das Herz des Bürgermeisters bohrten. „Nun wirst du zusehen, wie deine Kinder sterben, alle, eines nach dem anderen. Du wirst noch viele Kinder haben, denn du wirst ein langes, ein allzu langes Leben vor dir haben. Aber du selbst wirst nicht sterben können, niemals, dein Schicksal wird an das deines Opfers gebunden sein, und du sollst keine Ruhe finden, bevor er keine gefunden hat.“ Seine Schwingen deuteten auf Alahrian, der schwach wie ein Kätzchen am Boden lag und sich nicht rühren konnte.

Der Fluch hallte hohl in seinen Ohren wider, dröhnte wie Glockenschläge in seinem Kopf. Aber das Wesen war noch nicht fertig. Langsam, elegant wie eine Katze, tödlich wie ein Wirbelsturm wandte es sich dem Inquisitor zu. „Du hattest keine Gnade übrig für eines meiner Kinder“, sagte es mit einer Stimme von rasiermesserscharf gefrorenem Eis. „Auch dir soll keine Gnade erwiesen werden. Du wirst niemals das Antlitz deines Schöpfers schauen. Du wirst niemals Vergebung finden, niemals Erlösung. Du wirst an diese Erde gebunden sein, so lange er, den du in Blut und Schmerzen stürztest, auf ihr wandelt. Er wird leben, bis eure Sonne im Ozean ertrinkt, doch er wird in Licht und Freude tanzen, während du für immer nichts als Finsternis und Leere kennen wirst. Hört meine Worte, denn das ist mein Fluch, und keiner von euch wird ihn je brechen können.“

Und wieder peitschten die schwarzen Schwingen die Luft, Alahrian konnte nicht sehen, was weiter mit seinen Peinigern geschah, denn das Wesen hob ihn empor, trug ihn in seinen sanften, starken Armen, und er hing kraft- und leblos in seinem Griff wie eine Puppe.

„Warum hast du das getan?", stöhnte er verzweifelt. „Das habe ich nicht gewollt, niemals habe ich so etwas gewollt ..."

Tränen rannen über seine Wangen und gefroren auf seiner Haut, es war bitterkalt um ihn herum, über ihm glitzerte es von Schnee und Eis. Das Wesen hatte ihn in die Berge getragen, schneller als er blinzeln konnte.

Behutsam legte es ihn in den Schnee, die Kälte tat ihm gut, sie löschte nicht das Bild der Flammen in seinem Kopf aus, doch das strahlende, glitzernde Weiß vertrieb ein wenig die Dunkelheit in seinen Gedanken.

„Bleib bei mir", wisperte das Wesen und strich über seine Wange. „Du bist stark, du trägst große Macht in dir, ich kann dir noch mehr Macht geben, wenn du bei mir bleibst ..."

Das Angebot war verlockend, ein Teil seines Inneren sehnte sich danach, ebenso wie in der letzten Nacht, doch er schüttelte den Kopf und flüsterte nur: „Nein."

Noch immer strömten Tränen über sein Gesicht, noch immer schüttelten ihn Schmerzen, doch es waren nicht mehr die Verletzungen, die ihn jetzt quälten. Es war das Wissen, dass der Inquisitor Recht gehabt hatte, am Ende. Er war nicht stark genug, der Dunkelheit zu widerstehen.

„Geh", bat er heiser, die Stimme erstickt, das Gesicht in den kalten Schnee gepresst. „Geh ... Bitte ..."

Das Böse ist nichts, wozu man geboren wird. Das Böse ist etwas, wofür man sich entscheidet. Das Wesen verschwand lautlos wie der Schatten, der es war. Als Alahrian jedoch ins Dorf zurückkehrte, da fand er es niedergebrannt, nur noch Ruinen standen dort. Einzig das Rathaus war unversehrt, ein dunkles Mahnmal, gegen den rauchgeschwängerten Himmel empor gestreckt wie ein drohender Finger.

Auf der Lichtung jedoch, wo der Scheiterhaufen gestanden hatte, da erhob sich jetzt eine steinerne Figur, die Figur eines Engels mit gewaltigen Flügeln und schmerzverzerrtem, von Trauer gezeichnetem Antlitz ...

Alahrians Gesicht war starr wie der Marmor über ihm, als der Bilderstrom abriss, Lilly lag halb in seinen Armen, halb hielt sie sich an ihm fest, hielt ihn fest, denn sie fürchtete, er würde wieder fortlaufen, so gequält sah er aus.

Sie richtete sich auf, strich ihm durchs Haar, doch er reagierte kaum.

„Was wurde ... aus dem Wesen?", fragte sie stockend, nur um irgendetwas zu sagen, nur um das drückende, erstarrte Schweigen zu brechen.

Sie hatte nicht mit einer Antwort gerechnet, doch er sagte leise: „Es wurde in die Hohlen Hügel gesperrt. Mit den Erloschenen."

„Wer glaubst du war das Wesen?" Sie wollte nur seine Stimme hören, obwohl diese rau war und brüchig.

„Lilith." Es war ein Zischen mehr als ein Name. „Sie ist ... Wir wissen nicht genau, was sie ist ... Manche sagen, sie sei die erste gewesen, die in die Schatten fiel, die erste, die die Rebellion entzündete. Aber manche glauben auch, sie sei schon vorher da gewesen, schon seit Anbeginn der Zeit, vor allen anderen ..."

Das war eine verwirrende Erklärung, doch Lilly fragte nicht weiter nach, wiederholte stattdessen mit hoch gezogenen Augenbrauen: „Sie? Es war ... eine Frau?"

„Ja ... die Königin der Erloschenen ... ihre Mutter vielleicht ... unsere Mutter ..."

Er sagte unsere, als gehöre er zu ihnen, als wäre er selbst in die Schatten gestürzt. Lilly wusste, dass er das glaubte, dass er sich selbst für ein Geschöpf der Dunkelheit hielt, doch erst jetzt begriff sie wirklich, weshalb. „Es war nicht deine Schuld", sagte sie ruhig.

Jetzt blitzte es in seinem Gesicht auf, aber er sagte nichts.

„Was wurde aus den anderen ... dem Bürgermeister ... und dem Inquisitor?", fragte sie, um ihn wieder zu sich zu holen.

Um seine Lippen zuckte es, kein Lächeln, mehr eine Grimasse von Bitterkeit. „Das weißt du bereits."

Lilly starrte ihn an. Sie war der Geschichte aufmerksam gefolgt, sie war dabei gewesen, aber erst in diesem Moment verstand sie alles. „Mein Gott ..." Der Ausruf des Entsetzens entfuhr ihr, bevor sie es verhindern konnte. „Der Pfarrer ... Anna-Marias Vater … die beiden sind ..."

„Die selben wie damals, ja." Tonlos vollendete Alahrian ihren Satz. „Sie altern nicht, sie sterben nicht, genau wie ich. Ihr Schicksal ist an meines gebunden, und ich kann nicht sterben."

„Aber ... aber der Fluch!" Lillys Gedanken fühlten sich seltsam zersplittert an, etwas in ihr weigerte sich zu begreifen.

„Der Fluch gilt bis heute."

„Und Anna-Maria?"

„Sie ist die Tochter des Bürgermeisters und die Schwester der Frau, die mich an den Inquisitor verriet."

Jetzt wurde Lilly beinahe schwindelig vor Schreck. Anna-Maria sollte ...

„Sie weiß nichts von alldem", sagte Alahrian schnell. „Sie hat keine Ahnung, was ihr Vater ist. Niemand weiß es."

„Aber sie müssen doch merken, dass er unsterblich ist!"

Er lächelte bitter. „Bei mir hat es auch noch nie jemand bemerkt", erklärte er nüchtern. „Es gibt ... Methoden, alle Welt zu täuschen. Vierhundert Jahre machen erfinderisch, Lilly ..."

In Lillys Kopf drehte sich alles. Die Bilder aus Alahrians Erinnerung zuckten in ihr auf wie Fetzen aus einem Alptraum.

„Dann wird Anna-Maria ... sterben?", fragte sie stockend, und das Wort kam ihr nur schwer über die Lippen. Sie dachte an den Fluch und er entsetzte sie mehr denn je. Anna-Maria war trotz allem so etwas wie eine

Freundin geworden. Sie hatte nichts gemein mit ihrer Schwester, sie konnte nichts dafür.

„Ja", entgegnete Alahrian ruhig.

Lillys Augen wollten sich mit Tränen füllen, doch Alahrian lächelte plötzlich.

„Sie ist ein Mensch, Lilly. Natürlich wird sie sterben, irgendwann. Keiner von uns weiß, wann. Ihr Vater aber wird leben. Er wird alle Menschen überleben, die er liebt, jeden, der ihm etwas bedeutet, wird er verlieren."

Das war ein schreckliches Schicksal, doch schrecklich war auch, was er Alahrian angetan hatte. Lilly wusste nicht, ob sie Mitleid haben sollte oder nicht. Stumm hielt sie Alahrians Hand und strich mit den Fingerspitzen über seinen Arm, die glatte, schneeweiße Haut, als suche sie dort nach den Spuren der Verbrennungen, nach Narben. Aber da war nichts. Die Narben waren nur in seinem Inneren, unsichtbar.

Sie schloss ihn in die Arme, blickte an seinem goldenen Haar vorbei den steinernen Engel an. „Du bist der Engel ...", flüsterte sie, schaudernd ob der Traurigkeit, die in der Figur lag.

„Der Engel ist, was ich war, was ich bin und was ich vielleicht sein werde", erwiderte er rätselhaft.

„Du wirst nicht in die Schatten fallen", sagte sie und hielt ihn fest.

„Die Schatten sind ein Teil von mir. Ich höre ihre Stimme in meinen Träumen, wenn ich schlafe, doch auch wenn ich wach bin."

„Du wirst nicht fallen", wiederholte sie fest.

Er vergrub das Gesicht in ihrer Schulter, sie zitterte in seinen Armen, es war kalt geworden hier draußen, ein feiner Nieselregen fiel beständig auf sie herab. Lilly hatte es noch nicht einmal bemerkt bisher.

„Hast du Angst?", fragte er besorgt, sein Atem kitzelte warm ihre Wange.

„Nein. Mir ist nur kalt."

„Warum hast du nichts gesagt?" Ein Hauch von einem Lächeln glitt über sein blasses Gesicht, es tat gut, dieses Lächeln zu sehen, es war wie ein einzelner Sonnenstrahl an einem von schwarzen Wolken verdunkelten Tag. Er zog eine Hand zurück und hielt Lilly mit der anderen. Um seine Finger spielten blaue Fünkchen, Licht flutete unter seiner Haut, Wärme strahlte von seinem Körper aus wie von einem Stück glühender Kohle. Sie kuschelte sich an ihn, und er hüllte sie in sein Leuchten ein wie in einen warmen, samtenen Mantel.

„Wie praktisch du bist", bemerkte sie lachend, ein Glockenklang von Heiterkeit kehrte in ihre Stimme zurück. „Wie ein lebendiger Ofen."

Er lachte, es klang seltsam befreit. Mit blitzenden Augen, seine Hände immer noch leuchtend, zog er sie hoch, vom Waldboden empor. „Komm", meinte er munter. „Lass uns gehen."

Arm in Arm schlenderten sie den verborgenen Pfad im Wald entlang, und der steinerne Engel blieb rasch hinter ihnen zurück.

Mit Haut und Haar

Es war schön, deine Eltern heute ein bisschen näher kennen zu lernen", bemerkte Alahrian, während sie zwei Tage später Hand in Hand durch den Wald spazierten. Sie hatten das gefürchtete Treffen mit Lillys Familie endlich hinter sich gebracht, und es war viel besser gelaufen als Lilly je zu hoffen gewagt hätte. Ihr Vater hatte das Verhör auf ein Minimum beschränkt, Alahrian war so charmant gewesen, dass die kleinen, äußerlichen Eigenheiten, inklusive der Nulldiät, überhaupt niemandem aufgefallen waren, und wäre sie selbst nicht so nervös gewesen, hätte es sich vielleicht sogar entspannt anfühlen können.

„Ich glaube, dein Vater hält mich mittlerweile nicht einmal mehr für einen Schwerverbrecher", fuhr Alahrian augenzwinkernd fort. Er grinste gut gelaunt. „Zumindest hatte er Vertrauen genug, mir seine Uhrensammlung zu zeigen."

„Er hat dir seine Sammlung gezeigt?" Lilly blickte ihn überrascht an. „Das ist ein gutes Zeichen. Ein sehr gutes Zeichen!" Die Sammlung bekam üblicherweise kaum jemand zu Gesicht. „Ich hoffe, er hat dich nicht zu sehr gelangweilt damit", fügte sie mit etwas weniger Begeisterung hinzu.

„Nein, gar nicht!" Alahrian lachte noch immer. „So ein Chronometer ist eine äußerst praktische Erfindung, wenn man kein Zeitgefühl hat!" Er schüttelte sich. „Die Taschenuhr aus dem neunzehnten Jahrhundert durfte ich sogar anfassen", erklärte er stolz. „Zum Glück war sie vergoldet und nicht etwa aus Edelstahl ..." Angewidert verzog er das Gesicht.

Lilly drückte seine Hand und hoffte, er habe das alles nicht auch ihrem Vater aufgetischt. Für jemanden, der sein Leben lang ein Geheimnis mit sich herumschleppte, konnte er sich nämlich erstaunlich schlecht verstellen. Aber sie wollte ihn nicht kränken und ließ das Thema fallen.

In vertrautem Schweigen erreichten sie die Villa. Alahrian sprang anmutig wie ein Reh über den Gartenzaun und öffnete ihr galant die Tür von Innen. „Madame ..." Er verneigte sich mit strahlenden Augen.

„Monsieur." Sie vollführte einen Hofknicks, bevor sie durch das Gartentürchen trat. Das Spiel schien ihn zu amüsieren, er lachte leise in sich hinein. Überhaupt schien er heute ganz außergewöhnlich guter Laune. Seit er ihr seine ganze Geschichte erzählt hatte, war er allgemein ruhiger, zutraulicher, viel weniger gehetzt. Seine Wunden waren vielleicht noch nicht verheilt, würden vielleicht niemals richtig heilen – aber sie hatten aufgehört zu bluten. Heute schien die Vergangenheit, weit, weit fort zu sein.

Übermütig wie ein Kind hüpfte er neben ihr durch den Garten, und je tiefer sie in die Parkanlagen eindrangen, desto mehr fiel die menschliche Maske von ihm ab. Unter seiner Haut begann es zu schimmern und zu glühen, die Haare knisterten, während er Sonnenlicht in sich aufsog, und endlich streifte er auch seine Schuhe ab, um barfuss durchs weiche Gras zu laufen.

Sie setzten sich unter einen Haselnussstrauch, dessen Zweige sofort eine gemütliche kleine Höhle über ihren Köpfen formten, bis sie in flimmerndem Halbschatten saßen. Perfekt. Flirrende Sonnenflecken für Alahrian, dunkle Kühle in der Nachmittagshitze für Lilly. Es hatte seine Vorteile, mit einem Fabelwesen zusammen zu sein ...

„Es war schön heute bei deinen Eltern“, wiederholte Alahrian. „Aber es ist doch besser, wenn wir alleine sind.“ Seufzend streckte er sich im Gras aus, legte sich flach auf den Rasen, ein Kopfkissen oder etwas in der Art brauchte er natürlich nicht. Zärtlich sah Lilly zu, wie er sich entspannte und wusste genau, was er meinte. Hier musste er nichts verbergen. Hier konnte er ganz er selbst sein. Sie legte sich neben ihn und betrachtete sein Haar, das in goldenen Kaskaden ins Gras fiel und dort schimmerte und glänzte wie flüssiger Sternenstaub. Lilly konnte nicht widerstehen und strich mit den Fingerspitzen darüber, zerteilte spielerisch die weichen Strähnen und ließ sie wie einen Fächer zu Boden gleiten. Seine Haare faszinierten sie, sie waren vielleicht von allem das am wenigsten menschliche an ihm. Aus der Ferne betrachtet wirkten sie golden – blond, wenn er das sterbliche Auge zu täuschen versuchte –, doch in Wirklichkeit waren sie nahezu durchsichtig, golden nur, weil Licht durch sie hindurchfloss wie durch dünne, hauchfeine Glasfasern.

Er kicherte leise und unterbrach damit ihre beinahe wissenschaftliche Neugierde. „Was hast du?“, fragte sie lächelnd.

„Du kitzelst mich.“

„Tatsächlich?“ Sie zog die Hand zurück. Eigentlich hatte sie geglaubt, er spüre es kaum.

Er richtete sich ein wenig auf, schüttelte die Haare aus dem Gesicht und schien nicht zu bemerken, dass winzige Blütenblätter dabei zu Boden fielen. „Ich habe ein Gefühl in den Haaren“, erklärte er versonnen. „Es sind keine toten Zellen wie bei Menschen.“

Verblüfft starrte Lilly ihn an. „Oh!“ Das hatte sie nicht gewusst. „Ein Friseurbesuch muss sehr unangenehm für dich sein“, neckte sie ihn.

„Ja, allerdings ...“

Er ließ sich wieder ins Gras gleiten, streckte die Hände nach ihr aus und zog sie an sich. Zufrieden kuschelte sich Lilly in seine Arme, spürte seinen warmen Atem in ihrem Nacken und sah belustigt zu, wie er mit den Fingerspitzen kleine, leuchtende Regenbogen auf ihr Handgelenk malte, seine Hände nur zwei Zentimeter über ihrer Haut schwebend und ohne sie je direkt zu berühren. Dennoch konnte sie ihn spüren, es war ein prickelndes, knisterndes Gefühl von Wärme auf der Haut, fast wie elektrische Spannung, die durch die Luft von einem Pol zum nächsten sprang und die beiden untrennbar miteinander verband.

„Hey!“ Plötzlich zuckte er ein bisschen zusammen, seine Augen strahlten vor Vergnügen. „Mach das noch mal!“

Lilly blinzelte ihn verwirrt an. „Was denn?“

„Na das!“ Die helle Aufregung stand ihm ins Gesicht geschrieben, während Lilly nicht im Geringsten begriff, was los war.

Seine Augen glitzerten und funkelten. „Wow ...“, flüsterte er beeindruckt. „Ich habe ja gar nicht gewusst, dass Menschen auch Licht trinken können!“

„Wie?!“ Lilly richtete sich auf.

„Oh, du hast das gar nicht gemerkt?“ Seine Augen weiteten sich. „Aber sieh doch!“ Er nahm ihre Hand in seine und ließ mit der anderen schimmernde Regenbogenstücke über ihren Handrücken fließen. Verblüfft beobachtete Lilly, wie die bunten Prismen nacheinander unter ihrer Haut versickerten wie Wassertropfen in einem Schwamm.

Fassungslos starrte sie ihn an. Üblicherweise, wenn sie in der Sonne lag, absorbierte sie deren Strahlen nicht, andererseits: Das Licht, das aus Alahrians Innerem stammte war vielleicht auch nicht mit normaler Sonneneinstrahlung zu vergleichen. Es war seine Magie, sein Leuchten.

Achselzuckend tat sie das Phänomen ab, er aber schien ganz begeistert und wollte sich gar nicht beruhigen. „Das ist phantastisch“, flüsterte er und drückte sie an sich. „So verschieden sind wir gar nicht ...“

Sie strich ihm das Haar zurück, betrachtete seine spitzen, perlmutternen Elfenohren, die blassen, fein geschnittenen Züge und die kristallklaren, aquamarinblauen Augen unter den geschwungenen Brauen. Manchmal, wenn sie ihn so ansah, dann konnte sie noch immer nicht glauben, dass es ihn wirklich gab, dass er existierte, dass er kein Märchen war. Er war ein Wunder, ein Traum. Ihr selbst kam er sehr verschieden vor, doch das war ihr egal, so lange er bei ihr war, hier auf dieser Wiese unter dem Haselnussstrauch, wo es keine Geheimnisse und keine Masken gab ...

Plötzlich zog er sie wieder an sich, und dann war sein Gesicht mit einem Mal über ihr, seine Augen hielten sie fest, und es war, als würde sie mitten in den Himmel sehen. Seine Lippen waren leicht geöffnet, sie schwebten nur eine Handbreit über den ihren, erwartungsvoll schloss sie die Augen und hielt den Atem an. Und dann spürte sie seinen Kuss auf ihrem Mund, zart und weich, fast nur ein Hauch, seine Lippen streiften die ihren wie ein warmer Sommerwind, es war, als tränke sie glühende, mit Puderzucker bestäubte Schneeflocken.

Dann aber zuckte er ein wenig zusammen und zog sich zurück, erschrocken, wie es schien. Lilly, der die Abwesenheit seiner Berührung wie Eiswasser auf der Haut brannte, sah ihn bestürzt an. „Was hast du?“

„Nichts.“ Er nahm ihre Hand in seine, aber er küsste sie nicht noch einmal und er sah sie auch nicht an.

Enttäuscht starrte Lilly zu Boden. „Gefällt es dir nicht ... mich zu küssen?“ Die Frage war schrecklich, sie wollte auch keine Antwort hören, aber eine zitternde Furcht in ihr musste es wissen. Er war kein Mensch. Sie durfte nicht von ihm erwarten, dass er reagierte wie einer.

Sanft zog er sie in seine Arme. „Es ist wunderschön, dich zu küssen", flüsterte er in ihr Haar hinein. „Ich habe mir das schon die ganze Zeit über gewünscht."

„Warum hast du es nicht getan?", fragte sie angespannt. Sie hatte so lange darauf gewartet.

Er lächelte mit verdunkeltem Blick. „Ich fürchte mich ein wenig ...", gestand er leise.

„Was?" Lilly riss die Augen auf. Von allen möglichen Erklärungen, die sie sich seit sie zusammen waren, durch den Kopf hatte gehen lassen, war dies gewiss die merkwürdigste.

„Ein Kuss ist etwas so ungeheuer Magisches", erklärte er behutsam. „Es gibt kaum etwas, in dem ein größerer Zauber verborgen liegt, du kannst es in jedem Märchen nachlesen. Diese Welt reagiert ohnehin schon übersensibel auf jede meiner Emotionen. Was, wenn es mich zu glücklich macht, dich zu küssen? Was, wenn es Kräfte freisetzt, die niemand mehr zu kontrollieren vermag? Man kann nie wissen, was passiert, weißt du?"

Zu ihrer eigenen Überraschung machten diese Worte Lilly lachen. Er war also glücklich, wenn er sie küsste! Sie spürte, wie ihr Herz zu klopfen begann. Sanft berührte sie mit beiden Händen seine Wangen. „Ich glaube, du machst dir zu viele Sorgen", meinte sie leichthin. „Weißt du, in den Märchen, da ist es stets etwas Gutes, was durch einen Kuss passiert. Der Prinz weckt Dornröschen, die Prinzessin erlöst den Froschkönig ..."

Weiter kam sie nicht. Mit saphirfarben glühenden Augen neigte er sich über sie, und seine Lippen versiegelten die ihren. Diesmal schloss Lilly nicht die Augen. Die Lider weit geöffnet ließ sie sich in seinen Blick fallen, Indigo, Aquamarin und Azur umschlossen sie, sie tauchte ein in einen Ozean aus Licht, und die Welt um sie herum versank wie eine Theaterkulisse, wenn sich der Vorhang schließt.

Dass sie das Bewusstsein verloren hatte, wurde Lilly erst klar, als sie wieder erwachte, und das im selben Moment, in dem auch Alahrian die Augen aufschlug. Benommen, trunken vor Glück, blinzelte sie ihn an und fühlte, wie ein wohliges Lächeln über ihr Gesicht glitt, während ihr Herz in der Brust tanzte.

Sekunden lang tat sie nichts weiter als sich an seinem Anblick zu erfreuen, dann hörte sie das seltsame Rauschen im Hintergrund, roch die merkwürdig würzige Luft, schirmte ihre Augen ab gegen das sonderbar grelle, viel zu helle Licht.

„Wo sind wir?" Ruckartig setzte sie sich auf.

Das hier war nicht der Garten der Villa, so viel stand fest. Verblüfft, aber absurderweise ohne jeden Schrecken schaute sie sich um. Sie befanden sich an einem Strand, weit und breit war nichts zu sehen außer weichen, türkisgrünen Wellen und schneeweißem Sand. Über ihnen spannte sich ein makellos blauer Himmel, ohne den Hauch von einer Wolke, die Sonne strahlte golden über sie hinweg, es war sehr warm, aber nicht heiß. Ein milder Wind strich über sie hinweg, die Luft war vollkommen rein und von einer Süße wie Lilly sie nie zuvor gekostet hatte.

„Mein Gott“, flüsterte sie begeistert. „Es ist wunderschön hier!“ Strahlend sah sie Alahrian an, der aber saß starr und kreidebleich neben ihr, das Gesicht zu einer Maske gefroren, die Augen von Schreck geweitet.

„Was hast du?“, fragte sie bestürzt. Vielleicht hätte sie selbst auch ein wenig erschreckt sein sollen, doch sie konnte nicht anders als sich zu freuen, alles in ihrem Inneren jubilierte, das Blut sang in ihren Adern, ihr ganzer Körper vibrierte vor Glück. Nur Alahrians Reaktion trübte ein wenig diesen Rausch.

Behutsam griff sie nach seiner Hand. Sie war eiskalt, obwohl seine Haut im Sonnenlicht schimmerte und glühte.

„Wir sind ... nicht mehr ... in deiner Welt ...“, brachte er endlich mühsam hervor, die Worte abgehackt und tonlos, den Blick noch immer starr ins Leere gerichtet.

Lilly blickte sich erneut um, ihre Begeisterung nur schwer bezähmend. Erst jetzt erkannte sie, dass es gar kein Sand war, auf dem sie saßen, der Strand bestand aus Tausenden und Abertausenden winziger, perlmuttfarbener Blütenblätter. Lächelnd ließ sie sie durch die Finger gleiten, sie waren so weich wie Samt und kühl wie Seide.

„Ist das ... deine Welt?“, fragte sie, atemlos vor Staunen.

„Nein!“ Sein Kopf zuckte mit einem Ruck zur Seite, aus dunklen Augen blickte er sie an. „Das hier ist eine Zwischenwelt.“

„Eine Zwischenwelt?“

Alahrian zuckte mit den Schultern. „Wenn du von einem Zimmer ins nächste gehen willst, musst du zuerst unter einer Tür hindurch. Wenn du ein Haus betrittst, dann meist über den Flur, wenn du ein fremdes Land bereist, dann passierst du zunächst eine Grenze ...“

Seine Hand vollführte eine vage Bewegung, die ihre gesamte Umgebung einzuschließen schien. „Dies hier ist ein Türstock, ein Flur, eine Grenze ...“ Es klang keineswegs begeistert.

Lilly beobachtete die kristallklaren Wellen, die in seltsam melodiösem Rauschen an dem marmorfarbenen Strand leckten. „Wie sind wir hierher gekommen?“, fragte sie versonnen und konnte den Blick kaum abwenden von dem schlichten, aber seltsam fesselnden Schauspiel um sie herum.

„Ich weiß es nicht ...“ Seine Stimme war tonlos. „Das ist wohl kaum die Frage. Die Frage ist vielmehr: Wie kommen wir wieder zurück?“

Lilly kuschelte sich an seine Schulter. „Ich will noch nicht zurück. Es ist phantastisch hier ...“ Ein Hauch von Wehmut schlich sich in ihre Brust. Wieso war er nicht glücklich wie sie? Es tat ihr weh, zu sehen, dass er nicht glücklich war ...

Alahrian sprang auf und zog sie, da er sie offenbar nicht loslassen wollte, ebenfalls auf die Füße. „Wir können hier nicht bleiben“, erklärte er fest. „Ich bin nicht einmal sicher, ob das alles hier real ist!“

Lilly atmete die süße Luft, spürte den Wind auf der Haut, lauschte dem Gesang der Wellen im Hintergrund. Auch ihr kam dieser Ort seltsam unwirklich vor. Doch wenn es ein Traum war: warum dann jetzt schon erwachen?

„Komm“, meinte sie sanft, nahm seine Hand in ihre und küsste sie, bevor sie ihn am Strand entlang führte. „Wir wissen ohnehin nicht, wie wir wieder nach Hause kommen, also lass uns uns erst noch ein wenig umsehen, ja?“

Skeptisch zog er die Brauen hoch, dann nickte er. „Also gut. Gehen wir. Aber du darfst hier keine Nahrung und nichts zu trinken annehmen, egal, wer es dir auch anbietet, okay?“ Seine Stimme war mahnend, sein Blick durchdringend. „Du darfst nichts annehmen, was ich dir anbiete, klar?“

„Klar.“ Lilly nickte gut gelaunt. Sie war ohnehin weder hungrig noch durstig. Lachend tanzte sie über den Blütenstrand und zog ihn einfach hinter sich her. Alahrian presste misstrauisch die Lippen aufeinander, sein Blick fixierte die Wasseroberfläche, als könne dort jeden Moment ein siebenköpfiges Seeungeheuer empor tauchen. Doch das Meer war glatt und ruhig, das Wasser klar wie frisch geschliffene Diamanten. Lilly hätte gern davon gekostet, nur um zu wissen, ob es süß oder salzig war, aber sie hatte Alahrian versprochen, sich an die Regeln zu halten ...

Sie waren erst wenige Schritte durch das gleißende Sonnenlicht gelaufen, als Alahrian plötzlich abrupt stehen blieb, von einer Sekunde auf die nächste zur Salzsäule erstarrt.

„Nein ...“, flüsterte er erstickt. „Oh nein ...“ Seine Lippen bebten, alles Blut war aus seinem Gesicht gewichen.

Lilly starrte ihn an und versuchte, seinem flackernden Blick zu folgen, konnte aber nichts erkennen. „Was ist? Was hast du?“

Er streckte eine zitternde Hand aus und deutete auf einen winzigen Schemen, der urplötzlich, geradezu aus dem Nichts heraus, vor ihnen aufgetaucht war. Lilly konnte nur die vagen Umrisse einer Gestalt erkennen, Alahrian aber, dessen Augen ungleich schärfer waren als die ihren, starrte auf den Schatten, und in seinem Blick loderte ein vernichtendes, von kaltem Terror geschwärztes Erkennen auf.

Langsam kam die Gestalt näher. Lilly war nicht sicher, ob sie lief oder schwebte, sie schien über den Strand zu gleiten wie ein Geist, doch Lilly konnte absolut nichts Unheimliches oder gar Bedrohliches an ihr erkennen. Im Gegenteil: Fast schien ihr der Schemen vertraut, es war, als würde man mitten in einer anonymen Masse plötzlich einen Freund entdecken, als würde ein lange verloren geglaubter Verwandter mit einem Mal auf einem leeren, dunklen Bahnhofsgleis vor einem stehen.

„Wer ... wer ist das?“, fragte sie stockend, nicht vor Furcht, sondern von Erstaunen.

Alahrian wurde noch bleicher. „Der Graue“, flüsterte er, atemlos vor Entsetzen, ein keuchender Schrei mehr denn ein Wort. Und im selben Moment, in dem er es ausgesprochen hatte, stand die Gestalt plötzlich direkt vor ihnen, Raum und Zeit überwindend, als hätten sie keine Bedeutung mehr an diesem sonderbaren Ort.

Alahrian gab einen erstickten Laut von sich, ließ Lillys Hand los und brach in die Knie wie eine Puppe, der man die Fäden abgeschnitten hatte. Er zitterte so sehr, dass er sich mit einer Hand auf dem Boden abstützen musste, sein Kopf war gesenkt, die Lider beschatteten die schreckgeweiteten Augen, deren Blick starr nach unten gerichtet war.

Lilly wollte auf ihn zustürzen, ihn in die Arme schließen und trösten, doch ihr eigener Blick hing an dem fremden Wesen fest und blieb für Sekunden daran gefangen. Auf eine schwer in Worte zu kleidende Weise sah der Fremde Alahrian sogar ähnlich, doch Lilly begriff sofort, warum man ihn den Grauen nannte. Ein seltsam nebelhafter Schimmer umgab ihn, grau, nicht wie Fels oder Wolken, sondern eher wie Silber, aber ohne die metallische Kälte von jenem. Es schien vielmehr, als wäre er in einen Mantel aus Sternenlicht gekleidet, doch auch das traf es nicht ganz. Es war überhaupt kein Licht, das ihn umgab, es war eine vollkommene Symbiose aus Licht und Schatten, aus Hell und Dunkel. Große, fedrige Schwingen erhoben sich hinter seinem Rücken, die eine war schwarz, die andere weiß.

Der Graue lächelte, als Lilly ihn ansah und trat unwillkürlich einen Schritt näher, damit sie ihn genauer betrachten konnte.

Sein Gesicht war fein und edel geschnitten wie das Alahrians, doch während dessen Antlitz in beständiger, kindlicher Reinheit erstrahlte, als wäre er jeden Tag von neuem geboren, fühlte Lilly in den Zügen des Grauen das ungeheure Alter dieses Fremden, die Äonen, die an diesem Wesen vorbeigezogen waren wie Sekunden an einem Menschen. Dabei wirkte der Graue nicht alt, er schien vielmehr alterslos, unberührt von den Gesetzen der Sterblichen.

Sein Blick war weise und gütig, Lilly konnte nicht sagen, welche Farbe seine Augen hatten, alle Farben schienen sich gleichzeitig darin zu spiegeln wie in einem gigantischen, facettenreichen Kaleidoskop. Es war schön und verwirrend, den Grauen anzusehen, aber sie fühlte keine Angst und vage fragte sie sich, weshalb Alahrian zu Füßen dieses Wesens auf den Knien lag und zitterte wie von Fieberschauern geschüttelt. Hatte er nicht gesagt, der Graue sei so etwas wie König Artus in seiner Welt? War das nicht etwas Gutes? In der Tat hatte das fremde Wesen nichts Bedrohliches an sich, es war schön, anders und erhaben, von einer Macht erfüllt, deren Grenzen sie gewiss nicht erfassen konnte, die aber nichts Böses in sich barg.

Lilly hätte es Alahrian gerne gesagt, hätte seine Hand nehmen wollen und ihm mit einer absoluten Gewissheit, von der sie selbst nicht wusste, woher sie sie nahm versprochen, dass dieses Wesen nicht gefährlich war, doch dann schaute der Graue sie direkt an und sprach zu ihr, und sie war unfähig, sich zu rühren.

„Es hat lange gedauert, bis du den Weg zu mir gefunden hast, meine Tochter“, sagte er, sanft und ohne Tadel. Langsam streckte er die Hand aus und berührte ihre Wange, behutsam wie ein Nebelschleier, der leise die Haut streift.

Lilly hatte das Gefühl, als taste diese Berührung nicht allein über ihr Gesicht, sondern über ihre gesamte Seele, als dränge der weiche, regenbogenfarbene Blick des Grauen bis tief in ihr Innerstes vor, um dort in ihrem Wesen zu lesen. Es war kein unangenehmes Gefühl, es war vielmehr als vertraute man sich einem Freund an – oder einem Vater.

Der Graue lächelte wieder, dann ließ er die Hand sinken.

„Nein!“

Das war Alahrian, und seine Stimme klang schrill. „Nicht, lass sie in Ruhe!“ Er zitterte noch immer vor Furcht, doch er war auf die Füße gesprungen, hoch aufgerichtet war er neben Lilly getreten, die Hände erhoben, als wolle er sie verteidigen.

Der Graue wandte den Kopf und sah ihn an, er lächelte noch immer, doch sein Blick wirkte jetzt ein wenig traurig. „Wovor fürchtest du dich, Alahrian Lios Alfar?“, fragte er milde. „Du hast keinen Grund dazu.“ Vorsichtig, so wie man einem scheuenden Pferd die Finger entgegenstreckt, hielt er ihm seine Hand hin und dann berührte er auch Alahrians Wange.

Alahrian begann, noch heftiger zu zittern, sein Gesicht war aschfahl, die Augen fast schwarz, so geweitet waren sie.

„Ruhig ...“, flüsterte der Graue. „Ganz ruhig ...“

Alahrians Haar fing an, unter seiner Berührung zu leuchten, als hätte sich Sonnenlicht darin verfangen, in seinem Antlitz jedoch stand noch immer nichts als nackter Schrecken. „Warum ... bist du hier?“, presste er zwischen blutleeren Lippen hervor und zwang sich, obwohl er am ganzen Körper bebte, dem Grauen direkt in die Augen zu sehen.

Der Graue lächelte milde. „Ihr kamt zu mir, nicht umgekehrt. Sie war es, die euch hierher geführt hat.“ Sein schillernder Blick suchte Lilly. „Etwas in ihr hat sich nach diesem Ort gesehnt. Du hast ihr nur den Weg gezeigt, Alahrian.“

„Nein ...“ Alahrian protestierte schwach, doch seine Worte erstarben, ehe er sie vollends aussprechen konnte. Er blickte zu Boden, versuchte, den Augen des Grauen auszuweichen, die doch wie eine Berührung auf ihm zu liegen schienen. Unwillkürlich wich er einen Schritt zurück.

Eine der gewaltigen Schwingen streifte ihn, trotz ihrer Größe sanft wie eine einzige Feder. Es war die weiße.

„Du trägst viel Licht in dir, Alahrian“, bemerkte der Graue. „Mehr als ich je bei einem alfar gesehen habe. Heller als die Sonne erstrahlst du, und doch ...“

Nun wurde seine Stimme traurig. „Dein Herz ist in tiefe Dunkelheit getaucht – und sollte doch nichts als Freude kennen.“ Er lächelte schmerzlich. „Warum?“, fragte er behutsam.

Doch Alahrian starrte ihn nur an. Er zitterte jetzt nicht mehr, und sein Blick war auch nicht mehr flackernd, sondern flammend. Feuer schien darin zu lodern, Feuer und Eisen und Schmerz und Zorn.

„Es gibt etwas, das du mich fragen willst“, sagte der Graue, und es war keine Vermutung. Er schien in Alahrians Seele zu lesen wie in der Lillys zuvor, es gab keine Geheimnisse vor ihm, und dennoch wollte er, dass Alahrian es aussprach.

Alahrian stand still und starr, sein Gesicht eine leblose Maske, in der sich nichts rührte. Die Flammen in seinen Augen wurden jetzt deutlicher, Bilder, Gedankensplitter und Funken von Erinnerungen wogten aus seinem Inneren dem Grauen entgegen wie Pfeile, aus einem brennenden Bogen abgeschossen.

„Warum?“, fragte er endlich, und von einer Sekunde auf die nächste war nicht die geringste Spur von Furcht mehr in seiner Stimme, nur noch Zorn, ein vernichtender, flammender, quälender Zorn. „Die Schatten ... die Erloschenen ... Warum hast du es zugelassen? Warum bist du nicht zurückgekommen?“ Er schrie jetzt, die Worte überschlugen sich beinahe. „Warum hast du mein Volk im Stich gelassen?“

Der Graue lächelte behutsam, sein Blick, voll Güte und Liebe, lag fest auf dem Alahrians. „Das ist nicht die Frage, die du mir stellen willst“, meinte er sanft, und wieder streifte die weiße, schneeweiche Schwinge seine Wange.

Alahrian zitterte wieder. Tränen schimmerten in seinen Augen, aber sie flossen nicht. Stattdessen schleuderte er dem Grauen weitere Bilder entgegen, Lilly sah sie genau vor sich, so wie sie auch jedes Wort verstand, das die alfar im Geiste sprachen. Sie kannte die Bilder, Bilder von Scheiterhaufen, von dunklen Verliesen und glühenden Instrumenten aus Eisen.

„Wo bist du gewesen?“, flüsterte Alahrian anklagend, seine Augen brannten, die Stimme war brüchig von Schmerz. „Wo bist du gewesen, damals? Ich habe dich gerufen, in der Dunkelheit, jede Nacht ... Du bist nicht gekommen! Sie alle haben dich gerufen, aber du ...“ Seine Hände ballten sich zu Fäusten, Zorn verzerrte sein blasses Gesicht. „Wo bist du gewesen?“, schrie er den Grauen an.

Der Graue blickte ihn nur an, die Augen dunkel von Trauer. Da verrauchte Alahrians Wut, die Tränen, die in den Augen gefroren zu sein schienen, lösten sich glitzernd aus seinen Lidern, er wollte in die Knie brechen, doch die gewaltigen Schwingen fingen ihn auf. „Warum?“, flüsterte er haltlos. „Warum hast du uns verlassen? Warum hast du mich verlassen?“ Leise begann er zu schluchzen, die Schwingen hüllten ihn ein, wiegten ihn wie ein Kind.

„Wer sagt dir, dass ich dich verlassen habe?“, entgegnete der Graue sanft. „Wie willst du wissen, dass ich nicht bei dir war?“

Alahrian blickte ihn an, aus Augen, die von Tränen verschleiert waren.

„Ich habe sie zu dir geschickt." Wieder sah der Graue Lilly an.

„Aber es waren fast vierhundert Jahre!"

Ein Lächeln glitt über das Gesicht des Grauen. „Zeit ist bedeutungslos für uns. Sie berührt uns nicht."

Eine der Schwingen strich über Alahrians Wangen, wischte die Spuren von Tränen fort. „Es gibt noch so viele Dinge, die du lernen musst, kleiner liosalfar", seufzte der Graue. „Dinge, die sie in ihrem Innersten längst begriffen hat. Deine Aufgabe ist groß, Alahrian. Und schwer. Das schwerste steht dir noch bevor ..."

Alahrian blinzelte. Er wirkte benommen, seltsam abwesend, als hätten die Schwingen, die ihn hielten, ihn in Schlaf gehüllt. „Was für eine ... Aufgabe?"

Da sprach der Graue zu ihm, sprach direkt in seine Gedanken, doch dieses eine Mal konnte Lilly die Worte nicht verstehen.

Alahrian wurde blass. „Nein!" Abrupt löste er sich aus der Umarmung der fedrigen Schwingen, sprang auf die Füße und starrte den Grauen an. „Nein, nein, das kannst du nicht verlangen!", schrie er. „Ich kann nicht ... ich meine, ich ... ich bin nicht ..." Er begann erneut zu zittern.

„Du bist stark, Alahrian", sagte der Graue. „Viel stärker als du selbst ahnst. Lass zu, dass sie deine Wunden heilt, dann wirst du stark genug sein."

„Nein ...", flüsterte Alahrian mit flackerndem Blick. „Ich kann nicht ..."

Die weiße Schwinge strich über sein Haar, wieder leuchtete und glühte es. Der Blick des Grauen hielt den seinen fest. Du musst deine Ängste überwinden, wisperte der Graue, direkt in seinen Kopf. Du musst Vertrauen haben ...

Und damit wandte er sich ab und wieder Lilly zu. Sein Lächeln war warm und strahlend. „Es freut mich, dass du den Weg zu mir gefunden hast, meine Tochter", meinte er freundlich. „Aber jetzt musst du wieder nach Hause gehen. Leb wohl, Lillian Rhiannon."

Und dann war er plötzlich verschwunden, und auch der Strand war von einem Augenblick auf den nächsten einfach nicht mehr da. Stattdessen war da nur noch Licht, und dann ... Dunkelheit.

„Lillian? Wach auf, bitte!"

Die Stimme war angstvoll, angstvoll genug, um Lilly blinzelnd die Augen öffnen zu lassen. Unwillkürlich glitt ein glückliches Lächeln über ihr Gesicht.

Alahrians Gesicht schwebte über dem ihren, sein goldenes Haar kitzelte fast ihre Stirn. Aber warum war er so besorgt? Lilly selbst war fast trunken vor Glück, seine Lippen schienen noch auf den ihren zu brennen, ihr Herz pochte laut und schnell, das Blut tänzelte in ihren Adern.

Benommen richtete sie sich auf.

„Alles in Ordnung? Geht's dir gut?" Alahrians Augen waren schwarz vor Sorge.

„Ja ... ja, natürlich ..." Sie blinzelte wieder, und erst dann wurde ihr klar, warum er so in Aufruhr war. Sie war doch nicht etwa ohnmächtig geworden, als er sie geküsst hatte? Oder etwa doch?

Verlegen blickte sie ihn an. „Tut mir leid", flüsterte sie kleinlaut. „Ich weiß, ein Kuss sollte die Prinzessin eigentlich wecken, aber ich habe noch nicht so viel Übung, weißt du?"

Entgeistert starrte er zurück. Gut, okay, der Scherz war schwach gewesen, aber ...

„Du erinnerst dich an nichts?", fragte er entsetzt, in ihre Gedanken hinein.

„Doch natürlich ..." Lilly lächelte wieder. „Der Kuss war wunderschön, wie könnte ich das je vergessen?" Zärtlich streckte sie die Hände nach ihm aus, aber er rührte sich nicht.

„Und sonst?", fragte er drängend. „Sonst weißt du nichts mehr?"

Langsam wurde sein Benehmen Lilly unheimlich. „Was war denn ... sonst noch?", meinte sie vorsichtig.

Zwei Sekunden lang erstarrte seine Miene, dann schüttelte er den Kopf und meinte in verändertem Tonfall: „Nichts. Nichts weiter. Es war nur ein Traum ... Nur ein Traum ..."

Lilly musterte ihn durchdringend, doch alles, woran sie sich erinnern konnte, waren seine Lippen auf den ihren, seine Augen, sein Gesicht über ihr ... Was hatte er bloß?

„Bedeuten Träume und andere magische Risiken jetzt ... keine Küsse mehr?", fragte sie zögerlich und spürte, wie ihr vor Scham das Blut in die Wangen schoss.

Er lächelte, und das Lächeln erhellte die dunklen Sorgenwolken in seinem Blick. „Nein ..." Mit beiden Händen strich er ihr sanft das Haar aus dem Gesicht. „Nein, ich glaube nicht ..." Und dann neigte er sich herab, und seine Lippen streiften wieder die ihren. Aber er war sehr nachdenklich danach und den Rest des Tages über blieb er still und in sich gekehrt.

Alahrian fand keinen Schlaf in dieser Nacht. Unruhig drehte er sich von einer Seite auf die andere, warf die seidene Decke ab, um mehr Licht auf seine Haut fallen zu lassen, begann nur Augenblicke darauf zu frieren, zog sie bis übers Kinn, fand plötzlich sein Kissen unnatürlich hart, dann zu weich, fühlte sich von den Rosen gestört, die aufgrund seiner ruhelosen Bewegungen ebenfalls hin und her raschelten – und konnte doch das Gefühl der Einsamkeit ohne die tröstliche Nähe seiner Blumen nicht ertragen. Kurzum: Er wusste selbst nicht so recht, was er eigentlich wollte.

Endlich gab er es auf, trippelte auf nackten Sohlen in die Halle hinunter, holte sich ein Glas Wasser aus der Küche, stürzte es hinunter und starrte düster in die Nacht hinaus. Wenn er ehrlich zu sich selbst war, dann musste er sich wohl oder übel eingestehen, in Wahrheit weder ein Problem mit seiner Bettdecke noch mit den Rosen zu haben. Und eigentlich war er auch überhaupt gar nicht durstig. Er konnte nicht schlafen, weil er Angst davor hatte, die Augen zu schließen. Angst davor, was er dann sehen würde.

Die Vision des Grauen ging ihm nicht mehr aus dem Kopf. War es ein Traum gewesen? Lilly konnte sich an nichts erinnern, hatte er es sich also nur eingebildet? Er war ein liosalfar, die Erinnerung seines gesamten Volkes rauschte durch sein Blut, tief verborgen in seinem Unterbewusstsein. Manchmal tauchte ein Bruchstück unvermittelt empor wie Treibholz aus einem tiefen Ozean, manchmal sah er Dinge, wenn er die Augen schloss, Dinge, die er selbst nicht erlebt hatte, die aber einem Brandzeichen gleich in sein Gedächtnis eingeprägt waren, Dinge, die er sich nicht erklären konnte. War es das gewesen? Oder hatte er wirklich einen Blick in eine Welt zwischen den Welten geworfen, an einen Ort, an dem sich niemand als der Graue frei bewegen konnte? Hatten die Tore zwischen den Welten sich geöffnet? Bedeutete das, er konnte auch wieder nach Hause, irgendwann?

Sein Kopf schmerzte von all den Fragen, wie getrieben lief er in der Halle auf und ab, die Hand gegen die Stirn gepresst, unfähig, auch nur einen Moment lang inne zu halten.

Er brauchte eine Antwort. Und es gab nur ein einziges Wesen, das sie ihm geben konnte.

Der Drang war so stark, dass er ihm kaum widerstehen konnte, jede Faser seines Körpers zog ihn vorwärts, es kribbelte unter der Haut, als wären alle Moleküle seines Seins plötzlich in Bewegung. Lautlos, den Atem angehalten, stieg er die Treppe zum Keller des Hauses hinunter, huschte an Morgans Höhle vorbei und hoffte mit klopfendem Herzen, der döckalfar würde tief und fest schlafen und ihn nicht hören.

Tiefer und tiefer führte die Treppe, es war dunkel hier unten und kalt, er fröstelte ein wenig, und instinktiv ließ er einen Hauch von bläulich schimmernder Helligkeit unter seinen Fingern empor gleiten, nur um sich selbst zu trösten, nur um die Schatten fern zu halten. Ein eisiger Schauder lief ihm über den Rücken, es war die Furcht des Kindes vor dem dunklen Keller, die ihn schüttelte, die Furcht vor dem Unbekannten, das sich zwischen den Schatten verstecken mochte. Nur dass er um das Monster wusste, das dort in der Tiefe verborgen war.

Trotzdem lief er weiter, schnell und ohne das mindeste Geräusch zu verursachen, durchquerte mit traumwandlerischer Sicherheit die labyrinthartigen Gänge unter der Villa.

Sein Körper kannte den Weg fast ohne seine Bewusstsein. Zu oft war er durch diese Korridore gelaufen, zweimal jedes Jahr, an Samhain und an Beltaine. Zweimal im Jahr verschwammen die Grenzen zwischen den Welten, zweimal im Jahr öffneten sich die Tore. Er hatte sie stets verschlossen gehalten, Jahr um Jahr, Jahrhundert um Jahrhundert. Das Dunkel durfte nicht hervorbrechen aus den Hohlen Hügeln, auf immer musste es verschlossen bleiben.

Außerhalb jener beiden Tage war er nie hierher gekommen.

Dennoch zog ihn das Tor jetzt magisch an, er konnte es singen hören, hörte die Nähe des Wesens in seinem Kopf schwingen, noch bevor ihm der scharfe, brennende Geruch des Eisens in die Lungen biss. Ihm war ein wenig schwindelig, als er an dem kalten Metall emporblickte, das ohne seine Berührung vollkommen glatt wirkte, glatt und fugenlos – undurchdringlich.

Fast gegen seinen Willen, langsam, wie in Trance, hob er die Hand und legte sie auf das Tor. Der Schmerz durchzuckte ihn heftiger als erwartet, er musste die Zähne zusammen beißen, um nicht aufzustöhnen, dennoch zog er die Hand nicht zurück, fast zärtlich strichen seine Finger über das sengende, brennende Eisen.

Lilith ...

Es war Jahrhunderte her seit er das letzte Mal von sich aus nach dem Wesen gerufen hatte, und doch kam es schneller als ein Wimpernzucken, schneller als ein einziges Schlagen seines flatternden, zitternden Herzens. Er spürte ihre Anwesenheit so deutlich, als könne er sie vor sich sehen, fühlte, wie auch sie die Hand gegen das Tor legte, genau an der Stelle, an der das Eisen sich in seine Haut brannte.

Fast war die Berührung tröstend, kühl und lindernd, wie sie damals gewesen war, als ein anderes Feuer, tödlicher und giftiger als dieses ihn verbrannt hatte.

Du kommst früh dieses Jahr ..., sagte ihre Stimme direkt in seinem Kopf.

Ich brauche ein paar Antworten. Es fiel Alahrian schwer, sich zu konzentrieren. Das Bedürfnis, seine gesamte Magie gegen das Tor zu schleudern und es damit ein für alle Mal einzureißen, schmerzte beinahe in seiner Brust, so stark war es.

Ich habe heute den Grauen gesehen, erzählte er dem Wesen und fast, als seien sie niemals Todfeinde gewesen, als hätten sie nicht alle sechs Monate einen bitteren Kampf ausgefochten, immer und immer wieder, vertraute er der Kreatur der Finsternis die Bilder an, die er heute gesehen hatte.

Es war leicht, in Liliths Kopf einzudringen, um ihr seine Erinnerungen zu zeigen, allzu leicht. Jahrhunderte lang hatte sie in seinen Gedanken gesummt und gerufen, er kannte sie gut, allzu gut.

Ja, so ist er, der Graue ... Er konnte ihr Lächeln hinter dem Tor hören, klar und silbrig hell. Rätsel, Andeutungen ... Wortspiele ... Du wirst keine klaren Antworten von ihm bekommen. Nur weitere Fragen ...

Kannst du mir Antworten geben?

Ich kann dir alles geben, was du willst ... Alles ...

Das Wispern hinter dem Tor war eine süße Verheißung. Alahrian ließ die Finger über das beißende Eisen gleiten, spürte, wie ihre Hand der seinen folgte und wollte sich mit der Stirn dagegen lehnen, wollte seine Wange gegen den glatten Stahl schmiegen, sich verbrennen lassen und den Schmerz ganz in sich aufsaugen.

Du bist müde, Alahrian, flüsterte die Stimme in seinen Gedanken. Ruh dich aus ... Komm zu mir ... Du willst es, das weißt du ...

Alahrian sah in seinem Kopf, wie das Wesen seine Schwingen ausbreitete, sie waren weich und fedrig, so ungeheuer weich, er musste sich nur hineinfallen lassen und die Augen schließen, und dann würde er Frieden finden, und all die drängenden Fragen würden verlöschen, er würde schlafen, und ...

„Was zum Teufel machst du hier?“

Morgans Stimme drang wie ein Peitschenschlag durch den wattigen Nebel seines Bewusstseins. Erschrocken zuckte er zusammen, löste instinktiv die Hand vom Tor – und fühlte, wie die Stimme ihn freigab.

„Es gefällt mir nicht, wenn du dich hier unten herumschleichst“, grollte Morgan, packte Alahrian grob an der Schulter und zerrte ihn vom Tor weg.

„Wie ... wie hast du mich gefunden?“, stammelte Alahrian benommen.

„Ich habe deine Schritte gehört, als du an meinem Schlafzimmer vorbei gelaufen bist“, erklärte Morgan, immer noch in barschem Tonfall. „Kam mir gleich verdächtig vor ... Komm jetzt! Sie ist gefährlich, das müsstest du doch eigentlich besser wissen!“ Zornig – und nicht gerade sanft – schleifte er seinen Bruder die Treppe empor, ihn permanent festhaltend, als fürchte er, Alahrian könne ihm davonlaufen und schlichtweg durch das Tor entschwinden.

Erst als sie Morgans Höhle erreicht hatten, ließ er den Bruder los, stieß ihn aufs Bett und blickte ihn aus funkelnden Augen erwartungsvoll an, die Arme abweisend vor der Brust verschränkt.

Alahrian rappelte sich mühsam auf, zog die Knie an den Leib und legte das Kinn darauf, mit einem Mal so erschöpft, als habe er einen Marathonlauf hinter sich.

„Also ...“, bemerkte Morgan fordernd, in deutlich ungeduldigem Ton. „Was hast du dort unten gemacht?“

Alahrian fühlte sich plötzlich wie ein Teenager, der beim Klauen erwischt worden war – oder bei Schlimmerem. Betreten starrte er auf das verschlungene Muster des Teppichs unter dem Bett, dann auf seine Hand, deren Innenfläche von hässlichen, roten Blasen übersät war. Es tat weh, aber nicht sehr.

„Warte, ich glaube, ich habe irgendwo noch eine Salbe“, meinte Morgan, versöhnlicher jetzt, und warf ihm nur einen Augenblick später eine bunt bedruckte Plastiktube zu.

Alahrian fing sie mit der unverletzten Hand geschickt auf, öffnete den Verschluss mit den Zähnen und rieb die Wunde unbeholfen damit ein, eigentlich nur, um Zeit zu gewinnen, nicht weil er die Schmerzen nicht aushalten konnte. An Brandverletzungen war er schließlich gewöhnt ...

„Ich habe heute Nachmittag Lilly geküsst“, erzählte er endlich, den

Blick noch immer gesenkt. „Und als ich es tat, da passierte etwas Merkwürdiges, etwas, das ..."

„Alahrian ..." Sein Bruder verzog das Gesicht, als er nicht weitersprach. „Weißt du, normale Teenager wenden sich mit solchen Problemen an das Doktor-Sommer-Team oder so was. Es ist wirklich nicht nötig, deshalb gleich einen finsteren Höllendämon zu beschwören, der ..."

„Ich habe den Grauen gesehen!", unterbrach ihn Alahrian, dem im Moment der Sinn für Morgans Humor abging.

„Was?" Morgan wurde blass. Es war einer der seltenen Augenblicke, da er völlig außer Fassung schien. Erschüttert ließ er sich neben seinem Bruder aufs Bett sinken. „Was ... was hat er gesagt?"

Alahrian erzählte es ihm.

Morgans Gesicht verlor noch ein bisschen Farbe. „Aber das ... das ist unmöglich! Das ... das kann er nicht verlangen ... Du ..."

„Ich weiß!" Alahrian sprang auf, lief einige Schritte unruhig durch den Raum und blieb dann mitten im Zimmer stehen. „Vielleicht war es nur ein Traum", meinte er kopfschüttelnd, fast ärgerlich. „Lilly kann sich nicht daran erinnern. Mag sein ... dass ich mir das alles nur eingebildet habe ..."

Morgan schien nicht überzeugt, sagte aber nichts. „Du solltest nicht zum Tor gehen", mahnte er stattdessen, nach einigen Minuten unbehaglichen Schweigens. „Lilith ist ..."

„Ich weiß, was sie ist!" Es klang aggressiver als eigentlich beabsichtigt. Dabei war Alahrian eigentlich nicht zornig auf seinen Bruder – er war zornig auf sich selbst. Weil er unvorsichtig gewesen war, leichtsinnig, dumm.

Seufzend ließ er sich wieder aufs Bett fallen. „Ich brauche ein paar Antworten, Morgan", ächzte er, sich in einer fahrigen Geste das Haar aus der Stirn streichend.

„Die wirst du nicht bekommen von ihr." Morgan schaute ihn durchdringend an.

Und auch das wusste Alahrian. Hilflos ließ er den Kopf hängen.

„Vergiss es einfach", meinte Morgan, in dem schwachen Versuch, ihn aufzumuntern. Behutsam legte er ihm die Hand auf die Schulter. „Bestimmt war es nur ein Traum. Du bist verliebt, deine magischen Sinne sind durcheinander ... Gewiss hat es nichts zu bedeuten."

„Ja ... gewiss ..." Alahrian wollte nicht mehr darüber reden. Er war so müde. Am liebsten wollte er sich einfach in dieses satinbespannte Bett fallen lassen und schlafen. Einfach schlafen. Natürlich würde es ihn nahezu umbringen, in diesem unterirdischen, lichtlosen Kellergemach zu schlafen, so komfortabel es auch eingerichtet sein mochte.

Mühsam stand er auf. „Gute Nacht, Morgan", flüsterte er unvermittelt.

„Gute Nacht ..."

Alahrian schlurfte die Treppen nach oben.

Und, Alahrian? Die Stimme erklang in seinem Kopf, als er schon fast im Bett lag. Geh nicht mehr außerhalb der Zeiten zum Tor. Versprich es mir ...

Ich verspreche es ...

Alahrian schloss die Augen und schlief fast augenblicklich ein. Aber er träumte die ganze Nacht, träumte von Stränden aus weißen Blüten, von fedrigen Schwingen, die eine schwarz, die andere weiß ... und dann nur noch von schwarzen Schwingen, schwarz, weich und sanft ...

Und erst der Morgen vertrieb die Schatten aus seinem Bewusstsein.

Morgans Geschichte

Morgaaaaaan!!!

Lilly fielen vor Schreck fast die Schulbücher aus der Hand, als Alahrians zornentbrannter Ruf nicht nur durch den Kopf des döckalfar, sondern auch durch ihren eigenen donnerte.

Wie an den meisten Tagen hatte sie Alahrian nach dem Unterricht ganz selbstverständlich zur Villa begleitet. Sie hatten den Weg durch den Wald genommen, Alahrians magische Grenze passiert und waren ein Stück durch den Garten gelaufen, als Alahrian plötzlich wie vom Blitz getroffen mitten im Schritt stehen blieb. „Was um alles in der –", er zerbiss einen Fluch auf den Lippen, den Lilly nicht verstand. Vielleicht war es Isländisch. Es klang jedenfalls nicht sehr freundlich. Genau genommen klang es, als würde er gleich explodieren vor Zorn.

Neugierig spähte sie an ihm vorbei – und verstand seine Reaktion mit einem Mal sehr viel besser.

Der Garten war völlig verwüstet. Das Gras, üblicherweise smaragdfarben leuchtend, war niedergetrampelt und geknickt, eine der Vogeltränken war umgeworfen worden, ein Blumenbeet zerwühlt, in einem anderen lagen Glassplitter und zusammengeknüllte Chipstüten.

„Was ist denn hier passiert?", entfuhr es Lilly entsetzt.

„Ja, das wüsste ich auch gerne ..." Alahrian knurrte es zwischen die Zähne hindurch, seine Augen hatten einen kalten, vereisten Ton angenommen, und prompt donnerte es irgendwo in der Ferne.

Morgan!, brüllte er in Gedanken, und ein kleiner Wirbelsturm fegte durch den ohnehin schon mitgenommenen Garten. Komm sofort her oder ich brenne das ganze Haus nieder!

Lilly hätte es kaum für möglich gehalten, doch tatsächlich kam der dökkalfar schon nach kaum zwei Sekunden um die Ecke geschlichen, zerzaust, gähnend, das Hemd nur unzureichend zugeknöpft und so zerknittert, als hätte er mindestens drei Nächte lang darin geschlafen. „Was?", nuschelte er blinzelnd, während Alahrians Gesichtszüge zu einer marmornen Maske gefroren.

Ohne ein einziges Wort deutete er auf den Müll in den Blumenbeeten.

„Oh ..." Morgan setzte eine Art verlegenes Lächeln auf. „Du weißt doch, ich hatte gestern Nacht einen Auftritt mit der Band. Wir sind ziemlich spät nach Hause gekommen – oder ziemlich früh, je nachdem ..."

Alahrian gab ein ungeduldiges Zischen von sich.

„Na ja, jedenfalls warst du schon in der Schule, und da haben wir noch ein bisschen gefeiert, und ..."

„Du – hast – Sterbliche – mit – ins – Haus –gebracht?!“, würgte Alahrian hervor, mühsam seinen Zorn beherrschend.

„Nicht ins Haus“, beeilte sich Morgan zu erklären. „Nur in den Garten. Ich weiß ja, dass du das nicht leiden kannst ...“ Er grinste gefällig.

„Deine dämlichen Kumpanen haben meine Pflanzen beschädigt!“ Nun stand das Gewitter kurz vor dem Ausbruch. „Ganz davon abgesehen, was sonst noch hätte passieren können! Es ist gefährlich, Menschen hierher zu bringen, begreifst du das denn nicht? Du –“

„Lilly ist wohl kein Mensch, ja?“, unterbrach Morgan ihn gelassen. Und, mit einem Blick zu Lilly hin, fügte er hinzu: „Entschuldige, nichts gegen dich, aber ...“

Alahrian atmete tief und vernehmlich ein und aus, um seine Fingerspitzen aber zuckte violettes Licht. „Bring dieses Chaos in Ordnung“, knirschte er barsch. „Jetzt! Sofort!“

Damit drehte er sich auf dem Absatz herum und stapfte schnaubend davon. Das Licht um seine Finger beruhigte sich und verschwand schließlich ganz. Hastig folgte Lilly ihm.

„Warum wohnst du eigentlich überhaupt mit ihm zusammen?“, erkundigte sie sich beiläufig, während sie in sein Zimmer hinauf liefen. „Wo ihr euch dauernd streitet ... Ich meine, ihr seid doch nicht wirklich Brüder, oder?“

Alahrian, dessen Zorn so schnell verraucht war, wie er gekommen war, hielt ihr die Tür auf und schüttelte den Kopf. „Nein, aber ... wir sind zwei nicht-menschliche Wesen, die verzweifelt versuchen, unter Menschen zu leben, das verbindet, schätze ich. Und wir haben viel zusammen durchgemacht. Ich weiß, er ist unglaublich nervig, doch ...“ Er senkte den Blick, ließ sich im Schneidersitz aufs Bett sinken und meinte dann, leiser: „Er ist mein Freund. Er war immer für mich da, besonders nach dem Feuer.“

Lilly sah die schrecklichen Erinnerungen in seinen Augen aufblitzen, an die Folterkammer, das Verhör, den Scheiterhaufen. Instinktiv zuckte ihre Hand in seine Richtung, um ihn zu trösten, doch er sprach bereits weiter: „Nachdem ich dem Wesen – Lilith – entkommen war, irrte ich wochen- und monatelang ziellos umher, verletzt, verloren, halb wahnsinnig vor Angst. Ich fürchtete mich vor allem und jedem, vor den Menschen, den alfar, dem Wesen mit den schwarzen Schwingen ...“

Er blickte ins Leere, die Augen dunkel, Lilly wagte nicht, ihn zu unterbrechen, denn es war das erste Mal, dass er ihr ganz von sich aus etwas erzählte, und sie deutete das als ein gutes Zeichen.

Er vertraute ihr, vertraute ihr genug, um das Grauen, das ihn quälte, endlich in Worte zu fassen.

„Ich streifte durch die verschiedensten Städte und Länder, ohne wirklich etwas davon wahrzunehmen“, fuhr er fort. „Nichts berührte mich, außer meiner eigenen Furcht. Vielleicht wäre auch ich in die Schatten gestürzt, wie die Erloschenen, hätte ich nicht sie getroffen.“

„Sie?“ Lillys Herz machte einen schmerzhaften Hüpfer. Es war albern, lächerlich, doch die Eifersucht traf sie mit unvermuteter Heftigkeit.

„Ja.“ Alahrian nickte mit fernem Gesichtsausdruck. „Morgan und seine Frau, Sarah.“

„Oh.“ Lilly kam sich plötzlich unglaublich dumm vor. Sie ... dritte Person Plural ... nicht Singular. Erst eine Sekunde später durchzuckte sie die wahre Bedeutung seiner Worte. „Seine ... seine Frau?“, wiederholte sie ungläubig. „Morgan ist verheiratet?!“ Sie hätte Morgan vieles zugetraut, sehr vieles ... aber das?

„Er war es“, erklärte Alahrian ernst. „Und die beiden waren ...“, ein flüchtiges Lächeln huschte über sein Gesicht, „bevor ich dich traf, waren die beiden das Schönste, das ich je gesehen hatte. Sie schienen miteinander zu harmonieren wie Mond- und Sternenlicht, wenn sie einen Raum verließ, so schien dieser für ihn plötzlich bedeutungslos, wenn sie jedoch in seiner Nähe war, dann zog sich sein gesamtes Universum mit einem Mal auf diesen einen, einzigen Punkt zusammen: sie.“ Seine Augen glühten, als er Lilly anschaute. „Ich habe das damals nicht verstanden, diese Macht, dieses endlos drängende Bedürfnis, das die beiden verband ... Jetzt verstehe ich es ...“ Seine Finger glitten flüchtig über Lillys Wange, nur der Hauch einer Berührung, in dem dennoch alles lag, was er für sie empfand.

Lilly musste die Augen niederschlagen, so intensiv war das Echo in ihrem Inneren auf seine Gefühle.

„Die beiden haben mir gezeigt, dass Menschen und alfar mehr füreinander empfinden können als Hass, Verachtung und Furcht“, fuhr Alahrian fort. „Dass es Liebe geben kann ... auch für uns.“

Lilly blickte auf, seine Worte in ihrem Kopf schwingend. „Dann war sie also ein Mensch? Sarah?“

„Ja ...“ Alahrian lachte plötzlich leise. „Sie hat mich zu Tode erschreckt, als wir uns das erste Mal trafen und – sie hat mir das Leben gerettet ...“

„Tatsächlich?“ Verblüfft starrte Lilly ihn an.

Alahrian nickte. „Auf meiner sinnlosen Wanderung kam ich letztendlich nach Cornwall, Südengland. Ich war noch immer auf der Flucht vor Lilith, auf der Flucht vor den Menschen, vor jedem lebendigen Wesen. Ich dachte, vor allem Lilith würde mich gewiss an einem hellen, lichten Ort suchen, also begab ich mich an Plätze, die genau das Gegenteil bedeuteten. Ich reiste nur nachts, versteckte mich in Höhlen und so ...“

„Aber hat dich das nicht total geschwächt?“

„Doch, sicher ... Ich war mit meinen Kräften am Ende. Eines nachts schlief ich in einer dunklen Höhle ein, mit nichts als einer Kerze an meiner Seite, und ...“

Er zuckte mit den Schultern, wie um die Sache herunterzuspielen. „Nun ja, die Kerze ging aus, ich war zu schwach, um es zu bemerken und schlief in der Dunkelheit ...“ Er verzog das Gesicht. „Vermutlich wäre ich nie wieder aufgewacht, hätte Sarah mich nicht gefunden.“

„Wow." Lilly fühlte eine jähe Zuneigung für diese Frau, die sie nie gekannt hatte. „Was ist passiert?"

„Willst du es sehen?" Alahrian beugte sich über die Bettkante zu ihr vor. „Morgan hat mich seine Erinnerungen lesen lassen. Willst du sie sehen?"

Lilly nickte zaghaft und ließ zu, dass er ihre Stirn berührte, wie er es vor kurzem schon einmal getan hatte. Diesmal waren die Bilder anders, nicht ganz so klar, denn es war nur die Erinnerung an eine Erinnerung, und noch dazu eine fremde. Es fühlte sich eigenartig an, durch Alahrians Kopf Morgans Erlebnisse zu beobachten, und doch, nach einer Weile fand sie sich darin ein, und es war, als könne sie in einem offenen Buch lesen:

„Morgan, komm schnell!"

Sarahs aufgeregte Stimme durchzuckte ihn wie ein Blitz. Morgan ließ die Waffe fallen, die er gerade polierte, schoss von seinem Stuhl empor und stürzte, alles andere um ihn herum vergessend, aus dem Haus. Sarah kam bereits auf ihn zu, ihr kupferfarbenes Haar war zerzaust, der lange, geflochtene Zopf hatte sich gelöst, doch sie schien unverletzt, nicht in Gefahr, in Ordnung ...

Eine instinktive Erleichterung durchströmte Morgan, die jedoch von prompter Verwunderung nahezu überlagert wurde, denn Sarah war nicht allein. Jedenfalls nicht direkt. Sie trug einen Jungen in den Armen, als wäre er eine Puppe, und schlaff und reglos war dieser Junge, bleich und ohne Bewusstsein. Im aller ersten Moment dachte Morgan, es sei einer der Hirtenknaben, die oben auf den grünen Hügeln an der Küste ihre Schafe weideten, einer, der vielleicht von der Klippe gestürzt oder von einem Wolf angefallen worden war ... Aber wirklich nur im aller ersten Moment.

Im zweiten blieb er mit aufgerissenen Augen stehen und starrte Sarahs merkwürdige Last in einer Mischung aus Staunen und Schrecken ungläubig an. Aber er irrte sich nicht, er war ganz sicher. Die Haut des Jungen war rein weiß, und obwohl er in einem erbärmlichen Zustand war, schimmerte sie ein wenig, wie frisch gefallener Schnee im Mondlicht. Sein Haar hatte einen leicht goldenen Glanz, matt und blass, doch eindeutig nicht menschlich.

Sarah, die selbst klein und zierlich war, trug ihn, als hätte er überhaupt kein Gewicht, und vielleicht hatte er das auch nicht. Er war hochgewachsen, gewiss, und wirkte dabei doch so zart und zerbrechlich wie eine aus Nebel gewobene Geistererscheinung.

„Mein Gott ..." Morgan tauschte einen Blick mit Sarah, nahm ihr, einem Reflex gehorchend, den Jungen ab und trug ihn zum Haus. „Wo hast du ihn gefunden?"

„In der Höhle, unten am Strand. Eigentlich war es Jack, der ihn aufgespürt hat ..."

Sie deutete mit dem Kinn auf den Cockerspaniel, der ihr hechelnd und mit wedelndem Schwanz hinterherlief. „Ich dachte schon, er hätte irgendein Tier entdeckt, aber da lag dieser Junge ... Morgan, er ist eiskalt, er atmet kaum und sein Puls ist extrem schwach!“ Unwillkürliche Besorgnis verdunkelte ihre meergrünen Augen.

Morgan lächelte voller Wärme. Mitgefühl für jedwede Art von Kreatur, ob menschlich oder nicht ... So war sie ...

„Er braucht einen Arzt!“, rief Sarah, während er noch ihre aufopfernde Fürsorge bewunderte, pragmatisch.

„Nein.“ Morgan schüttelte den Kopf. „Er kommt wieder in Ordnung ...“

„Aber ...“

„Du weißt ja nicht, was du da gefunden hast!“ Weich blickte er sie an. „Das hier, das ist ... Er ist ein liosalfar.“

„Was?“ Ihre Augen weiteten sich. „Sagtest du nicht, es wären keine mehr von ihnen übrig?“

„Bis vor zwei Minuten dachte ich das auch, ja.“ Voller Zweifel, Staunen und Unglauben blickte er auf den reglosen Jungen in seinen Armen herab. „Ich bin seit mindestens zweihundert Jahren keinem mehr begegnet.“

Was mochte diesem hier widerfahren sein?, fragte er sich unwillkürlich. In einer Höhle ... Das war üblicherweise nicht die Art von Ort, an dem sich die Lichten aufhielten. Dunkelheit war wie Gift für sie.

Der Junge in seinen Armen schien eindeutig zu viel davon abbekommen zu haben, er leuchtete nur noch ganz schwach, es schien kaum mehr Leben in ihm zu sein.

„Komm, wir bringen ihn ins Haus.“ Mit einigen schnellen Schritten lief Morgan zum Cottage zurück und wollte den Jungen schon ins Schlafzimmer bringen, überlegte es sich dann aber doch anders und stieg mit ihm auf den Dachboden hinauf. Dort war es staubig und ungemütlich, doch es gab ein Fenster, durch das fast den ganzen Tag über die Sonne hinein fiel. Der ideale Platz ...

Morgan legte den Jungen auf den Boden, unter die Scheibe. Sarah beobachtete mit gerunzelter Stirn sein Tun. Wortlos raffte sie einige Decken aus dem Stapel unter der Tür zusammen und ordnete daraus ein improvisiertes Lager an. Behutsamer als zuvor, um ihre Gefühle nicht zu verletzen, bettete Morgan den Jungen um. Der liosalfar rührte noch immer keinen Muskel, die Augen unter den kühnen, wie mit dem Kohlestift gezogenen Brauen blieben geschlossen. Rasch zündete Morgan eine Reihe von Kerzen an und stellte sie um den Jungen herum auf, bis es auf dem Dachboden aussah, als wolle er irgendein geheimnisvolles, unheiliges Ritual vollziehen.

„Vielleicht wäre es besser, wenn du nach unten gehst“, wandte er sich an Sarah, die seine Bewegungen mit besorgter Miene verfolgte. „Sie sind nicht ganz ungefährlich, die liosalfar.“

Eine neue Art von Besorgnis blitzte in Sarahs Augen auf, als sie nun Morgan anblickte. Morgan lachte leise. „Mein Herz, du weißt doch, ich bin unverwüstlich ...“

Sie lachte nicht, doch ihre Augen schimmerten voll Zärtlichkeit, während sie gehorsam die Treppe hinunter rauschte.

Morgan betrachtete stirnrunzelnd seinen Patienten, nahm schließlich eine der Kerzen in die Hand und führte das Licht direkt an die geschlossenen Augen des Lichtelfen.

Nichts. Der Junge zeigte keine Reaktion. Allmählich kam Morgan sich albern vor, doch Sarah hatte den Kleinen betrachtet, als wäre er ein Hundewelpe, und er wusste, er konnte es ihr nicht zumuten, den Jungen einfach seinem Schicksal zu überlassen.

„Komm schon“, raunte er, die Kerze hin und her schwenkend. Behutsam tastete er mit seinen übernatürlichen Sinnen nach dem Lebensfaden des Jungen. Blass-golden und schimmernd, fest und stark, obwohl seine Haut sich eiskalt anfühlte wie die einer Leiche. Natürlich. Er war ein alfar, er konnte nicht sterben, selbst wenn sein Körper schon halb tot war.

Eine halbe Minute später war er heilfroh, Sarah nach unten geschickt zu haben.

Der Junge rührte sich. Mit einem Ruck riss er die Augen auf, Morgan erblickte einen Glanz von Blau in allen Schattierungen, und dann zuckte der Junge erschrocken zusammen, stieß ein erstickendes Keuchen aus, die Hände abwehrend erhoben – und ein grellweißer Blitz schoss dicht an Morgan vorbei und brannte ein schwelendes Loch in die gegenüberliegende Wand.

„Verdammt!“ Morgan zerbiss einen Schwall von Flüchen auf den Lippen.

Der Junge zitterte am ganzen Leib. Kreideweiß war er auf den Decken zusammen gesunken, kurz davor, wieder das Bewusstsein zu verlieren.

Morgan betrachtete eine purpurrote Brandblase auf seinem rechten Unterarm, bevor er sich wieder dem Fremden zuwandte. Beeindruckend, wirklich. Aber offensichtlich hatte der kleine Trick den Jungen auch seine ganze Kraft gekostet.

Feiner Schweiß perlte auf der marmornen Stirn. Wimmernd wich er zurück, als Morgan sich näherte, hob die Hände, wie um sich erneut zu verteidigen und ließ sie wieder sinken, zu schwach selbst für diese winzige Bewegung. Panik flackerte in den saphirfarbenen Augen.

„Schon gut“, wisperte Morgan, so beruhigend wie möglich und wünschte sich plötzlich, Sarah doch nicht weggeschickt zu haben. Sie mit ihrer sanften Art hätte den Kleinen gewiss leichter entspannen können. „Ich will dir ja nichts tun ... Ist ja gut ...“

Der Atem des Jungen ging schnell und stoßweise. Die Augen waren dunkel und so weit aufgerissen, dass sie fast aus den Höhlen zu quellen schienen. Zwei Minuten lang starrten sie einander auf diese Art und Weise an, der eine ängstlich und misstrauisch, der andere mit wachsender Hilflosigkeit.

„Wer ... wer bist du?“, fragte endlich der Junge.

„Mein Name ist Morgan“, erklärte Morgan in gezwungen ruhigem Tonfall. „Ich bin ...“

Er zeigte dem Jungen den Stern auf seinem Handgelenk.

„Ich bin ein döckalfar."
„Oh ..." Die Augen des anderen hellten sich auf. „Das ist gut ... ich ... ich dachte schon, du seist ... ein ... ein Mensch."
Das letzte Wort sprach er mit einem Schaudern aus, nicht mit der Verachtung, mit der die Erloschenen es gebrauchten, sondern mit einem Unterton von Angst und Entsetzen in der Stimme, der Morgan die scharfe Bemerkung hinunterschlucken ließ, die ihm schon auf der Zunge gelegen hatte. Was mochte mit dem Kleinen wohl passiert sein?
Bevor er eine entsprechende Frage formulieren konnte, weitete sich der Blick des anderen plötzlich wieder, und mit einem Ausdruck von Bestürzung betrachtete er die Brandwunde auf Morgans Arm, dicht über dem Elfenstern.
„Oh ... War ich das?"
Morgan konnte nicht umhin, ein wenig das Gesicht zu verziehen.
„Ich ... ich kann das wieder in Ordnung bringen", erklärte der Fremde eifrig, streckte rasch die Hand aus und verharrte mit einer weißen Fingerspitze direkt über der Wunde. Morgan fühlte ein leichtes Prickeln, dann schloss sich die Verletzung, rasch, ohne Spuren zu hinterlassen, als hätte es sie nie gegeben.
Der Junge lächelte zufrieden. Unglücklicherweise hatte dieses Meisterstück ihn auch noch den letzten Rest von Kraft gekostet. Er lächelte nur eine halbe Sekunde lang – dann verdrehte er die Augen und sank besinnungslos auf sein Lager zurück.
Morgan stöhnte. Liosalfar ... Er hatte ja schon gehört, dass sie seltsam sein sollten, aber dieser hier ... Dieses Exemplar besaß entweder überhaupt gar keinen Selbsterhaltungstrieb oder es war völlig verrückt ...

An dieser Stelle kicherte Alahrian leise, und das unterbrach den Fluss der Erinnerung, aber nur für einen Moment ...

Blinzelnd erwachte der Junge, nachdem Morgan weitere Kerzen vor seinen Augen geschwenkt hatte wie Riechsalz vor einer ohnmächtigen Dame. Und das wegen einer Verletzung, die innerhalb weniger Minuten ohnehin von selbst verheilt wäre ...
„Wo bin ich?", erkundigte sich der Junge benommen, sog durch die Handflächen ein wenig von dem Kerzenlicht und schien sich langsam zu erholen.
„In meinem Haus", erklärte Morgan angelegentlich. „Mein Frau hat dich in der Höhle gefunden, bewusstlos."
„Hmm ... Die Kerze muss ausgegangen sein ..." Aus leeren Augen starrte der Junge ins Nichts. „Ich habe geschlafen ... ich war sehr ... erschöpft ..."
Merkwürdig für jemanden, der keine Dunkelheit vertrug, sich ausgerechnet eine Höhle als Schlafplatz zu suchen, dachte Morgan kopfschüt-

telnd. Aber er fragte nicht danach. Vielleicht war der kleine liosalfar ja tatsächlich nicht ganz richtig im Kopf ...

„Hast du eigentlich auch einen Namen?“, erkundigte er sich unvermittelt.

Der andere nickte ernsthaft. „Alahrian.“

„Alahrian?“ Nun war es an Morgan, die Augen aufzureißen. „A-lah-rian?“ Er zog die Silben auseinander, um ihre Bedeutung deutlicher auf der Zunge zu schmecken.

„Ja, genau ...“ Der Junge sah ungeduldig aus, als hätte er es mit einer etwas schwachsinnigen Person zu tun.

„Alahrian, wie ...“

Das Nicken des anderen unterbrach ihn.

Morgan schwieg vor Verblüffung. Dies hier war nicht nur irgendein liosalfar, nein, er war auch noch einer aus dem alten Königsgeschlecht, ein Prinz, ein ...

„Wie bist du hierher gekommen?“, platzte es aus ihm heraus..

Alahrian schaute zu Boden. „Ich ... ich weiß nicht genau ...“

Morgan betrachtete ihn nachdenklich und fragte sich unwillkürlich, wie alt der Junge wohl sein mochte. Wäre er ein Mensch gewesen, hätte man ihn beinahe für ein Kind halten können, doch das täuschte bei seinesgleichen, wie Morgan sehr wohl wusste.

„Wie viele Jahre zählst du?“, fragte er offen.

Völliges Unverständnis hinterließ eine merkwürdige Leere auf dem Gesicht des anderen. „Keine Ahnung ...“

Natürlich, er war unsterblich, er zählte die Jahre nicht, hatte kein Gespür für das Verstreichen der Zeit. Morgan versuchte es anders. „Woran erinnerst du dich?“, fragte er. „Bevor du hierher kamst?“

Alahrian wurde kreidebleich, die Augen flackerten. Er schwieg.

„An welchen Orten bist du schon gewesen?“, bohrte Morgan weiter.

Der Junge blickte auf, blass und verstört, wie jemand, der aus einem Alptraum erwacht. „Ich war an einem Ort, den man Island nennt“, erklärte er dumpf. „Und dann an einem Ort, den man Italien nennt ...“ Seine Miene hellte sich auf. „Ich war dort, weil man mir sagte, die Sonne schiene dort oft, aber ... aber nachts ist es dunkel, hast du das gewusst?“ Eifrig blickte er zu Morgan auf, mit einer naiven Entrüstung im Gesicht, die Morgans Einschätzung das Alter des Jungen betreffend um ein ganzes Stück herabsenkte. Er war ein Kind, eindeutig ...

Er nickte, da Alahrian offensichtlich eine Antwort von ihm erwartete. Ja, er hatte gewusst, dass es in Italien nachts dunkel wurde. Lautlos seufzte er.

„Danach war ich an einem dunklen Ort ...“ Alahrians Augen begannen wieder zu flackern. Ein Muskel zuckte in seinem bleichen Gesicht, die Lippen zitterten, das schwache Glimmen unter der Haut erstarb.

„Ich kann hier nicht bleiben!“, rief er plötzlich, von einer seltsamen Panik erfasst. „Ich bringe dich nur in Gefahr!“ Hastig sprang er auf, doch er war so schwach, dass er nicht einmal einen einzigen Schritt weit kam, sondern sich stattdessen mit einem erstickten Keuchen gegen die Wand lehnte.

„Ich schätze, du gehst nirgendwo hin", kommentierte Morgan trocken.

„Lass ihn bleiben und sich ausruhen", meinte eine Stimme von der Tür her. Sarah war lautlos heraufgeschlichen, jetzt blickte sie behutsam von Morgan zu Alahrian und wieder zurück.

Der liosalfar wurde noch einige Grade bleicher als ohnehin schon, selbst wenn Morgan das vor zwei Sekunden noch für unmöglich gehalten hätte. „Ist sie ... ist sie ein Mensch?" Seine Augen waren starr auf Sarah gerichtet, er zitterte am ganzen Körper, seine Lippen waren blutleer.

„Sie ist meine Frau", erklärte Morgan ruhig.

„Aber ... aber du kannst doch nicht ... Die Menschen sind gefährlich, weißt du das nicht?" Der Junge zitterte jetzt so sehr, dass er kaum mehr sprechen konnte.

„Sie ist meine Frau und ich liebe sie", sagte Morgan fest, beinahe ein wenig ärgerlich.

Sarah trat neben ihn, und er legte ihr demonstrativ den Arm um die Schultern.

„Aber die Menschen lieben nicht wie wir!", schrie der Junge, völlig aufgelöst. „Ich kannte eine Menschenfrau, und sie behauptete, mich zu lieben, und dann ... dann ... ihr Vater ... das Feuer ..." Seine Worte verwirrten sich. Kraftlos sank er zu Boden, zitternd und leichenblass, seine flackernden Augen jedoch suchten Morgans Blick. „Sie werden dich einsperren und foltern und ..." Er schluchzte lautlos.

Morgan schüttelte den Kopf. Er hatte keine Ahnung, was der kleine liosalfar durchgemacht haben mochte oder was hinter seiner bleichen Stirn vorging, doch er sah nur eine einzige Möglichkeit, ihn zu beruhigen. Behutsam streckte er die Hand nach Alahrian aus, berührte ihn an der Schulter und sog das winzige bisschen Energie, das noch in ihm steckte, hinaus.

Seufzend sank der Junge zusammen, und Morgan bettete ihn auf die Decken, sorgsam darauf achtend, einige Kerzen in seiner Nähe aufzustellen, damit es nicht zu dunkel um ihn wurde. „Schlaf jetzt", flüsterte er, von seiner eigenen Sanftmut überrascht. „Schlaf ..."

Lilly blinzelte benommen, als die Erinnerung abbrach. Das war also Alahrians erste Begegnung mit Morgan gewesen. Sie hätte es sich anders vorgestellt. „Und bist du bei ihnen geblieben?", fragte sie neugierig.

Alahrian nickte. „Sie konnten mich überzeugen, dass Sarah weder mir noch Morgan etwas zu Leide tun würde", entgegnete er, überraschend lakonisch. Ein wenig schuldbewusst verzog er das Gesicht. „Ich hatte Morgans Frau natürlich zu Unrecht verdächtigt", meinte er entschuldigend. „Sie hat mich gerettet. Und sie bestand darauf, dass ich blieb, bis ich mich erholt hatte. Morgan hätte mich, glaube ich, nicht bei sich behalten ..."

Jetzt wirkte er kleinlaut. „Ich war völlig außer mir, damals. Möglicherweise ..." Er senkte den Kopf wie ein Hund, der eben die teuersten Schuhe seines Herrchens zerbissen hat. „Möglicherweise hätte ich um Haar sein hübsches Landhaus niedergebrannt ..."

Er zeigte Lilly, wie es weiterging.

Tagsüber erwies sich der kleine liosalfar als äußerst nützlich, das musste selbst Morgan, dessen Volk das des Jungen nie besonders hatte leiden können, zugeben. Hinter dem Haus wuchsen plötzlich üppige Erdbeerstauden mit scharlachroten, zuckrig süßen Früchten daran, seit Alahrian dort einmal flüchtig vorbei gelaufen war. Die Fuchsstute, die Morgan während des letzten Krieges geritten hatte und die seitdem wild, unberechenbar und launisch war, zeigte sich mild wie ein Lämmchen, nachdem der Junge ihr eine Zeitlang die Ohren gekrault hatte. Ganz zu schweigen von den prächtig gedeihenden Obstgärten, der alten Kuh, die mit einem Mal deutlich mehr Milch gab als je zuvor, den Weinranken, die das Cottage umschlungen ...

Nachts jedoch wurde er allmählich zur ernsthaften Gefahr. Er schlief wenig, doch wenn, dann unruhig, von Alpträumen geschüttelt und zitternd wie in heftigen, erstickenden Fieberschauern. Immer und immer wieder wachte er schreiend auf, in Schweiß gebadet – und mit unkontrollierten Lichtfunken unter den Fingerspitzen, die bei der geringsten Bewegung als grelle Feuerblitze durch die Luft sausten. Ein Großsteil der Vorhänge war auf diese Art und Weise bereits versengt, die Wände wiesen mehrere Brandflecken auf, und einmal konnte Morgan nur mit äußerster Mühe ein echtes Feuer verhindern, indem er dem Jungen schlichtweg die Energie entzog.

Erst nach und nach erfuhren sie, was geschehen war, aus vagen Andeutungen Alahrians, aus den abgerissenen Sätzen, die er im Schlaf stammelte, aus den Flammen, die sich bisweilen in seinen Augen spiegelten, selbst wenn weit und breit kein Feuer brannte ...

„Der arme Junge", flüsterte Sarah schaudernd, während sie an Alahrians Bett saß und aufmerksam über seinen Schlaf wachte. Vorsichtig wischte sie eine goldene Locke aus der blassen Stirn, zog die Decke um den reglosen Körper ein wenig fester, damit er in der kalten Nachtluft nicht fror.

Morgan beobachtete sie stirnrunzelnd. „Ich muss doch nicht etwa eifersüchtig sein, oder?", fragte er, sie zärtlich neckend.

Sarah erhob sich in einer fließenden Bewegung vom Bett, trat lächelnd auf ihn zu und schlang die Arme um seinen Hals. Sanft zog er sie an sich.

„Dummkopf", schimpfte sie ihn, den Kopf an seine Schulter gelehnt. „Er ist doch noch ein Kind ..."

Das „Kind" mochte durchaus doppelt so alt sein wie sie, vielleicht mehr, doch Morgan wies sie nicht darauf hin. „Du wünschst es dir sehr, nicht wahr?", fragte er stattdessen ernst. „Ein Kind?"

Sarah antwortete nicht. Aber er konnte es in ihren Augen sehen, an der Art, wie sie den Jungen umsorgte, an der Sehnsucht in ihrem Blick. Und auch er selbst fühlte etwas von dieser Sehnsucht.

Ein Kind ... ein Kind, das halb alfar war und halb Mensch ... Was für ein wundersames Wesen wäre solch ein Kind! Was hätte es alles bewirken können! Ein Mittler zwischen zwei Welten, das Ende allen Hasses, aller Missverständnisse ...

Und sie hätten eine richtige kleine Familie gehabt, Sarah und er. Ihre Tochter hätte vielleicht Sarahs Augen gehabt, grün wie die Hügel an der englischen Küste, ihr Sohn hätte ihm selbst vielleicht ähnlich gesehen ... Dann hätte er ihm beigebracht wie man mit dem Bogen schießt und ein Schwert führt, und er hätte die Stute reiten können, die jetzt ganz sanft war.

Seufzend drängte Morgan die Tagträume zurück. Lange Zeit über hatte er als Mensch unter Menschen gelebt. Doch er war keiner. Er wusste noch nicht einmal, ob es überhaupt möglich war, ein Kind, halb Mensch, halb alfar. Die Märchen erzählten davon, doch die Märchen erzählten auch von Drachen und Zauberringen, und Morgan hatte noch nie welche gesehen ...

Sarah, das wusste er jedoch, glaubte fest daran. Es war in ihren Augen zu lesen, als sie ihn jetzt anblickte, lächelnd und voller Zärtlichkeit. „Ich bin glücklich mit dir“, flüsterte sie ihm ins Ohr. „Egal, was kommt. Ich liebe dich, ich werde dich immer lieben ...“

Er wollte antworten, wollte etwas erwidern, doch sie verschloss seine Lippen mit einem Kuss, und alle Worte erstarben, während er sie noch dichter an sich presste ...

Die Bilder verblichen. Lilly sah wieder Alahrian an, und nur Alahrian.

„Die beiden zeigten mir, dass es auch in der Welt der Sterblichen mehr gibt als Furcht und Schmerz“, meinte er abwesend. „Dass es, wenn wir auch keine Erlösung finden werden, dennoch Liebe geben kann – selbst für unseresgleichen.“

„Dann hast du es also gewusst?“, fragte Lilly leise. „Dass es möglich ist? Eine Liebe zwischen Mensch und alfar?“

„Ich wusste, dass es für Morgan möglich war“, erklärte Alahrian ernst. „Aber nie, niemals und in meinen kühnsten Träumen nicht, hätte ich zu hoffen gewagt, es könne auch für mich möglich sein.“

Der Selbsthass, der in diesen Worten mitschwang, gab Lilly einen Stich. Unwillkürlich legte sie die Hand auf seine, hielt sie fest. „Warum nicht? Morgan ist nicht anders als du ...“

Zu ihrer Überraschung lächelte er. „Ich bin nicht sicher, was ich von dieser Bemerkung halten soll“, bemerkte er, gespielt beleidigt.

„Na schön ...“ Sein plötzlicher Stimmungsumschwung verwirrte sie. „Du bist sehr anders als er ...“

„Schon besser.“ So schnell, wie es gekommen war, verschwand das Lächeln von seinen Lippen. „Er ist euch viel ähnlicher als ich. Für ihn war es stets einfacher, unter euch zu leben.“

„Weil er ein döckalfar ist?“

„Weil er ein Wechselbalg ist.“

„Ein was?“ Lilly blinzelte.

„Hast du nicht die Märchen gelesen?“, fragte er nachsichtig.

„Doch ...“ Lilly überlegte einen Moment lang. „Ein Wechselbalg, das ist, wenn Elfen ein sterbliches Kind rauben und es gegen eines der ihren austauschen.“

Alahrian nickte. „Nur dass die döckalfar keine Kinder raubten“, erklärte er ruhig. „Derartige Grausamkeiten erlauben sich nur die Erloschenen.“ Wie immer, wenn er dieses Wort aussprach, zuckte ein Schatten über sein Gesicht dabei. „Die döckalfar überließen den Menschen einige ihrer Kinder, damit diese Kinder unter euch aufwuchsen, als Teil eurer Welt. Sie hofften, sie könnten euch dadurch besser kennen lernen und sich leichter anpassen.“

„Sie überließen ihnen ihre Kinder?“ Lilly runzelte die Stirn. „Was soll das heißen?“

„Die meisten wurden ausgesetzt – aber so, dass sie von Menschen gefunden und aufgezogen wurden.“

„Das ist grausam.“ Lilly schauderte unbehaglich.

„Nur auf den ersten Blick. Sie blieben stets in der Nähe des Wechselbalgs und achteten im Verborgenen auf sein Wohlergehen.“

Lilly antwortete nicht. Sein eigenes Kind einfach wegzugeben, erschien ihr hart und unmenschlich, andererseits: Auch in ihrer Welt kamen derartige Dinge durchaus vor ...

„Morgan selbst wurde im zwölften Jahrhundert in England geboren“, erzählte Alahrian weiter. „Sein Ziehvater war ein junger Graf, dessen Frau ihm zwar bereits zwei Söhne geboren hatte, die aber beide nur wenige Tage alt wurden. Als das dritte Kind bereits unmittelbar nach der Geburt starb, brachte er es nicht über sich, seiner Frau von dem Verlust zu berichten. Sie war noch schwach von der Geburt, und er fürchtete, der Schmerz würde sie umbringen. Heimlich ließ er das tote Kind begraben, und als er auf sein Landgut zurückkehrte, da hatte er eine Erscheinung. Am Waldrand stand eine Frau mit weißer Haut und nachtschwarzem Haar, ein Baby im Arm, keinen Tag älter als sein eigenes. Sie übergab ihm das Kind – und verschwand. Der Graf sah das Kind als eine Art Gottesgeschenk an und zog es wie sein eigenes auf.“

„Dann hat Morgan ein sterbliches Leben geführt?“, vergewisserte sich Lilly. „Er wusste nicht, was er war?“

„Nein. Er selbst wusste es nicht, und seine Eltern, seine Zieheltern, haben es nie erfahren.“

„Aber dann hat er sich von menschlicher Nahrung ernährt, oder nicht?“ Dieses nebensächliche Detail fiel Lilly einfach so ein.

„Als er ein Kind war, ja.“ Alahrian nickte. „Aber das war, bevor er den Stern empfing. Wir denken, es zählt nicht ...“

„Den Stern?“ Lilly runzelte die Stirn.

Alahrian zeigte ihr den siebenzackigen Stern über seinen Pulsadern. Sie hatte ihn schon einmal gesehen. „Es ist eine Art Ritual, das uns zu vollwertigen Mitgliedern unseres Volkes macht“, erklärte er.

Lilly nickte zerstreut. „Aber fiel es nicht irgendwann auf?“, fragte sie verwirrt. „Dass er nicht älter wurde und so?“

„Wir entwickeln uns zunächst genau wie ihr“, entgegnete Alahrian. „Erst wenn wir sechzehn oder siebzehn Jahre alt sind, hören wir auf zu altern – oder altern nur noch sehr langsam. Morgans Eltern starben, als er fünfzehn war. Damals galt er zu diesem Zeitpunkt schon als erwachsen. Er trat das Erbe seines Vaters an und übernahm die Grafschaft. Und als Richard Löwenherz zum Kreuzzug ins Heilige Land aufbrach, begleitete er ihn.“

Alahrian schwieg einen Moment lang. Es war ein bisschen schwer, sich das alles vorzustellen. Morgan als Sohn eines englischen Grafen, als Adeliger, als Kreuzritter ...

„Und dann?“, erkundigte sie sich, als Alahrian nicht weitersprach.

Alahrian verzog ein bisschen das Gesicht. „Er wurde von einem sarazenischen Pfeil mitten ins Herz getroffen“, erzählte er, in nüchternem Tonfall, doch mit einem leisen Lächeln. Irgendetwas an diesem Teil der Geschichte schien ihn zu amüsieren, eine Art von Humor, die wohl nur Unsterbliche teilten. „Einen Menschen hätte eine solche Verletzung auf der Stelle getötet, er aber – er wachte schon kurz darauf auf dem Schlachtfeld wieder auf. Und stellte fest, dass er nicht sterben konnte ...“

„Wow.“ Lilly schluckte hart. „Das muss ... heftig gewesen sein.“

Alahrians Augen funkelten. „Ich glaube, er fand es ziemlich cool.“ Er grinste ungeniert. „Und er war ja auch nicht allein. Sein alter Schildknappe war bei ihm. Der war in Wirklichkeit sein biologischer Vater und gab sich nun zu erkennen. Morgan wurde in die Welt der alfar eingeführt und empfing den Stern.“

Er erzählte es, als sei es nichts Besonderes, Lilly aber spürte einen jähen Stich von Mitgefühl. Wie furchtbar, mit einem Schlag seine ganze Identität zu verlieren, zu erfahren, dass das ganze, bisherige Leben nichts als eine Illusion gewesen war ...

„Aber was tat er denn nun?“

„Nicht viel Anderes als vorher. Seine Familie, seine menschliche Familie, sah er nie wieder, das war natürlich bitter. Aber er war als Krieger erzogen worden, als Ritter, und das Wissen um das, was er war, bot ihm plötzlich ganz ungeahnte Möglichkeiten. So zog er von Armee zu Armee, kämpfte in den unterschiedlichsten Schlachten, durch die Jahrhunderte hindurch, diente den verschiedensten Herren, großen Königen und Feldherren.“

Er bemerkte, wie Lilly skeptisch das Gesicht verzog bei dem Gedanken, Jahrhunderte lang nichts anderes zu tun als zu kämpfen und lächelte nachsichtig. „Er ist ein döckalfar, Lilly. Sie sind Krieger, auch in unserer Welt. Das Kämpfen liegt sozusagen in seiner Natur, er hatte eine besondere Gabe dafür und er nutzte sie. Die Unsterblichkeit war natürlich ein Vorteil. Er konnte viele seiner Kameraden retten dadurch, viele Unschuldige verteidigen, Leben erhalten, das ohne ihn verloren gewesen wäre."

Er hielt kurz inne, dann kehrte er an den Ausgangspunkt seiner Geschichte zurück und meinte: „So lernte er auch Sarah kennen. Ihre Familie war während des Dreißigjährigen Krieges getötet worden, sie selbst von schwedischen Söldnern verschleppt. Morgan befreite sie – und bewahrte sie dadurch vor einem Schicksal, das sie sich vermutlich selbst kaum vorstellen konnte."

Lilly schauderte.

„Er ging mit ihr nach England, in seine alte Heimat, und um ihretwillen gab er das Kriegshandwerk auf. Er kaufte ein kleines Landgut an der Küste von Cornwall, und dort lebten sie ziemlich abgeschieden."

„Bis du kamst ..." Lilly lächelte ein wenig.

„Ja, bis ich kam ..." Wieder blitze es in seinen Augen amüsiert.

Lilly schaute zu Boden und wurde unwillkürlich ganz ernst. „Was ist aus ihr geworden?", fragte sie leise. „Aus Sarah?"

Alahrians Augen wurden dunkel. „Sie starb."

„Sie starb?" Ein Stich durchfurch Lilly.

„Natürlich, Lillian." Seine Stimme klang warm und weich, die Augen aber waren mit einem Mal ganz leer. „Sie war ein Mensch."

„Wie ich." Lilly wagte nicht, ihn anzusehen.

„Er ist nicht mehr der selbe seitdem ..." Auch Alahrian wich ihrem Blick aus.

„Aber all diese Frauen ..." Lilly zwang sich, das Gespräch in eine andere Richtung zu drehen und dachte an die wilden Partys, an Morgans Affären, seine lockere, ungezügelte Art.

„Er sucht sie in jeder von ihnen", entgegnete Alahrian tonlos. „Und auf einer gewissen Ebene funktioniert das vielleicht sogar. Eine hat vielleicht die selbe Haarfarbe, das Lachen einer anderen klingt vielleicht ein bisschen so wie das ihre ... Aber er wird keine dieser Frauen jemals lieben können, niemals, nie mehr."

„Und du?" Lillys Stimme erstickte fast in der Brust. „Wirst du auch ..." Sie konnte nicht zu Ende sprechen.

„Nein!" Er reagierte mit unerwarteter Heftigkeit, ein Zittern lief durch seinen Körper.

„Und wenn ich ..." Auch dieses Wort wagte sie nicht über die Lippen zu bringen.

Alahrian nahm ihr Gesicht fest in beide Hände, die Augen brannten vor Qual, seine Stimme aber war ganz ruhig. „Dann werde ich dich lieben bis die Sonne in den Ozean stürzt, Lillian Rhiannon“, sagte er ernst und eindringlich. „Bis der Mond im Meer ertrinkt und das Licht jedes einzelnen Sternes erlischt. Und mein Schmerz wird unendlich sein und ewig wie meine Trauer – aber auch meine Freude. Denn dir begegnet zu sein, auch nur einen Augenblick mit dir zu haben, das ist ein Geschenk, größer als ich je zu hoffen gewagt hätte. Und dieses Geschenk, das wird immer stärker und leuchtender sein als selbst der grausamste Verlust.“

Er sah sie an und lächelte. Während sein Gesicht von Schmerz und Furcht zerrissen war, lächelte er, durch einen Schleier von ungeweinten Tränen hindurch wie ein Lichtstrahl durch tiefen Nebel.

Lilly wusste nicht, was sie sagen sollte. Das musste sie auch nicht, denn plötzlich war er über ihr und versiegelte ihre Lippen mit einem Kuss. Und dieses Mal raubte er ihr nicht das Bewusstsein. Nur die Angst. Sanft ließ sie sich in seine Umarmung sinken, und Vergangenheit und Zukunft schienen plötzlich bedeutungslos. Sie mochten nur einen Augenblick zusammen haben, doch was machte die Zeit schon aus? Wenn sie ganz unvermittelt, in seinen Armen still zu stehen schien?

Feenwunsch

Die Sterblichen, so überlegte Alahrian, während er auf der Wiese vor dem Schulgebäude lag, an seinem Füllfederhalter herumkaute und das Ehepaar beobachtete, das auf der anderen Straßenseite entlangspazierte, schienen das Alter bisweilen mehr zu fürchten als den Tod selbst. Für ihn, der er selbst alterslos war, waren die Veränderungen, die der menschliche Körper mit dem Vergehen der Zeit durchmachte, nahezu ein Mysterium. Das Paar dort drüben war wunderschön in seinen Augen. Das Haar der Frau, zu einem ordentlichen Knoten zurückgebunden, war silbrig, fast weiß, die Stirn des Mannes vom Wetter gegerbt, von Jahren in Furchen gelegt. Beide gingen ein wenig gebeugt, beider Hände waren nicht mehr ganz glatt, und doch ineinander verschlungen, wie die Zweige zweier rauer, knorriger alter Bäume. Sie schienen einander schon lange zu lieben – und sie liebten sich noch.

Alahrian würde Lilly lieben bis sie starb. Und darüber hinaus. Mit keinem Tag, keinem Jahr, keinem Jahrhundert würde seine Liebe schwächer werden. Dennoch hätte er sich gewünscht, sie nur ganz kurz lieben zu können, einige Jahrzehnte lang, so lange vielleicht wie bei diesem Paar – um dann an ihrer Seite alt zu werden und zu sterben. Das hätte er sich gewünscht. Unsterblichkeit war kein Segen, wie viele Menschen glaubten. Von allen Strafen, die der Graue seinem Volk hätte auferlegen können, war dies vielleicht die schlimmste.

Er wusste nicht, wie alt er war, aber er war gewiss Hunderte von Jahren älter als Lilly. Doch er würde niemals alt werden. Die alfar entwickelten sich rasch, während sie noch Kinder waren, und danach überhaupt nicht mehr. Er würde sich nicht verändern, niemals. Auf ewig würde sein Haar golden bleiben, niemals silbern, die Haut immer glatt und weich, unveränderlich wie in Stein gemeißelt. Es gab kein Ende, keine Veränderung. Nur Stillstand.

Seufzend nahm er den Füller aus dem Mund, schlug eine Seite seines Englischbuches um und versuchte, sich auf die Übersetzung eines Teilstücks von Macbeth zu konzentrieren.

Vielleicht hätte er Lilly niemals von Sarah erzählen dürfen. Er hatte ihr damit nur Angst gemacht, und in seinem eigenen Inneren hatte er Geister geweckt, die er nun nicht mehr so recht los werden wollte. Dabei hätte er glücklich sein müssen, uneingeschränkt glücklich. Er hatte den Augenblick. Einen Augenblick mit Lilly, das war mehr als die Ewigkeit allein, mehr als alles andere.

Er ließ den Füller sinken, drehte sich auf den Rücken und blickte verträumt in den Himmel. Er war stahlblau, nur von einigen wenigen Wolken getrübt. Ein Hauch von Ruhe erfüllte ihn, während er das strahlende Blau in sich einsog. Seine Finger lagen still im Gras, er konnte die Erde spüren, die Pflanzen, die winzigen Tiere, die sich dort unten verbargen. Wenn er nicht aufpasste, würden sie hervorkommen. Schnell nahm er die Hände vom Gras. Ein leises Lachen schüttelte ihn. Wie dumm er manchmal war, was für dumme Gedanken!

Immer noch lachend richtete er sich auf – und blickte direkt in Thommy Niedermeiers verdutztes Gesicht. „Was ist so komisch?", erkundigte sich der andere verwirrt.

Was tust du hier?, hätte Alahrian erwidern können, stattdessen stammelte er hastig: „Nichts ... Ich bin nur ... vielleicht ein bisschen zu lange in der Sonne gelegen ..."

Ha! Was für eine Ausrede für jemanden, der gar nicht genug gleißende Helligkeit abbekommen konnte ... Zum Glück redete Thommy schon weiter: „Schwänzt du gerade den Unterricht?"

„Nein." Alahrian grinste, fast gegen seinen Willen. „Freistunde." Die anderen hatten gerade Religion, was Thommy jedoch außerhalb des Unterrichts zu dieser Zeit zu suchen hatte, stand auf einem anderen Blatt ... Amüsiert musterte Alahrian den Sterblichen. Der starrte indes seufzend das Englischbuch an, das vor Alahrian im Gras lag.

„Ist das Macbeth? Die Übersetzung für nach den Ferien?"

Alahrian nickte.

„Mann, das ist echt unfair, so viele Hausaufgaben, und das über Pfingsten!", ächzte Thommy theatralisch.

„Ich bin fast fertig ..." Alahrian konnte sich eines Anflugs von Großzügigkeit nicht erwehren. „Willst du sie haben?"

„Echt?" Thommys Gesicht hellte sich auf. „Cool, danke!" Erleichtert schnappte er sich Alahrians Heft – und runzelte die Stirn.

„Stimmt was nicht?", erkundigte sich Alahrian freundlich. „Kannst du meine Schrift nicht lesen?" Er hatte die Schrift der Sterblichen gelernt, als man noch mit Gänsefeder und Tintenfass geschrieben hatte, bisweilen bekam er die geschwungen Schnörkel, die damals in Mode gewesen waren, auch bei größter Anstrengung nicht aus seiner Schrift heraus.

„Die Schrift schon, aber den Rest ..." Mit plötzlich äußerst skeptischer Miene schaute Thommy ihn an. „Alahrian, was ist das?" Betont hielt er Alahrian das Heft unter die Nase.

„Oooops." Alahrian brauchte einen Moment, um zu bemerken, was den anderen so gestört hatte.

Er hatte den Text nach bestem Wissen zu übersetzen versucht – aber nicht ins Deutsche, sondern ins Altisländische. Er war wohl wirklich ein klein wenig zerstreut heute! Verlegen rettete er sich in ein unschuldiges Lächeln. „Da ist wohl das Heimweh ein wenig mit mir durchgegangen ..." Unruhig zuckte er mit den Schultern.

„Isländisch also?", vergewisserte sich Thommy scharfsichtig.

„Isländisch."

„Mann, Alter ...“ Thommy schüttelte entgeistert den Kopf. „Manchmal bist du echt schräg drauf ...“

Ja, da war wohl etwas dran ... Dieses eine Mal jedoch hatte die Feststellung nichts Bedrohliches. Alahrian lachte leise.

„Was machst du in den Ferien?“, erkundigte sich Thommy beiläufig, Alahrians kleinen Patzer bereits beiseite schiebend. „Fahrt ihr hin, du und dein Bruder? Nach Island?“

„Was?“ Alahrian blinzelte, nun seinerseits irritiert. Wieso sollte er in den Pfingstferien nach Island fahren? Er war seit Jahrhunderten nicht mehr dort gewesen!

„Na ja, ich dachte nur ...“ Thommy blickte plötzlich zu Boden.

„Willst du mich los werden?“, platzte es aus Alahrian heraus, mit eben jener unaufhaltsamen Offenheit, die ihn stets überfiel, wenn er die seltsamen Höflichkeitsregeln der Sterblichen zu vergessen drohte. „Hab ich dir irgendwas getan?“

„Nein!“, rief der andere erschrocken. „Nein, nein ... du nicht, aber ...“

„Aber?“, wiederholte Alahrian gedehnt.

„Es ist nur ... dein Bruder ... Es ... es hätte mir gefallen, wenn er mal für zwei Wochen weg wäre.“

„Hmm ...“ Alahrian blickte auffordernd.

„Na ja, ich hab gesehen, wie er mit Anna-Maria rumgehangen ist!“ Thommy rupfte ärgerlich ein paar Grashalme aus. „Und das ... er nervt einfach!“

Alahrian nickte sachlich. Morgan hing also mit Anna-Maria rum. Das war bedenklich genug, wie er fand. Laut sagte er: „Du magst sie also immer noch.“

Thommy zuckte mit den Schultern und starrte den Rasen an.

„Tut mir leid.“ Alahrian seufzte lautlos. „Aber ich fürchte, da kann ich auch nichts machen.“ Außer Morgan gehörig die Leviten zu lesen, natürlich! Anna-Maria war die Tochter des BÜRGERMEISTERS! War er denn wahnsinnig? Vollkommen irre? Durchgeknallt?

Alahrian musste für einige Sekunden die Luft anhalten, um nicht die Beherrschung zu verlieren. Wer weiß, was Thommy gesehen hatte. Er war offensichtlich bis über beide Ohren in Anna-Maria verliebt. Er war nicht objektiv. Eifersüchtig und so. Alahrian vertraute Morgan. Sie waren Brüder.

„Schon gut, entschuldige ...“ Thommy stand auf und warf Alahrian das Heft mit der isländischen Übersetzung zu. „Bis dann!“

„Ja, bis dann ...“ Nachdenklich blickte Alahrian dem anderen hinterher. Für die Sterblichen war auch nicht alles einfach, das hatte er schon mehrfach beobachtet.

Morgan würde niemals Anna-Maria lieben, Anna-Maria würde nie von ihm das bekommen, was sie wollte. Und so wie es aussah, würde Thommy sich diese unglückliche Liebe ebenfalls aus dem Kopf schlagen müssen. Wenigstens hatte er die Chance, sich irgendwann erneut zu verlieben.

Morgan hatte diese Chance nicht. Er würde Sarah niemals vergessen, ganz egal, ob er es zugeben konnte oder nicht.

Alahrian packte seine Sachen und stopfte sie achtlos in die Tasche. Nein, für die Sterblichen war es auch nicht einfacher. Trotzdem ... Wenn er an Lillys Seite hätte alt werden können ... Wenn er sterben hätte können ... Es war einfach nicht natürlich, ewig zu leben. Nicht einmal für seinesgleichen. Er war eine widernatürliche Erscheinung, eine groteske Perversion. Würde der Graue seinem Volk denn niemals vergeben? Würden sie auf ewig unerlöst sein, verbannt, ausgestoßen?

Wenn er daran dachte, dann wallte fast so etwas wie Hass in Alahrians Innerem auf. Ein Traum, eine Illusion, einige flüchtige Worte, das war alles, was er vom Grauen bekommen hatte. Hunderte von Jahren, und noch immer ... nichts.

Plötzlich hielt er es nicht mehr aus in der Schule. Er musste weg, nicht weil etwas mit diesem Ort nicht stimmte, sondern weil etwas mit ihm nicht stimmte. Er war kein Mensch. Alles lief auf diesen einen, unverrückbaren Punkt hinaus. Und als könne er vor dieser Tatsache davonlaufen, nahm er seine Tasche, sprang auf und rannte einfach los.

Er kam nur wenige Schritte weit. Schon auf dem Bürgersteig prallte er heftig gegen irgendetwas, taumelte zurück und tänzelte einen peinlichen Augenblick lang auf den Zehenspitzen, um sein Gleichgewicht wieder zu finden. Keine sehr menschliche Bewegung.

„Tut mir leid“, piepste eine helle Stimme, ungefähr fünfzig Zentimeter unter ihm.

Alahrian senkte den Blick. Ein Kind. Er hätte um ein Haar ein Kind über den Haufen gerannt. „Nein, mir tut's leid“, stammelte er hastig und wollte schon weitergehen, doch irgendetwas war seltsam an diesem Kind. „Hast du dir weh getan?“, fragte er erschrocken.

Das Kind schüttelte den Kopf. Es war ein kleines Mädchen, mit langen, kupferfarbenen Locken und großen, dunklen Augen. Die Locken hoben sich grell von dem pinkfarbenen, mit buntem Glitter bestäubtem Kleid ab. Darüber trug die Kleine einen merkwürdigen, spitzen Hut und in der Hand einen silbrigen Stab mit einem durchsichtigen Plastikstern darauf. Das war es, was ihn so irritiert hatte. Er hatte es auf den ersten Blick nicht bemerkt, da sich die Mode der Sterblichen ohnehin in nicht nachvollziehbarer Geschwindigkeit änderte, doch das hier ... Das war ein wirklich seltsames Outfit für ein Kind.

Die Kleine merkte, dass er sie anstarrte, reckte das Kinn und sagte stolz: „Ich bin eine Fee.“

„Ach so.“ Einen winzigen Moment lang war er zu Tode erschrocken. Er hatte bereits von Feen gehört, allerdings nie eine getroffen, weshalb er sicher war, es gäbe sie gar nicht. Sie waren nur ein anderer Name für seinesgleichen, ausgeschmückt durch die Mythen und Legenden der Sterblichen. Andererseits: Man konnte nie wissen ...

Zwei Sekunden später kam er sich unglaublich dämlich vor. Das Mädchen war nichts als ein Kind. Ein sterbliches Kind in einer bunten Verkleidung. Die Mutter kam schon angelaufen, mit wehenden Haaren und panischem Gesicht. „Leonie!", rief sie, halb entrüstet, halb ärgerlich. „Ich hab dir gesagt, du sollst nicht immer weglaufen!"

Hastig nahm sie die Kleine bei der Hand und schaute besorgt zu Alahrian auf. „Ich hoffe, sie hat Sie nicht belästigt."

„Nein, gar nicht ..." Alahrian blickte auf das Mädchen herab. Es sah ihn unverwandt an, aus großen, seltsam verstehenden Augen. Kinder begriffen so viel mehr als Erwachsene. Sie sahen so viel tiefer, so viel mehr ... Unglücklicherweise – oder vielleicht war es für ihn auch ein Glück – glaubten ihnen die Erwachsenen viel zu selten.

„Ich bin eine Fee", wiederholte die Kleine.

„Natürlich bist du das." Alahrian lächelte.

„Du hast drei Wünsche frei."

Alahrian lächelte nicht mehr.

„Komm jetzt!", drängte die Mutter und zog das Mädchen fort. Alahrian blickte ihnen hinterher, bis sie hinter einem Haus mit bunten Luftballons am Gartenzaun verschwanden, ein Kindergeburtstag vielleicht oder eine Party. Eine Feenparty.

Drei Wünsche ... Ja, so etwas glaubten die Menschen. Dass eine Fee einem drei Wünsche erfüllen konnte. Er hatte es in den Märchen gelesen, den Märchen, in denen so viel Wahrheit steckte – und so viel unerfüllte Sehnsucht. Drei Wünsche ... Wäre er wirklich einer Fee begegnet, ihm hätte ein einziger Wunsch genügt. Nur ein einziger.

Alahrian seufzte tief. Vielleicht hätte er den Grauen darum bitten sollen, ihn menschlich zu machen. Wenn es jemanden gab, der die Macht dazu hatte, dann er. Aber der Graue hatte seine Bitten bisher nicht erhört, warum sollte er es jetzt tun?

Auch das war etwas, worum Alahrian die Menschen beneidete. Die Menschen glaubten, ihre Götter würden ihnen ihre Wünsche erfüllen, ihre Gebete erhören. Die alfar hatten den Glauben an die Gnade ihrer Götter längst verloren.

Der Gott der Sterblichen schenkte seinem Volk das, was es wirklich begehrte. Doch der Gott der Sterblichen hatte keine Gnade übrig für seinesgleichen, das hatte Alahrian bereits zu spüren bekommen.

Drei Wünsche ... Stumm und reglos blickte er dem kleinen Mädchen nach. Ihm hätte ein einziger Wunsch genügt. Nur ein einziger ...

Elfengrippe

Eine Woche lang würde Lillian bei ihrer Mutter bleiben, eine Woche, das waren sieben Tage. Sieben Tage waren eine geringe Zeitspanne, wenn man unsterblich war, doch wenn man kein Gefühl für das Werden und Vergehen der Zeit hatte, wenn man stets nur für den Augenblick lebte, und wenn man in diesem Augenblick etwas schmerzhaft vermisste, das geradezu lebensnotwendig geworden war, dann war eine Woche eine verdammt lange Zeit.

So oder so ähnlich musste Alahrian sich jetzt fühlen, sinnierte Morgan nachdenklich, während er stirnrunzelnd die aschgrauen Wolken betrachtete, die sich bedrohlich nahe über dem Haus zusammen ballten. Dabei hielt sich der Kleine während des ersten Tages eigentlich ganz gut. Er lamentierte kaum, flutete nur einen winzigen Teil des Wohnzimmers und hatte nur ein ganz kleines bisschen schlechte Laune. Am Morgen des zweiten Tages regnete es, allerdings überall im Umkreis, und es war ein Wetterumschwung, der bereits lange zuvor in den Nachrichten angekündigt worden war. Man konnte ihn Alahrian also nicht unbedingt zur Last legen. Den dritten Tag verbrachte er größtenteils im Freien, saß mit ozeanblau verdunkeltem Blick auf der Veranda und schien sich nicht an den eisig kalten Regentropfen zu stören, die ihn nach und nach bis auf die Haut durchnässten.

Das war gestern gewesen. Heute hing er im Seidenpyjama am Frühstückstisch, den Kopf auf die über der Tischplatte verschränkten Arme gebettet, und starrte aus hypnotisierenden Augen das anthrazitfarbene Handy an, das Lilly ihm geschenkt hatte.

„Die Dinger funktionieren auch, wenn man sie nicht permanent beobachtet", erklärte Morgan amüsiert. „Deshalb gibt es Klingeltöne, verstehst du?"

Alahrian blickte nicht auf. „Ich möchte keinen Anruf verpassen."

Morgan seufzte. „Sie hat erst vor drei Minuten angerufen."

Alahrian blinzelte. „Na und?"

Zu Lillians Ehrenrettung musste man zugeben, dass dieses Handy sich während der vergangenen Tage ausgesprochen oft gerührt hatte. Im Durchschnitt ungefähr alle dreißig Minuten. Aber es gab Zeiten für Sterbliche, wo sie sich nicht regelmäßig melden konnten. Weil sie schlafen mussten, zum Beispiel.

Alahrian hatte schon seit drei Tagen keine Sekunde mehr geschlafen.

Dabei hatte er die Lautstärke des Handys auf höchste Stufe gestellt. Er hätte das Klingeln selbst dann nicht überhört, wenn er hundert Meter entfernt direkt neben einer Kreissäge gestanden hätte.

Morgan übrigens ebenfalls nicht. Aus diesem Grund konnte er Lillys Anrufrate auch genauestens rekonstruieren – und auch den Rhythmus, dem ihre Kurznachrichten folgten. Ein Umstand, der nicht gerade zu seiner persönlichen Erbauung beitrug. Dieses verdammte Mobiltelefon schrillte durchs ganze Haus.

„Willst du nicht wenigstens zur Schule gehen?“, erkundigte sich Morgan hoffnungsvoll. Vielleicht würde das Alahrian ein wenig ablenken.

„Wir haben Ferien.“ Die Antwort kam knapp und abgehackt. Er blickte noch immer nicht auf.

„Vielleicht könntest du dich ja irgendwie beschäftigen? Tu irgendwas!“

Ohne jedes Interesse hob Alahrian müde den Kopf. „Und was?“

„Irgendwas! Etwas, was dir Spaß macht!“

Der Bruder ließ den Kopf wieder sinken. „Es macht mir Spaß, auf ihren nächsten Anruf zu warten.“

Danach sah es eigentlich nicht aus. Aber Morgan sah die Zwecklosigkeit seines Vorhabens ein und erhob sich rasch vom Tisch. Die unberührte Zukkerdose nahm er mit und ebenso die Karaffe mit Wildrosentau, Alahrians Lieblingssorte – natürlich ebenfalls unberührt.

„Ich muss jetzt zur Arbeit“, verkündete er resigniert. „Du kommst allein zurecht?“

„Hmmm ...“

Kopfschüttelnd verließ Morgan das Haus.

Als er am Nachmittag zurückkam, hatte sich die Situation nur unwesentlich verändert. Alahrian hatte immerhin die Energie aufgebracht, sich anzuziehen und er lag jetzt auf dem Sofa in der Halle, nicht mehr über dem Küchentisch, ansonsten aber schien die Stimmung noch exakt die selbe: niedergeschlagen, kraftlos, zu Tode deprimiert.

Mit einem Unterschied: Sämtliche Kamine brannten, die Heizung lief auf Hochtouren, und es herrschte eine brütende, erstickende Hitze im gesamten Haus.

Liosch!, rief Morgan direkt in Alahrians Gedanken hinein, streifte ächzend seine Jacke ab und war mit zwei Schritten in der Halle. Was um alles in der Welt ...

Mitten im Satz hielt er inne. Trotz der subtropischen Temperaturen im Raum war Alahrian in einen dicken Wollpullover gehüllt, und als wäre das noch nicht verrückt genug, hatte er sich auch noch unter einer Decke verkrochen.

„Alahrian“, Morgans Stimme war scharf, „was tust du denn da?“

Ein Paar merkwürdig verschleierter, ungesund glänzender Augen blickte blinzelnd zu ihm auf. „Nichts.“ Seine Stimme war heiser. „Es ist nur so kalt ...“

„Kalt?!“ Morgan stöhnte. Im Haus war es ungefähr so kalt wie in einem Hochofen!

Aber Alahrian zitterte unter der Decke tatsächlich wie Espenlaub. Beunruhigt ließ Morgan sich neben seinem Bruder auf dem Sofa nieder. „Hast du zu wenig Licht abbekommen?“, erkundigte er sich stirnrunzelnd.

„Nein.“ Alahrian schniefte leise. „Vorhin hat ein bisschen die Sonne geschienen.“

Durchdringend musterte Morgan ihn. Er sah blass und elend aus. Unter den Augen lagen tiefe Ringe, die Lippen waren nahezu blutleer, das Gesicht kreideweiß, nur auf den Wangen zeigten sich hitzige, purpurne Schatten.

Morgan kam sich selbst albern vor dabei, doch er legte dem liosalfar prüfend die Hand auf die Stirn. Heiß, wie stets. Schwer zu sagen, ob heißer als sonst. Es war auch gleichgültig. Er konnte kein Fieber haben, er war kein Mensch.

„Vielleicht zu viel Licht?“, schlug Morgan zweifelnd vor.

„Zu viel?“ Alahrians glasige Augen weiteten sich. „Das geht doch gar nicht ...“

Er sprach im Tonfall eines trotzigen Kindes, das einen Erwachsenen belehrt, seine Stimme aber klang immer noch rau. Wie bei einem Menschen, wenn er sich erkältet hat ... Aber auch das war selbstverständlich völlig lächerlich.

Alahrian verkroch sich noch tiefer unter der Decke. Es schüttelte ihn sichtlich, Morgan konnte sogar seine Zähne aufeinander schlagen hören. „Was ist denn nur los mit dir?“, fragte er besorgt.

„Nichts.“ Alahrian ließ die Lider sinken. „Mir ist nur kalt. Und ich bin müde ... Es ist alles in Ordnung ...“

„Wenn ich es nicht besser wissen würde, würde ich sagen, du bist krank.“

„Blödsinn!“ Prompt bekam er einen Hustenanfall, der Morgan vor Schreck zusammen fahren ließ. Was um alles in der Welt hatte das zu bedeuten?

Hastig suchte er nach dem anthrazitfarbenen Handy, fand es wie erwartet keine dreißig Zenitmeter entfernt und griff danach.

„Was machst du?“, keuchte Alahrian, immer noch atemlos.

„Ich rufe Lilly an! Mit dir stimmt irgendetwas nicht. Etwas Merkwürdiges ... etwas Sterbliches ...“

„Nein!“ Seine heisere Stimme überschlug sich beinahe. „Nein, lass das! Ruf sie nicht an!“

Morgan zog die Stirn in Falten. „Wieso nicht?“, fragte er verwundert.

„Weil ... weil ...“ Er suchte nach Worten, wurde rot und starrte zu Boden, während er schnell und fast unverständlich sagte: „Sie würde denken, ich komme nicht einmal drei Tage lang ohne sie aus.“

Morgan blinzelte verblüfft. „Ja, aber das ist ja auch so ...“, bemerkte er trocken.

„Ja, aber ...“ Wieder schüttelte ihn ein hässlicher Hustenanfall, ehe er weiterreden konnte. „Sie soll das nicht wissen. Dann würde sie sich total eingeschränkt fühlen. Als wolle ich sie einsperren. Frauen brauchen aber auch ... Freiraum ... Zeit für sich ... und so ...“ Seine Hand vollführte eine unbestimmte Bewegung in der Luft, bevor sie wieder unter der Decke verschwand.

Morgan zog die Brauen hoch. „Aus welchem schlechten Beziehungsratgeber hast du das denn?“

Alahrian machte ein beleidigtes Gesicht, wühlte unter der Sofapolsterung und zog triumphierend ein zerlesenes, schreiend bunt bedrucktes Taschenbuch hervor. „Na, aus diesem hier ...“

Morgan griff entgeistert nach dem Buch. „Das große Einmaleins der Paar-Beziehung“, las er laut vor. „Vom ersten Date zum Heiratsantrag. 101 Wege für ein glückliches Leben zu Zweit.“ Er seufzte tief. „Liosch, ich glaube diese Dinge gelten nicht für euch beide“, erklärte er behutsam.

Alahrian blinzelte gekränkt. „Wieso denn nicht?“

Morgan gab es auf. Alahrian sank tiefer in das Sofa hinein und zitterte noch immer erbärmlich. Morgan machte einen erneuten Versuch, nach dem Handy zu greifen.

„Nicht“, murmelte sein Bruder schwach. „Es geht mir gut ... ehrlich ...“ Zum Beweis wühlte er sich aus der Decke hervor und stand auf. „Siehst du?“ Ohne es selbst zu merken, presste er die Hand gegen die Stirn, sein Gesicht verlor deutlich an Farbe. „Alles ... in ... Ordnung ...“

Morgan fing ihn auf, als er zusammenbrach. „Großer Gott! Was hast du nur?“ Voller Angst hob er den liosalfar auf und trug ihn in sein Schlafzimmer. Alahrian schlug die Augen auf, als er ihn aufs Bett legte, doch sein Blick war verschleiert, und ein heftiges, krampfhaftes Zittern durchlief seinen Körper.

„Kalt ...“, flüsterte er, nur halb bei Bewusstsein. „Morgan ... ich glaube, ich erfriere ...“

Morgan berührte seine Stirn. „Nein, Kleiner“, flüsterte er entsetzt. „Ganz im Gegenteil ... Ich glaube, du glühst vor Fieber.“ Er schloss die Augen, tastete in Gedanken nach Alahrians Lebensfaden und betrachtete ihn, ohne ihn zu berühren. Er fand goldenes, mild pulsierendes Licht, hell und strahlend, aber da war auch Dunkelheit. Eine beunruhigende Dunkelheit. Morgan zog die Hand zurück. Vorsichtig breitete er eine Decke über den bebenden Körper seines Bruders und zog sämtliche Vorhänge im Zimmer zurück, selbst die, die nur aus feinstem, lichtdurchlässigem Seidengespinst bestanden. Ganz automatisch nahm er an, die Helligkeit würde dem anderen gut tun, aber sicher war er nicht. In über dreihundertfünfzig Jahren hatte er Alahrian nie so erlebt. Er hatte schlicht und ergreifend nicht die geringste Ahnung, was zu tun war. Mit schnellen Schritten, immer mehrere Stufen auf einmal nehmend, rannte er die Treppe hinunter, zurück in die Halle und schnappte sich das anthrazitfarbene Mobiltelefon.

„Alahrian?“ Sie war schon beim zweiten Klingeln dran, und ihre Stimme schwang so voller freudiger Erregung, dass es ihm leidtat, sie zu enttäuschen.

„Nein, hier ist Morgan“, sagte er schnell.

„Morgan? Was ist passiert?“ Jetzt klang sie beunruhigt, doch der nächste Teil ihres Satzes ging in einem dumpfen Rauschen unter, das nicht von der Qualität der Verbindung her stammte.

„Wo bist du?“, fragte Morgan, ohne eine Antwort zu geben.

„Im Zug“, erklärte Lilly ungeduldig. „Ich ... ich habe es nicht mehr ausgehalten ... ohne ... ihn.“

Er konnte direkt hören, wie sie errötete, und trotz seiner Sorge musste er beinahe lächeln. Sie war also keineswegs besser als er. Das war gut, sehr gut sogar. Sie war bereits auf dem Weg. In ein paar Stunden konnte sie da sein.

„Warum rufst du an?“, fragte sie drängend, in seine Gedanken hinein.

Morgan biss sich auf die Lippen. „Erkläre ich dir später“, meinte er knapp. „Komm einfach her. Und Lilly?“

„Ja?“

„Beeil dich. Bitte.“

Niemals zuvor war ein Schnellzug derart langsam über die Gleise geschlichen, niemals zuvor hatte eine einzige Minute die Dauer von Stunden angenommen, niemals zuvor hatte sich ein Taxi vom Bahnhof in Zeitlupe seinen Weg durch das Städtchen gebahnt. Lilly wusste nicht, wie sie das endlos lange Warten ausgehalten hatte. Ein Teil von ihr wollte einfach nach draußen springen, wollte rennen, rasen, fliegen, nur um schneller bei ihm zu sein. Ein anderer Teil war fast übernatürlich ruhig, eben jene absurde Ruhe, die einen überfiel, wenn man nicht fürchten musste, dass etwas Schlimmes passiert war, weil man bereits wusste, dass es so war.

Sie hatte keine Ahnung, was es war. Ihre angstvollen, panischen Anrufversuche waren unbeantwortet geblieben. Das konnte nur eines bedeuten: Morgan konnte oder wollte nicht ein zweites Mal ans Telefon gehen, Alahrian war offensichtlich nicht in der Lage dazu. Alahrian hätte niemals freiwillig einen ihrer Anrufe verpasst.

Etwas war geschehen. Etwas Schlimmes. Mit ihm.

Sie wollte weinen, während sie vor der Tür der Villa stand und darauf wartete, eingelassen zu werden, aber sie tat es nicht. Auch nicht, als sie in Morgans blasses, von tiefer Sorge umwölktes Gesicht blickte.

„Was ist passiert?“, fragte sie und wandte all ihre Kraft auf, damit ihre Stimme nicht zitterte. „Wo ist er?“

Anstatt zu sprechen führte er sie ins Haus, nach oben, in Alahrians Schlafzimmer. Und da lag er. Sein Gesicht war aschfahl, nie zuvor hatte sie ihn so gesehen, selbst damals nicht, als der Fenririm ihn so grässlich verwundet hatte. Die Augen waren geschlossen, Schatten lagen darunter, die Lippen waren blutleer und aufgesprungen, Schweiß glänzte auf der bleichen Stirn.

Mit einem Satz war Lilly bei ihm, sank neben dem Bett auf die Knie und griff nach seiner weißen Hand. Sie war es gewöhnt, Hitze unter seiner

Haut zu spüren, diesmal jedoch erschrak sie, als sie ihn berührte. Er glühte. Selbst für seine Verhältnisse.

„Mein Gott“, flüsterte sie tonlos. „Seit wann ist er schon so?“

Leise war Morgan neben sie getreten. „Ich weiß nicht genau ... Seit ein paar Stunden, ungefähr ...“

„Was hat er?“ Angstvoll hielt sie eine unmöglich heiße, kraftlose Hand.

„Ich weiß es nicht ... Ich hatte gehofft, du würdest ...“

Lilly hörte es kaum. „Ist er ... krank?“, fragte sie fassungslos. „Ich dachte, ich ... ich dachte, ihr könnt nicht krank werden ... ich dachte ...“ Sie redete nur, um zu reden, nur um diese schreckliche Furcht los zu werden, nur um nicht in das erschreckend reglose Gesicht auf dem weißen Kissen blikken zu müssen.

„Ja, das dachte ich auch.“ Morgan zuckte mit den Schultern. „In Hunderten von Jahren ist es nie vorgekommen. Aber wir ... nun ja, wissen tun wir es nicht.“

„Was soll das heißen?“

„Wir haben Pestepidemien überstanden, Cholera, Typhus. Er hat in Lazaretten gearbeitet unter den schlimmsten hygienischen Bedingungen, er hat Todkranke geheilt und Sterbende gerettet. Angesteckt hat er sich nie. Daher dachten wir, nun ja, wir dachten, es sei unmöglich.“

Entsetzt starrte sie ihn an. „Du ... du denkst, er hat sich mit irgendetwas infiziert? Mit etwas, das schlimmer ist als die Pest?“

Morgan zog eine Grimasse. „Nun ja, zuerst glaubte ich, er sei einfach nur unglücklich, weil du weg warst und ...“

„Dann ist es meine Schuld?“ Der Rest von Lillians Selbstbeherrschung brach in sich zusammen wie ein Kartenhaus. „Er ist so, weil ... weil ich ihn allein gelassen habe?“ Ihre Stimme klang schrill, Tränen würgten ihre Kehle und brachen unter den Augenlidern hervor.

„Lilly ...“ Das Wort kam geflüstert, schwach, in der Luft erzitternd, und er öffnete erst dann die Augen.

„Alahrian ...“ Sie schluckte die Tränen hinunter.

„Was für ein schöner Traum ...“ Sein Blick war dunkel, trüb, es lag kein Bewusstsein darin. „Aber du weinst ja ... Warum ... weinst du?“

„Ich hab mir Sorgen um dich gemacht.“ Hastig wischte sie sich über die Augen. „Wie fühlst du dich?“

Er antwortete nicht, aber ein Lächeln glitt über sein blasses Gesicht. Seine Lippen waren so ausgetrocknet, dass sie zu bluten begannen.

Zärtlich strich sie ihm über die Stirn, seine Lider flatterten, er hatte nicht die Kraft, sie offen zu halten, aber er zwang sich dazu.

„Es tut mir leid“, flüsterte sie. „Ich wollte nicht, dass es dir so schlecht geht. Wenn ich das gewusst hätte, dann wäre ich nie weggefahren, dann ...“

„Es ist alles in Ordnung“, unterbrach er sie, und für einen Moment riss der Schleier über seinen Augen. „Es geht mir gut ...“

„Du glühst vor Fieber!“

„Es ist vorüber ... Du bist ja da ...“ Er seufzte leise, die schweren Lider fielen herab. „Was für ein schöner Traum“, murmelte er erneut, halb im Schlaf. Ein Schauder schüttelte ihn, er warf den Kopf zur Seite, die Augen noch immer geschlossen. „Die Kälte ... das Feuer ... nicht ...“ Seine Worte verloren sich, wurden unverständlich.

„Er redet Unsinn“, konstatierte Morgan trocken. Angestrengt runzelte er die Stirn, als lausche er, während Lilly nur noch Laute verstand. „Und zwar in drei verschiedenen Sprachen.“

Lilly biss sich auf die Lippen. „Er phantasiert. Er hat Fieber.“ Sie nahm wieder seine Hand, und er hörte auf zu reden, seine hektischen Atemzüge beruhigten sich, er schlief ein. „Wir müssen einen Arzt rufen“, sagte Lilly leise.

„Nein.“ Morgan sprach nicht einmal besonders laut, doch sehr bestimmt. „Das kommt nicht in Frage.“

„Aber er ist krank! Was sollen wir denn tun?“

Morgan schüttelte den Kopf, sein Blick war hart. „Was sollte ein Arzt tun? Ein menschlicher Arzt?“

„Keine Ahnung ...“ Lilly klammerte sich an irgendeine Entscheidung, einfach nur, um nicht so hilflos zu sein. „Irgendetwas eben ...“

Morgan legte ihr die Hand auf die Schulter. „Lillian, er hat eine Körpertemperatur von 43 Grad, schon in einem normalen Zustand. Wenn du jetzt einen Arzt holst, dann wird dieser auf den ersten Blick begreifen, dass Alahrian kein Mensch sein kann.“

„Wäre das so schlimm?“ Lilly funkelte ihn an. „Ich könnte meinen Vater fragen. Der würde sicher nichts verraten.“

„Nein.“ Morgans Stimme klang noch immer fest entschlossen. „Seine allergrößte Angst ist, einem Sterblichen sein Geheimnis zu offenbaren. Du kannst ihm das nicht antun. Er kann keinem Menschen vertrauen, niemals.“

Lilly fing seinen dunklen Blick auf. „Mir hat er auch vertraut“, entgegnete sie ruhig.

„Eben.“ Morgan seufzte leise. „Du darfst dieses Vertrauen auf keinen Fall erschüttern. Ein Arzt kann ohnehin nichts tun.“

„Okay.“ Lilly wandte sich von ihm ab, sah wieder Alahrian an. Er schlief jetzt ganz still, doch das üblicherweise goldhell leuchtende Haar hing stumpf herab, feucht und schweißverklebt, das Gesicht leichenblass.

„Es wird gewiss vorüber gehen“, meinte Morgan behutsam. „Er neigte schon immer zu melodramatischen Gefühlsäußerungen.“ Er verzog ein bisschen das Gesicht. „Du warst weg, ihm wurde klar, dass er ohne dich nicht leben kann, jetzt bist du wieder da – und es ist bestimmt alles wieder in Ordnung.“

„Alles in Ordnung?“ Lilly schrie fast. „Das nennst du alles in Ordnung?“ Sie deutete auf die Rosen im Raum, Alahrians wunderschöne, schneeweiße Rosen. Fast alle ließen die Köpfe hängen, eine war bereits völlig verdorrt. Der Anblick ließ Lilly die Tränen in die Augen schießen.

„Vielleicht ... müssen wir noch ein bisschen warten?“, fragte Morgan zögerlich. Er hatte viel von seiner gewöhnlichen Coolness verloren. Auch er machte sich Sorgen, selbst wenn er es nicht zeigen wollte.

Lilly antwortete nicht, hielt sich stattdessen an der Hoffnung fest, Morgan könne Recht haben. Vielleicht würde es ja wirklich gleich wieder besser werden. Vielleicht musste Alahrian sich nur ein bisschen ausruhen. Als er verletzt gewesen war, da hatte er sich auch übernatürlich schnell wieder erholt. Bestimmt würde es besser werden, gleich, ganz bald ...

Aber es wurde nicht besser. Sein Atem ging schnell und unregelmäßig, der Puls pochte hektisch unter der blassen Haut, er regte sich unruhig unter der Decke, flüsterte unzusammenhängende Sätze und starrte manchmal minutenlang ins Leere, ohne dabei wirklich zu erwachen.

„Ihr habt nicht zufällig ein Fieberthermometer im Haus?“, fragte Lilly, während sie fest seine Hand hielt und sich das Gehirn zermarterte, wie sie ihm helfen konnte. Es machte sie fast wahnsinnig, nicht zu wissen, was ihm fehlte. Seine Temperatur zu messen, mochte vollkommen sinnlos sein, aber es war eine Information, etwas, was man in Zahlen ausdrücken konnte, irgendetwas ... Alles war besser, als gar nichts zu wissen ...

„Ich könnte eins besorgen“, entgegnete Morgan und war zur Tür hinaus, ehe Lilly auch nur aufblicken konnte. Auch der döckalfar machte sich Sorgen. Und das war ein sehr schlechtes Zeichen ...

„Wenn du wenigstens bei Bewusstsein wärst“, flüsterte Lilly und strich Alahrian behutsam eine wirre Strähne nur noch milchig glänzenden Haares aus dem Gesicht. Aus reiner Hilflosigkeit stand sie auf, holte eine Schale kalten Wassers aus dem Bad und ein paar saubere Tücher und begann, seine glühend heiße Stirn zu kühlen. Das hatte kaum einen Effekt. Einmal schlug er die Augen auf, blinzelte sie an und flüsterte etwas in einer Sprache, die sie nicht verstand, doch sie war nicht sicher, ob er seine Umgebung überhaupt noch wahrnahm.

Das war der Moment, in dem Morgan zurückkam. Er hatte sich beeilt. Kaum ein paar Minuten war er weggewesen. Ein Fieberthermometer hatte noch niemanden geheilt, trotzdem riss Lilly es in einer absurden Hoffnung aus der Verpackung, überflog die Gebrauchsanweisung und schob es sehr behutsam zwischen Alahrians rissige Lippen. Das Gerät gab ein protestierendes Piepsen von sich, als es die 43 erreichte, Morgan hatte mitgedacht und eines von diesen modernen, elektronischen Dingern gekauft, keines aus Quecksilber, das vermutlich einfach geplatzt wäre. Bei 48 stand die Anzeige still. Lilly wusste nicht, ob das Thermometer nun endgültig genug hatte oder ob das seine echte Körpertemperatur war, ein flüchtiges Rechenspiel jedoch machte das Ergebnis in jedem Fall besorgniserregend. Fünf Grad mehr als normal. Bei einem Menschen wären das 42 Grad Fieber gewesen.

„Und?“, erkundigte sich Morgan mit hochgezogenen Brauen und schlich in einer ungewohnt ziellosen Bewegung näher ans Bett heran.

Lilly reichte ihm das Thermometer.

„Was bedeutet das?“

„Keine Ahnung. Für einen Menschen wäre das lebensbedrohlich.“

„Er ist aber kein Mensch!“ Beinahe wütend legte Morgan das Thermometer beiseite, als wäre nur das Gerät allein schuld an allem.

Lilly seufzte leise. Die Idee mit dem Thermometer war Blödsinn gewesen, sie hatte es selbst gewusst, von Anfang an, aber zumindest hatte sie minutenlang irgendetwas tun können.

„Was macht man bei einem Menschen, wenn er so hohes Fieber hat?“, erkundigte sich Morgan, in ihre Gedanken hinein.

Lilly zuckte mit den Schultern. Seit wann hatte sie Medizin studiert? „Man gibt Medikamente“, entgegnete sie fahrig.

„Das kommt nicht in Frage. Er kann keine sterbliche Nahrung zu sich nehmen, selbst wenn es nur Pillen sind.“

„Weil er dann nicht mehr zurück in seine Welt kann“, fügte Lilly hinzu und sah ratlos zu Morgan auf. „Aber wäre das denn nicht immer noch besser als wenn er stirbt?“ Angst durchflutete sie, das letzte Wort hatte einen grässlichen, erstickend bitteren Nachgeschmack.

„Er kann nicht sterben“, entgegnete Morgan ruhig und mit tiefer Überzeugung. „Aber wir wissen ohnehin nicht, wie eure Medikamente auf ihn wirken. Es könnte auch alles noch schlimmer machen.“

Es könnte ... vielleicht ... Sie wussten nichts, gar nichts. Lilly starrte auf Alahrians blasses Gesicht herab und hätte schreien können vor Verzweiflung, und es gab nur eines, was sie davon abhielt, vollends die Nerven zu verlieren. Das war das letzte, was Alahrian hätte helfen können. Sie musste ruhig bleiben. Sie musste sich irgendetwas einfallen lassen ...

„Gibt es noch andere Methoden?“, fragte Morgan prompt. „Außer Medikamenten?“

Lilly biss sich auf die Lippen. Woher sollte sie das wissen? Sie hatte keine Ahnung von menschlicher Medizin, geschweige denn von elfischer ... „Kälte“, murmelte sie zaghaft. „Man kann den Körper von außen kühlen.“ Sie starrte die Tücher in der Wasserschüssel an, die sich auf Alahrians Stirn allesamt allzu schnell erwärmt hatten. „Aber das habe ich schon versucht.“

Morgan begann, unruhig im Zimmer auf und ab zu laufen. Alahrian warf auf dem Kissen den Kopf hin und her, seine Lider zitterten, ohne sich zu öffnen, die Lippen bewegten sich, ohne einen Laut von sich zu geben.

„Schsch ...“, machte Lilly beruhigend, hielt seine Hand und strich ihm über die Stirn.

„Die Flammen ... Der Graue ...“, flüsterte er und riss plötzlich die Augen auf. Seine Pupillen waren geweitet, es lag kein Erkennen in seinem Blick. „Lilly ... ?“ Jetzt wurde seine Stimme panisch. „Lillian ... nein ... Lilly!!!“

„Ruhig ...“ Sie drückte seine Hand, und seine Finger schlossen sich so fest um die ihren, dass es weh tat. „Ich bin ja hier ...“

Er beruhigte sich aber nicht, in seinen Augen flackerte es, sie waren mit Dunkelheit gefüllt, fast schwarz waren sie statt blau, und unter seiner Haut begann ein merkwürdig rötliches Licht zu glühen.

„Lillian?“ Morgans Stimme klang beinahe so verängstigt wir Alahrians.

„Ja?“ Sie sah nicht auf.

„Woran genau stirbt ein Mensch, wenn er einem Fieber erliegt?“

Lilly starrte voller Furcht die Flammen an, die unter Alahrians Haut zu brennen schienen. Er hatte die Augen wieder geschlossen, langsam zog sich das Leuchten zurück, doch sie war sicher, es sich nicht eingebildet zu haben.

„Ich weiß nicht“, meinte sie angstvoll. „Ich nehme an, wenn die Zellen überhitzt werden, dann sterben sie ab, das Gehirn funktioniert nicht mehr richtig und ...“

„Das Gehirn?!!!“ Morgan wurde blass. „Du ... du meinst, er ... er könnte wahnsinnig werden?“

„Ich habe keine Ahnung!“ Lilly wollte ihn anschreien, aber es kam nur ein entgeistertes Keuchen hervor. Morgan jedoch blickte so entsetzt drein, dass sie sich bemüßigt fühlte, ihn irgendwie zu beruhigen. „Wir wissen nicht, was passiert“, meinte sie schwach. „Wir ...“

„Du verstehst nicht“, unterbrach er sie, nur noch mühsam beherrscht. „Er hat gewisse ... Kräfte, wie du weißt. Wenn er diese Kräfte nicht mehr kontrollieren kann, dann ... dann ...“ Er suchte nach Worten, riss sich sichtlich zusammen und sagte dann: „Er ist wie eine außer Rand und Band geratene Atombombe. Er könnte das ganze Städtchen in die Luft sprengen, ganz ohne es zu wollen.“

„Was?!“ Ungläubig starrte Lilly ihn an. Sie hatte gewusst, dass Alahrian Macht besaß. Wie groß sie war, ahnte sie noch nicht einmal. Einen Moment lang erfasste sie eine ganz neue Angst, sie dachte an ihren Vater, an Lena, an Anna-Maria. Aber sie ließ Alahrians Hand nicht los, keine Sekunde lang dachte sie daran, sich vor ihm zu fürchten, nur um ihn fürchtete sie, mehr denn je.

„Das wird nicht passieren“, entgegnete sie überzeugt.

Das unheimliche Glühen kam auch nicht wieder. Alahrian lag jetzt ganz still, er atmete flach und schnell, aber er bewegte sich nicht.

Morgan berührte flüchtig seine Hand, schloss die Augen und zog die Finger dann hastig zurück, als habe er etwas gesehen, das ihn erschreckte. „Er wird schwächer“, sagte er leise. „Ich kann es fühlen.“

„Mein Gott ...“ Zum wiederholten Mal an diesem Nachmittag spürte Lilly Tränen in sich aufsteigen. Aber er war doch unsterblich, nicht wahr? Ihm konnte gar nichts passieren, es war unmöglich, ihm konnte nichts passieren, denn ihm durfte nichts passieren ...

„Alahrian ...“ Sanft flüsterte sie seinen Namen, immer wieder, wie eine

Zauberformel, rief ihn, als könne sie ihn damit erwecken, zurückholen aus den flammenden Schatten, in denen er sich befand. Doch seine Augen blieben geschlossen und sie bekam keine Antwort.

Alahrian träumte. Das Holz des Scheiterhaufens war mit Öl getränkt, gierig leckten die Flammen es auf, dann züngelten sie zu ihm herauf, streckten ihre Hände nach ihm aus, erfassten ihn, umarmten ihn, hüllten ihn ein. Schmerz durchzuckte seinen ganzen Körper, die Hitze nahm ihm den Atem, Flammen durchströmten seine Lungen, versengten seine Haut, zuckten in seinen Adern.

„Alahrian!"

Eine Stimme rief seinen Namen, eine Stimme süß wie das Singen des Windes zwischen gläsernen Blütenblättern, ihre Stimme. Sie war auf der anderen Seite der Flammen, er musste nur hindurchgehen, um bei ihr zu sein und so kämpfte er sich durch die Hitze, rannte durch die Glut, sah ihren Schatten im orangeroten Feuerschein tanzen und lief atemlos darauf zu.

„Lillian! Wo bist du?"

Die Flammen erstarben, aber er konnte sie hinter der Flammenwand nicht sehen, nur Dunkelheit war da, und schwarze Schwingen, die, trügerisch sanft, mit mild kühlendem Windhauch die Finsternis durchtrennten.

„Alahrian ...", wisperte eine andere Stimme direkt in seinem Kopf, zuerst freundlich und schmeichelnd, dann wild, kreischend, ein Chor drängender, wütender Kehlen. „Komm ... Komm zu uns ..." Es waren die Erloschenen, die da riefen, sie holten ihn zu sich, und er konnte fühlen, wie das Licht unter seiner brennenden Haut erstarb, wie sich die Dunkelheit in seinem Herzen ausbreitete.

„Hab keine Angst", wisperte das Wesen in der Finsternis. „Es wird bald vorbei sein ... Hab keine Angst ..." Die schwarzen Schwingen berührten seine Wange, überraschend zart waren sie, beinahe liebkosend, er wollte sich in ihre Umarmung stürzen und nichts mehr fühlen als die kühle, sanfte Dunkelheit.

„Alahrian!" Lillys Stimme klang nur noch schwach und fern, er wollte auf sie zueilen, wollte sich von den Schatten lösen, doch sie hielten ihn fest, und so sehr er auch zerrte, er konnte ihre Fesseln nicht abstreifen, konnte sich nicht bewegen, kam nicht voran, so schnell er auch laufen mochte.

„Alahrian ... Komm zurück ... Bitte ..."

Aber er war so müde, viel zu müde, er wollte nur die Augen schließen und schlafen und dann fiel er, fiel immer tiefer in die Dunkelheit herab. Die schwarzen Schwingen streiften ihn, aber sie hielten ihn nicht, immer tiefer und tiefer sank er und plötzlich spürte er, wie helle, lichte Augen ihn in der Finsternis anstarrten, Augen in allen Farben des Regenbogens. Wieder peitschten gigantische Schwingen die Luft, einen Moment lang glaubte er, etwas Weißes, Leuchtendes im Strudel der Schatten aufblitzen zu sehen, doch dann war wieder nur Dunkelheit, und auch diese Schwingen waren schwarz, schwarz und nur noch schwarz ...

„Kälte hast du gesagt?“, meinte Morgan leise in ein bereits länger andauerndes Schweigen hinein.

Lilly blickte aus tränenverschleierten Augen zu ihm auf. Die ganze Nacht lang saß sie nun schon nahezu bewegungslos an Alahrians Bett, und noch immer ging es ihm nicht besser, ja, sie hatte sogar den Eindruck, das Fieber sei noch gestiegen. Stunde um Stunde hatte sie seine heiße Stirn gekühlt, den Schweiß von seiner aschfahlen Haut getupft, seine Hand gehalten und beruhigend auf ihn eingeredet. Aber er wachte nicht auf. Er öffnete nicht einmal mehr die Augen, lag still und reglos, als wäre kein Leben mehr in ihm.

Als Morgan sie nun ansprach, da wusste Lilly zunächst nicht, was er meinte, wie aus einem Alptraum erwachte sie und merkte erst jetzt, dass sie während der letzten Stunden beinahe erstarrt war. Im Zimmer war es schon fast wieder hell, bald würde der Morgen anbrechen.

„Kälte, um das Fieber zu vertreiben?“, fügte Morgan hinzu und schaute sie ungeduldig an. Die ganze Zeit über war er keine Minute lang aus dem Zimmer gegangen, stumm und sorgenvoll bewachte er die andere Seite des Bettes.

„Ja, Kälte ...“ Ihre eigene Stimme klang hohl und brüchig. „Woran denkst du?“

Er deutete auf das zusammengefaltete, in kaltes Wasser getränkte Tuch, das sie Alahrian auf die Stirn gelegt hatte. „Das hier ist vielleicht nicht genug Kälte.“

Lilly überlegte einen Moment. „Die Römer haben Fiebernde manchmal in Eiswasser gelegt“, meinte sie schaudernd. „Aber das hört sich für mich mehr nach Folter an.“

Morgan runzelte die Stirn. „Kann es funktionieren?“

„Ich weiß es nicht ...“ In Lillys Kopf drehte sich alles.

„Lass es uns versuchen.“

Wieder lief ein Schauder über Lillys Haut. Etwas in ihr rebellierte gegen die Vorstellung, Alahrian so etwas anzutun, doch Morgan war bereits aus dem Zimmer, und sie konnte ihn im Bad das Wasser aufdrehen hören. Zweifelnd sah sie zu, wie er seinen Bruder vom Bett aufhob, ungewöhnlich behutsam, als fürchte er, ihn zu zerbrechen. Leblos wie eine Puppe lag Alahrian in seinen Armen, und dieser Anblick schnitt tief in ihre Brust und krampfte etwas darin schmerzhaft zusammen.

Lautlos folgte sie Morgan ins Badezimmer.

Die Wanne war bereits voll mit kaltem Wasser, vorsichtig, aber ohne zu zögern ließ Morgan den regungslosen Körper in seinen Armen hineingleiten. Ein Knistern erfüllte die Luft, als Alahrians goldfarbenes Haar ins

Wasser eintauchte, dann zischte es, als lösche man eine Kerzenflamme aus.

„Was war das?“, keuchte Lilly entsetzt. „Was bedeutet das?“

Aber Morgan lächelte nur, zum ersten Mal an diesem schrecklichen Tag. „Das ist normal“, entgegnete er mit einem Hauch seiner alten Gelassenheit. „Seine Haare speichern Lichtenergie wie Solarzellen. Er steht immer ein bisschen unter Strom, wenn du so willst. Es ist nur sich entladende Spannung.“ Er runzelte die Stirn. „Hast du es nie zuvor bemerkt?“

„Keine Ahnung ...“ Lilly war zu verängstigt, zu sehr in Sorge, um seine Worte überhaupt richtig wahrzunehmen. In einer Mischung aus Angst und absurder Hoffnung blickte sie Alahrian an, der reglos wie eine zerbrochene Seerose im Wasser lag.

Morgan lachte leise. „Hast du ihm denn nie beim Duschen zugesehen?“

Lilly blinzelte verwirrt. „Nein ...“

Morgan seufzte. „Was für eine langweilige Art von Beziehung führt ihr eigentlich?“ Feixend schüttelte er den Kopf.

Der Witz war flach und unangebracht, und doch beruhigte er Lilly ein wenig. Morgans gewohnt respektlose Art mochte enervierend und verletzend sein, doch sie war ein Teil der Normalität, an dem sie sich festhalten konnte. Hätte er scherzen können, während sein Bruder starb?

Zwei Sekunden später vergaß sie die dumme Bemerkung abrupt, denn eine matte, aber sehr klare Stimme flüsterte plötzlich: „Morgan ... warum ertränkst du mich?“

„Alahrian!“ Zitternd vor Erleichterung fiel Lilly neben ihm auf die Knie. Seine Augen waren geöffnet, sie glänzten vor Fieber, doch der Blick war ungetrübt, ein schwaches Lächeln glitt über sein erschöpftes Gesicht, als er sie ansah. „Lillian ...“ Wassertropfen perlten über sein blasses Antlitz, er hatte nicht einmal die Kraft, den Kopf zu heben, aber er sah sie an, und Lilly strich ihm behutsam das nasse Haar aus der Stirn.

„Du bist zurück“, wisperte er mit einem Ausdruck von Erleichterung, als hätte man ihm einen eisernen Stachel aus einer blutenden Wunde gezogen. Dann, vorwurfsvoll wie es schien, fügte er hinzu: „Morgan hat dich angerufen.“

„Ja“, gab sie zu. „Aber ich wäre ohnehin gekommen. Ich hab dich so vermisst ...“

Er lächelte wieder, sein Blick begann sich zu verschleiern, die Lider wollten sich senken. „Verzeih“, murmelte er, fast lautlos. „Ich bin so müde.“

Lilly wusste nicht, sollte sie aufatmen oder nicht, und Morgan nahm ihr die Entscheidung ab, indem er seinen Bruder kurzerhand wieder aus dem Wasser fischte. Alahrian verlor das Bewusstsein, als Morgan ihn wie eine Puppe ins Bett zurück legte und dick in warme Decken einpackte, doch er atmete ruhiger jetzt, und sein Puls ging kräftig und regelmäßig. Als Lilly sich zu ihm auf die Bettkante setzte, da schlug er erneut die Augen auf.

Diesmal jedoch waren sie umwölkt, er schien Dinge zu sehen, die sie nicht begreifen konnte, sein Blick ging ziellos ins Leere.

„Was hast du?“, fragte sie alarmiert, versuchte verzweifelt sein Bewusstsein einzufangen.

Er zitterte ein wenig unter der Decke, der verdunkelte Blick flackerte. „Lilly?“, ächzte er angstvoll.

Sie nahm seine Hand und drückte sie. „Ich bin ja hier ... Was ist passiert?“

„Die Erloschenen“, flüsterte er und warf den Kopf zurück. „Sie rufen mich in meinen Träumen ... Die Schatten greifen nach mir ... Lilly ...“ Seine Hand klammerte sich so fest um die ihre, dass es schmerzte. Dennoch rührte Lilly sich nicht. „Ich habe solche Angst zu fallen ... wie all die anderen ...“

Lilly schauderte verängstigt. Sprach er im Fieber oder waren sie wirklich da – die Schatten, die Erloschenen? Wie sollte sie Traum und Wirklichkeit auseinander halten, wenn sie selbst in ein Feenmärchen gestolpert war?

Unsicher sah sie Morgan an, der jedoch schüttelte nur den Kopf.

„Die Schatten“, flüsterte Alahrian gequält. „Ich werde hinabstürzen ... in die Dunkelheit ...“

Lilly biss sich auf die Lippen. „Nein“, sagte sie dann, sehr ruhig und sehr eindringlich. „Nein das wirst du nicht. Ich halte dich fest, hörst du? Du wirst nicht fallen. Du wirst nicht erlöschen.“

Vorsichtig kletterte sie zu ihm ins Bett und schloss ihn in die Arme, sein Kopf sank schwer auf ihre Schulter, der Blick war dunkel, doch er lächelte, bevor sich seine Augen schlossen. An ihrer Seite, wie ein Kind in ihre Arme gekuschelt, schlief er ein, und sie wachte über ihn, während am Horizont langsam die Sonne aufging.

„Was werden deine Eltern denken, wenn du so lange wegbleibst?“, fragte Morgan nachdenklich.

Lilly zuckte mit den Schultern. „Ich werde ihn auf keinen Fall allein lassen, nicht noch einmal“, entgegnete sie fest.

Ihre Eltern würden sich keine Sorgen machen. Ihrem Vater hatte sie nichts von ihrer Rückkehr erzählt, er glaubte, sie sei noch immer bei ihrer Mutter. Ihrer Mutter hatte sie schon vom Bahnhof eine SMS geschrieben, dass sie gut angekommen war. Das war nicht einmal gelogen. Um sie musste sich niemand Sorgen machen.

Alahrian hatte während der letzten Stunden tief geschlafen. Das Thermometer behauptete, sein Fieber sei gesunken, tatsächlich schien es ihm besser zu gehen, aber er war nicht aufgewacht, schon lange nicht mehr.

„Bist du nicht auch müde?“, erkundigte sich Morgan und zeigte eine ungewohnt fürsorgliche Seite. „Vielleicht solltest du dich ein wenig ausruhen.“

Lilly schüttelte den Kopf. „Ich kann mich ausruhen, wenn es ihm besser geht."

Morgan seufzte leise. „Er wird mich umbringen, wenn dir auf diese Weise irgendetwas geschieht. Und ihm nutzt es gar nichts, wenn du dich selbst verausgabst."

Lilly sparte sich eine Antwort und ignorierte ihn einfach. Da spürte sie plötzlich seine Hand auf ihrer Schulter, irgendetwas, sie konnte nicht sagen, was es war, griff nach ihren Gedanken und hüllte sie in Dunkelheit, schnell, doch sonderbar sanft. Eine tiefe, nicht einmal unangenehme Schwäche breitete sich in ihrem Körper aus, ihr war schwindelig wie nach einem Glas süßen Weins und plötzlich wollte sie nichts weiter mehr als schlafen.

„Was machst du?", protestierte sie schwach und wollte Morgans Hand beiseite schieben, stattdessen hielt er sie fester, hob sie gegen ihren Willen empor und legte sie auf das Kanapee.

„Schlaf", flüsterte er, und seine Stimme war seltsam zwingend, Dunkelheit verströmend. „Ich wecke dich auf, wenn Alahrian dich braucht."

Aber das hörte sie schon kaum mehr.

Als Alahrian blinzelnd erwachte, sah er zunächst Lilly ausgestreckt auf dem Sofa liegen, friedlich schlafend, und dieser Anblick war so süß, dass er ganz darin versank und zunächst gar nicht bemerkte, dass auch Morgan im Zimmer war.

Der döckalfar stand am Fenster vor dem Bett, er hatte ihm den Rücken zugewandt und sprach leise vor sich hin. „Du bist wirklich unmöglich, liosch", wisperte er, in den Garten hinaus. „Fieber ... krank sein ... auf solche Ideen kann wirklich nur ein dämlicher, kleiner liosalfar kommen!" Abrupt drehte er sich um, Alahrian schloss instinktiv die Augen, presste die Lider fest zusammen und hörte deutlich, wie Morgan unruhig im Zimmer auf und ab lief.

„Lass dir bloß nicht einfallen, auch noch zu sterben!", bemerkte er ruppig. Seine Stimme wurde lauter, wütender. „Das würde dir ähnlich sehen, solch ein melodramatischer Abgang! Aber glaube ja nicht, ich würde auf deine Beerdigung gehen! Niemals würde ich dir das verzeihen, wenn du jetzt einfach so wegstirbst, hörst du?"

Alahrian hörte sehr wohl, wagte aber nicht, sich zu rühren und stellte sich weiter schlafend. Irgendwie wurde er das vage Gefühl nicht los, diese Worte wären gar nicht wirklich an ihn gerichtet ...

Seufzend ließ Morgan sich am Bettrand nieder, Alahrian hielt den Atem an vor Schreck.

„Ich weiß, ich war ein miserabler großer Bruder", fuhr er fort, in verändertem Tonfall und mit seltsam stockender Stimme. „Ich hätte nicht so oft mit dir schimpfen sollen wegen dieses Grünzeugs, das du so liebst. Und ich hätte deine Schmetterlinge, deine Vögel und was du nicht alles für Viecher anschleppst, nicht verscheuchen dürfen." Er schniefte, nahezu lautlos. „Ich habe dich viel zu oft geärgert, und ich hätte dir diesen südafrikanischen Kandiszucker, den du so magst, nicht immer wegessen dürfen. Und ich habe deinen Picasso verkauft, um mir diesen blöden Sportwagen leisten zu können und ich habe dich nicht ein einziges Mal damit fahren lassen! Es tut mir leid, dass ich deine Swarowski-Kristall-Sammlung zerbrochen habe." Er seufzte wieder, tief und selbstanklagend. „Es war keine Absicht, ehrlich, aber ich hätte dich natürlich nicht anlügen dürfen und ich hätte dir bestimmt nicht erzählen sollen, sie sei von asiatischen Ninja-Kriegern gestohlen worden ... Ich hätte ..."

Alahrian ertrug diese absurde Litanei von Reuebekundungen nicht länger ohne zu lachen und unterbrach Morgans Beichte abrupt, indem er laut und deutlich sagte: „Nein, das hättest du wirklich nicht tun sollen."

Morgan sprang vom Bett auf, als hätte ihn die sprichwörtliche Tarantel gestochen und starrte ihn aus weit aufgerissenen Augen an. „Du stirbst ja gar nicht!", rief er empört. Es klang mehr wie ein Vorwurf denn eine Äußerung von Erleichterung.

„Nein", bemerkte Alahrian kleinlaut. „Heute nicht, glaube ich ..."

Morgan rang sichtlich um seine Fassung. „Du ... du ... du ..." Er holte tief Luft. „Du hast das alles gehört?!"

Alahrian verzog das Gesicht. „Einen ... Teil?", schlug er behutsam vor.

Morgan erbleichte vor Empörung. „Du bist wirklich der unmöglichste Leuchtkäfer, den ich kenne!", schimpfte er entrüstet.

Alahrian betrachtete ihn misstrauisch. Morgan sah blasser aus als er sich selbst fühlte, er wirkte übernächtigt, und die Augen waren gerötet.

„Morgan ...", entfuhr es Alahrian überrascht. „Hast du ... geweint?"

„Nein!", blaffte der döckalfar ihn an und wandte sich ruckartig ab. „Höchstens vor Enttäuschung!", fügte er schroff hinzu. „Ich dachte, ich bin dich Nervensäge endlich los! Nebenbei bemerkt", er drehte sich wieder zu Alahrian um, „wie fühlst du dich?"

„Besser", entgegnete Alahrian automatisch und lauschte erst dann in seinen Körper hinein. Er fühlte sich ein wenig matt und ausgelaugt, hinter seiner Stirn war ein Schwindelgefühl, als hätte er zu viel Zeit im Dunkeln verbracht, ansonsten ging es ihm gut. Aber seine Erinnerungen waren verschwommen. Da war Hitze gewesen und Flammen, und die Erloschenen hatten ihn gerufen, Alpträume hatten ihn ersticken wollen, und dann war er im Ozean getrieben, und Lilly war da gewesen, Lilly, Lilly ... Zärtlich blickte er zum Sofa hin und fragte, sie noch immer betrachtend: „Was ist denn eigentlich passiert?"

„Ich hatte gehofft, das könntest du selbst beantworten", grummelte Morgan, noch immer leicht verstimmt. „Plötzlich warst du todkrank! Du hättest dich mal sehen sollen ... so ... so zerbrechlich ... so menschlich ..." Er schauderte. „Eine Zeitlang habe ich geglaubt, du stirbst tatsächlich!"

„Aber ich kann nicht ...", begann Alahrian und schluckte den Rest des

Satzes angesichts Morgans tief umwölkter Miene hinunter. „Du hast dir Sorgen gemacht?“, fragte er unvermittelt und konnte einen Anfall tiefer Rührung nicht ganz unterdrücken. „Du ... du magst mich also doch?“ Er musste sich selbst zum Schweigen bringen, sonst wäre er in Tränen ausgebrochen.

Morgan verzog das Gesicht. „Ich mag dich durchaus nicht.“

Alahrian strahlte ihn an. „Und ich dachte immer, du kannst mich nicht leiden!“

„Ich kann dich nicht leiden ...“ Es war ein Knurren mehr als ein Satz.

Alahrian blinzelte die Feuchtigkeit aus seinen Augen weg. „Bisher habe ich geglaubt, es sei dir egal, wenn ich nicht mehr da wäre“, erklärte er mit belegter Stimme.

Und daraufhin geschah etwas Seltsames: Morgan, ausgerechnet Morgan, der Alahrians Emotionalität für ein deutliches Anzeichen von Geisteskrankheit hielt, verlor für einen winzigen Moment völlig die Nerven. „Du dämliches kleines Glühwürmchen!“, brüllte er seinen Bruder an. „Seit dreihundertfünfzig Jahren sind wir Gefährten und du denkst im Ernst, es würde mir nichts ausmachen, wenn du tot wärst?!!“ Er schnaubte verächtlich. „Du bist wirklich das dümmste Exemplar von einem liosalfar, das man sich vorstellen kann!“

Das war das deutlichste Geständnis von Zuneigung, zu dem er im Stande war, Alahrian wusste das sehr wohl und lächelte warm. „Danke, Morgan“, flüsterte er sanft.

Der döckalfar verzog das Gesicht und wandte sich ab. Lilly rettete ihn, indem sie blinzelnd die Augen aufschlug, sofort hellwach war, als ihr Blick Alahrians kreuzte und sich hastig auf dem Sofa aufrichtete. „Alahrian!“ Ihr verschlafenes Antlitz hellte sich auf. „Wie geht's dir?“

Er fühlte ein Lächeln über sein Gesicht gleiten. „Besser“, erklärte er und wünschte, seine Fähigkeiten im Lügen wären ausgeprägter gewesen, denn auf diese Art und Weise konnte er nicht so heldenhaft sein wie er gern mochte. „Matt, aber ...“ Er kam nicht dazu, zu Ende zu sprechen, denn schon war Lilly aufgesprungen, hüpfte zu ihm aufs Bett und fiel ihm um den Hals.

„Besser ...“, nuschelte er in ihr Haar hinein. „Schon viel besser ...“

„Ich bin so froh!“ Lilly schmiegte ihre Wange gegen seine Schulter. „Was war das nur? Was hat dich bloß so krank gemacht?“

Alahrian tauschte an ihr vorbei einen fragenden Blick mit Morgan. Der döckalfar aber schüttelte nur ratlos den Kopf und trat schließlich aus dem Zimmer, um die beiden allein zu lassen.

Alahrian biss sich auf die Lippen. Er konnte sich kaum erinnern, was während des letzten Tages passiert war, alles war in nebelhafter Dunkelheit versunken. Aber es musste schlimmer gewesen sein als er selbst ahnte, er konnte es an Lillys und auch an Morgans Gesicht ablesen. Krank ... Er konnte nicht krank sein. Er war unsterblich ...

Er war doch wohl noch unsterblich? Eine merkwürdige Beunruhigung erfasste ihn. Doch er hielt Lilly in seinen Armen, sie war zurück gekommen, sie war bei ihm. Was war die Ewigkeit gegen solch einen Augenblick? Unsterblich oder nicht – sie lächelte ihn an, und für den Moment war ihm alles andere egal.

Veränderungen

Lilly hatte Alahrian genötigt, nach Abklingen des Fiebers noch nicht gleich wieder zur Schule zu gehen, der Vormittag ohne ihn jedoch zog sich qualvoll in die Länge. Kaum hatte es zum Ende des Unterrichts geklingelt, sprang sie von ihrem Platz auf, verabschiedete sich noch nicht einmal von Anna-Maria, sondern hastete direkt von der Schule aus zur Villa. Sie war etwas außer Atem, als Morgan ihr die Tür öffnete.

„Wie geht es ihm?“, fragte sie keuchend, anstelle einer Begrüßung.

Morgan grinste über ihr schlechtes Benehmen. „Es geht ihm gut“, versicherte er ihr jedoch beruhigend. Sein Verzicht auf gehässige Bemerkungen sagte mehr über seine eigene Besorgnis aus als alles andere. Stattdessen antwortete er überraschend ausführlich: „Er ist noch ein bisschen schwach und hat den halben Vormittag über geschlafen, aber jetzt ist er wach und – “, das Grinsen vertiefte sich, „er ist sauer auf mich.“

„Sauer auf dich? Warum?“

„Das wird er dir gewiss gleich selbst erzählen.“ Mit einer einladenden Handbewegung ließ er sie in den Flur.

Lilly hängte ihre Jacke an die Garderobe, die Tasche behielt sie und stieg schnell die Treppe hinauf zu Alahrians Wohnbereich. Das Bett im Schlafzimmer war zerwühlt, aber leer. Unschlüssig spähte Lilly den von kostbaren Gemälden gesäumten Korridor entlang. Die gegenüberliegende Tür war nur angelehnt, und leise Stimmen drangen dahinter hervor. Der Fernseher, so wie es sich anhörte. Vorsichtig und ohne anzuklopfen, um ihn nicht zu wecken, sollte er doch wieder schlafen, stupste Lilly die Tür einen Spalt breit auf und lugte ins Zimmer hinein. Alahrian, das wusste sie, würde sich über diesen Mangel an Respekt vor seiner Privatsphäre kaum ärgern. Die alfar waren, was ihren persönlichen Bereich anbelangte, längst nicht so empfindlich wie Menschen, das hatte sie bereits herausgefunden. Andernfalls hätte Alahrian das Zusammenleben mit Morgan wohl auch kaum ausgehalten.

Auf diese Art und Weise wurde ihr ein ganz bemerkenswerter und bisher unbekannter Aspekt seiner Persönlichkeit offenbar, und das nur durch einen kurzen Blick durch die Zimmertür. Alahrian lag ausgestreckt auf dem Sofa, vollständig angezogen und trotzdem in eine flauschige Decke gewikkelt, den Kopf gegen die Sofakissen gelehnt. Er sah ein bisschen blass aus, seine Augen aber waren klar und frei von Fieber – und sie waren in ungeahnter Konzentration auf den Fernseher gerichtet. Dort lief gerade eine von diesen sonderbaren Nachmittagstalkshows, die Lilly immer für eines der dämlichsten Programme überhaupt gehalten hatte, die Alahrians Aufmerksamkeit jedoch vollkommen zu absorbieren schien.

Der Anblick ließ sie lachen, er hörte es und richtete sich sofort gespannt auf, den Fernseher komplett vergessend. „Lillian!“ Ein Strahlen glitt über sein Gesicht, bevor er aufstehen konnte, war Lilly schon in seine Arme geschlüpft.

„Geht’s dir besser?“, fragte sie leise, während er ihr auf dem Sofa Platz machte, damit sie sich neben ihn setzten konnte.

„Es geht mir gut.“ Seine Augen leuchteten. Mit einem wohligen Seufzen bettete er den Kopf in ihren Schoss. Angelegentlich strich sie ihm durchs Haar, während ihr Blick unwillkürlich zum Fernseher wanderte.

„Was schaust du dir da bloß an?“, erkundigte sie sich kopfschüttelnd.

„Oh!“ Schon war die gespannte Aufmerksamkeit wieder da. „Ich studiere menschliche Verhaltensweisen.“

„Wie bitte?“

„Aber ja ...“ Ein sonderbarer Eifer flammte in seinem Gesicht auf. „Weißt du, früher musste ich Bücher und Kunstwerke bemühen, um etwas über euch zu erfahren, heute hingegen ...“ Er lächelte versonnen. „Diese Reality-Shows sind wirklich sehr aufschlussreich! Man kann dabei eine Menge über euch lernen ...“

„Hmm ...“ Lilly widerstand mit Mühe der Versuchung, abschätzend das Gesicht zu verziehen.

Kein Wunder, dass Alahrian manchmal so erstaunlich wenig Verständnis für die menschliche Natur aufbrachte. Er hatte sein Wissen aus dem Fernsehen. Irgendjemand hätte ihm sagen müssen, dass man nicht alles glauben durfte, was dort lief ...

Tatsächlich griff er prompt nach der Fernbedienung und schaltete den Apparat ab. „Aber jetzt ist ja mein liebstes Studienobjekt wieder da“, erklärte er grinsend und blickte keck zu ihr auf. Für jemanden, der gerade noch mit einem Fuß im Grab gestanden war, schien er erstaunlich guter Laune.

„Warum bist du sauer auf Morgan?“, erkundigte sich Lilly bei der Gelegenheit.

Alahrian machte ein finsteres Gesicht. „Er wollte mich zwingen, im Bett zu bleiben ...“, erzählte er im Tonfall eines trotzigen Kindes. „Aber ich habe mich davongeschlichen ...“ Er lachte in gespieltem Stolz.

Lilly schüttelte den Kopf. „Er hat Recht, weißt du?“, bemerkte sie nachsichtig. „Du solltest dich wirklich ein bisschen ausruhen.“

„Ich ruhe mich aus.“ Anschmiegsam wie ein Kätzchen rollte er sich in ihren Armen zusammen.

„Oh, ich habe dir was mitgebracht!“, fiel Lilly plötzlich ein. Umständlich fischte sie nach ihrer Tasche und streckte sich bis in die Fingerspitzen, um Alahrian nicht von seinem Platz zu vertreiben. Endlich hielt sie ihm eine bunte Papprolle hin. „Sieh hinein!“

Alahrian tat es. „Oh!“ Er strahlte sie an. „Ein Kaleidoskop!“ Gebannt drehte er das Ding hin und her, und als er Lilly wieder anblickte, da schienen seine Augen einen Moment lang in allen Farben des Regenbogens zu schimmern, fast so, als wären sie selbst winzige, mit Glassplittern gefüllte Kaleidoskope. „Es ist wunderschön. Danke!"

„Ich hab es selbst gebastelt", gestand Lilly, ein wenig verlegen. „Als Kind hatte ich eine ganze Sammlung davon."

„Wirklich?" Fasziniert blickte er sie an.

„Ich dachte, es würde dir vielleicht guttun ..." Unbestimmt strich sie ihm durchs Haar.

„Woher wusstest du das?" Er richtete sich ein wenig auf.

„Nun ja. Ein Spiel aus Licht und Farbe ... Es war nicht so schwer zu erraten."

Alahrian lachte leise und schaute wieder durch das bunte Papprohr. „Was hab ich in der Schule verpasst?", erkundigte er sich angelegentlich.

„Ach, nicht viel. Wir haben in Latein über Diogenes geredet. Aber davon weißt du sicher schon alles ..."

„Diogenes?" Alahrian ließ das Kaleidoskop sinken und wirkte plötzlich nachdenklich. „Diogenes könnte ein liosalfar gewesen sein, glaube ich manchmal."

„Wie bitte?" Lilly starrte ihn an. „Sag bloß, du hast ihn gekannt!"

„Nein, aber ..." Alahrian schüttelte den Kopf. „Geh mir aus der Sonne", zitierte er abwesend. „Das soll er gesagt haben, als Alexander der Große ihm einen Wunsch anbot. So ein Spruch kann nur von meinesgleichen kommen, was meinst du?" Blinzelnd verzog er das Gesicht.

Lilly antwortete nicht, unsicher, ob er es ernst meinte oder sich nur über sie lustig machte. „Wenn er einer von euch war", bemerkte sie nach einer Weile, „dann könnte es sein, dass er noch lebt?"

„Wenn er nicht erloschen ist, sicher." Alahrian zuckte gleichmütig mit den Schultern, als sei das nichts Besonderes.

Lilly streichelte sein goldenes Haar und versuchte, nicht daran zu denken, wie er fiebernd und ohne Bewusstsein in ihren Armen gelegen hatte, dem Tod so viel näher als dem Leben.

„Wie könnt ihr euch eigentlich so sicher sein, dass ihr nicht sterben könnt?", fragte sie leise.

Alahrian grinste ein wenig. „Jahrhunderte währende Erfahrung", feixte er.

„Nein, bitte, sei ernst!"

„Aber ich meine es ernst!" Er setzte sich auf und sah ihr direkt in die Augen. „Morgan hat einen Pfeil ins Herz bekommen, ganz zu schweigen von all seinen anderen Kriegsverletzungen – und er hat all das überlebt. Ich selbst bin schon von einem Dach gefallen, von Eisen durchbohrt, von Klauen zerfetzt worden, von ..."

„Ja, schon gut!" Hastig winkte Lilly ab. Sie wollte lieber nicht so genau wissen, welche Grässlichkeiten ihm im Laufe seines Lebens schon widerfahren waren.

„Und ich lebe immer noch", schloss er schlicht.

„Aber ... aber wie kann das sein?" Lilly lehnte sich benommen zurück. „Du wärst fast verglüht vor Fieber! Ich ... ich dachte wirklich, du ... und selbst Morgan ..." Sie war nicht in der Lage, es auszusprechen.

Alahrian, obwohl er selbst die Sache verhältnismäßig gelassen zu sehen schien, blickte sie durchdringend an. „Was passiert mit einem Menschen, wenn er stirbt?", fragte er ernst.

„Ich ... ich weiß nicht. Das Herz hört auf zu schlagen, das Gehirn wird nicht mehr durchblutet und ..."

„Ich meine nicht körperlich", unterbrach Alahrian sie sanft. „All diese körperlichen Dinge überleben wir. Was geschieht mit dem Menschen? Mit dem Menschen an sich?"

„Du meinst mit seiner Seele?"

„Wenn du es so nennen willst."

Lilly blickte an ihm vorbei ins Leere. „Wenn der Körper zerstört wird, alt oder krank, dann löst sich die Seele von ihm und geht ... an einen anderen Ort." Ihre Stimme klang leise und unsicher. Das hier war die reinste Essenz verschiedenster Religionen, die ihr spontan einfiel. Doch sie verstand noch immer nicht genau, worauf Alahrian eigentlich hinauswollte.

„Die Seele geht nach Hause", ergänzte Alahrian ruhig. „Sie kehrt an ihren Ursprung zurück. Das ist es, was viele Philosophen glauben – und auch wir alfar glauben daran. So lange wir aber in dieser Welt gefangen sind, einer Welt, in die wir nicht gehören, findet unsere Seele den Weg nicht zurück. Und da wir nicht als geisterhafter Schatten durch diese fremde Welt gleiten können, hält sie an unserem Körper fest, egal wie zerstört dieser auch sein mag. Die meisten Wunden heilen auf diese Art und Weise. Andere jedoch nicht." Er schauderte heftig. „Wenn der Körper zu schlimm verletzt ist, dann bleibt die Seele darin gefangen, wie in einem eingestürzten Haus, unter Trümmern begraben. Das ist der wahre Fluch unserer Unsterblichkeit."

Lilly fühlte ein eiskaltes Zittern über ihren Rücken gleiten. „Dann hätte das geschehen können?", fragte sie bestürzt. „Während du krank warst?"

„Ich weiß es nicht." Alahrian wich ihrem Blick aus. „Normalerweise werden wir nicht krank."

„Aber ihr könnt sterben? In eurer eigenen Welt?"

„Ja."

Lilly konnte nicht anders, sie war erschrocken.

Alahrian lächelte besänftigend. „Aber nur unter extremer Gewalteinwirkung", erklärte er nüchtern. „Wir werden nicht alt. Oder krank."

Während er es ein zweites Mal betonte, wirkte es selbst aus seinem eigenen Mund brüchig. Die alfar wurden nicht krank. Er aber hatte zwei Tage lang ohne Bewusstsein im Bett gelegen, von Fieber geschüttelt, bleich wie der Tod.

Was also war mit ihm geschehen?

Lilly ließ Alahrian auch am nächsten Morgen nicht in die Schule. Sehr zu Morgans Leidwesen, der es gewohnt war, wenigstens die Hälfte des Tages seine Ruhe zu haben. Allerdings: Über einen Mangel an Ruhe konnte er sich gerade heute durchaus nicht beschweren.

Alahrian war merkwürdig still, sein Blick abwesend. Wenn man ihn ansprach, dann bekam man nur einsilbige Antworten, und seit über einer Stunde nun saß er schon in der Küche auf der selten benutzen Arbeitsplatte, die Ellbogen auf die Knie gestützt, das Kinn in den verschränkten Händen ruhend.

Und trotz dieser offenkundig nicht über die Maßen bequemen Haltung hatte er sich noch kein einziges Mal gerührt.

„Alles in Ordnung?", erkundigte sich Morgan endlich und beäugte seinen Bruder misstrauisch. „Du hast doch nicht etwa schon wieder Fieber?"

Alahrian schüttelte den Kopf. In seinem Haar saßen zwei Schmetterlinge, die durch das gekippte Fenster hereingeflattert waren, und sämtliche Topfpflanzen im weitesten Umkreis blühten nur so um die Wette. Allzu schlimm konnte es also nicht sein ...

Morgan wollte sich eben schon abwenden, als Alahrian fragte: „Morgan?"

„Ja?" Ein bisschen ungeduldig blickte er seinen Bruder an.

„Bist du jemals krank gewesen?"

„Nein, das weißt du doch. Und bestimmt auch sonst niemand von uns ..." Er beobachtete Alahrians besorgte Miene und fügte, ein wenig scherzhaft hinzu: „So einen Blödsinn bekommst nur du hin ..."

Alahrian ignorierte die Bemerkung. Sein Blick ging ins Leere, nachdenklich und abwesend. „Ich fühle mich so seltsam deshalb", murmelte er, mehr zu sich selbst als zu Morgan. „Was geschieht nur mit mir? Seit wann bin ich so ... menschlich?" Er hob die Hände vors Gesicht und betrachtete sie, als erwarte er, irgendeine Veränderung zu sehen.

Morgan schauderte, aber da war nichts. Alahrians Haut war glatt und makellos weiß, darunter lag ein matt schimmerndes Glühen, wie immer. Menschlich ... Konnte es das sein? Fieber, Krankheit ... Das war etwas explizit Sterbliches. Wieder schauderte Morgan. Er selbst hatte eine Nacht lang gefürchtet, sein Bruder würde sterben. Aber das war natürlich unmöglich. Er konnte einfach nicht sterben.

Alahrians Gedanken aber schienen in die selbe Richtung zu gehen, denn er fragte plötzlich: „Denkst du, ich werde wie sie? Denkst du, einen Menschen zu lieben macht mich irgendwann auch zu einem ... Menschen?"

Beim zweiten Mal kam das Wort nur noch zögerlich über seine Lippen. Morgan starrte ihn an, schockierter als er je zugeben würde. „Nein", sagte er jedoch überzeugt. „Auch ich habe einen Menschen geliebt, vergiss das nicht. Und ich bin, was ich bin. Noch immer." Ein Hauch von Wehmut drückte auf sein Herz, aber er gestattete der Erinnerung nicht, aus seinem Inneren empor zu drängen. Oder der Frage, was geschehen wäre, wenn ... Wenn er so hätte sein können wie sie ...

Alahrian schaute zu ihm auf, sein Blick war umwölkt und dunkel. „Du bist nicht von meiner Art“, flüsterte er. „Es ist etwas anderes.“

„Trotzdem“, widersprach Morgan energisch. „Du bist, was du bist. Nichts und niemand kann daran etwas ändern.“ Er beobachtete, wie Alahrian in sich zusammensank, und plötzlich fühlte er eine merkwürdige Weichheit in seinem Inneren. „Liosch, ich weiß, du wünschst dir nichts mehr als menschlich zu sein. Aber es ist unmöglich! Und das weißt du auch.“

„Oh mein Gott ...“ Alahrians Augen wurden groß, sein Gesicht verlor schlagartig jeden Hauch von Farbe. „Das ist es!“ Mit einem Satz sprang er von der Arbeitsplatte, er war so durcheinander, dass Morgan unwillkürlich die Hände ausstreckte, um ihn aufzufangen, sollte er straucheln.

„Was?“, fragte er ungeduldig. „Wovon redest du?“

„Ich habe es mir gewünscht!“, rief Alahrian, ganz außer sich. „Ich habe mir gewünscht, ein Mensch zu sein, und ... und jetzt ... Morgan, vielleicht hat der Graue es mir gewährt! Als ich Lilly geküsst habe, da habe ich ihn gesehen, und vielleicht ... vielleicht ...“ Atemlos hielt er inne. „Aber ich hätte nicht geglaubt, dass es sich so anfühlen würde!“ Seine Miene versteifte sich.

Morgan schüttelte ungläubig den Kopf. „Tja, man sollte eben vorsichtig sein mit dem, was man sich wünscht ...“, entgegnete er trocken, darum bemüht, halbwegs klar bei Verstand zu bleiben, während Alahrian offensichtlich gerade kurz davor stand, völlig durchzudrehen.

Der Bruder seufzte leise. „Bin ich jetzt nicht mehr unsterblich, Morgan?“, fragte er tonlos. „Kann ich ... kann ich tatsächlich sterben?“ Es war die besorgte Frage eines ängstlichen Kindes, und diese Furcht hätte Morgan vielleicht überraschen sollen. Aber er kannte Alahrian. Sein Bruder hatte die Unsterblichkeit immer als Fluch angesehen, als eine Art Strafe. Doch es war eine Sache, sich den Tod als theoretische Möglichkeit zu wünschen – und eine ganz andere, ihm plötzlich bedrohlich nahe zu begegnen.

Morgan schüttelte erneut den Kopf. „Du bist kein Mensch!“, rief er, im Brustton der sicheren Überzeugung. „Sieh dich doch nur mal an!“ Fast grob griff er nach Alahrians Hand und hielt sie ihm vor die Augen, damit er das schimmernde Leuchten unter seinen Fingerspitzen selbst sehen konnte. „Zugegeben, ich habe keine Ahnung, was mit dir los ist, aber du bist so wenig menschlich wie ich es bin! Weniger, um genau zu sein!“ Die Worte prasselten hart auf Alahrian herab, beinahe zornig, doch die emotionale Überreaktion, auf die Morgan halbwegs gewartet hatte, blieb aus.

„Aber kann ich sterben?“, fragte der Bruder mit sanft zitternder Stimme. „Nun, da ich offensichtlich krank sein kann und Fieber haben kann – bin ich jetzt sterblich?“

Morgan starrte ihn an, schweigend, bestimmt eine halbe Minute lang.

„Es gibt nur eine einzige sichere Methode, das herauszufinden“, erklärte er endlich grimmig. Plötzlich stahl sich ein Grinsen auf sein Gesicht. Blitzschnell zog er eines der Messer hervor, die er verborgen im Stiefel bei sich trug, warf die Klinge in die Luft und fing sie geschickt wieder auf. Sie glänzte im Licht der einfallenden Sonne, als er sie hin und her drehte.

Alahrians Augen weiteten sich. „Das ... das wagst du nicht!“, keuchte er ungläubig und wich unwillkürlich vor ihm zurück.

„Wollen wir wetten?“ Morgan lachte maliziös.

Alahrian stöhnte. Im ersten Moment hatte er tatsächlich geglaubt, Morgan werde ihm das Messer mitten ins Herz stoßen, aber der döckalfar hatte einen anderen Plan. Einen Plan, der damit endete, dass Alahrian den Arm über die Spüle hängen ließ, während das Blut langsam aus seinen Pulsadern tropfte, um schwach glitzernd im Abguss zu versickern.

Alahrian verzog angeekelt das Gesicht. „Das ist widerlich“, bemerkte er matt. „Wirklich widerlich.“

Morgan musterte ihn kritisch. „Dir wird doch nicht etwa schlecht, wenn du Blut siehst, oder?“ Er runzelte mussbilligend die Stirn.

Alahrian schluckte hart. „Nein.“ Trotzdem hielt er den Blick abgewandt. Ihm war ein wenig schwindelig.

„Du siehst blass aus.“

„Was denkst du denn?“, schnauzte Alahrian ihn an. „Ich verblute gerade, du Idiot!“ Dennoch: Er fühlte Morgans übernatürliche Sinne deutlich auf seinem Lebensfaden ruhen wie einen warmen, goldenen Schutzschild. So durchgedreht der döckalfar auch sein mochte, er wusste, was er tat. Er beobachtete genau, was der Blutverlust mit Alahrians Körper anrichtete.

„Wenn mich das hier an den Rande des Zusammenbruchs bringt, dann wirst du mich doch wiederbeleben, oder?“, erkundigte er sich misstrauisch.

„Sicher ...“ Morgans Augen blitzten amüsiert. „Ich habe eine ausgezeichnete Sanitäterausbildung hinter mir, schon vergessen?“

Alahrian ächzte. „Das war noch vor dem Zweiten Weltkrieg!“

„Vor wenig mehr als ein paar Jährchen also.“ Der döckalfar grinste ungeniert. Er schien ganz außerordentlichen Gefallen an diesem kleinen Spielchen zu finden. Plötzlich jedoch wurde er unerwartet ernst. „Deine Energie nimmt nicht im Geringsten ab“, stellte er fest. „Du verlierst eine Menge Blut, doch dein Lebensfaden ist stark wie nie.“

Es war also alles wie immer. Egal, was seinem Körper auch geschah, seine Lebensenergie versiegte nicht. Er konnte schwächer werden und verletzt sein und sogar krank, wie es aussah. Aber er konnte nicht sterben. Seine Seele würde seinen Körper nicht verlassen. Er war in dieser Welt gefangen.

„Schön. Dann können wir das Experiment ja jetzt beenden.“ Alahrian zog den Arm an den Körper, schnappte sich ein Küchentuch und wickelte es um sein Handgelenk. Wenigstens war Morgan rücksichtsvoll genug gewesen, ein Messer aus Silber zu benutzen. Die Schnittwunde würde schnell verheilen.

„Ja, du hast Recht, das bringt nichts." Morgan zuckte mit den Schultern. Und dann berührte er blitzschnell seine Stirn und sog lautlos so viel von Alahrians Kraft auf, wie er fassen konnte. Alahrian hatte nicht einmal mehr die Zeit, sich zu beschweren, ehe er besinnungslos zusammenbrach.

Er erwachte auf dem Sofa liegend mit einem schwindeligen Gefühl im Kopf und einer nicht einmal unangenehmen Mattigkeit in den Gliedern. Morgan saß neben ihm, die Augen glühend vor Energie. Ein döckalfar konnte töten auf diese Art und Weise, schnell, lautlos und absolut schmerzfrei. Er raubte seinem Opfer einfach die Lebenskraft, ohne es dabei zu quälen. Die meisten merkten es nicht einmal.

Morgan nahm nie genug, um jemandem Schaden zuzufügen, außer wenn er kämpfte. Und in letzter Zeit kämpfte er nur gegen Dämonen.

Benommen, als erwache er aus tiefem Schlaf, richtete Alahrian sich auf. „Was ist passiert? Was hast du gemacht?"

Ärgerlich starrte er seinen Bruder an.

Morgan zuckte mit den Schultern. „Ich habe dir deine Antwort verschafft. Du bist immer noch unsterblich. Ein Mensch wäre nach der Aktion längst drauf gegangen."

„Na, vielen Dank auch ..." Alahrian war ein wenig verstimmt, wenngleich ihn die Worte des anderen eigentlich hätten beruhigen sollen.

„Ein Mensch würde sich auch nicht so schnell erholen."

„Kann sein ..." Alahrian strich sich angelegentlich das Haar aus der Stirn. Ein paar knisternde Funken flogen von seinen Händen auf und fielen verglühend zu Boden. Es war immer noch Licht in ihm. Sogar in diesem Zustand.

Morgan beobachtete ihn, seine glühenden Augen waren durchdringend.

„Warum starrst du mich so an?"

„Ich glaube, du bist sogar noch stärker geworden." Morgan war ganz ernst, sein üblicher, lässig-arroganter Spott war ganz und gar verflogen. „Du hast unglaublich viel Macht in dir. Mehr als du dir vielleicht selbst vorstellen kannst."

Alahrian schauderte. Irrte er sich oder hatte er fast so etwas wie Furcht in der Stimme seines Bruders vernommen? Aber das war natürlich lächerlich!

„Ja, deshalb habe ich mich vor zwei Tagen auch zitternd und fiebrig in einer Badewanne wieder gefunden", bemerkte er ärgerlich. Alahrian schnaubte verächtlich. Er kam sich nicht sehr stark vor. Eigentlich fühlte er sich sogar beschämend schwach. Irgendetwas geschah mit ihm. Etwas, das er nicht begreifen konnte. Und Morgan mit seinen verrückten Versuchen konnte daran auch nichts ändern ...

Sie schraken beide auf, als es an der Tür klingelte.

„Lillian!“ Sofort vergaß Alahrian alles andere. „Lässt du sie rein, bitte?“

Zwei Sekunden später stürmte sie ihm entgegen und landete wie ein Vogel in seinen Armen. Und vier Sekunden später löste sie sich von ihm und blickte ihn besorgt an. „Was ist passiert?“, fragte sie alarmiert. „Wieso trägst du einen Verband?“

Alahrian konnte ein Grinsen nicht ganz unterdrücken. „Morgan hat versucht, mich umzubringen“, erklärte er trocken.

Der döckalfar floh entsetzt in die Küche, als Lilly sich auf ihn stürzte.

Das Fieber hatte Alahrian verändert. Zunächst bemerkte Lilly es kaum, doch als sie erst einmal begann, es zu beobachten, fielen ihr immer mehr Kleinigkeiten an ihm auf, die ihr eindeutig neu schienen. Da war zum Beispiel die Art und Weise, wie er sich bewegte. Er hatte nichts von seiner Eleganz, seiner katzenhaften Geschmeidigkeit verloren, doch er hatte jetzt eine seltsame Behutsamkeit an sich, fast als bestünde sein ganzer Körper aus Glas, und er müsse befürchten, jeden Augenblick einfach auseinander zu brechen. Wenn er früher die Wälder durchquert hatte, dann war er von Wipfel zu Wipfel gesprungen, fast als schwebe er über den Bäumen. Nun nahm er meist den irdischen Weg, jenen Pfad, den auch Lilly benutzen würde.

Sie brauchte eine Weile, um zu begreifen, woran das lag. Er war vorsichtiger geworden. Bisher hatte er Angst vor Schmerzen gehabt und er war ihnen ausgewichen, wenn es ging, doch er hatte sie auch in Kauf genommen, wusste er doch, all seine Wunden würden heilen, irgendwann. Das Fieber hatte ihn zerbrechlich gemacht, verletzlich. Diese Veränderung war nicht greifbar, er verfügte über die selben, rätselhaften Kräfte wie zuvor, doch er setzte sie nun seltener ein.

Er fühlte sich verletzlich. Das genügte.

Aber es war nicht das einzig Ungewöhnliche in seinem Verhalten. Er hatte auch begonnen, ein merkwürdiges Interesse an menschlicher Nahrung zu entwickeln. Wenn Lilly jetzt im Erdgeschoss der Villa für sich etwas zu essen kochte, dann schaute er stets aufmerksam zu, manchmal, wenn er glaubte, sie merke es nicht, dann öffnete er den Kühlschrank und blickte hinein, offenbar einzig zu dem Zweck, sich die Lebensmittel darin anzusehen. Einmal, da ertappte Lilly ihn sogar dabei, wie er einen Schokoriegel auseinander nahm, um ihn genüsslich auf seine Bestandteile zu untersuchen.

Und während sie ein anderes Mal am Herd stand und einen Topf Milchreis für sich zubereitete, kam er plötzlich immer näher geschlichen und starrte neugierig auf den Inhalt ihrer Schüssel. Lilly rührte gedankenverloren darin herum und fragte dann: „Wenn du etwas Sterbliches essen könntest, was glaubst du, würdest du dann mögen?“

„Hmm ...“ Er zog die Stirn in Falten, als wäre das eine äußerst schwerwiegende Frage, über die er erst nachdenken müsste. „Keine Ahnung ...

Ich habe noch nie etwas von eurem Essen probiert." Sein Blick wanderte zum Milchreis und wieder zurück. „Kein Fleisch, denke ich."

Lilly lächelte. Das war schon mal positiv. Er wäre Vegetarier – wie sie.

„Früchte bestimmt ..." Seine Stimme war abwesend, die dahingeworfene Frage schien ihn ernsthaft zu beschäftigen. „Und alles, was süß ist ..." Er starrte weiter den Topf an, seine Augen waren glasig. „Was ist das?", erkundigte er sich endlich.

Sie hielt ihm den Topf hin, er schnupperte daran wie ein Tier, das versucht, Witterung aufzunehmen. „Riecht lecker ..." Er seufzte leise.

Lilly musterte ihn durchdringend. Hätte sie es nicht besser gewusst, sie hätte schwören können, er sei schlicht und ergreifend hungrig. Aber das war natürlich kaum möglich.

Buch 3

Gefallen

Black Lady

„Alahrian, kann ich dich kurz sprechen?" Feige wie sie war, hatte Lilly den Moment den ganzen Tag über hinausgezögert, sechs Schulstunden lang hatte sie sich überlegt, wie sie es ihm am besten beibringen sollte, nun war der Unterricht vorbei und sie war noch immer zu keinem befriedigenden Ergebnis gekommen.

„Aber natürlich!" Ein Lächeln tanzte in seinen Augen, während er unbekümmert über den Schulhof schlenderte. „Wir reden doch die ganze Zeit!"

Lilly seufzte lautlos. Und dass er die Bedeutung von einleitenden Floskeln nicht durchschaute, machte es nicht gerade einfacher. „Ich habe gestern Abend mit meiner Mutter telefoniert", erklärte sie endlich.

„Oh, gut!" Kein Hauch von Argwohn lag in seiner Stimme.

„Sie gibt am Wochenende ein Konzert, in München", fuhr Lilly fort, voll des schlechten Gewissens.

„Schön." Er begriff nicht im Geringsten, worauf sie hinauswollte.

Lilly biss sich auf die Lippe. „Ich würde die Gelegenheit gern nutzen, sie noch mal zu besuchen", sagte sie zögernd. So, jetzt war es endlich heraus!

Alahrian blieb stehen und sah sie aus großen, türkisblauen Augen an. „Du sagst das, als wäre es ein Verbrechen", bemerkte er stirnrunzelnd.

„Nun ja ..." Wie sollte sie es erklären? „Ich wäre ein ganzes Wochenende lang weg ..."

Er lächelte sanft, dann wurde er unwillkürlich ernst. „Lilly, du bist keine Gefangene", entgegnete er ruhig. „Wenn du deine Mutter besuchen möchtest, wer sollte etwas dagegen haben?"

„Nun ..." Unglücklich blickte Lilly zu ihm auf.

„Oh!" Alahrian wurde blass. „Du ... du denkst, ich hätte etwas dagegen!" Bestürzt starrte er sie an. „Aber ... aber wie kommst du denn nur darauf? Ich ... ich würde doch nie ..." Seine Worte erstarben.

Lilly biss sich auf die Lippen. Das hatte sie ja prima hingekriegt! Jetzt war er verletzt, und das war so ziemlich das Letzte, was sie hatte erreichen wollen. „Alahrian, als wir das letzte Mal länger als ein paar Stunden getrennt waren, da hast du achtundvierzig Grad Fieber bekommen und wärest fast gestorben ..."

Nun verhärtete sich seine Miene. „Ich wäre nicht fast gestorben", entgegnete er in einer Mischung aus Sturheit und Trotz. „Ich kann nicht sterben!" Einen Moment lang starrte er blicklos geradeaus, dann sagte er: „Morgan hat dir das eingeredet, nicht wahr? Dass es deine Schuld war. Dass ich das Fieber bekommen habe, weil du mich allein gelassen hast." Er sprach mit einem Unterton von Kälte, sein Blick war jetzt nicht mehr türkis, sondern eisfarben.

Lilly antwortete nicht.
„Das werde ich ihm nie verzeihen!“, explodierte Alahrian. Ein paar unbeherrschte Funken stoben zwischen seinen Fingerspitzen hervor, gottlob waren sie inzwischen am Waldrand angelangt und niemand bemerkte es.
Alahrian riss sich zusammen, schaute Lilly direkt in die Augen und meinte dann, ruhiger als zuvor: „Lilly, ich bin kein Kleinkind. Was immer dieses Fieber ausgelöst hat, es ist nicht deine Schuld. Du sollst tun können, was immer du möchtest. Du sollst dich nicht eingeschränkt fühlen.“
„Ich will nicht, dass du leidest.“
Er antwortete nicht. Mit abweisender Miene trottete er neben ihr her, die Augen verschlossen und ausdruckslos. Er war beleidigt, in seinem Stolz gekränkt. Lilly fühlte, wie es sich wie eine Wand aus Schnee und Eis zwischen ihnen aufbaute. Es tat weh.
„Aber ich will auch nicht leiden“, sagte sie schnell.
Alahrian hielt im Schritt inne, sein Blick taute unvermittelt auf.
„Die letzten Tage ohne dich waren schrecklich“, fuhr Lilly fort, bevor er Gelegenheit bekam, sie zu unterbrechen. „Weißt du, ich möchte meine Mutter gerne sehen, aber ich möchte auch nicht ein ganzes Wochenende ohne dich sein. Und deshalb ...“, sie hielt inne, während in seinem Gesicht ein fragender Ausdruck aufkeimte, „deshalb wollte ich dich eigentlich bitten, mitzukommen.“
„Was?“ Er wurde bleich vor Überraschung.
Lilly unterdrückte ein Grinsen. „Ich wollte dich fragen, ob du das Wochenende mit mir in München verbringen möchtest.“
Sein Antlitz hellte sich auf. „Und deine Mutter?“
„Würde sich sicher freuen, dich kennen zu lernen.“ Lilly strahlte ihn an.
„Oh ...“ Er wirkte ein bisschen beschämt. „Und ich dachte schon ...“
„Du dachtest, ich bliebe bei dir aus Pflichtgefühl?“ Heftig schüttelte Lilly den Kopf. „Das darfst du niemals denken, hörst du?“ Sie nahm seine Hand und drückte sie fest.
Er seufzte vernehmlich. „Verzeih, ich wollte nicht an dir zweifeln. Aber ihr Sterblichen, ihr seid so ... so flüchtig. Eure Liebe ist ...“
Blitzschnell wandte Lilly sich um und legte ihm zwei Finger über die Lippen. Sie wusste, was er ihr sagen wollte. Menschen verliebten sich oft, viele Male in ihrem Leben, ihre Liebe war so vergänglich wie sie selbst. Die Liebe eines alfar brannte, einmal entzündet, sein ganzes, unsterbliches Leben lang.
„Meine Liebe ist ewig“, flüsterte sie in sein dichtes, goldenes, von Sonnenlicht getränktes Haar. „Ich werde nie einen anderen wollen als dich. Niemals.“
Er zog sie an sich und hielt sie fest, bis über ihnen ein Regenbogen durch die verwaschene Wolkendecke brach. Alahrian lächelte. Seine Augen schimmerten heller als der Himmel an einem Frühjahrsmorgen.
„Wie kommen wir nach München?“, erkundigte er sich beiläufig.

„Hmm ... Mit dem Zug?“ Sie schlug es vor, bevor sie darüber nachdenken konnte.

Alahrian wurde schon wieder um mehrere Grade blasser.

Mist!, dachte Lilly inbrünstig. Wie konnte sie nur so dumm sein? Züge bestanden aus mehreren Tonnen Stahl ...

Alahrian schluckte hart. „Mit dem Zug ist gut“, erklärte er, gezwungen leichtfertig. „Das wird bestimmt ... lustig ...“

Lilly nahm wieder seine Hand. Es war schrecklich, wenn er versuchte, tapfer zu sein. „Wir müssen das nicht machen“, meinte sie behutsam.

„Natürlich. Ich halte das schon aus ...“ Trotzig straffte er die Schultern.

Lilly seufzte. „Wie bewegt ihr euch denn üblicherweise fort?“, erkundigte sie sich nach einigen Sekunden zögerlichen Schweigens, aus reiner Neugierde heraus.

Alahrian schnaubte. „Früher gab es Pferdekutschen und Segelschiffe aus Holz“, erklärte er wehmütig. „Na ja, oder wir gehen eben einfach zu Fuß!“

„Zu Fuß?“ Lilly ächzte. „Von hier nach München?“

„Man hat viel Zeit, wenn man unsterblich ist“, entgegnete Alahrian, nun fast ein wenig stolz. „Davon abgesehen: Ich bin ziemlich schnell, weißt du?“ Jetzt grinste er.

„Ja, aber ich nicht ...“ Zumindest an seinen Maßstäben gemessen, war sie sogar ziemlich langsam.

Alahrian lächelte nachsichtig. „Tja, dann müssen wir uns eben etwas einfallen ...“ Mitten im Satz hielt er inne. Ein Leuchten glitt über seine Miene. „Ich hab eine Idee! Komm mit!“ Und damit packte er ihre Hand, raste los und stellte augenblicklich unter Beweis, wie schnell er war, indem er sie einfach hinter sich her zerrte.

Lilly war völlig außer Atem und japste nach Luft, als sie vor der Villa ankamen. Alahrian hingegen schien noch nicht einmal aufgewärmt. Okay, sie glaubte ihm. Für ihn war es kein Problem, von hier nach München zu laufen. Vielleicht würde er sogar schneller sein als der Zug ...

Ächzend wischte sie sich den Schweiß von der Stirn und folgte ihm torkelnd ins Innere des Hauses.

„Morgan!“, brüllte er, kaum dass sie über die Schwelle getreten waren. „Bist du da?“ Keine Antwort folgte.

Alahrian runzelte ungeduldig die Stirn. „Er ist da, ich fühle es. Komm mit!“ Lilly immer noch an der Hand haltend sprang er die Kellertreppe hinunter, die von der Halle aus ins Untergeschoss des Hauses führte. Morgans Reich. Lilly schauderte ein bisschen. Sie war noch nie dort unten gewesen und es war ihr auch jetzt nicht ganz geheuer. Solange sie den dökkalfar nun schon kannte, so vertraut er ihr mittlerweile war, fast wie ein guter Freund, so war er ihr doch noch um eine Winzigkeit unheimlich. Aber sie hatten Glück. Sie mussten nicht bis nach unten gehen, Morgan kam ihnen bereits auf der Treppe entgegen, mit nichts als pechschwarzen Lederhosen bekleidet, ein Handtuch in der einen, ein schwarzes Hemd in der andern Hand. Letzteres streifte er im Gehen über, mit ersterem trocknete er das tropfnasse Haar, bevor er es achtlos in eine Ecke warf und die nachtfarbenen Locken in einer gekonnt lässigen Geste aus der Stirn strich. Offensichtlich hatte Alahrians Geschrei ihn unter der Dusche hervorgelockt, Lilly konnte den schwachen Geruch nach Shampoo, Duschgel und Eau de toilette wahrnehmen, und sie bemühte sich sehr, starr zu Boden zu blicken, so lange, bis Morgan das dunkle Hemd bis oben hin zugeknöpft hatte.

„Schönes Hemd", bemerkte Alahrian mit einem zuckrig süßen Lächeln, noch bevor der Bruder seinem Ärger über die unverhoffte Störung Ausdruck verleihen konnte. „Wirklich, sehr stylisch ..."

Morgan verdrehte die Augen. „Was willst du?", fragte er nüchtern.

„Ich, äh ..." Aus dem Konzept gebracht, weil man ihn schneller durchschaut hatte als ihm lieb war, geriet Alahrian ins Stammeln. „Wollen wir uns nicht setzen?", fragte er schließlich, voll der liebenswürdigsten Höflichkeit. „Oben vielleicht?"

Auch er mochte sich in Morgans Höhle, wie er es nannte, nicht gern aufhalten, erinnerte sich Lilly. Es war zu dunkel dort, jedenfalls für seine Begriffe.

Morgan brummte misstrauisch vor sich hin, folgte jedoch seinem Bruder die Treppe empor. In Alahrians Gesicht stand noch immer ein über die Maßen einschmeichelndes Lächeln, während er geduldig wartete, bis Morgan sich auf dem Sofa niedergelassen hatte. „Möchtest du vielleicht etwas Zuckerwasser?", erkundigte er sich fürsorglich.

Morgan verzog das Gesicht. „Was – willst – du?", knurrte er missmutig zwischen den Zähnen hindurch.

Alahrian zögerte, betrachtete aufmerksam das Muster auf dem Fußboden, trommelte mit den Fingern gegen die Wand, bis einige Gänseblümchen unter dem Putz hervorkrochen und sagte dann, so schnell, dass Lilly es kaum verstehen konnte: „Leihst du mir dein Auto?"

Lilly blinzelte verblüfft. Das war seine glorreiche Idee, die Idee deretwegen er sie durch den halben Wald gejagt hatte? Es war beeindruckend simpel, das musste sie zugeben, aber ...

Morgan starrte ihn einen Moment lang vollkommen reglos an, dann begann er, schallend zu lachen.

„Und, machst du's?", fragte Alahrian würdevoll, als der erste Heiterkeitsanfall vorüber war und nur noch ein unterdrücktes Glucksen zu hören war.

„Lass mich überlegen ..." Morgan wischte sich die Tränen aus den Augen und tat, als müsse er scharf nachdenken. „Nein", sagte er dann schlicht und ergreifend.

„Ja, aber ..."

„Nein."

„Aber ..."

„Nein!“

Alahrian biss sich auf die Lippen, funkelte seinen Bruder an und verzog schmollend das Gesicht.

„Wie kommst du überhaupt auf so eine schwachsinnige Idee?“, wollte Morgan wissen.

Alahrian seufzte entnervt und erklärte seinem Bruder Lillys Wochenendpläne, schnell und in Gedanken, ohne sich die Mühe zu machen, laut zu sprechen.

„Ach so. Du willst mit ihr nach München fahren, verstehe.“ Morgan setzte eine etwas weniger spöttische Miene auf, und Alahrian entspannte sich.

„Aber du hast ja noch nicht einmal einen Führerschein!“, warf sein Bruder ein.

Verwirrung trat in Alahrians Lapislazuli-Augen. „Seit wann braucht man dafür einen Führerschein?“

Wieder wollte ein Lachen aus Morgans Brust hervorquellen, aber diesmal beherrschte er sich.

„Keine Ahnung“, bemerkte er schulterzuckend. „Seit ungefähr hundert Jahren oder so?“

„Aber ich kann fahren!“, verteidigte sich Alahrian stolz.

Lilly beobachtete die Diskussion mit wachsender Beunruhigung. Sie liebte Alahrian mehr als sie es selbst erfassen konnte, sie vertraute ihm, aber das hier war ... es war geradezu grotesk. Vielleicht sollten sie doch lieber zu Fuß gehen? Wenn sie jetzt gleich aufbrachen, vielleicht konnten sie ja dann bis zum Wochenende dort sein? Sie schluckte hart.

„Du“, meinte Morgan unterdessen betont, „kannst ein Auto noch nicht einmal anfassen, geschweige denn fahren.“

Alahrian atmete tief durch, als wappne er sich gegen einen Angriff und sagte dann: „Die Black Lady schon.“

Morgan erbleichte. „Die Black Lady?“, ächzte er ungläubig. „Du … du willst, dass ich dir die Black Lady leihe?“

„Black Lady?“, wiederholte Lilly verwirrt. „Was ist das?“

Morgan schoss einen missbilligenden Blick in ihre Richtung ab. „Sie“, verbesserte er stirnrunzelnd.

„Wie bitte?“

„Sie“, wiederholte Morgan geduldig. „Es ist eine Sie.“

„Hä?“ Lilly verstand kein Wort.

„Die Black Lady ist ein Sportwagen mit Aluminiumkarosserie und handgefertigter Echtleder-Innenverkleidung“, wisperte Alahrian ihr ins Ohr. „Er ist ein bisschen eigen, was das Ding anbelangt.“ Vielsagend verdrehte er die Augen.

„Sie ist nicht irgendein Sportwagen“, funkte Morgan dazwischen. „Sie ist ein Lamborghini. Eine Sonderanfertigung. Ein Einzelstück. Sie ist etwas Besonderes, verstehst du? Sie hat eine Seele.“

Alahrian stöhnte, und Lilly konnte das gut nachvollziehen. Eine Seele?! Ein bisschen eigen war wohl noch stark untertrieben gewesen ...

„Bitte“, ächzte Alahrian. „Es wäre doch nur für ein Wochenende. Und die Black Lady ist das einzige Auto, das ...“

„Nein“, unterbrach Morgan ihn freundlich.

„Du hast das Ding bezahlt mit dem Geld, das wir für den Picasso bekommen haben“, fuhr Alahrian fort, anklagend jetzt. „Meinen Picasso.“

„Mit einem Teil des Geldes“, korrigierte Morgan lächelnd. „Und du wärst das Bild ohne meine Hilfe niemals los geworden. Weil du nicht die geringste Ahnung hast von finanziellen Dingen ... oder von Autos.“ Seine Miene verhärtete sich.

Alahrian funkelte ihn an. „Als ich krank war, da hast du gesagt, ich darf sie fahren!“ Trotzig verschränkte er die Arme vor der Brust.

„Das habe ich nie gesagt.“ In Morgans Augen blitzte es auf. „Davon abgesehen: Ich dachte, ich spräche zu einem Sterbenden! Und da du immer noch lebst ...“ Er zuckte mit den Schultern, aber etwas in seinem Gesichtsausdruck hatte sich verändert, ein Hauch von Weichheit hatte sich in seine Züge geschlichen. Lilly wusste, seinen Bruder fast zu verlieren, hatte ihn ärger mitgenommen als er zugeben wollte.

„Also schön“, erklärte er widerwillig. „Ich werde dir nicht mein Auto anvertrauen. Aber wenn es unbedingt sein muss, dann könnte ich mir überlegen, euch hinzufahren.“ Er grinste maliziös. „Aber nur, wenn du ganz besonders nett zu mir bist, liosch.“

Alahrian stöhnte. „Was willst du?“, fragte er ergeben.

Morgan setzte eine undurchdringliche Miene auf. „Ich möchte ein Date mit Anna-Maria“, sagte er dann, kühl und nüchtern, als verhandele er über den Preis eines Kilos Äpfel – oder eines Kamels.

Lilly fiel fast die Kinnlade herunter, als sie das hörte. Alahrian schnappte vernehmlich nach Luft, wurde kreidebleich im Gesicht und krächzte dann fassungslos: „Du ... du willst meine Erlaubnis, mit der Tochter des Bürgermeisters auszugehen?“

„Ja.“ Lässig schlug Morgan die Beine übereinander.

„Du ... du bist ja vollkommen wahnsinnig!“, ereiferte sich Alahrian. „Bevor ich das tue, kaufe ich mir einen eigenen Aluminium-Wagen – und einen Chauffeur noch dazu!“ Seine Augen sprühten Funken, aggressiv rote Helligkeit sammelte sich unter seinen Fingerspitzen, wütend schüttelte er sie ab und brannte dabei ein paar Löcher in die schweren Brokatvorhänge.

Zwei Minuten lang rannte er wie irre in der Halle auf und ab, einen ungesunden, violetten Glanz in den flackernden Augen, dann blieb er stehen und fragte, plötzlich gefährlich ruhig und eiskalt: „Warum? Wie kommst du plötzlich auf diese Idee?“

Morgan schürzte unbeeindruckt die Lippen. „Ich langweile mich“, erklärte er dann. „Und sie ist das einzige, attraktive Mädchen in der Stadt, das ich noch nicht hatte.“ Er warf einen entschuldigenden Blick auf Lilly und fügte lächelnd hinzu: „Nun ja, mal abgesehen von ihr, aber ich nehme an, du möchtest nicht, dass ..."

Er kam nie dazu, die Worte zu Ende zu sprechen.

Ein gold-weißer Blitz schoss auf ihn zu, sprang ihm an die Kehle und drückte ihn tief in die Kissen des Sofas hinein. „Wage es nicht!", brüllte Alahrian, von einer Sekunde auf die andere eine rasende, weißglühende Flamme reinsten, brennenden Zorns. Zitternd packte er seinen Bruder am Kragen, und seine Hände sengten qualmende Brandlöcher in dessen Hemd.

„Alahrian!", kreischte Lilly entsetzt, die ihn nie zuvor so erlebt hatte, und augenblicklich hielt er inne, mitten in der Bewegung, langsam, wie in Zeitlupe, zog er die Hände zurück und stand auf.

Morgan räusperte sich gekünstelt. „Nun, das war nicht gerade, was ich mit ganz besonders nett gemeint hatte", bemerkte er trocken, und Lilly wandte sich ärgerlich zu ihm um.

„Halt die Klappe!", fauchte sie wütend und musterte besorgt Alahrian. „Er hat es nicht so gemeint", murmelte sie sanft und legte ihm beruhigend die Hand auf die Schulter. „Ist schon gut."

Mit zusammengezogenen Brauen starrte sie Morgan an. „Du hast es doch nicht so gemeint, nicht wahr?"

Morgan seufzte. „Nein. Tut mir leid." Spott und Überlegenheit wichen aus seiner Miene, als er seinen Bruder anblickte. „Der war drüber, entschuldige."

Lilly spürte, wie sich unter ihrer Hand Alahrians verkrampfte Muskulatur entspannte, aber er brachte kein Wort über die Lippen.

„Ich fahre euch nach München, okay?", versuchte es Morgan nun, mit eindeutig schlechtem Gewissen in der Stimme. „Und ich hole euch auch wieder ab, versprochen."

Alahrian atmete tief durch, setzte sich dann mit untergeschlagenen Beinen direkt auf den Fußboden und fragte knapp: „Anna-Maria?"

Morgan machte plötzlich einen leicht unglücklichen Eindruck. „Ich mag sie ... irgendwie", erklärte er kleinlaut.

Lilly traute ihren Ohren kaum. Sie wusste, wie besessen Anna-Maria von Morgan war, aber umgekehrt hätte sie dies hier nie im Leben vermutet.

Alahrian verzog das Gesicht. „Du kannst sie nicht lieben", sagte er, mit einem Mal sanft und milde. „Und das weißt du auch."

„Von Liebe habe ich nichts gesagt", entgegnete Morgan kühl. „Aber ich mag sie. Und das ist mehr als ich in den letzten vierhundert Jahren für irgendein Mädchen empfunden habe."

Alahrian senkte den Blick, strich sich über die Stirn und sah mit einem Mal nahezu verzweifelt aus. „Sie ist die Tochter des Bürgermeisters", beharrte er schlicht, und dieser eine Satz krachte wie eine Zentnerlast zu Boden.

Die Tochter des Bürgermeisters. Die Tochter des Mannes, der ihn auf den Scheiterhaufen gebracht hatte. Die Schwester der Frau, die ihn angeklagt hatte, aus unerwiderter Liebe, aus purer, egoistischer Enttäuschung heraus. Allein Anna-Maria jeden Tag in der Schule zu sehen, musste die Hölle für ihn sein. Lilly wusste das und sie verstand es. Doch etwas in ihr, etwas, das sie nicht vermutet hatte, verstand auch Morgan.

Er war einsam. Unter der coolen, lässigen, unwiderstehlichen Fassade des charmanten Verführers war er entsetzlich einsam. Lilly konnte es sehen, in diesem einen Moment, und auch Alahrian sah es, das spürte sie.

Und Anna-Maria war vielleicht wirklich verliebt in ihn.

Seufzend schloss sie die Augen. Sie hatte vorgehabt, ein Wochenende bei ihrer Mutter in München zu verbringen, mit Alahrian. Sie hatte ihrer Mutter ihren Freund vorstellen wollen, den Jungen, den sie liebte. Sie hatte sich das Konzert anhören wollen und plaudern und lachen und vielleicht auch ein bisschen mit Alahrian allein sein wollen. In einer fremden Stadt, an einem fremden Ort, wo das alles hier, die ganze düstere Vergangenheit, weit, weit entfernt war.

Hätte sie geahnt, wie kompliziert das alles plötzlich werden würde ...

Aber dann wäre alles genauso gekommen. Die Sache mit dem Auto – mit der Black Lady – die war nur ein Auslöser von vielen möglichen für diesen Streit gewesen.

„Ich kann das auch ohne deine Erlaubnis tun", sagte Morgan plötzlich, nachdem sich die Brüder geschlagene zwei Minuten lang einfach nur angestarrt hatten, ein stummes, grimmiges Blickduell.

Alahrian sprang auf. „Wenn du das tust", presste er zwischen fest zusammengebissenen Zähnen hervor, und seine Stimme klang gefährlich ruhig, eiskalt und ohne jegliches Gefühl. „Wenn du das hinter meinem Rükken tust, dann sind wir die längste Zeit Freunde gewesen, Morgan. Dann sind wir Feinde, so wie unsere Vorfahren es immer gewesen sind!" Seine Augen funkelten, sie waren klar und frostig blau wie polierter Stahl.

Morgan antwortete nicht. Still und bewegungslos saß er auf dem Sofa, seine Miene war undurchdringlich.

Alahrian seufzte plötzlich, das Eis in seinen Augen schmolz und er sank ächzend auf den Boden zurück. „Bitte", flüsterte er und presste die Hand gegen die Stirn, als habe er Schmerzen. „Bitte tu mir das nicht an. Bitte gib dem Bürgermeister keinen Anlass, mich noch einmal zu verfolgen."

Morgan blickte auf. Sein Ausdruck war sanft. „Das hier hat nichts mit dir zu tun", bemerkte er milde.

In Alahrians Augen flackerte es. „Bitte", sagte er nur. Sonst nichts. Nichts weiter.

Und zu Lillys Überraschung, denn sie kannte Morgans Beharrlichkeit, seinen überlegenen Spott, seinen unerschütterlichen Willen, zu ihrer Überraschung entgegnete der döckalfar ruhig: „Okay. Aber ich tue das nur, weil du mein Freund bist, aus keinem anderen Grund." Einen Moment lang sah er seinem Bruder ernst in die Augen, dann fügte er hinzu, mit mehr Leichtigkeit jetzt: „Bild dir also nicht ein, du könntest mir vorschreiben, was ich zu tun und zu lassen habe, hörst du?“ Und als Alahrian darauf nicht reagierte, zuckte er in seiner alten Lässigkeit die Schultern und bemerkte mit gespielter Gleichgültigkeit: „Na ja, ihr Vater hätte es ohnehin nie erlaubt ...“

Und damit stand er auf und verschwand im Keller.

Alahrian vergrub seufzend das Gesicht in den Händen. Lilly setzte sich neben ihn und legte ihm behutsam die Hand auf die Schulter. Ein müdes Lächeln antwortete ihr.

„Anna-Maria ist nicht ihre Schwester“, bemerkte Lilly, vorsichtig, da sie wusste, dies war ein heikles Thema. „Und sie kann nichts für das, was ihr Vater dir angetan hat. Ich glaube, sie mag Morgan wirklich.“

„Es ist nicht Anna-Maria, deretwegen ich mir Sorgen mache“, entgegnete Alahrian, ruhig und sachlich. „Obwohl Morgan sie gewiss nicht glücklich machen wird ...“

„Was ist es dann? Hast du Angst? Vor dem Bürgermeister?“

Alahrian verzog das Gesicht. „Natürlich“, gab er offen zu. „Aber am meisten mache ich mir Gedanken über Morgan. Er ist so etwas wie mein Bruder, verdammt! Er ist allein, er langweilt sich an diesem Ort, aber er bleibt meinetwegen hier, es ist nicht so, als wüsste ich das nicht.“ Sein Antlitz verdüsterte sich. „Er ist unglücklich ...“, sagte er tonlos. Und mit einem schiefen Lächeln: „Und er wird gewiss irgendeine Dummheit machen.“ Er seufzte wieder.

Lilly beobachtete ihn, überlegte krampfhaft, wie sie ihn aufheitern konnte, doch die dunkle Stimmung verflog von selbst. „Es tut mit leid“, murmelte er, ein wenig zerstreut, aber nicht mehr verzweifelt. „Eigentlich wollte ich bloß unser Wochenende planen!“

Lilly lachte leise. „Na ja, zumindest hast du eine Fahrgelegenheit erkämpft ...“

„Zu einem hohen Preis ...“ Alahrian schürzte die Lippen, dann lachte auch er. Lilly glitt in seine Arme und fühlte einen Kuss auf ihrem Scheitel. Morgan entschwand ihren Gedanken, während sie sich auf dem Boden ausstreckte, den Kopf auf Alahrians Knie gebettet. Lächelnd sah sie zu ihm auf, spürte seine Finger durch ihre Haare gleiten, zärtlich ihr Gesicht streicheln.

„Ich freue mich trotzdem auf dieses Wochenende“, bemerkte Alahrian, ein wenig geistesabwesend.

„Ein ganzes Wochenende, nur für uns ...“ Lilly seufzte verträumt. „Na ja, fast ...“, schränkte sie ein, denn eigentlich ging es ja darum, ihre Mutter zu besuchen. Dennoch: Sie würden Zeit miteinander verbringen, und das war in jedem Fall eine paradiesische Aussicht.

Apropos: Fast widerwillig richtete Lilly sich auf. „Ich fürchte, ich muss langsam nach Hause“, erklärte sie entschuldigend und hauchte einen Kuss auf Alahrians Lippen, damit er nicht enttäuscht war. „Das Schlimmste steht nämlich noch bevor.“

Eine von Alahrians ohnehin schon äußerst kühn geschwungenen Elfenbrauen rutschte ein weiteres Stück nach oben. „Das Schlimmste?“

„Ja ...“ Lilly stöhnte theatralisch. „Ich muss meinem Vater beibringen, dass ich übers Wochenende wegfahre. Und zwar mit meinem Freund.“

„Oh“, machte Alahrian bloß – und das schien das einzige, was ihm dazu einfiel.

In Gedanken

Ihren Vater zu überzeugen, würde schwer werden, Lilly wusste das. Und daher – um die Diskussion nicht unnötig in die Länge zu ziehen – wartete sie damit, bis zum allerletzten möglichen Zeitpunkt ... zwei Stunden vor der Abreise. Wenn sie ihren Vater vor vollendete Tatsachen stellte, so dachte sie, dann würde es ihm doch gewiss leichter fallen, ihren Plan zu akzeptieren. Dachte sie.

Schon während der ersten Sekunde, nachdem sie ihr Anliegen zur Sprache gebracht hatte, begann sie, an diesem Vorgehen zu zweifeln. Die Gesichtsfarbe ihres Vaters gefiel ihr gar nicht. Grau-bleich wäre vielleicht eine treffende Bezeichnung gewesen. Mit einer Spur von Grün ...

Lilly schluckte hart.

„Du willst ihn mit nach München nehmen?", vergewisserte sich ihr Vater, mit einer Stimme, die entgegen seiner Mimik von unerwarteter Gelassenheit zeugte. „Du willst ... ein ganzes Wochenende mit einem Jungen verbringen? Allein?" Das letzte Wort kam heiser, die zur Schau gestellte Gelassenheit bröckelte.

Lilly konnte regelrecht sehen, welche Assoziationen wie ein Rattenschwanz im Kopf ihres Vaters an diesem Wort hingen. Allein ... Mit einem Jungen. Aus seiner Sicht bedeutete das nichts weniger als wilde Partys, Drogenexzesse, wüste Ausschweifungen und unerwünschte Teenager-Schwangerschaften. „Nicht allein", widersprach sie hastig, um den Horrorfilm, der zweifellos in seinen Gedanken ablief, zu unterbrechen. „Er und ich – und Mama."

Damit hatte sie ihren wichtigsten Trumpf bereits ganz zu Anfang ausgespielt, taktisch nicht sehr klug, wie ihr sehr wohl bewusst war. Aber welche Wahl hatte sie schon?

Ihre Mutter war ein nahezu todsicheres Argument. Gewiss würde sie nicht die ganze Zeit über dabei sein, sie hatte ja zu arbeiten, und ein Luxushotel in der Innenstadt bot sicher nicht so viel Aufsichtsmöglichkeiten wie Lillys Zuhause im Städtchen, aber trotzdem: Niemand feierte eine Orgie, wenn die eigene Mutter in der Nähe war, selbst der verruchteste Teenager nicht.

Und Lilly gehörte eindeutig nicht zu dieser Gruppe.

„Sie freut sich schon, endlich meinen Freund kennen zu lernen", fuhr Lilly in ihren Überredungskünsten fort. „Und das kann man ihr ja wohl kaum abschlagen, oder? Und außerdem ist es viel sicherer, mit Alahrian zu fahren als allein. Er kann mich beschützen."

Na gut, der letzte Punkt war schwach. Sie wollte nach München fahren und nicht mit dem Orientexpress nach Belgrad, aber man wusste ja nie, nicht wahr?

Ihr Vater runzelte die Stirn. „Wo wollt ihr schlafen?“, erkundigte er sich, ohne auf eines ihrer Argumente einzugehen.

„Im selben Hotel wie Mama“, erklärte Lilly ruhig. „Sie hat die Zimmer schon gebucht.“

„Die Zimmer?“ Lilly konnte hören, wie ein Zentralmassiv vom Herzen ihres Vaters abfiel.

„Ja, natürlich“, bemerkte sie gelassen. „Zwei Einzelzimmer, was hast du denn gedacht?“

Ihr Vater schnappte nach Luft.

„Papa, du musst mir schon ein bisschen vertrauen“, säuselte Lilly, zuckrig süß. „Ich bin sechzehn und kein kleines Kind mehr!“

Da trat plötzlich ein geradezu mitleiderregend unglücklicher Ausdruck auf das Gesicht ihres Vaters. „Ja“, ächzte er und verzog missmutig die Lippen. „Das ist exakt das, was mir Sorgen macht.“

„Alahrian würde nie etwas Unüberlegtes tun“, meinte Lilly beruhigend. „Du kennst ihn doch.“

Das war ein guter Schachzug. Ihr Vater würde es nicht zugeben wollen, doch er mochte Alahrian mittlerweile sehr. Er hatte es noch nicht ganz überwunden, dass Lilly jetzt nicht mehr sein kleines Schneewittchen war, und seine Vaterinstinkte liefen nach wie vor Amok, doch wenn er seine Tochter schon einem anderen männlichen Wesen anvertrauen musste, dann schien Alahrian nicht die schlechteste Wahl. Etwas in der Art musste in seinem Kopf vorgehen, Lilly konnte es nahezu lesen, während sie ihn weiterhin aufmerksam anschaute.

„Bitte, Papa“, bettelte Lilly.

Ein Grummeln folgte ihr als Antwort, dann ein tiefes Seufzen. „Also schön ... Aber ...“ Weiter kam er nicht.

„Du bist der Beste!“, jubelte Lilly und fiel ihm stürmisch um den Hals. Bevor ihr Vater noch weitersprechen konnte, klingelte es an der Haustür. Alahrian! Er war früh dran. Und er kam direkt zum richtigen Zeitpunkt, als hätte er vor der Tür gelauscht. Wahrscheinlich hatte er das. Seine spitzen Elfenohren waren um einiges feiner als die eines Menschen.

Allerdings war er nicht alleine gekommen. Morgan, unfreiwilliger Chauffeur für dieses Wochenende, stand neben ihm. Oooops ..., dachte Lilly schwitzend. Sie hatte da noch eine Kleinigkeit vergessen zu erwähnen ...

„Wer sind Sie denn?“, knurrte ihr Vater auch prompt, Alahrian ignorierend und einen äußerst misstrauischen Blick auf Morgan geheftet.

Lilly stöhnte, als ihr bewusst wurde, was er vor sich sah: einen hochgewachsenen, muskulösen Kerl in schwarzen Jeans, schwarzer, nietenbesetzter Lederjacke mit pechschwarzen Augen, schwarzen Haaren und dunkler Sonnenbrille. Nicht gerade die Art von Typ, dem man seine Tochter gerne anvertraut ...

„Das ist Alahrians Bruder, Morgan“, erklärte Lilly schnell. „Ich glaube, ihr kennt euch vom Sehen?“ Natürlich, jeder kannte hier jeden, zumindest vom Sehen. „Morgan ist so nett, uns in seinem Wagen mitzunehmen. Dann ... dann sparen wir uns eine Zugfahrt.“

Eine Zugfahrt, die zumindest für Alahrian äußerst unangenehm ausgefallen wäre ...

Ihr Vater, außergewöhnlich tolerant für seine Verhältnisse, gab ein kurzes Grunzen von sich, dann wandte er sich an Alahrian: „Kann ich einen Moment unter vier Augen mit dir sprechen?“

Alahrian wurde blass und nickte dann stumm.

Lillys Vater legte ihm in einer sonderbar einschüchternden Geste die Hand auf die Schulter und führte ihn ins Wohnzimmer. Lilly sah ihnen besorgt nach.

Armer Alahrian. Ein heftiger Stich von Mitgefühl durchfuhr sie. Andererseits: Er hatte einen waschechten Inquisitor überstanden, dagegen war das hier ja wohl harmlos ...

Oder?

Lilly biss sich auf die Lippen und winkte nun ihrerseits Morgan in die Küche. Angespannt lauschte sie, aber sie konnte die beiden im Wohnzimmer nicht verstehen. Morgan konnte es.

„Was reden sie?“, fragte Lilly nervös.

Ein Grinsen umspielte Morgans Lippen. „Er fragt ihn gerade über mein Vorstrafenregister aus“, erklärte er amüsiert.

„Und?“, erkundigte sich Lilly nüchtern. „Hast du welche? Vorstrafen, meine ich?“

Morgans Grinsen wurde breiter. „Zumindest nicht wegen Verkehrsdelikten“, entgegnete er achselzuckend.

„Also ja.“ Lilly verdrehte die Augen.

„Ich saß sogar schon mal im Gefängnis.“

Diese offenherzige Antwort beruhigte Lilly nicht im Geringsten. Vielleicht sollten sie doch lieber den Zug ...

„Wegen Urkundenfälschung“, fuhr Morgan gelassen fort. „Dreizehnhundertfünfundsechzig ... Könnte aber auch sechsundsechzig gewesen sein, so genau weiß ich das jetzt nicht mehr ...“

Lilly seufzte entnervt. Sie hatte momentan eindeutig keinen Sinn für derlei Scherze ...

In grimmigem Schweigen warteten sie, bis Morgan plötzlich in glucksendes Gelächter ausbrach.

„Was ist jetzt schon wieder?“ Nervös blickte Lilly auf.

Morgan schüttelte den Kopf. „Das ist besser als jede Soap, ehrlich ...“

„Nun sag schon! Was ist los?“

Das Glitzern in Morgans Augen wurde maliziös. „Dein Vater lässt ihn schwören, dich während des gesamten Wochenendes nicht anzurühren“, berichtete er voll offenkundiger Schadenfreude. „Und zwar auf all seine Vorfahren! Wenn du also geglaubt hast, diese Nacht endlich mal deinen

Spaß zu haben, vergiss es! Alahrian würde nie einen Eid brechen!" Er lachte ungeniert.

Lilly schenkte ihm einen wütenden Blick. „Ich habe immer Spaß, wenn wir zusammen sind", knurrte sie gegen sein Lachen an – und wurde prompt knallrot bis unter die Haarspitzen.

Nicht anrühren ... Über dieses Thema hatten sie noch niemals gesprochen, jetzt war es plötzlich da, wie ein Raumschiff, das unvermittelt aus dem Orbit ins Wohnzimmer krachte. Natürlich hatte sie bereits darüber nachgedacht, wenn auch nur heimlich. Alahrian war ihr erster Freund, es gab keinen Grund, in dieser Hinsicht irgendetwas zu überstürzen, selbst wenn er ein Mensch gewesen wäre, hätte sie das so gesehen. Alahrian aber war kein Mensch, da war es doch normal, sich ein bisschen Zeit zu lassen mit gewissen Dingen, oder? Lilly war sich ziemlich sicher, dass er das genauso sah. Andererseits: Wissen konnte sie es nicht. Er hatte nie davon geredet. Und das würde er vermutlich auch niemals tun, wurde Lilly plötzlich unangenehm bewusst. Er war immer so zurückhaltend, so schüchtern, so ... so anständig. Er war nicht wie die anderen Jungs in der Klasse, die den Mädchen hinterher gafften oder anzügliche Bemerkungen machten. Nie hatte er sie zu irgendetwas gedrängt oder auch nur etwas angedeutet. Natürlich nicht. Wenn sie darüber reden wollte, wenn ... Dann würde sie das Thema selbst anschneiden müssen.

Lilly spürte, wie ihre Wangen glühten. Wollte sie es? Er war der Richtige, da war sie sicher. Wenn es passierte, dann mit ihm. Oder nie ...

Ihr Puls beruhigte sich, während sie diese Entscheidung traf, aber sie fühlte sich immer noch unbehaglich, vor allem, weil Morgan noch immer dieses freche, provozierende Grinsen im Gesicht hatte. Und weil es ihr nicht gelang, die Hitze aus ihrem Gesicht zu zaubern. Am liebsten hätte sie den Kopf unter eiskaltes Wasser gehalten, aber sie wollte sich nicht noch eine Blöße geben. Das Ganze war so schon peinlich genug.

Sie atmete auf, als Morgan mit einem Mal fröhlich verkündete: „Ich glaube, sie sind fertig! Na, endlich!"

Munter sprang er vom Küchentisch auf.

Tatsächlich kamen die beiden in diesem Moment aus dem Wohnzimmer, Lillys Vater sah zufrieden aus, als habe er eine besonders schwierige Operation hinter sich, Alahrian machte einen etwas zerknitterten, aber zumindest lebendigen Eindruck.

„So, jetzt müssen wir aber wirklich mal los!", verkündete Morgan, zum Aufbruch drängend.

Lillys Vater blickte ihn missbilligend an. „Haben Sie denn überhaupt einen Führerschein?", erkundigte er sich streng.

„Klar." Morgan zuckte gelassen mit den Schultern. „Wollen Sie ihn sehen?"

Oje, nicht das auch noch! Lilly biss sich auf die Lippen und fragte sich verzweifelt, welches Datum auf Morgans Führerschein wohl aufgedruckt war. Andererseits: Er hatte eben selbst zugegeben, wegen Urkundenfälschung schon einmal im Gefängnis gesessen zu haben. Im vierzehnten Jahrhundert ...

Zum Glück verzichtete ihr Vater auf weitere Überprüfungen. Er war sehr großzügig heute. Ja, wirklich, außergewöhnlich großzügig ...

Hastig schnappte sich Lilly ihr Gepäck, die Jacke und die Handtasche und trippelte Richtung Ausgang, nun ebenfalls sehr in Eile, schnell, bevor die Laune ihres Vaters umkippte. Alahrian nahm ihr wortlos den Koffer aus der Hand und öffnete ihr die Haustür, so angespannt, als könne er es kaum erwarten zu fliehen.

„Lilly!", hielt sie jedoch eine Stimme aus dem Flur zurück. Das war nicht ihr Vater, sondern jemand Unerwartetes: Lena! Oh nein! Sie wollte ihr doch nicht etwa in den Rücken fallen, oder? Bisher hatte sie sich nie eingemischt, das hier war eine äußerst schlechte Gelegenheit, es zu tun.

Widerwillig drehte Lilly sich um. Lena stand ein wenig entfernt unter der Treppe und winkte sie ungeduldig und mit seltsam verschwörerischer Miene zu sich heran. Lilly legte die Stirn in Falten. Was sollte das denn nun?

„Lilly, hör zu, ich wollte wirklich nicht lauschen, aber ich habe zufällig mitbekommen, dass ...", begann Lena umständlich. „Also, ich meine nur."

Lilly zog fragend eine Augenbraue hoch, als sie nicht weitersprach. „Ja?"

„Also ..." Lena errötete leicht. „Ich habe mir gedacht, wenn ... also falls das mit den zwei Einzelzimmern nicht klappt, dann ..." Sie streckte Lilly eine kleine, quietschig bunte Pappschachtel entgegen. „Dann solltest du vielleicht das hier mitnehmen ..."

Oh Schreck! Konnte es noch peinlicher werden? Entgeistert starrte Lilly auf die Schachtel. Jetzt schien es ihr ein Glück, dass sie ohnehin schon rot war, doch sie fühlte die Hitze in ihren Wangen nun geradezu pulsieren.

Hastig griff sie nach der Schachtel und stopfte sie in ihre Handtasche, nur um sie zu verbergen, schnell und verstohlen, als handele es sich um ein Päckchen Kokain. Aber es war kein Kokain. Es war viel schlimmer: Es war eine Schachtel Kondome.

„Danke", flüsterte sie atemlos, verabschiedete sich von Lena mit einer flüchtigen Umarmung und stürzte dann, über ihre eigenen Füße stolpernd, aus dem Haus.

Alahrian stand draußen im Hof und hatte natürlich jedes Wort mitbekommen. Starr hielt er den Blick gesenkt und sah aus, als wolle er am liebsten in einem Erdloch versinken. Lilly war überrascht, als sich keines für ihn auftat. Dann wäre sie gerne mit versunken. Sie selbst fühlte ihren Puls in den brennenden Wangen pochen und konnte ihn kaum ansehen. Mein Gott... Was würde er denn jetzt von ihr denken?

Aber da war noch eine Frage, eine Frage, die ihr das Blut ins Gesicht getrieben hätte, hätte es sich dort nicht sowieso schon angestaut, und diese

Frage drängte nun empor, mächtig und unaufhaltsam. Sie musste sie einfach stellen, jetzt oder nie ...

„Alahrian?“, flüsterte sie, fast lautlos.

„Ja“, sagte er nüchtern, nicht wie Ja, bitte?, nicht wie eine Frage, sondern wie eine klare, eindeutige Feststellung.

„Ja?“, Lilly blinzelte erstaunt.

Alahrian blickte angestrengt an ihr vorbei ins Leere. „Die Antwort auf die Frage, die du dir jetzt stellst“, erklärte er, vor Verlegenheit zitternd, „sie lautet Ja.“

„Menschen und Elfen können also ...“

„Ja!“, unterbrach er sie hastig. „Ja.“

Es war ausgerechnet Morgan, der sie beide endlich erlöste, indem er seinen Autoschlüssel aus der Lederjacke kramte und den Türöffner lässig auf die Straße richtete.

Und erst dann, erst als er fiepend und aufleuchtend antwortete, bemerkte Lilly den Wagen, der dort geparkt stand. Sie war abgelenkt gewesen, und es sprach für den Grad ihrer Verwirrung, dass ihr das Ding – die Black Lady – nicht sofort ins Auge gesprungen war.

Hinter ihr ertönte ein vernehmliches Ächzen. „Das ist ...“, stöhnte ihr Vater fassungslos. „Ist das ... ist das Ihr Wagen?“ Aus geweiteten Augen starrte er Morgan an, und Lilly fürchtete zuerst, er sei entsetzt, doch der Ausdruck in seinem Gesicht war etwas anderes: Es war mühsam gedämpfte, heftig kochende Begeisterung.

„Ist das ... ist das ... ein Lamborghini?“

„Sie“, erklärte Morgan, ohne mit der Wimper zu zucken, aber niemand achtete auf ihn.

Lillys Vater starrte immer noch auf das schwarz glänzende Monstrum, das hier, am schäbigen, dörflichen Straßenrand, sonderbar deplaziert wirkte wie ein seidenes Abendkleid unter zerrissenen Jeans. Er sagte kein Wort mehr. Er war buchstäblich sprachlos.

Lilly nutzte diese Gelegenheit, um ihn kurz zum Abschied zu umarmen, dann kletterte sie rasch hinter Alahrian auf den lederbezogenen Rücksitz des Luxusmobils. Sie verstand jetzt, warum Alahrian ausgerechnet dieses Auto hatte nehmen wollen, und das, obwohl er üblicherweise keinen Gefallen an solcher Protzerei fand. Aber hier innen war alles sorgsam und sehr geschmackvoll mit hellem, wohlriechendem Leder überzogen. Man sah keine Schrauben, keine Schweißnähte, nichts. Sogar die Fensterrahmen waren verkleidet. Kein Hauch von Stahl verpestete den Innenraum des Wagens.

„Bereit?“, erkundigte sich Morgan vom Fahrersitz aus und steckte mit deutlichen Anzeichen von Stolz den Schlüssel ins Zündschloss.

Lilly warf einen hastigen Blick zurück. Ihr Vater stand immer noch in der Einfahrt, Lena wartete unter der Haustür und winkte.

Morgan ließ den Motor an und parkte dann, langsamer und sorgfältiger als Lilly erwartet hätte, aus. Er setzte sogar ordentlich den Blinker, obwohl weit und breit kein einziges anderes Auto zu sehen war. Langsam ließ er den Wagen anrollen und fuhr dann in gemäßigtem Schneckentempo die Straße entlang – das hieß, bis zur nächsten Kreuzung, bis sie außer Sichtweite waren. Dann trat er das Gaspedal bis zum Anschlag durch.

Lilly kreischte, als der Wagen mit einem Hüpfer nach vorn schoss und sie unvermittelt tiefer in die Sitze gepresst wurde.

„Spinnst du?“, brüllte Alahrian seinen Bruder an.

Morgan hörte nicht auf ihn. Mit atemberaubender Geschwindigkeit raste er durch die engen Straßen, innerhalb von Sekunden ließen sie – Stopschilder und Ampeln überrennend – die Ortsgrenze hinter sich und fuhren auf die Bundestrasse auf. Lilly hätte es nicht für möglich gehalten, doch Morgan gab weiter Gas. Sie hatte keine Ahnung vom Autofahren, sie hatte kein Gespür für Geschwindigkeit, doch eines war sicher: Morgan fuhr schneller als hundert. Und er fuhr nicht nur schnell – er fuhr wie ein Geistesgestörter.

Schon nach wenigen Augenblicken bereute Lilly inständig, auf diesen Vorschlag eingegangen zu sein. Alahrian ebenfalls, wie es aussah.

„Hör auf mit dem Blödsinn!“, schrie er mit vollem Stimmaufwand, doch Morgan schien ihn trotzdem gar nicht zu hören.

Und dann, als sie in halsbrecherischem Winkel um eine Kurve flogen, kreischte er plötzlich, durchdringend und mit einer Befehlsgewalt, die selbst Lilly zusammen zucken ließ: „STOP!“

All seine unheimliche, übernatürliche Überzeugungskraft lag in diesem einen Wort. Lilly, der der Befehl gar nicht gegolten hatte, ertappte sich dabei, wie sie mit dem Fuß nach einer Bremse suchte, die gar nicht da war, Morgan drückte die seine voll durch.

Mit quietschenden Reifen kam der Wagen schlingernd zum Stehen. Mitten auf der Fahrbahn. Sie konnten von Glück sagen, dass auf der verschlafenen Landstraße um diese Uhrzeit kein Verkehr herrschte.

„Bist du jetzt völlig durchgeknallt?“, brüllte Morgan wütend und drehte sich zornentbrannt zu seinem Bruder um.

„Ich nicht!“, rief Alahrian aufgebracht, und violette Helligkeit brannte in seinen Augen. „Aber du anscheinend! Oder willst du uns alle umbringen?“

„Ach je ...“ Morgan verzog spöttisch das Gesicht. „Wovor hast du Angst, liosch? Dass dir bei einem Unfall dein hübsches Gesichtchen zerkratzt wird? Ein paar Tage und es ist verheilt!“ Er schnaubte geringschätzig.

„Bei mir vielleicht!“, brüllte Alahrian zurück. „Aber bei ihr nicht!“

„Oh!“ Morgan riss die Augen auf und starrte Lilly verdutzt an. „Oh ... entschuldige ...“ Verlegen lächelnd zuckte er mit den Schultern. „Daran hatte ich nicht gedacht, sorry ...“ Betreten kaute er auf seiner Unterlippe herum. „Weißt du, du hängst so oft mit uns rum, ich hatte schon ganz vergessen, dass du ein Mensch bist ...“

Alahrian wurde kreideweiß im Gesicht vor Empörung und wollte eben erneut losschreien, doch Lilly sagte schnell: „Schon gut ... Können wir jetzt weiterfahren?“

„Okay ...“ Morgan gab wieder Gas, diesmal sehr dezent. In überraschend manierlichem Stil ging die Fahrt weiter, fast hätte Lilly sich entspannen können, wäre da nicht das Gezanke der beiden Brüder gewesen. Sie setzten ihren Streit nämlich fort, lautlos diesmal und bloß in Gedanken, Lilly jedoch bekam trotzdem jedes Wort mit.

Funk nie wieder in meinem Kopf herum!, ereiferte sich Morgan gerade. Oder du kannst was erleben, Kleiner!

Was soll ich denn machen?, giftete Alahrian zurück. Du bist so was von verrückt, ehrlich!

Seufzend lehnte sich Lilly gegen das Fenster und blickte ergeben hinaus. Sah ganz so aus, als würde dies hier eine lange, eine sehr, sehr lange Fahrt werden ...

Fünf Minuten lang ertrug sie das lautlose Gekeife, dann drehte sie sich zu den beiden um.

Du bist wirklich bescheuert!, schimpfte Morgan eben.

Wenn hier jemand bescheuert ist, dann bist das ja wohl du ..., kam es prompt zurück.

„Genug jetzt!“, rief Lilly ungehalten. „Ihr seid alle beide bescheuert!“

Morgan trat auf die Bremse, etwas gemäßigter diesmal, fuhr rechts ran und starrte sie, über den Fahrersitz hinweg aus großen Augen an. Zuerst dachte Lilly, sie wäre zu weit gegangen und hätte ihn ernsthaft beleidigt und sie wollte gerade zu einer Entschuldigung ansetzen, als Alahrian sagte: „Du kannst das hören?“

Alle beide schauten sie nun gespannt an, urplötzlich schienen sie wieder die Eintracht in Person zu sein.

„Ja, natürlich.“ Lilly blickte verblüfft von einem zum anderen. „Ich dachte, das wüsstet ihr ...“

„Nein, das wussten wir nicht.“ Morgan verzog das Gesicht und sah fassungslos seinen Bruder an. „Du ... du kannst verstehen, wenn wir in Gedanken miteinander reden?“, vergewisserte er sich ungläubig, ohne Lilly anzublicken. „Oh Mann!“ Stöhnend lehnte er sich zurück.

„Ist doch egal“, meinte Alahrian schnell. „Ich habe keine Geheimnisse vor ihr ...“ Weich sah er Lilly an.

„Ja.“ Morgan schnaubte entrüstet. „Du vielleicht nicht ...“ Entgeistert drehte er sich erneut zu Lilly um. „Was kannst du noch?“, fragte er, plötzlich aufs Äußerste beunruhigt. „Kannst du ... kannst du auch hören, was wir denken?“ Misstrauisch sah er sie an. „Weißt du, was ich jetzt gerade denke?“

„Nein, natürlich nicht.“ Lilly schüttelte vehement den Kopf. Obwohl: Sie musste keine große Hellseherin sein, um das zu erraten.

Er fragte sich, was er in ihrer Gegenwart seinem Bruder so alles erzählt hatte ... Und was davon lieber privat geblieben wäre ...

„Umpf.“ Morgan atmete erleichtert auf.

„Das ist doch Blödsinn!“, mischte sich Alahrian ein. „Du weißt, es hat nichts mit Telepathie zu tun.“

„Sicher.“ Morgan zuckte fahrig mit den Schultern. „Aber ich weiß auch, dass sie uns unmöglich verstehen kann. Zumindest wusste ich das bis vor kurzem“, fügte er schlecht gelaunt hinzu.

„Was soll das heißen?“, hakte Lilly nach. „Es ist unmöglich?“

Alahrian sah sie mit einem merkwürdigen Ausdruck in den Augen an. „Wir können nicht die Gedanken von jemand anderem lesen“, erklärte er. „Aber wir können unsere Gedanken in die eines anderen hineinprojizieren. Derjenige hört oder sieht dann nur, was wir ihm zeigen möchten. Es ist eine völlig übliche Art der Kommunikation für uns, schneller, praktischer und privater als laut zu sprechen.“

Die Betonung lag auf privat, Lilly bemerkte es deutlich.

„Privater deshalb, weil wir unsere Gedanken ausschließlich an ein bestimmtes Gegenüber richten“, fuhr Alahrian ungerührt fort. „Es ist so, wie wenn du einen verschlüsselten Funkspruch von einem Gerät zum anderen schickst. Nur an ein Gerät, nicht an alle anderen, die noch außen herum stehen.“

„Und ich bin ... eines von diesen Geräten, die außen herum stehen?“, fragte Lilly skeptisch.

„Du scheinst ein Gerät mit Universalempfang zu sein“, entgegnete Alahrian nüchtern.

„Ein Abhörgerät?“

Lilly fühlte, wie die allgemein entgeisterte Stimmung nun auch auf sie übergriff.

Alahrian runzelte die Stirn. „Der Vergleich mit einem Gerät gefällt mir allmählich überhaupt nicht mehr“, beschwerte er sich missbilligend.

Morgan schnaubte unwillig. „Menschen können unsere lautlosen Gespräche nicht hören“, knurrte er trotzig. „Das ist verrückt!“

„Das ist phantastisch!“ Alahrian strahlte Lilly an. „Ich habe immer schon gewusst, dass du etwas ganz Besonderes bist.“ Er legte die Hand in ihre, sein Blick war warm und hell und stolz.

Morgan grummelte etwas Unverständliches, dann betätigte er schweigend den Blinker und setzte die Fahrt fort, ohne ein weiteres Wort von sich zu geben.

Alahrian hingegen schien völlig aus dem Häuschen. „Kannst du auch antworten?“, fragte er aufgeregt. „Kannst du mir etwas mitteilen, ohne dabei zu reden?“

„Ja.“ Lilly lächelte ihn an. „Natürlich kann ich ...“ Augenzwinkernd beugte sie sich zu ihm hinüber und hauchte einen zarten Kuss auf seine Wange.

„Hmmm ...“ Alahrian seufzte glücklich. „Leider war es nicht das, was ich meinte ...“

„Ich weiß.“ Lilly streichelte gedankenverloren seine Hand. „Nein, ich glaube nicht“, meinte sie dann. „Ich kann nicht antworten.“

„Vielleicht können wir es dir beibringen“, sinnierte Alahrian verträumt. „Ich würde so gerne deine Stimme direkt in meinem Kopf hören ... Das wäre wunderbar ...“

Morgan räusperte sich vernehmlich. „Wie wär's, wenn ihr mal mit dem Gesäusel aufhören würdet? Das ist ja widerlich!“

Lilly und Alahrian erröteten beide auf der Rückbank, verstummten abrupt und hielten sich nur noch leise an den Händen. Der Rest der Fahrt verlief weitestgehend ruhig. Keiner wagte mehr, etwas zu sagen – weder laut noch in Gedanken.

Das Konzert

Wegen der unvorhergesehenen Unterbrechungen kamen sie trotz Morgans anfänglichem Tempo zu spät in München an. Lilly hatte ursprünglich vorgehabt, ihre Mutter vor dem Konzert im Hotel zu treffen, doch an der Rezeption erwartete sie nur noch eine Nachricht, sie sei schon im Konzerthaus.

„Tut mir leid“, murmelte Alahrian zerknirscht.

„Aber das ist doch nicht deine Schuld!“ Lilly nahm seine Hand in die ihre. „Komm, lass uns auf unsere Zimmer gehen und uns umziehen. Vielleicht treffen wir sie noch in der Garderobe.“

Mit dem Aufzug fuhren sie in den zweiten Stock des Hotels hinauf. Die Zimmer waren tatsächlich zwei Einzelzimmer, was Lilly peinlichst an die Schachtel in ihrer Handtasche erinnerte. Immerhin lagen sie einander direkt gegenüber, nur durch einen schmalen, von einem roten Läufer bedeckten Flur voneinander getrennt.

„Bis gleich, ja?“, murmelte Lilly, ein wenig beklommen, als sie sich auf eben jenem Flur voneinander trennten.

Das Zimmer selbst war hell, geschmackvoll eingerichtet und geräumig. Es war ein recht nobles Hotel.

Lilly nahm an, der Veranstalter zahlte die Unterkunft, wusste die vergoldeten Armaturen im marmorgefliesten Bad aber umso mehr zu schätzen, da sie ahnte, wie grässlich stählerne Wasserhähne für Alahrian sein mussten. Auf diese Art und Weise konnte er wenigstens ein Schaumbad nehmen, ohne sich irgendwo zu verbrennen. Ob er das wohl gerade machte? Ein Schaumbad nehmen?

Allein der Gedanke ließ sie schon wieder erröten. Was waren denn das plötzlich für dumme Überlegungen?

Zornig auf sich selbst stopfte sie ihren Koffer unausgepackt in den Schrank, trippelte selbst ins Bad, stellte sich aber nur schnell unter die Dusche. Für ein Schaumbad war eindeutig nicht genug Zeit, auch wenn eine riesige, mit verschiedensten Ölen, Badeperlen und Düften ausgestattete Wanne geradezu dazu einlud.

In ein weißes, hoteleigenes Handtuch gehüllt, kehrte sie ins Zimmer zurück, fischte ihre Kosmetiktasche und das Kleid aus dem Koffer und war gerade fertig geschminkt und frisiert, als es an der Tür klopfte. „Moment!“, rief Lilly hastig, warf das Handtuch aufs Bett, schlüpfte eilig in ihre Klamotten und zerrte hektisch an dem Reißverschluss des dämlichen Abendkleides, der natürlich in eben jenem Moment klemmen musste, da sie es am wenigsten gebrauchen konnte.

„Lilly?“, fragte Alahrian draußen vor der Tür behutsam.

„Ich komme!“ Ohne Schuhe, in einem nicht ganz verschlossenen Kleid, hüpfte Lilly zur Tür – und vergaß ihren eigenen, kompromittierenden Aufzug mit einem Schlag, als sie Alahrian erblickte.

Er sah atemberaubend aus in dem dunklen, eleganten Anzug. Das Haar, noch nass vom Waschen, das üblicherweise wild und ungezähmt über die Schläfen fiel, war diesmal ordentlich aus der Stirn gekämmt, ohne dabei die verräterischen Ohren frei zu lassen. Seine Augen strahlten, und obwohl er nicht leuchtete, wirkte er so übernatürlich schön wie selten zuvor.

Lilly trat rückwärts ins Zimmer zurück, um ihn einzulassen und fingerte dabei nervös weiter an dem Reißverschluss herum.

„Soll ich dir helfen?“, fragte er galant, und schon spürte sie seine warmen, weichen Finger auf ihrem Rücken.

Ein Schauder lief durch ihre Adern. Das war wie im Film ...

Hitze durchströmte sie, als er ihr von hinten die Arme um die Hüften legte, ihren Hals küsste und tief den Duft ihrer Haare einsog. „Du bist so schön“, wisperte er ihr ins Ohr. „So wunderschön ...“

Lächelnd drehte sie sich zu ihm um, streichelte mit der Hand zart über sein Gesicht und sah ihm lange in die Augen, verlor sich in seinem Blick, bis sie das Konzert fast vergaß. Nur widerwillig schlüpfte sie in ihre Schuhe, nahm die Handtasche und die Jacke und verließ, fest seine Hand haltend, das Hotel.

Und so, Hand in Hand, schlenderten sie die Straßen der langsam dunkler werdenden Stadt entlang, zu Fuß zum Konzertsaal strebend. Ein ganz normales Paar, an einem ganz normalen Freitag Abend ...

Na ja, fast ...

Unwillkürlich richtete Lilly den Blick zum Horizont. Hinter den dunklen Häuserfassaden ertrank die Sonne bereits in einem Meer aus Rosafarben, die eine Hälfte des Himmels war schon nachtschwarz, durchbrochen von einzelnen, silbrig schimmernden Sternen.

„Ideale Bedingungen, um in ein Konzert zu gehen“, bemerkte Alahrian, der ihrem Blick gefolgt war, fröhlich. „Keine Wolken zu sehen.“

„Ein Konzert ist wohl besser als Kino?“, erkundigte sich Lilly beiläufig. Letzteres hatte er bisher immer abgelehnt.

Alahrian lächelte milde. „Bei Konzerten gibt es in der Mitte eine Pause, in der man zusammen mit den Rauchern kurz nach draußen verschwinden kann, um Licht zu tanken“, erklärte er unbekümmert.

„Zusammen mit den Rauchern, aha ...“ Lilly lachte leise.

„Ja.“ Er nickte eifrig. „Das fällt überhaupt nicht auf, du wirst schon sehen!“

„Tja, schon hart, so ein Suchtproblem ...“ Vergnügt blinzelte Lilly ihm zu und lauschte voll Wärme seinem melodiösen Glasglockenlachen. Er schien bemerkenswert unbeschwert und heiter heute Abend, all die Zwistigkeiten und Streiterein der letzten Tage waren vergessen.

Als sie sich dem Konzerthaus näherten jedoch, spürte Lilly seine wachsende Anspannung. Seine Miene hatte einen ernsten, leicht besorgten Ausdruck angenommen, die Hand, die fest in der Lillys lag, fühlte sich plötzlich eiskalt an, seine Bewegungen waren fahrig, der Blick gehetzt.

„Was hast du?“, fragte Lilly beunruhigt.

„Nichts.“ Ein schnelles Lächeln flitzte über seine Lippen. Und dann, weil er der schlechteste Lügner aller Zeiten war, fügte er kleinlaut hinzu: „Ich bin nur ein bisschen aufgeregt, das ist alles.“

„Wegen des Konzerts?“

Er lachte nervös. „Wegen deiner Mutter natürlich!“

„Oh!“ Daran hatte Lilly vor lauter Aufregung um das Auto und ihren Vater überhaupt gar nicht mehr gedacht. Für sie war es ein mehr oder weniger normaler Besuch bei einem Elternteil, sie war daran gewöhnt, ihrer Mutter beständig auf irgendwelche Auftritte hinterher zu reisen, wenn sie sie sehen wollte. Für Alahrian aber war es ...

Es war der Antrittsbesuch bei der Mutter seiner Freundin.

„Du wirst sehen, das wird ganz harmlos“, beruhigte sie ihn hastig. „Meinen Vater hast du ja schon kennen gelernt und meine Mutter ... sie ist viel lockerer!“

„Ja, aber sie ist deine Mutter!“ Er schien nicht überzeugt. „Das ist ... etwas ganz anderes. Was, wenn sie mich nicht ausstehen kann?“

Lilly blieb stehen, stellte sich auf die Zehenspitzen und küsste seine Wange. „Sie wird dich mögen“, versicherte sie fest. „Ganz einfach, weil ich dich liebe und weil du mich glücklich machst und weil sie das sehen wird.“

Er antwortete mit einem lächelnden Seufzen, einer Mischung aus Dankbarkeit und Zweifel, und lief stumm weiter die Straße entlang. Eine Zeitlang war er in Gedanken versunken, als sie das Konzerthaus betraten und sich nach der Künstlergarderobe durchfragten jedoch, wurde er so hibbelig, dass er es nicht mehr verbergen konnte.

„Sehe ich einigermaßen ordentlich aus?“, erkundigte er sich und blickte sich in dem schmalen, verwinkelten Korridor unter der Bühne verzweifelt nach einem Spiegel um. Unruhig zupfte er an seinen Manschetten herum.

„Du siehst perfekt aus.“

„Leuchte ich?“

Lilly unterdrückte ein Grinsen. „Nein, du hast es im Griff.“

„Warnst du mich, wenn ich aus Versehen zu leuchten anfange?“

Unwillkürlich fragte sie sich, wie er bei seinen unkontrollierten Gefühlswallungen so viele Jahrhunderte unentdeckt überstanden hatte, laut versprach sie: „Aber natürlich ...“

„Hmmm ... Oh, ich glaube da vorne ist es! Dritte Tür rechts!“ Anstatt sich in Bewegung zu setzten, blieb er jedoch mit einem nachdenklichen Gesichtsausdruck stehen. „Sag mal, hätten wir nicht Blumen oder so was mitbringen sollen?“, bemerkte er unglücklich. Und bevor sie antworten konnte: „Mist, ja, wir hätten auf jeden Fall Blumen mitbringen sollen! So macht man das doch, nicht wahr?“, Er wurde ein bisschen blass vor Besorgnis. „Komm!“ Hektisch zerrte er sie ein paar Schritte den Gang zurück. „Lass uns rasch welche besorgen!“

Lilly verdrehte die Augen. „Alahrian, wo sollen wir denn jetzt noch Blumen her bekommen?“

Doch da grinste er plötzlich über das ganze Gesicht. „Willst du mich beleidigen?“, fragte er in gespielter Entrüstung. Vor einem Terrakottatopf mit einer leicht welken, gelblich verfärbten Zimmerpflanze darin blieb er stehen. Einen unbedachten Moment lang glaubte Lilly schon, er wolle ihrer Mutter dieses Ungetüm mitbringen, doch dann streckte er die Hand aus, sah sich verschwörerisch nach allen Seiten hin um und legte die Fingerspitzen dann sanft auf die bröckelige Erde in dem überdimensionalen Blumenkübel. Es dauerte nicht lange, bis einige zarte, grüne Triebe empor sprossen, und nach wenigen Sekunden öffneten sich winzige, sternförmige Blüten.

Mit einem triumphalen Glitzern in den Augen präsentierte er ihr einen frisch gewachsenen Blumenstrauß. Eine seiner leichtesten Übungen, natürlich ... Lilly hätte es sich denken können. Voll Zärtlichkeit blickte sie ihn an. Das war immer das Schönste, ihn so zu sehen, so zufrieden über seine eigenen Talente, glücklich, zu sein, was er war, ganz eins mit sich selbst.

Sanft steckte er ihr eine der Blüten ins Haar, den Rest behielt er. „Was ist denn das für eine merkwürdige Sorte?“, erkundigte sich Lilly, um ihn ein wenig zu necken. „Du bist wohl ein bisschen nervös, was?“

„Ich bin sehr nervös“, gab er – wie immer unumwunden – zu. „Aber das hier“, er hob den Strauß hoch, „ist nicht meine Schuld. Ich bin kein Zauberer, weißt du? Ich muss mit dem arbeiten, was schon in der Erde ist ...“

Darauf wusste Lilly nichts mehr zu sagen, und so kamen sie schweigend vor der Garderobe ihrer Mutter an. „Bereit?“, flüsterte Lilly Alahrian zu.

Er atmete tief durch, sie konnte seinen Puls bis in die Fingerspitzen fühlen, laut jedoch sagte er: „Bereit ...“

Lilly klopfte, selbst ein wenig aufgeregt, an die Tür. Es dauerte nicht lange, bis geöffnet wurde, allerdings reagierte ihre Mutter völlig anders als erwartet: Mit einem freudigen Lächeln streckte sie den Kopf zur Tür heraus, schaute strahlend ihre Tochter an – und erstarrte, als ihr Blick auf Alahrian fiel. Ihre Augen weiteten sich. Ein halb unterdrücktes Keuchen entschlüpfte ihren Lippen, und dann warf sie die Tür schwungvoll wieder ins Schloss.

„Oh Gott“, stöhnte Alahrian entsetzt. „Das war schlimmer als ich es mir in meinen kühnsten Alpträumen hätte vorstellen können! Sie hasst mich!“

„Unsinn!“, gab Lilly energisch zurück. „Sie kennt dich überhaupt nicht!“ Brüsk wandte sie sich der Tür zu. „Mama?“ Sie wollte eben nachdrücklich noch einmal anklopfen, doch das war gar nicht nötig, denn die Tür öffnete sich von selbst.

Hektisch und fahrig erschien ihre Mutter erneut. „Tut mir leid!“, rief sie schnell. „Ich dachte, ich hätte mein Handy in der Garderobe gehört. Aber es war falscher Alarm! Wie schön, dass ihr da seid!“ Rasch umarmte sie ihre Tochter, ohne mit dem Reden aufzuhören. Sie redete wie ein Wasserfall, um genau zu sein, hastig und unaufhörlich.

Was war das denn?, überlegte Lilly stirnrunzelnd. Ein heftiger Anfall von Lampenfieber? Sie war ja schlimmer als Alahrian!

Apropos:

„Und du musst Lillys Freund sein, nicht wahr?“ Mit einem Lächeln, das sonderbar übertrieben wirkte, wandte sie sich Alahrian zu. „Alahrian, nicht wahr? Ich freue mich sehr, dich endlich kennen zu lernen! Lilly hat schon so viel von dir erzählt ...“

„Danke“, entgegnete Alahrian steif und überreichte höflich die Blumen. „Ich freue mich auch.“

Lilly schluckte hart. Keiner von beiden wirkte, als würde er sich wirklich freuen. Ihre Mutter machte einen völlig überdrehten Eindruck, Alahrian sah aus, als würde er im nächsten Moment einfach weg laufen.

Aber Lilly war noch nicht bereit, so schnell aufzugeben. Sie waren eben beide nervös, das war doch normal, nicht wahr? Es würde sich gewiss legen, sobald sie einander besser kannten. Und dann, dann würden sie sich mögen, da war sie sicher. Jawohl, völlig sicher ...

Dennoch verliefen die nächsten fünf Minuten in der engen Künstlerkabine so verkrampft wie selten ein Gespräch zuvor, selbst mit ihrem Vater war es entspannter gewesen, musste Lilly sich widerwillig eingestehen. Sie tauschten ein paar belanglose Floskeln aus, wobei Lilly den Großteil der Konversation bestritt, Alahrian und ihre Mutter starrten sich die meiste Zeit über einfach nur an wie die Schlange ihre Beute, nur dass kaum festzustellen war, wer die Schlange war – und wer die Beute. Die Stimmung war angespannt, ja, nahezu feindselig, der Blick ihrer Mutter ungewöhnlich durchdringend, sie musterte Alahrian, als suche sie nach irgendetwas in seinem Gesicht, etwas, das sie vielleicht selbst nicht benennen konnte. Alahrian starrte unbehaglich zurück, und Lilly, Lilly verstand nicht im Geringsten, was mit den beiden los war. Es musste eben die Aufregung sein!

Obwohl sie sich auf das Wiedersehen mit ihrer Mutter gefreut hatte, war Lilly erleichtert, als sie verkündete, sich allmählich auf den Auftritt vorbereiten zu müssen, und Alahrian dieses Angebot dankbar und mit der gewohnten diskreten Höflichkeit aufgriff. Lilly brauchte ihm nur zu folgen.

„Was um alles in der Welt ist da denn gerade passiert?“, fragte Lilly verwirrt, keine zwei Sekunden, nachdem sie wieder auf den Korridor getreten waren.

Alahrian versteifte sich sichtlich. „Ich weiß nicht, was du meinst“, behauptete er in schlecht geschauspielerter Gelassenheit.

„Komm schon!“ Lilly zog die Brauen hoch. „Du weißt, du kannst nicht lügen, also sag mir doch einfach, was los ist!“

Alahrians Miene war undurchdringlich. „Frag das lieber sie“, gab er abweisend zurück. „Sie hat mich angeschaut, als wäre ich irgendein merkwürdiges Insekt, das ihr aus Versehen zum Fenster herein geflogen kam!"

„Unsinn!" Die Worte taten ihr weh. „Sie war nur neugierig. Und nervös ... Künstler sind eben so ... Wir hätten vielleicht warten sollen bis nach dem Konzert ..." Lilly konnte fühlen, wie ihr vor Enttäuschung fast die Tränen kommen wollten. Dass ihr Vater jeden möglichen Bewerber um sein Schneewittchen von vornherein unter die Mangel nehmen würde, hatte sie gewusst, dass ihre Mutter und ihr Freund sich nicht verstanden, das war ... Es war einfach nur scheußlich.

„Bitte gib ihr noch eine Chance!", flehte sie und biss sich auf die Unterlippe, um ihre Gefühle nicht zu deutlich zu zeigen.

Alahrian spürte trotzdem, was in ihr vorging, denn er blieb plötzlich stehen, schloss sie in die Arme und flüsterte zart, weicher und wärmer als zuvor: „Natürlich. Ich tue alles, was dir wichtig ist ..." Gequält verzog er das Gesicht, als er sie los ließ. „Ich wollte das hier wirklich richtig machen, ehrlich", jammerte er verzweifelt. „Sieht allerdings ganz so aus, als hätte ich es vermasselt ..."

„Aber nein!" Voller Reue nahm Lilly seine Hand, und es tat gut, sich ein bisschen an ihm festzuhalten. „Du bist wunderbar! Ihr braucht eben noch ein bisschen ... Zeit. Ihr werdet euch schon noch aneinander gewöhnen, ganz bestimmt."

Daran zu glauben nahm sie sich fest vor, und zwar für den Rest dieses Abends. Alahrian antwortete nicht und blickte einige Minuten lang mit starrer Miene und gedankenversunkenen Augen ins Leere. Als sie ins Foyer traten, in einen glitzernden, von elektrischen Kronleuchtern erhellten Saal, jedoch, da taute er plötzlich auf und sah sich mit einem seltsam zufriedenen Ausdruck um. Es waren schon etliche Besucher anwesend, das Konzert war ausverkauft, der Raum voll gestopft mit Damen in edlen Abendroben und Herren in dunklen Anzügen. Sektgläser klirrten, Gesprächsfetzen schwirrten durch die Luft, es herrschte eine entspannte, lokkere Atmosphäre gepflegter, intellektueller Unterhaltung.

„Sollen wir schon hineingehen?", fragte Lilly leise, immer noch Alahrians Hand haltend.

Mit Hilfe der VIP-Tickets, die sie in ihrer Handtasche hatte, wurde ihnen zuvorkommend der Weg zu ihrer Loge gewiesen, und sie ließen sich nebeneinander auf den samtbesetzten, roten Biedermeiersesseln nieder. Das Konzert fand in einem sehr alten Theater statt, ein gigantischer, kristallener Kronleuchter hing von der stuckbesetzten Decke, die offene Bühne wurde von einem schweren Brokatvorhang gesäumt.

Lilly beobachtete verwundert, wie Alahrian kurz die Augen schloss, tief einatmete, als wolle er die ganze Atmosphäre in sich aufsaugen, und dann versonnen lächelte. „Ich liebe das Theater", gestand er halblaut. „Es ist so wunderbar altmodisch. Alles in eurer Welt verändert sich rasend schnell, die Sitten, die Gebräuche, die Mode ..." Er lachte leise. „Aber hier scheint die Welt still zu stehen. Die Herren tragen dunkle Anzüge, die Damen Abendkleider ... Bisweilen spielt ihr noch immer die selben Stücke wie vor zweihundert Jahren. Das Theater vergisst nicht. Es ist wie eine Reise in die Vergangenheit, ohne die Gegenwart zu verlassen..."

„Vermisst du sie denn, die Vergangenheit?", fragte Lilly, die seltsame Melancholie in seinen Worten ergründend.

Da lächelte er sie an, sein Blick azurfarben wie der Himmel nach einem Gewitter, Zweifel und Argwohn waren ganz daraus verschwunden. „Nicht, wenn du in meiner Gegenwart bist", sagte er sanft.

Lilly lehnte den Kopf gegen seine Schulter und war froh über die alte Leichtigkeit, die zwischen ihnen zurückgekehrt war. Er schien sich wohl zu fühlen, die Anspannung war aus seinem Gesicht gewichen, neugierig blätterte er in dem Programmheft, das er irgendwo im Foyer stibitzt haben musste, und bemerkte versonnnen: „Ich stelle mir vor, wie es sein wird, wenn du deine ersten Konzerte gibst. Gewiss werden die Säle überquellen und die Kritiker werden sich überschlagen von Lob ..."

Lilly lachte verlegen. „Dafür bin ich längst nicht gut genug", seufzte sie.

„Doch das bist du!" Er zwinkerte vergnügt. „Und ich kann das besser beurteilen als du", wisperte er ihr ins Ohr. „Vergiss nicht, ich habe schon viele Künstler kommen und gehen sehen. Ich habe sogar Chopin gekannt ..."

„Sie ist besser als ich je sein werde", beharrte Lilly. „Das wirst du gleich feststellen."

Tatsächlich wurde es dunkel um die Bühne, der letzte Gongschlag verschallte, kurz darauf trat ihre Mutter an den schimmernden Flügel im Rampenlicht, im Abendkleid, nun wieder ganz sie selbst, Ruhe ausstrahlend und Sicherheit.

Lilly schloss die Augen, als die ersten Töne erklangen. Ihre Mutter spielen zu hören, gab ihr stets ein Gefühl von Wärme und Geborgenheit, egal an welchem Ort. Technik, Anschlag, Emotionalität, all das war etwas, das man messen und beurteilen konnte, etwas, das ihr ein Vorbild sein konnte und eine Lehre. Doch sie dachte nicht daran, wenn sie lauschte. Sie dachte an gar nichts mehr. Die Musik hüllte sie ein, sie ließ sich fallen, empor tragen und entführen davon.

Alahrian neben ihr schien jetzt ganz ruhig, sie musste ihn nicht einmal ansehen, es genügte, ihn zu spüren, seine Hand in ihrer, seine Anwesenheit, seine Nähe zu fühlen. Es hätte ein vollkommenes, ein wunderschönes Erlebnis sein können, doch es währte nicht einmal eine Stunde lang. Kurz vor der Pause begann ihre Mutter plötzlich, ein unbekanntes Stück zu spielen, eine fremde Melodie, süß und geheimnisvoll, verspielt und doch ernst, heiter und voller Trauer. Die Musik brachte etwas in Lilly zum Klingen, weckte eine längst verloren geglaubte Erinnerung, die ihr jedoch wieder entschlüpfte, noch ehe sie sie fassen konnte. Fasziniert richtete sie sich auf, öffnete die Augen – und spürte plötzlich, wie Alahrians Hand sich um die ihre verkrampfte. Sein Gesicht war aschfahl geworden, selbst bei dem schwachen Licht in der Loge konnte sie das erkennen, der Blick war leer, seine Züge ausdruckslos.

„Was hast du?“, flüsterte sie besorgt. War es etwa doch zu dunkel hier drinnen?

Sie bekam keine Antwort. Stumm und reglos saß er neben ihr, zu einer Statue erstarrt, in der kaum mehr Leben zu sein schien. Erst als es zur Pause klingelte, sprang er auf, als hätte man ihm einen Stromschlag versetzt und stürzte ohne ein einziges Wort hinaus.

Lilly blieb nichts anderes übrig, als ihm zu folgen, und er blieb erst stehen, als sie draußen vor der Tür angelangt waren. Vor dem Theater hatte sich bereits eine fröhlich schwatzende Menschentraube versammelt, die meisten mit Zigaretten in der Hand. War es das?, fragte sich Lilly hoffnungsvoll. Die Raucherpause, auf die er gewartet hatte?

Doch er sah nicht aus, als strebe er nach dem Licht. Er sah gehetzt aus, erschrocken. „Irgendetwas stimmt hier nicht“, sagte er tonlos, die Lippen zusammen gepresst. „Mit deiner Mutter stimmt etwas nicht. Sie hat ein Geheimnis.“

„Was?!“ Fassungslos starrte Lilly ihn an. „Wie kommst du denn darauf?“

Er blickte ins Leere, noch immer mit diesem sonderbar harten, undurchdringlichen Ausdruck im Gesicht. Lilly hatte ihn nie zuvor so gesehen. Fast machte es ihr Angst.

„Das letzte Stück“, meinte er, scheinbar ohne Zusammenhang. „Das stand nicht im Programm, nicht wahr?“

Lilly zuckte mit den Schultern. „Keine Ahnung, schon möglich ...“

„Und es war ein Stück, das weder du noch sonst irgendjemand im Saal je gehört hat.“ Das war keine Frage. Es war eine Feststellung.

Lilly verstand nicht, worauf er hinauswollte. „Vielleicht hat sie bloß improvisiert ...“ Verwirrt schüttelte sie den Kopf. „So was soll schon mal vorkommen ...“ Ein Hauch von Ärger schlich sich in ihre Stimme. Was hatte er denn heute bloß?

„Nein, das war nicht improvisiert!“ Alahrian lachte schrill. „Jedenfalls nicht von ihr!“ Und dann sagte er, scharf und schneidend: „Es war ein Stück aus meiner Welt.“

„Wie bitte?“ Einen Moment lang starrte Lilly ihn geschockt an, dann versuchte sie sich an einem milden Lächeln. „Aber das hat doch nichts zu bedeuten“, flüsterte sie beruhigend. „Viele Künstler wurden über die Jahrhunderte hinweg von euch inspiriert, das hast du selbst gesagt. Sie hat es eben irgendwo aufgeschnappt.“

Alahrian nickte abgehackt, doch sie konnte sehen, wie es hinter seiner Stirn arbeitete. Er war noch immer bleich, sein Blick unstet und doch leer, die Finger zu Fäusten verkrampft, ihre ausgestreckte Hand verweigernd. „Sie weiß irgendetwas“, flüsterte er mit ferner, fremder Stimme. „Wie sie mich angesehen hat, vorhin! Das mit dem Handy, das war eine Lüge! Sie hat die Tür zugeschlagen, als sie mich gesehen hat, von einem Handy war überhaupt nichts zu hören!“ Ein Zucken lief um seine Mundwinkel. „Sie weiß es ... Sie weiß, was ich bin ...“

„Unsinn!“ Wäre es nicht so ernst gewesen, hätte Lilly gelacht. „Und selbst wenn“, fügte sie hinzu, obwohl es schlichtweg absurd war. „Wäre das so schrecklich?“

Er reagierte gar nicht auf sie. Das war vielleicht das Schlimmste. Als sie ihn kennen gelernt hatte, da hatte sie oft das Gefühl gehabt, er sei wie hinter einer Glaswand eingeschlossen. Jetzt war er eine Wand, und sie war steinern und hoch und unüberwindlich. Lilly konnte nicht zu ihm durchdringen.

„Ich muss hier weg“, sagte er plötzlich. „Jetzt gleich!“

Lilly starrte ihn an – und plötzlich wurde Zorn aus ihrer Verwirrung und ihrem Ärger. „Ist das deine Art von Vertrauen?“, rief sie hitzig. „Wegzulaufen bei der geringsten Schwierigkeit?“

Keine Antwort. Er stand still und verschlossen und schweigend.

Die Hilflosigkeit, die sie empfand, während sie ihn anschaute – und er ihrem Blick auswich – war Öl in die Glut ihres Zorns. „Ist es das, was mich erwartet?“, fragte sie bitter. „Eines Tages aufzuwachen und festzustellen, dass du einfach verschwunden bist, nur weil dich jemand schief angeschaut hat?“

Er zuckte zusammen, sagte aber nichts. Plötzlich wünschte Lilly sich fast, er würde sie anschreien. Alles war besser als dieses Schweigen. „Du ... du bist ja schon völlig paranoid“, warf sie ihm wütend vor, nur um ihn aus der Reserve zu locken.

Es funktionierte. Sein Kopf fuhr herum. Sie hatte Zorn erwartet, irgendeine Form von Rechtfertigung, aber stattdessen fand sie nur Schmerz – und Kälte. „Du hast keine Ahnung, wovon du redest“, entgegnete er mit einer nüchternen Schärfe, die umso mehr weh tat, da sie seinem Wesen so überhaupt nicht entsprach. „Du weißt nicht, wie es ist verfolgt zu werden, gejagt, eingesperrt ... Du weißt gar nichts!“

Lilly sog die Luft zwischen den Zähnen ein, ließ zwei Sekunden verstreichen und sagte dann mit erzwungener Ruhe, um ihm nicht noch mehr weh zu tun: „Alahrian ... Sie ist meine Mutter. Und nicht die Spanische Inquisition!“

In seinem Gesicht zuckte es. „Sie ist ein Mensch!“, schleuderte er ihr heftig entgegen.

Lilly biss sich auf die Lippen, weil mit einem Mal Tränen in ihre Augen schossen, und er sollte sie nicht sehen. „Das bin ich auch“, antwortete sie gekränkt.

„Das ist etwas anderes!“ Seine Augen blitzten, aber wenigstens war die Kälte daraus verschwunden.

„Wieso?“ Trotzig starrte sie ihn an.

„Weil ..." Sein Widerstand bröckelte, sie sah es in seinem Blick, doch da war auch noch etwas anderes, etwas Flackerndes, Irrationales, das keinem ihrer Worte zugänglich war.

„Weil ich dir vertraue", sagte er endlich.

„Danach sieht es aber nicht aus." Lilly senkte traurig den Blick.

„Sie weiß etwas", beharrte er stur, ihren letzten Satz bewusst ignorierend. „Sie verbirgt etwas vor dir, glaub mir."

„Warum sagst so etwas?" Jetzt schossen ihr wirklich die Tränen in die Augen. „Das ... das ist doch verrückt! Sie ist meine Mutter, verdammt!"

Er schloss die Augen, sie sah, wie er mit sich selbst kämpfte, wie er zögerte – wie er zweifelte. „Ich kann das nicht", flüsterte er endlich. „Es tut mir leid."

„Alahrian ..." Sie wollte nicht, dass es so zwischen ihnen war. Sie wollte ihn bei sich haben, sie wollte ihn lächeln sehen, sie wollte glücklich mit ihm sein. Unwillkürlich streckte sie die Hand nach ihm aus, und diesmal ließ er die Berührung zu, aber er erwiderte sie nicht. „Hör zu", begann sie hilflos. „Warum ... warum gehst du nicht zurück ins Hotel und ruhst dich dort ein bisschen aus? Es war ein anstrengender Tag, und ..."

„Ich bin weder müde noch krank noch verrückt", unterbrach er sie abweisend. „Ich ..." Aber dann fühlte er ihren Schmerz, die Angst, die ihr sein Misstrauen einflösste und er schüttelte seufzend den Kopf.

„Also gut ...", lenkte er ein. „Ich ... warte dann auf meinem Zimmer auf dich."

„Okay." Das war es nicht, wie Lilly sich den Abend vorgestellt hatte, doch sie wagte nicht, ihn zu drängen.

„Wird deine Mutter dich zum Hotel bringen?", erkundigte er sich.

Lilly nickte stumm, atmete aber innerlich auf. Zumindest war er immer noch besorgt um sie. Sein Benehmen hatte nichts mit ihr zu tun. Trotzdem tat es weh.

Ohne ein weiteres Wort drehte er sich um, doch plötzlich ertrug Lilly es nicht, ihn so gehen zu lassen. Eine grässliche, erstickende Furcht sprang ihr in die Kehle, und atemlos rief sie: „Alahrian?"

„Ja?"

„Du ... du wirst doch da sein, wenn ich zurückkomme, oder?" Angstvoll sah sie ihn an.

Er nickte leise. Dann wandte er sich ab – und verschwand mit schnellen Schritten in der Dunkelheit.

Neuland

Die Tränen kamen, sobald sie sich in die stille, abgedunkelte Loge geflüchtet hatte. Während der nächsten halben Stunde gab sie sich ganz ihrem Elend, ihrer Enttäuschung, ihrem Zorn hin. Was war nur los mit ihm? Wie konnte ein blödes Klavierstück ihn nur so außer Fassung bringen? Doch obwohl sie wütend war auf ihn, weil er die Illusion auf einen perfekten Abend, ein perfektes Wochenende, die perfekte Zweisamkeit so gänzlich zerstört hatte, vermisste sie ihn doch schrecklich, während sie allein in der teuren, samtbesetzten Loge saß. Er sollte jetzt hier sein, hier neben ihr.

Warum nur hatte sie ihn weggeschickt? Wie hatte sie ihn gehen lassen können? Wieder fühlte sie sich hilflos, ja, nahezu verzweifelt. Seine Vergangenheit stand zwischen ihnen wie ein stacheldrahtbesetzter Elektrozaun, ja, das war es ... Er hatte sich Mühe gegeben, ihr zu vertrauen, aber das Vertrauen reichte nicht über die Grenze ihres persönlichen, intimen Mikrokosmos hinaus. Er fürchtete sich vor den Menschen – vor allen Menschen. Würde er diese Furcht je überwinden können? Würde ihre Liebe stark genug sein, seine Wunden zu heilen?

Plötzlich fühlte sie sich dumm und unzulänglich, und ihr Zorn galt mehr sich selbst als ihm. Aber da war noch jemand anderes, auf den sie wütend war. Der Inquisitor ... der Bürgermeister ... Ob diese beiden überhaupt ahnten, was sie ihm angetan hatten? Was sie ihr antaten?

Wie wäre es wohl gewesen mit Alahrian, hätte er nicht diese entsetzlichen Erfahrungen machen müssen? Hätte es dann einfacher sein können?

Aber nein, das durfte sie nicht denken. Sie liebte ihn doch! Sie liebte ihn so wie er war, sie hätte ihn nicht anders haben wollen.

Unruhig biss sie sich auf die Lippen, drängte die Tränen fort und verwischte ihre Spuren, so gut, wie es in der Dunkelheit eben ging. Plötzlich wollte sie das Ende des Konzertes kaum mehr abwarten. Doch auch danach konnte sie noch nicht ins Hotel zurück. Sie hatte ihrer Mutter versprochen, sie zu treffen, wenn der Auftritt vorbei war, um ein bisschen zu feiern.

Dass Alahrian so plötzlich verschwunden war, war schwer genug zu erklären, sie konnte unmöglich auch einfach gehen.

Trotzdem dauerte es schier ewig, bis sich ihre Mutter von all den Gratulanten, Bewunderern und Mitarbeitern losgerissen hatte. Als sie endlich Zeit hatte, hatte Lilly eigentlich alle Lust auf ein schickes Essen oder ein gepflegtes Glas Sekt verloren, trotzdem folgte sie der Mutter in ein Restaurant, dessen Name ihr nichts sagte, das aber ziemlich teuer aussah. Alahrian fühle sich nicht wohl, entschuldigte sie sein Fehlen, und das war noch nicht einmal eine Lüge. Reue packte sie jetzt. War sie zu hart zu ihm gewesen? Saß er nun wirklich im Hotel und wartete auf sie? Oder würde er fort sein, wenn sie zurück kam?

Vor lauter Angst brachte sie kaum einen Bissen herunter, und es war fast unerträglich, die plänkelnde Mutter-Tochter-Konversation bei Tisch aufrecht zu erhalten. Sie war sicher, ihre Mutter hätte längst etwas gemerkt, doch sie schien selbst ein wenig geistesabwesend, nachdenklich und versunken. Es war nicht so merkwürdig wie vorhin, doch immer noch deutlich. Und sie vermied es peinlichst, nach Alahrian zu fragen. Das war seltsam. Hätte sie nicht vor Neugier platzen müssen? Hätte sie nicht ein bisschen erstaunter sein müssen über sein Verschwinden?

Lilly war froh, als das Essen endlich beendet war und sie danach direkt mit dem Taxi ins Hotel fuhren. Ein flüchtiger Abschied, dann war sie allein in ihrem unpersönlichen, fremden Hotelzimmer. Nur einen Flur weit von Alahrian entfernt. Ihr Pulsschlag beschleunigte sich. Ob er noch da war? Schlief er vielleicht schon? Es war furchtbar spät geworden ...

Hatte sie es vorhin kaum erwarten können, ins Hotel zu kommen, so zögerte sie den entscheidenden Moment nun auf nahezu sträfliche Weise hinaus. Anstatt einfach an seine Tür zu klopfen, blieb sie, wo sie war, lief ins Bad, stellte sich unter die heiße Dusche, zog ihr Nachthemd über, als wolle sie einfach ins Bett gehen – und kam sich mit einem Mal feige vor. Denn genau das war sie: Sie war zu feige, um sich mit Alahrian auszusprechen. Die Angst, er könne einfach verschwunden sein, war so groß, dass sie lieber gar nicht erst nachsehen mochte, wie ein Kind, das sich aus Furcht vor den Monstern, die sich dort verbergen mochten, nicht traute, unters Bett zu sehen.

Aber nun, da sie sich ihrer eigenen Dummheit bewusst geworden war, ertrug sie es auch nicht mehr länger zu warten. Hastig, im Nachthemd und auf nackten Füßen, verließ sie das Zimmer, spähte schnell den Gang entlang, ob sie auch niemand sah und huschte wie ein Geist über den milde beleuchteten Korridor. Sie wagte nicht anzuklopfen, aus Angst, keine Antwort zu bekommen, stattdessen griff sie einfach nach der Türklinke und drückte sie herab.

Die Tür war nicht verschlossen. Das konnte bedeuten, das Zimmer war leer.

Ihr Herz machte einen erschrockenen Hüpfer. Aber das Zimmer war nicht leer, sie fühlte es, und sie konnte es auch sehen. Unter der Tür quoll ein schwacher, kaum wahrnehmbarer Schimmer bläulichen Lichts hervor. Für einen Außenstehenden hätte es ausgesehen, als hätte jemand den Fernseher laufen lassen, Lilly aber wusste, was es war. Es war eine Barriere. Alahrian konnte den Zimmerschlüssel nicht anfassen, er war aus Stahl, und offenbar wollte er sich, um nicht weiter aufzufallen, so wenig verletzen wie möglich. Abzuschließen war auch nicht nötig, er kannte andere Methoden, eine Tür versperrt zu halten, effektivere und sicherere Methoden.

Während sie sehr leise und sehr behutsam die Tür einen winzigen Spalt breit öffnete, fürchtete sie fast, sie könne die Barriere nicht überwinden, fürchtete, er habe auch sie ausgeschlossen wie alle anderen Menschen.

Doch sie konnte ungehindert eintreten. Erleichtert atmete sie auf.

Drinnen war es fast dunkel, nur auf dem Nachttisch brannten zwei Kerzen, die er angezündet hatte, um während der Nacht bei Kräften zu bleiben. Ein Stich durchlief Lilly. In welch feindselige Umgebung hatte sie ihn da nur geschleppt? Plötzlich bereute sie all ihre Worte.

Angespannt, mit klopfendem Herzen ließ sie den Blick durchs Zimmer schweifen, suchte eine Gestalt im matten Licht der Kerzen und fand sie. Er lag ausgestreckt im Bett, unter der Decke verborgen, zuerst dachte sie, er schliefe, doch dann sah sie das milde Leuchten seiner Augen im Dunkeln, und er sagte leise: „Lilly ... Komm rein ... Bitte ..."

Seine Stimme war ganz klar, nicht wie wenn man gerade erst geweckt worden war. Er hatte gewartet, wie er es versprochen hatte.

Schnell drückte Lilly die Tür ins Schloss und trippelte auf Zehenspitzen – der Boden war kalt! – zum Bett. Zwei Meter davor blieb sie stehen, traute sich nicht näher heran. „Es tut mir so leid", platzte es aus ihr heraus wie ein Regenschauer. „Ich ... ich war so dumm ... Ich wollte nicht ..."

„Nein!" Er unterbrach sie sanft, aber bestimmt. „Nein, ich war dumm. Du hast Recht. Ich hätte niemandem misstrauen dürfen, den du liebst. Ich ... ich hätte dir diesen Abend nicht ruinieren dürfen. Ich ..." Er zögerte. „Ich habe dir versprochen, das Vertrauen zu lernen. Aber es ist ... es ist so schwer ..."

Unglücklich zog er die Knie an den Körper und legte den Kopf darauf, er sah kindlich aus, verletzlich.

„Es ist nicht deine Schuld", sagte Lilly ruhig. „Ich hätte dich nicht drängen dürfen."

„Bist du böse auf mich?"

„Nein." Schnell schüttelte sie den Kopf.

„Ist deine Mutter böse auf mich?"

„Nein." Sie lächelte flüchtig. „Sie denkt, du wärst einfach nur ein bisschen krank. So was kommt schon mal vor ... bei einem Menschen ..."

„Bei einem Menschen ..." Er wiederholte es nachdenklich und seltsam abwägend, als müsse er das Wort erst auf der Zunge kosten. „Denkst du, es wäre leichter, wenn ich ein Mensch wäre?"

Lilly schwieg betroffen, dann lachte sie plötzlich. „Nein", sagte sie ruhig. „Du bist menschlich genug."

„Wirklich?" Das schien ihn zu freuen, er liebte nicht, was er war, menschlich war ein Kompliment für ihn. Das war traurig, trotzdem erwiderte Lilly, nur um ihn aufzuheitern:

„Ja. Eigentlich ... bist du fast wie ein Mensch ..."

Jetzt strahlte er, die leicht gehobene Stimmung hatte ein mildes, katzenhaftes Glühen von türkisblauer Farbe in den Augen zur Folge, und Wellen von Gold liefen durch sein wirr in die Stirn fallendes Haar. Na ja, fast menschlich ...

Lilly schlug die Arme um den Körper und fröstelte ein wenig. Es war empfindlich kalt im Zimmer.

„Bist du böse auf mich?“, fragte sie leise.

„Nein.“ Er lächelte sanft. „Ich könnte niemals böse sein auf dich ...“

Lilly fühlte, wie eine große Anspannung von ihr abfiel. Mit ihm zu streiten war grässlich. Sie schauderte.

„Was hast du?“, fragte er sie besorgt. „Du zitterst ja!“

„Nichts.“ Sie lächelte schief. „Mir ist nur kalt, das ist alles.“

„Oh!“ Bestürzt sah er sie an, zog die Decke von den eigenen Schultern und reichte sie ihr.

Instinktiv senkte Lilly verschämt den Blick, während sie sie entgegennahm, nur für den Fall, dass er die Angewohnheit haben sollte, nackt zu schlafen ... Dann, einem Drang folgend, den sie selbst nicht verstand, hob sie ihn wieder – und kam sich reichlich albern vor. Er hatte nicht die Angewohnheit, nackt zu schlafen. Er lag sogar vollständig bekleidet im Bett, nicht in dem Anzug, den er vorhin getragen hatte, sondern in Jeans und Hemd – und barfuss. Er hatte wirklich Angst gehabt, wurde ihr plötzlich klar, und unvermittelt sah sie sich im Zimmer um. Sein Koffer stand verschlossen neben der Tür, die Jacke hing griffbereit über einem Stuhl. Die Wände schimmerten ebenso wie die Türschwelle und die Fensterrahmen, von einem Zauber getränkt, einem Schutzzauber, ganz ohne Zweifel.

Seine Magie hatte diesen Raum in eine Art Festung verwandelt, er selbst war bereit, jederzeit zu fliehen, wie es aussah.

„Oh, Alahrian, es tut mir so leid!“, rief Lilly, beschämt, weil sie nicht geahnt hatte, wie miserabel er sich in den letzten Stunden gefühlt haben musste.

Und plötzlich hielt sie es nicht mehr aus, so weit weg von ihm zu sein. Mit einem Satz war sie beim Bett und schlüpfte hinein, die Decke wie einen Umhang mit sich schleppend. Seine Arme umfingen sie, mit derselben Erleichterung, die auch sie empfand, zog er sie an sich. Dankbar kuschelte sie sich an ihn, wickelte die Decke um sie beide und genoss die angenehme Wärme, die von seinem ganzen Körper abstrahlte. Lächelnd ließ er einen Strom von Licht unter seinen Fingern hervorgleiten, seine Hände glühten wie ein winziger Heizkörper, und fast augenblicklich hörte sie auf zu zittern. Trotzdem drängte sie sich noch ein bisschen enger an ihn heran, nur um seine Nähe zu spüren, ihn ganz bei sich zu haben. Seine Wärme tat so unendlich gut, die Kälte, die sie geschüttelt hatte, war nicht nur körperlich gewesen.

Es tat weh, von ihm getrennt zu sein, weh, die Spannung zwischen ihnen zu ertragen. Wie ein Eiszapfen im Herzen war es, doch das Eis schmolz in seiner Nähe, alle Misstöne des Abends lösten sich in seinen Armen auf. Glücklich legte Lilly den Kopf auf seine Brust, lauschte wohlig seinen

Atemzügen und dem rhythmischen Pochen seines Herzens. Dem rasend schnellen Pochen seines Herzens, um genau zu sein.

Unvermittelt richtete sie sich auf, um ihn besorgt anzusehen. „Was hast du?", fragte sie unruhig. „Geht's dir ... nicht gut?"

„Nein." Er öffnete die Augen mit einem leicht verträumten Seufzen. „Mir geht es mehr als gut." Er lächelte versonnen.

„Aber dein Puls rast, als hättest du Fieber!"

Da lachte er plötzlich, leise und glockenhell. „Komm her ..." Er streckte die Arme aus und zog sie wieder an sich. „Es ist alles in Ordnung", versicherte er ruhig, aber noch immer amüsiert. „Ich bin nur ... ein bisschen aufgeregt." Jetzt wurde das Lachen plötzlich verlegen.

„Warum?"

„Na ja ..." Er zögerte. „Du und ich ... so nah zusammen ... unter der Dekke ... Es ist das erste Mal ..." Seine Worte erstarben in der Luft.

Lilly fühlte, wie auch sie rot wurde. „Es ist nicht das erste Mal", entgegnete sie hastig, und nun raste auch ihr Herz. Sie dachte daran, wie sie ihn während des Fiebers gehalten hatte, fest in ihren Armen, aber das war ... irgendwie anders gewesen.

Er schien sich ebenfalls zu erinnern, obwohl seine Erinnerung verschwommen und bruchstückhaft sein musste. „Na gut", meinte er heiter. „Es ist das erste Mal, dass ich dabei bei Bewusstsein bin ..."

Lilly fühlte sein Gesicht in ihrem Haar, seine warmen, zärtlichen Hände über ihren Rücken streichen und legte wieder den Kopf auf seine Brust. Sie war müde, der Tag war lang gewesen, doch sie war viel zu aufgeregt, um in seiner Gegenwart schlafen zu können. Stattdessen legte sich eine wohlige Mattigkeit um ihren Körper, während ihre Gedanken – ganz wach und nahezu unter Strom – in unbekannte Gefilde drifteten. Da gab es noch etwas, das sie ihm sagen musste. Wenn er sie so hielt, eng umschlungen in seinen Armen, dann erinnerte sie sich unbehaglich daran. Aber sie traute sich nicht und so fragte sie etwas ganz Belangloses, nur um sich von ihrer Nervosität abzulenken:

„Alahrian?"

„Ja?" Seine Stimme war weich und süß.

„Musst du jede Nacht schlafen? Wie ein Mensch?"

Er lachte leise. „Ich schlafe jede Nacht", erklärte er sanft. „Aber ich muss nicht, wie ein Mensch. Es ist einfach nur praktischer."

„Wieso?" Nun war sie wirklich neugierig.

„Nun ja ... Nachts ist es meistens dunkel. Ich kann nur wenig Licht aufnehmen. Wenn wir schlafen, dann verbrauchen wir weniger Energie ... es ist ... effizienter ..."

„Ach so ..." Nachdenklich kaute sie auf ihrer Unterlippe herum, die neue Information verarbeitend. Schmerzhaft wurde ihr bewusst, wie wenig sie im Grunde noch immer über ihn wusste. Vorhin hatte sie behauptet, er sei sehr menschlich, aber das war er nicht. Er fühlte und litt und liebte wie ein

Mensch. Aber er war keiner. Es gab so vieles, was sie nicht über ihn wusste. So viele ... unentdeckte Bereiche seines Daseins.

Doch umgekehrt galt das für ihn genauso. Auch sie war ein fremdes Wesen für ihn. Oder nicht? Wie viel wusste er wirklich über die Menschen? Wie viele Gebiete hatte er erforscht?

„Alahrian?", meinte sie leise, mit einer leicht zittrigen Stimme. „Ich muss dir etwas sagen ..."

Er wartete geduldig, bis sie so weit war weiterzureden.

„Ich ..." Wie sollte sie es nur formulieren? „Es ist ... ich meine, ich habe nie ... es ist das erste Mal." Mit flammenden Wangen hielt sie inne und hoffte, er würde verstehen.

„Ich weiß", sagte er sanft. „Für mich ist es auch das erste Mal."

Und sie redeten jetzt über ein anderes erstes Mal als vorher.

„Wirklich?", vergewisserte sich Lilly zweifelnd. „In all den Jahrhunderten ... Du hast nie ..."

„Ich habe dir gesagt, wir können nur einmal lieben", unterbrach er sie nachsichtig.

„Das ist ein Unterschied. Morgan hat auch jede Nacht eine andere Frau ..."

Er verzog ein bisschen das Gesicht. Lilly lächelte entschuldigend, als ihr klar wurde, welche Unterstellung ihr da unbeabsichtigt entschlüpft war.

Doch er war nicht böse. „Morgan sucht in Wahrheit etwas völlig anderes", entgegnete er milde. „Er weiß es nur noch nicht."

„Hmmm ..." Nachdenklich spielte Lilly mit einer seiner Haarsträhnen, die in der Dunkelheit schwach leuchtete. Sie fühlte sich seidig an und warm ... lebendig.

„Wir sind nicht so wir ihr", sagte er leise. „Ich meine ... biologisch ..."

„Was?" Erschreckt fuhr Lilly hoch. Was um alles in der Welt sollte das denn heißen?

Er lachte kurz auf. „Wir sind unsterblich", fuhr er fort. „Selbst in unserer Welt sind wir sehr langlebig."

Lilly atmete auf. Ach so ... Das hatte er gemeint. Sie hatte etwas anderes befürchtet ...

„Das heißt, wir sind ..." Jetzt wurde er verlegen, er versuchte, ihr etwas zu erklären, was ihm peinlich war. „Wir sind nicht so darauf angelegt, uns zu vermehren wie ihr", meinte er nüchtern, flüchtete sich in einen fast wissenschaftlichen Tonfall. „Weil es nicht so notwendig ist wie bei euch. Wir sind ... beständiger ... Und deshalb ..."

„Bedeutet das, du willst es gar nicht?", fragte Lilly bestürzt. Das war ein Gedanke, der ihr noch gar nicht gekommen war. Er hatte so viele menschliche Bedürfnisse ...

Und menschlich war auch die Art und Weise, wie er plötzlich so heftig errötete, dass seine Wangen Feuer zu fangen schienen. „Doch", gestand er, ganz leise und ohne sie anzusehen. „Ich wünsche es mir sogar sehr. Aber nur mit dir. Ich wollte nie eine andere – und ich werde nie eine andere wollen."

Wow ... Fast hatte Lilly ein schlechtes Gewissen. Da war sie nun mit dem einzigen Wesen dieser Welt zusammen, das völlig ehrlich war – und völlig treu war er auch noch. Seufzend kuschelte sie sich wieder an ihn. „Du hast nie gesagt, dass du es möchtest", bemerkte sie gedankenverloren. „Wir haben nie darüber gesprochen."

Ein Silberlachen folgte ihren Worten. „Lilly, ich habe vierhundert Jahre lang in einer Gesellschaft gelebt, in der man nicht darüber gesprochen hat", erklärte er amüsiert. „Sogar ihr sprecht erst seit einigen Jahrzehnten darüber."

„Aber wir reden ja jetzt darüber ..."

Er drehte sich auf die Seite, strich ihr mit dem Handrücken behutsam über die Wange. „Ich rede mit dir über alles, was du willst ..."

Aber Lilly wollte plötzlich gar nicht mehr reden. Langsam neigte sie den Kopf zu ihm hin und küsste seine weichen, warmen Lippen. Er erwiderte den Kuss voller Zärtlichkeit, doch nur einige Sekunden lang, dann hielt er inne.

Ernst schaute er sie an. „Wir müssen das heute Nacht nicht tun, nur weil alle Welt es von uns zu erwarten scheint", sagte er sanft. „Ich meine ... Du sollst dich zu nichts gedrängt fühlen. Ich ... ich kann warten ..." Ein Lächeln glitt über seine Lippen, die Augen blitzten. „Ich habe Zeit", bemerkte er heiter und ernster, nachdenklicher fügte er hinzu: „Ich will, dass es etwas Besonderes für dich wird."

Lilly erwiderte sein Lächeln, verlor sich in seinem Blick und spürte ihr Herz klopfen. „Es wird etwas Besonderes sein", flüsterte sie. „Weil es mit dir sein wird ..." Sie nahm seine Hand, schmiegte ihre Wange gegen seine langen, schlanken Finger. „Aber wir müssen es nicht heute Nacht tun", meinte sie, in verändertem Tonfall und erinnerte sich plötzlich an etwas, das sie fast vergessen hätte.

Alahrian schien es nicht vergessen zu haben, denn er atmete übertrieben erleichtert auf und ließ sich theatralisch in den Kissen zurücksinken. „Da bin ich aber froh!", lachte er. „Dein Vater hätte mich umgebracht, hätte ich mein Versprechen gebrochen!"

Sie lachte ebenfalls, die verlegene Anspannung, die eben noch zwischen ihnen geherrscht hatte, löste sich. Mit einem Mal war alles wieder ganz leicht und heiter. „Du kannst nicht sterben", erinnerte sie ihn amüsiert.

„Ich bin aber trotzdem nicht versessen darauf, gevierteilt zu werden!" Er lachte immer noch.

„Das würde ich niemals zulassen!", entgegnete Lilly in gespieltem Schrecken. Einen Moment lang schwieg sie, dann fragte sie: „Du hast meinem Vater versprochen, mich dieses Wochenende nicht anzurühren?"

„Ja."

„Darf ich dich anrühren?"

„Sollen wir ihn anrufen? Und ihn fragen?“ Seine Zähne blitzten weiß in der Dunkelheit, als er grinste. Übergangslos wurde er ernst und sah ihr, ein wenig fragend, in die Augen.

„Ich ... ich möchte dich nur ... besser kennen lernen ... mich ... an deine Nähe gewöhnen ...“ Sie schaute ihn nicht an, während sie das sagte. Würde er es albern finden? Er war noch immer das fremde, unbekannte Wesen. Sie waren sich in so vielen Dingen ähnlich, so vieles war ihr vertraut ... so vieles nicht ...

Er lachte nicht, stumm und geduldig wartete er. Lilly fühlte sich ermutigt dadurch und streckte langsam die Hand nach ihm aus.

Sie begann mit einer Region, die sie bereits kannte. Behutsam zeichnete sie mit den Fingerspitzen die feinen Konturen seines Gesichtes nach, die goldenen, leicht schräg geschwungenen Brauen, die hohen, schmalen Wangenknochen ... den sinnlichen Bogen seiner Lippen ... die weiche Kurve unterhalb seines Kiefers, wo der Puls unter der perlmutternen Haut gegen ihre Berührung klopfte ...

Langsam, sich leise hervortastend, glitt ihre Hand weiter, streichelte seine Kehle, fand die harten Erhebungen des Schlüsselbeins, zart wie die Knochen eines Vogels, und wanderte unter den Kragen seines Hemdes. Zögerlich, lautlos fragend begann sie, den obersten Knopf zu öffnen. Ihre Finger zitterten ein bisschen dabei, der zweite Knopf wollte sich nicht lösen, bis Alahrian die Hand ausstreckte und ihr half.

„Nicht“, bat Lilly leise. „Beweg dich nicht, sonst traue ich mich nicht mehr.“ Sie lachte verlegen.

Alahrian lehnte sich zurück, schloss die Augen und erstarrte zu völliger Reglosigkeit. Nur um seine Lippen spielte ein wohliges Lächeln, seine Augen leuchteten, sie konnte es an dem bläulich glitzernden Schimmer erkennen, der selbst unter den geschlossenen Lidern hervorquoll.

Vorsichtig erkundend öffnete Lilly sein Hemd und streifte es ab. Sanft strich sie über seine Brust, fühlte seine weiche, glatte Haut, weiß wie frisch gefallener Schnee, warm wie von mildem Sonnenlicht geküsst. Die Stränge seiner Muskeln zeichneten sich im Schein der Kerzen deutlich unter seiner Haut ab, sie waren anders als bei einem Menschen, schlanker, feiner, wie zart gewundenes Silberdrahtgewebe. Seine Rippen hoben und senkten sich unter ihrer Berührung, er amtete tief und schnell, sein Herz klopfte, doch er hielt ganz still, während Lillys Hand seine Brust streichelte und langsam tiefer wanderte.

Als sie mit den Fingerspitzen gegen die silberne Schnalle seines Gürtels stieß, zog sie sich schüchtern zurück, schmiegte den Kopf gegen seine Schulter, wo sein goldenes Haar behutsam ihre Wange kitzelte und ließ die Hand über seinem Herzen ruhen.

Und da glomm plötzlich ein Licht auf in seiner Brust, ein warmes, milchig weißes Leuchen, direkt unter dem Zentrum des Rippenbogens.

Erschrocken fuhr Lilly hoch.

Alahrian gab ein protestierendes Murren von sich wie ein schnurrendes Kätzchen, das man mit einem Mal vom Schoß herunternimmt, und öffnete erst dann die Augen.

„Alles in Ordnung?", fragte Lilly besorgt. „Was ist das?"

„Oh ... ich leuchte ..." Verlegen schaute er unter langen, pechschwarzen Wimpern zu ihr auf. „Tut mir leid ..."

„Tut es weh?" Das war anscheinend neu, auch für ihn.

„Im Gegenteil ..."

Lilly legte die Hand auf sein Herz, das Leuchten pulsierte, sie spürte seine Hitze, spürte, wie es in ihren Fingerspitzen kribbelte. Als sie die Hand bewegte, folgte eine matt schimmernde Spur aus schimmernder Helligkeit der Berührung. Es war, als strebe das Licht in ihm ihr entgegen, fast als könne sie nicht nur seinen Körper, sondern auch seine Seele berühren.

Da richtete er sich plötzlich auf, seine Hand fing die ihre auf, alle Farben des Regenbogens glänzten in seinen Fingerspitzen, und als sich ihre Hände berührten, da ließ er einen Hauch von Licht frei, und er versickerte mit einem warmen Prickeln unter ihrer Haut, breitete sich kribbelnd in ihren Adern aus wie süßer, sonnengetränkter Wein.

Er hatte sie schon einmal von seinem Licht kosten lassen, damals aber hatte sie es nicht gespürt, jetzt fühlte sie es, fühlte, wie es sie von innen heraus erwärmte, wie es in ihr brannte wie ein goldener Schatz. Ein nie gekanntes Glücksgefühl überwältigte sie, sie fühlte sich matt und leicht und frei.

Lautlos lachend, der Puls im Rhythmus seines Herzschlags erzitternd, schmiegte sie sich an ihn, und so, erfüllt von seinem Licht, geborgen von seiner Wärme, glitt sie langsam und sanft in Schlaf hinüber.

Familienbande

Ein Hauch gold-rosafarbenen Sonnenlichts streifte sein Gesicht, als Alahrian die Augen aufschlug. Er musste doch eingeschlafen sein. Die halbe Nacht lang hatte er Lilly in seinen Armen gehalten, hatte ihr entspanntes, träumendes Antlitz bewundert, sich jede Linie eingeprägt, als sähe er sie jedes Mal von Neuem. Zu schlafen während sie hier bei ihm war, jede Sekunde ihrer wunderbaren Nähe ein unfassbares Geschenk, war ihm beinahe als Frevel erschienen. Am Ende hatte die Müdigkeit ihn dann doch fortgetragen, aber nun, da er zum ersten Mal das wonnige Gefühl erlebte, neben ihr aufzuwachen, bedauerte er es nicht.

Ich liebe dich, flüsterte er in ihre Gedanken hinein, lautlos, wispernd, um sie nicht zu wecken. Ich liebe dich so sehr ...

Ein Lächeln glitt über ihr schlafendes Gesicht. Ich liebe dich auch ...

Er erschrak ein bisschen, zuckte zusammen in vorsichtig freudigem, ungläubigem Erstaunen. Sie hatte nicht die Lippen bewegt, während sie das sagte. Ihre Stimme war direkt in seinem Kopf erklungen, süß, weich, melodiös ... Er hätte weinen können, so schön fühlte es sich an. Und sie war noch nicht einmal aufgewacht dabei! Ihre Augen waren noch immer geschlossen, doch jetzt, als spüre sie seine Erregung, seine Unruhe, flatterten ihre Lider, sie bewegte sich schlaftrunken, kuschelte sich in seine Arme – und öffnete erst dann die Augen.

„Du kannst es also doch!“, rief Alahrian, die Stimme brüchig vor Aufregung, und konnte nicht einmal abwarten, bis sie richtig wach war.

Lilly blinzelte benommen. „Ich kann was?“, nuschelte sie, die Wange in seine Schulter geschmiegt.

„Du kannst antworten! Du kannst in meine Gedanken sprechen!“ Wäre sie nicht in seinen Armen gelegen, er wäre aufgesprungen und jubelnd durch das Zimmer gehüpft.

„Wie?“ Sie schien nicht zu verstehen. Verwirrt starrte sie ihn an. „Ich hatte einen Traum“, flüsterte sie abwesend. Ein Lächeln umspielte ihre Lippen. „Einen schönen Traum. Du hast gesagt, du liebst mich ... Und dann ...“ Plötzlich fuhr sie hoch, strich sich fahrig die wirren Haare aus dem Gesicht und schaute verblüfft zu ihm auf. „Das hast du gehört?“

„Ja ...“ Wärme durchströmte ihn, goldene Lichtfünkchen kribbelten unter seinen Handflächen.

Lilly guckte konzentriert, an ihrer Unterlippe herumkauend.

Er lachte über ihre angespannte Miene, ahnend, was sie eben versuchte.

„Es klappt wohl nicht, was?“, fragte sie frustriert.

Nachsichtig schüttelte er den Kopf. „Du kannst es vielleicht nur im Schlaf ...“ Liebevoll strich er ihr das Haar zurück. „Wir üben es später, ja?“

„Später ...“ Sie hielt kurz inne, dann bemerkte sie angelegentlich: „Wie spät ist es denn?“

„Keine Ahnung ...“ Wann würde sie sich wohl daran gewöhnen, ihm keine derartigen Fragen zu stellen?

Amüsiert beobachtete er, wie sie seine Armbanduhr, achtlos auf dem Nachttischchen liegend, umdrehte. „Oh!“, murmelte sie, plötzlich in Aufregung. „Ich ... ich muss los! Ich hab meiner Mutter versprochen, sie zum Frühstück zu treffen ...“ Hoffnungsvoll sah sie ihn an. „Kommst du mit?“

Mit einem leisen Stich in der Brust registrierte er ihre Enttäuschung, als er behutsam den Kopf schüttelte.

„Du misstraust ihr immer noch, nicht wahr?“ Sie seufzte leise.

Alahrian biss sich auf die Lippen. Die ehrliche Antwort auf diese Frage wäre ein klares Ja gewesen. Er konnte seine Gefühle eben nicht abstellen, egal, wie sehr er es auch wollen mochte. Manchmal jedoch, und das hatte er langsam begriffen, während er unter den Menschen lebte, da war eine Lüge, selbst wenn er sie verachtete, barmherziger als die Wahrheit. Und er wollte ihr nicht noch einmal weh tun.

„Nein“, sagte er deshalb, und weil das falsche Wort ihm unangenehm in der Kehle kratzte, fügte er mit einem Lächeln hinzu: „Aber es würde doch auffallen, wenn ich nichts esse, oder?“

„Ja, du hast Recht.“ Sie küsste ihn auf die Stirn, unbekümmert und voller Leichtigkeit. „Aber nachher machen wir alle zusammen einen Spaziergang durch die Stadt, ja?“ Ohne seine Antwort abzuwarten, sprang sie aus dem Bett.

Einen Moment lang blieb er reglos, betrachtete verträumt ihre zarte Gestalt in dem dünnen, weißen Nachthemdchen, dann stand er ebenfalls auf und schloss sie in die Arme. Sie schmiegte sich an ihn, doch nach einer Weile trat sie zurück und blickte zu ihm auf. „Es war schön, bei dir zu sein, heute Nacht“, flüsterte sie leise. Und, mit einem Blitzen von Heiterkeit in den Augen, fügte sie hinzu: „Aber besser, ich gehe jetzt. Niemand soll einen falschen Eindruck von uns bekommen, nicht wahr?“ Sie zwinkerte ihm zu und trippelte anmutig zur Tür.

„Warte!“, bat er sie.

„Ja?“

Er zögerte. „Lilly, ich will dir nichts vorschreiben oder so ...“, begann er unbehaglich. „Und dieses Nachthemd, das du da trägst, ist wirklich sehr hübsch, aber ...“

Er fühlte, wie er rot wurde. „Würde es dir etwas ausmachen, wenn ich der einzige bliebe, der dich darin sieht?“

„Oh.“ Mit einem Aufblitzen von Belustigung sah sie ihn an.

Wortlos reichte Alahrian ihr seine Jacke. Er wusste, was sie jetzt dachte. Bis in ihr Zimmer waren es zwei Meter, die Wahrscheinlichkeit, gesehen zu werden war entsprechend gering. Trotzdem: Vierhundert Jahre gepflegter Anstandregeln ließen sich nicht so einfach aus seinem Kopf verbannen.

Das schien sie zu wissen, denn sie nahm kommentarlos die Jacke an und demütigte ihn nicht, indem sie irgendeinen Witz über sein Zartgefühl riss. Lächelnd schlüpfte sie durch die Tür.

Alahrian blieb auf diese Art und Weise kaum mehr zu tun als selbst im warmen Sonnenlicht, das glitzernd durch die Fenster hereinfiel, ein kleines Frühstück zu nehmen und sich dann müßig unter die Dusche zu stellen. Lilly hatte Recht gehabt, als sie ihm Misstrauen unterstellt hatte. Nach wie vor fühlte er sich an einem fremden Ort, umgeben von Menschen, nicht wohl – nicht sicher. Selbst jetzt, wo er, berauscht von ihrer Nähe, in eine Woge silbriger Heiterkeit gehüllt war, blieb er vorsichtig und auf der Hut. Dieses Gefühl ließ ihn denn auch nicht nur vollständig bekleidet, sondern auch von einem Schutzzauber verhüllt, der sein wahres Aussehen verbarg, aus dem Badezimmer treten.

Und um diese Vorsichtmaßnahme war er jetzt dankbar, als er die fremde Präsenz im Raum fühlte, noch ehe sein Blick die Gestalt erfasste.

„Wie ... wie sind Sie hier hereingekommen?“, fragte er stammelnd.

Lillys Mutter lächelte beruhigend. „Durch die Tür“, entgegnete sie freundlich. „Sie war offen.“

Obwohl unbekümmert vorgetragen, ließ diese Antwort Alahrian bis ins Mark erzittern. Durch die Tür! Sie hatte all seine Barrieren einfach überwunden, ja, ohne es zu merken, wie es schien.

Seine Kehle war plötzlich staubtrocken. „Was wollen Sie?“, erkundigte er sich, schroffer als vielleicht angemessen. „Und wo ist Lilly?“

„Ich habe sie unter einem Vorwand weggeschickt.“ Lillys Mutter trat einen Schritt näher, Alahrian wich um mindestens die doppelte Distanz zurück. „Ich ... ich würde gern mit dir reden.“ Sie wirkte unsicher, ihr Blick aber hing fest an seiner Gestalt.

Alahrian schluckte hart, während sie ihn ansah. Irgendetwas an diesem Blick gefiel ihm nicht. Er war zu durchdringend, zu tief. Er konnte ihn wie eine Berührung auf der Haut fühlen, obwohl er so weit von der Frau entfernt stand, wie es nur möglich war in der Begrenzung des Zimmers.

Sein Herz hämmerte schwindelerregend schnell gegen die Rippen, er fühlte feinen Schweiß auf seiner Stirn brennen, doch er zwang sich dazu, dem seltsamen Blick standzuhalten. Lillys Mutter war eine auffallend schöne Frau, bemerkte er plötzlich. Klein, zart und schlank, wie Lilly selbst, mit dem selben, seidig schwarzen Haar, nur dass es lockiger war und zu einem geflochtenen Zopf zusammengebunden. Ihr Teint war dunkler als Lillys, von Sonne bronziert, die Augen, die ihn jetzt auf so beunruhigende Weise anstarrten, schimmerten ebenfalls dunkler, südländischer. Sie erinnerten ihn an milde Sommerabende in Florenz, an das Plätschern antiker Brunnen in Rom, an weite, goldene Sandstrände.

Aber warum nur starrte sie ihn so an?

Sie ist ihre Mutter, versuchte er, sich selbst zu beruhigen. Kein Feind, kein Inquisitor ...

Er riss sich zusammen und sagte steif, unterkühlt: „Also gut ... Reden wir.“ Einladend wies er mit der Hand auf die beiden Sessel neben dem Fernseher, die Frau jedoch blieb stehen, und auch er rührte sich nicht vom Fleck.

Ihr Blick folgte nicht seiner Geste, starr, wie festgeklebt hing er an ihm. „Was wollen Sie?“, wiederholte er brüsk.

Sie trat wieder einen Schritt näher, er wich weiter zurück, bis er das kalte, marmorne Fensterbrett im Rücken spürte.

„Ich habe etwas wie dich schon einmal gesehen“, sagte sie leise, ihn unverwandt musternd.

„Etwas?“ Seine Stimme war heiser, krächzend. Sein eigener Atem brannte wie Splitter von Glas in seiner Kehle, das Zimmer drehte sich um ihn, während er das Gefühl hatte, langsam zu ersticken.

„Jemanden“, verbesserte sie sich hastig, und ein entschuldigendes Lächeln huschte über ihr schönes Gesicht. „Ich weiß, was du bist.“

Was du bist ... Hohl hallten die Worte in seinem Kopf wider. Jetzt war ihm übel, schwarze Punkte tanzten wirr vor seinen Augen, schienen sich zu einem tiefen, dunklen Tunnel zu verdichten, in den er rasend schnell hineinzustürzen drohte.

Ich weiß, was du bist ...

Und da waren sie wieder, die flammenden Bilder der Vergangenheit, fielen über ihm zusammen wie ein zu Asche verbranntes Kartenhaus. Aber diesmal konnte er sie nicht vertreiben, diesmal war der Alptraum aus seinem Bewusstsein empor geklettert, um ihm ins Gesicht zu springen und sich für immer an ihm festzukrallen. Der sengende Geruch von verbranntem Fleisch, die Schmerzen, das Feuer, die Schreie ...

Alahrian taumelte, hielt sich am Fensterbrett fest und überlegte einen irren, verzweifelten Moment lang, ob es wohl sehr viel Aufsehen erregen würde, wenn er einfach nach draußen sprang, um zu fliehen. Doch das Zimmer lag im zweiten Stock, zu hoch selbst für ihn. Auch ein Unsterblicher kam nicht sehr weit mit zersplitterten Knochen ... Und die Zimmertür selbst lag hinter der Frau, meilenweit entfernt. Er war gefangen. Gefangen in der Ausgeburt seiner eigenen Alpträume.

Und als er dies erkannte, da geschah etwas Seltsames. All seine Furcht, die tödliche Panik, die ihm eben noch die Atemluft aus der Brust gequetscht hatte, verschwand mit einem Schlag. Ich bin nicht mehr wie damals, dachte er wild. Ich bin nicht mehr schwach ...

Er legte den Kopf schräg und betrachtete die Frau vor sich plötzlich mit völlig neuen Augen. Klein war sie ... und zart ... Er überragte sie um mehr als Haupteslänge ...

Das war eine merkwürdige Feststellung, die ihn einen Moment lang so sehr verwirrte, dass er einen unsicheren Schritt vorwärts stolperte und langsam die Hände hob.

Mit dunkel geweiteten Augen wich sie vor ihm zurück.

Erstaunt, fast erschrocken, hielt Alahrian inne. Sie fürchtete sich vor ihm. Nein, schlimmer noch: Sie hatte Angst vor ihm.

Die ganze Zeit über hatte sie Angst gehabt vor ihm, deshalb hatte sie ihn so angestarrt, deshalb hatte sie so seltsam reagiert gestern Abend. Sie fürchtete sich vor ihm.

Das war so absurd, dass er beinahe hysterisch aufgelacht hätte. Stattdessen zog er sich wieder zurück und ließ die Hände sinken. Rotes, flackerndes Licht pulsierte in seinen Fingerspitzen. Er hatte es nicht einmal gemerkt.

„Tut mir leid", flüsterte er bestürzt und sog die aggressive Helligkeit tief in sein Innerstes. Hatte er gerade ernsthaft darüber nachgedacht, Lillys Mutter anzugreifen? Mein Gott ... Er war ja nahe daran, den Verstand zu verlieren!

Zittrig lehnte er sich gegen die Wand neben dem Fenster. „Tut mir leid", flüsterte er noch einmal.

„Schon gut." Sie war noch immer vorsichtig, aber sie ging nicht. „Darf ich ... mich setzten?", fragte sie behutsam, als spräche sie mit einem Tier, das üblicherweise freundlich, nun aber zu Tode verwundet und daher unberechenbar war.

Alahrian nickte abgehackt und sah zu, wie sie sich trotz ihrer Anspannung anmutig in den Sessel gleiten ließ. Er selbst blieb an der Wand stehen, als hätte man ihn dort festgenagelt.

Einen Moment lang herrschte Schweigen, für das Alahrian dankbar war, weil es ihm Zeit gab, sich zu sammeln, dann sagte Lillys Mutter, scheinbar zusammenhanglos: „Ich war noch sehr jung, als ich Lillys Vater geheiratet habe, wusstest du das?"

Alahrian hatte es nicht gewusst. Er verstand auch nicht, was ihn das anging, sagte aber nichts.

Sie lächelte ein wenig fahrig, strich sich eine dunkle Locke aus der Stirn und fuhr dann fort: „Jung und gerade am Anfang meiner Karriere. Die Musik bedeutete mir alles. Mein Mann hat das nie verstehen können, ich hatte immer ... immer das Gefühl, mich zwischen ihm und der Musik entscheiden zu müssen, verstehst du?"

Alahrian rührte sich nicht.

„Am Abend meines ersten Konzertes hatten wir einen Streit", erzählte sie weiter. „Er kam nicht zu meinem Auftritt und ich war ... ich war enttäuscht, verletzt und ... wütend."

In Erinnerungen versunken starrte sie ins Leere, Alahrian begriff nicht, worauf sie hinauswollte, aber er war außerstande, sie zu unterbrechen.

„Ein Mann kam zu mir in dieser Nacht", erklärte sie endlich, ihre Augen fern, die Stimme fast tonlos. „Es war, als hätte mein Spiel ihn angezogen, und er ... er sprach zu mir, als habe er durch die Musik hindurch direkt in meine Seele geblickt. Er war ... er war fast überirdisch schön, beinahe schmerzte es, ihn anzusehen ..." Ein Zucken lief über ihre Lippen. „Seine

Haut war weiß wie frisch gefallener Schnee ... er bewegte sich, als würde er schweben, als würden seine Füße die Erde kaum berühren ... er war ..." Jetzt sah sie ihn an, und der Hauch eines Lächelns berührte ihr Gesicht. „Er war wie du", sagte sie heiser.

„Wie ich ..." Alahrian fühlte, wie ihm schwindelig wurde. Unverwandt sah sie ihn an, und er wusste, ihr Blick ging direkt durch alle Zauber hindurch, sie sah ihn so, wie er wirklich war, er konnte nichts dagegen tun, konnte sich nicht schützen vor diesen dunklen, viel zu tiefen Augen.

Leise trat sie an ihn heran, behutsam streckte sie die Hand aus, als wolle sie sein Gesicht berühren. Alahrian ahnte, was sie vorhatte, mit einem gequälten, angstvollen „Nicht! Bitte ... nicht ..." drehte er den Kopf zur Seite, das goldene Haar fiel ihm in die Stirn und gab die spitzen, gewundenen Ohren frei.

Sie lächelte milde, als sie es sah, ihr Blick war freundlich und warm, keine Spur von Hass, von Ablehnung war darin zu sehen, und doch fühlte er sich vor ihr so gedemütigt wie an dem Tag, an dem der wütende Mob ihn kreischend ins Gefängnis gezerrt hatte.

„Und dieser Mann ...", flüsterte er fragend, kaum fähig zu sprechen.

„Dieser Mann ist Lillys Vater."

Die Worte kamen ruhig, beinahe sanft, doch sie stürzten über ihn ein wie zu scharfkantigem Eis gefrorener Regen, der ihm blutig die Haut zerschnitt. Etwas lag in diesen Worten, etwas Gewaltiges, Unfassbares, etwas, das sein Verstand sich weigerte zu denken, weil es zu unglaublich, zu unmöglich war.

„Und Ihr ... Ihr Ehemann?", fragte er betont, zwanghaft nach Belanglosigkeiten bohrend, nur um sich der einen Erkenntnis nicht stellen zu müssen. „Weiß er von Ihrer ... Ihrer Affäre?"

Diese Worte verletzten sie, er spürte es wohl, aber sie sagte nichts dazu. „Er weiß es", antwortete sie, noch immer ruhig. „Letzten Endes war das der Grund, aus dem wir uns getrennt haben."

„Und weiß er ... weiß er, dass er nicht Lillys Vater ist?"

Diese Frage führte ihn gefährlich nah an den Abgrund heran, er spürte bereits sein dunkles Brausen, die gefährliche Verlockung, die von ihm ausging.

„Er ahnt es vielleicht", gab Lillys Mutter zu. „Aber es hat nie eine Rolle gespielt für ihn. Für ihn war sie immer seine Tochter – und wird es immer bleiben."

„Aber das ist sie nicht", flüsterte Alahrian, zwang sich, es auszusprechen, obwohl er fast daran erstickte. „Sie ist ... sie ist eine alfar. Sie ist eine von uns."

Und da war er, der Abgrund. Tosend öffnete er sich, rasend schnell, und Alahrian rang keuchend nach Atem, taumelte, wie im Rausch – und sprang freudig hinein.

Eine von uns ... Eine alfar.

Hoffnung, das spürte er in diesem Moment, ist ein zweischneidiges Schwert.

Irgendwo in seinem Inneren jubelte und tanzte es, sein Herz, schmerzhaft gegen die Brust hämmernd, schrie und kreischte vor Glück, das Blut in seinen Adern kochte, winzige Lichtkristalle jagten singend durch sein Innerstes.

Ein anderer Teil wollte – wagte nicht, es zu glauben. Dieser Teil wusste, die Hoffnung war gefährlich, böse, tückisch – sie würde ihn zerstören und in den Wahnsinn treiben, wenn er ihr allzu bereitwillig nachgab.

„Lilly ... weiß nichts davon?“, fragte er brüchig. Eigentlich war es mehr eine Feststellung.

Heftig schüttelte die Mutter den Kopf. „Nein. Natürlich nicht.“

„Sie haben es ihr verschwiegen? All die Zeit?“ Fassungslos starrte er sie an. „Wie ... wie konnten Sie nur? Wie ... wie konnten Sie das nur tun?“ Jetzt spürte er, wie seine ohnehin rissige Selbstbeherrschung vollends zusammenbrach. Am ganzen Körper begann er zu zittern, Licht pulsierte unter seiner Haut, aber er konnte es nicht aufhalten.

„Wie konnten Sie ihr das antun?“, schrie er Lillys Mutter an. „Wie konnten Sie mir das antun?“ Tränen würgten ihn plötzlich in der Kehle, bebend und anklagend starrte er die Frau vor sich aus flammenden Augen an. „Haben Sie eine ungefähre Ahnung, welche Angst ich um sie hatte? Wie oft ich mir vorgestellt habe, wie sie bleich und wunderschön in ihrem Grab liegt – in ein paar wenigen Jahren schon?“

Seine Stimme überschlug sich, er redete wirres, irrationales Zeug und er wusste es, aber er war nicht in der Lage, sich zusammen zu reißen.

Lilly war kein Mensch. Sie war eine alfar. Zumindest ein Teil von ihr. Alahrian wusste kaum etwas über die Halblinge, es gab zu wenige von ihnen, zu selten kam es zu einer Verbindung zwischen alfar und Mensch. Gewiss waren sie nicht unsterblich, die Halblinge. Da sie nicht verbannt waren wie alle anderen konnten sie getötet werden, in dieser Welt. Aber sie alterten auch nicht so schnell wie gewöhnliche Menschen.

Er hatte einige Jahrzehnte gewonnen, vielleicht sogar Jahrhunderte. Und da war sie wieder, die Hoffnung, schnell und unbarmherzig schlug sie zu.

Ein Zittern schüttelte seinen Körper. Er wollte lachen und weinen zugleich, stattdessen brach er einfach zusammen, sank auf den bloßen Fußboden, schlug die Hände vors Gesicht und schluchzte lautlos.

Ein hauchfeiner Luftzug verriet ihm, dass die Frau sich bewegt hatte. In einer Art von Besorgnis ließ sie sich neben ihm in die Hocke sinken, und er schaute widerwillig auf.

„Und ... und dieser Mann war wie ich?“, fragte er heiser, nur um es noch einmal zu hören.

Lillys Mutter nickte. „Sein Haar war golden, in den Augen lag ein sonderbarer Glanz und ... und es schien weißes Feuer unter seiner Haut zu brennen ... Er leuchtete und schimmerte, wie ein Engel, und ...“

Alahrian starrte sie an, suchte ihren Blick, als könne er sich daran festhalten. „Er ... er leuchtete?“, wiederholte er ungläubig, während es sich in seinem Kopf bereits zu drehen begann. Leuchten ... Bisher hatte er automatisch angenommen, der Mann, von dem sie sprachen, sei ein döckalfar gewesen. Alles, was sie ihm zuvor erzählt hatte, hätte auch auf jemanden wie Morgan zugetroffen: weiße Haut, federleichte Bewegungen, ein Äußeres, das den Sterblichen attraktiv erschien ...

Aber das ...

Das war endgültig zu viel für ihn. „Mein Gott ...“, flüsterte er zittrig. „Es ... es gibt also noch andere wie mich? Ich bin ...“ Die Worte wollten ihm ersterben, ihm war schwindelig vor Fassungslosigkeit. „Ich habe geglaubt, ich ... ich sei der letzte ...“

Seine Stimme zerbrach in einem Schluchzen. Bebend wandte er das Gesicht ab, fühlte, wie heiße Tränen über seine Wangen stürzten und weinte haltlos, ohne sich darum zu kümmern, was er damit anrichtete. Natürlich begann es zu regnen, wild klopften die Tropfen gegen die Fensterscheiben, aus den Augenwinkeln beobachtete er, wie Lillys Mutter nachdenklich die Rinnsale auf dem Glas verfolgte, dann legte sie ihm plötzlich die Hand auf die zuckenden Schultern.

„Ist ja gut“, flüsterte sie sanft. „Ist ja gut ...“

Und obwohl Alahrian die Berührung der Sterblichen nicht liebte, tat ihm diese tröstende Geste sonderbar gut, fast genoss er den milden Druck ihrer Hand auf seinem Körper. Vielleicht wäre er ohne diese Berührung einfach auseinander gefallen.

Verwundert blickte er auf. Die dunklen Augen der Frau waren warm und voller Mitgefühl. Seltsam ... Sie hatte ihren Mann betrogen und ihre Tochter jahrelang belogen, und doch konnte er sie weder ablehnen noch verurteilen. Sie war so merkwürdig sanft. Mit einer in Tränen aufgelösten Kreatur hatte sie Mitleid, obwohl sie genau wusste, dass dieses Wesen kein Mensch war. Keine Verachtung war in diesen Augen, kein Hass. Nur Wärme. Fast wünschte sich Alahrian, der nie eine Mutter gekannt hatte, er könne seinen Kopf in ihren Schoss legen und sich dort ein wenig ausruhen, doch stattdessen sagte er nur:

„Und Sie haben ihn nie wieder gesehen, diesen Mann?“

„Nein.“ Die Hand von seiner Schulter nehmend schüttelte sie den Kopf. „Nur in dieser einen Nacht. Am Morgen ging er fort, doch er sagte, ich hätte eine Tochter empfangen und ich solle sie Rhiannon nennen. Und er gab mir eine Kette für sie, und diese Kette trägt sie jeden Tag.“

Ja, die Kette ... Alahrian unterdrückte ein Aufstöhnen. Er war so blind gewesen! Die Kette ... die Tatsache, dass sie ihn sehen konnte, durch alle Zauber hindurch und das vom ersten Augenblick an ... Aber da war noch viel mehr: Sein Licht versank unter ihrer Haut, sie konnte hören, wenn er in Gedanken mit Morgan sprach, sie konnte sogar antworten ...

Bei Gott ... Wie hatte er je annehmen können, sie sei ein gewöhnlicher

Mensch? Aber es war so unfassbar, selbst jetzt konnte er es nicht glauben.

Und da war noch etwas, was sie getan hatte, ein Hinweis, den er nicht hätte ignorieren dürfen: Als er sie das erste Mal geküsst hatte, da hatte sie ihn zum Grauen geführt. Ich habe sie zu dir geschickt, hatte der Graue ihm damals gesagt. Aber er hatte nicht begriffen, was das bedeutete.

Lillian Rhiannon ... Rhiannon ... Die keltische Göttin des Frühlings. Die Göttin, die die Dunkelheit des Winters beendete und Licht und Wärme brachte.

Sie war gekommen, um seine Dunkelheit zu beenden.

Der Graue hatte es von Anfang an gewusst.

Alahrian amtete tief und unregelmäßig. Schon wieder wollten ihm Tränen in die Augen springen, aber diesmal hielt er sie zurück.

„Wir müssen es ihr sagen“, flüsterte er stattdessen. „Wir müssen Lilly die Wahrheit sagen.“

„Nein!“

Die Frau, eben noch in sanfte Ruhe gekleidet wie in einen weichen Mantel, wurde mit einem Mal blass. „Nein, nein das geht nicht!“, rief sie mit brüchiger Stimme. „Du darfst es ihr nicht sagen, bitte! Sie darf es nie erfahren!“

„Was?!“ Ungläubig sprang Alahrian auf. „Sie soll nicht wissen, was sie ist? Wie lange glauben Sie, können Sie das noch vor ihr verheimlichen?“

Sie beginnt bereits, sich zu verändern, dachte er wild. Sie entwickelt sich nicht wie ein normaler Mensch. Sie ist eine von uns ... Eine von uns ...

„Bitte“, flehte Lillys Mutter, regelrecht verzweifelt. „Willst du ihr das wirklich antun? Lilly liebt ihren Vater! Willst du ihr wirklich erzählen, dass er nicht ihr Vater ist?“

Alahrian biss sich auf die Lippen. „Darüber hätten Sie vielleicht ein bisschen früher nachdenken sollen“, sagte er hart.

Er sah, wie sein Gegenüber zusammenzuckte, seufzte und meinte dann, milder: „Es tut mir leid. Aber ich kann sie unmöglich anlügen.“

Lillys Mutter blickte ins Leere, in ihrem Gesicht arbeitete es, als hätte sie einen harten Kampf auszustehen.

Alahrian schaute sie durchdringend an. „Wir müssen es ihr sagen“, meinte er fest. „Und wenn Sie es nicht tun, dann tue ich es. Ich werde sie auf keinen Fall belügen!“

„Wen belügen?“

Alahrian und die Mutter drehten sich gleichzeitig um. Lilly stand unter der Tür, der Blick fragend zwischen ihnen beiden hin und her huschend. „Was ist hier los?“, fragte sie verwirrt. „Worüber redet ihr?“

„Komm her.“ Behutsam streckte Alahrian die Hand nach ihr aus. „Setz dich. Deine Mutter hat dir etwas zu sagen.“

Elfenblut

„Nein ...“ Fassungslos starrte Lilly von einem zum anderen, doch an keinem fand sie Halt. „Das ... das kann nicht sein ... Ich ... ich bin ...“

Ja, was eigentlich? Ein Mensch? Eine alfar? Irgendeine Art von absurdem Mischwesen?

Ein Zittern durchlief ihren Körper, voller Angst schaute sie auf ihre Hände herab, als erwarte sie, irgendeine merkwürdige Veränderung daran zu erkennen.

Aber natürlich waren es noch immer ihre eigenen Hände. Was auch immer sie war, sie war es immer schon gewesen ... Im Grunde hatte sich doch nichts geändert, oder?

Aber warum nur hatte sie dann das Gefühl, der Boden schwanke unter ihren Füßen, als bräche ihre ganze Welt um sie herum zusammen?

„Wie konntest du nur?“, wandte sie sich schwindelig an ihre Mutter und spürte, wie ihre Fassungslosigkeit langsam in Zorn, Wut und Enttäuschung überging. „Wie hast du mich nur so belügen können? All die Jahre ... Und du hast es nie für nötig gehalten, mir das zu sagen?“

Erschüttert zuckte ihre Mutter zusammen. „Lilly, ich ...“, setzte sie unsicher an, doch Lilly war nicht in der Verfassung, sich Erklärungen anzuhören. „Du hast Papa betrogen!“, schrie sie unbeherrscht. „Du ... du hast ...“ Den Faden verlierend schüttelte sie den Kopf, als eine ganze Sturmflut sich widersprechender Gefühle über ihr einstürzte. „Wann hattest du vor, es mir zu sagen?“, rief sie mit bebender Stimme. „Und wenn Alahrian nicht gekommen wäre, würde ich dann immer noch denken ... wäre ich dann immer noch ...“

Die Worte versagten. Hilflose Tränen quollen unter ihren Lidern hervor, und das machte sie nur noch wütender.

Ihre Mutter tat einen vorsichtigen Schritt auf sie zu, die Hände erhoben, als wolle sie sie tröstend in die Arme schließen, Lilly aber wich trotzig zurück.

„Lillian“, sagte da Alahrian, der während der letzten Minuten erstaunlich still gewesen war. Jetzt klang seine Stimme sanft und weich, die Augen waren dunkel und warm, als er seltsam zwingend ihren Blick suchte. „Beruhige dich ... Alles wird gut ...“

Ruckartig fuhr ihr Kopf herum, funkelnd starrte sie ihn an. „Hast du es gewusst?“, fragte sie anklagend, seine Zärtlichkeit in ihrem hilflosen Zorn erstickend. „Hast du davon gewusst, Alahrian?“

Sie bereute die scharfen Worte sofort, noch während sie zusah, wie sie ihm ins Herz schnitten.

„Nein“, entgegnete er verwirrt, blass und voll von kindlich verletztem

Erstaunen über die Ungeheuerlichkeit dieses Vorwurfs. „Nein, natürlich nicht."

Lilly schwieg. Sie wusste, sie tat ihm weh, aber sie konnte ihm nichts geben in diesem Moment, nichts, gar nichts.

„Lilly ..." Wieder sprach er sie an, angstvoll diesmal, er spürte die Mauer, die sich zwischen ihnen aufzubauen drohte und kletterte mit verzweifelter Kraft daran empor. „Lilly, mein Herz, ich weiß, das alles ist schwer für dich, aber ..." Seine Stimme zitterte, doch es war nicht das selbe Zittern, das sie empfand. Seine Augen leuchteten. Durch dunkles Lapislazuli brach ein Schimmer von klarem, strahlendem Aquamarin hindurch. Er war angespannt, irritiert, durcheinander, aber hinter all diesem Gefühlswirbel begann sich bereits etwas anderes zu ordnen, ein jubelndes Entzücken, eine überwältigende Freude, deren schwindelerregenden Taumel Lilly in ihrem momentanen Zustand einfach nicht erfassen konnte.

Für sie war eine Welt zusammengestürzt.

Für ihn baute sich gerade eine neue Welt auf. Ihre Welt ...

„Lilly, du bist eine von uns", sagte er sanft, all das, was sie gerade erst zu erahnen begann, in diese schlichten, klaren Worte pressend.

Aus brennenden Augen starrte sie ihn an. Die Hoffnung, die aus seinem Gesicht leuchtete, war beinahe noch schwerer zu ertragen als die verhaltenen Schuldgefühle ihrer Mutter. Und plötzlich hielt sie das alles einfach nicht mehr aus. „Nein!", schrie sie wild, unbeherrscht. „Ich bin ... ich bin ein Mensch!"

Er zuckte zurück, als habe sie ihn geschlagen. Lilly schluchzte verzweifelt auf, Tränen verschleierten ihren Blick, und mit einem erstickten Schrei rannte sie an ihm vorbei zur Tür und lief blindlings hinaus.

Einen Herzschlag lang starrte Alahrian ihr hinterher, dann wandte er sich instinktiv um, um ihr nachzulaufen, doch Lillys Mutter hielt ihn behutsam davon ab.

„Lass sie", meinte sie ruhig. „Sie braucht einen Moment für sich. Sie wird zurückkommen, wenn sie sich gesammelt hat."

Ruckartig fuhr Alahrian herum. „Wie können Sie da so sicher sein?", fragte er heftig.

Aber das war sie nicht. Er konnte es an ihrem aufgelösten Gesicht sehen, den flackernden Augen, der Verzweiflung, die um die geschwungenen Mundwinkel huschte. Die Ruhe war brüchig und äußerlich. Darunter sammelten sich Angst und Schuldgefühle. Tränen schimmerten in den dunklen Augen, mühsam zurückgehalten.

Nun war es an Alahrian, Mitgefühl zu zeigen. „Gewiss hat sie es nicht so gemeint", bemerkte er, ein wenig fahrig. „Sie ... sie wird Ihnen verzeihen, ganz bestimmt."

Aber würde sie das wirklich? Und würde sie akzeptieren können, was sie war?

Ich bin ein Mensch ... Wie sie ihn angesehen hatte, als sie das gesagt hatte! In einer bewussten Anstrengung vertrieb Alahrian das Bild aus seinem Kopf. Sie brauchte Zeit, nur ein wenig Zeit. Ihn selbst hatte die Nachricht schier umgehauen, kein Wunder, dass Lilly völlig durcheinander war. Wieder stieg der Impuls in ihm auf, ihr zu folgen, doch sie war fortgelaufen von ihm, nicht wahr? Das bedeutete, sie wollte niemanden sehen, wollte ihn nicht sehen ...

Und obwohl er ihre Reaktion verstand, tat sie weh. Nach all der Nähe, die er gestern Nacht empfunden hatte, all der Nähe, die jetzt plötzlich möglich schien, war es fast unerträglich, von ihr getrennt zu sein. Leise, tropfenweise, sickerte mit einem Mal eine ganz neue Angst in sein Innerstes: Sie war eine alfar, sie war von seinem Blut ... aber was, wenn das die Distanz zwischen ihnen nicht einriss, sondern sie im Gegenteil noch vergrößerte? Wenn sie ablehnte, was sie war, wenn sie nichts mit seiner Welt zu tun haben wollte?

Ich bin ein Mensch ...

Mit zusammengepressten Lippen ließ Alahrian sich gegen die Wand sinken. Hoffnung ist ein zweischneidiges Schwert ... Und er fühlte beide Klingen in sich brennen.

„Hat sie den Stern empfangen?", fragte er unvermittelt, in eine sich unangenehm dehnende Stille hinein. Die Worte waren eigentlich überflüssig. Er kannte die Antwort, natürlich kannte er sie.

Wie erwartet schaute Lillys Mutter ihn auch nur verständnislos an. „Den Stern?", erkundigte sie sich verwirrt.

„Den Elfenstern", antwortete Alahrian, ruhiger jetzt, da er von etwas sprach, das ihm vertraut war.

Schnell schob er den Ärmel seines Hemdes zurück, ließ ein wenig Licht aus seinem Inneren empor strömen und zeigte ihr die feinen Linien, die sich daraufhin auf seinem Handgelenk bildeten, genau dort, wo der Puls unter der Haut klopfte: ein in sich gewundener, siebenzackiger Stern ... Elfenstern ...

„Solange wir Kinder sind", begann er zu erklären, „das heißt, etwa während der ersten fünfzehn, sechzehn Jahre unseres Lebens, sind wir euch Sterblichen gar nicht so unähnlich. Wir altern, wir verändern uns. Erst wenn wir den Stern empfangen haben, entfalten wir unsere volle Kraft. Weder Alter noch Krankheit können uns etwas anhaben." Er wartete kurz, doch Lillys Mutter hörte ihm stumm und aufmerksam zu.

„Es ist eine Art Ritual", fuhr er dann fort. „Mit einem silbernen Messer wird das Symbol in die Haut geritzt, ein Mitglied unseres Volkes öffnet seine eigenen Narben, dann werden die Wunden aneinander gepresst, bis sich das Blut vermischt. Jedes Individuum empfängt auf diese Art und Weise das Blut des gesamten Volkes, wir sind mit der Gemeinschaft aller alfar verbunden, die Erinnerung unserer ganzen Welt fließt durch unsere Adern, wir kennen unsere Geschichte, unsere Legenden, unsere Mythen."

Lillys Mutter lächelte abwesend. „Das klingt sehr schön", flüsterte sie nachdenklich.

Er hätte ihr sagen können, dass auch ihr Volk eine ähnliche Verbundenheit kannte, dass auch die Menschen die Erfahrung aller in sich trugen, in Träumen, in Märchen und Geschichten. Auch sie besaßen ein kollektives Gedächtnis, sie hatten nur verlernt, darauf zurückzugreifen.

„Angenommen, sie würde diesen Stern empfangen", bemerkte Lillys Mutter, bevor er weitersprechen konnte, „was wird dann mit ihr geschehen?"

Alahrian blickte angestrengt ins Leere. „Ich weiß es nicht", gestand er endlich. Es würde sie nicht unsterblich machen. Aber vielleicht würde sie aufhören zu altern? Alterte sie nicht jetzt bereits langsamer als gewöhnlich? Alahrian, der kein Gefühl hatte für das Verstreichen der Zeit, hatte nie auf derlei Dinge geachtet, bei den Sterblichen, doch sah Lilly nicht ein wenig jünger aus als die anderen Mädchen ihres Alters?

Prüfend blickte er ihrer Mutter ins Gesicht. Auch sie wirkte erstaunlich jung, mädchenhaft, aber wer vermochte schon zu sagen, was die Begegnung mit einem der seinen bei ihr bewirkt hatte?

Erschöpft drückte er die Hand gegen die schmerzende Stirn. Fragen über Fragen ... Fragen, auf die er keine Antworten fand ... Noch nicht ...

Und Lilly? Wie durcheinander musste sie erst sein? Und wieder schnitt ihre Abwesenheit in all ihrer stählernen Schärfe in sein Herz. Es war fast eine Art körperlichen Unwohlseins, ihm fehlte etwas ... buchstäblich.

Eine Zeitlang noch wartete er, schritt unruhig wie ein gefangener Tiger im Raum auf und ab, während Lillys Mutter mit blassem, ausdruckslosem Gesicht aus dem Fenster starrte, dann endlich hielt er es nicht mehr aus. Abrupt blieb er stehen, mitten im Zimmer.

„Ich gehe sie jetzt suchen", verkündete er entschlossen.

Lillys Mutter nickte stumm. „Sagst du ... mir Bescheid, wenn du sie gefunden hast?", bat sie kläglich.

„Wollen Sie nicht mitkommen?" Verwundert zog Alahrian die Brauen hoch.

Die Frau senkte den Blick. „Ich glaube nicht, dass sie mich jetzt sehen will", meinte sie traurig.

Alahrian schenkte ihr ein Lächeln voll Mitgefühl. „Ich werde mit ihr reden", versprach er. „Sie wird Ihnen nicht ewig böse sein."

Schwach erwiderte Lillys Mutter sein Lächeln. „Du liebst sie sehr, nicht wahr?", fragte sie plötzlich.

Alahrian nickte ernst.

„Und ich glaube, sie liebt dich auch ..." Jetzt wurde das Lächeln tiefer, erreichte auch die Augen.

Alahrian begegnete kurz ihrem Blick, dann meinte er schlicht: „Danke. Danke, dass Sie mir die Wahrheit gesagt haben ..."

Sie bedeutete ihm viel, diese Wahrheit, doch er vermochte ihr Ausmaß noch nicht einmal zu erahnen. So wusste er weiter nichts zu sagen und schweigend, ohne ein Wort des Abschieds schlüpfte er durch die Zimmertür und machte sich auf die Suche nach Lilly.

Es dauerte lange, bis er sie gefunden hatte. Das Hotel war groß und unübersichtlich, und vielleicht hatte sie seine Mauern auch längst schon verlassen. In Gedanken rief er ein paarmal nach ihr, doch er erhielt keine Antwort, entweder weil sie nicht antworten konnte – oder weil sie es nicht wollte. Vielleicht hörte sie ihn auch nicht?

Alahrian klammerte sich an diese letzte Möglichkeit und durchkämmte weiter jeden Winkel des verfluchten Hotels, bis eine leise Form von Verzweiflung in ihm aufzusteigen drohte. Endlich entdeckte er sie, in der Tiefgarage, im Dunkeln, zwischen mehreren Tonnen Stahlblechs auf einer Betontreppe sitzend – an dem letzten Ort, den er freiwillig aufgesucht hätte. Die Erkenntnis schmerzte, schmerzte mehr als alles andere.

Doch er vergaß all seine eigenen Befindlichkeiten, in dem Moment, in dem er sie schluchzen hörte. Sie weinte. Allein saß sie auf der Treppe, das Gesicht in die Hände gestützt, und weinte. Alahrians Herz krampfte sich zusammen. Lautlos trat er an sie heran, und obwohl er sicher war, seine Füße verursachten nicht das mindeste Geräusch auf dem glatten Beton, spürte sie seine Anwesenheit und blickte zu ihm auf.

Alahrian blieb stehen, unsicher, ob sie ihn sehen wollte oder nicht.

Hast du es gewusst? ... Ich bin ein Mensch ...

Hohl hallten ihre Worte in seinem Kopf wider, ihre abweisenden, ihn ausschließenden Worte.

Ihr Blick aber suchte den seinen, zwischen Schleiern von Tränen schaute sie ihn an, hilflos, nach Halt suchend, zutiefst verstört.

„Wer bin ich, Alahrian?“, fragte sie leise. „Was bin ich?“ Ihr Blick irrte durch die dunklen Tiefen der Garage, blieb dann wieder an seiner Gestalt hängen. „Ich kann im Dunkeln sitzen, stundenlang, wenn ich will!“, erklärte sie, vehement, fast wütend. „Ich kann Stahl berühren!“ Als müsse sie ihm ausgerechnet das beweisen, strich ihre Hand über das Auto neben ihr, fest drückte sie mit den Fingerspitzen gegen das lackierte Metall, doch nichts passierte. Natürlich nicht.

Alahrian schauderte, schlängelte sich behutsam an eben jenem Auto vorbei und blieb, ihr direkt gegenüber, stehen.

„Mein ganzes Leben lang war ich ein Mensch!“, rief Lilly aufgebracht. „Und jetzt? Was bin ich jetzt?“

„Du bist noch dieselbe wie vorher“, entgegnete Alahrian ruhig. „Es hat sich nichts geändert.“

„Warum fühle ich mich dann, als ob alles, was bisher war, nichts als eine Lüge ist?“, fragte sie bitter. „Mein ganzes Leben .. meine Mutter .. mein Vater ... Wer ist mein Vater überhaupt?“ Wieder sammelten sich Tränen in ihren Augen.

Alahrian blickte zu Boden. „Nicht alles war Lüge ...“, sagte er leise.

Jetzt zuckte die Andeutung eines Lächelns über ihre zitternden Lippen. „Nein“, meinte sie, sanfter nun, weicher. „Du bist der einzige Fixpunkt, die einzige Wahrheit ...“ Und dann sprang sie auf und stürzte sich in seine Arme, weinte an seiner Schulter, bis er ihre heißen Tränen durch den dünnen Stoff seines Hemdes fühlen konnte.

„Halt mich fest“, bat sie schluchzend. „Halt mich ganz fest ...“

Und er hielt sie, und obwohl sie so traurig war, war er doch froh. „Ich dachte schon, ich hätte dich verloren“, flüsterte er erleichtert, presste sie an sich und vergrub das Gesicht in ihrem Haar.

„Verloren?“ Sie klang erstaunt, obwohl er es nicht mit Sicherheit sagen konnte. „Aber ...“

Sie sprach noch weiter, doch Alahrian hörte sie nicht mehr, denn in diesem Moment explodierte etwas in seinem Kopf und eine Stimme brüllte mit einer Kraft, die ihm schier den Schädel zu sprengen drohte:

ALAHRIAN!

Mit einem erstickten Schrei presste Alahrian die Hand gegen die Stirn, Lilly riss besorgt die Augen auf, während er in die Knie brach vor Schmerz, und dann jagte ein pechschwarzer Wagen schlingernd durch die engen Windungen der Tiefgarage direkt auf sie zu und kam mit quietschenden Reifen keine zehn Zentimeter vor ihnen zum Stehen.

„Morgan!“, kreischte Alahrian aufgebracht, noch ehe der Bruder die Wagentür öffnete und gehetzt zu ihnen hinausblickte. „Bist du wahnsinnig? Ich dachte, mir platzt das Hirn!“

„Verdammt noch mal, liosch!“, brüllte Morgan zurück. „Was treibst du denn den ganzen Tag? Ich rufe dich seit Stunden, aber du hörst mich einfach nicht!“

„Ich musste mich auf andere Dinge konzentrieren ...“ Übellaunig richtete Alahrian sich auf. „Was zum Teufel machst du überhaupt hier? Du bist zu früh!“

Morgan verzog entnervt das Gesicht. „Ihr müsst sofort nach Hause kommen“, entgegnete er grimmig. „Es ist der Bürgermeister! Er ist vollkommen durchgeknallt!“

Durchgeknallt

Der Bürgermeister?", wiederholte Lilly, die bisher, in ihre eigenen Sorgen vertieft, dem Gezanke der Brüder nur widerwillig gefolgt war. „Was ist passiert?"

„Gestern Abend, nachdem ich euch hier abgeliefert hatte, da habe ich Anna-Maria getroffen und –"

„Du hast was?", unterbrach Alahrian ihn schrill.

„Nur zufällig", maulte Morgan. „Das wird ja wohl noch erlaubt sein!"

„Du bist ..." Wütend starrte Alahrian seinen Bruder an, Lilly musste ihm die Hand auf die Schulter legen, damit er das pulsierende Glühen unter seinen Fingerspitzen zurückzog. Es waren Menschen in der Tiefgarage. Man konnte nie wissen.

„Halt die Klappe, darum geht es doch jetzt gar nicht!", schimpfte Morgan unwirsch. „Na ja, jedenfalls hat sie mir von den Plänen ihres Vaters erzählt, und zuerst konnte ich es kaum glauben, bis heute Morgen ..."

„Welche Pläne?", fiel Alahrian ihm ins Wort. „Komm endlich zum Punkt!"

„Das würde ich vielleicht, wenn du die Freundlichkeit besäßest, mich endlich mal ausreden zu lassen!" Morgan schnaubte verächtlich, warf seinem Bruder einen bösen Blick zu und sagte dann, ernst und mit sorgenvoller Miene: „Es geht um das Einkaufszentrum. Er will es jetzt doch bauen lassen."

Alahrian zuckte zusammen, kaute einen Moment lang auf seiner Unterlippe herum und meinte dann: „Dass er etwas Derartiges vorhat, wussten wir bereits. Und deswegen kommst du extra hierher? Hätte das nicht bis Morgen Zeit gehabt?"

„Du verstehst nicht." Morgans Stimme war trügerisch sanft. „Wir haben keine Zeit mehr. Er hat mit dem Bau bereits begonnen."

„Was?!" Alahrian riss die Augen auf und taumelte, schwindelig vor Schreck, zurück. „So schnell? Aber das ... das ist unmöglich!"

Morgan schüttelte den Kopf. „Der Plan bestand schon lange, und wir waren in letzter Zeit mit den Gedanken woanders, er hatte also genug Zeit, im Verborgenen daran zu arbeiten." Gespielt lässig zuckte er mit den Schultern. „Und heute Morgen sind die ersten Bagger angerückt."

Alahrian wurde bleich. „Er ist verrückt", stammelte er fassungslos. „Er ... er ist vollkommen verrückt ..."

Lilly, die bisher schweigend zugehört hatte, schaute verwirrt zwischen den beiden hin und her. „Könntet ihr mich aufklären, bitte?", fragte sie verständnislos. „Was ist so schlimm an diesem Einkaufszentrum?"

Vage erinnerte sie sich an die kleinen, puppenhausartigen Architekturmodelle im Foyer des Rathauses – und auch an den Streit Alahrians mit dem Bürgermeister, den sie damals mit angehört hatte. An dem Tag hatte sie noch nicht gewusst, was er war, und all die phantastischen Wunder, die sie seitdem geschaut hatte, hatten die Erinnerung verblassen lassen – nicht nur in ihrem Kopf, wie es schien.

„Du weißt doch von den Hohlen Hügeln, nicht wahr?“, meinte Morgan, während Alahrian mit finsterem Gesicht und verstörtem Blick ins Leere starrte und kaum etwas um sich herum wahrzunehmen schien.

Lilly nickte.

„Und von den Erloschenen, die dorthin verbannt wurden?“

„Ja.“

„Und auch von Lilith?“

Lilly dachte an das Wesen mit den schwarzen Schwingen, das Alahrian ihr in seinen Erinnerungen gezeigt hatte und schauderte unwillkürlich. „Ja.“

„Ihr Gefängnis liegt direkt unter der Stadt“, erklärte Morgan unheilvoll. „Und wenn jemand tief gräbt, zum Beispiel, wenn er ein Einkaufszentrum bauen will ...“ Er hielt inne, Lilly starrte ihn erschrocken an, und endlich vollendete er den Satz: „Dann könnte es durchaus sein, dass er die Tore zu den Hohlen Hügeln beschädigt.“

„Und das Monster freilässt.“ Erneut krabbelte ein eisiger Schauder über Lillys Rücken.

„Er ist verrückt!“ Alahrian, leichenweiß im Gesicht, starrte hilfesuchend seinen Bruder an. „Morgan, warum tut er so etwas?“

„Wir müssen ihn aufhalten“, entgegnete Morgan grimmig, anstelle einer direkten Antwort. Seine Miene war hart, in den schwarzen Augen funkelte es. Fast schien er sich auf die Konfrontation zu freuen.

Er ist ein Krieger, dachte Lilly beklommen.

„Okay“, sagte Alahrian, immer noch bleich, doch mit der selben, eisigen Entschlossenheit in der Stimme wie sein Bruder.

Lilly musterte ihn nachdenklich. Sie war ihm als verstörend geheimnisvollem Mitschüler das erste Mal begegnet, hatte ihn kennen gelernt als übernatürlich schönes, leuchtendes Engelswesen, sie kannte seine Dämonen und die Schrecken seiner Vergangenheit, die Alpträume und die Ängste. Aber sie hatte nie darüber nachgedacht, welche Kämpfe er wohl in all den Jahrhunderten seines Lebens durchgestanden hatte, wozu er fähig war, welch verborgene Macht in ihm wohnte. Als sie jetzt in seine Augen blickte, die fremd waren und härter als gewöhnlich, bekam sie eine vage Ahnung davon und erschrak ein wenig darüber.

Ohne ein weiteres Wort kletterte Alahrian auf den Rücksitz des protzigen Sportwagens, doch er öffnete von dort aus Lilly die Seitentür, und als er zu ihr emporblickte, da waren seine Augen wieder voll der alten Sanftmut, der Blick war fragend, voll Zweifel und von leiser Furcht erfüllt. „Kommst du mit?“, bat er, fast lautlos.

Lilly zögerte eine winzige Sekunde lang. Ihr schien, dies sei eine Entscheidung, die weit über die konkrete Situation hinausging, eine Entscheidung, die kein Zurück mehr kannte. Es war eine Wahl zwischen ihrer eigenen Welt – und der seinen.

Aber hatte sie diese Wahl nicht schon längst getroffen?

„Klar komme ich mit", sagte sie leichthin, und mit der selben Entschlossenheit, die die beiden Brüder gezeigt hatten, stieg sie in den pechschwarzen Wagen.

Etwa zwanzig Minuten lang verlief die Fahrt in unbehaglichem Schweigen. Morgan preschte mit atemberaubendem Tempo die Auffahrt der Garage empor, jagte durch die Stadt und von dort auf die Autobahn, wo es, kontinuierlich auf der Überholspur, weiterging. Diesmal beschwerte sich niemand über seinen halsbrecherischen Fahrstil.

„Was ist überhaupt los mit euch zweien?", erkundigte er sich nach einer Weile, die beiden auf dem Rücksitz durch den Spiegel hindurch beobachtend. „Was hattet ihr in der Tiefgarage eigentlich zu suchen? Ich dachte, ihr macht Honeymoon ..."

Sein spezieller Blick galt Alahrian, der ihm widerwillig erklärte, was geschehen war, lautlos und in Gedanken. Und obwohl Lilly natürlich jedes Wort mitbekam, war sie trotzdem dankbar um diese Rücksichtnahme. Sie hatte keine Lust, darüber zu reden.

„Wow", machte Morgan, dem es an derlei Feingefühl mangelte, grinsend. „Daher also die ungewöhnlichen Fähigkeiten!" Ohne besonders auf die Fahrbahn zu achten, drehte er sich um und zwinkerte Lilly zu. „Dann also willkommen im Club", bemerkte er fröhlich.

„Halt den Mund und schau auf die Straße", schnauzte Alahrian ihn an, und der döckalfar verfiel in Schweigen.

Lilly guckte aus dem Fenster, beobachtete, wie die monotone Autobahnlandschaft an ihr vorüberflog und versuchte, nicht an das Gespräch von heute Morgen zu denken. Nicht an die Lüge, nicht an ihre Mutter – und an ihren Vater schon gar nicht. An ihre Väter ... Verdammt! Ihr Vater würde immer ihr Vater bleiben, von welchem Wesen auch immer sie wirklich abstammte!

Oder?

Was, wenn er erfuhr, dass sie nicht seine Tochter war?

Lilly biss sich auf die Lippen, drängte die Tränen in ihren Augen zurück und zwang sich, sich auf den Ausblick vor dem Fenster zu konzentrieren. Morgan hatte das Radio eingeschaltet, es lief irgendein Rocksong aus den Achtzigern, sie hörte zu und dachte an den Bürgermeister, das Einkaufszentrum, die merkwürdige Geschichte, die vor ihnen lag.

Was sollte sie ihrem Vater sagen? Sollte sie es ihm überhaupt sagen? Und ihre Mutter? Würde sie ihr das je verzeihen können? Die Fragen in ihrem Kopf ließen sich nicht abstellen.

Eine federleichte Berührung riss sie aus der Gedankenschleife heraus, sie wandte den Kopf und blickte in Alahrians unsichere, von Anspannung dunkle Augen.

Er sagte nichts, aber sie spürte seine Besorgnis und seine Furcht, die nichts mit dem Bürgermeister zu tun hatten.

Was hatte er vorhin gesagt, in der Tiefgarage? Ich dachte schon, ich hätte dich verloren ...

Sie schloss ihn aus, wies ihn zurück und sie wusste, es tat ihm weh. Aber sie musste das hier mit sich selbst ausmachen, musste das Chaos in ihrem Kopf erst allein ordnen. Jedes Mal, wenn sie ihn ansah, fragte sie sich, wie viel von seiner Art wohl in ihr stecken mochte, ungeahnt und verborgen. Wie viel alfar war sie wirklich? Wie viel Mensch? Seine bloße Präsenz war eine Frage, die sie nicht beantworten konnte – und das machte sie ganz irre.

Aber das bedeutete nicht, dass sie ihn deshalb weniger liebte. Sie brauchte ihn, brauchte ihn jetzt vielleicht mehr denn je, doch sie konnte nicht mit ihm darüber reden – noch nicht.

Um ihm all das zu zeigen, griff sie nach seiner Hand, hielt sie fest und legte sanft den Kopf auf seine Schulter. Er schwieg noch immer, aber sie spürte, wie er sich einen Hauch weit entspannte.

Auf diese Weise verging die Fahrt, schnell, da sie mit Tempo 200 einher preschten, und weitestgehend schweigend. Lilly war ein wenig überrascht, als Morgan sie nicht in der Villa oder an der besagten Baustelle absetzte, sondern zu Hause.

„Für dich ist es zu gefährlich", erklärte er, „Halbling hin oder her ... Alahrian und ich müssen das alleine regeln."

Plötzlich von einer neuen Angst erfüllt, schaute Lilly Alahrian an. „Ihr werdet doch vorsichtig sein, nicht wahr?", meinte sie zaghaft. „Euch wird doch nichts passieren?"

Alahrian strich ihr mit dem Handrücken zärtlich über die Wange. „Wir sind unsterblich, schon vergessen?"

„Ich möchte trotzdem nicht, dass ihr verletzt werdet!"

Aber Morgan grinste nur. „Keine Sorge", versicherte er großspurig. „Ich passe schon auf deinen Liebsten auf."

Alahrian warf ihm einen giftigen Blick zu, bevor er aus dem Wagen stieg und Lilly von der anderen Seite her die Tür öffnete.

„Rufst du deine Mutter an?", bemerkte er, während sie die Auffahrt entlang liefen. „Sie wird sich gewiss Sorgen machen."

Lilly, die auf ihre Mutter noch immer wütend war, biss sich auf die Lippen, versprach es aber. Alahrian schloss sie in die Arme. „Kommst du klar?", flüsterte er sanft, an ihre Wange geschmiegt.

Lilly nickte abgehackt.

„Es tut mir leid", sagte er leise, sich aus der Umarmung zurückziehend.

„Was tut dir leid?" Verwundert blickte sie ihn an.

Er lächelte traurig. „Ich ... habe das Gefühl, das hier ist irgendwie alles meine Schuld“, gestand er hilflos. „Wenn ich nicht mit dir nach München gekommen wäre ...“

Hastig legte sie ihm die Hand über die Lippen. „Schsch ... Wenn du nicht mitgekommen wärst, dann wüsste ich die Wahrheit noch immer nicht“, sagte sie schnell.

„Und wärst du dann nicht glücklicher?“

Lilly seufzte leise. „Alahrian, das hier hat nichts mit dir zu tun“, meinte sie ernst. „Ich ... ich bin doch nicht böse auf dich oder so! Ich brauche nur ... ein wenig Zeit ... Zeit, um herausfinden, wer ich bin ... was ich bin ...“

In seinen Augen spiegelte sich die Weite des Himmels und des Ozeans, als er sie anblickte. „Du bist meine Sonne und mein Mond“, sagte er ruhig. „Du bist der Anfang und das Ende. Du bist ...“ Ein schmerzliches Lächeln zuckte über seine Lippen. „Ich liebe dich“, endete er schlicht.

Lilly erwiderte warm sein Lächeln. „So einfach ist das?“, fragte sie sanft.

Und da, zum ersten Mal, seit sie ihn kannte, konnte sie in seinen Augen sehen, wie alt er wirklich war, konnte die Weisheit vergangener Jahrhunderte durch sein jugendliches Antlitz hindurch in seinem Blick schimmern sehen. „Die wirklich großen Dinge, Lillian“, sagte er ernst, „sind immer sehr einfach.“

Sie umarmte ihn fest, dann meinte sie nur noch: „Pass auf dich auf, ja?“

Er nickte, aber er sah nicht sehr besorgt aus, jetzt nicht mehr. „Ich bin für dich da, wenn du mich brauchst, ja? Bis dahin ... bleib im Haus, geh nicht nach draußen, lass keine Fremden hinein ... und vor allem: Komm nicht zur Baustelle.“

Lilly versprach all diese Dinge, dann hauchte sie einen Kuss auf seine Lippen und lief zum Haus. Das unbehagliche Gefühl, das sie schon im Auto beschlichen hatte, kehrte zurück, sobald sie den Schlüssel in die Tür gesteckt hatte. Im Flur fühlte sie sich wie eine Fremde, und dann, dann fuhr ihr ein Stich durchs Herz, als die Stimme ihres Vaters vom Wohnzimmer fragte: „Schneewittchen?“

Überrascht trat er in den Korridor, Lilly konnte es kaum ertragen, ihn anzusehen, Tränen stürzten in ihre Augen und mit einem erstickten, kaum hörbaren „Papa!“, warf sie sich in seine Arme und begann, haltlos zu schluchzen.

Sabotage

Was hast du denn bloß?“ Morgan beobachtete seinen Bruder, durchdringend von der Seite aus, während dieser noch Lillys Haustür anstarrte, obwohl dort schon längst niemand mehr zu sehen war. „Machst du dir Sorgen wegen des Bürgermeisters?“

Alahrian schüttelte den Kopf. „Oder doch – auch“, gab er zu. „Aber es ist mehr ...“ Er schaute zu Boden. Blass und elend wirkte er, dabei hätte er doch eigentlich überglücklich sein müssen, oder nicht?

„Es fühlt sich an, als wäre dies das Ende“, murmelte er endlich, und in seinem Gesicht zuckte schmerzvoll ein Muskel.

„Was redest du denn da?“ Überrascht starrte Morgan ihn an. „Sie ist eine alfar! Das ist erst der Anfang!“

„Und wenn ich sie verliere?“ Jetzt blickte er auf, die Augen dunkel und von Schatten umrandet. „Sie ... sie ist so merkwürdig, seit sie es weiß! So ... so abweisend!“

„Du bist merkwürdig, liosch.“ Morgan schüttelte den Kopf. „Du hast Jahrhunderte mit ihr vor dir, nicht bloß Jahrzehnte! Warum freust du dich nicht einfach?“

„Das ist es ja!“ Verzweifelt hob Alahrian die Hände. „Sie freut sich nicht!“

„Und das wundert dich? Es kam ja nun schon etwas überraschend, sogar für uns, oder etwa nicht?“

Alahrian seufzte und ging zum Auto zurück. „Ach, was weißt du schon ...“, murrte er unwillig, und damit schien das Gespräch für ihn beendet zu sein.

„Jedenfalls mehr als du“, gab Morgan zurück, während er einstieg. „Ich bin als Sterblicher aufgewachsen, genau wie sie, schon vergessen?“

Alahrian riss die Augen auf, als sei es ihm tatsächlich entfallen, was keineswegs sein konnte. Die liosalfar vergaßen nie irgendetwas. Sie waren nur bisweilen so zerstreut, dass sie eine Information nicht mit der anderen verbinden konnten.

Fast musste Morgan lächeln über das nachdenkliche Gesicht seines Bruders. „Ich weiß genau, wie sie sich jetzt fühlt“, meinte er nüchtern. „Aber sie wird sich schon an den Gedanken gewöhnen, glaub mir. Sie braucht nur ein bisschen Zeit, das ist alles.“

„Zeit ...“ Unbehaglich ließ Alahrian das Wort auf der Zunge zergehen. „Wie viel Zeit?“

Morgan ächzte. „Sei kein Idiot, Alahrian! Sie liebt dich und sie braucht dich jetzt, und anstatt hier herum zu lamentieren, konzentrier dich lieber auf den Bürgermeister! Je schneller wir dieses Problem erledigt haben, desto eher kannst du dich wieder um Lilly kümmern!“

Das schien ihn zu überzeugen, denn anstatt des schmerzlich abwesenden Ausdrucks trat plötzlich ein harter Zug auf Alahrians Gesicht. Die Augen verdunkelten sich deutlich, wie Lapislazuli in Eis gegossen. „Ich verstehe das alles nicht“, bemerkte er unwirsch. „Was will er nur mit diesem dämlichen Einkaufszentrum? Er kennt doch die Gefahr besser als wir alle!“

Morgan zuckte mit den Schultern und startete den Motor. Bis zur Baustelle waren es nur ein paar Meter, aber er fand, es mache einen deutlich cooleren, einschüchternderen Eindruck, mit der Lady dort aufzukreuzen. „Keine Ahnung“, meinte er gleichgültig. „Ich sagte doch: Er ist total durchgeknallt. Den Sterblichen bekommt die Unsterblichkeit eben nicht ...“

„Was sollen wir mit ihm anstellen?“, erkundigte sich Alahrian, nahezu beiläufig.

Morgan fühlte ein Grinsen über sein Gesicht huschen. „Guck mal ins Handschuhfach ...“

Scharf sog Alahrian die Luft ein, dann schaute er Morgan aus großen Augen an. „Morgan ...“, bemerkte er entgeistert. „Ist das ... eine Handgranate?“

Morgan grinste noch breiter. „Schon möglich ...“

„Du ... du willst die Baustelle sprengen?“ Alahrians Stimme klang schrill. „Dann können wir ja gleich selbst die Tore öffnen! Also manchmal bist du wirklich ...“

Morgan unterbrach ihn, bevor er zu den Beleidigungen kommen konnte. „Entspann dich“, bemerkte er lässig. „Das Ding ist nur eine Attrappe.“ Lächelnd griff er ins Handschuhfach, holte die vermeintliche Handgranate heraus und zündete sich damit eine Zigarette an. „Nur ein Feuerzeug, siehst du?“ Er blinzelte vergnügt.

Alahrian knurrte etwas Unverständliches, das aber nicht sehr freundlich klang.

„Ich meinte etwas anderes“, erläuterte Morgan, wühlte noch einmal im Handschuhfach und warf seinem Bruder einen länglichen, in schwarzen Samt gewickelten Gegenstand zu.

„Was soll ich damit?“, erkundigte sich Alahrian und zog mit spitzen Fingern den schönen, mit feinen Ziselierungen verzierten Dolch aus dem Stoff hervor.

Morgan ignorierte geflissentlich die mangelnde Begeisterung in Alahrians Tonfall und erklärte stolz: „Den hab ich extra für dich besorgt. Du kannst ihn anfassen. Er ist aus Titan. Keine Spur von Stahl ...“

Alahrian runzelte skeptisch die Stirn. „Du weißt, wir können dem Bürgermeister nicht mit Waffengewalt begegnen“, gab er zu bedenken.

Morgan seufzte theatralisch. „Ich weiß. Aber tu mir den Gefallen, trag die Waffe trotzdem, ja? Gib mir zumindest die Illusion, wir würden in einen echten Kampf ziehen ...“

Alahrian stöhnte, steckte den Dolch aber trotzdem ein.

Morgan grinste zufrieden.
„Ich fasse es nicht“, bemerkte sein Bruder kopfschüttelnd. „Das hier macht dir Spaß, was?“
Morgan zuckte schuldbewusst mit den Schultern. „Ein bisschen vielleicht“, gestand er mit einem schrägen Seitenblick zu Alahrian hin.
Alahrian verdrehte entnervt die Augen.
„Ich bin eben ein Krieger!“, verteidigte sich Morgan vehement. „Und auf Dauer sind diese hirnlosen Fenririm nun wirklich keine allzu spannenden Gegner!“ Er schnaubte verächtlich.
„Du kannst den Bürgermeister nicht besiegen“, antwortete Alahrian düster. „Er ist unsterblich – wie wir.“
Morgan zwinkerte, nicht bereit, sich seine Laune verderben zu lassen. „Mit Silberkugeln haben wir es noch nicht probiert ...“, bemerkte er lässig.
„Die sind für Werwölfe.“ Alahrian zuckte nicht einmal mit der Wimper, Morgan aber glaubte trotzdem einen Funken von Heiterkeit in seinen Augen aufblitzen zu sehen.
Versonnen malte er sich aus, wie schön alles hätte sein können, wenn sie den Bürgermeister endlich los werden könnten. Alahrian wäre gewiss ein wenig entspannter, müsste er seinem Erzfeind und der Ursache all seiner Traumata nicht beständig über den Weg laufen, und die Sache mit Anna-Maria ... Dagegen konnte er dann ja wohl auch nichts mehr sagen, oder? Sie wäre dann natürlich ohne Vater, aber wer weiß? Eine starke Schulter, an der sie sich anlehnen konnte, jemand, der ihr ein bisschen Ablenkung verschaffte, sie tröstete ... Morgan hätte es in der Öffentlichkeit niemals zugegeben, aber er konnte sehr sanft sein, verständnisvoll und fürsorglich ... Zumindest, wenn es unbedingt sein musste.
„Wir sind gleich da.“ Alahrians finster geknurrte Worte rissen Morgan aus seinen Träumereien.
„Schön“, entgegnete er lächelnd. „Wird auch Zeit, dass diesem verflixten Bürgermeister mal jemand so richtig den Hintern ...“
„Halt die Klappe!“, unterbrach Alahrian ihn missmutig, doch plötzlich glitt auch über sein Gesicht ein Lächeln. „Morgan“, meinte er ernst und blickte unter gesenkten Wimpern hindurch seinen Bruder an. „Es ist gut, in einem Moment wie diesem jemanden wie dich an seiner Seite zu haben ...“
Morgan grinste beruhigend. „Ja“, murmelte er großzügig. „Ich weiß ...“
Vor ihnen tauchte jetzt die Baustelle auf. Selbst Morgan, der den Platz vor ein paar Stunden noch gesehen hatte, war überrascht, wie schnell alles gegangen war. Das Gelände war mittlerweile mit rot-weiß geringeltem Plastikband abgesperrt, am rechten Rand erhoben sich einige Bauwagen, vor denen sich eine ganze Schar von Arbeitern tummelte, im Hintergrund stand ein Kran, davor hob ein gewaltiger Bagger bereits Schaufeln von klumpiger Erde aus. Es war der Bagger, der Morgan am meisten Sorge bereitete. Was, wenn sie zu tief gruben? Was, wenn die riesigen Schaufeln mit den magischen Toren kollidierten? Waren die Maschinen der Sterbli-

chen stark genug, um die Grenzen zu den Hohlen Hügeln einzureißen? Die Wahrheit war: Sie wussten es nicht. Aber das schien Risiko genug.

Mit der kribbelnden, adrenalintrunkenen Vorfreude, die ihn bei jedem Kampf erfasste, drückte Morgan noch einmal aufs Gaspedal der Lady, ließ den Wagen wie einen schwarzen Blitz nach vorn schnellen – und durchtrennte dabei wie aus Versehen eine der Absperrungen.

„It's showtime", bemerkte er grinsend, als die Aufmerksamkeit sämtlicher Bauarbeiter mit einem Schlag auf den schnittigen, super-teuren Sportwagen gerichtet wurde, der da so unverschämt in verbotenes Gelände eingedrungen war.

Geschmeidig glitt Morgan aus dem Auto, spielerisch an seiner Zigarette ziehend, sein Bruder folgte ihm, langsamer, aber kaum weniger zielstrebig. Ein hartes, unerbittliches Funkeln spielte in Alahrians plötzlich eisblauen Augen, und Morgan registrierte es mit einer gewissen Befriedigung. Er wusste, Alahrian fürchtete den Bürgermeister faste ebenso sehr wie den Inquisitor, er musste fast krank vor Angst sein, aber er zeigte es nicht. Seine Miene war starr und entschlossen wie die einer Marmorstatue, keine Spur von Zögern, keine Spur der üblichen Sanftmut.

Gut so, mein Freund, dachte Morgan stolz. Du bist kein Opfer mehr ... Du bist stark. Stärker vielleicht als du selbst ahnst ...

„Was wollen Sie denn hier?", schnauzte ein untersetzter Bauarbeiter in seine Überlegungen hinein. „Hier ist Betreten verboten!"

Morgan grinste in sich hinein und widerstand gerade noch der Versuchung, sich erwartungsvoll die Hände zu reiben. „Nicht doch", erwiderte er zuckrig freundlich. „Nicht für uns."

„Wer sind Sie überhaupt?", fragte unwirsch der Mann und warf einen aggressiven Blick auf Morgans Sportwagen, der unschuldig zwischen zwei abgerissenen Enden rot-weißen Absperrbandes parkte.

Nur kein Neid ..., dachte Morgan amüsiert, laut sagte er: „Wir möchten den Bürgermeister sprechen."

„Der Bürgermeister ist nicht zu sprechen!" Der Tonfall des Arbeiters wurde noch eine Spur unfreundlicher, was Morgan zu noch mehr süffisanter Höflichkeit anstachelte.

„Aber gewiss doch", versicherte er mit einem liebenswürdigen Lächeln. „Für uns ist er sicher zu sprechen." Er tauschte einen Blick mit Alahrian und fügte dann noch hinzu: „Er erwartet uns bereits."

„Aber – " Abrupt unterbrach sich der Mann, als Alahrian, sehr ruhig und sehr sanft wiederholte: „Wir werden bereits erwartet." Seine Augen glühten, während er sprach, ein milder Nachdruck hallte in seiner Stimme wider.

„Sie werden bereits erwartet." Der Bauarbeiter nickte mechanisch.

„Genau." Morgan grinste triumphierend und stapfte über einen bröseligen Erdhügel hinweg, tiefer ins Baugelände hinein. Ihr Auftritt hatte bereits das gewünschte Aufsehen erregt, mittlerweile hatten die meisten

Männer in ihrer Arbeit innegehalten und starrten ganz unverhohlen die beiden Typen an, die da so frech mit einem schicken Luxusmobil mitten in verbotene Zonen vorgefahren waren.

„Du möchtest jetzt nach Hause", sagte Alahrian zu dem unfreundlichen Mann, der noch immer mit starrem Gesichtsausdruck vor ihm stand. „Geh! Komm heute nicht mehr wieder."

Seufzend beobachtete Morgan, wie der Kerl sich gehorsam umdrehte und ohne zu zögern davon marschierte. Nicht zum ersten Mal beneidete er seinen Bruder um dieses sehr praktische kleine Talent. Alahrian trat mit einem einzigen, federnden Schritt neben ihn und hinterließ keine Spuren im aufgewühlten Erdboden. „Ihr wollt alle nach Hause gehen!", rief er den Arbeitern zu, nicht laut, und doch deutlich vernehmbar für jedermann. „Dies ist kein guter Ort. Geht! Geht nach Hause!"

Morgan war nicht überrascht, als sich langsam, einer nach dem anderen, jeder einzelne Arbeiter von seinem Platz löste und in mechanischem Gehorsam die Baustelle verließ. Was ihn überraschte, ja, geradezu schockierte, war die vollkommene Selbstverständlichkeit, mit der Alahrian plötzlich seine Fähigkeiten einsetzte. Er hatte keine Sekunde lang gezögert, er schreckte nicht vor den Konsequenzen zurück, und vor allen Dingen: Er schien überhaupt keine moralischen Skrupel mehr zu haben. Die Sache mit Lillian musste ihm mehr zusetzen als Morgan ahnte.

„Warte!", hielt Alahrian beiläufig einen der Männer an. „Wo ist der Bürgermeister?"

Immer noch unter Zwang hob der Mann die Hand und deutete auf einen der Bauwagen, bevor er, präzise wie eine Maschine, weiter marschierte, um dem Befehl des liosalfar nachzukommen.

Alahrian folgte der Geste ohne zu zögern, doch er hatte den Weg noch nicht zur Hälfte zurückgelegt, als der Bürgermeister auch schon die Tür des Wagens aufriss und ihnen wutentbrannt entgegen gestürmt kam. Alahrian wich nicht zurück, wie Morgan sehr wohl bemerkte, ruhig und gelassen blieb er stehen und erwartete seinen zweitschlimmsten Feind mit ausdruckslosem Gesicht und provozierend vor der Brust verschränkten Armen. Morgan stellte sich hoch aufgerichtet neben ihn und konnte das Lächeln, das um seine Lippen spielen wollte, nicht länger aufhalten. Sie waren eine Festung, sein Bruder und er, nichts und niemand konnte sie aufhalten. Ein Hauch von Adrenalin jagte durch seine Adern, kribbelnd breitete es sich unter der Haut aus.

„Was soll das?", brüllte der Bürgermeister, starrte zuerst die beiden alfar, dann seine entschwindenden Arbeiter und endlich nur noch Alahrian an. „Was hast du mit ihnen angestellt, du kleiner Bastard?"

„Nichts", entgegnete Alahrian unbewegt. „Ich will nur nicht, dass jemand verletzt wird."

„Niemand Unschuldiges", fügte Morgan betont hinzu, denn was ihn persönlich anbelangte, er hatte große Lust, dem Bürgermeister einmal so richtig eins auf die Nase zu verpassen und er war nicht sicher, ob er sich beherrschen konnte. Oder wollte.

„Was bezweckst du nur mit diesem lächerlichen Theater?", fragte Alahrian grob den Bürgermeister.

Mittlerweile hatten fast alle Arbeiter die Baustelle verlassen, er gab sich also keine Mühe mehr, leise zu sprechen. „Du weißt genau, was in der Tiefe verborgen liegt! Willst du es erneut heraufbeschwören? Willst du das wirklich riskieren?"

Der Bürgermeister funkelte ihn böse an. „Du kannst mir nicht drohen!", entgegnete er verächtlich. „Dieses Einkaufszentrum wird gebaut, ob es dir passt oder nicht!" Er wollte sich einfach abwenden und die beiden stehen lassen, aber Morgan vertrat ihm mit einer schnellen Geste den Weg. „Nicht so schnell, mein Freund", bemerkte er zynisch. „Du darfst hier nicht graben und das weißt du so gut wie wir alle, also warum das Ganze? Worum geht es dir wirklich?"

„Das geht dich überhaupt nichts an, Dämonenbrut!", keifte der Bürgermeister aufgebracht, versuchte, sich an Morgan vorbei zu zwängen, doch dieser hielt ihn in einer mühelosen Geste an der Schulter fest.

„Wenn du die Tore beschädigst, dann entkommt, was nie entkommen darf!", rief Alahrian, nun mit einem Hauch von Verzweiflung – von Angst. „Das kannst du doch nicht wollen! Begreifst du denn nicht? Nichts und niemand wird dich vor ihr schützen können!"

Er vermied es, ihren Namen auszusprechen, an dreihundertdreiundsechzig Tagen im Jahr vermied er es sogar, an sie zu denken. Alahrian fürchtete das Wesen in der Tiefe, fürchtete es vielleicht sogar noch mehr als seine menschlichen Feinde. In den Augen des Bürgermeisters aber war keine Spur von Angst zu sehen.

Er ist wahnsinnig, dachte Morgan grimmig. Er ist wirklich wahnsinnig ...

„Dieses Einkaufszentrum ist wichtig für die Stadt", bemerkte der Mann prompt. Seine Stimme hatte einen spielerisch leichten Ton angenommen. „Es kurbelt die Wirtschaft an, schafft Arbeitsplätze, ein angemessenes Freizeitangebot ..."

Irre ... Völlig irre ...

Morgan schüttelte den Kopf.

„Verdammt noch mal hier geht es doch nicht um irgendwelche dämlichen Wahlkampfsprüche!", explodierte Alahrian, und seine Augen schienen Funken zu sprühen. Er hatte sich bemerkenswert schlecht unter Kontrolle, doch Morgan ließ ihn gewähren. Die Arbeiter waren alle gegangen, es gab keine Zeugen, die von Belang waren.

„Versteh doch!", rief Alahrian drängend, in einer gefährlichen Mischung aus Fassungslosigkeit, Furcht und Zorn. „Du kannst dieses Risiko nicht eingehen! Denk doch an deine Tochter! Willst du sie einer solchen Gefahr aussetzen?"

Der Bürgermeister zuckte zusammen. Etwas in seinen Augen erstarb und gefror zu Glas, kalt, eisig und unbarmherzig. „Sprich du mir nicht von meiner Tochter!“, brüllte er unbeherrscht, das Gesicht zu einer Fratze nackter, irrer Wut verzerrt. Mit einem einzigen Satz stürzte er sich auf Alahrian, packte ihn am Kragen und wollte ihm einen Schlag versetzten, doch Morgan war schneller.

„Fass ihn nicht an!“, zischte er scharf, riss den Bürgermeister grob zurück und schleuderte ihn mit aller Gewalt zu Boden. „Rühr ihn nie wieder an oder ich breche dir jeden einzelnen Knochen im Leib, bis du dir wünschst, du wärst sterblich wie jeder gewöhnliche Mensch!“

Besorgt tauschte er einen Blick mit Alahrian, doch der wirkte nicht eingeschüchtert, sondern lediglich wütend. Rotes Licht tanzte in seinen Fingerspitzen, die Augen waren violett verfärbt, und ein leichter Brandgeruch lag in der Luft.

„Deine Drohungen interessieren mich nicht!“, entgegnete trotzig der Bürgermeister, während er sich unbeholfen vom Boden aufrappelte. „Ich kann nicht sterben! Glaubst du wirklich, ich hätte noch Angst vor einer jämmerlichen Kreatur wie dir? Oder deinem Bruder?“ Böse funkelnd sah er Alahrian an. „Die Kerker, die dich vor vierhundert Jahren gefangen hielten, existieren noch immer“, bemerkte er mit einem irren Funkeln in den Augen. „Und auch die Instrumente, die Eisenzangen und die spitzen Metalldornen ...“ Ein hässliches Lächeln spielte um seine Lippen, Morgan holte schon zum Schlag aus, um es aus seinem Gesicht zu wischen, doch Alahrian hielt ihn mit einem einzigen Blick zurück.

„Ich habe keine Angst vor dir“, sagte er kalt und unbewegt. Irgendwo in der Ferne war ein Donnergrollen zu hören, eine dunkle Wolke schob sich über die Sonne, und mit einem Mal fegte ein kühler, frostiger Wind über den Platz. „Ich fürchte dich nicht. Nicht mehr.“

„Das solltest du aber.“ Flackernd bohrte sich der Blick des Bürgermeisters in den Alahrians, Wahnsinn lag darin und Hass.

Alahrian wich nicht zurück, er schlug nicht die Augen nieder.

„Dieses Einkaufszentrum wird gebaut“, versicherte, beinahe sanft, der Bürgermeister. „Du kannst nichts dagegen tun. Wir werden bauen!“

„Ach ja?“ Alahrian zog eine Braue hoch, ein spürbares Knistern lag plötzlich in der Luft, die Wolke über der Sonne verdunkelte sich. „Und mit welchen Baugeräten, wenn ich fragen darf?“

Während der Bürgermeister noch verwirrt blinzelte, schaute Alahrian fragend zu seinem Bruder auf, und als dieser beinahe unmerklich nickte, da hob Alahrian in einer winzigen, kaum wahrnehmbaren Bewegung die Hand – und die Hölle brach los. Von einer Sekunde auf die nächste, ohne jede Vorwarnung, schlug ein gewaltiger, vielfach verästelter Blitz aus den Wolken über ihnen hervor, krachte direkt in den riesigen Bagger auf der Baustelle und sprengte ihn mit einem einzigen, gewaltigen Schlag in die Luft. Die Explosion war ungeheuerlich, selbst aus der Entfernung konnten sie die Hitze spüren, Flammen züngelten meterhoch empor, doch es waren sehr seltsame Flammen. Sie berührten keinen einzigen der Bäume rundherum, kein Gras, kein Blatt. Keine Erschütterung ließ die Erde erzittern, nicht einmal die Vögel in den Zweigen wurden aufgeschreckt. Der Bagger aber brannte innerhalb von Sekunden zu einem Haufen Asche herab, bevor das Feuer genauso plötzlich erlosch wie es ausgebrochen war.

„Oooops", machte Alahrian mit einem diabolischen Grinsen, wie es Morgan noch nie zuvor an ihm gesehen hatte. „Sabotage durch Elfenvorkommen", bemerkte er höhnisch. „Passiert in Island andauernd. Vielleicht solltest du einmal mit den dortigen Behörden sprechen."

Morgan lachte in sich hinein und beobachtete amüsiert den Bürgermeister, wie er vor Zorn und Verblüffung nach Luft schnappte. Er war kreideweiß geworden, die Augen loderten vor Wut. „Das wirst du bereuen!", schrie er zitternd Alahrian an. „Du verdammtes Feenbalg, das wirst du noch bitter bereuen!"

„Nicht während der nächsten fünf Minuten", versprach Morgan freundlich – und damit donnerte er dem Bürgermeister mit aller Kraft, die er aufbringen konnte, die Faust ins Gesicht und brachte dessen zeternde Drohungen damit endgültig zum Schweigen. Oder zumindest für eine Weile. Lautlos verdrehte der Mann die Augen, kippte schwer nach hinten und blieb bewusstlos liegen. Natürlich würde der verflixte Bastard schon bald putzmunter wieder aufwachen, doch der Schlag war befriedigend, äußerst befriedigend sogar. Sich lässig die Hand ausschüttelnd sah Morgan seinen Bruder an. „Alles in Ordnung?", fragte er mit leiser Besorgnis.

Alahrian nickte nur grimmig.

Zweifelnd musterte Morgan ihn.

„Was ist?", erkundigte sich Alahrian unbehaglich. „Warum starrst du mich so an?"

„Um ehrlich zu sein", gab Morgan verlegen zu, „warte ich darauf, dass du mir ohnmächtig in die Arme sinkst. Bist du denn gar nicht erschöpft nach der Aktion eben?"

„Nein." Mit finsterer Miene wandte Alahrian sich von der Baustelle ab. „Ich habe Wichtigeres zu tun als erschöpft zu sein." Und damit stapfte er ohne ein weiteres Wort zum Auto zurück.

Morgan schnippte seine Zigarette, die er noch immer in der Hand hielt, in die rauchenden Überreste des Baggers und folgte stirnrunzelnd seinem Bruder.

Irgendetwas war seltsam an dessen Verhalten, an seiner ganzen Reaktion. Bemerkenswert skrupellos hatte er seine magischen Talente eingesetzt, hatte einem Dutzend Arbeiter ohne zu zögern seinen Willen aufgezwungen. Aber nicht nur das: Er hatte ein paar Tonnen Stahl mit einer einzigen Bewegung in die Luft gesprengt! Und er war noch nicht einmal erschöpft.

„Du bist stärker geworden", meinte er nüchtern und blickte den liosalfar dabei durchdringend an.

„Schon möglich ..." Mit undurchdringlicher Miene lehnte Alahrian an der Wagentür, blass und reglos, doch noch immer ohne Anzeichen für einen Zusammenbruch.

„Deine Hände zittern", bemerkte Morgan angespannt.

Alahrian schaute auf seine Hände herab, unter denen noch immer rötlich schimmerndes Feuer glühte. „Ja ..." Ein Muskel zuckte in seinem Gesicht, der Blick war dunkel und leer. „Aber das ..." Plötzlich brach es aus ihm heraus. „Das ist nur, weil ich so wütend bin!", rief er unbeherrscht. „Dieser verdammte Mistkerl! Seit vierhundert Jahren finde ich keine Ruhe vor ihm! Weißt du, was ich manchmal glaube, Morgan?"

In seinem Blick flackerte es, die Dunkelheit riss auf und ließ den Schmerz frei, der darunter lag. „Ich glaube, Liliths Fluch hat auch mich getroffen! Der Inquisitor und der Bürgermeister werden niemals Frieden finden – aber ich auch nicht."

Verzweifelt ließ er die Hände sinken, lehnte sie gegen das schwarz lakkierte Autodach, was Morgan einen kurzen Moment lang in jähe Hysterie versetzte, wenn er an das Schicksal des Baggers dachte. Doch das unheimliche Feuer war bereits erloschen.

„Ich hasse ihn", flüsterte Alahrian leidenschaftlich. „Ich hasse ihn so sehr!"

Morgan trat um den Wagen herum und wollte seinem Bruder tröstend die Hand auf die Schulter legen, doch Alahrian zuckte vor der Berührung zurück und wandte voll Scham das Gesicht ab.

„Schon gut", meinte Morgan sanft. „Es ist in Ordnung, so zu empfinden. Zorn, Hass, Wut … Du hast jedes Recht auf diese Gefühle."

Doch Alahrian biss sich nur auf die Lippen, hielt den Blick gesenkt und das Antlitz abgewandt, als müsse er einen schweren, inneren Kampf ausfechten. „Es ist nicht in Ordnung", sagte er endlich. „Hass und Zorn ... Das ist der Weg in die Schatten, und das wissen wir beide. Und doch kann ich nicht vergessen, was er getan hat – oder noch tun wird."

Seufzend stieg er in den Wagen, und Morgan folgte seinem Beispiel nach kurzem Zögern. Alahrians Miene hatte sich verändert, als er die Autotür schloss. Sein Gesicht war immer noch blass und leer, doch die Dunkelheit war aus den Augen verschwunden. „Was denkst du, hat er vor?", fragte er leise.

Ratlos schüttelte Morgan den Kopf. „Ich habe keine Ahnung! Vielleicht geht es ihm wirklich nur um dieses dämliche Einkaufszentrum. Er ist verrückt, wahnsinnig. Er weiß nicht, was er tut!"

„Das glaube ich nicht." Sorgenvoll starrte Alahrian einen Moment lang ins Nichts. „Ist dir aufgefallen, dass er überhaupt gar keine Angst hatte?"

Morgan war es aufgefallen, aber er sagte nichts.

„Lilith hat ihn bestraft und verflucht, und doch zeigte er keine Furcht, als ich von ihr sprach. Dabei müsste er sie doch mehr fürchten als wir alle, oder etwa nicht?"

Morgan schaute ihn an und schüttelte erneut den Kopf. „Ich weiß es nicht“, gab er zu. „Ich weiß es wirklich nicht.“

Alahrian lehnte sich im Sitz zurück und zeigte endlich einen Hauch jener Erschöpfung, auf die Morgan schon so lange wartete. Es war fast eine Erleichterung, das zu sehen.

„Lass uns nach Hause fahren“, meinte Alahrian müde. „Ich muss mich um Lilly kümmern. Das ist jetzt wichtiger als die Pläne dieses verdammten Wahnsinnigen.“

Entscheidungen

Alles in Alahrian schrie danach, Lilly so schnell wie möglich zu sehen, trotzdem ließ er sich von Morgan in die Villa fahren und nicht zu ihr nach Hause. Sie brauchte Zeit. Zeit für sich, Zeit, um mit ihrem „Vater" zu reden, Zeit, sich über all das klar zu werden, was sie heute Morgen erfahren hatte. Wenn sie so weit war, dann würde sie zu ihm kommen, und dann würde er für sie da sein, doch er durfte sie jetzt nicht bedrängen, so schwer es ihm fiel, sich ausgerechnet in einer Situation wie dieser von ihr fernzuhalten. Ja, es tat weh, sie nicht bei sich zu haben. Aber er musste jetzt an Lilly denken, nicht an sich selbst.

Er war noch immer wütend auf den Bürgermeister, seine Gedanken waren in Aufruhr und sein ganzer Körper schien unter Strom zu stehen. Es hielt ihn nicht lange in seinem Zimmer, nur um sich umzuziehen, dann stürmte er in die Bibliothek und begann, mehr oder weniger wahllos, Bücher in die Halle zu schleppen. Das war keine sehr sinnvolle Beschäftigung, aber eine, die ihm das Gefühl gab, wenigstens etwas zu tun.

Als er die dritte Ladung schwerer, in Leder gebundener Folianten die Treppe hinunter trug, wurde ihm schwindelig. Da war sie also, die Schwäche, auf die Morgan vorhin vergebens gewartet hatte. Mit hart hämmerndem Herzen, kaltem Schweiß auf der Stirn und schwarzen Punkten vor den Augen ließ er die Bücher auf eine Stufe sinken, schleppte sich selbst die übrigen hinunter und taumelte durch die Balkontür nach draußen. Auf der Terrasse brach er in die Knie, wandte das Gesicht gen Himmel wie zum Gebet und sog minutenlang so viel Helligkeit in sich auf, wie er nur konnte. Es dauerte nicht lange, bis die Schwäche verging, er fühlte sich ausgeruht und von kribbelnder Energie erfüllt, als er in die Halle zurückkehrte. Hatte Morgan Recht mit seiner seltsamen Vermutung?, überlegte er angelegentlich. Hätte er nicht eigentlich viel erschöpfter sein müssen, dem totalen Zusammenbruch nahe? Aber er fühlte nichts Dergleichen. Vorhin, auf der Baustelle, da war er zornig gewesen, und der Zorn hatte ihm eine übernatürliche, zerstörerische Kraft verliehen. Jetzt war die Wut erloschen, doch ein wenig mildes Dämmerlicht hatte bereits ausgereicht, um seine verbrauchten Energien wiederherzustellen. Konnte es sein? War er tatsächlich stärker geworden?

Alahrian schüttelte den Kopf, drängte die Frage beiseite und wandte sich stattdessen den eben verlassenen Büchern zu.

„Was machst du da?", erkundigte sich neugierig der döckalfar, der eben seinem Kellerreich entstiegen war.

„Ich versuche, alles über die Halblinge herauszufinden", erklärte Alahrian, mit fliegenden Fingern hektisch verschiedene Bücher durchblätternd.

„Darüber wirst du dort drinnen wohl kaum etwas finden." Morgan ließ sich auf der Sofalehne nieder, da die Sitzfläche mit Büchern bedeckt war.

„Aber irgendetwas muss ich doch tun! Wie lange wird sie leben? Ist sie unsterblich, wie wir?“ Alahrian seufzte angstvoll.

„Wenn sie den Stern empfangen hat, dann wird sie aufhören zu altern, genau wie wir auch“, antwortete Morgan mit überraschender Sicherheit. „Weder Alter noch Krankheit können ihr dann noch etwas anhaben. Aber sie kann sterben – durch Waffengewalt, Mord ...“ Seine Hand fuhr in einer unbestimmten Bewegung durch die Luft. „Sie wird nicht ganz so zerbrechlich sein wie die normalen Menschen, aber wenn die Klinge scharf genug ist ...“

Wieder diese merkwürdige Handbewegung, die eine ganze Reihe von Grässlichkeiten zu beinhalten schien, die Alahrian sich lieber gar nicht erst vorstellen wollte.

„Woher weißt du das?“, fragte er stattdessen.

„Ich habe mich informiert ...“ Eine sonderbare Leere breitete sich auf Morgans Gesicht aus, Schmerz zuckte um die zusammengepressten Lippen. „Vor langer Zeit schon ...“

Verblüfft starrte Alahrian ihn an. „Du und Sarah“, bemerkte er verwirrt und verzog schuldbewusst das Gesicht, als Morgan unter der Erwähnung des Namens zusammenzuckte. „Ihr hattet keine Kinder.“

Die Leere auf dem Antlitz des anderen vertiefte sich, erreichte jetzt auch die Augen, überzog den Schmerz, der darunter lag wie mit einem milden, kühlenden Schleier. „Wir hätten aber welche haben können“, sagte er tonlos.

„Ich weiß.“ Alahrian legte ihm die Hand auf die Schulter und schwieg voll Mitgefühl. Lilly war nicht sterblich wie Sarah, jedenfalls nicht ganz so sterblich. Was mochte Morgan wohl empfinden, nun, da sie das beide wussten? Riss es die alten Wunden wieder auf?

Nein, dachte Alahrian traurig. Diese Wunde konnte nicht aufgerissen werden, denn sie war nie verheilt, würde niemals verheilen. Unschlüssig biss er sich auf die Lippen, von einer sonderbaren Furcht erfüllt. Lilly ... Sie konnte immer noch sterben. Auf eine gewisse Art und Weise war sie noch immer dem Tod verfallen.

„Sie muss das Blut bekommen“, sagte Morgan plötzlich, fast so, als hätte er Alahrians Gedanken gelesen.

Alahrian nickte stumm. „Und was, wenn sie es nicht will?“, fragte er dann, plötzlich von einer neuen Angst geschüttelt. „Was, wenn sie ein Mensch bleiben will?“

Morgan lachte leise. „Diese Wahl hat sie nicht, schon vergessen? Es ist nicht so, als würde das Blut sie verändern. Es bindet sie nur stärker an unser Volk, zu dem sie sowieso schon gehört. Ein Mensch, Alahrian, ist sie nie gewesen. Nicht wirklich.“

Alahrian seufzte leise. Morgan hatte Recht, doch das änderte nichts an der Frage. Würde sie den Stern überhaupt tragen wollen? Würde sie noch stärker mit seinem Volk verbunden sein wollen als sie es ohnehin sein musste? Wie würde sie sich entscheiden?

Morgan lächelte sanft. „Sie wird den Stern tragen“, versprach er milde.

„Woher willst du das wissen?“

„Weil sie dich liebt, Alahrian. Und weil sie mit dir zusammen sein will. Für immer, wenn möglich.“

Für immer ... Alahrian starrte auf seine Handgelenke herab, ließ den Stern aufleuchten, der auf beiden Seiten seine Pulsadern bedeckte. „Dann sollte ich vielleicht zu ihr gehen“, meinte er leise. „Ihr das Zeichen schenken und mein Blut mit ihr tauschen.“

Morgan schüttelte den Kopf und schaute ihn mit einer sonderbaren Bestürzung in den Augen an. „Das kannst du nicht“, sagte er fest.

„Wieso nicht?“ Alahrian blinzelte irritiert.

„Sie ist zur Hälfte ein Mensch. Ihr Blut enthält Eisen. Du kannst dein Blut nicht mit ihr tauschen. Denn was glaubst du, kleiner Bruder, würde das dann mit dir anrichten?“

Alahrian fühlte, wie er erbleichte. Trotzdem sagte er: „Das werde ich schon aushalten.“

„Sei kein Narr! Ihr Blut wird sich wie Säure in deine Adern fressen. Und außerdem ...“ Morgan zwinkerte, plötzlich ein wenig spöttisch, „würde dich diese Verbindung fast zu so etwas wie ihrem Bruder machen. Und du willst doch nicht ihr Bruder sein, oder?“

„Nein.“ Alahrian schüttelte den Kopf. „Nein, das will ich nicht.“ Flehend schaute er zu Morgan auf: „Machst du es? Bitte ...“

Morgan grinste in seiner gewohnt lässig-überlegenen Art. „So viele Personen stehen ja wohl kaum zur Auswahl, oder?“

Alahrian wollte schon antworten, doch in diesem Moment klingelte es an der Haustür. Überrascht schaute er seinen Bruder an, dann sprang er auf. „Das muss Lilly sein!“, rief er erregt, und weil kein anderer Sterblicher seine magischen Barrieren überwinden konnte, war er sich da so vollkommen sicher, dass er stürmisch in den Flur tanzte und ohne zu zögern schwungvoll die Haustür aufriss.

Das war ein Fehler. Denn es war nicht Lilly. Es war der Bürgermeister.

Den ganzen Nachmittag über hatten sie geredet, Lilly und der Mann, der ihr Leben lang ihr Vater gewesen war und es immer sein würde. Erst als es draußen bereits zu dämmern begann, ging Lilly auf ihr Zimmer, erschöpft und ausgelaugt von zu vielen Tränen, zu vielen ernsten Gesprächen, zu vielen Emotionen, die wirr in ihrem Inneren umherwirbelten. Am liebsten hätte sie sich einfach aufs Bett geworfen und mindestens drei Tage lang geschlafen, doch als sie nun ihr Zimmer betrat, da fand sie dort keine Ruhe.

Alahrian! Sie war hässlich zu ihm gewesen, abweisend. Sie hatte ihm weh getan. Und sie hatte das Gefühl, ihn mit einem Problem allein gelassen zu haben, bei dem sie ihm zwar nicht helfen konnte, ihn aber trotzdem nicht hätte im Stich lassen dürfen. Während des gesamten Tages hatte sie nur an sich selbst gedacht.

Jetzt dämmerte eine leise, nagende Furcht in ihr auf. Ihm war doch nichts passiert, auf der Baustelle, oder? Angstvoll untersuchte sie ihr Handy. Keine Nachrichten, keine Anrufversuche. Hätte er sich nicht längst melden müssen? Oder hatte er sich vor ihr zurückgezogen, um ihr ein bisschen Zeit für sich selbst zu geben?

Diese Zeit brauchte sie, brauchte sie wirklich. Aber sie brauchte auch ihn, und das mehr als alles andere. Das Bedürfnis, seine Stimme zu hören, ihm nahe zu sein, wurde plötzlich übermächtig. Ihre Finger zitterten, als sie hastig, überstürzt, seine Nummer wählte. Es klingelte ein paar Mal, dann ging die Mailbox dran. Lilly legte auf, ohne eine Nachricht zu hinterlassen. Mit ihm zu telefonieren, war ohnehin nicht das, was sie wollte. Sie wollte ihn sehen, wollte ihn spüren, musste wissen, dass alles in Ordnung war mit ihm – mit ihnen beiden.

Und sie brauchte ein paar Antworten. Ihrem Vater hatte sie nur erzählen können, dass er nicht ihr richtiger Vater war, wer – oder besser was – der geheimnisvolle Unbekannte jener betrogenen Nacht vor siebzehn Jahren jedoch gewesen war, das hatte sie ihm nicht sagen können. Sie wusste es ja selbst nicht genau. Aber Alahrian, er konnte vielleicht einige Hinweise geben. Es war seine Welt, aus der das Wesen stammte. Lilly war jetzt Teil dieser Welt.

So schnappte sich Lilly rasch ihre Jacke und lief ins Wohnzimmer hinunter. Ihr Vater saß dort mit Lena auf der Couch, der Fernseher lief, doch der Ton war abgestellt und keiner von beiden verfolgte die flimmernden Bilder auf dem Schirm. Gedämpft hatten sie sich unterhalten, doch das Gespräch verstummte abrupt, als Lilly den Kopf zur Tür hereinstreckte. Es war nicht schwer zu erraten, worüber sie geredet hatten. Ihr Vater sah blass und mitgenommen aus, natürlich. Das alles hier musste ihm mindestens ebenso nahe gehen wie Lilly selbst.

„Papa, ich ... ich gehe noch kurz zu Alahrian, ja?“, meinte sie zögernd. „Ich war vorhin nicht sehr nett zu ihm und ich ...“ Sie verstummte. Sie musste ihn einfach sehen, brauchte seine Nähe, seinen Trost. Aber das konnte sie ihrem Vater ja wohl kaum sagen, oder?

Der jedoch nickte nur. Keine Vorhaltungen, keine strengen Ermahnungen diesmal. „Okay“, entgegnete er schlicht. „Aber bleib nicht zu lange, ja?“

Lilly nickte beklommen. Plötzlich war sie erleichtert, das Haus verlassen zu können, tief sog sie draußen die bereits kühl werdende Abendluft ein, blickte in den Himmel und lief mit schnellen Schritten die Straße entlang, bis sie zum Waldrand kam. Und dort, im Schatten der Bäume, nicht einmal allzu weit von der Villa entfernt, sagte plötzlich eine raue, trügerisch freundliche Stimme hinter ihr: „Guten Abend, Lillian.“

Lilly drehte sich blitzschnell, erschrocken, herum – und blickte in den silbrig glänzenden Lauf einer direkt auf ihr Herz gerichteten Pistole.

„Was willst du hier?" Morgan hörte seine eigene Stimme scharf und frostig durch die Halle klirren, während er mit schnellen Schritten auf den Bürgermeister zutrat. „Du hast hier nichts zu suchen! Verschwinde!"

Alahrian stand noch immer starr vor Schreck – oder auch vor Wut – im Flur.

Der Bürgermeister lächelte spöttisch. „Aber, aber ...", bemerkte er nachsichtig. „Wer wird denn gleich so unfreundlich sein?" Unaufgefordert trat er ins Haus, durchquerte die Halle und ließ sich frech auf dem Sofa nieder. „Wir haben einiges zu besprechen", verkündete er im Tonfall belanglosen Plauderns.

„Ich – habe – dir – nichts – zu – sagen", entgegnete Alahrian, der endlich seine Sprach wieder gefunden hatte, kalt, jedes Wort wie einen Pfeil auf den Bürgermeister abschießend. „Raus hier!" Er zitterte vor Zorn, seine Augen flackerten, vor dem Haus drohte sich ein Sturm zusammenzubrauen.

Der Bürgermeister lächelte noch immer. „Ein bisschen netter, wenn ich bitten darf. Du könntest es sonst bereuen."

Alahrian schwieg, mühsam gegen seine Erregung ankämpfend. Weiß glühende Helligkeit pulsierte unter seiner Haut.

„Du hast meine Pläne durchkreuzt", erklärte, nun plötzlich in nahezu nüchternem Tonfall, der Bürgermeister. „Ich gebe zu, diese kleine Vorstellung heute Nachmittag war beeindruckend. Wenn auch nicht sehr klug, wie du gewiss einsehen wirst."

Alahrian presste die Kiefer aufeinander, wie um nicht zu explodieren. „Was willst du?", fragte er zwischen zusammengebissenen Zähnen hindurch.

Kalt und unbeeindruckt sah der Bürgermeister zu ihm auf. „Deine Hilfe", entgegnete er knapp.

Morgan verschluckte sich und erstickte fast an dem irren Lachen, das in ihm aufwallen wollte, Alahrian hingegen hatte sich überraschend gut in der Gewalt. „Du bist verrückt!", sagte er nur. „Verschwinde!"

„Nicht doch ..." Der Bürgermeister schüttelte den Kopf, als spräche er zu einem trotzigen kleinen Kind. „Du kennst ja mein Angebot noch gar nicht."

„Deine Angebote interessieren mich nicht!"

„Das hier wird dich interessieren, glaub mir."

Die Augen des Bürgermeisters begannen zu glitzern. Er hatte irgendetwas vor, etwas Teuflisches, Alahrian schien das genauso zu spüren wie Morgan, denn er schwieg, schaute nur angespannt den Mann an, der da wie eine fette Kröte im Zentrum seines einst so geschützten Zuhauses saß. Nichts hatte ihn aufhalten können, ungehindert war er in die Villa hineinspaziert. Der Bürgermeister war gefährlicher als sie alle geahnt hatten.

Sie beide spürten die Bedrohung, noch bevor der Mann weiter zu sprechen begann. „Deine Hilfe soll nicht umsonst sein", bot er an, voll von tückischer Freundlichkeit. „Du tust genau, was ich dir sage, und im Gegenzug", jetzt spielte ein triumphierendes Lächeln um seine Lippen, „im Gegenzug verzichte ich darauf, deiner kleinen Freundin eine Kugel in den Kopf zu jagen."

Alahrian wurde leichenblass. Irgendetwas in seinen Augen zerbrach, und durch die Scherben hindurch spritzen Funken heißen, weißglühenden Hasses hindurch. „Wage es nicht!", schrie er mit einer Stimme kalt und schneidend wie Glas. „Wage es nicht, sie zu bedrohen oder ich brenne dein ganzes, verfluchtes Städtchen nieder!" Flammen umspielten plötzlich seine Hand, wie ein brennendes Schwert hielt er die ausgestreckten Finger gegen den Bürgermeister gerichtet.

„Du hörst nicht zu", bemerkte der Bürgermeister, immer noch lächelnd und völlig unbeeindruckt. „Für deine kleinen Drohgebärden ist es ein bisschen zu spät. Lilly befindet sich bereits in meiner Gewalt. Und wenn du auch nur einen Mucks machst, der mir nicht gefällt, dann könnte das sehr unschön für deine Liebste ausgehen."

„Nein!!!" Alahrians gellender Schrei hallte wie ein Peitschenschlag durch die Luft. Zitternd wich er vor der lächelnden Gestalt auf dem Sofa zurück, ein flackernder, hilfesuchender Blick kletterte zu Morgan hin, als könne der ihn noch retten, doch Morgan konnte nur in stummem Schrekken den Kopf schüttelnd.

„Nein!", schrie Alahrian noch einmal. „Nein, das glaube ich dir nicht! Du lügst!"

„Ach wirklich?" Mit eisiger Miene zog der Bürgermeister einen winzigen, schimmernden Gegenstand unter seinem Jackett hervor. „Und was ist das hier?" Er hielt Alahrian den Gegenstand hin. Es war ein Kettenanhänger, eine kleine Perle aus geschliffenem Glas, in dessen Zentrum ein winziger Funke glühte, ein Tropfen von Alahrians eigenem Licht, das er für Lilly dort drinnen eingeschlossen hatte.

Mit einem erstickten Schmerzenslaut wich Alahrian einen weiteren Schritt zurück. „Nein", flüsterte er fassungslos, und immer wieder: „Nein ..." Seine Lippen bebten, die Augen flackerten.

Vor dem Fenster peitschte ein Sturmwind glühende Regentropfen gegen das Glas.

„Gib sie mir!", brüllte da plötzlich Alahrian. „Gib mir die Kette zurück!"

Versonnen betrachtete der Bürgermeister die schimmernde Perle. Wie ein lebendiges Glühwürmchen pulsierte sie zwischen seinen Fingern.

„Gib sie mir!", kreischte Alahrian, so wild, als könne er mit dem Besitz des Anhängers auch Lilly aus der Gewalt des Bürgermeisters befreien.

Und selbst Morgan wurde fast übel beim Anblick dieses Mannes, der zwischen seinen frevlerischen Fingern den gefangenen Lichtfunken hielt, als wolle er ihn zerquetschen. Es hatte etwas Obszönes an sich, wie wenn er mit der Kette auch einen Teil von Lillys Persönlichkeit hätte entweihen können.

„Gib sie mir!“, forderte Alahrian noch einmal, und diesmal öffnete der Bürgermeister die Hand und warf die Kette auf den Boden, Alahrian zu Füßen.

Der liosalfar schrie auf und stürzte sich auf den Bürgermeister, Morgan bückte sich rasch nach der Kette und hob sie auf.

„Ich bringe dich um!“, brüllte Alahrian wie von Sinnen. „Wenn du ihr auch nur ein Haar krümmst, dann bringe ich dich um!“ Licht zuckte unter seinen Fingerspitzen, Funken brannten sich in die Haut des Bürgermeisters. Aber natürlich konnte er ihn nicht ernsthaft verletzen.

„Alahrian!“, rief Morgan scharf. „Hör auf damit!“ Er hatte nicht damit gerechnet, doch tatsächlich ließ Alahrian von der verhassten Gestalt auf dem Sofa ab und wich zitternd, mit leichenblassem Antlitz zurück.

In einer affektierten Geste wischte sich der Bürgermeister die tanzenden Funken von seinem teuren Anzug. „Du solltest besser auf deinen Freund hören“, bemerkte er sanft und zückte einen kleinen Apparat, der vielleicht ein Mobiltelefon war oder ein Mini-Funkgerät. „Deine Lilly ist sicher in den Kerkern untergebracht, deren Gastfreundschaft auch du schon genossen hast. Der Priester wacht über sie. Und er hört jedes Wort mit, das wir hier reden.“ Triumphierend schwenkte er den winzigen Apparat. „Und sollte er etwas hören, was ihm nicht gefällt, nun ...“ Er lächelte böse. „Du weißt selbst, die Foltergeräte von damals sind noch außergewöhnlich gut erhalten.“

Alahrians Augen weiteten sich, sein Antlitz, ohnehin schon kreidebleich, verlor auch noch den letzten Rest von Farbe. Mit einem erstickten Keuchen brach er in die Knie, aller Zorn war verloren, nur noch nackte, kalte Verzweiflung flackerte in seinen Augen.

„Was willst du?“, fragte er tonlos, gebrochen.

„Ja, so gefällt mir das schon viel besser ...“ Der Bürgermeister stand auf, einen Moment lang glaubte Morgan, er wolle Alahrian ins Gesicht treten, doch er verzichtete auf körperliche Gewalt, weidete sich stattdessen sichtlich an Alahrians Niederlage.

„Öffne die Tore“, sagte er endlich, und ein Hauch von Leben durchzuckte die gedemütigte Gestalt auf dem Fußboden.

„Was?“, keuchte Alahrian fassungslos.

„Die Tore zu den Hohlen Hügeln“, erklärte der Bürgermeister kühl. „Öffne sie, und deiner Lilly wird kein Leid geschehen.“

„Was?!“ Alahrian stöhnte. „Aber das ... das kann ich nicht ... Ich ...“

„Du kannst!“ Wie ein Schlag peitschten die Worte über Alahrian hinweg.

„Aber ...“ Ein Zittern durchlief Alahrians Körper. „Warum?“

Jetzt flackerte etwas Irres, Unkontrolliertes in den Augen des Bürgermeisters auf. „Das Wesen“, entgegnete er mit bebender Stimme. „Der Dämon mit den schwarzen Schwingen ... Ich will, dass du ihn befreist!“

„Nein!“ Es war ein Schmerzensschrei, kein Wort. „Das ... das kann ich nicht! Bitte! Das kannst du nicht von mir verlangen!“

Die Miene des Bürgermeisters erstarrte zu einer leblosen Maske eisiger Grausamkeit. „Dann stirbt deine kleine Freundin noch heute Nacht.“

„Nein!“ Wimmernd krümmte sich Alahrian auf dem Fußboden zusammen, Morgan schauderte vor den Qualen, die seinen Bruder schüttelten.

„Das ist es, was du die ganze Zeit über vorhattest, nicht wahr?“, wandte er sich ungläubig an den Bürgermeister. „Dieses Einkaufszentrum war nur ein Vorwand. Du wolltest die Tore zerstören, von Anfang an!“

Ungerührt zuckte der Bürgermeister mit den Schultern. „Schon möglich“, gab er gelassen zu. „Aber es gibt einen viel einfacheren Weg als sie zu zerstören, nicht wahr? Es genügt, sie zu öffnen. Ich brauche nur den Schlüssel ...“ Mit einem bösartigen Funkeln blickte er auf Alahrian herab.

„Du bist ja wahnsinnig!“, schrie Morgan unbeherrscht. „Was denkst du, wirst du dadurch erreichen? Lilith ist ein Monster, du weißt es selbst am besten! Warum willst du sie befreien? Warum ausgerechnet du?“

Und mit einem Mal verschwand aller Hohn, aller Spott aus dem Antlitz des Bürgermeisters. Von einem Augenblick auf den nächsten war sein Gesicht vollkommen ernst, das überlegene Lächeln erlosch, stattdessen zuckte Schmerz um seine Lippen. „Der Fluch“, flüsterte er tonlos. „Sie soll den Fluch von uns nehmen ...“

„Den Fluch der Unsterblichkeit?“, bemerkte Morgan mitleidlos. „Das geht vielleicht auch einfacher!“ Nun seinerseits voll Hohn zog er ein Messer aus dem Gürtel und hielt es dem Bürgermeister hin. Natürlich wusste er selbst, dass das nichts nutzen würde.

Der Bürgermeister reagierte auch gar nicht. „Vierhundert Jahre!“, schrie er stattdessen. „Jeder einzelne Mensch, der mir je etwas bedeutet hat, ist tot! Alle anderen werden sterben! Immer und immer wieder ... Meine Töchter, meine Frau ...“ In einem Aufflammen von Entsetzen verstummte er.

„Ja“, entgegnete Morgan unbewegt. „Das ist exakt, was wir erleben ... Jahrzehnt für Jahrzehnt ... Jahrhundert für Jahrhundert ...“

„Aber ich bin keiner von euch dämonischen Missgeburten!“, kreischte der Bürgermeister, mit einem Mal wieder irre, flackernden Blicks und aschfahl im Gesicht. „Ich bin ein Mensch! Und alles, was ich will, ist wieder ein gewöhnlicher Mensch zu sein!“

„Und du denkst, Lilith wird dir das erfüllen?“ Morgan lachte hart. „Glaubst du wirklich, sie wird den Fluch zurücknehmen?“ Entschieden schüttelte er den Kopf. „Das wird sie nicht! Sie ist eine Naturgewalt, die Essenz des reinen Bösen, grausamer als selbst du es dir vorstellen kannst. Bildest du dir wirklich ein, sie würde tun, was du von ihr verlangst? Ein lächerlicher, kleiner Mensch? Das ist absurd! Gar nichts wirst du erreichen, selbst wenn du sie entfesselst! Sie wird nur Tod und Verderben über deine ganze Welt bringen."

Aber der Bürgermeister schien die Worte gar nicht zu begreifen. „Das lass nur meine Sorge sein", antwortete er unberührt, und wieder spielte dieses wahnsinnige, verzerrte Lächeln um seine Lippen.

„Warum?", flüsterte da plötzlich Alahrian, der während der letzten Minuten schweigend, von namenloser Pein geschüttelt, zitternd auf dem Fußboden gelegen hatte. „Warum jetzt? Warum nicht vor zehn Jahren, vor hundert – in fünfzig Jahren?"

Das Gesicht des Bürgermeisters erstarrte. „Deinetwegen", sagte er, sonderbar sanft, fast zärtlich. „Ich habe Entsetzliches durchgestanden seit jener Feuernacht vor so langer Zeit. Aber ich wusste, an jedem einzelnen Tag, welche Qualen auch immer ich erleiden mochte, deine waren schlimmer – ungleich schlimmer."

Voller Verachtung, voller Hass blickte er auf Alahrian herab. „Jetzt hast du nach all der Zeit fast so etwas wie Erlösung gefunden in diesem Mädchen. Du bist glücklich ... Und du verdienst es nicht!" Die letzten Worte peitschten wie Hiebe auf Alahrian herab.

Alahrian zuckte zusammen und krümmte sich.

„Ich will dich leiden sehen", bemerkte der Bürgermeister hart.

„Leiden?"

Und plötzlich sprang Alahrian auf, glühend und funkelnd vor Hass. „Du hast mich in einen finsteren Kerker gesperrt, du hast mich foltern lassen, du hast mich bei lebendigem Leibe brennen lassen! Was – willst – du – noch?" Mit einem Mal zitterte seine Stimme, Tränen sprangen in seine Augen, der ganze Körper bebte in einem nur halb unterdrückten Aufschluchzen.

„Du hast meine Tochter getötet!", brüllte der Bürgermeister ihm entgegen.

„Ich habe sie nicht getötet! Sie hat sich selbst getötet!"

„Weil du sie verführt hast! Du hast sie verhext mit deiner unheiligen Magie! Dämon! Monster!"

„NEIN!!!" Von schierer Verzweiflung erschlagen, brach Alahrian erneut zusammen. Zitternd verbarg er das Gesicht in den Händen und schluchzte lautlos.

„Öffne die Tore", wiederholte der Bürgermeister seine Forderung, hart und unerbittlich. „Du hast Zeit bist morgen früh. Dann stirbt das Mädchen." Und damit drehte er sich um und rauschte ohne ein weiteres Wort davon.

Wütend schlug Morgan hinter ihm die Tür ins Schloss.

Die Szene in der Halle hatte sich verändert, als Morgan zurückkehrte. Alahrian lag jetzt nicht mehr auf den Knien am Boden, er hatte sich aufgerichtet und stand mit dem Rücken zur Tür vor dem Fenster, von einem

Strahlenkranz aus Licht umgeben, so blendend hell, dass es fast weh tat, ihn anzusehen.

„Liosch?“, fragte Morgan behutsam und trat, vorsichtig, als liefe er über ein Mienenfeld, einen Schritt näher.

Alahrian wandte sich um. Licht pulsierte unter seiner Haut, das bleiche Antlitz war zu einer statuenhaften Maske erstarrt, Blitze zuckten in den verdunkelten Augen. Jede Faser seines Körpers war gespannt, eine wilde, ungezügelte Energie durchdrang ihn und verlieh ihm eine ganz eigenartige, ungezähmte Schönheit. Nie zuvor hatte Morgan ihn so gesehen. Wie ein Engel sah er aus, umgeben von einem schmerzhaft hellen Glorienschein, und gleichzeitig erfüllt von einer finsteren, durch Hass und Schmerz genährten Verzweiflung. Ein dunkler, ein Racheengel.

Schweigend lief er an Morgan vorbei, und seine Bewegungen hinterließen glitzernde, brennende Funken in der Luft wie von einem fallenden Stern.

„Wo willst du hin?“, fragte Morgan erschrocken.

Alahrian drehte sich nicht um. „Ich gehe und öffne die Tore.“ Seine Stimme war kalt wie Eis, nicht ein Hauch von Gefühl lag darin.

„Warte!“ Entsetzt zuckte Morgan zusammen. „Das kannst du nicht!“

Ein hohles Lachen folgte seinen Worten. „Ich habe diese Tore verschlossen“, erklärte Alahrian frostig. „Wer, wenn nicht ich sollte sie wieder öffnen können?“

Das war es nicht, was Morgan gemeint hatte. Mit einem Satz folgte er seinem Bruder, hielt ihn grob an der Schulter zurück und ließ nicht los, obwohl es schmerzte, ihn zu berühren. Zu grell war das Licht, zu dicht unter der Haut. Alahrian war ein mit Feuer gefülltes Glasgefäß, die Helligkeit, die er verströmte, war nicht mehr der milde, goldene Schein oder das sanft bläuliche Schimmern, es war eine tödliche, hellweiße Glut, das Innere eines Vulkans, zerstörerischer als eine Atombombe.

„Warte, bitte!“, flehte Morgan seinen Bruder an. „Ich verstehe deinen Zorn, doch du kannst Lilith nicht freilassen! Du weißt, was sie ist! Sie wird die ganze Welt in Finsternis stürzen! Ist es das, was du willst?“

Mit einem Ruck riss Alahrian sich los. „Ich werde die Tore öffnen“, wiederholte er hart.

„Hör zu!“ Morgan war der Verzweiflung nahe, es fühlte sich an, als stürze er sich kopfüber gegen eine undurchdringliche Betonwand. Er fand keinen Zugang zu dem Wesen, das vor ihm stand und das im Augenblick kaum mehr etwas gemein hatte, mit dem Bruder, den er kannte. „Wir finden einen anderen Weg! Wir holen Lilly da raus! Irgendwie ... Nur bitte, Alahrian, beruhige dich. Komm zur Vernunft, ich flehe dich an!“

„Ich war noch nie so vernünftig wie jetzt!“ Jedes einzelne seiner Worte war ein Splitter von Glas, der die Luft zerschnitt. „Ich werde Lilly nicht sterben lassen! Ich werde sie nicht der Gewalt dieses wahnsinnigen Folterknechts überlassen!“

Ein Hauch von Schmerz durchzuckte seine Augen, löschte für den Moment das grelle Funkeln, wurde jedoch sogleich überdeckt von einem neuen, aggressiv rötlichen Glimmen. Purpurn strahlte das Licht aus seinen Augen über die Wangen, es sah aus wie Tränen aus Blut, die, gefroren von Schmerz, über sein fahl blasses Antlitz liefen.

„Alahrian, bitte!“ Morgan fand keine Worte mehr, um ihn aufzuhalten. Stumm wandte Alahrian sich ab, durchquerte mit einem einzigen, fast schwebenden Satz die Halle und lief die Treppe hinunter, an Morgans Höhle vorbei und in die Tiefe, bis er in die dunklen, labyrinthartigen Korridore gelangte, die wie ein Spinnenetz die ganze Stadt unterkellerten, der Übergang in eine andere Welt.

Er schien keine Angst mehr zu haben vor der Dunkelheit, nicht einmal eine Fackel nahm er mit, sein eigenes Licht strahlte wie eine vom Himmel gestürzte Sonne von den Wänden ab. Morgan konnte nichts anderes tun als ihm zu folgen, unablässig auf ihn einredend, ohne Gehör zu finden.

Alahrian zögerte nicht eine Sekunde lang. Schnell und mit traumwandlerischer Sicherheit lief er durch das Labyrinth, so schnell, dass Morgan Mühe hatte, mit ihm Schritt zu halten. Erst als sie das schwarze Eisentor erreichten, blieb er stehen. Obwohl er von der gesamten Gewalt seiner Macht umstrahlt war, wirkte er plötzlich klein und verloren im Angesicht des gigantischen Tores. Langsam streckte er die Hände aus, als wolle er das Metall berühren, so wie er es jedes Jahr tat, an Samhain und an Beltaine, immer wieder, um es verschlossen zu halten, um die Schatten, die sich darin verbargen, fern zu halten von der Welt der Sterblichen. Heute war er gekommen, um das genaue Gegenteil zu tun.

„Nicht!“ Morgans Stimme klang rau und heiser vor Furcht. „Tu es nicht, bitte!“

Alahrian blickte zu ihm auf. Durch die Maske brennender Urgewalt schimmerte plötzlich wieder die alte Angst auf, die alte Unsicherheit. Er war ein Kind, das mit einem Kernreaktor spielte und sich mit einem Mal der Konsequenzen bewusst wurde. „Aber es ist Lillian!“, wimmerte er, von einem verzweifelten Schluchzen geschüttelt. „Er wird sie umbringen! Ich kann sie doch nicht einfach sterben lassen!“

„Und wenn du das Tor jetzt öffnest“, entgegnete Morgan voll tiefer Trauer. „In was für einer Welt wird sie dann leben?“

„Aber sie wird leben!“ Der Funke von Zweifel erlosch. Alahrian hob die Hände gegen das Tor.

„Alahrian!“ Ein neues Entsetzen brandete in Morgan auf. Diesmal war sein Ruf durchdringend genug, um seinen Bruder innehalten zu lassen.

Augen, die Dunkelheit auszustrahlen schienen statt Licht, blickten fragend zu ihm auf.

„Sieh dich an!“, rief Morgan erschüttert. „Sieh dir deine Hände an!“

Bevor Alahrian reagieren konnte, packte er sein Handgelenk, drehte es unsanft herum und hielt dem Bruder die eigenen schlank-weißen Finger vors Gesicht. Schatten pulsierten darin. Finsternis zuckte durch die Adern, dicht unter der Haut.

Es war eine Dunkelheit, die Alahrian nur zu gut vertraut sein musste. Eine Dunkelheit, die er schon einmal gekostet hatte, in einem anderen Verlies, an einem anderen Tag.

„Das Böse, Alahrian", sagte Morgan hart, während der Bruder noch mit einem Ausdruck von jähem Schrecken seine Hand anstarrte. „Das Böse ist eine Entscheidung."

Alahrian riss seine Hand los. „Und ich habe meine Entscheidung getroffen. Ich kann Lilly nicht diesem Monster überlassen!"

„Aber dem Monster hinter dem Tor?"

Alahrians Miene erstarrte. „Ich habe sie einmal besiegt", sagte er, kalt, doch mit einem Flackern von Furcht im Blick. „Ich kann es wieder tun."

„Nein!" Entschlossen stellte Morgan sich zwischen seinen Bruder und das Tor. „Ich kann nicht zulassen, dass du das tust! Stürze nicht die ganze Welt in Schatten, nur um eine einzige Sterbliche zu retten! Das darfst du nicht. Bitte!"

Das Licht unter Alahrians Haut flammte auf. „Aber es ist Lilly!", schrie er verzweifelt.

„Wir finden einen anderen Weg, um sie zu retten."

„Nein! Sie werden sie foltern! Sie werden sie töten!" Seine Stimme zitterte, kurz davor zu zersplittern, sein Leuchten jedoch brannte nur umso heller. Nur seine Augen blieben dunkel.

Morgan rührte sich nicht.

„Geh mir aus dem Weg", forderte Alahrian, den Blick wie eine Lanze in den Morgans gebohrt.

Morgan rührte sich nicht.

Alahrian hob die Hände. Weißes Feuer brannte unter seinen Fingerspitzen. „Du bist mein Bruder", sagte er traurig. „Und ich will dir nicht weh tun. Aber ich werde es tun, wenn du mich nicht vorbei lässt."

Morgan rührte sich nicht.

„Bitte." Alahrian ließ die Hände sinken. Tränen glänzten in seinen Augen.

Morgan schüttelte den Kopf, und obwohl es ihm das Herz brach, trat er nicht zur Seite.

„Und wenn es um Sarah ginge?", fragte Alahrian leise. „Was würdest du an meiner Stelle tun?"

Morgan biss sich auf die Lippen, bis er salziges Blut schmeckte. Endlich senkte er den Blick und gab stumm, die Augen fast geschlossen, den Weg frei.

Alahrian schenkte ihm einen langen Blick, dann trat er an das Tor heran, hob die Hände – und sprengte es mit einem einzigen, gewaltigen Schlag auf. Es war ähnlich wie vorhin auf der Baustelle, nur noch unglaublicher. Ein Blitz fuhr in das dunkle Metall, ein Zischen und Knacken ertönte, als schriee das Tor gepeinigt auf – und dann verdampften mehrere Tonnen Eisen in einer blendenden Explosion, als hätten sie nie existiert.

Die Hände schützend vors Gesicht geschlagen taumelte Morgan mit einem erstickten Keuchen zurück, rang hustend nach Atem und lehnte sich, halb blind von gleißender Helligkeit gegen den rauen Stein in seinem Rükken.

Alahrian wankte nicht einmal. Hoch aufgerichtet stand er da, die Hände noch immer erhoben, lautlos rief er nach dem Wesen hinter dem zertrümmerten Durchgang, lautlos erschien es, wie ein Schatten trat es aus den Schatten, ganz Schwärze und Finsternis und grausame Schönheit. Lange hatte es dort gewartet, Jahrhunderte lang eingesperrt in der Tiefe, doch die Zeit hatte nichts von seiner Macht geraubt, nichts von seiner gewaltigen, atemberaubenden Anmut, nichts von seiner Stärke, seiner vernichtenden Kraft.

Morgan hatte sie schon einmal gesehen, die Königin der Erloschenen, die Herrin all seiner Alpträume, die Geliebte der Schatten. Doch das war vor langer Zeit gewesen, die Erinnerung hatte seinen Blick getrübt, und als er sie jetzt ansah, da war es wie das erste Mal. Es war immer das erste Mal, nichts Vertrautes haftete diesem trügerisch schönen, nahezu sanften Gesicht an, keinen Halt fand der Blick in der tödlichen Grazie ihrer Züge, in der vernichtenden Tiefe ihrer Augen. Die schwarzen Schwingen hingen ihr wie ein seidiger Mantel über den Rücken, scharf wie Rasierklingen waren sie und tödlich wie Stahl, und doch schienen sie weich und sanft, fast mochte man die Hand ausstrecken, um die samtenen Federn zu streicheln, selbst wenn es einem die Haut blutig schnitt.

Irgendetwas in Morgan krümmte und wand sich bei ihrem Anblick, etwas in ihm wollte schreien, wollte fortlaufen und fliehen. Ein anderer Teil wollte sich auf die Knie werfen und das Gesicht in den Staub zu ihren Füßen drücken, um ihr ewige Treue zu schwören, sein Leben in ihre Hände zu legen.

Er tat nichts von alledem. Starr, wie gelähmt, stand er da, er konnte die Augen nicht abwenden von dem Wesen, auch wenn es eine Qual war, sie anzusehen.

Doch ihr Blick galt nicht ihm. Ruhig lag ihr Blick auf Alahrian, forschend, fast neugierig.

„So bist du am Ende doch zu mir gekommen“, sagte sie milde. Ihre Stimme war weich, lieblich wie ein Sommerwind.

Alahrian hielt ihrem Blick stand und wich nicht zurück. „Ich brauche deine Hilfe“, meinte er ruhig.

Am Rande seines erschütterten Bewusstseins spürte Morgan einen Hauch von Bewunderung in sich vorbeiziehen. Er war stark, sein Bruder. Morgan hatte es immer gewusst, all das hier war immer schon in ihm gewesen. Doch er hatte nicht geahnt, wie stark er war.

Das Wesen – Lilith – lachte leise. Es war ein Laut wie das Zusammenbrechen massiver Felswände, und doch so melodisch und klangvoll wie Harfenspiel. „Du hast mich fast vierhundert Jahre lang in einem Verlies eingesperrt“, entgegnete sie amüsiert. „Nenn mir einen Grund, aus dem ich dir helfen sollte!“

Ihre Worte waren anklagend, der Ton, in dem sie sprach, nicht. Sie sprach mit Alahrian wie mit einem ihrer Kinder, das sich eine Dummheit erlaubt hatte. Vielleicht war dies exakt die Art und Weise, wie sie die Sache sah.

Vierhundert Jahre waren keine sehr große Zeitspanne für ein Wesen wie sie ...

„Wenn du mir hilfst“, sagte Alahrian, „dann lasse ich dich frei.“

Wieder dieses seltsame Lachen. Sie entfaltete eine ihrer Schwingen, ein Luftzug fegte durch den Raum und brachte den Geruch von Feuer, Rauch und Zerstörung mit sich. „Ich bin bereits frei, wie du siehst ...“

Alahrians Blick war fest in den ihren gebohrt. „Bitte“, meinte er schlicht. „Hilf mir.“ Seine Augen glühten, silbrige Lichtfäden tanzten zwischen ihm und ihr umher, füllten den leeren Raum mit einer Spannung, die nahezu unerträglich schien.

Das Wesen blinzelte, eine grotesk menschliche Geste. „Versuchst du gerade, mich zu zwingen?“, fragte sie verblüfft. „Törichtes, kleines Kind!“ Sie lachte schallend.

Aber es war Lilith, die am Ende den Blick senkte, nicht Alahrian.

Dann, plötzlich, taumelte er mit einem Aufschrei zurück, die Hand keuchend gegen die Stirn gepresst, das Gesicht verzerrt zu einer Maske glühender Pein. Wie eine Marionette, von unsichtbaren Fäden gehalten, knickte sein Körper ein, langsam, gegen seinen Willen, sich mit übermenschlicher Kraft gegen ihre Gewalt wehrend, sank er vor dem Schattenwesen auf die Knie. Seine Hände zitterten, die Lippen bebten, blutleer war sein Gesicht, und kalter Schweiß stand auf seiner Stirn. Bleich vor Schmerz kniete er vor ihr, aber er senkte nicht den Blick, die Augen waren ungebrochen, er war noch immer Herr seiner selbst.

Erschöpft sank er nach vorne, sich zittrig mit einer Hand abstützend, als sie ihn endlich losließ.

„Du bist mächtig geworden“, bemerkte Lilith mit einer Art von absurdem Stolz. Ihr Blick ruhte jetzt fast zärtlich auf Alahrian. „Ich denke, ich werde tun, was du von mir verlangst.“ Lächelnd streckte sie die Hand nach ihm aus, streichelte seine Wange in einer merkwürdig liebevollen, nahezu mütterlichen Geste. Und dann hüllten ihre schwarzen Schwingen ihn ein, und im nächsten Moment waren sie beide verschwunden.

Im Kerker

Ist dir kalt?"

Ohne eine Antwort abzuwarten, reichte der Inquisitor ihr eine Decke durch die schmalen Gitterstäbe, hinter denen er sie eingeschlossen hatte. Lillys Stolz hätte sie am liebsten abgelehnt, doch es war tatsächlich eisig hier unten, tief in den mittelalterlichen Verliesen unter dem alten Rathaus. Eine Pistole in ihren Rücken gepresst, hatte der Bürgermeister sie hierher gebracht, dann war er verschwunden und hatte den Priester zu ihrer Bewachung da gelassen. Jetzt saß sie wie ein Hund im Käfig und starrte abwechselnd die Folterinstrumente an der Wand und ihren Kerkermeister an.

Ob Alahrian vor fast vierhundert Jahren in derselben Zelle gesessen hatte? Ob die eisernen Zangen, Dornen und Spieße noch immer die gleichen waren? Hatten die grässlichen Instrumente an der Wand einst sein Blut gekostet? Lilly schauderte bei dem Gedanken, und Tränen wollten ihr in die Augen schießen.

Der Priester folgte ihrem Blick und deutete ihn falsch. „Dir wird nichts geschehen", sagte er beruhigend. „Wir haben nicht vor, dir etwas anzutun. Wenn dein Freund sich kooperativ zeigt, dann wirst du innerhalb kürzester Zeit hier herauskommen, versprochen." Er lächelte aufmunternd. Hätte sie ihn nicht durch das Gitter einer Kerkerzelle betrachtet, hätte Lilly ihn für freundlich halten können. Hätte sie das blasse, weiche Gesicht nicht zur grausamen Fratze verzerrt in Alahrians Erinnerungen gesehen, hätte sie den Mann für harmlos, für vollkommen ungefährlich gehalten. Er hatte Schatten unter den Augen, die Wangen waren unrasiert, die Hände zitterten. Er schien nervöser zu sein als Lilly, mehr noch: Er hatte Angst.

Lilly selbst spürte beinahe keine Furcht. Das war seltsam, denn hätte sie nicht eigentlich völlig außer sich sein sollen? Sie war gekidnappt, entführt und eingesperrt worden, und das von zwei Männern, die Alahrian fast zu Tode gefoltert und dafür von einem unheimlichen Schattenwesen zur Unsterblichkeit verflucht worden waren. Sie hatte allen Grund, in Panik zu geraten. Und doch war sie fast unheimlich ruhig, vielleicht, weil die Angst zu groß, zu unermesslich war, um sie in ihrem vollen Ausmaß zu erfassen. Irgendwo in ihrem Unterbewusstsein lauerte sie, die Furcht, doch Sorgen machte sie sich nur um Alahrian. Er würde kommen. Er würde kommen, um sie zu retten, gewiss, doch was würde dann mit ihm geschehen?

„Was haben Sie mit ihm vor?", fragte sie laut den Inquisitor.

„Mit deinem Freund?" Der Mann zuckte mit den Schultern. „Nichts. Er soll uns nur einen kleinen Gefallen tun."

Lilly biss sich auf die Lippen. Sie hatte keine Ahnung, welch finsteren

Pläne diese beiden schmieden mochten, doch die hässlichen, eisernen Apparate an der Wand verhießen nichts Gutes. Sie hatten schon einmal sein Blut getrunken ... Lillys Herz krampfte sich schmerzhaft zusammen.

„Du solltest dir wegen des Jungen vielleicht etwas weniger Gedanken machen“, bemerkte der Inquisitor mit einem Hauch von Hohn in der Stimme. „Hast du eine ungefähre Ahnung, was er ist?“

Lilly richtete sich auf und funkelte den Mann böse an. „Mehr als Sie!“, entgegnete sie patzig.

Der Priester ignorierte ihren Tonfall. „Nun, dann weißt du ja, dass ihm kaum etwas passieren kann.“

„Haben Sie ihn deshalb foltern lassen?“, fragte Lilly provozierend und spürte plötzlich eine heiße, lodernde Woge von Zorn in sich aufsteigen.

Mit einer gewissen Befriedigung registrierte sie, wie ihr Gegenüber zusammenzuckte. Das blasse Gesicht verlor noch mehr an Farbe. „Er ist ... anders“, erklärte er unsicher. „Er ist kein Mensch!“

Lilly erkannte eine nur halb vernarbte Wunde, eine Schwachstelle, und bohrte welch Stachel auch immer sie zur Verfügung hatte, instinktiv hinein. „Und weil er kein Mensch ist, ist es in Ordnung, ihm weh zu tun?“, bemerkte sie hart. „Nächstenliebe ... Mitleid ... Vergebung ... Dürfen Sie entscheiden, für wen diese Dinge gelten – und für wen nicht?“

Wieder zuckte der andere zusammen. „Es waren andere Zeiten damals“, entgegnete er mit gesenktem Blick. „Er ist ... seine Haut leuchtete im Dunkeln ... er konnte über frisch gefallenen Schnee laufen, ohne Spuren darin zu hinterlassen, und seine Augen ...“ Er schauderte. „Er sah wie ein Dämon aus und er verfügte über Kräfte, die ihm nur der Teufel verliehen haben konnte!“

„Er ist kein Dämon!“, schrie Lilly wütend. „Er ist ...“ Er ist ein Engel ..., hatte sie sagen wollen. Aber das hätte der Priester vielleicht missverstanden. Also fing sie mit Mühe den Blick des Mannes auf, zwang sich, ihn festzuhalten und meinte ernst: „Er ist etwas Gutes.“

Ein schmerzliches Lächeln zuckte über die Lippen des Inquisitors. „Bist du dir da so sicher?“, fragte er durchdringend.

„Natürlich!“ Fast verzweifelt zog sich Lilly an den Gitterstäben hoch und sah den Mann weiterhin fest an.

Der jedoch starrte ins Leere. „Damals sagte man uns, Hexen und Zauberer sollst du nicht leben lassen“, bemerkte er tonlos, mehr zu sich, als zu Lilly. „Ich war überzeugt, das Richtige zu tun.“

„Und das hier?“ Lilly rüttelte an den Gitterstäben. „Ist das das Richtige?“

Sie sah das Aufblitzen von Zweifel in den Augen des Priesters, sah die Unsicherheit, das Zögern ... und die Schuld. Sie brachte ihn fast um, die Schuld. Aus einem Instinkt heraus, alles auf eine Karte setzend, sagte Lilly: „Sie müssen nicht tun, was der Bürgermeister von Ihnen verlangt.“

Überrascht, ja geradezu schockiert, blickte der Inquisitor auf.

Lilly hatte ins Blaue geschossen – und ins Schwarze getroffen. „Lassen Sie mich frei“, meinte sie, fest, eindringlich und beschwörend. „Das ist vielleicht Ihre Chance, etwas von den Verbrechen von damals wiedergutzumachen.“

Einen winzigen Moment lang blitzte ein sonderbarer Funken eines tiefen, inneren Kampfes in den Augen des Priesters auf, einen winzigen Moment lang schien die Waagschale sich langsam, ganz langsam in Lillys Richtung zu neigen. Dann wich der Mann mit einem Aufschrei vor ihr zurück, bis an die Wand, als hätte sie ihn bedroht.

„Nein!“, schrie er mit überschnappender Stimme. „Ich habe bezahlt, für das, was ich getan habe! Vierhundert Jahre lang! Vierhundert Jahre lang war ich ein unsterbliches Monster, ein Ding wider jede Natur! Es ist genug ... Es muss endlich genug sein ...“ Mit einem Laut, der fast wie ein Schluchzen klang, sank er an der Wand herab. „Ich kann dich nicht gehen lassen. Nicht, ehe das hier vorbei ist.“

„Aber –“

„Halt den Mund!“, brüllte er sie an und fuhr auf, als hätte er einen Schlag erhalten. „Sei endlich still!“

Jede Spur von Freundlichkeit war aus seinem Gesicht gewichen, die Augen flackerten wild, die Lippen waren zu einer Maske verzerrt. Nun war es Lilly, die zurückwich. Aber es gab nichts, wohin sie hätte fliehen können. Hinter ihr war nur kalter, rauer Stein, vor ihr die undurchdringlichen Gitterstäbe.

Fast war sie erleichtert, als sich die Tür der dunklen Kammer öffnete, und der Bürgermeister eintrat. Auf das Antlitz des Inquisitors trat jetzt ein fragender Ausdruck.

Der Bürgermeister grinste breit. „Unser leuchtender Freund ist brav wie ein Lämmchen“, versicherte er selbstzufrieden.

„Dann wird er es tun?“ Nervosität schwankte in der Stimme des Priesters.

„Gewiss.“ Der Bürgermeister trat an Lillys Zelle heran und strich angelegentlich über die Gitterstäbe. „Er will ja nicht, dass seiner Liebsten ein kleiner Unfall zustößt, nicht wahr?“

„Was haben Sie vor?“, rief Lilly wütend. „Was soll dieser Unsinn?“ Nicht zu fassen, dass Anna-Maria niemals gemerkt hatte, was für ein durchgedrehter Irrer ihr Vater war ... Lilly hätte Mitleid für sie empfunden, wäre nicht ihre gesamte Sorge auf Alahrian gerichtet gewesen.

Frustriert starrte sie die Gitterstäbe an. Warum nur hatte sie keine dieser erstaunlichen liosalfar-Fähigkeiten geerbt? Dann hätte sie mit einem Laserblitz das Eisen durchtrennt und hätte so vielleicht entkommen können. So war sie diesen beiden einer grausamen Vergangenheit entschlüpften Figuren hilflos ausgeliefert. Wenn sie nur gewusst hätte, was sie planten!

Der Bürgermeister jedoch ignorierte sie, als sei sie nur ein lästiges, in einem Glasgefäß eingesperrtes Insekt. Schulterzuckend wandte er sich ab, zerrte eine Pistole unter seinem Jackett hervor und warf sie achtlos auf einen länglichen, grob gezimmerten Tisch, der vielleicht früher einmal eine Streckbank gewesen war oder etwas ähnlich Perverses. Lilly drehte sich fast der Magen um, wenn sie an all die Grässlichkeiten dachte, die innerhalb dieser Mauern geschehen waren.

„Hoffentlich beeilt er sich“, murrte der Bürgermeister und steckte sich ungeduldig eine Zigarette an. Seine freie Hand spielte mit der Pistole auf dem Tisch, während er rauchte.

Lilly beobachtete ihn angstvoll.

„Muss das mit der Waffe denn wirklich sein?“, zischte halblaut der Priester. „Den Elben können wir ohnehin nicht verletzten damit, und das Mädchen ...“

Der Bürgermeister grinste wieder. „Wir können ihn nicht töten damit“, präzisierte er genüsslich. „Aber verletzen sehr wohl! Sie ist mit Kugeln aus feinstem Edelstahl geladen ...“ Ein nahezu begeisterter Ausdruck glitt über sein Gesicht. Fast zärtlich glitten seine Finger über die Waffe. „Mich würde interessieren, wie lange ihn das aufhält ...“, sinnierte er träumerisch. „Wenn man ins Herz schießt ... oder in die Luftröhre ...“

Lillys Finger krampften sich um die Gitterstäbe der Zellentür, bis sie glaubte, ihre Knochen müssten darunter zersplittern. Und plötzlich, da war sie sehr froh um die Anwesenheit dieser Stäbe, denn hätte es sie nicht gegeben, wäre der Weg frei gewesen, dann wäre sie nach vorn gesprungen und hätte dem Bürgermeister den Hals umgedreht, und es wäre ihr ganz egal gewesen, was dann mit ihr geschah ...

So aber stand sie zitternd vor Zorn in ihrem Gefängnis und hoffte wider jede Vernunft, wider jeden Selbsterhaltungstrieb, Alahrian würde nicht kommen, um sie zu retten.

Aber natürlich kam er.

Ein ungeheures Krachen und Poltern ertönte plötzlich irgendwo über ihnen, ein Geräusch, als bröckelten in der Ferne Felsen auseinander – oder als sprenge jemand eine Tür auf, um sich Zutritt zu einem Gebäude zu verschaffen ...

Die Augen des Bürgermeisters begannen zu leuchten. „Er kommt ...“ Blitzschnell griff er nach der Waffe.

Und eine halbe Sekunde später erschien Alahrian in dem winzigen, unterirdischen Raum. Lillys Herz begann zu flattern, vor Freude, vor Sorge ... sein Anblick jedoch raubte ihr schier den Atem vor Schreck. Das Wesen, das da, hoch aufgerichtet, jeder Zoll von einer tödlichen Entschlossenheit erfüllt, den Raum betrat, schien kaum mehr etwas gemein zu haben, mit dem Alahrian, den sie kannte. Weißes Feuer brannte unter seiner Haut, greller als sie es je gesehen hatte, so hell, dass es ihr die Tränen in die Augen trieb, auch nur in seine Richtung zu blicken. Und obwohl er in einem nie gekannten Leuchten erstrahlte, schien er gleichzeitig von Dunkelheit erfüllt, Schwärze umwogte ihn, stofflicher als nur die Abwesenheit von

Licht, ein Mantel aus samtiger Finsternis, gewoben aus tiefster, mondleerer Nacht. Das Schlimmste aber waren die Augen. Sie waren nicht mehr blau, ja, nicht einmal mehr violett, wie sonst, wenn er wütend, war ... sie waren schwarz. Von einem lichtschluckenden, vernichtenden Schwarz, zwei endlos tiefe Abgründe, in weißglühende Lava gemeißelt.

„Nun?“, wisperte der Inquisitor neben ihr. „Glaubst du immer noch, dass er kein Dämon ist?“

„Ja“, erwiderte Lilly fest und zwang sich, den Blick auf Alahrian ruhen zu lassen, obwohl es in den Augen weh tat. „Ja, das glaube ich ...“

Wo Licht ist, da ist auch Schatten ...

In einer seltsam instinktiven – und völlig sinnlosen – Abwehrgeste hob der Bürgermeister die Pistole und richtete sie gegen Alahrian.

Etwas Silbriges flog durch die Luft, bohrte sich mit einem dumpfen Laut durch die Handfläche des Bürgermeisters und nagelte sie an die Wand. Polternd entglitt die Waffe seinen Fingern. Lilly glaubte zuerst, es sei ein Lichtblitz gewesen, doch es war ein langer, schlanker Dolch mit einem silberfarbenen Griff.

Der Bürgermeister kreischte auf, zerrte mit der unverletzten Hand die Klinge heraus und starrte Alahrian mit einem Ausdruck mörderischer Wut im Gesicht an.

Alahrian zuckte nicht einmal mit der Wimper. „Lass sie frei“, forderte er mit einer Stimme, die wie Donnergrollen von den Wänden widerzuhallen schien, eiskalt, mitleidlos und tödlich.

Sein Blick suchte den Lillys, und als er sie ansah, da kehrte ein Funken von goldener Wärme in seine pechschwarzen Augen zurück, dann jedoch lachte der Bürgermeister schrill auf, und da war wieder nichts als Hass und Zorn und Schmerz.

„Wo ist das Wesen?“, gab der Bürgermeister gelassen zurück und schüttelte seine blutige Hand aus. Lilly sah mit Grausen, wie die hässliche Wunde sich bereits zu schließen begann. „Hast du es mitgebracht?“

Alahrians Blick bohrte sich wie Splitter von Eis in den des Bürgermeisters. „Lass sie frei!“, donnerte er noch einmal. Diesmal schwang sämtliche Gewalt seiner unheimlichen, magischen Autorität in seiner Stimme, geeignet, den Willen jedes gewöhnlichen Sterblichen wie dünnes Papier zu zerfetzten. Doch der Bürgermeister war kein gewöhnlicher Sterblicher.

„Zuerst erfüllst du deinen Teil der Abmachung“, entgegnete er kühl. „Ich traue dir nicht, Dämonenbrut!“

„Das solltest du auch nicht!“ Alahrian hob die Hand, deutete auf die Folterinstrumente an der Wand und schloss dann langsam, einen nach dem anderen, die Finger zur Faust. Die schweren, aus massivem Eisen geformten Geräte zerbröselten zu Staub wie trockene Brotkrumen in einer Kinderhand. „Aber du solltest mich auch nicht reizen“, fuhr Alahrian fort, jede winzige Geste, jeder Atemzug eine eiskalte, eine tödliche Drohung.

„Lass sie frei!“, wiederholte er zum dritten Mal.

Der Bürgermeister rührte sich nicht, der Inquisitor aber wandte sich mit seltsam abgehackten, mechanischen und doch sehr schnellen Bewegungen um, steckte den Schlüssel in die schwere Gittertür und öffnete sie.

Was hatte Alahrian einst gesagt? Der Zwang funktioniert nur, wenn die Person ohnehin schon unsicher ist ...

Lilly stürzte mit einem Satz nach vorne und wollte sich in Alahrians Arme werfen, doch der Bürgermeister hielt sie mit einem brutalen Stoß zurück. „Nicht so hastig, mein Fräulein!" In der abstoßenden Karikatur einer Umarmung hielt er sie fest und drückte ihr den silbrigen Dolch gegen die Kehle.

Alahrian schrie auf und wollte auf den Bürgermeister losgehen, erstarrte jedoch mitten in der Bewegung, als der den Druck der Klinge nur noch erhöhte. „Zurück!", kreischte er Alahrian an. „Rühr dich nicht oder ich schlitze der Kleinen den Hals auf! Und keine weiteren Tricks, ich warne dich!"

Mit einem Ausdruck irgendwo zwischen Qual und Zorn trat Alahrian zurück, tiefer in die Schatten hinein, die ihn umgaben.

„Kein Funke!", schrie der Bürgermeister. „Keine Bewegung!"

Alahrian rührte sich nicht. Das Leuchten unter seiner Haut flackerte auf – und zog sich zurück. „Okay", sagte er hastig, einen entsetzt besorgten Blick auf Lilly gerichtet, die wütend in den Armen des Bürgermeisters zappelte.

Ganz ruhig ..., flüsterte Alahrian in ihre Gedanken, weich und zärtlich, im krassen Gegensatz zu dem dunklen Wogen in seinen Augen. Ich werde nicht zulassen, dass dir etwas geschieht ... Niemals ...

Der Bürgermeister fragte laut: „Wo ist das Wesen?"

Und dann, von einer Sekunde auf die nächste, nahmen die Schatten hinter Alahrian plötzlich Gestalt an. Lilly hörte, wie der Bürgermeister scharf die Luft einsog, wie der Inquisitor mit einem angstvollen Wimmern zurückwich – und hielt selbst den Atem an.

Das Wesen war das Schönste, das sie jemals gesehen hatte, und zugleich das Schrecklichste.

Es war von der Anmut einer Libelle und von der zerschmetternden Gewalt einer Flutwelle, von der Macht eines Vulkans und der lieblichen Grazie eines Sommermorgens auf einer blühenden Lichtung. Schwarze, glänzende Schwingen erhoben sich über dem Rücken, nur halb entfaltet, und sie schienen Tod und Verderben mit sich zu bringen, aber auch ein Versprechen, eine singende, klingende Verlockung, süßer als Honigtau und so verheißungsvoll wie der Frühling.

Lilly hatte das Wesen, Lilith, in Alahrians Erinnerung gesehen, doch das war nichts im Vergleich zur Wirklichkeit. Sie konnte nicht aufhören, sie anzusehen, ihr Herz zitterte und frohlockte bei ihrem Anblick, und doch hatte sie das Gefühl, etwas in ihrem Inneren wollte sich krümmen und winden vor Angst.

„Ich bin die Königin der Schatten“, sagte das Wesen. „Die Göttin der Dunkelheit und die Herrin all deiner Alpträume. Und du, Menschenwurm, du wagst es, mich zu rufen?“ Ein vernichtender Blick aus Augen, die wie zwei erloschene Sterne Finsternis ausstrahlten statt Licht, traf den Bürgermeister. „Niemand erteilt mir Befehle!“

Der Bürgermeister stöhnte wie von Schmerzen, sein Körper zitterte unkontrolliert, und doch sagte er: „Trotzdem bist du gekommen ...“

„Um seinetwillen!“, donnerte das Wesen, und eine schwarze Schwinge, schneidend wie Glas, zärtlich wie Samt und Seide, streichelte behutsam Alahrians Schulter. „Nicht deinetwegen!“

Der Bürgermeister wich zurück, sein Griff, mit dem er Lilly eisern umklammert hielt, lockerte sich jedoch nicht.

„Lass sie los!“, rief Alahrian finster. „Ich habe meinen Teil der Abmachung erfüllt, nun tu, was du versprochen hast!“

Das Wesen hinter ihm regte sich. Auch die zweite Schwinge ruhte jetzt auf seiner Schulter, es sah aus, als besäße er selbst Schattenflügel, und die merkwürdige Selbstverständlichkeit, mit der er die Berührung zuließ, schockierte Lilly einen Moment lang so sehr, dass sie um ein Haar sogar die Klinge an ihrem Hals vergaß. Was hatte dieses Monster nur mit ihm gemacht? Was hatte sie ihm angetan?

„Nein!“, brüllte der Bürgermeister entschieden. Die silbrige Klinge löste sich nicht einen Millimeter von Lillys Kehle. „Erst soll der Dämon den Fluch zurücknehmen!“

„Was?“ Überraschung klang in der seltsam melodiösen Stimme des Wesens, eine befremdlich menschliche Regung, die nicht so recht zu der alptraumhaften Erscheinung passen wollte. „Das ist es, was du willst? Deshalb hast du ihn gezwungen, mich zu befreien?“

„Ja!“ Die Antwort war ein patziger Schrei, in dem ein Hauch von Verzweiflung mitschwang. „Vierhundert Jahre! Vierhundert Jahre musste ich mit ansehen, wie jeder Mensch, der mir etwas bedeutete, langsam zu Grunde ging! Ich bin ein Mensch! Ich will meine Menschlichkeit zurück!“ Plötzlich zitterte die Hand, die den Doch hielt so sehr, dass Lilly angstvoll die Lippen zusammenbiss. „Lass mich altern, mich verändern wie jeder gewöhnliche Mensch!“, flehte der Bürgermeister. „Gib mir meine Sterblichkeit zurück!“

Das Wesen lachte. Es war ein Laut, der einen kalten Schauder über Lillys Rücken jagte.

„Du verlangst Gnade von mir?“, fragte Lilith hart. „Von mir, einem Wesen, das keine Gnade kennt!“ Sie schüttelte den Kopf, ihre Schwingen peitschten die Luft, ohne Alahrian, der noch immer dicht vor ihr stand, auch nur zu streifen. „Du hattest keine Gnade für eines meiner Kinder!“, donnerte Lilith, den Bürgermeister vernichtend anfunkelnd, während sich die Schwingen sanft und liebevoll auf Alahrian herabsenkten. „Auch du sollst niemals Gnade erfahren!“

„Dann stirbt das Mädchen!“ Hart presste der Bürgermeister seine Waffe gegen Lillys Kehle.

„Nein!“, schrie Alahrian entsetzt. „Nicht!“ Es war der Bürgermeister, der Lillys Leben in der Hand hatte, Alahrians bittender, verzweifelter Blick jedoch galt dem Wesen, dessen Schatten ihn wie eine Umarmung einhüllten. „Bitte!“, schluchzte er, und das Leuchten unter seiner Haut flackerte.

Lilith ignorierte ihn. „Selbst wenn ich den Fluch zurücknehmen wollte“, wandte sie sich an den Bürgermeister, seltsam ruhig, fast nüchtern, „ich kann es nicht.“

„Was?“ Der Bürgermeister keuchte vor Entsetzen.

Das Wesen deutete in einer spielerischen Geste auf Alahrian. „Er allein kann es.“

„Wie bitte?!“ Alahrian erbleichte. „Aber ... aber das ist ...“

„Tu es!“ Der Bürgermeister deutete mit der freien Hand auf Alahrian, als wolle er ihn damit aufspießen, während die andere noch immer Lilly umklammert hielt.

„Aber ...“ Alahrians Augen flackerten. Die Maske von Stärke, Macht und Unbesiegbarkeit, die ihn bisher wie ein Glorienschein umweht hatte, bröckelte. Hilfesuchend blickte er das Wesen hinter sich an.

„Tu es!“, forderte der Bürgermeister, und seine Stimme schien wie mit Messern in Alahrians Herz zu schneiden, denn er begann plötzlich zu zittern, der Ausdruck auf seinem Gesicht ein Echo der Qualen, die in seinem Inneren vorgehen mochten.

„Ich ... ich kann nicht!“, stammelte er, völlig verstört. Sein fragender Blick glitt unsicher zwischen Lilly und dem Schattenwesen hin und her. „Bitte, ich ... ich habe keine Ahnung!“

„Heb den Fluch auf!“, befahl der Bürgermeister unerbittlich. „Oder das Mädchen stirbt!“

„Nein!“ In unermesslicher Pein schrie Alahrian auf.

Der Bürgermeister drehte die Klinge in seiner Hand um eine Winzigkeit. Das Messer schnitt in Lillys Haut, und sie konnte einen warmen Blutstropfen ihren Hals entlanggleiten fühlen.

Alahrian erbebte vor Entsetzen, das Licht unter seiner Haut pulsierte in einem irren Rhythmus, in den Augen toste flackernde Schwärze.

„Hör auf“, wandte sich da plötzlich der Priester, der die ganze Zeit über kein einziges Wort gesagt hatte, an den Bürgermeister. „Du willst das Mädchen doch nicht wirklich töten! Sie ist ein Mensch, verdammt nochmal!“

Der Bürgermeistert hörte nicht auf ihn. Höhnisch starrte er Alahrian an. „An deiner Stelle würde ich mich ein wenig beeilen“, flötete er, trügerisch freundlich. „Meine Hand wird langsam müde.“ Sanft, grotesk zärtlich streichelte er mit der Klinge Lillys Hals.

Alahrian sah aus, als müsse er an Zorn, Angst und Hilflosigkeit erstikken. „Ich kann nicht!“, brüllte er verzweifelt. Mit Tränen in den Augen, am ganzen Leib zitternd, drehte er sich zu Lilith um. „Bitte!“, wimmerte er gequält. „Sag mir doch, was soll ich tun?“

Und im selben Moment stürzte sich der Inquisitor, in dem irrationalen Versuch, Lilly zu befreien, auf den Bürgermeister. Seine Kraft reichte nicht aus, um dessen stählernen Griff vollends zu lösen, doch für einen kurzen Augenblick war der Bürgermeister abgelenkt, und dieser Augenblick reichte Alahrian, um mit einem blitzschnellen Lichtstrahl Lillys Peiniger die Waffe aus der Hand zu schlagen.

Wütend kreischte der Bürgermeister auf, stieß in einer wilden Geste den Priester beiseite – und ließ dabei Lilly endgültig los. Mit einem Satz sprang Lilly vorwärts, war mit zwei Schritten in der Mitte des Raums und wollte sich in Alahrians Arme werfen – doch sie sollte ihn nie erreichen.

Mit einem zornigen, wahnsinnigen Schrei stürzte sich der Bürgermeister zu Boden, hob die Pistole auf, die da lag, und riss sie nach oben.

Der Priester zuckte instinktiv in seine Richtung, um ihn zurückzuhalten, Alahrian schoss einen weiteren Lichtblitz ab, doch sie reagierten beide zu spät.

Ein Schuss löste sich.

Und dann, plötzlich, ging alles ganz schnell. Lilly hörte Alahrian aufschreien, ein furchtbarer Pfeil aus grellweißer Helligkeit nagelte den Bürgermeister an die gegenüberliegende Wand – und vor ihren Augen war plötzlich ein seltsamer, nebelhafter Schleier, den sie kaum durchdringen konnte.

Sie sah, wie sich langsam, unendlich langsam, ein nasser, purpurner Fleck auf ihrer Brust ausbreitete, behutsam wie eine im Blühen begriffene Rose. Sie spürte, wie ihr Herz zu zittern begann, und wie die Atemluft allmählich ihren Lungen entglitt, aber sie fühlte keinen Schmerz. Es tat überhaupt nicht weh. Und das war seltsam. Hätte es nicht weh tun müssen?

Lilly presste die Hand gegen die Brust. Sie taumelte. Plötzlich war da eine merkwürdige Schwärze in ihren Gedanken, eine dunkle Mattigkeit, die sich rasend schnell ausbreitete. Mit einem Mal hatte sie nicht mehr die Kraft, auf eigenen Füßen zu stehen.

Alahrian fing sie auf, barg sie in seinen Armen, und dann war da sein Gesicht über ihr, sein wunderschönes, von Schmerz verzerrtes Gesicht, und sie sah es wie durch einen Tunnel hindurch, sein Gesicht und nur noch sein Gesicht. Tränen schimmerten in den kristallenen Augen und eine entsetzliche Qual, die ihr das Herz zerschnitten hätte, hätte es noch die Kraft gehabt zu schlagen.

„Nein ...“, flüsterte er, erstickt von Schmerzen, zitternd vor Verzweiflung. „Lilly, bitte, bleib bei mir ... Verlass mich nicht! Bitte!“

Seine Traurigkeit tat so weh ... viel mehr als die Kugel in ihrer Brust ... Lilly wollte ihn in die Arme nehmen, wollte ihn trösten, im sagen, dass alles in Ordnung war. Aber die Schwärze in ihrem Inneren war stark, wie ein tosender Sog zerrte sie sie fort, ihr ganzer Körper war taub und kein Wort kam über ihre Lippen.

Ich liebe dich ..., dachte sie und schaute in vollendeter Glückseligkeit in das vollkommene Antlitz über ihr. Ich liebe dich so sehr ...

„Nein“, schluchzte er, und heiße Tränen fielen aus seinen Augen auf ihre kalten Wangen. Er hörte sie nicht. „Bitte ... Lilly ... Bitte … Geh nicht …”

Lilly wollte die Hand ausstrecken und seine Tränen trocknen, aber sie hatte nicht mehr die Kraft dazu. Die Dunkelheit breitete sich aus, eine warme, sanfte Dunkelheit, nicht Liliths vernichtende Schwärze. Alahrians Antlitz verschwamm vor ihren Augen. Sie fühlte seine Tränen, hörte seine Stimme ihren Namen rufen, dann ergab sie sich der weichen Hand der Dunkelheit, ließ sich sanft von ihr fortragen.

Das letzte, was sie sah, war der explodierende Schmerz auf Alahrians zerrissenem Gesicht.

Dann nichts mehr.

Gar nichts mehr.

Dunkelheit

„NEEEEIN!!!" Alahrian hörte sich selbst schreien, er sah, wie Lillys Blut über seine Finger lief, fühlte, wie es ihm die Haut verbrannte, während er verzweifelt die Hände gegen die schreckliche Wunde presste und trotzdem das Blut nicht aufhalten konnte, so viel Blut, so ungeheuer viel Blut ...

All das nahm er mit geradezu grausamer Klarheit wahr, und doch war sein gesamtes Bewusstsein in Dunkelheit gehüllt, als hätte die Kugel ihn selbst getroffen, als wäre es sein eigenes Leben, das dort in purpurnen Strömen aus einem bereits reglosen Körper entwich.

Etwas in Alahrian starb.

Und etwas Neues, Wildes, von Schmerzen gepeitschtes erwachte.

„Nein!", schrie er immer und immer wieder, immer wieder jagte er glühende, pulsierende Lichtimpulse durch Lillys Körper, seine gesamte Magie, all die Kraft, die ihm zur Verfügung stand.

Aber ihre Augen öffneten sich nicht. Reglos lag sie in seinen Armen, schön wie eine gebrochene Rose, kein Atemzug entwich ihren Lippen, kein Herzschlag tanzte in ihrer Brust.

„Bitte!", rief er hilflos. „Bleib bei mir ... Lilly ... Tu mir das nicht an! Ich liebe dich!"

Mit all seiner Liebe versuchte er, sie festzuhalten, doch er konnte spüren, wie das Leben aus ihr herausfloss, ein goldener Strom, schnell und unaufhaltsam.

Alahrian konnte nichts dagegen tun. Er war einfach nicht stark genug ...

Und plötzlich sprang er auf, drehte sich in einer blitzschnellen Bewegung um und blickte aus Augen, die blind waren von Tränen, zu Lilith auf. „Rette sie!", schrie er mit der Kraft reiner Verzweiflung. „Rette sie! BITTE!"

Das Wesen regte sich nicht.

Alahrian warf sich vor ihr auf die Knie, krallte die blutigen Hände in die samtweichen Schwingen, würgte an dem Schmerz, der ihn zu ersticken drohte und schrie. „Ich flehe dich an, rette sie! Ich weiß, dass du es kannst! Bitte!"

Da glitt ein Lächeln über das marmorschöne Gesicht der dunklen Königin, eine kalte Hand streichelte sanft sein Gesicht, wischte die Tränen fort, die in heißen Strömen über seine Wangen rannen.

„Ich kann es", erwiderte sie milde. „Aber ich werde es nicht umsonst tun ..."

„Tu es!", kreischte Alahrian in höchster Not. „Ich gebe dir alles, was du willst!"

„Alles?"

„Alles!“ Alahrian sprang auf, zitternd blickte er auf den bleichen, reglosen Körper zu seinen Füßen herab. „Sie stirbt!“, wimmerte er voller Angst. „Bitte, hilf ihr!“

Dunkle Augen ruhten auf ihm, blickten prüfend direkt in sein Herz. „Du kennst den Preis ...“, wisperte eine süße, melodische Stimme. „Bist du bereit, ihn zu zahlen, kleiner liosalfar?“

„JA!“ Alahrian sank zu Boden, weinend zog er Lillys Körper in seine Arme, streichelte ihr blasses Gesicht, ließ Lichtfunken über ihre kalte Haut gleiten. „Sie stirbt!“ Ein grausamer Schmerz zerriss sein Innerstes und zersplitterte die Stelle, an der einst sein Herz gewesen war ... bevor Lillians aufgehört hatte zu schlagen. „Ich schaffe es nicht allein ...“, schluchzte er erstickt. „Du musst sie retten ... Bitte! Ich tue alles ... ALLES! Aber bitte, rette sie!“

Und Lilith, die Königin der Schatten, beugte sich zu ihm herab und tat, was er von ihr verlangte.

Seelenspiegel

Warmes Sonnenlicht kitzelte ihr Gesicht, als Lilly die Augen aufschlug. Über ihr spannte sich eine gewaltige, von Rosen umrankte Glaskuppel, glitzernd wie ein vielfach geschliffener Diamant. Sie lag in Alahrians Schlafzimmer, in seinem Bett. Er selbst saß neben ihr, eine Hand hielt die ihre umfasst, in die andere hatte er das Gesicht vergraben, goldenes Haar fiel über seine Stirn, die Augen waren geschlossen, Tränen quollen unter den gesenkten Lidern hervor. Blass und erschöpft sah er aus, um die Augen lagen violette Ringe, die Schatten aber waren verschwunden, das grellweiße Leuchten auch.

Lilly drückte seine Hand, um ihn zu trösten. Sofort blickte er auf, ein Ausdruck von fragendem Erstaunen streifte sein Antlitz, ein kurzer Moment zweifelnder Anspannung, die sich in einem Strahlen grenzenloser Erleichterung auflöste. „Lilly ...“, flüsterte er, voll Hingabe, wie ein Gebet.

„Wie ... wie geht es dir?“ Er wollte das Gesicht abwenden, um die Spuren der Tränen zu verbergen, sie aber hielt ihn fest, strich ihm mit zwei Fingern zart über die Wangen, zeichnete die glitzernden Linien darauf nach.

„Was hast du?“, fragte sie behutsam. „Du siehst so traurig aus ...“

Ein Laut, fast wie ein ersticktes Lachen entglitt seinen Lippen. „Ich ... ich dachte, du stirbst!“ Terror ließ seine Stimme erzittern, die Augen aber waren rein und himmelblau und ganz klar. Keine Schatten. Keine Dunkelheit.

Lilly lauschte in sich hinein. Ihre Gedanken bewegten sich zäh und träge, die Erinnerung tropfte langsam und splitterig in ihr Bewusstsein. Der Kerker ... das Wesen ... der Schuss ...

„Sollte ich das nicht?“, fragte sie unsicher. „Sterben? Sollte ich nicht eigentlich tot sein?“

Mit einer Hand tastete sie unter der Decke nach der Wunde auf ihrer Brust, aber da war nichts, gar nichts. Ihre Haut war vollkommen glatt, sie empfand keinen Schmerz, keine Schwäche. Im Gegenteil fühlte sie sich so ausgeruht und lebendig wie selten zuvor. Aber sie hatte doch gespürt, wie die Kugel in ihr Herz eingedrungen war! Mehr noch: Sie hatte den Tod gefühlt, die Dunkelheit ...

„Elfenheilkunst“, wisperte Alahrian mit gesenktem Blick.

Lilly setzte sich auf. Die Decke glitt von ihrer Schulter, und sie bemerkte, dass ihre Kleider – ihre blutigen Kleider – verschwunden waren. Sie trug eines von Alahrians weißen, spinnwebzarten Seidenhemden. „Du ... du hast mich geheilt?“, fragte sie verblüfft.

Er sah nicht auf, wich ihrem Blick weiterhin aus.

„Ich habe nur ein bisschen dabei geholfen“, gestand er leise. Ein Schatten huschte über sein Gesicht, ein Zucken von unbestimmtem Schmerz erschütterte seine Lippen.

Der Schmerz ließ Lilly erschaudern, sie fragte nicht weiter. Und es spielte auch keine Rolle ... Sie war am Leben, er war bei ihr ... Gab es sonst irgendetwas, das zählte?

„Wie lange habe ich geschlafen?“, erkundigte sie sich beiläufig.

„Eine Weile. Es ist Montag Morgen.“

Eine ungewöhnlich präzise Antwort. „Oh!“, machte Lilly verblüfft. „Müssen wir nicht zur Schule?“

Er lachte leise, sanft und glockenhell. „Lilly, du wärst fast erschossen worden! Du musst nicht zur Schule. Und ich natürlich auch nicht ...“

Erschossen ... Es schien weit weg zu liegen, sonderbar irreal, wie ein Alptraum, wenn man an einem goldenen, allzu süßen Morgen erwachte. Lilly wollte nicht darüber nachdenken. „Mein Vater ...“, murmelte sie stattdessen. „Ich muss ihn anrufen ...“

„Das brauchst du nicht.“ Alahrian lächelte. Seine Hand spielte mit der ihren. „Ich habe schon mit ihm gesprochen. Er hat nichts dagegen, wenn du für heute bei mir bleibst.“

„Weiß er, was geschehen ist?“

„Nein. Er denkt, du brauchst einfach nur etwas Zeit für dich. Ist das in Ordnung?“ Angstvoll blickte er sie an.

„Natürlich.“ Lilly nickte schnell.

Da strahlte er plötzlich. „Dann haben wir einen ganzen Tag für uns!“ Seine Stimme zitterte plötzlich vor Freude. „Nur wir beide ...“ Er lächelte sie an, schön wie ein aufgehender Stern war sein Lächeln. „Du kannst sogar über Nacht bleiben ...“

Eine zarte Röte glitt über seine Wangen. „Wenn du willst ... Ich ... ich schlafe dann nebenan, auf der Couch ...“

Lilly hielt seine Hand und streichelte die zarten, dunklen Vertiefungen, die sich auf seiner Handfläche abzeichneten. Nicht die Linien, die ein Mensch hatte, sondern schöne, in sich gewundene Muster, die sich unter ihrer Berührung beständig zu verändern schienen. Sie wollte nicht, dass er auf der Couch schlief. Laut, mit flammenden Wangen meinte sie: „Wie hast du das denn erreicht? Hast du ihn hypnotisiert?“

„Schon möglich ...“ Er zwinkerte vergnügt.

Lilly lehnte sich zurück und betrachtete ihn. Eine leichte, sonnige Heiterkeit umwehte seine Miene, erreichte jedoch nicht die Augen. In den Augen lag noch immer ein Echo von Schmerz, seine Schultern waren angespannt, die Hand, die sanft in der ihren ruhte, war kalt. Er machte sich wegen irgendetwas Sorgen, aber er wollte es nicht zugeben.

„Alahrian?“, fragte sie leise. „Was ist mit dem Wesen geschehen, dem Priester, dem Bürgermeister?“

Er lächelte beruhigend, aber es wirkte nicht ganz echt. „Sie sind fort“, erklärte er tonlos. „Sie alle ...“

„Hast du ... den Bürgermeister ...“ Sie zögerte, scheute instinktiv davor zurück, ihn noch tiefer zu verletzen, doch sie musste es wissen. „Hast du ihn getötet?“

„Nein.“ Sonderbar ruhig, als hätte er die Frage lange erwartet, schüttelte er den Kopf. „Aber wenn er sterben könnte, dann wäre er jetzt tot.“ Mehr sagte er nicht, und er sprach kalt und emotionslos. Lilly ahnte einen schwachen Abglanz der Schatten, als sie ihn in diesem Moment ansah, doch sie jagten ihr keine Angst ein. Fest hielt sie seine Hand. Er hätte den Bürgermeister getötet. Um sie zu retten, wäre er dazu in der Lage gewesen ... Aus Liebe zu ihr hätte er einen Menschen umgebracht, und vielleicht hätte sie vor dieser Dunkelheit in ihm zurückschrecken müssten, doch sie tat es nicht. Alles, was sie fühlte, war ein tiefes Bedauern. Welche Qualen musste er in den letzten Stunden ausgestanden haben? Wie tief musste seine Furcht sein, sein Schmerz, seine innere Zerrissenheit?

„Mach dir keine Sorgen“, flüsterte er sanft. „Alles ist gut ... Du bist in Sicherheit. Niemand wird dir je wieder etwas antun ...“ Zärtlich strich er ihr durchs Haar, Lilly schloss die Augen, sog die Süße seiner Berührung tief in sich ein ...

Als sie die Augen wieder öffnete, da lächelte er und sah gleichzeitig so traurig aus, als hielte er bittere Tränen in seinen schönen Augen gefangen.

„Alles in Ordnung?“, fragte Lilly leise, angstvoll.

„Ja ...“ Sein Blick verlor sich im Leeren, sein Gesicht war angespannt. „Es ... es ist nur ... Ich ... ich dachte, ich hätte dich verloren ...“ Da begannen seine Schultern plötzlich zu zittern, mit einem lautlosen Schluchzen vergrub er den Kopf in ihrem Schoss, bestürzt legte Lilly die Hand auf seine Schläfe und streichelte sein goldenes Haar. Sie spürte, dass er weinte, obwohl er keinen Ton von sich gab und er das Antlitz in der Decke über ihren Schenkeln verborgen hatte, aber er beruhigte sich von selbst, und als er den Kopf hob, da war sein Ausdruck wieder milde, heiter und voller Leichtigkeit.

„Dieser Tag gehört ganz uns“, meinte er lächelnd, nahm ihre Hand und küsste sie. „Nur wir beide, niemand sonst ...“ Ein Strahlen glitt in seine Augen, weich goldenes Licht schimmerte unter seiner Haut. „Es ist der erste Tag deines neuen Lebens“, flüsterte er aufgeregt. „Und ich möchte, dass es der schönste, der beste Tag wird, an den du dich erinnern kannst.“

Lilly lachte leise, dann blickte sie ihn ernst an. „Der schönste Tag meines Lebens war der, an dem ich dir zum ersten Mal begegnet bin“, sagte sie, glücklich, ihn bei sich zu haben, glücklich, ihn einfach nur anzusehen.

„Dann soll es der zweitschönste sein ...“ Er blinzelte vergnügt, zog sie an sich und gleichzeitig mit einer spielerischen Bewegung aus dem Bett. „Also ...“, bemerkte er munter. „Was möchtest du heute tun?“

Lilly glitt in seine Arme, lehnte den Kopf gegen seine Schulter und murmelte, trunken von seiner Nähe: „Gar nichts ... Ich will einfach nur bei dir sein ... Nur bei dir ...“

Dann wurde ihr bewusst, dass sie nichts als ein Hemd trug, das ihr nicht gehörte, dass ihre Haare zerzaust waren und dass sie vermutlich ganz fürchterlich aussah. „Lass uns unseren Tag in fünf Minuten beginnen, ja?", schlug sie vor. „Ich glaube, ich brauche erst einmal eine Dusche."

„Hmmm ..." Er schien zu überlegen. „Fünf Minuten sind nicht lange, oder?" Er war sich nicht sicher, natürlich nicht. Großzügig meinte er dennoch: „Ich denke, ich kann fünf Minuten warten ..."

„Nicht länger, ich verspreche es ..." Schnell verschwand Lilly in seinem schicken, mit vergoldeten Armaturen ausgestatten Badezimmer und stellte sich eilig unter die Dusche. Erst als sie, in nichts als Wasserdampf gehüllt, wieder hervorkam, fragte sie sich, was sie denn nun eigentlich anziehen sollte. Ihre Klamotten von gestern waren nicht nur ruiniert, sondern auch verschwunden, und sie hatte versäumt, etwas in der Villa zu lagern, denn bisher waren Übernachtungen nur ein verlockend süßer, streng verbotener Wunschtraum gewesen. Dann aber sah sie das Kleid, das, ordentlich zusammengefaltet, auf einer Kommode lag, fast so, als hätte es dort auf sie gewartet. Es war ein sehr romantisches, mit Blumenstickereien versehenes Sommerkleid und es passte wie angegossen.

Barfuss, plötzlich dazu aufgelegt zu tanzen, hüpfte sie mit noch nassen Haaren ins Schlafzimmer zurück.

Alahrian saß auf dem Bett und wartete, sein Gesicht war seltsam leer, der Blick ins Nichts gerichtet, er wirkte traurig, müde und verloren, als sie hereinkam jedoch, da hellte sich seine Miene auf, lächelnd sprang er auf, und sie schlüpfte in seine Umarmung.

„Gefällt dir das Kleid?", fragte er vorsichtig. „Morgan hat es in meinem Auftrag heute Morgen besorgt. Ich dachte mir ... nun, ich dachte, du würdest vielleicht gerne etwas zum Anziehen haben, wenn du aufwachst ..." Aus irgendeinem Grund wurde er rot, während er das sagte, Lilly spürte aus reiner Solidarität auch in ihren Wangen eine leise Hitze, doch sie überspielte es, indem sie seine Hand nahm und sich spielerisch unter seinem Arm hindurch drehte.

„Es ist sehr schön", bemerkte sie, während sie lachend zusah, wie der weite, knielange Rock fächerartig um ihren Körper wehte. Wie bei einer Prinzessin ...

„Er hat es nach meinem Geschmack ausgesucht, wie es aussieht ..." Alahrian beobachtete sie versonnen.

Lilly grinste leise. Ja, zum Glück ... Ansonsten hätte sie jetzt in irgendeinem knallroten, hautengen und nur bis zur Hüfte reichenden Fummel herumlaufen müssen, der überhaupt nicht zu ihr gepasst hätte. Morgan konnte also auch selbstlos sein ...

„Wo ist dein Bruder eigentlich?", erkundigte sie sich beiläufig.

„Nicht zu Hause." Die Antwort war ausweichend, aber Lilly hakte nicht nach. „Wir haben die ganze Villa für uns ..." Alahrian lächelte schief.

„Perfekt!" Mit einem Mal unternehmungslustig nahm sie seine Hand und führte ihn in die Halle hinunter. Ein ganzer Tag, nur sie beide, ungestört ... Konnte je ein irdischer Morgen dem Paradies so nahe kommen?

Lilly drehte die Stereoanlage in der Halle an und legte eine von Alahrians alten Platten auf. Ihr schönster Tag ... Sie tanzten durch den Raum, bis sogar Alahrian völlig atemlos aufs Sofa sank. Er machte ihr Frühstück aus eben erst gewachsenen Früchten, genau wie nach ihrer ersten Nacht in der Villa. Sie spazierten durch den Garten, in dem beständiger Frühling herrschte, selbst wenn außerhalb bereits die Blätter fielen. Er flocht Rosen in ihr Haar, und sie versuchte, ganz still zu halten, während die Schmetterlinge, die er angelockt hatte, auf ihrer Hand die Flügel spreizten. Sie lagen nebeneinander im Gras, beobachteten die Wolken, die über ihnen vorüberzogen und lachten über die Bilder, die sie darin zu erkennen glaubten. Er las ihr seine liebsten Gedichte vor, seine Stimme weich und glockenhell. Sie machte ihn lachen, indem sie ihn zwang, ihre Lieblingsfernsehserie mit ihr anzusehen, und er schloss sie in die Arme und hielt sie ganz fest, während sie zusammen auf dem Sofa lagen. Sie ordnete seine Glasbausteinchen auf einem Spiegel an und ließ Regenbogenstücke für ihn über den Garten gleiten, bis hinter dem Horizont die Sonne zwischen den Bäumen verschwand. Der Abend kam zu früh, viel zu früh an jenem Tag ...

Es wurde kühl draußen, ein leiser, würzig nach Erde und Regen duftender Wind ließ die Blätter erzittern. Arm in Arm schlenderten sie über die Veranda zurück ins Haus. Lilly spürte plötzlich ein besonderes Verlangen nach Musik, liebevoll glitten ihre Finger über den Flügel in der Halle. Sie wusste, Alahrian hatte es gern, wenn sie für ihn spielte, und sie hatte es gern, wenn er sich wie eine federleichte Galionsfigur auf dem Flügel ausstreckte, die Haare als goldener Fächer über dem schwarzen Lack ausgebreitet, das Ohr gegen das Holz gepresst, um mit geschlossenen Augen zu lauschen.

Als sie jedoch ein paar leise, fragende Töne erklingen ließ, da hielt er sie sanft und behutsam davon ab. „Nicht“, flüsterte er weich, sein Atem in ihrem Nacken kitzelnd. „Heute Abend will ich für dich spielen ...“

Verblüfft schaute Lilly ihn an, während er sich mit der ihm eigenen, unbewussten Grazie am Flügel niederließ. Sein Antlitz war plötzlich sonderbar ernst, fast feierlich, sein Blick streifte die Tasten, als seien sie etwas Heiliges, und mit dem selben Ausdruck sah er zu ihr auf.

„Das ist etwas Besonderes“, erklärte er ihr ruhig. „Wir spielen gewöhnlich nicht. Nicht für andere.“

Lilly war erstaunt. „Aber du hast doch schon ...“, begann sie.

„Wir haben zusammen gespielt“, unterbrach er sie milde. „Das ist nicht dasselbe.“ Ein Lächeln streifte seine Lippen, fremd und fern und rätselhaft. In diesem Moment wirkte er mehr wie die mystische Gestalt der Feenmärchen, die er war, als irgendwann sonst. „Weißt du, was mit den Sterblichen geschieht, die in mondlosen Nächten der Musik der Elfen lauschen?“, fragte er, während seine Augen zu leuchten begannen wie in frisch gefallenes Sternenlicht getaucht. „Sie verfallen ihrem Zauber und werden in die Anderswelt hinübergesogen. Und selbst wenn sie entkommen können, dann sind sie danach nie wieder dieselben. Ein Teil von ihnen bleibt immer zurück, in unserer Welt, gefangen von der Schönheit unserer Magie ..."

Lilly schauderte, aber sie hatte keine Angst. Da lachte Alahrian plötzlich, silbrig hell und melodiös. „So erzählen es die alten Sagen und Legenden", wisperte er. „Doch ein Hauch von Wahrheit steckt darin. Wenn wir spielen, dann lügen wir nicht. Unser ganzes Herz öffnet sich, unsere Seele, wie ein Tor in eine andere Welt. Ihr braucht dann nur hindurchzuschreiten und seid für immer mit uns verbunden – aber der Bann wirkt in beide Richtungen. Deshalb spielen wir nicht. Wir fürchten, einen Teil unserer selbst zu verlieren."

„Aber heute wirst du für mich spielen?", fragte Lilly und hatte das Gefühl, einem Pfad zu folgen, dessen Ende sie nicht kannte, Teil einer Zeremonie zu sein, deren Regeln ihr fremd waren. Es war kein unangenehmes Gefühl. Sie vertraute ihm.

Alahrian nickte, und seine Finger begannen, fast als schiene er es selbst nicht zu bemerken, über die Tasten zu streichen, fragend, testend, in Versuchung führend. „Wirst du mir lauschen, Lillian?", flüsterte er, seine Stimme ein Echo der Klänge unter seinen Fingern. „Willst du mir folgen?"

Lilly suchte seinen Blick und spürte plötzlich einen seltsamen Schmerz in der Brust, eine Sehnsucht, die sie sich nicht erklären konnte. „Ja", antwortete sie heiser. „Ja, das will ich."

Und dann begann er zu spielen. Es war eine sehr einfache Melodie, ähnlich der, die sie schon kannte. Zart und sanft erhoben sich die Töne in die Luft, malten Bilder in ihre Gedanken hinein, Bilder von erblühenden Rosen, von glitzernden Wasserfällen, von Regenbogen über taugetränkten Wiesen. Dann wurde sein Spiel intensiver, fremdartiger, seine Finger schienen dem Instrument Töne zu entlocken, die unmöglich darin sein konnten, Töne, die keiner ihr bekannten Harmonieregel entsprachen, die keinen Namen trugen. Silbrig hell waren sie und dunkel wie der Ozean, tief wie das Meer und weit wie der Himmel. Lilly konnte spüren, wie sie die Luft tränkten, die sie atmete, konnte ihren Geschmack auf der Zunge ertasten und ihr leises, sanftes Vibrieren auf der Haut zittern fühlen. Sie erzählten von fernen Städten, von Wäldern, die so alt waren wie die Welt, von Sonnenstrahlen, die zärtlich die kühle, regenfeuchte Erde küssten.

Von Licht und von Dunkelheit wisperten sie, von Freude und Schmerz, von großem Glück und tiefer Trauer.

Dann veränderte sich sein Spiel erneut, die Bilder erstarben, sprachen jetzt zu tieferen, weniger greifbaren Regionen ihres Bewusstseins. Schnell huschten seine Finger über die Tasten, schienen sie kaum mehr zu berühren, ja, Lilly war nicht mehr sicher, ob die Melodie aus dem Flügel drang – oder vielmehr aus seinem Inneren. Sein Gesicht war blass und fern, sonderbar entrückt, fremd und reglos, er hatte die Augen geschlossen, während er spielte.

Auch Lilly senkte jetzt die Lider, eine rätselhafte Mattigkeit war plötzlich in ihren Gliedern, schwer sank sie auf den Fußboden herab, ihr Körper wie im Schlaf, während jede Faser ihres Geistes angespannt lauschte, jeden Ton gierig in sich aufsog. Und die Töne trugen sie davon, fort in ein fremdes Reich, schraubten sich empor, nahmen plötzlich einen scharfen, dissonanten Klang an. Dunkelheit lag darin und Schmerz, Wut und Zorn, eine Qual, für die es keinen Namen gab, Furcht und Leid ... eine zerbrochene Harmonie, eine zerfetzte Harfensaite, ein Körper, von Flammen umhüllt ... Es war die dunkle Seite seiner selbst, die er ihr zeigte, der Schatten, das grellweiße Licht, die von Finsternis erfüllten Augen. Lilly fühlte, wie Tränen in ihre Augen stiegen, als sie all sein Leid in sich aufnahm, fühlte, wie sie unter ihren Lidern brannten, ohne zu fließen. Jeder Muskel in ihrem Körper war angespannt, ihr Herz zerrte und sprang in ihrer Brust, jede Faser schrie danach zu weinen, doch keine Träne versprach Linderung. Die Dissonanz schien die Welt in Stücke reißen zu wollen, hüllte die Luft in Flammen und ließ die Fensterscheiben erzittern – und dann, langsam, wie eine sich schließende Wunde, löste sie sich auf.

Süße Erleichterung strömte durch Lillys Adern, ein Seufzen entrang sich ihren Lippen ... aber sein Spiel war noch nicht zu Ende. Von einem fernen Traum erzählte es jetzt, einer Sehnsucht, schmerzhaft schön und bitter süß, von einer verzweifelten Hoffnung, von Angst – und von Vertrauen. Zerbrechlich zart wurden die Klänge, wie ein schimmerndes Glasgewebe schwebten sie durch die Luft, aus Sternenlicht gesponnen, von Mondlicht getränkt.

Sie waren so schön, dass Lilly sie kaum ertragen konnte und sie weckten eine Sehnsucht in ihr, die sich wie ein tiefer, unheilbarer Riss durch ihre Seele zog, fremd und doch merkwürdig vertraut.

Es war seine Geschichte, die er in Klänge, Töne und Melodien gewoben hatte, ihre Geschichte. Von Leid und Glück und Trauer sang sie – und von Liebe. Jede einzelne, zitternde Note sprach von seiner Liebe zu ihr, eine Liebe, viel größer und unermesslicher als sie es je begreifen würde.

Lilly weinte, während sie zuhörte, und sie weinte noch immer, als das Lied längst verklang. Die Augen verschwommen von Tränen, öffnete sie die Lider und sah ihn an, suchte seine Augen, die traurig waren und hungrig und verzweifelt – und voll von Liebe. Seine Finger berührten die Tasten nicht mehr, still und reglos saß er da, doch Lilly glaubte sein Spiel noch immer zu hören, als hätten die Melodien bebende Abdrücke in der Luft hinterlassen, die jetzt in ihrem Herzen schwangen.

Minutenlang sah sie ihn einfach nur an, bis sie es nicht mehr ertrug, von ihm getrennt zu sein, und sei es nur durch den halben Schritt Distanz zwischen ihnen. Er erhob sich im selben Moment, in dem sie den Entschluss fasste, aufzustehen, wie ein Spiegelbild glitt er auf sie zu, sie schlüpfte in seine Arme und sah zu ihm auf, und als ihre Blicke einander begegneten, da fühlte sie plötzlich, wie etwas in ihr zerriss. Nein, es war schon immer zerrissen gewesen, ihr Herz war eine blutende Wunde, unvollkommen und leer, ein Halbkreis, eine schimmernde Kugel, die man in der Mitte gespalten hatte. Irgendwann, vor langer Zeit, war ein Teil von ihr zerbrochen, und dieser Teil – war er.

Sie konnte es in seinen Augen lesen, konnte durch seinen azurfarbenen Blick in seine Seele schauen. Und fand sich selbst darin. Einen winzigen Augenblick lang, da sah sie in seinen Augen nichts als ihr eigenes Gesicht, und dann sah sie nur noch ihn.

Weinend presste sie das Antlitz gegen seine Schulter, weil es plötzlich so weh tat, ihm nicht nahe zu sein, fühlte, wie sie im Ozean versank, eine verlorene Seele, allein, einsam und dazu verdammt, im luftleeren Raum zu ertrinken, wenn er sie nicht festhielt. Er aber hielt sie, ganz fest hielten seine Arme sie umschlungen, sie spürte seinen Herzschlag unter den Rippen, fühlte seinen Atem auf ihrer Haut.

Seine Umarmung linderte ein wenig den Schmerz, doch sie heilte nicht die Wunde, das Verlangen, ihm noch näher zu sein, schrie in jeder Faser ihres Inneren, es war mehr als nur ein Verlangen, es war ein Bedürfnis, ein Hunger, der sie töten würde, wenn sie ihm nicht nachgab.

Atemlos legte sie den Kopf in den Nacken, atemlos senkte er seine Lippen auf ihre herab. Sein Kuss war nicht behutsam und fragend wie sonst, er war von einer fast verzweifelten Leidenschaft, einer Intensität, als würde es ihn das Leben kosten, sie nicht zu küssen. Er brauchte sie, brauchte sie ebenso wie sie ihn, er stand am Rande eines Abgrunds, und sie war das einzige, was ihn davon abhielt zu fallen.

Seine Lippen auf den ihren brennend, strich sie ihm sanft über den Rükken, fühlte die Wärme seiner Haut unter dem Hemd, glühend heiß, wie von Fieber verzehrt. Aber es war kein Fieber. Er glühte wirklich, Licht pulsierte in jeder Faser seines Körpers, ein silbriger, von Goldfäden durchzogener Schimmer. Er verbarg es nicht. Die Tore seiner Seele waren geöffnet, es gab nichts mehr, was er vor ihr versteckte, er hielt nichts mehr zurück.

Und plötzlich begriff Lilly wirklich, was er eben getan hatte: Er hatte ihr ein Geschenk gemacht, hatte sich ihr ganz hingegeben, sein Innerstes in ihre Hand gelegt. Jetzt stand er vor ihr, verletzlicher und fragiler als je zuvor, nackt und ohne Schutz – und doch stärker als selbst letzte Nacht.

Ich liebe dich, wollte sie ihm sagen, doch die Worte waren leer und hohl. Worte bedeuteten nichts in diesem Augenblick. Stattdessen wollte sie ihm ein anderes Geschenk machen, und gleichzeitig wollte sie einfach nur bei ihm sein, wollte ihm nahe sein, näher als je zuvor.

Behutsam löste sie sich aus seiner Umarmung, ohne ihn ganz los zu lassen, nahm seine Hand und führte ihn zur Treppe.

Ein Fragen erschien in seinen Augen, er zögerte einen winzigen Moment lang. „Bist du dir sicher?“, meinte er sanft. Er wollte sie nicht drängen, wollte ihr Zeit geben, doch Lilly war sich noch nie so sicher gewesen wie in diesem Augenblick.

Sie nickte ernst und streckte wieder die Hand nach ihm aus. Er lächelte, die schönen Augen glänzten, und dann nahm er sie in die Arme und trug sie mühelos die Stufen empor bis in sein Schlafzimmer. Sanft und federleicht setzte er sie dort ab, seine Lippen streiften die ihren, wanderten ihren Hals herab, er atmete schnell und unregelmäßig, Licht pulsierte in seinem Inneren und um ihn herum, und seine Finger waren brennend heiß auf ihrer kühlen Haut.

Wie in Trance streifte er die Träger ihres Kleides ab, während seine Lippen wieder die ihren suchten, seine Hände tasteten nach dem Reißverschluss an ihrem Rücken und zerrten ungeduldig daran.

Dann, plötzlich, hielt er inne, wich mit einem erschrockenen Keuchen zurück und schaute sie schuldbewusst an. „Tut mir leid“, flüsterte er, beschämt, den Blick gesenkt. „Ich ... ich habe die Beherrschung verloren, ich sollte nicht ...“

Bestürzt starrte Lilly ihn an. „Nicht“, meinte sie behutsam, strich sanft über seine Wange und zwang ihn, sie anzusehen. „Tu das nicht ...“

Zitternd stand sie vor ihm, nun, da sie seine Wärme nicht mehr spürte, war ihr plötzlich eiskalt, obwohl das Zimmer beheizt war, instinktiv trat er einen Schritt nach vorn und streckte die Hände nach ihr aus. Lilly lehnte sich an ihn, hielt sich an ihm fest, das Bedürfnis nach seiner Nähe, nach ihm, war immer noch überwältigend, aber nicht mehr so wild, nicht mehr so schmerzhaft.

Ernst sah sie ihm in die Augen, das goldene Haar aus seiner Stirn streichend. „Ich will das“, wisperte sie, die Wange gegen seine Brust geschmiegt. „Ich will nur noch dir gehören ... Ich will ein Teil von dir sein ...“

Da nahm er seine Hände in die ihren, fast so, als wolle er tanzen, Licht flackerte unter seinen Fingerspitzen, und in seinen Augen war kein Zögern, keine Furcht mehr.

Sie spürte das Leuchten unter seiner Haut, fühlte, wie es die dünne Barriere zwischen ihren Körpern durchdrang, wie es von seiner Hand in ihre glitt, zwischen ihren beiden Handflächen erzitterte und dann warm und sanft unter ihrer Haut versickerte. Prickelnd pulsierte es durch ihre Adern, sie waren wie ein Blutkreislauf mit zwei Herzen, die in einem Rhythmus pochten. Lilly fühlte seinen Herzschlag in den Fingerspitzen, und er war ein Echo ihres eigenen, klopfenden, tanzenden Pulses.

Eingehüllt in goldenes Licht sah sie Alahrian an, seine Augen glänzten und strahlten, er hielt ihre Hände umfasst und führte sie behutsam zum Bett. Atemlos trank Lilly von seinem Leuchten, Helligkeit durchdrang ihrer beider Körper, sie merkte kaum, wie sie in die Kissen sank, spürte die Berührung des Stoffes nicht. Denn da war nur noch er, seine leuchtenden

Hände, in die ihren verschränkt, seine hungrigen Augen, seine Lippen, die nur millimeterweit über den ihren schwebten.

Und dann neigte er sich zu ihr herab, Lilly schloss die Augen und gab sich ganz seiner Umarmung hin.

Bei Sonnenaufgang

Lilly erwachte mit einem warmen, leuchtenden Gefühl in ihrem Inneren, instinktiv drehte sie sich zur Seite, um in Alahrians Arme zu gleiten, ihre Fingerspitzen tasteten nach seiner Hand – und fanden nur kühle, glatte Seide.

„Alahrian?“ Irritiert schlug Lilly die Augen auf.

Er stand am Fenster, den Rücken zum Bett gewandt, er war angezogen und er stand vollkommen reglos, sah, starr wie eine Marmorstatue, mit leerem Blick hinaus. Die Dunkelheit vor dem Fenster blutete bereits, ein Streifen Purpur erhob sich am Horizont, schnitt einen gleißenden Riss in das samtene Blauschwarz der Nacht.

„Hast du nicht gesagt, wir müssten heute nicht zur Schule?“, meinte Lilly weich, noch ein wenig trunken von Schlaf und zu viel Licht und Glück der vergangenen Nacht. „Es gibt keinen Grund, so früh aufzustehen ...“ Lächelnd streckte sie die Hände nach ihm aus, bis er sich langsam umdrehte.

Lilly wurde schlagartig hellwach, als sie sein Gesicht sah. Er war leichenblass, fast durchscheinend wirkte seine ohnehin schon schneeweiße Haut. Schatten lagen unter den Augen, die rot entzündet waren, als hätte er die ganze Nacht über gegen bittere Tränen gekämpft.

„Was ... was hast du?“, fragte Lilly entsetzt. Er sah so traurig aus, dass ihr fast die Worte im Hals stecken blieben.

Ein Zucken glitt über sein versteinertes Antlitz. „Es tut mir leid“, flüsterte er. Seine Stimme klang heiser und rau, er sah sie nicht an dabei.

„Was?“ Lilly hatte keine Ahnung, was er meinte, aber der Ausdruck in seinen Augen machte ihr Angst. Was war geschehen in den letzten Stunden, das sie nicht mitbekommen hatte? Ihre eigene Erinnerung war voll von Glanz, von Zärtlichkeit, von ...

Mit einem Aufkeimen verlegenen Schreckens warf Lilly einen kurzen, verstohlenen Blick auf das Bettlaken, auf dem sie lag. Oh nein! Er dachte doch nicht etwa ... „Du hast mir nicht weh getan“, sagte sie hastig und schob, heftig errötend, mit dem Fuß die Decke über den dunklen Blutfleck auf dem seidenen Laken. „Das ist ...“

Unbehaglich hielt sie inne. Er hörte sie gar nicht. Stumm und ausdruckslos starrte er zu Boden. Das war es nicht, was er gemeint hatte ...

Lilly wagte nicht, erleichtert zu sein.

„Ich werde dir aber weh tun“, sagte er gequält. Aus brennenden Augen sah er sie an. „Es tut mir leid“, flüsterte er erneut. „Du bist alles für mich, alles ... aber ...“ Seine Worte versiegten, hilflos streckte er die Hand aus, strich ihr in einer zärtlichen, aber unendlich traurigen Geste über die Wange. „Vergib mir, wenn du kannst ... Irgendwann ...“

Seine Schultern bebten. Er ließ die Hand sinken.

Mit einem Mal von einer schrecklichen Angst erfüllt, sprang Lilly auf. „Alahrian, was redest du denn da?“, schrie sie verwirrt. Tränen würgten sie in der Kehle. „Was ... was hast du denn nur?“

Statt einer Antwort schloss er sie bloß in die Arme, so fest, dass es beinahe schmerzte. Sie konnte ihn zittern fühlen, aber er sagte nichts, und Lilly war zu verstört, um weiter zu fragen.

Plötzlich zuckte Alahrian zusammen, ließ sie los und sah wieder zum Fenster, als habe er dort etwas gehört, etwas, das ihn erschreckt hatte. Mildes, rosafarbenes Licht spielte um sein Gesicht und ließ es beinahe noch blasser wirken.

„Die Sonne geht auf“, sagte er tonlos. Das war gewöhnlich etwas Gutes, etwas Über-lebensnotwendiges sogar. Heute jedoch sprach er es aus, als hätte er beinahe Angst davor.

Dann jedoch lächelte er plötzlich, ein schmerzliches, gezwungenes Lächeln, das seine Augen nicht erreichte.

Lilly bemerkte es wohl. „Lass uns nach draußen gehen und zusammen den Sonnenaufgang ansehen, ja?“, meinte er, in einem befremdlichen Anfall gespielter Heiterkeit.

Lilly rührte sich nicht. Er aber sah sie mit einem sonderbar bittenden, fast flehenden Ausdruck an, und so klaubte sie ihre Kleider vom Boden auf, nahm schließlich seine Hand und folgte ihm zuerst in die Halle und dann in den Garten hinaus.

Über den Bäumen stieg inzwischen ein feuerroter Glutball empor, das Gras, die Blätter, die Blumen, alles wurde von weichem, goldenem Licht getränkt, der Tau unter ihren nackten Füßen glitzerte wie Diamantregen, und der frische Duft gerade erst erwachender Morgenkühle lag als feiner Balsam in der Luft.

Alahrian legte den Kopf in den Nacken und blickte in den Himmel empor, als sähe er dieses Schauspiel zum allerersten Mal. Lilly glaubte, Tränen in seinen Augen schimmern zu sehen, aber sie war sich nicht ganz sicher. Ihr Griff um seine Hand verstärkte sich. Die Angst, eben noch von Verwirrung betäubt, krallte sich plötzlich fest in ihr Herz. Unruhig blickte sie ihn an, und ein neuer Schrecken durchfuhr sie, als sie erkannte, dass sie sich getäuscht hatte.

Er betrachtete den Sonnenaufgang nicht wie zum ersten Mal. Er schaute in den Himmel hinauf, als fürchte er, ihn nie mehr wieder zu sehen ...

Und mit dem selben Blick, einer schmerzvollen Verzweiflung, die ihn fast zu zerreißen schien, sah er jetzt sie an.

„Alahrian ...“, flüsterte Lilly erstickt. „Was ...“ Sie verstummte abrupt. In einer abgehackten Bewegung drehte Alahrian den Kopf zum Waldrand hin – und erbleichte.

Im Schatten der Bäume stand das Wesen, die schwarzen Schwingen angelegt, schöner als die Morgenröte und entsetzlicher als der letzte Tag.

„Nein!“, wimmerte Alahrian angstvoll. „Du bist zu früh! Es ist noch nicht so weit!“

Lilith trat keinen Schritt näher. Ruhig und regungslos stand sie am Waldrand und wartete. „Einen Tag“, meinte sie mit ihrer melodiösen, verstörend sanften Stimme. „Ich versprach dir einen einzigen Tag, damit du Abschied nehmen kannst. Es ist so weit ...“

Lilly starrte den schwarzen Engel am Waldrand an, dann Alahrian. Ihre Hände begannen zu zittern. „Alahrian!“, rief sie in Panik. „Was hat das zu bedeuten?“

Er schloss sie in die Arme, wischte zärtlich eine Strähne ihres Haares aus der Stirn. Sein Blick war dunkel, aber sehr ruhig, als er den ihren suchte. „Sie ist gekommen, um mich zu holen“, sagte er leise. „Du wirst mich heute zum letzten Mal sehen. Dies hier ...“ Seine Stimme brach.

„Nein!“, schrie Lilly fassungslos, wild starrte sie zwischen ihm und dem Wesen hin und her. „Das ... das ist nicht ... Das ist nicht wahr!“

„Es ist wahr ...“ Tränen schimmerten jetzt in seinen Augen, aber er weinte nicht. „Ich muss dich jetzt verlassen, Lillian. Vergib mir, wenn du kannst.“

„Nein!“ Lilly schluchzte auf. Der Boden unter ihren Füßen schien zu schwanken. Um sie herum drehte sich alles. Sie wollte sich aus seiner Umarmung winden, aber er ließ sie nicht los. Zitternd brach sie in seinen Armen zusammen. „Warum?“, flüsterte sie tränenerstickt. „Ich ... ich dachte, du liebst mich ...“

„Ich liebe dich mehr als mein eigenes Leben“, wisperte er sanft, seine Hand strich ihr behutsam übers Haar, sein Atem kitzelte ihre Wange. „Und deshalb muss ich jetzt mir ihr gehen.“

„Aber warum?“ Keuchend riss sich Lilly von ihm fort, sank schluchzend ins Gras und schrie noch einmal, zitternd vor Verzweiflung: „WARUM?“

Er ließ sich vor ihr in die Hocke sinken, sein Gesicht schwebte leuchtend und schmerzhaft schön über ihr, ein Lächeln umspielte seine Lippen, und diesmal war es echt, wenn auch von tiefer Trauer erfüllt. „Sie wollte mein Leben für deines“, erklärte er milde und berührte tröstend ihre Wange. „Und ich fand, das sei ein geringer Preis ... ein allzu geringer Preis ...“

Sanft zog er sie hoch, schloss sie noch einmal in die Arme und küsste sie auf die Stirn. „Leb wohl, Lillian.“

Und dann ging er.

Lilly schrie auf und wollte ihm hinterher stürzen, ihre Hand krallte sich in seine, aber da war plötzlich jemand hinter ihr, zog sie mit sanfter Gewalt von ihm und hielt sie fest. Es war Morgan. Lautlos war der döckalfar herangetreten.

Alahrian blieb stehen und lächelte seinen Bruder dankbar an. Gib gut auf sie acht, flüsterte er in seine Gedanken. Versprich es mir.

Morgan nickte stumm. Er war sehr blass, die Augen leer.

Ich danke dir für alles, wisperte Alahrian. Wir mögen nicht dasselbe Blut teilen, aber du bist immer mein Bruder gewesen. Und du wirst es immer sein. Adieu, mein Freund ...

Schnell und ohne zu zögern drehte er sich um und schritt auf das Wesen am Waldrand zu. Hoch aufgerichtet ging er, er zitterte nicht, Stolz lag in seiner Haltung, und eine Art von majestätischer Würde, die Lilly nie zuvor an ihm gesehen hatte.

„Alahrian, nein!“, schrie sie verzweifelt, wild kämpfte sie gegen Morgans Griff an, doch der döckalfar hielt sie fest umklammert. Ein Schluchzen schüttelte sie, Tränen verschleierten ihre Sicht.

Das Wesen am Waldrand breitete die gewaltigen, schwarzen Schwingen aus. Alahrian trat auf die Königin der Schatten zu, ruhig und ohne Angst, ganz nahe, fast so, als wolle er sie umarmen, dann jedoch wandte er sich noch einmal um.

Lilly sollte nie den Ausdruck in seinen Augen vergessen, als er sie dieses eine, letzte Mal ansah. Es war ein Ausdruck unsäglicher Qual, ein Schmerz, für den es keinen Namen gab.

Ich werde dich immer lieben, Lillian, flüsterte er in ihre Gedanken. Immer ... und ewig ... vergiss das nicht ... Vergiss das niemals ...

Das Wesen hob die Schwingen, Schatten wogten empor und streckten ihre rauchigen Finger nach Alahrian aus. Furcht blitze in seinen Augen auf, sein Antlitz jedoch war gelassen und ruhig und würdevoll.

Lilly zuckte nach vorne, Morgans Hände glitten von ihren Schultern ab, und sie stürzte stolpernd ins Gras.

Alahrian lächelte ihr zu, traurig und tröstend zugleich, dann schloss er die Augen – und ließ sich in die Schatten fallen. Die schwarzen Schwingen fingen ihn auf, zärtlich umfassten sie ihn, hüllten ihn ein – und trugen ihn davon.

De profundis

Lilly konnte sich nicht erinnern, wie sie zurück ins Innere der Villa gelangt war, aber irgendwann fand sie sich auf dem Sofa wieder, das Gesicht in die Kissen gepresst, weinend, bis keine Tränen mehr kommen wollten. Doch selbst, als ihre Augen schon brannten und schmerzten, konnte sie nicht aufhören zu schluchzen, und als Morgan ihr endlich die Hand auf die Schulter legte und ihr Energie entzog, um sie auf diese Weise zu beruhigen, da sah sie wieder Alahrians gequältes Gesicht vor sich, und schon nach Sekunden fuhr sie schreiend aus dem unnatürlichen Schlaf wieder hoch.

„Warum?“, flüsterte sie, immer und immer wieder, in das tränengetränkte Kissen hinein. „Warum nur hat er das getan? Warum?“

Morgan strich ihr zaghaft über den Rücken, eine merkwürdig hilflose, freundschaftliche Geste. „Ein Leben für ein Leben“, erklärte er behutsam. „So sind nun einmal die Regeln.“

Lilly blickte auf, zum ersten Mal seit sie-wusste-nicht-wie-langer Zeit. „Soll das heißen, er hat es gewusst?“, fragte sie ungläubig.

Morgan nickte ernst. „Natürlich wusste er es.“

„Aber ...“ Lilly dachte an ihren letzten gemeinsamen Tag – war es wirklich erst gestern gewesen? – an die Traurigkeit in seinem Blick, die sie nicht hatte deuten können, an die letzten Stunden, die vergangene Nacht ... Wieder füllten ihre Augen sich mit Tränen. „Warum ... warum hat er nichts gesagt?“, fragte sie erstickt.

Morgan lächelte milde. „Er wollte, dass ihr noch einen unbeschwerten Tag miteinander habt. Dass du etwas Schönes hast, an das du dich erinnern kannst.“

„Alle meine Erinnerungen an ihn sind schön ...“ Die Tränen flossen jetzt ungehemmt, Lilly konnte sie nicht aufhalten. Alle Erinnerungen, bis auf eine ... Schwarze Schwingen, die sich wie ein Mantel aus Dunkelheit gewoben um ihn legten ... Schwarze Schwingen, die ihn fortrissen von ihr ...

Schluchzend presste sie das Gesicht erneut gegen das Kissen.

„Ist ja gut“, meinte Morgan nach einer Weile. Ein rührender Versuch, sie zu trösten. „So beruhige dich doch ... Es ist ja nicht so, als wäre er tot. Er ist nur ... erloschen. Bestimmt geht es ihm gut, dort, wo sie ihn hingebracht hat.“

„Nein ...“, wimmerte Lilly, ohne aufzublicken. „Nein ... es geht ihm nicht gut ... Es ist dunkel, dort, wo er jetzt ist ... und kalt ... Er hat Angst, und es ist ... es ist so ... dunkel ...“

Morgan neben ihr zuckte überrascht zusammen. „Woher weißt du das so genau?“

Zögerlich richtete Lilly sich auf, blinzelte ihn durch den Tränenschleier hinweg an. „Keine Ahnung ...“ Ihre Stimme klang flach, als spräche sie im Schlaf. „Ich weiß es eben ...“

Nachdenklich musterte Morgan sie. „Ihr seid stärker miteinander verbunden als ich dachte“, bemerkte er ernst. „Das ist gut. Das ist sogar sehr gut.“

Lilly verstand nicht, was daran gut sein sollte, nun, da Alahrian unerreichbar fern war, aber sie war zu verängstigt, zu verwirrt, um nachzuhaken. „Was, wenn sie ihm weh tut?“, fragte sie zittrig, ganz schwindelig vor Angst. „Was, wenn sie ihn tötet?“

Morgan aber schüttelte schnell und überzeugt den Kopf. „Das wird sie nicht“, sagte er fest. „Das wird sie ganz gewiss nicht.“

„Wie kannst du da so sicher sein?“

Morgan biss sich auf die Lippen und antwortete nur zögerlich. „Er ist viel zu wertvoll für sie“, erklärte er endlich. „Der letzte seiner Art. Der einzige, der stark genug war, ihr all die Jahrhunderte über zu widerstehen. Sie will ihn, Lilly. Sie wollte ihn schon immer.“

Da war etwas, was er ihr verschwieg, Lilly sah es in seinen Augen. „Sie will ihn?“, wiederholte sie gedehnt. „Soll das heißen ...“

Sie brachte es nicht über sich, es auszusprechen. Aber es war ihr bereits im Kerker aufgefallen. Die sonderbar zärtliche Art, wie die schwarzen Schwingen ihn streiften, wie sanft sie mit ihm sprach, wie behutsam sie mit ihm umging, trotz all ihrer grausamen Gewalt.

Lilly wurde ganz übel bei dem Gedanken. „Denkst du, er ist wirklich erloschen?“, fragte sie schnell.

Morgan wich ihrem Blick aus. Das war Antwort genug. Lilly folgte seinen Augen, die ziellos zum Fenster wanderten – und erstarrte, als sie sah, was dort draußen vor sich ging. Jeder einzelne Strauch, jeder Baum, jede Blüte, ja sogar jeder einzelne Grashalm war verdorrt. Aber das war nicht einmal das Schockierendste von allem. Der Garten war voller Tiere. In ganzen Scharen waren sie gekommen, Vögel, Insekten, Waldbewohner. Reglos saßen sie zusammen, dicht gedrängt, und sie alle sahen irgendwie ... Lilly konnte es nicht beschreiben. Sie hätte es nicht für möglich gehalten, einen solchen Ausdruck bei einem Tier zu erkennen, doch sie sahen aus wie eine zusammengewürfelte Menschenmenge nach einer großen Katastrophe, einem Erdbeben vielleicht oder einem Zugunglück: erstarrt, geschockt, verzweifelt ... Irgendetwas hatte hier Freund und Feind zusammengetrieben, eine Katze saß unbewegt neben einem Vogel, ein Kaninchen neben einem Fuchs. Ein Unglück, das größer war als jeder Beute- oder Fluchttrieb hielt sie zusammen, eine Trauer, die sie alle erschütterte. Unter dem verdorrten Apfelbaum saßen eine Taube und ein Habicht mit gesenkten Köpfen und schlaff herabhängenden Flügeln, vor der Veranda lag ein Wolf, winselnd im verbrannten Gras, auf dem Fensterbrett hatten sich einige Schmetterlinge versammelt, aneinandergeklammert, als wollten sie einander weinend in die Arme fallen.

„Mein Gott ...“ Lilly schauderte, unfähig den Blick von der befremdlichen Szenerie abzuwenden.

„Sie trauern um ihn“, flüsterte Morgan ehrfürchtig. „Genau wie du.“

Starr vor Entsetzen blickte Lilly nach draußen. Endlich stand sie auf, mit steifen, abgehackten Bewegungen wie eine Marionette mit verknoteten Fäden. Langsam trat sie zur Tür hin und öffnete sie schließlich. Die Tiere kamen nicht herein, aber sie liefen auch nicht weg. Lilly tat einen Schritt auf die Veranda. Der Wolf hob den Kopf, rührte sich aber nicht. Aus großen, dunklen Augen schaute er sie an, fast wie Wilbur, wenn er um Futter bettelte. Eine kalte, feuchte Schnauze stupste gegen ihre Hand. Es war ein Rehkitz auf staksigen Beinen, die Mutter stand nur wenige Meter entfernt.

Lilly ließ sich zu Boden sinken, niedergestreckt von etwas, das sie nicht in Worte fassen konnte. Das Kitz legte den Kopf in ihren Schoß, gedankenverloren glitten ihre Finger über seinen Kopf.

„Er war der letzte“, sagte Morgan hinter ihr, tonlos, blass im Gesicht, die Augen dunkel vor Schreck. „Er war tatsächlich der letzte.“ Sein Blick jedoch war nicht auf die Tiere gerichtet, sondern in den Himmel.

Eine eiskalte Hand legte sich um Lillys Herz und drückte unbarmherzig zu. Etwas in ihr fragte sich hysterisch, warum sie es nicht sofort bemerkt hatte, der Rest von ihr war einfach nur betäubt, fast gleichgültig, zu sehr von Schmerz und Entsetzen geschüttelt, um noch mehr davon zu empfinden. Seit dem Morgen, seit Lilith ihn geholt hatte, war es merklich dunkler geworden im Garten. Lilly war es zunächst nicht aufgefallen, es hätte bloß eine Wolke sein können, ein Schleier über der Sonne. Aber da war keine Wolke. Die Sonne stand hoch am Himmel, stahlblau war er und ungetrübt. Und doch war es nicht richtig hell. Es schien, als habe die Sonne plötzlich weniger Kraft, oder als ... ja, als gäbe es schlichtweg weniger Licht auf der Welt.

Und genau das war es. Zitternd, ein sonderbares Brausen in den Ohren, als wolle sie ohnmächtig werden, blickte Lilly zu Morgan auf, das Rehkitz noch immer im Schoß. „Er ist erloschen“, flüsterte sie schwach, fast lautlos. „Er ist wirklich erloschen ...“

Tiefer und tiefer führte Lilith ihn in die finsteren Gänge und dunklen Korridore unter der Erde hinein. Längst hatte Alahrian jegliche Orientierung verloren, aber das war auch gleichgültig, er hatte ohnehin keine Ahnung, wohin sie ihn bringen würde. Nur eines wusste er: Dies hier war nicht mehr die Welt, die er kannte, Lillys Welt. Auch nicht seine eigene. Es war eine Zwischenwelt, das Schattenreich der Hohlen Hügel. Ein Kerker, ein Verlies.

Einst hatte er selbst das Wesen hier eingesperrt, in diese Schattenwelt, hatte die Tore mit all seiner Magie verschlossen. Nun wurde ihm sein eigenes Gefängnis zum Verhängnis.

Fast hatte es eine Art von absurder Gerechtigkeit an sich, und es war merkwürdig, dass er es so sah. In diesem Augenblick. An diesem schrecklichen Ort.

Die Dunkelheit hier unten war vollkommen. Kein Lichtstrahl, keine Fackel erhellte die endlosen Gänge. Blind stolperte Alahrian vorwärts, sich mit einer Hand an der Wand zu seiner Rechten entlangtastend. Im Laufe der Zeit hatte sie sich verändert, diese Wand. Mal fühlten seine Fingerspitzen rauen, eiskalten Stein, dann eine glatte Oberfläche wie Glas oder Marmor, manchmal schienen es Ziegel zu sein und manchmal so etwas wie Beton. Im Moment war es einfach nur grober, von Feuchtigkeit durchzogener Felsen. Mal liefen die Gänge aufwärts, mal abwärts, sie waren über Treppen gelaufen, durch enge Tunnel gekrochen, und zweimal, da war seine tastende Hand ins Leere geglitten, weil sie sich durch eine gewaltige, in die Erde getriebene Halle zu bewegen schienen. Er hatte die Weite des Raums am Echo seiner Schritte erfassen können, doch sicher war er nicht. Er war sich über gar nichts mehr sicher. Denn eines hatten alle Orte hier unten gemeinsam: Sie waren dunkel, pechschwarz und ohne jeden Funken von Licht.

Längst spürte er, wie seine Kräfte zu versiegen begannen, alles in seinem Kopf drehte sich, obwohl es eiskalt hier unten war, war seine Haut von Schweiß bedeckt. Lilly, dachte er immer und immer wieder, während er sich dem Wesen hinterher durch die Dunkelheit kämpfte. Er tat es um ihretwillen, damit sie leben konnte. Und sie würde leben ...

Das ließ trotz seines Elends ein Lächeln über seine Lippen gleiten, und diese Gewissheit ließ ihn vorwärts taumeln, obwohl alles in ihm danach schrie, einfach aufzugeben. Sie würde leben, weil er hier unten war. Das hier war das Opfer, das er seiner Liebe zu ihr bringen musste, und es war jeden Schmerz wert. Allzu lange war er schwach gewesen, zögernd und voller Furcht. Oft hatte er sich gefragt, ob er ihrer überhaupt würdig war. Jetzt war er es. Er hatte Stärke gezeigt und die Furcht überwunden.

Sie würde leben ...

Am Anfang, da würde sie gewiss traurig sein, vielleicht würde sie sogar immer ein wenig traurig sein, wenn sie an ihn dachte. Aber sie würde leben ... Das war das einzige, was zählte.

Alahrian schloss die Augen, da er ohnehin nichts sehen konnte, stolperte über rauen Stein, durch Tunnel und Korridore, folgte den leichten, melodiösen Schritten des Wesens vor ihm und stellte sich vor, wie Lilly irgendwo über ihm, eine Welt entfernt, glücklich wurde. Sie würde die Schule fertig machen und Pianistin werden, man würde sie bewundern und feiern, und irgendwann, irgendwann, da würde sie ihn vielleicht vergessen und einen anderen finden und dann ...

Der Gedanke tat zu weh, um ihn zu Ende zu denken. Er wollte nicht, dass sie einen anderen fand. Er wollte ... einfach nur bei ihr sein.

Ein überwältigender Schmerz zuckte durch sein Innerstes und ließ ihn aufstöhnen. Er würde für immer hier unten gefangen sein und er würde sie nie, nie mehr wieder sehen. Das war quälender als die Dunkelheit. Und doch ... Sie würde leben ...

Das würde seine Sonne sein, sein Mond und sein Licht in einer Welt, in der es nur Dunkelheit gab. Das Wissen, dass sie irgendwo, in einer anderen Welt, existierte. Dass sie lebte ... Seinetwegen ...

Lilly ... Ihr Name tanzte durch seine sich verwirrenden Gedanken wie ein Mantra, wie ein Leitseil, an dem er sich festhalten konnte. Lilly ... Lilly ... Lilly ...

Lautlos formten seine Lippen die Worte, immer wieder, zart wie ein Gebet, an einem Ort, an dem alle Gebete verstummen mussten.

Und dann versagten seine Kräfte. Die Schwärze um ihn herum griff nun nach seinem Inneren. Seine Hand, bereits blutig geschürft, krallte sich in den allzu harten Stein. Es dröhnte in seinem Kopf, ihm war übel, elend und schwindelig. Schmerzhaft hämmerte sein Herz gegen die Brust, rasend und stolpernd, er konnte nicht mehr atmen, die Dunkelheit verklebte seine Lungen, hustend sank er zu Boden und hatte das Gefühl, die Finsternis drücke tonnenschwer auf seine Rippen, bis die Knochen brachen und sich tief in sein Fleisch bohrten. Panisch rang er nach Luft, voller Angst starrte er in die Dunkelheit. Er hatte schreckliche Angst vor dem Wesen, das ihn führte, doch noch viel schlimmer war die Vorstellung, hier unten einfach liegen gelassen zu werden, allein und verloren in der Finsternis.

„Bitte ...“

Er konnte nicht sprechen. Qualvoll hustend krümmte er sich auf dem Stein zusammen – und plötzlich hielten ihn weiche Schwingen umfasst, hielten ihn fest, damit er nicht gegen den harten Felsen knallte, eine kühle, sanfte Hand legte sich auf seine schweißbedeckte Stirn, eine andere auf seine Brust, dicht über dem Herzen.

Sofort konnte er freier atmen, die blutigen Schlieren, wirr vor seinen Augen tanzend, legten sich.

„Ruhig“, wisperte eine weiche Stimme ihm ins Ohr. „Ganz ruhig, mein Prinz. Es wird dir bald besser gehen. Bald ...“

Danach musste er wohl das Bewusstsein verloren haben, denn als er wieder zu sich kam, da hatte sich die Szenerie um ihn herum deutlich verändert. Er lag in Liliths Armen und er konnte endlich etwas erkennen. Es war eine Art Felsendom, eine Mischung aus einer gewaltigen, kreisrunden Halle und einer Höhle. Über ihren Köpfen verlief eine breite Galerie mit einem reichlich verzierten, in den Stein gehauenen Geländer. Dahinter waren dunkle Durchgänge zu sehen, Alahrian aber konnte nicht erkennen, wohin sie führten. Schlanke, in sich gewundene Säulen von nachtschwarzer Farbe trugen die Galerie, und an jeder einzelnen Säule brannte eine Fackel in einem silbernen Leuchter.

Das Fackellicht reichte aus, um ihn einigermaßen zu beleben, Lilith ließ ihn herabgleiten und stellte ihn wie eine Puppe auf den Fußboden.

„Willkommen, mein Prinz“, bemerkte sie lächelnd.

Alahrian blickte sich unbehaglich um. Was war das hier nur für ein merkwürdiger Ort? Das Innere ihres Palastes? Ein weiterer Eingang zu einem weiteren Korridor?

„Gefällt dir, was du siehst?“ Ihre Schwingen streiften ihn, während sie um ihn herumtrat. „Es ist deine neue Heimat, mein Prinz ...“

Alahrian riss den Blick von seiner Umgebung los, zwang sich, Lilith direkt in die Augen zu sehen und versuchte, sich zu konzentrieren, das Brausen und Pochen in seinem Kopf zu ignorieren. „Prinz ...“, wiederholte er verächtlich. „Warum nennst du mich so?“ Scharf funkelte er sie an, obwohl er so schwach war, dass er sich kaum aufrecht halten konnte. „Willst du mich auch noch verhöhnen?“

Lilith lächelte milde. „Aber das ist es doch, was du bist ...“, entgegnete sie, scheinbar verwundert. „Ein Prinz ...“

Alahrian lachte hart. „Das ist absurd!“ Heftig schüttelte er den Kopf. Doch ihre Worte enthielten einen Kern Wahrheit, er wusste es wohl. Er stammte aus einem Königsgeschlecht der liosalfar, königliches Blut floss durch seine Adern. Wäre sein Volk nicht verbannt worden, wären die liosalfar nicht erloschen, dann wäre er tatsächlich als Prinz aufgewachsen. Doch das war etwas, was er nie in sich gesehen hatte.

„Es gibt kein Volk, über das ich herrschen könnte“, meinte er bitter. Er war der letzte gewesen, der letzte seiner Art. Ein Hauch von Traurigkeit streifte sein Herz.

„Dein Volk ist hier“, wisperte sie ihm ins Ohr. „Es wartet auf dich, schon seit Jahrhunderten.“ Sie bewegte die Hand, und plötzlich erschienen Gestalten auf der Galerie, hochgewachsene, schlanke Gestalten, in schimmernde Rüstungen gekleidet, mit Schwertern und Speeren bewaffnet. Ihre Gesichter waren von zierlichen Helmen bedeckt, über denen sich silberne Schwingen erhoben, nur die Augen waren zu erkennen. Dunkle, pechschwarze Augen ...

Alahrian schauderte. Ein aberwitziger Teil von ihm fragte sich, woraus die Rüstungen wohl gefertigt waren, denn die Erloschenen fürchteten sich beinahe noch mehr vor Eisen als die liosalfar, da sie kein Licht hatten, um sich zu schützen.

Doch der Gedanke verflüchtigte sich in der Furcht, die er mit einem Mal wieder empfand.

„Ich bin nicht geboren, um zu herrschen“, sagte er matt und hielt Liliths Blick mit hocherhobenem Haupt stand, während ihm gleichzeitig die Knie zitterten vor Schwäche.

Wieder lächelte sie ihn an, sanft, nachsichtig, ja, beinahe zärtlich. „Das ist exakt, wozu du geboren ist“, wisperte sie neben seiner Wange. Ein kühler Finger streifte behutsam seine Haut, strich über sein Gesicht, wischte das wirre Haar aus seiner Stirn.

„Nein“, entgegnete Alahrian fest.

Lilith ignorierte ihn. Mit blitzenden, schattenleuchtenden Augen warf sie den Kopf in den Nacken und rief zu den Kriegern auf der Empore hinauf: „Unser verlorener Prinz ist heimgekehrt! Lasst uns seine Rückkehr feiern!"

Die Gestalten über ihnen verneigten sich, Alahrian spürte ein Zittern durch sein Innerstes laufen und wünschte sich plötzlich zurück in die dunklen, finsteren Gänge. Dort hätte er irgendwann das Bewusstsein verloren und wäre irgendwo zwischen Leben und Tod dahingedämmert bis in alle Ewigkeit. Ein grässliches Schicksal, und doch schien es ihm erstrebenswerter als das groteske Schauspiel, das sich ihm hier bot.

Die Krieger jedoch verschwanden hinter den nur halb erkennbaren Durchgängen, und Alahrian atmete innerlich auf. Beinahe war er froh, wieder mit Lilith allein zu sein, so angsteinflössend ihre Gesellschaft auch sein mochte.

„Lass uns anstoßen, mein Herz!", rief sie, und plötzlich, wie aus dem Nichts, erschien ein Bediensteter in schwarz-silberner Livree hinter einer der Säulen und bot ihr ein schimmerndes, aus Bergkristall geschliffenes Tablett dar.

Verstohlen musterte Alahrian den Dienstboten. Es war ein Junge, kaum älter als er selbst, mit schwarzem Haar und dunklen, lichtschluckenden Augen. Der Anblick berührte ihn seltsam. Einst war dieser Junge gewesen wie er, bevor er in die Schatten gestürzt war. Warum war sein Licht wohl erloschen? Hatten die Menschen ihn in ihren Folterkammern gequält und verbrannt und hatte er aus Wut und Zorn und Rachedurst sein Licht verloren? Oder war er aus Liebe gefallen, so wie er selbst?

Ein Stich fuhr durch Alahrians Herz. Vielleicht hatte Lilith Recht: Die Gestalten auf der Galerie, der Junge ... Sie waren von seinem Volk. Einst waren sie gewesen wie er. Mit einem Mal glomm da fast so etwas wie Mitgefühl in seinem Inneren, dann aber nahm Lilith zwei kristallene Becher von dem Tablett, und dann blieb da wieder nur Furcht.

Mit einer Geste entließ sie den Jungen und streckte Alahrian einen der Becher hin. „Komm", flüsterte sie einladend. „Trink mit mir!"

Alahrian starrte wie paralysiert auf den Becher. Etwas Rotes glänzte darin, Wein vielleicht – oder Blut. Es waren seine zum Bersten gespannten Nerven, die ihn an Blut denken ließen. Er durfte nicht aus dem Becher trinken. Unter keinen Umständen durfte er irgendetwas annehmen, das sie ihm anbot. Dies hier war weder Lillys Welt noch seine. Wenn er von ihrem Becher trank, dann konnte er diesen Ort nie wieder verlassen, nie mehr. Dann war er ein Gefangener der Hohlen Hügel für alle Ewigkeit.

„Hältst du mich für so dumm?", fragte er zynisch und rührte sich nicht.

„Hältst du mich für so naiv?" Die schwarzen Augen in dem unerträglich schönen Gesicht blitzten auf. „Ein Leben für ein Leben, Alahrian ... Denkst du wirklich, ich bringe dich hierher, damit du bei der nächstbesten Gelegenheit vor mir fliehst? Ganz oder gar nicht, mein Prinz ..." Sie hielt ihm den Becher hin. „Trink!"

Alahrian rührte keinen Muskel. „Du kannst mich nicht zwingen", entgegnete er ruhig. „Es ist eine Entscheidung. Es muss freiwillig geschehen."

Ein Lächeln huschte über ihr Gesicht, diesmal jedoch war es nicht sanft. Es war ein dämonisches, ein teuflisches Lächeln. „Du hast deine Entscheidung längst getroffen", antwortete sie kalt. „Das Leben, das ich gab, mein Prinz, kann ich auch wieder nehmen! Trink!"

Lillian ... Alahrians Herz krampfte sich zusammen, bis er kaum mehr atmen konnte. Schnell griff er nach dem Becher.

„Und was ist darin?", fragte er bitter und schwenkte abwesend den Inhalt in der Hand. Es sah aus wie Wein, aber natürlich konnte er nicht sicher sein, da er nie welchen getrunken hatte. „Ein langsam wirkendes, schleichendes Gift?" Er lachte humorlos, und plötzlich wünschte er sich fast, es wäre so, wünschte sich, Lilith hätte einen Weg gefunden, sein unsterbliches Leben zu beenden. Ein Leben für ein Leben ... Mit Freuden hätte er sein Leben hingegeben für Lilly, glücklich hätte er den Tod getauscht gegen ein Leben ohne sie.

„Das war es nie, was ich wollte." Samtweiche Schwingen berührten seine Schultern, während sie sprach. „Nie wollte ich dir schaden, mein Herz." Ihre Worte waren weich und schmeichelnd, ihr Gesicht war dicht neben dem seinen, ihr Atem streichelte fast seine Haut. „Keine Schmerzen, kein Leid ... das ist alles, was ich für dich will ..." Mit dem Zeigefinger strich sie ihm über die Stirn, einen winzigen Moment lang blitzte ein Bild in seinen Gedanken auf, Lillys Bild. Es tat so weh, dass er fast in die Knie brach vor Schmerz.

„Du liebst sie, nicht wahr?", flüsterte das Wesen neben ihm. „Ja, sie tut weh, die Liebe ... Aber selbst diesen Schmerz kann ich dir nehmen ..."

Alahrian schloss die Augen. Lilly ..., riefen seine Gedanken. Lillian ...

„Kein Schmerz", wisperte das Wesen in sein Ohr. „Kein Leid ..."

Lilly ...

Alahrian öffnete die Augen und starrte auf den Becher in seiner Hand. Ein Leben für ein Leben ...

Er tat es für sie, für sie, nur für sie ... Sie würde leben ...

In einer ruckartigen Bewegung setzte er den Becher an die Lippen und leerte ihn in einem einzigen Zug.

Die Wirkung war unbeschreiblich. Schmerz rollte durch seine Adern, jagte durch sein Herz und explodierte in seinem Kopf. Jede einzelne Faser seines Körpers brannte, jeder einzelne Muskel schrie, die Knochen kreischten, das Blut kochte. Der Becher entglitt seinen Fingern und zerschellte klirrend am Boden, die Splitter schienen durch sein Innerstes zu jagen, als gefröre er langsam zu Eis.

Keuchend brach Alahrian in die Knie, schwarze Punkte wirbelten wie Schneeflocken aus Dunkelheit vor seinen Augen, Schwärze breitete sich in seinen Gedanken aus. „Du hast gesagt, du willst mir nicht weh tun", ächzte er kraftlos, den verschleierten Blick zu Lilith empor gerichtet. „Du hast gelogen ..."

Stöhnend presste er die Hand gegen die Schläfen, wand sich auf dem Boden und biss die Kiefer aufeinander, um nicht zu schreien.

„Ich habe nicht gelogen", flüsterte Lilith über ihm, und ihre Schwingen senkten sich über ihn wie eine Decke aus kühlender Dunkelheit. „Es ist der Rest von Licht in dir, der dir diese Schmerzen bereitet. Du musst dich den Schatten ergeben, damit du hier unten leuchten kannst. Entsage dem Licht, und du wirst frei sein."

Alahrian schloss die Augen, versuchte, einen letzten Rest von Kraft in sich zu finden, aber da war nichts. Da war nur Schmerz und Pein und Qual. Und Dunkelheit.

Lilly, dachte er unter Tränen, aber da war kein Bild mehr, das ihn trösten konnte, kein Gedanke, an dem er sich festhalten konnte.

Lilly ...

Er flüsterte ihren Namen in seinem Inneren und dann ließ er sich in die Schatten fallen. Dunkelheit senkte sich über ihn, und die Dunkelheit löschte zuerst den Schmerz und endlich sein Bewusstsein aus.

Das Erwachen

Alahrian war nun schon seit über sechsunddreißig Stunden verschwunden, und Morgan war sicher, Lilly hatte weder gegessen noch geschlafen in dieser Zeit. Dabei hielt sie sich eigentlich recht gut, wenn man bedachte, welch Grauen in ihrem Inneren vorgehen musste. Heute Morgen, da hatte sie sogar einen Versuch unternommen, wieder zur Schule zu gehen, nur damit ihre Eltern nichts bemerkten. Allerdings hatte man sie schon nach der dritten Stunde nach Hause geschickt, weil sie dermaßen blass und elend aussah. Jetzt lag sie auf dem Sofa in der Halle und schlief, keinen natürlichen Schlaf, sondern einen, den Morgan erzwungen hatte. Vor der Verandatür tummelten sich noch immer die Tiere, Füchse, Kaninchen, Igel und andere Waldbewohner, nur das Kitz hatte sie nicht verlassen wollen und hatte sich zu ihren Füßen auf dem Sofa zusammengerollt. Es würde schwer sein, es wieder auszuwildern, das aber war jetzt gleichgültig.

Es war Lilly, um die sich Morgan Sorgen machte, nicht das Tier. Sie war vollkommen erschöpft – aber sie konnte nicht schlafen. Selbst jetzt, da er ihr so viel Lebensenergie entzogen hatte, dass sie eigentlich ins Koma hätte fallen müssen, schlief sie immer noch unruhig, warf den Kopf hin und her, flüsterte Worte, die er nicht verstehen konnte. Sie hatte Alpträume.

Hilflos ließ sich Morgan neben ihr in die Hocke sinken und überlegte ernsthaft, ob er sie nicht lieber wecken sollte. Aber sie brauchte den Schlaf so dringend ... Und hatte er nicht Alahrian versprochen, auf sie achtzugeben?

Gequält stöhnte sie auf, die Augen unter den blassen Lidern bewegten sich, ihre Hand krallte sich in den Stoff des Sofas. Wie sie da so lag, von einer unbestimmten Angst geschüttelt, die sie selbst im Schlaf nicht verließ, da erinnerte sie ihn sogar ein wenig an Alahrian selbst. Genau so hatte sein Bruder ausgesehen, damals, als er ihn gefunden hatte, sechzehnhundertfünfzig in Cornwall, Südengland.

Unwillkürlich streckte Morgan die Hand aus und weckte sie. Mit einem Schrei fuhr sie empor, keuchend rang sie nach Atem, blicklos starrten ihre leeren Augen ins Nichts, nur ganz langsam klärte sich ihr Blick.

„Morgan ...“ Seufzend ließ sie sich in die Kissen zurückfallen, nur allmählich in die Realität zurückfindend. „Ich habe ihn gesehen“, flüsterte sie benommen. „Ich sehe ihn in meinen Träumen, aber auch wenn ich wach bin. Ich kann seine Stimme hören, wie sie meinen Namen ruft ... Mein Gott ...“ Zitternd presste sie die Hand gegen die Stirn.

„Schon gut ...“ Es war ein lahmer Versuch, sie zu beruhigen, unbehaglich biss sich Morgan auf die Lippen, während sich ihm vor Mitgefühl das Herz zusammenkrampfte. Was hast du dir nur gedacht, kleiner Bruder?

Es war ein nobles Opfer gewesen, tapfer und edel. Er war über sich selbst hinaus gewachsen, in diesem Moment, hatte sich seinen finstersten Ängsten und dunkelsten Dämonen gestellt. Um seiner Liebe willen.

Aber zu welchem Preis? Er hatte die Liebe geopfert, um die Liebe zu retten, nur hatte er dadurch wirklich etwas gewonnen? Er hatte nicht nur sich selbst ins Dunkel gestürzt, sondern auch Lillian.

Aber sie würde leben. Das war ein Geschenk, kaum jemand konnte das so tief zu würdigen wissen wie Morgan. Wäre es um Sarah gegangen, er hätte dasselbe getan ... Nobler, tapferer kleiner Narr. Morgan wollten die Tränen in die Augen steigen, wenn er an ihn dachte, aber natürlich weinte er nicht. Es war so schon schwer genug.

„Es ist einfach so unfair!“, rief Lilly neben ihm. Plötzlich schien sie nicht mehr traurig, sondern einfach nur wütend. „Sagtest du nicht, die Erloschenen seien aus Habgier, aus Hass und Rachsucht in die Schatten gefallen? Er aber, er ist aus Liebe gegangen, das ... das muss doch einen Unterschied machen, oder nicht?“

Morgan zuckte zusammen und starrte sie verblüfft an. „Ja“, entgegnete er betäubt. „Das ... muss einen Unterschied machen ...“

„Das ist nicht gerecht!“ Lilly schien ihn kaum zu hören. Tränen glitzerten jetzt in ihren Augen, eine hilflose, von Verzweiflung genährte Wut. „Es ist einfach nicht fair!“ In einer unkontrollierten Geste ließ sie die Hand schwer auf die Armlehne des Sofas fallen, Funken stoben auf und winzige, hellblaue Lichtblitze. Lichtblitze?!

Mit einem nur halb unterdrückten Schrecklaut fuhr Morgan herum. „Was ... was um alles in der Welt war das?“

„Wie?“ Blinzelnd starrte sie ihn an.

„Deine ... deine Hand!“ Hastig, fast grob, packte er ihr Handgelenk und hielt ihr die eigenen Fingerspitzen vor Augen. Die Haut unter den langen, lackierten Nägeln glühte, schwach, aber deutlich vernehmbar.

„Aber ... Oh mein Gott!“ Lilly erbleichte. Zitternd starrte sie ihre eigene Hand an. Das Leuchten verblasste, aber es war ganz eindeutig da gewesen. Sie hatten es beide gesehen. „Aber ... aber das ist doch nicht möglich!“ Fassungslos schwenkte Lilly ihre Hand, fragend zu Morgan aufblickend.

„Mach's noch mal!“, forderte er sie auf, mit einem Mal sehr aufgeregt.

„Ich kann nicht!“ Unsicher sah sie ihn an. „Ich ... ich weiß nicht wie ...“

„Mach's noch mal!“, wiederholte Morgan, drängender jetzt, aggressiver.

„Aber ...“

„Tu es einfach!“ Er schrie sie jetzt an, setzte sie unter Druck, provozierte sie.

Ärgerlich funkelte sie ihn an. „Sag mal, was soll denn ...“ Abrupt brach sie ab, als ein unwillkürlicher Schauer winziger, violetter Funken zwischen ihren Fingern auf die Couch herabregnete – und sie mit einem Schlag in Brand setzte.

Einen entsetzten Schrei auf den Lippen sprang sie auf, Morgan lachte triumphierend, das erste Lachen seit über sechsunddreißig Stunden. Immer noch grinsend holte er den Feuerlöscher – wenn man mit einem liosalfar zusammen wohnte, dann hatte man immer einen griffbereit – und entleerte seinen Inhalt über dem rauchenden Sofa.

„Ich habe keinen Ahnung, was daran so komisch sein soll!", bemerkte Lilly finster und bewegte ungläubig die Finger vor den Augen, als könne sie nicht glauben, dass es sich tatsächlich um ihre eigene Hand handelte.

Das Rehkitz, das sich während des Brandes ängstlich in eine Ecke geflüchtet hatte, stupste jetzt fragend gegen ihr Knie.

„Seine Magie", verkündete Morgan fröhlich. „Er hat dir sein Licht übertragen!"

Lilly schien kein Wort zu verstehen. Verwirrt starrte sie ihn an, nur langsam drangen seine Worte zu ihr durch. „Du meinst ..."

Morgan nickte eifrig. „Das hier", er deutete in einer unbestimmten Geste auf das verkohlte Sofa, „war Alahrians Lichtenergie."

Lilly überlegte skeptisch. „Bist du sicher?" Nachdenklich legte sie die Stirn in Falten. „Wenn mein Vater wirklich ein liosalfar war, müsste ich solche Dinge dann nicht auch selbst können?"

Morgan zuckte gelassen die Achseln. „Konntest du es bisher?"

„Nein."

„Siehst du ... Körperlich hast du dich ja nun nicht verändert, nur weil du jetzt weißt, was du bist." Heftig schüttelte er den Kopf. „Nein, das hier ist Alahrians Magie, ganz sicher." Der Gedanke machte ihn schon wieder lachen, so froh war er darüber. „Seine Macht war gewaltig, weißt du das? Aber auch völlig unkontrolliert. Ein kleiner Gefühlsausbruch und ..." Grinsend deutete er mit den Händen eine Explosion an. „Bei unserer ersten Begegnung hätte er um ein Haar unser Haus angezündet, hat er dir das je erzählt?" Wehmütig seufzte er. Er war schon etwas Besonderes gewesen, der kleine Leuchtkäfer, Morgan vermisste ihn, vermisste ihn wirklich.

Der Anblick der brennenden Couch machte ihn fast sentimental. „Du warst wütend, als du das hier getan hast", versuchte er, Lilly zu erklären, bevor der Schmerz zu schlimm werden konnte. „Du hattest deine Gefühle nicht unter Kontrolle. Genau wie er. Nein, kein Zweifel ... Es ist Alahrians Macht."

„Weil sie auf Gefühle reagiert?" Lilly biss sich auf die Lippen. „Hätte es dann nicht viel früher passieren müssen?"

Wieder zuckte Morgan mit den Schultern. „Bisher warst du nur traurig, vorhin warst du wütend. Trauer betäubt, sie ist kein guter Katalysator. Zorn schon ..."

Lilly nickte abgehackt. Morgan wusste, sie zweifelte nicht an seinen Worten, weil sie ihm nicht glaubte. Sie wollte ihm nicht glaubten, wagte nicht, ihm zu glauben, weil die Konsequenzen einfach zu unfassbar waren.

„Aber wie?", meinte sie endlich. „Wie hat er es gemacht?"

Morgan wusste es nicht. „Was habt ihr getan, bevor er ging?"

Lilly errötete heftig und sagte nichts.

Morgan konnte ein verstehendes Lächeln nicht ganz von seinem Gesicht wischen. „Hast du mit ihm geschlafen?“

Die Art und Weise, wie er es offen aussprach, schien sie noch verlegener zu machen. Sie antwortete nicht, aber das war Antwort genug.

„Dabei muss er dir sein Licht übertragen haben“, sagte Morgan ernst. „Du bist das vollkommene Gefäß dafür. Er liebt dich, er hat sich dir ganz geöffnet. Und ihr seid euch so nahe, er musste nur eine ganz winzige Distanz überwinden ...“

„Sei still!“, unterbrach sie ihn, mit einem Mal nicht nur zornig, sondern verletzt. „Das ist etwas zwischen Alahrian und mir! Es geht dich nichts an!“ Tränen schimmerten in ihren Augen, ihre Fingerspitzen leuchteten, aber es kamen keine Funken hervor.

„Natürlich“, meinte Morgan schnell. „Verzeih.“

Lilly sah ihn nicht an.

„Aber begreifst du denn nicht?“, rief er heftig. „Begreifst du denn nicht, was das bedeutet?“

Widerwillig sah sie zu ihm auf, ihre Augen noch immer glänzend von unterdrückten Tränen. Plötzlich tat sie Morgan unendlich leid, und auch seine unbedachten Worte taten ihm leid. Er hatte an eine Erinnerung gerührt, die sie nicht teilen wollte, an einen Augenblick, der ganz ihr gehörte. Aber er hatte es wissen müssen. Alahrian war sein Bruder, verdammt!

„Es bedeutet, sein Licht ist nicht erloschen“, sagte er fest. „Es brennt weiter ... in dir ...“

Das hätte sie trösten müssen, doch zu seiner Bestürzung sank sie stattdessen zu Boden und weinte. „Ich will sein Licht nicht in mir tragen“, schluchzte sie haltlos. „Ich will ihn bei mir haben. Ganz. Nicht nur einen Teil von ihm ...“

„Und das wirst du.“ Entschlossen richtete Morgan sich auf.

Etwas in seiner Stimme ließ sie aufhorchen. „Was hast du vor?“

Ein grimmiges Lächeln stahl sich auf Morgans Lippen. „Ich gehe in die Hohlen Hügel und hole ihn da raus“, entgegnete er wild. „Ich werde ihn befreien.“

Das war es, was er die ganze Zeit schon hätte tun sollen, doch er war sich nicht sicher gewesen. Das Böse ist eine Entscheidung. Wenn Alahrian wirklich ganz und gar den Schatten verfallen war, wenn er ein Teil der Dunkelheit geworden war, dann gab es nichts und niemanden mehr, das ihn noch hätte retten können.

Aber er war nicht gefallen. Er hatte nie vorgehabt zu fallen. Seine Seele war immer noch Licht, immer noch rein. Er würde niemals vollends erlöschen.

Wie klug er war, sein kleiner, naiver Bruder! Wie tapfer, klug und unbeugsam! Versonnen lächelte Morgan in sich hinein, bis Lilly sagte:

„Dann werde ich mit dir kommen.“

„Nein!“ Das Wort war heraus, noch ehe ihre Entscheidung überhaupt sein Bewusstsein erreicht hatte.

Ihre Augen blitzten. „Morgan, ich liebe ihn, und wenn du glaubst ...“

„Nein!“

„Wieso nicht?“ Trotzig stemmte sie die Fäuste in die Hüften.

„Du bist immer noch ein Mensch! Sterblich. Fragil. Es ist viel zu gefährlich für dich.“

„Das ist mir egal. Ich lasse ihn nicht im Stich.“ Das klang wild entschlossen, fest und unausweichlich.

Morgan seufzte lautlos – und dann streckte er die Hand aus und berührte flüchtig ihre Schulter, ganz vorsichtig, fast nur der Hauch einer Begegnung. Aber es reichte aus, um ihr innerhalb dieser winzigen Sekunde genügend Energie zu entziehen, um sie ohnmächtig in seine Arme sinken zu lassen. „Tut mir leid, Kleines“, murmelte er, ein wenig schuldbewusst, während er sie nach oben in Alahrians Schlafzimmer trug. Aber wenn sein Bruder ihr wirklich sein Licht anvertraut hatte, dann durfte er sie unter keinen Umständen in die Dunkelheit schicken. Sie musste sicher sein. Davon abgesehen: Hatte er nicht Alahrian selbst versprochen, auf sie aufzupassen?

Und sie in die Höhle des Löwen zu schicken, das konnte ja wohl kaum sein, was Alahrian unter aufpassen verstehen mochte ...

„Gestehe, Dämon!“

„Nein.“

„Offenbare deine Verbrechen!“

„Ich kann nicht.“

„Gestehe!

„Neeein ...“

Grinsend, fratzenhaft, schwebte das Gesicht des Inquisitors über ihm. Brennend, sengend, vernichtend trieb sich das scharfe, glühende Eisen in sein Fleisch. Schmerzen rasten durch seinen Körper, glitzernde Tränen versanken zwischen den blutgetränkten Steinen der Kerkerzelle. Da war Dunkelheit, und da waren Flammen, Flammen, die gierig nach ihm griffen, an seinem Körper leckten, ihn zu ersticken drohten, und dann ...

Alahrian erwachte mit einem gellenden Schrei auf den Lippen – und fand sich in einem fremden Bett mitten in einem fremden Zimmer wieder. Es war nicht die dunkle, grässliche Folterkammer, auch nicht die Kerkerzelle, sondern ein sehr großer, prachtvoll ausgestatteter Raum. Die Wände waren mit Ebenholz vertäfelt, kunstvolle, silberbeschlagene Schnitzereien wanden sich darüber, Blätter und Ranken und silbrig glänzende Blumenkelche. Über seinem Kopf spannte sich ein Betthimmel aus rotem Samt, mit Silberfäden durchwirkt, einzelne Rubine funkelten wie Sterne darin. Es gab keine Möbel, dafür aber eine große Anzahl von Leuchtern, in denen lange, schlanke Kerzen brannten. Die Fenster allerdings waren verhangen, schwere Brokatvorhänge ließen nicht den geringsten Blick nach draußen frei.

Benommen richtete Alahrian sich auf, ihm war ein bisschen schwindelig, und zwischen seinen Schläfen pochte ein unbestimmter Schmerz, ansonsten aber fühlte er sich überraschend gut. Keine Verletzungen, keine Brandwunden. Als er die Hand hob und sie prüfend betrachtete, da war die Haut glatt und rein und unversehrt.

Seufzend ließ er sich in den weichen Kissen zurücksinken, den Blick unsicher durch den Raum gleiten lassend. Gegenüber dem Bett, im Halbdunkel verborgen, erhob sich ein goldgefasster Spiegel, und auch das Gesicht hinter der schimmernden Glasfläche war unversehrt. Und trotzdem entlockte es Alahrian einen erstickten Schrei. Ein kalter Schauder glitt ihm über den Rücken, und plötzlich war ihm elend zumute.

Das Gesicht im Spiegel war sein Gesicht – und doch auch wieder nicht. Es war blass und weiß, die Linien vertraut, doch die Augen ... Die Augen waren leer. Früher waren sie blau gewesen, er erinnerte sich vage, als wären seine Gedanken mit zähem Sirup verklebt, nun aber hatten sie die Farbe von frisch gefrorenem Eis und sie waren durchscheinend und ausdruckslos wie zwei geschliffene Glaskugeln.

Einst war da ein Leuchten darin gewesen, ein inneres Feuer, jetzt war da ... nichts mehr.

Entsetzt fuhr sich Alahrian mit der Hand über die Stirn, strich sich fahrig das Haar aus dem Gesicht, doch auch das hatte sich verändert. Für gewöhnlich schimmerte es golden, von Sonnenlicht durchtränkt, als er es jetzt durch die Finger gleiten ließ, war es weiß wie frisch gefallener Schnee. Nicht ergraut, wie bei den Menschen, wenn sie älter wurden, sondern rein weiß.

„Mein Gott, was geschieht mit mir?“ Seine eigene Stimme klang fremd in seinen Ohren, der Klang schien von den Wänden widerzuhallen und ihn zu verhöhnen.

„Wo bin ich? Was bin ich?“ Seine Hände begannen unkontrolliert zu zittern, er wollte aufspringen, fort aus diesem seltsamen Zimmer, doch da lag plötzlich eine große Mattigkeit in seinen Gliedern, und auch in seinem Kopf, er konnte sich nicht rühren, konnte keinen klaren Gedanken fassen.

„Ah, du bist wach“, sagte da plötzlich eine weiche Stimme direkt neben ihm, obwohl sich keine Tür geöffnet, niemand hereingekommen war. „Wie schön!“

Alahrians Kopf zuckte herum, das Wesen – Lilith – stand vor ihm, so schön, dass ihr Anblick kaum zu ertragen war, lächelnd und sanft.

„Aber du bist ja ganz verstört ...“ Anmutig ließ sie sich neben ihm auf die Bettkante gleiten, ihre Schwingen über dem Rücken herabfallend wie ein schwarzer, fedriger Mantel. „Ist ja gut“, flüsterte sie tröstend, eine schlanke, kühle Hand strich ihm beruhigend über die schmerzende Stirn, die Berührung tat sonderbar gut, widerstandslos sank er in die Kissen zurück, als sie ihn behutsam herabdrückte.

„Was ... was ist passiert?“, flüsterte Alahrian heiser und suchte in seinem Gedächtnis vergebens nach einer klaren Erinnerung.

„Ich habe dich aus den Flammen gerettet, weißt du das nicht mehr, mein Herz?“ Immer noch strichen ihre langen, weißen Finger über seine Schläfen, sein Haar, seine Stirn.

„Ja, ich weiß es ...“, wisperte Alahrian mechanisch. Plötzlich waren da die Bilder, Bilder von Flammen, von Eisen, von Dunkelheit. Er wollte sie nicht sehen. Wimmernd rollte er sich unter der kühlen, beruhigenden Berührung des Wesens zusammen.

„Ist ja gut“, schnurrte Lilith erneut. „Du bist hier sicher, kleiner Prinz. Niemand wird dir je wieder etwas antun.“

Alahrian beruhigte sich, als habe sie die Furcht aus seinem Körper gesaugt wie ein Gift aus einer noch blutenden Wunde.

„Was ist mit mir geschehen?“, fragte er, als sie spielerisch eine Strähne schneeweißen Haars um ihre ebenfalls schneeweißen Finger wickelte.

„Die Menschen haben dir sehr weh getan“, flüsterte Lilith, dicht über seinem Gesicht. „Sie sind sehr böse, die Menschen.“

„Ja, sie sind böse“, wiederholte Alahrian und fühlte, wie diese Erkenntnis von ihren Lippen direkt in sein Bewusstsein tropfte.

Etwas in ihm jedoch zuckte davor zurück wie vor einer allzu kalten, erschreckenden Berührung. „Aber nicht alle, nicht wahr?“, fragte er verunsichert, und tief in seinem Inneren blitzte da plötzlich ein Bild auf, schwach und verwoben, wie durch einen dunklen Nebel hindurch. Aber es war zu fern, zu weit weg, um es richtig zu erkennen.

„Sie sind böse und sie haben dir sehr weh getan“, sagte Lilith sanft, und das Bild entglitt ihm wie die Erinnerung an einen süßen Traum. „Aber ich werde dich beschützen, mein Herz. Du bist sicher. Sicher ...“

Die Worte waren melodisch und wiegend, sie hüllten ihn ein, wie ein Schlaflied so weich.

„Was ist mit mir geschehen?“, wiederholte Alahrian seine Frage, durch den wogenden Nebel in seinem Bewusstsein hindurch. „Meine Augen ... meine Haare ...“

Lilith fuhr fort, ihm wie einem Kind durch die Locken zu streichen. „Du bist eine Zeitlang sehr krank gewesen“, antwortete sie unbestimmt.

Alahrian schloss die Augen, versuchte, in seinen Körper hineinzulauschen und hörte nichts. „Ich fühle mich nicht krank“, meinte er verwirrt. „Ich fühle mich ... ich fühle mich leer.“

Tatsächlich war Leere alles, was er empfand. Es war, als hätte er etwas verloren, von dem er nicht einmal wusste, was es war, als hätte man sein Innerstes herausgekehrt, und sein Körper war nur noch eine hohle, leblose Hülle.

Es war ein schmerzliches Gefühl. Die Leere schien ihn fast zu ersticken, während er auf sie lauschte, als wären seine Lungen herausgerissen, sein Herz, sein Blut.

Die Leere rauschte in seinem Kopf, ihm wurde ganz übel davon, und stöhnend presste er die Lider über die gläsernen Augen.

„Ich kann dir etwas geben, was die Leere füllen wird", sagte Lilith ernst.

Alahrian öffnete die Augen wieder und sah sie an. Plötzlich hielt sie einen Becher in der Hand, und Schatten sickerten Blutstropfen gleich aus ihren Fingern direkt in das Gefäß, rauchige, dunkle, sonderbar stoffliche Schatten.

„Hier." Lächelnd hielt sie ihm den Becher hin. „Trink, mein Prinz."

Alahrian zögerte, während sich das Nichts in ihm auszubreiten schien wie ein klaffendes, schmerzendes Loch. „Was ist das?"

„Etwas, von dem es dir besser gehen wird. Etwas, das dich stark machen wird."

Alahrian griff nach dem Becher.

„Trink!", sagte sie sanft, und widerstandslos setzte er den Becher an.

Die Schatten glitten süß und kühl von seinen Lippen direkt in sein Blut, kribbelnd breiteten sie sich dort aus, schienen seine ausgetrockneten Adern mit neuem Leben zu füllen, wirbelten in sein Herz, ließen es tanzen und frohlocken, verliehen ihm Kraft und Stärke und machten ihn seufzen von Wohlbehagen.

„Mehr", flüsterte er, einem tiefen, hungrigen Verlangen folgend.

Sie füllte noch einen Becher für ihn. Diesmal war die Wirkung unbeschreiblich. Es war wie ein Rausch, der jede einzelne Faser seines Körpers erfasste. Jeder Teil von ihm frohlockte, alles in ihm nahm gierig die Schatten auf, sie waren wie klares Quellwasser für den Verdurstenden, wie reinster Sauerstoff für den Ertrinkenden.

Macht durchströmte seine Adern, er fühlte sich frei und stark und unbesiegbar, getragen von einem Teppich aus Schwärze, schwebend, taumelnd, tanzend. Er musste sich hinlegen, so überwältigend war das Gefühl, vor seinen Augen drehte sich alles, aber es war keine Schwäche, die ihn schwindelig machte, es war ein Wogen und Brausen reinster Energie in jeder Ebene seines Bewusstseins.

„Mehr", wisperte er, heiser, kehlig vor Hunger.

Lilith lächelte, schön wie die Morgenröte, achtlos warf sie den Becher fort, ließ ihn direkt aus ihren Händen trinken, streifte mit kühlen Fingern seine Lippen, und er sog gierig die Schatten in sich ein.

„Mehr", wiederholte er zitternd, und sie lachte, ein tiefes, glückliches Lachen, und ihre Schatten nährten ihn, die Dunkelheit tränkte ihn.

Matt und berauscht lag er in ihren Armen, stillte sein Verlangen, bis die grässliche, erstickende Leere nahezu überquoll von wirbelnder, zuckender Macht. Es schien ihn fast zu zerreißen, so stark war es, und doch fühlte es sich besser an als alles, von dem er je gekostet hatte.

Keuchend, atemlos, innerlich fast schwebend, richtete er sich auf, und sein Blick fiel wieder in den Spiegel. Sein Haar war nicht mehr weiß, die Augen nicht mehr gläsern. Sie waren schwarz.

Alahrian betrachtete sein Gesicht im Spiegel, sein fremdes, verstörend schönes Gesicht – und lächelte.

Prinz der Finsternis

Hier entlang!"

Einer der schwarz gekleideten Wächter, die ihn am Tor empfangen hatten, führte Morgan durch einen dunklen, nur von Fackeln erhellten Korridor. Er war ausnehmend höflich, nachdem Morgan ein halbes Dutzend seiner Kameraden durch eine einzige Berührung in tiefe Bewusstlosigkeit geschickt hatte. Sie mochten wie gefährliche Krieger aussehen, die Wachtposten der Erloschenen, aber sie hatten keine Chance gegen einen döckalfar, der ihnen mit einer bloß flüchtigen Berührung genug Lebensenergie entziehen konnte, um sie für immer ins Koma fallen zu lassen. Die liosalfar waren keine Kämpfer, ihre Magie jedoch war stark, machtvoll und gefährlich. Sie waren den döckalfar ebenbürtig, ebenbürtig genug, um im Kampf gegen sie eine ganze Welt in Brand zu stecken. Wenn sie dem Licht jedoch entsagten, dann blieben sie kaum stärker zurück als die Sterblichen, die sie so sehr hassten.

Und doch beschlich Morgan ein sonderbar beklemmendes, allzu dicht an Furcht angrenzendes Gefühl, während er dem höhlenartigen Durchgang folgte, tiefer in Liliths schwarzen Palast hinein. Er war nicht sicher, wie lange er durch die verworrenen Labyrinthe der Hohlen Hügel gewandert war, ehe er hierher gelangt war, ins Zentrum von Liliths Macht. Die Zeit verlief anders in den Hohlen Hügeln, mal schneller, mal langsamer, niemand vermochte es zu sagen. In jedem Fall war es schlichtweg zu leicht gewesen. Er hatte den Weg mit traumwandlerischer Sicherheit gefunden, niemand hatte ihn aufgehalten, selbst in den Palast zu kommen war einfach gewesen, obwohl es einen Kampf gegeben hatte, hatte ihn niemand ernsthaft daran gehindert, einzutreten. Jetzt brachte man ihn sogar freiwillig zu Alahrian. Die Falle war so auffällig, dass sie ihm nahezu ins Gesicht schrie, aber was sollte er schon tun? Er hätte es niemals so weit geschafft, hätte Lilith nicht gewollt, dass er hierher kam, doch er hatte keine andere Wahl. Er musste Alahrian retten, egal um welchen Preis.

Er musste ihn zumindest sehen, musste wissen, ob es ihm gut ging.

Der Wächter hielt vor einer massiven, mit goldenen Ranken geschmückten Tür, die ihrerseits von niemandem bewacht wurde. „Bitte", meinte er mit einer auffordernden Geste. „Hier ist es."

Und damit erstarrte er ohne ein weiteres Wort zu völliger Reglosigkeit, als hätte er sich in eine Statue verwandelt. Nur in den dunklen Augen war noch Leben, unruhiges, flackerndes, von Nervosität zeugendes Leben. Hätte Morgan es nicht besser gewusst, er hätte geglaubt, der Mann fürchte sich. Nicht vor ihm, sondern vor dem, was hinter der Tür lag.

Stirnrunzelnd betrachtete Morgan den prunkvollen, ja geradezu protzigen Durchgang. Nach einer Gefängniszelle sah es immerhin nicht aus. Was um alles in der Welt ging hier vor?

Er würde es nur erfahren, wenn er durch die Tür hindurchging, und da der Wächter keine Anstalten machte, auch nur in deren Nähe zu kommen, atmete Morgan einmal tief durch, legte eine Hand auf die Waffe an seiner Hüfte – und stieß mit der anderen die Tür auf.

Das Zimmer dahinter war dunkel und ganz in Schwarz, Silber und Rot gehalten. An den Wänden prangten kunstvoll geschnitzte Vertäfelungen aus feinstem Ebenholz, mit verschlungenen, silbernen Intarsien verziert. Zwar gab es schmale Fenster, doch sie waren von schweren, purpurnen Vorhängen bedeckt, die einzige Lichtquelle kam von zwei Räucherschalen, in denen violette Flammen brannten. Es hätte Alahrian umbringen müssen, länger als zwei Stunden in diesem Raum zu verharren, dachte Morgan schaudernd. Und doch war dies eindeutig sein Zimmer, der Wächter hatte ihn nicht betrogen. Beklommen wandte er den Blick zu dem blutroten Kanapee im Zentrum des Zimmers hin, denn dort auf dem Sofa, halb ausgestreckt, die Augen ins Leere gerichtet, lag er.

Der Wächter hinter Morgan zog sich lautlos zurück, nun eindeutig angstvoll. Er fürchtete sich tatsächlich vor der Gestalt, die hier reglos auf dem Kanapee lag. Die Furcht war fast greifbar. Wieder lief ein eisiger Schauder über Morgans Rücken. Leise, ohne Worte zu finden, schloss er die Tür hinter sich und tat zögerlich einen Schritt tiefer in das Zimmer hinein.

Alahrian rührte nicht einen Muskel. Wären seine Augen nicht geöffnet gewesen, hätte Morgan geglaubt, er schliefe, hätte er ihn nicht atmen gehört, hätte er geglaubt, er sei tot. Vorsichtig kam er noch einen Schritt näher, musterte mit zusammengepressten Lippen die Erscheinung, die einst sein Bruder gewesen war. Alahrian hatte sich drastisch verändert. Sein Haar war jetzt schwarz wie das Ebenholz an der Wand, die Augen von lichtschluckender Dunkelheit, ohne Iris, ohne Pupille, einfach nur schwarz. Unter seinen gesenkten Lidern lagen tiefe Schatten, als habe er seit Wochen nicht geschlafen, die Haut war blass, das Gesicht sonderbar schärfer, obwohl es rein äußerlich das selbe Antlitz war. Doch die Reinheit, die kindliche Naivität, die Freundlichkeit, die ihn sonst so sehr ausgezeichnet hatten, waren daraus verschwunden.

Wieder schauderte Morgan.

Zu Füßen des Kanapees lag zusammengerollt wie ein Kätzchen ein Fenririm, doch auch der rührte sich nicht, gab keinen Laut, ja, das Untier blinzelte noch nicht einmal. Eine von Alahrians Händen lag lässig auf dem Kopf des Monsters, wie um es zu streicheln, als handele es sich nicht um eine Ausgeburt der Hölle, sondern lediglich um ein Schoßhündchen. Morgan wurde beinahe übel bei dem grotesken Anblick. Alahrian selbst jedoch sah kaum weniger befremdlich aus.

Sogar die Kleider, die er trug, waren merkwürdig: schwarze, enganliegende Hosen aus weichem Wildleder, Stiefel aus dem selben Material und ein blutrotes, weit geschnittenes Seidenhemd unter einem schwarzen, mit Silberfäden durchwirkten Wams. Morgan runzelte die Stirn. Diese Kleidung entsprach weder der aktuellen Mode noch Alahrians Geschmack. Er sah darin aus wie der Bösewicht aus einem alten Piratenfilm, und es hätte lächerlich gewirkt, wäre Alahrian selbst nicht von einer derart berückenden Schönheit gewesen. Denn schön war dieses fremde, düstere Gesicht. Trotz aller Veränderungen besaß es einen dunklen, finsteren Charme, dessen Attraktivität sich selbst Morgan nicht entziehen konnte.

Was um alles in der Welt hatten sie bloß mit Alahrian gemacht?

Sekunden verstrichen, in denen der Bruder Morgans Anwesenheit noch nicht einmal zur Kenntnis zu nehmen schien, und Morgan fürchtete schon, er sei vielleicht all seiner natürlichen Sinne beraubt, als Alahrian plötzlich sagte: „Was willst du von mir?“

Er blickte nicht auf, während er sprach. Er sah Morgan nicht an. Nur sein Gesichtsausdruck veränderte sich, es sah aus, als erwache er aus tiefem, betäubendem Schlaf – und als bereite ihm dieser Prozess heftige Schmerzen. Unwillig, träge, richtete er sich auf, schaute Morgan nun doch an, blinzelte und fragte mit einer heiseren, rauen Stimme: „Wer bist du?“

Morgan zuckte entsetzt zusammen. „Das weißt du nicht?“ Seine eigene Stimme klang schrill, während Alahrians Worten ein dunkler, fast gelangweilter Ton angehaftet hatte. „Du ... du kannst dich nicht erinnern?“

Alahrian blinzelte erneut, musterte ihn noch einmal, durchdringender, mit mehr Interesse jetzt. „Doch ...“ Es klang verunsichert. Stöhnend presste er die Hand gegen die Stirn, als könne er damit die Gedanken ordnen. „Ich erinnere mich“, sagte er abwesend. „Ich habe dich in meinen Träumen gesehen ...“

Mit einem Mal von Leben durchzuckt, stützte er sich auf die Rückenlehne des Sofas auf, beugte sich zu Morgan hin und meinte gequält: „Ich habe viele Träume ... Sie alle sind dunkel und leer ... Du warst darin ... und ... und ein Mädchen ...“ Schmerz umspielte seine Lippen, wieder presste er die Hand gegen die Stirn.

Behutsam blickte Morgan ihn an. „An das Mädchen erinnerst du dich?“, fragte er vorsichtig.

Alahrian sank auf das Sofa zurück. „Nein“, stöhnte er. Jetzt schien er wirklich Schmerzen zu haben. „Ich erinnere mich nicht ... Ich erinnere mich an gar nichts ...“

Ächzend presste er das Gesicht gegen die Kissen, ein Zucken durchlief seinen Körper, fast wie ein Schluchzen, doch seine Augen waren trocken und pechschwarz, als er wieder zu Morgan aufblickte. „Wer bist du?“, fragte er noch einmal.

Morgan trat noch näher heran, so nahe wie er es wagte mit dem Fenririm auf dem Fußboden. „Ich bin dein Freund“, sagte er ruhig.

„Mein Freund?“ Zweifel blitzten auf dem leeren, blassen Gesicht auf. „Das ist schön“, sagte er dennoch. „Ich bin so allein hier. So ... so einsam.“

Der Fenririm legte den Kopf auf die Pfoten und winselte leise. Morgan schluckte hart.

„Wie lange bist du schon hier?“, fragte er leise seinen Bruder.

„Ich weiß nicht.“ Alahrian sprach langsam und rau, als bereite ihm das Sprechen Schmerzen. „Schon immer ... Nein!“ Ruckartig richtete er sich auf. „Seit dem Feuer ... Ja, seitdem. Schon lange ... Ich erinnere mich nicht ...“

Seine Augen waren dunkel und verschleiert. Dann plötzlich sah er Morgan durchdringend an und fragte: „Du bist ein döckalfar, nicht wahr?“

Morgan nickte stumm.

Ein flüchtiges Lächeln umspielte Alahrians Lippen. „Sie sagt, ihr seid unsere Feinde“, bemerkte er versonnen. „Aber du bist nicht mein Feind, nicht wahr?“

Unschlüssig schüttelte Morgan den Kopf. Die Unterhaltung gab ihm zunehmend Rätsel auf. Auf vieles war er vorbereitet gewesen, aber das hier? Das hier hatte er schlichtweg nicht erwartet. Er war darauf gefasst gewesen, Alahrian in einem dunklen, von Stahl verschlossenen Kerker vorzufinden, an Ketten angeschmiedet, krank, schwach, gefoltert, gebrochen. Nichts davon war der Fall.

Keine Ketten hielten ihn, das Gemach war mehr als prachtvoll und es war nicht verschlossen. Aber Alahrian ... Was um alles in der Welt war mit ihm geschehen?

„Ich bin nicht dein Feind“, erklärte er schlicht.

Alahrian sank tiefer in die Kissen des Kanapees zurück und erstarrte wieder zur Reglosigkeit. Sein Gesicht war leer und gleichgültig, unruhig betrachtete Morgan ihn, bis der Bruder plötzlich fragte: „Weißt du, wer das Mädchen ist? Ich sehe sie in meinen Träumen, aber auch wenn ich wach bin, ihr Bild ist in all meinen Gedanken, hinter meinen Lidern, sobald ich die Augen schließe ...“ Angstvoll, wie in einem Alptraum gefangen, warf er den Kopf zur Seite. „Es tut so weh“, flüsterte er stöhnend. „Es quält mich ... Aber ich ... ich kann mich nicht erinnern ...“

Morgan nickte, bestürzt, doch äußerlich um Fassung bemüht. „Ja“, sagte er ruhig. „Ich weiß, wer das Mädchen ist.“

„Wirklich?“ Einem Pfeil gleich schoss Alahrian in die Höhe, die Augen glühten wie zwei in Brand gesetzte Kohlestücke. „Erzähl mir von ihr, bitte!“

Morgan zögerte. Wenn er sich nicht erinnerte, war es dann wirklich klug, es ihm zu sagen?

„Das Mädchen!“, drängte Alahrian. „Sag mir, wer sie ist!“

Der Fenririm unter dem Sofa erhob sich. Ein leises Knurren drang aus seiner Brust. Morgan wich einen Schritt zur Seite.

„Sprich!“ Ungeduldig packte Alahrian ihn am Arm, Schatten glitten unter seinen Fingern hinweg, die Berührung durchfuhr Morgan wie ein Stromschlag. Instinktiv zuckte er zurück, Alahrian ließ ihn augenblicklich los und starrte erschrocken auf die schwelende Brandwunde auf Morgans Arm.

„Oh!“ Bestürzung leuchtete in den dunklen Augen auf, er wurde blass. „Tut mir leid!“, rief er hastig. „Das ... das wollte ich nicht! Verzeih.“

„Schon gut.“ Versohlen biss Morgan die Zähne aufeinander. Die Wunde war nicht schlimm, aber sie tat höllisch weh. Als hätte sich Säure in seine Haut hineingefressen.

„Tut mir leid“, murmelte Alahrian erneut. „Ich ... da sind Kräfte in mir, die ich nicht kontrollieren kann, dunkle Mächte ...“ Gequält verzog er das Gesicht. „Manchmal, da machen sie mir selbst Angst.“ Er schauderte sichtlich.

Nun, zumindest erklärte das das Verhalten des Wächters vorhin. Beklommen schaute Morgan auf seinen Arm herab. Es blutete nicht, aber es brannte und pochte wie verrückt.

Alahrian starrte blass und verstört ins Leere, halb aufgerichtet auf dem Kanapee. „Sie sagt, es spielt keine Rolle, ob ich jemandem weh tue“, meinte er tonlos. „Aber ich glaube, das ist Unrecht. Man darf niemandem absichtlich weh tun, nicht wahr?“ Besorgt richtete sich sein Blick nun auf Morgan, mit einem Mal sonderbar kindlich. „Es ist falsch, andere zu verletzen, oder etwa nicht?“

Morgan nickte, auf eine zweifelnde Art erleichtert. Lilith mochte ihm sein Gedächtnis geraubt haben, doch was immer sie getan hatte, den Kern seiner Persönlichkeit hatte sie nicht gebrochen. Er war verstört, durcheinander und verunsichert, aber im Wesentlichen war er immer noch er selbst. Er fand kein Vergnügen daran, Schmerzen zuzufügen. Vielleicht war es noch nicht zu spät, sein Herz noch nicht völlig in Dunkelheit getaucht.

Bekümmert tippte Alahrian mit den Fingerspitzen gegen Morgans Wunde, ganz vorsichtig jetzt und ohne ihn noch mehr zu verletzen. „Ich kann das wieder in Ordnung bringen“, bemerkte er, mit einem Mal von Heiterkeit erfüllt.

Konzentriert kniff er die Augen zusammen, aber nichts geschah. Er bewegte die Finger, sie waren ungewöhnlich kalt, nun da kein Licht mehr seine Haut von innen heraus zum Glühen brachte.

Nichts passierte. Alahrians Gesicht verzerrte sich vor Anstrengung, doch was er früher mühelos zustande gebracht hätte, wollte ihm nun nicht gelingen: Die Wunde schloss sich nicht.

Frustriert ließ er sich in die Kissen zurücksinken. „Ich kann es nicht“, stellte er voller Entsetzen fest. „Aber ich sollte es doch können, nicht wahr? Ich glaube, früher konnte ich es einmal ...“ Wieder trat diese befremdliche Leere auf sein Gesicht, er schloss die Augen, als suche er etwas in seinen Gedanken – und fand es nicht. „Ich ... erinnere mich nicht ...“ Das kam schleppend, mühsam wie unter Schmerzen.

„Schon gut.“ Die Bestürzung des anderen rührte Morgan und so legte er ihm behutsam die Hand auf die Schulter. „Es ist schon dabei zu verheilen, siehst du?“ Aufmunternd streckte er ihm den Arm hin. Tatsächlich tat die Verletzung bereits viel weniger weh.

Alahrians Miene hellte sich auf. „Du bist tatsächlich mein Freund ...“, stellte er fest, plötzlich, wie eine Eingebung. „Erzähl mir von dem Mädchen! Bitte.“

Einladend deutete er mit einer langen, schneeweißen Hand auf das Kanapee. Morgan wollte sich setzten, doch der Fenririm hob plötzlich den Kopf und stieß ein dunkles, drohendes Knurren aus.

„Still!“ Zornig drang Alahrians pechschwarzer Blick dem Tier in die Augen, winselnd zog das Monster den Schwanz ein und verkroch sich in eine Ecke.

Morgan beobachtete es mit wachsender Beunruhigung. Wie ein geprügelter Hund rollte sich der Fenririm auf dem Fußboden zusammen.

Kaum zu glauben, dass eines eben jener Wesen Alahrian bei ihrer letzten Begegnung regelrecht das Fleisch von den Knochen gerissen hatte. Jetzt war das Monster gegen den alfar nichts als ein armseliges, winselndes Haustier.

Was um alles in der Welt war mit Alahrian geschehen?

„Das Mädchen“, drängte Alahrian, Verzweiflung im dunklen, umschatteten Blick. „Bitte!“

Morgan seufzte lautlos. Behutsam ließ er sich auf der Armlehne des Kanapees nieder, bewusst einen misstrauischen Abstand zwischen sich und dem Bruder einhaltend, für den er sich selbst hasste. Es war Alahrian, verdammt! Sein kleiner, nerviger Mitbewohner, der Rosen mitten im Haus wachsen ließ und die Zimmer flutete, wenn er seine Gefühle nicht unter Kontrolle hatte. Und doch schauderte Morgan, wenn er ihn ansah. Beinahe fürchtete er sich vor ihm.

Da fiel ihm plötzlich etwas ein, etwas, das er fast schon vergessen hatte, ein kleiner Hoffnungsschimmer. Erregt griff er in die Taschen seiner Lederjacke, und tatsächlich: Sie war noch da, Lillys Kette mit dem Funken Sonnenlicht, den Alahrian für sie in einem winzigen Glasanhänger eingesperrt hatte. Morgan hatte sie eingesteckt, als der Bürgermeister sie zu Boden geworfen hatte und dann gar nicht mehr daran gedacht.

Jetzt aber konnte sie ihm vielleicht nützlich sein.

Schnell zog er den Anhänger heraus und zeigte ihn Alahrian. Die Wirkung überstieg alles, was er je hätte erwarten können und zerschmetterte jede seiner Hoffnungen mit einem einzigen, grausamen Schlag.

Ein erstickter Schmerzensschrei zerriss die Luft. Zischend wich Alahrian vor dem Anhänger zurück wie der Teufel vorm Weihwasser, die Hände schützend vors Gesicht gehoben, die Augen hastig geschlossen.

„Nicht!“, wimmerte er angstvoll, verkroch sich in die Sofakissen, als könne er sich dort verstecken und schlug zitternd die Arme um den Körper wie ein Kind, das sich panisch vor Furcht im Schrank verkriecht. „Nimm es weg!“, ächzte er gequält. „Bitte, nimm es weg!“

Einen Moment lang war Morgan zu betäubt vor Schreck, um überhaupt reagieren zu können, dann legte er hastig die Hand um den leuchtenden Anhänger, ließ ihn wieder in die Tasche gleiten und verbarg damit sein Licht.

Alahrian seufzte erleichtert, richtete sich benommen auf und starrte Morgan aus großen, dunklen Augen an. „Warum hast du das gemacht?“, fragte er heftig, nicht zornig im eigentlichen Sinne, sondern eher vorwurfsvoll, gekränkt, ja nahezu beleidigt. „Ich habe dich nicht mit Absicht verletzt, vorhin, warum also tust du mir weh?“ Entrüstet verschränkte er die Arme vor der Brust, die Lippen zu einem kindlichen Schmollen verzogen.

Um ein Haar hätte Morgan aufgelacht. Was immer aus Alahrian geworden war, diese Art von naiver Logik und kindlicher Empörung war so typisch für ihn, dass Morgan ganz schwindelig wurde vor Erleichterung. „Ich habe dir nicht mit Absicht weh getan“, erklärte er schnell. „Entschuldige bitte. Ich habe nicht gewusst, dass es dich verletzen würde.“

Das war die Wahrheit. Eigentlich hatte er gehofft, Alahrian würde sein eigenes Licht erkennen, hatte gehofft, es würde ihn zu seinem alten Selbst zurückführen.

Zögernd kniff Alahrian die Augen zusammen, musterte Morgan einen Moment lang scharf und entspannte sich dann. „Also gut“, bemerkte er versöhnlich. „Das Mädchen?“

Offenbar war er um keinen Preis bereit, das Thema fallen zu lassen, und das war vielleicht ein gutes Zeichen. „Das Mädchen ist jemand, den du einst sehr geliebt hast“, antwortete er mit provozierender Offenheit.

„Was?“ Alahrian riss die pechschwarzen Augen auf. „Und sie?“, fragte er hastig. „Hat sie mich auch geliebt?“

Morgan nickte ernst und ließ seinen Bruder dabei nicht aus den Augen. „Sie liebt dich noch.“

Alahrian starrte mit blassem Gesicht ins Leere, die Lippen zu einem dünnen, blutleeren Strich zusammengepresst. „Ich glaube dir nicht!“, schrie er plötzlich, aufgebracht, mit flackerndem Blick.

Morgan rührte nicht einen Muskel.

Alahrian sprang auf. „Wenn ich sie geliebt habe, warum kann ich mich dann nicht an sie erinnern?“, fragte er anklagend.

Ja, das allerdings wollte Morgan auch gern wissen. „Hör in dein Herz“, sagte er laut. „Dann wirst du wissen, dass ich die Wahrheit spreche.“

Verwirrung trat auf Alahrians scharfe, übernatürlich schöne Züge. „Ich höre nichts“, entgegnete er tonlos, fast verzweifelt. „Ich kann mich nicht erinnern! Ich kann mich an gar nichts erinnern!“

Unruhig begann er, im Raum auf und ab zu gehen, die Hand gegen die Stirn gepresst. „Ist sie wie die Tochter des Bürgermeisters?“, fragte er plötzlich, mitten im Zimmer stehen bleibend.

Morgan antwortete nicht.

„Die Tochter des Bürgermeisters ließ mich foltern aus Liebe!", rief Alahrian hasserfüllt. „Sie ist schrecklich, die Liebe, grausam und schmerzhaft und leidbringend."

Aus irren, flackernden Augen starrte er Morgan vorwurfsvoll an. „Ich glaube dir nicht!", schrie er böse.

„Das ist schlimm", entgegnete Morgan traurig. „Das ist sogar sehr schlimm." Irgendetwas stimmte hier nicht. Die Tochter des Bürgermeisters ... Und was hatte Alahrian vorhin gesagt? Seit dem Feuer ...

Aber hatte er nicht behauptet, sich an gar nichts erinnern zu können?

Ein furchtbarer Verdacht stieg in Morgan auf. „Alahrian", sagte er ernst und durchdringend. „Wie lange bist du schon hier?"

Mit aller Macht fing er den Blick des Bruders auf, zwang ihn, ihn anzusehen.

„Ich weiß nicht ..." Verwirrt runzelte Alahrian die Stirn. Ärgerlich fügte er hinzu: „Aber das sagte ich doch bereits!"

Morgan biss sich auf die Lippen, ohne den Blick von dem des anderen zu nehmen. „Welches Jahr haben wir?", fragte er hart.

„Sechzehnhundertneunundvierzig."

Das kam schnell und ohne zu zögern. Morgan erstarrte vor Entsetzen, als er begriff, was Lilith ihm wirklich angetan hatte. Sie hatte ihm seine Erinnerungen geraubt, aber nicht alle. Nur die glücklichen. An die Freundschaft mit Morgan, an die Zeit am französischen Königshof, an Lillian. An alles, was nach dem Feuer kam ...

Stattdessen machte sie ihn glauben, er wäre noch immer gefangen im Jahr 1649, dem Jahr des Feuers, dem Jahr, in dem er gefoltert, eingesperrt und nahezu zerstört worden war.

„Mein Gott ..." Schwach vor Schrecken ließ Morgan sich auf dem Kanapee zurücksinken.

In diesem Moment öffnete sich die Tür, und zwei bewaffnete Wachen traten ein.

Unwirsch fuhr Alahrian herum und funkelte die beiden Posten an. „Was ist denn?", fragte er barsch. „Seht ihr nicht, dass ich mich unterhalte?"

Einer der Männer verneigte sich so tief, dass er um ein Haar mit der Stirn gegen seine Fußspitzen gestoßen wäre.

„Verzeiht, Hoheit", murmelte er verlegen. „Die Königin wünscht Euch zu sprechen."

„Die Königin?" Ein merkwürdiges Lächeln zuckte über Alahrians Gesicht. „Gut. Ich bin gleich so weit. Hinaus jetzt!" Ungeduldig scheuchte er die beiden Männer fort, mit einer Handbewegung, die eher dazu geeignet schien, sich lästiger Insekten zu entledigen. Dennoch verschwanden die beiden Wachen fast augenblicklich.

Stirnrunzelnd betrachtete Morgan Alahrian. Königin? Hoheit? Was hatte das zu bedeuten?

„Ich glaube, es wäre besser, wenn du jetzt gehst", sagte Alahrian, ein wenig bekümmert. „Sie wird gewiss gleich kommen."

Morgan erhob sich, zögerte aber, den Bruder zu verlassen. Auch Alahrian schien unschlüssig.

„Wirst du wieder kommen?", erkundigte er sich, weicher jetzt, behutsamer. „Ich bin so allein hier ... so einsam ..." Mit einem Mal wirkte er so verletzlich und fragil wie früher, trotz des schwarzen Funkelns in seinen Augen.

Morgan zwang sich zu einem Lächeln. „Ich bin nicht sicher, ob man mich lässt", entgegnete er bekümmert.

„Verstehe ..." Alahrian blickte zu Boden, auf seiner Unterlippe kauend. „Das leuchtende Ding von vorhin ... das Ding, das weh tut", meinte er nachdenklich. „Kann ich es noch einmal sehen?"

Morgan überlegte. Alahrians Blick aber war bittend, die Augen geweitet, und so zog er die Kette aus der Tasche hervor und zeigte sie ihm ein zweites Mal.

Wieder zuckte Alahrian vor Schmerz zurück, diesmal jedoch hatte er sich besser in der Gewalt. „Was ist es?", fragte er und musste den Blick senken, weil das Licht ihm die Tränen in die Augen trieb.

„Es hat dem Mädchen gehört", entgegnete Morgan in der Hoffnung, Alahrian würde sich vielleicht doch noch erinnern.

Dessen Blick jedoch blieb leer. „Kann ich ... kann ich es behalten?", fragte er dennoch.

Überrascht schloss Morgan die Faust um den Anhänger, bis sein Leuchten nicht mehr zu sehen war.

„Bitte!", flehte Alahrian.

„Okay." Vorsichtig ließ Morgan die Kette in seine Hand gleiten.

Alahrian musste die Zähne zusammen beißen, so sehr tat das Licht ihm weh, aber er riss sich zusammen und steckte die Kette unter sein Wams, sorgsam darauf achtend, den Stoff seines Hemdes zwischen dem Anhänger und seiner Haut zu haben.

Plötzlich fuhr er zusammen und lauschte, den Kopf schräg gelegt. „Du musst gehen!", rief er hastig. „Sie kommt!"

Morgan rührte sich nicht.

„Komm mit mir", meinte er schnell. „Ich bin dein Freund, ich kann dich hier raus holen. Komm mit mir!"

Alahrian lächelte ein merkwürdig wehmütiges, melancholisches kleines Lächeln. Er schien eine Art lichten Moment zu haben, denn seine Augen waren ganz klar und rein, als er sagte: „Ich kann nicht. Zum ersten Mal in meinem Leben habe ich keine Angst mehr. Ich bin stark, ohne Furcht, ohne Schmerz. Ich bin glücklich, Morgan."

Morgan ... Irgendetwas in ihm konnte sich also doch an den Namen erinnern. „Glücklich?" Morgan schnaubte verächtlich. „So siehst du aber gar nicht aus! Du siehst aus wie eine Marionette unter Drogen!" Zorn wallte in ihm auf, doch bevor er ihm Luft machen konnte, erschien von einer Sekunde auf die nächste Lilith im Zimmer.

Sie benutzte nicht die Tür, sie kam nicht herein. Sie war einfach da, ein Gestalt gewordener Schatten.

„Willkommen in meinem Reich, junger döckalfar“, bemerkte sie lächelnd. „Welch interessante Abwechslung!“

Verblüfft starrte Morgan das Wesen mit den schwarzen Schwingen an. Er war zu überrascht, um Angst zu haben, zu verwirrt um zu kämpfen. „Du wusstest, dass ich hier bin?“ Es war mehr eine Feststellung als eine Frage.

„Natürlich.“ Sanft hoben sich die Schwingen wie zu einer Art Schulterzucken. „Du hättest nie den Weg hierher gefunden, hätte ich dich nicht gerufen.“

Morgan suchte Alahrians Blick, dessen Augen jedoch waren wieder verschleiert, sein Antlitz dem Wesen zugewandt wie eine Blüte der Sonne. „Du manipulierst sein Gedächtnis und trotzdem lässt du zu, dass ausgerechnet ich mit ihm spreche?“, vergewisserte er sich ungläubig. „Warum?“

Lächelnd streckte Lilith die Hand nach Alahrian aus, er glitt in ihre Arme wie ein folgsames Kind. Oder eine Puppe. „Er wird vergessen haben, dass du hier warst, noch ehe du diesen Raum verlassen hast“, meinte sie ruhig. Zärtlich strichen ihre schlanken Finger über Alahrians nachtschwarzes Haar, seine Schläfen, seine Stirn.

Mit einem Ausdruck von Verwunderung, als erwache er aus einem tiefen Traum, blickte Alahrian auf und schaute blinzelnd Morgan an. „Wer bist du?“, fragte er, flach und tonlos, wie in Trance.

„Siehst du“, bemerkte Lilith leise. „Er hat es schon vergessen ...“

„Du Teufel!“ In hilfloser Wut trat Morgan einen Schritt auf das Wesen zu, mit einer Hand nach der Waffe greifend, die er im Gürtel trug. Aber er kam nie dazu, sie zu ziehen. Alahrian, mit einem Mal angespannt wie ein Tiger vor dem Sprung, schoss vor, stellte sich schützend zwischen ihn und Lilith und hob drohend die Hände. Dunkelheit floss wie Sirup um seine weißen Finger, urplötzlich schien es eiskalt zu sein im Zimmer, und die violetten Flammen in den Räucherschalen verströmten nur noch Schatten statt Licht.

„Schon gut, mein Herz.“ Beruhigend legte Lilith ihre samtenen Schwingen auf Alahrians Schultern.

Die Dunkelheit zog sich zurück, die Luft erwärmte sich fühlbar. „Ruh dich jetzt aus, kleiner Prinz“, flüsterte Lilith ihm ins Ohr. „Schlaf ... Schlaf.“

Lautlos sank Alahrian in sich zusammen, ihre Schwingen fingen ihn auf, trugen ihn zum Kanapee und betteten ihn behutsam darauf. Schaudernd beobachtete Morgan, wie Lilith zärtlich eine Decke über den reglosen Körper seines Bruders breitete, sich einen Moment lang ganz ihm widmend, nahezu absorbiert von dieser schlichten, grotesk fürsorglichen Geste.

Morgan hätte fliehen können in diesem Augenblick, er war sicher, sie hätte es nicht bemerkt. Vielleicht hätte er sie sogar angreifen können, aber er war außerstande, auch nur einen Muskel zu rühren.

„Komm“, mit einer Handbewegung dirigierte Lilith ihn in einen Nebenraum.

Morgan zögerte, ihr zu folgen. „Damit du mich einsperren kannst? Mich zu deiner Marionette machen wie ihn?“, fragte er zynisch.

Liliths Gesicht zeigte keine Regung. „Ich habe nicht die Absicht, dir zu schaden, döckalfar“, entgegnete sie ruhig. „Hätte ich das gewollt, wäre es längst geschehen.“

Morgan nickte. Die Logik ihrer Worte war zwingend. Er war ihr bereits ausgeliefert, hatte sich freiwillig in ihre Hände begeben, er hatte gar keine andere Wahl als ihr Glauben zu schenken.

Schnell trat er durch die Tür und folgte ihr ins Nebenzimmer. Es war kahl, fast dunkel und leer bis auf einen schlichten, steinernen Tisch und einige Stühle darum herum. Mit ruhigen, sonderbar anmutigen Bewegungen nahm Lilith eine Karaffe vom Tisch, füllte zwei Gläser und reichte eines davon Morgan.

Er musste sich beherrschen, um nicht schrill aufzulachen. „Nein danke“, sagte er stattdessen, den Hohn in seiner Stimme nur mühsam zurückhaltend. „Ich bin nicht durstig.“

Ein Lächeln zuckte um Liliths perfekt geschwungene Lippen. „Du bist ein Narr, junger döckalfar“, bemerkte sie melodiös. „Ein tapferer Narr, aber dennoch ein Narr.“

Morgan ignorierte sowohl das Lob als auch die Beleidigung. „Was willst du von mir?“, fragte er kühl. „Warum hast du zugelassen, dass ich mit Alahrian spreche, wo du dir doch solche Mühe gegeben hast, mich aus seinem Gedächtnis zu löschen?“

Das Wesen zuckte mit den Schultern. Eine bemerkenswert menschliche Geste für eine derart übermenschliche Kreatur. „Er war so niedergeschlagen in letzter Zeit“, entgegnete sie in einem Ton echter Besorgnis. „So deprimiert.“

„Ach ... Und das wundert dich?“ Böse funkelte Morgan sie an und fragte sich gleichzeitig, woher er den Mut zu solcher Provokation fand. Vielleicht, weil er tief in sich die Wahrheit spürte: Sie hatte nicht gelogen. Sie wollte ihm tatsächlich nicht schaden.

„Ich dachte, es würde ihn vielleicht aufheitern, jemanden zu treffen, der einst sein Freund gewesen ist“, sinnierte Lilith ohne ihn anzusehen. „Aber du hast ihn nur verwirrt!“

„Kein Wunder, nachdem du derart in seinem Kopf herumgestochert hast!“ Allmählich wurde Morgan tatsächlich zornig. Diese ganze Situation war absurd!

„Ich will nur, dass er glücklich ist.“ Die Königin der Erloschenen lehnte sich gegen den Tisch, die Schwingen angelegt, den Kopf gesenkt. Sie hätte traurig ausgesehen, wäre sie nicht selbst jetzt von einem Hauch von Finsternis umgeben gewesen, einem Mantel aus Schatten und Dunkelheit.

„Das will ich auch", entgegnete Morgan, sehr ernst und sehr ruhig. „Und deshalb kann ich nicht ohne ihn gehen."

Lilith lachte leise. „Er hat seine Entscheidung getroffen", antwortete sie milde. „Selbst wenn ich es wollte, ich könnte ihn nicht zurück schicken. Es war seine eigene Wahl."

„Was? Eine Marionette zu sein? Eine bloße Hülle, die allmählich den Verstand verliert?" Wütend fuhr Morgan auf.

Lilith beobachtete belustigt seinen Zorn. „Du hast wirklich Mut", bemerkte sie anerkennend. „Mir in meinem eigenen Reich, dem Zentrum meiner Macht, derart unverfroren zu begegnen."

Stolz reckte Morgan den Kopf. „Mein Volk hat das deine schon einmal besiegt", entgegnete er kalt. „Wir können es wieder tun."

Unbewegt verzog die Königin die Lippen. „Ihr habt mein Volk der Schatten hier eingesperrt, in dieses Reich aus Dunkelheit", meinte sie bitter, mit einer flüchtigen Bewegung ihrer Schwingen, die sämtliche Hallen, Labyrinthe und Höhlen der Hohlen Hügel mit einzuschließen schien. „Doch niemals hättet ihr die Tore verschlossen halten können, hättet ihr nicht seine Magie zur Verfügung gehabt." Ein zärtlicher Blick ihrer lichtschluckenden Augen huschte zu der Tür hin, hinter der Alahrian schlief. „Ihr habt ihn dazu getrieben, sich gegen sein eigenes Volk zu wenden", sagte sie mit einem plötzlichen Aufflackern von Zorn. „Jetzt aber ist er heimgekehrt. Er ist gekommen, um seinen rechtmäßigen Platz einzunehmen. An meiner Seite."

„Was?!" Atemlos vor Schreck starrte Morgan sie an, wich unwillkürlich einen Schritt vor ihr zurück. An ihrer Seite ... Das war es also, was sie getan hatte! Sie hatte Alahrian zu ihrem Prinzen gemacht, einem schwarzen Prinz der Finsternis, Herrscher über Dunkelheit und Schatten.

„Mein Gott ..." In seinem Kopf schien sich plötzlich alles zu drehen, keuchend lehnte er sich gegen die Wand.

„Es ist seine Bestimmung", sagte Lilith ruhig. „Es ist schon immer seine Bestimmung gewesen."

„Nein!" Hart stieß Morgan sich von der Wand ab, legte den Kopf in den Nacken und funkelte das gefiederte Wesen aus brennenden Augen an. „So ist er nicht! Er ist voller Güte und Liebe und Reinheit! Er wird niemals zu einer Kreatur der Schatten werden!"

Ein Lächeln huschte über Liliths Gesicht. „Du liebst ihn sehr, nicht wahr?"

Ihre Stimme war weich und sanft.

„Er ist mein Bruder!"

„Ja ..." Nachdenklich ließ sie sich in einen Sessel gleiten, anmutig wie ein fallendes Herbstblatt. „Ich könnte einen wie dich in meiner Armee gut gebrauchen", meinte sie plötzlich. „Du hast in vielen Kriegen der Menschen gekämpft, nicht wahr? In den Kreuzzügen, dem Dreißigjährigen Krieg, den Revolutionskriegen, dem Amerikanischen Bürgerkrieg. Sogar im Ersten Weltkrieg, wie man sagt ...“

Morgan nickte stumm. Worauf um alles in der Welt wollte sie hinaus?

„Du bist ein guter Kämpfer“, fuhr sie fort. „Vorhin hast du sechs meiner Männer auf einen Schlag erledigt. Du bist stark, du bist der geborene Anführer.“

Morgan schnaubte verächtlich. Ihre salbungsvollen Worte berührten ihn nicht.

„Schließ dich mir an!“, sagte sie da. „Übernimm den Befehl über eine meiner Armeen, und ich verspreche dir, es wird nicht zu deinem Schaden sein!“

Morgan lachte kalt. „Ich bin ein döckalfar“, erklärte er stolz. „Niemals zuvor hat einer meines Volkes einem Erloschenen gedient, einem Schatten!“ Geringschätzig verzog er das Gesicht.

„Du könntest ihm dienen“, entgegnete sie weich. „Deinem Bruder ...“

Und einen winzigen Moment lang war Morgan versucht, es tatsächlich zu tun. Hier unten zu bleiben und ein Heerführer zu werden in Liliths Armee. Zu bleiben und zu warten, bis er eine Gelegenheit fand, Alahrian zu befreien und nach Hause zu bringen. Zurück ans Licht.

Aber dann schüttelte er den Kopf. Er konnte nicht hier unten bleiben und Lilly in ihrer Welt allein lassen. Er hatte versprochen, auf sie aufzupassen. Und ein döckalfar brach niemals sein Wort ...

„Nein“, sagte er ruhig.

„Dann geh!“ Sie versuchte nicht, ihn zu überreden, sie hielt ihn nicht zurück. Ja, sie rührte sich noch nicht einmal von ihrem Platz weg.

„Du lässt mich laufen?“ Ungläubig runzelte Morgan die Stirn. „Einfach so?“

Sie zuckte mit den Schultern. Wieder eine dieser seltsam menschlichen Gesten. „Dich zu töten vermag ich nicht, dich gefangen zu halten wäre eine Verschwendung“, erklärte sie gleichgültig. „Ich sagte doch schon: Du bist nicht mein Feind.“

„Dein Volk und meines sind Feinde gewesen von Anbeginn der Zeit!“ Morgan konnte nicht fassen, was er da hörte.

„Aber wir sind es nicht mehr.“ Graziös erhob sich das Wesen gleich der Morgenröte am Horizont.

„Seit wann?“

Ein Blick, in dem sich die Jahrhunderte spiegelten wie Wolken in einem tiefen Ozean, hielt den seinen gefangen. „Seit wir einen gemeinsamen Feind haben“, sagte sie kalt. „Und jetzt geh!“

Morgan rührte sich nicht.

„Geh!“, donnerte das Wesen mit einer Stimme, gewaltig wie ein zusammenstürzender Berg, lieblich wie ein Sommerwind zwischen zarten Rosenblättern. „Geh ...“

Und Morgan wandte sich um und verließ zuerst den unterirdischen Palast und dann diese ganze, finstere Welt. Niemand hielt ihn auf.

Regenbogenfarben

„Alahrian!“ Lilly erwachte mit dem üblichen Flackern von Hoffnung in ihrem Herzen, Alahrians Bild hinter ihren Lidern, wie eingebrannt aufflammend, jedes Mal, wenn sie die Augen schloss. Nur langsam kehrte sie in die Realität zurück, und mit dem letzten Rest von Schlaf verschwand auch das Bild – und der Schmerz kam.

Sie hatte ihn verloren. Er würde nie zurückkehren. Er war fort.

Sich auf die Lippen beißend, bis sie Blut schmeckte, drängte Lilly die Tränen fort und widmete sich stattdessen der Frage, wie sie überhaupt eingeschlafen war. Sie konnte sich nicht daran erinnern, die Augen geschlossen zu haben, und sie konnte sich noch weniger erinnern, in Alahrians Schlafzimmer hinauf gestiegen zu sein. Dennoch lag sie in seinem Bett, unter seinen Rosen, die jetzt welk waren und traurig die Köpfe hängen ließen.

Morgan ... Natürlich! Er war in die Hohlen Hügel gegangen, um Alahrian zu befreien. Ohne sie.

Mit einem Mal von einer elektrisierten Spannung erfüllt, sprang sie auf, ignorierte das Schwindelgefühl in ihrem Kopf und raste die Treppe in die Halle hinunter. Ein flüchtiger Blick auf die Uhr zeigte ihr, dass sie nicht lange geschlafen haben konnte, kaum eine halbe Stunde. Vielleicht war er noch da ... Und vielleicht, wenn er zurückkehrte ...

Sie wagte nicht, den Gedanken zu Ende zu denken. Hoffnung ist ein zweischneidiges Schwert. Sie durfte es sich nicht erlauben zu hoffen ...

Dennoch durchströmte sie ein wildes Gefühl von Erleichterung, als sie tatsächlich den döckalfar in der Halle stehen sah.

„Morgan!“ Sie stolperte fast die Treppe herunter, so eilig hatte sie es, ihn zu treffen. Vor lauter Aufregung vergaß sie sogar, ihm böse zu sein, weil er sie in unnatürlichen Schlaf versetzt hatte. „Ein Glück, du bist noch da! Wir müssen ...“

Abrupt hielt sie inne. Alahrians Bruder sah abgekämpft und erschöpft aus, violette Ringe lagen unter seinen Augen, als hätte er die letzten fünf Nächte durchgemacht, ein Ärmel seiner schwarzen Lederjacke war aufgeschlitzt, das Hemd darunter zerknittert und schmutzig.

„Was ist passiert?“ Verblüfft starrte Lilly ihn an.

Morgan lächelte schwach. „Ich bin nicht noch da“, erklärte er betont. „Ich bin wieder da.“

„Was?“ Lilly verstand kein Wort. „Bist du nicht reingekommen? Waren die Tore verschlossen?“

Seufzend ließ sich Morgan auf eine Treppenstufe sinken. „Die Tore sind offen und der Weg in die Hohlen Hügel frei“, meinte er müde. „Aber die Zeit verläuft dort anders. Manchmal langsamer – manchmal schneller. Aus meiner Sicht war ich lange fort, bestimmt einige Tage. Wie lange war es für dich?"

Verwirrt schüttelte Lilly den Kopf. „Bloß eine halbe Stunde ..."

Morgan biss sich auf die Lippen. „Verdammt! Dann muss es sich für Alahrian anfühlen, als säße er schon seit Monaten dort unten fest ..."

Ein Stich durchfuhr Lillys Herz. Einen Moment lang hörte es ganz auf zu schlagen. „Dann hast du ihn gesehen?" Jetzt raste der Puls in ihren Adern.

„Ja, ich habe ihn gesehen ..."

Aber er hatte ihn nicht mitgebracht. Das war offensichtlich. „Wie geht es ihm?", fragte Lilly schnell, bevor die Enttäuschung ihr den Atem nehmen konnte.

„Körperlich geht es ihm erstaunlich gut." Morgan wich ihrem Blick aus.

„Körperlich?"

Morgan zögerte mit der Antwort.

„Morgan, bitte!", drängte Lilly ungeduldig. „Was soll denn das bedeuten?"

„Nun ja, er ist ein wenig ... verwirrt." Unbehaglich kaute der döckalfar auf seiner Unterlippe herum. „Er glaubt, er befände sich noch immer im Jahr 1649."

„Dem Jahr, in dem man ihn auf den Scheiterhaufen geschickt hat ..." Lilly fühlte, wie sie blass wurde.

Morgan nickte düster. „Lilith hat ihm seine Erinnerungen genommen. An alles, was danach kam."

Lilly schloss die Augen, um die Tränen aufzuhalten, die darin brannten. „Das heißt, er hat mich vergessen", sagte sie tonlos. „Er kennt mich nicht mehr."

Morgan berührte tröstend ihre Hand. „Nicht ganz", bemerkte er aufmunternd. „Er hat Träume. Sein Unterbewusstsein erinnert sich immer noch an dich."

Lilly öffnete die Augen, wandte das Gesicht ab und schwieg.

„Er liebt dich immer noch!" Erschöpft stand Morgan auf, blass und fahrig, doch mit von Überzeugung glänzenden Augen. „Sie mag seine Gedanken manipulieren können, seine Gefühle aber nicht! Seine Gefühle sind immer noch dieselben, er weiß es nur nicht. Noch nicht ..."

Lilly wischte sich mit der Hand über die brennenden Augen und warf einen unsicheren, instinktiven Blick zum Fenster hin, halb erwartend, dass es zu regnen anfangen würde. Aber natürlich passierte nichts dergleichen. „Warum tut sie das?", fragte sie hilflos. „Warum manipuliert sie ihn?"

Morgan lachte bitter. „Nun ja, es ist sehr viel leichter, jemanden zu kontrollieren, der völlig verängstigt und verstört ist als jemanden, der die Kraft der Liebe in sich trägt. Und er war sehr verängstigt damals." Ruhelos begann er, im Raum auf und ab zu laufen. „Aber er liebt dich! Ich bin sicher, er liebt dich! Und das ist vielleicht der Schlüssel zu seiner Rettung.

Im Augenblick ist es schwer, ihn zu befreien, da er selbst nicht gehen will. Aber irgendwann wird er aufwachen, und dann wird er sich vielleicht von selbst gegen Lilith wenden."

Lilly setzte sich auf die Treppe, lehnte den Kopf gegen die Wand und starrte blicklos vor sich hin. Er hatte sie vergessen. Vielleicht war es besser so, besser für ihn, und doch tat es weh. „Und was, wenn nicht?", meinte sie kläglich. „Was, wenn er die Erinnerung an seine ganze Welt, dich, mich, sein sterbliches Leben vollends verliert? Wenn er ein Teil der Schatten wird?"

Düster senkte Morgan den Blick. „Dann gibt es nichts und niemanden mehr, der ihn noch retten kann ..."

Erregt lief Morgan in der Halle hin und her, keine Ruhe findend, obwohl er nach dem endlosen Marsch durch die dunklen Labyrinthe der Hohlen Hügel fast zum Umfallen erschöpft war. Lilly war inzwischen nach Hause gegangen, um ihren Eltern die Lüge einer heilen Welt vorzugaukeln. Und was hätte sie auch sonst tun sollen? Erzählen, dass Alahrian, um ihr Leben zu retten, in die Schatten gefallen und dort von einem schwarzen Engel festgehalten wurde?

Offiziell hatte er einfach nur eine schwere Grippe, Morgan war sogar geistesgegenwärtig genug gewesen, in der Schule anzurufen und ihn krank zu melden. Wohin das noch führen mochte, wusste er allerdings selbst nicht. Sie lebten in einer kleinen Stadt, und das in einer Zeit, in der Personen, die zumindest als Menschen galten, nicht einfach so verschwinden konnten, ohne dass jemand Fragen stellte. Irgendwann würde er ihn als vermisst melden müssen, und dann würde er als Opfer irgendeines verqueren Verbrechens in die Geschichte der Stadt eingehen. Vielleicht sogar in Zusammenhang mit dem Priester und dem Bürgermeister. Die waren seit dem Vorfall im Kerker ebenfalls spurlos verschwunden, geflohen vor Liliths Zorn – oder was auch immer.

Frustriert blieb Morgan vor der Verandatür stehen und starrte blicklos nach draußen in den verwüsteten Garten. Noch immer hatten sich dort einige Tiere versammelt, eine groteske Trauergemeinschaft. Obwohl die Sonne schien, war es nicht richtig hell geworden, nicht so wie früher. Nicht so wie früher, als Alahrian die Welt der Sterblichen noch mit seinem Licht beschenkt hatte.

An den Kleinen zu denken, schmerzte überraschend heftig. Als döckalfar war Morgan jemand, der sich in kühlen, abweisenden Gemäuern ebenso wohl fühlen konnte wie in einem lichtdurchfluteten Loft, und nur allzu oft waren ihm Alahrians Pflanzen, sein Frischluftfanatismus und seine unbelehrbare Blindheit allen praktischen Angelegenheiten des Lebens gegenüber gehörig auf die Nerven gegangen.

Jetzt würde er eine gelegentliche Überflutung seines Heims, eine ab und an brennende Couch, ja sogar die unberechenbaren Gefühlsausbrüche des liosalfar mit Freuden in Kauf nehmen, würde er damit nur endlich wieder seinen Bruder zurückbekommen. Seit Alahrian im Fieber gelegen hatte, wusste er, was der Bruder ihm bedeutete, wie sehr er ihn vermissen würde, das begann er erst jetzt zu ahnen.

Er musste ihn zurückholen! Musste ihn einfach befreien, koste es, was es wolle!

Wieder fing er an, wie ein gefangener Tiger im Käfig hin und her zu laufen, die Gedanken rasend in seinem schmerzenden Kopf. Wenn er wenigstens wüsste, was Lilith vorhatte! Wirr tanzten Fetzen ihrer Worte zwischen seinen Schläfen umher. Wie sie Alahrian umsorgt hatte, als wäre er ein Kind, wie sie ihn selbst hatte laufen lassen, wie sie versucht hatte, ihn auf seine Seite zu ziehen ...

Warum nur?

Ich könnte einen wie dich in meiner Armee gut gebrauchen ...

Ihre Armee ... Sie hatte Krieger in ihrem Schattenreich versammelt, natürlich. Aber wozu? Wollte sie den alten Kampf zwischen lios- und dökkalfar wieder aufleben lassen? Brauchte sie ihn deshalb als Heerführer? Damit er sein eigenes Volk verriet?

Aber nein. Wir sind keine Feinde mehr, hatte sie gesagt. Seit ...

Seit wir einen gemeinsamen Feind haben.

Mitten in der Bewegung blieb Morgan stehen, ganz betäubt vor Schreck, als es ihm wie Schuppen von den Augen fiel. Aber natürlich! Wie hatte er nur so dumm sein können?

Fast hysterisch suchte sein Blick das Bücherregal in der Halle ab, bis er an einem schmalen, ledernen Band hängen blieb. John Milton: „Paradise lost."

Better to reign in Hell, then serve in Heav'n …

Mit diesen Worten hatte er selbst es Lilly erklärt. In der Hölle regieren, das war es, was Lilith wollte, seit der Graue sie aus der Anderswelt verbannt hatte! Ihre Hölle war die Welt der Sterblichen, und um die Sterblichen zu schützen, hatte Alahrian selbst sie in die Hohlen Hügel gesperrt, und die döckalfar hatten all ihre erloschenen Diener in jene Zwischenwelt verbannt. Jetzt waren die Tore geöffnet, Alahrians bannende Magie verklungen.

Sie hatte freie Bahn, sich diese Welt untertan zu machen, und es gab niemanden mehr, der sie ernsthaft daran hindern konnte. Im Gegenteil: Nach allem, was die Menschen den alfar angetan hatten, hoffte sie sogar, Morgans Volk würde sich ihr anschließen.

Die Sterblichen waren der gemeinsame Feind, von dem sie gesprochen hatte.

Ächzend ließ Morgan sich zu Boden sinken, die Hand gegen die Stirn gepresst. Deswegen hatte sie auch Alahrians Gedächtnis manipuliert. Er erinnerte sich nur noch an den Hass, das Leid, den Schmerz, die er durch die Menschen erfahren hatte. Die Liebe, die ihm eine aus diesem Volk geschenkt hatte, war ihm entglitten. Er kannte nur noch Furcht und Zorn und vielleicht sogar Rache.

Ja, das war es, was sie wollte: Dass er Rache nahm an seinen Feinden. Und wenn das wirklich geschah, dann würde das Schicksal dieser Feinde fürchterlich sein. Alahrians Macht war gewaltig, größer als er selbst erfassen konnte, und sie wussten es beide.

Lilith hatte Alahrian nicht allein zu ihrem Nachfolger gemacht, sie hatte ihn in einen Engel verwandelt. In einen düsteren, von Hass und Zorn genährten Racheengel.

„Das würde er nie tun." Lilly war sofort in die Villa zurückgekehrt, nachdem sie Morgans Nachricht auf der Mailbox abgehört hatte. „So ist er nicht! Niemals würde er sich zu so etwas missbrauchen lassen, verwirrt oder nicht."

„Er ist nicht mehr er selbst! Du hättest ihn mal sehen sollen!" Morgan biss sich auf die Lippen. Das war eine Bemerkung, die er ihr hatte vorenthalten wollen, Lilly spürte es deutlich.

„Wir MÜSSEN ihn da raus holen!"

Lilly hatte Morgan selten so aufgelöst erlebt. Alle Coolness, die ihm sonst wie ein treuer Begleiter angehaftet war, war verschwunden, der lässige Charme löste sich in Wohlgefallen auf.

Woher sie ihre eigene, plötzliche Ruhe nahm, wusste sie selbst nicht. Vielleicht, weil es einfach nichts mehr gab, was sie noch schockieren konnte. Sie hatte Alahrian verloren, und das war das Schlimmste, was sie sich hätte vorstellen können. Alles weitere ging über ihren Verstand. Sie hatte einfach nicht die Kraft, noch verzweifelter zu sein als sie es ohnehin schon war.

„Sagtest du nicht vorhin noch, das sei unmöglich?", erkundigte sie sich tonlos.

„Vielleicht habe ich mich geirrt." In Morgans Augen glomm ein irres Flackern auf, sein Gesicht war blass, von Erschöpfung gezeichnet, doch vom Glorienschein seiner eigenen Idee durchdrungen. „Ich habe mich geirrt, als ich sagte, es gäbe niemanden mehr, der ihn noch retten kann. Einen gibt es, einen einzigen."

„Und wer soll das sein?" Fast ärgerlich starrte sie ihn an.

„Der Graue."

„Der Graue?" Lilly schüttelte den Kopf, als zweifele sie an Morgans Verstand.

Alahrian hatte ihr von dem Grauen erzählt. Er hatte ihr auch gesagt, dass er diese Welt schon vor langer Zeit verlassen hatte.

„Der Graue schert sich nicht um Alahrian oder irgendeinen von seinem Volk", erklärte sie verächtlich. „Alahrian hat mir erzählt, wie er in der Kerkerzelle nach ihm gerufen hat, wie er ihn angefleht hat, ihn zu retten. Er ist nicht gekommen. Zu keinem von euch, zu keiner Zeit!"

Morgan wurde bleich, noch bleicher als er sowieso schon war. „Wie kannst du so etwas sagen? Ausgerechnet du?“, entgegnete er schockiert.

„Ausgerechnet ich?“ Stirnrunzelnd winkte Lilly ab. Was hatte sie mit dem Grauen zu schaffen?

„Du hast ihn doch gesehen! Du warst mit Alahrian bei ihm, er hat es mir erzählt!“ Verständnislos musterte er sie, dann hellte sich sein Gesicht auf. „Oh!“, machte er bestürzt. „Du hast es vergessen, natürlich! Es war nur ein Traum, eine Vision, und du kannst dich an nichts erinnern.“

Böse funkelte Lilly ihn an. „Wovon – zum – Teufel – sprichst – du?“

Morgan lächelte milde, ihre Gereiztheit prallte von ihm ab. „Als du Alahrian das erste Mal geküsst hast, da ist euch der Graue erschienen“, erklärte er ruhig. „Aber du konntest dich hinterher an nichts erinnern. Alahrian schon. Er hat es mir gesagt.“

Zweifelnd hielt Lilly inne. Sie war ohnmächtig geworden nach dem ersten Kuss, das stimmte. Aber sie hatte geglaubt, es sei einfach nur der überwältigende Zauber des Augenblicks gewesen. Ein Kuss war etwas sehr Magisches, zumal wenn man ein übernatürliches Wesen küsste.

„Wieso hätte Alahrian mir etwas derart Wichtiges verschweigen sollen?“, fragte sie ungläubig.

„Keine Ahnung! Vielleicht hielt er es für richtig, was weiß ich!“ Ungeduldig zuckte Morgan mit den Schultern. „Das spielt doch jetzt auch überhaupt gar keine Rolle!“

„Und was spielt eine Rolle, deiner Meinung nach?“ Die ganze Idee erschien Lilly immer absurder.

„Du musst den Grauen rufen“, entgegnete Morgan fest. „Alahrian hat gesagt, du seist es gewesen, die euch zu ihm geführt hat. Du musst es noch mal tun! Jetzt!“

„Was?!“ Hysterisch lachte sie auf. „Ich kann mich an den ganzen Vorfall noch nicht einmal erinnern, und ich habe absolut keine Ahnung, wie ...“

Violette Funken sammelten sich in ihren Fingerspitzen, wütend schüttelte Lilly sie ab. Sie flogen als leuchtende Geschosse in die Küche, entluden sich über der Spüle und regneten glühend herab.

Morgan drehte beiläufig den Wasserhahn auf und löschte mit routinierten Bewegungen die tanzende Glut. Er schien Erfahrung in diesen Dingen zu haben, der Schaden entlockte ihm noch nicht einmal ein winziges Mienenspiel.

„Deine Magie ist stark“, verkündete er stattdessen, nahezu triumphierend. „Es ist Alahrians Magie! Du kannst es. Du musst es können. Ruf den Grauen!“

Lilly seufzte hilflos. „Wenn du mir sagst, was ich tun soll ...“ Resignierend schüttelte sie den Kopf.

„Was hast du damals getan?“

„So wie es aussieht, geschah es, als Alahrian und ich uns das erste Mal geküsst haben.“

„Hmm ..." Morgan verzog das Gesicht, angestrengt überlegend. „Das ist ja nun kaum mehr möglich." Nachdenklich ließ er sich auf der Arbeitsplatte der Küche nieder, schwieg geschlagene zwei Minuten lang und platzte dann plötzlich heraus:

„Du musst mich küssen!"

„Spinnst du?!" Entrüstet wich Lilly zwei Schritte vor ihm zurück. „Du hast sie wohl nicht mehr alle, was? Eher küsse ich eine Kröte!"

„Na, na, na ..." Beleidigt verzog Morgan die Lippen. „Wir wollen ja mal nicht persönlich werden, ja? Es gibt eine Menge Mädchen, die würden sonst was drum geben, mich küssen zu dürfen!" Stolz strich er sich das dichte, schwarze Haar aus der Stirn.

„Ja, ja ich weiß ..." Anna-Maria zum Beispiel. Lilly winkte ab. „Ich küsse Alahrian und sonst niemanden!", erklärte sie rigoros.

„Und wenn es das einzige wäre, was ihn noch retten könnte?" Hart funkelte er sie an.

Dann glitt er von der Arbeitsplatte herunter, lehnte sich lässig dagegen und spielte angelegentlich mit dem breiten Lederarmband um sein Handgelenk, das den gezackten Elfenstern darunter verbarg.

Lilly kochte vor Zorn, Feuer umspielte ihre Fingerspitzen, doch diesmal ließ sie es nicht los, obwohl sie gute Lust hatte, es Morgan direkt in sein arrogantes, ausdrucksloses Gesicht zu schleudern. Allerdings: Er hatte immerhin den Anstand, nicht auch noch zu grinsen, wie er es sonst zweifelsohne getan hätte. Der Vorschlag war kein Witz gewesen. Er meinte es wirklich ernst.

Wenn ein Kuss ihn retten kann ... Lilly biss sich auf die Lippen. Es hätte keine Bedeutung, dachte sie wild.

„Alahrian war bereit, um deinetwillen in die Schatten zu gehen", sagte Morgan kalt. „Kannst du nicht einmal dieses kleine Opfer für ihn bringen?"

Lilly schenkte ihm einen brennenden Blick. Das Bedürfnis, ihn zu schlagen war beinahe übermächtig.

Stattdessen streckte sie die Hand aus, packte ihn am Kragen, um ihn näher zu sich heranzuziehen und presste ihre geschlossenen Lippen hart auf die seinen.

Nichts passierte.

Hastig ließ sie ihn los.

Morgan blinzelte verblüfft, der Hauch eines spöttischen Lächelns umwehte seine Miene, doch er erstarrte zur Ausdruckslosigkeit, als ihn Lillys vernichtender Blick traf.

„Kein Wort!", knurrte sie drohend.

„Schon gut, schon gut!" Abwehrend hob Morgan die Hände.

„Es hat nicht funktioniert", stellte Lilly lakonisch fest. „Vielleicht muss es ein Kuss aus Liebe sein."

„Es ist ein Kuss aus Liebe", meinte er ruhig. „Nur nicht zwischen uns beiden." Sein Blick war undurchdringlich. „Vielleicht müssen wir uns mehr Mühe geben."

Bevor Lilly reagieren konnte, neigte er sich zu ihr herab, hob mit zwei Fingern ihr Kinn an – und steckte ihr die Zunge in den Mund!

„Lass das!" Unsanft stieß sie ihn von sich, schlug ihm mit der Hand ins Gesicht und wich zwei weitere Schritte zurück.

Unbeeindruckt zuckte Morgan mit den Schultern. „Einen Versuch war's wert ..." Angelegentlich rieb er sich die gerötete Wange. „Schätzchen, du hast einen ganz schönen Schlag drauf, das hat echt weh getan."

„Ja, das sollte es auch!" Entrüstet stemmte Lilly die Fäuste in die Hüften.

Da packte Morgan plötzlich ihr Handgelenk drehte es in einer schnellen Bewegung herum und starrte auf die blauen Adern, die sich dort deutlich unter der hellen Haut abhoben.

„Ich bin so ein Idiot!", ächzte er, von einer Art übersinnlichen Eingebung erfüllt.

„Das stimmt", entgegnete Lilly mitleidlos und versuchte, ihre Hand zu befreien.

Morgan reagierte gar nicht. „Der Stern!", rief er, mit schon wieder erregt flackernden Augen. „Du musst den Stern empfangen!" Hastig riss er das Lederarmband von seinem eigenen Handgelenk und zeigte ihr das Symbol darauf: den siebenzackigen, in sich gewundenen Stern, den auch Alahrian trug. Den alle alfar trugen. Bei Alahrian war er leuchtend blau gewesen, bei Morgan schimmerte er silbern, wie ein aus Sternenlicht gewobenes Tattoo.

„Du bist eine von uns", erklärte er schnell, mit sich überschlagender Stimme. „Zumindest zur Hälfte. Du trägst Alahrians Licht in dir. Der Stern wird dich noch enger an sein Volk binden und damit an ihn. Wer weiß, wenn wir die Zeremonie vollführen, vielleicht kannst du dann Kontakt zu ihm aufnehmen? Vielleicht kannst du ihm die Kraft geben, Lilith zu widerstehen."

„Okay ..." Lilly schloss die Augen, um des Schwindelgefühls in ihrem Kopf Herr zu werden. Küsse, Sterne ... In ihren Gedanken drehte sich alles.

Alahrian ...

Es ist für Alahrian. Alles, was ihm hilft – was nur die Chance bringt, ihn zu retten, ist okay.

Ruckartig öffnete sie die Augen wieder. „Was muss ich tun?"

„Komm!" Er führte sie in die Halle zurück, zu dem Stern in deren Zentrum. „Knie nieder!", befahl er ernst, während er aus seinem Gürtel eine lange, leicht gebogene Klinge hervorzog.

Lilly gehorchte mit zögerlich. Im Herzen des Symbols, direkt in der Mitte des Sterns, ließ sie sich auf die Knie herab und schaute unsicher zu Morgan auf.

„Was wird geschehen, wenn ich das Symbol empfangen habe?“, fragte sie leise. „Werde ich mich verändern?“

„Nein.“ Morgan lächelte beruhigend. „Du bist eine von uns. Du warst es immer. Der Stern wird dich nur enger an unser Volk binden. Wie eine Initiation. Eine Taufe, wenn du so willst. Und du wirst unser Wissen erlangen. Es wird in deinem Blut sein, die Erinnerung unseres Volkes, unsere Weisheit, unsere Fähigkeiten.“

Er streckte den Arm aus und zeigte ihr die Linien auf seinem Handgelenk. Sie schimmerten matt, aber nicht so hell wie bei Alahrian.

„Was bedeuten die Farben?“, wollte Lilly wissen. „Alahrians war blau.“

„Die Farbe ist bei jedem anders. Sie spiegelt unser Wesen wider, das was wir sind. Alahrian war rein wie das Wasser einer eben erst entsprungenen Quelle. Ich bin unbeugsam, stark, ein Krieger – wie Stahl.“ Er drehte die Hand, und Lilly konnte den metallischen Schimmer des Symbols erkennen.

„Dann wirst du mir dein Blut geben?“, fragte sie heiser.

„Ja.“

„Meine Mutter sagte, mein Vater sei leuchtend gewesen. Muss ich nicht das Blut eines liosalfar empfangen?“

„Nein. Es spielt keine Rolle.“ Ernst sah er sie an, seine Augen waren hart, entschlossen, um seinen Mund jedoch lag ein weicher Zug. „Ich habe Alahrian versprochen, dir mein Blut zu geben“, sagte er sanft. „Es wird dich stärker machen. Du wirst langsamer altern als jeder Sterbliche – vielleicht gar nicht. Aber du wirst immer noch du selbst sein.“ Jetzt lächelte er, und ein Funken seiner alten Heiterkeit kehrte in seine Augen zurück. „Ich werde eine Art Bruder für dich sein. Es wird dich zu meiner kleinen Schwester machen.“

Unsicher erwiderte Lilly sein Lächeln. „Na, dann bin ich aber froh, dass wir uns geküsst haben, bevor wir zu Geschwistern wurden ...“

Morgan lachte schallend. Unvermittelt jedoch wurde er wieder ernst. „Gib mir deine Hand!“

Lilly streckte ihm gehorsam den Arm hin. Morgan hob die Klinge. Sie schimmerte bedrohlich im schwachen Licht, das durch die Fenster hereinkam. „Stahl?“, vergewisserte sie sich mit zitternder Stimme.

Er lächelte wieder. „Stahl kann uns nichts anhaben, dir und mir.“

„Wird es weh tun?“

„Ja.“

Lilly biss die Zähne zusammen. Alahrian ..., dachte sie wild. Es ist um seinetwillen! Er hat sich das gewünscht, für mich, und ich werde tun, was er wollte. Alles ... Für ihn ... Nur für ihn.

Morgan senkte die Klinge auf ihre Haut herab und ritzte mit schnellen Bewegungen das sternförmige Muster in ihr Handgelenk. Blut strömte über ihre Haut, verwischte die Linien und tropfte lautlos zu Boden, um zwischen den einzelnen Mosaiksteinchen des Elfensterns zu versickern.

Lilly presste die Lippen aufeinander und gab keinen Laut von sich, obwohl der Schnitt brannte und pochte. Rasch, ohne zu zögern, wandte Morgan die Klinge gegen sein eigenes Handgelenk und zog mit der Schneide die Linien auf seiner Haut nach, bis sie blutig rot waren statt silbern. „Streck deine Hand aus!“, forderte er gebieterisch.

Lilly tat es, und er hielt ihr Handgelenk fest und drückte die blutenden Wunden gegeneinander, ihre und seine. Sein Blut floss in ihre offenen, aufgerissenen Linien, ihr Blut floss in die seinen. Es tat weh, als drängten sich Tausende, glühende Funken in ihre Adern, als strömten plötzlich Glassplitter durch ihren Körper statt Blut. Lilly keuchte vor Schmerz, aber sie schrie nicht, sie rührte sich nicht, und sie zog die Hand nicht zurück.

Unbarmherzig nahm Morgan ihren anderen Arm, tauchte die Klinge hinein, riss seine eigenen Wunden auf und presste sie gegen ihre.

Lilly schrie auf. Diesmal fühlte es sich an, als würde ihr bei lebendigem Leib das Fleisch von den Knochen gerissen, jede einzelne Faser in ihr kreischte vor Pein, alles um sie herum drehte und wand sich. Und dann waren da die Bilder. Tausende, Abertausende Bilder, die als wirbelnder, erstickender Sog in ihrem Kopf aufbrandeten, eine reißende Strömung, die sie mit aller Gewalt hinabzureißen suchte, in eine dumpfe, flackernde Tiefe. Stimmen schrien in ihrem Kopf, die Stimmen all ihrer Vorfahren, es war ein Raunen und Wispern und Flüstern, das ihr nahezu den Schädel zu sprengen schien.

„Hör auf!“, krächzte sie atemlos und versuchte, ihre Arme zurückzuziehen. Aber sie war wie mit Fesseln an Morgan gebunden, sie konnte ihn nicht loslassen, obwohl sie mit aller Macht zerrte.

„Es ist schmerzhaft für dich, weil du zum Teil sterblich bist“, zischte er beruhigend. „Aber es wird gleich vorüber gehen. Gleich ...“

Lilly schrie erneut auf. Blutige Schlieren tanzten vor ihren Augen, Erinnerungsfetzen an Dinge, die sie nicht erlebt hatte, jagten durch ihr Unterbewusstsein, Gefühle, Gedanken, Träume und längst vergessene Verheißungen. Nichts davon war fassbar, nichts davon konnte sie in Worte kleiden, es war nichts als ein wütender Tornado, brüllend und kreischend in ihrem Kopf.

Und dann war es plötzlich vorbei. Nach Atem ringend sank Lilly vornüber, schloss die Augen und wartete darauf, vor Erschöpfung einfach das Bewusstsein zu verlieren, doch nichts davon geschah. Sie fühlte ... gar nichts.

Nichts Ungewöhnliches jedenfalls.

„Ich ...“ Verwirrt sah sie zu Morgan auf. Dessen Wunden begannen bereits, sich zu schließen. „Nichts hat sich verändert“, bemerkte sie bestürzt.

„Das sagte ich dir doch!“ Der döckalfar lächelte milde.

„Aber ...“ Lilly blinzelte ihre Benommenheit weg. „Du sagtest, ich würde Wissen erlangen, Fähigkeiten ...“

„Es ist nichts von dem du jederzeit Gebrauch machen kannst. Es ist in dir, tief verborgen, es rauscht durch dein Blut. Kollektives Unbewusstes. Nicht anders als bei den Menschen. Aber es wird zu dir kommen, von Zeit zu Zeit, in Visionen, in Träumen, Meditationen. Du bist eine von uns, gebunden an unser Volk.“ Seine Augen waren sanft, als er die Hand ausstreckte, um ihr aufzuhelfen.

Taumelnd erhob sie sich und starrte neugierig auf die Schnitte über ihren Pulsadern herab. Würden sie blau sein, wie Alahrians? Oder silbrig, wie Morgans?

Die Wunden verheilten rasch, sie konnte dabei zusehen wie sie sich schlossen. Das Blut hörte auf zu fließen, mit dem Ärmel ihrer Bluse wischte sie den Rest davon ab.

Die Linien darunter waren weder blau noch silbern. Sie schimmerten in allen Farben des Regenbogens, ein dünnes, glitzerndes Prisma, ein Meer von Farben, in Linie gepresst, kristallen und facettiert wie ...

Ja, wie ...

Lilly hatte so etwas schon einmal gesehen, vor langer Zeit, doch die Erinnerung kehrte nur langsam zurück.

„Willkommen“, sagte eine samtweiche, glockenhelle Stimme hinter ihr. „Meine Tochter.“

Lilly drehte sich um – und blickte in Augen, die in allen Farben des Spektrums glänzten, leuchtend wie ein Regenbogen.

Schattenträume

Alahrian träumte. Er lief über eine glänzende Frühlingswiese, warmer Wind streifte sanft seine Haut, Schmetterlinge tanzten in seinem Haar, das Gras war weich und von Blüten getränkt, die in der Sonne leuchteten wie Tausende von Sternen am Nachthimmel. Ein silbriges Lachen, glücklich und glockenhell wehte durch die Luft, schnell wandte er sich um – und da stand sie. Ihr dunkles Haar war vom Wind zerzaust, der einen zarten Hauch von Rosé über ihre marmornen Wangen gezaubert hatte, ihre Augen strahlten, die Lippen lächelten nur um seinetwillen.

Alahrian spürte ein Lächeln auch in seinem Inneren. Behutsam streckte er die Arme aus, anmutig tänzelte sie ihm entgegen, und er zog sie an sich, spürte die Wärme ihres Körpers, atmete tief den blumigen Duft ihrer Haut.

„Ich liebe dich", flüsterte sie ihm ins Ohr. „Ich liebe dich so sehr ..."

Er wusste, es konnte nur ein Traum sein, und mit der Erkenntnis kam das Erwachen. Mit aller Macht wehrte er sich dagegen, versuchte, den Traum festzuhalten, sich in ihn hinein sinken zu lassen, krallte sich verzweifelt an dem Bild fest.

Aber die Illusion zerbrach unter all seinen Anstrengungen, mit einem krampfenden, erstickenden Schmerz in der Brust schlug er die Augen auf, blinzelte gegen die Dunkelheit in seinem Zimmer, drehte sich auf die Seite und vergrub das Gesicht in den seidenen Kissen. Lautlos begann er zu schluchzen, bis ihm eine sanfte Hand tröstend durchs Haar strich, und eine melodiöse Stimme fragte:

„Sind deine Träume so schwer, mein Herz?"

Mühsam drehte Alahrian den Kopf und blickte durch einen Schleier bitterer Tränen in Liliths vollkommenes Cherubsgesicht. „Ich weine nicht, weil ich geträumt habe", sagte er matt. „Ich weine, weil ich aufgewacht bin."

Seufzend schloss er die entzündeten Lider, rang mühsam nach Atem und lauschte auf das unregelmäßige Pochen seines Herzens, das in der Brust brannte und riss, als wolle es einfach auseinanderbrechen.

„Ist ja gut", wisperte Lilith beruhigend. Er konnte fühlen, wie sie ihm die Hand auf die Rippen legte, selbst durch den Stoff seines Hemdes hindurch spürte er die Kühle ihrer Finger, und doch breitete sich unter der Berührung eine wohltuende Wärme in seinem Körper aus, strömte durch ihre Hand hindurch bis in seine Fingerspitzen.

„Danke." Alahrian öffnete die Augen.

„Geht es dir jetzt besser, kleiner Prinz?"

„Ja."

Sie reichte ihm einen Becher, angefüllt mit wabernder Dunkelheit. Er trank gierig davon, schmeckte zuckrige Süße auf seinen Lippen und fühlte betäubende Leere in seinem Kopf.

„Ich habe eine Überraschung für dich“, verkündete Lilith lächelnd, als er fertig war. „Etwas, das dich aufheitern wird! Komm, zieh dich an!“

Nur wenig später hallte das rhythmische Klacken seiner schweren Stiefel von den Wänden wider, während sie ihn schnell durch die endlosen Korridore ihres Palastes führte, endlich durch die Halle, und dann eine schmale, gewundene Wendeltreppe empor. Er war ein wenig außer Atem, als sie ihr Ziel erreichten, einen leeren, niedrigen und vollständig runden Raum. Ein Turmzimmer. Wie überall hier drinnen waren die Fenster verhangen, doch es gab eine Tür gegenüber der Treppe, die auf eine Brüstung oder einen Balkon hinausführen musste.

„Was ist das hier?“ Fragend runzelte Alahrian die Stirn.

„Das wirst du gleich sehen, mein Herz.“ Lilith lächelte, beinahe ein wenig nervös, oder eher freudig erregt, wie jemand, der ein ganz erstaunliches Geheimnis nicht länger für sich behalten kann. „Komm!“

Mit einer raschen, graziösen Bewegung ihrer Schwingen öffnete sie die Tür. Alahrian erhaschte einen Blick auf eine Art grau verhangenen Himmel, und das war merkwürdig, denn befanden sie sich nicht eigentlich unter der Erde? Oder war es nur das steinerne Gewölbe über ihnen, von Lilith mit einer Illusion belegt, damit es wie der Himmel aussah?

Frische Luft strömte durch die Öffnung hindurch, sie roch nach Frühling und Wiesenblumen. Aber Alahrian war sich jetzt sicher. Er konnte die Maserung der Felsen im grauen Himmelsgespinst erkennen, wenn er die Augen zusammen kniff, und doch war es hell dort draußen, ein Wind schien zu wehen, und er konnte ein unbestimmtes, rätselhaftes Brausen vernehmen, das er sich nicht erklären konnte.

„Komm!“ Lilith winkte ihn erneut heran.

Alahrian aber zögerte plötzlich. In all der Zeit, in der er nun schon hier war – wie lange war er schon hier? – in all der Zeit konnte er sich nicht erinnern, jemals nach draußen getreten zu sein. Nie hatte er den dunklen Palast verlassen, nie hatte er auch nur einen Vorhang beiseite geschoben. Warum nicht? Er wusste es nicht. Er wusste nur, dass er keine Ahnung hatte, was außerhalb der Korridore und dunklen Zimmer des Palastes lag, und diese Erkenntnis machte ihm Angst.

Das Rauschen draußen wurde lauter. Waren es – Stimmen?

Lilith drehte sich zu ihm um und lächelte auffordernd. „Komm, fürchte dich nicht.“ Behutsam streckte sie eine ihrer Schwingen aus, Alahrian ließ sich von ihr umarmen, so dass ihm fedrige Dunkelheit wie ein Mantel folgte, als er neben ihr auf den schmalen, von einer steinernen Brüstung umgebenen Balkon trat.

Sie befanden sich auf dem höchsten Turm des Palastes, und doch war die Decke der unterirdischen Höhle noch zu weit entfernt, um mehr als nur wolkiges Grau zu erkennen. Und darunter lag ...

Er hatte sich nicht getäuscht. Was er gehört hatte, waren Stimmen gewesen. Tausende und Abertausende Stimmen. Unter ihm breitete sich ein gewaltiger, mit blankem Marmor gepflasterter Platz aus, ein Exerzierplatz, um genau zu sein. Und er war bis zum Bersten angefüllt mit Soldaten. Unzählige von schwarz gewandeten Kriegern hatten sich dort versammelt, eine gigantische Masse an gepanzerten Leiben, von hier bis zum Horizont, wirbelnd wie ein Ameisenhaufen.

Mit einem erstickten Keuchen wich Alahrian zurück, noch ehe er vollends an die Brüstung getreten war. „Was ... was zum Teufel ist das?" Seine Stimme war rau, die Knie zitterten.

„Die Armee der Erloschenen." Lilith lächelte immer noch, ihre Augen glänzten vor Stolz, vor Begeisterung. „Sie ist wunderschön, nicht wahr? Stark und mächtig und unbeugsam ..."

Alahrian hörte sie kaum. „Deine ... deine Armee?" Das Murmeln der Masse unter ihm schwoll in seinem Kopf zu einem quälenden Crescendo an, das ihn schwindelig machte und elend.

„Nein, mein Prinz." Warm sah sie ihn an. „Deine Armee." Ein sanfter Stoß ihrer Schwingen schubste ihn hinaus auf den Balkon, er taumelte und stolperte, bis er fast gegen die Brüstung fiel, ihre Flügel jedoch hielten ihn, als hätte er selbst welche. Instinktiv richtete er sich auf, die Hände auf die Brüstung gestützt.

Und im selben Augenblick begannen Tausende Krieger unter ihm aus voller Kehle zu jubeln.

Lilly drehte sich um und blickte in schillernde Regenbogenaugen – und in eben jenem Moment wusste sie auch wieder, dass sie in diese Augen schon einmal geschaut hatte. Morgan neben ihr gab ein ersticktes Keuchen von sich, flüsterte „Hoheit ..." und ließ sich mit gesenktem Kopf auf ein Knie herab. Er zitterte nicht, wie Alahrian einst, aber er wagte auch nicht, die geflügelte Gestalt vor sich direkt anzusehen.

Lilly hingegen konnte die Augen nicht von dem Grauen wenden. Er sah genauso aus wie damals, als er Alahrian und ihr an dem Blütenstrand erschienen war, eine Schwinge war weiß, die andere schwarz. Ein Lächeln spielte um seine Lippen, er wirkte freundlich, gütig und nahezu menschlich.

„Ich bin froh, dich wieder zu sehen, meine Tochter", sagte er sanft und streckte behutsam die Hände nach ihr aus.

Instinktiv ergriff Lilly sie, spürte die Wärme seiner schimmernden Haut, die merkwürdige Vertrautheit der Berührung. Die bereits halb vernarbten Schnitte über ihren Pulsadern glänzten und leuchteten, in allen Farben schillernd wie Fäden aus Regenbogen gewoben.

Wer bist du?, fragte sie tonlos den Grauen, und es war ihr nur halb bewusst, dass sie redete, ohne die Lippen zu bewegen. Fast merkte sie es kaum, so natürlich war es mit einem Mal.

Wieder lächelte ihr Gegenüber, und Lilly wusste die Antwort, noch ehe er sprach, las sie in seinen Augen, spürte sie in seiner Berührung – und auch in ihrem Inneren.

„Ich bin dein Vater, Lillian Rhiannon“, sagte er leise.

Morgan ächzte verblüfft, Lilly aber hörte ihn kaum. Unverwandt blickte sie den Grauen an, ihren Vater, und seltsamerweise war sie weder überrascht noch verunsichert, als wäre die ungeheuerliche Neuigkeit nichts weiter als etwas völlig Selbstverständliches, etwas, das sie schon immer gewusst, schon immer geahnt hatte. Keiner von beiden sagte auch nur ein Wort, weder laut noch in Gedanken, sie sahen einander an, jeder studierte das Gesicht des anderen, eine Art stummer Zwiesprache, fremd und doch vertraut.

Ich sah dich in meinen Träumen, wisperte der Graue lautlos. In meiner Zukunft. Ich wusste nicht, wann du kommen würdest, doch als ich deine Mutter spielen hörte, da spürte ich, die Zeit war reif. Es war, als läge deine Seele in ihren Klängen, ein Echo meines Herzens und ihres. Ich bin sehr froh, dich endlich kennen zu lernen, meine Tochter.

Lilly fühlte sich selbst lächeln, aber sie sagte nichts. Worte schienen ihr so bedeutungslos in diesem Moment, tief in ihrem Inneren lagen sie verborgen wie am Grunde eines ruhigen Ozeans – doch sie erreichten nicht ihre Zunge. Trotzdem schien er sie zu verstehen, seine Augen verrieten es.

„Wer bin ich?“, fragte sie endlich. „Was bin ich?“

Der Graue berührte mit der Fingerspitze den Stern an ihrem Handgelenk. „Das Blut unseres Volkes fließt in deinen Adern“, meinte er sanft. „Das Blut all unserer Völker. Aber auch das der Menschen. Du bist die vollkommene Verknüpfung unserer Welten. Was nie getrennt hätte werden sollen, ist nun endlich wieder vereint. In dir.“

Verwirrt schüttelte Lilly den Kopf. „Was bedeutet das?“

„Dass nun alles gut werden wird.“ Warm betrachtete er sie, ein milder Hauch von Liebe und Sanftmut streifte sie, es war nahezu unmöglich, unter dem Blick dieser Augen etwas anderes zu empfinden als tiefen Frieden und vollendete Harmonie, und doch senkte Lilly den Blick, dachte an Alahrian und fühlte nichts als Schmerz und Zerrissenheit in sich.

„Du bist traurig“, stellte der Graue bekümmert fest. „Warum?“

„Das musst du fragen?“ Das kam von Morgan, der sich im Hintergrund lautlos erhoben hatte. Mit einem Mal wirkte er gar nicht mehr ehrfürchtig. „Alahrian ist in die Schatten gegangen“, bemerkte er bitter. „Das Volk der liosalfar ist buchstäblich ausgelöscht!“

Der Graue wandte sich zu ihm um, und obwohl in Morgans Blick eine Art verzweifelter Wut flackerte, blieben seine Augen unberührt ruhig. „Du hast Angst“, entgegnete er sanft.

„Ich habe meinen Bruder verloren!“ Jetzt wirkte Morgan tatsächlich zornig.

„Er ist nicht verloren.“ Leise schüttelte der Graue den Kopf.

„Dann wirst du ihn retten?“ Lilly rief es aus, bevor es über Morgans Lippen kommen konnte. Hoffnung wallte in ihr auf, eine wilde, unbezähmte Hoffnung, die sie am ganzen Körper erzittern ließ.

„Nein“, entgegnete der Graue milde.

„Wie bitte?“ Morgan fuhr heftig zusammen, Lilly hatte das Gefühl, als schoss ihr unvermittelt ein Eiszapfen mitten ins Herz.

„Er muss nicht gerettet werden“, fuhr der Graue fort, immer noch sanft, immer noch ruhig.

„Er befindet sich in Liliths Gewalt!“, schrie Morgan unbeherrscht. „Hast du eine Ahnung, was sie vorhat? Sie will die Welt der Sterblichen erobern, sie will einen Krieg! Weißt du das?“

Ein Hauch von Trauer glitt über das ebenmäßige Gesicht des Grauen. „Das ist es, was sie schon immer wollte. Ja, ich weiß es.“

„Und du willst nichts tun?“ Morgans Stimme überschlug sich beinahe.

„Nein.“

Eine der gewaltigen, samtigen Schwingen erhob sich, wie um den dökkalfar zu beschwichtigen, der aber schien es gar nicht zu bemerken.

„Dann kümmert dich das Schicksal der Sterblichen überhaupt nicht?“

Ein Ausdruck von Verwunderung schlich sich auf die Züge des Grauen. „Aber doch, natürlich.“

Morgan hörte ihn gar nicht. „Wenn die Sterblichen dir schon gleichgültig sind, so rette doch wenigstens einen von uns! Alahrian ist von unserem Volk! Er ist der letzte liosalfar! Sein Schicksal kann dir doch unmöglich egal sein!“

„Es ist mir nicht egal.“

„Dann rette ihn!“

„Das ist nicht notwendig, das sagte ich doch bereits.“ Nachsichtig verzog der Graue die fein geschwungenen Lippen.

Morgan ballte die Hände zu Fäusten, seine Augen brannten, nie zuvor hatte Lilly ihn so aufgebracht gesehen.

„Sie will ihn zu einer ihrer Marionetten machen!“, schrie er verzweifelt. „Zu einem Werkzeug des Bösen! Und du ... du ...“

Seine Stimme versagte.

„Bitte“, flüsterte Lilly. „Du musst ihm helfen!“ Flehend suchte ihr Blick die schillernden Regenbogenaugen, die ihr mit gleichbleibender Sanftmut begegneten, und doch fand sie keinen Zugang mehr zu ihnen. „Er ist in den Schatten gefangen“, schluchzte sie, unfähig, ihre Tränen zurückzuhalten. „Bitte, du musst ihn befreien!“

Eine weiße Schwinge berührte zart ihr Gesicht, fing die Tränen auf und strich ihr tröstend über die Wange. „Der liosalfar ist exakt dort, wo er immer sein sollte. Er wird seinen Weg finden.“

Lilly antwortete nicht. Ihr Herz krampfte sich zusammen, die Tränen wollten nicht aufhören zu fließen.

„Er ist wie ein Spiegelbild deiner eigenen Seele“, flüsterte der Graue ernst. „Dein Gefährte, ein Teil deiner selbst. Vertraust du ihm wirklich so wenig?“

Lilly hob den Kopf und begegnete fest seinem Blick. „Ich vertraue ihm“, sagte sie ruhig.

„Warum glaubst du dann nicht an ihn?“

„Ist das alles, was du uns geben kannst?“, fragte Morgan bitter. „Leere Worte?“

Der Graue lächelte traurig. „Du bist zornig“, stellte er ohne jeden Ärger fest. „Und du hast Angst. Das ist in Ordnung, denn dein Zorn ist aus Liebe geboren – wie deine Furcht. Aber Angst und Wut dürfen nicht dein Herz vergiften, junger döckalfar. Hab Vertrauen.“

Und damit wandte er sich ab und ging.

„Du verschwindest?“, kreischte Morgan entsetzt. „Du läufst weg – und tust GAR NICHTS?“

Der Graue drehte sich um, schaute ihn aus ernsten, friedvollen Augen an und schwieg.

„Warum bist du dann überhaupt gekommen?“, fragte Lilly anklagend. Das Glück, die Harmonie, die sie eben noch empfunden hatte, waren zerplatzt. Stattdessen breitete sich der gallige Geschmack tiefer Enttäuschung auf ihrer Zunge aus. Hoffnung ist ein zweischneidiges Schwert. Wenn sie stirbt, bohrt sie sich tief ins Herz und lässt es blutend zurück.

Der Graue, ihr Vater, aber lächelte nur. „Ich wollte dich kennen lernen“, entgegnete er, sonderbar menschlich. „Du hast mich gerufen, und ich bin gekommen. Und glaub mir, wir werden uns schon bald wieder sehen.“

Mehr sagte er nicht. Er wandte sich um und ging, und diesmal blickte er nicht zurück. Er trat ins Sonnenlicht, das als verzerrtes Rechteck auf dem Boden lag wie eine verborgene Tür, und war verschwunden. Lilly blieb allein mit Morgan zurück.

Marionettenfäden

„Nein!“ Mit einem Aufschrei wich Alahrian von der steinernen Brüstung zurück, der frenetische Jubel unter ihm brach deshalb allerdings keineswegs ab. „Nein, ich will das nicht!“

Lilith legte ihm eine Hand auf die Schulter, zärtlich glitt ihr Blick über die schwarze Masse sich über den ganzen Horizont erstreckender Krieger. „Dies hier ist dein Volk, Alahrian“, sagte sie ernst. „Sie brauchen dich.“

Wild sah er zu ihr auf, nur mit Mühe unterdrückte er den Impuls, die Hände über die Ohren zu schlagen und das triumphierende Geschrei dort unten einfach auszusperren. „Was hast du vor?“, rief er entsetzt.

Lilith lächelte träumerisch, die schwarzen Augen ins Leere gerichtet. „Wir kamen in die Welt der Menschen, um sie in Besitz zu nehmen“, erklärte sie, nahezu euphorisch. „Doch wir waren schwach. Die Menschen verfolgten uns, jagten uns, folterten uns. Seit Jahrhunderten warten wir in den dunklen Hallen dieser Zwischenwelt, jetzt endlich sind wir stark genug.“

„Stark genug wofür?“ Alahrians Kehle war trocken. Er war kaum fähig zu sprechen.

„Stark genug, um zurückzukehren.“ Ihre Augen leuchteten.

„In die Welt der Menschen? Du willst ihre Welt erobern?“ Ungläubig starrte Alahrian sie an.

„Ich will mein Volk zurückführen an einen Ort, der seiner würdig ist“, sagte sie mit einem kalten, entschlossenen Funkeln in den Augen.

„Und die Sterblichen?“ Alahrian fühlte, wie ihm beinahe übel wurde vor Entsetzen. „Willst du sie alle umbringen?“ Er lachte hysterisch.

„Aber natürlich nicht.“ Sie lächelte verzeihend. „Sie werden ihren Platz finden. Hier. In den Hohlen Hügeln.“

„Was?“ Alahrians Stimme klang schrill. „Aber sie werden hier nicht leben können! Sie ...“

„Sie haben uns gejagt wie Tiere“, unterbrach sie ihn, kalt und schneidend wie Glas. „Uns in Käfige voll Eisen gesperrt, uns auf ihren Scheiterhaufen verbrannt! Sie haben das Leben nicht verdient, das sie führen. Sie zerstören ihre Welt, vergiften ihre Flüsse, holzen ihre Wälder ab und ersticken ihre Wiesen unter Eisen und Stahl. Sie sind Abschaum! Sie – “

„Nein!“ Alahrian wollte es nicht hören, jede Faser seines Körpers, seines Geistes, seiner Seele sträubte sich dagegen. „Das ist nicht wahr! Sie sind nicht alle schlecht!“

„Sie haben dich gefoltert“, entgegnete sie, jedes Wort betonend, eiskalt und unbarmherzig. „Sie haben Stacheln aus glühendem Eisen in dein Fleisch getrieben. Sie haben dich in ein Verlies gesperrt, deinen Körper verbrannt ...“ Wild funkelten ihre Augen, mit jeder Silbe, die sie sprach, jagte sie Bilder durch seinen Kopf, Bilder von Flammen, von grausam schimmernden Folterinstrumenten, von Blut und Tod und Qual. Er sah den Bürgermeister vor sich und den Inquisitor, er hörte das Echo ihrer Stimmen in sein Herz schneiden, fühlte ihr höhnisches Lachen unter seiner Haut brennen.

„Hör auf!", schrie er mit überschnappender Stimme. „Hör auf, in meinem Kopf herumzustochern!" Stöhnend presste er die Hände gegen die Schläfen.

„Ruhig, mein Herz." Behutsam streichelten ihn die schwarzen, samtigen Schwingen. „Ich will nur, dass du endlich begreifst. Begreifst, dass dein Volk dich braucht."

Alahrian biss sich auf dite Lippen und schwieg.

„Deine Magie ist stark", wisperte sie ihm ins Ohr. „Stärker vielleicht sogar als meine. Nur du kannst die Tore zwischen den Welten öffnen."

Alahrian wollte ihr nicht zuhören. „Die Tore sind geöffnet", antwortete er matt – und hielt gleich darauf verwundert inne. Woher wusste er das? „Du brauchst mich nicht."

„Ich brauche dich. Dein Volk braucht dich, Alahrian!" Durchdringend blickte sie ihn an, ihre Augen bohrten sich direkt in sein Herz.

„Diese Leute dort unten", fast verächtlich wies Alahrian auf die schwarze Masse von Kriegern, „das ist nicht mein Volk! Mein Volk existiert nicht mehr."

„Dein Volk wartet auf dich seit Hunderten von Jahren", sagte sie hart. „Hör auf dein Herz! Sieh sie dir an!" Unsanft, nahezu brutal drehte sie ihn herum und zwang ihn, nach unten zu blicken, zu den Kriegern, die dort standen und ihm zujubelten. „Ihr Blut rauscht durch deine Adern! Ihre Erinnerungen, ihr Schmerz und ihr Leid ..." Fest umklammerte sie seine Handgelenke, presste ihre Finger gegen den Stern über seinen Pulsadern, bis sie ihm schmerzhaft das Blut abdrückte.

„Dies hier ist deine Bestimmung!", schrie sie ihn an. „Du kannst dich ihr nicht entziehen!"

„NEIN!" Mit einem harten Ruck, der ihn mehr schmerzte als sie, riss er sich los. „Ich habe nichts zu tun mit deinem Krieg!"

Er hätte erwarten können, dass sie jetzt zornig wurde, stattdessen lächelte sie nur. „Du bist verängstigt, kleiner Prinz", meinte sie ruhig. „Und verwirrt. Du brauchst Zeit. Aber du wirst schon begreifen, glaub mir." Zärtlich strich sie ihm über die Schläfe, doch Alahrian drehte den Kopf weg.

„Lass mich!", zischte er grob. „Lass mich einfach in Ruhe!"

Wütend wandte er sich ab, rannte die Stufen herab und fort, fort von ihr. Lilith folgte ihm nicht.

Seine Lungen pfiffen vor Anstrengung, das Herz raste, und er war in Schweiß gebadet, als er endlich in seinen Gemächern ankam. Taumelnd hielt er inne, sperrte die Tür hinter sich ab – und blieb unschlüssig stehen. Wohin sollte er schon gehen? Es gab keinen Ort, an den er fliehen konnte.

Plötzlich hatte er das Gefühl, keine Luft mehr zu bekommen, als spüre er das Gewicht des massiven Felsens um ihn herum in jeder einzelnen Faser seines Körpers. Keuchend zerrte er an der silbernen Fibel seines Mantels, riss sie schließlich einfach ab und schleuderte das Kleidungsstück in eine Ecke.

Ein winziger, leuchtender Anhänger glitt unter seinem Hemd hervor und stach ihm mit seinem Licht unsanft in die Augen.

„Was ist das?" Verwirrt nahm Alahrian die Kette ab, umschloss sie mit den Fingern, fühlte, wie das schwache Sternenleuchten des Anhängers sich in seine Haut brannte. Es tat weh, sehr weh sogar, und doch zwang er sich, das Schmuckstück anzusehen, selbst wenn es ihm vor Schmerz die Tränen in die Augen trieb.

Vielleicht gab es doch einen Ort. Etwas in ihm antwortete auf das Glänzen des Anhängers, etwas regte sich in seinem Inneren. Er konnte es nicht erklären. Das Mädchen ...

Alahrian wandte den Blick zum Spiegel, und einen winzigen Moment lang schien ihm, als sähe er ihr Gesicht darin statt seines eigenen.

Lillian ...

Der Name tauchte aus seinem Unterbewusstsein auf wie ein Stück Treibholz aus einem tiefen Ozean. Ungeschickt schob er den Anhänger zurück unter sein Hemd, kniete vor dem Spiegel nieder und tastete mit den Fingerspitzen über das glatte, kühle Glas. Nichts. Natürlich nicht. Es war nur ein Spiegel, nichts weiter.

Ich muss von hier fort, dachte er wild. Die Königin will mich dazu benutzen, die Sterblichen anzugreifen.

Und das durfte nicht geschehen, das durfte um keinen Preis geschehen. Sie war dort oben, das Mädchen, das ihn in seinen Träumen heimsuchte. Lillian. Er durfte nicht zulassen, dass ihr etwas geschah, alles in ihm sträubte sich dagegen, er wusste nicht, warum.

Er musste fort. Die Königin beherrschte seine Gedanken, er ahnte es, wenn er es auch nicht bewusst wahrnahm. Wenn er noch einen einzigen Tag lang blieb, dann würde sie ihn zu ihrem Werkzeug machen, zu einer Marionette.

Hastig sprang er auf, stürzte atemlos zur Tür hin. Aber er öffnete sie nicht.

Er konnte nicht gehen. Er hatte es versprochen.

Ein Leben für ein Leben. Das Mädchen würde sterben, wenn er den Pakt nicht erfüllte.

Das Wissen war ganz plötzlich in ihm, er konnte sich nicht erklären woher. Kalt und erstickend legte es sich um sein Herz. Er hatte sein Leben gegeben, um das Mädchen zu retten. Sein Leben gehörte jetzt Lilith. Er konnte nicht gehen.

Aber wenn er blieb, dann würde sie seine Magie benutzen, um die Welt der Sterblichen mit Feuer, Krieg und Tod zu überziehen.

„Mein Gott ...“ Die Worte zersplitterten fast auf seiner Zunge. „Was soll ich nur tun?“

Er spürte ein Pochen unter seinen Handgelenken, dort, wo die Königin den Stern berührt hatte, es stach und schmerzte, als schrien die wirren, jubelnden Stimmen ihrer Krieger noch immer nach ihm, als rauschte ihr Ruf als grelles Zerren und Ziehen in seinem Inneren.

Ihr Blut rauscht durch deine Adern ...

Sie hatte die Wahrheit gesagt, er spürte es. Er war ein Teil der dunklen, wartenden Masse unter dem Turm. Ein Teil der Schatten. Als unzerreißbare Marionettenfäden zogen sie an ihm, riefen ihn, lockten ihn.

Lillian ...

Er dachte den Namen wie ein Gebet, aber er bekam keine Antwort. In seinem Kopf war alles still und leer.

Aber er fühlte die Macht, die er besaß, fühlte die Dunkelheit in seinen Adern, seinem Herzen, seiner Seele. Wenn ich es will, kann ich ihre ganze Welt verbrennen ...

Angst krallte sich in seine Brust. Schwer atmend brach er in die Knie, starrte voll Grauen sein eigenes, finsteres Spiegelbild an. Leichenweiß war sein Gesicht, die schwarzen Augen darin wie zwei tiefe, bodenlose Abgründe. Es war nicht immer so gewesen. Einst war er im Licht gewandelt, er erinnerte sich daran wie an einen allzu süßen Traum, und die Erkenntnis ließ kalte Wogen von Selbsthass durch seinen Körper jagen.

In Todesverachtung schlug er mit den Fäusten gegen das Spiegelbild, bis das Glas brach und in splitternden, silbrigen Scherben zu Boden regnete. Scharfe Kanten bohrten sich in seine Haut, Blut rann ihm über die Finger, aber das war ihm gleichgültig.

Nachdenklich schaute er auf die roten Linien herab, beobachtete versonnen, wie sie als gebrochene Fäden auf die schimmernden Spiegelsplitter hinabtropften. Marionettenfäden.

Es ist in meinem Blut ...

Lächelnd nahm Alahrian eine der Scherben in die Hand, streckte den Arm aus und betrachtete die dünnen, schwärzlich verfärbten Adern, die sich unter dem Elfenstern bis zum Ellbogen ausbreiteten.

Ihr Blut rauscht durch deine Adern ...

Alahrian würde keine Marionette sein.

Entschlossen nahm er die Scherbe, schlitzte den Stern über seinen Pulsadern auf – und zog die Scherbe in einer langen, tiefen Linie bis zur Armbeuge hoch.

„Das kann ja wohl nicht wahr sein!“

Seit mindestens einer halben Stunde lief Morgan in der Halle auf und ab, und allmählich machte dieses für ihn sehr untypische Benehmen selbst Lilly nervös.

Dabei fühlte auch sie die Enttäuschung, den bitteren Geschmack einer verlorenen Hoffnung. Der Graue war gekommen – aber er würde ihnen nicht helfen.

„Das ist seine Politik seit Anbeginn der Zeiten!“, rief Morgan wütend aus. „Er greift nie ein! Das einzige Mal, dass er wirklich etwas getan hat, war nach dem großen Krieg – und das endete in unserer Verbannung in diese Welt.“ Hilflos ballte er die Fäuste. „Seitdem – nichts! Gar nichts!“ Verächtlich verzog er das Gesicht. „Verzeih, Lilly, er ist dein Vater, aber ...“

„Er ist nicht mein Vater“, unterbrach Lilly ihn und wusste im selben Moment, dass es eine Lüge war. Sie hatte es gespürt, das Band, die Liebe, die Vertrautheit. Der Graue war ein Wesen so fremd und geheimnisvoll wie es selbst Alahrian nie für sie gewesen war, und doch glaubte sie, ihn zu kennen. Nachdenklich starrte sie auf ihre Handgelenke herab. Die Wunden waren bereits vernarbt, statt blutiger Schnitte schimmerten jetzt glänzende, perlmutterne Linien darauf, in allen Farben des Regensbogens.

„Vielleicht hat er ja Recht“, meinte sie zaghaft. „Vielleicht müssen wir Vertrauen haben. Alahrian wird seinen Weg finden.“

Aber sie glaubte selbst nicht, was sie da sagte. Sie hatte die Verzweiflung in Alahrians Gesicht gesehen, als er ging, hatte seine Angst gefühlt. Der zerrissene, verlorene Ausdruck in seinen Augen verfolgte sie in jedem ihrer Träume, selbst wenn sie wach war. Tief in ihrem Inneren war sein Licht verborgen, und jedes Mal, wenn sie seine Wärme fühlte, spürte sie die Kälte, in der Alahrian gefangen war, die Dunkelheit.

„Ich kann das nicht.“ Seufzend ließ Morgan sich neben ihr auf dem Sofa nieder. Er war erschöpft, mehr als ein Mensch es je sein konnte, sein Gesicht war fast grau vor Müdigkeit.

Mit einem schmerzlichen Lächeln betrachtete Lilly ihn, fast so, als sähe sie ihn zum ersten Mal – vielleicht tat sie genau das. Sein Blut rollte jetzt in ihren Adern, band sie an das Volk der alfar, aber auch an ihn. Früher, da war er ihr stets ein wenig unheimlich gewesen, manchmal sogar lästig mit seiner beständigen, arrogant-überlegenen Coolness. Jetzt sah sie die weichere Seite in seinen Augen, die Sorge, den Schmerz. Und eine tief verborgene Trauer, ein Verlust, der bitterer war und brennender, als sie es je hätte erahnen können.

„Ich weiß“, flüsterte sie leise und legte ihm behutsam die Hand auf die Schulter.

„Ich kann ihn nicht im Stich lassen. Er ist mein Bruder.“

„Ich weiß.“

Sarah war der einzige Mensch gewesen, den Morgan je geliebt hatte – und er hatte sie für immer verloren.

Alahrian war sein Bruder, und er konnte es nicht ertragen, auch ihn zu verlieren. Lilly wusste das, las es in seinen Augen, mit der neuen, noch unbekannten Klarheit, mit der sie ihn betrachten konnte, seit er ihr den Stern geschenkt hatte. Er hatte die Wahrheit gesagt: Sie waren wie Geschwister jetzt, und sie fragte sich, wie viel von ihrem eigenen Schmerz er erspüren konnte.

„Ich muss ihn retten", meinte Morgan tonlos. „Ihn und diese Welt. Ich kann nicht anders, egal was der Graue gesagt hat."

Ruckartig erhob er sich, fischte sein Mobiltelefon aus der Tasche seiner Lederjacke und wählte mit zitternden Fingern eine lange, vielstellige Nummer.

„Was hast du vor?" Stirnrunzelnd starrte Lilly ihn an.

Morgan lächelte grimmig. „Was Lilith kann, das kann ich auch." Plötzlich trat ein harter, unbarmherziger Ausdruck auf seine Züge. „Ich rufe in Island an. Ich stelle eine Armee zusammen."

Lilith

Alahrian erwachte mit heftigen Kopfschmerzen und einem matten, elenden Gefühl im ganzen Körper. Allein die Augen aufzuschlagen war eine Anstrengung, die fast über sein Kräfte ging, beinahe war er zu schwach, um zu atmen.

Trotzdem atmete er noch. Er lag in seinem Bett, seine Handgelenke waren dick mit einem weißen Verband umwickelt, die Spiegelscherben glitzerten noch auf dem Fußboden, sein Blut war überall, tränkte den Teppich und den Stein darunter, dunkel und eingetrocknet.

Dennoch lebte er.

„Hast du wirklich geglaubt, es würde so einfach sein?", fragte Lilith neben ihm.

Mühsam drehte er den Kopf. Die Königin der Schatten sah merkwürdig blass aus, unter den Augen lagen violette Ringe, als hätte sie nächtelang nicht geschlafen, ihr langes, pechschwarzes Haar fiel lose über die Schultern herab, darunter die Schwingen, seltsam matt und glanzlos. „Hast du im Ernst geglaubt, du könntest dich umbringen?" Sie lachte hart.

Nein, das hatte Alahrian nicht geglaubt. Aber er hatte gehofft, seinen Körper vielleicht schlimm genug zerstören zu können, um nie wieder aufzuwachen.

„Wie konntest du so etwas nur tun?", schrie Lilith ihn an. Zornig sprang sie auf, ihre Bewegungen ungewöhnlich fahrig, abgehackt, so als hätte sie zu lange in derselben Position verharrt.

Als hätte sie tagelang an seinem Bett gesessen ...

Der Gedanke war befremdlich.

„Wie konntest du nur versuchen, dich selbst zu zerstören?" Ihre Stimme zitterte. „Habe ich dir nicht alles gegeben? Frieden, Ruhe, Macht? Du hättest die Welt beherrschen können!" Ihre Augen flackerten, hätte er es nicht besser gewusst, er wäre sicher gewesen, Tränen darin schimmern zu sehen. Sie war enttäuscht. Es war völlig absurd und grotesk, aber sie war von seinem Verhalten tatsächlich enttäuscht.

„Nichts davon bedeutet mir etwas", flüsterte Alahrian schwach.

„Und deswegen willst du dich auslöschen?" Diesmal war es überdeutlich: Ihre Augen glänzten, Tränen sammelten sich darin.

„Ich habe mir Sorgen um dich gemacht", sagte sie anklagend. „Du warst fast drei Tage lang ohne Bewusstsein!"

Alahrian schloss die Augen, um den Impuls zu unterdrücken, sich zu entschuldigen. Sie sagte die Wahrheit, er spürte es instinktiv: Sie hatte sich tatsächlich Sorgen um ihn gemacht. Um ihn, nicht um das hübsche kleine Spielzeug, zu dem sie ihn gemacht hatte.

Überrascht schaute er zu ihr auf. Ihr Gesicht verschwamm vor seinen

Augen, die versilberten Schnitzereien an der Decke drehten sich in einem irren Tanz um ihn. Ihm wurde ganz übel davon, stolpernd hämmerte sein Herz gegen die Brust, in seinen Ohren rauschte es. Stöhnend senkte er die Lider. „Wieso fühle ich mich so dermaßen schlecht?“, seufzte er heiser.

„Wundert dich das wirklich?“ Lilith schnaubte verächtlich. „Du hast beinahe dein ganzes Blut verloren!“ Wütend blickte sie zu dem eingetrockneten Fleck auf dem Fußboden hin.

Drei Tage, hatte sie gesagt. Mehr als genug Zeit, um den Fleck entfernen zu lassen. Aber sie hatte es nicht getan. Mit einem Wimpernschlag hätte sie dafür sorgen können, dass er sich besser fühlte. Aber sie tat es nicht.

Stattdessen wartete sie an seinem Bett, bis er sich von selbst erholte, was, da er wach sein und atmen und reden konnte, offensichtlich schon bald der Fall sein würde. Unsterblichkeit war keine Gabe. Es war ein Fluch.

Alahrian ließ die Lider sinken mit dem Gefühl, in einer langsam zuschnappenden Falle gefangen zu sein. Es gab keinen Ausweg mehr, keinen. Schwärze wirbelte selbst hinter seinen geschlossenen Augen, ihm war eiskalt, ein Zittern schüttelte ihn. Ich komme hier nie wieder raus ...

Er presste die Lider zusammen, bis er Sterne sah, seine Hände krallten sich in die Bettdecke, unter der er lag. Die Bewegung tat weh. Die halb verheilten Schnitte über seinen Pulsadern brannten wie Feuer. Doch selbst jetzt, in diesem elenden Zustand, mehr tot als lebendig, sah er sie vor sich. Das Mädchen. Wie ein Sonnenstrahl nach einem Gewitter tauchte ihr Bild zwischen den Wolken in seinem Bewusstsein auf. Lillian. Er wusste nichts über sie als diesen Namen, der balsamsüß durch seine Gedanken glitt. Es machte ihn fast wahnsinnig, nicht zu wissen, wer sie war. Sogar jetzt noch.

„Du hast gelogen“, flüsterte er, ohne die Augen zu öffnen. Lilith würde ihn hören, da war er sicher. „Du hast gesagt, ich würde kein Leid mehr spüren. Keine Schmerzen mehr haben. Nie wieder.“

Lilith lachte hart. „Diesen Schmerz hast du dir ja wohl selbst zuzuschreiben“, entgegnete sie bitter.

„Das meine ich nicht.“ Er drehte den Kopf zur Seite, betrachtete die verschlungenen Ebenholzmuster an den Wänden, um das Bild auszublenden, das wie in seine Netzhäute eintätowiert hinter seinen Lidern wartete.

Lilith seufzte leise. Er spürte, wie der Zorn von ihr abfiel, spürte es, ohne sie ansehen zu müssen. „Es sind die Träume, nicht wahr?“, meinte sie, sonderbar mitfühlend und erschreckend empathisch.

„Ja ...“ Alahrian stöhnte. Mühsam wandte er sich ihr zu. „Sie quälen mich, die Träume ... Das Mädchen ... ich sehe sie vor mir, Tag und Nacht, es gibt keine Sekunde, in der ich nicht an sie denken muss, ich ...“

„Das Mädchen ist jetzt gleichgültig, mein Herz.“

Beruhigend strich sie ihm übers Haar, ihre kühlen Finger streiften sanft seine Stirn.

Alahrian fühlte, wie etwas in ihm auf ihre Stimme antwortete, Schatten breiteten sich in seinen Gedanken aus, milderten seine Unruhe, die Leere, den endlos schmerzenden Drang nach etwas längst Verlorenem in ihm.

„Hör auf!“ Seine Schwäche vergessend richtete er sich auf und schlug mit einer blitzschnellen Bewegung ihre Hand zur Seite. „Hör auf, in meinem Kopf herumzustochern!“

Die Augen weit aufgerissen zog sie sich zurück, sie sah gekränkt aus, verletzt. „Aber ich will doch nur, dass du glücklich bist ...“ Es klang beinahe verstört.

Alahrian blinzelte sie an. Sie sagte die Wahrheit. Mit jeder Faser seiner selbst spürte er, dass sie die Wahrheit sagte. „Ich bin aber nicht glücklich“, entgegnete er mit gesenktem Blick. „Bitte ... Ich muss wissen, wer das Mädchen ist!“

„Also schön ...“ Ihr Blick suchte den seinen. „Wenn es das ist, was du willst.“

„Ja.“ Eine kribbelnde Erregung, ein Hunger, der ihn fast erstickte, jagte durch seinen Körper. „Ja, das will ich!“

Ohne ein weiteres Wort berührte Lilith seine Stirn, ganz flüchtig nur – und der Schleier über seinem Bewusstsein hob sich. Von einer Sekunde auf die nächste war alles wieder da, seine ganze Erinnerung, dreihundertsechzig verlorene Jahre, auf einen Schlag.

Mit einem Aufschrei krümmte Alahrian sich zusammen, die Hände gegen die Schläfen gepresst. „Oh, mein Gott ...“ Einen Moment lang glaubte er, ihm müsse der Schädel zerspringen, zu stark war der Andrang der Bilder, der Gefühle und Wortfetzen. Wie er nach dem Feuer ziellos umhergeirrt war, seine erste Begegnung mit Morgan, die Königin, England, Italien ... Sämtliche Stationen seines Lebens nach dem Feuer rasten mit gewaltiger Macht durch sein Bewusstsein. Und dann sie. Lillian. Die Bilder waren so klar, dass er kaum mehr glauben konnte, sie je vergessen zu haben, ja, allein der Gedanke trieb bittere Tränen in seine Augen. Lillian. Lillian ... Lillian ...

Er würde sie nie mehr wieder sehen, nie mehr. Nie mehr ihr weiches Haar berühren, nie mehr in ihre schönen Augen blicken, sie nie mehr in den Armen halten.

Alahrian presste fest die Kiefer aufeinander, um nicht zu schreien. Etwas in seiner Brust krampfte sich schmerzhaft zusammen, Splitter dieser inneren Verletzung fraßen sich durch seinen ganzen Körper bis in die Fingerspitzen hinein. Stöhnend schloss er die Augen.

„Siehst du“, meinte Lilith sanft. „Das ist ein Schmerz, den ich dir ersparen wollte, mein Prinz.“

Und auch das war die Wahrheit.

Alahrian öffnete die Augen und sah sie an, die Königin der Erloschenen, die Herrscherin der Schatten, den Alptraum seines Lebens. Zum ersten Mal seit er hier unten gefangen war, sah er sie wirklich an. „Warum?“, fragte er leise, und seine ganze Verwirrung lag in diesem einen Wort. „Ich habe dich in die Hohlen Hügel gesperrt. Mein Zauber hielt die Tore all die Jahre über verschlossen. Du müsstest mich hassen. Aus tiefster Seele müsstest du mich hassen."

Er hatte sie gehasst, jedes Mal, wenn er an Beltaine in die Tiefen herabgestiegen war, um ihrer wispernden Stimme in seinem Kopf zu widerstehen, jedes Mal, wenn sie an Samhain ihre dunklen Schatten nach ihm ausgestreckt hatte. Nun hatte er von ihren Schatten getrunken, und während er sie jetzt ansah, da hatte sie all ihren Schrecken verloren. Sie war schön, wie sie da neben ihm saß, anmutig wie die Morgenröte, mächtig wie der Ozean. Doch sie wirkte auch zerbrechlich, auf eine merkwürdig berührende Art, Trauer lag in ihrem Marmorgesicht, und ein Abglanz von Schmerz, ein alter Schmerz, tief verborgen und nie verheilt.

„Ich hasse dich nicht", sagte sie ruhig. „Ich könnte dich niemals hassen."

„Warum?" Er konnte es einfach nicht begreifen. Sie war sein Feind. Seit sie ihm das erste Mal in der Kerkerzelle erschienen war, fürchtete er sie. Sein halbes Leben lang war er vor ihr geflohen, sein halbes Leben lang hatte er sie bekämpft.

Nun saß sie an seinem Bett, sie hatte ihm alles genommen, seine Liebe, seine Freiheit, seine Welt, und doch schaute sie ihn an mit einem Blick voller Sorge, ihre Augen umschattet, weil sie drei Tage lang nicht von seiner Seite gewichen war, während er in tiefer Bewusstlosigkeit lag.

„Warum?", fragte er noch einmal, als sie nicht antwortete.

Lilith entfaltete ihre Schwingen, bis sie wie ein schwarzer Samtmantel über ihrem Rücken hingen. Es war eine seltsam schutzsuchende Geste. „Du erinnerst mich an jemanden", sagte sie leise.

„Wie bitte?" Alahrian richtete sich auf, obwohl ihm von der Bewegung schon wieder schwindelig wurde. Von allen möglichen Antworten war dies so ziemlich die letzte, die er hätte erwarten können.

Ein wehmütiges Lächeln glitt über Liliths Lippen. Sie sah ihn nicht an, während sie weitersprach. „Einst hatte ich einen Sohn", meinte sie tonlos. „Er war ... er war ein bisschen so wie du ..." Zaghaft hob sie den Kopf, ihre Augen schimmerten, das Gesicht war blass und fern.

„Einen ... Sohn?" Alahrian brachte die Worte kaum über die Lippen.

„Er war wunderschön." In ihrem Gesicht zuckte es. Zögerlich streckte sie die Hand nach ihm aus. „Darf ich?"

Alahrian nickte abgehackt.

Sie legte ihre Hand auf seine, und im selben Moment sah er es vor sich, das Kind, von dem sie sprach: Es war ein kleiner Junge mit goldenem Haar und himmelblauen Augen. Lachend rannte er über eine blühende Frühlingswiese und jagte flirrende Sonnenstrahlen, Schmetterlinge tanzten auf seinen Schultern, und winzige Pixies schwebten libellengleich über ihn hinweg.

Pixies?

„Oh, mein Gott ...“ Alahrian zog seine Hand weg. „Das war ... das war noch vor der Verbannung. Es war, als ... als ...“

„Als das Volk der liosalfar noch in der Anderswelt lebte, ja.“ Lilith nickte traurig. Erneut fühlte Alahrian ihre kühlen Finger auf seiner Haut, wieder fiel er in ihre Erinnerung hinein.

Der Junge saß im Bett, genau wie er selbst jetzt, die Fenster waren geöffnet, ein wenig mild-warme Luft drang von draußen herein, Grillen zirpten in der Ferne, Blätter rauschten im Rhythmus einer unhörbaren, lieblichen Melodie. Doch kein Mondlicht sickerte durch die Fenster, kein Stern erhellte die Finsternis. Es war eine der wenigen, vollkommen dunklen Nächte der Anderswelt. Sorgfältig entzündete Lilith eine Kerze nach der anderen, am Ende stellte sie ein winziges Öllämpchen unter einen gläsernen, in allen Regenbogenfarben schimmernden Schirm und platzierte das Ganze behutsam auf dem Nachttischchen neben dem Bett. Bunte Lichtreflexe fielen durch das Glas auf die Wände, die Decke, die seidenen Kissen, in die der Junge gebettet war.

„Du wirst doch Acht geben, dass das Nachtlicht nicht ausgeht, nicht wahr, Mama?“ Aus großen, türkisfarbenen Augen blickte der Junge zu seiner Mutter auf.

„Aber natürlich, mein Herz.“ Zärtlich beugte sie sich zu dem Kind herab, drückte ihm einen beruhigenden Kuss auf die Stirn und deckte es zu. „Schlaf ruhig. Hab keine Angst.“

Dem Jungen fielen seufzend die Augen zu, Regenbogensplitter tanzten um ihn herum, trösteten ihn, beschützten ihn vor der Dunkelheit. Lilith saß an seinem Bett und sorgte dafür, dass die Lampe nicht ausging, die ganze Nacht über nicht ...

Alahrian vertrieb das Bild, blinzelnd und mit einem Gefühl der Beklommenheit im Herzen. Er selbst hatte kaum eine Erinnerung an seine Eltern. Doch wie oft hatte er sich gewünscht, jemanden zu haben, der das Licht am Erlöschen hinderte, jemanden zu haben, der dafür sorgte, dass es niemals dunkel wurde um einen herum ...

„Was ist aus dem Jungen geworden?“, fragte er schnell.

„Er starb.“ Lilith wandte den Blick ab. „Er zog in den Krieg, als er kaum älter war als du jetzt bist und ... und wurde getötet.“ Ihre Augen waren leer, die Stimme gesenkt. Wortlos berührte sie wieder seine Hand.

Es war ein anderes Bild, das er sah, jetzt, fast wie ein Spiegelbild, und doch auch wieder nicht. Die Ähnlichkeit war erschreckend, für Lilith musste es eine Qual sein, für Alahrian selbst war es nahezu ein Schock, obwohl er darauf vorbereitet gewesen war.

Der Junge war nun älter, sein Gesicht hatte die kindliche Weichheit verloren, doch ohne die Schwelle zum Erwachsensein ganz überschritten zu haben. Er trug eine schimmernde, silbrige Rüstung, die in der Sonne glänzte wie aus Lichtfunken geschlagen, mit einem Leuchten in den Augen bestieg er sein Pferd, zog sein Schwert und stieß es übermütig in die Luft.

Dann wechselte das Bild erneut, das eben noch strahlende Gesicht war nun blutüberströmt, eine Maske von Schmerz und Qual, die Augen verschleiert, das Leben wich bereits aus ihnen, unaufhaltsam und unbarmherzig. Schwer sank der blutende Körper gegen die weißen Schwingen, die ihn hielten, die Augen brachen, und dann ...

Das Bild riss so abrupt ab, dass Alahrian nach Luft schnappte vor Schreck. Zur Reglosigkeit erstarrt saß Lilith neben ihm, die Augen halb geschlossen.

Betroffen starrte er die Bettdecke an. Der große Krieg also. Der Krieg zwischen lios- und döckalfar, der ihre ganze Welt beinahe vernichtet hätte, ein nicht enden wollender Kampf um die Vorherrschaft, den niemand gewinnen, nur verlieren konnte. Der Krieg, der am Ende beide Völker in die ewige Verdammnis geführt hatte.

„Die döckalfar haben ihn getötet“, flüsterte Alahrian, fast lautlos.

„Ja.“

„Deshalb hast du es getan. Deshalb hast du das Gebot des Grauen missachtet.“ Es war keine Frage. Alahrian wusste es so sicher, als könne er es mit Blut geschrieben auf ihrer Stirn lesen. „Er wollte den Krieg beenden, du nicht. Du wolltest ... Rache.“

Genau wie jetzt. Er schauderte, als er daran dachte, an die Krieger, die irgendwo außerhalb auf sie warteten. Auf ihn warteten.

„NEIN!“ Hitzig sprang sie auf, ihre Schwingen peitschten die Luft. „Ich wollte Gerechtigkeit! Und das will ich noch!“ Ihre Augen loderten plötzlich, Schatten wogten um ihre Gestalt, und für einen Moment sah sie wieder wie das Monster aus, das ihn all die Jahrhunderte lang in seinen Träumen verfolgt hatte.

„Die döckalfar sollten bezahlen für das, was sie deinem Sohn angetan haben“, sagte Alahrian kalt und wich nicht vor ihr zurück. „Und die Menschen sollen bezahlen für das, was sie deinem Volk angetan haben!“

„Unserem Volk.“ Ihre in Dunkelheit brennenden Augen bohrten sich tief in seinen Blick.

„Und wohin soll das führen?“ Alahrian schüttelte heftig den Kopf. „Rache hat dein Volk erst in die Welt der Sterblichen und dann in die Schatten gestürzt. Rache wird das Leid nicht rückgängig machen, das die Menschen uns angetan haben.“

„Ach, was weißt du schon!“ Zornig verzog Lilith das Gesicht. „Nichts weißt du, gar nichts!“

Alahrian biss sich auf die Lippen. „Rache hat deinen Sohn nicht wieder lebendig gemacht, nicht wahr?“, fragte er leise. „Selbst wenn du jeden einzelnen döckalfar getötet hättest, es hätte ihn dir doch nicht wieder zurückgebracht.“

Der Zorn in ihrem Blick erstarrte, und etwas darin zerbrach, als sie ihn seltsam hilfesuchend anblickte.

„Ich bin nicht dein Sohn“, sagte Alahrian unbarmherzig.

„Nein, das bist du nicht.“ Seufzend wandte sie sich ab. „Du könntest es aber sein!“ Wie ein Pfeil schnellte ihr flammender Blick in seine Richtung. „Du und ich, wir sind vom selben Volk, vom selben Blut! Begreifst du denn nicht, was wir beide zusammen tun könnten! Wir könnten unser Volk zu seiner alten Größe zurückführen, wir könnten eine neue Welt erschaffen, wir –“

„Nein.“ Alahrian ließ sich in die Kissen zurücksinken. „Ich will das alles nicht.“ Er schloss die Augen, versank einen Moment lang in der Tiefe seiner eben erst zurückgewonnenen Erinnerungen, weidete sich an dem süßen Schmerz, den sie ihm bereiteten. „Alles, was ich will, ist mit Lillian zusammen zu sein.“

„Aber das kannst du nicht!“ Die Leidenschaft auf ihrem Gesicht erlosch, machte etwas seltsam Kaltem, Hartem Platz. „Ich habe dieses Mädchen um deinetwillen gerettet. Aber du kannst nicht mit ihr zusammen sein. Glaub mir, sie wird dich nur ins Unglück stürzen.“

Alahrian lachte ohne jeden Hauch von Humor. „Warum sollte sie? Sie liebt mich.“

Und das tat sie. Er wusste es mit einer plötzlichen, absoluten Gewissheit, die ihn ganz ausfüllte, tief in seinem Inneren leuchtete und ihn mit einer Wärme erfüllte, die selbst das elende Gefühl von Schwäche und Leere in seinen Adern mit einem Schlag zerstreute. Sie liebt mich. Mag sein, dass ich ihrer Liebe nicht wert bin, aber sie liebt mich. Sie wird mich immer lieben.

„Du hast keine Ahnung, wer sie wirklich ist, nicht wahr?“ Lilith ließ sich wieder zu ihm auf die Bettkante sinken, ihr Blick voll von einer irritierenden Art von Mitgefühl.

„Doch, natürlich.“ Fest sah er sie an. „Sie ist eine von uns. Ihr Vater war wie ich. Ein liosalfar.“

„Nein, das war er nicht.“ Liliths Antlitz verhärtete sich noch weiter, bis es nicht nur so schön war, als wäre es aus Marmor gemeißelt, sondern auch ebenso kalt. „Ihr Vater ist vieles, aber eines ist er ganz gewiss nicht: wie du.“

„Was soll das heißen?“ Alahrian blinzelte ärgerlich.

Lilith verzog das Gesicht. Eine Mischung aus Zorn und nur halb unterdrücktem Schmerz zuckte über ihre Lippen. „Ihr Vater ist das Wesen, das ihr den Grauen nennt“, erklärte sie böse. „Sie ist seine Tochter.“

„Was?!“ Ungläubig starrte Alahrian sie an. „Aber das ... das kann nicht sein! Du lügst!“

Aber natürlich tat sie es nicht. Sie log so wenig wie all die Male zuvor, da sie miteinander gesprochen hatten.

Der Graue also ... Alahrian war wie vor den Kopf geschlagen. Dabei machte es durchaus Sinn. War er ihnen nicht erschienen, als sie einander das erste Mal geküsst hatten? Hatte nicht Lilly sich in seiner Welt, in seiner Gegenwart sofort wie zu Hause gefühlt, während er selbst zitternd auf die Knie gefallen war?

Der Gedanke versetzte ihm einen merkwürdigen Stich. Die Tochter des Grauen ... Damit stand sie so weit über ihm wie es nur irgend möglich war in der Ordnung der alfar. Nicht dass diese Ordnung seit der Verbannung noch irgendeine Rolle gespielt hätte ... Es tat trotzdem weh. Er war ihrer nicht würdig. Er war es nie gewesen, und jetzt ...

Unwillkürlich wanderte sein Blick zum Spiegel, der als zerschmetterter Scherbenregen auf dem Fußboden lag in einer dunklen Lache seines eigenen Blutes. Er konnte sein Gesicht nicht mehr erkennen in diesem Spiegel, und doch wusste er, was er sehen würde. Augen so schwarz wie zwei bodenlose Abgründe in einem Antlitz bleich wie der Tod. Einen Schatten. Er war zu einem Schatten geworden.

Lilith hatte Recht: Er konnte unmöglich mit Lilly zusammen sein. Selbst wenn er nicht hier gefangen gewesen wäre. Es war unmöglich.

„Sie wird dich verraten“, sagte Lilith kalt in seine schweren, allzu bitteren Gedanken hinein. „Sie ist die Tochter des Grauen. Sie wird dich verraten so wie er mich verraten hat.“

„Er hat dich nicht verraten.“ Alahrian zwang sich, an Liliths Geschichte zu denken, nicht an seine eigene, zwang sich, die Verzweiflung zurückzudrängen in die tiefsten Winkel seines Bewusstseins, wo sie lauern würde, bis er allein war – und schwach genug, um sie nicht mehr beherrschen zu können. „Er wollte unserer Welt den Frieden schenken.“

„Frieden?“ Lilith lachte hart. „Er hat unser Volk in die Hölle verbannt! Und unseren Sohn –“

„Unseren Sohn?“ Das Wort durchzuckte Alahrian wie ein plötzlicher Fieberkrampf. „Der Junge war ... Oh, mein Gott!“ Er fühlte, wie alle Kraft aus ihm wich, wie ihm der Boden unter den Füßen entzogen wurde, obwohl er ausgestreckt im Bett lag. Ihm wurde schwindelig, und diesmal nicht vom Blutverlust.

„Du bist ... du … du warst … du warst seine Geliebte ...“

Er konnte die Bedeutung dessen, was er da selbst aussprach, kaum erfassen. Lilith hatte ihm da gerade etwas Ungeheures offenbart, vielleicht das tiefste Geheimnis ihrer Existenz – einen Moment lang aber konnte er, so absurd es auch war, nur an eines denken: Lilly hatte einen Bruder gehabt. Einen Bruder, der gestorben war, als selbst ihre ganze Welt noch jung war.

„Ich war viel mehr als das!“, rief Lilith unwirsch, zornig sprang sie von ihrem Platz auf. „Ich war seine Gefährtin, seine Königin, ein Teil seiner selbst!“

„Und doch hast du dich gegen ihn gewandt.“ Alahrian war mit einem Mal eiskalt. Fest krallte er die Hände in die Bettdecke, um ihr Zittern zu verbergen.

Welchen Schmerz musste er erlitten haben, der Graue, welches entsetzliche Leid!

„Ich wollte Gerechtigkeit für unseren Sohn!“ Liliths Stimme war ein Grollen mehr als ein Sprechen. „Ich wollte, dass die döckalfar bezahlen für das, was sie ihm angetan haben!“

„Er wollte den Krieg beenden. Den Krieg, der euren Sohn das Leben gekostet hat.“ War das nicht etwas Gutes? Etwas Edelmütiges? Und doch ... Tief in seinem Inneren begann er, auch Lilith zu verstehen.

„Er hat unser Volk in die Welt der Sterblichen verbannt! Er hat uns in die Tiefe gestürzt!“

„Auch die döckalfar wurden verbannt.“

„Die döckalfar mussten nicht erleiden, was wir erlitten haben! Sie wurden nicht verfolgt, gejagt und gedemütigt!“

„Ja, das ist wahr ...“ Alahrian senkte den Blick, versuchte, nicht an das Feuer zu denken, an das Eisen, den Schmerz. Stattdessen dachte er an Morgan, seinen Bruder. „Die döckalfar sind den Menschen um so vieles ähnlicher als wir es sind“, sagte er leise und war sich nicht bewusst, dass er zum ersten Mal von einem wir sprach. „Sie kommen so viel besser in ihrer Welt zurecht als wir.“

Deshalb war sein Volk in die Schatten gestürzt. Und vielleicht war das keine Strafe, sondern ein Geschenk. Hier unten, in den unendlichen Hallen und Felsenlabyrinthen der Hohlen Hügel, da hatten sie eine Welt gefunden, die ganz ihnen gehörte. Einen Ort, an dem sie sicher waren. Das war es, was Lilith getan hatte. Sie hatte sich ein neues Reich erschaffen, in der Tiefe.

Aber sie hasste dieses Reich. Aus diesem Grund hatte sie ihn zu sich geholt. Er hatte die Tore verschlossen, er hatte sie wieder geöffnet. Er war der Schlüssel.

Schaudernd dachte Alahrian an die Krieger vor dem Palast, an seine Krieger. Ich kann sie retten, ich kann sie befreien.

Der Gedanke war abstoßend und absurd, aber er brachte auch etwas in seinem Inneren zum Klingen.

„Der Graue hat unser Volk verlassen und verraten“, sagte Lilith leise. Sie war aufgestanden, hatte sich dem Fenster zugewandt, als wolle sie nach draußen blicken, doch wie immer verschlossen dunkle Läden die Sicht. Ihre Schwingen berührten fast den Boden, glatt und samten hingen sie von ihrem Rücken herab.

„Er hat mich verlassen“, sagte sie tonlos. „Und unseren Sohn ...“ Ihre Stimme erstarb.

Anstatt ihren Sohn zu rächen hatte er ein Kind mit einer Sterblichen gezeugt. Alahrian schloss die Augen, fühlte den Schmerz, der wie ein glühender Aschehauch von ihrer schmalen Gestalt aus zu ihm herüberwehte, spürte ihre Bitternis und ihre Einsamkeit. Vor ihm stand ein Wesen, das alles verloren hatte: ihren Sohn, ihren Gefährten, ihre Welt.

„Deshalb kannst du mit dem Mädchen nicht zusammen sein“, flüsterte sie, beinahe sanft. „Sie wird dir genau dasselbe antun.“

Alahrian öffnete mit einem Ruck die Lider. „Nein!“ Er schrie es mit der ganzen Inbrunst seiner verletzten Gefühle, doch Tränen brannten plötzlich in seinen Augen. „Das würde sie niemals tun! Sie liebt mich! Sie wird mich immer lieben!“

„Ach ja?“ Liliths Augen funkelten böse. „Und wo ist sie dann? Sie hat dich längst vergessen, glaub mir.“

„Nein ...“ Ein Messer brannte ihm mit einem Mal in der Kehle, raubte ihm den Atem und ließ ihn keuchend vornüber sinken. „Sie ... liebt mich ... ich weiß es ...“

„Die Liebe der Sterblichen ist so vergänglich wie ein Windhauch, mein Prinz.“

Ihre Worte erklangen direkt neben seinem Gesicht, sanft strichen ihre Finger über seine Wangen.

„Aber nicht die unsere.“

Stöhnend presste Alahrian die Hand gegen sein Herz, das in der Brust zu zersplittern drohte. Sein Blick jedoch war fest und durchdringend, als er sich in den Liliths bohrte, direkt in die dunklen, unergründlichen Obsidianaugen hinein. „Du liebst ihn noch“, sagte er, und seine Worte waren wie ein Pfeil, blind ins Blaue hinein geschossen, der mitten ins Schwarze traf. Mitten ins Herz.

„Ich liebe ihn beinahe genauso sehr wie ich ihn hasse“, erklärte sie wild, Zorn und Schmerz und Bitterkeit zerrissen ihr schönes Gesicht.

„Und wenn er zurückkäme? Wenn er unserem Volk vergeben könnte?“ Keuchend starrte Alahrian sie an, seine Hand in die ihre geklammert. „Irgendwann, wenn wir bezahlt haben, für das, was wir taten, für den Stolz und den Hochmut, dann wird er wieder kehren und uns nach Hause holen. In unsere Welt. Und dann ...“ Tränen erstickten seine Stimme, die Worte zerbrachen, denn er wusste, es war keine Hoffnung hinter ihnen, kein Glaube. Es waren nur leere Worte, fragiler als ein trockenes Herbstblatt im Wind.

„Das wird er nicht“, sagte Lilith hart. „Jahrhunderte lang haben sie ihn angefleht, die liosalfar, während sie in den Kerkern lagen, auf den Scheiterhaufen brannten, gefoltert und gedemütigt von den Menschen. Aber er ist nicht gekommen.“

Dunkelheit strömte aus ihrem Blick, umarmte ihn, umfing ihn.

„Auch du hast ihn gerufen, in den dunklen Verliesen, in der Kammer der Schmerzen, hast gehofft und gewartet, dass er kommen möge, um dich zu befreien.“

„Ja.“ Heiß spürte er die Tränen über seine Wangen rinnen. „Ja.“

„Aber er ist nicht gekommen.“

„Nein.“

„Nur ich bin gekommen.“

„Ja." Matt ließ er sich in ihre Arme sinken, die schwarzen Schwingen umschlossen ihn.

„Und während du hier warst, in der Tiefe, da hast du das Mädchen in deinen Träumen gesehen, du hast dich gequält, sie gerufen – aber sie ist nicht gekommen."

„Nein." Seine Lider waren schwer. Zu Tode erschöpft schmiegte er das Gesicht gegen die samtweichen Schwingen.

„Du und ich, wir haben nichts mehr als uns selbst. Und einander."

„Ja." Seine Stimme war heiser und rau. Er wollte die Augen schließen und sich von ihren Schwingen in den Schlaf wiegen lassen wie ein Kind. Wie der Junge, der gestorben war.

„Ich habe ihn gesehen", flüsterte er stattdessen und dachte an die Krieger unter dem Turm. „Den Grauen. Ich habe ihn gesehen und er hat mit mir gesprochen."

„Was hat er dir gesagt?"

Alahrian richtete sich auf. „Er sagte, es gäbe etwas, das ich tun müsse, eine Aufgabe."

Fragend blickte sie ihn an, aber sie schwieg. Alahrian erwiderte ruhig ihren Blick, leise, fast tonlos sprach er: „Er sagte: Führ sie zurück ins Licht."

Verlassen

„Verdammt nochmal, Morgan, ruf mich zurück, BITTE, ja?!!!" Wütend warf Lilly das Handy auf den Küchentisch, erst zu dieser Gelegenheit nahm sie wahr, dass das Plastikgehäuse an einer Seite geschmolzen war. Na toll! Unbehaglich blickte sie auf ihre Handflächen herab. Violette Helligkeit hatte sich unter der Haut angesammelt, wie so oft in letzter Zeit. Wie um alles in der Welt hatte Alahrian das nur ausgehalten? Diese Kräfte waren...

Sie waren sein Geschenk an sie.

Der Schmerz, den es hinterließ, allein seinen Namen zu denken, ernüchterte sie weit genug, um das Leuchten in den Händen verlöschen zu lassen. Seufzend ließ sie sich auf den Mosaikfußboden herabsinken. Seit zwei Wochen nun schon hatte sie es sich zur Gewohnheit werden lassen, sofort nach der Schule in die Villa zu stürmen, um atemlos nachzusehen, ob einer der Brüder zurückgekehrt war. Seit zwei Wochen war die Villa leer und verwaist.

Auf Alahrians Rückkehr wagte sie noch nicht einmal mehr zu hoffen, aber wenigstens Morgan ...

Vor zwei Wochen war er nach Island geflogen, um seine „Armee" zusammenzustellen. Seine Armee ... Allein das Wort war grotesk! Staatsoberhäupter besaßen Armeen, amerikanische Präsidenten, allenfalls noch irgendwelche finsteren Diktatoren.

Oder übernatürliche Krieger, die keine Menschen waren und bereits an den Kreuzzügen teilgenommen hatten ...

So grässlich es auch war, das schien der Plan zu sein: Sämtliche döckalfar zusammenzurufen, um die Hohlen Hügel anzugreifen. Und Alahrian zu befreien. Morgan zufolge stellte das kein allzu großes Problem dar. Die döckalfar waren den Erloschenen weit überlegen, mit einer einzigen Berührung konnten sie ihnen genug Energie entziehen, um sie tagelang in tiefe Bewusstlosigkeit zu schicken.

Das war es, was Morgan behauptete. Lilly krampften sich allein schon bei dem Gedanken, Morgan könne einen Krieg gegen Lilith beginnen, sämtliche Eingeweide in nacktem Horror zusammen. Einen Krieg. Um Alahrian. Das war es nicht, was der Graue – ihr Vater! – gewollt hatte, gewiss nicht. Der Graue aber war nicht hier. Der Graue weigerte sich, Alahrian zu helfen.

Wütend starrte Lilly ihre Handgelenke an. Die sternförmigen Narben über den Pulsadern waren längst verheilt, wenn man genau hinsah jedoch, konnte man noch immer einen leichten, regenbogenfarbenen Perlmuttschimmer über den feinen Linien erkennen. Ich bin seine Tochter ... Und trotzdem ist er nicht hier.

Sie hatte es versucht. Auf jede nur erdenkliche Weise hatte sie versucht, mit dem Grauen Kontakt aufzunehmen. Aber er war nicht gekommen.

Lilly war allein. Das war vielleicht das Schlimmste. Alahrian hatte sie verlassen, um ihr Leben zu retten, und das war das Edelste, Tapferste und Gütigste, das je ein Wesen für sie hätte tun können, und dennoch: Er hatte sie verlassen. Er erinnerte sich noch nicht einmal mehr an sie. Und das schmerzte jeden Tag, jede Sekunde lang. Es gab keinen Augenblick in ihrem Leben, in dem sie ihn nicht vermisste, keinen einzigen Moment, in dem sie nicht an ihn denken musste. Es war, als hätte man sie in zwei Hälften gerissen, und eine Hälfte war weit fort, in der Tiefe, in der Dunkelheit.

Solange Morgan noch hier gewesen war, hatte sie wenigstens das Gefühl gehabt, irgendetwas, irgendwann, irgendwie tun zu können. Jetzt war auch ihr Blutsbruder verschwunden. In Island. Oder auch sonst irgendwo. Vielleicht nicht einmal mehr in dieser Welt. Alahrian war weg, Morgan war weg, und der Graue ließ sich nicht blicken.

Sie war allein. Vollkommen allein.

Hätte sie nicht die Narben an den Handgelenken gehabt und die unberechenbaren Lichtströme in ihrem Inneren, sie hätte glauben können, sich die geheimnisvolle Welt der alfar nur eingebildet zu haben. Als wäre alles nur ein Traum gewesen ...

Alahrian. Ein Traum aus Licht – und Schatten. Wenigstens würde es ihm gut gehen, dort unten, in der Tiefe. Das hoffte sie zumindest. Morgan hatte gesagt, Lilith würde ihm nicht weh tun. Dafür war er zu wertvoll. Für was auch immer ...

Seufzend lehnte Lilly den Kopf gegen das Sofa. Fast sehnsüchtig glitt ihr Blick zur Kellertür der Villa, zur Treppe, die zuerst in Morgans Hightech-Höhle führte und dann tiefer in die Erde hinein, immer noch tiefer bis zu dem unterirdischen Felsenlabyrinth, das bis vor kurzem noch vor einer massiven Stahlwand geendet hatte. Jetzt war das Tor gesprengt. Der Weg in die Hohlen Hügel frei. Morgan war dort gewesen, und jeden Tag während der letzten zwei Wochen war die Versuchung stärker geworden, ebenfalls dort hinabzusteigen. Es schien so einfach, so verlockend. Alahrian war dort unten. Nur ein paar Gänge, nur eine Welt entfernt.

Lilly kannte freilich den Weg nicht. Sie hatte auch nicht die Macht, Alahrian zu befreien. Er hatte Lilith sein Leben geschenkt, sie würde ihn nicht herausgeben, nicht freiwillig. Lilly hatte keine Armee wie Morgan.

Das alles hätte sie jedoch nicht abgehalten. Nein, es war etwas anderes. Es war das Licht, das sie in sich trug. Sie durfte Alahrians Licht nicht in die Dunkelheit tragen, durfte nicht riskieren, dass es für immer erlosch.

Lilly hatte bereits versucht, es irgendwie loszuwerden, um es an einem sicheren Ort zu verwahren, hatte versucht, es in ein Glasgefäß zu sperren, so wie Alahrian selbst es einst getan hatte, als er ihr den Anhänger geschenkt hatte.

Das Ergebnis jedoch waren bloß in alle Richtungen explodierende, halb zerschmolzene Splitter gewesen. Man konnte eine übernatürliche Macht eben nicht einfach in ein Marmeladenglas füllen.

Also blieb ihr nichts anderes übrig als zu warten. Bis Morgan zurück kam oder Liliths Krieger die Welt der Sterblichen in Besitz nahmen – oder ihr der Himmel auf den Kopf fiel ...

Lilly zuckte zusammen, als das leicht ramponierte Telefon auf dem Küchentisch zu schrillen begann. Morgan! Endlich!

Blitzschnell schoss sie empor und stürzte atemlos in die Küche. „Ja?"

Sie hatte in der Eile nicht aufs Display geschaut. Hätte sie es getan, wäre ihr der eiskalte Stich bitterer Enttäuschung vielleicht erspart geblieben. Es war nicht Morgan. Es war Lena, die wissen wollte, ob sie zum Essen nach Hause kommen würde.

„Ja, klar. Ich bin gleich da ..." Frustriert klappte Lilly das Handy zu. Nur um ihrer inneren Unruhe, ihrer Wut und ihrer Verzweiflung Luft zu machen, wählte sie gleich darauf erneut Morgans Nummer. Mailbox. Natürlich. Ärgerlich schob sie das Telefon in die Tasche.

Kaum eine halbe Stunde später saß sie zu Hause am Esstisch und rührte missmutig in einem Teller Spaghetti mit Tomatensauce herum, ohne mehr als eine Gabel voll davon wirklich zu sich zu nehmen.

„Machst du dir immer noch Sorgen wegen Alahrian?" Die Stimme ihres Vaters ließ sie heftig zusammenzucken.

„Was?"

„Wegen dieser Lungenentzündung ..." Ihr Vater machte ein aufmunterndes Gesicht. „An so etwas stirbt heutzutage keiner mehr, glaub mir. Und Alahrian ist jung, kräftig ... Er wird bald wieder fit sein."

Lilly blinzelte, den Blick auf ihren Teller gerichtet. Lungenentzündung ... klar. Das war die offizielle Version. Alahrians Grippe war in eine schlimme Lungenentzündung umgeschlagen, und Morgan war mit ihm zur Kur in die Schweiz gefahren. Das hatte Lilly in der Schule erfahren, ausgerechnet. In die Schweiz! Als wäre er irgendein tuberkulöser junger Adeliger aus dem neunzehnten Jahrhundert ... Morgan jedoch hatte sich nicht erblödet, sogar noch ein perfekt gefälschtes Attest einer Schweizer Nobelklinik beizufügen. Das war das Letzte gewesen, was Lilly von ihm gehört hatte.

Lungenentzündung, pah! Schaudernd fragte sich Lilly, ob sie wohl auch auf Alahrians Beerdigung würde gehen müssen, wenn er nicht bald zurückkehrte ...

Der Gedanke krampfte ihr den Magen zusammen. Sie ließ die Gabel endgültig sinken.

„Wenn du willst, kann ich ja mal in dieser Klinik anrufen", erbot sich großzügig ihr Vater, den die Geschichte bisher nicht im Geringsten misstrauisch gemacht hatte.

„Nein!" Hastig blickte Lilly auf, rettete sich in ein verlegenes Lächeln, obwohl ihr Herz plötzlich bis in die Kehle hämmerte, und meinte schnell:

„Wir ... wir schreiben uns E-Mails ... Fast jeden Tag. Es ... es geht ihm schon viel besser!“

Bevor irgendjemand am Tisch etwas erwidern konnte, stand sie auf und flüchtete geradezu in ihr Zimmer hinauf. E-Mails ... Hätte die Hölle, in der er gefangen war, Internetanschluss gehabt ...

Sogar in Gedanken hatte sie versucht, ihn zu rufen, immer und immer wieder. Aber sie hatte nie eine Antwort bekommen. Entweder weil er sie nicht hören – oder nicht zu ihr durchdringen konnte. Vermutlich beides.

Den Tränen nahe ließ sich Lilly aufs Bett sinken. Alahrians blauer Kapuzenpulli lag dort neben dem Kopfkissen, sie hatte ihn hierher gebracht, und nachts, wenn der Schmerz am schlimmsten wurde, dann vergrub sie das Gesicht in dem weichen Stoff und weinte, bis sie einschlief. Ein Hauch von seinem Geruch klebte noch an dem Kleidungsstück. Es war ein schwer zu beschreibender, kaum wahrnehmbarer Geruch, ein Duft von Wäldern, von feuchtem Gras und Morgentau, von Wind und Meer und von in Zuckerwatte verpacktem Sonnenschein. Darüber lag ein sanfter Hauch irgendeines verboten teuren, französischen Aftershaves. Alahrian benutzte es, um seine menschliche Tarnung vollkommen zu machen, obwohl die alfar sich eigentlich nicht rasieren mussten. Hätte irgendjemand in diesem Kaff geahnt, wie viel eine einzige Flasche davon kostete, hätte es die Verkleidung vom gewöhnlichen Dorfjungen auf der Stelle gesprengt, aber das war eben typisch Alahrian. Wahrscheinlich hatte ihm bloß der Flakon gefallen ...

Lilly lächelte wehmütig, während sie gleichzeitig versuchte, die Tränen wegzublinzeln. Alahrian ... Sie schmiegte die Wange gegen den Pullover, atmete tief ein und schloss die Augen. Alahrian ...

Die Erinnerung an sein Lächeln blitzte in ihren Gedanken auf, als sie einschlief.

Ziellos streifte Alahrian durch die schmalen Gassen und grob bepflasterten Straßenzüge der unterirdischen Stadt. Seit er in der Tiefe gefangen war, hatte er Liliths Palast nicht verlassen, und obwohl er es geahnt hatte, so war ihm doch nicht bewusst gewesen, wie groß diese verlassene Welt eigentlich war. Es war kalt hier draußen, eine Art frischer Wind streifte sein Gesicht, das dämmerige Zwielicht sorgte zwar für ausreichend Helligkeit, aber kaum für Wärme. Fröstelnd zog Alahrian den schwarzen Samtumhang enger um die Schultern, hielt jedoch nicht inne, um zurückzukehren. Der Fenririm, der üblicherweise seine Gemächer bewachte, folgte ihm auf dem Fuße. Zweifellos wusste Lilith, wo er war. Sie hatte Alahrian ihre Geschichte anvertraut, ihr Geheimnis, aber sie traute ihm nicht. Noch immer nicht. Zu Recht. Hätte Alahrian einen Ausweg gewusst, er wäre geflohen. Doch es gab keinen Ausweg. Er hatte es versprochen. Um Lilly zu retten. Er durfte sie nicht in Gefahr bringen.

Den Kopf gesenkt beschleunigte er seine Schritte. Trotz der Kälte waren erstaunlich viele Leute in den Straßen unterwegs und alle schienen ihn anzustarren, unzählige Blicke folgten ihm. Es waren keine feindseligen Blikke, nichts Bedrohliches lag darin. Im Gegenteil: Wer ihm ins Gesicht schaute, der beugte daraufhin respektvoll das Haupt, Staunen, Unglauben und Bewunderung schimmerten in den schwarzen Augen, die die seinen kreuzten, Ehrfurcht erhellte die Gesichter, die ihn anstarrten. Getuschel erhob sich hinter ihm, Hände streckten sich ihm entgegen, einmal wurde er umringt und bestaunt wie ein seltenes, unbekanntes Tier, aber meist lächelten die Passanten ihm nur schüchtern entgegen.

Wie einem Herrscher, der sich unerkannt unters Volk gemischt hatte. Und genau das war es, was sie in ihm sahen. Ihren Prinzen, ihren Retter.

Mit Grauen dachte Alahrian an die Soldaten vor dem Turm, an Liliths Worte, und hastig schlug er die dunkle Kapuze über den Kopf, tief in die Stirn, steigerte sein Tempo, bis er fast durch die Straßen rannte.

Dann, unvermittelt, blieb er stehen. Es ist das, wozu ich geboren wurde. Geboren, um über dieses Volk zu herrschen. Mein Volk ...

Er war ein Prinz der liosalfar, eines Volkes, das nicht mehr existierte. Oder vielleicht doch noch existierte ...

Unsicher sah er sich um, betrachtete seine Umgebung mit neuen Augen. An einer Straßenecke spielten einige Kinder mit einem bunt bemalten Kreisel. Ein alter Mann sah müde aus dem Fenster. Eine Frau mit einem Korb voll Äpfel im einen und einem Baby im anderen Arm lief die Straße entlang. Einer der Äpfel rollte aus dem Korb, über das Pflaster, direkt vor Alahrians Füße. Rasch bückte er sich, hob ihn auf und wollte ihn der Frau zurückgeben, doch da war sie bereits in einem Hauseingang verschwunden.

Nachdenklich starrte Alahrian auf die kleine, harte Frucht. Es gab Äpfel, die hier unten wuchsen, er hatte das nicht gewusst. Und es gab Bauern und Gärtner, die sich um die Apfelbäume kümmerten, und es gab Kinder, die die Früchte aßen.

Er selbst hatte sein ganzes Leben lang nie etwas anderes als reinen Zukker zu sich genommen. Aber hier unten gab es alfar, die Äpfel aßen. Sie hatten sich mit dieser Welt arrangiert, sie rechneten nicht mehr damit, sie jemals wieder zu verlassen.

Sie waren Gefangene der Tiefe wie lebende Tote in einem Grab. Lebende Tote, die nicht sterben konnten.

Und doch gab es Leben hier unten. Alahrian schloss die Finger um den Apfel. Es gab Leben, Pflanzen, die wuchsen, Kinder, die am Straßenrand spielten. In der Welt der Sterblichen hatte er schon lange, schon sehr, sehr lange kein Kind der alfar mehr gesehen.

Ein Pärchen schlenderte an ihm vorbei, Alahrian zog sich in eine Gasse zurück, um den beiden auszuweichen, doch er schaute ihnen lange nach. Ein junger Mann mit schwarzgelocktem Haar und eine Frau mit funkelnden, nachtfarbenen Augen. Als Alahrian ein Kind gewesen war, hatte man ihm die Erloschenen als Monster beschrieben, sein halbes Leben lang hatte er gegen sie gekämpft – und dagegen, so zu werden wie sie. Dennoch hielten sich diese beiden an den Händen und lächelten einander an, so wie er einst Lilly angelächelt hatte, so wie er einst ihre Hand gehalten hatte. Die Krieger unter dem Turm hatten ihn erschreckt, denn das war der Feind gewesen und der Alptraum seiner Kindheit.

Aber diese Leute hier, das waren keine Monster.

Ich kann sie retten, dachte er mit einer Art von wilder Verzweiflung, die seinen ganzen Körper durchzuckte wie ein Fieberkrampf. Ich kann sie befreien ...

Mein Volk ...

Hart hämmerte sein Herz gegen die Rippen, tosend jagte das Blut durch seine Adern. Alahrian schloss die Augen und fühlte die Schatten in seinem Inneren, die Dunkelheit. Aber da war auch die Erinnerung an das Licht. Noch immer trug er Licht bei sich, an einer Kette um seinen Hals. Lillys Kette.

Lillian ... Das Licht schmerzte ihn auf der Haut, fast so sehr wie der Gedanke an sie, eine süße Qual, durch nichts gelindert, durch nichts gestillt. Lilly, mein Gott, was soll ich nur tun?

Er würde sie nie wieder sehen. Niemals würde Lilith ihn gehen lassen. Es sei denn er stellte sich an die Spitze ihrer Krieger und führte die Erloschenen an die Oberfläche zurück. Sein Volk. Zurück ins Licht ...

Ruckartig öffnete er die Augen. Die Kinder spielten noch immer am Straßenrand, drehten sich lachend im Kreis. Ein kleiner Junge saß am Rand und hielt einen Hundewelpen im Schoß. Nein, kein Hundewelpe. Es war ein junger Fenririm. Ein Fenririm mit riesigen Knopfaugen, tapsigen Pfoten und weichem Fell.

Nichts war mehr so wie es schien. Alahrians ganze Welt war auf den Kopf gestellt, ihm wurde ganz schwindelig davon.

Wie betäubt und ohne darüber nachzudenken, stolperte er einige Schritte vorwärts und schenkte den Kindern den Apfel. Ein kleines Mädchen mit langen, schwarzen Zöpfen lächelte ihn an. Ihre kleine Hand streckte sich ihm entgegen und hielt ihm etwas Winziges, Weißes hin. Es war eine einzelne, halb verwelkte Blüte.

Alahrian nahm sie mit einem Lächeln unter Tränen, dann lief er hastig fort.

Sie waren keine Monster. Sie waren wie er. Sein Volk, von seinem Blut.

Was mochte ihnen widerfahren sein, dass sie in die Schatten gestürzt waren, in die Tiefe? Hatte man das kleine Mädchen eingesperrt, in ein finsteres Verlies, so wie ihn selbst einst? Hatte man der Frau mit dem Baby glühende Eisennadeln durch das verbrannte Fleisch getrieben? Waren die beiden Liebenden von eben einst zusammen auf dem Scheiterhaufen gestanden?

Und plötzlich ertrug Alahrian die Gegenwart all dieser Erloschenen nicht mehr. Mit einem erstickten Aufschrei lief er in eine Seitengasse, sank unter einem Hauseingang zusammen und weinte, das Gesicht gegen die kalte Wand gedrückt, die Finger in den Stein gekrallt. Die Kiefer presste er fest gegeneinander, um sein Schluchzen zu ersticken, die Tränen aber flossen heiß und in bitteren Strömen über seine Wangen.

Was soll ich tun? Was soll ich nur tun? Ich kann sie retten, sie alle – und auch mich selbst.

Führ sie zurück ins Licht.

Der Graue hatte es ihm gesagt. Sein eigenes Licht war erloschen, aber er trug immer noch etwas davon bei sich. Ich kann es tun ...

Seine Tränen versiegten. Erschöpft öffnete er die Augen und rief in Gedanken so laut er konnte nach Lilith.

Kinder der Dunkelheit

Ein Himmel aus grauem Stein wölbte sich über dem Platz. Ein Himmel ohne Wolken, ohne Sonne, ohne Mond. Dennoch herrschte eine Art dämmriges Zwielicht, das die Gestalten unter dem Turm wie in silbrigen Nebel getaucht erscheinen ließ. Zwei Armeen standen einander gegenüber, unter dem Turm. Metall klirrte melodisch in der Stille. Dunkle Augen starrten durch schmale Sehschlitze schimmernder Helme hindurch. Schwerter glänzten in der Tiefe. Stiefel scharrten über nackten Fels.

Keine der Gestalten sprach auch nur ein Wort, keine rührte sich. Stumm und reglos standen sie einander gegenüber, in langgezogenen Reihen, hoch aufgerichtet wie die Säulen, die die gewaltige, steinerne Decke trugen. Aus der Ferne sahen sie einander beinahe ein wenig ähnlich, diese beiden Armeen, die Gesichter blass, die Augen groß und dunkel, leicht schräg stehend und von kühn geschwungenen Brauen gekrönt. Aus der Ferne sahen sie aus wie Brüder.

Dann erschall von weither das Signal. Binnen Sekunden zerplatzte die gespannte Stille, die Reihen stürzten aufeinander zu, verkeilten sich, verkrallten sich, Blut floss, Schreie zerfetzten die Luft ...

Mit einem erstickten Keuchen fuhr Lilly aus dem Schlaf. Schweiß perlte auf ihrer Stirn, das Zimmer um sie herum drehte sich, es dauerte einige hektische, zittrige Herzschläge lang, bis sie wieder vollends in die Wirklichkeit fand. Tief seufzend sank sie aufs Kissen zurück.

„Sei gegrüßt, meine Tochter", sagte eine weiche Stimme neben ihr.

Schon wieder schrie Lilly erschrocken auf, schoss ruckartig empor – und blickte in ein regenbogenfarbenes, schillerndes Augenpaar.

„Großer Gott!" Hysterisch zuckte Lilly zurück. „Was um alles in der Welt tust du hier?!" Ihre Stimme klang schrill und lauter als eigentlich beabsichtigt.

Überrascht, fast ein wenig gekränkt, blinzelte der Graue sie an. „Aber ... aber du hast mich doch gerufen. Du wolltest, dass ich zu dir komme ..."

Fassungslos starrte Lilly zurück. „Ja, vor zwei Wochen!", schrie sie unbeherrscht. „Zwei Wochen!" Sie war außerstande, sich zu beruhigen.

Der Graue lächelte milde. „Zeit hat keine Bedeutung für uns", entgegnete er sanft.

Seine Unerschütterlichkeit, die gleichbleibende, unverbindliche Freundlichkeit auf seinem ebenmäßigen Gesicht schürte Lillys Zorn nur noch. „Für dich vielleicht nicht", antwortete sie patzig. „Für mich schon."

Andererseits: Alahrian hatte fast vierhundert Jahre auf ihn gewartet. Was also hatte sie erwartet? Trotzdem widerstand sie dem Impuls, das Wesen, das ihr Vater war, weiterhin anzubrüllen und blickte stattdessen angstvoll zur Tür. Ob Lena oder ihr Vater – ihr anderer Vater – ihr Geschrei bemerkt hatten? Was, wenn sie hereinkamen, um nach dem Rechten zu sehen?

„Keine Sorge", bemerkte der Graue ruhig. „Sie können dich nicht hören."

„Was?" Schon wieder in Panik richtete Lilly sich auf. „Was ... was hast du mit ihnen gemacht?"

Nun zuckte Bestürzung über das Cherubsgesicht des Grauen. „Nichts", erwiderte er verstört. „Sie sind spazieren gegangen, während du geschlafen hast. Unten, auf dem Küchentisch liegt ein Zettel für dich."

„Oh." Beschämt senkte Lilly den Blick. Hatte sie im Ernst geglaubt, der Graue würde ihrer Familie etwas antun? Er war ihr Vater, verdammt! Er mochte sie enttäuscht haben, aber er war nicht ihr Feind.

Das Wesen, das wie eine visionäre Engelserscheinung mitten in ihrem Zimmer stand, seufzte leise, ein Laut, der es mit einem Mal seltsam menschlich erscheinen ließ. „Du vertraust mir nicht", stellte der Graue fest. Es klang traurig, fast ein wenig anklagend.

Letzteres ließ einen neuerlichen Hauch von Zorn in Lilly aufwallen. „Wie könnte ich auch?", fragte sie böse. „Du hast meine Mutter verführt und dich dann sechzehn Jahre lang nicht blicken lassen!"

Es war das erste Mal, dass sie diesen Vorwurf aussprach, sogar das erste Mal, dass er ihr überhaupt in den Sinn kam. Aber er schmerzte dadurch nicht weniger. Ihr Vater war alles andere als ein Mensch, ja, in seiner eigenen Welt kam er einem Gott gleicher als einem Menschen in ihrer. Und doch, sie konnte ihn mit nichts als menschlichen Maßstäben messen.

Tatsächlich nickte er bloß, als habe er bereits mit ihrer Reaktion gerechnet, wenngleich es ein wehmütiges, unglaublich trauriges Nicken war. „Es war von entscheidender Bedeutung, dich als Sterbliche aufwachsen zu lassen", sagte er ernst. „Unter Sterblichen. Es ist wichtig, dass du ein Mensch bist, Lillian."

Das war eine Entschuldigung, aber nicht wirklich eine Erklärung. Schweigend schaute Lilly den Grauen an, doch anstatt seine rätselhaften Worte näher auszuführen, meinte er nur: „Aber du warst mir nie egal, wenn es das ist, was du glaubst. Etwas von mir war die ganze Zeit über bei dir."

Lilly blinzelte fragend, da lächelte er plötzlich und streckte sanft die Hand nach ihr aus. Wie von unsichtbaren Fäden gezogen rutschte ihre Kette, ihr Talisman, unter der Bluse hervor, der Anhänger schwach leuchtend, als wäre er plötzlich mit Sternenlicht gefüllt. Unwillkürlich legte Lilly die Hand um das glatte Metall, Wärme erwartend, doch es fühlte sich noch immer kühl an.

„Etwas von mir war die ganze Zeit über bei dir", wiederholte der Graue, und Lilly fühlte einen Strom von Zuneigung, von Sorge und Anteilnahme durch ihr Innerstes gleiten, als er sie erneut anlächelte.

Zorn und Enttäuschung lösten sich auf, fast war sie erleichtert. Er hatte sie also nicht im Stich gelassen. Es war ihm nicht egal gewesen, was mit ihr geschah.

Doch diese Erkenntnis zog nur einen Stachel aus ihrem Herzen. Aber es gab noch einen anderen, einen, der tiefer saß und weitaus schmerzhafter war.

„Warum hast du Alahrian nicht geholfen?“, fragte sie bitter. „Warum befreist du ihn nicht?“

Die Augen des Grauen verdunkelten sich in einem Anflug von Kummer. Es sah aus, als flössen sämtliche Farben des Regenbogens ineinander, um zu einem matten Asphaltton zu gefrieren. „Alahrian muss seinen eigenen Weg finden“, sagte er, ruhig, doch mit einem Unterton von Schmerz. „Das Böse ist eine Entscheidung, Lillian.“

„Aber er hat sich nicht für das Böse entschieden!“, rief Lilly aufgebracht. „Er hat sich für mich entschieden!“

Wieder so ein Lächeln, voller Sanftmut und Wärme, voll Verständnis und Weisheit. „Die Dunkelheit war schon in ihm, lange bevor er dich traf“, erklärte er traurig. „Lilith kam nicht einfach so zu ihm, vergiss das nicht. Er hat sie gerufen, als er auf dem Scheiterhaufen stand. Und sie ist auch jetzt bei ihm, auch wenn er sich noch nicht entschieden hat.“

Lilly dachte an den Traum, an die beiden Heere, die einander im Zwielicht gegenüber standen. „Ich habe etwas gesehen“, erzählte sie zögernd, und noch bevor sie Worte finden konnte, um die schrecklichen Bilder zu beschreiben, nickte der Graue.

„Das ist, was geschehen wird, wenn er die falsche Entscheidung trifft“, antwortete er, noch immer ruhig, doch mit einem Flackern in den Augen, das Lilly für Furcht gehalten hätte, hätte sie dem geflügelten Wesen, das älter war als Raum und Zeit, eine derartige Regung zugetraut.

„Wie können wir es verhindern?“, fragte Lilly angstvoll.

„Gar nicht.“ Der Graue schüttelte den Kopf. „Er allein kann es verhindern.“

„Aber Morgan ist schon unterwegs in die Hohlen Hügel!“, rief Lilly verzweifelt. „Er hat eine Armee zusammengestellt! Die döckalfar werden Liliths Leute angreifen, und dann ...“

Dann würden sie Alahrian mit Gewalt befreien – oder einen Krieg auslösen, einen Krieg, von dem das, was sie im Traum gesehen hatte, nur der Anfang war.

„Willst du das wirklich zulassen?“, fragte Lilly bitter. „Willst du wirklich zusehen, wie sie erneut gegeneinander kämpfen? Du hast sie verbannt, um den Krieg zu beenden, du hast sie hierher geschickt! Und jetzt willst du einfach gar nichts tun, während sie versuchen, einander zu vernichten und dabei die ganze Welt mit in den Abgrund reißen? Was ist mit den Sterblichen? Bedeuten sie dir denn gar nichts?“

„Es ist nicht die Wahl der Sterblichen“, erwiderte der Graue halblaut. „Obwohl ihr Hass, ihre Grausamkeit, die Erloschenen zu dem gemacht haben, was sie heute sind. Es ist Alahrian, Alahrian allein, der ihnen den Weg weisen wird."

„Dann lass uns zu ihm gehen", verlangte Lilly mit Tränen in den Augen.

Sie hatte nicht damit gerechnet, doch der Graue nickte stumm.

Von einer Sekunde auf die nächste war Lilly aus dem Bett und auf die Füße gesprungen. „Du willst das wirklich tun?", fragte sie überrascht. „Worauf warten wir dann noch!"

„Im Augenblick glaubt er, er habe keine Wahl", sagte der Graue leise, Lillys Ungeduld ignorierend.

„Dann beeilen wir uns!", rief Lilly drängend. Plötzlich jedoch zögerte sie. „Er hat mir sein Licht gegeben", erzählte sie unschlüssig. „Wird es verlöschen, wenn wir es in die Tiefe tragen?"

Da lächelte der Graue. Milde schüttelte er den Kopf. „Nein. Komm ruhig. Es ist nie verkehrt, ein wenig Licht in der Dunkelheit zu haben."

Alahrian konnte sie fühlen, selbst wenn er sie nicht sehen konnte, die Erloschenen unter dem Turm, konnte ihre Erwartung spüren, ihre Anspannung, aber auch ihre Hoffnung.

Sie sind alle gekommen, alle Kinder der Dunkelheit ...

Die Kiefer aufeinandergepresst, wie um gegen einen diffusen Schmerz anzukämpfen, lehnte er sich gegen die Wand des Turmzimmers, fühlte den kühlen, rauen Stein unter den Fingern, zwang sich, ruhig und gleichmäßig zu atmen und lauschte auf das hektische Schlagen seines eigenen Herzens.

Sie alle warten nur auf mich. Jahrhunderte lang haben sie gewartet, dass einer kommt, um sie zu befreien. Stattdessen habe ich sie eingesperrt, habe die Tore verschlossen gehalten, sie ins Dunkel gedrängt.

Es war seine Schuld. Zum ersten Mal fühlte er es, fühlte nicht nur Verachtung für die Kreaturen der Finsternis, sondern Mitleid. Was er damals getan hatte, war vielleicht falsch gewesen ...

Doch war es richtig, was er heute zu tun im Begriff war?

Er wusste es nicht.

Sie sind das, wozu die Menschen sie getrieben haben. Sie waren von Licht erfüllt und von Wärme, bis man sie gefoltert, geknechtet und gejagt hat. Es ist nicht ihre Schuld.

Hilfesuchend blickte er zu Lilith hin, die reglos wie eine Statue unter dem Durchgang zum Balkon stand.

War sie schuldig? Sie war die Gefährtin des Grauen gewesen, sie hätte an seiner Seite über das Volk der alfar herrschen müssen, stattdessen herrschte sie nun über ein Volk der Schatten. War sie schuldig?

War ER es?

Er hatte sich gegen sein eigenes Volk gewandt. Er hatte die Menschen zu schützen versucht, die seinesgleichen hassten, die ihn hassten.

Aber nicht alle Menschen waren schlecht. Er wusste es besser als jeder andere. Lillian ... Sie war seine Sonne und sein Sternenhimmel gewesen.

Doch in der Tiefe leuchteten keine Gestirne. Hier unten gab es nur Dunkelheit und Zwielicht. Wenn er sein Volk befreite, dann würde er auch sich selbst befreien können. Dann würden sie alle frei sein.

Alahrian spürte ein Lächeln über sein Gesicht zucken.

Führ sie zurück ins Licht ...

Und das war es, was er tun würde.

Hoch aufgerichtet, die Schultern gestrafft, die Kapuze seines Mantels zurückgeschlagen, trat er auf den Balkon hinaus, an die Brüstung. Dort unten hatten sie sich versammelt, nicht nur Liliths finstere Krieger wie beim ersten Mal, sondern alle, das gesamte Volk der Erloschenen, die Alten, die Kranken, die Kinder und die Frauen. Alle. Alle Kinder der Dunkelheit.

Und so sprach er sie an: „Kinder der Dunkelheit!“, rief er über die Brüstung hinweg, und er wusste, obwohl seine Stimme nur ein Glockenklingen gegen den Wind war, jeder einzelne dort unten konnte ihn hören. „Kinder der Dunkelheit! Ihr habt eure Welt verloren und eure Heimat. Ihr wurdet verfolgt, gejagt und gedemütigt. Lange habt ihr in der Tiefe gewartet, auf Rache, auf Gnade, auf Freiheit ... Doch die Zeit der Finsternis hat ein Ende!“ In einer wilden Geste riss er sich die Kette unter seinem Hemd vom Hals, barg den Anhänger in der Faust und stieß sie in die Luft. „Denn heute Nacht kehren wir zurück!“, schrie er leidenschaftlich. „Heute Nacht kehren wir zurück ins Licht!“

Und damit öffnete er die Finger und ließ das Leuchten in seiner Hand frei. Die Helligkeit ließ ihn fast erblinden, das Licht brannte wie Feuer auf seiner Haut, und er wusste, jeder einzelne dort unten zuckte nun schmerzlich zusammen. Aber keiner wich zurück, nicht um Haaresbreite. Stattdessen begannen sie zu jubeln, tosend brandete ihr Jubel zu ihm empor, erfasste ihn, hüllte ihn ein, umschwebte ihn.

Und Alahrian lächelte.

Krieg der Schatten

Morgan fühlte ein dünnes Rinnsal von Blut über seine Stirn strömen, die Klinge in seiner Hand war von rostroten Flecken besudelt, sein Hemd zerfetzt, die Haut darunter zu einem schmerzhaften Teil auch. Und dabei hatte der Kampf noch nicht einmal wirklich begonnen. Es waren nur Geplänkel gewesen bisher, kleine Nadelstiche, um die Stärke des Gegners zu testen, das Spiel einer Katze mit der Maus, bevor sie sie fraß. Nur, dass noch längst nicht feststand, wer in diesem Spiel die Katze war – und wer die Maus.

Nein, das eigentliche Gefecht würde erst noch kommen.

Sich das Blut aus dem Gesicht wischend blickte Morgan sich um. Es war nicht leicht gewesen, ins Innere des Palastes zu gelangen, schwerer als beim ersten Mal. Am Ende jedoch war es ihm gelungen, und das hatte vermutlich nur einen einzigen Grund: Lilith wollte ihn sehen. Nun gut.

Entschlossen, die Hand fest um den Griff seiner Waffe geschmiegt, trat er bis ans Ende des Ganges und in die gigantische Haupthalle des Palastes hinein. Dort war es fast ebenso dunkel wie in den Korridoren. An den Säulen, die die runde Galerie über seinem Kopf trugen, steckten einige Fakkeln, sie erhellten den Platz, auf dem Morgan stand, nicht aber die Galerie. Dort oben, hinter der Brüstung verborgen, mochten Hunderte von Kriegern stehen, mit gespannten Bögen und gezückten Klingen, eine tödliche, lautlose Falle. Vielleicht aber auch kein einziger.

Morgan biss sich auf die Lippen und starrte mit zusammengekniffenen Augen ins Leere.

„Welch überraschender Besuch“, flötete eine melodiöse Stimme direkt hinter ihm.

Angespannt zuckte Morgan zusammen und drehte sich blitzschnell herum. Es war Lilith, natürlich. Sie hatte sich nicht verändert, seit er sie das letzte Mal gesehen hatte, natürlich nicht. Sie trug keine Waffe, keinen Schutz, brauchte derlei Dinge nicht. Stattdessen war sie in ein wallendes, pechschwarzes Samtkleid gehüllt, das ihre Schönheit betonte, aber auch ihre Düsternis. Wie ein Wasserfall stürzte das seidige, nachtschwarze Haar über ihre Schultern hinweg, ging fast nahtlos über in den fedrigen Umhang der dunklen Schwingen. Ja, sie war schön, schön wie eine Degenklinge – und ebenso tödlich.

„Und du hast alle deine Freunde mitgebracht“, fuhr sie fort, im Plauderton, so als säßen sie zum Tee in ihrem Salon. „Wie nett.“

Funkelnd starrte Morgan sie an, ignorierte ihre beißende Ironie und schwieg.

„Weshalb bist du gekommen?“, fragte sie ihn, deutlich frostiger jetzt.

Morgan verzog das Gesicht. „Ich weiß nicht, wie die Kreaturen der Finsternis es handhaben, doch in meinem Volk ist es üblich zu verhandeln, bevor man aufeinander losgeht“, erklärte er betont.

„Verhandeln?“ Amüsiert zog Lilith eine ihrer geschwungenen, wie mit dem Kohlestift gezeichneten Brauen hoch. „Nun, das wird einfach sein: Ruf deine Leute zurück, und weder dir noch deinen Männern wird ein Leid geschehen. Ich führe keinen Krieg gegen deinesgleichen.“

Ja, dachte Morgan bitter. Aber er kam ihr auch nicht ungelegen. Es war der alte Kampf, lios- gegen döckalfar. Lilith hatte vor, sich an den Sterblichen zu rächen, für all das, was sie ihrem Volk angetan hatten. Doch sie musste geahnt haben, dass die döckalfar das niemals würden zulassen können. Auf diese Art und Weise schlug sie zwei Fliegen mit einer Klappe, hatte die Chance, sich zweier Gegner gleichzeitig zu entledigen.

Ich darf auf keinen Fall zulassen, dass sie die Hohlen Hügel verlassen. Niemals ...

Fast haltsuchend verstärkte Morgan den Griff um die Klinge in seiner Hand. Laut sagte er: „Ich will nur meinen Bruder zurück. Sonst nichts.“

Das war eine Lüge. Wenn er Alahrian nur retten konnte, indem er einen Krieg begann, dann würde er es tun. Doch es ging um weit mehr als nur um sie beide, das hatte er von Anfang an gewusst. Es ging um eine ganze Welt.

Lilith lächelte, ihre Augen blitzten. „Nun, vielleicht solltest du deine Verhandlungen dann mit ihm führen.“ Graziös deutete sie auf die kreisrunde Galerie über ihren Köpfen. Von einer Sekunde auf die nächste entzündeten sich dort plötzlich sämtliche Fackeln, und Morgan konnte die Gestalt erkennen, die dort oben stand.

Reglos wie eine Statue stand Alahrian dort, die Augen geschlossen, die Hände über der Brüstung ausgebreitet. Sein Körper war ganz in einen schwarzen, samtenen Umhang gehüllt, als hätte er dunkle Schwingen, wie Lilith, nur die Klinge an seiner Seite schimmerte matt silbrig. Alles andere war finster. Obwohl direkt hinter ihm Fackeln in schmiedeeisernen Leuchtern brannten, war kein Licht um ihn, nur Schatten. So als würde seine Gestalt jegliche Helligkeit absorbieren – oder als wiche das Licht vor der Dunkelheit in ihm zurück.

Morgan schauderte unwillkürlich. Alahrians Gesicht war blass und ausdruckslos, es schien, als schliefe er, kein Muskel rührte sich. Nur ab und an zuckte er ein wenig zusammen, die Fingerspitzen bewegten sich über der Brüstung, einmal keuchte er auf, wie von einem Schlag getroffen, wurde kreidebleich – und erstarrte Sekunden darauf wieder zu völliger Leblosigkeit. Von dem, was um ihn herum vorging, schien er nicht das Geringste wahrzunehmen.

„Was ... was ist das?“, ächzte Morgan schockiert. „Was geschieht mit ihm?“

Lilith musterte ihn nachsichtig, als wäre er nichts als ein dummes, unwissendes Kind. „Er kontrolliert den Kampf vor dem Palast“, erklärte sie bereitwillig. „Sein Geist ist verbunden mit jedem meiner Krieger. Und jedes Mal, wenn einer deiner Leute die Taschenspielertricks anwendet, die ihr döckalfar so liebt, jedes Mal, wenn einer von euch meinen Männern die Lebenskraft raubt, füllt er die verlorene Energie mit seiner eigenen auf."

Scharf sog Morgan die Luft ein. Sein Blick flog entsetzt zu Alahrian empor. Leichenweiß war sein Gesicht, die Lippen blutleer, feiner Schweiß perlte auf seiner Stirn. „Und wie lange, denkst du, wird er diesen Irrsinn durchhalten?", schrie er Lilith an. „Willst du ihn umbringen?" Wild starrte er die geflügelte Hexe an, das Schwert in seiner Hand zuckte wie von selbst empor, Hass durchströmte ihn und erstickte einen Moment lang sogar sein Entsetzen.

„Wohl kaum." Lilith zuckte achtlos mit den Schultern. „Er kann nicht sterben, das weißt du sehr wohl."

Gequält blickte Morgan zwischen der Gestalt auf der Brüstung und dem Monster vor ihm hin und her. Wie groß mochte Alahrians Macht wirklich sein? Wie viele Angriffe würde er überstehen können, bevor ihn die Kraft verließ? Würde er je wieder aufwachen, wenn er all seine Energie verlor?

„Du verdammtes Miststück!", schrie er verzweifelt, nur noch mit Mühe dem Impuls widerstehend, seine Klinge empor zu reißen und sie Lilith in die Brust zu stoßen. Aber das würde nichts nützen, gewiss nicht. „Ich dachte, er bedeutet dir etwas!"

Das ließ sie zusammenfahren, um eine Winzigkeit bloß, doch deutlich genug um einen Hauch von Bestürzung in ihren Augen hervortreten zu lassen. Er bedeutete ihr etwas. „Nicht ich bin es, die ihm das antut", entgegnete sie kalt. „Deine Leute sind es."

Morgan ballte die Hände zu Fäusten, taumelte vor ihr zurück und kämpfte einen Moment lang gegen eine wirbelnde, wirre Schwärze in seinem Kopf an. Für einen Herzschlag musste er die Augen schließen, dann starrte er mit zusammengepressten Kiefern zu seinem Bruder hoch. Plötzlich kam ihm die unheimliche schwarze Gestalt seltsam zerbrechlich vor, das bleiche Gesicht wie Porzellan. Er mochte nicht mehr derselbe sein wie früher, aber er war noch immer ... Alahrian. Alahrian, der Rosen in seinem Schlafzimmer züchtete, der Glasperlen sammelte und fünf Minuten nicht von einer Woche unterscheiden konnte.

Morgan biss sich auf die Lippen, dann rief er in Gedanken so laut er konnte nach seinen Befehlshabern. Die Fähigkeit, Energie in sich aufzusaugen war die einzige Chance, die sie gegen die Erloschenen hatten, ihr einziger, wirklich gravierender Vorteil. Aber sie durften ihn nicht nutzen. Morgan konnte es nicht zulassen, konnte es einfach nicht. Es war Alahrian ... Alahrian ...

Wild sah er erneut zu seinem Bruder auf. Lios, bitte! Hör mir zu, kleiner Bruder, komm schon!

Seine Gedanken waren von Verzweiflung genährt, er hätte nicht damit gerechnet, dass die dunkle Gestalt ihn wahrnahm, doch tatsächlich schlug

Alahrian mit einem deutlichen Ruck die Augen auf. Sie waren schwarz, tiefschwarz. Nicht mehr so wie das letzte Mal, als sie einander gesehen hatten, sondern Finsternis ausströmend, eine erstickende, alles vernichtende Dunkelheit, in der kein Leben mehr zu sein schien.

Der Anblick trieb Morgan schier die Tränen in die Augen.

„Morgan." Die Stimme des Bruder war ruhig und ohne Überraschung. Wenigstens schien er seine Erinnerung wieder zu haben.

Morgan blinzelte, gegen die Verzweiflung in seinem Inneren ankämpfend. Als er aufsah, stand Alahrian vor ihm. Morgan hatte nicht gehört, wie er sich bewegt hatte, er konnte keine Treppe erkennen, die zur Galerie führte. Es war, als sei er wie ein Schatten herabgeschwebt, lautlos und schneller als ein Wimpernzucken.

Morgan schauderte erneut.

„Lass mein Volk gehen, Morgan", sagte Alahrian leise. Es war keine Forderung. Es war eine Bitte, fast ein Flehen, ein Flehen mit zitternder, brüchiger Stimme, die Morgan allzu schmerzhaft daran erinnerte, wie Alahrian einst gewesen war, früher, bevor er in die Schatten gestürzt war.

„Bitte. Lass sie gehen." Die schwarzen Augen suchten die seinen, Furcht lag darin und Verzweiflung, dieselbe Verzweiflung, die auch Morgan empfand.

„Dein Volk?", wiederholte Morgan betont.

„Ja." Er sprach fest und voller Überzeugung. „Das sind sie, Morgan. Mein Volk. Von meinem Blut."

Fassungslos wich Morgan einen Schritt vor ihm zurück. Er konnte kaum glauben, was er da hörte. „Du willst sie frei lassen?", vergewisserte er sich hitzig. „Hast du schon vergessen, was sie sind? Sie wollen Rache, Alahrian, Rache an den Sterblichen! Sie werden nichts als Tod und Verderben bringen! Du weißt das besser als ich, du selbst hast die Tore verschlossen, um die Menschen zu retten! Was ... was um alles in der Welt redest du denn da bloß?" Ungläubig schüttelte er den Kopf.

„Sie sind nicht alle schlecht." Alahrians Blick ruhte noch immer auf dem seinen, sein Gesicht war blass und zerbrechlich, die Lippen zitterten ein wenig. „Mein Volk stirbt, Morgan! Ich kann nicht zulassen, dass sie ewig in der Tiefe begraben bleiben, wie lebende Tote! Ich habe einen Fehler gemacht, ich hätte niemals ..."

„Nein!" Morgan unterbrach ihn mit einer heftigen Handbewegung. „Du hättest niemals hierher kommen dürfen! Lilith hat dich verhext, du weißt nicht, was du sagst! Denk doch, was du den Menschen damit antust!"

„Und was haben die Menschen uns angetan?" Alahrian schrie plötzlich, seine Augen flackerten, aber nicht vor Zorn, sondern vor Schmerz.

Natürlich, Morgan hätte es wissen müssen. Es war die alte Wunde. Sie war nie verheilt. Stattdessen hatte sie sich entzündet und vergiftete ihn jetzt. „Du hattest Freunde unter den Menschen", sagte er bitter. „Du hast unter ihnen gelebt. Du warst glücklich."

„Ich war ein Gejagter, ein Ausgestoßener, von ständiger Angst getrieben!“ Jetzt brannten Alahrians Augen, Tränen glänzten darin, doch als sie über seine Wangen rannen, da waren sie schwarz wie seine Pupillen, schwarz wie getrocknetes Blut.

„Und Lillian?“, fragte Morgan hart.

Der Name ließ seinen Bruder zusammenzucken wie unter einem elektrischen Schlag. Doch er brauchte nur einen winzigen Moment, um sich wieder in der Gewalt zu haben. „Lillian ist nicht hier“, entgegnete er bitter.

Da wünschte sich Morgan plötzlich mit aller Kraft, er hätte sie mitgenommen. Doch er hatte sie der Gefahr nicht aussetzen können. Hatte er nicht Alahrian selbst versprochen, für ihre Sicherheit zu sorgen?

Die Augen des Bruders durchbohrten ihn, sanft wie Seide, undurchdringlich wie Stahl. „Lass sie gehen, Morgan“, flüsterte er. „Lass mein Volk frei.“

Langsam und unendlich mühsam schüttelte Morgan den Kopf. „Ich kann nicht.“

„Dann“, entgegnete Alahrian mit einem Ausdruck von wachsendem Schmerz im Gesicht, „haben wir beide einander nichts mehr zu sagen.“ Und lautlos, bedächtig, doch ohne zu zögern zog er die silbrige Klinge an seiner Seite aus der Scheide.

Morgan hob sein Schwert.

Im selben Moment explodierte über ihren Köpfen die Dunkelheit. Es war wie ein Gewitter mitten im Raum, wie ein gewaltiger Blitz, nur dass er nicht weiß war, sondern regenbogenfarben. Die Wirklichkeit begann für einen kurzen Augenblick lang zu erzittern, ein Tor öffnete sich, und dann sagte eine Stimme, weich und sanft und gewaltig zugleich:

„Habt ihr denn gar nichts gelernt?“

Die Feuerprobe

Der Graue führte Lilly nicht auf dem selben Weg in die Hohlen Hügel, den Morgan genommen hatte. Sie liefen nicht durch die endlosen Labyrinthe und finsteren Korridore unter der Erde. Der Graue durchbrach die Wirklichkeit wie ein Taucher die Wasseroberfläche, schwindelnd stürzte Lilly durch die Welten und einen Moment lang hatte sie das Gefühl, blind und kopfüber mit der Achterbahn durch die Nacht zu brausen. Das Ganze dauerte jedoch nur Sekundenbruchteile, dann war es vorbei, Lilly riss die Augen auf und fand sich in einem gigantischen Felsendom wieder, einer riesigen, kreisrunden Halle aus Stein. Über ihr verblassten die Reste eines Regenbogens, und vor ihr stand ...

Alahrian!

Aber wie sehr hatte er sich verändert! Seine Augen, sein Haar, sein Gewand ... alles war schwarz, in Schatten gehüllt, aus Dunkelheit gewoben. Nur das Gesicht war leichenblass. Er trug eine silbrig schimmernde Klinge in der Hand, und diese Klinge war gegen Morgan gerichtet. Auch der dökkalfar hatte seine Waffe erhoben, Blut glänzte schaurig darauf, daneben stand Lilith in all ihrer grausigen Schönheit und schien die Szene mit einer Art von Belustigung zu betrachten.

Sie alle jedoch erstarrten wie zu Eis gefroren, als der Graue zu ihnen sprach:

„Habt ihr denn gar nichts gelernt?"

Drei erschrockene, von Entsetzten durchzuckte Augenpaare richteten sich schlagartig auf ihn. Lilly jedoch hatte nur Augen für Alahrian. Immer und immer wieder hatte sie sich vorgestellt, wie es sein würde, ihn wiederzusehen, hatte den Moment herbeigesehnt, sich damit gequält, sich alles im kleinsten Detail auszumalen. Doch niemals hätte sie geglaubt, dass es so kommen könnte ...

Er warf ihr nur einen kurzen, nahezu schockierten Blick zu, dann wandte er sich dem Grauen zu. Schrecken lag in seinen pechschwarzen Augen, Bestürzung und Furcht, in seinem Gesicht jedoch rührte sich nicht ein Muskel. Er war starr wie eine Puppe, leblos und leer. Da war keine Wärme, keine Liebe, nichts. Es war, als sei er ein Fremder, als würden sie einander gar nicht kennen.

Tränen brannten in Lillys Augen, etwas wie ein glühender Eisennagel schien sich in ihr Herz zu bohren, ihre Hände begannen zu zittern, und dennoch streckte sie sie nach ihm aus, blickte ihn an, angstvoll, fast flehend.

Alahrian wich vor ihr zurück als habe sie versucht, ihn zu schlagen.

Morgan hatte gesagt, er hätte seine Erinnerung verloren. Vor ihr jedoch stand niemand, der sich nicht erinnern konnte. Er erkannte sie wohl, die

Augen verrieten es. Und doch kam er nicht zu ihr, wich ihrem Blick aus, schaute sie nicht einmal an.

Es war fast mehr als Lilly ertragen konnte. Wie durch einen dichten Nebel hindurch nahm sie die Szenerie wahr, spürte, wie sich die weiße Schwinge ihres Vaters einen kurzen Moment lang tröstend über ihre Schulter legte und hörte dann wie aus weiter Ferne wieder seine Stimme durch die Halle klingen:

„Habt ihr denn gar nichts gelernt?"

Diesmal klang es traurig, unendlich traurig.

Morgan senkte sein Schwert, er wirkte erschüttert, aber nicht annähernd so erstarrt wie Lilith und Alahrian.

„Willst du wirklich einen Krieg gegen deinen eigenen Bruder führen?", fragte der Graue ihn anklagend. „Jahrhunderte lang hat dein Volk gegen das seine gekämpft, beinahe hättet ihr eure ganze Welt vernichtet dabei. Ihr beide aber, ihr wart Brüder, über ein ganzes Zeitalter des Hasses hinweg. Ihr habt überwunden, was nicht überwunden werden konnte, ihr habt den Hass besiegt." Schmerzlich blickte er auf die Waffe in Morgans Hand. „Und nun steht ihr einander gegenüber und richtet blanken Stahl gegeneinander!" Enttäuscht schüttelte er den Kopf. „Ist es wirklich das, was du willst, Morgan? Willst du den alten Streit erneut entfachen?"

Morgan funkelte ihn an, betroffen, aber auch zornig. „Wenn es der einzige Weg ist, ihn zu retten, dann ja." Es klang fest und unbeirrt.

„Er ist dein Bruder!"

„Und ich führe keinen Krieg gegen ihn." Hasserfüllt starrte Morgan die Königin der Schatten an. „Ich führe Krieg gegen sie."

Da richteten sich die regenbogenfarbenen Augen des Grauen auf Lilith, und Lilly beobachtete voll Staunen, wie sie sich mit Schmerz und Bedauern füllten. Da war kein Zorn, keine Wut. Nur dieser Schmerz, den sie sich nicht erklären konnte.

Lilith jedoch blickte trotzig zurück, schweigend und ohne sich zu rühren.

Der Graue wandte sich an Alahrian, der fremd und fern wirkte, wie in seiner eigenen Welt gefangen, so als ginge ihn das alles hier überhaupt nichts an.

„Ist es das, wofür du dich entschieden hast?", fragte der Graue bitter. „Hass, Gewalt und Zorn?"

Alahrians Augen verengten sich. Lilly hätte nicht mit einer Reaktion gerechnet, doch Alahrians Gesicht zuckte plötzlich vor Zorn. „Ich habe mich für mein Volk entschieden", sagte er kalt.

„Mit einer Waffe in der Hand?" Traurig musterte der Graue die schimmernde Klinge.

„Führ sie zurück ins Licht", erwiderte Alahrian leise, das Schwert noch immer erhoben. „Das war es, was du selbst gesagt hast. Das ist es, was ich tue." Ein Hauch von Verwirrung mischte sich in seinen Zorn, ein winziger

Abglanz der alten, kindlichen Unsicherheit schlich sich auf sein bleiches Gesicht.

Der Graue schüttelte den Kopf, sanft und nachsichtig, aber auch voller Bitterkeit. „Aber nicht so", meinte er ruhig. „Gewalt und Rache, das ist nicht der richtige Weg, und das weißt du."

Einen Moment lang schien es, als blitzte ein Funken von Licht in Alahrians schwarzen Augen auf, dann jedoch verdunkelten sie sich wieder. „Der richtige Weg!", wiederholte er zornig, und seine Stimme klirrte vor Verachtung. „Du hast mein Volk im Stich gelassen! Du hast deine Gefährtin verlassen, hast zugelassen, das sie in die Schatten fiel!" Mit flackerndem Blick sah er zu Lilith hin. „Keinen von uns hast du gerettet, nicht einen Finger hast du gerührt! Und du willst mir erzählen, was richtig ist und was falsch?"

Er schrie jetzt fast, die Hand, die die Klinge hielt, zitterte. Aus brennenden Augen starrte er den Grauen an, dann fiel sein Blick auf Lilly, und der selbe Zorn lag in seinem Gesicht. Zorn und Enttäuschung und Bitterkeit.

Weil ich mit ihm gekommen bin ...

Lilly erkannte es so deutlich, als wäre es auf Alahrians Stirn geschrieben. Er schaute sie an, als hätte sie ihn verraten.

Hitzig riss er sich die Kette vom Hals, die er selbst ihr einst geschenkt hatte, die Kette mit dem Lichtfunken darin, und warf sie zu Boden. Das Schwert aber, das bisher unverwandt in seiner Hand geruht hatte, ließ er ebenfalls sinken. Dann wandte er sich ab und stapfte ohne ein weiteres Wort davon.

Lilly wollte ihm hinterher, wollte ihm nachlaufen, doch der Graue hielt sie sanft an der Schulter zurück.

„Was sollen wir tun?", rief Lilly verzweifelt. „Was sollen wir denn jetzt tun?"

Für zwei Sekunden verharrte der Graue fast ebenso starr wie Alahrian zuvor, dann nickte er, als habe er eine Entscheidung getroffen. „Wir gehen zurück", sagte er geheimnisvoll. „Zurück an den Ort, an dem alles begann."

Behutsam wie ein Windhauch berührte er Lillys Stirn, entfaltete seine Schwingen – und die Wirklichkeit zerbrach wie ein Kaleidoskop, das mit aller Macht zu Boden geschmettert wird. Ein bisschen fühlte es sich an wie damals, als Lilly in Alahrians Erinnerung getaucht war, denn es waren die selben Bilder, die sie jetzt sah, nur ungleich realer.

Sie sah nicht, was er gesehen hatte, sie war dort. Und doch auch wieder nicht.

Von einer Sekunde auf die nächste befand sie sich nicht mehr in der steinernen Halle, sondern auf einer Lichtung im Wald. Ein Scheiterhaufen brannte in deren Zentrum, hoch loderten die Flammen in den dunklen Himmel empor. Gleichzeitig konnte sie die Halle noch immer erkennen, wie durch ein Hologramm hindurch schimmerte sie um die Lichtung herum in der Ferne, als hätte man zwei gläserne Bilder übereinandergeschoben, als wäre ein Teil der Wirklichkeit ausgeschnitten und in eine andere Ebene der Realität hineingepflanzt worden.

Ein Scheiterhaufen brannte im Wald und gleichzeitig mitten in der steinernen Halle. Zuerst glaubte Lilly, es sei die Szenerie von 1649, die sie da sah, doch sie konnte auch die Kapelle erkennen und den Engel aus Stein. Was sie da beobachtete, war keine Erinnerung. Es geschah wirklich. Hier und jetzt. Sie konnte die Hitze spüren, die von den lodernden Flammen ausging, konnte den beißenden Rauch in ihre Lungen schneiden fühlen, roch Holz und Öl und Ruß.

Alle anderen waren immer noch hier, der Graue, der wie ein schützender Schirm hinter ihr stand, die Schwingen ausgebreitet, Morgan, ja selbst Lilith, deren Gesicht noch immer ausdruckslos und leer war, die Augen funkelnd vor Hass.

Nur Alahrian war fort, verschwunden in den Tiefen von Liliths Palast, der wie ein Trugbild im Nebel durch die Wirklichkeit schimmerte.

„Hier hat es begonnen", sagte der Graue ruhig. „Hier wird es enden."

Hilflos blickte Lilly zu ihm empor. „Was bedeutet das?", fragte sie ängstlich. „Wo sind wir?"

„Wir sind an dem Ort, an dem Alahrian zum ersten Mal der Versuchung der Schatten nachgab", antwortete der Graue rätselhaft. Flammen spiegelten sich auf seinem Gesicht und ließen es seltsam fremd und unwirklich erscheinen. „Dies hier ist der Grund für die Dunkelheit in seinem Herzen. Dies ist die Wunde, die er in sich trägt."

Schaudernd starrte Lilly ins Feuer. Fast sah es harmlos aus, wie ein Sonnwendfeuer oder prasselnde Flammen im Kamin. Außer ihnen war niemand auf der Lichtung, kein tosender Mob, keine Folterknechte, kein Inquisitor. Doch es war, als könne Lilly sie trotzdem spüren. Die Wut, die Gewalt, die Grausamkeit.

In Alahrians Erinnerung zu lesen, was geschehen war, hatte sich schrecklich angefühlt, dies hier jedoch war ungleich schlimmer. In dem harmlosen Feuer auf der Lichtung schien alles verborgen, was Alahrian je gequält hatte. Die glühenden Eisenzangen, das Gefängnis, die Folterkammer, die Demütigung des Verhörs. All das konnte Lilly spüren, wenn sie in die Flammen sah.

Es war, als blicke sie direkt in die tiefsten Abgründe der Hölle hinein.

Und all das Grauen, all der Schrecken, der sich hier einst ereignet hatte, geschah jetzt noch einmal.

Zitternd wich Lilly vor dem Feuer zurück, und trotz der Hitze war ihr plötzlich eiskalt, eine erstickende, von Angst genährte Kälte, die ihr nahezu den Atem abschnürte.

„Du kannst seine Wunden heilen", sagte der Graue. „Versuche, den Schatten zu widerstehen, denen er erlegen ist – und du kannst ihn retten." Aus ernsten Augen blickte er auf Lilly herab. Lilly verstand kein Wort von dem, was er sagte. Bebend vor Furcht starrte sie die Flammen an – und dann begriff sie.

„Du ... du willst, dass ich ins Feuer gehe?“, ächzte sie entsetzt. „Aber das ... das kannst du nicht verlangen ... das ... das ...“

„Ist deine Liebe stark genug?“ Fest ruhten seine Augen auf den ihren.

Lillys Blick irrte von den Flammen zu ihrem Vater und wieder zurück. Sie wollte schreien und zittern und fortlaufen und sich weinend auf die Knie werfen ... doch sie tat nichts von alledem. „Ja“, sagte sie laut. „Ja, sie ist stark genug.“

Entschlossen wandte sie sich dem Feuer zu.

„Nein!“, brüllte da eine von Schrecken geschüttelte Stimme aus der Ferne. „Nein, nicht!“

Lilly drehte sich um. Alahrian war auf der Brüstung der steinernen Galerie erschienen, die Augen weit aufgerissen und dunkel, das Gesicht von Grauen zerrissen und leichenblass. „Nein!“ Mit einem Satz sprang er von der Brüstung, landete federleicht auf dem Waldboden, der sich gar nicht in der selben Welt befand und fuhr ruckartig herum.

„Bitte nicht!“, flehte er den Grauen an. „Nicht sie, bitte ... tu ihr das nicht an!“ Auf seinem Gesicht flackerte es, wild spiegelten sich die Flammen darauf, tanzten in seinen Augen und auf seiner Haut.

„Dann geh du an ihrer Stelle“, verlangte der Graue, ruhig und ohne jede Regung.

Alahrian zögerte nicht eine Sekunde lang. Den Grauen keines weiteren Blickes mehr würdigend, wandte er sich ab, den Flammen entgegen.

„Nein ...“, wimmerte Lilly und blickte aus tränenverschleierten Augen ihren Vater an. Plötzlich schlug ihre Verzweiflung in Zorn um. „Wie kannst du nur?“, schrie sie den Grauen an, warf sich ihm entgegen und schlug in hilfloser Wut mit den Fäusten gegen seine Brust. „Was ist das für ein grausames Spiel, das du spielst? Wie kannst du ihm so etwas antun? Schon wieder?“

Der Graue wehrte sich nicht. Sanft nahm er ihre Handgelenke und hielt sie fest. Lilly zitterte unter seinem Griff, Schluchzen schüttelte sie, die Augen waren blind von Tränen.

„Kein Spiel“, wisperte der Graue sanft. „Um das Licht einer Kerze sehen zu können, musst du sie an einen dunklen Ort tragen, Lillian.“ Seine Stimme war weich und tröstlich und ruhig. „Und er, meine Tochter, kann sein eigenes Licht schon lange nicht mehr sehen.“

Warm blickte er Alahrian an, und Lilly sah keinen Zorn in diesem Blick, keine Grausamkeit. Nur Liebe. Eine allumfassende, bedingungslose Liebe.

Lillys Zorn zerrann, die Tränen aber flossen weiter.

„Hab Vertrauen“, flüsterte der Graue. „Vertrau mir.“

„Dann lass mich mit ihm gehen ...“ Hastig riss sie sich los, rannte auf Alahrian zu und streckte ihm die Hand entgegen.

Voller Erstaunen blickte er sie an, die Augen dunkel, von Flammen umkränzt, die sich blutig rot auf seiner weißen Haut spiegelten. Die Hitze war fast unerträglich, so nah am Feuer, überall schien es zu sein, kein Scheiterhaufen mehr, sondern eine Wand aus Flammen, meterhoch und hungrig nach ihnen leckend.

„Komm“, sagte Lilly, plötzlich ohne jede Angst, ohne einen Hauch von Furcht. „Hab Vertrauen.“ Unbewusst wiederholte sie die Worte ihres Vaters, spürte dessen Blick auf sich ruhen und fühlte nichts als Frieden und Sanftmut in sich.

„Vertrau mir.“ Auffordernd hielt sie Alahrian die Hand hin.

Und er nahm sie. Er zitterte am ganzen Körper, trotz der mörderischen Hitze war seine Haut eiskalt, der Blick von Terror geschüttelt und starr. Aber er hielt ihre Hand, und langsam, unendlich mühsam und zögerlich trat er auf die Flammenwand zu.

Das Feuer schien sich ihm entgegenzustrecken wie eine tödliche Umarmung, wild flackerte es auf. Alahrian gab einen erstickten Schrei von sich und zuckte unwillkürlich zurück, Lilly aber hielt seine Hand fest umklammert, suchte seinen Blick und lächelte.

„Vertrau mir. Bitte ... vertrau mir.“ Sanft führte sie ihn der Flammenwand entgegen.

Alahrian zögerte noch einen winzigen Augenblick, seine Hand krampfte sich um Lillys Finger, die Lippen bebten – dann sank sein Blick in ihren, und schnell, ohne zurückzuweichen trat er in die Flammenwand hinein.

Im Herzen der Flamme

Die Hitze des Feuers war vernichtend, mörderisch. Flammen überall, Flammen, die nach seinen Händen leckten, seinem Gesicht, seinem Körper. Sie hüllten ihn ganz ein, rissen ihm den Atem von den Lippen, verbrannten ihn, zerrten ihm die Haut vom Leib. Der Schmerz war unbeschreiblich – und doch auch wieder nicht.

Es war, als litte ein anderer diese Qualen, als verbrenne nur ein Teil von ihm in den Flammen, während der andere ruhig und ohne Furcht an Lillys Seite durchs Feuer schritt. Er spürte ihre Hand in der seinen ruhen, ganz fest, sie ließ ihn nicht los. Sie hörte nicht auf, ihn anzusehen, ja, sie lächelte sogar, warm und sanft und weich. Sie hatte überhaupt keine Angst, sie schien keine Schmerzen zu kennen, wie ein Engel schwebte sie durchs Feuer, und auf den Schwingen ihrer Liebe folgte er ihr. Es war ganz leicht. Er brauchte ihr nur zu vertrauen. Nichts würde geschehen, nichts konnte ihnen etwas anhaben. Die Flammen schienen plötzlich weit weg zu sein, er hörte ihr Brausen und Tosen in den Ohren, ihr grelles Licht blendete ihn, ihre Hitze verbrannte ihn – doch nichts davon schien ihn wirklich zu berühren.

Da wurde es mit einem Mal dunkel um ihn, Finsternis herrschte im Herzen des Feuers, Kälte. Alahrian lag wieder auf dem Boden der dunklen Folterkammer, Blut sickerte aus zahlreichen Wunden in den groben, rauen Stein, sein ganzer Körper schmerzte, Tränen rannen über seine fiebrigen Wangen.

Weiß schimmerte das Gesicht des Inquisitors über ihm, eine grausame Fratze, wild und von Hass verzerrt.

„Dann gibst du also zu, dich mit dem Bösen vereint zu haben?"

„Ja."

„Mit dem Teufel im Bunde zu sein?"

„Ja."

„Dich mit Dämonen verschworen zu haben?"

„Ja."

Alahrian krallte die Hände in den Boden, um nicht zu schreien, seine gemarterten Gelenke kreischten auf, die zersplitterten Knochen bohrten sich tief in sein Fleisch. Er schmiegte das Gesicht gegen den rauen Stein und spürte, wie seine Tränen die nackte Erde tränkten.

„Arme Seele", flüsterte der Gerichtsdiener dicht neben ihm. „Das Feuer wird ihn reinigen. Er wird Vergebung finden."

Freundlich waren diese Worte, sanft und voller Mitleid. Mühsam hob Alahrian den Kopf und blickte dem Gerichtsdiener in die Augen, nur dass diese nicht schwarz waren wie in seiner Erinnerung – sondern regenbogenfarben.

Da endlich begriff Alahrian. Vergebung ... Vergebung war der Schlüssel. Er selbst hatte es gesagt, aber er hatte es nicht verstanden damals.

„Ich weiß, was du bist", sagte der Inquisitor. „Du wirst niemals Vergebung finden."

Alahrian sah in seine hasserfüllten Augen, zum ersten Mal, seit er hier unten gefangen war, blickte er den Inquisitor wirklich an. „Dein Gott starb aus Mitgefühl, aus Liebe", entgegnete er hart. „Du kennst weder Liebe noch Mitgefühl. Doch sag mir, wie willst du einst Vergebung finden, wenn du selbst nicht vergeben kannst?"

Er hatte es nicht begriffen, damals. Liebe ... Vergebung ... Der Graue hatte es ihm gesagt, er war dort gewesen, die ganze Zeit über. Er hatte ihm den Weg gezeigt, Alahrian aber hatte die Dunkelheit gewählt, den Schmerz.

Er hatte es nicht begriffen. Aber jetzt, im Herzen des Feuers, umgeben von Flammen, an einem Ort dunkler als alle Orte, an denen er je gewesen war, begriff er es.

Die Flammen wichen zurück, erstarrten und sanken schließlich in sich zusammen. Alahrian stieg vom Scheiterhaufen, Lilly noch immer an seiner Seite, und da waren sie, seine Folterknechte, standen am Rande der Lichtung in der Dunkelheit. Wie damals waren sie gekommen, der Inquisitor und der Bürgermeister, doch in ihren Augen stand kein Triumph, keine Grausamkeit, sondern nur Furcht.

Alahrian ließ Lillys Hand los, allein und schutzlos, ihnen ganz ausgeliefert, trat er auf die beiden zu. Er spürte keine Angst, nicht mehr, die Angst war im Feuer verbrannt, wie der Schmerz – wie der Zorn. Ruhig blickte er den beiden in die Augen. „Ich vergebe euch", flüsterte er sanft. „Ich vergebe euch."

Da senkten sich plötzlich gewaltige, fedrige Schwingen auf ihn herab, doch sie waren nicht samtig schwarz wie Liliths Schattenschwingen. Nur die eine war schwarz, die andere blendend weiß.

„So soll auch dir vergeben werden", sagte der Graue.

Alahrian blickte in regenbogenfarbene Augen, einen Moment lang stand er ganz still, dann neigte er den Kopf und sank langsam, lautlos auf ein Knie herab.

Alahrian fiel vor dem Grauen auf die Knie, doch es war keine Geste der Furcht, es war eine Geste der Demut. Er hatte den Weg gefunden – zurück ins Licht, und als der Graue behutsam eine seiner Schwingen – die weiße – nach ihm ausstreckte, da fielen die Schatten nach und nach von ihm ab, zogen sich zurück, erloschen unter der samtenen Helligkeit des Grauen. Voller Staunen beobachtete Lilly, wie Alahrians pechschwarzes Haar nach und nach ausbleichte, als wäre es mit Tinte gefüllt, die nun herausgesogen wurde. Ihr Staunen jedoch verwandelte sich in Entsetzten, als Alahrian keuchend vornüber kippte, das Gesicht schmerzverzerrt, die Hände in den Boden gekrallt. Ein Zittern durchlief seinen Körper, fest presste er die Kiefer aufeinander, um nicht zu schreien.

„Alahrian!" Mit einem einzigen Satz war Lilly bei ihm, aber diesmal hielt ihr Vater sie zurück.

„Nicht", bemerkte er ruhig. „Es ist nichts. Nur die Schatten, die aus seinem Körper weichen."

Alahrians Antlitz war bleich wie der Tod, jeder Muskel angespannt, Schwärze wogte unter seiner Haut, sammelte sich unter den Fingerspitzen und tropfte daraus hervor wie öliges Blut. Seine Stirn glänzte vor Schweiß, er atmete schnell und unregelmäßig, die Lippen bebten vor Anstrengung. Ganz weiß war jetzt sein Haar, wie Glasfasern, rein wie frisch gefallener Schnee.

Stöhnend sank er vollends zu Boden, das Gesicht zur Seite gedreht. Das Zittern jedoch verebbte, die Schatten waren verschwunden.

Lilly ließ sich neben ihn auf die Knie fallen und strich ihm behutsam über den Rücken, er lächelte, als er es bemerkte, und als er sie ansah, da waren seine Augen ganz hell, fast durchsichtig. Er war rein, die Dunkelheit hatte ihn frei gegeben, aber er war ... leer.

„Was ... was ist mit ihm?", fragte Lilly angstvoll den Grauen.

Alahrian war zu schwach um aufzustehen, zu schwach, um zu sprechen, aber er drückte beruhigend ihre Hand. Er sah fürchterlich aus, aber er lächelte immer noch. Er war glücklich.

„Wie alle Wesen, die Magie in sich tragen, ist er wie ein leeres Gefäß", erklärte ihr der Graue. „Er kann Licht in sich halten – oder auch Dunkelheit. Je tiefer das Gefäß, desto mehr Macht kann er besitzen. Er verfügt über mehr Kapazitäten als ich je bei einem alfar gesehen habe. Aber er hat sein Licht aufgegeben, um dich zu retten. Und nun hat er auch der Dunkelheit entsagt. Er ist leer. Wie ein Neugeborenes."

Besorgt strich Lilly über Alahrians schneeweißes Haar. „Was können wir tun?", fragte sie angstvoll.

Der Graue lächelte milde. „Ich glaube, du hast etwas, was ihm gehört", bemerkte er, nahezu belustigt. „Gib es ihm zurück."

Sein Licht, natürlich. Er hatte es ja nie aufgegeben, nicht wirklich. Er hatte nur ... – der Gedanke war befremdlich – ... er hatte nur ein neues Gefäß dafür gesucht. „Wie?", fragte Lilly leise. „Was soll ich tun?"

Der Graue zwinkerte. Nun wirkte er eindeutig amüsiert. „Ich denke, das weißt du bereits."

Diskret drehte er sich um – und Lilly beugte sich über Alahrian und küsste sanft seine Lippen. Fest hielt sie seine Hände, verschränkte ihre Finger mit den seinen, die Augen geschlossen, ließ sie die Helligkeit in ihrem Inneren in seinen Körper fließen, hauchte mit ihrem Atem Energie zwischen seine Lippen, drängte durch ihre Fingerspitzen Licht unter seine Haut.

Es dauerte lange, bis der Strom versiegte, und als nichts mehr davon in ihr war, da öffnete sie langsam die Augen, löste sich behutsam von ihm, doch ohne ihn vollends loszulassen. Seine Augen waren blau wie der Himmel an einem Sommermorgen, das Haar schimmerte golden.

Lilly lachte erleichtert auf, schloss ihn in die Arme und jubelte innerlich. Er war wieder wie früher, ihr Engel, ihre Lichtgestalt. Einen Moment lang gab es nur noch ihn, alles andere um sie herum versank in diffusem Nebel, nur er war hier, nur er.

Sie schreckte erst auf, als der Graue hinter ihr sich vernehmlich räusperte. Alahrian sprang auf, Lilly noch immer an der Hand haltend. Errötend blickte Lilly ihren Vater an, dann sah sie sich um, zum ersten Mal seit sie aus dem Feuer getreten waren. Sie waren nicht mehr allein, ja, sie waren alles andere als allein.

Liliths Palast mit der steinernen Galerie schimmerte jetzt deutlicher durch die Lichtung hindurch, und die Brüstung war voll von Kriegern. Überall drängten sie sich, Liliths Schattenkrieger, auf der Galerie, in den Korridoren hinter den Säulen, selbst am Waldrand waren einige zu sehen. Sie alle waren gekommen, die gefallenen Lichtelben, das gesamte Volk der Erloschenen beobachte aus dunklen, umschatteten Augen das Geschehen.

Alahrian ließ den Blick in die Runde schweifen, für einen Herzschlag sah er Lilith an, die mit herabhängenden Schwingen unter einer Säule stand, dann suchte sein Blick den Grauen. „Was passiert jetzt mit ihnen?“, fragte er leise.

Voller Angst dachte Lilly an Morgans döckalfar, an die Waffen, an ihren Traum. Alahrian stand leuchtend und schön wie am ersten Tag vor ihr, und doch ... Es war noch nicht vorbei. Es war alles andere als vorbei.

Der Graue aber lächelte nur. „Führ sie zurück ins Licht“, sagte er ruhig.

Einen Moment lang blickte Alahrian fragend, dann nickte er, als habe er etwas begriffen, das allein zwischen ihm und dem Grauen vorgefallen war. In einer bewussten, genau bemessenen Geste drehte er sich herum und hob langsam die Hände. Licht spielte um seine Finger, schwoll zu einem glühenden, grellweißen Feuerball an, breitete sich wie eine Wolke aus silbrigen Glitzerfäden im Raum aus, wuchs immer weiter und weiter, immer heller und heller, bis Lilly es kaum mehr ertragen konnte, Alahrian anzusehen, so hell war er.

Dann ließ er das Licht los, und es regnete in goldenen Tropfen auf sein Volk herab, wusch die Schatten fort und drängte die Dunkelheit zurück. Lillys Augen tränten mittlerweile geblendet, sie konnte sie nicht mehr offen halten, blinzelnd wandte sie sich ab, doch selbst durch die geschlossenen Lider nahm sie den Glanz noch wahr, leuchtend und gleißend wie eine Sonne, mitten in den Fels gesperrt.

Als Lilly die Augen wieder öffnen konnte, waren die Lichtung, der Felsendom und die Krieger verschwunden. Stattdessen fand sie sich an einem weißen Strand wieder, ihre Füße bis zu den Knöcheln in winzigen Blütenblättern versinkend, das Meer azurfarben rauschend zu ihrer Rechten. Es war der Ort, an dem sie dem Grauen das erste Mal begegnet war. Einen Moment lang fühlte sie eine Woge heißen Glücksgefühls durch ihr Innerstes streifen, einen Moment lang ertrank sie schier in der Schönheit des wolkenlosen Himmels über ihr.

Ein Lidzucken später zersplitterte alle Wärme in ihr unter einem Schlag eiskalten, vernichtenden Entsetzens.

Alahrian lag auf dem Boden, die Augen geschlossen. Er rührte sich nicht, er atmete nicht.

Mit einem Aufschrei stürzte Lilly zu ihm hin, schloss ihn in die Arme und presste ihn fest an sich. Seine Haut war eiskalt. Sie spürte keinen Herzschlag unter den Handgelenken.

„NEIN!“ Sie schrie fast ohne Bewusstsein, von einem Schrecken durchdrungen, der zu tief ging, um ihn ganz zu erfassen. „Bitte nicht ... bitte ...“

„Beruhige dich“, wisperte die sanfte Stimme ihres Vaters hinter ihr. „Er ist immer noch unsterblich, schon vergessen?“

Ruckartig blickte Lilly zu ihm auf. „Sein Herz schlägt nicht!“, kreischte sie hysterisch. „Er atmet nicht!“

„Er ist erschöpft.“ Behutsam ließ sich der Graue neben ihr nieder. „Er hat jedem einzelnen seines Volkes einen Funken seines Lichtes übertragen. Tausende und Abertausende von Kerzen, durch eine Flamme genährt.“

„Und seine Flamme? Wird sie erlöschen dadurch?“ Lilly konnte kaum sprechen, so sehr zitterte ihre Stimme. Tränen würgten ihr in der Kehle, aber sie hatte zu große Angst, um zu weinen.

„Nein.“ Der Graue lächelte nachsichtig. „Ein bisschen davon ist noch übrig.“ Lächelnd hielt er ihr eine schmale, silbern glänzende Kette mit einem winzigen, gläsernen Anhänger hin. Die Kette, die Alahrian ihr geschenkt hatte. Die Kette mit einem Funken seines Lichtes darin.

Mit einem vorsichtigen, wagemutigen Hauch von Erleichterung nahm Lilly sie entgegen, schloss die Finger um den Anhänger und presste ihn gegen Alahrians schweigendes Herz.

Einige grässliche, Kälteschauder durch ihr Innerstes jagende Sekunden lang geschah nichts, gar nichts. Endlich jedoch begannen Alahrians Lider zu flattern, er tat einen tiefen, keuchenden Atemzug, hustete – und richtete sich blinzelnd auf.

„Alahrian!“ Fast ohnmächtig vor Erleichterung fiel Lilly ihm um den Hals.

„Lillian ...“ Seine Augen strahlten, das Gesicht leuchtete, instinktiv sog er die Helligkeit um sich herum auf wie ein ausgetrockneter Schwamm, sein Blick jedoch ruhte nur auf ihr.

„Verdammt“, fluchte Lilly, lachend und weinend zugleich. „Du stirbst ziemlich oft für jemanden, der unsterblich ist!“ Immer noch zittrig wischte sie sich die Tränen von den Wangen, schmiegte das Gesicht gegen seine Schulter.

„Oh ...“ Alahrian blickte beinahe ein wenig verlegen drein. „Kein Atem? Kein Puls?“, erkundigte er sich. „Ja, so etwas kann schon mal vorkommen ... Aber keine Sorge, ist mir schon öfters passiert.“

Lilly verdrehte stöhnend die Augen. Während sie noch versuchte, sich von ihrem Schrecken zu erholen, fragte Alahrian, sich demonstrativ umsehend: „Wo sind wir hier?“

Es war der Graue, der antwortete. „Ich dachte, es wäre gut, einen Moment lang ungestört zu sein“, meinte er ernst. „Es gibt noch eine Entscheidung, die du treffen musst, junger liosalfar.“

„Eine Entscheidung?“ Alahrian blickte unsicher.

„Lass uns ein Stück laufen, ja?“ Der Graue deutete angelegentlich den weißen Strand entlang.

Alahrian tauschte einen Blick mit Lilly, dann nickte er und erhob sich, ein wenig wackelig auf den Beinen. Instinktiv wollte Lilly ihm folgen, ihr Vater jedoch schüttelte sanft den Kopf. Er wollte allein mit Alahrian sprechen. Lilly nickte stumm, doch sie blickte den beiden aufmerksam nach, während sie nebeneinander langsam das blütenweiße Ufer entlangspazierten.

Alahrian kaute auf seiner Unterlippe herum, schaute auf die unendliche Weite des Meeres hinaus und vermied es, das Wesen, das neben ihm schritt, anzusehen. Es gab so vieles, was er dem Grauen hätte sagen wollen, so viele Fragen. Doch er fand die richtigen Worte nicht, und so schwieg er, lief still neben ihm her, den endlosen Strand dieser merkwürdigen Zwischenwelt entlang, bis der Graue sagte:

„Es tut mir leid, mein Junge. Der Weg, den du gehen musstest, war vielleicht zu hart.“

Unwillkürlich blieb Alahrian stehen.

„Der Weg jedoch, der noch vor dir liegt, wird kaum einfacher sein“, meinte der Graue ernst.

„Der Weg ... der noch vor mir liegt?“, wiederholte Alahrian stockend und fühlte einen jähen Anflug von Furcht in sich. Er war vom Licht in die Schatten gestürzt, er war durchs Feuer gegangen ... was mochte noch geschehen? Würde er denn niemals Frieden finden?

Beruhigend lächelte der Graue. „Es ist deine Entscheidung“, bemerkte er sanft.

Alahrian schwieg und starrte aufs Meer hinaus, als könne er dort die Antworten finden, die er suchte. Türkisfarben glitzerte das Wasser in der Sonne, der Himmel spannte sich in blendend reinem Blau darüber, küsste am Horizont den Ozean. Lilly hatte Recht gehabt, das letzte Mal. Es war wirklich wunderschön hier. Aber das hatte er damals nicht bemerkt. Damals war er von Bitterkeit und Angst erfüllt gewesen, jetzt aber fühlte er ... er wusste es nicht. Er fürchtete sich, ja, und die Beklemmung, die das übermächtige Wesen neben ihm in seinem Inneren auslöste, war immer noch da, und doch ... Instinktiv spürte er, dass der Graue ihm nichts Übles zuleide tun wollte. In seinem Herzen war Furcht – aber auch Zuversicht. Er war durchs Feuer gegangen, und die Flammen hatten ihn nicht berührt. Er hatte seinen Feinden vergeben und hatte selbst Vergebung gefunden. Die Wunde, die in ihm schwelte, tief verborgen und ewig blutend, konnte jetzt vielleicht heilen.

Der Graue neben ihm lachte plötzlich leise, und als Alahrian sich umdrehte, da bemerkte er, dass der Graue ihn eindringlich musterte.

„Lilith hatte Recht, mit dem, was sie über dich sagte“, meinte er, einen sonderbaren Glanz in den schillernden Augen. „Du bist ihm wirklich sehr ähnlich, unserem Sohn. Ich habe das schon früher bemerkt.“

Überrascht starrte Alahrian ihn an. „Dann ist es also wahr?“, fragte er verblüfft.

Der Graue nickte ernst. „Ja. Es ist wahr ...“

„Lilith ... sie war deine Gefährtin? Du ... du hast sie geliebt?“

Ein Zucken huschte über die Lippen des Grauen, Schmerz flackerte in den Regenbogenaugen auf – und verschwand in den Tiefen dieses edlen, unendlich weisen, unendlich gütigen Antlitzes. „Ich liebe sie noch“, sagte er leise. „Und ich werde sie immer lieben, ganz gleich, was sie getan hat.“

Mit einem Mal wirkte das Oberhaupt aller alfar, der König der Anderswelt, Herr über Licht und Schatten, sonderbar zerbrechlich, ja, fast menschlich.

„Ich herrsche über unser Volk länger als ich selbst erfassen kann“, erzählte er mit fernem, abwesendem Ton. „Und ich habe viele Fehler gemacht, in all dieser Zeit. Ich konnte den Krieg zwischen lios- und döckalfar nicht aufhalten, ich musste mit ansehen, wie er um ein Haar unsere Welt zerstört hätte. Ich habe meinen Sohn sterben und meine Gefährtin in die Dunkelheit stürzen sehen. Ich habe versucht, unsere Welt zu retten und den Völkern der alfar einen allzu hohen Preis dafür abverlangt. Ich habe getrennt, was nicht hätte getrennt werden dürfen, und euere Völker in die Welt der Menschen verbannt. Ihr solltet dort lernen, in Frieden miteinander zu leben – miteinander und mit dem Volk der Sterblichen. Doch die Aufgabe, die ich euch stellte, war vielleicht zu schwer, denn ihr habt nur noch mehr Leid, noch mehr Schmerz erfahren.“ Er blickte ins Leere jetzt, Alahrian war sich nicht sicher, ob er seine Anwesenheit überhaupt noch wahrnahm. „Das Licht deines Volkes ist erloschen“, meinte er bitter. „Und auch das konnte ich nicht verhindern.“

Mit einem Mal blickte er Alahrian an, traurig und wehmütig, und von einer Schuld erfüllt, die Alahrians Herz schmerzhaft zusammenkrampfte. „Lilith und ich hätten Seite an Seite über unser Volk regieren und es zu Weisheit, Liebe und Glück führen sollen“, sagte er leise. „Doch wir haben versagt.“

Plötzlich ruhte sein Blick so intensiv auf Alahrian, dass der ihm kaum standhalten konnte, und doch schlug er die Augen nicht nieder.

„Es ist an der Zeit für eine neue Ordnung", sagte der Graue ruhig. „Eine neue Macht. Und vielleicht – eine neue, bessere Welt."

Alahrian begriff nicht, worauf er hinauswollte, der Blick des Grauen schien ihn zu durchdringen, in ihm zu lesen wie in einem offenen Buch. „Ich ... ich verstehe nicht ...", stammelte er unsicher, obwohl ein Teil seines Bewusstseins die Bruchstücke dessen, was der Graue gesagt und getan hatte, längst zusammenzusetzen begann.

„Lilith hat es früher erkannt als ich", bemerkte der Graue lächelnd. „Du bist ein Prinz. Doch kein Prinz der liosalfar. Nicht nur ..."

Alahrian starrte ihn an. „Du ... du meinst … ich … ich ..." Es war zu unglaublich, zu absurd, um es auszusprechen!

Der Graue lachte sanft, seine Augen aber waren ernst. „Ich habe dich auserwählt, mein Nachfolger zu sein", entgegnete er ruhig. „Das Oberhaupt aller alfar."

Alahrian schnappte nach Luft und wusste einen Herzschlag lang nicht, ob er lachen, weglaufen oder einfach in Ohnmacht fallen sollte. Er tat nichts davon, stattdessen konzentrierte er sich für einige Sekunden auf nichts anderes als darauf, ruhig und regelmäßig durchzuatmen. Trotzdem zitterte seine Stimme, als er antwortete. „Ich ... ich kann das nicht ... ich bin doch nur ..."

„Nein." Der Graue unterbrach ihn mit einer milden Handbewegung. „Du warst niemals nur. Du trägst mehr Licht in dir als jeder andere deines Volkes. Die Menschen haben dich verfolgt, eingesperrt und gefoltert, du hast ihre Grausamkeit erlebt – und bist dennoch rein genug, ihnen zu vergeben. Du hast unter ihnen gelebt, du warst einer von ihnen. Und du hast einen der döckalfar zu deinem Bruder gemacht. Eine Feindschaft, die Jahrtausende währte, hast du einfach überwunden – durch Freundschaft." Eindringlich musterte er ihn, legte ihm schließlich beide Hände auf die Schultern. „Du hast die Versuchung der Dunkelheit gespürt, bist um deiner Liebe willen in die Schatten gegangen und hast den Weg zurück ans Licht gefunden. Du hast in der Tiefe gelebt, hast gelernt, Verantwortung zu übernehmen für dein Volk, selbst wenn es ein gefallenes Volk ist. Du bist ein liosalfar, doch du kennst die Erloschenen, die Sterblichen und selbst die döckalfar. Alahrian, du bist geboren, um zu herrschen. Also herrsche!"

Alahrian war ganz schwindelig, das Rauschen der Wellen im Hintergrund brauste in seinem Kopf.

„Ich kann nicht", flüsterte er schwach. Und doch: Etwas in ihm antwortete auf die Worte des Grauen, ein Echo, tief in seinem Inneren. Ich kann das vielleicht wirklich tun ..., wisperte eine Stimme in seinem Kopf. Ich kann die Völker wieder vereinen.

Aber er war nie in der Anderswelt gewesen. Er kannte nicht die Pixies, die Boccanach, die Seeleute, und all die anderen Wesen. All die Wesen, über die der Graue gebot. Er kannte nur die Welt der Sterblichen, die Verbannung.

„Ich kann nicht“, sagte er laut. „Ich schaffe das nicht allein.“

Die Hände des Grauen lagen noch immer auf seinen Schultern. Wärme strömte daraus hervor. Er lächelte. „Aber du bist nicht allein.“ Behutsam schüttelte er den Kopf. „Du wirst niemals mehr allein sein.“ Leise streckte er eine seiner Schwingen aus, und da stand, von Sonnenlicht umgeben, mitten in einem Meer aus winzigen, weißen Blüten ... Lillian.

Lilly hörte, wie ihr Vater nach ihr rief, lautlos und mitten in ihren Gedanken. Als sie sich den beiden näherte, sah Alahrian verwirrt und völlig durcheinander aus, der Graue aber lächelte, die Augen strahlend. Ohne danach fragen zu müssen, war das Wissen, was sie miteinander gesprochen hatten, in ihrem Kopf, und nun war es an ihr, verblüfft zu sein. Aus weit aufgerissenen Augen starrte sie Alahrian an. In einer seltsam unwillkürlichen Geste streckte der die Hand nach ihr aus, Lilly umschloss seine Finger, doch sie wagte nicht zu sprechen.

„Sie ist der Schlüssel“, sagte der Graue zu Alahrian. „Sie ist meine Tochter, von meinem Blut. Ein Teil aller Völker der Anderswelt steckt in ihrem Inneren. Aber auch der Menschen.“ Mit einer Art von Stolz sah er Lilly an, eine seiner Schwingen streifte sanft ihre Wange. „Sie ist ein Kind beider Welten.“ Schimmernd richteten sich seine Augen auf Alahrian. „Sie wird dich leiten.“

In Alahrians Gesicht arbeitete es. Sicherlich mehrere Minuten lang stand er völlig reglos, der Blick fern, ins Leere gerichtet. Endlich ließ er Lillys Hand los und sank vor dem Grauen auf die Knie, zum zweiten Mal an diesem Tag.

„Was soll ich tun?“, fragte er leise.

„Vertraust du mir?“

„Ja.“ Alahrian senkte den Kopf.

„Dann gib mir deine Hand.“

Alahrian tat es, und der siebenzackige Stern über seinen Pulsadern leuchtete auf, blau wie der Himmel und das Meer. Auch der Graue streckte die Hand aus, der Stern auf seinen Gelenken schimmerte in allen Farben des Regenbogens.

Lilly hielt vor Spannung den Atem an. Der Graue brauchte keine Klinge wie Morgan, um die Narben zu öffnen. Ein winziger Lichtblitz genügte, der Schnitt war so exakt wie mit dem Laserskalpell gezogen.

Alahrian schloss die Augen, als der Graue seine Wunde gegen seine blutenden Handgelenke presste. Eine Woge von Licht stieg um sie herum auf, ein wirbelnder Feuerball in allen Farben des Regenbogens. Darunter jedoch waren Schatten verborgen, ein diffuser Nebel, denn auch das war der Graue. Erde, Wasser, Feuer, Luft ... Licht und Schatten ... all das pulsierte gleichzeitig durch Alahrians Adern, und Lilly beobachtete besorgt, wie sich sein Gesicht vor Schmerz verzerrte, wie sein Körper zu zittern begann, während die Macht des Grauen auf ihn überging.

Aber er wich nicht zurück, gab keinen Laut, und irgendwann, vielleicht schon nach Sekunden, vielleicht Stunden, Lilly wusste es nicht, denn Zeit hatte keine Bedeutung in der Welt, in der sie sich befand, – war es vorbei.

Alahrian erhob sich. Langsam, mit einer atemberaubenden Anmut und von einem milden, silbrigen Schimmer umgeben, drehte er sich um, die Augen noch immer geschlossen. Als er sie öffnete, um Lilly anzusehen, da waren sie nicht mehr blau wie der Himmel über ihnen. Sie waren regenbogenfarben.

Zwischen den Welten

Der Graue besaß die Fähigkeit, zwischen den Welten zu wandern wie von einem Zimmer ins nächste, und Lilly, da sie die Tochter des Grauen war, hatte ebenfalls etwas von dieser Gabe in sich, auch wenn sie nie geahnt hatte, wie sie sie nutzen konnte. An Alahrians Seite jedoch und an der ihres Vaters schien es nur ein Wimpernzucken zu sein – und sie waren zurück in Liliths Palast, ganz so, als seien der Blütenstrand und das Meer nur ein Traum gewesen. Vielleicht war es so.

In der steinernen Halle, in deren Zentrum noch immer die Lichtung im Wald verpflanzt war, wie zwei Realitäten ineinander geschoben, warteten die Erloschenen zusammen mit Morgans Kriegern, ja, selbst Lilith war noch immer dort.

Niemand hatte sich gerührt, niemand hatte eine Waffe erhoben. In der Halle herrschte jetzt die goldene Helligkeit, die Alahrian dort verbreitet hatte, einige von Liliths Kriegern hatten sich bereits verändert, hatten die Schatten abgestreift und waren von mildem Glanz umgeben, so wie Alahrian einst.

Mit goldenem Haar und Augen in allen Blautönen, die man sich nur vorstellen konnte. Aber nicht alle. Manche Augen schimmerten immer noch schwarz.

Es war noch nicht vorbei.

„Was wird nun aus ihnen werden?", fragte Lilly leise.

Der Graue – ihr Vater, der jetzt nicht mehr der Graue war! – ließ einen tiefernsten Blick durch die Runde schweifen. Dann schaute er Alahrian an.

„Deine Aufgabe ist noch nicht vollendet", sagte er leise. „Führ sie zurück ins Licht. Bring sie nach Hause."

„Nach Hause?" Alahrian wiederholte das Wort, als fühlte es sich fremd und sperrig an auf seiner Zunge. „In ... die Welt der Sterblichen?"

„Nein." Lillys Vater lächelte. „Sie haben aus ihren Fehlern gelernt. Oder werden es noch tun – mit eurer Hilfe. Ich denke, es ist an der Zeit, sie wirklich nach Hause zu bringen. Die Ära der Verbannung ist vorbei." Weit breitete er seine Schwingen aus. „Bring sie nach Hause, Alahrian. Führ sie zurück ins Licht!"

„Nach Hause ..." Alahrians Lippen bebten ein wenig. Er hatte die Anderswelt nie gesehen, wie Lilly sehr wohl wusste, doch er hatte sich immer danach gesehnt, dorthin zurückzukehren. In die Welt, in die er gehörte. In seine Welt.

Ein kurzer Anflug von Panik überkam sie. Würde er jetzt fortgehen? Hatte sie ihn wieder gefunden, nur um ihn erneut zu verlieren?

Ihr Herz begann zu rasen, dann aber griff Alahrian schnell nach ihrer Hand und lächelte sie an. Nein. Er würde sie nicht verlassen. Nie wieder.

Nie mehr. Seine Welt, das war jetzt auch ihre. Sie waren Kinder beider Welten, sie waren grau.

Alahrian blickte Lilly an, und Hand in Hand traten sie an die steinerne Brüstung. Wie eine Welle, die sich ins Meer zurückzieht, wich die Masse instinktiv vor ihnen zurück, um ihnen Platz zu machen, und obwohl die gigantische Halle schier aus den Nähten platzte, obwohl überall alfar standen, in den Gängen, auf der Galerie und vor den Toren des Palastes, war kaum ein Laut zu hören.

„Öffne das Tor", flüsterte Lillys Vater hinter Alahrian. „Du hast jetzt die Macht dazu!"

Alahrian schloss die Augen. Lilly konnte seine Energie zwischen den Fingerspitzen fühlen, Wärme durchströmte sie. Er hatte die Macht, aber er hatte nicht das Wissen. Das Wissen war in ihr, verborgen in ihrem Blut, dem Blut ihres Vaters. Ein Bild formte sich in Lillys Kopf, durch Alahrians Magie geweckt, das Bild eines schimmernden, aus Gold geschmiedeten Tores, vielfach verzweigt und von Blumenranken und wildem Efeu verziert. Licht glänzte durch das Tor, noch war es geschlossen, doch Lilly stellte sich mit aller Macht vor, wie es sich öffnete, und als Alahrians Magie durch das Bild in ihrem Kopf strömte, da öffnete es sich wirklich, zuerst nur einen Spalt breit, dann immer weiter und weiter ...

Lilly riss die Augen auf. Mitten in der Halle, wo zuerst die Lichtung erschienen war, klaffte ein Spalt in der Wirklichkeit. Er sah aus wie das Tor in ihren Gedanken, nur ungleich gewaltiger. Und dahinter, wie eine Projektion in einer Wasserfläche, konnte Lilly schemenhaft die Anderswelt erkennen.

Tränen schossen ihr in die Augen, und beinahe musste sie den Blick abwenden, so schön war es dort. Saftig grüne Wiesen erstreckten sich bis zum Himmel, über den silbrige Wolken hinwegzogen. Wälder mit leuchtend goldenen Blättern glänzten in der Ferne. Winzige Feenwesen tanzten auf Blumen in allen Farben des Regenbogens, Quellen so klar wie Bergkristall sangen unter schattigen Bäumen glockenhelle Lieder, Nixen badeten darin.

Ein bisschen erinnerte es sie an Alahrians Garten, nur war es viel größer, viel vollkommener. Es war die Welt der Märchen und Legenden, ein in Wirklichkeit gepresster Traum.

Es war die Welt, aus der die alfar gekommen waren. Und in die sie zurückkehren würden. Jetzt.

Als erstes ging Lillys Vater. Er tauschte einen langen Blick mit ihr, einen Blick voller Liebe, mit einem Versprechen auf ein Wiedersehen, dann wandte er sich ab und trat auf Lilith zu. Schweigend streckte er ihr die Hand hin, die Königin der Schatten zuckte zurück, zögerte – und nahm sie. Seite an Seite schritten sie durch das Tor, verharrten einen winzigen Augenblick und verschwanden in den geheimnisvollen Tiefen der Anderswelt.

Tausende folgten ihnen. Gewaltige Ströme von alfar, die Krieger, die Frauen, die Kinder. Das gesamte Volk der liosalfar, der Erloschenen. Und auch die döckalfar gingen, einer nach dem anderen.

Am Ende blieb nur noch Morgan zurück.

Lilly tauschte einen Blick mit Alahrian, dann bemerkte sie die beiden verlorenen Gestalten, die ein wenig abseits unter einer Säule standen. Lilly hatte sie beinahe vergessen, den Bürgermeister und den Inquisitor.

„Wir müssen auch gehen", sagte sie zu Alahrian. „Ihr Schicksal ist an deines gebunden. Sie können nicht sterben, solange du dich hier befindest, das war der Wortlaut von Liliths Fluch. Solange du in der Verbannung lebst, können auch sie nicht erlöst werden."

Alahrian nickte ernst, griff jedoch nur ein einziges Wort ihrer Rede auf. „Wir?", wiederholte er betont.

Lilly drückte seine Hand. „Ich gehe dorthin, wo du hingehst. Immer." Schalkhaft grinste sie ihn an. „Und außerdem wollte ich schon immer mal einer Nixe begegnen."

„Nun, das ließe sich vielleicht einrichten ..." Übergangslos wurde Alahrian wieder ernst. Sein Blick suchte den seines Bruders, fragend, auffordernd.

Morgan zuckte lässig mit den Schultern. „Ich war noch nie besonders scharf darauf, in die hehren Gefilde der Anderswelt zurückzukehren", bemerkte er leichthin. Und, mit einem Blick auf die beiden Gestalten unter der Säule fügte er ernster hinzu: „Außerdem habe ich hier noch etwas zu erledigen, wie es scheint."

Alahrian nickte, das Antlitz von Kummer umwölkt. Als er Lillys Hand nahm und sich dem Tor zuwandte jedoch, da strahlte er. „Komm", sagte er glücklich. „Gehen wir nach Hause."

Nervös drückte Lilly seine Finger und trat neben ihm durch das Tor. Doch bevor sie die Grenze zur Anderswelt vollends überschritt, drehte sie sich noch einmal zur Halle herum. Der Bürgermeister sah mit einem tiefen, bittenden Blick zu Morgan auf, und Morgan, der lautlos töten konnte und ohne einen Hauch von Schmerz zu verursachen, legte ihm sanft die Hand auf die Schulter – und führte ihn fort.

Epilog 1

Seufzend schlug Lilly eine Seite des Mathebuches um, in dem wiederholten Versuch, den Stoff der letzten Wochen nachzuholen, während ein übermütiger Schwarm Pixies sie nach Kräften davon abzuhalten suchte. Es war aber auch schwer, sich auf die Schule zu konzentrieren, während um sie herum Rosen, Lilien und wilder Flieder um die Wette blühten, Schmetterlinge über die Wiese tanzten, und ein strahlend blauer Himmel über ihrem Kopf zum Träumen einlud. Im Garten der Villa herrschte jetzt immer Frühling, während draußen längst die Blätter von den Bäumen fielen.

Träge streckte sie sich im Gras aus und scheuchte die Pixies mit einer Handbewegung von ihren Büchern fort. Ein glockenhelles Kichern erklang. Sie waren hübsche Geschöpfe, diese Pixies, kaum so groß wie ihre ausgestreckte Hand, mit schillernden Libellenflügeln und niedlichen, kleinen Gesichtchen. Leider waren sie auch ziemlich albern. Gerade ließen sie sich im Sturzflug in eine der Vogeltränken fallen und spritzen dabei kreischend die halbe Veranda nass. Ein etwas mürrischer kleiner Wichtel, der neuerdings im Steingarten hauste, beobachtete sie dabei misstrauisch.

In diesem Moment ertönte irgendwo über ihnen ein gewaltiger, grollender Schlag, als hätte sich ganz plötzlich in der Ferne ein tosendes Gewitter entladen. Lillys Blick flog nach oben. Etwa fünfzig Meter über dem Erdboden, mitten in der klaren, milden Sommerluft, öffnete sich mit einem Mal eine schimmernde, von sanftem Glanz umstrahlte Tür.

Lillys Herz machte einen erschrockenen Hüpfer. Mit einem einzigen Satz war sie auf den Füßen.

So selbstverständlich als liefe er vom Wohnzimmer in die Küche, spazierte Alahrian aus der Tür, hielt einen Moment lang inne – und begann, einer grotesken Comicfigur gleich, erst in eben jenem Moment zu fallen, da er sich bewusst wurde, wo er sich überhaupt befand. Glitzernd verblasste die Tür über ihm.

Lilly stieß einen entsetzten Schrei aus, während sie den Bruchteil einer Sekunde lang voll kaltem Schrecken beobachtete, wie Alahrian wie eine weiße Schneeflocke in die Tiefe stürzte. Erst etwa zwei Meter über dem Erdboden streckte er die Hände aus, erschuf einen leuchtenden Regenbogen mitten in der Luft und glitt daran herab wie an einer schimmernden, bunten Wasserrutsche.

Federleicht und elegant kam er auf diese Weise am Boden an, wischte sich das zerzauste Haar aus dem Gesicht und lächelte Lilly, die ihn gelähmt vor Entsetzten anstarrte, verlegen zu.

„Ooops", machte er unbekümmert. „Das war knapp!" Grinsend schaute er in den Himmel, dorthin, wo die Tür in die Anderswelt verschwunden war. „Es ist wirklich sehr praktisch, wenn man Portale zwischen den Welten öffnen kann, wann immer man will. Allerdings –“, er zuckte kleinlaut mit den Schultern, „ich fürchte, an meiner Koordination muss ich noch ein wenig arbeiten ...“

„Alahrian!“ Lilly fand langsam ihre Sprache wieder. „Du wärst gerade um ein Haar fünfzig Meter in die Tiefe gestürzt!“

Beruhigend nahm er sie in die Arme. „Halb so wild ...“

„Die Verbannung ist aufgehoben“, beharrte Lilly. „Du kannst sterben.“

„Ja.“ Alahrian schien noch immer nicht über die Maßen bekümmert. „Wenn die Klinge scharf genug ist ...“

„Oder der Fall tief genug ...“ Lilly schmiegte den Kopf gegen seine Schulter. „Warum benutzt du denn nicht deine Schwingen?“

Alahrian verzog das Gesicht. „Die Schwingen jucken!“, erklärte er mit einem Ausdruck tiefster Empörung und schob Lilly behutsam ein wenig von sich.

Lilly nutzte die Gelegenheit, sich davon zu überzeugen, dass er auch wirklich noch heil war und bemerkte erst jetzt das ungewöhnliche Outfit, in das er gehüllt war. Eine weiße, mit Silberfäden durchwirkte Tunika bedeckte den Großteil seines Körpers, darunter jedoch lugten deutlich erkennbar ein Paar ausgewaschene Jeans hervor. Natürlich war er barfuss, wie immer, und sah damit aus wie ein Blumenkind aus den 60ern.

Lilly verkniff sich ein amüsiertes Lächeln, während ihre Finger über den glatten Seidenstoff der Tunika strichen. In der Anderswelt gewebt, eindeutig. Kombiniert mit sehr irdischen Bluejeans. Besser hätte man Alahrians neues Leben – und das ihre – nicht ausdrücken können.

Alahrian selbst war indes immer noch mit der offenbar ungeliebten Frage nach seinen Flügeln beschäftigt. Umständlich schälte er sich aus seinem Oberteil und zeigte ihr, nahezu anklagend, seinen Rücken. Auf der rein weißen, schimmernden Haut waren zwei langgestreckte, V-förmig verlaufende Narben zu erkennen. Wenn er es wollte, so wusste Lilly, konnten aus diesen Narben blitzschnell zwei gewaltige, aus fließender Helligkeit bestehende Schwingen hervorbrechen. Ein Vorgang, der offensichtlich die eine oder andere Unannehmlichkeit mit sich brachte ...

Am Rande der Narben war die Haut ein klein wenig gerötet. Lilly legte die Hand darauf, strich mit den Fingern darüber und konnte regelrecht dabei zusehen, wie die Rötung verschwand.

Alahrian schnurrte, zufrieden wie ein Kätzchen. „Danke!“ Schwungvoll nahm er sie in die Arme und wirbelte sie in Richtung der Verandatür. „Irgendwelche Neuigkeiten?“, erkundigte er sich, auf die Zeitungen schielend, die auf einem der Gartenstühle lagen, ein wenig zerrupft von verspielten Pixies. „Besondere Vorkommnisse?“

Lilly wusste, worauf er anspielte. „Im Bodensee soll seit Neuestem eine Nixe hausen“, berichtete sie sachlich. „Und in Berlin gab es angeblich einige Fälle von Einhornsichtungen.“

Das war der Nachteil einer offenen Verbindung zur Anderswelt. Die meisten Sterblichen hatten keine Ahnung, wie sie hinüber gelangen konnten, ja, sie ahnten nicht einmal, was sich jenseits ihrer eigenen Welt verbergen mochte und merkten den Unterschied gar nicht. Für die Kreaturen der Anderswelt sah die Sache ganz anders aus.

„Sie sind eben neugierig", erklärte Alahrian nachsichtig. „Sie waren in ihrer Welt gefangen, ebenso wie wir in dieser. Es ist nur natürlich, dass sie sich hier ein wenig umsehen wollen. Und solange sie hier keinen Schaden anrichten ..." Schulterzuckend legte er eine der Zeitungen beiseite. „Irgendwann werden wir uns wohl besser um diese Touristen bemühen müssen", bemerkte er. „Vielleicht können wir sie dazu bringen, sich hier ein bisschen weniger auffällig zu benehmen."

Es hörte sich nicht so an, als mache er sich deswegen große Sorgen. Entspannt legte er Lilly den Arm um die Schultern.

„Irgendwann?", wiederholte Lilly neckend.

Er betrachtete sie mit blitzenden Augen. Die meiste Zeit über waren sie blau, wie immer, manchmal jedoch schimmerte die Macht des Grauen in Tausenden bunten Regenbogenfarben hindurch. Heute waren sie von klarem Aquamarin. „Ja, irgendwann ..." Langsam neigte er den Kopf zu ihr herab. „Aber nicht heute. Heute gehört uns. Nur uns allein." Lächelnd küsste er sie auf die Stirn.

„Übrigens: Haben wir noch Erdbeereis?", erkundigte er sich beiläufig, während er sie ins Haus führte.

„Ja, ich denke schon." Das war – von den Schwingen und den Augen abgesehen – auch so eine Veränderung, die er hatte durchmachen müssen. Die Verbannung war aufgehoben, er konnte sich frei zwischen den Welten bewegen, das Nahrungsmittelverbot galt also nicht mehr, und mehr noch: Er hatte festgestellt, dass er sterbliche Nahrung nicht nur zu sich nehmen konnte, sondern auch benötigte. Dafür hatte er drei Wochen gebraucht. Drei Wochen, in denen sein Körper immer schwächer – und seine Laune immer übler wurde. Es war schließlich Lillys geduldige Überredungskunst, die ihn dazu gebracht hatte, es mit Essen zu versuchen, und Erdbeereis war damals das Nahrungsmittel seiner Wahl gewesen. Seither hatte er sich ab und an noch zu etwas Weißbrot mit Honig oder auch einem Schlückchen süßer Milch herablassen können, doch nach wie vor war seine Ernährung alles andere als abwechslungsreich.

Lilly war der Ansicht, es sei an der Zeit, etwas Neues auszuprobieren. „Warte einen Moment!", bat sie ihn. „Ich will dir etwas zeigen."

Mit vor Aufregung ein wenig klopfendem Herzen wandte sie sich dem blühenden Apfelbaum neben der Veranda zu. Behutsam streckte sie die Hand aus, strich sanft über einen der Zweige, schloss die Augen und konzentrierte sich. Etwa eine halbe Minute später fühlte sie, wie etwas Glattes, Rundes in ihre Hand fiel. Ein schöner, rot glänzender Apfel.

„Phantastisch!" Alahrian strahlte sie an. „Du hast geübt, nicht wahr?"

„Schon möglich ...“ Lächelnd sah sie ihm direkt in die Augen, drehte den Apfel in den Händen und bot ihn schließlich Alahrian an. „Vertraust du mir?“, fragte sie leise, während sie ihm den Apfel hinhielt.

„Ja.“ Seine Augen leuchteten und glühten. Ohne zu zögern nahm er ihr den Apfel aus der Hand – und biss hinein.

Epilog 2

König der döckalfar! Und Alahrian als Oberhaupt der Anderswelt! Ja, sinnierte Morgan geistesabwesend, während er das Verdeck der Black Lady herunterließ und spürte, wie ihm der Fahrtwind tosend das Haar aus der Stirn blies, die Welt hatte sich verändert in den letzten Monaten ...

Übermütig lachend gab er Gas, brauste um die Kurven der holprigen Landstraße und drosselte erst seine halsbrecherische Geschwindigkeit, als er das Ortsschild des Städtchens bereits überfahren hatte. Aber es waren nicht die Verkehrsregeln, die ihn bremsen ließen.

Am Straßenrand, auf dem Bürgersteig kauernd, saß eine Gestalt. Eine vertraute Gestalt mit üppigem, blondem Haar und bemerkenswert langen Beinen. Anna-Maria trug noch immer Schwarz, obwohl der Tod ihres Vaters bereits Wochen zurücklag. Plötzlicher Herzinfarkt, lautete die offizielle Todesursache. Morgan wusste es besser. Der Priester war noch immer verschwunden, zwei rätselhafte Ereignisse, die die Stadtbewohner wohl noch lange beschäftigen würden. Und deren wahre Ursachen vermutlich niemals ans Licht kommen würden.

Einer plötzlichen Eingebung folgend, hielt Morgan den Wagen direkt neben Anna-Maria an. „Hi“, rief er, über den Beifahrersitz hinweg.

„Oh ... hallo ...“ Fast schüchtern sah sie zu ihm auf, nervös eine ihrer Haarsträhnen zurückstreichend.

Sie hatte sich verändert, fand Morgan. Ihr Gesicht war nicht mehr so stark geschminkt wie früher, weniger Pink, mehr Ernst in ihren Augen. Es stand ihr gut.

„Lust auf eine kleine Spritztour?“, fragte er spontan.

Sie blickte überrascht. „Klar, warum nicht?“ Ein Hauch der alten Unternehmungslust blitzte in ihrer Miene auf.

Morgan hielt ihr die Beifahrertür auf, fischte seine Sonnenbrille aus dem Handschuhfach und zwinkerte ihr zu, während sie sich anschnallte. Ein Lächeln glitt über ihr blasses Gesicht.

„Bereit?“ Morgan ließ den Motor aufheulen.

„Bereit ...“

Ein Lachen wallte in ihm auf, wild und ungezähmt, während er den Kopf zurückwarf und aufs Gaspedal trat.

Danksagung

Einen lieben Dank an meine Familie für ihre Unterstützung; an meine Mutter, weil sie dieses Buch sogar mochte, obwohl sie eigentlich keine Fantasy liest und mich stolz gemacht hat. Und an meinen Vater, weil er mich in den Bayerischen Wald geführt hat, wo mir zum ersten Mal die Idee für diese Geschichte kam – und weil er auch für die dämlichsten meiner Fragen eine Antwort hat („...sind Autos eigentlich aus Stahl?“).

Susi, du hast diese Geschichte schon verfolgt, als gewissermaßen die Tinte noch nicht getrocknet war, du warst von Anfang an dabei, und das bedeutet mir wirklich eine Menge. Mittlerweile trennen uns viele Kilometer, aber ich hoffe, du wirst immer meine Freundin bleiben.

Dank auch an meine ersten Testleser: Christl, Hanna, Manu, Remi, Vivi und vor allem auch an meine jüngste Testleserin: Mia. Ihr seid alle großartig! Ohne euch hätte ich nie den Mut gehabt, das Manuskript einzuschicken.

Lieben Dank, Steffi, weil du eigentlich keine Fantasy-Leserin bist und dieses Buch trotzdem unterstützt hast.

Eine Umarmung an Elke für alles, was wir bei Apfel- und Käsekuchen besprechen. Das bedeutet mir wirklich viel.

Und ein großes Dankeschön an Johannes, weil du nahezu alle meine Texte liest, selbst die, an die sich sonst keiner ranwagt.

Ein besonderer Gruß geht an die User von fanfiktion.de. Eure Kommentare, eure Mails, eure Geschichten haben mir viel gegeben. Ich habe eine Menge durch euch gelernt und dafür bin ich dankbar. *schokokekse für euch hinstell*

Danken möchte ich auch allen, die ich zwar nicht persönlich kenne, die mir aber gerade in den letzten Wochen immer wichtiger geworden sind: Céline, deine Mails bringen mich zum Lachen und zum Nachdenken, über deine Zeichnung von Alahrian habe ich mich riesig gefreut und deine Kommentare haben mir sehr geholfen.

Julia, es war schön, dich ein bisschen kennenlernen zu dürfen und ich drücke dir ganz fest die Daumen bei allem, was die Zukunft noch für dich bereithalten mag.

Melanie, mit dir über Verlage, über das Schreiben und viele andere Dinge zu diskutieren hat mir viel gegeben.

Vivi, es hat mich stolz gemacht, dass du meine Geschichte gelesen hast, denn du bist eine ganz außergewöhnliche Autorin. Danke für deine Mails, fürs „Zuhören“ und die liebe Unterstützung.

Dank auch an Lothar Wandtner und Alexander Frimberger, die von Anfang an an mich geglaubt haben. Ohne sie wäre dieses Buch nie entstanden.

Und natürlich ein besonders großes Dankeschön an alle, die dieses Buch gekauft und gelesen haben!

Julia.

Literatur/Quellen

Grimm, Jakob und Wilhelm: Irische Elfenmärchen. Düsseldorf/Zürich 2001

Ranke, Kurt (Hg.): Enzyklopädie des Märchens. Handwörterbuch zur historischen und vergleichenden Erzählforschung. Berlin/New York 1981

Vollmer, Wilhelm: Wörterbuch der Mythologie aller Völker. Berlin 2004 (= Digitale Bibliothek 17)